BIBLIOTHÈQUE
DE LA PLÉIADE

EMMANUEL KANT

Œuvres philosophiques

III

LES DERNIERS ÉCRITS

ÉDITION PUBLIÉE SOUS LA DIRECTION DE
FERDINAND ALQUIÉ
AVEC, POUR CE VOLUME, LA COLLABORATION
D'ALEXANDRE J.-L. DELAMARRE, LUC FERRY,
PIERRE JALABERT, FRANÇOIS MARTY,
JOËLLE MASSON, OLIVIER MASSON,
ALEXIS PHILONENKO, ALAIN RENAUT,
JACQUES RIVELAYGUE, HEINZ WISMANN

nrf

GALLIMARD

CE VOLUME CONTIENT :

Préface
Avertissement
Chronologie
par Ferdinand Alquié

I

LES ÉCRITS DE 1792-1793

Introduction, par Ferdinand Alquié

LA RELIGION
DANS LES LIMITES
DE LA SIMPLE RAISON

Texte présenté, traduit et annoté par Alexis Philonenko

LETTRES À FICHTE

Texte traduit et annoté par Jacques Rivelaygue

SUR LE LIEU COMMUN :
IL SE PEUT QUE CE SOIT JUSTE
EN THÉORIE
MAIS, EN PRATIQUE,
CELA NE VAUT POINT

Texte traduit et annoté par Luc Ferry

II

DES RÉFLEXIONS SUR LA FIN DE TOUTES CHOSES
À L'EXAMEN D'UN PRÉTENDU DROIT DE MENTIR
PAR HUMANITÉ

Introduction, par Ferdinand Alquié

LA FIN DE TOUTES CHOSES

Texte traduit et annoté par Heinz Wismann

PROJET
DE PAIX PERPÉTUELLE

Traduction d'un auteur anonyme (1796) présentée, revue et annotée par Heinz Wismann

À PROPOS DE L'OUVRAGE
DE SÖMMERING
SUR L'ORGANE DE L'ÂME

Texte traduit et annoté par Luc Ferry

SUR UN TON SUPÉRIEUR
NOUVELLEMENT PRIS
EN PHILOSOPHIE

Texte traduit et annoté par Alain Renaut

ANNONCE DE LA PROCHAINE
CONCLUSION
D'UN TRAITÉ DE PAIX PERPÉTUELLE
EN PHILOSOPHIE

Texte traduit et annoté par Alain Renaut

SUR UN PRÉTENDU DROIT DE MENTIR
PAR HUMANITÉ

Texte traduit et annoté par Luc Ferry

III

LA MÉTAPHYSIQUE DES MŒURS
ET LE CONFLIT DES FACULTÉS

Introduction par Ferdinand Alquié

MÉTAPHYSIQUE DES MŒURS
(DOCTRINE DU DROIT et DOCTRINE
DE LA VERTU)

Texte traduit et annoté par Joëlle Masson et Olivier Masson

LETTRES À TIEFTRUNK

Texte traduit et annoté par Jacques Rivelaygue

LE CONFLIT DES FACULTÉS

Texte traduit et annoté par Alain Renaut

IV

ANTHROPOLOGIE ET PÉDAGOGIE

Introduction, par Ferdinand Alquié

ANTHROPOLOGIE DU POINT DE VUE PRAGMATIQUE

Texte traduit et annoté par Pierre Jalabert

PROPOS DE PÉDAGOGIE

Texte traduit et annoté par Pierre Jalabert

V

ŒUVRES INACHEVÉES

Introduction, par Ferdinand Alquié

DÉCLARATION À L'ÉGARD DE LA DOCTRINE DE LA SCIENCE DE FICHTE

Texte traduit et annoté par Jacques Rivelaygue

SUR LA QUESTION MISE AU CONCOURS PAR L'ACADÉMIE ROYALE DES SCIENCES POUR L'ANNÉE 1791 : QUELS SONT LES PROGRÈS RÉELS DE LA MÉTAPHYSIQUE EN ALLEMAGNE DEPUIS LE TEMPS DE LEIBNIZ ET DE WOLFF ?

Texte présenté, traduit et annoté par Jacques Rivelaygue

Note sur la *Logique* par Alexandre J.-L. Delamarre

Note sur l'*Opus postumum* par François Marty

Notices, notes, bibliographie.

PRÉFACE

Au début des deux premiers tomes de cette édition des Œuvres philosophiques *de Kant, une courte préface a indiqué au lecteur les intentions et les principes qui nous ont inspirés, mes collaborateurs et moi-même. Qu'il me soit permis de rappeler, encore une fois, ces intentions et ces principes, au seuil de ce troisième et dernier volume, volume où sont publiés, toujours selon l'ordre chronologique, les écrits kantiens postérieurs à 1792.*

Rappelons d'abord que les textes publiés sont donnés en leur totalité, et sans aucune coupure. L'édition allemande à partir de laquelle leur traduction a été faite est celle de l'Académie de Berlin : Kant's gesammelte Schriften, herausgegeben von der Preussischen Akademie der Wissenschaften, Berlin. *Comme dans les volumes précédents, les références à cette édition sont indiquées en marge par deux chiffres, un chiffre romain renvoyant au tome, un chiffre arabe renvoyant à la page.*

Pour chaque ensemble de textes, j'ai rédigé une introduction. Les notes, en revanche, sont l'œuvre des traducteurs. Elles sont renvoyées à la fin du volume. On a voulu leur conserver un caractère essentiellement explicatif. Bien entendu, les interprétations les plus célèbres qui ont été proposées du kantisme y sont signalées. Mais les auteurs, soucieux avant tout d'objectivité, se sont efforcés d'aider le lecteur à comprendre, sans lui imposer jamais leur propre thèse ou leur vision personnelle.

Les notes de Kant lui-même se trouvent avec le texte, et sont placées en bas de page. Toute confusion entre ce qui est de Kant et ce qui appartient à ses traducteurs sera ainsi impossible.

Je ne saurais assez remercier mes collaborateurs pour le travail qu'ils ont fourni, pour leur dévouement, pour leur mérite. Les traductions que l'on va lire demeurent leur œuvre propre. Sans doute ai-je dû parfois modifier tel ou tel détail de leur texte, pour unifier le style et le vocabulaire de l'ensemble de l'édition que je présente. Mais jamais je n'ai modifié le sens proposé par les traducteurs. Chacun de ceux-ci garde donc l'entière responsabilité de la version qu'il propose, et des notes par lesquelles il explique le texte de Kant, et parfois justifie le sens qu'il lui donne.

J'ajoute que l'effort que nous avons fait ensemble pour présenter au public français l'essentiel de l'œuvre philosophique de Kant, publiée selon l'ordre même de son évolution et de son déroulement, n'a pu aboutir à des résultats positifs que par l'effet d'une conviction qui nous était commune. Cette conviction est celle qui nous rendait certains que la philosophie est inséparable de son histoire, et que les grands philosophes du passé ont encore beaucoup à nous apprendre. À nos yeux, le kantisme n'est point chose morte ou dépassée. Il est, sinon la vérité philosophique (car celle-ci se rencontre aussi chez d'autres métaphysiciens), du moins une des formes qu'a prises cette vérité, au sein des recherches et des expériences mentales des hommes qui ont consacré leur vie à tenter de la découvrir.

FERDINAND ALQUIÉ.

AVERTISSEMENT

Ce troisième volume de notre édition contient les textes de Kant écrits entre 1792, année où parut l'article sur le mal radical, et 1804, année de la mort du philosophe. Ces textes portent sur de très nombreux sujets, et l'on ne saurait découvrir, dans le tome que l'on va lire, une unité semblable à celle que présentaient les deux premiers. Et sans doute la lecture de ceux-ci nous a-t-elle déjà révélé que Kant s'intéressait aux questions les plus diverses, et que le champ de ses réflexions était très étendu. Il demeure que sa recherche était dominée par le souci de constituer systématiquement sa philosophie, à savoir le criticisme.

C'est pourquoi les œuvres publiées en notre premier volume, essentiellement inspirées par la quête d'une solution au problème théorique de la nature et de la portée de la connaissance, ont permis de découvrir, en sa continuité, l'évolution de pensée qui a conduit Kant à la *Critique de la raison pure.* En lisant le second volume, on a pu apercevoir de quelle façon Kant avait étendu la méthode d'analyse critique au problème de la morale, à celui de l'art, à celui de la finalité.

Ici, nous allons rencontrer des pensées plus dispersées, et d'un autre style. Kant réfléchit sur la religion, sur la vertu, sur le droit, sur l'anthropologie, sur l'éducation ; il reprend des cours antérieurement professés, il laisse à d'autres le soin de publier ses notes. Le souci d'unification et de systématisation semble laisser place au désir d'explorer tous les domaines du savoir.

Une question demeure pourtant posée. Kant a-t-il, après 1792, énoncé des idées véritablement nouvelles? On peut se demander en effet si, comme le disent certains, il a parachevé son système, ou si, comme le prétendent d'autres, il a ébauché une philosophie différant de celle qu'avaient exposée les trois grandes *Critiques*. Pour ma part, je ne puis voir dans les écrits postérieurs à 1792 la suprême expression du kantisme. À la fin de sa vie, Kant, bien que nuançant parfois sa pensée, et s'efforçant de la situer par rapport aux philosophies qui succèdent à la sienne (ainsi celle de Fichte), paraît rester fidèle à la doctrine qu'il a constituée.

L'intérêt des textes que l'on va lire semble donc consister en ceci : ils montrent que la philosophie de Kant, confrontée aux problèmes concrets les plus divers, s'éclaire, de ce fait, d'un jour nouveau, mais demeure inchangée en ce qu'elle a d'essentiel. Bien entendu, il n'entre pas en mon propos d'imposer au lecteur ce point de vue. Ma seule intention est, comme dans les tomes précédents, de présenter les textes qui lui permettront de juger. Répétons-le une fois encore : une édition de Kant n'est pas une thèse sur Kant. Elle tend à la seule objectivité.

F. A.

CHRONOLOGIE

(1792-1804)

Cette chronologie fait suite à celles que nous avons publiées en nos deux premiers tomes, et auxquelles nous prions le lecteur de se reporter.

Elle doit être complétée par les introductions et les notes contenues dans le présent volume.

Elle rapelle les principaux événements historiques, littéraires, scientifiques ou, plus généralement, culturels qui permettent de situer Kant par rapport à son temps.

1792 En France, constitution, puis renvoi du ministère «girondin» *de Dumouriez*, proclamation de «la patrie en danger», abolition de la royauté, réunion de la Convention, mesures contre les suspects, le «Tribunal révolutionnaire», les massacres de Septembre, abolition des droits féodaux, institution du divorce.

La France déclare la guerre à l'Autriche, la Prusse fait cause commune avec celle-ci; manifeste de Brunswick, commandant de l'armée prussienne. Les Prussiens et les Autrichiens envahissent la France, puis sont repoussés. Batailles de Valmy et de Jemmapes. Dumouriez conquiert la Belgique.

Réunion provisoire à la France de la Savoie et du comté de Nice.

La Russie fait la paix avec la Turquie par le traité de Jassy.

La Prusse et la Russie envahissent la Pologne.

En Suède, assassinat de Gustave III et avènement de Gustave IV.

En Allemagne, mort de l'empereur Léopold II et avènement de François II.

Galvani poursuit ses travaux sur l'électricité.

Goethe écrit les *Élégies romaines,* qui seront publiées plus tard.

Fichte, *Essai d'une critique de toute révélation.*

Schiller, *Histoire de la guerre de Trente ans* (en fait, la publication de l'ouvrage va de 1791 à 1793).

Mort de Reynolds.

Naissance de Shelley.

Naissance de Rossini.

Naissance de Victor Cousin.

Kant publie, dans la *Berlinische Monatsschrift*, son article sur «Le Mal radical». Bien que n'y étant pas obligé (la *Berlinische Monatsschrift* ne paraissant plus en Prusse) il avait demandé et obtenu, pour cet article, l'autorisation de la censure. En revanche, l'autorisation de la censure lui est refusée pour le texte qui, suivant l'article consacré au mal radical, devait, l'année suivante, constituer le second chapitre de *La Religion dans les limites de la simple raison.*

1793 En France, exécution de Louis XVI, le Comité de salut public, début de la Terreur. Les Girondins sont écrasés par les Montagnards. Soulèvement de la Vendée, qui sera vaincue en décembre.

Première coalition : la Prusse et l'Autriche s'allient, contre la France, avec presque toutes les puissances européennes, notamment l'Angleterre. Organisation de la défense nationale, la «levée en masse». L'invasion étrangère est repoussée. Victoires de Wattignies et de Wissenbourg.

Deuxième partage de la Pologne entre la Prusse et la Russie. Télégraphe optique de Chappe. Mort de Guardi.

Kant, *La Religion dans les limites de la simple raison; Sur le lieu commun : il se peut que ce soit juste en théorie, mais, en pratique, cela ne vaut point.*

1794 En France, continuation de la Terreur. André Chénier et Lavoisier sont guillotinés. Condorcet s'empoisonne dans sa prison. Puis, le 9 thermidor, chute de Robespierre. En octobre, transfert des cendres de Rousseau au Panthéon.

Jourdan vainqueur des Autrichiens à Fleurus.

La France occupe la Belgique, la Hollande et les pays allemands de la rive gauche du Rhin.

Soulèvement et défaite du patriote polonais Kosciuszko.

Condorcet, *Esquisse d'un tableau historique des progrès de l'esprit humain.*

Fichte, *Doctrine de la science.*

Kant, *De l'influence de la Lune sur le temps; La fin de toutes choses.*

Le 28 juillet, Kant est nommé membre de l'Académie des sciences de Saint-Pétersbourg.

1795 En France, le Directoire. Constitution de l'an II. Le régime républicain.

Institution du système métrique.

Création du Bureau des longitudes.

Publication de «La Jeune Captive» d'André Chénier.

Dans *Le Moniteur* paraît un éloge de Kant et de Fichte. Cet éloge est mentionné par Goethe dans une lettre du 6 mai.

Troisième partage de la Pologne entre la Russie, la Prusse, et l'Autriche.

Traités de Bâle avec la Prusse et l'Espagne, traité de La Haye avec la Hollande.

Kant, *Projet de paix perpétuelle.*

1796 Continuation de la guerre de la France contre l'Autriche et l'Angleterre. L'Espagne s'allie à la France. Campagne d'Italie. Arcole. Victoire sur les Autrichiens.

Mort de Catherine II de Russie. Avènement de Paul Ier.

Aux États-Unis, Washington refuse de se représenter à une troisième élection pour la présidence.

Invention, en Angleterre, de la presse hydraulique.

Naissance de Corot.

Laplace, *Exposition du système du monde.*

Goethe, *Les Années d'apprentissage de Wilhelm Meister.*

Kant, *Sur un ton supérieur nouvellement pris en philosophie; À propos de l'ouvrage de Sömmering sur l'organe de l'âme; Solution d'un différend mathématique reposant sur un malentendu; Annonce de la prochaine conclusion d'un traité de paix perpétuelle en philosophie.*

À Pâques, Kant refuse le poste de recteur, poste qui lui revenait selon la règle établie pour la succession.

Le 23 juillet, dernière leçon de Kant à l'Université. Kant figurera sur l'annuaire de l'Université jusqu'en 1799. Mais il n'y donnera plus de leçons.

1797 Bonaparte envahit l'Autriche.

Congrès de Rastatt.

Rivoli. Traité de Campo-Formio.

Révolte, durement réprimée, en Irlande.

Invention du gaz d'éclairage par Lebon.

Naissance d'Alfred de Vigny.

Goethe, *Hermann et Dorothée.*

Kant, *Métaphysique des mœurs; Sur un prétendu droit de mentir par humanité.*

Le 14 juin, cérémonie d'adieu à Kant, organisée, de façon spontanée, par les étudiants de Königsberg.

Le Recteur demande à Kant de renoncer à la place qu'il occupe au sénat de l'Université (où du reste il ne vient jamais). Kant refuse.

1798 Continuation de la guerre contre l'Angleterre.

Victoire de Nelson à Aboukir.

Le tsar Paul Ier entre dans la seconde coalition. La Turquie fait de même et envahit l'Égypte.

Bonaparte en Égypte. Victoire des Pyramides.

Naissance d'Auguste Comte.
Naissance de Michelet.
Naissance de Delacroix.
Détermination, par Cavendish, de la masse de la Terre.
Haydn, *La Création.*
Coleridge (avec Wordsworth), *Ballades lyriques.*
Kant, *Sur l'industrie du livre; Le Conflit des facultés; Anthropologie du point de vue pragmatique.* Cet ouvrage connaît un grand succès.

1799 Coup d'état du 18 brumaire. Constitution de l'an VIII. Bonaparte premier consul.
Les armées autrichiennes et russes envahissent la Suisse et l'Italie, une armée anglo-russe débarque en Hollande.
Brune bat l'armée anglo-russe à Bergen.
Masséna bat les Autrichiens et les Russes à Zurich.
Paul Ier se retire de la coalition.
Mort du pape Pie VI.
Mort de Beaumarchais.
Naissance d'Honoré de Balzac.

1800 Moreau envahit l'Autriche.
Bonaparte est vainqueur à Marengo.
Kléber est assassiné au Caire.
Acte d'Union imposé à l'Irlande. Le parlement de Dublin est supprimé.
L'Espagne rétrocède la Louisiane occidentale à la France.
Pie VII élu pape.
Mort de Desaix.
Pile électrique de Volta.
Retour en France de Chateaubriand.
Schelling, *Système de l'idéalisme transcendantal.*
Kant, *Préface à l'ouvrage de Jachmann : Examen de la philosophie religieuse de Kant; Post-Scriptum d'un ami à la préface de Heilsberg au Dictionnaire lithuanien de Mielke; Logique :* cet ouvrage fut publié par Jaesche à la demande de Kant.
En février, mort du frère de Kant, Jean Henri.
Affaiblissement de Kant. Ses amis s'occupent beaucoup de lui, lui apportant aliments, vin et tabac. Wasianski, son élève, l'assiste particulièrement.

1801 Paix de Lunéville entre la France et l'Autriche.
Concordat entre Bonaparte et la pape Pie VII.
Les troupes françaises, en Égypte, capitulent avec les honneurs de la guerre, et quittent le pays.
En Angleterre, chute de Pitt.
En Russie, Paul Ier est assassiné, Alexandre Ier lui succède.
Invention du chalumeau oxhydrique.
Mort de Lavater.

Publication de «La Jeune Tarentine» d'André Chénier.
Haydn, *Les Saisons.*
Le 8 novembre, Kant charge Wasianski de l'administration de ses biens et, le 14 décembre, il le fait son exécuteur testamentaire.
Bonaparte, premier Consul, prie De Villers de lui résumer en quatre heures la philosophie de Kant. De Villers lui laisse à ce sujet un mémoire de quatre pages.
Kant renonce à sa place au conseil de l'Université.

1802 Paix d'Amiens entre la France et l'Espagne d'une part, l'Angleterre de l'autre.
République cisalpine. Annexion du Piémont par la France.
Naissance de Victor Hugo.
Mme de Staël, *Delphine.*
Kant, *Géographie physique,* publiée à sa demande par Rink. À la fin de janvier, Kant renvoie son serviteur Lampe, auquel il fait une pension de quarante thalers. Il le remplace par Kaufmann. Wasianski se rend tous les jours chez Kant à quatre heures du matin.

1803 Bonaparte vend la Louisiane aux États-Unis.
Rupture de la paix d'Amiens. Préparatifs pour une invasion de l'Angleterre. Établissement par Bonaparte du camp de Boulogne.
En Angleterre, réalisation de la première locomotive à vapeur.
Naissance de Prosper Mérimée.
Kant, *Propos de pédagogie,* publiés à sa demande par Rink. 9 avril, dernière lettre conservée de Kant.

1804 Constitution de l'an XII, Napoléon Ier empereur.
Guerre de l'Angleterre à la France. L'Espagne appuie la France. En Angleterre, retour de Pitt au pouvoir.
Insurrection des Serbes contre le sultan.
François II, empereur d'Allemagne, prend le titre d'empereur héréditaire d'Autriche.
Naissance de Feuerbach.
Naissance de George Sand.
Kant, *Sur la question mise au concours pour l'année 1791 par l'Académie de Berlin.* Ébauches de réponse publiées par Rink. Voir plus loin ces textes.
12 février, mort de Kant. On prend un plâtre de son visage. Kelsch publiera un écrit sur son crâne étudié selon la méthode de Gallschen. Kant ne sera enterré que le 28 février.

F. A.

I.
Les Écrits de 1792-1793

INTRODUCTION

En 1792, Kant publia, dans la revue de Biester, Berlinische Monatsschrift, *son essai « Sur le mal radical ». En 1793, il fit paraître, dans la même revue, son article : « Sur le lieu commun : il se peut que ce soit juste en théorie, mais en pratique cela ne vaut point », étude dont on lira plus loin le texte. L'essai relatif au mal radical fut repris dans l'ouvrage :* La Religion dans les limites de la simple raison (Die Religion innerhalb der Grenzen der blossen Vernunft), *ouvrage paru en 1793, et dont on va également trouver la traduction dans les pages qui suivent. Nous y avons joint deux lettres adressées, ces deux mêmes années, à Fichte, avec lequel Kant était en relation depuis 1791, et dont la* Critique de toute révélation, *dédiée à Kant et contemporaine de l'étude de ce dernier sur la religion devait susciter des difficultés analogues avec la censure.*

Rappelons ici que Frédéric le Grand était mort en 1786, et que cette mort fut le signal de restrictions importantes apportées à la liberté de pensée. Dès le 19 janvier 1788 était proclamé, sous l'influence du pasteur Wöllner, un « édit de censure pour les états prussiens », édit renforcé par l'édit religieux du 9 juillet, puis par le rétablissement effectif de la censure le 19 décembre. En mai 1791 fut instituée une « commission d'examen » et, le premier septembre de cette même année, furent nommés à cette commission Hermes et Hillmer. Hillmer approuva le premier article de Kant. Mais avec Hermes, il *refusa l'*imprimatur *au second article. Selon ces censeurs, en effet, l'essai sur le mal radical se tenait dans les bornes de la morale. Mais, avec le second, Kant pénétrait dans le domaine de la théologie biblique, ce qui ne pouvait être toléré.*

En fait, Kant aurait pu, selon son intention première, continuer la publication de son œuvre dans la Berlinische Monatsschrift, *car, pour éviter les effets de la censure prussienne, Biester avait transféré à Iéna le siège de sa revue. Kant, cependant, ne voulut pas user de cette facilité. C'est dans* La Religion dans les limites de la simple raison *qu'il reprit l'ensemble des textes qui, selon son projet initial, devaient paraître dans la* Berlinische Monatsschrift. *Ces articles constituent les quatre parties de l'ouvrage. Ici demeurent du reste bien des incertitudes. Le livre fut imprimé à Iéna et édité à Königsberg. Kant soumit son texte à une faculté prussienne de théologie, peut-être celle de Königsberg, puis, ayant obtenu son approbation, à une faculté de philosophie, très probablement, cette fois, si l'on en croit Dilthey*[1]*, celle de Königsberg.*

Certains critiques, tel H. Cohen[2]*, sont allés jusqu'à prétendre que l'ouvrage de Kant était essentiellement un «écrit de protestation contre les mesures de la censure*[3] *». D'autres, comme J. L. Bruch*[4]*, s'appuyant sur une lettre de Kant à Ständlin du 4 mai 1793, estiment que Kant considérait son livre sur la religion comme une des pièces fondamentales de son système. Nous ne partageons ni l'un ni l'autre de ces avis. Nous pensons en effet que l'œuvre proprement critique de Kant s'est achevée avec la* Critique de la faculté de juger, *et que la religion ne constitue pas, pour la philosophie kantienne, un problème analogue à ceux que lui avaient posés la science, la morale et l'art. Nous sommes même portés à croire que la spécificité de l'expérience religieuse, nous dirions du «fait» religieux, échappe à Kant, qui, à tout prendre, a seulement voulu concilier la religion chrétienne avec le rationalisme de ses trois* Critiques. *Au reste, la solution qu'il propose fait bon marché du contenu de la foi, et ne retient de la religion que l'ordre d'obéir à la*

1. Dilthey, *Der Streit Kants mit der Censur.* Voir bibliographie.
2. H. Cohen, *Kants Begründung der Ethik.*
3. Voir Philonenko, L'*Œuvre de Kant,* II, p. 234.
4. Voir Bruch, L*a Philosophie religieuse de Kant,* p. 22.

seule loi morale, ce qui, à notre avis, est la priver de l'essentiel de son sens et de son irremplaçable nature.

On ne saurait donc, selon nous, mettre La Religion dans les limites de la simple raison *sur le plan des trois grandes* Critiques. *Mieux encore, nous estimons que les problèmes posés par les rapports entre science, philosophie, morale et religion ont déjà été résolus par Kant en ses ouvrages antérieurs. Tout au plus Kant avait-il négligé de préciser la relation entre sa philosophie personnelle et une religion proprement chrétienne.*

Kant, on l'a vu en lisant, en notre tome II, son étude Sur l'insuccès de toutes les tentatives philosophiques en matière de théodicée, *jugeait impossible d'apporter aux affirmations relevant de la foi religieuse un soutien proprement métaphysique. Il estimait que la théodicée est plutôt affaire de foi que de science. Il n'en croyait pas moins possible la constitution d'une religion purement rationnelle. Nous allons maintenant le comprendre : selon lui, cette religion rationnelle ne pouvait être tirée que du christianisme.*

Dès la Critique de la raison pratique, *Kant avait admis la possibilité d'un choix intemporel du mal : le penchant au mal, comme le penchant au bien, est donc le résultat de notre volonté nouménale, dont l'acte originel de détermination se situe hors du temps. Le penchant au mal engage donc notre responsabilité. Il y a là, comme le dit Delbos, un renversement, dans la maxime, de l'ordre véritable des mobiles : le mal n'est pas « le simple amour de soi qui, comme tel, est légitime [...] il est l'amour de soi converti en règle de la volonté et se subordonnant ainsi la loi, dont il usurpe l'empire*[1] *». Ayant une telle origine, le mal est « radical », puisqu'il est la perversion des maximes en leur principe. Et l'on peut, en ce sens, accepter le récit biblique du péché originel, en le dépouillant toutefois de son caractère historique. Le choix du mal, en effet, ne se situe pas aux origines de l'humanité, dans le péché d'Adam, mais on peut bien le dire antérieur à notre naissance, pour souligner ainsi son caractère intemporel.*

Aux yeux de Kant, cependant, le mal radical n'est pas le mal absolu. Autrement dit, l'homme est mauvais, mais non pas

1. Delbos, *La Philosophie pratique de Kant*, p. 619.

diabolique. Il ne renonce jamais tout à fait à la loi morale, laquelle demeure en lui et n'est point détruite, ce pourquoi la rénovation humaine et le progrès moral sont possibles. L'homme est susceptible de régénération, et, par-delà la lettre de l'Écriture, on peut découvrir une expression morale intelligible de la lutte entre le bon et le mauvais principe. Il y a donc pour l'homme une régénération radicale, qui ne se borne pas à la lutte contre la sensibilité, mais demande un combat contre notre perversité essentielle. Et l'on peut parler d'une religion morale, qui rend superflue la croyance aux miracles, et exige seulement notre fidélité au devoir. Passant de cette idée à celle d'une union organisée des bonnes volontés, Kant rejoint la notion d'un « peuple de Dieu » et d'une Église universelle.

La religion de cette Église, religion de la raison pure, ne contredit pas la religion historique. Mais, selon Kant, elle seule est capable de fonder une Église universelle s'adressant à tous les hommes. Ses commandements, qui sont les vrais commandements divins, n'exigent aucun culte, car il n'y a d'autre volonté de Dieu que celle de la législation morale. Ainsi, aux yeux de Kant, l'élément historique et le contenu révélé de la foi, aussi bien que les cérémonies religieuses, paraissent indifférents : l'interprétation doctrinale doit laisser place à l'interprétation essentielle, le culte doit laisser place à la seule moralité.

Et, selon Kant, ce que le christianisme annonce, c'est précisément la nécessité de substituer une foi purement morale à une foi légale ou juridique, telle qu'elle régnait dans le judaïsme. Le judaïsme, au reste, estime Kant, n'est même pas une religion. De toute façon, à l'Église visible, consacrée au culte et fondée sur des statuts, doit succéder une Église invisible, sans organisation temporelle, sans administration ecclésiastique, où chacun recevra directement sa loi de Dieu. Aimer Dieu n'est autre chose que faire son devoir sans autre considération que celle du devoir lui-même. Tout ce que l'homme, en dehors de la vie morale, croit devoir faire pour se rendre agréable à Dieu relève de la superstition. Ainsi sont critiqués les sacrements, ainsi sont réinterprétés le baptême et la communion.

L'attitude de Kant n'est, à notre avis, ni celle d'un authentique chrétien, ni celle d'un partisan de la philosophie des lumières. Il accepte le christianisme, mais on pourrait dire qu'il *le divise en deux, qu'il y distingue un aspect révélé, historique, et aussi lié au culte, et un aspect purement moral, et par là strictement intérieur. Il rejette le premier pour s'en tenir au second, qu'il estime seul essentiel. Autant qu'il le peut, il évite de parler du Christ. Au reste, il faut convenir que les formules de Kant trahissent souvent quelque hésitation, et que le texte n'est pas toujours d'une parfaite clarté. Il n'en demeure pas moins d'une richesse et d'un réel intérêt pour qui veut connaître la pensée de Kant concernant la religion chrétienne et, de façon plus générale, touchant les rapports de cette religion et du rationalisme propre à la philosophie critique.*

L'article : « Sur le lieu commun : il se peut que ce soit juste en théorie, mais en pratique cela ne vaut point », article où Kant rejette ce lieu commun (Gemeinspruch) *en ce qui concerne la moralité, le droit politique et le droit des gens, permet de situer la pensée de Kant par rapport à celles de Garve, de Hobbes et de Mendelssohn. Kant revient sur l'importance de l'idée de devoir, affirme le droit du peuple et la possibilité d'un progrès moral. La théorie possède donc toujours, à ses yeux, dans son concept fondamental, la garantie de sa possible réalisation, et l'on ne saurait soutenir que ce qui est bon en théorie ne vaille rien pour la pratique.*

En ce volume, la traduction de l'ouvrage de Kant relatif à la religion est l'œuvre d'Alexis Philonenko, celle des lettres à Fichte est due à Jacques Rivelaygue, celle de l'article de Kant sur la théorie et la pratique est de Luc Ferry.

FERDINAND ALQUIÉ.

LA RELIGION DANS LES LIMITES DE LA SIMPLE RAISON

Traduction d'Alexis Philonenko.

NOTICE

La traduction que nous présentons ici est fondée sur le sixième tome des Kants Gesammelte Schriften *(Georg Wobbermin Herausgeber) publié en 1907 dans l'édition de l'Académie royale prussienne des sciences (p. X-202). En raison de la difficulté du texte, nous nous sommes appuyé aussi sur l'édition de K. Vorländer, révisée par H. Noack (*Philosophische Bibliothek, *Bd. 45, 1956, Felix Meiner) et sur l'édition Weischedel (*Immanuel Kant, Werke in sechs Bänden, *Darmstadt 1956, Bd. IV, p. 648-879). Toutes ces collections donnent le texte de ce qu'il est convenu d'appeler la seconde édition (Nicolovius, 1794) de* La Religion dans les limites de la simple raison. *Hormis un remaniement (pas toujours heureux) de la ponctuation et de l'orthographe, Kant n'a rien changé à la première édition. Il n'a rien supprimé, mais en revanche il a ajouté des notes considérables qu'on ne peut considérer comme des variantes, ni tout à fait comme des compléments et qui font partie intégrante du texte définitif. Toutes les éditions savantes donnent sans coupure ni déplacement le texte de 1794. Nous ferons de même et nous bornerons à indiquer dans l'appareil critique les textes ajoutés.*

Il existe, à notre connaissance, deux traductions françaises de l'ouvrage : celles de Trullard (1841) et de Gibelin (1943). La traduction de Trullard est inutilisable. Celle de Gibelin, dont on dit trop de mal, offre souvent des solutions cohérentes. Contrairement à ceux qui veulent la précipiter en enfer — sans s'être jamais essayé à traduire ce texte si difficile et si peu littéraire — nous reconnaissons bien des mérites à ce travail. On peut cependant dire qu'il n'existait pas une tradition de traduction de La Religion *en France, comme c'était le cas pour la* Critique de la faculté de juger. *Aussi bien ne prétendons-nous pas donner une traduction absolument satisfaisante, mais au moins apporter notre contribution à l'édification d'une telle traduction. Pour certains passages excessivement épineux nous avons utilisé une traduction latine de l'ouvrage de Kant. Traduction précieuse à deux points de vue. D'une part, rédigée du vivant de Kant, elle possède de ce fait une certaine autorité. D'autre part elle présente l'avantage d'utiliser les termes scolastiques dont Kant s'est servi.* (Immanuelis Kantii — Opera ad philosophiam criticam, latine vertit Fredericus Gottlob Born, volumen secundum) *(p. 346-555)* Lip*siae, MDCCLXXXXVII.*

Des problèmes délicats nous ont arrêté.

1° Le style de Kant, philosophiquement précis, est littérairement confus. Il existe des incises à l'intérieur des phrases, qui sont plus que des parenthèses. Certaines phrases sont d'une longueur fâcheuse. Nous avons cru pouvoir parfois insérer des tirets, parfois couper la phrase. Évidemment, cela n'a pas toujours été possible. Mais nous avons cru devoir faciliter la lecture du texte.

2° Kant cite des passages de l'Écriture sainte, sans toujours donner la référence. Il nous a semblé utile d'indiquer systématiquement l'endroit où se trouve le texte cité (sauf dans de très rares cas où, Kant citant plusieurs fois le même texte, il suffisait de donner la référence à la première citation). La lecture sera ainsi facilitée. Lorsque Kant cite un texte de l'Écriture sainte en le déformant, ce qui n'est pas exceptionnel, nous donnons un commentaire dans l'appareil critique. Le commentaire est toujours dans ce cas effectué à partir de la version luthérienne de l'Écriture sainte.

3° Un problème — sans vraie solution, à notre avis — s'est posé : celui des majuscules. On sait combien la langue allemande utilise les majuscules et il est habituel de n'en tenir aucun compte dans une version française. Mais il s'agit ici d'un texte religieux *où la langue française commande l'usage des majus-*

cules. La difficulté était d'autant plus redoutable qu'il n'existe pas (surtout si l'on part d'un texte du XVIIIe *siècle) de règle précise et fixe. Nous avons choisi de mettre une majuscule chaque fois que le lecteur pourrait être embarrassé.*

4° Ce problème se pose aussi au point de vue philosophique et particulièrement pour le mot : Idée. *Comme dans toutes nos autres traductions nous avons choisi d'écrire ce mot avec une majuscule. C'est que l'Idée chez Kant n'est nullement un événement psychologique ; c'est une structure fondamentale de la raison qui évoque l'Idée platonicienne. Par exemple l'Idée du devoir n'est pas une impression qui me passe par la tête, c'est un principe fondamental de la raison. Si l'on ne fait pas la distinction, on risque de faire sombrer dans le* subjectivisme l'idéalisme *kantien.*

Trois remarques compléteront cet avertissement.

A. Il est frappant de constater combien, en dépit de sa théorie du sublime, Kant a peu le sens de ce qui est «heilig» *dans la double acception de* sacré *et de* saint. *Si l'ouvrage, à notre avis, peut paraître fastidieux, c'est moins en raison de son style* barbare, *moins encore en raison de ses répétitions — qui autorisent à bon droit un très grand connaisseur de l'œuvre de Fichte,* R. *Lauth, à le juger peu ordonné —, que par cette totale absence de sensibilité religieuse. Sans doute Kant veut-il donner un primat à la morale sur la religion. Mais il n'a que trop bien réussi. En sorte qu'il ne serait pas injuste de penser que son livre n'est qu'une tentative pour réduire le monde religieux et historique à une morale, dont pour une fois il faudrait bien constater la sécheresse, en se demandant d'autre part si l'analyse de la religion étend le moins du monde la sphère transcendantale.*

B. *Le livre de Kant, même si l'on ne tient pas compte de ses démêlés avec la censure, est à un double point de vue un ouvrage de circonstances. D'une part, à l'origine, Kant voulait en fait publier une série d'articles destinés au grand public.* La Religion, *en réalité, appartient en bien des moments à la philosophie populaire de Kant. En conséquence la terminologie transcendantale n'est pas très sûre. Il existe d'incontestables difficultés. D'autre part,* La Religion *n'a paru qu'après le livre retentissant de Fichte intitulé* Critique de toute révélation. *On ne peut raisonnablement douter que Kant n'ait été gêné par le brillant succès de Fichte et qu'il se soit efforcé en certaines pages de faire « autre chose ». La* Métaphysique des mœurs, *rédigée encore plus tard que* La Religion, *nous apparaît nettement plus libre dans ses orientations fondamentales.*

C. Enfin nous avons considéré La Religion *comme un tout et nous avons dans notre appareil critique donné peu de références aux textes religieux marginaux (par exemple :* La Fin de toutes les choses *). Deux raisons nous ont déterminé en cela. D'une part il ne s'agissait pas d'alourdir l'appareil critique au point d'en faire une thèse, non sur* La Religion, *mais sur la philosophie religieuse de Kant. D'autre part, c'est plutôt à partir de* La Religion *qu'il faut envisager le sens de ces textes mineurs et non l'inverse, dans la mesure où, quoi qu'on en puisse penser,* La Religion *est le noyau central de la pensée religieuse de Kant.*

Notons, pour finir, en ce qui concerne les références à l'Écriture sainte, que Kant n'a pas indiqué à chaque fois la source biblique qu'il utilisait. Pour distinguer ses indications des nôtres nous avons respecté la méthode de Kant qui, par exemple pour l'évangile selon saint Matthieu, donne le titre du chapitre en chiffres romains et l'indication des versets en chiffres arabes : ainsi Mtt. V, 17. En revanche nos indications sont rédigées uniquement en chiffres arabes : ainsi Mtt., 5, 17.

ALEXIS PHILONENKO.

LA RELIGION DANS LES LIMITES DE LA SIMPLE RAISON

PRÉFACE À LA PREMIÈRE ÉDITION DE 1793

Dans la mesure où elle se fonde sur le concept de l'homme, comme être libre et s'obligeant par cela même par sa raison à des lois inconditionnées, la morale n'a besoin ni de l'Idée d'un Être différent qui le dépasse afin qu'il connaisse son devoir, ni d'un autre motif que la loi elle-même pour qu'il l'observe. À tout le moins c'est la faute de l'homme s'il découvre un tel besoin en lui-même, besoin auquel il ne saurait être remédié par rien d'autre ; en effet ce qui n'a pas son origine en lui-même et en sa liberté ne saurait servir de substitut pour sa déficience morale. Par conséquent la morale en ce qui la concerne (aussi bien objectivement par rapport au vouloir que subjectivement par rapport au pouvoir) n'a en aucune façon besoin de la religion, mais se suffit à elle-même grâce à la raison pure pratique[1]. En effet puisque ses lois obligent par la pure forme de la légalité universelle des maximes qu'on doit prendre en conformité avec elle comme condition suprême (elle-même inconditionnée) de toutes les fins, il est clair qu'en règle universelle elle n'a besoin d'aucun motif matériel déterminant le libre arbitre*, je veux dire d'aucune fin pour connaître VI, 3

* Ceux pour lesquels le simple principe de détermination formel (celui de la légalité) ne semble pas suffire de manière générale comme principe de détermination dans le concept du

VI, 4 ce qu'est le devoir ni pour être motivé à l'accomplir ; c'est donc dire que s'il s'agit du devoir, la morale peut fort bien et doit faire abstraction de toutes les fins[1]. Ainsi, par exemple, pour savoir si devant le tribunal je dois être véridique dans mon témoignage ou si je dois (ou même puis) agir fidèlement quand on me réclame le bien d'autrui qui m'a été confié, je n'ai pas à rechercher une fin que je pourrais me proposer de promouvoir par ma déclaration ; car cette fin est ici tout à fait indifférente — et bien plus : celui qui, lorsque sa déposition légale est exigée, trouve encore nécessaire de s'enquérir d'une fin est déjà, de ce fait, un misérable.

Mais bien que la morale n'ait nul besoin pour son usage propre d'une quelconque représentation d'une fin qui devrait précéder la détermination du vouloir, il se peut toutefois qu'elle possède une nécessaire relation à une fin semblable, non certes comme à un fondement, mais plutôt comme aux nécessaires conséquences des maximes, prises en conformité avec les lois. En effet aucune détermination de la volonté ne se peut produire en l'homme abstraction faite de toute relation finale, car la détermination ne peut

devoir, avouent néanmoins qu'il ne peut se trouver dans l'*amour de soi* orienté vers le *bien-être* propre. Il ne demeure alors que deux principes de détermination, l'un qui est rationnel, je veux dire la *perfection* propre, et l'autre, qui, lui, est empirique, *le bonheur d'autrui*. Si donc, par le premier, ils ne comprennent pas déjà la perfection morale qui ne peut être qu'unique (à savoir un vouloir obéissant inconditionnellement à la loi), par
VI, 4 là même leur définition serait déjà enfermée en un cercle vicieux ; ils devraient indiquer la perfection naturelle de l'homme, pour autant qu'elle est susceptible d'élévation, et dont il peut y avoir beaucoup de formes (ainsi aptitudes dans les sciences, goût, santé corporelle, etc.). Mais tout cela n'est jamais que conditionnellement bon, c'est-à-dire seulement sous la condition que l'usage qu'on en fait ne contredise pas la loi morale (qui seule commande inconditionnellement) ; aussi cette perfection, transformée en fin, ne peut cependant être principe des concepts du devoir. Il en va de même de la fin dirigée vers le bonheur d'autres hommes. C'est qu'une action doit d'abord être évaluée en elle-même selon la loi morale avant que d'être destinée au bonheur des autres. Aussi cette exigence n'est-elle seulement qu'un devoir conditionné et ne peut-elle servir comme principe suprême des maximes morales.

pas être sans effet, effet dont la représentation, sinon comme principe de détermination de l'arbitre[1] et comme fin antécédente dans l'intention, mais au moins comme conséquence de sa détermination par la loi en vue d'une fin *(finis in consequentiam veniens)* doit pouvoir être reçue. Sans cela le libre arbitre, qui n'ajoute pas par la pensée à l'action un objet ni objectivement, ni subjectivement déterminé (que cependant il a ou devrait avoir), saurait certes *comment,* mais non *en vue de quoi* il doit agir et ne saurait se satisfaire. Aussi en morale le « bien-agir » ne suppose pas une fin, mais la loi, qui renferme la condition formelle de l'usage de la liberté ; rien de plus[2]. Mais de la morale émerge encore une fin ; c'est qu'il est impossible que la raison demeure indifférente à la manière dont il faut répondre à la question : *Que peut-il résulter de ce « bien-agir » qui est nôtre?* et vers quoi, supposé que cela ne soit pas pleinement en notre puissance, pourrions-nous orienter nos efforts comme vers une fin, de telle sorte qu'à tout le moins nous trouvions un accord avec celle-ci? Il ne peut sans doute être question que de l'Idée d'un objet, qui comprend réunies en lui d'une part la condition formelle de toutes les fins, telles que nous devons les avoir (le devoir), et d'autre part en même temps la totalité du conditionné répondant à toutes les fins qui sont nôtres (le bonheur conforme à celles-ci), c'est-à-dire l'Idée d'un Bien suprême dans le monde, dont nous ne pouvons concevoir la possibilité que sous la supposition d'un Être suprême, moral, suprêmement saint et tout puissant, seul capable d'unir les deux éléments du Bien suprême[3]. Cette Idée (considérée pratiquement) n'est cependant pas vide. Elle procure à notre besoin naturel la possibilité de concevoir, pour l'ensemble de nos actes, un but final que la raison puisse justifier ; s'il en était autrement, il se trouverait là un obstacle à la détermination morale. Mais ce qui est le plus remarquable, c'est que, loin d'en être le fondement, cette Idée émerge de la morale ; aussi s'agit-il d'une fin qu'on ne peut se proposer

sans déjà présupposer des concepts moraux. Il ne peut donc, pour la morale, être indifférent de concevoir ou non le concept d'une fin ultime (l'accord avec cette fin n'augmente certes pas le nombre de ses devoirs, mais il procure, en revanche, à ceux-ci un point de convergence où toutes les fins viennent s'unir). Mais, aussi bien, c'est par la liaison seule de la finalité par liberté et de la finalité selon la nature, dont nous ne pouvons nous dispenser, que la réalité objective pratique peut advenir[1]. Supposons un homme, qui respecte la loi morale, à l'esprit duquel se présenterait l'idée (qu'il peut difficilement éviter) du monde que, bien guidé par sa raison pratique, *il pourrait créer*, s'il en avait le pouvoir, monde auquel il se rattacherait comme membre. Non seulement sans hésitations il le choisirait, s'il en avait le choix, comme il est impliqué par cette Idée morale du Bien suprême, mais il voudrait encore et de plus qu'il existe un monde en général parce que la loi morale veut que par nous existe le bien le plus grand possible. Il le ferait même si, selon cette conception, il se voyait dans le danger de perdre pour sa propre personne une bonne part de sa
VI, 6 félicité, car il est possible qu'il ne se puisse rendre adéquat à l'exigence de cette dernière que la raison pose comme condition ; aussi devrait-il se sentir obligé d'adhérer à ce jugement d'une manière tout impartiale, comme si ce jugement était non pas le sien, mais en quelque sorte celui d'un étranger. Par là l'homme prouve le besoin, d'origine morale en lui, de concevoir une fin ultime comme résultat de ses devoirs[2].

La morale conduit donc infailliblement à la religion, par où elle s'élargit jusqu'à l'Idée d'un Législateur moral tout-puissant, extérieur à l'homme* qui contient dans sa volonté la fin

* La proposition : *Dieu existe,* donc il existe un souverain Bien dans le monde, si (comme article de foi), elle doit dériver uniquement de la morale, est une proposition synthétique *a priori,* qui, reçue seulement il est vrai au point de vue pratique, dépasse néanmoins le concept du devoir compris dans la morale (et qui ne suppose aucune matière de l'arbitre, mais

ultime (de la création du monde), qui en même temps peut et doit être la fin ultime de l'homme[1].

★

Si la morale reconnaît dans la sainteté de sa loi un objet qui suscite le respect le plus grand, au
niveau de la religion elle représente dans la Cause VI, 7
suprême, exécutrice des lois, un objet *d'adoration* et paraît en sa majesté. Mais tout, même le plus

simplement les lois formelles de celui-ci) et ne peut en être développée analytiquement. *Or comment une telle proposition peut-elle être a priori possible?* L'accord avec la simple Idée d'un Législateur moral de tous les hommes est sans doute identique avec le concept moral du devoir en général, et dans cette mesure la proposition qui ordonne cet accord est analytique. Mais admettre l'existence d'un tel objet signifie bien plus qu'en reconnaître la possibilité. En ce qui touche la clef propre à résoudre ce problème, dans la mesure où je crois avoir quelque lumière à ce sujet, je ne puis proposer ici que quelque indication, sans donner une explication détaillée.

La *fin* est toujours l'objet d'une *appropriation,* c'est-à-dire d'un désir immédiat d'une possession d'une chose par la médiation d'une action ; de même la loi (qui commande pratiquement) est un objet de *respect.* Une fin objective (c'est-à-dire telle que nous devons l'avoir) est une fin qui nous est imposée comme telle par la simple raison. La fin qui contient en elle la condition indispensable et en même temps suffisante de toutes les autres, est *la fin ultime.* Le bonheur propre est la fin ultime subjective de tous les êtres raisonnables de l'univers (fin que chacun d'eux *a* moyennant sa *nature* qui dépend des objets sensibles, mais dont il serait absurde de dire que chacun *doit* l'avoir) et toutes les propositions pratiques, qui ont cette fin ultime pour fondement, sont synthétiques, mais en même
temps empiriques. Que maintenant chacun doive se proposer VI, 7
comme fin ultime le plus grand *bien* possible en ce monde, c'est là un principe pratique synthétique *a priori,* et même un principe pratique objectif, imposé par la raison pure, parce qu'il s'agit d'un principe qui dépasse le concept des devoirs dans le monde et ajoute à ces devoirs une conséquence (un effet) qui n'est pas compris dans les lois morales, et ne peut donc en être dérivé analytiquement. Ces lois, en effet, ordonnent absolument, quel que soit le résultat ; bien plus elles obligent à en faire totalement abstraction, quand il est question d'une action particulière, et ce faisant elles font du devoir l'objet du respect le plus relevé, sans par conséquent nous proposer ou nous imposer une fin (et une fin ultime), qui serait pour ainsi dire la recommandation d'elles-mêmes et qui devrait en même temps constituer le penchant nous guidant à accomplir notre devoir. Tous les hommes pourraient se satisfaire ici, si (comme ils le devraient) ils tenaient pour loi la prescription de la raison

sublime, devient petit dans les mains des hommes[2],
VI, 8 lorsqu'ils en tournent l'Idée à leur usage. Ce qui ne peut en vérité être honoré que dans la mesure où le respect qui s'y porte doit être libre, est obligé de s'accommoder à des formes auxquelles on ne peut donner de la considération que par des lois de contrainte, et ce qui de soi-même se propose à la critique publique de chaque homme, doit soumettre à une critique détentrice de la force, je veux dire la censure[3].

pure. Qu'ont-ils besoin de connaître l'issue que le cours du monde réservera à leur activité morale[1]? Il leur suffit bien d'accomplir leur devoir — et ce serait encore vrai quand tout s'achèverait avec cette vie terrestre et qu'en celle-ci même le bonheur et la vertu ne se rencontreraient jamais. Mais c'est sans doute une des bornes inévitables de l'homme (et peut-être aussi de tous les autres êtres de l'Univers) et de sa faculté rationnelle pratique de s'inquiéter du résultat de toutes ses actions, pour y découvrir ce qui pourrait lui servir de fin et aussi prouver la pureté de l'intention, résultat qui dans la pratique *(nexu effectivo)* vient en dernier, tandis que dans la représentation et l'intention *(nexu finali)* il est au premier rang. Dans cette fin, bien qu'elle soit imposée par la simple raison, l'homme cherche quelque chose qu'il puisse *aimer*. La loi qui ne lui inspire que du respect, sans, il est vrai, le reconnaître comme un besoin, s'élargit néanmoins pour sa satisfaction en admettant parmi ses principes de détermination la fin ultime morale de la raison. Cela signifie que la proposition : Fais du bien suprême possible en ce monde ta fin ultime, est une proposition synthétique *a priori*, introduite par la loi morale elle-même et par laquelle, pour ainsi dire, la raison pratique dépasse cette dernière, ce qui est rendu possible, parce que la loi morale est mise en relation avec la disposition naturelle de l'homme de devoir concevoir, outre la loi pour toutes ses actions, encore une fin (disposition qui fait de lui un objet de l'expérience) et qui n'est possible (tout de même que pour les propositions théoriques qui sont en même temps synthétiques *a priori*) que parce que ladite proposition enveloppe le principe *a priori* de la connaissance des principes de détermination du libre arbitre dans l'expérience en général, pour autant que cette dernière, qui expose dans leurs fins les actions de la moralité, procure au concept de la moralité, comme causalité dans le monde, une réalité
VI, 8 objective, bien que seulement pratique. Que si l'observance la plus stricte de la loi morale doit être conçue comme cause de la production du bien suprême (en tant que fin), alors, puisque la faculté de l'homme ne suffit pas pour réaliser l'unité du bonheur dans le monde avec la dignité d'être heureux, il faut admettre un Être tout-puissant et moral comme dominateur du monde, dont la providence mènera tout à son accomplissement, et c'est dire que la morale conduit infailliblement à la religion.

Cependant puisque le commandement : Obéis à l'autorité[1] ! est tout aussi bien moral et que son observation, comme celle de tous les autres devoirs, peut être reliée à la religion, il convient à un traité, consacré à la présentation du concept déterminé de celle-ci, d'offrir un exemple de cette obéissance, qui toutefois ne peut être prouvée seulement par une attention respectueuse de la loi portant sur une unique disposition dans l'État, tandis qu'on demeurerait aveugle envers les autres, mais seulement par un respect pour toutes les dispositions ensemble. Or le théologien[2] appelé à juger des écrits peut avoir été nommé soit pour veiller au salut des âmes, soit également pour se préoccuper du salut des sciences ; le premier, par conséquent, juge seulement comme ecclésiastique, mais le second également comme savant. À ce dernier, comme membre d'une institution officielle à laquelle (sous le nom d'Université) toutes les sciences sont confiées sous le rapport de la culture et de la protection des préjudices, il appartient de limiter les prétentions du premier à la condition que sa censure n'introduise aucun dommage dans le champ des sciences. Et si tous les deux sont des théologiens bibliques, il faudra que ce soit au second comme membre universitaire, relevant de la faculté même qui est chargée d'étudier la théologie, que devra incomber la censure supérieure. En effet en ce qui concerne la première disposition de la censure (le salut des âmes), tous deux ont une même charge ; mais en ce qui concerne la seconde disposition (le salut des sciences) le théologien, comme universitaire et savant, doit s'acquitter encore d'une fonction particulière. Voudrait-on s'écarter de cette règle — on en arriverait là où l'on est déjà arrivé (par exemple au temps de Galilée[3]) ; je veux dire que le théologien biblique pour humilier l'orgueil des sciences et s'épargner la peine de s'y livrer, se risque à des incursions dans l'astronomie elle- VI, 9
même ou en d'autres sciences, par exemple l'histoire ancienne de la Terre, et que, semblable à ces peuples qui ne trouvant en eux-mêmes ni la force,

ni le sérieux suffisant pour se défendre contre de dangereuses attaques, transforment en désert tout ce qui les entoure, il ne décide d'interdire toutes les recherches de l'entendement humain.

Toutefois dans le champ des sciences, à la théologie biblique s'oppose une théologie philosophique, qui est le bien confié à une autre faculté. Cette théologie philosophique, lorsqu'elle demeure uniquement à l'intérieur des limites de la simple raison et pour appuyer et expliquer ses définitions, utilise l'histoire, les langues, les livres de tous les peuples et la Bible elle-même, mais seulement pour elle-même, nullement pour introduire ces définitions dans la théologie biblique ou pour vouloir modifier les dogmes officiels, ce qui est le privilège des hommes d'Église ; cette théologie philosophique doit avoir la liberté totale de s'étendre aussi loin que s'étend sa science[1]. Et même s'il est établi que le philosophe a effectivement dépassé ses limites et est intervenu dans la théologie biblique, et si par conséquent le droit de censure ne peut être refusé au théologien (considéré uniquement comme ecclésiastique), néanmoins, s'il subsiste encore quelque doute et si la question se pose de savoir si le motif en est ou bien un écrit ou bien quelque autre exposé oral du philosophe, c'est seulement au théologien biblique, comme *membre de sa faculté,* que doit être concédée la censure supérieure, parce que le second intérêt de la communauté, qui est de veiller à l'épanouissement des sciences, lui a été confié avec autant de valeur que le premier[2].

Certes dans un tel cas c'est à cette faculté et non à celle de philosophie que revient la première censure ; c'est que celle-là seule conserve le privilège de certaines doctrines, tandis que celle-ci tend à faire des siennes un commerce libre et ouvert ; aussi la première seule peut-elle se plaindre qu'on attente à son droit exclusif. Nonobstant la proximité des deux disciplines dans leur ensemble et le souci de la théologie philosophique de ne pas dépasser ses limites, un doute relatif à une violation est facile à éviter si l'on considère que ce

désordre ne provient pas du fait que le philosophe *emprunte*, pour en user selon son dessein, quelque chose à la théologie biblique (car cette dernière ne démentira pas qu'elle renferme bien des choses qui lui sont communes avec les doctrines de la simple raison, ainsi qu'en outre des faits relevant de l'histoire générale ou de la philologie, et qu'elle comprend ce qui est nécessaire à leur censure) ; il n'y aurait pas non plus de désordre dans la supposition où le philosophe utiliserait ce qu'il emprunte dans un sens, peu agréable peut- VI, 10
être à la théologie biblique, mais conforme à la simple raison ; il n'y aurait de désordre que si le philosophe *introduisait* dans la théologie biblique quelque chose, prétendant ainsi la diriger vers des fins autres, que celles qu'autorise son institution. Ainsi ne peut-on pas dire, par exemple, que le jusnaturaliste, qui emprunte au droit romain maintes expressions et formules classiques en vue de sa théorie philosophique du droit, cause un dommage à ce code, même s'il n'use pas de ces formules, comme il le fait souvent, très exactement dans le sens même qu'elles devraient posséder selon les exégètes de ce droit ; il suffit qu'il ne prétende pas que les juristes proprement dits et les tribunaux doivent en faire le même usage que lui. En effet, s'il n'y était pas autorisé, on pourrait, en revanche, accuser le théologien biblique et le juriste statutaire de créer d'innombrables dommages dans le domaine de la philosophie, car tous deux, ne pouvant se priver de raison quand il s'agit de science, de philosophie, se voient obligés, sans doute dans leur intérêt respectif à l'un et à l'autre, de lui faire de très nombreux emprunts. Si toutefois l'intention du théologien biblique était, en matière de religion, de n'avoir si possible point du tout affaire avec la raison, on pourrait facilement prévoir de quel côté il y aurait perte ; c'est qu'une religion, qui de manière irréfléchie déclare la guerre à la raison, serait avec le temps incapable de se soutenir contre elle[1]. J'ose même faire une proposition : après l'achèvement de l'enseignement académique

de théologie biblique, ne conviendrait-il pas chaque fois de lui ajouter comme conclusion un cours particulier sur la doctrine *philosophique* religieuse pure (qui fait son profit de tout, y compris de la Bible), avec un fil conducteur, par exemple ce livre-ci (ou bien un autre, si l'on en peut posséder un meilleur de ce genre), comme nécessaire à la complète formation du candidat ? Les sciences ne progressent qu'en se séparant, et ce n'est que lorsque chacune constitue un tout pour soi que l'on peut s'appliquer à la recherche consistant à les considérer dans leur totalité. C'est alors que le théologien biblique peut se trouver en accord avec le philosophe ou croire qu'il doit le réfuter, pourvu qu'il l'écoute. C'est ainsi seulement qu'il peut être armé à l'avance contre toutes les difficultés que celui-ci pourrait lui créer. Mais en faire mystère ou les décrier comme impies, c'est un expédient misérable qui ne tient pas ; mélanger l'un et l'autre et, de la part du théologien biblique, ne jeter que quelques regards
VI, 11 furtifs à l'occasion, c'est un manque de sérieux qui fait qu'à la fin plus personne ne sait correctement ce qu'il doit penser de la doctrine religieuse en totalité[1].

*

Des quatre dissertations qui suivent, dans lesquelles, pour mettre en lumière la relation de la religion à la nature humaine affectée en partie de bonnes et de mauvaises dispositions, je représente le rapport du bon et du mauvais principes, comme celui de deux causes efficientes indépendantes agissant sur l'homme, la première a déjà été insérée dans la *Gazette berlinoise* d'avril 1792 ; toutefois, en raison de la très exacte connexion de la matière de cet ouvrage, qui en présente dans les trois suivantes le développement entier, elle ne pouvait être écartée*.

* Le lecteur voudra bien excuser l'orthographe qui dans les premières feuilles s'écarte de la mienne, diverses mains ayant prêté leur concours à la copie et peu de temps m'étant resté pour la révision.

PRÉFACE
À LA SECONDE ÉDITION

Hormis les fautes d'impression et quelques VI, 12
expressions peu nombreuses qui ont été améliorées, on ne trouvera aucun changement dans cette édition. Signalées par une indication (*) les nouvelles additions sont placées sous le texte.

À propos du titre de l'œuvre (puisqu'en considération de l'intention cachée sous celui-ci on a manifesté des doutes) je voudrais encore remarquer ceci : puisque la *révélation* peut bien, à tout le moins, comprendre en soi une *pure religion de la raison,* mais qu'en revanche cette dernière ne peut contenir l'histoire liée à la révélation, je pourrais concevoir l'une comme une sphère plus *large* de la foi, renfermant l'autre en soi comme plus *étroite* (donc non comme des cercles extérieurs l'un à l'autre, mais concentriques[1]) et ce serait dans cette dernière que le philosophe, en tant que pur théoricien (s'appuyant seulement sur de purs principes *a priori*), et devant par conséquent faire abstraction de toute expérience, aurait à se tenir. Partant de ce point de vue je puis tenter une seconde recherche ; je veux dire partir d'une quelconque révélation tenue pour telle, et tandis que je fais abstraction de la pure religion de la raison (dans la mesure où elle constitue un système cohérent), considérer la révélation comme *système historique* seulement fragmentaire en ce qui regarde

les concepts moraux et voir si ce système ne reconduit pas au même *système rationnel* de la religion, qui ne serait certes pas au point de vue théorique (qui enveloppe aussi l'aspect technique et pratique de la méthode d'enseignement comme *théorie technique*), mais bien au point de vue moral et pratique, indépendant et suffisant pour une religion proprement dite, qui comme concept rationnel *a priori* (qui demeure après épuration de tout ce qui était empirique) ne se présente que
VI, 13 sous ce rapport. Si cela réussit, on pourrait dire qu'il devrait y avoir non seulement compatibilité entre la raison et l'Écriture, mais encore unité, de telle sorte que celui qui (sous la direction des concepts moraux) suit l'une ne saurait manquer de suivre l'autre et de s'accorder avec elle. S'il n'en était pas ainsi, on aurait ou bien deux religions en une personne, ce qui est absurde, ou bien une *religion* et un *culte* et, dans ce dernier cas, comme le culte n'est pas (comme la religion) une fin en soi et n'a d'autre valeur que celle d'un moyen, il faudrait souvent les mêler ensemble, pour les réunir pour peu de temps, car ils se sépareraient incessamment comme l'huile et l'eau, et le pur moment moral (la religion de la raison) surnagerait nécessairement.

Dans la première *Préface* j'ai déjà observé que cette unité ou la recherche de celle-ci était une affaire revenant de plein droit au philosophe chercheur en matière de religion, et ne constituait nullement un empiètement sur les droits exclusifs du théologien biblique. Depuis j'ai relevé cette assertion dans la *Morale* de feu Michaelis (*Première Partie,* p. 5-11[1]), homme fort versé dans les deux branches et je l'ai vu appliquée dans toute son œuvre, sans que la faculté supérieure ait pu y rencontrer quoi que ce soit susceptible de porter préjudice à ses droits.

Quant aux jugements d'hommes honorables, connus ou inconnus, au sujet de cet ouvrage, comme ils ne parviennent en nos régions que très tard (comme il en va pour toute la littérature venant de l'étranger), je n'ai pu en tenir compte,

comme je l'eusse sincèrement souhaité, notamment en ce qui concerne les *Annotationes quaedam theologicae* du célèbre M. D. Storr de *Tübingen*[1] qui a entrepris l'examen de cet ouvrage avec son habituelle pénétration, mais aussi avec un soin et un esprit d'équité méritant la plus grande gratitude. J'ai sans doute le projet d'y répondre, sans pouvoir le promettre en raison des incommodités que l'âge oppose particulièrement au maniement des idées abstraites[2]. Il m'est possible de répondre à une critique, parue dans les *Nouveaux Échos critiques de Greifswald* (29ᵉ numéro), en étant aussi expéditif que le critique l'a été avec l'ouvrage même. Selon son jugement l'ouvrage n'est rien d'autre que la réponse à la question que je me suis à moi-même posée : «Comment le système ecclésiastique de la dogmatique est-il possible dans ses concepts et ses propositions selon la pure raison (théorique et pratique)? [...] Cette recherche ne concerne nullement ceux qui connaissent et comprennent aussi peu le système (de Kant) qu'ils ne désirent le connaître, et pour eux cet ouvrage peut être considéré comme n'existant pas[3] ». Voici ma VI, 14
réponse[4] : il suffit, pour comprendre cet ouvrage dans son contenu essentiel, de la seule morale commune, sans qu'il faille se reporter à la *Critique de la raison pratique* et encore moins à la *Critique de la raison pure* et si, par exemple, la vertu comme aptitude à des *actions* conformes au devoir (d'après leur légalité) est nommée *virtus phaenomenon,* tandis que la même vertu comme constante *intention* à accomplir de telles actions par *devoir* (en raison de leur moralité) est nommée *virtus noumenon,* ces expressions ne sont employées que pour l'École et la chose elle-même, il est vrai avec d'autres mots, se trouve comprise dans l'instruction la plus populaire réservée aux enfants, ou dans les sermons, et est aisément compréhensible. Si seulement il était possible de donner de mêmes éloges des mystères de la Nature divine contenus dans la doctrine religieuse qui, comme s'ils étaient parfaitement populaires, sont introduits dans les catéchismes, mais doivent pourtant par la suite

avant toute chose être transformés en concepts moraux, s'ils doivent devenir intelligibles pour tous !

Kœnigsberg, le 26 janvier 1794.

LA DOCTRINE PHILOSOPHIQUE DE LA RELIGION

Première partie

DE L'IMMANENCE DU MAUVAIS PRINCIPE AU BON OU SUR LE MAL RADICAL DANS LA NATURE HUMAINE

Que le monde soit mauvais, c'est une plainte VI, 19
aussi vieille que l'histoire et même que la poésie la plus vieille encore, aussi ancienne que le plus ancien de tous les poèmes, je veux dire la religion des prêtres. Tous laissent également le monde commencer par le bien : l'âge d'or, la vie paradisiaque ou une vie plus heureuse encore dans une communauté avec des êtres célestes. Mais, ce bonheur, ils le font aussitôt disparaître comme un songe ; et c'est la chute dans le mal (le mal moral avec lequel le mal physique va toujours de pair), précipitant cette chute pour notre souffrance*, si bien que maintenant (mais ce *maintenant* est aussi vieux que l'histoire) nous vivons dans les derniers temps et que le dernier jour et la fin du monde frappent à la porte. Aussi, dans quelques contrées de l'*Hindoustan*, le juge et le destructeur du monde Ruttren (nommé aussi Siba ou Siwen) est honoré comme le dieu qui détient actuellement la puissance, depuis que le conservateur du monde Wischnou, fatigué des fonctions que le créateur du monde Brahma lui légua, les a elles-mêmes abandonnées depuis plusieurs siècles.

* Horace

aetas parentum, peior auis, tulit
nos nequiores, mox daturos
progeniem uitiosiorem[1].

Nouvelle, bien moins répandue, se trouve être l'opinion contraire héroïque qui a reçu un accueil plus particulièrement chez les philosophes et à notre époque notamment chez les pédagogues : la
VI, 20 marche du monde irait en sens inverse, je veux dire du mal vers le bien, de manière incessante (même si cela est à peine observable), et que à tout le moins on pourrait voir là une disposition de la nature humaine. Ils n'ont certes pas retiré cette opinion de l'expérience, car s'il est question du *bien moral* ou du mal (non de la civilisation) l'histoire universelle s'élève là contre trop puissamment. Ce qui les soutient, c'est plus simplement la bienveillante présupposition des moralistes, de Sénèque à Rousseau[1], pour nous conduire à cultiver sans relâche le germe du bien qui se trouve peut-être en nous, supposé il est vrai que l'on puisse s'appuyer sur une disposition naturelle de l'homme. On ajoutera à cela que, s'il faut admettre que l'homme selon la Nature (c'est-à-dire comme il naît d'habitude) est corporellement sain, il n'est pas de raison qui interdise d'admettre selon la même Nature que son âme ne soit saine et bonne. La Nature même devrait nous aider à developper cette disposition éthique pour le bien. *Sanabilibus aegrotamus malis nosque in rectum genitos natura, si sanari velimus adiuvat* dit Sénèque[2].

Mais comme il aurait bien pu se faire que, prétendant s'appuyer sur l'expérience, on se soit trompé en l'une et en l'autre opinion, la question se pose de savoir si une solution moyenne ne serait pas, à tout le moins, possible, si, par exemple, considéré dans son espèce l'homme ne serait ni bon, ni mauvais, ou si, dans tous les cas, il ne pourrait pas être d'un côté comme de l'autre, en partie bon et en partie mauvais? Or, on ne dit pas d'un homme qu'il est mauvais parce qu'il est l'auteur d'actions qui sont mauvaises (contraires à la loi), mais parce que ces actions sont conçues de telle sorte qu'elles permettent de conclure qu'elles s'appuient en lui sur de mauvaises maximes. Il faut remarquer que l'on peut constater par l'expérience des actions en vérité contraires à la loi et aussi (du moins en soi-même) qu'elles le sont avec conscience. Néanmoins on ne peut pas observer les maximes, et cela même pas toujours en soi-même, de telle sorte qu'un jugement, d'après lequel le responsable de telles actions serait un homme mauvais, ne peut se fonder sur l'expérience avec certitude[1]. Il faudrait donc conclure de plusieurs, voire d'une seule action mauvaise, consciente *a priori,* à une mauvaise maxime lui servant de fondement, et de cette dernière à un principe se trouvant dans le sujet comme principe de toutes les maximes morales mauvaises, principe qui, à son tour, serait une maxime — pour dire d'un homme qu'il est mauvais.

Toutefois, afin de n'être pas choqué par l'expression de *nature,* qui (comme c'est l'usage) signifie le contraire des actions découlant de la *liberté,* et devrait se trouver en contradiction directe avec les prédicats *bon* moralement et *mauvais,* il convient de remarquer qu'on entend ici par l'expression *nature de l'homme*[2] uniquement le fondement subjectif de l'usage de sa liberté en général (et sous des lois morales objectives) et qui précède toute action tombant sous le sens — quant à ce fondement peu importe où il se trouve. Néanmoins ce fondement subjectif doit toujours être un acte de la liberté (autrement le bon ou le mauvais usage de l'arbitre de l'homme relativement à la loi éthique ne pourrait lui être imputé, et le bien ni le mal ne saurait en l'homme s'appeler moral). Il s'ensuit que le fondement du mal ne peut se trouver en aucun objet *déterminant* l'arbitre par une *inclination,* ni dans aucun penchant naturel, mais seulement dans une règle que l'arbitre se donne à lui-même pour l'usage de sa liberté, c'est-à-dire dans une maxime. Pour ce qui est de cette maxime, il ne faut pas aller plus loin et se demander quel est le fondement subjectif en vertu duquel l'homme l'adopte et non pas plutôt la maxime opposée. Car si finalement ce fondement n'était plus une maxime, mais un simple penchant naturel, l'usage de la liberté pourrait se ramener à des déterminations suivant les causes naturelles ; et c'est ce qui la contredit. Quand donc nous disons : *par nature l'homme est bon; ou par nature il est mauvais,* cela signifie seulement : il contient un principe premier (insondable pour nous*) d'adhésion à de bonnes maximes ou d'adhésion à de mauvaises maximes (contraires à la loi) et cela de manière universelle en tant qu'homme, de telle sorte que par là il exprime aussi le caractère de son espèce[2].

Nous dirons donc de l'un de ces caractères (qui différencie l'homme d'autres êtres raisonnables possibles) qu'il lui est *inné*[3], et cependant nous nous résignerons à penser que la Nature n'en est pas responsable (s'il est mauvais), ni n'en a le mérite (s'il est bon), mais que l'homme en est lui-
VI, 22 même le créateur. Mais puisque le premier fondement de l'adhésion que nous donnons à nos maximes doit toujours à la fin reposer sur le libre arbitre, et ne peut donc être un fait, qui pourrait être donné dans l'expérience, le bien ou le mal dans l'homme (comme fondement subjectif premier de l'adhésion de telle ou telle maxime par rapport à la loi morale) ne peuvent donc être dits qu'innés, mais dans ce seul sens qu'ils sont, avant tout usage de la liberté dans l'expérience (depuis la prime jeunesse en revenant en arrière jusqu'à la naissance), situés au fondement et qu'on se les représente comme existant dans l'homme dès la naissance, sans pourtant que la naissance en soit la cause.

* Que le premier fondement subjectif de l'adhésion à des maximes morales soit insondable, on peut déjà s'en apercevoir au fait que cette adhésion est libre, que son fondement (pourquoi par exemple ai-je adhéré à une mauvaise maxime et non pas plutôt à une bonne?) ne peut être recherché dans aucun motif issu de la nature, mais toujours dans une maxime ; et comme cette dernière doit aussi bien posséder son fondement, et qu'en dehors de la maxime aucun *principe de détermination* du libre arbitre ne peut ni ne doit être indiqué, on se voit dans la série des fondements de déterminations toujours repoussé plus loin à l'infini, sans jamais parvenir au premier fondement[1].

Remarque

Le conflit entre les deux hypothèses précédemment établies repose sur une proposition disjonctive : *l'homme est* (par nature) *ou bon moralement ou mauvais moralement.* Il vient toutefois aisément à l'esprit de chacun de poser la question de savoir si cette disjonction est pertinente, et si l'on ne pourrait pas soutenir que par nature l'homme n'est ni l'un ni l'autre et par ailleurs qu'il se trouve être les deux en même temps, bon en partie et mauvais en partie. L'expérience même semble confirmer ce point de vue moyen entre les extrêmes.

Toutefois il importe à la philosophie morale d'une manière très générale de n'admettre aucune réalité morale moyenne, ni dans les actions *(adiaphora*[1] *),* ni dans le caractère humain, tant que cela est possible. C'est que dans de semblables équivoques toutes les maximes seraient exposées au danger de perdre leur détermination et leur rigueur. Communément on nomme ceux qui sont attachés à cette rigoureuse manière de penser des *rigoristes* (mot qui devrait enfermer en lui-même un blâme, mais qui dans le fait est un éloge) ; quant à ceux qui se situent aux antipodes des rigoristes on peut les nommer *latitudinaires.* Ces latitudinaires sont des latitudinaires ou bien de la neutralité et peuvent être appelés des *indifférentistes,* ou de la coalition et peuvent être désignés comme des *syncrétistes**[2].

* Si le bien = A, son opposé contradictoire est le non-bien. Ce dernier en conséquence est soit le simple manque d'un fondement du bien = o, soit le fondement positif de l'opposition au bien = — A. Dans ce dernier cas le non-bien peut aussi s'appeler le mal positif. (Par rapport au plaisir et à la douleur, il existe un moyen terme de ce genre, en sorte que le plaisir = A, la douleur = — A, et l'état où ni l'un ni l'autre ne se rencontrent l'indifférence = o.) Si la loi morale en nous VI, 23
n'était pas un motif de l'arbitre, le bien moral (accord de l'arbitre avec la loi), serait = A, le non-bien = o, celui-ci étant la simple conséquence de la carence d'un motif moral : A × o. Mais comme le motif en nous est = A, il s'ensuit que le manque

La réponse à la question posée suivant la méthode de résolution rigoriste* se fonde sur cette importante remarque pour la morale : la liberté de l'arbitre est d'une structure bien parti-
VI, 24 culière, puisqu'elle ne peut être déterminée à une

d'accord de la volonté avec celui-ci (=O), n'est possible qu'à titre de conséquence d'une détermination de l'arbitre opposé *realiter*, c'est-à-dire d'une répugnance de ce dernier =—A, et qu'ici la possibilité ne dépend que d'un arbitre mauvais. Ainsi entre la mauvaise intention et la bonne (principe interne des maximes), d'après quoi il faut juger de la moralité des actions, il n'y a pas de moyen terme. *La deuxième édition ajoute :* Une action morale indifférente *(adiaphoron morale)* serait une action s'ensuivant simplement des lois naturelles, sans relation avec la loi morale en tant que loi de la liberté, puisqu'elle n'est pas un fait et qu'en ce qui la regarde ni *commandement,* ni *interdiction,* pas même une *autorisation* (permission légale) ne sauraient se rencontrer ou être nécessaire[1].

* M. Le Professeur Schiller[2] dans sa dissertation rédigée de main de maître sur «La grâce et la dignité dans la morale» (*Thalia,* 1793 numéro 3) désapprouve cette manière de se représenter l'obligation, comme si elle impliquait une disposition d'esprit de chartiste. Cependant, puisque nous sommes d'accord sur les points les plus importants, je ne puis en celui-ci reconnaître quelque désaccord, si toutefois nous pouvons nous rendre compréhensibles l'un à l'autre. J'avoue volontiers qu'en raison de sa dignité je ne puis attacher au *concept du devoir* aucune Grâce. C'est qu'il renferme une obligation inconditionnelle et que la Grâce se trouve en contradiction directe avec cela. La majesté de la loi (semblable à celle du Sinaï) inspire la vénération (non la crainte qui repousse, ni le charme non plus qui invite à la familiarité) qui éveille précisément le respect de l'inférieur vis-à-vis de son maître, et puisque dans ce cas ce dernier est en nous-mêmes, c'est le *sentiment du sublime* de notre destination personnelle qui est éveillé, et il nous ravit plus que toute autre beauté. Mais la vertu, c'est-à-dire l'intention fermement fondée de remplir exactement son devoir, est aussi dans ses conséquences également plus *bienfaisante* que tout ce que la nature ou l'art peuvent accomplir en ce monde. Et la magnifique image de l'humanité, représentée dans cette forme qui est sienne, tolère bien sans doute le cortège des Grâces. Mais comme il n'est question encore que de la morale, elles se tiennent à distance respectueuse. Si l'on envisage les conséquences gracieuses que la vertu répandrait dans le monde, si elle pouvait pénétrer partout, alors, en ce cas, la raison moralement dirigée (par le truchement de l'imagination) met en jeu la sensibilité. *Hercule* ne devient *Musagète* qu'après avoir dompté les monstres, travaux devant lesquels ces bonnes sœurs reculent. Les compagnes de la *Vénus Uranie* sont dans la suite de la *Vénus Dionée* des courtisanes dès qu'elles s'immiscent dans

action par aucun mobile, *à moins que l'homme ne l'ait admis dans sa maxime* (qu'il s'en soit fait une règle universelle, suivant laquelle il veut se conduire) ; c'est ainsi seulement qu'un mobile, quel qu'il soit, peut se maintenir au niveau de la spontanéité absolue de l'arbitre (de la liberté). Toutefois dans le jugement de la raison la loi morale est pour elle-même un mobile et celui qui en fait sa maxime est *moralement* bon[1]. Maintenant si la loi ne détermine pas l'arbitre d'une personne en ce qui touche une action qui se rapporte à elle, il faut bien qu'un mobile qui lui soit opposé possède de l'influence sur son arbitre. Or, puisque, en accord avec l'hypothèse, cela n'est possible que si l'homme admet ce mobile dans sa maxime (ce qui est un écart par rapport à la loi morale — auquel cas c'est un homme mauvais), il s'ensuit que son intention relativement à la loi morale n'est jamais indifférente (jamais ni l'un, ni l'autre, c'est-à-dire ni bonne, ni mauvaise).

L'homme ne peut pas non plus être moralement bon à certains égards et en même temps mauvais à d'autres égards[2]. Est-il bon sur un point ? il a dès lors admis la loi morale en sa maxime. Mais s'il était en même temps sur d'autres points mauvais, puisque la loi morale de l'observance du devoir est unique et universelle, la maxime qui s'y

le travail consistant à déterminer le devoir et veulent livrer les motifs appropriés. Si l'on demande maintenant quelle est la disposition *esthétique,* et pour ainsi dire quel est le *tempérament de la vertu :* courageux et partant joyeux, ou abattu par la crainte et découragé, une réponse n'est pas même nécessaire. Ce dernier sentiment d'esclavage de l'âme ne peut avoir lieu sans une *haine* cachée de la loi et le cœur joyeux dans l'accomplissement de son devoir (il ne s'agit pas de la douceur à le reconnaître) est un signe de l'authenticité de l'intention vertueuse, même dans la *piété* qui ne consiste pas dans la mortification que s'inflige le pécheur repentant (et qui est très équivoque et communément n'est que le reproche intérieur qu'on s'adresse d'avoir failli à la règle de la prudence) mais dans la ferme résolution de mieux agir à l'avenir, qui encouragée par la bonne issue, doit faire naître une joyeuse disposition de l'âme, sans laquelle on n'est jamais certain de *s'être affecté* par le bien, c'est-à-dire d'y avoir adhéré en sa maxime. *(Note de la deuxième édition.)* VI, 24 rapporte devrait être à la fois universelle et particulière et cela est contradictoire*.

VI, 25 Posséder l'une ou l'autre intention par nature comme disposition innée ne signifie pas qu'elle ne soit pas acquise par l'homme qui la cultive et qu'il n'en puisse être l'auteur ; cela veut seulement dire qu'elle n'est pas acquise dans le temps (donc que l'homme *dès sa jeunesse* est toujours déjà lié à l'une ou à l'autre). L'intention, c'est-à-dire le fondement subjectif premier de l'adhésion aux maximes, ne peut être qu'unique et s'applique de manière générale à tout l'usage de la liberté. Mais cette intention elle-même doit avoir été admise par le libre arbitre, puisque autrement elle ne saurait être imputée. Mais on ne peut connaître à leur tour le fondement subjectif ou la cause de cette admission (bien qu'on ne puisse éviter de s'interroger à ce propos, car il faudrait autrement produire une maxime en laquelle il y aurait adhésion à l'intention, qui de même, à son tour, devrait avoir un fondement propre). Comme nous ne pouvons dériver cette intention ou plutôt son fondement suprême du premier acte temporel de l'arbitre, nous l'appelons une disposition de l'arbitre qui lui est imprimée par la nature (bien qu'en fait ce soit en la liberté qu'elle se fonde). Que toutefois nous soyons en droit de dire que

VI, 24 * Les anciens philosophes moralistes, qui ont à peu près épuisé tout ce qui peut se dire de la vertu, n'ont pas négligé les deux questions ci-dessus. Ils exprimèrent ainsi la première : la vertu peut-elle s'enseigner? (ce qui revient à dire que par nature l'homme est indifférent à son égard comme il l'est au vice). La seconde question était la suivante : peut-il y avoir plus d'une vertu (par conséquent ne pourrait-il se faire que
VI, 25 l'homme à certains égards soit vertueux et à d'autres vicieux)? À ces deux questions ils répondirent non avec une détermination rigoriste ; et ce fut à bon droit ; en effet ils considéraient la vertu *en soi* dans l'Idée de la raison (comme l'homme doit être). Mais si l'on veut juger éthiquement cet être moral, *l'homme* au niveau du *phénomène*, c'est-à-dire tel que l'expérience nous le fait connaître, on peut répondre affirmativement aux deux questions indiquées ; car alors il n'est pas pesé dans la balance de la raison pure (devant un tribunal divin), mais d'après des mesures empiriques (celles d'un juge humain). On reviendra plus loin sur ce point[1].

sous le mot *homme*, en affirmant qu'il est bon ou mauvais par nature, nous entendons, non pas l'homme en particulier (car dès lors l'un pourrait être admis comme bon par nature, tandis que l'autre serait mauvais) mais l'espèce tout entière, cela ne pourra être établi que plus tard, lorsqu'il apparaîtra dans l'enquête anthropologique[1] que les raisons qui nous autorisent à attribuer comme inné un des deux caractères à un homme sont telles qu'il n'y a pas lieu d'en excepter un seul homme, et que ce qui vaut de lui vaut de l'espèce.

I

DE LA DISPOSITION ORIGINELLE AU BIEN DANS LA NATURE HUMAINE VI, 26

Par rapport à sa fin nous pouvons, de manière commode, la ramener à trois classes, comme éléments de la destination[2] de l'homme.

1° La disposition à l'*animalité* de l'homme en tant qu'être *vivant*.

2° La disposition à l'*humanité* de cet être en tant que vivant et en même temps *raisonnable*.

3° La disposition à sa *personnalité* en tant qu'être raisonnable et aussi apte à la *responsabilité**[3].

* On ne peut considérer celle-ci comme comprise dans le concept de la précédente, mais il faut nécessairement la regarder comme une disposition particulière. En effet, il ne suit pas du fait qu'un être possède de la raison, que celle-ci contienne une faculté de déterminer inconditionnellement l'arbitre par la simple représentation de la qualification de ses maximes en vue d'une législation universelle et soit de ce fait pratique pour elle-même ; c'est du moins ce que nous pouvons comprendre. L'être du monde le plus raisonnable même pourrait toujours avoir besoin, pour déterminer son arbitre, de certains motifs qui lui viennent des objets de l'inclination. Et il pourrait appliquer la réflexion la plus rationnelle, tant en ce qui concerne la plus grande somme des motifs que les moyens pour atteindre la fin ainsi déterminée, sans même pressentir la possibilité d'une chose telle que la loi morale comme ordon-

1° La disposition à *l'animalité* dans l'homme peut être placée sous le titre général de l'amour de soi physique et simplement mécanique, c'est-à-dire tel qu'on n'y exige pas la raison. Elle est triple. *Premièrement,* il s'agit de la conservation de soi-même. *Deuxièmement,* elle vise la reproduction de l'espèce par l'instinct sexuel et par la conservation de ce qui a résulté du commerce des sexes. *Troisièmement,* elle tend à l'association avec d'autres hommes ; c'est l'instinct social. Sur cette disposi-
VI, 27 tion peuvent certes se greffer des vices (mais qui ne surviennent pas d'eux-mêmes à partir de cette disposition qui en serait la racine). On peut les appeler vices de la grossièreté de la nature, et quand ils s'écartent le plus de la fin de la nature ce sont les *vices bestiaux :* l'*intempérance,* la *lascivité* et l'*anarchie* sauvage (dans les rapports avec les autres hommes[1]).

2° Les dispositions pour l'*humanité* peuvent sans doute être ramenées sous le titre général de l'amour de soi physique, mais d'un *amour qui compare* (ce qui suppose l'intervention de la raison) ; en effet on ne s'estime alors heureux ou malheureux qu'en comparaison avec d'autres. De cet amour de soi vient l'inclination à se procurer *une certaine valeur dans l'opinion d'autrui ;* à vrai dire, à l'origine, on ne veut que *l'égalité ;* on ne veut permettre à qui que ce soit de vous être supérieur, tout se trouvant entravé par la constante crainte que d'autres n'y tendent ; ici prend sa source le désir injuste de s'élever au-dessus des autres. Là, je veux dire : sur la *jalousie* et la *rivalité,* peuvent se greffer les plus grands vices, propres à ces hostilités, secrètes et manifestes, que nous dirigeons contre ceux que nous considérons comme des étrangers pour nous. Encore une fois ces

nant de manière absolue et s'annonçant elle-même à la vérité comme le motif suprême. Si cette loi n'était pas donnée en nous-mêmes, nous ne saurions l'inventer par aucune subtilité de la raison, ni par quelque bavardage l'imposer à l'arbitre ; et pourtant c'est cette loi seule qui nous donne conscience[2] de l'indépendance de notre arbitre envers tous les autres motifs (donc de notre liberté) en même temps que de l'imputabilité de toutes les actions.

sentiments ne jaillissent pas d'eux-mêmes de la nature comme d'une racine ; mais, si l'on pense à notre constante angoisse de voir autrui acquérir sur nous une supériorité odieuse, il s'agit d'inclinations qui visent à nous procurer pour notre sécurité cette supériorité sur les autres comme mesure de précaution ; c'est seulement comme d'un mobile conduisant à la Culture que la Nature voulait l'idée d'une telle émulation (qui n'exclut pas l'amour réciproque). Aussi bien peut-on nommer les vices qui ont été greffés sur cette disposition des vices de la *culture*[1] et au plus haut degré de leur malignité (car alors ils ne sont rien d'autre que l'Idée d'un maximum du mal, qui dépasse l'humanité) on peut les appeler des *vices diaboliques*[2], par exemple dans l'*envie*, l'*ingratitude*, la *joie prise au mal d'autrui*, etc.[3].

3° La disposition à la *personnalité* est l'aptitude à ressentir le respect pour *la loi morale comme mobile suffisant en soi pour l'arbitre.* Cette aptitude à ressentir le simple respect pour la loi morale en nous serait le sentiment moral, qui, pris pour lui-même, ne constitue pas encore une fin de la disposition naturelle, mais peut l'être pour autant seulement qu'il est un mobile de l'arbitre. Puisque cela n'est seulement possible que dans la mesure où le libre arbitre y donne son adhésion dans sa maxime, une telle disposition de l'arbitre ainsi entendu est le bon caractère, qui comme caractère du libre arbitre est chose qui ne peut que s'acquérir[4]. Toutefois sa possibilité suppose l'existence en notre nature d'une disposition, sur laquelle absolument rien de mauvais ne peut être greffé[5]. VI, 28
L'Idée de la loi morale seule, avec le respect qui en est inséparable, ne peut être dite convenablement une *disposition* pour la *personnalité ;* elle est la personnalité même (l'Idée de l'humanité considérée de manière toute intellectuelle). Mais le fondement subjectif, pour donner notre adhésion à ce respect comme mobile en nos maximes, semble être une addition à la personnalité et mériter pour cela le nom de disposition au profit de celle-ci.

Si nous considérons ces trois dispositions d'après leurs conditions de possibilité, nous verrons qu'à la racine[1] de la *première* il n'y a aucune raison, que la *deuxième* a sans doute pour racine la raison pratique, mais seulement au service d'autres mobiles, que la *troisième* enfin est seule pour elle-même pratique et possède donc sa racine dans la raison législatrice inconditionnée. Toutes ces dispositions en l'homme ne sont pas seulement (négativement) *bonnes* (elles ne contredisent pas la loi morale), mais elles sont aussi des dispositions *au bien* (elles concourent à sa réalisation). Elles sont *originaires*, car elles appartiennent à la possibilité de la nature humaine. L'homme sans doute peut faire un usage contraire à leur fin des deux premières ; mais il ne saurait en anéantir aucune. Quand nous parlons donc des dispositions d'un être nous entendons aussi bien les parties constitutives que les formes de leurs liaisons, requises pour que cet être soit tel. Elles sont *originaires* si elles appartiennent nécessairement à la possibilité d'un être ; mais, en revanche, elles sont contingentes si, sans elles, l'être était aussi possible en soi. Remarquons enfin qu'il n'a pas été question ici d'autres dispositions que de celles qui se relient immédiatement à la faculté de désirer et à l'usage de l'arbitre.

II

DU PENCHANT AU MAL DANS LA NATURE HUMAINE

Par penchant *(propensio)*, je caractérise le fondement subjectif de la possibilité d'une inclination (désir habituel, *concupiscentia*), pour autant qu'en rapport à l'humanité en général elle est contin-
VI, 29 gente*[2]. Le penchant se distingue donc en ceci de

* Le *penchant* proprement dit n'est que la *prédisposition* au désir d'une jouissance, et il produit une *inclination* à celle-ci,

la disposition, que pouvant certes être inné, il ne *doit* pas néanmoins être représenté comme tel; mais, en revanche, il le faut concevoir (quand il est bon) comme *acquis* ou (s'il est mauvais) comme *contracté*[2] par l'homme. Il n'est toutefois ici question que du penchant au mal proprement dit, c'est-à-dire au mal moral, et comme celui-ci n'est possible que comme détermination du libre arbitre, et puisque c'est uniquement par ses maximes que le libre-arbitre peut être jugé bon ou mauvais, ce penchant doit consister dans le fondement subjectif de la possibilité d'une déviance des maximes par rapport à la loi morale. Si donc ce penchant doit être admis comme appartenant universellement à l'homme (donc comme au caractère de son espèce), on l'appelera un penchant *naturel* de l'homme vers le mal. On peut encore ajouter que l'aptitude de l'arbitre à adhérer ou non à la loi morale dans ses maximes, qui procède du penchant naturel, s'appelle le *bon* ou le *mauvais cœur*[3].

On peut distinguer trois degrés différents en ce penchant[4]. *Premièrement* donc la faiblesse du cœur humain dans l'observance des maximes adoptées, et il s'agit de la *fragilité* de la nature humaine; *deuxièmement* le penchant à mêler des motifs immoraux aux motifs moraux (même si cela se produisait dans une bonne intention et sous la maxime du bien); il s'agit cette fois de l'*impureté; troisièmement :* le penchant à adhérer à de mauvaises

lorsque le sujet en a fait l'expérience. Ainsi tous les hommes grossiers ont un penchant pour ce qui énivre, car bien que la plupart d'entre eux ne connaissent pas du tout l'ivresse et ne possèdent donc aucun désir des choses qui la procurent, il suffit néanmoins de leur permettre d'en faire une seule fois l'expérience pour susciter en eux un désir à peu près indestructible[1]. Entre le penchant et l'inclination, qui présuppose une connaissance de l'objet du désir, il se trouve encore l'*instinct,* qui est VI, 29
le besoin ressenti de faire quelque chose ou de jouir de quelque chose, dont on n'a encore aucun concept (par exemple l'instinct industrieux chez l'animal, ou l'instinct sexuel). En partant de l'inclination enfin, il existe encore un degré de la faculté de désirer et c'est la *passion* (et non l'*affection,* car elle appartient au sentiment de plaisir et de peine, ce qui est une inclination excluant la domination de soi sur soi). *(Note de la deuxième édition.)*

maximes, c'est-à-dire la *méchanceté* de la nature humaine ou du cœur humain[1].

En premier lieu. La *fragilité (fragilitas)* de la nature humaine est exprimée dans la plainte même de l'apôtre : J'ai bien le vouloir, mais l'accomplissement fait défaut. C'est-à-dire : j'adhère au Bien (à la loi) dans la maxime de mon arbitre, mais le Bien qui, objectivement, dans l'Idée *(in thesi)* est un motif invincible, se trouve être subjectivement *(in hypothesi)* quand il s'agit de suivre la maxime, le motif le plus faible (comparé avec l'inclination[2]).

VI, 30 En deuxième lieu. L'*impureté*[3] *(impuritas, improbitas)* du cœur humain consiste en ceci : si au point de vue de l'objet (de l'observance intentionnelle de la loi) la maxime est sans doute bonne et peut-être suffisamment énergique pour l'exécution, en revanche elle n'est pas purement morale — c'est-à-dire que, contrairement à ce qui devrait être, elle n'a pas en elle-même donné son adhésion à la loi *seule* comme motif *suffisant,* mais que la plupart du temps (et peut-être à chaque fois) il lui faut encore d'autres motifs extérieurs afin de déterminer l'arbitre à ce qu'exige le devoir. En d'autres termes les actions conformes au devoir ne sont pas ici accomplies purement par devoir.

En troisième lieu. La *méchanceté (vitiositas, pravitas)* ou si l'on préfère la corruption *(corruptio)* du cœur humain est le penchant de l'arbitre à faire passer les motifs issus de la loi morale après d'autres (qui ne sont point moraux). On peut donc l'appeler la *perversité (perversitas)* du cœur humain, parce qu'elle inverse, par rapport aux motifs d'un libre arbitre, l'ordre éthique, et bien que des actions bonnes selon la loi (légales) puissent encore subsister, la manière de penser (en ce qui regarde l'intention morale) est, ce faisant, corrompue en sa racine et c'est pourquoi on dit alors que l'homme est mauvais[4].

On observera que le penchant au mal est établi relativement à l'homme, même le meilleur (d'après ses actions), et il doit en être ainsi, si l'on veut prouver l'universalité du penchant au mal parmi les hommes ou, ce qui ici signifie la même chose, que ce penchant est inhérent à la nature humaine[1].

Mais entre un homme de bonnes mœurs *(bene moratus)* et un homme moralement bon *(moraliter bonus)*, il n'y a (ou du moins il ne doit y avoir) en ce qui concerne l'accord de l'action avec la loi aucune différence, bien qu'en revanche pour le premier la loi ne soit pas toujours, et peut-être jamais, le motif unique et suprême, et que pour le second elle le soit *toujours*. On peut dire du premier qu'il suit la loi *à la lettre* (c'est-à-dire en ce qui intéresse l'action que la loi commande), mais du second qu'il l'observe selon l'*esprit* (l'esprit de la loi morale consiste en ceci que la loi soit le seul motif suffisant). *Ce qui ne résulte pas de cette croyance c'est le péché* (selon l'ordre de la pensée). (Rom. 14,23[2]) Si d'autres motifs que la seule loi sont nécessaires pour déterminer l'arbitre à des actions légales (par exemple l'ambition, l'amour de soi en général et même un instinct généreux comme la pitié), le fait que ces motifs VI, 31 s'accordent avec la loi est purement contingent, car ils pourraient tout aussi bien conduire à sa transgression. Ainsi la maxime, dont la bonté doit nous donner la mesure de toute la valeur morale de la personne, est cependant opposée à la loi, et l'homme n'ayant accompli que de pures bonnes actions est néanmoins mauvais.

Pour définir le concept de ce penchant l'explication suivante est encore nécessaire. Tout penchant est ou bien physique, c'est-à-dire : il relève de l'arbitre de l'homme en tant qu'être appartenant à la nature — ou bien moral, c'est-à-dire : il relève de l'arbitre de l'homme comme être moral. Dans le premier sens il n'existe pas de penchant au mal moral, car celui-ci doit surgir de la liberté ; et un penchant physique (qui est fondé sur des sollicitations sensibles) en vue d'un quelconque usage de la liberté, que ce soit pour le bien ou le mal, est une contradiction. Un penchant au mal ne peut être attaché qu'à la faculté morale de l'arbitre. Or il n'est rien de moralement mauvais (c'est-à-dire

de susceptible d'être imputé) en dehors de ce qui est notre propre *action*. Mais il se trouve là contre que sous le concept d'un penchant on entend un fondement subjectif de détermination de l'arbitre qui est *antérieur à toute action*, qui n'est donc pas encore lui-même *action*. Il semblerait donc que, dans le concept d'un pur penchant au mal, on rencontrerait une contradiction, si cette expression ne pouvait être prise en deux sens distincts, qui pourraient néanmoins s'unir dans le concept de la liberté. Or justement l'expression même d'un acte en général peut aussi bien valoir pour cet usage de la liberté par lequel la maxime suprême (conforme ou contraire à la loi) trouve son adhésion dans l'arbitre, que pour celui suivant lequel les actes mêmes (considérés dans leur matière, c'est-à-dire en ce qui concerne les objets de l'arbitre) sont exécutés conformément à la maxime. Le penchant au mal est donc acte au premier sens *(peccatum originarium)*; en même temps il est le principe formel de tout acte contraire à la loi dans le second sens retenu, sens auquel l'acte, considéré selon la matière, contredit la loi et est appelé un vice *(peccatum derivatum)*; et la première faute subsiste, même si la seconde (faite de motifs ne provenant pas de la loi même) se trouvait évitée de multiples manières. L'acte, au premier sens, est un acte intelligible, connaissable seulement par la raison sans aucune condition de temps, mais dans le second sens l'acte est sensible, empirique, donné dans le temps *(factum phaenomenon*[1] *)*. C'est surtout en comparaison avec l'acte compris au second sens que l'autre est appelé un penchant simple et inné, parce qu'il ne peut être extirpé (à cet effet la maxime devrait être
VI, 32 celle du bien, mais dans ce penchant on y adhère comme mauvaise); mais plus particulièrement c'est pour la raison suivante : nous ne pouvons pas plus expliquer pourquoi le mal a corrompu en nous la maxime suprême — bien que celle-ci soit notre acte propre — que nous ne pouvons indiquer la cause d'une propriété fondamentale, qui appartient à notre nature. On trouvera dans

ce qui vient d'être exposé la raison pour laquelle tout au début de cette section, nous avons cherché les trois sources du mal moral uniquement dans ce qui affecte, suivant les lois de la liberté, le fondement suprême en vertu duquel nous acceptons et suivons nos maximes et non dans ce qui affecte la sensibilité (en tant que réceptivité[1]).

III

L'HOMME EST MAUVAIS PAR NATURE

Vitiis nemo sine nascitur
Horace[2]

La proposition : l'homme est *mauvais,* ne peut, d'après ce qui précède, avoir un autre sens que celui-ci : il est conscient de la loi morale et il a cependant admis dans ses maximes une occasionnelle déviance par rapport à elle. Il est mauvais *par nature* signifie que cette assertion s'applique à lui quand on le considère dans son espèce ; cela ne veut pas dire qu'une telle qualité pourrait être déduite du concept de son espèce (celui de l'homme en général), car autrement elle serait nécessaire, mais qu'il ne peut être jugé d'une autre façon selon ce que l'on connaît de lui par l'expérience, ou bien qu'on peut présupposer ce penchant comme subjectivement nécessaire en chacun — et même chez le meilleur des hommes. Or comme ce penchant doit être regardé comme moralement mauvais, non pas par conséquent comme une disposition naturelle, mais comme quelque chose qui peut être imputé à l'homme et doit par suite consister en maximes de la volonté contraires à la loi ; mais que, par ailleurs, en raison de la liberté ces maximes doivent être considérées comme contingentes, ce qui, à son tour, ne saurait s'accorder avec l'universalité de ce mal si le fondement subjectif suprême de toutes les maximes n'était lié à l'humanité même d'une quelconque manière, et pour ainsi dire enraciné en elle, il en résulte que nous pourrons appeler ce penchant un penchant naturel au mal, et, puisqu'il faut que l'homme soit toujours coupable par lui-même, nous qualifierons ceci comme un *mal radical* inné dans la nature humaine (mais que nous avons cependant contracté nous-mêmes[1]).

Qu'un tel penchant pervers doive être enraciné en l'homme, c'est ce dont nous pouvons nous dispenser d'apporter une preuve formelle, en
VI, 33 raison des nombreux exemples criants que l'expérience nous présente dans les *actions* des hommes. Veut-on tirer ces exemples de l'état où de nombreux philosophes espéraient particulièrement rencontrer la naturelle bonté de la nature humaine, je veux dire l'*état de nature*[2], il suffira de comparer à cette hypothèse l'émergence d'une cruauté non provoquée dans les scènes meurtrières à Tofoa, dans la Nouvelle-Zélande et aux Iles des Navigateurs, et les drames incessants dans les vastes déserts de l'Amérique du Nord-Ouest (que rapporte le capitaine Hearne[3]) dont pas un homme ne retire le moindre profit*. On possède alors plus de vices de la barbarie qu'il n'en faut pour s'éloigner de cette hypothèse. Si l'on pense, en revanche, que la nature humaine est susceptible d'être mieux connue dans un état policé (où ses

* C'est ainsi que la guerre perpétuelle[4] entre les Indiens de l'*Athabasca* et les Indiens *Côtes de chien* n'a d'autre finalité que le carnage. La vertu suprême, selon les sauvages, est le courage guerrier. Même dans un état policé, il est un objet d'admiration comme le fondement du respect insigne qu'exige cette classe pour laquelle il est l'unique mérite ; et cela n'est pas sans fondement aucun dans la raison[5]. Car, que l'homme puisse posséder quelque chose et s'en faire une fin qu'il estime encore plus que sa vie (l'honneur), et de ce fait renonce à tout intérêt personnel, prouve bien quelque sublimité dans sa disposition. Mais on voit bien, à la satisfaction avec laquelle les vainqueurs célèbrent leurs exploits (ainsi tailler en pièces, sabrer sans faire de quartiers et ainsi de suite), qu'ils se réjouissent de leur supériorité et des ruines qu'ils ont pu amasser, sans qu'il y ait place pour une autre fin, en rapport à laquelle ils auraient eu proprement à bien agir. *(Note de la deuxième édition.)*

dispositions peuvent se développer d'une manière plus complète) il faudra entendre une longue et mélancolique litanie d'accusations contre l'humanité. On se plaindra de la fausseté secrète même dans l'amitié la plus intime, de telle sorte que mesurer sa confiance dans les confidences réciproques, même s'agissant des meilleurs amis, compte parmi les maximes universelles de la prudence ; on se plaindra d'un penchant à haïr celui envers lequel on se trouve redevable, et c'est à quoi le bienfaiteur doit toujours s'attendre ; on se plaindra d'une cordiale bienveillance qui permet cependant la remarque «qu'il y a dans le malheur de notre meilleur ami quelque chose qui ne déplaît pas», et de tant d'autres vices cachés sous l'apparence de la vertu encore, sans parler de ceux qui ne se masquent aucunement, parce que nous regardons déjà comme bon un *homme mauvais relevant de la classe générale.* Il suffira des vices de la *culture* et de la civilisation (les plus pénibles entre tous) pour détourner son regard de la conduite des hommes plutôt que de contracter pour soi-même un vice autre, je veux dire la *misanthropie.* Néanmoins si, avec cela, on ne se trouve pas satisfait encore, on pourra se pencher sur ce qui est composé de manière bizarre à partir des deux états précédents, c'est-à-dire l'état des relations extérieures entre les nations, puisque des peuples civilisés sont l'un par rapport à l'autre dans la relation de l'état de nature brut (un état où l'organisation guerrière est permanente), bien résolus à n'en jamais sortir. On remarquera que les principes des grandes sociétés appelées *États**,

VI, 34

* Si l'on regarde l'histoire de ces États seulement comme le phénomène des dispositions internes de l'humanité qui nous sont, en grande partie cachées, on peut se convaincre d'une certaine marche mécanique de la Nature, qui n'est pas les fins des peuples, mais bien celles de la Nature. Tout État, chaque fois qu'à côté de lui s'en trouve un autre qu'il peut espérer soumettre, tend à s'agrandir en l'assujettissant, et ainsi jusqu'à la monarchie universelle, constitution en laquelle toute liberté devrait disparaître et avec elle (ce qui en est la conséquence), la vertu, le goût et la science. Toutefois ce monstre (en lequel peu à peu les lois perdent leur force), lorsqu'il a absorbé tous

qu'on ne saurait écarter, contredisent directement les prétentions publiques et aucun philosophe n'a pu encore les mettre d'accord avec la morale, sans toutefois d'ailleurs (ce qui est grave) être en mesure d'en proposer de meilleurs, susceptibles de s'unir à la nature humaine, si bien que le *chiliasme philosophique*, espérant en un état de paix éternelle, fondé par une ligue des peuples comme république du monde est universellement tourné en dérision comme un songe creux, ainsi que le chiliasme théologique qui attend l'achèvement de l'amélioration de tout le genre humain[2].

Or le fondement de ce mal ne peut pas, 1° comme on a pris l'habitude de le dire communément, être situé dans la *sensibilité de l'homme* et dans les inclinations naturelles qui en dérivent. Ce n'est pas seulement qu'elles n'ont aucun rapport
VI, 35 direct au mal (bien plutôt elles donnent à l'intention morale dans sa force l'occasion de prouver ce qu'elle est, intention de la vertu), c'est que nous ne sommes pas responsables de leur existence (nous ne saurions l'être non plus, car leur innéité nous interdit d'en être les auteurs) ; en revanche nous sommes responsables du penchant au mal qui, tandis qu'il concerne la moralité du sujet et découvre par conséquent en celui-ci un être qui agit librement, doit pouvoir lui être imputé comme à un être faillible — nonobstant l'enracinement profond du penchant dans l'arbitre, en raison de quoi il convient de dire que ce penchant se rencontre en l'homme par nature. Le fondement du mal ne peut pas non plus, 2° être posé dans une *corruption* de la raison morale

ses voisins, se dissout finalement de lui-même et par insurrections et discordes se divise en beaucoup de petits États qui, au lieu de tendre à une ligue des États (ou république de peuples libres et alliés), recommencent le même jeu de nouveau à leur tour, pour ne pas mettre fin à la guerre (ce fléau du genre humain), qui bien qu'elle ne soit pas aussi incurablement mauvaise que le tombeau de la monarchie universelle (ou même encore une ligue des nations dont le but serait de ne pas laisser disparaître le despotisme en aucun État), fait cependant, comme le disait un Ancien, plus d'hommes mauvais qu'elle n'en supprime[1]. (*Note de la deuxième édition.*)

législatrice ; comme si celle-ci pouvait détruire en elle-même l'autorité de la loi elle-même et nier l'obligation qui en découle ; ce qui est manifestement impossible. Se concevoir comme un être librement agissant et en même temps comme dégagé de la loi qui lui est conforme, reviendrait à se concevoir comme une cause efficiente en dehors de toute loi (car la détermination d'après les lois de la nature tombe du fait de la liberté) ; mais cela est contradictoire. Ainsi pour donner au mal moral un fondement en l'homme, la *sensibilité* contient trop peu, tandis qu'écartant les motifs qui peuvent naître de la liberté, elle fait de l'homme un être *animal ;* mais en revanche une *raison* pour ainsi dire *maligne* (une volonté absolument mauvaise) qui libère de la loi morale contient trop, car l'opposition à la loi serait érigée en motif (et sans aucun motif l'arbitre ne peut être déterminé) et le sujet serait transformé en un *être diabolique.* Aucun de ces deux cas n'est applicable à l'homme[1].

Bien que l'existence de ce penchant au mal dans la nature humaine puisse être exposée par des preuves provenant de l'expérience de l'opposition effective dans le temps de l'arbitre humain à la loi, ces preuves ne nous instruisent pas sur la nature propre de ce penchant, ni sur le fondement de cette opposition ; toutefois cette nature du penchant, parce qu'elle concerne une relation du libre arbitre (dont le concept n'a rien d'empirique) à la loi morale comme motif (dont le concept est de même purement intellectuel), doit être connue *a priori* à partir du concept du mal, dans la mesure où il est possible suivant des lois de la liberté (celles de l'obligation et de l'imputabilité[2]). Ce qui suit est le développement de ce concept. VI, 36

L'homme (même le plus détestable[3]), quelles que soient les maximes dont il s'agit, ne renonce pas à la loi morale pour ainsi dire à la manière d'un rebelle (en refusant l'obéissance). La loi s'impose bien plutôt à lui de manière irrésistible en vertu de sa disposition morale ; et si aucun autre motif n'agissait en sens contraire, il y adhérerait dans sa maxime suprême comme principe moteur de son arbitre ; c'est-à-dire qu'il serait moralement bon. Toutefois il dépend aussi, en vertu de sa disposition naturelle également innocente, des motifs de la sensibilité et il les reçoit (d'après le principe subjectif de l'amour de soi) aussi dans sa maxime. S'il adhérait à ceux-ci comme *suffisant à eux seuls* dans sa maxime pour la détermination de l'arbitre, sans se tourner vers la loi morale (qu'il a pourtant en soi), alors il serait moralement mauvais. Puisque naturellement il admet en sa maxime l'un et l'autre, et qu'il jugerait chacun de ces motifs, s'il était seul, suffisant pour la détermination du vouloir, il serait en même temps bon et mauvais moralement, si la différence des maximes ne dépendait que de la différence des motifs (de la matière des maximes), c'est-à-dire si la loi ou l'impulsion des sens en constituait une, ce qui est contradictoire (d'après l'introduction). Par conséquent la différence entre l'homme bon et l'homme mauvais ne doit pas se trouver dans la différence des motifs auxquels il adhère dans ses maximes (non pas donc dans la matière de celles-ci), mais dans leur *subordination* (leur forme). Toute la question est de savoir *duquel des deux motifs l'homme fait la condition de l'autre*. En conséquence l'homme (même le meilleur) est mauvais par cela seul qu'il renverse l'ordre éthique des motifs lorsqu'il y adhère dans ses maximes. Certes, il admet en celles-ci la loi morale à côté de celle de l'amour de soi ; mais comme il devient conscient que l'une ne peut subsister à côté de l'autre, mais doit lui être subordonnée comme à la condition supérieure, il fait des motifs de l'amour de soi et de ses inclinations la condition de l'obéissance à la loi morale, alors que c'est bien plutôt à cette dernière qu'il faudrait dans la maxime universelle de l'arbitre, et en tant que motif unique, donner son adhésion comme condition suprême de la satisfaction des autres[1].

En dépit de ce renversement des motifs dans sa maxime contre l'ordre éthique, les actions peuvent cependant se présenter d'une manière aussi conforme à la loi que si elles découlaient de principes authentiques. Quand la raison ne fait usage de l'unité des maximes en général, unité qui est propre à la loi morale, que pour introduire VI, 37 sous le nom de *bonheur* une unité des maximes, qui autrement ne saurait leur revenir dans les motifs de l'inclination (comme si l'on prenait comme principe fondamental de la véracité d'éviter l'angoisse d'avoir à maintenir la cohérence dans nos mensonges et de ne pas nous embrouiller dans leurs sinueux détours), alors le caractère empirique est bon, mais le caractère intelligible demeure toujours mauvais[1].

Si donc il se trouve dans la nature humaine un tel penchant, alors il y a en l'homme un penchant naturel au mal ; et ce penchant lui-même, puisqu'il faut à la fin le chercher dans un libre arbitre et qu'il peut par conséquent être imputé, est moralement mauvais. Ce mal est *radical,* parce qu'il corrompt le fondement de toutes les maximes ; en même temps, en tant que penchant naturel, il ne peut être anéanti par les forces humaines, car cela ne saurait arriver que par de bonnes maximes, ce qui ne peut avoir lieu lorsque le fondement subjectif suprême de toutes les maximes est présupposé corrompu. Néanmoins il doit être possible de le *dominer,* puisque c'est en l'homme comme être libre agissant qu'on le rencontre[2].

La malignité de la nature humaine n'est pas tant *méchanceté,* si l'on prend ce mot en son sens strict, c'est-à-dire comme une intention (*principe* subjectif des maximes) d'admettre le mal *en tant que mal* comme motif dans ses maximes (car ceci est diabolique), qu'elle n'est bien plutôt *perversion* du cœur, qui ne doit être appelé un *mauvais* cœur qu'en raison de la conséquence[3]. Celui-ci est compatible avec une volonté bonne en général et trouve naissance dans la fragilité de la nature humaine, qui n'est pas assez forte pour suivre les principes qu'elle a adoptés — fragilité liée à l'impureté qui consiste à ne pas séparer d'après une règle morale les motifs (même ceux d'actions accomplies dans une bonne intention) les uns des autres et par conséquent, à la fin, tout bien compté, à ne considérer que la conformité des actions avec la loi, et non la dérivation à partir de celle-ci, c'est-à-dire à ne pas regarder la loi comme le motif unique. Si donc il ne résulte pas toujours de là une action contraire à la loi et un penchant à de tels actes, c'est-à-dire le *vice,* en revanche la manière de penser qui consiste à interpréter son absence déjà comme une conformité de l'*intention* à la loi du devoir (comme vertu) doit elle-même être appelée une perversion radicale dans le cœur humain (puisqu'on ne considère absolument pas le motif de la maxime, mais seulement l'observation de la loi selon la lettre).

VI, 38 Cette faute *innée (reatus),* ainsi appelée parce qu'elle se laisse percevoir aussitôt que s'exprime l'usage de la liberté dans l'homme, et bien qu'elle doive être issue de la liberté et puisse par suite être imputée, peut être jugée dans ses deux premiers degrés (de la fragilité et de l'impureté) comme non intentionnelle *(culpa),* mais au troisième comme faute intentionnelle *(dolus);* elle a pour caractère une certaine *malice* du cœur humain *(dolus malus)* consistant à se tromper sur ses propres intentions, bonnes ou mauvaises, et qui — si seulement les actions n'ont pas pour conséquence le mal, ce qui pourrait bien être le cas étant données leurs maximes — ne s'inquiète pas au sujet de son intention, mais s'estime bien plutôt comme justifiée devant la loi. C'est là-dessus que se fonde le repos de la conscience de tant d'hommes (qui se croient consciencieux) pourvu que dans des actions où la loi ne fut pas consultée, ou du moins ne fut pas prépondérante, ils aient pu avec bonheur esquiver les mauvaises conséquences ; et même ils s'imaginent posséder le mérite de ne pas se sentir coupables des errements dont ils voient les autres affligés, sans même rechercher si par hasard ce mérite ne serait pas dû à la chance, et si d'après leur manière de penser, qu'ils pourraient bien découvrir dans leur for intérieur si seulement ils le voulaient, de semblables actes vicieux n'eussent pu être accomplis par eux si l'impuissance, le tempérament, l'éducation, les circonstances de temps et de lieu qui induisent en tentation (toutes choses qui ne sauraient nous être imputées) ne les en eussent écartés. Cette malhonnêteté, qui consiste à s'en donner à accroire et s'oppose en nous à la fondation d'une intention morale authentique, se développe à l'extérieur en fausseté et duperie envers autrui. Si l'on ne veut pas appeler cela de la méchanceté, il faut convenir que cela mérite au moins l'appellation d'absence de dignité, en laquelle réside le mal de la nature humaine, qui (puisqu'il fausse la faculté de juger morale relativement à l'idée que l'on doit se faire d'un homme, et rend intérieurement et extérieurement l'imputation tout à fait incertaine) constitue la souillure de notre espèce, qui, aussi longtemps que nous ne l'avons pas supprimée, empêche le germe du bien de se développer comme il le ferait sans aucun doute.

Un membre du Parlement anglais[1] proféra dans la chaleur des débats cette affirmation : « Tout homme a son prix pour lequel il se livre ». Si ceci est vrai (ce que chacun peut décider en soi-même), s'il n'existe absolument aucune vertu pour laquelle on ne saurait trouver un degré de tentation qui VI, 39
suffirait pour l'abattre ; si dans la question de savoir comment le mauvais esprit ou le bon nous gagne pour son parti, il ne s'agit que de dire qui offre le plus et paye le plus rapidement, alors ce que déclare l'apôtre pourrait bien être vrai de l'homme d'une manière générale : « Il n'y a ici aucune différence, tous sont également pécheurs — il n'en est aucun qui fasse le bien (d'après l'esprit de la loi), pas même un seul*[2] » (Rom., 3, 23).

* La preuve proprement dite de cet arrêt de condamnation porté par la raison jugeant moralement n'est pas comprise dans cette section, mais dans la précédente ; la présente section en contient seulement la confirmation par l'expérience qui ne peut jamais découvrir la racine du mal dans la maxime suprême du libre arbitre dans son rapport à la loi, qui comme acte *intelligible*

IV

DE L'ORIGINE DU MAL DANS LA NATURE HUMAINE

L'*origine* (première) est la provenance d'un effet de sa cause première, c'est-à-dire de cette cause qui n'est pas à son tour l'effet d'une autre cause de la même nature. Elle peut être considérée soit comme *origine rationnelle,* soit comme *origine temporelle.* Dans le premier sens on considère simplement l'existence de l'effet ; dans le second on considère son *accomplissement,* et on regarde l'effet en tant que donné en le rapportant à sa *cause dans le temps*[1]. Quand l'effet est rapporté à une cause qui lui est liée d'après les lois de la liberté, comme c'est le cas au sujet du mal moral, alors la détermination de l'arbitre pour le produire n'est pas conçue comme liée à son principe de détermination dans le temps, mais seulement dans la représentation de la raison et on ne peut la faire dériver de quelque état *antérieur;* ce qui, en revanche, doit toujours avoir lieu, lorsque la
VI, 40 mauvaise action comme *donnée* dans le monde est rapportée à sa cause naturelle. Chercher pour les actions libres, comme telles, une origine temporelle (ainsi que pour les effets naturels) est donc une contradiction ; il en sera de même par

précède toute expérience. Mais par là on voit aussi, en fonction de l'unité de la maxime suprême se rapportant à l'unité de la loi, pourquoi le pur jugement intellectuel de l'homme doit avoir comme principe l'exclusion de tout moyen terme entre le bien et le mal, tandis que le jugement empirique visant l'*acte sensible* (les faits et les gestes) peut avoir à son fondement le principe suivant : il existe un moyen terme entre ces extrêmes, d'une part un état négatif d'indifférence qui précède toute culture, d'autre part un état positif où il y a mélange, et où par conséquent l'on peut être en partie bon et en partie mauvais. Mais ce n'est là qu'un jugement sur la moralité de l'homme au niveau du phénomène, et dans le jugement final il est subordonné au premier.

conséquent à propos de la constitution morale de l'homme, pour autant qu'on la considère comme contingente, parce qu'elle exprime le fondement de l'*usage* de la liberté qui doit être recherché uniquement dans les représentations de la raison (de même que le principe de détermination du libre arbitre en général).

Quoi qu'il en puisse être d'ailleurs de l'origine du mal moral en l'homme, la plus inadéquate de toutes les manières de se représenter sa diffusion et sa propagation continuée dans tous les membres de notre espèce et dans toutes les générations consiste à le représenter comme nous étant venu par *hérédité* de nos premiers parents[1]. En effet on peut dire du mal moral exactement ce que le poète dit du bien — *Genus et proavos et quae non fecimus ipsi, vix ea nostra puto**[4]. Il faut remarquer en outre que lorsque nous recherchons l'origine du mal, nous ne faisons pas intervenir initialement le penchant au mal (comme *peccatum in potentia*), mais l'objet de notre considération est seulement le mal effectif d'actions données dans sa possibi-

* Les trois facultés appelées supérieures (dans les établissements d'enseignement supérieur) voudraient, chacune à sa manière, se rendre cette hérédité compréhensible, soit comme *maladie héréditaire,* soit comme *dette héréditaire,* soit comme *péché héréditaire.* 1° la *faculté de médecine* voudrait se représenter le mal héréditaire comme le ver solitaire[2], au sujet duquel effectivement quelques naturalistes pensent, puisqu'il ne se rencontre ni dans un élément extérieur à nous, ni (en ce même genre) en quelque autre animal, qu'il a dû nécessairement se trouver dans nos premiers parents. 2° *la faculté de droit* le considérerait comme la conséquence légitime de l'entrée en jouissance d'un héritage qui nous est légué, mais grevé par une lourde faute (car naître n'est autre chose qu'acquérir l'usage des biens de la terre pour autant qu'ils sont indispensables à notre existence comme durée). Nous devons donc payer (expier) et à la fin cependant (par la mort) nous sommes dépossédés. Comme de juste par la loi! 3° *la faculté de théologie* regarderait ce mal comme la participation de nos premiers parents à la *chute* d'un rebelle réprouvé; soit que (bien que nous n'en ayons pas conscience) nous y ayons nous-même coopéré, soit que maintenant, nés sous son règne (en tant que prince de ce monde), les fruits de celui-ci nous plaisent plus que le commandement suprême du Souverain céleste et que, ne possédant pas assez de fidélité pour nous en libérer, nous devions à l'avenir partager aussi son sort[3].

lité interne et ce qui pour leur exécution doit se rencontrer dans l'arbitre.

VI, 41 Toute mauvaise action, quand on en recherche l'origine rationnelle, doit être regardée comme si l'homme y était parvenu immédiatement à partir de l'état d'innocence[1]. Car, quelle qu'ait été sa conduite précédente et qu'elles que puissent être les causes naturelles qui agissent sur lui — qu'elles se trouvent en lui ou hors de lui — il reste que son action est cependant libre, nullement déterminée par une de ces causes, en sorte qu'elle peut et doit toujours être jugée comme un usage *originaire* de son arbitre. Il aurait dû ne pas l'accomplir, quelles qu'aient été les circonstances temporelles et les contraintes dans lesquelles il aurait pu toujours se trouver ; c'est qu'aucune cause dans le monde ne peut faire qu'il cesse d'être un être agissant librement. On dit, sans doute avec raison, qu'on impute à l'homme les *conséquences* qui résultent de ses actions passées libres, mais contraires à la loi. Cependant on veut simplement dire par là qu'il n'est pas nécessaire de recourir à ce subterfuge et de décider si ces conséquences sont libres ou non, parce que déjà dans l'action libre qui en était la cause, on trouvait un fondement suffisant de l'imputation. Si mauvais toutefois qu'ait été un homme jusqu'au moment où il doit accomplir immédiatement une action libre (même si le mal lui est devenu une habitude et comme une seconde nature), son devoir n'a pas seulement consisté à être meilleur, mais se rendre encore meilleur est toujours son devoir ; il faut donc que cet homme le puisse et, s'il ne le fait pas, dans le moment de l'action, il est aussi susceptible de l'imputation et soumis à elle que si, doué de la disposition naturelle au bien (qui est inséparable de la liberté), il avait franchi vers le mal les limites de l'état d'innocence. Nous ne pouvons donc pas nous interroger sur l'origine temporelle de cette action, mais simplement sur l'origine rationnelle pour, d'après elle, déterminer, et si cela est possible expliquer, le penchant, c'est-à-dire le fondement subjectif de l'adhésion à une transgression dans notre maxime, s'il s'en trouve un semblable.

Le genre de représentation dont use l'Écriture pour peindre l'origine du mal à titre de *commencement* de celui-ci dans l'espèce humaine s'accorde tout à fait avec cela, tandis qu'elle le représente dans une histoire où ce qui, suivant la nature même des choses (sans prendre en considération de détermination temporelle), doit être conçu comme étant le premier moment, apparaît comme tel suivant le temps. D'après l'Écriture le mal ne commence pas à partir d'un penchant qui serait à son fondement, puisque s'il en était ainsi le commencement du mal n'aurait pas sa source dans la liberté, mais bien à partir du *péché* (qui signifie VI, 42 la transgression de la loi morale comme *commandement divin*) ; l'état de l'homme antérieurement à tout penchant au mal se nomme l'état d'*innocence*. La loi morale se présente d'abord comme *commandement*, comme il se doit quand il s'agit de l'homme qui n'est pas un être pur, mais tenté par des inclinations (I, Moïse, II, 16, 17). Or, au lieu de suivre cette loi comme motif suffisant (qui seul est inconditionnellement bon et n'autorise aucun scrupule), l'homme rechercha d'autres motifs (III, 6) qui ne peuvent être bons que conditionnellement (je veux dire dans la mesure où de leur fait il n'est pas porté atteinte à la loi). Et il se donna comme maxime — si l'on conçoit l'action comme découlant avec conscience de la liberté — de ne pas se conformer à la loi du devoir par devoir, mais dans tous les cas en tenant compte d'autres intérêts. Par conséquent il commença à douter de la rigueur du commandement qui exclut l'influence de tout autre motif. Puis, par des sophismes, il rabaissa l'obéissance au commandement à l'obéissance à un simple moyen conditionné (d'après le principe de l'amour de soi*). Enfin il admit la

* Tout respect témoigné envers la loi morale, sans qu'on lui accorde dans sa maxime la prépondérance, en tant que motif suffisant par soi, sur tous les autres principes de détermination de l'arbitre, n'est qu'hypocrisie, et le penchant qui y conduit est fausseté intérieure, c'est-à-dire un penchant à se tromper

prépondérance des sollicitations sensibles sur le motif de la loi dans les maximes de l'action, et il commit le péché (III, 6). *Mutato nomine de te fabula narratur*[2]. Que chaque jour nous fassions de même, de telle sorte qu'en « Adam tous ont péché » (I Cor., 15, 22[3]) et pécheront encore est clair d'après ce qui précède ; à ceci près que l'on suppose en nous un penchant inné déjà à la transgression, mais non chez le premier homme, où au contraire chronologiquement c'est l'innocence qui est supposée, si bien que chez lui la transgression s'appelle une *chute,* tandis que chez nous on la représente comme résultant de la malignité déjà innée de notre nature. Mais la signification de ce penchant est simplement celle-ci : si nous voulons entreprendre l'*explication* du mal d'après son *commencement temporel,* pour toute transgression préméditée il nous en faut rechercher les causes dans une époque antérieure de
VI, 43 notre vie, jusqu'à celle où l'usage de la raison n'était pas encore développé ; et par conséquent nous devrions rechercher la source du mal en remontant jusqu'à un penchant au mal (comme disposition naturelle fondamentale), qui, pour cette raison est précisément dit inné. Or ce n'est ni nécessaire, ni faisable pour le premier homme qui est représenté déjà en possession de sa pleine raison ; autrement cette fondation (le mauvais penchant) aurait dû être donnée à la création à l'homme ; et c'est pourquoi son péché nous est représenté comme immédiatement produit à partir de l'innocence. Nous ne devons pas pourtant chercher l'origine temporelle d'une constitution morale, qui doit nous être imputée, aussi inévitable soit-elle, si nous voulons *expliquer* son existence contingente (et c'est pour cette raison

soi-même dans la compréhension de la loi morale, mais au préjudice de cette dernière. (III, 5). C'est pourquoi la Bible (dans sa partie chrétienne) appelle le créateur du mal (qui se trouve en nous) le menteur au commencement (Rom., 2, 13, Jn, 8, 44) et caractérise ainsi l'homme relativement à ce qui semble être en lui le fondement capital du mal[1].

que l'Écriture, compte tenu de nos faiblesses, a pu la représenter ainsi).

Quant à l'origine rationnelle de ce désaccord de notre arbitre, c'est-à-dire de cette manière d'adhérer à des motifs subordonnés dans ses maximes, de telle sorte qu'ils occupent le premier rang, donc de ce penchant au mal, elle demeure pour nous insondable parce que cette origine même doit pouvoir nous être imputée et que, par suite, ce fondement suprême de toutes les maximes exigerait, à son tour, l'adhésion à une nouvelle maxime. Le mal n'a pu provenir que du mal moral (et non des simples bornes de notre nature[1]), et cependant la disposition originaire (que nul autre que l'homme n'a pu pervertir, si cette corruption doit lui être imputée) est une disposition au bien. Ainsi il ne se trouve pas pour nous de fondement compréhensible, à partir duquel nous pourrions saisir comment le mal moral aurait pu tout d'abord venir en nous. C'est cette incompréhensibilité, liée à une détermination plus précise de la malignité de notre espèce, qu'exprime l'Écriture dans son récit historique*, tandis qu'elle place sans doute le mal au commencement du monde, mais pas encore en l'homme, mais dans un *esprit* VI, 44

* Ce qui vient d'être dit ici ne doit pas être regardé comme si ce devait être un commentaire de l'Écriture, qui se situe en dehors des limites de la compétence de la simple raison. On peut s'expliquer sur la manière dont on peut se servir moralement d'un exposé historique, sans pour autant se décider sur la question de savoir si c'était aussi le sens voulu par l'écrivain, ou si c'est seulement nous qui l'y mettons. Il suffit que ce sens soit en lui-même vrai (sans la moindre preuve historique) et qu'en même temps il soit aussi le seul grâce auquel nous puissions tirer pour nous quelque chose d'un passage de l'Écriture qui nous rende meilleurs, sinon il ne s'agirait que d'une augmentation stérile de notre savoir historique. On ne doit pas, sans nécessité, discuter sur quelque chose et son autorité historique, qu'il faille le comprendre ainsi ou autrement, si cela ne contribue pas à devenir un homme meilleur, alors que ce qui peut y contribuer est connu sans preuve historique et doit même être connu sans celle-ci. La connaissance historique qui ne possède pas de rapport à cette fin, valable pour tous, appartient aux *adiaphora* que chacun peut apprécier, comme il veut, en tant qu'édifiant pour lui.

promis à l'origine à une destinée encore plus sublime[1]. Ainsi le commencement *premier* de tout le mal nous est enseigné comme étant pour nous incompréhensible en général (car d'où vient le mal chez cet esprit?); mais alors l'homme n'est tombé dans le mal que par *séduction* et il n'est pas corrompu *fondamentalement* (même suivant sa première disposition au bien), de telle sorte qu'il est encore capable d'une amélioration par opposition à un *esprit* séducteur, être dont on ne saurait atténuer la faute en faisant intervenir la tentation de la chair. Ainsi en l'homme qui, en dépit de la perversion de son cœur, a toujours une bonne volonté, l'espérance d'un retour au bien, dont il s'est écarté, demeure.

Remarque générale

Du rétablissement en sa force de la disposition originaire au bien.

Ce qu'au sens moral l'homme est ou doit devenir, bon ou mauvais, il doit l'avoir fait ou le faire par *lui-même*. Le bien ou le mal doit être l'effet de son libre arbitre ; sinon cela ne saurait lui être imputé, et par conséquent il ne pourrait être ni bon, ni mauvais *moralement*. Quand on dit : il a été créé bon, cela ne peut vouloir dire autre chose que ceci : il a été créé pour le bien et la *disposition* originaire en l'homme est bonne ; mais l'homme n'est pas encore bon par là ; c'est selon qu'il admet ou non dans ses maximes les motifs que cette disposition renferme (ce qui doit être entièrement abandonné à son libre choix) qu'il devient bon ou mauvais par lui-même[2]. Supposé que pour le bien ou pour devenir meilleur une assistance surnaturelle soit nécessaire, que celle-ci consiste seulement à aplanir les obstacles ou en une assistance positive, néanmoins l'homme doit préalablement se rendre digne de la recevoir et (ce qui n'est pas peu) accueillir cette *aide*, c'est-à-dire admettre dans sa maxime cet accroissement positif de forces, par lequel seul le bien peut lui être imputé, et lui-même être reconnu comme un homme de bien.

Comment est-il possible qu'un homme par nature mauvais fasse de lui-même un homme bon, c'est ce qui dépasse tous nos concepts : en effet, VI, 45
comment un arbre mauvais peut-il porter de bons fruits[1]? Toutefois, comme il en a été fait l'aveu, un arbre originairement bon (selon la disposition) a pu produire de mauvais fruits* et la chute du bien dans le mal (si l'on songe au fait que le mal provient de la liberté) n'étant pas plus compréhensible que le rétablissement vers le bien à partir du mal, la possibilité de ce dernier ne peut être contestée. C'est que nonobstant cette chute le commandement : « nous *devons* devenir des hommes meilleurs » — ce commandement résonne en notre âme sans avoir perdu de son intensité. Il s'ensuit que nous devons bien aussi le *pouvoir,* même si ce que nous pouvons faire se trouvait par lui-même insuffisant et qu'ainsi nous nous rendions simplement réceptifs à une aide supérieure, mais pour nous insondable. Il faut alors ici présupposer qu'un germe du bien demeuré en toute sa pureté n'a pu ni être anéanti, ni perverti, et il ne peut s'agir de l'amour de soi** qui, admis comme

* L'arbre bon par disposition ne l'est pas encore en fait ; car s'il l'était, il ne pourrait certes pas porter de mauvais fruits ; c'est seulement lorsque l'homme a adhéré en sa maxime au motif implanté en lui (pour la loi morale) qu'il est appelé un homme bon (que l'arbre est absolument un bon arbre).

** Des mots qui peuvent admettre deux sens tout à fait différents interdisent souvent longtemps la conviction à partir des raisons les plus claires. Comme l'*amour* en général, l'*amour de soi* peut se diviser en amour de *bienveillance* et en amour de complaisance *(benevolentiae* et *complacentiae)* et (comme il va de soi naturellement) l'un et l'autre doivent être raisonnables. Adhérer à la première forme d'amour de soi dans sa maxime est naturel (qui, en effet, ne voudrait que tout se passe toujours bien pour lui?). Il n'est cependant raisonnable que si, d'une part, par rapport au but, on ne choisit que ce qui peut être compatible avec le bien-être le plus grand et le plus durable, et que si, d'autre part, on ne retient pour chacun de ces composants du bonheur que les moyens les plus appropriés. La raison n'occupe ici que la place d'une servante de l'inclination principe de toutes nos maximes est, de ce fait, la source de tout le mal[2].

VI, 46 Le rétablissement de la disposition originaire au bien en nous n'est donc pas l'acquisition d'un motif pour le bien *perdu*. Nous ne pouvions jamais perdre ce motif qui consiste dans le respect pour

naturelle ; mais la maxime à laquelle on adhère pour cela n'a aucune relation avec la moralité. Si de cette maxime on fait le principe inconditionné de l'arbitre, elle devient alors la source d'un grand conflit à perte de vue avec la moralité. Or un amour de *complaisance envers soi-même* raisonnable peut être compris en ce sens que nous nous complaisons dans les maximes déjà nommées et qui visent la satisfaction de l'inclination naturelle (dans la mesure où cette fin est atteinte en observant ces maximes) et il se confond tout à fait avec l'amour de bienveillance envers soi-même ; on se complait en soi-même comme un marchand dont les spéculations commerciales prennent bonne tournure et qui, regardant les maximes auxquelles il a adhéré,
VI, 46 se réjouit de son heureux coup d'œil. Seule la maxime de l'amour de soi, comme *complaisance* en soi *inconditionnée* (qui ne dépend ni du gain, ni de la perte en tant que conséquences des actions) serait le principe intérieur d'un contentement possible pour nous sous la condition seule de subordonner nos maximes sous la loi morale. Il n'est pas d'homme, auquel la moralité n'est pas indifférente, qui puisse se complaire en soi ou bien plutôt éprouver un dégoût amer de soi, lorsqu'il est conscient de telles maximes qui ne s'accordent pas en lui avec la loi morale. On pourrait appeler cela l'*amour raisonnable de soi,* qui interdit qu'on mêle d'autres causes du contentement à partir des conséquences de ses actions (sous le nom d'un bonheur qu'on pourrait ainsi se procurer) avec les motifs de l'arbitre. Cela définit le respect inconditionné pour la loi. Pourquoi veut-on, par l'expression d'un *amour raisonnable,* mais *amour de soi moral* sous la dernière condition uniquement, compliquer d'une manière en elle-même sans nécessité la claire compréhension du principe, tandis qu'on tourne dans un cercle ? (c'est qu'on ne peut s'aimer moralement que dans la mesure où l'on est conscient dans sa maxime de faire du respect pour la loi le motif suprême de son arbitre[1]). Selon notre nature, comme êtres dépendants des objets de la sensibilité, le bonheur est pour nous la première des choses, et ce que nous désirons sans conditions. En revanche, le bonheur suivant notre nature (si l'on veut appeler ainsi d'une manière générale tout ce qui nous est inné) comme êtres doués de raison et de liberté n'est pas, tant s'en faut, la première des choses, ni un objet inconditionné de nos maximes ; c'est bien plutôt la *dignité d'être heureux,* c'est-à-dire l'accord de toutes nos maximes avec la loi morale. Que cela soit objectivement la condition unique sous laquelle le vœu du bonheur puisse s'accorder avec la raison législatrice, c'est là toute la prescription éthique ; et la manière de penser éthique n'est que l'intention de désirer à cette seule condition.

la loi morale et, l'eussions-nous perdu, alors nous n'aurions jamais pu le reconquérir à nouveau. Il ne s'agit donc que de restaurer la pureté du motif, comme fondement suprême de toutes les maximes ; et ce faisant il y faut adhérer dans l'arbitre sans l'unir à d'autres motifs, ni le regarder comme soumis à eux (c'est-à-dire aux inclinations) en tant que conditions, mais en toute sa pureté comme motif suffisant de la détermination de l'arbitre. Le bien originaire est la *sainteté des maximes* dans l'accomplissement du devoir — aussi l'homme qui adhère à cette pureté dans sa maxime, bien que par là il ne soit pas encore un saint (car, de la maxime à l'action, il y a encore une grande distance) est néanmoins sur le chemin de s'en VI, 47 rapprocher dans un progrès à l'infini. La ferme décision d'accomplir son devoir, lorsqu'elle est devenue une habitude s'appelle *vertu,* et selon la légalité elle est regardée comme le *caractère empirique* de l'homme *(virtus phaenomenon).* La maxime constante de la vertu est d'agir *conformément à la loi;* quant aux motifs dont l'arbitre en cela a besoin, on peut les prendre où l'on veut. C'est pourquoi, en ce sens, la vertu s'acquiert *peu à peu,* et pour certains elle se nomme une *longue* habitude (dans l'observation de la loi), grâce à laquelle l'homme partant du penchant au vice va, par une progressive réforme de sa conduite et un affermissement de ses maximes, parvenir à un penchant opposé. À cet effet il n'est pas nécessaire de *transformer son cœur ;* il suffit de changer ses *mœurs.* L'homme se découvre vertueux lorsqu'il se sent conforté dans ses maximes d'observer le devoir ; bien que cela ne provienne pas du fondement suprême de toutes les maximes, je veux dire du devoir ; ainsi l'intempérant, par exemple, revient à la modération pour sa santé, le menteur à la vérité pour l'honneur, l'injuste à l'équité civique par amour du repos ou du gain, etc. Tout cela donc d'après le principe, si vanté, du bonheur. Mais devenir non seulement un homme bon au point de vue de la *légalité,* mais aussi moralement (être agréable à Dieu), c'est-à-dire vertueux selon le caractère intelligible *(virtus noumenon)*, en d'autres termes un homme qui, lorsqu'il a reconnu une chose comme son devoir, n'a pas besoin d'un autre motif que cette représentation de la loi, c'est là ce qui ne saurait se faire par une *réforme* progressive, aussi longtemps que la fondation des maximes demeure impure, mais ici il faut une *révolution* dans l'intention de l'homme (un passage de celle-ci à la maxime de la sainteté), et il ne peut devenir un homme nouveau que par une sorte de régénération, pour ainsi dire par une nouvelle création (Jn, 3, 5, comparer Moïse I, 1, 2) et un changement de cœur[1].

Cependant si dans le fondement de ses maximes l'homme est corrompu, comment est-il possible que, par ses propres forces, il effectue cette révolution et de lui-même devienne un homme de bien? Et pourtant le devoir ordonne de l'être sans rien ordonner qui ne soit en notre pouvoir. On ne peut parvenir à une conciliation que si la révolution est nécessaire pour la manière de penser et la réforme progressive pour la manière de sentir (qui lui oppose des obstacles), et la chose doit être possible à l'homme. En d'autres termes :
VI, 48 quand, par une unique et immuable décision, l'homme renverse le fondement suprême de ses maximes, qui faisait de lui un homme mauvais (et revêtant ainsi un homme nouveau), il est dans cette mesure, suivant le principe et la manière de penser, un sujet réceptif au bien — mais ce n'est que dans l'action continuée et dans le devenir qu'il deviendra un homme de bien ; autrement dit il peut espérer, en vertu du principe d'une telle pureté, auquel il a adhéré comme maxime suprême de son arbitre, ainsi qu'en vertu de la fermeté de ce principe, se trouver sur la bonne voie (mais étroite) d'un *progrès* continu du mal au mieux. Or, pour celui qui contemple le fond intelligible du cœur (de toutes les maximes de l'arbitre), pour celui donc auquel cette infinité du progrès est une unité, je veux dire Dieu, c'est autant que d'être effectivement un homme bon (qui Lui soit agréable) ; et ainsi la transformation peut être regardée

comme révolution. Au jugement des hommes, qui ne peuvent s'apprécier eux-mêmes, ainsi que la force de leurs maximes, que par l'empire qu'ils gagnent sur leur sensibilité dans le temps, cette transformation ne peut jamais être considérée que comme un effort persistant vers le bien et par conséquent que comme une progressive réforme du penchant au mal comme manière de penser perverse[1].

Il s'ensuit que la formation morale de l'homme ne doit pas commencer par une amélioration des mœurs, mais par la transformation de la manière de penser et la fondation d'un caractère ; bien que d'ordinaire à la vérité on procède tout autrement, en combattant les vices en particulier, mais en laissant leur commune racine intacte. Or même l'homme le plus borné est capable de ressentir un respect d'autant plus grand pour une action conforme au devoir, qu'il lui ôte davantage en pensée d'autres mobiles, qui par la médiation de l'amour de soi pourraient avoir une influence sur la maxime de l'action ; les enfants mêmes sont capables de repérer la plus petite trace d'un mélange de motifs inauthentiques[2] ; et d'un seul coup l'action perd pour eux toute valeur morale. Cette disposition au bien sera incomparablement cultivée et, peu à peu, passera dans la manière de penser si l'on produit l'*exemple* d'hommes bons (en ce qui concerne leur conformité à la loi) et si l'on amène les élèves de morale à juger de l'impureté de maintes maximes d'après les motifs réels de leurs actes ; ainsi le *devoir* pour lui-même commencera à acquérir dans leurs cœurs une importance appréciable. Il reste qu'enseigner à *admirer*[3] des actions vertueuses — quelques sacrifices qu'elles aient pu coûter — ce n'est pas là encore la vraie disposition que l'esprit de l'élève doit acquérir pour et en vue du bien moral. Car, si vertueux que l'on puisse être, tout ce que l'on peut faire de bien n'est jamais que faire son devoir ; mais faire son devoir n'est pas faire autre chose que ce qui est compris dans l'ordre éthique ordinaire et ne mérite donc pas d'être admiré. VI, 49

Aussi bien cette admiration est-elle suscitée par une discordance entre notre sentiment et notre devoir, comme si obéir à son commandement était quelque chose d'extraordinaire et de méritoire.

Il y a toutefois en notre âme quelque chose que, si nous la regardons comme il convient, nous ne pourrons cesser de contempler avec l'admiration la plus vive, et où cette dernière est légitime en même temps qu'elle élève l'âme, et c'est la disposition morale originaire en nous en général[1]. Qu'est-ce donc (peut-on se demander) qui nous élève, nous qui dépendons continuellement de la nature par tant et tant de besoins, et si haut dans l'Idée d'une disposition originaire (en nous), que nous jugions ces besoins pour rien et nous-mêmes comme indignes de l'existence, si nous devions dépendre de la jouissance qui s'y attache et rend seule pour nous la vie désirable, mais cela en opposition avec la loi en vertu de laquelle notre raison commande avec force, sans user d'ailleurs de promesses ou de menaces? L'importance de cette question doit être sentie profondément par tout homme, de la capacité la plus commune, auquel on a enseigné la sainteté qui se trouve dans l'Idée du devoir, mais qui ne s'est pas élevé jusqu'à la recherche du concept de la liberté, qui
VI, 50 dérive en tout premier lieu de cette loi*. Bien

VI, 49 * Que le concept de la liberté de l'arbitre ne précède pas en nous la conscience de la loi morale, mais qu'on y conclue en raison de la déterminabilité de notre arbitre par cette loi comme commandement absolu, c'est ce dont on peut vite se convaincre en se posant la question de savoir si l'on est certainement et immédiatement conscient d'un pouvoir permettant de vaincre par une ferme résolution tout motif de transgression, si grand soit-il *(Phalaris licet imperet, ut sis falsus, et admoto dictet perjuria tauro*[2] *)*. Chacun devra avouer qu'il *ne sait pas* si, un cas semblable se présentant, il ne vacillerait pas dans sa résolution. Mais en même temps le devoir lui commande inconditionnellement qu'il lui *reste* fidèle ; et il conclut de là à juste titre qu'il le doit *pouvoir* et que son arbitre est donc libre. Ceux qui présentent à tort cette propriété insondable comme entièrement saisissable par le concept font du mot *déterminisme* (pour ce qui est de la proposition de la détermination de l'arbitre par des fondements intérieurs suffisants), un trompe-l'œil, comme si la plus, l'incompréhensibilité de cette disposition, annonçant une origine divine, doit agir sur l'âme jusqu'à l'exaltation et l'affermir dans les sacrifices que son respect pour son devoir peut lui imposer. On doit recommander particulièrement comme un excellent moyen d'éveiller les intentions morales celui qui consiste à susciter souvent en l'homme ce sentiment de la sublimité de sa destination morale. C'est qu'il s'oppose directement au penchant inné à la perversion des motifs dans les maximes de notre arbitre, afin — dans le respect inconditionné pour la loi — de rétablir l'ordre éthique originaire des motifs, et du même coup la disposition au bien dans le cœur humain en sa pureté.

Mais, à ce rétablissement par l'usage de nos propres forces, l'assertion de la corruption innée des hommes envers tout bien ne s'oppose-t-elle pas directement? Certes, s'il s'agit de la compréhensibilité, je veux dire de notre *intellection* de sa possibilité, ainsi que de tout ce qui comme donné dans le temps (changement) doit, comme tel, être représenté comme nécessaire d'après les lois de la nature et dont le contraire, cependant, doit en

difficulté consistait à l'unir à la liberté, ce à quoi personne ne songe ; et non, au contraire, à savoir comment le *prédéterminisme*[1], d'après lequel des actions arbitraires comme données trouvent leurs fondements déterminants *dans le temps antérieur* (qui, ainsi que ce qu'il contient n'est plus en notre pouvoir) peut être compatible avec la liberté suivant laquelle l'action aussi bien que son contraire doit être dans l'instant où l'acte s'accomplit dans la puissance du sujet. Voilà ce qu'on veut comprendre et qu'on ne comprendra jamais. *La deuxième édition ajoute :* Il n'y a pas de difficulté à unir le concept de *liberté* avec l'Idée de Dieu comme être *nécessaire*. C'est que la liberté ne consiste pas dans la contingence de l'action (comme si elle n'était pas déterminée par des raisons), c'est-à-dire dans l'indéterminisme (il faudrait alors pour réputer libre l'action de Dieu que faire le bien ou le mal lui soit indifférent) ; elle consiste dans la spontanéité absolue, qui ne court de danger qu'avec le prédéterminisme, suivant lequel le principe déterminant de l'action est dans le temps *antérieur,* de telle sorte que maintenant l'action n'est plus en ma puissance, mais dans la main de la nature, et me détermine irrésistiblement. Mais comme en Dieu on ne peut concevoir aucune succession temporelle, la difficulté s'évanouit

VI, 50

même temps être représenté comme possible par liberté sous des lois morales ; mais cette assertion ne s'oppose pas à la possibilité de ce rétablissement. En effet quand la loi morale ordonne que nous *devons* maintenant et désormais être des hommes meilleurs, il s'ensuit inévitablement que nous devons aussi le *pouvoir*. Dans la *dogmatique* morale, l'affirmation du mal inné n'est d'aucun usage ; car les prescriptions de cette dogmatique contiennent les mêmes devoirs et conservent la même forme, qu'il existe ou non en nous un penchant inné à la transgression. Dans l'*ascétique* morale cette affirmation possède plus de significa-
VI, 51 tion, mais ne veut rien dire d'autre que ceci : nous ne pouvons pas dans le développement éthique de la disposition morale au bien, en tant que créée, nous donner comme point de départ un état naturel d'innocence qui serait nôtre, mais nous devons commencer par la présupposition d'une malignité de l'arbitre dans l'adhésion à des maximes contraires à la disposition éthique originaire et, puisque ce penchant est indestructible, réagir sans cesse contre lui. Puisque cela ne conduit qu'à une progression à l'infini du mal au mieux[1], il s'ensuit que la transformation de l'intention de l'homme mauvais en celle d'un homme de bien doit consister dans le changement du fondement intérieur suprême de l'adhésion à toutes ses maximes conformément à la loi morale, pour autant que ce nouveau fondement (le cœur nouveau) est lui-même désormais invariable. L'homme, il est vrai, ne peut en acquérir la conviction de manière naturelle — il ne le peut ni d'après la conscience immédiate, ni par la production à titre de preuve de la conduite qu'il a tenue jusqu'à ce moment, et c'est parce que les profondeurs de son cœur (le premier fondement subjectif de ses maximes) lui sont à lui-même insondables. Néanmoins il doit pouvoir *espérer* parvenir par l'usage de ses forces *propres* au chemin qui y mène et que lui indique une intention améliorée en son fond ; et c'est parce qu'il doit devenir un homme de bien, mais ne peut être jugé comme *moralement*

bon qu'en raison de ce qui peut lui être imputé comme étant son œuvre propre[1].

Contre cette prétention, à l'amélioration de soi-même, la raison — qui par nature répugne au travail moral — prétextant une incapacité naturelle, fait appel à toutes sortes d'idées religieuses impures (parmi lesquelles : prétendre que Dieu a fait du principe du bonheur la condition suprême de ses commandements). Or on peut diviser toutes les religions en deux groupes : l'un étant celui de la *recherche des faveurs* (du simple culte), l'autre celui de la *morale,* c'est-à-dire la religion de la *bonne conduite.* Dans la première religion, ou bien l'homme se flatte que Dieu peut bien le rendre éternellement heureux, sans qu'il lui soit nécessaire de *devenir un homme meilleur* (par la rémission des péchés) ; ou bien, si cela ne lui semble pas possible, il pense que Dieu peut bien *faire de lui un homme meilleur,* sans que pour sa part il ait quelque chose de plus à faire que de *prier,* ce qui en présence d'un Être qui voit tout ne va pas plus loin qu'émettre un vœu, c'est-à-dire proprement ne rien faire — en effet, si le simple vœu suffisait, tout homme serait bon. Mais suivant la religion morale (et parmi toutes les religions publiques qui VI, 52 existèrent, il n'y a que la religion chrétienne qui réponde à cela) c'est un principe fondamental que chaque homme doit agir, autant que ses forces le lui permettent, pour devenir meilleur. Et c'est seulement s'il n'a pas enfoui ses talents innés (Lc, 19, 12-16) et s'il a fait usage de la disposition au bien pour devenir un homme meilleur qu'il peut espérer que ce qui ne dépend pas de son pouvoir sera complété par une assistance provenant d'en haut. Il n'est pas absolument nécessaire que l'homme sache en quoi elle consiste ; il est peut-être inévitable que la manière dont cette assistance se produit et se révèle à une certaine époque n'empêche pas d'autres hommes en d'autres temps de s'en faire une idée différente, et cela à la vérité en toute sincérité, selon le principe qui affirme : «Il n'est pas essentiel, ni donc nécessaire à quiconque de savoir ce que Dieu fait ou a fait pour son salut[1] » mais bien de savoir *ce qu'il doit faire lui-même,* pour se rendre digne de ce secours*.

* Cette remarque générale est la première des quatre qui ont été mises en annexe à chacune des parties et qui pourraient être intitulées, I : Des effets de la Grâce, II : des Miracles, III : des Mystères, IV : des Moyens de la Grâce. Ce sont pour ainsi dire des *Parerga* de la religion à l'intérieur des limites de la pure raison ; elles n'y appartiennent pas de manière intégrante, mais y confinent. Dans la conscience de son impuissance à satisfaire son besoin moral, la raison s'étend jusqu'à des Idées transcendantes, qui pourraient combler ce vide, sans toutefois se les approprier comme une possession élargissant son champ. Elle ne conteste ni la possibilité ni la réalité de leurs objets ; elle ne peut donc pas non plus les admettre dans ses maximes pour penser et agir. Mais elle compte que si, dans l'insondable champ du surnaturel, il y a quelque chose de plus que ce qu'elle peut saisir, et qui pourtant serait nécessaire pour suppléer à l'insuffisance morale, cette chose, même inconnue, viendra en aide à sa bonne volonté, et cela avec une foi que l'on pourrait appeler *réfléchissante* (relativement à sa possibilité), parce que la *foi dogmatique,* qui se donne pour un *savoir,* lui paraît peu droite et prétentieuse ; en fait, ôter les difficultés par rapport à ce qui (pratiquement) est en soi bien établi n'est qu'une affaire secondaire *(Parergon),* si ces difficultés ne concernent que des questions transcendantes. Quant au préjudice qui résulterait de ces Idées, mêmes des Idées morales transcendantes, si nous
VI, 53 voulions les introduire dans la religion, on peut dire que son effet se traduirait ainsi dans l'ordre des quatre classes indiquées : 1° pour la prétendue expérience interne (les effets de la Grâce) l'*enthousiasme*[2], 2° pour la prétendue expérience externe (le miracle) la *superstition,* 3° pour les lumières supposées de l'entendement relativement au surnaturel (les mystères), l'*illuminisme,* illusion des adeptes, 4° pour les tentatives osées afin d'agir sur le surnaturel (les moyens de la Grâce), la *thaumaturgie;* autant de pures erreurs d'une raison franchissant ses bornes et à vrai dire dans une intention prétendument morale (agréable à Dieu) — toutefois en ce qui touche la remarque générale portant sur la première partie de la présente recherche, il est clair que le recours *aux effets de la Grâce* relève de ces erreurs et ne peut être admis dans les *maximes* de la raison, si celle-ci se tient à l'intérieur de ses propres limites, comme d'ailleurs rien de ce qui est en général du surnaturel, car c'est là précisément que cesse tout usage de la raison. C'est qu'il est impossible *théoriquement* de préciser ce qu'ils sont (que ce sont des effets de la Grâce et non des effets internes de la nature). En effet notre usage du concept de la cause et de l'effet s'applique aux objets de l'expérience et ne saurait donc être élargi au-delà de la nature ; or, supposer une utilisation pratique de cette idée est en soi tout à fait contradictoire. C'est qu'à l'usage elle présupposerait une règle de ce que (dans une certaine intention) nous aurions à *faire* de bien nous-mêmes

Deuxième partie

DE LA LUTTE DU BON PRINCIPE AVEC LE MAUVAIS POUR LA DOMINATION SUR L'HOMME

Que, pour devenir un homme moralement bon, VI, 57
il ne suffise pas de laisser se développer, sans obstacle, le germe du bien immanent à notre espèce, mais qu'il faille aussi combattre une cause du mal qui se trouve également en nous, agissant à la vérité en sens opposé, c'est ce que parmi les moralistes de l'Antiquité les stoïciens — par leur mot d'ordre *vertu,* qui (en grec comme en latin) définit le courage et la bravoure, supposant de ce fait un ennemi — nous ont fait connaître. De ce point de vue le terme de *vertu* est un terme magnifique et qu'on en mésuse souvent par ostentation et que l'on s'en moque (comme récemment du mot qui désigne les *lumières*) ne saurait lui nuire. Car exhorter au courage, c'est déjà pour moitié l'inspirer. En revanche, la manière de penser peureuse, paresseuse, se défiant entièrement d'elle-même et attendant (dans la morale et la religion) une aide extérieure détend toutes les forces de l'homme et le rend même indigne de cette aide[1].

pour parvenir à quelque chose ; mais attendre un effet de la Grâce signifie exactement le contraire : je veux dire par là que le bien (le bien moral) n'est alors pas notre fait, mais l'acte d'un autre Être, et que c'est seulement par le *non-faire* que nous pouvons l'acquérir, ce qui se contredit. Nous pouvons bien par conséquent accepter ces effets comme quelque chose d'incompréhensible, mais nous ne saurions y adhérer en nos maximes ni pour un usage théorique, ni pour un usage pratique. *(Note de la deuxième édition).*

Cependant ces hommes vaillants méconnurent leur ennemi. Celui-ci ne doit pas être recherché dans les inclinations naturelles, simplement indisciplinées, mais qui se présentent ouvertement et sans mystère à la conscience de chacun. Il s'agit d'un ennemi pour ainsi dire invisible, se cachant derrière la raison et n'en étant pour cela que plus redoutable. Ces philosophes firent appel à la *sagesse* contre la *sottise* qui ne consiste qu'à se laisser illusionner sans préméditation par les inclinations, tandis qu'ils auraient dû avoir recours à la sagesse contre la *malignité* (du cœur humain) qui, avec ses principes corrupteurs de l'âme ensevelit secrètement l'intention*[1].

* Ces philosophes tiraient leur principe moral universel de la dignité de la nature humaine, de la liberté (comme indépendance par rapport à la force des inclinations) ; ils ne pouvaient pas en mettre au fondement un meilleur et un plus noble. Ils
VI, 58 dégageaient ainsi les lois morales immédiatement de la raison, en ce sens seule législatrice et ordonnant absolument par ces lois, et ainsi tout était fort exactement indiqué ; objectivement en ce qui concerne la règle et aussi subjectivement relativement au motif, si l'on accorde à l'homme une volonté non corrompue d'adhérer sans conditions à cette loi dans ses maximes. Mais c'était aussi justement dans cette dernière présupposition que se trouvait l'erreur. Car, de si loin que nous puissions porter notre attention sur notre état moral, nous trouverons qu'il n'est déjà plus *res integra,* et que nous devons commencer par chasser le mal de la place qu'il occupe et en laquelle il est installé de bonne heure (ce qu'il n'aurait pu faire si nous ne l'avions admis dans notre maxime). C'est dire que le premier vrai bien que l'homme peut faire est de s'écarter du mal, qu'il ne faut point tant chercher dans les inclinations que dans la perversion de la maxime, et par conséquent de la liberté. Les inclinations ne font que rendre plus difficile l'*exécution* de la bonne maxime opposée ; mais le mal proprement dit consiste à ne pas *vouloir* résister à ces inclinations, lorsqu'elles invitent à la transgression, et cette intention est bien le véritable ennemi. Les inclinations (qu'elles soient bonnes ou mauvaises) ne sont que l'adversaire des principes en général, et dans cette mesure ce noble principe de la moralité est précieux comme exercice préparatoire (discipline des inclinations) à la docilité du sujet au regard des principes. Mais comme ces derniers doivent être des principes spécifiques du *bien éthique* et qu'ils ne le sont pas néanmoins comme maxime, il faut encore un autre adversaire dans le sujet, avec lequel la vertu doit combattre, combat sans lequel toutes les vertus ne seraient pas, comme le veut un père de l'Église, des *vices éclatants,* mais à tout le moins de *brillantes misères,* parce que, si elles calment

Considérées en elles-mêmes les inclinations naturelles sont *bonnes,* je veux dire non condamnables ; et les vouloir extirper ne serait pas seulement vain, mais encore nuisible et blâmable[2]. Il faut bien plutôt les mettre en un ordre tel qu'elles ne se détruisent pas les unes les autres, mais puissent tout au contraire s'accorder en un tout appelé bonheur. Lorsque la raison s'acquitte de cette tâche, elle se nomme *prudence*[3]. Il n'y a que ce qui est contraire à la loi morale qui soit en lui-même mauvais, absolument condamnable, et qui doive être extirpé. Or la raison qui enseigne cela, et surtout lorsqu'elle le met en pratique, mérite seule d'être appelée *sagesse ;* comparée à celle-ci le vice peut bien aussi être nommé *sottise,* mais c'est seulement si la raison sent suffisamment de forces en soi pour le *mépriser* (avec tous ses attraits) et non simplement pour le haïr comme un être qu'il faut redouter et contre lequel il faut s'armer. VI, 58 VI, 59

Aussi bien, ne considérant la lutte morale de l'homme que comme un conflit avec ses inclinations (en elles-mêmes innocentes), dans la mesure où elles devaient être vaincues en tant qu'obstacles à l'exécution de son devoir, le stoïcien, puisqu'il n'admettait aucun principe positif particulier (en lui-même mauvais), ne pouvait accepter d'autre cause de la transgression que la *négligence* à combattre ces inclinations[4]. Mais comme cette négligence même est contraire au devoir (et se trouve être une transgression), qu'elle n'est pas une simple faute naturelle dont la cause, à son tour, ne saurait être recherchée dans les inclinations — car on se verrait dans l'explication pris en un cercle —, mais uniquement dans ce qui détermine l'arbitre (dans le premier principe intérieur des maximes qui sont en accord avec les inclinations), on peut comprendre que des philosophes pour lesquels un principe d'explication, qui demeure voilé éternellement de ténèbres*,

souvent en vérité la rébellion, le rebelle n'est par là jamais vaincu, ni déraciné[1].

* On présuppose tout à fait habituellement dans la philosophie morale que l'existence du mal éthique en l'homme

cependant inévitable, et qui paraît néanmoins mal venu, aient pu méconnaître l'adversaire propre du bien qu'ils croyaient toutefois combattre.

On ne doit donc pas trouver étrange qu'un apôtre représente cet ennemi *invisible*, qui pervertit les principes, et qu'on ne peut connaître que par ses actions sur nous, comme étant extérieur à nous et à la vérité comme *esprit* malin : « Nous n'avons pas à combattre la chair et le sang (les inclinations naturelles), mais les princes et les puissants, — les esprits malins » (Éph., 6, 12[1]). C'est là une manière de s'exprimer qui ne semble pas être appropriée à étendre notre connaissance au-delà du monde sensible, mais en revanche à nous rendre intuitif le concept de ce qui pour nous est insondable en vue de l'*usage pratique*. Au demeurant, pour ce qui est de cet usage, il
VI, 60 importe peu que nous placions le tentateur simplement en nous-mêmes ou en dehors de nous, puisque dans ce dernier cas nous sommes tout aussi bien en faute que dans le premier — tant il est vrai que nous n'aurions pas été tentés par lui, si nous n'étions pas secrètement en intelligence avec lui*[2]. Nous diviserons notre examen en deux sections.

s'explique facilement et cela, à la vérité, d'une part à partir de la force des motifs de la sensibilité et d'autre part à partir de l'impuissance des motifs de la raison (du respect pour la loi), c'est-à-dire à partir de la faiblesse. Mais alors le bien éthique en l'homme (dans la disposition morale) devrait s'expliquer encore plus facilement ; car la compréhensibilité de l'un n'est pas concevable sans celle de l'autre. Mais la faculté de la raison d'acquérir par la simple Idée d'une loi la maitrîse sur tous les motifs qui s'y opposent est absolument inexplicable ; aussi est-il également inexplicable que les motifs de la sensibilité puissent devenir le maître d'une raison qui ordonne avec une telle autorité. Si tout le monde se conduisait conformément à ce que prescrit la loi, on dirait que tout se fait suivant l'ordre naturel et personne n'aurait l'idée de s'interroger sur la cause.

* C'est une particularité de la morale chrétienne que de représenter le bien éthique non pas comme différent du mal éthique comme le ciel de la *terre*, mais comme le ciel de l'*enfer*. Cette représentation, certes imagée, et comme telle révoltante, n'en est pas moins en son sens philosophiquement exacte. Elle sert précisément à interdire que l'on regarde le bien et le mal, le Royaume de la lumière et le Royaume des ténèbres comme

Première section

DE LA LÉGITIME REVENDICATION DU BON PRINCIPE À LA DOMINATION SUR L'HOMME

A

IDÉE PERSONNIFIÉE DU BON PRINCIPE.

Ce qui seul peut faire d'un monde l'objet d'un décret divin, en même temps que la fin de la création, c'est l'*humanité* (l'essence rationnelle du monde en général) *dans sa perfection morale totale,* ce dont le bonheur comme condition suprême est l'immédiate conséquence dans la Volonté de l'Être suprême. Cet homme, le seul agréable à Dieu «est en lui de toute éternité»; l'Idée de celui-ci naît de son Être; en ce sens il n'est pas une chose créée, mais son Fils unique; «Le *Verbe* (le *fiat!*) par lequel toutes les autres choses sont et sans lequel rien n'existerait de ce qui a été fait» (I, Jn, 1-3) (en effet comme on le peut penser d'après sa destination morale, c'est pour l'amour de lui, c'est-à-dire de l'être raisonnable dans le monde, que tout a été fait). «*Il* est le reflet de sa magnificence» (Hébr., 1, 3) — «En lui Dieu a

voisins l'un de l'autre et se perdant l'un dans l'autre par degrés petit à petit, mais invite à se les représenter comme séparés l'un de l'autre par un incommensurable abîme. L'hétérogénéité totale des principes, suivant lesquels on peut être un sujet dans l'un ou l'autre de ces empires et le danger en même temps lié à l'idée d'une parenté proche des qualités qui désignent l'homme pour un Royaume ou l'autre, justifient ce mode de représentation, qui, en dépit de ce qu'il a d'horrible, ne laisse pas d'être sublime[1].

aimé le monde» (Jn, 3, 16 ; 4, 9 ; Rom., 5, 8) et
VI, 61 c'est seulement en Lui, en adhérant à ses intentions, que nous pouvons espérer «devenir des enfants de Dieu», etc. (Jn, 3, 1 ; Rom., 8, 14-16 — 16, 16 ; Éph., 5, 1[1]).

S'*élever* à cet Idéal de la perfection morale, c'est-à-dire à l'archétype de l'intention éthique dans sa pureté totale[2], voilà le devoir général de l'humanité, dont l'Idée même, qui nous est proposée par la raison comme modèle, peut nous donner de la force. Mais précisément parce que nous n'en sommes par les auteurs, mais qu'au contraire elle a pris place dans l'homme sans que nous puissions comprendre comment la nature humaine a bien pu y être réceptive, il est plus judicieux de dire que cet archétype est *descendu* du Ciel vers nous et a revêtu l'humanité — car il n'est pas plus possible de se représenter comment l'*homme mauvais* par nature se dépouille de lui-même du mal et s'élève à l'Idéal de la sainteté que de concevoir comme ce dernier prend la forme de l'humanité (qui en soi n'est pas mauvaise) et *s'abaisse* à elle[3]. Cette union avec nous peut donc être regardée comme un état d'*abaissement* du Fils de Dieu, si nous représentons cet homme divinement intentionné comme archétype pour nous, et comment, pour réaliser le bien du monde, il prend sur lui la plus grande quantité de douleurs, alors qu'étant lui-même saint, il ne soit pas contraint à les souffrir. En revanche, l'homme qui n'est jamais exempt de faute — même s'il a adhéré à la même intention — peut regarder les souffrances qui peuvent l'atteindre, quelle qu'en soit la provenance, comme causées par lui, et il doit se considérer comme indigne de l'union de son intention avec une Idée semblable, bien qu'elle lui serve d'archétype[4].

Nous ne pouvons pas concevoir l'Idéal de l'humanité agréable à Dieu — par conséquent celui de la perfection morale, telle qu'elle est possible pour un être mondain qui dépend de besoins et d'inclinations — autrement que sous l'Idée d'un homme qui essaie non seulement d'accomplir tous les devoirs humains, mais en même temps de répandre le plus possible autour de lui le bien par l'exemple et l'enseignement, et qui, bien que visé par les plus grandes tentations, serait néanmoins prêt à supporter toutes les souffrances jusqu'à la mort la plus ignominieuse pour le salut du monde et même de ses ennemis. C'est que l'homme ne peut se faire un concept de l'intensité et de la puissance d'une force du type dont relève l'intention morale que s'il se la représente luttant contre des obstacles, exposée aux plus grandes tentations et triomphant cependant[1].

Dans *la croyance pratique en ce Fils de Dieu* — VI, 62
dans la mesure où il est représenté comme ayant revêtu la nature humaine — l'homme peut désormais espérer devenir agréable à Dieu (et par là bienheureux). En d'autres termes, celui qui a conscience d'une semblable intention morale, intention telle qu'il peut *croire* et avoir en lui-même la ferme confiance que dans des tentations et des souffrances analogues (dont on fait la pierre de touche de cette Idée) il demeurerait immuablement attaché à l'archétype de l'humanité et dans une fidèle imitation resterait conforme à son exemple, un tel homme, mais celui-là seul, est autorisé à se regarder comme un objet qui ne serait pas indigne de la satisfaction divine[2].

B

RÉALITÉ OBJECTIVE DE CETTE IDÉE.

Cette Idée a sa réalité entièrement en elle-même d'un point de vue pratique. Car elle se trouve dans notre raison moralement législatrice. Nous *devons* nous y conformer et pour cela il faut aussi que nous le *puissions*. S'il fallait préalablement prouver la possibilité d'être un homme conforme à cet archétype, comme cela se trouve être abso-

lument nécessaire pour les concepts de la nature (afin de ne pas courir le risque d'être arrêté par des concepts vides), nous devrions aussi bien proposer nos doutes, hésiter même à accorder à la loi morale l'autorité d'être un fondement de détermination inconditionné et pourtant suffisant de notre arbitre ; en effet comment est-il possible que la simple Idée d'une légalité en général puisse être pour l'arbitre un motif plus puissant que tous les motifs imaginables tirés d'avantages quelconques, c'est ce qui ne peut être entendu par la raison, ni établi par des exemples venant de l'expérience, parce que en ce qui touche le premier point la loi commande inconditionnellement, et que pour ce qui est du second point, même s'il n'avait jamais existé d'homme qui eût obéi inconditionnellement à cette loi, la nécessité objective d'être un tel homme demeure intacte et de soi évidente. On n'a donc besoin d'aucun exemple de l'expérience pour se proposer comme modèle l'Idée d'un homme moralement agréable à Dieu. Cette Idée est déjà comme telle dans notre raison[1]. Mais celui qui, pour reconnaître comme modèle un homme en tant qu'exemple s'accordant avec cette Idée, demande plus, je veux dire plus qu'une conduite entièrement irréprochable, plus qu'on n'en peut exiger d'une conduite pleinement méritoire — celui qui, par exemple, exige pour croire
VI, 63 des miracles accomplis par lui ou pour lui, celui-là reconnaît ce faisant en même temps son *incrédulité* morale, je veux dire le manque de foi en la vertu ; et à cette foi ne saurait se substituer aucune croyance fondée sur des preuves par des miracles (et qui n'est qu'une croyance historique). Et c'est parce que seule la foi en la validité pratique de cette Idée, qui se trouve en notre raison, possède une valeur morale (la raison pouvant certes seulement confirmer les miracles comme tels qui pourraient provenir du bon principe, mais sans jamais pouvoir tirer sa propre confirmation de ceux-ci[2]).

Il doit donc y avoir une expérience possible, en laquelle l'exemple d'un tel homme soit donné (dans la mesure où l'on peut attendre et exiger d'une expérience externe en général la preuve de l'intention éthique interne). En effet, selon la loi, tout homme devrait équitablement donner un exemple de cette Idée en lui-même, tandis que son archétype demeure toujours seulement dans la raison. Mais dans l'expérience extérieure il n'est pas d'exemple qui lui soit adéquat, dans la mesure où cette expérience ne dévoile pas l'intérieur de l'intention, mais permet uniquement d'y conclure, encore que ce ne soit pas avec une rigoureuse certitude (bien plus ! même l'expérience interne que l'homme a de lui-même ne lui permet pas de pénétrer si bien les profondeurs de son cœur, que par l'introspection il puisse parvenir à une connaissance tout à fait sûre du fondement de ses maximes — en lesquelles il se reconnaît — non plus que de leur pureté et de leur fermeté.

Si donc, à une certaine époque, un homme guidé par des intentions vraiment divines était pour ainsi dire descendu du Ciel sur la terre ; si par sa doctrine, sa conduite, ses souffrances il avait donné l'*exemple* d'un homme en lui-même agréable à Dieu, autant qu'on le peut exiger de l'expérience externe — étant donné que l'archétype d'un tel homme ne peut être recherché qu'en notre raison —, si enfin, par tout cela, il avait produit dans le monde un bien moral immensément grand par la médiation d'une révolution[1] dans le genre humain, toutefois il n'y aurait pas lieu que nous le regardions autrement que comme un homme naturellement engendré (car ce dernier se *sent*, *lui* aussi, obligé de donner en sa personne un semblable exemple). Mais ce faisant on n'entreprendrait absolument pas de nier qu'il ne puisse aussi être engendré de manière surnaturelle ; cependant au point de vue pratique cette seconde hypothèse ne peut nous être d'aucun avantage parce que l'archétype que nous mettons au fondement de ce phénomène doit toujours être recherché en nous — même si nous ne sommes que des hommes naturels — et sa présence dans VI, 64
l'âme humaine est déjà suffisamment incompré-

hensible pour qu'il ne soit pas nécessaire d'admettre en plus de son origine surnaturelle son hypostase dans un homme particulier[1]. Mais bien plus — l'élévation d'un tel saint au-dessus de toute la fragilité de la nature humaine, autant que nous en puissions juger, fermerait plutôt la voie à l'application pratique de l'Idée dans notre imitation. Car si même la nature de cet homme agréable à Dieu était conçue comme humaine, au point de le soumettre aux mêmes besoins, et par suite aux mêmes souffrances, donc aux mêmes inclinations naturelles et pour finir aux mêmes tentations à la transgression que nous, mais que, par ailleurs, on concevait aussi sa nature à ce point surhumaine qu'une inaltérable pureté de la volonté, non acquise, mais innée lui interdise toute transgression, alors la distance d'avec l'homme naturel deviendrait par là, à son tour, infiniment grande, en sorte que cet homme divin ne pourrait plus lui être proposé comme *exemple*. L'homme naturel dirait : qu'on me donne une volonté entièrement sainte, et alors toute tentation du mal se brisera contre moi ; qu'on me donne la certitude intime la plus parfaite de participer, après une courte vie terrestre (en raison même de cette sainteté) à l'éternelle magnificence des Cieux, et alors je supporterai toutes les souffrances, si pénibles qu'elles puissent être, jusqu'à la mort la plus ignominieuse, non seulement volontiers, mais encore avec joie, puisque de mes yeux je vois l'issue glorieuse et prochaine devant moi[2]. Sans doute si l'on pense que cet homme divin était en la possession de cette hauteur et de cette béatitude de toute éternité — et qu'il n'avait pas besoin tout d'abord de les mériter par des semblables souffrances —, mais qu'il les aliéna pour des êtres tout à fait indignes, et même pour l'amour de ses ennemis, afin de les sauver de la damnation éternelle, cette pensée doit disposer notre esprit envers lui à l'admiration, l'amour et la reconnaissance. En même temps l'Idée d'une conduite suivant une règle si parfaite de l'éthique pourrait évidemment valoir pour nous à titre de précepte dans l'exécution de nos devoirs, sans que cet homme puisse nous être représenté en tant qu'*exemple,* ni par conséquent comme la preuve qu'un bien moral si pur et si élevé puisse jamais être réalisable ou susceptible d'être atteint par nous*. VI, 65

* C'est évidemment une limitation de la raison humaine, qui en est inséparable, que nous ne puissions concevoir aucune valeur morale d'importance pour les actions d'une personne, VI, 65 sans en même temps nous représenter la personne ou sa manifestation de manière humaine ; bien qu'on ne soutienne pas ce faisant qu'il en est ainsi en soi (κατ αλήθειαν). Nous avons, en effet, besoin pour nous rendre saisissables des propriétés suprasensibles, de recourir toujours à une certaine analogie avec les êtres de la nature. C'est ainsi qu'un poète philosophe confère à l'homme précisément parce que ce dernier doit combattre en lui-même un penchant au mal — et s'il sait le dominer, un rang supérieur, dans l'échelle morale des Êtres, même aux habitants du Ciel qui de par la sainteté de leur nature sont à l'abri de toute séduction possible. «Le monde avec ses défauts — est meilleur qu'un royaume d'anges sans volonté.» (Haller[1]). C'est à cette manière de voir que se conforme aussi l'Écriture, tandis que pour rendre compréhensible au genre humain l'amour de Dieu en sa force, elle lui attribue le sacrifice suprême, que seul un être qui aime peut accomplir pour rendre heureux des êtres indignes même («Dieu a tant aimé le monde [...]» etc., Jn, 3, 16) ; bien que par la raison nous ne puissions avoir le moindre concept de la manière dont un être qui se suffit à lui-même entièrement pourrait sacrifier quelque chose qui appartient à sa béatitude et se priver d'une chose qu'il possède. C'est le *schématisme de l'analogie*[2] (pour expliquer) que nous ne pouvons écarter. Le transformer en un *schématisme de la détermination de l'objet* (pour l'élargissement de notre connaissance) c'est l'*anthropomorphisme* qui, du point de vue moral (dans la religion), a les plus fâcheuses conséquences. Je remarquerai simplement en passant que si l'on peut bien *schématiser* (c'est-à-dire rendre saisissable un concept par analogie avec quelque chose de sensible), on ne peut, en revanche, absolument pas *conclure* d'après l'analogie que ce qui revient au premier terme doive aussi être attribué au dernier (et ainsi élargir son concept), et ceci pour la simple raison qu'une telle *conclusion* serait *contraire* à toute analogie, parce qu'elle voudrait, du seul fait qu'un schéma nous est nécessaire pour nous rendre intelligible un concept (en l'expliquant par un exemple), en dériver la conséquence que ce schéma doit aussi nécessairement revenir à l'objet même comme prédicat. Mais je ne peux pas dire : de même que je ne puis *me rendre compréhensible* la cause d'une plante (ou de toute autre créature organique et en général du monde dans la plénitude de ses fins) autrement que par l'analogie d'un artisan dans sa relation à son ouvrage (une montre[3]), à savoir en lui attribuant l'entendement, de même la

Ce maître lui-même, aux intentions divines, mais à proprement parler tout humain, pourrait néanmoins parler de lui-même, avec vérité, comme si l'Idéal du bien s'était manifesté en lui corporel-
VI, 66 lement (dans sa doctrine et sa conduite). Alors, en effet, il ne parlerait que de l'intention qu'il a choisie pour règle de ses actions, mais qu'il ne peut exposer extérieurement aux yeux que par ses enseignements et ses actes puisqu'il peut les rendre visibles comme exemple pour les autres, ce dont il n'a pour lui-même nul besoin : «Qui d'entre vous peut me convaincre d'un péché?» (Jn, 8, 46). Or il est conforme à l'équité de n'attribuer l'exemple irréprochable d'un maître, exemple conforme à son enseignement qui de plus est un devoir pour chacun, à aucune intention si ce n'est à la plus pure, si l'on n'a pas des preuves du contraire. Or une semblable intention, jointe à toutes les souffrances supportées pour le bien du monde et conçue dans l'Idéal de l'humanité, est, pour tout homme, en toutes époques et en tous les mondes, d'une valeur absolue devant la Justice suprême[1] — si l'homme, comme il le doit faire, rend son intention semblable à celle-là. Sans doute elle demeurera toujours une justice qui n'est pas la nôtre, car il faudrait que cette dernière consiste en une conduite conforme entièrement et sans faille à cette intention. Il faut pourtant qu'une appropriation de la première par la dernière soit possible, si la seconde doit pouvoir être unie à l'intention de l'archétype, bien que pour le comprendre il se trouve de grandes difficultés que nous allons exposer.

cause propre (de la plante, du monde en général) *doit avoir* de l'entendement — c'est-à-dire que lui attribuer l'entendement *n'est* pas seulement une condition de ma compréhension, mais encore de la possibilité d'être cause. Mais entre le rapport d'un schème à son concept et le rapport de ce même schème relatif à la chose même, il n'y a pas analogie, mais un saut formidable (μετάβασις εἰς ἄλλο γένος, ou passage à un autre genre) qui mène tout droit à l'anthropomorphisme, comme j'en ai donné les preuves ailleurs.

C

DES DIFFICULTÉS CONCERNANT LA RÉALITÉ DE CETTE IDÉE ET DE LEUR SOLUTION

La *première* difficulté qui rend douteuse l'accessibilité de cette Idée d'une humanité agréable à Dieu en nous en raison de la *sainteté* du législateur et de la déficience de notre propre justice, est la suivante. La loi dit : « Soyez saint (dans votre conduite) comme votre Père est saint dans les Cieux » (Moïse, III, 19, 2 ; I Pre, 1, 16[1]) ; et, en effet, ce qui nous est proposé ainsi comme modèle c'est l'Idée du Fils de Dieu. Mais la distance que nous devons franchir en nous entre le bien que nous devons réaliser, et le mal dont nous partons, est infinie et dans cette mesure, ce qui concerne l'acte, je veux dire la conformité de la conduite à la sainteté de la loi, ne pourra jamais être atteint. Cependant il faut que la nature morale de l'homme puisse s'accorder avec cette sainteté. Cette nature morale de l'homme doit donc être posée dans l'intention, dans la maxime universelle et pure de l'accord de la conduite avec la loi morale comme étant le germe à partir duquel tout ce qui est bien peut provenir, et cette intention doit découler d'un principe sacré, auquel l'homme a adhéré dans sa maxime suprême. C'est une conversion qui, elle-même, doit être possible parce qu'elle est VI, 67
un devoir. Mais voici la difficulté : comment l'intention peut-elle valoir pour l'acte qui est déficient chaque fois (non pas en général, mais *en tout temps*) ? La solution de cette difficulté repose sur ce point : comme progrès continu du bien imparfait au mieux à l'infini, l'acte demeure toujours déficient selon notre appréciation, puisqu'en raison des relations entre la cause et l'effet nous sommes irrémédiablement bornés aux conditions de temps ; il s'ensuit qu'en ce qui touche le bien

comme phénomène, c'est-à-dire selon l'acte, nous devons *toujours* le regarder en nous-mêmes comme insuffisant mesuré à une loi sainte — mais pour ce qui touche le progrès à l'infini en vue d'une conformité à la loi morale, nous pouvons présumer qu'il est estimé en raison de l'intention, dont il dérive, et qui est suprasensible, par un Scrutateur des cœurs et par sa pure intuition intellectuelle comme une totalité achevée, même dans l'action (la conduite*) ; et de la sorte, en dépit de sa déficience permanente, l'homme peut *espérer* d'une manière générale être cependant agréable à Dieu, en quelque instant que son existence puisse être interrompue[1].

La *seconde* difficulté qui se présente lorsqu'on considère l'homme tendant vers le bien, en ce qui concerne ce bien moral même en relation avec la bonté *divine,* regarde le *bonheur moral,* par où l'on n'entend pas l'assurance d'une possession durable d'un contentement de son *état physique* (libération de toute souffrance et jouissance d'un plaisir toujours croissant) — donc ce qu'on peut appeler le *bonheur physique,* mais au contraire l'assurance de la réalité et de la *permanence* d'une intention toujours progressant dans le bien (et ne s'en écartant jamais). En effet *si l'on était fermement convaincu de l'immuabilité d'une telle intention* la permanente « recherche du Royaume de Dieu » (Mtt.,
VI, 68 6, 33) consisterait tout aussi bien à se savoir déjà en possession de ce Royaume, puisque l'homme animé par une telle intention aurait de lui-même

* On ne doit pas perdre de vue qu'ici on ne veut nullement dire que l'intention devrait servir à combler la déficience dans la conformité au devoir et par conséquent à réparer le mal effectif dans cette série infinie (on présuppose bien plutôt que la disposition morale de l'homme agréable à Dieu s'y rencontre effectivement). Mais ce qu'on veut vraiment dire c'est que l'intention, qui prend la place de la totalité de cette série d'approximations poursuivies à l'infini, ne supplée qu'au manque inséparable de l'existence d'un être dans le temps en général, et qui consiste à n'être jamais complètement ce que l'on doit devenir idéellement ; car, pour la compensation des transgressions survenant en ce progrès, on l'examinera dans la résolution de la *troisième* difficulté.

confiance que «tout le reste (qui regarde le bonheur physique) lui serait donné de surcroît» (Mtt., 6, 25-34[1]).

Quand l'homme en cela se trouverait avec son vœu dans le souci, on pourrait le renvoyer à cette parole : «Son Esprit (celui de Dieu) rend témoignage à notre esprit», (Rom., 8, 16), etc., qui signifie que celui qui possède une intention aussi pure qu'on la réclame sentira de lui-même qu'il ne pourra jamais tomber aussi bas qu'aimer à nouveau le mal. Toutefois ces prétendus sentiments d'origine suprasensible ne sont pas invoqués sans risques : on ne s'illusionne jamais aussi facilement qu'en ce qui favorise la bonne opinion qu'on a de soi. Aussi ne semble-t-il pas vraiment avisé d'être encouragé à une telle confiance, mais il vaut mieux (pour la moralité) «créer sa félicité avec *crainte et tremblement*» (Philipp., 2, 12; I Pre, 1, 17[2]) dure parole qui, mal entendue, peut conduire aux plus sombres exaltations. Mais sans une confiance *entière* en l'intention à laquelle on a adhéré, une constance à persévérer en celle-ci serait à peine possible. Or, sans se livrer au doux enthousiasme ou à l'exaltation angoissée, on trouve cette confiance en comparant la conduite qu'on a tenue jusqu'ici et la résolution prise. L'homme, en effet, qui depuis l'époque où il a adhéré aux principes du bien a pu percevoir durant un espace de vie suffisamment étendu leur effet sur l'action, c'est-à-dire sur sa conduite progressant toujours vers le mieux et qui y trouve l'occasion de conclure, ou plutôt seulement de présumer, à une amélioration fondamentale de son intention, peut aussi espérer rationnellement, puisque ces progrès — si leur principe en est à vrai dire bon — accroissent sa force pour les progrès subséquents, que dans cette vie terrestre il ne délaissera plus cette voie, mais y avancera avec toujours plus de courage — et il pourra même espérer, si, après celle-ci, une autre vie s'offre à lui, que, selon des circonstances différentes, il pourra toujours en toute vraisemblance avancer en suivant précisément le même principe

et s'approcher toujours davantage du but, il est vrai toujours inaccessible, de la perfection, et cela parce que suivant ce qu'il a jusque-là aperçu en lui, il peut regarder son intention comme fondamentalement améliorée. En revanche celui qui a souvent tenté de se décider pour le bien et qui cependant n'a jamais pu constater s'y être tenu, qui est toujours retombé dans le mal et qui même dans le déroulement de sa vie en soi devrait se percevoir comme glissant sur une pente pour ainsi dire, tombant toujours du mal dans le pire, celui-
VI, 69 là ne peut rationnellement concevoir l'espérance de mieux faire, s'il avait longtemps encore à vivre ici-bas et si, après cette vie, une vie future lui était à lui aussi réservée, parce que suivant de tels indices il devrait regarder la corruption comme enracinée en son intention[1]. Le premier cas est un regard dans un avenir *à perte de vue,* mais souhaité et heureux et le second un regard, en revanche, dans une misère *à perte de vue,* c'est-à-dire dans les deux cas pour les hommes, selon ce qu'ils peuvent juger, dans une éternité bienheureuse ou malheureuse[2]. Ce sont là des représentations assez puissantes pour procurer aux uns quiétude et détermination dans le bien, et chez les autres réveiller la conscience comme juge, afin de combattre le mal autant que possible, représentations donc qui peuvent servir de motifs, sans qu'il soit nécessaire de présupposer objectivement une éternité du bien ou du mal comme *théorème dogmatique* pour le destin de l'homme*. Car avec de telles connais-

* Parmi les questions dont celui qui les pose ne saurait rien tirer d'intelligent, même si on lui donnait une réponse — ce pourquoi on les nomme des *questions enfantines* — on trouve aussi celle-ci : les peines de l'enfer auront-elles une fin ou seront-elles éternelles ? Si l'on enseigne la première réponse, on pourrait redouter que beaucoup (comme tous ceux qui croient au Purgatoire, ou ce matelot des *Voyages* de Moore[3]) diraient : « J'espère que je pourrai les supporter ». Mais si l'on s'attachait à l'autre solution, l'indiquant comme symbole de la foi, il pourrait naître, contrairement à l'intention que l'on avait, l'espérance d'une totale impunité après la vie la plus infâme. En effet comme à la fin de cette vie dans l'instant du repentir tardif, l'homme d'église appelé pour son conseil et son

sances supposées et de telles affirmations la raison ne fait que dépasser les bornes de son discernement. La bonne et pure intention (qu'on peut appeler un bon Esprit qui nous régit) dont on a VI, 71

réconfort peut bien trouver cruel et inhumain d'annoncer à l'homme sa damnation éternelle, et qu'il n'établit pas de moyen terme entre celle-ci et une pleine rémission — donc ou punition éternelle ou aucune — il doit lui donner l'espérance du salut, c'est-à-dire qu'il doit promettre de transformer rapidement cet homme en un homme agréable à Dieu ; et puisqu'il n'est plus temps de changer en bien sa conduite, des confessions pleines de contrition, des formules de foi et même des engagements à une vie nouvelle au cas où la fin de la vie présente serait encore reculée, jouent le rôle de moyens. C'est l'inévitable conséquence quand on présente comme un dogme l'éternité de la destinée future comme répondant à la conduite ici-bas[1]. Il faudrait plutôt enseigner à l'homme à concevoir sa condition future en partant de sa situation éthique telle qu'elle est jusqu'à présent, et d'y conclure *lui-même* comme au prolongement naturellement prévisible. Alors la série *illimitée* des conséquences sous la domination du mal aura pour lui un effet moral (qui le conduira, autant que possible avant la fin de sa vie, par réparation ou compensation à rendre en ses effets comme n'ayant pas été ce qui a été), comme on peut l'attendre de l'éternité, sans s'embarrasser des inconvénients du dogme (que ne légitiment ni l'exercice de la raison, ni l'exégèse). En effet VI, 70
l'homme méchant table déjà *dans la vie* sur ce pardon aisé à obtenir, ou bien il croit à la fin de sa vie n'avoir affaire qu'aux exigences de la Justice céleste, qu'il ne satisfait qu'avec de simples mots, tandis que les droits de l'homme se trouvent vidés de leur sens et que personne n'obtient ce qui est sien (on voit ici une issue tellement habituelle de ce genre d'expiation qu'on peut réputer inouï un exemple du contraire). Si l'on craint que l'homme soit jugé avec trop de douceur suivant sa raison par la conscience, je crois qu'on se trompe. Car précisément parce qu'elle est libre et doit même sur lui, sur l'homme, se prononcer, elle est incorruptible, et si en un tel état moral elle dit seulement qu'il est à tout le moins possible qu'il doive se tenir bientôt devant un juge, il faut l'abandonner à ses propres réflexions qui, selon toute vraisemblance, le jugeront avec la plus grande rigueur. Je voudrais à ceci ajouter encore quelques remarques. On peut appliquer, certes à des cas moraux, le dicton usuel : *Tout est bien qui finit bien,* mais à la seule condition que par *bien finir* on entende que l'homme est devenu un homme vraiment moral. Mais comment peut-il reconnaître qu'il est devenu tel, dès lors qu'il ne peut le conclure que de sa conduite ultérieure, invariablement bonne, tandis qu'à la fin de la vie il n'est plus temps ? On peut plutôt admettre ce dicton à propos du *bonheur,* mais ici encore seulement en relation au point de vue d'où l'homme regarde sa vie, tandis qu'il la considère non pas en son origine, mais dans son achèvement. Les peines endurées ne laissent pas de

conscience, introduit aussi la confiance en sa permanence et en sa fermeté, bien que médiatement seulement, et eſt ce qui console (le Paraclet[2]) quand de par nos fautes nous sommes en souci de sa persiſtance. Envers elle, pour autant

souvenirs pénibles, quand on se voit en sûreté, mais au contraire un sentiment de bien-être, qui rend d'autant plus délicieuse la jouissance du bonheur qui se donne maintenant. C'eſt que le paisir ou la douleur (comme relevant de la sensibilité), compris dans le cours du temps, disparaissent aussi avec lui et ne conſtituent pas une totalité avec la jouissance présente, mais sont bien plutôt refoulés par celle qui les suit. Appliquons cette proposition à l'appréciation de la valeur morale de la vie jusque-là menée, l'homme pourrait avoir bien tort de la juger ainsi favorablement, même s'il l'achevait par une bonne conduite en vérité. En effet le principe moral subjectif de l'*intention,* suivant lequel sa vie doit être jugée, n'eſt pas tel (en tant que suprasensible) que son exiſtence soit divisible en séquences temporelles, mais ne puisse, au contraire être conçue que comme une unité absolue. Or puisque nous ne pouvons conclure à l'intention qu'à partir des actions (comme manifeſtations de celle-ci), nous ne pouvons en vue de cette évaluation regarder la vie que comme une *unité temporelle,* c'eſt-à-dire un *tout;* et alors les reproches visant la première partie de la vie (avant l'amélioration) parleront tout aussi haut que l'*approbation* donnée à la *dernière partie* de celle-ci et pourront bien étouffer l'accent triomphal du : *Tout eſt bien qui finit bien*[1]. Enfin à la doctrine de la durée des peines en un autre monde une autre se trouve apparentée, bien qu'elle ne lui soit pas identique, à savoir que «tous les péchés doivent se remettre ici-bas» de telle sorte que le compte soit entièrement réglé à la fin
VI, 71 de la vie et que personne ne puisse espérer pouvoir réparer dans l'au-delà ce qu'il a négligé sur cette terre. Pas plus que la précédente, cette doctrine ne peut s'annoncer comme un dogme, puisqu'elle n'eſt qu'un principe par lequel la raison pratique dans l'usage de ses concepts du suprasensible prescrit la règle, tandis qu'elle se résigne à ne rien savoir de la ſtructure objective du suprasensible. Cette doctrine ne dit, en effet, rien d'autre si ce n'eſt : c'eſt seulement à partir de la conduite observée par nous que nous pouvons conclure si nous sommes oui ou non des hommes agréables à Dieu, et comme avec la vie s'achève notre conduite, ainsi aussi s'arrête notre compte, dont le total seul donnera à savoir si nous pouvons nous tenir pour juſtifiés ou non. En règle générale, si à la place de *principes conſtitutifs* de la connaissance d'objets suprasensibles, dont l'intelligence nous eſt impossible, nous limitions notre jugement aux principes *régulateurs,* en nous contentant de l'usage pratique possible de ceux-ci, alors en bien des secteurs il en irait mieux de la sagesse humaine, et un prétendu savoir de ce que dans le fond on ignore ne donnerait pas le jour à de creuses subtilités qui, après avoir brillé un certain temps, finissent tout de même par porter préjudice à la moralité.

que nous le puissions voir, la certitude n'est ni possible pour l'homme, ni moralement bénéfique. En effet — comme il faut bien le noter — nous ne pouvons fonder cette confiance sur une immédiate conscience de l'immuabilité de nos intentions, car nous ne pouvons les pénétrer, mais au contraire nous devons toujours y conclure à partir de leurs conséquences dans notre conduite, et ce raisonnement, précisément parce qu'il est élaboré à partir des perceptions comme phénomènes de la bonne ou mauvaise intention, ne permet jamais d'en connaître avec certitude tout particulièrement la *force* et bien moins encore, lorsqu'à la fin de la vie entrevue comme prochaine, on pense avoir amélioré son intention. En effet, puisque ces preuves empiriques de son authenticité font défaut, qu'aucun délai n'est plus accordé pour fonder sur notre conduite un jugement intéressant notre valeur morale, il ne reste que la désolation qui est l'inévitable conclusion du jugement rationnel portant sur notre état moral (toutefois la nature de l'homme, profitant de l'obscurité de toutes les perspectives qui dépassent les limites de cette vie, veille d'elle-même à ce que cette désolation ne dégénère pas dans un sauvage désespoir[1]).

La troisième *difficulté*, de toutes en apparence la plus redoutable, qui représente tout homme, même celui qui a pris le chemin du bien comme VI, 72
condamnable, dans un jugement final sur toute sa vie, devant une *Justice* divine, est la suivante. Quelle que fût sa conduite dès lors qu'en lui-même il donna son adhésion à une bonne intention, et même quelle que fût sa constance à persévérer dans une vie qui lui fût conforme, *il a néanmoins commencé par le mal* et il lui est impossible à tout jamais d'effacer cette dette. Que depuis la transformation de son cœur il n'ait plus commis de fautes, il ne peut, ce faisant, considérer avoir payé pour les fautes anciennes. En outre, il ne peut d'une conduite désormais bonne dégager un excédent dépassant ce dont il doit à chaque fois s'acquitter, car à chaque fois c'est son devoir de faire tout le bien qui est en son pouvoir. Cette

dette originaire ou qui de manière générale précède tout le bien qu'il eſt en son pouvoir de faire — qui eſt aussi cela même, mais rien d'autre, que ce que dans la première *Partie* nous entendions par le mal radical — ne peut, dans la mesure où nous en pouvons juger par le droit de la raison, être éteinte par aucune autre. Car ce n'eſt pas une obligation transmissible, qui, comme une dette d'argent (peu importe en ce cas au créancier s'il eſt payé par le débiteur lui-même ou par quelqu'un d'autre), peut être transmise à un tiers ; mais de toutes les dettes c'eſt *la plus personnelle*, une dette contractée dans le péché par le seul coupable et qu'il doit seul supporter, et non un innocent, fût-il d'une si haute grandeur d'âme pour s'en vouloir charger au lieu de l'autre[1]. Or comme le mal moral (transgression de la loi morale comme *commandement divin*, qui sous ce rapport eſt appelée *Péché*) moins en raison de l'*infinité* du Législateur suprême dont l'autorité a été par là lésée — mais nous n'entendons rien au rapport transcendant de l'homme avec Dieu — qu'en raison de ce que ce mal eſt un mal dans l'*intention* et dans les maximes en général — que l'on peut comparer comme des *principes universels* en rapport à des transgressions singulières — entraîne comme tel une infinité de violations de la loi, par conséquent une infinité de la faute (ce qui eſt différent devant un tribunal humain qui n'examine que le crime particulier, donc seulement l'action et l'intention reliées à celui-ci et non pas l'intention en général[2]), il s'ensuit que tout homme pourrait s'attendre à une *peine éternelle* et à être chassé du Royaume de Dieu.

La solution de cette difficulté découle de ce qui suit[3]. Il faut concevoir la sentence d'un Scrutateur des cœurs comme tirée de l'intention générale de l'accusé et non des phénomènes de cette intention
VI, 73 c'eſt-à-dire des actes qui s'écartent ou s'accordent avec la loi. Or on présuppose en l'homme une bonne intention l'emportant sur le principe mauvais, auparavant si puissant en lui. Et la queſtion qui se pose alors eſt la suivante : eſt-ce que la conséquence morale de la première intention, la

peine — ou, en d'autres termes, l'effet du déplaisir de Dieu envers le sujet — pourrait aussi être rapportée à son état dans l'amélioration de l'intention, état en lequel il est déjà un objet de la satisfaction divine ? Comme la question n'est pas de savoir si le châtiment prononcé avant la conversion de l'homme s'accorde avec la Justice divine (ce dont personne ne doute), il ne faut donc pas (dans cette recherche) concevoir qu'il a été infligé *avant* l'amélioration. Mais le châtiment ne peut pas non plus être infligé *après* cette amélioration, puisque l'homme vit une vie nouvelle et est moralement un autre homme, et qu'ainsi il faut l'admettre en sa nouvelle qualité (celle qui consiste à être un homme agréable à Dieu). Toutefois il faut satisfaire la suprême Justice devant laquelle un coupable ne peut demeurer impuni, et comme le châtiment n'est conforme à la Sagesse divine ni *avant,* ni *après* la conversion et demeure cependant nécessaire, il le faudrait concevoir comme pouvant être infligé pendant l'état de la conversion et comme lui étant approprié. Nous devons donc voir si en cet état, déjà par la seule médiation du concept d'une conversion morale, on peut concevoir comme s'y trouvant contenus les maux que (sous un autre rapport) le nouvel homme bien intentionné peut regarder comme engendrés par lui en raison de sa faute, et par conséquent comme des *châtiments* grâce auxquels on donne satisfaction à la Justice divine*. La conversion est, en effet, une sortie du VI, 74

* L'hypothèse qui consiste à regarder tout le mal dans le monde de manière générale comme des punitions pour des transgressions déjà commises ne peut pas vraiment être admise comme imaginée en vue d'une théodicée ou comme une invention servant la religion sacerdotale (car elle est trop commune pour avoir été si artificieusement conçue). Mais on peut présumer qu'elle est très proche de la raison humaine, qui a tendance à lier le cours de la nature aux lois de la moralité, et qui, très naturellement, en vient à penser à partir de là qu'il nous faut d'abord devenir des hommes meilleurs, avant que nous puissions prétendre être libérés des maux de la vie ou les compenser par un bien de plus grand poids. Voilà pourquoi (dans l'Écriture sainte) on représente le premier homme condamné à travailler s'il voulait manger, et sa femme condam-

mal et une entrée dans le bien, le dépouillement du viel homme et l'acte de revêtir l'homme nouveau, puisque le sujet meurt au péché (et par conséquent à toutes les tendances dans la mesure où elles y conduisent) pour vivre selon la justice. Dans la conversion, comme détermination intellectuelle, on ne rencontre pas deux actes moraux séparés par un intervalle de temps, mais elle est une, puisque l'abandon du mal n'est possible que par la bonne intention qui réalise l'entrée dans le bien et inversement. Le bon principe est donc aussi bien compris dans l'abandon du mal que dans l'adhésion à la bonne intention. Et la douleur qui accompagne légitimement le premier acte découle entièrement du second. La sortie de l'intention corrompue qui conduit à la bonne est — en tant que « mort du vieil homme et crucifixion de la chair » (I Cor., 9, 27 ; Rom., 6, 2 ; 8, 12 ; I Pre, 2, 11[2]) — déjà en elle-même un sacrifice et le début d'une longue série de maux de la vie, dont l'homme nouveau dans l'intention du Fils de Dieu, c'est-à-dire uniquement pour le bien, accepte de se charger ; maux qui, à vrai dire, revenaient comme punitions au vieil homme (car moralement l'homme qui s'en charge est un autre homme). C'est que si *physiquement* (considéré selon son caractère empirique comme être sensible), il est ce même homme punissable qui, comme tel, doit être traduit devant un tribunal moral et être par conséquent aussi jugé par lui-même ; toutefois dans sa nouvelle intention (comme être intelligible) en présence d'un Juge divin pour lequel

née à enfanter dans la douleur et tous deux à mourir en raison de leur *transgression,* bien qu'on ne puisse pas comprendre comment, lors même qu'il n'y aurait pas eu transgression, des créatures animales, avec des membres ainsi formés, eussent pu s'attendre à une autre destinée. Chez les Hindous les hommes
VI, 74 ne sont rien d'autre que des esprits (nommés *Dewas*) emprisonnés dans un corps animal en punition d'un crime antérieur. Et même un philosophe (Malebranche) préférait ne pas accorder du tout d'âme aux animaux privés de raison, ni donc le moindre sentiment, plutôt que d'admettre que les chevaux dussent supporter tant de peines, « sans avoir brouté le foin défendu[1] ».

l'intention se substitue à l'acte, il se trouve être un autre homme *moralement.* Et cette intention en sa pureté, comme celle du Fils de Dieu qu'il a accueillie en lui, ou bien (si nous personnifions cette Idée) le Fils de Dieu lui-même, supporte pour lui, comme pour tous ceux qui croient (pratiquement) en Lui, en tant que *remplaçant,* la souillure du péché, satisfaisant comme *Sauveur* par ses souffrances et sa mort la Justice suprême, et faisant en sorte que, comme *avocat,* ils puissent espérer paraître devant leur Juge comme justifiés[1]. Avec cette différence toutefois que dans ce mode de représentation l'homme nouveau mourant à l'ancien devra se charger de cette souffrance constamment*, alors que cette souffrance

* L'intention morale la plus pure elle-même ne produit rien de plus en l'homme comme être mondain que le continuel devenir d'un sujet agréable à Dieu au point de vue de l'acte (qui se manifeste dans le monde sensible). Au point de vue de la qualité (puisqu'il faut la penser comme fondée de manière suprasensible) cette intention doit et peut, à la vérité, être sainte et conforme à celle de son archétype ; au point de vue du degré — ainsi qu'elle se révèle dans les actions — elle demeure toujours déficiente, s'écartant infiniment loin du modèle. Néanmoins parce qu'elle contient le fondement du progrès continu pour combler cette déficience, cette intention se substitue à titre d'unité intellectuelle du tout à la *place de l'action* dans son achèvement. Une seule question se pose dès lors : celui qui « n'est en rien répréhensible », ou qui ne le doit pas être, peut-il se croire justifié et malgré cela s'imputer toujours comme *punitions* les souffrances qui le blessent dans son chemin vers un bien toujours plus grand, sans confesser sa culpabilité et par conséquent une intention désagréable à Dieu ? Certes, mais dans la qualité d'homme qu'il dépouille continuellement. Ce qui en cette qualité (celle du vieil homme) lui revient de droit comme punitions (et ce sont toutes les souffrances et les maux de la vie en général) il s'en charge joyeusement en sa qualité de nouvel homme uniquement par amour du bien ; par suite on ne les lui impute pas dans cette mesure et à cet égard comme des châtiments, et le dicton ne veut rien dire d'autre, si ce n'est qu'il accepte volontiers tous les maux et toutes les souffrances qui le heurtent et que le vieil homme aurait dû s'imputer comme châtiment, que, lui, veut bien s'imputer effectivement comme tel, pour autant que le vieil homme meurt en lui ; et son acceptation, il la fait en qualité de nouvel homme, y voyant autant d'occasions de mettre à l'épreuve et d'exercer son intention pour le bien et cette intention a en même temps pour effet et pour cause ce châtiment, qui est par suite aussi la cause du contentement et du *bonheur moral,* qui VI, 75

VI, 75 eſt dépeinte pour le représentant de l'humanité comme une mort subie une fois pour toutes. C'eſt ici que se trouve le surplus par rapport au mérite des œuvres, qui, plus haut, faisait défaut, et c'eſt là un mérite qui nous eſt imputé par la *Grâce*. Car la prétention que ce qui n'eſt jamais pour nous en cette vie terreſtre (et peut-être aussi dans tous les temps futurs et dans tous les mondes) que simple *devenir* (être un homme agréable à Dieu) puisse nous être imputé, comme si nous en étions déjà en pleine possession, n'a sans doute rien de légitime* (d'après la conscience empirique de soi[1]). Dans la mesure où nous nous connaissons (où nous ne connaissons pas notre intention immé-
VI, 76 diatement, mais seulement d'après nos actes), il eſt clair que l'accusateur en nous conclurait plutôt à un jugement de damnation. Ce n'eſt donc toujours qu'un arrêt de grâce (fondé sur la satisfaction qui, pour nous, ne consiſte que dans l'Idée d'une intention améliorée, mais que seul Dieu connaît), bien que tout à fait conforme à la Juſtice éternelle, si nous sommes dégagés de toute responsabilité en vertu de ce bien qui eſt dans la foi.

On peut encore se demander si cette déduction de l'Idée d'une *juſtification* de l'homme, assurément coupable, mais converti à une intention agréable à Dieu, possède quelque usage *pratique* et quel il peut bien être. On ne saurait voir quel usage *positif* pourrait en être fait pour la religion et la conduite. En effet cette recherche a pour condition fondamentale que celui qu'elle concerne

consiſte en la conscience de son progrès dans le bien (qui ne fait qu'un seul et même acte avec l'abandon du mal). En revanche dans l'ancienne intention les mêmes maux n'auraient pas dû seulement valoir comme des punitions, mais encore être ressentis comme tels, parce que regardés comme de simples maux, ils sont néanmoins directement opposés à ce que l'homme en un tel état d'intention se propose comme son unique but et qui eſt le *bonheur physique*.

* Nous sommes ici seulement *susceptibles* et c'eſt bien tout ce que de notre côté nous pouvons nous attribuer. Le décret d'un supérieur visant la dispense d'un bien pour lequel l'inférieur ne peut être que (moralement) susceptible se nomme *Grâce*. (*Note de la deuxième édition.*)

se trouve déjà effectivement dans la bonne intention requise dont l'intérêt (développement et réalisation) est précisément la fin de tout usage pratique des concepts moraux. Car en ce qui touche la consolation une telle intention la procure déjà à celui qui en est conscient (comme consolation et espoir, mais non comme certitude). Cette déduction n'est donc que la réponse à une question spéculative, qui cependant ne saurait être passée sous silence, puisque autrement la raison pourrait se voir reprocher d'être absolument impuissante à concilier la Justice divine et l'espoir de l'homme d'être délié de son péché. Ce reproche pourrait lui être préjudiciable à beaucoup d'égards, mais tout particulièrement au point de vue moral. En revanche l'utilité *négative* qu'on en peut retirer, dans l'intérêt de chacun, pour la religion et les mœurs, s'étend très loin. En effet, on s'aperçoit, en fonction de cette déduction, qu'il n'est pas possible de concevoir pour l'homme chargé de son péché une absolution par la Justice céleste, si ce n'est sous la présupposition d'un changement total du cœur[1]. Aussi toutes les expiations — qu'elles relèvent du genre de la pénitence ou du genre solennel, toutes les invocations et toutes les célébrations (même celle de l'Idéal du Fils de Dieu comme représentant) — ne peuvent combler le manque de la condition première, ni, si elle est donnée, en augmenter le moins du monde la valeur devant ce tribunal ; car pour valoir à la place de l'action il faut qu'il y ait eu adhésion à cet Idéal dans notre intention. Il y a autre chose dans la question de savoir ce que l'homme peut se promettre de la vie qu'il a menée *à la fin de celle-là* ou ce qu'il doit craindre[2]. À cet effet il lui faut, tout d'abord, dans une certaine mesure au moins, connaître son caractère ; et ainsi, même s'il croit aussi qu'il se soit amélioré VI, 77
dans son intention, il devra en même temps inclure dans son examen l'ancienne intention (corrompue) dont il est parti, et pouvoir comprendre ce qu'il a rejeté de celle-ci, et dans quelle mesure et de quelle *qualité* (pure ou encore

impure) et à quel *degré* se trouve affectée l'intention, à son opinion nouvelle, pour triompher de l'intention antérieure et se garder d'une rechute en celle-ci. Il devra donc réfléchir sur cette intention toute sa vie. Or comme par sa conscience immédiate il ne peut parvenir à un concept sûr et déterminé de son intention réelle, c'est seulement à partir de la vie qu'il a effectivement menée qu'il y parviendra ; c'est pourquoi au regard du jugement du juge futur (c'est-à-dire de la conscience qui s'éveille en lui, en même temps que la connaissance de soi empirique ici appelée à l'aide) il ne pourra s'appuyer pour sa justification sur aucun autre état que *sa vie entière* placée en un moment sous ses yeux et non pas seulement sur une partie de celle-ci, peut-être la dernière et pour lui encore la plus favorable ; il devrait même y joindre la perspective d'une vie se poursuivant encore plus loin (sans se poser ici de limites) si elle eût plus longtemps duré. Il ne peut ici laisser l'intention préalablement reconnue se substituer à l'action, mais il doit à l'inverse dégager l'intention de l'action qui lui est représentée. Mais que pensera le lecteur ? Cette seule pensée qui rappelle à l'esprit de l'homme — qui n'est pas nécessairement le pire — bien des choses auxquelles par légèreté il n'a pas depuis longtemps prêté son attention, tandis qu'on se contentait de lui dire qu'il avait des raisons de croire qu'il comparaîtrait un jour devant le juge — cette pensée décidera-t-elle de son futur destin en fonction de la conduite qui a été la sienne jusque-là ? Interroge-t-on le juge que l'homme porte en lui, il se jugera sévèrement ; car il ne peut corrompre sa raison ; mais si on lui représente un autre juge sur lequel on se prétend instruit d'après d'autres sources, il opposera à la rigueur de ce dernier beaucoup d'objections empruntées à la fragilité de la nature humaine, et d'une manière générale il pense s'accorder avec lui, soit qu'il pense prévenir le châtiment par des tourments qu'il s'inflige, repentant, à lui-même, mais qui n'ont pas pour source l'intention vraie de s'améliorer ; soit qu'il pense

fléchir le juge par des prières et des supplications et aussi par des formulations et des confessions données comme pieuses et si on lui fait concevoir cette espérance (d'après le dicton : « Tout est bien qui finit bien ») il conçoit d'après cela bien vite son plan, afin de ne pas abîmer sa vie joyeuse sans VI, 78
nécessité et de pouvoir à la fin de celle-ci clore les comptes rapidement à son avantage*[2].

Deuxième section

DE LA REVENDICATION EN DROIT DU MAUVAIS PRINCIPE À LA DOMINATION SUR L'HOMME ET DU CONFLIT DES DEUX PRINCIPES L'UN CONTRE L'AUTRE

L'Écriture sainte (dans sa partie chrétienne) expose ce rapport moral intelligible sous la forme d'une histoire, puisque deux principes opposés dans l'homme, comme le Ciel et l'Enfer, sont représentés comme des personnes lui étant exté-

* L'idée de ceux qui à la fin de leur vie font appeler un ecclésiastique est d'ordinaire de vouloir trouver en lui un *consolateur ;* non à cause des souffrances *physiques* qu'entraîne la dernière maladie, comme la peur naturelle devant la mort (car la mort même qui met un terme à la maladie peut consoler), mais c'est à cause des souffrances *morales,* je veux dire les reproches de la conscience. Or il faudrait à ce moment plutôt *exciter* et *aiguiser* cette conscience afin de ne pas négliger ce qu'il y a encore de bien à faire ou de mal à détruire (réparer) dans ses suites existantes, et cela selon l'avertissement : « Sois conciliant envers ton adversaire (celui qui a contre toi une prétention fondée en droit) tant que tu marches sur la même route (c'est-à-dire aussi longtemps que tu vis) afin qu'il ne te livre pas au juge (après la mort), etc. » Mais au lieu de cela donner pour ainsi dire de l'opium à la conscience, c'est une faute envers l'homme comme envers ceux qui lui survivront ; et c'est totalement contraire à l'intention finale, pour laquelle on peut tenir comme nécessaire une assistance de la conscience au terme de la vie[1].

rieures qui ne tentent pas seulement d'utiliser leur force l'une contre l'autre, mais veulent aussi faire valoir leurs revendications (l'une comme accusateur, l'autre comme avocat de l'homme) pour ainsi dire par *voie de droit* devant un Juge suprême.

À l'origine l'homme fut établi comme propriétaire de tous les biens de la terre (Moïse, I, 28) sous la réserve toutefois qu'il ne les posséderait qu'à titre de propriété déléguée *(dominium utile)* sous l'autorité de son Créateur et Seigneur en tant que propriétaire suprême *(dominus directus*[1]*)*. En même temps on fait entrer en scène un être mauvais — comment est-il devenu mauvais au point de devenir infidèle à son Seigneur, alors qu'à la primitive origine, il était bon, c'est ce que l'on ignore ; sa chute lui a fait perdre tout ce qu'il aurait pu posséder comme propriété dans le Ciel et maintenant il veut acquérir un autre bien sur la Terre. Mais comme pour un être d'essence supérieure — en tant qu'esprit — les objets
VI, 79 terrestres et corporels ne peuvent procurer aucune jouissance, il cherche donc à acquérir une domination *sur les âmes* par le fait qu'il détourne les premiers parents de tous les hommes de leur Maître et qu'il les rend dépendants de lui et réussit à s'ériger comme propriétaire suprême de tous les biens de la terre, c'est-à-dire en prince de ce monde. Certes on pourrait ici en vérité soulever cette difficulté : pourquoi Dieu n'a-t-il pas usé de sa puissance contre ce traître*? et pourquoi n'a-t-il pas plutôt détruit dans son origine le royaume qu'il ambitionnait de créer? Mais la domination et le gouvernement de la Sagesse suprême procèdent envers les êtres doués de raison d'après le principe de leur liberté, et ce qui doit les atteindre, que ce soit le bien ou le mal,

* Le père Charlevoix rapporte que comme il racontait à son catéchumène iroquois tout le mal que l'esprit malin avait introduit dans la création bonne au début et comment il cherchait encore sans relâche à anéantir les meilleures institutions divines, celui-ci lui avait demandé avec irritation : mais pourquoi Dieu ne tue-t-il pas le Diable? et il avoue ingénument n'avoir pu trouver sur le moment de réponse à cette question[2].

ils doivent se l'attribuer à eux-mêmes. Ainsi, en dépit du bon principe, un Royaume du mal fut établi, auquel furent soumis tous les hommes descendant d'Adam (de manière naturelle) et cela avec leur consentement propre parce que l'illusion des biens de ce monde déroba à leurs yeux l'abîme de la corruption auquel ils étaient réservés. Sans doute, en raison de sa légitime revendication à la domination sur les hommes, le bon principe voulut se préserver par l'instauration de la forme d'un gouvernement qui était ordonnée uniquement en vue d'un culte public exclusif de Son Nom (dans la théocratie *juive*[1]). Mais comme les sentiments des sujets dans cette théocratie demeurèrent déterminés par l'unique motif des biens de ce monde, et qu'ainsi en cette vie ils ne voulaient être gouvernés que par des récompenses ou des punitions, sans être aptes à d'autres lois que celles qui imposaient des cérémonies et des pratiques pénibles en partie, mais aussi, à la vérité, morales en partie — encore que l'on retînt celles seulement où une contrainte extérieure existait — de telle sorte qu'elles n'étaient que des règles juridiques, il se trouva que ce moment intérieur de l'intention morale ne fut pas pris en compte et que cette organisation ne fit aucun tort essentiel au Royaume des ténèbres, mais servit seulement à maintenir constamment en mémoire le droit inaliénable du premier propriétaire. C'est alors dans ce même peuple, en un temps où mesurant pleinement tout le vice d'une constitution hiérarchique, il avait été en grande partie conduit à réfléchir, et cela aussi VI, 80 bien par le fait des doctrines de la liberté des philosophes grecs[2], ébranlant l'esprit de l'esclavage, qui peu à peu avaient acquis de l'influence sur lui — par conséquent en ce temps lorsque ce peuple était mûr pour une révolution, qu'apparut soudain une personne dont la sagesse plus pure encore que celle des philosophes qui le précédaient, semblait descendre du Ciel. En ce qui concernait ses enseignements et son exemple, cette personne se présentait vraiment comme un homme, mais aussi comme un messager d'une

origine telle qu'en son innocence originaire, il n'était pas impliqué dans le contrat*[2] que le reste de l'humanité, par ses représentants, nos premiers ancêtres, avait conclu avec le mauvais principe «et sur lui par conséquent le Prince de ce monde n'avait pas de prise». Par là donc la domination de ce prince était en péril. Car si cet homme
VI, 81 agréable à Dieu résistait à ses tentations et n'entrait pas aussi dans ce contrat, d'autres hommes devaient adhérer dans leur foi à la même intention et il perdait autant de sujets, si bien que son Empire courait le risque d'être entièrement détruit. Il proposa à cet homme d'être son feudataire pour

* Concevoir comme possible une personne libre du penchant inné au mal, si elle est engendrée par une mère vierge, est une Idée de la raison qui s'accommode à un instinct moral pour ainsi dire difficile à expliquer, mais qu'on ne saurait cependant rejeter. C'est que la procréation naturelle ne peut s'accomplir sans plaisir des deux côtés et nous semble (pour la dignité de l'humanité) nous apparenter de trop près avec l'animalité en général comme une chose dont nous devons avoir *honte* — représentation qui est certainement devenue la vraie raison de la prétendue sainteté de l'état monacal — et il suit que cet acte nous paraît quelque chose d'immoral, d'inconciliable avec la perfection de l'homme, mais qui toutefois greffé sur sa nature se transmet à ses descendants comme disposition mauvaise. Or à cette représentation obscure (d'un côté purement sensible, mais de l'autre morale et par conséquent intellectuelle) répond fort bien l'idée de la naissance indépendante du commerce des sexes (donc virginale) d'un enfant libre de tout vice moral, mais qui théoriquement ne va pas sans difficultés (bien qu'il ne soit pas nécessaire de déterminer quelque chose au point de vue pratique). Car selon l'hypothèse de l'épigenèse la mère, descendant de ses parents par une génération *naturelle,* serait entachée de cette faute morale et la transmettrait, au moins pour moitié, à son enfant même lors d'une génération surnaturelle ; par conséquent pour éviter la conséquence il faudrait admettre la préexistence des germes chez les parents, mais non pas celui de leur développement dans l'élément *femelle* (car en ce cas la conséquence ne serait pas évitée), mais seulement dans l'élément *mâle* (ainsi non le système des *ovulorum,* mais celui des *animalculorum spermaticorum*). Or l'élément mâle disparaît dans une grossesse surnaturelle et ainsi cette sorte de représentation théoriquement conforme à l'Idée en cause pourrait être défendue. Mais à quoi bon cette théorie pour ou contre, s'il suffit pour la pensée pratique de se représenter cette Idée comme symbole et modèle de l'humanité s'élevant au-dessus de la tentation du mal (lui résistant victorieusement[1])? *(Note de la deuxième édition.)*

tout son empire, si seulement il voulait bien lui rendre hommage comme au propriétaire de celui-ci. Comme cette tentative échoua, il ne priva pas seulement en son domaine cet étranger de tout ce qui pouvait lui rendre agréable sa vie terrestre (jusqu'à le réduire à la plus grande misère), mais il suscita contre lui toutes les persécutions par lesquelles les hommes peuvent rendre la vie amère, ces souffrances que seul l'homme de bonne intention peut vraiment ressentir, la calomnie de la pure orientation de ses doctrines (pour lui ôter tout concours) et il le poursuivit jusqu'à la mort la plus ignominieuse sans rien pouvoir du tout contre lui, en dépit de tous ces assauts contre la fermeté et la sincérité de ses doctrines et de son exemple pour le bien d'hommes purement indignes[1]. Et maintenant l'issue de cette lutte ! Le résultat peut être considéré comme *juridique* ou *physique*. À ce dernier point de vue (qui tombe sous les sens) le parti qui eut le dessous fut le bon principe ; après avoir supporté beaucoup de souffrances en ce combat il devait donner sa vie* pour VI, 82

* Ce n'est pas (comme D. Barhrdt[2] l'imagina de manière romanesque) qu'il ait *cherché* sa mort pour avancer un bon dessein par l'éclat d'un exemple excitant et brillant ; c'eût été un suicide. En effet on peut bien tenter quelque chose au péril même de sa vie, ou même souffrir la mort de la main d'un autre, si on ne peut y échapper sans devenir infidèle à un impérieux devoir ; mais quelle que puisse être la fin recherchée, on ne peut disposer de soi et de sa vie comme d'un moyen et devenir le *créateur* de sa mort. Il n'a pas non plus risqué sa vie (comme l'en soupçonne en mal le fragmentiste de Wolfenbüttel[3]), dans un but non pas moral, mais politique et au demeurant illicite, pour renverser, si l'on veut, le gouvernement clérical et se substituer à celui-ci avec le pouvoir temporel suprême. En effet là contre, alors qu'il avait déjà abandonné l'espérance de conserver sa vie, s'oppose l'exhortation à ses disciples, lors de la communion, de la célébrer désormais en mémoire de lui ; or si cet acte eût été destiné à perpétuer le souvenir d'un projet temporel avorté, l'exhortation eût été le fait d'une irritation maladive contre son créateur et par suite en contradiction avec elle-même. Sans doute ce souvenir pouvait aussi concerner la défaite d'un très bon projet moral du Maître visant par la destruction de tout le cérémonial de la croyance, qui refoule toute intention morale, ainsi que l'autorité des prêtres qui observent ce cérémonial, *à réaliser* (dans la religion) une révolution *publique* (ce que pouvaient bien

avoir suscité une résistance dans un empire étranger (possédant la force). Mais comme un empire où les *principes* (qu'ils soient bons ou mauvais) ont le pouvoir n'est pas un empire de la nature, mais un empire de la liberté, tel donc qu'on ne peut disposer des choses que pour autant qu'on règne sur les âmes, et en lequel personne donc n'est esclave (serf) que celui qui veut l'être et aussi longtemps qu'il le veut, cette mort justement — le degré suprême de la souffrance d'un homme — était la représentation du bon principe, je veux dire de l'humanité en sa perfection morale, comme exemple proposé à l'imitation par tout un chacun. La représentation de cet exemple devait et pouvait avoir pour son temps — et peut même l'avoir pour tous les temps — la plus grande influence sur l'âme humaine. C'est que dans un saisissant contraste elle fait voir la liberté des enfants du Ciel et la servitude d'un simple fils de la Terre. Mais le bon principe n'est pas seulement descendu du Ciel dans l'humanité en un temps déterminé, mais encore d'une manière invisible depuis l'origine de l'espèce humaine — comme doit l'avouer tout un chacun dès lors qu'il considère attentivement sa sainteté et l'incompréhensibilité de son union dans la constitution morale avec la nature sensible de l'homme[1] — et juridiquement c'est en elle qu'il a son premier domicile. Puisqu'il s'est manifesté en un homme réel comme exemple pour tous les autres «il est venu dans sa propriété et les siens ne l'ont pas accueilli, mais à ceux qui l'accueillirent, il a donné le pouvoir de s'appeler des enfants de Dieu, qui croient en Son Nom» (Jn, 1, 11[2]), c'est-à-dire que par son exemple (dans l'Idée morale) il a ouvert la porte de la liberté à quiconque veut mourir à tout ce qui le tient

avoir comme fin les dispositions prises pour rassembler à
VI, 82 Pâques ses disciples dispersés dans le pays). On peut certes encore regretter aujourd'hui que cette révolution ait échoué; cependant elle ne fut pas rendue vaine, mais après sa mort se mua en une transformation religieuse qui se répandit sans bruit, mais avec beaucoup de souffrances. *(Note de la deuxième édition.)*

enchaîné à la vie terrestre et porte préjudice à l'éthique, et il réunit parmi ceux-ci sous Lui et sous sa domination «un peuple qui appliqué aux bonnes œuvres serait Sa propriété» (Tite, 2, 14), tandis qu'il abandonne à la leur ceux qui préfèrent la servitude morale.

Ainsi l'issue morale de ce conflit, en ce qui concerne le héros de cette histoire (jusqu'à la mort de celui-ci) n'est pas exactement la défaite du mauvais principe, car son Empire dure encore et il faudra encore que se présente une nouvelle époque en laquelle il sera détruit. Mais ce fut la rupture de sa puissance désormais incapable de VI, 83
retenir malgré eux ceux qui lui furent si longtemps soumis, tandis qu'une autre domination morale (puisque l'homme doit toujours se plier à une domination) leur était ouverte comme asile, où ils pouvaient trouver un rempart pour leur moralité, s'ils voulaient abandonner l'ancienne. Au demeurant le mauvais principe est toujours nommé le Prince de ce monde, monde en lequel ceux qui sont attachés au bon principe ne peuvent que s'attendre à des souffrances physiques, à des sacrifices, à des blessures d'amour-propre, qu'on représente comme des persécutions du mauvais principe, parce qu'il n'a en son Royaume de récompenses que pour ceux qui ont fait du bien-être terrestre leur fin ultime.

On voit sans difficulté que si l'on dépouille de son halo mystique cette manière de se représenter les choses vivantes — et vraisemblablement pour son époque la seule *populaire* — elle fut (suivant son esprit et son sens rationnel) pratiquement valable pour l'ensemble du monde et en tout temps, parce qu'elle est suffisamment proche de tout homme pour qu'il y puisse reconnaître son devoir. Cette signification consiste en ceci : il ne peut absolument pas y avoir de salut pour l'homme en dehors de l'adhésion la plus profonde dans son intention à des principes éthiques authentiques[1]. À cette adhésion ce n'est pas la sensibilité, si souvent accusée, qui s'oppose, mais au contraire une certaine perversion à soi-même imputable, ou

encore — comme on veut désigner cette malignité — de la *fausseté*[1] (fausseté, ruse de Satan, par laquelle le mal est entré dans le monde). C'est une perversion qui se trouve en tout homme et qui ne peut être vaincue que par l'Idée du Bien-Éthique dans sa pureté entière, avec la conscience qu'elle appartient effectivement à nos dispositions originaires — Idée qu'on doit seulement s'efforcer de protéger de tout mélange impur et à laquelle on doit adhérer profondément dans son intention pour être convaincu de l'action qu'elle exerce peu à peu dans l'âme et pour être conforté par cette action dans l'idée que les redoutables puissances du mal ne peuvent rien contre cela : «Les portes de l'Enfer ne sauraient la vaincre» (Mtt., 16, 18). De telle sorte que pour ne pas combler le manque de confiance *superstitieusement* par des expiations qui dans la manière de penser ne supposent aucun changement, ou encore, avec *exaltation,* par de prétendues illuminations intérieures (purement passives) et qui doivent être écartées du Bien se fondant dans l'activité personnelle, nous ne devons lui attribuer aucune autre marque distinctive que celle d'une vie sagement conduite. En outre, un effort comme celui ici accompli pour rechercher dans l'Écriture le sens qui s'harmonise avec ce que la raison enseigne de plus *sacré,* n'est pas seulement permis, mais doit aussi être regardé
VI, 84 comme un devoir* et l'on peut ici se souvenir de ce que le *sage* Maître disait à ses disciples de quelqu'un qui suivait son chemin, à la fin duquel il devait cependant parvenir au même but : «Ne l'empêchez pas, car qui n'est pas contre nous est pour nous» (Lc, 9, 50).

R*emarque générale*[2]

Si une religion morale — qu'il ne faut pas rechercher dans des dogmes et des observances,

* On peut bien admettre que ce n'est pas le seul. *(Note de la deuxième édition).*

mais dans l'intention cordiale de remplir tous les devoirs de l'homme comme des commandements divins — doit être fondée, alors tous les *miracles* que l'histoire rattache à son introduction doivent à la fin rendre superflue la croyance au miracle en général. Car c'est révéler un degré punissable d'incroyance morale que de refuser d'accorder aux prescriptions du devoir, telles qu'elles sont gravées dans le cœur de l'homme par la raison, une suffisante autorité, à moins qu'elles ne soient en outre affermies par des miracles : « Quand vous ne voyez ni signes, ni miracles, vous ne croyez pas » (Mtt., 8, 8-10). Toutefois il est tout à fait propre à la manière de penser commune chez l'homme que lorsqu'une religion qui ne consiste qu'en culte et observances touche à sa fin et que pour cette raison doit être introduite une religion fondée en esprit et en vérité (relativement à l'intention), encore qu'elle n'en ait pas besoin, il est à remarquer que l'introduction de celle-ci se trouve dans l'histoire accompagnée de miracles, qui, pour ainsi dire, l'ornent afin d'annoncer la fin de la première religion, qui sans miracles n'aurait, elle, aucune autorité. Et même pour gagner des adeptes de la première à la nouvelle révolution on l'explique comme étant le modèle idéal d'autrefois, maintenant réalisé et qui était la fin ultime de la Providence. En de telles circonstances il est stérile de contester ces récits ou ces interprétations, puisque la vraie religion est bien là et peut se soutenir dès lors et dans la suite par des principes rationnels, elle qui, en son temps, a dû s'introduire par de semblables moyens. Ou alors il faudrait admettre que la simple croyance et la répétition de choses incompréhensibles — ce que chacun peut faire, sans pour autant être un homme meilleur ou même le devenir — soit une manière et même la seule d'être agréable à Dieu. On doit combattre de toutes ses forces une telle VI, 85
allégation. Il peut bien se faire que la personne du Maître qui enseigna l'unique religion valable pour tous les mondes soit un mystère, que son apparition sur la terre comme sa disparition, que

sa vie si nourrie d'actions de même que ses souffrances ne soient que purs miracles et que l'histoire même, appelée à confirmer le récit de tous ces miracles, en soit un elle-même (une révélation surnaturelle), il nous est permis de laisser à tous ces miracles leur valeur propre et même d'honorer encore l'enveloppe qui a servi à répandre dans le monde une doctrine dont la confirmation repose sur une charte conservée de manière ineffaçable en toute âme et qui n'a nul besoin de miracle[1]. Il suffit que, en ce qui regarde l'usage de ces données historiques, nous n'en fassions pas un article de religion, de telle sorte que le savoir, la croyance et la profession de ces choses, soit en soi un moyen par lequel nous pourrions nous rendre agréables à Dieu.

En ce qui concerne les miracles en général, il se trouve des personnes raisonnables qui, sans être d'avis de renier pour ainsi dire la croyance en ceux-ci, ne veulent jamais la laisser s'introduire pratiquement ; ce qui signifie précisément qu'au niveau de la *théorie* ils croient qu'il en existe, mais que dans la *vie ordinaire* ils n'en admettent pas. C'est pourquoi de tout temps de sages gouvernements ont admis et même compris légalement entre les dogmes religieux publics, cette opinion que *bien avant* des miracles se produisirent, mais
VI, 86 ils n'ont pas autorisé de *nouveau* miracle*. En effet les anciens miracles furent peu à peu déterminés

* Même les docteurs en matière de religion qui ajustent leurs articles de foi à l'autorité du gouvernement (les orthodoxes) suivent en ce cas la même maxime que lui. C'est pourquoi M. Pfenninger[2], tandis qu'il défendait son ami, M. Lavater[3], accusé de soutenir comme étant toujours possible la croyance dans les miracles, leur reprocha à bon droit leur inconséquence. C'est que (il faisait expressément exception en cette matière de ceux dont la pensée était *naturaliste*) affirmant la réelle existence de faiseurs de miracles dans la communauté chrétienne, il y a environ dix-sept siècles, ils n'en voulaient plus admettre aujourd'hui, sans être à même de prouver à partir de l'Écriture qu'ils devaient un jour entièrement disparaître, et quand ils le devaient — or prétendre que maintenant ils ne sont plus nécessaires, c'est avec audace revendiquer une sagesse plus grande que celle qu'un homme peut bien se reconnaître —, et

et circonscrits par l'autorité, de telle sorte que par leur fait aucun trouble ne pouvait en résulter pour l'État ; en revanche en ce qui touche les nouveaux faiseurs de miracles, ces gouvernements devaient certes s'inquiéter en raison de l'effet qu'ils pouvaient avoir sur le repos public et l'ordre établi. Si l'on demande ce qu'il faut entendre par le mot *miracle* — car il ne nous importe proprement que de savoir ce que les miracles sont *pour nous*, c'est-à-dire pour l'usage pratique de notre raison — on peut proposer cette définition : ce sont des événements dans le monde dont les causes obéissent à des *lois d'action* qui nous sont absolument inconnues et doivent le rester. Or on peut imaginer des miracles ou *divins* ou *démoniaques* et diviser ces derniers en miracles *angéliques (agatho démoniaques)* ou *diaboliques (kako démoniaques)*, desquels seuls les derniers prêtent à discussion, parce que les *bons anges* (je ne sais pourquoi) font peu parler d'eux et même pas du tout.

En ce qui touche les miracles *divins*, nous pouvons bien nous faire une idée des lois de production de leur cause (comme d'un Être tout-puissant etc., et moral), mais seulement une idée générale, pour autant que nous le concevons comme Créateur du monde et Gouverneur de

cette preuve ils ne la lui ont pas donnée. Ce n'était donc qu'une maxime de la raison que de ne point admettre, ni permettre les miracles et non la compréhension qu'il n'y en a pas. Mais cette même maxime, qui dans ce cas vise un trouble inquiétant dans la société civile, ne vaut-elle pas aussi s'il faut redouter un trouble semblable dans le monde philosophique et en général dans celui des êtres qui pensent raisonnablement? Ceux qui VI, 86
n'admettent pas de *grands* miracles (faisant sensation), mais qui en autorisent libéralement de *petits* sous le nom de *direction extraordinaire* (parce que ces derniers comme simple orientation ne supposent de la cause surnaturelle qu'une application minime de forces) ne voient pas qu'il ne s'agit pas ici de l'effet et de sa grandeur, mais de la forme du cours du monde, c'est-à-dire de la modalité suivant laquelle se produit l'effet, si c'est naturellement ou surnaturellement, et que pour Dieu une différence entre le facile et le difficile est inconcevable. Mais pour ce qui regarde le *mystérieux* dans les influences surnaturelles l'intention de dissimuler l'importance d'un tel événement est encore moins admissible.

celui-ci, aussi bien suivant l'ordre de la nature que l'ordre moral, parce que nous pouvons acquérir immédiatement et en soi connaissance de Ses lois dont la raison peut se servir pour son usage. Admettons que Dieu parfois et dans des cas particuliers laisse la Nature s'écarter de ses lois, nous n'avons alors plus la moindre idée et nous ne saurions non plus espérer parvenir à une loi, d'après laquelle Dieu procède dans la production d'un tel événement (exception faite de la *loi morale universelle* que tout ce qu'Il fait sera bien fait ; mais par là au regard de cet incident particulier rien n'est déterminé). Ainsi ici la raison est comme paralysée, tandis qu'arrêtée ce faisant dans son opération suivant des lois connues, elle n'est
VI, 87 renseignée par aucune loi nouvelle, ni ne peut aussi jamais espérer l'être dans le monde à ce propos. Cependant entre tous ces miracles ce sont les démoniaques qui sont les plus incompatibles avec l'usage de notre raison. En effet relativement aux miracles *divins* elle pourrait à tout le moins posséder pour son usage un signe négatif ; soit : si quelque chose est représenté comme ordonné par Dieu dans une manifestation immédiate de Celui-ci, mais contredit cependant directement la moralité, bien que selon toute apparence il s'agisse d'un miracle divin, ce ne peut en être un — par exemple s'il était commandé à un père de tuer son fils à sa connaissance toutefois entièrement innocent[1] ; mais s'il s'agit d'un miracle considéré comme démoniaque ce signe disparaît aussi, et si l'on voulait pour ces miracles saisir pour l'usage de la raison le signe opposé positif qui consiste en ce que par là surgit une invitation à une bonne action, en laquelle nous reconnaissons déjà un devoir, et qu'ainsi cette invitation ne saurait être le fait d'un mauvais esprit, on pourrait dans ce cas encore saisir faussement, car, comme on le dit, cet esprit se dissimule souvent en un ange de lumière.

Dans la vie pratique il est donc impossible de compter sur des miracles ou d'en faire état dans l'usage de sa raison (lequel est dans la vie toujours

nécessaire). Le juge (si croyant qu'il puisse être en les miracles dans l'Église) écoute ce qu'allègue le délinquant au sujet des tentations diaboliques qu'il prétend avoir subies, comme s'il ne disait rien ; sans compter que, s'il considérait ce cas comme possible, il faudrait toujours regarder comme digne de considération l'idée qu'un homme simple et vulgaire est tombé dans les filets d'un scélérat rusé ; cependant il ne peut citer celui-ci, les confronter tous les deux et en un mot dégager quoi que ce soit de sensé. Aussi l'ecclésiastique raisonnable se gardera-t-il bien de farcir la tête des ouailles confiées à ses soins spirituels avec des historiettes tirées du *Proteus infernal*[1], et de dépraver leur imagination. En ce qui concerne les miracles de la bonne espèce, les gens en usent comme de simples phrases dans la vie ordinaire. Le médecin s'exprime ainsi : « Sans un miracle, il n'y a plus rien à faire pour le malade » ; c'est-à-dire il mourra sûrement. Parmi les occupations de la vie ordinaire il faut compter aussi celle du physicien, qui recherche les causes de ces événements dans les lois naturelles qui s'y rapportent ; je dis bien : dans les lois naturelles de ces événements qu'il peut établir par l'expérience, même s'il doit renoncer à savoir ce qui, en soi, agit selon ces lois ou ce qu'elles pourraient être pour nous en relation à un autre sens possible. VI, 88
Tout de même l'amélioration morale de l'homme est une affaire qui lui incombe. Mais que des influences célestes y prêtent leur concours ou doivent être regardées comme nécessaires pour en expliquer la possibilité, il ne s'entend ni à les distinguer des influences naturelles, ni, pour ainsi dire, à les faire descendre du ciel vers lui ; aussi, comme il ne sait comment immédiatement commencer avec elles, il décide* qu'en ce cas il n'y a pas de miracle — mais s'il écoute les prescriptions

* Ce qui ne veut dire que ceci : il n'admet pas la croyance aux miracles dans ses maximes (ni de la raison théorique, ni de la raison pratique) sans pourtant en contester la possibilité ou la réalité. *(Note de la deuxième édition)*.

de la raison, il procédera comme si tout changement de ses conceptions et son amélioration dépendaient uniquement de l'application de son effort propre. Toutefois que l'on puisse, en vertu du don de croire théoriquement très *fermement* aux miracles, les accomplir soi-même et ainsi donner l'assaut au ciel, c'est là ce qui passe de trop loin les bornes de la raison pour que l'on s'attache à une idée aussi absurde*.

* C'est une échappatoire habituelle pour ceux qui amusent les gens crédules par des artifices *magiques,* ou qui, tout au moins, veulent leur inspirer en général de telles croyances, que d'en appeler à l'aveu que les physiciens font de leur *ignorance.* Nous ignorons bien, disent-ils, les *causes* de la pesanteur, de la force magnétique et ainsi de suite. Mais nous en connaissons les lois avec une suffisante précision dans les limites déterminées des conditions sous lesquelles seuls certains effets se manifestent ; et cela est suffisant, aussi bien pour un usage rationnel sûr de ces forces que pour l'explication de leurs phénomènes, *secundum quid, en descendant* pour user de ces lois et ordonner sous elles les expériences, même si ce n'est pas *simpliciter* et *en remontant* pour saisir les causes des forces s'exerçant d'après ces lois. Le phénomène intérieur à l'entendement humain devient compréhensible, à savoir pourquoi de prétendus miracles de la nature, c'est-à-dire suffisamment crus comme tels, bien qu'il s'agisse d'absurdités ou de phénomènes qui se signalent d'une manière inattendue et, s'écartant des structures des choses et des lois de la nature jusque-là connues, sont cependant saisis avec avidité et *excitent* l'esprit, aussi longtemps qu'ils sont tenus pour naturels, alors qu'en revanche ce même esprit est *abattu* par la nouvelle d'un miracle vrai. C'est que les premiers ouvrent une perspective d'une nouvelle acquisition pour l'alimentation de la raison ; ils procurent en effet l'*espoir* de découvrir de nouvelles lois de la nature ; en revanche le second suscite le *souci* de perdre également confiance dans les lois qui étaient regardées comme connues. Or quand la raison se voit amputée des lois de l'expérience, elle n'est plus utile à rien dans un monde aussi enchanté ; elle n'est pas plus utile pour l'usage moral en ce monde en vue
VI, 89 d'exécuter son devoir ; c'est qu'on ne sait plus si même en ce qui regarde les motifs moraux, il ne se produit pas à notre insu des changements dus aux miracles et dont personne ne peut décider s'il faut qu'il se les attribue à lui-même ou à quelque autre cause insondable. Ceux dont la faculté de juger est ici tellement déterminée qu'ils sont de l'opinion suivant laquelle sans miracles ils ne sauraient se tirer d'affaire, croient atténuer le choc qu'éprouve en cela la raison, par ce fait seul qu'ils admettent qu'ils ne se produisent que *rarement.* Veulent-ils dire par là que cette rareté est déjà impliquée dans le concept du miracle (car, si un tel événement arrivait ordinairement, on ne le définirait pas comme un miracle), on pourrait sans doute

alors leur passer cette subtilité sophistique — qui consiste à transformer une question objective où l'on veut savoir ce qu'il en est de la chose, en une question subjective portant sur ce que signifie le mot par lequel nous la désignons — et demander en retour : «Rares, dans quelle mesure?» — peut-être une fois par siècle, ou vraiment jadis seulement? mais aujourd'hui plus du tout? En cela la connaissance de l'objet ne nous livre rien de déterminable (puisque de notre propre aveu il est pour nous transcendant). Il faudra partir uniquement des maximes nécessaires de notre raison, soit qu'elles admettent les miracles comme *quotidiens* (bien que dissimulés sous l'apparence d'effets naturels), soit qu'elles ne les admettent pas et jamais. Dans ce dernier cas nous ne prendrons les miracles ni comme principe de nos explications rationnelles, ni comme fondement des règles de nos actions. Aussi, puisque la première méthode ne s'accorde pas du tout avec la raison, il ne reste qu'à accepter la seconde maxime; c'est que s'il n'est pas une proposition théorique, ce principe demeure toujours au moins une maxime du jugement. Il n'est personne qui puisse se faire une si haute Idée de son esprit pour vouloir décider que, par exemple, la conservation des espèces, remarquable au plus haut degré dans le règne végétal et animal, puisque toute génération reproduit l'original dans la perfection interne du mécanisme et (comme dans le règne végétal) le renouvelle à chaque printemps avec toute la beauté si tendre du coloris, sans le moindre affaiblissement et sans que les forces si destructives de la nature inorganique pendant le mauvais temps de l'automne puissent avoir prise sur leurs semences — personne, dis-je, qui puisse décider que ce soit là simple conséquence des lois de la nature, et s'il ne faudrait pas plutôt à chaque fois exiger l'immédiate influence du Créateur. Mais ce sont des expériences. *Pour nous* ce ne sont autre chose que des effets de la nature et ils ne *doivent* pas être jugés autrement. C'est ce que veut la modestie de la raison dans ses prétentions. Transgresser ces limites est démesure et orgueil, bien que lorsqu'on affirme un miracle on prétende la plupart du temps donner la preuve d'une manière de penser qui s'humilie et renonce à elle-même.

Troisième partie

LE TRIOMPHE DU BON PRINCIPE SUR LE MAUVAIS ET LA FONDATION D'UN RÈGNE DE DIEU SUR LA TERRE

VI, 93 Le combat que tout homme moralement bien intentionné doit, en cette vie, sous la conduite du bon principe, soutenir contre les attaques du mauvais ne peut, quels que soient ses efforts, lui procurer de plus grand avantage que la libération de la *domination* du dernier. Qu'il soit *libre,* «qu'il soit soustrait à la servitude sous la loi du péché, pour vivre selon la justice» (Rom., 8, 2) tel est le gain suprême qu'il peut atteindre. Il n'en restera toujours pas moins exposé aux attaques du mauvais principe ; et pour assurer sa liberté continuellement agressée, il doit toujours demeurer armé pour le combat[1].

Si l'homme est néanmoins dans cette situation périlleuse, c'est par sa propre faute ; il est par conséquent *obligé,* dans la mesure où il le peut, de faire usage de ses forces pour s'en dégager. Mais comment? c'est la question. S'il considère les causes et les circonstances qui l'attirent dans ce péril et l'y maintiennent, il peut facilement se convaincre qu'elles viennent moins de sa propre nature pour ainsi dire brute, pour autant qu'il est isolé, que des hommes avec lesquels il est en rapport ou relation. Ce n'est pas par les excitations de sa nature que les *passions* à proprement parler s'émeuvent en lui, elles qui font des ravages si grands dans sa disposition originellement bonne. Ses besoins ne sont que petits et son état d'esprit, tandis qu'il s'occupe à les satisfaire, demeure modéré et calme. Il n'est pauvre (ou se croit tel) que dans la mesure où il redoute que d'autres hommes le tiennent pour tel et puissent sur ce fondement le mépriser. L'envie, la soif de domination, la cupidité et les inclinations haineuses qui s'y relient troublent aussitôt sa nature, VI, 94 en elle-même suffisante, *lorsqu'il se trouve entre les hommes,* et il n'est pas même nécessaire de présupposer que ceux-ci aient déjà sombré dans le vice et soient de néfastes exemples — il suffit qu'ils soient là, qu'ils l'entourent, que ce soient des hommes, pour qu'ils se corrompent réciproquement dans leur disposition morale et se rendent mauvais les uns les autres[1]. Si donc on ne pouvait trouver de moyens pour fonder une union visant principalement à la prévention du mal et à la réalisation du bien dans l'homme à titre de société permanente, et se développant toujours, et uniquement vouée à la conservation de la moralité, qui donc réagirait de toutes ses forces réunies contre le mal — alors, quoi que l'homme ait pu faire isolé pour se soustraire à la domination du mal, celui-ci le maintiendrait constamment dans le danger d'y retomber. Aussi la domination du bon principe, pour autant que les hommes puissent y participer, n'est accessible, dans la mesure où nous pouvons en juger, que par l'établissement et le développement d'une société érigée selon les lois de la vertu et en vue de celles-ci ; c'est-à-dire d'une société comprenant en soi tout le genre *humain* et auquel la raison la propose comme tâche et devoir à former dans toute son extension. Car c'est ainsi seulement qu'on peut espérer pour le bon principe une victoire sur le mauvais. Outre les lois qu'elle prescrit à chaque individu, la raison morale législatrice brandit en outre un drapeau de la vertu comme signe de ralliement pour que ceux qui aiment le bien se rassemblent autour de lui, et avant toute chose l'emportent sur le mal qui les attaque sans cesse[2].

On peut appeler une union des hommes sous

de pures lois de la vertu d'après la prescription de cette Idée une *société éthique* et pour autant que ces lois sont publiques une société *civile éthique* (par opposition à la société *civile juridique*) ou encore une *communauté éthique*. Cette communauté peut vivre au sein d'une communauté politique et même en comprendre tous les membres (au demeurant si la communauté politique ne se trouve pas à son fondement, cette communauté ne peut être en aucune manière instituée par les hommes[1]). Cependant la communauté éthique possède un principe d'union particulier et qui lui est propre (la vertu), et par conséquent aussi une forme et une constitution qui se distinguent essentiellement de celles de l'autre société. Néanmoins il se trouve une certaine analogie entre les deux communautés, considérées comme deux entités communes en général ; à ce point de vue la société civile juridique peut aussi être appelée un
VI, 95 *État éthique*, c'est-à-dire un *Royaume* de la vertu (du bon principe) dont l'Idée possède sa réalité objective tout à fait bien fondée dans la raison humaine (en tant que devoir de s'unir en un tel État), même si subjectivement on ne peut cependant jamais espérer de la bonne volonté des hommes qu'ils se décident dans la concorde à travailler à cette fin[2].

Première section

REPRÉSENTATION PHILOSOPHIQUE DE LA VICTOIRE DU BON PRINCIPE PAR LA FONDATION D'UN ROYAUME DE DIEU SUR LA TERRE

I

DE L'ÉTAT DE NATURE ÉTHIQUE

Un *état juridique civil* (politique) est un rapport réciproque des hommes entre eux, dans la mesure où ils sont soumis à des *lois de droit publiques* (qui sont toutes des lois de contrainte[1]). Un état *éthique et civil* est celui où ils sont unis sous des lois qui ne contraignent pas, c'est-à-dire de pures *lois de la vertu.*

Or comme on oppose au premier de ces états, l'état de droit (mais qui pour cette raison n'est pas toujours légitime), c'est-à-dire l'*état de nature juridique,* on distingue de l'état éthique et civil l'*état de nature éthique.* Dans les deux cas chacun se donne à lui-même la loi, et il n'y a pas d'instance extérieure à laquelle avec tous les autres il se reconnaîtrait soumis. Dans les deux cas chacun est son propre juge, et il n'y a pas d'autorité *publique,* possédant la force, qui suivant des lois exécutoires déterminerait ce qui dans les cas qui se présentent serait le devoir de tout un chacun et ferait du devoir une pratique générale[2].

Dans une communauté déjà affermie comme société politique, tous les citoyens au sens politique se trouvent cependant comme tels dans un *état de nature éthique* et sont autorisés à y demeurer. En effet, que la société civile puisse obliger ses

citoyens à entrer dans une communauté éthique, ce serait une contradiction *(in adjecto)* puisque celle-ci implique en son concept la liberté par rapport à la contrainte[1]. Tout corps politique peut bien souhaiter qu'il se rencontre en lui une domination sur les âmes selon les lois de la vertu ; car lorsque ses moyens de contrainte ne suffisent plus, parce que le juge humain ne peut regarder le for intérieur des autres hommes, alors les intentions vertueuses produiraient ce que l'on
VI, 96 souhaite. Mais malheur au législateur qui voudrait par la contrainte réaliser une constitution visant des fins éthiques ! Car, ce faisant, non seulement il instaurerait le contraire de la constitution éthique, mais encore il saperait et rendrait incertaine sa constitution politique. Le citoyen du corps politique demeure, en ce qui touche la compétence législative de celui-ci, pleinement libre d'entrer avec d'autres concitoyens dans une union éthique ou de rester par préférence dans un état de nature de ce genre. C'est seulement lorsqu'un corps éthique repose sur des lois *publiques* et doit comprendre une constitution qui se fonde sur elles, que ceux qui volontairement s'associent pour entrer dans cet état devront non pas obéir à la puissance politique, pour savoir ce qu'il faut ou ne faut pas aménager intérieurement, mais bien admettre qu'il y ait des limitations — par exemple la condition qu'il ne se trouve rien en ceci qui contredise leur devoir comme *citoyens de l'État ;* encore que si la première association est correcte, ce dernier cas ne soit nullement à redouter.

En outre, puisque les devoirs de vertu intéressent l'humanité tout entière, le concept d'un corps éthique[2] est toujours rapporté à l'Idéal d'un tout des hommes et se distingue par là d'un corps politique. C'est pourquoi une multiplicité d'hommes unis dans cette intention ne peut pas encore s'appeler le corps éthique lui-même, mais seulement une société particulière qui tend à l'unanimité de tous les hommes (et même de tous les êtres raisonnables[3]) pour édifier un tout éthique absolu, dont chaque société partielle n'est qu'une représentation ou un schéma, chacune en effet pouvant en revanche à son tour dans son rapport avec d'autres de cette espèce être représentée comme se trouvant à l'état de nature éthique avec toutes ses imperfections. Il en va d'ailleurs ainsi avec les différents États politiques, qui ne sont pas liés par un droit des gens public.

II

L'HOMME DOIT SORTIR DE L'ÉTAT DE NATURE ÉTHIQUE, POUR DEVENIR UN MEMBRE DU CORPS ÉTHIQUE

De même que l'état de nature juridique est un état de guerre de tous contre tous, de même l'état de nature éthique est un état d'incessantes attaques VI, 97
du mal, qui se trouve en l'homme et chez ses semblables et qui (comme on l'a remarqué plus haut) fait qu'ils pervertissent réciproquement leur disposition morale[1]. Et même alors que chaque individu serait de bonne volonté, en l'absence d'un principe qui les réunirait, ils s'écartent par leurs désaccords de la fin commune du bien, comme s'ils étaient des *instruments du mal,* et se mettent mutuellement en danger de retomber à nouveau sous la domination du mal. Or comme de plus l'état où se manifestent une liberté anarchique, toute extérieure (brutale), et une indépendance des lois fondées sur la contrainte, est un état d'injustice et de guerre de tous contre tous, l'homme doit en sortir pour entrer dans un état politique-civil*. Ainsi l'état de nature éthique est

* Il n'y a qu'une faute dans la proposition de Hobbes : *status hominum naturalis est bellum omnium contra omnes;* elle aurait, en effet, dû se formuler : *est status belli,* etc. Car même si l'on n'accorde pas qu'entre des hommes qui ne sont pas soumis à des lois externes et publiques, il règne toujours un état d'*hostilités* effectives, néanmoins l'*état* de ceux-ci *(status*

un état d'agression réciproque *public* contre les principes de la vertu, et un état d'absence intérieure de moralité dont l'homme naturel doit s'efforcer de sortir au plus tôt.

Nous ne sommes donc pas ici en présence d'un devoir au caractère particulier de l'homme envers l'homme, mais du genre humain envers lui-même[2]. Chaque espèce d'êtres raisonnables est, en effet, dans l'Idée de la raison, objectivement déterminée à une fin commune qui est la réalisation du Bien suprême comme bien commun. Or, comme le Bien éthique suprême ne peut être réalisé par l'effort d'une personne singulière en vue de sa propre perfection, mais exige une union
VI, 98 des individus en un tout pour la même fin, donc un système d'hommes à l'intention bonne — en lequel seul et de par son unité ce Bien peut uniquement être réalisé —, mais que par ailleurs l'Idée d'un tel tout, en tant que République d'après les lois de la vertu, est une Idée entièrement différente de toutes les lois morales (qui regardent ce que nous savons être en notre pouvoir) et qui consiste à agir en vue d'un Tout, dont nous ne pouvons savoir si comme tel il est en notre pouvoir ; il s'ensuit que ce devoir par son genre et suivant son principe est différent de tout autre. On présumera déjà par avance que ce devoir exigera la présupposition d'une autre Idée, je veux dire celle d'un être moral supérieur, qui par ses dispositions universelles opère l'union

juridicus), c'est-à-dire le rapport dans et par lequel ils sont susceptibles de droits (de leur acquisition et de leur conservation) est un état en lequel chacun veut être lui-même juge sur ce qui est sien, de ce qui pour lui est droit par rapport aux autres, mais aussi n'ayant pour cela aucune sécurité de la part des autres, ni ne leur en donnant, si bien que chacun s'en rapporte à sa force propre ; et c'est là un état de guerre où chacun doit continuellement être armé contre chacun. La seconde proposition de Hobbes : *exeundum esse e statu naturali,* est une suite de la première ; en effet cet état est une continuelle lésion des droits de tous les autres de par la prétention à être juge en ses affaires personnelles et à n'offrir aux autres hommes, quant à ce qui est leur, aucune autre sécurité que son propre arbitre[1].

dans une action commune des forces des individus, qui prises en elles-mêmes sont insuffisantes. Mais il nous faut tout d'abord nous laisser conduire par le fil conducteur de ce besoin éthique de manière générale et voir où il nous mènera.

III

LE CONCEPT D'UN CORPS ÉTHIQUE EST CELUI D'UN PEUPLE DE DIEU SOUS DES LOIS ÉTHIQUES

Si un corps éthique doit parvenir à l'être, tous les individus doivent être soumis à une législation publique, et il faut que toutes les lois qui les unissent puissent être regardées comme les commandements d'un législateur commun. Or, si le corps devant être fondé était un corps *juridique,* c'est la multitude s'unissant en une totalité qui (quant aux lois constitutionnelles) devrait elle-même être le législateur, car la législation part du principe suivant : *restreindre la liberté d'un chacun aux conditions sous lesquelles elle peut coexister avec la liberté d'autrui suivant une loi universelle**, et en ce cas la volonté générale érige une contrainte extérieure légale[1]. Mais si le corps doit être *éthique,* le peuple en tant que tel ne peut plus être considéré comme législateur. Car, dans un tel corps, toutes les lois ont été orientées vers la réalisation de la *moralité* des actions (qui étant chose *intéreure* ne peut être soumise à des lois humaines publiques), tandis qu'au contraire ces lois humaines qui constitue- VI, 99
raient un corps juridique ne visent que la *légalité* des actions qui se manifestent visiblement, et non la moralité (intérieure) dont il est ici seulement question. Ce doit donc être un être autre que le peuple qui puisse être indiqué comme légiférant

* C'est le principe de tout droit extérieur.

publiquement pour un corps éthique. Néanmoins les lois éthiques ne peuvent être conçues comme dérivant *originairement* que de la volonté de cet Être supérieur — comme des statuts par exemple qui n'obligeraient pas avant d'avoir été précédés par son commandement — car elles ne seraient plus alors des lois éthiques et le devoir qui leur serait conforme ne serait plus une libre vertu, mais un devoir juridique susceptible d'une contrainte. Ainsi on ne peut concevoir comme Législateur suprême d'un corps éthique que celui par rapport auquel tous les *vrais devoirs,* et par conséquent aussi ceux de nature éthique*, peuvent être représentés *en même temps* comme ses commandements ; il doit par suite être un connaisseur des cœurs pour regarder au plus profond des intentions de chacun et faire que, comme il en doit être en toute communauté, tous reçoivent ce que leurs actions méritent. Mais ceci est le concept de Dieu comme Gouverneur moral du monde. On ne peut donc penser comme possible un corps éthique que tel un peuple sous des commandements divins, c'est-à-dire comme un *peuple de Dieu* soumis à des *lois morales*[1].

On pourrait bien aussi concevoir un peuple de Dieu suivant des *lois statutaires*[2], je veux dire des lois dont l'observance n'intéresse pas la moralité des actions, mais leur seule légalité, et l'on aurait

* Dès lors que quelque chose est reconnu comme un devoir, quand bien même il s'agirait d'un devoir imposé par le simple arbitre d'un législateur humain, c'est cependant en même temps un commandement de Dieu que de lui obéir. On ne peut certes pas appeler les lois statutaires civiles des commandements divins, mais, si elles sont légitimes, les *observer* est aussi un commandement divin. La proposition « Il faut davantage obéir à Dieu qu'aux hommes » signifie simplement que si ces derniers ordonnent quelque chose de mauvais en soi (immédiatement contraire à la loi morale), on ne peut, ni ne doit leur obéir. Mais inversement si à une loi politique et civile, en elle-même non immorale, on oppose une loi statutaire tenue pour divine, il y a des raisons pour regarder cette dernière comme controuvée, parce qu'elle contredit un devoir évident et que de plus on ne trouvera jamais d'indices empiriques suffisants pour attester que ce soit effectivement un ordre divin autorisant à transgresser un devoir par ailleurs établi.

alors un corps juridique, dont à la vérité Dieu serait le Législateur (et la constitution de ce corps serait la théocratie), toutefois ce seraient des VI, 100 hommes, en tant que prêtres, qui recevraient immédiatement Ses ordres et dirigeraient un *gouvernement* aristocratique. Mais une telle constitution, dont l'existence et la forme reposent entièrement sur des raisons historiques, n'est point celle qui constitue le problème de la raison pure morale législatrice, à la solution duquel nous devons ici uniquement consacrer nos efforts ; on l'examinera dans la section historique comme institution suivant des lois politiques et civiles, dont le Législateur, bien qu'il s'agisse de Dieu, est extérieur ; pour le moment nous n'avons affaire qu'à une constitution dont la législation est purement intérieure, à une république sous les lois de la vertu, c'est-à-dire à un peuple de Dieu « qui serait appliqué à de bonnes œuvres » (Tite, 2, 14).

À un tel *peuple* de Dieu on peut opposer l'Idée d'une *bande* du mauvais principe comme ligue de ceux qui sont de son parti pour répandre le mal auquel il importe de ne pas laisser se constituer la société opposée ; encore faut-il remarquer qu'ici aussi le principe qui attaque les intentions vertueuses se trouve également en nous-mêmes, et n'est représenté comme une puissance extérieure que de manière imagée.

IV

L'IDÉE D'UN PEUPLE DE DIEU (DANS UNE ORGANISATION HUMAINE) NE PEUT ÊTRE RÉALISÉE QUE DANS LA FORME D'UNE ÉGLISE

L'Idée sublime, jamais pleinement réalisable d'un corps éthique, se rétrécit dans des mains humaines ; elle devient alors une institution, qui pouvant sans doute n'en représenter purement que la forme, se trouve en ce qui concerne les moyens d'ériger une telle totalité très limitée par les conditions de la nature humaine sensible. Mais comment s'attendre à pouvoir charpenter à partir d'un bois aussi courbe quelque chose de parfaitement droit[1]?

Établir un peuple moral de Dieu n'est donc pas une œuvre dont la réalisation pourrait être attendue des hommes, mais seulement de Dieu. Néanmoins il n'est pas permis en raison de cela à l'homme de rester inactif en cette affaire et de laisser faire la Providence, comme si chacun avait le droit de suivre seulement son intérêt moral particulier, en abandonnant le tout formé par les intérêts du genre humain (considéré dans sa desti-
VI, 101 nation morale) à une Sagesse supérieure. Chacun doit plutôt procéder comme si tout dépendait de lui, et c'est sous cette seule condition qu'il peut espérer qu'une sagesse supérieure consentira à donner un achèvement à ses efforts bien intentionnés[2].

Le vœu de tous les hommes de bonne intention est donc «que vienne le règne de Dieu et que sa volonté soit faite sur la Terre». Mais que leur faut-il organiser, afin que ceci leur advienne?

Un corps éthique sous une législation divine morale est une *Église,* qui, pour autant qu'elle n'est pas l'objet d'une expérience possible, se nomme *L'Église invisible* (simple Idée de l'union de tous les hommes droits de cœur sous le gouvernement du monde divin, immédiat, mais moral qui sert d'archétype à toutes celles que les hommes veulent établir). *L'Église visible* est l'union effective des hommes en un tout qui s'accorde avec cet Idéal. Dans la mesure où toute société soumise à des lois publiques implique une subordination de ses membres — dans le rapport de ceux qui obéissent à ses lois à ceux qui veillent à l'observance de celles-ci —, la multitude de ceux qui sont associés en ce tout de l'Église forme la *communauté* sous ses supérieurs, qui (nommés ou bien docteurs ou bien pasteurs d'âmes) n'administrent que les affaires du Chef invisible, et ils s'appellent à ce point de vue les *serviteurs* de l'Église, de même que dans le corps politique le chef visible se nomme lui-même parfois le premier serviteur de l'État, bien qu'il ne reconnaisse aucun homme au-dessus de lui (et en général pas même le peuple comme tout[1]). La véritable Église (visible) est celle qui expose le règne moral de Dieu sur la Terre, pour autant que cela se peut faire par l'entremise des hommes. Les conditions requises (et par conséquent les caractères) de l'Église véritable sont les suivantes[2].

1° *L'universalité*, par conséquent son *unité* numérique ; elle doit donc à cette fin comprendre en soi la disposition suivante : bien que divisée en opinions contingentes et désunies, cependant en ce qui regarde sa fin essentielle elle doit être fondée sur des principes tels qu'ils doivent nécessairement conduire à une union universelle en une Église unique (donc pas de division de sectes).

2° La *nature* (qualité) de cette Église ; c'est-à-dire la *pureté*, l'union sous aucun autre motif que les motifs moraux (purifiée de l'absurdité de la superstition et de l'illusion de l'enthousiasme). VI, 102

3° La *relation* soumise au principe de la *liberté*, aussi bien pour le rapport interne des membres entre eux que pour le rapport extérieur de l'Église avec le pouvoir politique, et cela pour l'un et l'autre de ces rapports dans un *État libre* (ainsi ni *hiérarchie*, ni *illuminisme*, sorte de *démocratie* dont les institutions particulières peuvent être différentes selon ce qui passe par la tête de chacun).

4° La *modalité* de cette Église est l'*invariabilité* de sa *constitution*, sous réserve des dispositions contingentes, modifiables selon l'époque et les circonstances, mais qui ne concernent que l'administration et dont l'Église, au reste, doit comprendre en elle-même *a priori* (dans l'Idée de sa fin) les principes sûrs. (Donc soumise à des lois originaires prescrites publiquement comme par un code, mais non à des symboles arbitraires, qui, parce que l'authenticité leur fait défaut, sont contingents, exposés à la contradiction et variables.)

Aussi un corps éthique, en tant qu'*Église*, c'est-à-dire considéré comme simple *représentant* d'un État de Dieu, ne possède pas d'après ses principes une constitution semblable à une constitution politique[1]. La sienne n'est ni monarchique (sous l'autorité d'un pape ou d'un patriarche), ni *aristocratique* (sous celle des évêques et des prélats) ni *démocratique* (comme celle des illuminés sectaires). On pourrait bien mieux la comparer avec la communauté domestique[2] (la famille) sous la direction d'un Père moral, commun à tous, bien qu'invisible, pour autant que son saint Fils, qui connaît Sa Volonté en même temps qu'Il se trouve lié par les liens du sang avec tous ces membres, le représente afin de leur mieux faire connaître Sa Volonté, et ceux-ci honorent en Lui le Père et pénètrent ainsi dans une union des cœurs volontaire, universelle et durable entre eux.

V

LA CONSTITUTION DE TOUTE ÉGLISE DÉBUTE TOUJOURS À PARTIR D'UNE CROYANCE HISTORIQUE (RÉVÉLÉE), QUE L'ON PEUT NOMMER FOI DE L'ÉGLISE ET CETTE FOI EST FONDÉE AU MIEUX SUR UNE ÉCRITURE SAINTE

La *pure croyance religieuse* est celle qui, seule, peut à la vérité fonder une Église universelle ; car il ne
VI, 103 s'agit que d'une pure croyance de la raison et cette croyance peut être communiquée à quiconque en vue de la conviction, tandis qu'une croyance historique, simplement fondée sur des faits, ne peut étendre plus loin son influence que les informations autorisant à juger de sa crédibilité ne peuvent parvenir sous les conditions de temps et de lieu. Cependant il résulte d'une faiblesse particulière de la nature humaine que l'on ne peut

compter sur cette foi pure, autant qu'elle le mérite, pour fonder en effet sur elle seule une Église.

Conscients de leur impuissance à connaître des choses supra-sensibles, encore qu'ils rendent en vérité à cette croyance (qui doit être convaincante de manière universelle pour eux) tout l'honneur qui leur est dû, les hommes ne sont cependant pas aisés à se laisser convaincre que la constante application à une conduite morale soit tout ce que Dieu exige de la créature humaine pour qu'elle devienne en son Empire un sujet agréable. Ils ne peuvent pas concevoir leur obligation autrement que comme un *service* qu'ils doivent rendre à Dieu, où il n'est pas tellement question de la valeur intrinsèque et morale des actions, mais bien plutôt de les accomplir en vue de plaire à Dieu, si indifférentes moralement qu'elles puissent être en elles-mêmes — à tout le moins donc par une obéissance passive. Que remplissant leurs devoirs envers les hommes (eux-mêmes et les autres), ils exécutent aussi par là les commandements divins, que par suite dans toute leur conduite, pour autant qu'elle se rapporte à l'éthique, ils soient *constamment au service de Dieu,* et qu'il soit absolument impossible de servir Dieu plus directement — parce qu'ils ne peuvent agir et avoir de l'influence que sur les êtres appartenant à ce monde, mais non sur Dieu — c'est ce qui n'entre pas dans leur cervelle. En ce monde, tout grand seigneur a particulièrement besoin d'être *honoré* par ses sujets et d'être *glorifié* par des marques de soumission, sans lesquelles il ne pourrait attendre d'eux autant de docilité envers ses ordres, qu'il lui en faut pour les dominer ; au surplus tout homme, si raisonnable soit-il, trouve toujours une immédiate satisfaction dans les témoignages honorifiques, et c'est ainsi qu'on traite le devoir, pour autant qu'il est aussi en même temps un commandement divin, comme une affaire regardant un intérêt de Dieu et non de l'homme, et il faut voir ici la genèse du concept d'une religion *cultuelle* à la place du concept d'une religion pure et morale[1].

Puisque toute religion ne consiste qu'à ne regarder Dieu en tous nos devoirs que comme le Législateur qu'il faut universellement honorer, il
VI, 104 importe dans la définition de la religion au point de vue de notre conduite — qui lui est conforme — de savoir comment Dieu *veut* être *honoré* (et obéi). Mais une volonté divine législatrice ordonne ou bien par des lois en elles-mêmes simplement *statutaires* ou bien purement morales. À l'égard de ces lois morales chacun peut reconnaître par sa propre raison la volonté de Dieu qui est au fondement de sa religion; car, à proprement parler, le concept de la divinité n'émerge que de la conscience de ces lois et du besoin de la raison[1] d'admettre une force qui puisse produire dans le monde la totalité de l'effet possible, effet qui s'accorde avec la fin éthique suprême. Le concept d'une volonté divine déterminée à partir de simples lois morales ne nous autorise à penser qu'à *un* seul Dieu comme à *une* religion, elle-même morale. Mais si nous accordons des lois statutaires de Dieu et si nous jugeons que c'est dans l'observance de celles-ci que consiste la religion, la connnaissance de ces lois n'est pas possible par notre propre et simple raison, mais seulement par révélation, donnée en secret à chaque individu ou encore publiquement pour être répandue soit par la tradition, soit par l'Écriture, et alors il ne peut s'agir que d'une *foi historique,* mais non d'une *pure foi de la raison.* On peut bien toutefois admettre des lois statutaires (qui ne se présentent pas comme obligatoires par elles-mêmes, mais seulement en tant que Volonté divine révélée). Il demeure que la législation *morale* pure, par laquelle la volonté de Dieu est écrite originairement dans notre cœur, n'est pas seulement la condition *sine qua non* de toute vraie religion en général; mais elle est aussi ce qui la constitue proprement, tandis que la religion statutaire ne peut envelopper que le moyen de sa réalisation et de sa diffusion.

Aussi à la question de savoir : comment Dieu veut-il être honoré? pour tout homme, *regardé simplement en tant qu'homme,* il faut à cette question répondre de manière générale qu'il ne saurait y avoir d'hésitation sur ce point, et que la Législation voulue par sa Volonté ne peut jamais être que *morale.* C'est que la législation statutaire (qui présuppose une Révélation) ne peut être que contingente, et n'étant pas parvenue à tout homme ni ne pouvant y parvenir, elle ne peut être considérée comme source d'obligation pour l'homme en général. Ainsi : «Non à ceux qui disent : Seigneur ! Seigneur ! Oui à ceux qui font la volonté de Dieu» (Mtt., 7, 21-22). Ce ne seront pas ainsi ceux qui le glorifient (ou son messager comme Être d'une divine origine) par des concepts révélés, que tout homme ne peut posséder, mais bien ceux qui cherchent à Lui être agréable par leur bonne conduite, (et chacun sait sous ce rapport quelle est la Volonté de Dieu), qui lui rendront les marques de la vraie vénération qu'il exige[1].

Mais si nous nous considérons comme obligés d'agir non seulement en tant qu'hommes, mais aussi au titre de *citoyens* dans un État divin sur terre et de contribuer à l'existence d'une telle association, dénommée : l'Église — la question de savoir comment Dieu veut être honoré dans une *Église*[2] ne semble pas pouvoir être résolue par la VI, 105
simple raison. Elle exige une législation statutaire, qui ne nous devient connue que par révélation — en conséquence une foi historique qu'il est permis d'appeler, par opposition à la pure foi religieuse, la foi de l'Église. Dans la pure foi de la raison il s'agit seulement de ce qui constitue la matière de la vénération de Dieu, je veux dire l'observance active dans une intention morale de tous les devoirs comme étant ses commandements divins. Mais une Église, comme association de beaucoup d'hommes sous de telles intentions en vue d'établir une communauté morale, a besoin d'une obligation *publique,* d'une forme ecclésiastique déterminée reposant sous les conditions de l'expérience, qui, en soi contingente et diverse, ne peut par conséquent sans loi statutaire divine être reconnue comme un devoir. Il ne faut pas pour

autant regarder la détermination de cette forme comme une affaire intéressant le Législateur divin, mais on peut, non sans raison, reconnaître que la Volonté divine consiste en ce que nous devrions réaliser nous-mêmes l'Idée rationnelle d'une telle communauté ; et que bien que les hommes aient fait sans succès l'essai de nombreuses formes pour une Église, ils ne doivent pas cependant cesser par de nouvelles tentatives (s'il en faut), qui éviteraient le mieux possible les fautes des précédentes, de tendre à ce but. Toutefois cette affaire, qui en même temps est pour eux un devoir, doit leur être entièrement abandonnée. Il n'y a pas de raison quand il s'agit de la fondation et de la forme d'une Église d'en regarder justement les lois *statutaires* comme divines ; ce serait bien plutôt de la démesure pour s'ôter la peine de continuer à en améliorer la forme de les donner pour telles, quand ce ne serait pas usurper une autorité d'ordre supérieur, afin d'imposer un joug à la foule par des règlements ecclésiastiques, en faisant appel à une autorité divine. Néanmoins, ce serait aussi de la présomption que de nier tout nettement que la structure suivant laquelle une Église est organisée, ne pourrait pas être peut-être aussi une disposition divine particulière, si — autant que nous puissions en juger — elle se trouve dans l'accord le plus grand avec la religion
VI, 106 morale, et si à cela s'ajoute le fait qu'on ne peut pas bien comprendre la manière dont elle a pu apparaître subitement, sans progrès du public en matière de concepts religieux[1]. Le doute sur la question de savoir si c'est Dieu ou les hommes mêmes qui devraient fonder une Église, démontre au moins le penchant[2] de ces derniers pour une *religion cultuelle (cultus)*, et puisque cette dernière repose sur des prescriptions arbitraires en vue d'une foi en des lois divines statutaires, sous la présupposition qu'à la conduite la meilleure — que l'homme peut toujours introduire par la prescription de la pure religion morale — puisse s'ajouter une législation divine nécessitant une révélation qui n'est pas connaissable par la rai-

son, on regarde cela comme un hommage direct adressé à l'Être suprême (mais non par obéissance à ses commandements qui nous sont déjà prescrits par la médiation de la raison[1]). Ainsi se fera-t-il que les hommes ne considéreront jamais l'association dans une Église, l'accord sur la forme à lui donner, et même les dispositions *publiques* pour l'exigence de réalisation de l'élément moral, comme nécessaires en soi, mais seulement dans le but de servir Dieu, comme ils disent, par des solennités, des confessions de foi touchant les lois révélées et l'observation des prescriptions relatives à la forme de l'Église (qui pourtant n'est qu'un moyen[2]). Toutes ces observances sont, au fond, moralement parlant des actes indifférents cependant, mais on les regarde, précisément parce qu'ils ne sont accomplis que pour Dieu, comme lui étant de ce fait plus agréables. Ainsi dans l'effort des hommes en vue d'un corps éthique, la foi de l'Église précède naturellement* la pure foi religieuse, et les temples précédèrent aussi les *Églises*[3] (lieux de réunion destinés à l'enseignement et à l'animation des intentions morales), de même que les *prêtres* (ordonnés administrateurs des pieux usages) sont venus avant les *ecclésiastiques* (docteurs de la pure religion morale), la multitude leur attribuant encore le plus souvent sous le rapport du rang et de la valeur la première place.

Si l'on ne peut faire autrement qu'une *foi d'Église* statutaire ne s'adjoigne à la pure foi religieuse, en tant que véhicule et moyen de l'association publique des hommes pour l'exigence de réalisation de cette dernière foi, on doit cependant bien avouer que sa conservation invariable, que son extension générale uniforme, et VI, 107
même le respect pour la révélation qu'elle enveloppe peuvent difficilement être assurés par la *tradition* d'une manière satisfaisante, mais seulement par l'*Écriture,* qui elle-même à son tour en

* Moralement ce devrait être l'inverse. *(Note de la deuxième édition.)*

tant que révélation pour les contemporains et leur postérité doit devenir un objet de grand respect, car cela satisfait le besoin des hommes d'être certains de leur devoir cultuel. Un livre saint acquiert chez ceux (et chez ceux-ci surtout) qui ne le lisent pas, ou du moins chez ceux qui ne parviennent pas à en dégager un concept de la religion cohérent, la plus grande vénération et tous les raisonnements, comme toutes les objections, s'effondrent devant cet arrêt souverain : *« C'est écrit*[1] *».* C'est pourquoi les passages de ce livre saint qui doivent exposer un article de foi sont simplement appelés des *sentences.* Ceux qui sont destinés à l'exégèse d'un tel écrit sont, en raison de leur travail, des personnages pour ainsi dire sacrés et l'histoire prouve qu'aucune foi fondée sur l'Écriture n'a pu être anéantie[2], même par des révolutions d'États les plus dévastatrices, tandis que celle qui se fondait sur la tradition et les anciennes observances publiques trouvait son abîme dans l'anéantissement de l'État. Quel bonheur* ! quand pareil livre venu aux mains des hommes contient, à côté de ses statuts comme lois de la foi, en même temps la doctrine religieuse la plus pure dans sa totalité, qui peut être harmonisée le mieux du monde avec ces statuts (comme véhicules de son introduction), auquel cas, tant en ce qui touche la fin à laquelle on doit par là parvenir, qu'en raison de la difficulté de concevoir d'après des lois naturelles l'origine d'une telle lumière apportée dans le genre humain, il peut prétendre à l'autorité, pour ainsi dire, d'une révélation.

*

Encore quelques mots concernant le concept d'une foi liée à la révélation.

* C'est une expression pour tout ce qui est désiré ou désirable, mais que nous ne pouvons ni prévoir, ni réaliser par notre effort en suivant les lois de l'expérience, et si par conséquent nous voulons en désigner le principe nous ne pouvons qu'indiquer une bienveillante Providence.

Il n'y a qu'*une* (vraie) Religion ; en revanche il peut y avoir maintes formes de *croyance*. On peut ajouter que dans les diverses Églises qui se séparent en raison de la diversité de leurs formes de croyance, on peut néanmoins découvrir une VI, 108 seule et même religion vraie[1].

Il est plus judicieux de dire (comme, en effet, cela se trouve être plus dans l'usage) : l'homme est de telle confession (juif, musulman, chrétien, catholique, luthérien) que de s'exprimer ainsi : il est de telle ou telle religion. Quand on s'adresse à un grand public (dans les catéchismes et les sermons) cette dernière expression ne devrait pas être utilisée ; car elle est pour ce public trop savante et inintelligible ; aussi bien les langues modernes n'offrent point de terme qui puisse être l'équivalent de cette expression. Par là l'homme moyen entend toujours sa foi d'Église, qui lui tombe sous le sens, tandis que la religion se cache intérieurement et dépend d'intentions morales. On fait à la plupart des gens bien trop d'honneur quand on dit d'eux qu'ils professent telle ou telle religion ; car ils n'en connaissent ni n'en exigent aucune. Par religion, tout ce qu'ils comprennent c'est la foi d'Église statutaire. De même tous les prétendus conflits de religion, qui ont souvent ébranlé le monde et qui l'ont arrosé de sang, n'ont jamais été autre chose que des disputes sur la croyance d'Église, et l'homme opprimé ne se plaignait pas à proprement parler parce qu'on lui interdisait de rester attaché à sa religion (ce que ne peut aucune puissance extérieure), mais parce qu'on ne lui permettait pas d'observer publiquement sa foi d'Église[2].

Or quand une Église même se présente, comme il arrive habituellement, comme la seule qui soit universelle — bien qu'elle ne soit fondée que sur une foi particulière attachée à la révélation et qui en tant qu'historique ne peut jamais être exigée de quiconque — celui qui ne reconnaît pas cette foi d'Église (particulière) sera appelé par elle un *incroyant* et cordialement haï ; mais celui qui ne s'en écarte qu'en partie seulement (dans ce qui

n'est pas essentiel), elle l'appelle un *hétérodoxe,* et on l'évite pour le moins comme contagieux. Mais si, enfin, il confesse appartenir à cette Église, mais s'écarte cependant dans l'essentiel de la foi de celle-ci (c'est-à-dire de ce dont on fait l'essentiel) on l'appelle, surtout s'il répand son hétérodoxie, un *hérétique** et alors, considéré comme un rebelle,
VI, 109 il est regardé comme plus punissable qu'un ennemi extérieur ; on le rejette de l'Église par un anathème (comparable à celui que prononçaient les Romains contre qui passait le Rubicon contre l'assentiment du Sénat) et on le livre à toutes les divinités infernales. La doctrine prétendue unique et rigoureuse selon les docteurs ou les dirigeants d'une Église, sur le point constitué par la foi d'Église, se nomme *Orthodoxie,* que l'on pourrait bien diviser en *despotique (brutale)* et libérale. Si une Église qui prétend que sa Foi d'Église est universellement obligatoire doit être dite *catholique,* en revanche celle qui s'inscrit en faux contre les prétentions d'autres Églises — encore qu'il lui serait agréable d'élever souvent de telles prétentions, si elle le pouvait ! doit être dite *protestante.* Aussi un observateur attentif pourra relever beaucoup d'exemples glorieux de catholiques protestants, et encore bien plus d'exemples scandaleux de protestants archi-catholiques ; dans le premier cas il s'agit d'hommes dont la manière de penser s'*élargit* (bien que sans doute ce ne soit pas celle de leur Église) ; vis-à-vis de ceux-ci, les autres, avec leur manière de penser *bornée,* forment un contraste qui n'est nullement à leur avantage.

* Les *Mongols* appellent le *Tibet* (d'après Georgii, *Alphab. Tibet,* p. 11) *Tangout-Chadzar,* c'est-à-dire le pays de ceux qui habitent des maisons, pour les distinguer d'eux-mêmes, nomades vivant dans le désert sous les tentes ; d'où le nom de *Chadzar,* dont dérive (en allemand celui de *Ketzer*) d'hérétique) ; parce que les premiers adhéraient à cette croyance tibétaine (les lamas) qui s'accorde avec le manichéisme et en tire peut-être même son origine, et ils la répandirent dans leurs incursions en Europe ; c'est la raison pour laquelle on s'est longtemps servi des termes *Haeretici* et *Manichaei* comme synonymes.

VI

LA FOI D'ÉGLISE A POUR INTERPRÈTE SUPRÊME LA PURE FOI RELIGIEUSE

Nous avons remarqué que, bien qu'il manque à une Église le signe le plus distinctif de sa vérité, je veux dire une légitime prétention à l'universalité, et que lorsqu'elle se fonde sur une foi attachée à la révélation, qui en tant qu'historique — encore qu'elle soit répandue au plus loin et par l'Écriture assurée à la postérité la plus lointaine — n'est pas comme foi susceptible d'une communication universelle convaincante, il faut néanmoins, en raison du besoin naturel de tous les hommes d'exiger pour les concepts suprêmes et les principes quelque chose qui *s'appuie sur les sens,* il faut, dis-je, une quelconque confirmation de l'expérience (ce qu'on doit prendre en considération si l'on a l'intention d'*introduire* une foi *universelle*) et ainsi utiliser quelque foi d'Église historique que l'on trouve communément à portée de main[1].

Cependant, pour concilier une telle foi empirique — qui nous semble ne nous être venue que par un hasard — avec la fondation d'une loi morale (qu'elle soit simplement fin ou seulement moyen), il faut une analyse de la révélation venue jusqu'à nous, c'est-à-dire une explication totale de celle-ci débouchant sur un sens qui s'accorde avec les règles pratiques universelles d'une pure religion de la raison. C'est que l'élément théorique de la foi d'Église ne peut nous intéresser moralement s'il ne contribue à l'accomplissement de tous les devoirs humains en tant que commandements divins — ce qui constitue l'essentiel de toute religion. Par rapport au texte (de la révélation) cette lecture peut nous paraître souvent forcée, souvent aussi effective. Cependant, si elle VI, 110

est simplement possible et si le texte l'admet, il faut la préférer à une explication littérale qui, ou bien ne comprend en soi absolument rien pour la moralité, ou bien en contrarie directement les mobiles*. On trouvera qu'on en a ainsi usé de tout temps avec toutes les anciennes et nouvelles formes de foi en partie rédigées dans des livres saints, et que les peuples raisonnables et bien-
VI, 111 pensants les ont interprétés ainsi aussi longtemps, jusqu'à ce que à la fin, en ce qui concerne leur contenu essentiel, ils les aient mis en accord avec les principes moraux universels de la foi. Les philosophes moralistes chez les *Grecs,* puis chez les Romains, en firent à la fin autant avec leur

* Pour en montrer un exemple que l'on prenne le Psaume 59, v. 11-19 où l'on trouvera une *prière pour la vengeance,* qui va jusqu'à l'horreur. Michaelis (*Morale,* IIe Partie, p. 202) approuve cette prière et ajoute : «Les Psaumes sont *inspirés;* si en celui-ci on prie pour une punition, ce ne peut être injuste, et nous ne *devons pas avoir une morale plus sainte que la Bible».* Je veux m'en tenir à cette dernière expression et je demande si la morale doit être interprétée d'après la Bible ou si ce n'est pas plutôt la Bible qui doit être interprétée suivant la morale? Sans m'appuyer sur ce passage du Nouveau Testament : «On a dit aux Anciens, etc. ; mais moi je vous dis : Aimez vos ennemis, *bénissez ceux qui vous maudissent,* etc.» (Mtt., 5, 43-44), ni rechercher comment ces textes, eux aussi inspirés, peuvent s'accorder avec les précédents, je tenterai soit de les adapter à mes principes moraux, qui se tiennent par eux-mêmes — en disant par exemple qu'en ce passage il ne s'agit pas d'ennemis de chair et de sang, mais que sous ce symbole[1] il faut entendre nos ennemis invisibles, bien plus néfastes, je veux dire nos mauvaises inclinations que nous devons espérer fouler à nos pieds entièrement — et si cette lecture se révélait impossible, j'admettrais plus volontiers que le texte ne doit pas du tout s'entendre en un sens moral, mais selon le rapport où les Juifs pensaient se trouver vis-à-vis de Dieu comme étant leur Souverain politique, et il en va de même d'un autre passage de la Bible où il est dit «La vengeance est mienne ; c'est moi qui châtierai, dit le Seigneur !» (5, Moïse, 32, v. 35). On l'interprète ordinairement comme une mise en garde quant à la vengeance personnelle, bien que vraisemblablement ce texte n'indique que la loi valable en tout État, qui veut qu'en cas d'offense on s'adresse en vue d'obtenir satisfaction au tribunal du Souverain ; et on ne doit pas considérer que la soif de vengeance du plaignant y soit approuvée quand le juge l'autorise à requérir une punition, si dure soit-elle. *(Note de la deuxième édition.)*

mythologie fabuleuse. Ils savaient voir finalement dans le polythéisme grossier la pure représentation des propriétés de l'Être divin unique, mais aussi attribuer aux multiples actions vicieuses ou bien aux rêves barbares, mais toutefois beaux, de leurs poètes un sens mystique, qui rapprochait une croyance populaire (qu'il n'eût point été sage d'extirper, parce qu'il en aurait pu résulter un athéisme encore plus dangereux pour l'État) d'une doctrine morale compréhensible par tous les hommes et qui seule leur était avantageuse. Le *Judaïsme* dans sa dernière forme et le *Christianisme* lui-même reposent sur des interprétations très forcées, mais dans les deux cas c'est en vue de fins indubitablement bonnes et nécessaires pour tous les hommes. Les *Mahométans* (comme le montre Reland[1]) savent donner à la description de leur paradis, tout disposé pour la sensibilité, un sens vraiment très spirituel, et les *Hindous* font de même dans leur interprétation des *Vedas,* du moins pour la partie éclairée du peuple qui est le leur. Que cela se puisse faire, sans choquer par trop le sens littéral de la croyance populaire, vient de ceci : bien avant la croyance populaire la disposition à la religion morale était cachée dans la raison humaine, et il est bien certain que les premières et grossières manifestations se rapportaient uniquement aux usages du culte, suscitant à cette fin ces prétendues révélations ; mais de ce fait ces premières manifestations ont déposé, il est vrai involontairement, quelque chose qui vient du caractère de leur origine suprasensible dans ces poèmes. On ne peut pas non plus reprocher quelque malhonnêteté à de telles explications, supposé toutefois qu'on ne veuille pas soutenir que le sens que nous donnons aux symboles de la croyance populaire ou encore aux livres saints soit absolument celui qu'ils visent, mais seulement — sans approfondir davantage — qu'on se contente d'admettre la *possibilité* de comprendre ainsi les auteurs de ceux-ci[2]. En effet la lecture même de ces saintes Écritures, ou l'étude de leur contenu, a pour fin ultime de faire des hommes meilleurs.

L'élément historique en revanche, qui à cet égard n'apporte rien, est en soi quelque chose de tout à fait indifférent, dont on peut faire ce qu'on veut. (La foi historique est «en elle-même morte[1]» ; ce qui veut dire qu'en elle-même, considérée comme profession de foi, elle ne contient rien qui possède une valeur morale pour nous.)

VI, 112 Aussi bien, même si un écrit a été reçu comme révélation divine, le critérium suprême de celui-ci en tant que tel sera : «Toute Écriture, inspirée de Dieu, est utile pour instruire, punir, rendre meilleur», etc. (II Tim., 3, 16). Et comme le dernier point, je veux dire l'amélioration morale de l'homme, constitue la fin propre de toute religion rationnelle, le principe suprême de toute explication de l'Écriture devra être compris en celle-ci. Cette religion est : «l'esprit de Dieu qui nous guide en toute vérité». Mais cet esprit est celui qui, tandis qu'il nous *instruit,* nous *vivifie* aussi en même temps avec des principes pour agir, et tout ce que l'Écriture peut encore contenir pour la foi historique, il le rapporte entièrement aux règles et aux motifs de la foi morale pure, qui forme seule dans toute foi d'Église ce qui s'y trouve de religion au sens propre. Toute recherche et tout commentaire de l'Écriture doit partir du principe qu'il faut retrouver cet esprit[2] et «l'on ne peut y trouver la vie éternelle qu'autant qu'elle témoigne de ce principe».

À cet interprète de l'Écriture, un autre se trouve associé, mais subordonné, je veux dire le *docteur de la loi.* L'autorité de l'Écriture, comme étant l'instrument le plus digne et maintenant le seul pour unir tous les hommes dans une Église dans la partie la plus éclairée du monde, constitue la foi de l'Église, qui en tant que croyance du peuple ne peut être négligée, parce que aucune doctrine, fondée sur la raison seule, ne paraît susceptible de convenir comme norme invariable pour le peuple, et qu'il exige donc une révélation divine et par conséquent une attestation historique de son autorité par la déduction de son origine. Mais comme l'art et la sagesse des

hommes ne peuvent s'élever jusqu'au Ciel pour vérifier la lettre de créance de la mission du premier Maître, et qu'ils doivent se contenter, en dehors du contenu, des indications relatives à la manière dont une telle foi s'est introduite, c'est-à-dire de renseignements humains, qu'on doit rechercher dans des temps très anciens et dans des langues actuellement mortes pour en apprécier la crédibilité historique, alors la *science de l'Écriture* est indispensable pour conserver à une Église fondée sur une Écriture sainte son autorité, mais non une religion (car, pour être universelle, celle-ci doit toujours se fonder sur la simple raison). Cette science d'ailleurs ne peut arrêter rien d'autre, si ce n'est que cette foi d'Église en son origine ne comprend rien en soi qui ferait de son admission en tant que révélation divine immédiate une chose impossible. Cela suffirait pour ne pas constituer un obstacle pour ceux qui imaginent découvrir en cette idée un affermissement particulier de leur foi morale, et par conséquent l'acceptent volontiers. VI, 113
Pour les mêmes raisons il se fait que non seulement la *vérification,* mais aussi l'*exégèse* de la sainte Écriture a besoin de la science. En effet l'ignorant, qui ne peut lire qu'en traductions, pourra-t-il être assuré du sens de l'Écriture ? Voilà pourquoi l'exégète qui possède à fond la langue originelle doit aussi posséder des connaissances historiques et des critiques étendues, afin, en partant de l'état des mœurs, des opinions (la croyance populaire) de l'époque d'alors, de prendre les moyens d'ouvrir au corps ecclésiastique la compréhension de ces choses[1].

La religion de la raison et la science de l'Écriture sont donc ainsi les vrais interprètes et dépositaires compétents d'un document sacré. Il saute aux yeux que le bras séculier ne doit absolument pas leur interdire d'user publiquement de leurs idées et de leurs découvertes en ce domaine, ni les lier à certains articles de foi ; car en ce cas des *laïques* obligeraient les *clercs* à suivre leurs opinions, qu'ils empruntent cependant à l'enseignement de ces mêmes clercs. Il suffit que l'État se soucie qu'il ne manque pas de savants et d'hommes appréciés pour leur moralité qui administrent la totalité de la communauté religieuse, et à la conscience desquels il en puisse confier le soin, et alors l'État a tout fait en ce qui regarde son devoir et son pouvoir. Quant à les introduire dans les écoles et se mêler de leurs disputes — disputes qui, lorsqu'elles ne sont pas soutenues du haut de la chaire, laissent dans la paix la plus parfaite le public de l'Église — c'est une exigence que le public ne peut adresser au législateur, sans indiscrétion, parce qu'une telle prétention est en dessous de sa dignité[1].

Mais un troisième prétendant à la fonction d'interprète se présente ; il n'a besoin ni de raison, ni de science, mais seulement d'un *sentiment* intérieur, pour connaître le vrai sens de l'Écriture et en même temps son origine. Il est sans doute vrai qu'on ne peut nier que «celui qui suit la doctrine de l'Écriture et *fait* ce qu'elle prescrit trouvera certainement qu'elle vient de Dieu», et que même la sollicitation aux bonnes actions et à l'honnêteté dans la conduite de l'existence que doit sentir l'homme qui la lit ou en entend l'exposition doit le convaincre de son caractère divin, parce que ce n'est là que l'action de la loi morale remplissant l'homme d'un saint respect, et qui pour cette raison mérite aussi d'être regardée comme un
VI, 114 commandement divin. Mais pas plus qu'on ne peut s'élever à partir d'un quelconque sentiment à la connaissance des lois et au savoir que celles-ci sont morales, pas plus et encore moins peut-on conclure par un sentiment ou découvrir grâce à lui l'indice sûr d'une influence divine immédiate[2]. C'est qu'une même action peut avoir plus d'une cause et que, dans ce cas, la simple moralité de la loi (et de la doctrine), reconnue par la raison, se trouve en être la cause. Et quand bien même on n'aurait affaire, en ce cas, qu'à la simple possibilité de cette origine, c'est un devoir de l'interpréter en ce dernier sens, si l'on ne veut pas ouvrir à l'enthousiasme portes et fenêtres et priver de sa dignité le sentiment moral, qui est sans ambiguïté,

en l'apparentant à tout autre sentiment chimérique. Quand la loi en vertu de laquelle ou suivant laquelle le sentiment se produit est connue antérieurement, chacun ne possède ce sentiment que pour soi et ne peut l'attribuer aux autres, de telle sorte qu'on ne peut le louer comme pierre de touche de l'authenticité d'une révélation. Le sentiment n'enseigne absolument rien ; mais il enveloppe seulement la manière dont le sujet relativement au plaisir ou au déplaisir est affecté, et aucune connaissance ne peut se fonder là-dessus.

Il n'existe donc aucune autre norme pour la foi d'Église que l'Écriture, et aucune autre interprétation que d'une part la *pure religion de la raison* et d'autre part la *science de l'Écriture* (qui considère l'élément historique), et de ces interprétations seule la première est *authentique* et valable pour tous ; car la seconde n'est que *doctrinale* et sert à transformer la foi d'Église, pour un peuple déterminé, à une époque précise, en un système se soutenant avec constance. En ce qui le concerne, on ne saurait empêcher qu'à la fin la foi historique ne devienne une simple croyance aux docteurs de la loi et à leur sage compréhension de l'Écriture. Ceci évidemment n'est pas particulièrement à porter à l'honneur de la nature humaine. Mais le remède se trouve dans la liberté de penser publiquement, et à cet égard cette dernière est d'autant plus justifiée que c'est seulement par là que les docteurs soumettent leur lecture à l'examen de chacun, tout en demeurant en même temps toujours ouverts et sensibles à de meilleures compréhensions, et peuvent compter dans leurs décisions sur la confiance de la communauté.

VI, 115

VII

LE PASSAGE PROGRESSIF DE LA FOI D'ÉGLISE À L'AUTORITÉ UNIQUE DE LA PURE FOI RELIGIEUSE EST L'APPROCHE DU ROYAUME DE DIEU

Le signe distinctif de la véritable Église est son *universalité,* dont la caractéristique est à son tour la nécessité, et sa déterminabilité comme n'étant possible que d'une seule manière[1]. Or la foi historique (qui est fondée sur la révélation en tant qu'expérience) n'a de valeur que particulière, je veux dire une valeur pour ceux-là seuls auxquels est parvenue cette histoire sur laquelle elle repose ; et comme toute connaissance d'expérience, elle n'enveloppe pas la conscience que l'objet de la foi *devait* être tel et non pas autrement, mais seulement qu'il est ainsi en lui-même ; donc elle enveloppe en même temps la conscience de sa contingence. Par conséquent la foi historique peut suffire en vérité pour la foi d'Église (et il peut y en avoir plusieurs formes), mais seule la pure foi religieuse qui se fonde tout entière sur la raison peut être reconnue comme nécessaire, comme la seule donc qui définit la véritable Église. Mais bien que (conformément aux bornes inévitables de la raison humaine) une foi historique affecte, comme un fil conducteur[2], la pure religion, c'est toutefois avec la conscience qu'elle n'est que ce qu'elle est, et alors cette foi en tant que foi d'Église possède en elle-même un principe — celui de s'approcher continuellement de la pure foi religieuse — pour pouvoir, enfin, écarter ce fil conducteur, de telle sorte qu'on peut appeler une telle Église la *vraie.* Mais comme on ne peut jamais éviter de conflit sur les dogmes historiques de la foi, cette Église ne peut être appelée que l'Église *militante ;* avec cependant la perspective de se dépasser dans l'Église immuable, universel-

lement conciliatrice, *triomphante!* On appelle la foi de tout individu qui renferme en elle-même la disposition (dignité) morale à être éternellement heureux, la *foi sanctifiante.* Il ne peut donc y en avoir qu'une, et en dépit des différences de toute sorte dans les croyances des Églises, il est possible de la trouver chez tous ceux en lesquels, se rapportant à son but : la pure foi religieuse, elle est pratique. En revanche la foi dans une religion cultuelle est une foi *servile* et *mercenaire (fides mercenaria, servilis)* et ne peut être considérée comme étant la foi sanctifiante, parce qu'elle n'est pas morale. La foi sanctifiante doit être libre ; ce doit être une foi fondée sur de pures intentions du cœur *(fides ingenua)*. L'une imagine se rendre agréable à Dieu par des actes du culte *(cultus)*, qui (bien que pénibles) ne possèdent en eux-mêmes aucune valeur morale, actes arrachés par conséquent par la crainte ou l'espérance, et qu'un VI, 116
homme mauvais peut accomplir, tandis que l'autre présuppose à cet effet une bonne intention morale comme nécessaire.

La foi sanctifiante comprend deux conditions relatives à cette espérance de félicité : l'une concerne ce que l'homme ne peut pas faire lui-même, je veux dire que ses actes passés soient juridiquement (devant un Juge divin) comme s'ils n'avaient pas été ; l'autre concerne ce qu'il peut et doit faire, c'est-à-dire vivre une vie nouvelle conforme au devoir. La première foi ici est celle en une satisfaction (acquittement de sa faute, libération, réconciliation avec Dieu), la seconde est celle de pouvoir devenir agréable à Dieu par une vie honnête désormais. Ces deux conditions ne constituent qu'une seule foi et sont nécessairement liées. Mais on ne peut apercevoir la nécessité de leur liaison autrement qu'en admettant que l'une se laisse déduire de l'autre, soit que de la foi en l'absolution de la faute qui pèse sur nous résulte la bonne conduite, soit que de l'intention véridique et active de toujours bien conduire sa vie résulte la foi en cette absolution d'après la loi des causes moralement efficientes.

Voici que se découvre ici une remarquable antinomie de la raison humaine avec elle-même, dont la solution ou, si cette solution n'était pas possible, tout au moins le règlement à l'amiable, pourrait seul décider si une croyance historique (d'Église) devrait toujours s'ajouter, comme moment essentiel de la foi sanctifiante, à la pure foi religieuse, ou bien si comme simple fil conducteur cette croyance peut à la fin, aussi loin que ce puisse être dans l'avenir, se supprimer dans la pure foi religieuse.

1° Supposé que[1] : une satisfaction ait été donnée pour les péchés de l'homme, il est alors très compréhensible que chaque pécheur veuille la rapporter à lui, et quand il ne s'agit simplement que de *croire* (ce qui en guise d'explication signifie simplement que le pécheur veut que cette satisfaction ait été donnée aussi pour lui), il n'aurait dès lors pas un moment d'hésitation. Toutefois on ne voit pas du tout comment un homme raisonnable, qui se sait punissable, pourrait sérieusement croire qu'il n'est rien d'autre de nécessaire que d'admettre le message d'une satisfaction donnée pour lui et d'y adhérer (comme disent les juristes) *utiliter*[2], pour regarder sa faute comme extirpée, et de telle sorte (avec la racine même) que dans l'avenir une bonne conduite, pour laquelle jusqu'à
VI, 117 présent il ne s'est pas donné la moindre peine, sera l'inévitable conséquence de cette croyance et de l'acceptation du bienfait qui lui est offert. Il n'est pas d'homme qui réfléchisse — si grande que soit souvent la tendance de l'amour de soi à transformer le simple vœu d'un bien pour lequel on ne fait rien ou ne peut rien faire, en une espérance telle que, charmé par le simple désir, l'objet devrait se donner de lui-même — et qui puisse réussir à introduire cette croyance en lui. On ne peut concevoir cela comme possible que si l'homme considère cette croyance comme lui ayant été inspirée du Ciel et par conséquent comme une chose dont il n'est pas nécessaire de la justifier devant sa raison. S'il ne le peut ou s'il est encore trop candide pour feindre en lui-même

une telle confiance comme simple moyen d'insinuation, alors, tout respect gardé pour une satisfaction si transcendante et tout en conservant le vœu qu'une telle satisfaction puisse lui profiter à lui aussi, il ne pourra cependant faire autrement que la considérer comme conditionnée — je veux dire que seule une amélioration préalable de sa conduite dans la limite de ses forces pourra lui donner la raison minimale d'espérer qu'un mérite si supérieur lui vaudra quelque avantage. Si donc la connaissance historique de ce mérite relève de la foi d'Église, tandis que la vie intègre dépend de la pure foi morale comme condition, *alors cette foi devra nécessairement précéder l'autre*[1].

2° Mais si l'homme est corrompu par nature, comment peut-il croire, quel que soit son effort, que de lui-même il pourrait se transformer en un nouvel homme agréable à Dieu, tandis que, conscient des transgressions dont jusqu'ici il s'est rendu coupable, toujours soumis à la puissance du mauvais principe, il ne trouve en lui-même aucune force suffisante pour mieux faire à l'avenir? S'il ne peut regarder la Justice, qu'il a soulevée contre lui, comme réconciliée par une satisfaction étrangère et ne peut se considérer lui-même comme régénéré pour ainsi dire par cette foi, et si par conséquent avant tout il ne peut inaugurer une nouvelle vie qui serait alors la conséquence du bon principe uni avec lui, sur quoi pourrait-il fonder son espérance de devenir un homme agréable à Dieu? Ainsi la foi en un mérite qui n'est pas le sien et par lequel l'homme est réconcilié avec Dieu doit précéder tout effort pour les bonnes œuvres, et ceci contredit la proposition précédente. Ce conflit ne peut se résoudre par une compréhension de la détermination causale de la liberté de l'être humain, c'est-à-dire de ces causes qui font qu'un homme devient bon ou mauvais, au point de vue théorique ; c'est que cette question dépasse toute la faculté spéculative de notre raison. Mais du point de vue pratique où l'on ne s'interroge pas sur ce qui physiquement, mais moralement, vient en premier VI, 118 pour l'usage de notre libre arbitre et où nous devons choisir comme commencement soit la foi en ce que Dieu a fait pour nous, soit ce que nous devons faire pour nous en rendre digne (en quoi que cela puisse consister), il faut se décider, sans hésiter, pour la seconde branche de l'alternative[1].

En effet l'admission du premier réquisit pour la sanctification, c'est-à-dire la foi en une satisfaction qui se substitue à la nôtre est sans doute nécessaire, mais pour le concept théorique seulement ; nous ne pouvons nous rendre *intelligible* autrement la rémission. Mais, en revanche, la nécessité du deuxième principe (réquisit) est pratique et à la vérité purement morale ; nous ne pourrions pas espérer autrement en l'appropriation d'un mérite satisfaisant, mais étranger, et d'être ainsi susceptibles de participer à la félicité, sans nous rendre dignes de cela par notre effort pour acquitter chaque devoir humain, effort qui doit être l'effet de notre propre application, à l'exclusion de toute influence étrangère où nous sommes passifs. Car puisque ce dernier commandement n'est pas conditionné, il est donc nécessaire que l'homme le mette au fondement de sa foi comme maxime, je veux dire qu'il commence par l'amélioration de sa vie comme condition suprême sous laquelle seule une foi sanctifiante peut être possible[2].

La croyance d'Église, en tant qu'historique, débute à bon droit par le premier principe (réquisit[3]) ; mais comme elle ne contient que le véhicule de la pure foi religieuse (qui comprend le but proprement dit), il faut qu'en cette foi comme pratique, ce qui est la condition, je veux dire la maxime de *l'acte,* constitue le début, et que la maxime du *savoir* ou de la croyance théorique ne vise que la confirmation et l'achèvement de la première[4].

On peut encore remarquer que d'après le premier principe (celui en une satisfaction par substitution) la foi est imposée à l'homme comme un devoir, tandis que la foi en une bonne conduite, guidée par une influence supérieure, devrait lui être comptée comme une grâce. Mais d'après le second principe il en va inversement. D'après celui-ci la *bonne conduite,* comme condition suprême de la grâce, est un *devoir* inconditionné, et en revanche la satisfaction supérieure une *simple affaire de grâce.* On reproche (et ce n'est pas souvent sans raison) au point de vue du premier principe la *superstition* cultuelle, qui sait unir une conduite punissable avec la religion et au point de vue du second principe une *incrédulité naturaliste,* qui associe à une conduite peut-être et même vraiment exemplaire une indifférence ou même de l'opposition à toute révélation. On trancherait ainsi le nœud (par une maxime pratique), loin de le dénouer (théoriquement), ce qui au demeurant est tout à fait permis dans les questions religieuses[1]. Mais ce qui va suivre toutefois permettra de satisfaire à cette dernière exigence. La foi vivante dans l'archétype de l'humanité agréable à Dieu (le Fils de Dieu) se relie, *en soi,* à une Idée de la raison morale, dans la mesure où celle-ci ne nous sert pas seulement de règle de conduite, mais aussi de motif, et c'est ainsi la même chose si je pars de cette foi comme rationnelle ou du principe de la bonne conduite. En revanche la foi en ce même archétype dans la région des *phénomènes* (dans le Dieu-Homme), en tant que foi *empirique* (historique) ne se confond pas avec le principe de la bonne conduite (qui doit être tout entier rationnel), et ce serait vraiment tout autre chose que de partir d'une telle foi* et d'en vouloir déduire la bonne conduite. Alors il y aurait un conflit entre les deux propositions énoncées plus haut. Seulement dans le phénomène du Dieu-Homme ce n'est pas ce qui de lui tombe sous les sens, ni ce qui peut être appris par expérience, mais bien l'archétype qui se trouve en notre raison et que nous Lui donnons comme fondement — parce que pour autant qu'on le puisse

VI, 119

* Qui doit établir l'existence d'une telle personne sur des preuves historiques. *(Note de la deuxième édition.)*

percevoir dans son exemple, on trouve qu'il y est conforme — qui constitue à proprement parler l'objet de la foi sanctifiante, et une telle foi se confond avec le principe d'une conduite agréable à Dieu. Ainsi on ne trouve pas ici deux principes en soi différents et tels que commençant par l'un ou par l'autre on pourrait prendre deux chemins opposés, mais uniquement une seule et même Idée pratique, dont nous partons une fois parce qu'elle représente l'archétype comme se trouvant en Dieu et procédant de lui, une autre fois comme résidant en nous, et à chaque fois parce qu'elle représente cet archétype comme la règle qui mesure notre conduite ; et l'antinomie n'est ainsi qu'apparente ; c'est que, prenant la même et identique Idée pratique dans des relations différentes, on la regarde par malentendu comme deux principes différents[1]. Sans doute, si l'on voulait faire de la foi historique en la réalité d'un tel phénomène survenu une fois dans le monde la condition de la seule foi sanctifiante, il y aurait bien deux
VI, 120 principes tout différents (l'un empirique, l'autre rationnel) au sujet desquels, dans la question de savoir si c'est par l'un ou par l'autre qu'il faut partir et commencer, un véritable conflit des maximes verrait le jour, conflit qu'aucune raison ne pourrait jamais résoudre. Le principe suivant : « Il faut croire qu'une fois un homme a existé (ce dont la raison ne nous dit rien) qui, par sa sainteté et son mérite, a satisfait aussi bien pour lui (en ce qui regarde son devoir) que pour tous les autres (et leurs manquements en ce qui touche leurs devoirs), afin d'espérer que — même en conduisant bien notre vie — c'est seulement par la force de cette foi que nous pourrons devenir heureux », dit tout autre chose que celui-ci : « C'est avec toutes les forces de la sainte intention qu'on doit tendre à une conduite agréable à Dieu, afin de pouvoir croire que Son amour pour l'humanité (qui nous est déjà assuré par la raison), dans la mesure où celle-ci tend de toutes ses forces à se conformer à sa Volonté et compte tenu de la droiture de l'intention, complétera, peu importe

de quelle manière, le défaut de l'action. » Le premier de ces principes n'est pas au pouvoir de tout homme (même illettré). L'histoire prouve que dans les formes de la religion ce conflit des deux principes de la foi a dominé[1]. Toutes les religions ont connu les expiations, quelle que soit la forme qu'il leur a plu de leur attribuer. De son côté la disposition morale ne laissait pas de faire entendre ses exigences en chacun. De tout temps les prêtres ont trouvé plus à se plaindre que les moralistes. Les prêtres, en effet, se plaignent hautement (et en exigeant des autorités qu'elles répriment le scandale) de la désertion du culte, introduit pour réconcilier le peuple avec le Ciel et écarter le malheur de l'État. En revanche, les moralistes se plaignent de la décadence des mœurs, qu'ils mettent fortement au compte de ces moyens d'expiation, par lesquels les prêtres rendaient à chacun très facile, même s'agissant des vices les plus grossiers, de se réconcilier avec Dieu. Et de fait s'il existe un fond inépuisable pour le paiement des fautes faites ou à faire, où il n'y a qu'à tendre la main — et en dépit de toutes les protestations qu'élève la conscience, il ne fait aucun doute qu'on s'empressera d'y tendre la main — pour se rendre innocent, cependant que la décision de suivre une bonne conduite sera différée jusqu'à ce que l'on soit en règle avec ce fond, alors il n'est pas facile de concevoir d'autres conséquences de cette foi (que les moralistes[2]). Mais même si cette foi était représentée comme ayant une force particulière et une influence mystique (ou magique), si bien que, autant que nous le sachions, on devrait VI, 121 la tenir pour simplement historique, et que pourtant si l'on s'y abandonnait ainsi qu'aux sentiments qui s'y rattachent, elle fût en état d'améliorer fondamentalement l'homme tout entier (et de faire de lui un homme nouveau), il faudrait considérer cette foi comme immédiatement départie et inspirée par le Ciel (avec et sous la forme de la foi historique) ; auquel cas tout et y compris la constitution morale de l'homme se ramène à un décret inconditionné de Dieu : «Il a *pitié* de qui

il veut, et il *endurcit* qui il veut*» (Rom., 9, 18). Ce qui, pris à la lettre, est le *salto mortale* de la raison humaine[2]. C'est donc une nécessaire conséquence de notre disposition physique en même temps que de notre disposition morale, cette dernière étant la fondation et en même temps l'interprète de toute religion, qu'à la fin la religion soit déliée de tous les principes de détermination empiriques, de tous les statuts qui reposent sur l'histoire et qui, par la médiation d'une foi d'Église, unissent provisoirement les hommes dans la réalisation du Bien, et qu'ainsi règne finalement la pure religion de la raison sur tous «afin que Dieu soit tout en tous». Les voiles sous lesquels l'embryon se fait homme d'abord doivent être déposés, afin qu'il vienne à la lumière du jour. Les lisières de la sainte tradition avec ses appendices, ses statuts et observances, qui dans leur temps ont rendu de bons services, deviennent de plus en plus superflus, et même enfin une chaîne quand il parvient à l'adolescence. Aussi longtemps qu'il (le genre humain) «fut un enfant, il était intelligent comme un enfant» (I Cor., 13,
VI, 122 11) et il savait associer aux propositions qui lui furent imposées sans qu'il y fût pour rien, peut-être bien de la science et même une philosophie utile pour l'Église ; «devenu homme, il rejette ce

* Cela peut s'interpréter assez bien ainsi : aucun homme ne peut dire avec certitude pourquoi tel homme est bon et cet autre mauvais (tous deux comparativement) puisque souvent la disposition à cette différence semble se rencontrer dès la naissance et que souvent les hasards de la vie, sur lesquels personne ne peut rien, sont en ce cas décisifs ; on peut encore moins dire ce qu'il adviendra de chacun. Ici, il faut laisser juger Celui qui voit tout, qui en ce texte est exprimé comme si, avant qu'ils fussent nés, il avait envers eux prononcé son décret, assignant à chacun le rôle qu'il aurait à jouer un jour. *L'acte de prévoir* est dans l'ordre des phénomènes pour le Créateur du monde lui-même, quand il est conçu anthropomorphiquement, en même temps un *acte de conclusion à l'avance.* Mais dans l'ordre suprasensible des choses d'après les lois de la liberté, où le temps s'évanouit, il ne s'agit plus que d'un *savoir qui voit tout,* sans que l'on puisse expliquer pourquoi cet homme et cet autre agissent selon des principes opposés, ni être en mesure d'opérer une connexion avec la liberté de la volonté[1].

qui est puéril» (I Cor., 13, 11). L'humiliante distinction entre *laïques* et *clercs* cesse et l'égalité jaillit de la vraie liberté, cependant sans anarchie parce que chacun obéit à la loi (non statutaire) qu'il se prescrit à lui-même, mais qu'il doit en même temps regarder comme la Volonté du Souverain du monde que lui révèle la raison, Souverain qui associe de manière invisible sous un gouvernement commun tous les hommes en un État, qui auparavant a été représenté et préparé pauvrement par l'Église visible. Tout ceci ne doit pas être attendu d'une révolution extérieure qui, de façon orageuse et violente, atteint son effet à la faveur de circonstances hasardeuses dont il dépend fort, et où dans la fondation d'une nouvelle constitution les erreurs commises sont maintenues durant des siècles, non sans regret, mais parce que l'on n'y peut plus rien changer, si ce n'est par une nouvelle révolution (toujours périlleuse[1]). Dans le principe de la pure religion de la raison, comme révélation divine (mais non empirique) s'effectuant de manière constante en tous les hommes doit se trouver le fondement de ce passage à un nouvel ordre de choses qui, dès lors qu'il a été compris à partir d'une réflexion pure, est mis en œuvre par une réforme graduellement progressive, dans la mesure où ce doit être une œuvre humaine ; car, en ce qui touche les révolutions qui pourraient abréger ce processus, il faut s'en remettre à la Providence et on ne peut les introduire selon un plan sans nuire à la liberté.

On peut dire toutefois avec raison : «Que le Règne de Dieu est venu à nous» (Luc, 9, 11, etc.), bien que seul le principe d'un passage progressif de la foi d'Église à la religion universelle de la raison et par conséquent à un État (divin) éthique sur terre ait pris racine *publiquement* de manière générale et en quelque endroit. Mais l'édification effective de cet État est encore éloignée de nous à l'infini. En effet, puisque ce principe contient le fondement d'une approche continue vers cette perfection, il se trouve en lui comme un germe qui se développe et par la suite à son tour

ensemence (de manière invisible) la totalité qui doit un jour éclairer et dominer le monde[1]. Toutefois le vrai et le bien que tout homme en vertu de ses dispositions naturelles peut saisir par l'intelligence aussi bien que par le cœur, ne manquent pas, dès lors qu'ils sont devenus publics, de se communiquer universellement, grâce à l'affinité
VI, 123 naturelle qui est la leur avec la disposition morale des êtres raisonnables. Les obstacles suscités par des causes politiques et sociales qui peuvent s'opposer de temps à autre à leur diffusion servent plutôt à rendre encore plus intime l'association des âmes pour le bien (qui dès lors qu'il a été saisi dans leur regard, n'abandonne plus leur pensée*).

* On peut conserver à la foi d'Église, sans cesser d'en servir le culte ou de le combattre, l'utile influence en tant que véhicule, en lui ôtant néanmoins comme à une illusion du devoir cultuel toute influence sur le concept de la religion au sens propre (je veux dire moral); et ainsi, en dépit de la différence des formes statutaires de la croyance, on pourrait instaurer une concorde entre les adhérents à celles-ci par la médiation des principes de l'unique religion de la raison, d'après laquelle les docteurs doivent expliquer tous ces statuts et observances; de sorte qu'avec le temps, grâce au triomphe des véritables Lumières (c'est-à-dire d'une légalité qui procède de la loi morale) on puisse, avec l'accord de chacun, échanger la forme d'une croyance avilissante fondée sur la contrainte contre une forme ecclésiastique conforme à la dignité d'une religion morale, je veux dire celle d'une libre foi[2]. Unir l'unité ecclésiastique de la foi avec la liberté dans les matières de la foi constitue un problème à la solution duquel nous pousse continuellement l'Idée de l'unité objective de la religion rationnelle, en vertu de l'intérêt moral que nous y prenons; mais il y a peu d'espoir d'y parvenir dans une Église visible, si à ce sujet nous consultons la nature humaine. C'est une Idée de la raison dont l'exposition dans une intuition qui lui soit appropriée nous est impossible, mais qui cependant, comme principe pratique régulateur, possède de la réalité objective, afin de contribuer à agir en vue de cette fin qu'est l'unité de la pure religion de la raison. Il en va tout de même qu'avec l'Idée politique du droit public, dans la mesure où il faut en même temps le rattacher à un droit des peuples universel et *investi de la plus haute puissance*. L'expérience nous retire ici tout espoir. Il semble qu'un penchant (peut-être intentionnellement) soit déposé dans le genre humain, de sorte que chaque État particulier, dès lors que les choses sont conformes à ses vœux, tende à se soumettre les autres et à ériger une monarchie universelle; et que, ayant atteint une certaine grandeur, il se disloque de lui-même en États plus petits. Ainsi chaque Église

Voilà donc le travail (invisible pour l'œil humain) mais continuellement en marche du bon VI, 124
principe, afin d'édifier dans le genre humain, en tant que communauté soumise aux lois de la vertu, une Puissance et un Royaume, qui affirment la victoire sur le mal et assurent au monde sous sa domination une paix éternelle[2].

Deuxième section

REPRÉSENTATION HISTORIQUE DE LA FONDATION PROGRESSIVE DE LA DOMINATION DU BON PRINCIPE SUR LA TERRE

De la religion sur la terre (au sens le plus étroit du mot) on ne peut exiger du genre humain aucune *histoire universelle*. C'est que, fondée sur la pure foi morale, elle n'est pas un état public, mais qu'au contraire chacun ne peut devenir conscient des progrès qu'il a accomplis en elle que pour lui-même. On ne peut donc attendre une présentation historique universelle que de la seule foi d'Église, tandis qu'on la compare selon sa forme différente et variable avec la pure foi religieuse unique et invariable. Dès l'instant où la foi d'Église reconnaît publiquement dépendre des conditions restrictives de la pure foi religieuse et de la nécessité

nourrit l'audacieuse prétention de devenir universelle ; mais dès lors qu'elle s'est répandue et se trouve être dominatrice, le principe de la dissolution et de la séparation en sectes diverses se montre aussitôt[1]. *La seconde édition ajoute :* Le fusionnement précipité et partant funeste des États (puisqu'il survient avant que les hommes ne soient devenus meilleurs) — s'il nous est permis d'admettre en cela une vue de la Providence — se trouve principalement interdit par deux causes agissant avec force, je veux dire les différences des langues et la différence des religions.

d'un accord avec celle-ci, *l'Église universelle* commence à se constituer en un État éthique divin et à progresser vers l'achèvement de celui-ci d'après un principe rigoureusement fixé et qui est identique pour tous les hommes et tous les temps. On peut présumer que cette histoire ne sera que le récit du combat perpétuel entre la foi religieuse cultuelle et la foi religieuse morale ; l'homme est constamment incliné à mettre en haut la première foi en tant que croyance historique, tandis que la foi religieuse morale n'a jamais abandonné sa prétention au privilège qui lui revient comme seule croyance améliorant les âmes, et c'est celui-ci qu'assurément elle fera triompher à la fin[1].

Cette histoire ne peut néanmoins avoir d'unité que si elle est limitée simplement à cette partie du genre humain où est maintenant proche de son développement la disposition à l'unité de l'Église universelle, puisqu'elle a au moins posé la question de la différence entre la foi de la raison et la foi historique et procure à la solution la plus
VI, 125 grande importance morale ; en effet l'histoire des dogmes des divers peuples, dont les croyances n'ont entre elles aucun lien, ne garantit aucune unité de l'Église. En vue de cette unité on ne peut absolument pas tenir compte du fait que dans un seul et même peuple une certaine croyance nouvelle a brusquement jailli, qui se distinguait de manière patente de la croyance jusque-là dominante, même si cette dernière devait comprendre en soi les causes *occasionnelles* de cette nouvelle production. En effet, il faut qu'il existe une unité du principe si l'on veut rapporter la suite des différentes manières de croire les unes après les autres aux modifications d'une seule et même Église, et c'est à l'histoire de cette dernière que nous nous appliquons proprement ici.

De ce point de vue nous ne pouvons traiter que de l'histoire de cette Église qui, depuis son premier commencement, portait en elle-même le germe et les principes de l'unité objective de la foi religieuse vraie et *universelle,* dont elle se rapproche peu à peu. Cela montre tout d'abord que la croyance *juive* n'a absolument aucune liaison essentielle, c'est-à-dire aucune unité selon les concepts, avec cette foi d'Église dont nous voulons considérer l'histoire, bien qu'elle l'ait précédée immédiatement et ait donné à sa fondation, je veux dire à la fondation de l'Église chrétienne, l'occasion physique[1].

Dans son institution originelle la *croyance juive* n'est qu'un ensemble de lois purement statutaires, sur lequel une constitution étatique était fondée. Quant aux suppléments moraux qui lui furent *ajoutés,* soit déjà à cette époque, soit par la suite, ils n'appartiennent absolument pas au judaïsme comme tel. Le judaïsme, à vrai dire, n'est pas du tout une religion, mais simplement une association d'une quantité d'hommes qui, puisqu'ils appartenaient à une même souche particulière, formèrent une communauté sous des lois simplement politiques, et par conséquent nullement une Église. Bien plutôt ce *devait* être un simple État temporel, de sorte que si par des hasards contraires il en vînt à être déchiré, il lui restât néanmoins la croyance (qui lui appartient en propre) en son rétablissement (à l'apparition du Messie). Le fait que cette constitution étatique a pour fondement une théocratie (visible en une aristocratie de prêtres ou de chefs qui se glorifiaient d'instructions immédiatement reçues de Dieu) et que par suite le nom de Dieu est honoré ici, mais seulement comme celui d'un souverain temporel, qui ne prétend pas à gouverner la conscience d'en haut, tout cela ne fait pas encore d'elle une constitution religieuse. La preuve qu'elle n'a pas dû l'être est évidente. *Premièrement* tous les VI, 126
commandements sont de telle nature qu'une constitution politique peut se soutenir sur ceux-ci et les imposer comme lois de contrainte, parce qu'ils ne concernent que les actions simplement extérieures, et bien que les dix commandements — sans même qu'ils aient besoin d'être promulgués — valent déjà comme éthiques devant la raison,

il reste qu'en cette législation ils sont donnés sans l'exigence de l'*intention morale* dans leur exécution (ce qui sera pour le christianisme le moment essentiel), mais ils sont absolument dirigés vers l'obéissance extérieure[1]. C'est ce qui se manifeste du fait aussi que *deuxièmement* toutes les conséquences de l'accomplissement ou de la transgression de ces commandements, que toutes les récompenses ou tous les châtiments, soient bornés à ceux qui, en ce monde, peuvent être réservés à tout un chacun, et cela même pas suivant des concepts éthiques, puisque récompenses et châtiments devaient aussi concerner la postérité qui n'a pris aucune part pratique à ces actes ou à ces méfaits, ce qui sans doute dans une constitution politique peut bien être un prudent moyen pour obtenir la docilité, mais qui, en revanche, dans une constitution éthique serait contraire à toute équité[2]. Or, comme on ne peut concevoir une religion sans croyance à l'immortalité de l'âme, le judaïsme comme tel, saisi en sa pureté, ne contient pas du tout de foi religieuse. Cela est renforcé par la remarque suivante. On peut à peine douter que les Juifs, tout comme les autres peuples, même les plus grossiers, n'aient dû avoir aussi une croyance en une vie future et par conséquent leur Ciel et leur Enfer ; car, en vertu de la disposition morale universelle dans la nature humaine, cette croyance s'impose d'elle-même à chacun. C'est donc certainement *intentionnellement* que le législateur de ce peuple, bien qu'il soit représenté comme Dieu lui-même, n'a pas *voulu* prendre du tout en considération la vie future, ce qui montre qu'il n'a pas voulu fonder un corps éthique, mais seulement un corps politique[3] ; et parler dans le corps politique de récompenses et de peines, qui ne pourraient être visibles dans la vie terrestre, c'eût été, dans cette hypothèse, une démarche totalement inconséquente et inadaptée. Comme il n'y a pas lieu aussi de douter que par la suite, chacun pour soi, les Juifs ne se soient pas fait une certaine foi religieuse et l'aient mêlée aux articles de leur foi statutaire[4], mais elle n'a jamais constitué une partie intégrante de la législation du judaïsme. *Troisièmement* il est d'autant plus faux de concevoir que le judaïsme ait constitué une époque relevant de l'ordre d'une *Église universelle* ou même qu'en son temps il ait constitué cette VI, 127 Église, qu'il a bien au contraire exclu de la communauté qu'il formait la totalité du genre humain, comme étant le peuple particulièrement élu par Jehovah et qui, hostile à tous les peuples, était par cela même l'objet de l'hostilité de tous[1]. À ce sujet, on ne doit pas surestimer le fait que ce peuple se soit donné comme Souverain universel du monde un Dieu unique que ne devait représenter aucune image visible. On trouve, en effet, chez la plupart des autres peuples le fait que leur doctrine de la foi aboutissait au même résultat, et ne se rendait suspecte de polythéisme que par l'adoration de divinités secondaires puissantes, mais subordonnées. C'est qu'un dieu, qui veut seulement que ses commandements soient obéis, sans qu'à cet effet aucune intention morale améliorée ne soit exigée, n'est pas à proprement parler cet Être moral dont le concept nous est nécessaire pour une religion. La religion se réaliserait bien plutôt dans la croyance à beaucoup d'êtres invisibles puissants, si seulement un peuple s'imaginait qu'en dépit de la diversité de leurs compétences, ils s'accordent tous pour honorer de leur satisfaction celui-là seul qui s'attache à la vertu avec tout son cœur, que si la croyance n'était vouée qu'à un Être unique faisant d'un culte mécanique l'essentiel.

Si l'histoire universelle de l'Église doit former un système nous n'en pouvons commencer le récit qu'à partir de l'origine du christianisme, qui, comme total abandon du judaïsme dont il était issu[2], fondé sur un principe tout à fait nouveau, apporta une entière révolution dans les dogmes de la foi. La peine que se donnent les docteurs du christianisme ou qu'ils ont pu se donner tout au début, pour rattacher ces deux religions par un fil conducteur, tandis qu'ils voulaient que la nouvelle foi ne fût qu'un prolongement de l'ancienne, qui en aurait contenu tous les faits, mais préfigurés, montre bien assez que pour eux il ne s'agissait que des moyens les plus appropriés pour *introduire* une pure religion morale à la place d'un culte ancien, auquel le peuple était par trop habitué, sans pourtant heurter de front ses préjugés. Déjà la suppression subséquente de la marque temporelle qui servait à séparer entièrement ce peuple des autres, autorise à juger que la nouvelle foi n'était plus liée aux statuts de l'ancienne, ni même de manière générale à aucun statut, et qu'elle devait comprendre en soi non pas une religion valable pour un peuple unique, mais pour le monde.

C'est donc du judaïsme — d'un judaïsme toutefois qui n'était plus patriarcal et pur, appuyé sur sa propre constitution politique (au demeurant
VI, 128 déjà très ébranlée), mais au contraire déjà mêlé avec une foi religieuse, par l'effet de doctrines morales peu à peu devenues publiques — à une époque où ce peuple naguère ignorant en était venu à recevoir beaucoup de philosophie étrangère (grecque), laquelle philosophie vraisemblablement contribua à l'éclairer par les concepts de la vertu et à le préparer à des révolutions, tandis que la charge pesante de sa croyance dogmatique l'opprimait — à l'occasion de la diminution du pouvoir des prêtres soumis à la souveraineté d'un peuple qui regardait avec indifférence toutes les croyances des peuples étrangers — c'est d'un tel judaïsme que surgit soudain, mais non sans préparation, le christianisme[1]. Le Maître de l'Évangile s'annonça comme envoyé du Ciel, tandis que digne d'un tel message il déclarait que la foi servile (à des jours de culte, de confessions et de pratiques) était en elle-même nulle, et qu'en revanche il n'y avait d'autre foi sanctifiante que la foi morale, qui seule rend les hommes saints, «comme est saint leur Père dans les cieux» (Moïse, III, 19, 2; I Pre, I, 16), et qui prouve par la bonne conduite son authenticité. Mais après avoir donné par sa doctrine et sa souffrance,

jusqu'à sa mort imméritée, mais méritoire*, un exemple dans sa personne conforme à l'archétype de la seule humanité agréable à Dieu il est VI, 129 représenté comme remontant au Ciel, d'où il était venu, tandis qu'il laissait sous forme orale sa

* C'est avec cette mort que s'achève son histoire publique (qui par conséquent a pu servir universellement d'exemple à la postérité). L'histoire plus secrète, ajoutée en appendice, c'est-à-dire celle qui se déroula seulement sous les yeux de ses disciples et qui regarde sa *résurrection* et son *ascension* dans les cieux (qui, si on les considère seulement comme des Idées de la raison, devraient signifier le commencement d'une autre vie et l'accession au séjour de la félicité, c'est-à-dire en la communion de tous les êtres bons), ne peut, sans que l'on porte atteinte à sa valeur historique, être utilisée dans une religion dans les limites de la simple raison[1]. Ce n'est pas parce qu'elle est un récit historique (ce qui précède, le récit de sa vie, est aussi historique), mais c'est parce que prise à la lettre elle admet un concept, sans doute très approprié à la forme de représentation sensible de l'homme, mais en revanche très gênant pour la raison en sa foi dans le futur. Ce concept c'est celui de la matérialité de tout être de ce monde, et il est question aussi bien du *matérialisme* de la *personnalité* de l'homme (matérialisme psychologique qui ne se réalise que sous la condition d'un même *corps*) que de celui de la *présence* (matérialisme cosmologique) qui selon ce principe ne saurait être autre que *spatial*. En revanche l'hypothèse de la spiritualité des êtres raisonnables de l'Univers, qui veut que le corps puisse demeurer mort enfoui dans la terre, et que toutefois la personne vive, puisque l'homme selon l'esprit (dans sa qualité qui n'est point sensible) peut parvenir au séjour des bienheureux, sans être déplacé en un quelconque lieu dans l'espace infini qui entoure la terre (et que nous nommons aussi le ciel), cette hypothèse, dis-je, est plus favorable à la raison, non seulement par l'impossibilité de concevoir une matière qui pense, mais surtout en fonction de VI, 129 la contingence à laquelle notre existence, après la mort, est exposée si elle doit s'appuyer sur une certaine masse de matière prise dans une certaine forme, alors que la raison doit penser la permanence d'une substance simple comme fondée sur sa nature. Dans cette dernière hypothèse (celle du spiritualisme) la raison d'une part ne peut trouver un intérêt à traîner pour l'éternité un corps, si purifié qu'il puisse être, mais qui (si la personnalité repose sur son identité) doit toujours consister dans la même matière, constituant la base de son organisation et que l'homme n'a même pas appréciée justement pendant sa vie, et d'autre part elle ne parvient pas à comprendre ce que cette terre calcaire, dont le corps se compose, pourrait bien faire au Ciel, c'est-à-dire en une autre région de l'Univers, où l'on peut présumer avec vraisemblance que d'autres matières pourraient être la condition de l'existence et de la conservation des êtres vivants[2].

dernière volonté (comme un testament) et en pouvant dire qu'en ce qui touche la force du souvenir de son mérite, de sa doctrine et de son exemple «qu'il resterait (comme l'Idéal de l'homme agréable à Dieu) néanmoins auprès de ses disciples jusqu'à la fin du monde» (Mtt., 28, 20[1]). À cette doctrine qui, s'il s'agissait d'une *foi historique* (en raison de l'origine et peut-être du rang surnaturel de sa personne), avait bien besoin d'une confirmation par des miracles, mais qui en tant que simple foi morale capable d'améliorer les âmes peut se dispenser, quant à sa vérité propre, de toutes les confirmations de ce genre, s'ajoutent encore dans un livre saint des miracles et des mystères, dont la divulgation à son tour est elle-même un miracle supposant une foi historique, et qui ne peut être authentifié autrement que par l'érudition qui en assurera de même la valeur et le sens[2].

Or toute foi qui, comme foi historique, se fonde sur des livres a besoin pour être garantie d'un *public savant,* qui lui permettrait pour ainsi dire d'être contrôlée par des écrivains contemporains tirés de celui-ci, qui ne peuvent être soupçonnés en nulle manière de quelque connivence avec les premiers propagateurs de cette foi et dont la connexité avec notre actuelle littérature s'est maintenue sans interruption. La pure foi de la raison, en revanche, n'a pas besoin d'une telle confirmation, mais se prouve elle-même. Or à l'époque de cette révolution dans le peuple qui dominait les Juifs et qui s'était répandue dans leur pays (donc dans le peuple romain), il y avait déjà un public savant, grâce auquel l'histoire de cette époque, en ce qui regarde les événements dans la
VI, 130 constitution politique, nous fut transmise par une série ininterrompue d'écrivains ; et ce peuple, encore qu'il se souciât peu de la foi religieuse de ses sujets qui n'étaient pas romains, n'était nullement incrédule à l'égard des miracles qui seraient arrivés parmi eux. Toutefois ces écrivains, comme contemporains, n'ont rien mentionné ni des miracles, ni même de la révolution, opérée pourtant

publiquement, que ces miracles avaient produite (au point de vue religieux) dans ce peuple qui leur était soumis. Ce n'est que plus tard, après plus d'une génération, qu'ils firent des recherches sur la nature de cette transformation de la foi, qui, jusque-là, leur était restée inconnue (et qui ne s'était pas effectuée sans un mouvement public), mais cependant ils ne firent aucune recherche sur l'histoire de ses premiers commencements, pour s'en enquérir dans leurs propres annales. Depuis cette époque, jusqu'à ce que le christianisme constituât pour lui-même un public savant, son histoire est obscure, et nous ignorons l'effet de cette doctrine sur la moralité de ceux attachés à cette religion, et si les premiers chrétiens étaient effectivement des hommes devenus meilleurs ou, au contraire, s'ils furent des hommes d'une trempe ordinaire[1]. Mais depuis[2] que le christianisme devint un public savant, ou depuis qu'il a pénétré dans l'universel, en ce qui touche l'action bienfaisante qu'on peut à bon droit attendre d'une religion morale, son histoire ne suffit pas à le recommander. Combien d'enthousiasmes mystiques dans la vie des ermites et des moines et la glorification du célibat ne rendirent-ils pas inutiles au monde un grand nombre d'hommes ! comment les prétendus miracles qui s'y rattachaient n'ont-ils pas opprimé le peuple sous une aveugle superstition avec de lourdes chaînes ; comment, par l'effet d'une hiérarchie s'imposant à des hommes libres, s'éleva la voix terrible de l'*orthodoxie* dans la bouche d'exégètes prétentieux, seuls autorisés, tandis que le monde chrétien en raison des opinions sur la foi (où aucun accord général ne peut absolument se faire, si l'on ne demande pas à la raison d'être l'exégète) se divisa en partis exaspérés ; comment en Orient où l'État s'occupait de manière ridicule des statuts de la foi des prêtres et des affaires du clergé, au lieu de les contenir dans les bornes étroites d'une simple fonction d'enseignement (dont ils sont toujours enclins à sortir pour s'élever à une fonction dirigeante), comment, dis-je, cet État devait à la

fin devenir inévitablement la proie de ses ennemis extérieurs, qui mirent un terme à sa foi dominante ; comment en Occident où la foi s'était élevé son propre trône, indépendant de la puissance temporelle, l'ordre civil, en même temps que les sciences (qui le conservent), fut bouleversé et énervé par un prétendu vicaire de Dieu ; comment les deux parties du monde chrétien, semblables aux plantes et aux animaux, qui conduits par la maladie près de leur dissolution
VI, 131 attirent des insectes destructeurs qui doivent les achever, furent attaquées par les Barbares ; comment dans le christianisme d'Occident ce chef spirituel dominait et châtiait les rois ainsi que des enfants en les menaçant de sa baguette magique d'excommunication et les excitait à des guerres étrangères (les Croisades) qui dépeuplaient l'autre partie du monde, comme à se combattre entre eux, comme à susciter la révolte des sujets contre l'autorité et enfin nourrissait la haine sanglante contre leurs contemporains qui pensaient autrement mais en se réclamant du même et unique christianisme réputé universel ; comment enfin, cette discorde, dont aujourd'hui encore l'intérêt politique fait rempart aux sauvages convulsions, a sa racine cachée dans le dogme d'une foi d'Église commandant despotiquement et qui fait toujours redouter de semblables scènes — cette histoire du christianisme (qui ne pouvait se présenter autrement dans la mesure où celui-ci devait se fonder sur la foi historique) si on la saisit d'un coup d'œil comme un tableau pourrait bien justifier l'exclamation : *tantum religio potuit suadere malorum*[1] — s'il ne demeurait pas suffisamment clair, à partir de l'institution du christianisme, que sa première et véritable intention n'avait pas été autre que d'introduire une pure foi religieuse, n'admettant aucun conflit d'opinions, et que tout ce tumulte qui bouleversa le genre humain et qui le laisse encore divisé dépend seulement de ce que, en vertu d'un penchant de la nature humaine, ce qui au début devait servir d'introduction à cette foi, je veux dire gagner à la nouvelle foi la

nation habituée aux vieilles croyances historiques, en se servant de ses propres préjugés, fut par la suite établi comme fondement d'une religion mondiale universelle.

Si l'on demande : Quelle époque dans l'histoire de l'Église jusqu'ici connue est la meilleure, je dis sans réserves : *c'est l'époque actuelle*[1], et à la vérité en ce sens qu'on peut laisser se développer de plus en plus le germe de la vraie foi religieuse, comme il a été déposé par quelques-uns seulement maintenant dans la chrétienté, mais cependant publiquement, pour en attendre un rapprochement continu à une Église qui associe pour toujours les hommes et qui constitue la représentation visible (le schème) de l'invisible Royaume de Dieu sur la terre. La raison qui se libère du poids d'une VI, 132
croyance sans cesse exposée au libre arbitre de l'interprète, dans les choses qui par leur nature doivent être morales et sanctifiantes, a admis universellement dans tous les pays de cette partie du monde (bien que partout ce ne soit pas public) envers ceux qui vénèrent vraiment une religion *premièrement* le principe d'une équitable *modération* dans les jugements sur tout ce qui se nomme révélation. C'est ainsi que personne au sujet d'un texte qui dans son contenu pratique ne renferme que des choses purement divines ne contestera sa *possibilité* (précisément en ce qui regarde ce qu'il a d'historique) d'être effectivement considéré comme une révélation divine, et que de même l'association des hommes dans et pour une religion ne saurait se produire et s'affermir sans un livre saint et une foi d'Église fondée sur celui-ci et que d'ailleurs, étant donné l'état de la sagesse humaine actuelle, il se trouvera difficilement quelqu'un pour attendre une nouvelle révélation, introduite par de nouveaux miracles — tant et si bien que le plus raisonnable et le plus équitable est de continuer, puisque ce livre existe déjà, de s'en servir comme fondement de l'enseignement de l'Église et de ne pas affaiblir sa valeur par des attaques inutiles ou malicieuses, sans imposer à aucun homme la croyance en cela

comme requise pour la félicité. Le *second* principe est le suivant : puisque l'histoire sainte n'a été instituée qu'en vue de la foi d'Église, que prise en elle-même elle ne peut ni ne doit avoir aucune influence sur l'adhésion aux maximes morales, et qu'elle n'a été procurée à la foi que pour livrer une vivante représentation de son objet véritable (la vertu tendant à la sainteté), elle doit toujours être enseignée et expliquée comme visant la moralité, mais il faut aussi ici soigneusement insister et de manière répétée (puisque l'homme commun est habité par une tendance constante à
VI, 133 tomber dans la croyance passive*) sur le fait que la vraie religion ne consiste pas dans le savoir ou dans la confession de ce que Dieu fait ou a fait pour notre sanctification, mais en ce que nous devrions faire pour en devenir dignes, et qui ne saurait jamais être autre chose que ce qui possède une valeur indubitablement *inconditionnée,* par conséquent qui seul peut nous rendre agréables à Dieu et dont tout homme peut s'assurer de manière totale de la nécessité sans la moindre science des Écritures[1]. C'est un devoir des souverains de ne pas empêcher ces principes, afin qu'ils deviennent publics. En revanche c'est beaucoup risquer et impliquer sa responsabilité que d'intervenir en ces choses dans la marche de la Providence divine et par bienveillance à l'égard de certaines doctrines historiques de l'Église — qui dans le meilleur des cas n'ont pour elles que la vraisemblance que leur ont procurée les savants —

* Une des causes de ce penchant repose dans ce principe de sécurité, qui fait que les fautes d'une religion, en laquelle je suis né et ai été éduqué, dont l'enseignement ne dépendait pas de mon choix et en laquelle, par mes méditations personnelles, je n'ai rien changé, ne doivent pas m'être imputées, mais à mon éducateur ou aux docteurs publiquement affectés à cet effet. Voilà une raison pour laquelle on n'accorde pas facilement à un homme qu'il change publiquement de religion, à quoi s'ajoute évidemment encore une autre raison (plus profonde celle-là), qu'en l'incertitude que chacun éprouve en soi-même pour ce qui est de savoir quelle foi (parmi celles qui sont historiques) se trouve être la vraie, tandis que la foi morale est partout la même, on juge très inutile d'attirer l'attention à ce sujet.

de tenter* la conscience des sujets en offrant ou en refusant certains avantages ordinairement accessibles à tous, ce qui, sans compter l'atteinte par là VI, 134
portée à la liberté, en ce cas sacrée, ne peut que difficilement procurer à l'État de bons citoyens[2]. Qui donc, entre ceux qui se présentent pour empêcher un tel libre développement de dispositions divines pour le plus grand bien du monde ou veulent même l'abattre, supposé qu'il réfléchisse à ce sujet en ayant pris le conseil de sa conscience, voudrait se porter garant de tout le

* Quand un gouvernement ne veut pas que l'on tienne pour une contrainte exercée sur la conscience le fait qu'il interdise qu'on *déclare publiquement* son opinion religieuse, tandis qu'il n'empêche personne de penser secrètement ce qu'il trouve bon, généralement on s'en moque en disant qu'en cela il n'accorde en fait aucune liberté, puisque même autrement il ne peut rien empêcher. Seulement ce que l'autorité temporelle suprême ne peut, l'autorité spirituelle le peut quand même : c'est-à-dire interdire la pensée et l'enchaîner effectivement. Plus encore, l'autorité spirituelle peut imposer à ses représentants les plus puissants eux-mêmes l'ordre de ne pas penser autrement qu'elle ne le prescrit. En effet, en raison du penchant des hommes à une foi cultuelle servile, à laquelle ils donnent non seulement la préférence à la foi morale (qui consiste à servir Dieu par l'observation de ses devoirs en général), mais encore cette importance suprême, qui seule comble tous les manques subsistants, il est toujours facile aux pasteurs des âmes comme gardiens de l'orthodoxie d'inspirer à leur troupeau une pieuse terreur quant au moindre écart par rapport à certains articles de foi fondés sur l'histoire, et de faire qu'on y adhère avant toute enquête même, de telle sorte qu'ils n'ont pas assez de confiance en eux-mêmes pour laisser seulement poindre en pensée un doute envers les affirmations qu'on leur impose, parce que ce serait pour autant prêter l'oreille au Malin. Il est vrai que pour se libérer de cette contrainte, on n'a qu'à le *vouloir* (ce qui n'est pas le cas de la contrainte imposée par le prince en vue de la profession de foi publique). Mais c'est sur ce vouloir précisément qu'on tire intérieurement le verrou. Or cette intolérance proprement dite est déjà assez fâcheuse (parce qu'elle conduit à l'hypocrisie intérieure), mais elle l'est moins que l'entrave mise à la liberté de la foi extérieure, parce qu'elle doit d'elle-même peu à peu disparaître, grâce au progrès de l'intelligence morale et de la conscience de sa liberté d'où seule peut jaillir le vrai respect pour le devoir, tandis que la VI, 134
contrainte extérieure fait obstacle à tous les progrès volontaires dans le corps éthique des croyants, qui constitue l'essence de l'Église véritable, et en subordonne la forme à des ordonnances toutes politiques[1].

mal qui peut résulter d'interventions aussi violentes, puisque par là le progrès vers le bien voulu par le gouvernement du monde pourrait peut-être être pour longtemps retardé, et même subir une rétrogradation, même s'il ne peut être supprimé par aucune force humaine et par aucune institution humaine[1] ?

Finalement le Royaume des cieux, relativement à la conduite de la Providence, n'est pas seulement dépeint dans cette histoire comme se rapprochant, à certaines époques, d'une manière très lente et pourtant sans interruption, mais aussi à son avènement. On peut la définir comme une représentation symbolique destinée simplement à animer à un plus haut degré l'espérance, le courage et l'aspiration à ce Royaume, si à cette histoire s'ajoute encore une prophétie (comme dans les livres sibyllins) touchant l'achèvement de cette grande transformation du monde dans la peinture d'un Royaume de Dieu visible sur la Terre — sous le gouvernement de son représentant et lieutenant, à nouveau redescendu du Ciel — et du bonheur qui, après la séparation des rebelles devant Lui et leur bannissement, lorsqu'ils eurent encore une fois tenté de résister, doit être goûté sur la terre, et enfin l'anéantissement total des méchants et de leur chef (dans l'*Apocalypse*), si bien que la *fin du monde* constitue la conclusion de l'histoire. Le Maître de l'Évangile n'a montré à ses disciples le Royaume de Dieu sur la Terre que du côté magnifique, sublime et moral, je veux dire la dignité d'être citoyen d'un État divin, et il leur a indiqué ce qu'ils auraient à faire pour cela, non seulement pour qu'ils y parviennent eux-mêmes, mais pour s'y réunir avec d'autres hommes pareillement intentionnés et si possible avec tout le genre humain. Toutefois, en ce qui concerne le bonheur, qui constitue l'autre partie des inévitables vœux humains, il les prévint de n'y pas
VI, 135 compter pendant leur vie terrestre. Il les prépara bien plutôt à s'attendre aux plus grandes afflictions et aux plus grands sacrifices[2], mais (puisque l'on ne saurait vouloir que l'homme, tant qu'il

existe, renonce entièrement au moment physique du bonheur) il ajouta : « Soyez heureux et réconfortés ; vous serez récompensés dans le Ciel » (Mtt., 5, 12). Le scolie ajouté à l'histoire de l'Église, qui concerne sa destinée future et ultime, la représente à la fin comme *triomphante*, c'est-à-dire, après la victoire sur tous les obstacles, couronnée de bonheur même ici-bas. La séparation des bons et des mauvais, qui pendant le progrès de l'Église vers sa perfection n'aurait pas été judicieuse pour une telle fin — puisque le mélange des uns et des autres était nécessaire d'une part pour servir aux uns de pierre à aiguiser leur vertu, d'autre part pour détourner les autres du mal par leur exemple[1] — est représentée après l'édification achevée de l'État divin comme constituant l'ultime conséquence ; on y ajoute encore la preuve dernière de sa fermeté considérée comme force, sa victoire sur tous les ennemis extérieurs, que l'on considère aussi bien comme formant un État (celui de l'Enfer) et par là toute vie terrestre voit sa fin « puisque le dernier ennemi (des hommes de bien), la mort, est supprimé » et que pour les deux partis commence l'immortalité, salut des uns, perdition des autres, que la forme elle-même d'une Église est dissoute, tandis que le Lieutenant divin sur la terre entre dans la même classe que les hommes élevés jusqu'à lui comme citoyens du Ciel et que Dieu ainsi est tout en tous*[2] (I Cor., 12, 6).

Cette représentation d'une relation historique

* Cette expression (si l'on met de côté le moment pleinement mystérieux, dépassant toutes les limites d'une expérience possible, qui n'appartient qu'à l'*histoire* sainte de l'humanité et ne nous concerne donc pas *pratiquement*) peut être entendue en ce sens que la foi historique, qui en tant que foi d'Église a besoin d'un livre saint, servant de roulettes aux hommes, mais qui de ce fait forme obstacle à l'unité et à l'universalité de l'Église, doit d'elle-même cesser et se supprimer dans une foi religieuse pure également évidente dans le monde entier. C'est à cette fin que nous devons travailler avec constance maintenant par le développement constant de la pure religion de la raison à partir de celle dont les voiles ne peuvent encore être arrachés actuellement. *La deuxième édition ajoute :* Il ne s'agit pas pour

du monde futur, qui elle-même n'est pas une histoire, est un bel Idéal de l'époque morale du
VI, 136 monde *prévue* dans la foi jusqu'à sa perfection et due à l'introduction de la vraie religion universelle ; cette époque, nous ne pouvons la voir en son achèvement empirique, mais par un progrès continuel et une approche vers le bien le plus élevé possible sur terre (en quoi il n'y a rien de mystique, mais où tout se fait naturellement d'une manière morale) nous pouvons *porter notre vue* vers elle, c'est-à-dire nous y disposer. L'apparition de l'Antéchrist, le chiliasme, l'annonce de la proximité de la fin du monde peuvent recevoir devant la raison leur bonne signification symbolique[1], et pour ce qui est de cette dernière, représentée comme un événement imprévisible (comme la fin de la vie proche ou éloignée), elle exprime très bien la nécessité d'y être toujours prêt, et en réalité (si l'on donne à ce symbole sa signification intellectuelle) de nous considérer nous-mêmes toujours effectivement comme les citoyens désignés d'un État divin (éthique). «Quand arrivera donc le règne de Dieu?» «Le règne de Dieu ne viendra pas sous une forme visible. On ne dira pas non plus : Regarde il est ici ou là. *Car voyez : le Royaume de Dieu* est au-dedans de vous*» (Lc, 17, 21-22).

cette religion actuelle de disparaître (car elle peut sans doute comme véhicule être toujours utile et nécessaire), mais qu'elle puisse disparaître ; et par là on entend la fermeté intérieure de la pure foi morale.

* On représente alors ici un Royaume de Dieu qui n'est pas fondé sur une alliance particulière (qui serait messianique), mais selon un pacte moral (connaissable par simple raison). Le premier *(regnum divinum pactitium)* devrait tirer sa preuve de l'histoire, et alors, dans le royaume *messianique,* on divise suivant l'*ancienne* et la *nouvelle* alliance. Or c'est un fait remarquable[2] que les adorateurs de l'ancienne alliance (les Juifs), quoique dispersés de par le monde entier, se soient maintenus en tant que tels, tandis que les adeptes d'autres religions ont habituellement fondu leur croyance avec celle du peuple où ils se trouvèrent dispersés. Ce phénomène semble à beaucoup si étonnant qu'ils ne le jugent pas vraiment possible suivant le cours de la nature, mais qu'ils y voient une disposition

Remarque générale[2] VI, 137

Dans toutes les formes de la foi qui se rapportent à la religion, derrière leur structure intrinsèque, la recherche se heurte inévitablement à un *mystère*, c'est-à-dire à quelque chose de *saint*, qui peut bien être connu de chacun en particulier, mais qui ne peut pas être publiquement *reconnu*,

extraordinaire relative à un dessein divin particulier. Mais un peuple qui possède une religion écrite (des livres saints) ne se fond jamais en une foi avec un peuple, qui (comme l'Empire romain — alors la totalité du monde civilisé) n'en possède pas et qui n'a que des coutumes ; il fait bien plutôt, dans un temps qui peut être bref ou long, des prosélytes. C'est pourquoi aussi les Juifs, après la captivité de Babylone lorsque, semble-t-il, leurs saints livres furent l'objet de lectures publiques, ne se virent plus reprocher d'obéir à un penchant consistant à se précipiter vers des dieux étrangers ; à plus forte raison la culture alexandrine, qui a bien dû avoir sur eux aussi de l'influence, pouvait leur être favorable pour procurer à ces livres une forme systématique. C'est ainsi que les *Parsis*, disciples de la religion de Zoroastre, en dépit de leur dispersion, ont conservé leur foi jusqu'à maintenant ; c'est parce que leurs Destours[1] possédaient le *Zend-Avesta*. En revanche les *hindous*, qui sous le nom de Tziganes se sont dispersés très largement, n'ont pu échapper à la fusion de leur croyance avec des croyances étrangères, parce qu'ils appartenaient à la lie du peuple (aux *parias*) auxquels il est même interdit de lire dans VI, 137
leurs livres saints. Toutefois, ce que les Juifs n'auraient pu accomplir par eux-mêmes, la religion chrétienne le fit et plus tard la religion musulmane, mais en vérité la première surtout ; c'est qu'elles présupposent la foi juive et les livres saints qui s'y rattachent (même si la religion musulmane les prétend falsifiés). En effet les Juifs pouvaient toujours retrouver chez les chrétiens issus d'eux leurs anciens documents, à la condition que dans leurs pérégrinations — où l'aptitude à lire de tels documents et par conséquent la joie de les posséder pouvaient bien souvent se perdre — demeurât néanmoins le souvenir de les avoir jadis possédés. C'est pourquoi on ne rencontre pas de Juifs en dehors des pays auxquels on a fait allusion, si l'on excepte le petit nombre d'entre eux qui se rencontrent sur la côte de Malabar et aussi peut-être une communauté en Chine (et de ces Juifs les premiers pouvaient être en relations commerciales continues avec leurs coreligionnaires en Arabie), bien qu'il n'y ait pas de raisons de douter qu'ils ne se soient répandus dans ces opulentes contrées, mais par l'absence de toute parenté entre leur foi et les formes de la foi dans ces régions, ils ont totalement oublié la leur. Fonder des considérations édifiantes sur cette conservation du peuple juif et de sa religion dans des circonstances qui leur étaient si contraires est

c'est-à-dire communiqué universellement. En tant que *saint,* ce doit être quelque chose de moral, par conséquent un objet de la raison, et il doit pour l'usage pratique être suffisamment connu intérieurement, mais en tant que *mystère,* il ne doit pas l'être il est vrai pour l'usage théorique, puisque alors il devrait pouvoir être communiqué à tous et en conséquence pouvoir être reconnu extérieurement et publiquement[1].

La foi en une chose que nous devons cependant en même temps regarder comme un saint mystère
VI, 138 peut être tenue soit pour *une foi inspirée par Dieu* ou pour une *pure foi de la raison.* À moins que nous ne soyons forcés par la plus extrême nécessité d'adhérer à la première, nous nous ferons une maxime de nous en tenir à la seconde. Des sentiments ne sont pas des connaissances et n'indiquent aucun mystère, et puisque le mystère a un rapport à la raison, mais sans toutefois pouvoir être communiqué universellement, chacun devra (supposé qu'il s'en trouve jamais) le chercher en sa propre raison.

Il est impossible de décider *a priori* et objectivement s'il y a de tels mystères ou non. Nous devrons donc faire des recherches directes dans ce que notre disposition morale a d'intérieur et de subjectif, afin de voir s'il se trouve en nous de semblables mystères. Nous ne pourrons pas y compter les *fondements insondables* disposant à la moralité, qui peuvent se communiquer publiquement à la vérité, bien que leur cause ne nous

chose très fâcheuse, parce que chacune des deux parties croit y trouver son compte. Celui-là voit dans la conservation du peuple auquel il appartient et dans celle de son antique croyance demeurée pure de tout mélange, en dépit de la dispersion parmi tant de peuples divers, la preuve d'une Providence particulièrement bienveillante visant un Royaume terrestre ; celui-ci n'y voit que les ruines donnant à penser à un État détruit, s'opposant à l'avènement d'un Royaume céleste, qu'une Providence particulière maintient encore, en partie pour conserver l'antique prophétie d'un Messie issu de ce peuple présente à la pensée, en partie pour en faire un exemple de sa Justice redoutable, parce que ce peuple voulait se faire de ce Messie avec obstination non pas une Idée morale, mais politique.

soit pas donnée, mais seulement ce qui, nous étant offert comme connaissance, est toutefois incapable d'être l'objet d'une communication publique et se range parmi les saints mystères. C'est ainsi que la liberté, propriété révélée à l'homme à partir de la déterminabilité de son arbitre par la loi morale inconditionnée, n'est pas un mystère, parce que sa connaissance peut être *communiquée* à chacun ; mais le fondement insondable pour nous de cette propriété est un mystère[1], parce qu'il ne nous est pas donné comme objet de connaissance. Il reste que la liberté est justement ce qui seul nous mène infailliblement aux saints mystères, lorsqu'elle est appliquée à l'objet ultime de la raison pratique, la réalisation de l'Idée de la fin morale ultime*.

* C'est ainsi que la *cause* de la pesanteur universelle de toute matière de ce monde nous est inconnue, au point qu'on peut de plus comprendre qu'elle ne puisse jamais être connue de nous ; c'est que son concept présuppose une force première et motrice qui lui est inconditionnellement inhérente. Elle n'est cependant pas un mystère, mais peut tout au contraire être rendue manifeste à chacun parce que sa *loi* est suffisamment connue[2]. Quand Newton la présente pour ainsi dire comme la divine omniprésence dans le phénomène *(omnipraesentia phaenomenon)* il n'y faut pas voir une tentative pour l'expliquer (puisque l'existence de Dieu dans l'espace renferme une contradiction), mais bien une analogie sublime où l'on ne vise qu'à l'association des êtres corporels en un tout universel, en lui donnant comme fondement une cause incorporelle ; et il en irait de même pour la recherche consistant à voir le principe autonome des êtres raisonnables de l'Univers dans un État éthique et d'expliquer cette dernière association par là. Nous ne connaissons que le devoir qui nous y attire ; quant à la possibilité de l'effet visé, si nous obéissons au devoir, elle dépasse toutes les limites de notre intelligence. Il y a des mystères, des secrets *(arcana)* de la nature ; il peut y avoir des VI, 139 mystères, des choses tenues secrètes *(secreta)* dans la politique qui ne *doivent* pas être portés à la connaissance du public. Mais dans la mesure où ces mystères reposent sur des causes empiriques, ils peuvent, les uns comme les autres, être connus. En ce qui concerne la connaissance du devoir universel de l'homme (je veux dire la moralité) il ne peut y avoir aucun mystère, mais c'est en ce qui touche ce que Dieu seul peut faire et dépasse notre propre faculté d'agir et par conséquent aussi notre devoir, qu'il peut se touver un mystère proprement dit, je veux dire un saint mystère *(mysterium)* de la religion, dont il serait utile de connaître l'existence, de le comprendre, mais non de le pénétrer.

Comme l'homme ne peut pas réaliser lui-même
VI, 139 l'Idée du bien suprême inséparablement liée à la pure intention morale (non seulement sous le rapport du bonheur qui s'y rattache, mais aussi sous celui de l'association des hommes pour la fin totale), et que cependant il trouve en soi le devoir d'y travailler, il a recours à la croyance en une collaboration ou une disposition du Souverain moral du monde, seules capables de rendre cette fin possible, et c'est alors que s'ouvre l'abîme d'un mystère : qu'en est-il de l'action de Dieu, faut-il d'une manière générale lui attribuer *quelque action,* et à lui en particulier (Dieu) *quoi,* tandis qu'en tout devoir l'homme ne reconnaît rien d'autre que ce qu'il a à faire lui-même pour devenir digne de ce supplément, qui lui est inconnu et à tout le moins incompréhensible[1].

L'Idée d'un Souverain moral du monde est pour notre raison pratique une tâche. Il s'agit moins de savoir ce que Dieu est en lui-même (en sa nature) que ce qu'il est pour nous en tant qu'êtres moraux ; bien que, en vue de ce rapport, nous devions penser et admettre la nature divine comme l'exige cette condition avec l'entière perfection nécessaire à l'exécution de sa volonté (par exemple comme un être immuable, omniscient, tout-puissant, etc.), et en dehors de ce rapport nous ne pouvons rien connaître de lui[2].

Conformément à ce besoin de la raison pratique la véritable foi religieuse universelle est croyance en Dieu 1° en tant que tout-puissant Créateur du Ciel et de la Terre, c'est-à-dire moralement comme *saint* Législateur, 2° en Lui, conservateur du genre humain, comme en son *bienveillant* Souverain et son Protecteur moral, 3° en Lui, administrateur de ses saintes lois, c'est-à-dire comme Juge *intègre*[3].

VI, 140 Cette foi ne comprend à proprement parler aucun mystère, car elle exprime uniquement l'attitude morale de Dieu envers le genre humain ; aussi se présente-t-elle d'elle-même en toute raison humaine et par conséquent se rencontre dans la religion de la plupart des peuples policés*. Elle se trouve dans le concept d'un peuple comme communauté, où il faut toujours penser à une puissance supérieure en sa triplicité *(pouvoir)*, avec cette différence qu'ici la communauté est représentée comme éthique, et que la triple qualité du chef suprême du genre humain peut être pensée comme réunie dans un seul et même Être, alors que dans un État juridique et civil elle devrait nécessairement se diviser entre trois sujets différents**[2].

Néanmoins puisque cette foi qui avait, dans l'intérêt d'une religion en général, purifié la conduite de l'homme par rapport à l'Être suprême des anthropomorphismes si nuisibles et l'avait appropriée à la pure éthique d'un peuple de Dieu, a été présentée au monde publiquement dans une doctrine de la foi (le christianisme) et en celle-ci seulement, on peut bien en appeler la promulgation une révélation, révélation de ce qui par leur propre faute avait été pour les hommes jusque-là un mystère. VI, 141

* Dans la sainte histoire prophétique des choses dernières le *Juge de l'univers* (à proprement parler celui qui étendra sa souveraineté sur ceux qui appartiennent au Royaume du bon principe et les séparera des autres comme étant les siens) n'est pas représenté et appelé en tant que Dieu, mais comme le Fils de l'homme[1]. Cela semble indiquer que l'*humanité* elle-même, consciente de ses limites et de sa fragilité, sera en ce choix l'arbitre ; ce qui est un effet de bonté, qui pourtant ne porte aucun préjudice à la justice. En revanche le *Juge* des hommes, représenté en sa divinité, c'est-à-dire tel qu'il nous parle selon la loi reconnue par nous comme sainte et selon notre propre responsabilité (donc le Saint-Esprit) ne peut être conçu que comme jugeant dans la rigueur de la loi, parce que nous-mêmes ne savons absolument pas ce qui peut, dans un bon sens, être imputé à notre fragilité, n'ayant devant les yeux simplement que la transgression accompagnée de la conscience de notre liberté et la violation du devoir qui nous est entièrement imputable, de telle sorte que dans la sentence du Juge nous n'avons aucune raison d'admettre de la bienveillance envers nous.

** On ne peut guère donner une explication pour laquelle tant de peuples anciens s'accordèrent en cette Idée, sauf si l'on admet que cette Idée se trouve dans la raison humaine en son universalité et se présente dès lors qu'on veut penser le gouvernement d'un peuple et (par analogie avec celui-ci) un

Dans cette doctrine on dit *premièrement :* il ne faut pas se représenter le Législateur suprême, comme tel, comme bienveillant, par suite tolérant *(indulgent)* pour les faiblesses de l'homme, ni comme *despotique* et n'ordonnant que par son droit sans limites ; ni ses lois comme arbitraires et sans affinité avec nos concepts de l'éthique, mais comme des lois visant à la sainteté de l'homme. *Deuxièmement :* il ne faut pas faire consister sa bonté en une *bienveillance* inconditionnée envers ses créatures, mais en ceci qu'il regarde d'abord leur caractère moral, par lequel elles peuvent lui être *agréables,* et c'est ensuite seulement qu'il supplée à leur impuissance par elles-mêmes à cette condition. *Troisièmement :* sa Justice ne peut être représentée comme *bonté* et *pardon* (ce qui enveloppe une contradiction) et encore moins en tant qu'elle procéderait de la qualité de *sainteté* du Législateur (devant lequel il n'est pas d'homme qui soit juste), mais seulement comme limitation de la bonté à la condition de l'accord des hommes avec la sainte Loi et dans la mesure où *enfants des hommes* ils peuvent se conformer à ce qu'elle exige.

gouvernement de l'Univers. La religion de *Zoroastre* connaissait ces trois personnes divines : *Ormuzd, Mithra* et *Ahriman;* celle de l'*Inde : Brahma, Vischnou* et *Siwa* (avec cette différence que la première de ces religions représente la troisième personne non seulement comme créatrice du *mal* conçu comme punition, mais encore du *mal moral,* pour lequel l'homme est châtié ; dans la seconde elle est seulement représentée comme jugeant et châtiant). La religion *égyptienne* avait ses *Phta, Kneph* et *Neith* — dont le premier, autant que l'obscurité des documents relatifs aux plus anciens temps de ce peuple permet de le deviner, devait représenter l'esprit différent de la matière comme *créateur du monde,* le second principe la bonté qui conserve et *règne,* et le troisième la sagesse qui limite la bonté, c'est-à-dire la *justice.* La religion gothique révérait son *Odin* (le
VI, 141 père de toutes choses), sa *Freya* (mais aussi *Freyer,* la bonté) et *Thor,* le Dieu qui juge (qui châtie). Les *Juifs* eux-mêmes semblent dans les derniers temps de leur constitution hiérarchique être entrés dans ces pensées. En effet, dans l'accusation des pharisiens que le Christ s'était appelé *Fils de Dieu,* ils ne semblent pas apporter un intérêt particulier à la doctrine suivant laquelle Dieu a un Fils, mais seulement à ceci : que le Christ ait voulu être ce Fils de Dieu[1]. *(Note de la deuxième édition.)*

En un mot : Dieu veut qu'on le serve selon une triple qualité morale, spécifiquement diverse et pour laquelle la dénomination d'une personnalité distincte (non pas physiquement, mais moralement) d'un seul et même Être ne serait pas une expression inconvenante. Et ce symbole de la foi exprime en même temps la pure religion morale entière, qui, sans cette distinction, courrait, suivant le penchant de l'homme, le danger de concevoir la divinité comme une autorité humaine VI, 142 (qui dans son gouvernement ne sépare pas communément cette triple qualité en ses moments distincts, mais souvent les mêle et les confond) et de dégénérer en une croyance servile anthropomorphique[1].

Mais si cette foi (en une Trinité divine) ne devait pas être regardée simplement comme la représentation d'une Idée pratique, mais devait comme telle représenter ce que Dieu est en soi, alors il s'agirait d'un mystère transcendant tous les concepts humains et par conséquent du mystère d'une révélation, insaisissable en tant que tel à la faculté humaine de compréhension et il devrait être, à ce point de vue, annoncé comme tel. La foi en ce mystère, comme élargissement de la connaissance théorique de la nature divine, ne serait donc que la profession d'une foi d'Église entièrement inintelligible aux hommes et, au cas où ils imagineraient la comprendre, ce ne serait qu'un symbole anthropomorphique d'une foi d'Église et en tout cela rien ne serait fait pour l'amélioration éthique. Il n'y a que ce que nous comprenons et pénétrons complètement au point de vue pratique, mais qui d'un point de vue théorique (pour la détermination de l'objet en lui-même) transcende tous nos concepts, qui soit un miracle (sous un certain rapport) et puisse cependant (sous un autre rapport) être révélé[2]. Le mystère indiqué plus haut est de ce dernier genre et on y peut distinguer trois mystères que nous révèle notre propre raison.

1° Le mystère de la *vocation* (de l'homme comme citoyen d'un État éthique). Nous ne

pouvons concevoir la soumission générale *inconditionnée* de l'homme sous la Législation divine autrement qu'en nous regardant comme ses *créatures ;* c'est ainsi de même que Dieu ne peut être regardé comme l'auteur de toutes les lois de la nature que parce qu'il est le Créateur des choses de la nature. Or pour notre raison il est absolument incompréhensible que des êtres puissent être *créés* pour un libre usage de leurs forces[1]. C'est que, selon le principe de causalité, à un être dont on admet qu'il a été produit, nous ne pouvons attribuer aucun autre principe interne de ses actions que celui que la cause productrice y a déposé, et que par ce dernier (par conséquent par une cause extérieure) chaque action de cet être est déterminée, en sorte que celui-ci ne serait pas libre. Ainsi par les vues de notre raison on ne peut concilier la Législation divine, sainte, concernant donc simplement des êtres libres, avec le concept d'une création de ceux-ci par elle ; mais il faut au contraire les considérer comme des êtres libres déjà existants qui ne sont pas déterminés
VI, 143 par une dépendance de la nature, par la médiation de leur création, mais par une contrainte seulement morale et possible d'après les lois de la liberté, c'est-à-dire par une vocation à la citoyenneté dans l'État divin. Ainsi la vocation à cette fin est-elle moralement évidente ; mais pour la spéculation la possibilité de cet appel est un impénétrable mystère.

2° Le mystère de la *satisfaction*[2]. Autant que nous le connaissons l'homme est corrompu et en aucune manière spontanément accordé à cette sainte loi. Néanmoins si la bonté de Dieu l'a appelé à l'existence pour ainsi dire, c'est-à-dire l'a invité à exister d'une manière déterminée (comme membre du Royaume des cieux) il faut bien qu'il y ait un moyen pour suppléer au défaut de la capacité ici requise par la plénitude de sa propre sainteté. Mais cela est contraire à la spontanéité (que l'on suppose, soit pour tout le bien moral, soit pour le mal, comme propre à l'homme) d'après laquelle un tel bien doit venir de l'homme même et non d'un autre, si l'on doit pouvoir le lui imputer. Donc, autant que la raison le puisse voir, nul être différent de tel homme ne peut se substituer à lui de par l'excédent de sa bonne conduite et de son mérite ; aussi l'admettre ne peut être que nécessaire dans une perspective pratique ; car, pour le raisonnement, c'est un mystère inaccessible.

3° Le mystère de l'*élection.* Même si l'on accorde la possibilité de cette satisfaction par substitution, son acceptation morale et soutenue par la foi est déjà une détermination de la volonté au bien, qui suppose en l'homme une intention agréable à Dieu, mais qu'en raison de sa corruption naturelle l'homme ne saurait produire en lui par lui-même. Que cependant une *grâce* céleste doive agir en lui, qui accorde cette assistance non selon le mérite des œuvres, mais la concède à l'un et la refuse à l'autre par un *décret* inconditionné et qu'une partie de notre espèce soit élue pour la félicité et l'autre pour l'éternelle damnation, cela ne nous donne aucun concept d'une Justice divine, mais devrait dans tous les cas être rapporté à une sagesse, dont la règle est pour nous absolument un mystère[1].

Or sur ces mystères, pour autant qu'ils concernent l'histoire morale de la vie humaine, je veux dire : comment se fait-il qu'un bien éthique ou un mal en général se rencontrent dans le monde (et si le mal existe en tous et en tout temps) — comment cependant à partir du mal le bien peut-il procéder et se rétablir en un homme quelconque ; ou pourquoi si cela se produit en VI, 144
quelques-uns, les autres en sont-ils exclus ? — Dieu ne nous a rien révélé, ni ne peut rien nous révéler, parce que nous ne le *comprendrions* pas*[2].

* Ordinairement on ne se fait aucun scrupule d'exiger des novices en religion la croyance aux mystères, parce que le fait que nous ne les puissions *comprendre,* c'est-à-dire que nous ne puissions pas apercevoir la possibilité de leur objet, ne nous autorise pas plus à refuser qu'on y adhère que, par exemple, la faculté de reproduction des matières organiques, qu'aucun

Ce serait comme si nous voulions *expliquer* ce qui arrive à l'homme de par sa liberté, et nous le rendre ainsi *intelligible.* Sans doute en cela Dieu nous a-t-il révélé sa Volonté par la loi morale en nous. Mais quant aux *causes* pour lesquelles sur cette terre une action libre se produit ou ne se produit pas, il l'a laissé en cette ombre en laquelle tout doit demeurer pour l'investigation humaine*, mais qui, comme histoire, doit cependant être
VI, 145 compris à partir de la liberté d'après la loi des causes et des effets. Mais en ce qui regarde la règle objective de notre conduite, tout ce dont nous avons besoin nous a été suffisamment révélé (par la raison et l'Écriture, et cette révélation est en même temps intelligible pour tout homme).

Que par la loi morale l'homme ait pour vocation une vie bonne, que, de par son inaltérable respect pour cette loi qui est en lui, il trouve aussi en lui-même la promesse autorisant la confiance envers cet Esprit bon et l'espérance de le satisfaire d'une manière quelconque, qu'enfin retenant en même temps cette dernière espérance et le commandement strict de la loi, il doive constamment s'éprouver comme cité devant un

homme ne comprend et qu'on ne peut refuser d'admettre, encore que ce soit pour nous un mystère qui durera. Toutefois nous *comprenons* très bien ce que signifie cette expression, et nous possédons un concept empirique de l'objet avec la conscience qu'il n'y a là aucune contradiction. On peut exiger légitimement de tout mystère érigé en croyance que l'on *comprenne* ce qui est signifié à travers lui ; or il ne sert à rien à cet égard de comprendre *un à un* les mots, par lesquels il est désigné, c'est-à-dire en y *mettant* un sens ; mais au contraire il faut que ces mots saisis *ensemble* dans un concept permettent encore de *dégager* une signification sans que la pensée s'y épuise. On ne saurait penser, pourvu que de notre côté un vœu sérieux ne fasse pas défaut, que Dieu permette à cette connaissance de nous venir par l'*inspiration;* en ce cas, en effet, toute inhérence est impossible, puisque la nature de notre entendement en est incapable. *(Note de la deuxième édition.)*

* C'est pourquoi nous comprenons très bien ce qu'est la liberté d'un point de vue pratique (lorsqu'il est question du devoir), tandis qu'au point de vue théorique en ce qui touche sa causalité (pour ainsi dire sa nature) nous ne pouvons même pas sans contradiction songer à vouloir la comprendre. *(Note de la deuxième édition.)*

juge pour se justifier : c'est là ce que nous enseignent, en nous y invitant aussi en même temps, la raison, le cœur et la conscience. Il serait indécent d'exiger qu'on nous en communique davantage et, si cela devait se faire, il ne le faudrait pas compter parmi les besoins universels de l'humanité.

Bien que ce grand mystère, qui résume en une formule tous ceux dont il a été question, puisse être rendu intelligible à tout homme par sa raison en tant qu'Idée religieuse nécessaire pratiquement, on peut dire cependant que, pour devenir l'assise morale de la religion, et particulièrement d'une religion publique, il fut tout d'abord autrefois révélé, tandis qu'il était *officiellement* enseigné et constitué en symbole d'une époque entièrement nouvelle de la religion. Des formules *solennelles* enveloppent ordinairement un langage propre, simplement à l'usage de ceux qui appartiennent à une société (corporative ou communautaire), langage déterminé, parfois mystique, qui n'est pas intelligible à tous, et dont on ne devrait se servir équitablement (par respect) qu'en raison d'un acte solennel (par exemple quand quelqu'un doit être admis comme membre en une société qui se sépare des autres). Mais le but suprême, jamais entièrement accessible pour les hommes, la perfection des créatures finies, est l'amour de la loi[1].

En accord avec cette Idée ce serait dans la religion un principe de foi que le suivant : « Dieu est amour. » En lui on pourrait *honorer* Celui qui aime, le *Père* (avec cet amour né de la *satisfaction* morale que lui procurent les hommes dans la mesure où ils sont adéquats à sa sainte loi) ; on pourrait honorer en Lui de plus, en tant qu'il se représente en son Idée conservatrice de toutes choses, l'archétype de l'humanité engendré par Lui et aimé, son sien Fils ; et enfin on pourrait honorer en Lui, dans la mesure où il limite cette satisfaction aux conditions de l'accord des hommes avec la condition de cet amour de satisfaction — donnant la preuve que par là cet amour est fondé

sur la sagesse — le *Saint-Esprit**[2]. Mais dans le fait on ne peut l'*invoquer* dans une personnalité si diverse (car ce serait indiquer une différence
VI, 147 d'essence, alors qu'il n'est jamais qu'un seul et même objet), mais bien au nom de l'objet qu'il honore et aime par-dessus tout et avec lequel c'est

* Cet Esprit, par lequel l'amour de Dieu comme sanctifiant (en fait l'amour qu'en retour nous avons pour Lui) est uni à la crainte de Dieu comme Législateur, comme le conditionné avec sa condition. Aussi cet Esprit peut-il être représenté comme «procédant des deux» et, outre le fait qu'Il «conduit en toute vérité» (observation de la loi), il est, en même temps, le vrai Juge de l'homme (devant sa conscience). C'est que l'acte de juger peut être entendu en deux sens : ou bien comme portant sur le mérite et le manque de mérite — ou bien sur la faute et l'innocence. Considéré comme *amour* (en la personne de son Fils) Dieu juge les hommes dans la mesure où en plus
VI, 146 de leurs obligations un mérite peut encore leur profiter, et alors sa sentence est : *dignes* ou *indignes*. Il sépare, comme étant les Siens, ceux auxquels un tel mérite peut encore être imputé. Les autres s'en vont les mains vides. En revanche la sentence du Juge suivant la *justice* (de celui qu'on doit précisément nommer juge, sous le nom du *Saint-Esprit*) porte sur ceux qu'aucun mérite ne peut aider, et elle se formule ainsi : *coupable* ou *innocent,* c'est-à-dire damnation ou absolution. Le *jugement* signifie dans le premier cas la sélection des méritants de la masse de ceux qui n'ont pas de mérite, les uns comme les autres aspirant à un même prix (la félicité). Mais par le terme de *mérite* on n'entend pas ici un privilège de la morale par rapport à la loi (à l'égard de laquelle il ne peut nous revenir aucun bénéfice excédentaire dans l'observation du devoir qui dépasserait la charge de nos obligations), mais un privilège dans la comparaison avec d'autres hommes, en ce qui concerne leur intention morale. La *dignité* n'a jamais qu'une signification négative (non indigne) et consiste à être moralement susceptible d'une telle bonté. Donc celui qui, dans la première qualité (comme *brabeuta*[1]), juge, rend son jugement dans le choix entre *deux* personnes (ou parties) qui aspirent au prix (la félicité). Mais celui qui juge en la seconde qualité (le juge à proprement parler) prononce sa sentence sur une *seule et même* personne devant le Tribunal (la conscience) qui décide entre l'accusateur et l'avocat. Or, si l'on accorde que tous les hommes sont souillés par le péché, mais qu'à certains d'entre eux un certain mérite profite, alors la sentence du *Juge par amour* peut intervenir, sentence dont le défaut impliquerait un *jugement de renvoi,* mais dont l'inévitable conséquence serait (l'homme étant alors déféré devant le Juge selon la Justice) un jugement de damnation. On pourrait ainsi, à mon avis, concilier ces propositions qui se contredisent mutuellement en apparence : «Le Fils viendra pour juger les vivants et les morts» (Act., 10, 42), et, d'autre part : «Dieu ne l'a pas envoyé dans le monde

un vœu et en même temps un devoir que d'être associé moralement. Au demeurant, la confession théorique de la foi en la Nature divine sous cette triple qualité relève de la simple formule classique d'une foi d'Église pour la distinguer d'autres formes de croyances dérivées de sources historiques, formule dont peu d'hommes pouvaient se faire un concept clair et déterminé (qui ne fût pas exposé à la fausse interprétation), et son explication revenait plutôt aux docteurs (comme interprètes philosophes et érudits d'un livre saint) dans leurs relations réciproques, afin de s'unir sur son sens, tout n'y étant pas accessible au sens commun, ni même approprié au besoin de l'époque ; et la simple foi littérale corrompt, plutôt qu'elle ne l'améliore, la véritable intention religieuse.

pour qu'il le juge, mais afin que le monde soit sauvé par lui» (Jn, 3, 17), et les mettre en accord avec celle-ci : «Celui qui ne croit pas au Fils est *déjà jugé*» (v. 18), c'est-à-dire par cet Esprit dont il est dit : «Il jugera le monde pour le péché et au nom de la justice» (Jn, 16, 8). Le soin inquiet apporté à de telles distinctions dans le champ de la simple raison, et qui sont ici véritablement établies pour elle, pourrait être aisément tenu pour de la subtilité inutile et fâcheuse ; ce souci le serait bien en effet, s'il se développait en vue de rechercher quelle est la nature divine. Mais comme les hommes dans la cause de leur religion tendent sans cesse en raison de leurs fautes à se tourner vers la bonté divine, sans pouvoir toutefois écarter sa justice, et qu'un *juge bienveillant* n'est dans une seule et même personne qu'une contradiction, on voit bien que même d'un point de vue pratique leurs concepts doivent à ce propos être très flottants et désaccordés, si bien que leur justification et leur exacte détermination se trouvent être d'une grande importance pratique.

Quatrième partie

DU VRAI ET DU FAUX CULTE SOUS LA SOUVERAINETÉ DU BON PRINCIPE OU DE LA RELIGION ET DU SACERDOCE[1]

VI, 151 C'est déjà un début de la souveraineté du bon principe et un signe «que le Royaume de Dieu vient à nous», même si ce sont seulement les principes de sa constitution qui commencent à devenir *publics*; car c'est dans le monde de l'entendement déjà, que les causes qui seules le peuvent produire ont pris racine de manière universelle, quand bien même le développement intégral de son phénomène dans le monde des sens se trouve encore repoussé dans un éloignement indéfini. Nous avons vu que s'unir dans un corps éthique était un devoir spécifique *(officium sui generis)* et que, même si chacun obéit à son devoir privé, on peut bien en conclure à une *harmonie contingente* de tous en vue d'un bien commun, sans qu'une autre institution soit à cet égard nécessaire. Mais on ne peut espérer en cette union, si l'on ne fait pas une affaire propre de cette association des uns et des autres réciproquement pour la même fin : l'institution d'une *Communauté,* comme soumise à des lois morales et dont les forces unifiées et par conséquent plus puissantes peuvent s'opposer aux attaques du mauvais principe (auquel les hommes sont tentés les uns par les autres de servir d'instruments). Nous avons vu aussi qu'une telle communauté, en tant que *Royaume de Dieu,* ne peut être entreprise par l'homme que selon la *religion,* et qu'enfin, pour que celle-ci soit publique (ce qui est requis pour toute communauté), ce Royaume doit pouvoir être représenté dans la forme sensible d'une *Église,* dont l'organisation revient aux hommes comme une œuvre qui leur est abandonnée et dont on peut leur faire obligation de l'instituer. VI, 152

Mais édifier une Église, comme communauté selon les lois de la religion, semble supposer plus de sagesse (aussi bien au point de vue de l'intelligence que de la bonne intention) qu'on ne peut en attribuer aux hommes. Déjà le bien moral, qui est visé par une telle institution, semble à cet égard devoir être présupposé en eux. Et de fait c'est une expression absurde que de dire que les *hommes* devraient instituer un Royaume de Dieu (comme on peut justement dire d'eux qu'ils sont capables d'établir le royaume d'un monarque humain). C'est Dieu lui-même qui doit être Créateur de son Royaume. Néanmoins, dans l'ignorance où nous sommes de ce que Dieu fait immédiatement pour exposer dans la réalité cette Idée d'un Royaume pour lequel nous trouvons en nous la destination morale d'en être les citoyens et les sujets, puisque nous savons bien ce que nous avons à faire afin de nous rendre propres à en devenir les membres, il se fait que cette Idée, qu'elle ait été suscitée et rendue *publique* dans le genre humain par la raison ou par l'Écriture, nous reliera pour l'organisation d'une Église. Et en ce dernier cas Dieu lui-même comme Fondateur sera le Créateur de la *constitution,* tandis que les hommes, en tant que membres et libres citoyens de ce Royaume, seront dans tous les cas les créateurs de l'*organisation* ; et parmi eux, ceux qui conformément à cette organisation administrent les affaires publiques en formeront l'*administration* à titre de serviteurs de l'Église ; de même que tous les autres forment une association soumise à ces lois, c'est-à-dire la *communauté.*

Puisqu'une pure religion de la raison, en tant que foi religieuse publique, n'admet que la simple Idée d'une Église — je veux dire d'une Église

invisible — et que l'Église visible, fondée sur des dogmes, est seulement susceptible d'une organisation humaine et s'y trouve apte, le culte sous la domination du bon principe dans l'Église invisible ne pourra pas être considéré comme un culte d'Église, et cette religion n'a pas de serviteurs légaux, en tant que fonctionnaires d'un corps éthique ; chaque membre de cette communauté reçoit immédiatement ses ordres du Législateur suprême. Toutefois : comme en ce qui regarde nos devoirs dans leur totalité (que nous devons en même temps considérer comme des commandements divins) nous sommes toujours au service de Dieu et qu'en conséquence la *pure religion de la raison* aura pour serviteurs tous les hommes bien
VI, 153 intentionnés qui ne seront pas des fonctionnaires, il est vrai qu'on ne pourra pas les appeler des serviteurs d'une Église (d'une Église visible par conséquent et dont il est ici seulement question). Or cependant comme toute Église édifiée sur des lois statutaires ne peut être l'Église vraie que dans la mesure où elle renferme en elle-même le principe de s'approcher continuellement de la pure foi de la raison (comme à celle, qui, lorsqu'elle est pratique, constitue en toute foi la religion) et en même temps, avec la durée, de pouvoir éliminer la foi d'Église (dans ce qui, en elle, est historique), nous ne pourrons reconnaître dans ces lois et aux fonctionnaires de l'Église établie sur ce fondement un *service (cultus)* de l'Église, que dans la mesure où ceux-ci dirigeront toujours leur doctrine et leur organisation vers cette fin ultime (une foi religieuse publique). En revanche les serviteurs d'une Église qui, loin de prêter attention à cela, tiennent bien plutôt la maxime d'une approche continuelle vers cette fin comme damnable, et ceux d'entre eux qui expliquent que seul l'attachement à la partie historique et statutaire de la foi d'Église est sanctifiant, peuvent légitimement être accusés de faux *culte* dans l'Église ou dans (ce qui est représenté par elle) le corps éthique sous la souveraineté du bon principe. Par un faux culte *(cultus spurius)* on désigne la persuasion de servir

quelqu'un par des actes qui, en réalité, lui font manquer l'objet qu'il se propose. C'est ce qui arrive dans une communauté quand, pour satisfaire la volonté d'un supérieur, on fait passer ce qui n'a de valeur que comme moyen à la place de ce qui nous rend immédiatement agréable à lui; si bien que par là le projet de ce supérieur est rendu vain.

Première section

DU CULTE DE DIEU DANS UNE RELIGION EN GÉNÉRAL

La religion (considérée subjectivement) est la connaissance de tous nos devoirs *en tant* que commandements divins*. La religion en laquelle

* Grâce à cette définition on évite maintes interprétations fautives du concept d'une religion en général. *Premièrement* elle n'exige pas, en ce qui concerne la connaissance théorique et la confession de foi, quelque savoir assertorique (pas même de l'existence de Dieu), car en raison de notre manque d'intelligence des objets suprasensibles, cette confession elle-même pourrait déjà être une imposture, mais elle présuppose seulement du point de vue spéculatif au sujet de la cause suprême des choses une acceptation *problématique* (une hypothèse), mais, VI, 154
par rapport à l'objet en vue duquel notre raison commandant moralement nous incite à agir, une foi pratique promettant un effet final de la raison, et par conséquent une foi libre et *assertorique*. Cette dernière n'a besoin que de l'*Idée de Dieu* à laquelle tout effort moral sérieux (et pour cette raison soutenu par la foi) visant le bien doit inévitablement aboutir, sans pouvoir prétendre par une connaissance théorique en assurer la réalité objective. Pour tout homme auquel peut être imposé un devoir, le *minimum* de la connaissance (qu'il soit possible que Dieu existe) doit déjà être suffisant subjectivement. *Deuxièmement :* grâce à cette définition de la religion en général, on évite la représentation erronée qui consiste à voir en elle un ensemble de devoirs *particuliers* immédiatement rapportés à Dieu, et par là même on se garde d'admettre (ce à quoi d'ailleurs les hommes sont très enclins) outre les devoirs

je dois d'abord savoir que quelque chose est un
VI, 154 commandement divin pour le reconnaître comme mon devoir est la religion révélée (ou qui a besoin d'une révélation) ; en revanche celle en laquelle je dois d'abord savoir que quelque chose est un devoir, avant que je puisse le reconnaître comme un commandement divin, est la *religion naturelle*. On peut appeler *rationaliste* (dans les affaires de la foi) celui qui affirme que seule la religion natu-
VI, 155 relle est moralement nécessaire. Si de plus il nie la réalité de toute révélation divine surnaturelle, on le dira *naturaliste*. Toutefois, s'il admet cette dernière, mais soutient qu'il n'est pas exigé nécessairement pour la religion de la connaître et de la tenir pour réelle, il pourra être appelé un *pur rationaliste*. Mais on dira de celui qui tient la foi en la révélation comme nécessaire pour la religion universelle qu'il est un pur *supranaturaliste* dans les choses de la foi.

Le rationaliste[1], en vertu de son titre, doit déjà se tenir de lui-même à l'intérieur des bornes de

éthiques et civiques des hommes (c'est-à-dire des hommes envers les hommes) encore des *obligations de cour* et de là, étant donné la carence des premiers, de chercher à les satisfaire par les derniers. Dans une religion universelle, il n'est point de devoirs particuliers envers Dieu puisque Dieu ne peut rien recevoir de nous et que nous ne pouvons agir sur lui et pour lui. Voudrait-on faire du respect qui lui est dû un tel devoir, on ne songerait pas au fait que ce respect n'est point un acte religieux particulier, mais l'intention religieuse immanente à toutes nos actions conformes au devoir. Aussi lorsqu'on dit : « Il faut davantage obéir à Dieu qu'aux hommes », cela signifie seulement ceci : si des commandements statutaires, à l'égard desquels des hommes peuvent être législateurs et juges, entrent en conflit avec les devoirs que la raison prescrit inconditionnellement, et dont Dieu seul quant à leur exécution ou transgression peut être juge, les premiers doivent abdiquer leur autorité au profit des derniers. Mais si l'on voit dans l'idée qu'il faut obéir à Dieu plutôt qu'aux hommes le respect des commandements statutaires, qu'une Église présente comme des ordres divins, ce principe pourrait facilement devenir le cri de guerre, souventes fois entendu, de la prêtraille, excitant au soulèvement contre l'autorité civile. En effet les actions licites que cette dernière ordonne sont certainement des devoirs, mais que cela soit connaissable effectivement par révélation divine comme assurément ordonné par Dieu, c'est (du moins en grande partie) chose très incertaine.

l'intelligence humaine. C'est pourquoi, à la différence du naturaliste, il ne niera jamais la possibilité intrinsèque d'une révélation en général, ni ne contestera non plus la nécessité d'une révélation comme moyen divin en vue d'introduire à la vraie religion ; car sur ces choses aucun homme ne peut décider quoi que ce soit par raison. Ainsi dans les affaires de foi le débat ne peut concerner que les prétentions réciproques du pur rationaliste et du supranaturaliste, c'est-à-dire porter sur ce que l'un ou l'autre admet comme nécessaire et suffisant pour l'unique religion vraie ou seulement contingent en elle.

Si l'on divise la religion non d'après son origine première et sa possibilité intrinsèque (puisqu'en ce cas elle est divisée en naturelle et révélée), mais simplement selon sa structure, qui la rend *susceptible d'une communication extérieure,* elle peut être de deux sortes. Ou bien il s'agit de la religion *naturelle,* de laquelle chacun peut se convaincre (supposé qu'elle existe déjà). Ou bien il s'agit d'une *religion savante,* où l'on ne peut convaincre un autre que par la médiation de l'érudition (dans et par laquelle elle doit être introduite). Cette distinction est très importante, car on ne saurait rien conclure en partant de la seule origine d'une religion quant à son aptitude ou à son inaptitude à être une religion humaine universelle ; mais en revanche on y peut conclure à partir de sa propriété à être universellement communicable ou non ; cependant la première de ces qualités constitue le caractère essentiel de la religion qui doit obliger tout homme.

Il en résulte qu'une religion peut être *naturelle,* mais aussi révélée, si elle est tellement constituée que les hommes *eussent pu* ou *dû y parvenir,* bien qu'ils n'y *fussent* pas parvenus en vérité assez tôt ou aussi nombreux qu'il est souhaitable[1]. Il s'ensuit qu'une révélation de cette religion en un certain temps et en un lieu déterminés pouvait être sage et pour le genre humain très profitable VI, 156
— à la condition toutefois que la religion, ce faisant introduite, établie et rendue publique,

chacun par la suite se pût convaincre, par lui-même et sa raison, de sa vérité. Dans ce cas *objectivement* la religion est religion naturelle, bien que *subjectivement* elle soit révélée ; et c'est pourquoi la première dénomination lui convient proprement. C'est qu'il se pourrait, par la suite, évidemment que tombe dans un oubli total le fait qu'une semblable révélation supra-naturelle se soit jamais produite, sans que pour autant cette religion perde le moins du monde de son intelligibilité, de sa certitude, ou de sa force sur les âmes. Quant à la religion qui en raison de sa structure ne peut être regardée que comme révélée, il en va tout autrement. Si elle ne se soutenait pas dans une tradition entièrement sûre ou sur des livres saints comme documents, elle disparaîtrait du monde, et il devrait se produire ou bien une révélation, qui de temps à autre verrait le jour publiquement, ou bien une révélation surnaturelle qui se perpétuerait intérieurement continuellement en chaque homme et sans laquelle la diffusion et la propagation d'une telle doctrine ne serait pas possible[1].

Mais au moins par un côté toute religion, même la religion révélée, doit comprendre aussi certains principes de la religion naturelle. C'est que la révélation ne peut être ajoutée au concept d'une *religion* que par la raison, puisque ce concept même, en tant que dérivé d'une obligation soumise à la volonté d'un Législateur *moral*, est un pur concept de la raison. Ainsi nous pourrons considérer et mettre à l'épreuve une religion révélée d'une part encore comme religion *naturelle*, et d'autre part aussi comme une religion *savante*, et distinguer ce qu'elle emprunte et combien elle emprunte à l'une ou l'autre de ces sources.

Toutefois, si nous voulons traiter d'une religion révélée (ou du moins tenue pour telle), cela ne se pourra bien faire, sans que nous en extrayons quelque exemple dans l'histoire, car autrement — pour nous rendre compréhensible — nous devrions imaginer certains cas comme exemples, et la possibi-

lité de ceux-ci pourrait nous être contestée. Nous ne pouvons mieux faire que de prendre tel livre, qui comprend des cas de ce genre, un livre où de manière privilégiée se trouvent liés à ces cas d'une intime manière des préceptes moraux et par conséquent apparentés à la raison, afin qu'il nous serve de médiation pour l'explication de notre Idée d'une religion révélée en général[1]. Nous l'étudierons ensuite comme un de ces nombreux livres qui, abrités sous le crédit d'une révélation, traitent de religion et de vertu, pour y rechercher, VI, 157
à titre d'exemple de la méthode en elle-même féconde, ce qui, à nos yeux, pourrait être pure et par conséquent universelle religion de la raison. Mais nous n'interviendrons pas dans le travail de ceux auxquels est confiée l'exégèse de ce livre comme totalité des doctrines positives révélées et nous ne voulons pas, ce faisant, attaquer leur interprétation qui se fonde sur l'érudition. Il est plutôt profitable à cette dernière, puisqu'elle se propose la même fin unique que les philosophes, je veux dire le bien moral, d'amener ceux-ci par ses propres notions rationnelles là même où d'elle-même elle pense y parvenir par une autre voie. Ce livre sera donc ici le Nouveau Testament[2] en tant que source de la dogmatique chrétienne. Suivant notre plan nous examinerons la religion chrétienne en deux sections, d'abord comme naturelle, ensuite comme religion savante, et nous l'exposerons selon son contenu et les principes qui s'y rencontrent.

CHAPITRE I

LA RELIGION CHRÉTIENNE COMME RELIGION NATURELLE

La religion naturelle en tant que morale (en relation à la liberté du sujet), liée au concept de ce qui peut procurer un effet à sa fin ultime (c'est-

à-dire au concept de *Dieu* comme Créateur moral du monde) et mise en rapport à une durée de l'homme appropriée à cette fin en sa totalité (donc à l'immortalité) est un pur concept pratique de la raison, puisqu'en dépit de son infinie fécondité, il s'appuie si peu sur la faculté théorique de la raison qu'on en peut convaincre chaque homme suffisamment et pratiquement, et exiger de chacun, au moins, l'effet comme devoir. Elle renferme en soi la grande condition de la véritable Église, je veux dire la qualification pour l'universalité, dans la mesure où l'on entend par là la validité pour chacun *(universitas vel omnitudo distributiva)*, c'est-à-dire l'unanimité universelle. Pour la diffuser en ce sens comme religion du monde et la conserver, il lui faut évidemment un ensemble de serviteurs *(ministerium)* relevant simplement de l'Église invisible, mais aucun fonctionnaire *(officiales)*, c'est-à-dire par conséquent des maîtres, mais non des administrateurs, parce que par la religion rationnelle de tout un chacun il n'existe encore aucune Église comme association universelle *(omnitudo collectiva)*, et qu'à vrai dire le dessein même n'en est pas visé par cette Idée. Mais comme une telle
VI, 158 unanimité ne se soutiendrait pas d'elle-même, ni ne se reproduirait en son universalité, sans devenir une Église visible, c'est-à-dire sans que s'y joigne une universalité collective, je veux dire une union des croyants dans une Église (visible) réglée par les principes d'une pure religion de la raison, et que celle-ci ne se forme pas d'elle-même en vertu de cette unanimité, ou même en la supposant édifiée par ses libres adeptes (comme on l'a montré plus haut) ne saurait être établie dans un état *permanent* comme communauté des croyants (puisque aucun de ces hommes éclairés ne pense que ses intentions religieuses supposent la participation de la communauté des autres en une telle religion) si aux lois naturelles, qui peuvent être connues par simple raison, ne s'ajoutaient encore certaines ordonnances statutaires accompagnées par l'autorité législative *(Auctoritas)*, il manquerait toujours ce qui constitue un

devoir particulier des hommes et un moyen concernant leur fin suprême, je veux dire : leur union constante pour former une Église universelle visible. Et l'autorité pour être un tel fondateur ne présuppose pas seulement le pur concept de la raison, mais aussi le fait[1].

Or si nous admettons un Maître, dont une histoire (ou du moins l'universelle opinion qu'il n'y a pas lieu de contredire ici fondamentalement) dit qu'il a exposé une religion pure compréhensible pour le monde entier (naturelle) et dont nous pouvons éprouver les dogmes comme nous étant réservés, qu'il l'a développée d'abord publiquement et même en dépit d'une foi d'Église dominante, indésirable et ne visant pas la fin morale — et qui par son culte servile peut servir de modèle de toute autre dans les points essentiels de la foi purement statutaire généralement répandue dans le monde à cette époque[2] —, nous constaterons qu'il a fait de cette religion universelle de la raison la condition suprême et indispensable de toute religion de foi, et qu'il a ajouté à cela certains statuts, comprenant les formes et les observances qui doivent servir de moyens pour établir une Église fondée sur ces principes. Mais, en dépit de la contingence et de l'arbitraire qu'on rencontre dans les dispositions qu'il a prises en vue de cette fin, on ne peut contester à cette Église le nom de l'Église véritablement universelle, ni à lui-même la grandeur d'avoir appelé les hommes à s'associer en elle, sans alourdir la foi de nouvelles ordonnances fâcheuses, ni vouloir faire de ces dispositions tout d'abord prises par lui des actions obligatoires comme éléments particuliers et saints de la religion.

On ne peut d'après cette description se tromper VI, 159
sur la personne qui peut être révérée non pas comme *fondatrice* de la *religion* délivrée de tous les dogmes et écrite dans le cœur de tout homme (car elle n'est pas arbitraire en son origine) mais bien comme fondatrice de la première *Église* vraie[3]. Pour attester la dignité de sa mission divine, nous allons citer quelques-unes de ses doctrines comme

chartes incontestables d'une religion en général ; ce que dit l'histoire en ceci importe peu (car pour y adhérer la raison suffisante se trouve déjà dans l'Idée) et évidemment ces doctrines ne pourraient être autres que de pures doctrines de la raison ; car ce sont celles-là seules qui se prouvent par elles-mêmes, et c'est encore d'elles que de préférence doit dépendre la confirmation des autres.

Tout d'abord, à ses yeux, ce n'est pas l'observation des devoirs civils externes ou des devoirs d'Église statutaires, mais seulement la pure intention morale du cœur qui peut rendre agréable à Dieu (Mtt., 5, 20-48) ; le péché en pensée est égal au péché en acte devant Dieu (5, 28) et la sainteté en général est le but vers lequel doit tendre l'homme (5, 48) ; par exemple haïr en son cœur est la même chose que tuer (5, 22) ; l'injustice faite au prochain ne peut être réparée par des actes cultuels, mais seulement par la satisfaction donnée à celui-ci (5, 24), et en ce qui concerne la véracité la méthode civile pour y contraindre*, le serment

* On ne voit pas bien pourquoi cette évidente interdiction opposée à un moyen de contrainte, fondé sur la pure superstition et non pas sur l'intégrité de la conscience, pour obliger à se confesser devant un tribunal civil, se trouve être tenue par les docteurs de la religion pour si peu significative. Qu'on tienne compte surtout de la superstition et de son effet, on peut le reconnaître à ce fait qu'on pense qu'un homme auquel on n'accorde pas sa confiance lorsqu'il doit dire la vérité dans une déclaration solennelle, en ce qui regarde la vérité dont dépend la décision sur le droit des hommes (sur ce qui est le plus sacré au monde), sera, de par sa foi, amené à la dire, dans et par une formule qui, outre cette déclaration, ne renferme rien d'autre chose, si ce n'est qu'en cas de parjure il appelle sur lui les châtiments divins (auxquels d'ailleurs il ne saurait échapper en raison d'un semblable mensonge) comme s'il dépendait de lui ou non de se justifier devant le tribunal suprême. Dans le texte cité de l'Écriture, cette sorte d'affirmation solennelle est représentée comme une démesure *délirante,* celle qui consiste à vouloir donner aux choses, qui ne sont pas en notre puissance, de la réalité par des paroles magiques. Toutefois on aperçoit bien que le Sage Maître qui affirme que tout ce qui dépasse, comme affirmation de la vérité, le «Oui, oui!» et le «Non, non!» vient du Mal, a bien vu les néfastes conséquences que les serments entraînent après eux, je veux dire que l'importance extrême qu'on leur accorde rend, ou peu s'en faut, le mensonge ordinaire admissible.

porte ombrage au respect pour la vérité lui-même VI, 160
(5, 34-37) ; le penchant naturel, c'est-à-dire le mauvais penchant du cœur humain doit être entièrement inversé : le doux sentiment de la vengeance doit se changer en patience (5, 39-40) comme la haine envers ses ennemis en bienfaisance (5, 44). Aussi dit-il qu'il pense satisfaire entièrement à la loi juive (5, 17), mais en ce cas ce n'est visiblement pas la science des Écritures, mais la pure religion de la raison qui doit être l'interprète de cette loi ; car, prise à la lettre, cette dernière autorise exactement le contraire. En outre, appuyé sur les expressions de porte étroite et de chemin étroit[1] il ne laisse pas passer sans être remarquée la fausse interprétation de la loi que les hommes se permettent pour négliger leur vrai devoir moral et se tenir à cet égard comme quittes de tout dommage par l'accomplissement du devoir d'Église (7, 13*). Il exige aussi de ces pures intentions qu'elles se prouvent dans les *actes* (5, 16) et dénonce l'espoir malicieux de ceux qui imaginent compenser le manque de ces actes par l'invocation et la glorification du Législateur suprême dans la personne de son messager, et gagner ses faveurs par la flatterie (v, 21). Quant à ces œuvres il veut, pour qu'elles servent d'exemple à la postérité, qu'elles soient faites publiquement (5, 16) et dans une joyeuse disposition d'esprit, nullement comme des actions servilement imposées (6, 16), si bien que partant d'un petit début de communication et de diffusion de ces intentions, tout de même qu'à partir d'un grain de semence en un bon terrain, ou d'un ferment du bien, la religion puisse par sa force interne peu à peu se multiplier en un règne de Dieu (13, 31-

* La *porte étroite,* et l'*étroit chemin* qui conduit à la vie, est celle de la bonne conduite. Quant à la *grande porte* et la *voie large,* que beaucoup empruntent, c'est l'Église. Et sans doute ce n'est point sa faute, ni celle de ses dogmes statutaires si les hommes se perdent, mais celle de la croyance que se *rendre* à l'Église, confesser ses statuts et célébrer ses coutumes doit être regardé comme la manière dont Dieu veut être servi.

32, 33). Enfin il réunit tous les devoirs 1° en une règle *universelle* (qui enveloppe aussi bien la situation morale intérieure de l'homme que sa situation extérieure) c'est-à-dire : Fais ton devoir sans autre motif que l'appréciation immédiate de sa valeur, en d'autres termes aime Dieu[1] (le Législateur de tous les devoirs) par-dessus tout, et 2° en une règle *particulière,* je veux dire qui concerne en tant que devoir universel le rapport aux autres hommes : Aime ton prochain comme toi-même, c'est-à-dire travaille à son bien selon une bienveillance immédiate, nullement dérivée des motifs
VI, 161 égoïstes. Ces commandements ne sont pas seulement des lois de la vertu, mais ce sont des prescriptions de la *sainteté,* que nous devons poursuivre et par rapport auxquelles le simple effort s'appelle *vertu.* Et à ceux qui croient qu'ils n'ont qu'à attendre, les mains dans les poches, tout passivement ce bien moral comme un don céleste, il ôte tout espoir à cet égard. Pour celui qui laisse stérile la naturelle disposition au bien qui se trouve en l'humaine nature (comme un talent qui lui serait confié) avec cette paresseuse confiance en une influence éthique qui complétera bien quand même les qualités et la perfection éthique qui lui font défaut, quant à celui-ci, il le menace que le bien même qu'il aurait pu faire en vertu de la disposition naturelle ne lui sera d'aucun secours en raison de sa négligence (25, 29).

Maintenant, en ce qui regarde la très naturelle attente de l'homme au point de vue du bonheur, c'est-à-dire du destin approprié à sa conduite morale, en raison surtout des nombreux sacrifices qu'il a dû faire en vue de la conduite morale, il promet (5, 11-12) en retour la récompense d'un monde futur ; mais suivant la différence des intentions dans cette conduite, il n'en ira pas de même pour ceux qui ont fait leur devoir *en vue de la récompense* (ou pour être délivrés d'un châtiment mérité) et pour les hommes meilleurs qui n'ont fait leur devoir que pour lui-même. On peut se représenter celui que le dieu d'ici-bas, l'égoïsme, gouverne et qui ne sait s'en détacher, mais

seulement grâce à sa raison l'affiner et l'étendre par-delà l'étroite limite du présent, comme un homme (Lc, 16, 3-9) qui trompe son maître en se servant de son maître lui-même et qui lui arrache des sacrifices en vue du devoir. En effet, quand il lui vient à l'esprit qu'il lui faudra un jour quitter ce monde et bientôt peut-être, qu'il ne pourra emporter dans l'autre monde ce qu'il possédait en celui-ci, il pourra bien se résoudre à rayer de son compte ou de celui de son maître l'égoïsme, ce qui pouvait sans doute être légalement exigé de pauvres gens, se procurant pour ainsi dire des traites payables en un autre monde. Ce faisant, il procède avec plus de *prudence* que de *morale,* et il peut espérer que dans l'avenir cela lui sera compté*. Si à cela on compare ce qui est dit de la bienfaisance envers les pauvres suscitée par de purs principes actifs du devoir (Mtt., 25, 35-40), VI, 162
c'est-à-dire que le Souverain du monde proclame comme étant les élus proprement dits de son Royaume ceux qui donnèrent leur aide à ceux qui étaient en détresse, sans même qu'il leur vînt à l'esprit que c'était là chose méritant une récompense et que pour ainsi dire le Ciel était leur débiteur en vue d'une récompense, mais précisément parce qu'ils n'avaient même pas l'arrière-pensée d'une récompense, on verra bien que le Maître de l'Évangile, parlant de récompenses dans un monde futur, n'a pas voulu par là en faire le motif des actions, mais seulement (comme représentation, élevant l'âme de manière sublime, de la perfection, de la bonté et de la sagesse divines dans le gouvernement du genre humain) l'objet de la plus pure vénération et de la plus grande satisfaction morale pour une raison jugeant dans son ensemble la destination de l'homme.

* Nous ne savons rien du futur et nous n'avons rien de plus à prévoir que ce qui se trouve dans une relation raisonnable avec les motifs de la moralité et leur fin. C'est à cela que se rattache la croyance qu'il n'existe pas de bonnes actions qui n'aient point de suites heureuses pour leur auteur dans le monde futur, et que par conséquent, si condamnable que l'homme puisse se trouver à la fin de sa vie, il ne doit pas pour

Voici une religion parfaite, qui peut être exposée à tous les hommes d'une manière compréhensible et convaincante en faisant appel à leur propre raison et dont la possibilité et même la nécessité de devenir l'archétype qu'il faut imiter — pour autant que les hommes en soient capables — ont été rendues intuitivement évidentes dans un exemple, sans que la vérité de ces doctrines ou l'autorité et la dignité du Maître supposent la moindre attestation étrangère (ce qui exigerait et de la science et des miracles, ce qui n'est pas l'apanage d'un chacun). S'il s'appuie sur l'ancienne législation (de Moïse) et la culture antérieure pour y trouver une confirmation, il ne le fait pas en vue de la vérité de la doctrine conçue en elle-même, mais seulement pour s'en servir comme d'une introduction parmi des gens qui demeuraient totalement et aveuglément attachés au passé, chez des hommes dont la tête était trop remplie de dogmes statutaires et devenus plus sourds à la religion de la raison que des hommes certes ignorants, mais encore innocents, à la
VI, 163 raison desquels il eût fallu présenter cette religion. C'est pourquoi personne ne doit s'étonner s'il trouve un exposé s'accommodant aux anciens préjugés, pour notre époque énigmatique et supposant une exégèse soigneuse, et cela bien qu'à la vérité il laisse partout paraître une doctrine de la religion et en même temps y renvoie le plus souvent explicitement, doctrine intelligible à tout homme et qui, même sans le secours de l'exégèse, est convaincante.

cela s'abstenir de faire, si cela est en son pouvoir, encore *une* bonne action et il doit découvrir une raison d'espérer que, dans la mesure où il y attachait une intention pure et bonne, elle aura toujours plus de valeur que ces absolutions paresseuses qui, sans contribuer du tout à la diminution de la faute, doivent compenser l'absence de bonnes actions.

CHAPITRE II

LA RELIGION CHRÉTIENNE COMME RELIGION SAVANTE[1]

Dans la mesure où une religion expose comme nécessaires des dogmes qui ne peuvent pas être connus par la raison comme telle — mais qui doivent être transmis dans leur intégrité (suivant le contenu essentiel) à tous les hommes dans tous les temps à venir — elle doit être regardée (si l'on ne veut pas admettre un miracle continué de la révélation) comme un bien sacré confié à la protection des savants. En effet, bien qu'au *commencement* elle ait été accompagnée de miracles et de faits, bien que, en ce qui concerne ce qui n'est pas confirmé par la raison, elle ait pu trouver un accès partout, il reste que le récit de ces miracles, ainsi que la relation des dogmes qui pour être attestés en ont besoin, rendent nécessaire, *dans la suite des temps,* pour la postérité, un enseignement scripturaire, documenté et immuable.

Adhérer aux dogmes fondamentaux d'une religion, c'est par excellence la *foi (fides sacra).* Nous devons donc envisager la foi chrétienne d'une part comme pure *foi de la raison* et d'autre part comme une *foi révélée (fides statutaria).* On peut considérer la première comme une foi à laquelle chacun adhère librement *(fides elicita)* et la seconde comme une foi ordonnée *(fides imperata).* Chacun peut par sa propre raison se convaincre (et c'est l'affaire de la religion que de s'en convaincre) du mal qui réside dans les cœurs humains et dont personne n'est libre, de l'impossibilité par sa conduite de jamais se tenir justifié devant Dieu, et en dépit de cela de la nécessité d'une justice qui justifie devant lui, de l'impuissance du moyen de substitution pour l'honnêteté déficiente, c'est-à-dire les observances cultuelles et les actes pieux et serviles, et en revanche, en opposition à tout cela, de l'indispensable obligation de devenir un homme nouveau.

VI, 164 Dès lors que la doctrine chrétienne s'édifie sur des faits et non sur de simples concepts de la raison, on ne doit plus l'appeler la *religion* chrétienne, mais la *foi* chrétienne, qui a été mise au fondement d'une Église. Le culte d'une Église consacrée à une telle foi est donc double : il comprend d'une part celui qui doit être rendu selon la croyance historique, et d'autre part celui qui lui revient de droit d'après la foi rationnelle pratique et morale. Dans l'Église chrétienne aucun de ces deux cultes, comme subsistant par lui-même, ne peut être séparé de l'autre. Le second ne peut l'être du premier parce que la foi chrétienne est une foi religieuse et le premier ne peut l'être du second parce que c'est une foi savante.

La croyance chrétienne comme foi *savante* s'appuie sur l'histoire et, dans la mesure où la science (objectivement) est à son fondement, elle n'est pas une *foi* en elle-même *libre (fides elicita)* déduite de l'intelligence de preuves théoriques suffisantes. Si elle était une pure foi de la raison, il faudrait alors cependant la considérer comme une libre foi, même si les lois morales sur lesquelles elle se fonde, comme foi en un Législateur divin, commandent inconditionnellement ; on a d'ailleurs exposé cette foi dans le chapitre précédent. Bien plus : si l'on ne faisait pas de la foi un devoir, elle pourrait en tant que foi historique être une libre foi théorique, dans la supposition où tout le monde serait savant. Mais si elle doit valoir pour tous, y compris les ignorants, ce n'est plus simplement une foi commandée, mais encore obéissant aveuglément au commandement, c'est-à-dire sans examen pour s'assurer qu'il s'agit effectivement d'un commandement de Dieu *(fides servilis*[1] *)*.

Mais dans la doctrine chrétienne de la révélation on ne peut aucunement partir de la *croyance inconditionnée* à des dogmes révélés (mais cachés à la raison elle-même) et faire ensuite intervenir la connaissance savante comme une protection

contre un ennemi attaquant l'arrière-garde ; car en ce cas la foi chrétienne ne serait pas seulement *fides imperata,* mais même *servilis*[1]. Il faut donc toujours que cette foi soit enseignée au moins comme *fides historice elicita,* que la *science* qu'elle renferme, comme doctrine de la foi révélée, ne constitue pas l'arrière-garde, mais l'avant-garde, et le petit nombre des érudits versés dans la science de l'Écriture (les clercs) — qui ne pourraient se dispenser de la science profane non plus — devrait tirer derrière soi le long convoi des ignorants (les laïques) qui ne savent rien de l'Écriture, et les VI, 165
princes de ce monde eux-mêmes appartiennent à ce convoi. Afin que cela n'arrive pas il faut que la raison humaine universelle, l'élément de la religion naturelle, soit reconnue et vénérée dans la doctrine chrétienne de la foi comme le suprême principe qui ordonne, tandis que la doctrine de la révélation, sur laquelle est fondée une Église et qui a besoin des savants comme interprètes et conservateurs, soit aimée et cultivée comme un simple moyen, mais à la vérité suprêmement estimable pour rendre la première de ces doctrines intelligible même pour les ignorants et lui procurer diffusion et permanence.

Tel est le véritable *culte* de l'Église sous la domination du bon principe ; en revanche le culte où la foi révélée doit précéder la religion n'est que le *faux culte,* par lequel l'ordre moral est totalement inversé, et où ce qui n'est que moyen est commandé inconditionnellement (comme si c'était une fin[2]). La foi en des dogmes dont l'ignorant ne pourrait s'assurer ni par la raison, ni par l'Écriture (dont l'authenticité devrait d'abord être démontrée) serait transformée en devoir absolu *(fides imperata)* et, avec les observances autres qui lui sont liées, élevée au rang de foi sanctifiante, sans principes moraux déterminant les actions, à titre de culte servile. Fondée sur ce dernier principe, une Église n'a pas à proprement parler des *serviteurs (ministri),* comme dans l'institution précédente, mais de hauts *fonctionnaires* donnent des ordres *(officiales),* qui, même si (comme on le voit dans l'Église protestante) ils ne veulent point apparaître dans l'éclat de la hiérarchie comme fonctionnaires ecclésiastiques, revêtus du pouvoir extérieur et même s'élevant là contre en paroles, veulent néanmoins être tenus pour les seuls interprètes autorisés des Écritures, après avoir arraché à la pure religion de la raison sa dignité de droit d'en être le suprême interprète, et avoir ordonné de n'user de la science exégétique que dans le seul intérêt de la foi d'Église. C'est ainsi qu'ils transforment le *culte* de l'Église *(ministerium)* en une *domination* sur ses membres *(imperium)*, bien que, pour dissimuler cette prétention, ils se servent du titre modeste de serviteurs du vrai culte. Néanmoins cet empire, qui eût été facile pour la raison, ils le payent cher, je veux dire que, pour se soutenir, ils doivent faire une grande consommation d'érudition[1]. En effet aveugle en ce qui touche la nature, cette ambition amasse sur sa tête l'Antiquité tout entière et se trouve ensevelie dessous. Voici la marche des choses, dès lors qu'elles sont mises sur ce pied-là.

On considère tout d'abord la méthode observée, avec prudence, par les premiers propagateurs
VI, 166 de la doctrine du Christ, afin de lui procurer un accès parmi leur peuple, comme un moment de la religion elle-même, valable en tout temps et pour tous les peuples, de telle sorte qu'on puisse croire que tout chrétien est un Juif dont le Messie est venu ; avec cela n'est nullement lié le fait qu'à proprement parler il n'est soumis à aucune loi (statutaire) du judaïsme, bien qu'il faille admettre en son intégralité le livre saint de ce peuple comme une révélation divine donnée à tous les hommes*. Mais tout de suite l'authenticité de ce

* C'est d'une manière très habile que Mendelssohn utilise ce point faible dans la manière habituelle de se représenter le christianisme pour récuser toute prétention d'un fils d'Israël à changer de religion[2]. En effet, disait-il, puisque, de l'aveu même des chrétiens, la foi juive est l'étage inférieur sur lequel repose, comme étage supérieur, le christianisme, ce serait tout comme si l'on exigeait de quelqu'un qu'il démolisse le rez-de-chaussée, afin de pouvoir s'établir au second étage. Mais son

livre (qui n'est pas démontrée, tant s'en faut, puisque des passages de celui-ci, et même la totalité de l'histoire sainte qu'on y rencontre, ont été utilisés dans les livres des chrétiens au profit de la fin qu'ils se proposaient) suscite bien des difficultés. Le judaïsme, avant le début du christianisme et même avant le progrès apparent de ce dernier, n'avait pas pénétré dans le *public savant*, c'est-à-dire qu'il n'était pas encore connu dans les autres peuples par les savants de l'époque ; son histoire n'avait pour ainsi dire pas été contrôlée, et son livre saint pas encore élevé à la créance historique à cause de son antiquité. Admettons-la toutefois ; il ne suffit pas de connaître ce livre dans des traductions et de le transmettre à la postérité, mais il est encore exigé, pour la certitude de la foi d'Église fondée sur lui, qu'en tout temps à venir comme en tout peuple, il existe des VI, 167 savants connaissant la langue hébraïque (autant que cela est possible pour une langue dont on ne possède qu'un livre unique) et ce n'est pas une circonstance ou péripétie regardant la science historique, mais une affaire où il y va de la félicité de l'homme, qu'il y ait des personnes qui connaissent d'une manière satisfaisante cette langue pour assurer au monde la vraie religion[1].

Le destin de la religion chrétienne est analogue,

opinion véritable se révèle assez clairement. Il veut dire ceci : écartez d'abord le judaïsme de votre *religion* (qui peut bien subsister toujours à titre d'antiquité dans la doctrine historique de la foi) et alors nous pourrons réfléchir à votre proposition — en ce cas sans doute il ne resterait d'autre religion que la pure religion morale non mêlée de statuts. Rejeter le joug de nos observances extérieures ne diminuera en rien notre charge, si en échange on nous en impose un autre, je veux dire celui de la profession de foi relative à une histoire sainte, qui opprime bien plus durement l'homme scrupuleux. Mais par ailleurs les livres saints de ce peuple seront toujours conservés et respectés si ce n'est pour la religion, du moins pour la science ; car l'histoire d'aucun peuple ne remonte, avec quelque apparence de crédibilité, aussi loin dans les époques écoulées, où l'on peut situer toute l'histoire profane qui nous est connue (c'est-à-dire jusqu'au commencement du monde), et ainsi l'immense lacune que d'autres histoires ont dû laisser telle quelle, est remplie par celle-ci. *(Note de la deuxième édition.)*

bien que ses saintes données se soient produites sous les yeux d'un peuple savant et de manière publique, puisque son histoire a mis un retard de plus d'une génération avant de pénétrer dans le monde savant de ce peuple, et que par suite son authenticité est privée de toute attestation des contemporains. Mais elle a sur le judaïsme cet immense avantage qu'elle n'a pas été exposée par *la bouche de son premier docteur* comme une religion statutaire, mais morale, s'unissant ainsi de la plus étroite manière avec la raison, si bien qu'elle pouvait, sans recours à la science historique avec la plus grande sûreté, se répandre dans toutes les époques et chez tous les peuples — grâce à la raison. Cependant les premiers fondateurs des *communautés* jugèrent nécessaire d'y mêler l'histoire des Juifs, ce qui, compte tenu du contexte historique, était avisé, mais peut-être seulement par rapport à lui, et c'est ainsi que cette méthode nous est parvenue avec leur héritage sacré. Les fondateurs de l'*Église* recueillirent ces méthodes épisodiques de glorification parmi les articles essentiels de la foi et leur donnèrent du ressort par la tradition, ou bien par des interprétations qui recevaient des conciles force de loi, ou bien par la confirmation de la science érudite. Et l'on ne saurait prévoir à combien de transformations la foi sera encore exposée soit en fonction de cette science, soit de ce qui s'en trouve à l'antipode, je veux dire la lumière intérieure à laquelle tout laïque peut prétendre. Chose inévitable dès lors qu'au lieu de chercher la religion en nous, nous la cherchons hors de nous.

Deuxième section

DU FAUX CULTE DE DIEU DANS UNE RELIGION STATUTAIRE

La vraie et unique religion ne contient que des lois, c'est-à-dire des principes pratiques tels que nous pouvons être conscients de leur nécessité inconditionnée, et que par suite nous les pouvons reconnaître comme révélés par la seule raison pure (non empiriquement). Ce n'est que pour une VI, 168
Église, dont il peut y avoir différentes formes également bonnes, qu'il peut exister des statuts, c'est-à-dire des règles tenues pour divines, mais qui à notre jugement moral apparaissent arbitraires et contingentes. Or, tenir d'une manière générale cette foi statutaire (qui en tout état de cause se limite à un peuple et ne saurait comprendre la religion universelle du monde) comme essentielle au culte de Dieu et en faire la condition suprême pour que l'homme satisfasse à la satisfaction divine, c'est là une *illusion religieuse** dont

* L'illusion[1] est ce genre d'erreur, qui consiste à regarder la simple représentation d'une chose comme l'équivalent de la chose elle-même. Ainsi, chez un riche *avare,* l'illusion de l'avarice consiste à tenir la représentation de pouvoir un jour, s'il le voulait, se servir de ses richesses comme remplaçant suffisamment le fait qu'il ne s'en servira jamais. L'*illusion des honneurs,* c'est d'attacher aux louanges des autres, qui dans le fond ne sont que la représentation extérieure de leur respect (auquel ils n'adhèrent peut-être pas intérieurement), la valeur qu'il faudrait attribuer à cette représentation ; à cette illusion appartient aussi la soif des titres et distinctions, parce que ce ne sont là que les représentations extérieures d'un avantage sur les autres. L'illusion n'est ainsi nommée que parce qu'elle est une habitude de prendre une simple représentation (de l'imagination) pour la présence de la chose et l'estimer comme telle. Or, avoir conscience de la possession d'un moyen, pour un but quelconque (et avant que de s'en servir) c'est n'en être en possession que dans la représentation simplement ; aussi se contenter de la conscience, comme si elle pouvait valoir pour la possession, est une *illusion pratique ;* la seule dont il soit ici question.

l'observance est un *faux culte,* c'est-à-dire une adoration prétendue de Dieu, acte en réalité contraire au vrai culte exigé par lui.

§ 1

DU FONDEMENT SUBJECTIF GÉNÉRAL DE L'ILLUSION RELIGIEUSE[1]

L'anthropomorphisme que les hommes peuvent à peine éviter dans la représentation théorique de Dieu et de son essence, au demeurant assez pardonnable (s'il n'influe pas sur les concepts du devoir), est toutefois, dans la perspective de notre relation pratique à sa Volonté et pour notre moralité, extrêmement dangereux ; car alors *nous nous faisons un Dieu** si bien que nous croyons le plus facilement du monde le gagner à notre
VI, 169 avantage et nous dispenser de l'effort pénible et sans relâche pour agir sur ce qu'il y a de plus intime dans notre intention morale. Voici le principe qu'ordinairement l'homme se donne à cet égard : par tout ce que nous faisons uniquement pour plaire à Dieu (pourvu que cela ne s'oppose pas à la moralité directement, ou du moins n'y contribue pas, si peu que ce soit) nous prouvons à Dieu notre empressement à le servir en tant que sujets obéissants et par cela même agréables ; nous

* Il est sans doute hardi, mais nullement condamnable, de dire que tout homme se fait un *Dieu.* Bien plus ! d'après des concepts moraux, chacun doit s'en faire un lui-même (mais appuyé sur ces qualités infiniment grandes, qui relèvent de l'entendement qui permet de représenter dans le monde un
VI, 169 objet approprié à ces concepts) afin d'honorer *Celui qui l'a fait,* lui homme. Car de quelque manière qu'un être en tant que *Dieu* ait été conçu et par un autre décrit, et quelle que soit aussi la manière dont un tel être (si cela est possible) a pu lui apparaître, il doit tout d'abord confronter cette représentation avec son Idéal, pour juger s'il est autorisé à le tenir pour une divinité et à l'adorer. Mais si c'est par simple révélation, sans poser *tout d'abord* au fondement ce concept dans sa pureté comme pierre de touche, alors il ne peut y avoir aucune religion et toute adoration de Dieu ne peut être qu'*idolâtrie.* *(Note de la deuxième édition.)*

servons donc Dieu *(in potentia)*. Ce ne sont pas toujours des sacrifices par quoi l'homme croit s'acquitter de ce service de Dieu ; ce sont aussi des festivités et même des jeux publics, comme chez les Grecs et les Romains, qui souvent ont servi et servent encore à rendre la Divinité favorable, selon leur illusion, non seulement à un peuple, mais à un individu. Les sacrifices cependant (pénitences, mortifications, pèlerinages et ainsi de suite[1]) ont toujours été regardés comme ayant plus de vertu, plus d'effet sur la faveur du Ciel et plus propres à purifier, parce qu'ils servent à désigner la soumission sans limites (quoique non morale) à sa volonté avec plus de force. Plus ces tourments volontaires sont inutiles, moins on les voit tendre vers une amélioration morale générale de l'homme, et pourtant d'autant plus semblent-ils être saints. Car précisément parce qu'ils ne sont utiles à rien dans ce monde, ils semblent uniquement destinés à témoigner de la soumission envers Dieu. Et ainsi, bien que l'on dise n'avoir par l'action nullement en cela servi Dieu à quelque point de vue, Il peut néanmoins voir la bonne volonté et le cœur, qui certes trop faible pour suivre son commandement moral, compense cette déficience par l'empressement dont il fait preuve en cela. Ici est bien visible le penchant à user d'un procédé qui en lui-même n'a aucune valeur morale, sauf peut-être d'élever la faculté de représentation sensible jusqu'à accompagner les Idées intellectuelles de la fin ou pour, au cas où elle pourrait aller à leur encontre, l'abaisser*. À ce procédé nous attribuons dans VI, 170

* Pour ceux qui, constamment, là où les distinctions du sensible et de l'intellectuel ne leur étant pas très familières, croient butter sur des contradictions de la critique de la raison pure avec elle-même[2], j'observerai que lorsqu'il est question de moyens sensibles pour réaliser l'intellectuel (au sujet de la pure intention morale), ou des obstacles que les moments sensibles opposent aux intellectuels, jamais cette influence de deux principes à ce point hétérogènes ne peut être conçue comme *directe*. En effet comme êtres sensibles, nous pouvons agir sur les *phénomènes du principe intellectuel*, c'est-à-dire sur la détermination de nos forces physiques par le *libre arbitre*, qui se manifeste

notre opinion la valeur de la fin elle-même ou, ce qui revient au même, nous attribuons à la disposition de l'âme qui la rend susceptible de soumission envers Dieu (c'est-à-dire la *dévotion*) la valeur de l'intention. Un tel procédé est par conséquent une simple illusion religieuse, qui peut revêtir n'importe quelle forme. Il se peut qu'elle semble plus morale dans l'une de ces formes plutôt qu'en une autre. Mais il ne s'agit pas d'une simple illusion non préméditée dans toutes ces formes, mais bien d'une maxime qui consiste à attribuer au moyen, à la place de la fin, une valeur en soi et en vertu de cette maxime cette illusion, sous toutes ses formes, est également absurde et condamnable comme tendance secrète à la supercherie.

§ 2

DU PRINCIPE MORAL DE LA RELIGION OPPOSÉ À L'ILLUSION RELIGIEUSE

J'admets premièrement la proposition suivante comme un principe qui n'a pas besoin de preuve : *tout ce que l'homme imagine pouvoir faire de plus en dehors de la bonne conduite pour devenir agréable à Dieu n'est qu'illusion religieuse et faux culte de Dieu.* Je dis bien : tout ce que l'homme croit pouvoir faire,
VI, 171 car ce faisant on ne veut pas du tout nier que par-

dans des actions, soit contre la loi, soit en sa faveur : de telle sorte que dans le fait la cause et l'effet soient représentés comme homogènes. Mais en ce qui touche le suprasensible (le principe subjectif de la moralité en nous, qui se trouve renfermé dans l'insondable propriété de la liberté) et par exemple la pure intention religieuse, nous n'y voyons rien, en dehors de la loi (ce qui suffit déjà bien assez) qui puisse concerner le rapport de la cause et de l'effet en l'homme ; autrement dit nous ne pouvons nous *expliquer* la possibilité des actions comme données dans le monde sensible, comme actions imputables, en fonction de la nature morale de l'homme, pour la bonne raison que ce sont de libres actions et que les principes d'explication de toutes les données doivent être empruntés au monde sensible.

delà ce que nous pouvons faire, il n'y ait encore dans les secrets de la Sagesse suprême quelque chose que seul Dieu peut faire pour nous rendre agréables à Lui. Mais si l'Église devait annoncer un tel mystère comme révélé, alors l'opinion que *croire* à cette révélation, comme l'histoire sainte nous en fait le récit, et (que ce soit intérieurement ou extérieurement) la *professer*, serait en soi quelque chose par où nous nous rendrions agréables à Dieu, serait une dangereuse illusion religieuse. En effet cette foi, en tant que profession de foi intérieure de sa ferme adhésion, est si véritablement un *acte* extorqué par la peur, qu'un homme sincère pourrait accepter toute autre condition plutôt que cette dernière, parce que dans tous les autres services serviles, il ne ferait jamais que quelque chose de superflu, tandis que là, dans une déclaration dont il n'est pas convaincu (quant à sa vérité), il ferait une chose contraire à sa conscience. Ainsi la profession de foi, dont il se persuade que prise en soi (en tant qu'acceptation d'un bien qui lui est offert) elle peut le rendre agréable à Dieu, est une chose qu'il croit pouvoir faire en plus de la bonne conduite, qui ne consiste qu'en l'obéissance aux lois morales qu'on doit pratiquer en ce monde, alors qu'avec son culte il s'adresse immédiatement à Dieu.

La raison en *premier lieu*[1] en ce qui regarde la déficience de notre propre justice (qui compte devant Dieu) ne nous laisse pas tout à fait sans réconfort. Elle dit que celui qui, dans une intention véritablement soumise au devoir, pour autant qu'il est en son pouvoir, agit pour satisfaire à son obligation (qui cherche à tout le moins à se rapprocher constamment de la parfaite conformité avec la loi), peut espérer que, ce qui n'est pas en son pouvoir, la Sagesse suprême y suppléera d'une *manière quelconque* (qui peut rendre l'intention de se rapprocher de la loi absolument constante), sans prétendre cependant soit la déterminer, soit savoir en quoi elle consiste ; c'est qu'elle pourrait peut-être être à ce point mystérieuse, que Dieu pourrait tout au plus nous la révéler dans

une représentation symbolique, dont seul l'élément pratique nous serait intelligible, tandis que théoriquement nous ne pourrions nullement saisir ce qu'il en est de ce rapport de Dieu aux hommes, ni, s'il consentait à nous dévoiler un tel mystère, pouvoir y lier des concepts. Supposé qu'une certaine Église prétende savoir de manière précise la façon selon laquelle Dieu supplée à cette déficience morale dans le genre humain et condamne du même coup tous les hommes qui ne savent rien de ce moyen de justification naturel-
VI, 172 lement inconnu de la raison, et ne peuvent donc y adhérer comme à un dogme de la religion ni le professer, et que cette condamnation consiste en l'éternelle relégation, qui sera en ce cas l'incroyant? Celui qui a confiance, sans savoir comment ce qu'il espère arrivera ou celui qui veut absolument savoir ce qu'est cette sorte de libération de l'homme du mal, et qui sans cela abandonnera toute espérance en celle-ci? Pour ce dernier au fond la connaissance de ce mystère n'importe pas tellement (car sa raison lui apprend déjà que savoir quelque chose à quoi il ne peut rien lui est totalement inutile); s'il le veut, c'est seulement pour pouvoir se faire un culte (quand bien même il serait intérieur) de la *foi,* de l'adhésion, de la profession et de la glorification de toute cette révélation, culte susceptible de lui gagner la faveur divine avant toute application de ses forces propres à une bonne conduite, donc de manière toute gratuite, et qui de manière surnaturelle pourrait même produire cette bonne conduite, ou, s'il agissait contairement à elle, de permettre au moins d'en réparer la transgression.

Mais en *second lieu :* si l'homme s'écarte si peu que ce soit de la maxime mentionnée plus haut, alors le faux culte de Dieu (la superstition) ne connaît *plus de limites*[1] *;* c'est qu'au-delà de cette maxime tout (si ce n'est pas immédiatement contraire avec la moralité) est arbitraire. Depuis le sacrifice du bout des lèvres, qui lui coûte le moins, jusqu'à celui des biens naturels, qui pourraient autrement être bien plus judicieusement utilisés pour l'avantage des hommes, et même jusqu'au sacrifice de la personne propre (en ermite, fakir ou moine) dont on prive ainsi le monde, l'homme offre tout à Dieu, excepté son intention morale ; et quand il dit qu'il apporte même son cœur, il ne veut pas entendre par là l'intention d'une conduite agréable à Dieu, mais le vœu cordial qu'à la place de celle-ci ces sacrifices seront reçus en paiement *(natio gratis anhelans, multa agendo nihil agens; Phèdre*[1] *).*

Enfin, si l'on arrive à la maxime d'un culte ou service, prétendument agréable à Dieu, le réconciliant même à la rigueur et qui pourtant n'est point purement moral, il n'y a dans la manière pour ansi dire mécanique de le rendre aucune essentielle différence, qui conférerait à celui-ci un privilège plutôt qu'à celui-là. Sous le rapport de la valeur (ou plutôt de la « non-valeur ») tout ceci n'est qu'un, et c'est pure affectation de se regarder, parce qu'on s'écarte de l'unique principe intellectuel de l'authentique vénération de Dieu d'une manière plus *raffinée,* comme plus distingué que VI, 173
ceux qu'on accuse de se rabaisser prétendument *grossièrement* au niveau de la sensibilité. Que le dévot se rende statutairement à l'*église,* ou qu'il entreprenne un pèlerinage vers les lieux saints à Notre-Dame-de-Lorette ou en Palestine, qu'il prononce sa prière rituelle du bout des *lèvres* ou qu'il agisse comme le Tibétain — croyant que les vœux, même mis par écrit, atteignent leur but aussi bien pourvu qu'ils soient agités, par exemple, par le vent s'ils sont inscrits sur des drapeaux, ou dans une boîte par le volant d'une machine — qui les porte au ciel par un moulin à prières[2], et à la fin quel que soit le substitut du culte moral de Dieu, ici tout est du pareil au même et de même valeur. Il ne s'agit pas tellement en cela de la diversité dans la forme extérieure que de l'adhésion ou du rejet du seul principe de se rendre agréable à Dieu, c'est-à-dire ou bien uniquement par l'intention morale, dans la mesure où elle s'expose en tant que vivante dans les actions comme en son phénomène, ou bien par de pieuses amusettes et

une dévote paresse*. Mais n'y aurait-il pas non plus une *illusion de la vertu,* extravagante, franchissant les limites des facultés humaines et qui pourrait bien avec l'illusion religieuse servile être comptée dans la classe des illusions spontanées ? Non ! l'intention vertueuse s'applique à quelque chose de *réel,* qui en lui-même est agréable à Dieu et concourt au bien universel. Il peut sans doute s'y joindre une illusion de suffisance consistant à se regarder comme adéquat à son devoir sacré, mais cela est contingent seulement. Aussi y voir la valeur suprême n'est-il point une illusion, comme celle des exercices dévots en l'église, mais une contribution effective au bien universel.

En outre c'est un usage (au moins ecclésias-
VI, 174 tique) que d'appeler ce qui peut être accompli moyennant le principe de la vertu en l'homme *Nature,* et en revanche de nommer *Grâce* ce qui ne sert qu'à combler le défaut de toute sa faculté morale et qui, parce que son remplissement est aussi pour nous un devoir, ne peut être que souhaité, ou aussi espéré et sollicité par des prières. Aussi les regarde-t-on tous deux comme les causes agissantes d'une intention suffisante à une bonne conduite agréable à Dieu, sans les distinguer purement et simplement l'un de l'autre, mais on ne les oppose pas davantage.

Être persuadé de pouvoir distinguer les effets de la Grâce de ceux de la Nature (de la vertu) ou de pouvoir par la dernière produire en soi la première même, c'est l'*enthousiasme*[2], car nous ne pouvons à quelque marque que ce soit ni recon-

* C'est un phénomène psychologique que les adeptes d'une confession, où il se rencontre sensiblement moins de choses d'ordre statutaire à croire, se sentent par là pour ainsi dire ennoblis et éclairés ; encore qu'ils en aient conservé suffisamment pour ne pas avoir besoin de regarder (comme ils le font effectivement) avec mépris du haut de leur prétendue hauteur de pureté leurs confrères en illusion ecclésiastique. Voici la cause de cela : par ce fait même ils se trouvent, si peu que ce soit, cependant plus avancés en la pure religion morale, bien qu'ils demeurent toujours dépendants de l'illusion de vouloir la parfaire par de pieuses observances, en lesquelles la raison est un peu moins passive[1].

naître un objet suprasensible dans l'expérience, ni et encore moins avoir de l'influence sur lui, en sorte qu'il descende vers nous, bien qu'il se produise parfois en l'âme des mouvements agissant positivement dans le sens moral, mais qu'on ne saurait s'expliquer et au sujet desquels il est nécessaire de reconnaître notre ignorance : « Le vent souffle où il veut, mais nul ne sait d'où il vient », etc. (Jn, 3, 8). Vouloir *percevoir* en soi des influences célestes est une forme d'illusion, où il peut bien se rencontrer de la méthode (puisque ces révélations prétendument intérieures doivent toujours se rattacher aux Idées morales, et donc aux Idées de la raison), mais elle demeure toujours une illusion personnelle nuisible pour la religion. Tout ce que nous pouvons dire susceptible d'être cru, c'est qu'il peut y avoir des effets de la Grâce, et peut-être qu'il en existe pour suppléer à l'imperfection de notre effort vertueux ; mais nous sommes incapables d'en déterminer les marques distinctives, et plus incapables encore de faire quoi que ce soit pour les produire.

L'illusion qui consiste à croire que, par les opérations religieuses du culte, il est possible de préparer sa justification devant Dieu, est la *superstition* religieuse ; de même que l'illusion d'arriver à ce but en s'efforçant d'instituer un prétendu commerce avec Dieu est de l'*enthousiasme* religieux. C'est une illusion religieuse que de vouloir par des actions que tout homme peut faire, sans avoir pour cela besoin d'être un homme de bien, devenir agréable à Dieu (par exemple en professant des dogmes statutaires, par l'exactitude envers les observances religieuses et la discipline et ainsi de suite). On la dit superstitieuse parce que cette illusion choisit de simples moyens naturels (non moraux) qui, pour ce qui ne relève pas de la nature (c'est-à-dire le bien éthique), ne peuvent par eux-mêmes absolument pas agir. Mais on dit VI, 175 d'une illusion qu'elle est enthousiaste quand le moyen imaginé, en tant que suprasensible, n'est pas au pouvoir de l'homme, compte non tenu de l'inaccessibilité de la fin ce faisant visée. C'est que ce sentiment de l'immédiate présence de l'Être suprême et la distinction de ce sentiment d'avec tout autre indiquerait une réceptivité envers une intuition, pour laquelle en l'humaine nature il n'y a aucun sens. L'illusion superstitieuse, parce qu'elle enveloppe un moyen à tout le moins maniable pour beaucoup de gens et en même temps propre à contrecarrer au moins comme moyen possible les obstacles qui se dressent devant une intention agréable à Dieu, se trouve sous cet aspect apparentée à la raison et uniquement condamnable par accident, en ce sens qu'elle fait un objet immédiatement agréable à Dieu de ce qui ne devrait être qu'un moyen. En revanche, l'illusion religieuse enthousiaste est la mort morale de la raison, sans laquelle cependant il ne peut y avoir de religion qui, comme toute moralité en général, doit être fondée sur des principes.

Le principe pour toute foi d'Église désirant voir disparaître ou prévenir toute illusion religieuse consiste donc à posséder, à côté des dogmes statutaires, dont pour le moment elle ne peut se passer tout à fait, une règle pour introduire la religion de la bonne conduite comme le but véritable permettant de pouvoir un jour se passer de ceux-ci.

§ 3

DU SACERDOCE* EN TANT QUE MINISTÈRE DANS LE FAUX CULTE DU BON PRINCIPE

L'adoration d'êtres puissants et invisibles qui fut imposée à l'homme dépourvu de tout secours par la peur naturelle fondée sur la conscience de
VI, 176 son impuissance ne commença pas aussitôt avec

* Cette dénomination qui ne désigne que l'autorité d'un père spirituel (πάπα) ne reçoit la signification d'un blâme que par la seule idée connexe d'un despotisme spirituel, qui peut se rencontrer dans toutes les formes ecclésiastiques, si modestes

une religion, mais par un culte servile de la divinité (ou des idoles), qui après avoir acquis une certaine forme publique et officielle devint un *culte rendu au temple* et, seulement après qu'à ses lois se fut peu à peu liée la formation morale de l'homme, un *culte d'Église :* ces deux formes de culte avaient pour fondement une foi d'ordre historique, jusqu'à ce qu'enfin on la tînt pour simplement provisoire, et qu'on ait *commencé* à y voir la représentation symbolique et le moyen pour la réalisation d'une pure foi religieuse.

Depuis le *chaman* tongouse jusqu'au *prélat* européen gouvernant en même temps l'Église et l'État — ou bien (si nous ne voulons envisager à la place des chefs et des dirigeants que l'adepte, suivant sa manière de voir les choses), depuis le *vogul* tout sensuel qui le matin place sur sa tête la patte d'une peau d'ours avec cette courte prière : «Ne me tue pas!», jusqu'au *puritain,* tout sublime, ou à l'*indépendant* dans le *Connecticut,* il y a certes dans la *manière* une différence considérable, mais non dans le *principe* de la croyance[2]. Car eu égard à ce dernier ils se rangent tous ensemble dans une seule et même classe, je veux dire celle de ceux qui placent leur culte de Dieu en ce qui ne rend aucun homme meilleur qu'il n'est (donc dans la créance à certains dogmes statutaires ou l'accomplissement de certaines observances statutaires). Seuls ceux dont l'opinion est que ce culte ne peut se trouver que dans l'intention d'une bonne conduite se distinguent des autres, parce qu'ils s'élèvent à un tout autre principe et bien supérieur au précédent et par lequel ils professent appartenir à une Église

et populaires que soient leurs déclarations. Je ne désire donc pas être compris comme si je voulais, en opposant les sectes, les déprécier les unes par rapport aux autres en en comparant les usages et les dispositions. Toutes méritent un égal respect, dans la mesure où leurs formes ne sont que des tentatives de pauvres mortels pour se représenter sur la terre de manière sensible le Royaume de Dieu; mais elles sont toutes aussi susceptibles du même reproche, lorsqu'elles prennent la forme de l'exposition de cette Idée (dans une Église visible) pour la chose elle-même[1]. *(Note de la deuxième édition.)*

(invisible), qui comprend en soi tous ceux qui pensent droitement et qui, en vertu de sa constitution essentielle, peut seule être l'Église véritable universelle.

Incliner à leur avantage la puissance invisible qui régit le destin des hommes, c'est une idée qu'ils ont tous ; mais quant à savoir comment s'y prendre, voilà le point sur lequel leurs pensées diffèrent. S'ils considèrent la puissance invisible comme un Être intelligent, et si par conséquent ils lui attribuent aussi une volonté dont ils font dépendre leur sort, la totalité de leur effort ne pourra consister qu'à choisir la modalité suivant laquelle en tant qu'êtres soumis à sa volonté ils pourront par leurs actes et leur conduite lui devenir agréables. En revanche, s'ils le conçoivent comme un Être moral, ils se convaincront aisément par leur propre raison que la condition pour acquérir sa satisfaction doit être leur conduite moralement bonne, et en particulier la pure intention comme en étant le principe subjectif. Mais
VI, 177 l'Être suprême peut sans doute, outre cela, vouloir être servi d'une manière qui ne nous est pas connue par la raison, je veux dire des actions qu'en elles-mêmes nous ne regardons pas comme morales, mais que nous accomplissons volontairement ou bien comme commandées par Lui, ou bien seulement pour témoigner de notre soumission envers Lui. En général, quand ces deux manières de procéder constituent un tout d'occupations systématiquement ordonnées, on considère qu'elles forment un *culte* de Dieu. Or si les deux procédés doivent être liés, il faudra admettre soit que chacun, immédiatement, est la manière d'être agréable à Dieu, soit que l'un des deux n'est que le moyen de l'autre, en tant que culte véritable de Dieu. Que le culte moral rendu à Dieu *(officium liberum)* le satisfasse immédiatement, c'est ce qui est évident par soi. Mais il ne peut être reconnu comme la condition suprême de toute satisfaction que Dieu trouve en l'homme (ce qui est déjà compris dans le concept de la moralité), si un culte intéressé *(officium mercena-*

rium) pouvait être considéré *à lui seul* comme agréable à Dieu ; car en ce cas personne ne pourrait plus savoir quel culte, dans une situation donnée, serait préférable, pour régler d'après cela son devoir, ni comment ces deux cultes se complètent réciproquement[1]. Aussi des actions, qui en elles-mêmes n'ont point de valeur morale, ne doivent être regardées comme agréables à Dieu que dans la mesure où, à titre de moyen, elles servent la réalisation de ce qui dans les actes est immédiatement bon (pour la moralité), c'est-à-dire *en vue d'un culte moral de Dieu.*

Toutefois l'homme qui se sert comme de moyens d'actions qui, prises en elles-mêmes, ne comprennent rien qui puisse être agréable à Dieu (c'est-à-dire de moral), souhaitant par là attirer sur lui la satisfaction divine immédiate et de ce fait l'accomplissement de ses vœux, se trouve dans l'illusion de posséder un art permettant de produire, par un moyen tout naturel, un effet qui lui, en revanche, est surnaturel. On a coutume d'appeler semblables tentatives de la *magie.* À ce dernier mot nous substituerons (puisqu'il implique le concept connexe d'une communauté avec le mauvais principe, alors que ces tentatives mêmes peuvent du reste, mais par simple malentendu, être entreprises dans une bonne vue morale) celui, au demeurant tout aussi connu, de *fétichisme.* Or, un effet surnaturel obtenu par l'homme serait un effet possible dans sa pensée par cela seul qu'il prétend agir sur Dieu, en se servant de lui comme d'un moyen pour produire l'effet dans le monde, action pour laquelle ni ses forces, ni même son VI, 178
intelligence, pour autant qu'elle puisse être agréable à Dieu, ne sauraient suffire ; et l'on trouve ainsi déjà dans ce concept une absurdité.

Mais si l'homme, abstraction faite de ce qui le constitue immédiatement en objet de la satisfaction divine (c'est-à-dire de l'intention active d'une bonne conduite), veut encore se rendre *digne* d'une assistance surnaturelle par la médiation de certaines formalités suppléant son insuffisance, et s'il escompte, à cette fin, se rendre simplement *susceptible* d'atteindre à l'objet de son vœu moral, par exemple par des observances, qui sans doute n'ont aucune valeur immédiate, bien qu'elles servent comme moyens à la réalisation de son intention morale, il s'appuie, pour combler sa naturelle impuissance sur quelque chose de surnaturel, non toutefois comme sur quelque chose d'effectué par *l'homme* (par une influence exercée sur la volonté divine), mais comme reçu par lui et qu'il peut espérer, mais non produire. Mais si des actions, qui en elles-mêmes, autant que nous en puissions juger, ne renferment rien de moral et d'agréable à Dieu, doivent néanmoins à son point de vue servir de moyen et même de condition pour attendre la réalisation de ses vœux immédiatement de Dieu, alors il est en plein dans l'illusion. Cette dernière consiste en ce que, bien qu'à l'égard de ce surnaturel il ne possède ni une faculté physique, ni une réceptivité morale, il se puisse sentir apte à le produire par des actions *naturelles,* en elles-mêmes nullement apparentées à la moralité (qui par conséquent pour être exercées ne requièrent aucune intention agréable à Dieu, si bien que le pire des hommes peut les accomplir tout de même que le meilleur) de telle sorte qu'il agit par des formules incantatoires, par la profession de foi mercenaire, par des observances ecclésiastiques et ainsi de suite, pensant de la sorte provoquer *magiquement* l'assistance divine. Mais entre de simples moyens physiques et une cause agissant moralement il n'est point de loi que la raison pourrait penser et suivant laquelle cette dernière cause pourrait être représentée par les premiers comme déterminable en vue de certains effets.

Qui regarde d'abord comme nécessaire à la religion l'observance des lois statutaires supposant une révélation, et non pas seulement à la vérité en tant que moyen pour l'intention morale, mais bien comme la condition objective pour devenir par là immédiatement agréable à Dieu et ne considère qu'ensuite, après cette foi historique l'effort à la bonne conduite (tandis que le premier

moment doit être jugé comme quelque chose qui n'est agréable à Dieu que de manière *conditionnelle* et doit se régler sur le second qui est seul agréable à Dieu *absolument*) celui-là transforme le culte de VI, 179
Dieu en pur *fétichisme* et exerce un faux culte, qui fait reculer tout effort pour la vraie religion. Telle est l'importance de l'ordre en lequel on lie deux bonnes choses[1] ! Mais c'est dans cette distinction que consiste la véritable *pensée éclairée.* C'est ainsi que le culte de Dieu devient tout d'abord un culte libre et par conséquent moral. S'en écarter, c'est à la place de la liberté des enfants de Dieu bien plutôt imposer à l'homme le joug d'une loi (statutaire) qui comme nécessité inconditionnée de croire à quelque chose, qui pourtant ne peut être qu'historiquement connu et précisément pour cette raison ne peut être convaincant pour tous, se trouve être pour l'homme consciencieux un joug encore plus lourd*, que ne pourrait jamais l'être tout le bazar des pieuses observances qu'on impose aux hommes, puisqu'en ce qui les concerne il suffit de les accomplir pour s'adapter à une communauté ecclésiastique instituée, sans que l'on doive intérieurement ou extérieurement professer sa foi, et dans le cas précis considérer cela comme une disposition *créée par Dieu;* car c'est

* «Le joug est doux et le fardeau léger» (Mtt., 11, 30) lorsque le devoir qui oblige tout homme peut être considéré comme lui étant imposé par lui-même et par sa propre raison, car de ce joug il se charge volontairement. Mais seules les lois morales comme commandements divins sont de ce genre, et c'est d'elles seules que le Fondateur de la pure Église pouvait dire : «Mes commandements ne sont pas difficiles» (I Jn, 5, 3), parce que tout homme aperçoit de lui-même la nécessité de les observer, que par suite rien ne lui est imposé, tandis qu'au contraire des dispositions ordonnant despotiquement, et sans doute pour notre bien, mais qui ne nous sont pas imposées (par notre raison) et dont nous ne pouvons saisir une quelconque utilité, sont pour ainsi dire des vexations (des avanies) auxquelles on ne se soumet que forcé. Cependant en elles-mêmes, considérées dans la pureté de leur origine, les actions que commandent ces lois morales sont précisément celles qui sont le plus pénibles à l'homme et qu'il échangerait le plus volontiers du monde contre les pieuses vexations les plus dures, s'il était possible de présenter ces dernières en paiement des premières[2].

cela même qui serait à charge pour la conscience.

Le *cléricalisme* est donc la constitution d'une Église pour autant qu'en elle règne un *culte fétichiste* et on le rencontre chaque fois que ce ne sont pas des principes éthiques, mais des commandements statutaires, des règles de foi et des observances qui en constituent le fondement et l'essentiel. Or il y a sans doute de nombreuses formes
VI, 180 d'Église, en lesquelles la pratique fétichiste est si diverse et si mécanique qu'elle paraît presque éliminer toute moralité, donc aussi toute religion, pour se mettre à leur place et confiner au paganisme. Mais là où il s'agit de la dignité ou de l'indignité comme dépendant de la nature du principe suprême de l'obligation en son essence, le plus ou le moins importent peu. Si ce principe impose la soumission passive à un dogme, c'est-à-dire à un culte servile, et non le libre hommage qui doit être rendu en *premier lieu* à la loi morale, il se peut que les observances imposées soient très faibles ; mais cela suffit, dès lors qu'on les détermine comme nécessaires inconditionnellement, pour qu'il s'agisse toujours d'une croyance fétichiste qui régira la foule et qui la privera de sa liberté morale par la médiation d'une obéissance soumise à une Église (non à la religion). La constitution de cette Église (la hiérarchie) peut bien être monarchique, ou aristocratique, ou démocratique, cela ne regarde que l'organisation ; la constitution de celle-ci est et demeure sous toutes ses formes toujours despotique[1]. Là où les statuts de la foi sont compris dans la loi constitutionnelle, c'est le *clergé* qui domine et qui croit même pouvoir se passer de la raison et même à la fin de la science de l'exégèse, parce que, seul conservateur autorisé et seul interprète de la volonté du Législateur invisible, il possède l'autorité pour administrer exclusivement les prescriptions de la foi, et que, muni de cette puissance, il n'a pas à convaincre, mais seulement à *commander*. Mais parce qu'en dehors de ce clergé tout le reste est *laïque* (sans faire d'exception pour l'autorité suprême du corps politique) à la fin l'Église gouverne l'État[2], non

précisément par la force, mais par l'influence sur les âmes, et de plus aussi en lui faisant miroiter l'avantage qu'il doit prétendument retirer d'une obéissance inconditionnelle à laquelle une discipline spirituelle a même habitué la *pensée* du peuple ; mais par là de manière insensible l'habitude à l'hypocrisie creuse la tombe de la droiture et de la fidélité des sujets, les conduit même avec malice à un service apparent dans leurs devoirs civils et, comme tous les principes faussement entendus, fait que l'on produit exactement le contraire que ce l'on avait visé.

*

Tout cela est l'inévitable conséquence de la substitution, insignifiante au premier coup d'œil, des principes de la foi religieuse seule sanctifiante, tandis qu'il s'agissait justement de savoir auquel des deux on accorderait la place supérieure comme VI, 181
condition suprême (à laquelle l'autre est subordonné). Il est équitable et raisonnable de penser que ce ne seront pas seulement « les sages selon la chair » (I Cor., 1, 26), les savants ou les méditatifs qui seront appelés à la lumière sur leur vrai salut — car le genre humain tout entier doit être apte à cette foi — mais « ce qui est fou devant le monde » (I Cor., 1, 26) ; même l'ignorant ou l'homme le plus dépourvu d'idées doit pouvoir prétendre à un tel enseignement et à l'intime conviction. Or à la vérité il semble qu'une foi historique, surtout lorsque les concepts dont elle a besoin pour formuler ce qu'elle apporte, sont anthropologiques et appropriés à la sensibilité, soit de cette sorte[1]. Car enfin qu'y a-t-il de plus facile que de comprendre une histoire simple et rendue sensible, et de la communiquer des uns aux autres ou de répéter les mots désignant les mystères, auxquels il n'est pas du tout nécessaire d'attacher un sens ? Avec quelle facilité toutes ces choses ne trouvent-elles pas un accueil universel, surtout si l'on y attache un intérêt prometteur, et combien s'enracine profondément la croyance en

la vérité d'un semblable récit, qui de plus se fonde sur un texte depuis bien longtemps reconnu authentique ! et ainsi une telle foi est évidemment à la mesure des capacités humaines les plus communes. Et bien que la promulgation d'un tel donné, non moins que la foi aux règles de conduite qui se fondent sur lui, n'ait pas été adressée précisément et de façon privilégiée aux savants et aux philosophes, ils n'en sont cependant pas exclus, et les embarras surgissent alors, en partie en rapport à la vérité des faits, en partie à cause du sens en lequel doit être entendu leur exposé, si bien que la foi, dans le fait même qu'on l'admet, soumise à tant de controverses (même sincères dans l'intention), comme à la condition suprême d'une croyance universelle et seule sanctifiante, se trouve être le comble de l'absurdité qu'on puisse concevoir. Mais il se trouve exister une connaissance pratique, qui, bien que reposant uniquement sur la raison, sans avoir besoin d'aucune doctrine historique, est cependant si proche du plus simple des hommes et l'intéresse comme si elle était inscrite en son cœur littéralement : c'est une loi qu'il suffit de nommer pour aussitôt s'entendre avec son prochain sur son autorité ; cette loi introduit en toute conscience l'obligation *inconditionnée,* je veux dire celle de la moralité. Qui plus est ! cette connaissance ou conduit déjà par elle-même à la foi en Dieu, ou détermine à tout le moins son concept seul comme celui d'un
VI, 182 Législateur moral ; par conséquent elle conduit à une pure foi de la raison, qui n'est pas seulement compréhensible pour tout homme, mais encore vénérable au plus haut degré ; elle y conduit si naturellement que, si l'on veut en faire la tentative, on trouvera qu'on peut en accoucher tout homme et en totalité sans l'avoir le moins du monde instruit à cet égard. Commencer par cette foi en la laissant suivre par la foi historique qui s'harmonise avec elle, n'est pas seulement prudence, mais devoir, devoir de l'ériger en condition suprême de laquelle seule nous pouvons seulement espérer pouvoir participer au salut ; ce

que la foi historique peut toujours promettre, mais dans une perspective où nous pouvons la regarder comme entièrement et universellement valable ou la faire valoir pour telle seulement en fonction de l'interprétation que la pure foi religieuse qui renferme la doctrine universellement valable lui accorde. Il reste que l'homme croyant moralement est ouvert à la foi historique, mais dans la mesure où il la trouve propice à animer sa pure intention religieuse, et c'est ainsi que cette foi possède une pure valeur morale, puisqu'elle est libre et nullement extorquée par une quelconque menace (cas où elle ne peut jamais être sincère[1]). Dans la mesure où dans une Église le culte de Dieu, selon des lois prescrites à l'humanité en général, est principalement dirigé vers l'adoration morale de Celui-ci, on peut encore se poser une question. Est-ce toujours la *théorie de la piété* ou aussi la pure *théorie de la vertu,* chacune en particulier, qui doivent former le contenu de l'exposé de la religion? En un sens objectif, la première expression, je veux dire la théorie de la piété, exprime le mieux la signification du mot *religio* (comme on l'entend actuellement).

La *Piété* enveloppe deux déterminations de l'intention morale en son rapport à Dieu. La *peur* de Dieu désigne l'intention dans l'accomplissement de ses commandements en vertu du devoir *obligatoire* (du sujet), c'est-à-dire par respect pour la loi. Mais l'*amour* de Dieu désigne dans l'intention le mouvement de libre *choix* et un contentement pris à la loi (par devoir filial[2]). Outre la moralité, ces deux déterminations renferment le concept d'un Être suprasensible comprenant les facultés requises pour mener à son terme le bien suprême qui dépasse tout notre pouvoir et qu'elles visent. Cependant le concept de la *nature* de cet Être, si nous dépassons le rapport moral de son Idée à nous, risque toujours d'être pensé par nous anthropomorphiquement, et de devenir précisément souvent préjudiciable à nos principes éthiques. Aussi cette Idée ne peut-elle par soi VI, 183
subsister dans la raison spéculative et doit fonder

son origine, plus encore : sa force, entièrement dans la relation à notre détermination pour le devoir qui se fonde en elle-même. Dès lors, qu'est-il de plus naturel dans les premières années de l'instruction de la jeunesse et même dans la prédication : faut-il exposer la théorie de la vertu avant celle de la piété ou l'inverse (peut-être même sans faire des allusions)? Il est évident que l'une et l'autre sont nécessairement liées. Mais puisqu'elles ne sont pas *identiques,* cela ne saurait être possible autrement que si l'une ne peut être conçue que comme fin et l'autre comme moyen, et que si on les expose comme telles. Or la théorie de la vertu se soutient d'elle-même (même sans la notion de Dieu) ; en revanche la théorie de la piété renferme le concept d'un objet que nous nous représentons en relation à notre moralité comme une cause suppléant à notre impuissance relativement à la fin morale ultime. Donc la théorie de la piété ne peut pas constituer en elle-même la fin ultime de l'effort éthique ; mais elle doit servir de moyen pour renforcer ce qui constitue un homme meilleur : l'intention vertueuse, et elle le fait tandis qu'elle promet à cette intention vertueuse (comme effort vers le bien et même la sainteté) et lui assure la réalisation de la fin ultime que, par elle-même, elle est impuissante à atteindre. Le concept de la vertu, en revanche, est tiré de l'âme humaine. L'homme le possède déjà en totalité, même non développé, et il n'est pas besoin à la différence du concept religieux d'être subtilement engendré par le raisonnement. Il y a dans la pureté de ce concept, dans l'éveil en la conscience d'une faculté que nous n'aurions pas soupçonnée autrement de pouvoir maîtriser en nous les obstacles les plus grands, dans la dignité de l'humanité que l'homme doit respecter en sa propre personne et en sa destination et vers quoi il tend pour l'atteindre, quelque chose qui transporte l'âme et l'élève à la Divinité elle-même, qui n'est digne d'adoration que par sa sainteté et comme Législatrice de la vertu ; de telle sorte que l'homme, même quand il est bien éloigné de

donner à ce concept la force d'influer sur ses maximes, ne s'en entretient pas néanmoins de cela volontiers, parce qu'il se sent ennobli à un certain degré par cette Idée. En effet, puisque le concept d'un Souverain du monde nous imposant ce devoir comme un commandement est encore loin de lui, s'il débutait par ce concept son courage (qui constitue l'essence de la vertu et la piété) courrait le danger d'être transformé en une soumission servile et obséquieuse à une puissance commandant despotiquement. Ce courage, consistant à se tenir debout par soi-même, est lui-même VI, 184
fortifié par la doctrine qui s'ensuit de la réconciliation, tandis qu'elle nous représente comme résolu ce qui ne peut par ailleurs être changé et nous ouvre la voie vers une nouvelle conduite, au lieu que, si cette doctrine fait son début avec l'inutile effort pour faire que ce qui est arrivé ne soit pas arrivé (l'expiation), alors la peur relative à son imputation, la représentation de notre totale impuissance pour le bien et l'angoisse de retomber dans le mal, doivent ôter à l'homme le courage* et le faire tomber dans un état

* Les différentes formes de la foi chez les peuples leur donnent aussi peu à peu un caractère qui se signale dans leurs relations sociales et qui, par la suite, leur est attribué comme si c'était la propriété générale de leur tempérament. C'est ainsi que le *judaïsme* s'attira de par son organisation initiale, puisque c'était un peuple qui devait, par toutes les observances imaginables et en partie pénales, se séparer de tous les autres peuples et se garder de tout mélange avec eux, le reproche de *misanthropie*. L'*Islam* se distingue par l'orgueil, puisqu'au lieu de trouver la confirmation de sa foi en des miracles, c'est par des victoires et la soumission de beaucoup de peuples qu'il la trouve, et ses pratiques sont toutes d'essence courageuse. La croyance *hindoue* donne à ses disciples le caractère de la *pusillanimité* pour des raisons qui s'opposent exactement aux précédentes. Or il ne découle certainement pas de l'essence de la foi chrétienne, mais de la manière dont elle est donnée aux âmes, que l'on puisse lui adresser un semblable reproche, en considérant ceux qui ont d'elle l'opinion la plus cordiale, mais qui, partant de la corruption humaine et désespérant de toute vertu, trouvent leur principe religieux dans la seule *dévotion* (par où il faut entendre le principe de la conduite passive dans la perspective de la piété qu'il faut attendre d'une force descendue d'en haut) ; un reproche semblable, dis-je, car ces âmes ne placent pas leur confiance en elles-mêmes, recherchant dans une

moral-passif où rien de grand et de bien n'eſt entrepris, mais où l'homme attend tout de ses vœux. En ce qui regarde l'intention morale, tout dépend du concept suprême auquel on subordonne ses devoirs. Quand le culte de Dieu eſt le *Prius*[3] auquel on subordonne la vertu, alors son objet eſt une *idole.* En d'autres termes il eſt conçu comme un être, auquel nous ne devons pas espérer plaire en ce monde par une bonne conduite éthique, mais par adorations et flatteries ; et la religion eſt alors *Idolâtrie.* La piété n'eſt donc pas un subſtitut de la vertu, qui permettrait de s'en défaire, mais son achèvement, puisqu'elle la couronne de l'espérance en la réussite finale de toutes nos fins bonnes.

conſtante angoisse une assiſtance surnaturelle, et s'imaginent posséder dans ce mépris d'elles-mêmes (qui n'eſt pas l'humilité) un moyen pour acquérir une faveur divine, dont l'expression extérieure (dans le piétisme ou la bigoterie) annonce une manière de penser *servile*[1].

Note bis (cette note eſt un développement de la note précédente). Ce phénomène remarquable (l'orgueil d'un peuple ignorant, mais s'entendant dans sa foi) peut provenir aussi de l'illusion du fondateur d'avoir seul de nouveau reproduit dans le monde le concept de l'unité de Dieu et de sa nature suprasensible, et il y aurait certes un anoblissement de son peuple libéré par là du culte des images et de l'anarchie du polythéisme, s'il pouvait s'en attribuer le mérite à bon droit. Relativement à ce qui caractérise la troisième classe des hommes religieux, qui résulte d'une humilité mal entendue, il faut dire que l'abaissement de l'orgueil dans l'appréciation de sa valeur morale, doit, par le reproche que conſtitue la sainteté
VI, 185 de la loi, moins provoquer le mépris que la résolution, selon la noble disposition qui eſt en nous, de nous rapprocher toujours davantage de la conformité à cette sainteté ; or, au lieu de cela, cette vertu, qui consiſte à proprement parler dans le courage vers cet effort, on la renvoie au paganisme comme un mot déjà suspect d'orgueil, et en revanche on flatte la recherche rampante de la faveur. La fausse dévotion *(bigoterie, devotio spuria)* eſt l'habitude de faire consiſter l'exercice de la piété, non pas dans des actes agréables à Dieu (dans l'accomplissement de tous les devoirs humains), mais dans des occupations immédiatement liées à Dieu, comme sont les témoignages de vénération ; et l'on doit compter cet exercice dans le *culte servile (opus operatum) :* sauf si l'on ajoute encore à la superſtition l'illusion enthousiaſte de prétendus sentiments suprasensibles (céleſtes[2]). *(Note de la deuxième édition.)*

§ 4
DU FIL CONDUCTEUR DE LA CONSCIENCE EN MATIÈRE DE FOI

La question n'est pas ici de savoir comment la conscience doit être conduite (car elle n'a pas besoin de guide et il suffit d'avoir une conscience), mais comment la conscience elle-même peut servir de fil conducteur dans les décisions morales les plus délicates.

La conscience est un savoir qui en lui-même est un devoir. Comment cependant est-il possible de concevoir une telle conscience, puisque le savoir de toutes nos représentations ne semble nécessaire qu'au point de vue logique, par conséquent seulement de manière conditionnée, si nous voulons rendre claires nos représentations, et ne peut donc être un devoir inconditionné ?

Il existe un principe moral qui n'a besoin d'aucune preuve : *On ne doit rien oser qui risque d'être injuste* (*quod dubitas, ne feceris!* Pline[1]). C'est un devoir inconditionné que le *savoir* qu'une VI, 186
action que *je veux entreprendre* est juste en elle-même. Qu'une action en général soit juste ou injuste, c'est là-dessus que juge l'entendement, mais non la conscience. Il n'est d'ailleurs pas absolument nécessaire de savoir de toutes les actions possibles si elles sont justes ou injustes. Mais relativement à celle que je veux entreprendre, je ne dois pas seulement juger ou opiner qu'elle n'est pas injuste, mais en être assuré, et cette exigence est un postulat de la conscience qui s'oppose au probabilisme, c'est-à-dire à ce principe qui regarde la simple opinion suivant laquelle cette action pourrait bien être juste, comme suffisante pour l'entreprendre. On pourrait aussi définir de la sorte la conscience : c'est *la faculté judiciaire morale qui se juge elle-même.* Toutefois cette définition aurait bien besoin d'une explication des concepts qui s'y trouvent compris. La conscience

ne juge pas les actions comme des cas qui tombent sous la loi ; car c'est ce que fait la raison dans la mesure où elle est subjectivement pratique (de là les *casus conscientiae* et la casuistique comme une forme de la dialectique de la conscience) ; mais ici la raison se juge elle-même pour savoir si elle s'est chargée de ce jugement relatif aux actions avec toutes les précautions voulues (savoir si ces actions ont été justes ou non) et elle cite, que cela soit ou non arrivé, l'homme comme témoin *contre* et *pour lui-même.*

Admettons par exemple un inquisiteur, attaché à l'exclusivité de sa foi statutaire, et cela avec tant de force qu'il irait jusqu'au martyre, et que ce même homme ait à juger un prétendu hérétique accusé d'incrédulité (mais par ailleurs bon citoyen) — voici ma question : peut-on dire si, en condamnant à mort, il a jugé selon sa conscience (certes égarée) ou peut-on plutôt l'accuser absolument de *manque de conscience,* soit qu'il se soit trompé, soit que le sachant il ait été clairement injuste ? Car devant un pareil cas, on peut lui dire en face qu'il n'était jamais totalement certain d'agir d'une manière qui peut-être n'aurait pas été injuste. Il était vraisemblablement convaincu qu'une volonté surnaturellement révélée et divine (peut-être selon le proverbe : *compellite intrare*[1]) l'autorisait et lui faisait même un devoir de détruire l'incrédulité prétendue en même temps que l'incrédule. Mais était-il en réalité convaincu d'une telle doctrine révélée et de son sens, au point d'oser dans ces conditions faire mourir un homme ? Il est certain qu'il n'est pas juste d'ôter la vie à un homme en
VI, 187 raison de sa foi religieuse, sauf si (pour accorder le moment le plus extrême) une volonté divine qui est devenue connue par des voies extraordinaires en a disposé autrement.

Mais que Dieu ait jamais exprimé cette terrifiante volonté, cela repose sur des documents historiques, et n'est jamais d'une certitude apodictique. La révélation n'est venue à notre inquisiteur que par les hommes seulement, et interprétée par eux seuls. Et si elle lui semblait lui être venue de Dieu même (comme l'ordre donné à Abraham d'égorger son propre fils comme un mouton[1]), il reste à tout le moins encore possible qu'en ceci une erreur se dissimule. Mais alors il oserait faire une chose suprêmement injuste, et c'est en cela qu'il agit sans conscience. Or il en va de même de toute foi historique et phénoménale : je veux dire que la *possibilité* subsiste toujours qu'on y puisse rencontrer une erreur, et que par suite c'est agir sans conscience que de lui obéir, étant donné la possibilité que peut-être ce qu'elle exige ou autorise soit injuste, et donc courir le risque de manquer à un devoir humain en lui-même certain.

Mais bien plus! Supposé qu'une action, que commande une telle loi révélée positive (et tenue pour telle), soit aussi en elle-même permise, la question se pose alors de savoir si les supérieurs ecclésiastiques ou les docteurs peuvent imposer au peuple de la reconnaître en vertu de leur prétendue conviction comme *article de foi* (sous peine de perdre leur qualité)? Puisque la conviction n'a point d'autres fondements que les fondements historiques, mais qu'au jugement de ce peuple (pour peu qu'il s'examine lui-même) subsiste toujours la possibilité absolue qu'il se soit introduit une erreur dans le fait comme dans l'explication classique qu'on en donne, la puissance spirituelle obligerait le peuple à confesser, au moins intérieurement, quelque chose comme aussi vrai que la foi en Dieu — c'est-à-dire à confesser pour ainsi dire à la face de Dieu que ce qu'il ne sait pas être assuré, par exemple l'instauration d'un jour quelconque pour la réalisation périodique publique de la piété, doit être reconnu comme un moment de la religion immédiatement ordonné par Dieu, ou de professer un mystère comme fermement cru de lui, alors qu'il n'y comprend rien. Son supérieur spirituel agirait alors en ce cas lui-même contre sa conscience en voulant imposer comme croyance à d'autres ce dont lui-même n'est pas parfaitement convaincu, et il serait équitable qu'il médite bien sur ce qu'il fait parce qu'il aura à répondre de tout abus de cette foi servile. Ainsi

il se peut qu'il y ait peut-être du vrai en ce que l'on croit, et en même temps de la fausseté dans l'acte de croire (ou même simplement dans la confession intérieure de cette foi) et ceci est en
VI, 188 soi condamnable[1].

Bien que, comme on l'a remarqué plus haut, des hommes qui n'en sont qu'au tout début de la liberté de penser*, puisqu'ils se trouvaient sous le joug esclavagiste de la foi (par exemple les protestants), se tiennent pour ainsi dire ennoblis, dans la mesure où il leur est moins nécessaire de croire (des choses positives et relevant des prescriptions ecclésiastiques), c'est exactement le contraire chez ceux qui n'ont pu ou voulu faire une tentative de ce genre ; car voici leur principe : il est sage de croire plutôt trop que pas assez. Car ce que l'on fait en plus de ce qu'on doit, ne saurait pour le moins nuire, mais, en revanche, pourrait être peut-être utile. Sur cette illusion, qui fait de la malhonnêteté un principe dans les professions de foi religieuses (à quoi l'on se décide d'autant plus facilement que la religion répare toute faute

* J'avoue que je ne m'accommode pas bien de l'expression dont se servent des hommes pourtant avisés : tel peuple (que l'on conçoit en train d'élaborer sa liberté légale) n'est pas mûr pour la liberté, les serfs d'un propriétaire terrien ne sont pas encore mûrs pour la liberté ; et ainsi de même : les hommes en général ne sont pas encore mûrs pour la liberté de croire. Mais suivant une telle hypothèse la liberté ne surgira jamais. Car on ne peut pas *mûrir* pour la liberté si l'on pas été préalablement mis en liberté (on doit être libre pour se servir utilement de ses forces dans la liberté). Les premières tentatives seront sans doute grossières et généralement liées à un état plus pénible et plus périlleux que si l'on se trouvait sous les ordres, mais aussi sous la prévoyance d'autrui ; seulement on ne mûrit jamais pour la raison autrement que par ses *propres* tentatives (qu'on doit être libre d'entreprendre). Je ne suis pas opposé à ce que ceux qui détiennent le pouvoir entre leurs mains, contraints par les circonstances, renvoient encore loin et même très loin l'affranchissement de ces trois chaînes. Mais ériger en principe que la liberté en général ne vaut rien pour ceux qui se sont trouvés soumis à eux, et que l'on soit autorisé de les en écarter pour toujours, c'est là une atteinte aux droits régaliens de la Divinité elle-même, qui a créé l'homme pour la liberté. Évidemment il est plus commode de gouverner dans l'État, la famille et l'Église, quand on peut faire aboutir un pareil principe. Mais est-ce plus juste[2] ?

et donc aussi la malhonnêteté), se fonde cette prétendue maxime de sûreté dans les affaires de la foi *(argumentum a tuto*[1] *)* : si ce que je pense de Dieu est vrai, alors j'ai réussi ; si ce ne l'est pas, puisque cela par ailleurs n'est pas défendu, j'ai simplement cru une chose superflue — ce qui à la vérité n'était pas nécessaire — et je me suis imposé une charge qui n'est pas encore un crime. Le danger issu de la malhonnêteté du prétexte, *l'offense à la conscience,* tandis que devant Dieu lui-même on avance comme certaine une chose dont VI, 189 on est trop conscient qu'on ne saurait, étant donné sa nature, l'assurer avec une confiance inconditionnée, tout cela l'hypocrite le tient pour rien[2]. La seule maxime véritable de sûreté conciliable avec la religion est précisément l'opposée : ce que, à titre de moyen ou de condition de la félicité, je ne puis connaître par ma propre raison, mais seulement par la révélation, et à quoi je ne puis adhérer dans ma profession de foi que par la médiation d'une foi historique, et qui, au surplus, ne contredit pas les purs principes moraux, cela, je ne peux certes y croire et l'assurer comme certain, mais je ne peux pas plus le rejeter comme certainement faux. Cependant, sans rien arrêter là-dessus, je compte qu'il m'est possible de profiter de ce qui peut y être contenu d'utile au salut, dans la mesure où je ne m'en suis pas rendu indigne par une déficience de l'intention morale en une bonne conduite. C'est dans cette maxime que réside la véritable sûreté morale, celle qui vaut devant la conscience (et l'on ne peut exiger plus d'un homme). En revanche dans le prétendu moyen de prudence, on rencontre le plus grand risque et l'incertitude, car en écartant avec ruse les néfastes conséquences qui pourraient naître de mon manque de foi, tenant pour les deux partis on pourrait perdre les bonnes grâces de l'un et de l'autre.

Si l'auteur d'un symbole, si le docteur d'une Église, et même si tout homme, dans la mesure où il s'avoue convaincu des dogmes à titre de révélations divines, se demandait : « Oserais-tu

vraiment en présence de Celui qui sonde les cœurs, en renonçant à tout ce qui t'est cher et sacré, soutenir la vérité de ces dogmes ? » alors il faudrait que j'aie une idée bien triste de la nature humaine (qui pourtant n'est pas incapable d'aucun bien) pour ne pas prévoir qu'ici le docteur de la
VI, 190 foi le plus hardi ne tremblerait pas d'effroi*. Mais s'il en est ainsi, comment pourrait-on, si l'on est une conscience scrupuleuse, en même temps imposer une semblable doctrine de la foi qui n'autorise aucune restriction, et proposer dans leur démesure même de telles assertions pour un devoir relevant du service de Dieu, et ce faisant terrasser entièrement la liberté de l'homme qui est exigée pour tout ce qui est moral (et il en va entre autres choses de l'adhésion à une religion), sans même une fois faire place à la bonne volonté qui dit ici : « Je crois, Seigneur bien-aimé, viens au secours de mon incrédulité ! » (Mc, 9, 24**).

* Le même homme assez audacieux pour dire : « Qui ne croit pas à telle ou telle doctrine historique comme à une vérité assurée est *damnable* », devrait aussi pouvoir dire : « Si ce que je vous dis maintenant n'est pas vrai, *je veux être damné !* » S'il se trouvait quelqu'un capable de s'exprimer de manière aussi terrifiante, je conseillerais, en ce qui le concerne, de juger selon le proverbe persan d'un *Hadgi :* si quelqu'un est allé une fois à La Mecque (à titre de pèlerin) quitte la maison où il habite avec toi ; s'il y a été deux fois, quitte la rue qu'il habite et, s'il y a été trois fois, quitte la ville ou le pays lui-même où il se trouve[1]. *(Note de la deuxième édition.)*

** Ô *sincérité,* Ô Astrée[2], qui de la terre s'en est enfuie au ciel, comment peut-on te ramener de là-haut (toi, le fondement de la conscience) jusqu'à nous ? Je veux bien admettre, mais la chose est tout à fait regrettable, qu'on ne rencontre pas dans la nature humaine la franchise (qui consiste à dire *toute* la vérité que l'on sait). Mais l'on doit pouvoir exiger de tout homme la *sincérité* (qui consiste à dire avec véracité *tout ce que l'on dit*) et même s'il n'y avait à cela aucune disposition dans notre nature, dont la culture serait seulement négligée, alors, à ses propres yeux, la race humaine devrait être un objet du plus profond mépris. Mais cette qualité de l'âme qu'on réclame est exposée à beaucoup de tentations et coûte de nombreux sacrifices ; aussi fait-elle appel à la force morale, c'est-à-dire à la vertu (qui doit être acquise) et l'on doit la surveiller et la cultiver plus tôt qu'une autre, quelle qu'elle soit, parce que le penchant opposé, si jamais on l'a laissé s'enraciner, est extrêmement difficile à

R*emarque générale*

Le bien que l'homme peut faire de lui-même suivant les lois de la liberté, comparé avec la faculté dont il est capable uniquement par une assistance surnaturelle, peut s'appeler *Nature* à la différence de la *Grâce.* Ce n'est pas que nous voulions entendre par la première expression une structure physique, distincte de la liberté, mais parce que en ce qui touche à ce pouvoir nous en connaissons les *lois* (celles de la *vertu*), et que la raison en possède, au titre d'un *analogon de la nature,* un fil conducteur visible et compréhensible pour elles ; mais en revanche si la Grâce agit sur VI, 191
nous, le quand, le pourquoi et la mesure nous demeurent totalement cachés ; et en ces choses, comme pour le surnaturel en général (dont relève la moralité en tant que *sainteté*), la raison est totalement privée de la connaissance des lois en vertu desquelles cela peut arriver[1].

Le concept d'une assistance surnaturelle à notre faculté morale, bien que déficiente, et même à notre intention morale imparfaitement purifiée et dans tous les cas pour le moins faible, afin de satisfaire à tous nos devoirs, n'est qu'un concept transcendant et une pure Idée dont aucune expérience ne peut nous assurer la réalité[2]. Mais il est même fort osé de l'admettre à titre d'Idée au seul point de vue pratique, et il est difficile de la concilier avec la raison. C'est que ce qui doit être imputé comme opération éthique bonne, ne doit pas voir le jour par une influence étrangère, mais seulement par l'usage le meilleur possible de nos

extirper. Que l'on compare à cela maintenant notre méthode éducative, plus particulièrement sur les points de religion, ou mieux les dogmes relatifs à la foi, où l'on considère comme suffisante la fidélité de la mémoire pour répondre aux questions qui s'y rapportent, sans même regarder la fidélité dans la profession de foi (au sujet de laquelle on n'institue jamais un examen), pour faire un croyant, qui ne comprend pas du tout ce qu'il affirme en cela solennellement, et l'on ne s'étonnera plus du défaut de sincérité qui produit de purs hypocrites en leur intérieur même. *(Note de la deuxième édition.)*

forces propres. Mais l'impossibilité de la grâce (en sorte que les deux moments peuvent coexister) ne se laisse nullement prouver, parce que la liberté même, bien qu'elle ne renferme rien de surnaturel en son concept, demeure pour nous dans sa possibilité même tout aussi inintelligible que le surnaturel, auquel on voudrait adhérer pour suppléer à la destination spontanée, mais déficiente de la liberté.

Mais puisque nous connaissons au moins les *lois* de la liberté, d'après lesquelles elle doit se déterminer (les lois morales) et qu'en revanche nous ne pouvons pas savoir la plus petite chose d'une assistance surnaturelle, qu'il s'agisse d'une certaine force morale perçue en nous et qui en proviendrait, ou qu'il s'agisse des circonstances et des conditions en lesquelles on pourrait s'y attendre, nous ne pourrons, exception faite de la présupposition universelle que la grâce accomplit en nous ce que la nature ne peut faire — à la condition que nous l'ayons mise en œuvre (c'est-à-dire nos propres forces) dans la mesure du possible —, faire de cette Idée aucun autre usage ; nous ne saurons pas non plus (exception faite pour l'effort constant vers une bonne conduite) nous attirer sa collaboration, ni comment nous pourrions déterminer en quel cas nous aurions à y compter. Cette Idée est parfaitement transcendante, et il est en outre salutaire de se tenir à une respectueuse distance vis-à-vis d'elle comme d'une chose sacrée, afin d'échapper à l'illusion de faire des miracles ou d'en percevoir en nous, ce qui nous rendrait inaptes pour tout usage de la raison, ou de succomber à la paresse en attendant d'en haut dans une quiétude passive ce que nous devrions
VI, 192 rechercher en nous-mêmes[1].

Or les *moyens* sont toutes les causes médiates que l'homme *possède* pour réaliser une certaine fin et alors il n'y a, pour devenir digne de l'assistance céleste, rien d'autre (et il ne peut y avoir rien d'autre) que l'effort sérieux pour améliorer sa nature morale le plus possible, et se rendre ainsi apte à la perfection qui par sa conformité rend agréable à Dieu, chose qui ne dépend pas de l'homme, car cette assistance divine qu'il attend n'a à vrai dire que sa moralité pour fin. Toutefois, que l'homme impur ne la cherche pas là, mais de préférence dans certaines dispositions sensibles (qui, bien sûr, sont en son pouvoir, mais qui regardées en elles-mêmes ne peuvent rendre aucun homme meilleur et toutefois seraient ici censées le produire de manière surnaturelle), c'est bien ce à quoi l'on pouvait s'attendre *a priori,* et il se trouve qu'il en est bien ainsi dans le fait. Le concept d'un prétendu *moyen de grâce,* bien que (d'après ce qu'on a dit) il soit en lui-même contradictoire, sert cependant de moyen pour s'illusionner, illusion aussi générale que nuisible à la vraie religion.

Le vrai culte (moral) de Dieu, que les croyants lui doivent rendre, en tant que sujets appartenant à son Royaume non moins qu'en tant que citoyens de celui-ci (sous les lois de la liberté) est, à la vérité, comme ce Royaume lui-même, invisible, je veux dire *un culte des cœurs* (en esprit et en vérité) et ne peut consister que dans l'intention d'observer tous les vrais devoirs comme commandements de Dieu et non en actes exclusivement destinés à Dieu. Seulement l'invisible a encore besoin d'être représenté pour l'homme par quelque chose de visible (donc de sensible), bien plus ! d'en être accompagné au profit de la pratique et, quoique intellectuel, d'être, pour ainsi dire (suivant une certaine analogie) rendu intuitionnable[1]. C'est là un moyen fort exposé au malentendu, mais dont on ne peut se passer pour nous représenter notre devoir dans le culte de Dieu, mais par l'effet d'une *illusion* qui s'insinue en nous, il peut facilement être considéré comme le culte de Dieu lui-même, et on le désigne communément ainsi.

Si l'on ramène ce prétendu culte de Dieu à son esprit et à sa vraie signification, je veux dire à une intention qui se consacre au règne de Dieu en nous et hors de nous, il peut être divisé en quatre devoirs à observer par la raison elle-même[2]. À ces divisions ont été adjointes comme leur correspondant certaines formalités qui n'y sont pas nécessai- VI, 193 rement liées. C'est que ces formalités servaient de schèmes aux divisions et qu'éveillant et soutenant notre attention au vrai culte de Dieu on les a regardées depuis des temps antiques comme de bons moyens sensibles. Elles se fondent toutes sur l'intention d'avancer la réalisation du bien moral. 1° Le culte doit être fondé *fermement en nous-mêmes* et l'intention en doit être à répétition réveillée en l'âme (c'est la fonction de la prière personnelle). 2° L'extension extérieure du culte doit être assurée par des réunions publiques, à des jours réservés, afin que les doctrines religieuses et les vœux (et aussi des intentions de ce genre) soient exposés en public et ainsi communiqués à tous (il s'agit alors de la fréquentation de l'Église). 3° Il doit être *transmis* à la postérité par l'admission de nouveaux membres entrant dans la communauté des croyants avec le devoir aussi de les y instruire (dans la religion chrétienne il s'agit du *baptême*). 4° Ce culte exige enfin la *conservation de cette société*, grâce au renouvellement d'une formalité publique, qui rend durable l'association des membres en un corps éthique d'après le principe de l'égalité des droits entre eux et de la participation aux fruits du bien moral (c'est la communion).

Toute entreprise dans les affaires de religion, si on ne l'envisage pas simplement moralement et qu'on en use comme d'un moyen de se rendre agréable à Dieu, et si aussi l'on n'y voit qu'un moyen qui par sa médiation satisfait tous nos vœux, n'est qu'une *foi fétichiste*, qui consiste à se persuader que ce qui ne peut se produire ni par les lois de la nature, ni par les lois morales rationnelles, produira cependant ce que l'on souhaite, si seulement on y croit fermement, et alors on relie certaines formalités à cette croyance. Même là où la conviction est acquise que dans tout cela tout relève du bien moral, qui ne peut naître que de l'action, l'homme sensible cherche encore un chemin de traverse, pour écarter cette pénible condition, c'est-à-dire qu'il ne se soucie que de la *manière* (la formalité), pensant que Dieu considérant celle-ci l'admettra comme étant l'ac-

tion même ; ce qu'on pourrait sans doute nommer une grâce transcendante, à moins qu'il ne s'agisse d'une grâce rêvée au sein d'une confiance paresseuse ou bien même d'une hypocrite confiance. Et c'est ainsi que l'homme dans toutes les formes de foi publiques a imaginé certaines pratiques comme *moyens pour la Grâce,* bien qu'ils ne se rapportent pas, comme dans le christianisme, à des concepts pratiques de la raison et aux intentions qui leur sont adéquates (comme dans la religion islamique il en est des cinq grands commandements : les ablutions, la prière, le jeûne, l'aumône et le VI, 194
pèlerinage à la Mecque — commandements entre lesquels l'aumône seule mériterait d'être mise à part, si elle se faisait en fonction d'une véritable intention vertueuse en même temps que religieuse pour respecter le devoir de l'homme ; et alors elle mériterait effectivement d'être regardée comme un moyen pour la grâce ; mais tout au contraire, puisqu'elle peut, selon cette foi, être compatible avec l'extorsion même qui depouille autrui de ce qu'on offre en sacrifice en la personne des autres à Dieu, elle ne mérite pas de faire exception[1]).

Il peut se présenter en effet trois formes de *foi illusoires* si nous dépassons, comme cela nous est possible, les limites de notre raison par rapport au surnaturel (qui d'après les lois de la raison ne peut être ni un objet de l'usage théorique de celles-ci, ni un objet de l'usage pratique). C'est *premièrement* la croyance consistant à reconnaître par l'expérience une chose dont nous admettons suivant les lois objectives de l'expérience qu'il est impossible qu'elle se produise *(croyance au miracle)*. Deuxièmement c'est l'illusion de devoir admettre, comme nécessaire à notre bien moral, parmi nos concepts rationnels, quelque chose dont nous ne pouvons par la raison nous faire aucune Idée (il s'agit de la croyance aux *mystères*). Et *troisièmement* l'illusion de pouvoir par la mise en œuvre de simples moyens naturels produire un effet, qui pour nous est un mystère, je veux dire l'influence de Dieu sur notre moralité (c'est la croyance dans les *moyens de grâce*). Nous avons traité des deux premières formes sophistiques de croyance dans les *Remarques générales* suivant les deux précédentes parties de cet ouvrage. Il ne nous reste donc à traiter que des moyens de grâce (qui sont différents des *effets de grâce**, c'est-à-dire des influences morales surnaturelles, par rapport auxquelles nous sommes purement passifs, mais dont l'expérience prétendue n'est qu'une illusion enthousiaste, qui ne relève que du sentiment).

I. La *prière,* conçue comme un culte *intérieur formel* de Dieu et pour cela comme un moyen de grâce, n'est qu'une illusion superstitieuse (une conduite fétichiste) ; elle ne consiste, en effet, qu'en un *vœu explicité* vis-à-vis d'un Être qui n'a besoin d'aucun éclaircissement relativement à l'intention intérieure de celui qui émet un vœu ; et ainsi il n'y a rien de fait, aucun de nos devoirs qui nous obligent, à titre de commandements divins, ne se trouve accompli et par conséquent, en réalité, Dieu n'est pas servi. Le vœu cordial d'être en tous nos actes et notre vie agréable à Dieu, c'est-à-dire l'intention accompagnant toutes nos actions, comme si elles devaient advenir pour le culte de Dieu et de les accomplir ainsi, c'est *l'esprit de la prière,* qui « sans relâche » (I Thess., 5, 17) peut et doit exister en nous[1]. Mais revêtir ce vœu (quand bien même il ne serait qu'intérieur) de mots et de formules** peut tout au plus avoir

* Voyez la *Remarque générale* de la première partie.

** Dans ce vœu, comme esprit de la prière, l'homme ne cherche qu'à agir sur soi-même (afin de vivifier son intention par la médiation de l'*Idée de Dieu*), mais par celui qui s'exprime par des mots, donc extérieurement, il veut agir sur Dieu. Dans le premier sens une prière peut se faire en toute loyauté, même si l'homme n'a pas la prétention de pouvoir assurer comme totalement certaine l'existence de Dieu ; sous la seconde forme comme *adresse* il admet que cet objet suprême lui est personnellement présent, ou il fait tout au moins (même en son for intérieur) comme s'il était convaincu de sa présence, étant de l'opinion que même s'il n'en était pas ainsi, cela ne pourrait à tout le moins pas nuire, mais au contraire lui procurer quelque faveur ; aussi ne peut-on pas en ce dernier genre de prière (selon la lettre) rencontrer aussi parfaitement la sincérité que dans le premier genre (selon l'esprit de la prière). La vérité de cette dernière observation sera confirmée pour chacun, s'il conçoit un homme pieux et bien-pensant, mais par ailleurs

borné par rapport à de tels concepts religieux raffinés et que quelqu'un surprendrait, je ne veux pas dire priant à haute voix, mais seulement dans une posture qui l'indiquerait. On s'attendra bien, sans que je le doive dire, à ce que cet homme simple se trouve alors troublé et embarrassé, exactement comme s'il était dans un état dont il devrait avoir honte. Mais pourquoi cela? Quand un homme est surpris se parlant à lui-même à haute voix, cela le rend suspect d'avoir un léger accès de folie; et on le juge ainsi (sans que ce soit à tort) si on le voit tandis qu'il est à s'occuper et revêtir une attitude que seul peut avoir celui qui a quelqu'un devant les yeux, ce qui dans l'exemple que nous avons pris n'est pas le cas. Toutefois le Maître de l'Évangile a exprimé excellemment dans une formule l'esprit de la prière, formule qui la rend superflue et par suite aussi en même temps son expression littérale. Dans cette formule on ne trouve rien d'autre que la décision d'une bonne conduite, qui, liée à la conscience de notre fragilité, comprend le vœu permanent d'être un membre digne dans le Royaume de Dieu; ce n'est donc pas à proprement parler la demande de quelque chose, que dans sa sagesse Dieu pourrait très bien aussi nous refuser, mais c'est un vœu qui, lorsqu'il est sérieux (actif), produit son objet même (devenir un homme agréable à Dieu). Même le vœu de conserver notre existence (celui du pain) pour un jour, puisqu'il n'est pas explicitement dirigé sur la conservation continuée de notre existence, mais n'est que l'effet d'un besoin animalement ressenti, est bien plus une reconnaissance de ce que la *Nature* veut en nous qu'une demande particulière et réfléchie de ce que l'*homme* veut; une demande de ce genre serait celle du pain pour le lendemain; et elle est ici suffisamment et clairement exclue. Une prière de ce genre, faite dans une intention morale (mais seulement vivifiée par l'Idée VI, 196
de Dieu), parce qu'à titre d'esprit moral de la prière elle produit son objet (être agréable à Dieu), peut seule s'effectuer dans la *foi*; ce qui signifie qu'on est assuré qu'elle est digne d'être *exaucée*; mais il n'y a en nous rien de tel si ce n'est la moralité. Car même si la prière ne portait que sur le pain quotidien, personne ne pourrait être sûr qu'elle soit exaucée, c'est-à-dire qu'elle soit si nécessairement liée avec la Sagesse divine, que ce soit pour elle une obligation de la garantir; il peut arriver qu'il s'accorde mieux avec cette Sagesse que l'homme meure aujourd'hui de ce besoin. C'est aussi une illusion démente ainsi que démesurée de tenter par une prière arrogante et importune de détourner Dieu si possible du plan de sa Sagesse (pour un avantage actuel pour nous). Ainsi, nous ne pouvons regarder aucune prière qui n'a pas un objet moral comme pouvant avec certitude être exaucée; c'est-à-dire que nous ne pouvons prier pour une chose de ce genre *en la foi*. Mais bien plus! même si l'objet était moral, mais possible seulement par une influence surnaturelle (ou si, du moins, nous l'attendons simplement parce que nous ne voulons pas nous-mêmes faire un effort en ce sens, par exemple transformer notre manière de penser, revêtir un homme nouveau, ce qui s'appelle la nouvelle naissance) il est très incertain que Dieu trouve conforme à sa Sagesse de compenser surnaturellement notre déficience (dont

VI, 196 la valeur d'un moyen pour ranimer constamment cette intention en nous, sans posséder pourtant

nous sommes coupables), au point qu'on a plutôt des raisons d'attendre le contraire. L'homme ne peut même pas prier pour cette fin en la foi. C'est par là qu'on peut s'expliquer ce qu'une foi produisant des miracles (et qui devrait toujours être liée en même temps avec une prière intérieure) peut bien être. Puisque Dieu d'une part ne peut prêter à l'homme aucune force pour agir surnaturellement (car ce serait une contradiction), et puisque l'homme d'autre part, étant donné les concepts qu'il se fait des bonnes fins possibles dans le monde ne peut déterminer là-dessus le jugement de la Sagesse divine, ni faire usage pour ses desseins, en raison des vœux forgés en lui et par lui de la Puissance divine, on ne saurait selon la lettre concevoir le don du miracle comme un don qu'il dépendrait de l'homme d'avoir ou non «Si vous aviez la foi, comme un grain de senevé», etc. (Mtt., 17, 20). Mais une telle foi, supposé qu'elle doive signifier quelque chose, est simplement l'Idée de l'importance prépondérante de la constitution morale de l'homme, s'il la possédait dans sa perfection agréable à Dieu (et il n'y atteint jamais) sur tous les autres principes d'actions que Dieu peut avoir dans sa suprême Sagesse, et par conséquent c'est un fondement qui nous permet d'assurer que si nous étions ou devenions *entièrement* ce que nous devons être et pourrions être (dans une approche constante) la nature devrait obéir à nos vœux qui alors, toutefois, ne seraient jamais dépourvus de sagesse.

En ce qui concerne l'*édification* visée par la fréquentation de l'Église, on peut dire de la prière publique que n'étant pas, il est vrai, un moyen de grâce, c'est pourtant un moment éthique solennel, soit que l'on entonne en commun l'hymne de la foi, soit par l'*allocution* formellement adressée à Dieu, par l'organe
VI, 197 du prêtre, au nom de la communauté tout entière et qui résume en soi toute la disposition morale de l'homme. Et comme cet acte solennel rend sensible cette disposition comme intérêt public, où le vœu de celui-ci doit être représenté comme uni au vœu de tous les autres dans une même fin (l'établissement du Royaume de Dieu), il peut non seulement soulever l'émotion jusqu'à l'exaltation éthique (tandis que la prière personnelle, n'étant pas faite pour cette Idée sublime, perd par l'habitude peu à peu de l'influence sur l'âme), mais il a pour lui, en outre, un motif rationnel de plus que la première pour revêtir le vœu moral (qui constitue l'esprit de la prière) en une allocution formelle, sans qu'on soit ici obligé de concevoir une quelconque actualisation de l'Être suprême ou une force particulière de cette figure oratoire à titre de moyen de grâce. Car il y a ici une intention particulière et qui est — par cette cérémonie représentant *l'association de tous les hommes* dans le vœu du Royaume de Dieu — de mettre avec d'autant plus de force en mouvement le motif moral de chacun, ce qui ne peut se faire de façon plus adroite qu'en s'adressant au Souverain de ce Royaume tout comme s'il était spécialement présent en ce lieu.

aucune relation à la satisfaction divine et ne saurait par conséquent pour cela constituer un devoir pour chacun ; c'est qu'un moyen ne peut, VI, 197
en effet, être prescrit qu'à celui qui en *a besoin* pour certaines fins, mais qu'en cela tout le monde est loin de voir la nécessité de ce moyen (pour en parler en lui-même et justement plutôt avec *lui-même,* mais en prétendant de ce fait parler plus intelligiblement *avec Dieu*) ; et c'est bien plutôt par une purification et une élévation continuées de l'intention morale qu'il faut travailler à ce que le seul esprit de la prière soit suffisamment animé en nous, de telle sorte que sa lettre (au moins en ce qui concerne notre usage personnel) puisse à la fin tomber. Car la lettre affaiblit plutôt, comme tout ce qui est dirigé indirectement vers une fin déterminée, l'effet de l'Idée morale (qui au point de vue subjectif s'appelle *recueillement*). C'est ainsi que la considération de la profonde sagesse de la Création divine dans les moindres choses et de sa Majesté dans les plus grandes — ce dont les hommes ont pu, il est vrai, de tout temps s'apercevoir, mais dont la connaissance à l'époque moderne a pu s'élargir jusqu'à la plus grande admiration — possède une force telle que non seulement elle plonge l'âme dans un état d'abattement anéantissant l'homme à ses propres yeux pour ainsi dire et qu'on nomme l'état d'*adoration*[1], mais encore une puissance telle, en rapport à sa destination pratique propre, qu'elle élève l'âme à ce point que toutes les paroles, seraient-elles même celles du Roi David en ses prières (qui savait bien peu de tous ces miracles), devraient s'évanouir comme un son vide, parce que le sentiment d'une telle intuition du doigt de Dieu est inexprimable. Mais comme d'autre part les hommes transforment volontiers tout ce qui n'a de relation stricte qu'à leur propre amélioration VI, 198
morale, par l'effet de la disposition de leur âme pour la religion, en un service de cour, où l'humiliation et la louange sont d'autant moins ressenties moralement qu'elles sont verbales, il est d'autant plus nécessaire, même pour les tout

premiers exercices de prière chez les enfants, qui ont encore besoin de la lettre, de préciser avec soin l'exercice proposé de la prière, de telle sorte que le discours (même exprimé intérieurement et bien plus les tentatives pour disposer l'esprit à saisir une Idée de Dieu qui devrait s'approcher d'une intuition) ne soit pas regardé comme ayant une valeur en soi, mais seulement pour vivifier l'intention d'une conduite agréable à Dieu, et sous cet angle tout discours n'est qu'un moyen de l'imagination en vue de cette fin ; car, s'il en est autrement, toutes ces marques dévotes de vénération ne font que faire courir le danger de produire, à la place du culte pratique, qui ne consiste pas seulement en sentiments, un culte hypocrite de Dieu[1].

II. *La fréquentation de l'église* comme *culte extérieur* solennel *en général* dans le sein d'une Église est non seulement, si on la regarde comme exposition sensible de la communauté des croyants pour chacun pris à part, un précieux moyen pour son *édification**, mais aussi pour les fidèles d'un État

* Si l'on cherche à cette expression un sens qui lui convienne, on ne pourra rien fournir d'autre que celui par lequel on entend la *conséquence morale de la dévotion pour le sujet.* Or cette conséquence ne consiste pas dans l'émotion (déjà comprise dans le concept de dévotion), encore que la majorité des prétendus dévots (qui pour cela se nomment des *cagots*) la placent tout entière en cela. C'est pourquoi le terme *d'édification* doit signifier la conséquence, tirée de la dévotion, sur l'effective amélioration de l'homme. Mais on n'y peut réussir autrement qu'en se mettant à l'œuvre systématiquement, qu'en imprimant en son cœur profondément des principes fermes d'après des concepts bien compris, en édifiant là-dessus des intentions conformes à l'importance distincte des différents devoirs qui les regardent, qu'on les défende contre les attaques des inclinations en même temps qu'on les conforte et que l'on construise, pour ainsi dire, un nouvel homme comme *temple de Dieu.* On voit facilement que cette construction ne peut progresser que lentement ; mais il faut quand même que l'on puisse voir que quelque chose a été *exécuté.* Toutefois les hommes s'imaginent s'être fort bien *construits* (en écoutant ou en lisant et en chantant) de telle sorte que rien n'a été bâti et l'on n'a pas même mis la main à l'ouvrage ; probablement parce que les hommes espèrent que cette construction morale, comme les murailles de Thèbes, s'élèvera spontanément par l'effet de la musique des soupirs et des vœux nostalgiques[2].

divin devant être représenté sur la terre, un devoir les obligeant immédiatement dans l'intérêt de la *totalité.* Supposé que cette Église ne comprenne VI, 199
pas de formalités pouvant conduire à l'idolâtrie, et ainsi imposer un joug à la conscience, par exemple certaines façons d'adorer Dieu en la personnalité de sa bonté infinie sous le nom d'un homme, puisque la représentation sensible de ce dernier est contraire au commandement de la raison : « Tu ne te feras pas d'image » etc., (II, Moïse, 20, 4). Cependant vouloir l'utiliser comme moyen de grâce, comme si Dieu pouvait par là être immédiatement servi et que Celui-ci ait attaché à la célébration de cette solennité (simple représentation sensible de l'*universalité* de la religion) une grâce particulière, c'est encore une illusion, qui sans doute s'accorde bien avec la manière de penser d'un bon *citoyen* dans un corps politique comme avec les convenances extérieures, mais qui non seulement sous le rapport de la qualité n'apporte rien à l'homme comme *citoyen du* R*oyaume de Dieu,* mais bien au contraire l'altère et ne sert qu'à dissimuler la mauvaise teneur morale de son intention aux yeux d'autrui et même aux siens par l'effet d'un vernis trompeur.

III. La consécration solennelle, qui ne s'accomplit qu'une fois, dans la communauté ecclésiastique, c'est-à-dire la *réception* première à titre de *membre d'une Église* (et dans la chrétienne par le *baptême*) est une cérémonie très significative, qui ou bien pour celui qui est consacré, dès lors qu'il peut professer sa foi, ou bien pour les témoins qui s'engagent à veiller à son éducation, fonde une grande obligation qui vise à quelque chose de sacré (la formation d'un homme comme citoyen d'un État divin) ; mais en elle-même cette opération n'a rien de saint, ni qui produise la sainteté et une prédisposition à la grâce divine en ce sujet par l'action d'autrui s'exerçant sur lui. Ce n'est donc pas un *moyen de Grâce* en dépit de l'excessive audience où on le tenait dans la première Église grecque, comme si cet acte pouvait d'un coup effacer tous les péchés, et ce faisant cette illusion montrait au grand jour sa parenté avec une superstition presque plus que païenne[1].

IV. La cérémonie maintes fois renouvelée d'un *recommencement,* d'une *persistance* et d'une *propagation* du *corps religieux* suivant les lois de l'*égalité* (dans la communion) qui, bien évidemment d'après l'exemple du Fondateur d'une telle Église (et aussi en souvenir de lui) peut s'effectuer par la formalité d'une consommation commune à une même table, renferme en soi quelque chose de grand, qui élargit la façon de penser étroite, égoïste et intolérante des hommes, surtout en matière de religion, vers l'Idée d'une *communauté*
VI, 200 *morale* cosmopolite, et c'est un bon moyen pour vivifier dans une communauté l'intention morale de l'amour fraternel qui s'y trouve représenté. Mais louer Dieu pour avoir attaché à la célébration de cette solennité des grâces particulières et prétendre que ce dogme, alors que cette action solennelle n'est jamais qu'un acte ecclésiastique, constitue un *moyen de Grâce* et qu'il le faut compter parmi les articles de foi, c'est là une illusion de la religion qui ne peut que se retourner contre son esprit. Le *sacerdoce* serait alors, d'une manière générale, l'usurpation de la domination des âmes par le clergé, qui se donnerait l'apparence de l'exclusive possession des moyens de grâce.

*

Dans les matières de la foi toutes les illusions spontanées, mais de ce genre sophistique, ont un commun fondement. Habituellement, l'homme s'adresse dans l'ensemble des attributs divins à ceux qui sont moraux, donc à la sainteté, à la grâce et à la justice. Mais c'est à la seconde qu'il fait immédiatement appel pour éluder l'effrayante condition d'être en règle avec la première. Être un *bon serviteur* est pénible (on n'entend jamais parler que de devoirs) ; aussi l'homme préférerait être un *favori,* auquel on passe beaucoup de choses, et pour qui, s'il a heurté par trop grossièrement le devoir, tout peut de nouveau s'arranger par l'entremise de quelque personnage plus haut

placé dans la faveur, tandis que l'homme demeure toujours le méchant valet qu'il était. Mais, pour pouvoir avoir quelque apparence de satisfaction quant à la possibilité d'effectuer son dessein, il transfère son concept de l'homme (y compris ses fautes) comme d'ordinaire à la divinité, et tout de même que chez *les meilleurs princes de notre espèce* la rigueur législative, la grâce bienveillante et la justice minutieuse ne se séparent pas (comme cela devrait être) et n'agissent pas séparément comme il le faudrait pour l'effet moral des actions des sujets, mais tout au contraire se mêlent dans la pensée du supérieur humain dans la conception de son décret, il n'y a qu'à chercher à s'assurer de l'une de ces propriétés de la fragile sagesse de la volonté humaine pour avoir prise sur les deux autres. Et c'est ainsi que l'homme espère mettre les choses au point avec Dieu, tandis qu'il s'adresse simplement à sa grâce. (Aussi ce fut pour la religion une importante division que celle de ces VI, 201
qualités conçues ou plutôt des rapports de Dieu à l'homme, grâce à l'Idée d'une personnalité triple suivant laquelle on doit pouvoir concevoir analogiquement cette division[1], afin de distinguer chacun de ces attributs en particulier). C'est à cette fin que l'homme consacre toutes les formalités imaginables, par où il veut montrer combien il *honore* les commandements divins, à seule fin de n'être pas dans l'obligation de les *observer*. Et pour que ses vœux passifs puissent servir à réparer la transgression des commandements, il s'écrie : « Seigneur ! Seigneur ! » (Mtt., 7, 21-22), ce qui lui épargne, au moins, comme n'étant pas nécessaire « de faire la Volonté du Père céleste ». Alors il voit dans les formalités, qui ne sont en leur usage que des moyens déterminés pour vivifier les intentions vraiment pratiques, le concept de celles-ci à titre de moyens de grâce en eux-mêmes. Il prétend même voir dans les croyances qu'elles constituent un élément essentiel de la religion (et l'homme du peuple les fait même passer pour la religion tout entière), et il abandonne à l'infinie bienveillante Providence le soin de faire de lui un homme

meilleur, tandis qu'il s'applique à la *dévotion* (vénération passive de la loi divine) plutôt qu'à la *vertu* (application de ses forces propres à l'observation du devoir qu'il révère); et pourtant ce n'est que l'union à *la dévotion de la vertu* qui seule peut constituer l'Idée que l'on entend par le terme *piété* (c'est-à-dire la véritable *intention religieuse*). Lorsque l'illusion de ce prétendu favori du Ciel s'exalte en lui jusqu'à l'imagination enthousiaste de ressentir des effets particuliers de la Grâce (et même jusqu'à l'outrecuidance d'entretenir, dans une confiance totale, un prétendu *commerce* secret avec Dieu), alors la vertu elle-même lui répugne et devient à ses yeux un objet de mépris[1]. Ce n'est donc pas un miracle qu'on se plaigne publiquement que la religion contribue toujours aussi peu à l'amélioration morale des hommes et que la lumière intérieure «sous le boisseau» (Mtt., 5, 15) de ces personnes visitées par la Grâce ne parvienne pas, extérieurement, par de bonnes œuvres à percer la nuit et en vérité, comme on le pourrait exiger (après de telles prétentions) de manière bien plus rigoureuse que chez des personnes naturellement honnêtes, qui font en elles accueil à la religion simplement et tout bonnement, non à titre de substitution, mais comme principe de réalisation de l'intention vertueuse, qui se manifeste activement dans une bonne conduite! Le Maître de l'Évangile a pourtant donné ces preuves extérieures de l'expérience externe comme la pierre de touche, comme les fruits d'après lesquels on peut les connaître et chacun se connaître. Mais on n'a pas encore constaté que ces êtres, extraordinairement favorisés, à leur avis (les élus), surpassent si peu que ce soit l'homme naturellement honnête, auquel on peut donner sa confiance dans le commerce, les affaires et la détresse; on constate bien plutôt que la comparaison avec ce dernier pourrait à peine se soutenir; et c'est la preuve que le bon chemin n'est pas celui en lequel on progresserait de la rémission des péchés à la vertu, mais plutôt celui qui nous conduirait de la vertu à la rémission des péchés.

LETTRES À FICHTE
(1792-1793)

Traduction de Jacques Rivelaygue.

À JOHANN GOTTLIEB FICHTE

Vous me demandez, Monsieur, de vous enseigner s'il n'y aurait pas moyen de trouver une amélioration pour votre traité, refusé par la sévère censure actuelle[1], sans le laisser complètement de côté. Je réponds : non ! dans la mesure bien sûr où, sans avoir lu entièrement votre écrit lui-même[2], je puis tirer une conclusion de ce que votre lettre donne comme sa thèse principale, à savoir « que la croyance en une révélation donnée ne peut être fondée rationnellement sur la croyance aux miracles ». XI, 2, 308

En effet il résulte inévitablement de là qu'une religion, de manière générale, ne peut contenir aucun autre article de foi que ceux qui le sont aussi pour la simple raison pure. Or, à mon avis, cette proposition ne comporte pas la moindre faute et ne supprime ni la nécessité subjective d'une révélation ni même le miracle (l'on peut admettre en effet que, bien qu'il soit possible à la raison de les reconnaître une fois qu'ils sont là, celle-là ne serait pas cependant conduite par elle-même à *introduire* ces articles : par suite des miracles peuvent à la rigueur avoir eu lieu au commencement, qu'il n'est plus nécessaire de mettre aujourd'hui au fondement de la religion, puisque celle-ci avec ses articles de foi peut désormais se maintenir sans eux) ; mais, vu les maximes adoptées maintenant, semble-t-il, par la censure, vous ne vous tirerez pas ainsi d'affaire. Car, selon ces maximes, certains passages de l'Écriture doivent, dans la profession de foi, être pris à ce point à la lettre qu'ils ne peuvent être saisis qu'avec peine par l'entendement humain et encore moins compris comme vrais par la raison, et alors bien sûr ils ont besoin en tout temps du soutien des miracles et ne peuvent jamais devenir des articles de foi de la simple raison. Que la révélation de ces propositions n'ait pour dessein que de les présenter dans une enveloppe sensible par accommodation pour les faibles, et qu'il en soit de même pour la révélation aussi, bien qu'elle puisse avoir une vérité simplement subjective, c'est une opinion qui n'a pas du tout sa place parmi les principes de la censure ; car ils exigent la reconnaissance de sa vérité objective selon la lettre.

Mais il vous reste néanmoins une voie pour
XI, 2, 309 mettre votre écrit en accord avec les idées du censeur (qui ne sont pas cependant complètement connues) : c'est que vous parveniez à lui faire comprendre et agréer la différence entre une croyance *dogmatique,* s'élevant au-dessus de tout doute, et une croyance *simplement* morale dont l'*adoption* est libre, bien qu'elle s'appuie sur des fondements moraux (l'insuffisance de la raison à se satisfaire elle-même eu égard à ses besoins) ; alors la croyance religieuse greffée sur la croyance aux miracles par de bonnes convictions morales s'exprimerait à peu près ainsi : « Je crois, Seigneur ! (c'est-à-dire j'admets la chose bien volontiers, bien que je ne puisse la démontrer de manière suffisante ni à moi-même ni aux autres) ; viens en aide à mon incrédulité[1]. » C'est-à-dire j'ai la croyance morale à l'égard de tout ce dont je puis tirer profit, dans le récit historique des miracles, pour mon amélioration intérieure et je désire posséder aussi la croyance historique, pour autant qu'elle puisse y contribuer pareillement. Ma *non-croyance* non préméditée n'est pas une *incrédulité* préméditée. Mais vous aurez peine à

faire agréer cette voie moyenne à un censeur qui, comme il est à présumer, fait du credo historique un devoir religieux qu'on ne peut négliger.

De ces idées que je couche sur le papier à la hâte mais non sans réflexion, vous pouvez faire maintenant ce que bon vous semblera, sans toutefois faire allusion ni explicitement ni de manière voilée à celui qui vous les a communiquées, à supposer que vous vous soyez d'abord convaincu vous-même de leur vérité.

Au demeurant je vous souhaite de la satisfaction dans votre situation domestique actuelle et, au cas où vous désireriez la modifier, je souhaite avoir en mon pouvoir le moyen de l'améliorer[1], et je suis, avec une profonde estime et amitié

Königsberg, Votre fidèle
le 22 février 1792. et dévoué serviteur

I. KANT.

À JOHANN GOTTLIEB FICHTE

Pour le loisir que vous avez eu la chance XI, 2, 418
d'obtenir afin de le consacrer au traitement d'importants problèmes philosophiques, je vous félicite, estimable ami, de tout mon cœur, bien que vous trouviez bon de passer sous silence le lieu
et les circonstances dans lesquels vous espérez en XI, 2, 419
jouir[2].

Quant à l'écrit qui vous fait honneur, votre *Critique de toute révélation*[3], je n'en ai fait jusqu'à présent qu'une lecture partielle et interrompue par des occupations survenues entre-temps. Pour pouvoir porter un jugement sur lui, je devrais le parcourir en entier et dans une suite continue, de façon à garder présent à l'esprit ce que je viens de lire pour le comparer à ce qui suit ; mais jusqu'à aujourd'hui je n'ai pu obtenir ni le temps ni la disposition requise, la mienne depuis quelques semaines n'étant pas favorable aux travaux intellectuels. Peut-être pourrez-vous, en comparant votre travail avec mon récent traité sur *La Religion dans les limites,* etc., voir très facilement comment mes idées et les vôtres s'accordent ou se séparent sur ce point.

Pour traiter le problème posé dans la *Critique de la raison pure,* p. 372 et suiv.[1], je souhaite et j'espère un heureux succès de votre talent et de votre application. Si mes travaux n'avançaient pas maintenant fort lentement, ce dont mes soixante-dix ans, que je viens d'atteindre, peuvent bien être responsables, j'en serais déjà, dans la *Métaphysique des mœurs* que je projette, au chapitre dont vous avez choisi le contenu comme thème à élaborer[2], et je serais heureux si vous pouviez me devancer dans cette entreprise et même la rendre inutile de ma part.

Que le terme de ma vie soit proche ou lointain, je n'achèverai pas le cours de mon existence sans satisfaction, si je puis me flatter de voir s'approcher de plus en plus de son point de perfection, grâce à des hommes habiles travaillant avec zèle pour le bien du monde entier, ce que mes faibles efforts ont commencé.

Avec le souhait de recevoir de temps en temps des nouvelles de votre santé et de l'heureuse poursuite de vos efforts en direction de l'intérêt général, je suis avec une parfaite considération et amitié, etc.

Königsberg, le 12 mai 1793.

I. KANT.

SUR LE LIEU COMMUN : IL SE PEUT QUE CE SOIT JUSTE EN THÉORIE, MAIS, EN PRATIQUE, CELA NE VAUT POINT

Traduction de Luc Ferry.

SUR LE LIEU COMMUN : IL SE PEUT QUE CE SOIT JUSTE EN THÉORIE, MAIS, EN PRATIQUE, CELA NE VAUT POINT VIII, 273

Un ensemble de règles, fussent-elles pratiques, VIII, 275 est nommé *théorie* dès lors que ces règles, en tant que principes, sont pensées avec une certaine universalité, et qu'en cela, on fait abstraction d'une multitude de conditions qui ont pourtant nécessairement de l'influence sur leur application. Inversement, toute occupation ne mérite pas le nom de *pratique,* mais il convient uniquement à cette production d'une fin qui est pensée comme observation de certains principes de conduite représentés dans leur généralité[1].

Qu'entre la théorie et la praxis il faille encore un moyen terme pour établir la liaison et le passage de l'une à l'autre, et ce, quelle que soit la complétude de la théorie, c'est là ce qui va de soi ; car au concept de l'entendement qui contient la règle, il faut que s'ajoute un acte de la faculté de juger par lequel le praticien décide si le cas tombe sous la règle ou non ; et comme on ne peut toujours à nouveau donner à la faculté de juger des règles selon lesquelles elle aurait à se guider dans la subsomption (car cela irait à l'infini) on conçoit qu'il puisse exister des théoriciens qui dans leur vie ne peuvent jamais passer à la pratique parce qu'il leur manque de la faculté de juger, par exemple des médecins ou des juristes qui ont bien fait leurs études mais qui ne savent

pas comment ils doivent se comporter lorsqu'ils ont un conseil à donner[1]. Toutefois, lors même que ce don naturel est présent, il peut encore y avoir une lacune dans les prémisses ; c'est-à-dire qu'il se peut que la théorie soit incomplète et qu'elle ne puisse être parachevée que par des essais et des expériences, qui restent encore à faire, à partir desquelles le médecin, le financier ou l'agronome qui sortent de l'école peuvent et doivent eux-mêmes abstraire de nouvelles règles et compléter leur théorie. Ici, par conséquent, ce n'est pas à la théorie qu'il faut imputer le fait qu'elle vaille encore peu pour la pratique, mais cela tient à ce qu'il n'y a *pas suffisamment* de cette théorie que l'homme aurait dû apprendre de l'expérience, théorie qui est la véritable théorie, quand bien même on n'est pas en état de se la donner soi-même ni de l'exposer systématiquement comme professeur dans des propositions universelles et que, par conséquent, l'on ne peut prétendre au titre de théoricien de la médecine,
VIII, 276 de l'agronomie, etc. Personne ne peut par conséquent se targuer d'être versé pratiquement dans une science et de mépriser pourtant la théorie sans montrer tout simplement qu'il est un ignorant dans sa discipline puisqu'il croit pouvoir, en procédant à tâtons dans les essais et les expériences, sans rassembler certains principes (qui constituent en propre ce qu'on nomme théorie) ni s'être représenté l'occupation à laquelle il se livre comme un tout (lequel, lorsqu'on procède en la matière méthodiquement, se nomme système), aller plus loin que la théorie n'a réussi à l'élever.

Il est cependant plus tolérable encore d'entendre un ignorant déclarer la théorie inutile et superflue au nom de sa prétendue praxis que d'entendre un raisonneur l'admettre et en concéder la valeur pour l'école (à peu près uniquement pour exercer l'esprit), tout en affirmant pourtant en même temps qu'il en va tout autrement dans la pratique, que lorsqu'on quitte l'école pour aborder le monde, on prend conscience d'avoir poursuivi des idéaux vides et des rêves philosophiques, en un mot, que ce qui est recevable en théorie n'est d'aucune valeur pour la pratique (ce qu'on exprime souvent aussi de cette manière : telle ou telle proposition vaut bien *in thesi,* mais non *in hypothesi*). Or on ne ferait que rire d'un mécanicien empirique ou d'un artilleur qui voudrait critiquer la mécanique générale ou la doctrine mathématique des projectiles en arguant du fait que la théorie en est certes subtilement conçue, mais qu'elle n'est toutefois d'aucune valeur dans la pratique puisque, dans l'application, l'expérience fournit des résultats tout différents de ceux de la théorie, (car si l'on ajoutait à la première la théorie du frottement et à la seconde celle de la résistance de l'air, si, par conséquent, on ne faisait que leur ajouter encore davantage de théorie, elles s'accorderaient parfaitement avec l'expérience). Seulement, il en va tout différemment selon qu'il s'agit d'une théorie qui concerne des objets de l'intuition ou d'une théorie en laquelle les objets ne sont représentés que par concepts (selon qu'il s'agit d'objets de la mathématique ou d'objets de la philosophie[1]) : il se peut que ces concepts soient *pensés* de façon tout à fait correcte et irréprochable (du côté de la raison) mais ne puissent nullement être *donnés* et ne soient que de pures idées vides dont il ne peut être fait, dans la pratique, soit aucun usage, soit même un usage qui leur serait préjudiciable. Par suite, le lieu commun pourrait bien malgré tout se trouver justifié dans de tels cas.

Toutefois, dans une théorie qui est fondée sur le *concept de devoir* le souci qui proviendrait de la pure idéalité de ce concept disparaît totalement. Car ce ne serait pas un devoir que de viser un
certain effet de notre volonté si cet effet n'était VIII, 277
pas non plus possible dans l'expérience (qu'il soit pensé comme accompli ou comme s'approchant constamment de l'accomplissement) ; et ce n'est que de cette espèce de théorie qu'il est question dans le présent essai. Car c'est d'elle qu'il n'est pas rare qu'on avance, au scandale de la philosophie, que ce qui en elle peut être juste est

cependant sans valeur pour la pratique et ce, qui plus est, avec un ton hautain et dédaigneux, tout pénétré de la prétention à vouloir réformer par l'expérience la raison elle-même en ce dans quoi elle place son plus haut titre de gloire, ainsi qu'à voir plus loin et plus sûrement dans une pseudo-sagesse et avec des yeux de taupes rivés à l'expérience, qu'avec les yeux échus en partage à un être qui était fait pour se tenir debout et contempler le ciel.

Or cette maxime, devenue très commune en ces temps aussi riches en sentences que pauvres en actions, occasionne les plus grands dommages lorsqu'elle concerne quelque chose de moral (un devoir de droit ou de vertu). Car on a ici affaire au canon de la raison (dans le domaine pratique) où la valeur de la praxis repose entièrement sur sa conformité à la théorie qui la sous-tend ; et tout est perdu si l'on fait des conditions empiriques, et par suite contingentes, de l'exécution de la loi, les conditions mêmes de la loi, et qu'ainsi une praxis, qui est calculée en vue d'une issue probable d'après l'expérience qu'on a eue *jusqu'ici,* est autorisée à régenter la théorie autonome[1].

J'effectue la division de cet essai selon les trois points de vue différents auxquels a coutume de se placer, pour apprécier son objet, l'homme de bien qui critique si hardiment théories et systèmes, donc à un triple titre : 1° comme homme privé, mais cependant *homme de terrain*[2], 2° comme homme *faisant partie d'un État*, 3° comme homme *faisant partie du monde* (ou citoyen du monde en général). Or ces trois personnages tombent d'accord pour s'en prendre à l'*homme d'école,* qui élabore la théorie pour eux tous et dans leur intérêt, et, puisqu'ils se targuent de s'y entendre mieux que lui, pour le renvoyer à son école *(illa se jactet in aula*[3] *!)* comme un pédant qui, perdu pour la pratique, ne peut qu'entraver leur sagesse d'expérience.

Nous exposerons donc la relation de la théorie à la praxis sous trois rubriques : *premièrement* dans la *morale* en général (eu égard à ce qui constitue le Bien pour tout homme), deuxièmement dans la *politique* (relativement à ce qui constitue le Bien pour les États), troisièmement du point de vue *cosmopolitique* (eu égard à ce qui constitue le Bien pour l'espèce humaine dans son ensemble et ce, en tant qu'elle est saisie dans son progrès vers ce Bien à travers la série des générations de toutes les époques futures). Mais, pour des raisons que VIII, 278 le contenu même de l'essai fera apparaître, l'intitulé des rubriques sera ainsi formulé : la relation de la théorie à la praxis dans la *morale,* dans le *droit politique,* et dans le *droit des gens*[1].

I

DE LA RELATION DE LA THÉORIE À LA PRAXIS DANS LA MORALE EN GÉNÉRAL

*(En réponse à quelques objections de M. le professeur Garve**[2] *)*

Avant d'en venir à ce qui est véritablement l'objet du litige portant sur ce qui, dans l'usage d'un seul et même concept, peut valoir uniquement pour la théorie ou pour la praxis, je dois tout d'abord comparer ma théorie, telle que je l'ai exposée ailleurs, avec la présentation qu'en donne M. Garve afin de voir déjà si nous nous entendons.

A. J'avais au préalable, à titre introductif, défini la morale comme une science qui enseigne non pas comment on doit devenir heureux, mais

* *Essais sur divers objets de morale et de littérature,* par Ch. Garve, première partie, p. 111 à 116. Je considère la contestation de mes thèses de la part de cet homme estimable comme des *objections* qui portent sur ce à propos de quoi il souhaite (comme je l'espère) s'entendre avec moi ; il ne s'agit pas d'attaques, lesquelles, en tant qu'affirmations dénigrantes, devraient inciter à se justifier, ce qui n'est pas ici le lieu, ni ne correspond à mon inclination.

comment on doit se rendre digne du bonheur*. Je n'avais pas manqué de remarquer à cet égard qu'il n'était pas par là exigé de l'homme qu'il doive, lorsqu'il s'agit de l'observation de son devoir, *renoncer* à sa fin naturelle, le bonheur, — car cela, comme tout être raisonnable fini en général, il ne le peut — mais qu'il était nécessaire qu'il fît tout à fait *abstraction* de cette considération lorsque intervenait le commandement du devoir, qu'il était nécessaire de n'en faire à aucun
VIII, 279 égard la *condition* de l'observation de la loi qui lui était prescrite par la raison, et même, autant qu'il lui était possible, de veiller à ce qu'aucun *mobile* dérivé du bonheur ne se mêlât subrepticement à la détermination du devoir : ce à quoi l'on parvient en représentant plutôt le devoir associé aux sacrifices que nous coûte son observation (la vertu) qu'avec les avantages qu'il nous procure, afin de se représenter le commandement du devoir dans toute sa force, exigeant une obéissance inconditionnée, se suffisant à lui-même et n'ayant besoin d'aucune autre influence.

a) Voici maintenant comment M. Garve formule ma thèse : j'aurais affirmé que «l'observation de la loi morale, sans aucune prise en considération du bonheur, serait *l'unique fin ultime* de l'homme, qu'elle doit être considérée comme l'unique fin du créateur». (D'après ma théorie, ce n'est ni la moralité de l'homme en tant que telle, ni le bonheur pris isolément, qui constituent l'unique fin du créateur, mais le plus grand bien possible dans le monde[1], lequel consiste dans l'union et l'accord des deux.)

* Le fait d'être digne du bonheur consiste en cette qualité d'une personne qui repose sur le vouloir propre du sujet, qualité en conformité avec laquelle une raison législative (à l'égard de la nature aussi bien que du libre vouloir) universelle s'accorderait à toutes les fins de cette personne. Cette qualité est donc tout à fait distincte de l'habileté à se procurer une satisfaction. Car même de cette habileté, ainsi que du talent que la nature lui a accordé pour cela, elle n'est pas digne si elle possède un vouloir qui ne s'accorde pas avec celui qui seul convient pour une législation universelle de la raison ni ne peut y être inclus (c'est-à-dire un vouloir qui contredit à la moralité).

B. J'avais en outre remarqué que ce concept de devoir ne requiert comme fondement aucune fin particulière mais qu'il *introduit* au contraire une autre fin pour la volonté de l'homme : celle consistant à travailler de toutes ses forces au *plus grand* bien possible dans le monde (le bonheur dans l'univers, mais lié à la moralité la plus pure, conforme à elle et universel), lequel étant certes dans notre pouvoir d'un côté, mais non des deux[1], contraint la raison, du *point de vue pratique,* à la foi en un maître moral du monde et en une vie future. Cela n'a nullement lieu comme si c'était seulement sous la supposition de ces deux choses que le concept universel de devoir recevait «point d'appui et solidité[2] », c'est-à-dire un fondement assuré et l'indispensable force que donne un *mobile,* mais afin qu'il reçoive aussi un *objet* uniquement dans cet idéal de la raison pure*. Car

* Le besoin d'admettre dans le monde, comme fin ultime de toute chose un *plus grand* bien possible aussi par notre collaboration n'est pas un besoin qui résulterait d'un manque de mobiles moraux, mais bien du manque de conditions extérieures dans lesquelles seules, conformément à ces mobiles, un objet comme fin en soi (comme *fin ultime* morale) peut être produit. Car, sans aucune fin, il ne peut y avoir aucune *volonté,* même s'il faut en faire abstraction lorsqu'il s'agit uniquement de l'obligation légale des actions et si la loi seule constitue le principe déterminant de la volonté. Toute fin cependant n'est pas morale (par exemple, celle qui vise le bonheur personnel ne l'est pas), mais la fin morale doit être désintéressée ; et le besoin d'une fin ultime, fournie par la raison pure et rassemblant l'ensemble de toutes les fins sous un principe (un monde en tant que plus grand bien possible aussi par notre collaboration) est un besoin de la volonté désintéressée lorsqu'elle s'étend au-delà encore de l'observation des lois formelles jusqu'à la production d'un objet (le plus grand bien). C'est là une détermination de la volonté d'une espèce particulière, une détermination par l'idée de l'ensemble de toutes les fins où l'on pose comme fondement que *si* nous entretenons à l'égard des choses dans le monde certaines relations morales nous devons en toutes circonstances obéir à la loi morale, à quoi s'ajoute encore le devoir de travailler de toutes nos forces à ce qu'une telle situation (un monde adéquat aux fins morales suprêmes) existe. En cela l'homme se pense par analogie avec la divinité qui, bien qu'elle n'ait sans doute subjectivement besoin d'aucune chose extérieure, ne peut cependant être pensée comme se renfermant sur elle-même mais bien plutôt comme déterminée, par la conscience même qu'elle a de se suffire entièrement,

VIII, 280 en soi le devoir n'est rien d'autre que la *limitation* du vouloir à la condition d'une législation universelle possible par une maxime que l'on a admise, quel que soit l'objet de ce vouloir, c'est-à-dire la fin (qui pourrait donc être aussi bien le bonheur) ; mais de cet objet, et même de toute fin que l'on peut avoir, il est fait ici tout à fait abstraction. Lorsqu'il est question du *principe* de la morale, la doctrine du *plus grand bien* comme fin dernière d'une volonté déterminée par elle et conforme à ses lois, peut être totalement négligée (comme épisodique) et mise de côté. Ainsi qu'on le verra d'ailleurs dans ce qui suit, lorsqu'on en vient au véritable objet de litige, ce n'est nullement cette doctrine qui est prise en considération, mais uniquement la morale générale.

a) M. Garve formule ces thèses de la façon suivante : «l'homme vertueux ne peut ni ne doit jamais quitter ce point de vue (du bonheur personnel) sous peine de perdre totalement le chemin qui mène au monde invisible, à la conviction de l'existence de Dieu et de l'immortalité, conviction pourtant absolument indispen-
VIII, 281 sable, selon cette théorie, afin de donner *au système moral son point d'appui et sa solidité*» ; et pour résumer rondement l'essentiel de l'affirmation qui m'est attribuée il conclut de la sorte : «L'homme vertueux s'efforce donc sans cesse, conformément à ces principes, d'être digne du bonheur, mais *jamais, dans la mesure* où il est vraiment vertueux, d'être heureux.» (L'expression *dans la mesure* crée

à produire hors d'elle-même le plus grand bien, nécessité (qui chez l'homme est devoir) que *nous* ne pouvons nous représenter autrement dans l'Être suprême que comme besoin moral. Chez l'homme par conséquent, le mobile qui réside dans l'Idée du plus grand bien possible dans le monde par sa collaboration n'est pas non plus le bonheur personnel qui est en cela visé mais seulement cette Idée comme fin en soi, donc sa poursuite comme devoir. Car elle ne contient pas une perspective sur le bonheur absolument parlant, mais uniquement sur une proportion entre le bonheur et le mérite du sujet quel qu'il soit. Or une détermination de la volonté qui se limite elle-même, ainsi que son intention de participer à une telle totalité, à cette condition, n'est pas *intéressée.*

ici une ambiguïté qu'il faut d'abord lever. Elle peut signifier : *dans l'acte* même où il se soumet à son devoir en tant qu'homme vertueux, et dans ce cas cette proposition s'accorde parfaitement avec ma théorie ; ou bien encore : pourvu qu'il soit vertueux, et dès lors, même lorsqu'il ne serait pas question du devoir et qu'il n'y serait point contredit, l'homme vertueux ne devrait cependant accorder aucune considération au bonheur ; dans ce cas, cela contredit tout à fait mes affirmations.)

Ces objections ne sont donc que des malentendus (car je me refuse à les tenir pour des interprétations tendancieuses) dont la possibilité même devrait surprendre si le penchant humain à poursuivre le cours habituel de ses propres pensées jusque dans l'appréciation de celles d'autrui, et à introduire aussi celles-là dans celles-ci, n'expliquait suffisamment le phénomène.

Ce traitement polémique du principe moral évoqué plus haut est maintenant suivi d'une affirmation dogmatique du contraire. En effet, M. Garve conclut analytiquement de la façon suivante : « Dans l'ordre des *concepts* la perception et la distinction des états par lesquelles la *préférence* est donnée à l'un plutôt qu'à l'autre doivent précéder le choix de l'un d'entre eux ainsi par conséquent que la détermination préalable d'une certaine fin. Mais l'état qu'un être doué de la conscience de soi et de son état *préfère* à d'autres manières d'être lorsque cet état est présent et perçu par lui est un état *bon;* et une série d'états bons de ce genre constitue le concept le plus général que le mot *bonheur* exprime. » En outre : « Une loi présuppose des motifs, et ces motifs à leur tour présupposent que soit perçue au préalable une différence entre un état plus mauvais et un état meilleur. Cette différence perçue est l'élément du concept de bonheur, etc. ». Et plus loin : « *Du bonheur,* au sens le plus général du mot, *surgissent les motifs de tout effort,* donc aussi les motifs de l'obéissance à la loi morale. Je dois d'abord savoir que quelque chose est bon avant de demander si l'accomplissement des devoirs

moraux appartient à la rubrique du bien ; l'homme
VIII, 282 doit posséder un *mobile* qui le met en mouvement *avant* qu'on ne puisse lui proposer un but* vers lequel ce mouvement doit être dirigé. »

Cet argument n'est rien d'autre qu'un jeu sur l'ambiguïté du terme : *le bien,* étant donné que celui-ci est soit opposé, en tant que bien en soi et inconditionné, au mal en soi, soit comparé, en tant que bien toujours seulement conditionné, avec un bien moindre ou supérieur, l'état qui correspond au choix de ce bien supérieur n'étant qu'un état comparativement meilleur mais qui peut malgré tout être mauvais en soi[2]. La maxime de l'observation inconditionnée, sans aucune considération pour une quelconque fin qui lui servirait de fondement, d'une loi du libre arbitre commandant catégoriquement (c'est-à-dire le devoir) diffère essentiellement, c'est-à-dire par nature, de la maxime qui invite à poursuivre une fin qui nous est proposée par la nature elle-même (et que l'on nomme en général le bonheur), comme motif d'un certain mode d'action. Car la première est en elle-même bonne tandis que la seconde ne l'est nullement et peut, en cas de collision avec le devoir, être très mauvaise. En revanche, si une certaine fin est prise comme fondement et que par suite aucune loi ne commande inconditionnellement (mais seulement sous la condition de cette fin), deux actions opposées peuvent alors toutes deux être bonnes de façon conditionnée, l'une étant seulement meilleure que l'autre (que l'on pourrait donc appeler comparativement mauvaise) ; car elles ne sont pas différentes par *nature* mais *seulement* quant au *degré.* Et il en va ainsi de toutes les actions dont le motif n'est pas la loi

* C'est là précisément ce sur quoi j'insiste. Le mobile que l'homme peut avoir avant qu'on ne lui propose un but (une fin) ne peut pourtant manifestement être autre chose que la loi elle-même par le respect qu'elle inspire (sans que soient déterminés les buts qu'on peut se proposer et atteindre en lui obéissant). Car la loi est bien la seule chose qui reste eu égard à l'élément formel de l'arbitre lorsque je laisse de côté la matière de l'arbitre (le but, comme le nomme M. Garve[1]).

rationnelle inconditionnée (le devoir) mais une fin posée par nous arbitrairement comme fondement : car cette fin appartient à la somme de toutes les fins dont l'atteinte est nommée bonheur ; or une action peut contribuer plus ou moins qu'une autre à mon bonheur et, par suite, être plus ou moins bonne qu'une autre. Mais la *préférence* accordée à un état de la détermination du vouloir plutôt qu'à un autre est simplement un acte de la liberté (*res merae facultatis,* comme disent les juristes[1]) dans lequel la question de savoir si celle-ci (la détermination du vouloir) est bonne ou mauvaise en soi, n'entre nullement en compte et se trouve par suite indifférente dans un cas comme dans l'autre.

Un état consistant à être attaché à une certaine VIII, 283 *fin donnée* que je préfère à toute autre fin *de même nature* est un état comparativement meilleur, cela bien sûr dans le domaine du bonheur (qui n'est jamais reconnu comme *bon par la raison* que de façon conditionnée, c'est-à-dire en tant qu'on en est digne). Mais cet état dans lequel je suis conscient, en cas de collision de certaines de mes fins avec la loi morale du devoir, d'accorder la préférence à ce dernier, n'est pas simplement un état meilleur mais le seul qui soit bon en soi : il s'agit d'un bien qui appartient à un tout autre domaine[2] où il n'est tenu aucun compte des fins qui peuvent s'offrir à moi (et par suite de leur somme, le bonheur) et dans lequel ce n'est pas la matière de l'arbitre (un objet posé comme son fondement) qui en constitue le principe déterminant, mais la seule forme de la légalité universelle de sa maxime. On ne peut donc nullement dire que je considère comme relevant du bonheur tout état que je *préfère* à tout autre mode d'être. Car je dois tout d'abord être certain que je n'agis pas à l'encontre de mon devoir, et c'est seulement ensuite qu'il m'est permis de me préoccuper du bonheur pour savoir quelle part je puis en concilier avec cet état moralement (et non physiquement) bon qui est le mien*.

* Le bonheur comprend tout ce que la nature peut nous

La volonté doit assurément avoir des *motifs;* mais ils ne résident pas dans certains objets posés préalablement comme fins et rapportés au *sentiment physique,* mais ils ne sont rien d'autre que la *loi* inconditionnée elle-même eu égard à laquelle la capacité qu'a la volonté de s'y sentir soumise comme à une contrainte inconditionnée se nomme le *sentiment moral;* celui-ci n'est donc pas la cause mais l'effet de la détermination de la volonté, et nous n'en aurions pas la moindre perception en
VIII, 284 nous-mêmes si cette contrainte ne se trouvait préalablement en nous. Par suite, le couplet bien connu selon lequel ce sentiment, donc un plaisir que nous nous proposons comme fin serait bien quand même la cause première de la détermination de la volonté et qu'ainsi le bonheur (auquel cette cause appartient comme élément) constituerait malgré tout le fondement de toute nécessité objective d'agir, par conséquent de toute obligation, fait partie des bavardages sophistiques. En effet, si dans l'assignation d'une cause à un effet l'on ne peut cesser de questionner, on en vient finalement à faire de l'effet une cause de lui-même.

J'en viens maintenant au point qui nous intéresse proprement ici[1] : mettre à l'épreuve et étayer par des exemples cette prétendue divergence d'intérêts qui se manifesterait dans la philosophie entre la théorie et la pratique. Le meilleur témoignage en est fourni par M. Garve dans l'essai que

procurer (mais rien de plus non plus) tandis que la vertu comprend ce que nul autre que l'homme lui-même ne peut se donner ou se retirer. On objectera peut-être qu'en s'écartant de la vertu l'homme risque malgré tout de s'exposer à des reproches, au blâme purement moral qu'il s'adresserait à lui-même, par suite, à une insatisfaction et se rendre ainsi malheureux. Cela peut à la rigueur être accordé. Mais de cette insatisfaction purement morale (qui ne provient pas des conséquences pour lui désavantageuses de son action, mais de son caractère illégal même), seul l'homme qui est vertueux, ou en voie de le devenir, est capable. Par conséquent, elle n'est pas la cause mais seulement l'effet du fait qu'il est vertueux; et le mobile le conduisant à être vertueux ne pouvait être tiré de ce malheur (si l'on veut nommer ainsi la douleur qui provient d'une mauvaise action).

nous avons mentionné. Il affirme tout d'abord (en évoquant la différence que je vois entre une doctrine qui enseigne comment devenir *heureux* et celle qui enseigne comment nous devons nous rendre *dignes* du bonheur) : « Pour ma part, j'avoue comprendre fort bien cette division des idées dans ma *tête* mais ne pas trouver dans mon cœur cette division des souhaits et des efforts ; j'avoue même ne pouvoir nullement comprendre comment un homme peut prendre conscience d'avoir purement écarté son aspiration même au bonheur et d'avoir ainsi accompli son devoir d'une façon tout à fait désintéressée. »

Je répondrai tout d'abord sur le dernier point. J'admets en effet bien volontiers qu'aucun homme ne peut avoir conscience avec certitude d'*avoir accompli* son devoir de façon tout à fait désintéressée : cela relève en effet de l'expérience interne et une telle conscience de son état d'âme requerrait une représentation parfaitement claire de toutes les représentations connues et de toutes les considérations que l'imagination, l'habitude et l'inclination superposent au concept de devoir, représentation qui ne peut en aucun cas être demandée ; d'ailleurs, d'une façon générale, le non-être de quelque chose (donc aussi d'un quelconque avantage qu'on aurait secrètement pensé) ne saurait être un objet d'expérience. Mais que l'homme *doive accomplir* son devoir de façon complètement désintéressée et qu'il lui soit *nécessaire* de séparer totalement du concept de devoir son aspiration au bonheur pour obtenir le concept dans toute sa pureté, c'est là ce dont il est conscient avec la plus grande clarté ; ou alors, s'il ne pense pas l'être, on peut exiger de lui qu'il le soit autant qu'il est en son pouvoir de l'être parce que c'est précisément dans cette pureté qu'on peut trouver la véritable valeur de la moralité et il est donc également nécessaire qu'il le puisse. Il se peut que jamais un homme n'ait accompli de façon tout à fait désintéressée (sans mélange d'autres mobiles) son devoir VIII, 285
qu'il reconnaît et même vénère ; peut-être même qu'aucun ne parviendra à ce point malgré l'effort

le plus grand. Mais il eſt cependant capable, pour autant qu'il peut voir clair en lui-même par l'introspection la plus scrupuleuse, de prendre conscience, non pas tant de l'absence de motifs connexes de ce genre, que de sa propre abnégation à l'égard de nombreux motifs s'opposant à l'idée du devoir, et, par suite, de tendre à élever la maxime à cette pureté ; et c'eſt également suffisant pour observer son devoir. Au contraire, se donner pour maxime de favoriser l'influence de tels motifs sous prétexte que la nature humaine ne permet pas une telle pureté (ce que toutefois il ne peut pas non plus affirmer avec certitude), c'eſt la mort de toute moralité.

En ce qui concerne maintenant le premier point, à savoir l'aveu de M. Garve selon lequel il ne trouverait pas en son *cœur* cette division (à proprement parler c'eſt une séparation), je n'ai aucun scrupule à le contredire carrément dans son auto-accusation et à prendre la défense de son cœur contre sa tête. Lui, l'honnête homme, la trouvait en réalité toujours dans son cœur (dans les déterminations de sa volonté), mais elle ne voulait pas s'accorder dans sa tête avec les habituels principes des explications psychologiques (qui toutes prennent pour fondement le mécanisme de la nécessité naturelle) en vue de la spéculation et de la compréhension de ce qui eſt incompréhensible (inexplicable), à savoir la possibilité d'impératifs catégoriques (tels que ceux du devoir*).

* M. le professeur Garve (dans ses remarques concernant le livre de Cicéron sur les devoirs, p. 69 dans l'édition de 1783) fait cette confession remarquable et digne de sa pénétration : « La liberté, d'après sa conviction la plus intime, reſtera toujours insoluble et ne sera jamais expliquée. » Une preuve de sa réalité ne peut absolument pas être trouvée dans une expérience, ni médiate ni immédiate, et l'on ne peut pas non plus pourtant l'admettre sans aucune preuve. Or comme une preuve ne peut en être faite à partir de raisons purement théoriques (car celles-ci devraient être recherchées dans l'expérience), et doit donc l'être à partir de propositions rationnelles pratiques qui ne soient toutefois pas non plus techniquement pratiques (car elles exigeraient à nouveau des raisons tirées de

Mais lorsque M. Garve dit enfin : « De telles distinctions subtiles entre les idées *s'obscurcissent* déjà dans la réflexion sur des objets particuliers, mais elles *se perdent totalement* lorsqu'il s'agit de *l'action,* lorsqu'elles doivent être appliquées aux VIII, 286 désirs et aux intentions. Plus le pas par lequel nous passons de la considération des motifs à l'action réelle est simple, rapide et *dénué de représentations claires,* moins il est possible de connaître avec précision et certitude le poids exact qu'a pesé chaque motif pour conduire ce pas dans telle direction et non dans telle autre » — il me faut le contredire haut et fort.

Le concept de devoir dans toute sa pureté est non seulement incomparablement plus simple, plus clair, plus compréhensible et plus naturel pour chacun dans l'usage pratique que tout motif tiré du bonheur ou confondu avec lui et avec sa prise en compte (ce qui exige toujours beaucoup d'art et de réflexion) ; mais même au jugement de la raison humaine la plus commune, il est de loin *plus vigoureux,* plus contraignant et plus prometteur de succès que toutes les motivations empruntées au précédent principe égoïste, pourvu seulement qu'on le lui soumette et qu'on le propose à la volonté de l'homme en le séparant de ces motivations et même en l'y opposant. Soit par exemple le cas de quelqu'un ayant entre les mains un bien étranger qui lui a été confié *(depositum)* et dont le propriétaire est mort ; ses héritiers n'en savent rien et ne peuvent rien en savoir. Qu'on expose ce cas, même à un enfant de huit ou neuf ans ; que l'on ajoute que celui qui détient ce dépôt vient précisément (sans qu'il en soit responsable) de perdre toute sa fortune, qu'il voit autour de lui sa famille, avec femme et enfants, désolée, accablée par le besoin, et qu'il pourrait se tirer de cette misère en un instant s'il s'appropriait ce

l'expérience) mais par conséquent uniquement moralement pratiques, on se demande pourquoi M. Garve n'a pas recouru au concept de liberté pour sauver au moins la possibilité de tels impératifs.

dépôt ; on ajoutera qu'il est philanthrope et charitable, que les héritiers en revanche sont riches, insensibles et, de plus, luxurieux et dissipateurs au plus haut degré, à tel point qu'il serait tout aussi bien de jeter à la mer ce supplément à leur fortune ; qu'on demande alors si, dans ces conditions, on peut considérer comme permis de détourner ce dépôt à son propre profit, l'enfant interrogé répondra sans aucun doute : non ! et ne pourra, pour toute justification, que dire : *c'est injuste,* c'est-à-dire : c'est en contradiction avec le devoir. Il n'y a rien de plus clair ; mais cela ne signifie assurément pas qu'en restituant le dépôt il favoriserait son propre *bonheur*. Car si c'était de la visée du bonheur qu'il attendait la détermination de sa décision, il pourrait par exemple, tenir le raisonnement suivant : « Si tu rends à ses véritables propriétaires, sans qu'on te l'ait demandé, le
VIII, 287 dépôt étranger qui se trouve chez toi, ils te récompenseront probablement pour ton honnêteté ; ou si cela ne se passe pas ainsi, tu t'attireras partout une bonne réputation qui peut te rapporter beaucoup. Mais tout cela est très incertain. Dans le cas contraire cependant, nombre de préoccupations ne manquent pas non plus de surgir : si tu voulais détourner ce qu'on t'a confié pour te sortir d'un seul coup de ta situation difficile, tu attirerais, sur ta personne, si tu en faisais rapidement usage, le soupçon de ceux qui se demanderaient comment et par quelles voies tu serais arrivé si vite à améliorer ta situation ; mais si tu voulais en user lentement, ta misère croîtrait tellement pendant ce temps qu'il ne serait absolument plus possible de lui porter remède. » La volonté qui se détermine d'après la maxime du bonheur hésite donc dans sa décision entre ses mobiles ; car c'est le succès qu'elle considère et celui-ci est fort incertain ; il faut avoir l'esprit clair pour se sortir de l'embarras des raisons qui s'opposent, et ne pas se tromper dans ses comptes. En revanche, si elle se demande ce qu'est ici le devoir, elle n'est absolument pas embarrassée quant à la réponse qu'elle doit se donner à elle-

même, mais elle est sur-le-champ certaine de ce qu'elle a à faire. Bien plus, elle ressent même, si le concept de devoir a quelque valeur pour elle, une aversion à s'adonner ne serait-ce qu'à des supputations sur les avantages qui pourraient résulter de sa transgression, tout comme si elle avait ici encore le choix.

Prétendre donc que ces distinctions (qui, comme il vient d'être démontré, ne sont pas aussi subtiles que le pense M. Garve, mais sont écrites dans l'âme de l'homme avec les lettres les plus grosses et les plus lisibles) *disparaissent totalement,* comme il dit, *lorsqu'il s'agit de l'action,* contredit même l'expérience de chacun. Non pas sans doute celle que présente *l'histoire* des maximes tirées de tel ou tel autre principe, car elle montre malheureusement sur ce point qu'elles découlent la plupart du temps du dernier principe (de l'égoïsme), mais l'expérience, qui ne peut être qu'interne, qu'aucune idée n'élève l'âme humaine et ne l'anime davantage jusqu'à l'enthousiasme que celle précisément d'une pure intention morale respectant le devoir au-dessus de tout, luttant contre les innombrables maux de la vie, voire contre ses tentations plus séductrices, et les surmontant cependant (comme on admet avec raison que l'homme en a le pouvoir). Le fait que l'homme soit conscient qu'il peut le faire parce qu'il le doit ouvre en lui un abîme de dispositions divines qui lui fait éprouver une sorte de frisson sacré face à la grandeur et à la sublimité de sa véritable destination[1]. Et si l'homme était plus souvent rendu VIII, 288
attentif et habitué à dépouiller la vertu de toute la richesse du butin d'avantages que l'on peut obtenir en observant le devoir et à se la représenter dans toute sa pureté, si, dans l'enseignement privé et public, on prenait pour principe d'en faire un usage constant (une méthode pour inculquer des devoirs, méthode qui a presque toujours été négligée), la moralité des hommes devrait bientôt s'élever. Si l'expérience historique n'a pas encore voulu à ce jour mettre en évidence l'heureux effet des doctrines de la vertu, la responsabilité en

incombe précisément à ce présupposé erroné que le mobile qui découle de l'idée du devoir en soi est beaucoup trop subtil pour l'entendement commun, alors que le mobile plus grossier qu'on tire de certains avantages à attendre dans ce monde, voire dans un monde futur, de l'observation de la loi (sans prêter attention à cette loi comme mobile) aurait plus d'effet sur l'esprit, et à ce qu'on a érigé jusqu'à présent en un principe d'éducation et de prédication la préférence donnée à l'aspiration au bonheur sur ce dont la raison fait la condition suprême : mériter le bonheur. Car des *préceptes* portant sur la façon d'accéder au bonheur ou tout au moins de se garder des dommages ne sont pas des *commandements;* ils ne lient personne absolument ; et l'homme peut, dès lors qu'il a été mis en garde, choisir ce qui lui semble bon, s'il accepte de supporter ce qui lui arrive. Il n'a pas de raison de considérer comme des sanctions les maux qui pourraient ensuite lui advenir pour avoir négligé le conseil qui lui a été donné, car celles-ci ne concernent que la volonté libre mais contraire à la loi. Or la nature et l'inclination ne peuvent pas donner de loi à la liberté. Il en va tout autrement de l'idée de devoir : sa transgression, même si on ne prend pas en considération les dommages qui peuvent en résulter pour lui, agit immédiatement sur l'âme et rend l'homme répréhensible et punissable à ses propres yeux.

On trouve donc ici une preuve évidente du fait que tout ce qui en morale est juste pour la théorie doit aussi être valable pour la pratique. En sa qualité d'homme, en tant qu'être soumis par sa propre raison à certains devoirs, chacun est donc un *homme de terrain* et comme cependant, en tant qu'homme, il n'est jamais trop âgé pour apprendre à l'école de la sagesse, il ne peut pas, en se prétendant par exemple mieux instruit par l'expérience de ce qu'est un homme et de ce qu'on peut exiger de lui, renvoyer à l'école avec un mépris
VIII, 289 hautain le partisan de la théorie. Car toute cette expérience ne l'aide en rien à échapper au précepte de la théorie, mais elle l'aide tout au plus à

apprendre comment la mettre en œuvre d'une façon meilleure et plus universelle lorsqu'on l'a admise au nombre de ses principes ; mais il n'est pas question ici de cette habileté pragmatique, mais seulement de ces principes.

II

DU RAPPORT DE LA THÉORIE À LA PRATIQUE DANS LE DROIT POLITIQUE

(Contre Hobbes[1])

Parmi tous les contrats par lesquels une multitude d'hommes s'unissent pour former une société *(pactum sociale)*, le contrat qui institue une *constitution civile (pactum unionis civilis)* est d'un type si particulier que, même s'il a bien des points communs, en ce qui concerne *l'exécution,* avec chacun des autres (qui, tout aussi bien, portent sur une quelconque fin à réaliser en commun), il se distingue pourtant essentiellement de tous les autres dans le principe de *son édification (constitutio civilis)*. L'union de plusieurs hommes en vue d'une fin (commune) quelconque (que tous ont) se rencontre dans tous les contrats d'association ; mais une union qui constitue une fin en soi-même (que chacun *doit avoir*), qui par conséquent, dans tout rapport extérieur des hommes en général qui ne peuvent s'empêcher de s'influencer réciproquement les uns les autres, est un devoir inconditionné et premier[2], une telle union ne se rencontre dans une société que dans la mesure où elle se trouve dans l'état civil, c'est-à-dire où elle constitue une communauté. Or la fin qui dans un tel rapport extérieur est en soi un devoir et même la condition formelle suprême *(conditio sine qua non)* de tout autre devoir extérieur, est le *droit* des hommes *sous des lois de contrainte publiques* par lesquelles ce qui appartient à chacun peut être déterminé et garanti contre toute intervention d'autrui.

Mais le concept d'un droit extérieur en général provient entièrement du concept de *liberté* dans les rapports extérieurs des hommes les uns aux autres, et n'a absolument rien à voir avec la fin qu'ont naturellement tous les hommes (la visée du bonheur) et avec le précepte concernant les moyens pour y parvenir ; si bien que cette fin ne doit donc absolument pas non plus s'immiscer dans cette loi, en tant que principe déterminant.
VIII, 290 Le *droit* est la limitation de la liberté de chacun à la condition de son accord avec la liberté de tous, dans la mesure où celle-ci est possible d'après une loi générale ; et le *droit public*[1] est l'ensemble des *lois extérieures* qui rendent possible un tel accord général. Or, comme toute limitation de la liberté par l'arbitre d'un autre s'appelle *contrainte,* il s'ensuit que la constitution civile est un rapport d'hommes *libres,* qui pourtant (sans préjudice pour leur liberté dans le tout de leur union avec les autres) sont soumis à des lois de contrainte, car c'est la raison elle-même qui le veut ainsi, et même la raison pure légiférant a priori qui ne prend en considération aucune fin empirique (toutes les fins de ce genre ayant été comprises sous le nom général de bonheur) ; car en ce qui concerne cette fin, et l'endroit où chacun entend la placer, les hommes ont des idées totalement différentes en sorte que leur volonté ne peut pas être ramenée à un principe commun ni par conséquent à une loi extérieure en accord avec la liberté de tous.

L'état civil considéré uniquement comme état juridique est donc fondé sur les principes *a priori* suivants : 1° la *liberté* de chaque membre de la société en tant qu'*homme.* 2° l'*égalité* de celui-ci avec tout autre en tant que *sujet*[2]. 3° l'*indépendance* de tout membre d'une communauté en tant que *citoyen*[3].

Ces principes ne sont pas tant des lois que donne l'État déjà institué, que celles qui seules rendent possible l'institution d'un État conformément aux purs principes de la raison du droit humain externe en général. Ainsi :

1° la liberté en tant qu'homme, dont j'exprime le principe pour la constitution d'une communauté dans la formule : personne ne peut me contraindre à être heureux à sa manière (comme il se représente le bien-être d'un autre homme), mais chacun a le droit de chercher son bonheur suivant le chemin qui lui paraît personnellement être le bon, si seulement il ne nuit pas à la liberté d'un autre à poursuivre une fin semblable, alors que cette liberté peut coexister avec la liberté de tous d'après une loi générale possible (c'est-à-dire s'il ne nuit pas à ce droit d'autrui). Un gouvernement qui serait institué sur le principe du bon vouloir à l'égard du peuple, comme celui d'un *père* avec ses enfants, c'est-à-dire un *gouvernement paternel (imperium paternale)*, dans lequel donc les sujets sont contraints, comme des enfants mineurs qui ne peuvent pas distinguer ce qui est pour eux véritablement utile ou pernicieux, de se compor- VIII, 291
ter de façon simplement passive, pour attendre uniquement du jugement du chef de l'État la façon dont ils *doivent* être heureux, et uniquement de sa bonté que celui-ci aussi le veuille ; un tel gouvernement[1] constitue le plus grand *despotisme* concevable (constitution qui supprime toute liberté aux sujets qui n'ont alors absolument aucun droit). Ce n'est pas un gouvernement *paternel* mais un gouvernement *patriotique (imperium non paternale sed patrioticum)* que celui qui seul peut être conçu pour des hommes qui sont capables de droit, et être en même temps en relation avec le bon vouloir du souverain. La façon de penser est en effet *patriotique* quand chacun dans l'État (y compris son chef) considère la communauté comme le sein maternel ou le pays comme le sol paternel dont et où lui-même est né, et qu'il doit aussi transmettre comme un gage précieux, dans le seul but d'en protéger les droits par des lois de la volonté commune, mais ne se croit autorisé à l'asservir à son arbitraire pur et

simple. Ce droit de liberté lui revient, à lui le membre de la communauté, en tant qu'homme c'est-à-dire dans la mesure où il est un être qui, d'une façon générale, est capable de droits.

2° l'*égalité* en tant que sujet, dont la formulation peut être la suivante : chaque membre de la communauté a vis-à-vis de chaque autre membre, des droits de contrainte dont seul le chef est exempt (pour cette raison qu'il n'est pas un membre de cette communauté mais celui qui l'a créée ou celui qui la maintient) ; lui seul a le pouvoir de contraindre sans être lui-même soumis à une loi de contrainte[1]. Mais tout ce qui se trouve sous des lois dans un État est sujet et par suite soumis au droit de contrainte comme tous les autres membres de la communauté ; à l'exception d'un seul (personne physique ou morale), le chef de l'État, par qui seul peut être exercée toute contrainte juridique. Car s'il pouvait lui aussi subir la contrainte, il ne serait pas le chef de l'État et la série des subordinations s'élèverait à l'infini. Mais s'il y en avait deux (deux personnes libres de toute contrainte), aucun d'eux ne serait soumis à des lois de contrainte, et l'un d'eux ne pourrait pas commettre d'injustice envers l'autre, ce qui est impossible.

Mais cette égalité générale des hommes dans un État, en tant que sujets de celui-ci, coexiste parfaitement avec la plus grande inégalité dans l'importance et le degré de ce qu'ils possèdent, qu'il s'agisse d'une supériorité corporelle ou intellectuelle sur les autres ou de biens matériels en
VIII, 292 dehors d'eux et de droits en général (il peut y en avoir beaucoup) que certains ont éventuellement sur d'autres, de telle sorte que le bien-être de l'un soit très dépendant de la volonté de l'autre (le bien-être du pauvre dépendant du riche) que l'un doive obéir (comme l'enfant aux parents, ou la femme au mari) et que l'autre lui commande, que l'un serve (comme journalier) et que l'autre lui verse un salaire, etc. Mais selon *le droit* (qui, en tant qu'expression de la volonté générale, ne peut être qu'unique et concerne seulement la forme de

la législation mais non pas la matière ou l'objet sur lequel j'ai un droit), ils sont pourtant tous égaux en tant que sujets, parce que personne ne peut contraindre un autre autrement que par la loi publique (et par celui qui la fait exécuter, le chef de l'État), qu'en revanche tout autre également lui résiste, grâce à elle, dans la même mesure, mais que personne ne peut perdre cette possibilité de contraindre (par suite d'avoir un droit face à autrui) autrement que par son propre délit, ni y renoncer de lui-même, c'est-à-dire faire par un contrat, et par conséquent par un acte juridique, qu'il n'ait plus de droits mais seulement des devoirs, car par là il se spolierait lui-même du droit de faire un contrat et ainsi le contrat se supprimerait lui-même.

Mais de cette idée de l'égalité des hommes dans la communauté, en tant que sujets, découle aussi cette formule : tout membre de cette communauté doit pouvoir atteindre tout niveau de situation (pouvant revenir à un sujet) auquel son talent, son activité et sa chance peuvent le conduire ; et il ne faut pas que ses co-sujets, grâce à une prérogative *héréditaire* (en tant que disposant d'un privilège pour une certaine situation), lui barrent la route pour le maintenir éternellement, lui et ses descendants, en dessous de cette situation.

Car étant donné que tout droit consiste simplement en la limitation de la liberté de tout autre à la condition qu'elle puisse coexister avec la mienne d'après une loi générale, et que le droit public (dans une communauté) est simplement l'état d'une législation réelle conforme à ce principe et associée à une force, législation qui fait que tous ceux qui appartiennent à un peuple, en tant que sujets, se trouvent dans un état juridique en général *(status juridicus)* c'est-à-dire dans l'égalité d'action et de réaction d'un arbitre en limitant un autre conformément à une loi de liberté générale (ce qui s'appelle l'état civil) ; le *droit inné* de chacun dans cet état (c'est-à-dire avant tout acte juridique de sa part) est donc absolument *égal* en ce qui concerne le pouvoir de contraindre tout

VIII, 293 autre à rester toujours dans les limites de l'accord de l'usage de sa liberté avec la mienne. Or comme la naissance n'est pas un *acte* de celui qui est mis au monde et qu'il ne lui vient par là aucune inégalité dans la condition juridique ni aucune soumission à des lois de contrainte si ce n'est à celles qui lui sont communes, en tant que sujet de la seule force législative suprême, avec tous les autres, il ne peut y avoir aucun privilège inné sur autrui pour un membre de la communauté en tant que co-sujet et personne ne peut transmettre à ses descendants le privilège de la *situation* qu'il occupe dans la communauté ni par conséquent non plus, comme s'il était en quelque sorte qualifié par sa naissance pour occuper une situation de domination, empêcher les autres par la contrainte d'accéder grâce à leur mérite personnel aux plus hauts degrés de la hiérarchie (du *supérieur* et de l'*inférieur*, dont aucun cependant n'est le chef tandis que l'autre serait le sujet). Il peut pour le reste transmettre tout ce qui est matériel (qui ne concerne pas la personnalité) et qui peut être acquis et aussi cédé comme propriété, et produire ainsi dans une lignée de descendants une inégalité considérable dans la fortune parmi les membres d'une communauté (l'inégalité du mercenaire et de celui qui loue ses services, du propriétaire et du valet de ferme, etc.) ; il ne peut seulement pas empêcher que ces gens, si leur talent, leur activité et leur chance leur en donnent la possibilité, aient le droit de s'élever jusqu'à une semblable situation. Sinon, il aurait en effet le droit de contraindre sans pouvoir être contraint en retour par une réaction d'autrui, et de s'élever au-dessus du niveau d'un co-sujet. Aucun homme vivant dans l'état juridique d'une communauté ne peut non plus déchoir de cette égalité autrement que par son propre crime mais jamais par un contrat ou par une violence de guerre *(occupatio bellica)* ; car il ne peut pas cesser, par un acte juridique (ni par le sien, ni par celui d'un autre) d'être propriétaire de sa propre personne, et entrer dans la classe des animaux domestiques que l'on utilise à tout ce que

l'on veut et qu'on conserve en outre dans cet état sans leur consentement aussi longtemps qu'on le veut, même s'il existe cette restriction (qui est même parfois sanctionnée par la religion, comme chez les Indiens) qu'il ne faut pas les mutiler ou les tuer. On peut, en quelque état que ce soit, tenir l'homme pour heureux si seulement il est conscient de ce qu'il ne dépend que de lui-même (de ses capacités ou de sa volonté expresse) ou bien de circonstances dont il ne peut faire porter la responsabilité à personne d'autre, mais non de la volonté irrésistible d'autrui, qu'il ne se hisse pas au même niveau que d'autres qui, en tant qu'ils VIII, 294
sont ses co-sujets, n'ont sur lui aucun avantage pour ce qui touche au droit*.

3° L'*indépendance (sibisufficientia*[2] *)* d'un membre de la communauté en tant que *citoyen,* c'est-à-dire

* Si l'on veut associer au mot *gracieux*[1] un concept déterminé (différent de bon, bienfaisant, protecteur, etc.) il ne peut être attribué qu'à celui envers qui *aucun droit de contrainte n'est exercé.* Il n'y a donc que le chef *de l'administration de l'État*, effectuant et distribuant tout le bien qui est possible d'après des lois publiques (car le *souverain* qui les établit est pour ainsi dire invisible ; il est la loi elle-même personnifiée et non pas son agent) qui puisse recevoir le titre de *gracieux seigneur* comme le seul être envers lequel aucun droit de contrainte n'est exercé. C'est ainsi que même dans une aristocratie, comme par exemple à Venise, le *sénat* est l'unique gracieux seigneur ; les nobles, qui le composent, sont tous des sujets, le doge lui-même n'en étant pas excepté (car seul le grand conseil est le souverain), et pour ce qui est de l'exercice du droit, ils sont égaux à tous les autres, c'est-à-dire qu'un droit de contrainte revient au sujet envers chacun d'eux. Les princes (c'est-à-dire les personnes auxquelles revient un droit successoral à des gouvernements) sont sans doute eux aussi appelés gracieux seigneurs (par courtoisie) dans cette perspective et en raison de cette prétention ; mais quant à la situation de leur fortune ils sont néanmoins des co-sujets envers lesquels il revient, par l'intermédiaire du chef de l'État, un droit de contrainte au plus humble de leurs serviteurs. Il ne peut donc y avoir dans l'État plus d'un seul gracieux seigneur. Mais en ce qui concerne les gracieuses dames (proprement : personnes de qualité) elles peuvent être considérées de telle façon que leur *situation* ainsi que leur *sexe* (par conséquent seulement par rapport au sexe masculin) leur donne droit à ce titre et ce du fait du raffinement des mœurs (appelé galanterie) d'après lequel le sexe masculin croit s'honorer d'autant plus qu'il octroie au beau sexe des privilèges sur lui.

en tant que co-législateur. En ce qui concerne la législation même, tous ceux qui sont libres et égaux sous des lois publiques déjà existantes ne doivent pas toutefois être regardés comme égaux quant au droit de faire ces lois. Ceux qui ne sont pas aptes à ce droit sont cependant, en tant que membres de la communauté, soumis au respect de ces lois, et ils ont par là une part à la protection qu'elles assurent ; seulement ce n'est pas en tant que *citoyens* mais en tant que *protégés*. Tout droit dépend en effet des lois. Mais une loi publique, qui détermine pour tous ce qui doit leur être juridiquement permis ou défendu, est l'acte d'une volonté publique dont toute loi est issue et qui donc ne doit elle-même pouvoir commettre d'injustice envers personne. Mais pour cela il n'y a pas d'autre volonté possible que celle du peuple tout entier (étant donné que tous décident au sujet de tous et par conséquent chacun à son propre
VIII, 295 sujet) : car il n'y a qu'envers soi-même que personne ne peut commettre d'injustice. Mais si c'est un autre que soi, la simple volonté de quelqu'un de différent de soi ne peut rien décider à son sujet qui pourrait ne pas être injuste ; sa loi exigerait donc encore une autre loi qui limiterait sa législation ; aucune volonté particulière ne peut donc être législatrice pour une communauté (à vrai dire les concepts de liberté externe, d'égalité et d'*unité* de la volonté concourent *tous* à la constitution de ce concept ; et l'indépendance est la condition de cette dernière, puisque le vote est exigé si les deux premières sont réunies). On appelle *contrat originel* cette loi fondamentale qui ne peut naître que de la volonté générale (unie) du peuple.

Celui donc qui dispose du droit de vote dans cette législation s'appelle un *citoyen* (c'est-à-dire *citoyen d'un État* et non d'une ville = bourgeois[1]). L'unique qualité requise, en dehors de la qualité *naturelle* (de ne pas être un enfant ni une femme) est qu'il soit *son propre maître (sui juris)*, qu'il possède par conséquent une quelconque propriété (on peut y inclure toute technique, tout métier ou

tout art ou science) qui lui permette de vivre ; c'est-à-dire qu'au cas où il doit trouver chez autrui de quoi vivre, il faut qu'il le trouve par l'*aliénation* de ce qui est *sien** et non par l'autorisation qu'il donne à d'autres de faire usage de ses forces, il faut par suite qu'il ne serve, au sens propre du mot, personne d'autre que la communauté. Or à cet égard les membres des corporations et les grands (ou petits) propriétaires sont tous égaux les uns aux autres, c'est-à-dire que VIII, 296
chacun n'a droit qu'à une voix. Car, en ce qui concerne ces derniers, — sans même prendre en compte la question de savoir comment il a pu arriver à bon droit que quelqu'un ait reçu en propriété plus de terre qu'il ne pouvait en exploiter de ses propres mains (car l'acquisition par prise de guerre n'est pas une première acquisition) et comment il s'est fait que de nombreux hommes, qui sinon auraient pu dans leur ensemble acquérir un état de possession durable, ont été par là conduits à se mettre à son service pour pouvoir vivre — ce serait déjà aller à l'encontre du précédent principe d'égalité qu'il y ait une loi privilégiant leur situation de telle sorte que, ou bien leurs descendants devraient rester toujours

* Celui qui fait une œuvre peut par aliénation la remettre à un autre, comme si elle était sa propriété. La *praestatio operae*[1] en revanche n'est pas une aliénation. Le domestique, l'employé de magasin, le journalier, même le coiffeur, ne sont que des *operarii*, et non des *artifices*[2] au sens le plus large du terme) et ils ne sont pas des membres de l'État, et par conséquent ils ne sont pas non plus qualifiés pour être des citoyens. Bien que celui à qui je donne mon bois de chauffage à préparer, et le tailleur à qui je donne mon drap pour qu'il en fasse un vêtement, semblent se trouver vis-à-vis de moi dans des rapports tout à fait semblables, le premier se distingue pourtant du second comme le coiffeur se distingue du perruquier (à qui je peux également avoir donné les cheveux pour qu'il en fasse une perruque), il s'en distingue donc comme le journalier se distingue de l'artiste ou de l'artisan qui fait une œuvre qui lui appartient aussi longtemps qu'il n'est pas payé. Ce dernier, en tant qu'exerçant un métier, échange donc sa propriété *(opus)* avec autrui, le premier, l'usage de ses forces qu'il accorde à un autre *(opera*[3] *)*. Il est, je l'avoue, quelque peu difficile de déterminer ce qui est à exiger pour pouvoir prétendre à la condition d'un homme qui est son propre maître.

de grands propriétaires (de fiefs) sans que ces fiefs pussent être vendus ou partagés par héritage et donc profiter à plus de gens dans le peuple, ou bien, même si ces partages avaient lieu, personne, en dehors de gens appartenant à un certaine classe d'hommes arbitrairement établie à cet effet, ne pourrait en acquérir ; le grand propriétaire supprime en effet autant de petits possédants avec leurs voix, qu'il en faudrait pour prendre sa place ; il ne vote donc pas en leur nom et n'a par conséquent qu'une seule voix. Donc, comme il faut laisser dépendre exclusivement des capacités, de l'activité et de la chance de chaque membre de la communauté que chacun en acquière un jour une partie et que tous en acquièrent l'ensemble, mais que cette distinction ne peut pas être prise en considération en ce qui concerne la législation générale, il faut que le nombre de ceux qui sont susceptibles de légiférer soit estimé d'après le nombre de gens qui possèdent et non d'après l'importance des possessions.

Mais *tous* ceux qui possèdent ce droit de vote doivent aussi être en accord avec cette loi de la justice publique, sinon il y aurait, entre ceux qui ne sont pas d'accord sur ce point et les autres, un conflit de droit qui nécessiterait lui-même pour être résolu encore un autre principe de droit plus élevé. Si donc cet accord ne peut pas être attendu d'un peuple tout entier et que par là on ne peut espérer parvenir qu'à une majorité de voix et, il est vrai, une majorité issue non pas immédiatement des votants (dans un grand peuple) mais seulement de délégués en tant que représentants du peuple, il faudra cependant que ce soit le principe même consistant à se contenter de cette majorité, en tant que principe admis avec un accord général, donc par un contrat, qui constitue le fondement suprême de l'institution d'une constitution civile.

Corollaire

VIII, 297

Il y a donc ici un *contrat originel* qui seul permet de fonder parmi les hommes une constitution civile donc totalement conforme au droit, et d'établir une communauté. Mais ce contrat (qu'on appelle *contractus originarius* ou *pactum sociale*), comme coalition chez un peuple de toutes les volontés particulières et privées pour constituer une volonté commune et publique (dans le but d'une législation purement juridique), n'a absolument pas à être nécessairement présupposé comme *fait* (il est d'ailleurs absolument impossible de le présupposer comme fait[1]) comme si, en quelque sorte, on devait en premier lieu prouver à partir de l'histoire qu'un peuple dans le droit et les obligations duquel nous sommes entrés en tant que descendants, devrait avoir *un jour* réellement accompli un tel acte et nous en avoir laissé un récit ou un document certain, écrit ou oral, de telle sorte qu'on se considère comme lié à une constitution civile déjà existante. Mais c'est une *simple idée* de la raison qui possède néanmoins sa réalité (pratique) indubitable : qui consiste à obliger toute personne qui légifère à produire ses lois de telle façon qu'elles puissent être nées de la volonté unie de tout un peuple et à considérer tout sujet, dans la mesure où il veut être citoyen, comme ayant donné son suffrage à une telle volonté. Car c'est la pierre de touche de la conformité au droit de toute loi publique. C'est-à-dire que si cette loi est faite de telle façon qu'il soit *impossible* qu'un peuple tout entier *puisse* lui donner son assentiment (si par exemple elle est faite de telle façon qu'une certaine classe de *sujets* doivent détenir héréditairement le privilège de la *conditon seigneuriale*), alors elle est injuste ; mais s'il est *seulement possible* qu'un peuple lui donne son assentiment, c'est alors un devoir de considérer la loi comme juste, même si l'on suppose que le peuple est maintenant dans une telle situation ou dans un tel état d'esprit que, si on l'interrogeait à ce sujet, il refuserait vraisemblablement de donner son adhésion*.

Mais cette réserve n'a évidemment de valeur que pour le jugement de celui qui légifère et non pour celui du sujet. Si donc un peuple devait estimer perdre très vraisemblablement son bonheur sous une certaine législation présentement
VIII, 298 effective, qu'a-t-il à faire? Doit-il ne pas se rebeller? La réponse ne peut être que : il n'a rien d'autre à faire que d'obéir. Car il n'est pas ici question du bonheur qui est à attendre pour le sujet d'une institution ou d'une administration de la communauté, mais uniquement du droit qui doit par là être assuré pour chacun : ce qui constitue le principe suprême dont doivent provenir toutes les maximes qui touchent une communauté et qui ne peut être limité par aucun autre principe. En ce qui concerne le premier point (le bonheur), on ne peut donner pour loi absolument aucun principe universellement valable. Car les circonstances temporelles aussi bien que les chimères, extrêmement contradictoires d'un individu à l'autre et qui plus est toujours changeantes, où chacun place son bonheur (mais personne ne peut lui prescrire où il doit le placer) rendent tout principe solide impossible et par sa seule nature impropre à être le fondement de la législation. La proposition : *salus publica suprema civitatis lex est*[1], conserve intacts sa valeur et son crédit ; mais le

* Si par exemple était instituée une contribution de guerre proportionnelle pour tous les sujets, ceux-ci ne pourraient pas dire que, parce qu'elle est accablante, elle est injuste sous prétexte que, à leur avis, la guerre pourrait être inutile : car ils ne sont pas autorisés à en juger, au contraire, comme il reste toujours *possible* qu'elle soit inévitable et la contribution indispensable, elle doit valoir, au jugement des sujets, comme conforme au droit. Mais si certains propriétaires dans une telle guerre étaient accablés de réquisitions et que d'autres en revanche de même condition étaient ménagés, on voit aisément qu'un peuple tout entier ne pourrait pas donner son accord à une telle loi, et il est au moins autorisé à faire, contre celle-ci, des observations, parce que cette distribution inégale des charges ne peut pas être considérée comme juste.

bien public qui doit d'*abord* être pris en considération est justement cette constitution légale qui, par des lois, assure à chacun sa liberté : en quoi il lui reste toute possibilité de chercher son bonheur par les voies qui lui paraissent les meilleures, dès lors qu'il ne porte pas préjudice à cette liberté légale universelle et par suite au droit des autres co-sujets.

Si le pouvoir suprême produit des lois qui tendent d'abord au bonheur (au bien-être des citoyens, à l'accroissement de la population, etc.), ce n'est pas comme fin de l'institution d'une constitution civile, mais simplement comme moyen pour *garantir* avant tout l'*état juridique* contre les ennemis extérieurs du peuple. À ce sujet, le chef de l'État doit être habilité à juger par lui-même et tout seul si de telles lois relèvent de la prospérité de la communauté qui est nécessaire pour assurer ses forces et sa solidité tant à l'intérieur que face à des ennemis extérieurs, non pas toutefois pour rendre le peuple heureux en quelque sorte contre sa volonté, mais seulement VIII, 299
pour faire en sorte qu'il existe en tant que communauté*. Pour ce qui est de juger, s'il a été *sage* ou non de prendre telle mesure, le législateur peut certes être dans l'erreur, mais il ne peut pas se tromper lorsqu'il se demande si la loi est en accord ou non avec le principe du droit, car il a alors sous la main cette idée du contrat originel qui lui sert d'étalon infaillible, et ce, *a priori* (et il n'a pas, comme en ce qui concerne le principe du bonheur, à attendre des expériences qui devraient d'abord lui enseigner l'efficacité de ses moyens). Car dès lors qu'il n'est pas contradictoire qu'un peuple tout entier vote une telle loi, quelque amère qu'elle puisse lui apparaître, elle est

* C'est de cela que relèvent certaines interdictions d'importation ayant pour but de promouvoir la production au mieux des intérêts des sujets, et non à l'avantage des étrangers, et l'encouragement de l'activité d'autrui, parce que l'État sans le bien-être du peuple n'aurait pas assez de force pour résister à des ennemis extérieurs ou pour se maintenir lui-même comme communauté.

conforme au droit. Mais si une loi publique lui est conforme, qu'elle est par suite irréprochable *(irrépréhensible)* eu égard au droit, elle est aussi accompagnée du pouvoir de contraindre et d'autre part de l'interdiction de s'opposer à la volonté du législateur même si ce n'est pas par des actes : c'est-à-dire que le pouvoir dans l'État, qui rend la loi effective, est également sans opposition possible (irrésistible) et il n'existe aucune communauté ayant une existence juridique qui ne dispose de ce type de force écrasant toute résistance intérieure parce qu'une telle résistance reposerait sur une maxime qui, généralisée, annihilerait toute constitution civile et détruirait l'état dans lequel seul les hommes peuvent être en possession de droits en général.

Il en résulte que toute opposition au pouvoir législatif suprême, toute révolte visant à rendre active l'insatisfaction des sujets, tout soulèvement éclatant en rebellion constituent le crime le plus important et le plus répréhensible dans la communauté, parce que cela détruit ses fondements. Et cette interdiction est *inconditionnée* de telle sorte que même si tel pouvoir ou son agent, le chef de l'État, ont violé même le contrat originel et ont perdu, dans l'esprit des sujets, le droit d'être législateurs, en mandatant le gouvernement pour se conduire avec la dernière brutalité (tyranniquement), il ne reste pourtant aux sujets aucune possibilité de résistance, comme contre-violence. La raison en est que, dans une constitution civile
VIII, 300 déjà existante, le peuple n'est plus en droit de conserver un jugement pour déterminer comment elle doit être administrée. Si l'on pose en effet qu'il en conserve un, opposé en l'occurrence à celui du chef réel de l'État, qui doit trancher la question de savoir du côté de qui est le droit ? Aucun des deux ne peut le faire en tant qu'il serait juge dans sa propre affaire. Il faudrait donc un autre chef au-dessus du chef qui trancherait entre lui et le peuple ; ce qui est contradictoire. Il n'est pas non plus possible qu'un droit de nécessité *(jus in casu necessitatis*[1] *)* qui, de surcroît, en tant que

prétendu droit de pratiquer l'*injustice* en cas d'extrême nécessité (physique), constitue un non-sens*, intervienne ici et apporte la clé permettant de lever la barrière qui limite la force propre du peuple. Car le chef de l'État peut tout aussi bien prétendre justifier la dureté de son comportement vis-à-vis des sujets en prétextant leur indocilité, que ces derniers justifier leur rebellion en se plaignant à son sujet des souffrances imméritées qu'ils endurent ; et qui doit alors trancher ici? Celui qui se trouve en possession de l'administration suprême de la justice publique peut le faire, et c'est justement le chef de l'État ; et personne, dans la communauté, n'est donc en droit de lui contester cette possession.

Je trouve cependant des hommes dignes de VIII, 301
considération qui affirment cette faculté du sujet à s'opposer par la violence à son chef dans certaines circonstances ; parmi ces gens je ne veux

* Il n'existe pas de *casus necessitatis* sinon dans le cas où des *devoirs,* dont l'un est *inconditionné* et l'autre reste (si important soit-il) *conditionné,* s'opposent l'un à l'autre, par exemple s'il s'agit d'écarter un malheur de l'État en trahissant un homme qui se trouve vis-à-vis d'un autre dans un rapport équivalent à celui d'un père vis-à-vis d'un fils. Écarter ce mal de l'État est un devoir inconditionné dans le premier cas, alors qu'écarter le malheur dans le deuxième cas est un devoir seulement conditionné (ce n'est en effet un devoir que dans la mesure où l'homme en question ne s'est pas rendu coupable d'un crime envers l'État). La dénonciation à l'autorité, que l'un ferait des entreprises de l'autre, serait sans doute faite avec le plus grand déplaisir mais sous la contrainte de la nécessité (à savoir de la nécessité morale). Mais si l'on dit de quelqu'un qui, pour préserver sa propre vie, repousse un autre naufragé de la planche à laquelle il s'accroche, qu'il en a reçu le droit du fait de la nécessité (physique), c'est alors totalement faux. Car préserver ma vie n'est qu'un devoir conditionné (si cela peut se faire sans crime) ; mais ne pas l'enlever à un autre qui ne me fait pas de tort, bien plus qui ne me *met* même pas en danger de perdre la mienne, est un devoir inconditionné. Cependant, ceux qui enseignent le droit civil général sont tout à fait conséquents lorsqu'ils accordent l'autorisation juridique à cette aide de nécessité. En effet l'autorité ne pourrait pas associer de *peine* à l'interdiction car cette peine devrait être la mort. Mais ce serait faire une loi absurde que de menacer de mort celui qui dans une situation dangereuse ne se livrerait pas volontairement à la mort.

citer ici qu'Achenwall* qui se montre dans ses *Leçons sur le droit naturel* très circonspect, très précis et très modeste. Il dit : « Si le péril qui menace la communauté, à supporter plus longtemps l'injustice du chef, est plus grand que celui que peut présenter la prise des armes contre lui, le peuple peut alors lui résister, s'écarter de son contrat de soumission en vertu de ce droit, et le détrôner comme tyran ». Et il conclut ainsi : « En agissant de cette façon (dans son rapport à celui qui était auparavant son chef) le peuple retourne dans l'état de nature. »

Je crois volontiers que ni *Achenwall* ni aucun des hommes honnêtes qui ont raisonné comme lui sur cette question, n'auraient jamais, si d'aventure le cas s'était présenté, conseillé ou accepté des entreprises aussi périlleuses ; il est également vraisemblable que si les révoltes grâce auxquelles la Suisse, les Provinces-Unies ou même la Grande-Bretagne ont obtenu leur constitution qu'on estime aujourd'hui si heureuse, avaient échoué, ceux qui en liraient l'histoire ne verraient dans l'exécution de ceux qui en furent les instigateurs et qu'on porte tellement aux nues aujourd'hui que la punition méritée de grands criminels d'État. Car le résultat final s'insinue habituellement dans notre jugement sur les fondements du droit, bien que ce résultat ait été incertain et que les fondements en revanche soient certains. Mais il est clair qu'en ce qui concerne ces fondements — même si l'on concède qu'aucune injustice n'a été commise du fait d'une telle révolte à l'encontre du souverain du pays (qui pourrait avoir violé une joyeuse entrée[2], en tant que contrat réel fondamental passé avec le peuple) — ce peuple néanmoins, par cette façon de chercher son droit, a commis la plus grande des injustices ; car cette façon d'agir (si on l'admet comme maxime) rend incertaine toute constitution juridique et introduit un état de complète absence de lois *(status naturalis)* où tout droit

* *Jus Naturae,* Editio quinta, Pars posterior, § 203-206[1].

cesse, pour le moins, d'être effectif. Je veux seulement, quant à cette tendance qu'ont tant d'auteurs sensés à parler en faveur du peuple (pour sa propre perte), faire cette remarque que la cause en est pour une part l'illusion habituelle consistant, quand il est question du principe du droit, à faire entrer dans leurs jugements le principe du bonheur, et pour une part aussi que, là où il n'est pas possible de trouver un document attestant qu'un contrat a été réellement présenté à la communauté, accepté par son chef et sanc- VIII, 302
tionné par les deux parties, ils ont admis l'idée d'un contrat originel, qui se trouve toujours comme fondement dans la raison, comme quelque chose qui doit s'être *réellement* produit et qu'ainsi ils ont pensé conserver toujours au peuple la possibilité de le dénoncer selon son bon plaisir dès qu'il aurait subi une grossière violation — cette dernière étant cependant jugée telle par lui-même*.

On voit ici avec évidence quel mal le principe du bonheur (qui n'est proprement susceptible d'aucun principe déterminé) cause également dans le droit politique, de la même façon qu'il le fait en morale, même si celui qui l'enseigne a les meilleures intentions. Le souverain veut rendre le peuple heureux d'après sa conception et devient despote ; le peuple ne veut pas se laisser ôter la prétention générale des hommes au bonheur per-

* Le contrat réel du peuple avec le souverain peut bien être violé, il ne peut pourtant pas alors réagir immédiatement en tant que communauté mais seulement par faction. Car le peuple a déchiré la constitution qui était jusqu'alors en vigueur, mais il lui reste encore à se constituer en une nouvelle communauté. Or c'est ici qu'intervient l'état d'anarchie avec toutes les abominations dont il comporte au moins la possibilité[1] ; et l'injustice qui survient ici consiste alors dans ce que chaque parti dans le peuple commet contre les autres, comme le montre clairement aussi l'exemple qu'on a donné, dans lequel les sujets révoltés de cet État voulaient finalement s'imposer réciproquement par la violence une constitution qui aurait été beaucoup plus oppressive que celle qu'ils rejetaient ; en effet, ils auraient été dévorés par le clergé et l'aristocratie, alors qu'obéissant à un chef régnant sur tous, ils auraient pu attendre plus d'égalité dans le partage des charges de l'État.

sonnel et devient rebelle. Si l'on avait d'abord demandé ce qui est de droit (où les principes s'établissent *a priori*, et où aucun empiriste ne peut venir tout gâcher), l'idée du contrat social garderait son crédit incontestable : mais non en tant que fait (comme le veut *Danton*[1] qui, sans un tel contrat, tient pour nuls et non avenus tout droit et toute propriété se trouvant dans la constitution civile réellement existante) mais seulement en tant que principe de la raison permettant de juger en général de toute constitution juridique publique. Et l'on comprendrait que le peuple, avant que la volonté générale n'existe, ne possède aucun droit de contrainte vis-à-vis de son souverain étant donné que c'est seulement par l'intermédiaire de celui-ci qu'il peut exercer une contrainte juridique ; mais si la volonté générale existe, il est tout aussi impossible que s'exerce une contrainte du peuple sur le souverain, car le peuple serait alors lui-même le souverain suprême. Il ne lui revient donc jamais un droit de contrainte (de résistance à l'autorité en paroles ou en actes) vis-à-vis du chef de l'État[2].

VIII, 303 Nous voyons aussi cette théorie suffisamment confirmée dans la pratique. Dans la constitution de la Grande-Bretagne[3] que le peuple tient en aussi haute estime que si elle était un modèle pour le monde entier, nous remarquons cependant qu'elle reste tout à fait silencieuse sur le droit dont dispose le peuple dans le cas où le monarque devrait transgresser le contrat de 1688, que par conséquent, au cas où il voudrait la violer, c'est en secret qu'une rébellion se réserve d'agir contre lui, parce qu'il n'existe aucune loi à ce sujet. Car le fait que la constitution contienne une loi concernant ce cas, qui justifierait qu'on renverse (à supposer aussi que le contrat soit violé) la constitution existante dont sont issues toutes les lois particulières[4] constitue une contradiction manifeste, car il faudrait alors qu'elle contienne en plus une puissance opposée *constituée publiquement** il

* Aucun droit dans l'État ne peut être caché par une clause

faudrait par conséquent encore un deuxième chef qui protégeât les droits du peuple contre le premier, mais ensuite un troisième également qui décidât entre les deux du côté de qui est le droit. Aussi bien ces meneurs du peuple (ou, si l'on veut, ces tuteurs) ont-ils craint une telle accusation, au cas où leur entreprise échouerait, et préféré *prêter* au monarque qu'ils avaient fait partir en l'effrayant, une abdication volontaire plutôt que s'arroger le droit de le destituer, en quoi ils auraient mis la constitution dans une évidente contradiction avec elle-même.

Or, s'il est certain qu'on ne me fera pas, à propos des affirmations que je fais ici, le reproche de trop flatter les monarques par le biais de cette inviolabilité, j'espère qu'on m'épargnera également celui de trop parler en faveur du peuple lorsque je dis que, de la même façon, il a, vis-à-vis du chef de l'État, ses droits inaliénables, bien que ceux-ci ne puissent pas être des droits de contrainte.

Hobbes est de l'avis opposé. D'après lui (*De Cive,* chap. 7, § 14) le chef de l'État n'est en rien lié au peuple par contrat, et ne peut pas commettre d'injustice envers le citoyen (quoi qu'il fasse de lui). Cette proposition serait tout à fait exacte, si l'on entendait sous le terme d'injustice la lésion qui donne à celui qui la subit un *droit de* VIII, 304
contrainte contre celui qui commet l'injustice envers lui ; mais, prise ainsi en général, la proposition est effrayante.

Le sujet non rebelle doit pouvoir admettre que son souverain *veut* ne pas commettre d'injustice envers lui. Par suite, comme tout homme possède cependant ses droits inaliénables qu'il ne peut jamais abandonner, quand bien même il le voudrait, et au sujet desquels il est lui-même autorisé

secrète, sournoisement en quelque sorte, et surtout pas le droit que le peuple s'arroge comme appartenant à la constitution, car toutes les lois doivent en être pensées comme nées d'une volonté publique. Il faudrait donc que la constitution, si elle autorisait la rébellion, en déclarât publiquement le droit et la façon dont il faut en faire usage.

à juger, mais que l'injustice dont il se considère la victime n'arrive, d'après ce qui vient d'être posé, que par erreur ou par ignorance de la part du pouvoir suprême de certaines conséquences des lois, il faut que le citoyen ait la possibilité, et ce encouragé par le souverain lui-même, de faire connaître publiquement son avis sur ce qui, parmi les dispositions prises par le souverain, lui semble constituer une injustice envers la communauté. Car admettre que le chef ne puisse jamais se tromper ou être ignorant de quelque chose, ce serait le représenter comme quelqu'un qui recevrait la grâce d'inspirations célestes et qui serait au-dessus de la condition d'homme. Ainsi, la *liberté d'écrire* — maintenue dans les limites du respect et de l'amour de la constitution dans laquelle on vit, par le mode de pensée libéral des sujets qui d'ailleurs suscite de lui-même ce respect et cet amour (et, en cela, les écrivains se limitent aussi d'eux-mêmes mutuellement afin de ne pas perdre leur liberté) — constitue l'unique palladium des droits du peuple. Car vouloir lui dénier aussi cette liberté, ce n'est pas seulement lui enlever toute prétention au droit face à celui qui commande (selon Hobbes), mais c'est aussi priver ce dernier, dont la volonté, simplement par le fait qu'elle représente la volonté générale du peuple, donne des ordres aux sujets en tant que citoyens, de toute information quant à ce qu'il modifierait de lui-même s'il était au courant, et c'est le mettre en contradiction avec lui-même. Mais inspirer au souverain la crainte que la pensée libre et publiquement exprimée pourrait faire naître des troubles dans l'État, revient à éveiller en lui de la méfiance vis-à-vis de son propre pouvoir ou même de la haine à l'égard de son peuple.

Mais le principe général d'après lequel un peuple a à juger *négativement* ses droits, c'est-à-dire à déterminer seulement ce qui pourrait être considéré comme n'ayant pas été ordonné par la législation suprême avec sa meilleure volonté, est contenu dans la proposition : *ce qu'un peuple ne peut pas décider à propos de lui-même, le législateur ne peut pas non plus le décider à propos du peuple.*

Donc si on se pose par exemple la question de savoir si l'on peut considérer comme issue de la VIII, 305 volonté propre du législateur (de son intention) une loi qui instituerait comme définitive, une fois qu'elle aurait été organisée, une organisation ecclésiastique, il faut d'abord se demander si un peuple *est en droit* de se donner pour loi que certains articles de foi et certaines formes de la religion extérieure, une fois admis, doivent demeurer pour toujours, si donc il est en droit de s'interdire à lui-même dans sa descendance de faire des progrès dans ses conceptions religieuses ou de corriger éventuellement d'anciennes erreurs. On comprendra clairement alors qu'un contrat originel du peuple qui ferait une loi de ce genre serait en lui-même nul et non avenu, parce qu'il est en contradiction avec la destination de l'humanité et avec ses fins ; par suite une loi ainsi produite ne doit pas être considérée comme la volonté propre du monarque, à qui donc des objections peuvent être faites. Mais dans tous les cas, même si une disposition de cette nature était cependant prise par la législation suprême, on peut sans doute porter à son sujet des jugements généraux et publics, mais jamais faire appel contre elle à une résistance verbale ou physique.

Il faut qu'il y ait dans toute communauté une *obéissance* au mécanisme de la constitution politique d'après des lois de contrainte, mais en même temps un *esprit de liberté* étant donné que chacun exige, en ce qui touche au devoir universel des hommes, d'être convaincu par la raison que cette contrainte est conforme au droit, afin de ne pas se trouver en contradiction avec soi-même. L'obéissance sans l'esprit de liberté est la cause de la naissance de toutes les *sociétés secrètes*. Car c'est une vocation naturelle de l'humanité que de communiquer, surtout en ce qui touche à l'homme en général ; ainsi ces sociétés disparaîtraient si cette liberté était favorisée. Et d'ailleurs par quelle voie le gouvernement peut-il obtenir les informations qui viennent en aide à son propre dessein essentiel, sinon en laissant s'exprimer l'esprit de liberté, si digne de respect dans son origine et dans ses effets ?

*

Nulle part une pratique négligeant tous les principes purs de la raison n'emploie plus d'arrogance à critiquer une théorie que quand il est question de ce qui est nécessaire pour produire une bonne constitution politique. La cause en est qu'une constitution légale qui existe depuis longtemps accoutume progressivement le peuple à une règle : juger de son bonheur et de ses droits d'après l'état dans lequel tout jusqu'à présent s'est sereinement passé, mais non pas apprécier à l'inverse cet état d'après les concepts du bonheur
VIII, 306 et des droits que la raison met à sa disposition : elle l'accoutume plutôt à toujours préférer encore cet état passif à la situation périlleuse que constituerait la recherche d'un meilleur état (à cette situation s'applique le précepte qu'Hippocrate donne à méditer aux médecins : *judicium anceps, experimentum periculosum*[1]. Or, comme toutes les constitutions existant depuis assez longtemps, quelles que puissent être leurs insuffisances, arrivent sur ce point, malgré toutes leurs différences, au même résultat : la satisfaction à l'égard de la constitution dans laquelle on se trouve, aucune théorie, si on considère la prospérité du peuple, n'a proprement de valeur mais tout repose sur une pratique soumise à l'expérience.

Mais s'il y a dans la raison quelque chose qui correspond à ce qu'exprime le terme de *droit politique,* et si ce concept a pour des hommes qui se trouvent dans une situation d'antagonisme de leurs libertés une force d'obligation, par suite une réalité objective (pratique), sans qu'il soit permis de prendre encore en considération le bien-être ou le désagrément (dont la connnaissance repose uniquement sur l'expérience) qui peut en naître pour eux, il se fonde alors sur des principes *a priori* (car l'expérience ne peut pas enseigner ce qui est de droit) ; et il y a une *théorie* du droit politique, avec laquelle toute pratique, pour être valable, doit être en accord.

Or, la seule objection que l'on puisse faire est que, bien que les hommes aient en tête l'idée des droits qui leur reviennent, ils sont cependant, en raison de la dureté de leur cœur, incapables et indignes d'être traités selon cette idée, et qu'en conséquence c'est une force suprême procédant simplement d'après des règles de prudence qui peut et doit les maintenir dans l'ordre. Mais ce saut de désespoir *(salto mortale)* est d'une telle nature que, à partir du moment où il n'est plus question du droit mais seulement de la force, il est permis aussi au peuple de faire l'essai de la sienne et partant de rendre incertaine toute constitution légale. S'il n'y a rien qui, par la raison, impose immédiatement le respect (comme c'est le cas du droit des hommes), toutes les influences sur l'arbitre des hommes sont alors impuissantes à dompter leur liberté. Mais si, à côté du bon vouloir, le droit se fait entendre, la nature humaine ne se montre alors pas si pervertie qu'elle ne puisse en écouter la voix avec respect. (*Tum pietate gravem meritisque si forte virum quem conspexere, silent arrectisque auribus adstant*[1]. Virgile, *L'Énéide* I, 151-152.)

III

VIII, 307

DE LA RELATION DE LA THÉORIE À LA PRATIQUE DANS LE DROIT DES GENS DANS UNE PERSPECTIVE UNIVERSELLE — PHILANTHROPIQUE C'EST-À-DIRE COSMOPOLITIQUE*

(contre Moses Mendelssohn)

Faut-il aimer le genre humain dans son ensemble? Ou bien est-ce un objet que l'on doit considérer avec irritation, auquel on souhaite sans doute (pour se garder de devenir misanthrope) toute espèce de bien, mais sans jamais en attendre de lui, et dont on doit donc plutôt détourner les yeux? La réponse à cette question repose sur celle qu'on donnera à une autre : existe-t-il dans la nature humaine des dispositions qui autorisent à conclure que l'espèce progressera toujours vers le mieux, et que le mal des temps présents et passés se perdra dans le bien des temps futurs? Car dans ce cas nous pouvons au moins aimer l'espèce humaine dans sa constante approche du bien; dans le cas contraire nous devrions la haïr ou la mépriser; l'affectation d'un amour universel pour l'humanité (qui dans ce cas ne serait tout au plus qu'un amour de bienveillance et non un amour de complaisance) peut bien faire à cela toutes les objections qu'elle veut, car ce qui est et reste mauvais, surtout lorsqu'il y a violation prémédi-

* Il n'est pas immédiatement évident de voir comment une hypothèse universelle-*philanthropique* conduit à une constitution *cosmopolitique,* et cette dernière à la fondation d'un droit des gens comme le seul état dans lequel peuvent être correctement développées les dispositions de l'humanité qui rendent notre espèce digne d'être aimée. La conclusion de cette troisième partie mettra cet enchaînement en évidence.

tée et réciproque des droits les plus sacrés des hommes, suscite inévitablement la haine — quand bien même on se donne le plus grand mal à imposer en soi la présence de l'amour — non pas précisément dans le but de causer du mal aux hommes, mais pour n'avoir affaire à eux qu'aussi peu qu'il eſt possible.

Moses Mendelssohn partageait ce dernier avis (*Jerusalem*, deuxième ſection, p. 44 à 47) ; il l'oppose à l'hypothèse faite par son ami *Lessing* d'une éducation divine du genre humain. Il eſt pour lui chimérique de penser « que le tout, l'humanité ici-bas, doive toujours dans la suite des temps, progresser et se perfeſtionner. Nous voyons le genre humain dans son ensemble, dit-il, accomplir de petites oscillations ; et jamais il n'a VIII, 308 fait quelques pas en avant sans retomber bientôt, deux fois plus vite, dans son état antérieur » (c'eſt exaſtement le rocher de Sisyphe ; et, ainsi, on considère la terre, à la façon de l'Indien, comme le lieu où l'on expie d'anciens péchés, dont on ne se souvient plus à présent). « L'homme avance ; l'humanité en revanche oscille conſtamment entre deux bornes fixes, vers le haut, vers le bas ; mais elle conserve à peu près, si l'on considère l'ensemble, le même niveau de moralité dans tous les temps, la même mesure de religion et d'irréligion, de vertu et de vice, de bonheur (?) et de misère. »

Il introduit (p. 46) ces affirmations en disant : « Vous voulez percer les desseins de la Providence quant à l'humanité ? Ne forgez pas d'hypothèses » (il les nommait auparavant théories) ; « contentez-vous de considérer autour de vous ce qui arrive réellement et, si vous pouvez jeter un regard global sur l'hiſtoire de toutes les époques, considérez ce qui eſt arrivé de tout temps. C'eſt cela, le fait, c'eſt cela qui doit avoir appartenu au dessein de la sagesse, qui doit avoir été trouvé bon ou tout au moins admis dans son plan ».

Je suis d'un autre avis. Si c'eſt un speſtacle digne d'une divinité que de voir un homme vertueux se mesurer avec l'adversité et avec les tentations conduisant au mal, et pourtant tenir bon face à elles, c'est un spectacle suprêmement indigne, je ne veux pas dire d'une divinité mais même de l'homme le plus commun pourvu qu'il ait bon esprit, que de voir le genre humain s'élever par périodes à la vertu et bientôt retomber tout aussi profondément dans le vice et la misère. Il peut sans doute être émouvant et instructif d'être un temps le spectateur de cette tragédie ; mais le rideau doit bien finir par tomber. Car à la longue cela se transforme en farce, et même si les acteurs ne s'en fatiguent pas, parce qu'ils sont des bouffons, ce ne sera pas le cas du spectateur qui, à un acte ou à un autre, en a assez quand il peut avec raison conclure de ce qu'il voit que cette pièce qui ne s'achève jamais est d'une éternelle monotonie. Le châtiment qui vient à la fin peut, il est vrai, quand il s'agit d'un simple spectacle, retourner en bien par le biais du dénouement les sensations désagréables. Mais laisser s'accumuler dans la réalité des vices sans nombre (même s'il y a des vertus parmi eux) afin qu'un jour on puisse avec justice abondamment châtier, c'est même, tout au moins d'après nos concepts, contraire à la moralité d'un sage créateur et gouverneur du monde.

Je pourrai donc admettre que, puisque le genre humain est constamment en progrès en ce qui VIII, 309 concerne la culture, en tant qu'elle est sa fin naturelle, on le considère comme progressant également vers le mieux en ce qui concerne la fin morale de son existence, et que cette progression soit sans doute *interrompue* parfois, mais jamais *rompue*. Je n'ai pas besoin de faire la preuve de cette hypothèse, c'est à celui qui la combat qu'il revient de la faire. Je m'appuie en effet sur mon devoir inné d'agir sur la postérité, en tout membre de la suite des générations — dans laquelle je me trouve (en tant qu'homme en général) doté cependant d'une nature morale qui, au regard de celle qu'on exige de moi, n'est pas aussi bonne qu'elle devrait et donc aussi qu'elle pourrait l'être — de telle sorte qu'elle devienne toujours meilleure (ce dont il faut donc admettre également la possibilité) et qu'ainsi ce devoir puisse se transmettre régulièrement d'un membre à un autre des générations. Quelle que soit l'importance des doutes qu'on pourrait, en se fondant sur l'histoire, émettre contre mes espérances, doutes qui, s'ils étaient probants, pourraient me pousser à abandonner une tâche vaine en apparence, je ne peux cependant, tant qu'il n'est pas possible d'atteindre une absolue certitude sur ce point, échanger le devoir (en tant qu'il est limpide) contre la règle de prudence (en tant qu'elle reste obscure, car c'est une simple hypothèse), qui me dit de ne pas travailler à réaliser l'impossible. Et si incertain que je puisse toujours être et rester quant à la possibilité d'espérer le mieux pour le genre humain, cela ne peut cependant pas porter atteinte à la maxime ni par conséquent non plus à sa nécessaire présuppositon dans une perspective pratique.

Cette espérance en des temps meilleurs, sans laquelle jamais un réel désir d'accomplir quelque chose qui aille dans le sens du bien général n'aurait enflammé le cœur humain, a aussi toujours eu une influence sur l'activité des bons esprits ; et le bon Mendelssohn devait bien lui aussi avoir compté dessus s'il s'est employé avec tant de zèle aux lumières et à la prospérité de la nation à laquelle il appartenait. Car il ne pouvait pas raisonnablement espérer le faire lui-même et pour lui seul, s'il n'y avait pas d'autres hommes, après lui, pour aller plus loin dans la même voie. Malgré le triste spectacle non pas tant des maux d'origine naturelle qui pèsent sur le genre humain, que de ceux que les hommes s'infligent eux-mêmes les uns aux autres, l'esprit s'éclaire pourtant devant la perspective que l'avenir sera peut-être meilleur, et il le fait certes avec une bienveillance désintéressée, étant donné que nous serons depuis longtemps dans la tombe et ne récolterons pas les fruits de ce que nous aurons nous-mêmes en partie semé. Les arguments empiriques déployés contre le succès de ces résolutions inspirées par l'espoir sont ici sans effet. Car la proposition selon laquelle ce qui jusqu'à maintenant n'a pas

encore réussi, ne doit pour cette raison jamais réussir non plus, ne justifie même pas qu'on
VIII, 310 abandonne une intention pragmatique ou technique (comme par exemple les voyages aériens avec des ballons aérostatiques), mais encore moins qu'on abandonne une intention morale qui, dès que sa réalisation ne peut pas être démontrée impossible, devient un devoir. Au reste, on peut fournir maintes preuves de ce que durant notre siècle, si on le compare à tous ceux qui précèdent, le genre humain dans l'ensemble a réellement progressé moralement de façon sensible vers le mieux (des arrêts de courte durée ne peuvent rien prouver contre cette affirmation) ; et que tout le bruit qu'on fait de son avilissement irrésistiblement croissant vient justement de ce que, quand il se tient à un degré supérieur de moralité, il voit encore plus loin devant lui et que son jugement lorsqu'il compare ce qu'on est à ce qu'on devrait être, par suite le reproche que nous nous adressons à nous-mêmes, deviennent toujours d'autant plus sévères que nous avons déjà gravi plus de degrés en moralité dans l'ensemble des événements du monde dont nous avons eu connaissance.

Si nous nous demandons maintenant par quels moyens ce continuel progrès vers le mieux pourrait être maintenu et même accéléré, on constate bientôt que ce succès qui s'éloigne à l'infini ne dépendra pas tant de ce que *nous* faisons (par exemple de l'éducation que nous donnons aux jeunes gens) et de la méthode que *nous* devons suivre pour le réaliser, que de ce que la *nature* humaine fera en nous et avec nous pour nous *contraindre* à suivre une voie dans laquelle nous ne nous serions pas facilement engagés de nous-mêmes. Car il n'y a que d'elle ou plutôt (car il faut une sagesse supérieure pour l'accomplissement de cette fin) que de la *Providence* que nous pouvons attendre un succès qui va au tout et de là aux parties, alors qu'au contraire les hommes, dans leurs *projets,* ne trouvent leur point de départ que dans les parties et même en restent aux parties, et ne peuvent étendre jusqu'au tout, en tant qu'il est quelque chose de trop grand pour eux, que leurs idées mais non leur influence, que surtout, comme ils se contrarient réciproquement dans leurs desseins, ils auraient peine à s'unir en faveur du tout en partant d'une intention libre qui viendrait d'eux.

De la même façon qu'une violence généralisée et la détresse qu'elle faisait naître ont dû conduire finalement un peuple à décider de se soumettre à la contrainte que la raison elle-même lui prescrit comme moyen, c'est-à-dire à la loi publique, et à décider d'entrer dans une constitution *civile d'État,* de même la détresse, causée par les guerres continuelles, dans lesquelles les États cherchent tout à tour à s'abaisser et à s'assujettir les uns les autres, doit aussi les conduire, même contre leur volonté, à entrer dans une constitution *cosmopolitique;* ou bien, si un tel état de paix universelle VIII, 311 (comme c'est effectivement arrivé souvent avec des États trop grands) est d'un autre côté encore plus dangereux pour la liberté, en ce qu'il conduit au plus effroyable despotisme, cette détresse doit cependant les contraindre à un état qui n'est sans doute pas celui d'une communauté cosmopolitique soumise à un chef, mais qui est malgré tout un état juridique de *fédération* selon un *droit des gens* dont il a été convenu en commun[1].

Car comme le progrès de la culture des États, qui s'accompagne d'une tendance croissante à s'agrandir par la ruse ou par la force aux dépens des autres, doit multiplier les guerres et occasionner des dépenses toujours plus importantes, du fait des armées toujours plus nombreuses (la solde étant permanente), maintenues sur le pied de guerre et dans la discipline, équipées d'armes de plus en plus nombreuses, que pendant ce temps les prix de tous les produits de nécessité s'élèvent continuellement, sans qu'on puisse espérer un accroissement proportionné des métaux qui les représentent, qu'aucune paix non plus ne dure assez longtemps pour que l'économie que ces moments permettent égale les dépenses en vue de la prochaine guerre, à quoi la trouvaille des dettes publiques est sans doute un ingénieux remède, mais qui finit par se détruire lui-même, il faut dans ces conditions que ce soit finalement l'impuissance qui réalise ce que la bonne volonté aurait dû faire mais n'a pas fait : que chaque État sot intérieurement organisé de telle façon que ce ne soit pas le chef de l'État, à qui au fond la guerre ne coûte rien (car il la conduit aux frais d'un autre, à savoir le peuple) mais le peuple, à qui elle coûte personnellement[1], qui ait la voix décisive pour dire s'il doit ou non y avoir guerre (ce pourquoi assurément, il faut que la réalisation de cette idée du contrat originel soit nécessairement présupposée). Car ce dernier s'abstiendra certainement de courir le risque de se trouver personnellement dans une indigence qui ne touche pas le chef, pour de simples désirs d'expansion ou à cause de prétendues offenses purement verbales. Et ainsi, la postérité également (sur laquelle on ne rejette pas des fardeaux qu'elle n'a pas mérités) pourra progresser toujours vers le mieux, même au sens moral, sans que précisément la cause doive en être un amour qu'on lui porterait, mais seulement l'amour de soi de tout siècle, chaque communauté, incapable de nuire par la force à une autre, devant s'en tenir seulement au droit et pouvant espérer avec raison que d'autres, dotées précisément de la même forme, lui viendront à cet égard en aide.

Cela n'est toutefois qu'opinion et simple hypothèse[2], chose incertaine comme tous les jugements qui veulent indiquer, pour un effet visé qui ne se trouve pas totalement en notre pouvoir, la
VIII, 312 seule cause naturelle qui lui convienne ; et même en tant que tel, il ne renferme pas, dans un État déjà existant, un principe pour le sujet lui permettant de l'imposer (comme il a été montré plus haut) mais seulement un principe pour des chefs libres de toute contrainte. Bien qu'il ne soit pas précisément dans la nature de l'homme, selon l'ordre courant, de rabattre librement de sa force, cela n'est cependant pas impossible dans des

circonstances pressantes ; aussi peut-on considérer comme une expression appropriée aux souhaits et aux espoirs moraux des hommes (ayant conscience de leur impuissance) le fait d'attendre de la *Providence* les circonstances qu'un tel effet exige, Providence qui fournira à la fin de l'*humanité,* dans le tout de son espèce, pour lui faire atteindre sa destination finale par le libre usage de ses forces, aussi loin qu'elles s'étendent, une solution à laquelle les fins des *hommes,* considérées isolément, sont exactement opposées. Car l'opposition réciproque des inclinations, dont provient le mal, fournit à la raison un libre jeu pour les assujettir dans leur ensemble et faire régner, à la place du mal qui se détruit lui-même, le bien qui, dès lors qu'il existe, continue de lui-même à se maintenir.

*

La nature humaine n'apparaît nulle part moins aimable que dans le rapport que les peuples pris comme totalités entretiennent entre eux. Aucun État n'est, à aucun moment, garanti face à un autre dans son indépendance et dans ce qu'il possède. La volonté de s'assujettir ou de se diminuer réciproquement dans ses biens est toujours présente ; et les préparatifs de défense, qui rendent la paix souvent encore plus oppressante et plus dévastatrice pour la prospérité intérieure que la guerre elle-même, ne peuvent jamais se relâcher. Or, il n'y a face à cela pas d'autre solution qu'un droit des gens fondé sur des lois publiques que la force vient soutenir et auxquelles chaque État devrait se soumettre (d'après l'analogie avec un droit civil ou politique des particuliers). Car une paix générale, qui durerait en vertu de ce qu'on appelle la *balance des forces en Europe,* est une pure chimère, comme la maison de *Swift* qui avait été construite par un architecte en si parfait accord avec toutes les lois de l'équilibre qu'elle s'effondra aussitôt qu'un moineau vint s'y poser. Mais, dira-t-on, les États ne se soumettront jamais à de telles lois de contrainte ; et quoique

la proposition d'un État universel des peuples
VIII, 313 à la puissance duquel tous les États particuliers devraient librement se plier pour obéir à ses lois, puisse dans la théorie d'un *Abbé de Saint-Pierre* ou d'un *Rousseau*[1], résonner harmonieusement, cela ne vaut pourtant pas pour la pratique. Car telle a toujours été la façon dont les grands hommes d'État mais plus encore les chefs d'État se sont moqués de cette proposition la tenant pour une idée pédante et naïve, issue tout droit de l'école.

Pourtant, je me fie, en ce qui me concerne, à la théorie qui part du principe du droit définissant ce que *doit être* la relation entre les hommes et les États et qui prône aux dieux de la terre la maxime de toujours agir dans leurs conflits de telle façon qu'ils préparent la venue d'un tel État universel des peuples et de l'admettre donc comme possible *(in praxi)* et *susceptible d'être*. Mais en même temps, je me fie aussi *(in subsidium)* à la nature des choses qui contraint à aller là où l'on ne veut pas aller de bon gré *(fata volontem ducunt molentem trahunt*[2] *)*. Dans ce deuxième aspect, on prend alors aussi en considération la nature humaine ; et comme, en elle, le respect du droit et du devoir reste toujours vivant, je ne peux ou ne veux la tenir pour tellement immergée dans le mal, que la raison pratique morale, après de nombreuses tentatives sans succès, ne doive en triompher finalement, et la présenter aussi comme digne d'être aimée. On en reste donc également au point de vue cosmopolitique à cette affirmation que ce qui, rationnellement fondé, vaut pour la théorie, vaut aussi pour la pratique.

II.

Des réflexions sur la fin de toutes choses à l'examen d'un prétendu droit de mentir par humanité

(1794-1797)

INTRODUCTION

À l'exception de deux articles consacrés à l'influence de la Lune et à un différend mathématique, on trouvera, dans les pages qui suivent, la totalité des écrits de Kant parus entre 1794 et 1797. On sera peut-être surpris par la diversité des thèmes traités en ces écrits. Mais on remarquera la continuité de la pensée de Kant.

La lecture de sa correspondance permet de confirmer ce dernier point. Kant s'y montre soucieux de ne pas voir les exposés que l'on propose de la philosophie critique déformer, si peu que ce soit, sa véritable pensée. Ainsi, J. S. Beck[1] *ayant formé le projet d'expliquer la philosophie kantienne à partir de ce qu'il nomme « l'attribution originaire », Kant, en une lettre du premier juillet 1794 (AK, XI, 2, 495) critique ce terme, et écrit à Beck :*

« Nous ne pouvons pas percevoir la composition comme donnée, mais nous devons composer si nous devons nous représenter quelque chose comme composé (même l'espace et le temps). Or, concernant cette composition, nous pouvons communiquer les uns avec les autres. La saisie *(apprehensio)* du divers donné et son accueil dans l'unité de la conscience [...] *(aperceptio)* est identique à la représentation d'un composé (c'est-à-dire possible seulement par composition), si la synthèse d'une représentation dans la saisie et son analyse en tant que

1. Jacob Sigismond Beck (1761-1840) fit connaître la pensée de Kant par des *Extraits explicatifs des écrits critiques de Kant,* en 1793 et en 1796.

concept donnent une seule et même représentation (s'engendrent l'une l'autre réciproquement) : cet accord, puisqu'il ne réside ni dans la représentation seulement, ni dans la conscience seulement, tout en étant valable (communicable) pour tous, est rapporté à quelque chose de valable pour chacun, et distinct des sujets, c'est-à-dire à un objet[1]. »

En 1794 parurent deux écrits de Kant, publiés dans la Berlinische Monatsschrift. *« De l'influence de la Lune sur le temps » et « La Fin de toutes choses ». De ce dernier texte, on trouvera plus loin la traduction, due à Heinz Wismann. Kant y traite du rapport entre le temps et l'éternité, parle du jugement dernier, des conceptions de la fin du monde issues de l'imagination, auxquelles il oppose la nécessité de recourir, en ce qui concerne ces problèmes, à la seule conscience morale. On trouve aussi, dans cet essai, diverses considérations sur le caractère « aimable » du christianisme.*

En 1795, Kant publie, à Königsberg, chez Nicolovius, son Projet de paix perpétuelle. *J'avais d'abord confié la traduction de ce texte à Heinz Wismann. Mais celui-ci, au cours de ses recherches, a découvert une traduction française, établie en 1796 par un auteur anonyme, traduction très fidèle et qui offre l'avantage, absolument unique, d'avoir été lue par Kant lui-même, lequel l'a entièrement approuvée. Heinz Wismann a donc décidé de la publier, décision qui a reçu mon plein accord, puisque cette traduction peut être tenue pour un texte de Kant[2].*

Cette solution avait pourtant quelques inconvénients, auxquels, je pense, nous avons remédié. Pour ma part, j'ai modernisé quelques termes, et rétabli la ponctuation et l'orthographe en usage aujourd'hui, me conformant en cela aux règles de la bibliothèque de la Pléiade. Mais le travail essentiel a été accompli par Heinz Wismann, désireux de ne pas priver le lecteur de la connaissance exacte et complète du texte de Kant. Il a complété la traduction de 1796 partout où elle présentait des lacunes, il a traduit et réinséré plusieurs notes de Kant que le traducteur anonyme avait omises, il a, dans ses notes, apporté les précisions nécessaires quant à la terminologie. Les notes de Wismann redressent également, en certains cas, l'enchaînement des idées, lorsque les habitudes de la langue française ont conduit

1. Traduction de Jacques Rivelaygue.

2. La traduction de 1796, reproduite en ce volume, a d'abord été éditée chez Nicolovius. Mais elle a, aussitôt après, été reprise en France par les éditeurs parisiens Jansen et Perronneau.

le traducteur de 1796 à le modifier, et reproduisent alors le texte allemand. De la sorte, les avantages d'une traduction approuvée par Kant et ceux d'une traduction répondant aux exigences actuelles se trouvent réunis.

En 1796 ont paru quatre textes de Kant. Nous n'avons pas retenu l'« Aplanissement d'un différend mathématique » réponse à une critique de Reimarus*, que Kant publia dans le numéro d'octobre de la* Berlinische Monatsschrift. *Mais on trouvera, dans les pages qui suivent, les trois autres écrits.*

Le *premier d'entre eux s'intitule : « À propos de l'ouvrage de Sömmering sur l'organe de l'âme ». Il fut d'abord adressé par Kant à Sömmering, et, à la demande de celui-ci, publié comme appendice à son ouvrage. En ce texte, Kant répond en métaphysicien à des considérations énoncées d'un point de vue physiologique. La traduction que l'on va lire est due à Luc Ferry.*

L'écrit qui a pour titre : « Sur un ton supérieur nouvellement pris en philosophie » parut dans la Berlinische Monatsschrift. *La traduction que nous publions est due à Alain* Renaut*. Cet essai est dirigé contre Schlosser, Solberg, Jacobi, et, de façon générale, contre l'irrationalisme des « philosophes de l'intuition ». Ceux-ci se tiennent pour supérieurs à tous en croyant atteindre la vérité immédiatement, sans avoir recours aux efforts et aux lents progrès de la connaissance rationnelle. Kant s'oppose à ceux qui veulent philosopher par sentiment, condamne, en philosophie, l'exaltation mystique et la « nouvelle langue mystico-platonicienne ». Puis il revient à l'idée de devoir.*

C'est également dans la Berlinische Monatsschrift *que fut publiée l'« Annonce de la prochaine conclusion d'un traité de paix perpétuelle en philosophie ». La traduction dans le texte est l'œuvre d'Alain* Renaut*. Cette paix perpétuelle, Kant estime qu'elle peut être assurée par la philosophie critique, et par elle seule. Il reprend les postulats énoncés dans la* Critique de la raison pratique, *combat à nouveau Schlosser, et déclare que la paix en philosophie ne peut être atteinte que si l'on évite le mensonge.*

On trouvera enfin un écrit de 1797 : « Sur un prétendu droit de mentir par humanité ». C'est une réponse à Benjamin Constant, parue dans les Berlinische Blätter. *Kant y réaffirme que le devoir de véracité est un devoir absolu. La traduction proposée est due à Luc Ferry.*

FERDINAND ALQUIÉ.

LA FIN DE TOUTES CHOSES

Traduction de Heinz Wismann.

LA FIN DE TOUTES CHOSES

Une formule courante, surtout dans le langage de la piété, fait dire à l'homme qui meurt qu'il *quitte le temps pour l'éternité*. VIII, 327

Or cette formule n'aurait aucun sens s'il fallait y entendre par *éternité* un temps qui se prolongerait à l'infini ; car alors l'homme ne sortirait jamais du temps, il ne ferait que passer d'un temps à un autre. Elle doit donc concilier l'idée d'une *fin de tout temps* avec celle d'une durée ininterrompue de l'homme, tout en faisant de cette durée (l'existence humaine en tant que grandeur) une grandeur absolument incommensurable avec le temps *(duratio noumenon)*, dont nous ne pouvons à la vérité nous forger aucun concept (si ce n'est un concept négatif). Cette pensée a de quoi donner le frisson, car elle conduit pour ainsi dire au bord d'un abîme qui exclut, pour celui qui y descend, toute possibilité de retour : « En ce lieu austère, qui ne laisse rien revenir chez nous, l'éternité le retient de son bras puissant[1]. » *Haller*. Mais elle n'en exerce pas moins une sorte de fascination, car on ne peut s'empêcher d'y[2] plonger toujours à nouveau son regard repoussé par la terreur (*nequeunt expleri corda tuendo*[3]. Virgile). Elle est terrifiante à la fois et *sublime,* ne serait-ce qu'à cause de son obscurité, dans laquelle l'imagination travaille plus vigoureusement qu'elle ne le fait en pleine lumière. Et, en fin de compte, il faut bien croire qu'elle entre, de manière merveilleuse, dans la trame de la raison humaine universelle, car on la retrouve à toutes les époques, sous une forme ou une autre, chez tous les peuples qui raisonnent. Si nous effectuons maintenant en pensée le passage du temps à l'éternité, tel que la raison l'accomplit elle-même du point de vue moral (que cette idée, prise théoriquement, c'est-à-dire comme extension de la connaissance, ait ou n'ait pas de la réalité objective), nous rencontrons la *fin de toutes choses,* prises comme êtres temporels et comme objets d'une expérience possible. Seulement, dans l'ordre moral des fins, cette fin est aussi le commencement d'une durée de ces mêmes êtres en tant qu'êtres *suprasensibles* et, par conséquent, soustraits aux conditions du temps, si bien que leur nature et leur état n'admettront aucune autre détermination qualitative que la détermination morale.

VIII, 328 Les *jours* sont pour ainsi dire les enfants du temps, parce que le jour suivant, avec ce qu'il contient, est le produit du jour précédent. Or, de même que le dernier enfant est appelé le plus jeune enfant de ses parents, de même notre langue s'est plu à donner au dernier jour (au moment temporel qui clôt tout temps) le nom de *jour le plus jeune*[1]. Celui-ci appartient donc encore au temps ; car il s'y *passe* encore quelque chose (qui n'appartient pas à l'éternité, où rien ne se passe plus, puisque cela impliquerait la continuation du temps), à savoir que les hommes rendent compte de la conduite qu'ils ont adoptée tout au long de leur vie. Ce jour est un *jour de jugement;* la sentence de grâce ou de damnation du juge universel marque donc la véritable fin de toutes choses dans le temps et, simultanément, le commencement de l'éternité (bienheureuse ou malheureuse), dans laquelle le sort dévolu à chacun demeure tel qu'il lui avait été fixé à l'instant de la proclamation (de la sentence). Ainsi ce dernier jour renferme également le *jugement dernier*[2]. Certes, s'il fallait compter au nombre des *choses dernières* encore la fin du monde dans sa forme et son apparence actuelles, à savoir la chute des étoiles se détachant du ciel comme d'une voûte, l'effondrement de ce ciel lui-même (ou sa disparition comparable à celle d'un livre enroulé[1]), la conflagration universelle, la création d'un nouveau ciel et d'une nouvelle terre pour le séjour des bienheureux, et de l'enfer pour celui des damnés, ce jour du jugement ne serait pas le dernier jour[2] ; il serait suivi de plusieurs autres. Seulement, comme l'idée d'une fin de toutes choses ne tire pas son origine de la réflexion sur le cours *physique,* mais de celle sur le cours moral des choses de ce monde, qui ne peut être rapporté qu'au suprasensible (intelligible uniquement sur le plan moral), dont relève l'idée de l'éternité, la représentation de ces choses dernières censées survenir *après* le dernier jour[3] ne saurait être considérée que comme une figuration sensible de celui-ci et de ses conséquences morales, qui d'ailleurs échappent à notre compréhension théorique.

Or il faut noter que, depuis l'époque la plus ancienne il y a eu deux systèmes concernant l'éternité à venir ; l'un, celui des *unitaires,* qui accorde à *tous* les hommes (purifiés par des épreuves plus ou moins longues) la félicité éternelle, l'autre, celui des *dualistes**, qui réserve la VIII, 329
félicité à *quelques* élus et voue tous les *autres* à la

* Dans l'ancienne religion persane (celle de Zoroastre), un tel système était fondé sur l'antagonisme éternel de deux êtres originels, du bon principe, *Ormuzd,* et du mauvais, *Ahriman.* Il est curieux de constater que la langue de deux pays fort éloignés l'un de l'autre, et plus encore de la sphère actuelle de la langue allemande, désigne ces deux êtres originels de noms allemands. Je me souviens d'avoir lu dans *Sonnerat,* qu'en *Ava* (qui est le pays des Birmans[4]) le bon principe est appelé *Godeman* (terme qui semble se retrouver dans le nom de Darius Codomannus) ; et tout comme le mot *Ahriman* ressemble beaucoup à notre *arge Mann,* le persan moderne compte une foule de vocables dont la racine est germanique. Si bien que ce serait sans doute une tâche intéressante pour le spécialiste des civilisations anciennes de se servir du fil conducteur de la parenté des *langues* pour remonter jusqu'à la source des conceptions *religieuses* de certains peuples. (Voir le *Voyage* de Sonnerat, vol. 2, chap. 2[5].)

damnation éternelle. C'est qu'un système selon lequel tous les hommes seraient destinés à être *damnés* n'était guère concevable, parce qu'il n'aurait fourni aucun motif justifiant leur création ; de fait, l'*anéantissement* de tous les hommes serait le signe d'une sagesse défectueuse qui, mécontente de sa propre œuvre, ne verrait d'autre moyen de remédier à ses défauts que de la détruire. Cependant, les dualistes se heurtent à la même difficulté qui interdisait d'admettre la damnation éternelle de tous les hommes ; car pourquoi, pourrait-on demander, avoir créé même ces quelques damnés, pourquoi ne serait-ce qu'un seul, s'il ne devait vivre que pour être rejeté à tout jamais ? Ce qui est certainement pire que de ne pas exister du tout.

Il est vrai que, pour autant que nous puissions comprendre le système dualiste, et pour autant que nous sachions nous sonder nous-mêmes, ce système (à condition de le faire dépendre d'*un seul* être originel souverainement bon) s'impose du point de vue *pratique* à chaque être humain soucieux de savoir comment il doit se juger lui-même (mais non comment il peut légitimement juger les autres) ; car, dans les limites de sa connaissance de soi, la raison ne lui offre aucune autre perspective sur l'éternité que celle que sa propre conscience lui ouvre à la fin de sa vie lorsqu'il examine sa conduite passée. Mais de là à ériger ce système en *dogme,* c'est-à-dire à en faire une proposition théorique (objectivement) valable en elle-même, il y a un pas que sa portée limitée de simple jugement de la raison, ne permet nullement de franchir. En effet, quel homme se connaît lui-même, qui connaît les autres suffisamment pour décider si, en faisant dans les causes de sa conduite présumée bonne la part de ce qu'on appelle les mérites de la chance : la qualité innée de son tempérament, la prépondérance naturelle de ses facultés supérieures (entendement et raison, capables de dompter les ins-
VIII, 330 tincts), des circonstances favorables enfin, qui lui ont épargné par un heureux hasard beaucoup de

tentations auxquelles un autre s'est trouvé exposé ; en défalquant tout cela de son véritable caractère (comme il doit nécessairement le faire pour l'apprécier correctement, étant donné qu'il ne peut attribuer à son propre mérite les faveurs de la fortune), qui, dis-je, voudra décider si, aux yeux d'un juge universel auquel rien n'échappe, tel homme, considéré suivant sa valeur morale intrinsèque, l'emporte tant soit peu sur tel autre, et si ce n'est pas plutôt le signe d'une présomption insensée que de porter à son propre avantage, avec une connaissance de soi aussi superficielle, le moindre jugement sur la valeur morale (et le destin mérité) de soi-même et d'autrui[1] ? Par conséquent, le système des unitaires aussi bien que celui des dualistes, lorsqu'on en fait des dogmes, semblent excéder totalement la capacité spéculative de la raison humaine, et tout semble nous recommander de limiter ces idées de la raison aux seules conditions de leur usage pratique. Car rien de ce qui tombe sous vos yeux ne peut nous renseigner dès maintenant sur le destin qui nous attend dans l'autre monde, si ce n'est le jugement de notre propre conscience, autrement dit ce que notre état moral actuel, dans la mesure où nous le connaissons, nous permet raisonnablement de conclure à ce sujet : à savoir que les principes (bons ou mauvais) qui auront prévalu dans notre vie jusqu'à la fin, continueront à le faire après la mort, sans que rien nous autorise à supposer qu'ils changeront dans notre existence future. Nous aurons donc à nous attendre, pour l'éternité, aux conséquences découlant de tel mérite ou de telle faute, sous le régime du bon ou du mauvais principe ; c'est pourquoi il est sage d'agir *comme si* une autre vie et, lors du passage à celle-ci, le maintien, avec toutes ses conséquences, de l'état moral dans lequel nous nous trouvons au sortir de la vie présente étaient inéluctables. Au point de vue pratique, il convient donc d'adopter le système dualiste, sans prétendre établir par là lequel des deux est préférable au point de vue théorique et purement spéculatif ; choix d'autant plus justifié que l'unitaire semble nous assoupir trop facilement dans une sécurité indifférente.

En fait, pourquoi les hommes s'attendent-ils *au juste à une fin* du monde? Et, celle-ci étant admise, pourquoi précisément à une fin dans la terreur (pour la plus grande partie de l'espèce humaine)?... La *première* de ces attentes semble s'expliquer par
VIII, 331 le fait que la raison leur dit que le monde ne mérite de durer que dans la mesure où les êtres raisonnables qui le peuplent sont conformes au but final de leur existence; dès l'instant que ce but risque de ne pas être atteint, la création elle-même leur paraît sans objet, comme une pièce de théâtre dépourvue de tout dénouement et qui ne permet pas de reconnaître une intention rationnelle[1]. La *seconde* se fonde sur l'idée de la corruption de l'espèce humaine*, trop profonde pour

* De tout temps, de prétendus sages (ou philosophes), dédaignant de tenir compte de la disposition au bien de la nature humaine, se sont épuisés à chercher des comparaisons pénibles, et en partie dégoûtantes, pour représenter la terre, le séjour des hommes, sous un jour odieux. 1° Comme une *auberge* (un caravansérail), selon l'opinion de ce derviche : tout voyageur qui s'y arrête sur le chemin de la vie doit s'attendre à être rapidement expulsé par le voyageur suivant. 2° Comme une *prison,* à en croire les brahmanes, les Tibétains et d'autres sages de l'Orient (y compris Platon lui-même) : un lieu de châtiment et de purification pour les esprits déchus, chassés du ciel, et réduits à animer les hommes et les bêtes. 3° Comme une *maison de fous,* où non seulement chacun détruit ses propres entreprises, mais où l'un cause à l'autre toutes les misères imaginables, en tirant son honneur de l'adresse et de la puissance qui lui permettent de le faire. 4° Comme un *cloaque,* enfin, où se retrouvent toutes les ordures des autres mondes. Cette dernière idée est assez originale; elle est due à un plaisantin persan qui plaçait le paradis, le séjour du premier couple humain, dans le ciel. C'était un jardin rempli d'arbres couverts de fruits exquis, dont le résidu après consommation se dissipait dans une évaporation invisible. Un seul arbre, au milieu du jardin, faisait exception; il portait un fruit ravissant, mais qui ne s'en allait pas en vapeur. Or, puisque nos premiers parents se laissèrent tenter, malgré l'interdiction, d'y goûter, il ne restait qu'un seul moyen de les empêcher de salir le ciel; c'était qu'un ange leur montrât au loin la terre en disant : «Voici la sentine de l'univers», et après les y avoir conduits afin de leur permettre de satisfaire leurs besoins, les y abandonnât en reprenant son vol vers le ciel. Telle serait l'origine de la race humaine qui habite la terre.

laisser place à l'espoir ; si bien que la seule mesure digne de la sagesse et de la justice suprêmes (à l'égard de la plus grande partie de l'humanité) serait d'y mettre fin, et une fin qui fût terrible. C'est pourquoi les *signes annonciateurs du dernier jour* (et comment une imagination excitée par des pressentiments importants manquerait-elle de signes et de miracles ?) sont tous du genre terrifiant. Certains les reconnaissent dans le triomphe de l'injustice, dans l'oppression des pauvres sous la débauche insolente des riches et dans la disparition générale de la loyauté et de la confiance ; ou VIII, 332 encore, dans les guerres sanglantes déchaînées à tous les coins du monde, etc., bref, dans la dissolution morale et la montée rapide de tous les vices avec leur cortège de calamités, choses inconnues, à ce qu'il leur semble, des époques précédentes. D'autres les voient dans des changements inhabituels de la nature, comme des tremblements de terre, des tempêtes, des inondations, ou des comètes et des météores.

Le fait est que les hommes ploient, et pour cause, sous le poids de leur existence, bien qu'ils soient eux-mêmes la cause de ce fardeau. Cela s'explique, à mon avis, de la manière suivante. Dans le progrès accompli par l'espèce humaine, la culture des talents, de l'habileté et du goût (avec leur conséquence, la quête du plaisir) précède naturellement le développement de la moralité ; et ce déséquilibre est précisément l'état le plus pénible et le plus dangereux pour le bien moral autant que pour le bien-être physique, parce que les besoins croissent beaucoup plus vite que les moyens de les satisfaire. Toutefois, la disposition morale de l'humanité, qui (comme la *poena, pede claudo*[1], d'Horace) est toujours à la traîne, finira (ainsi qu'il est permis de l'espérer sous le gouvernement d'un sage maître du monde) par dépasser cette dernière qui, dans sa course précipitée, se gêne elle-même et trébuche ; si bien qu'il devrait être permis, en se fondant sur les preuves tangibles de la supériorité morale de notre époque en comparaison de toutes les époques précédentes, de nourrir l'espoir que le dernier jour, pour amener la fin de toutes choses sur terre, se présentera plutôt sous l'aspect de l'assomption d'Élie que sous celui de la descente en enfer de Coré et de sa cohorte. Il reste, cependant, que cette foi héroïque dans la vertu ne semble pas exercer, subjectivement, une influence aussi générale sur les cœurs, en vue de leur conversion, que les apparitions pleines de terreur que l'on se présente précédant les événements ultimes.

*

R*emarque.* Nous n'avons ici affaire (ou plutôt à jouer) qu'avec des idées que la raison se crée elle-même, et dont les objets (s'il en existe) se trouvent absolument en dehors de notre horizon; toutefois, ces idées, pour être inaccessibles à la connaissance spéculative, ne doivent pas être considérées comme vides à tous égards, mais elles nous sont fournies par la raison législatrice elle-même dans une intention pratique, non pas pour que nous allions nous interroger sans fin[1] sur leurs objets, quant à leur réalité en soi et leur nature, mais pour que nous nous demandions
VIII, 333 comment nous devons les penser en vue des principes moraux qui se rapportent au but final de toutes choses (ainsi, ces idées, qui autrement seraient absolument vides, acquièrent une réalité pratique objective); ce qui fait que nous avons devant nous un champ *libre,* permettant de traiter ce produit de notre propre raison, à savoir le concept général d'une fin de toutes choses, suivant le rapport qu'il entretient avec notre faculté de connaître, pour le subdiviser et établir le classement des concepts qu'il renferme.

Nous diviserons, par conséquent, l'ensemble en trois rubriques : 1° la fin *naturelle** de toutes

* Est appelé *naturel* (au sens formel) ce qui résulte nécessairement des lois d'un certain ordre, quel qu'il soit, donc également des lois de l'ordre moral (et non seulement de celles de l'ordre physique). À cela s'oppose ce qui est *non naturel,* qui

choses, selon l'ordre des buts moraux de la sagesse divine, que nous pouvons (au point de vue pratique) *très bien comprendre ;* 2° la fin *mystique* (surnaturelle) de toutes choses, dans l'ordre des causes efficientes, dont nous ne *comprenons rien ;* 3° la fin *antinaturelle* (renversée[1]) de toutes choses, que nous provoquons nous-mêmes, en nous *méprenant* sur le but final. La première de ces rubriques vient d'être traitée ; restent les deux autres, dont l'examen va suivre maintenant.

Dans l'Apocalypse (x, 5, 6) « un ange lève la main vers le ciel et, jurant par Celui qui est vivant dans les siècles des siècles, qui a créé le ciel, etc. [...], il dit : Désormais, il n'y aura plus de temps ».

Si l'on refuse d'admettre que cet ange ait pris « sa voix de sept tonnerres » pour proclamer une absurdité, il a nécessairement voulu dire que dorénavant il n'y aurait plus de *changement ;* car s'il y avait encore du changement dans le monde, il y aurait aussi le temps, parce que le changement n'est possible que dans le temps, sans lequel il ne saurait pas même être pensé.

Or, ce qui est représenté ici[2] est la fin de toutes choses prises comme objets des sens, événement dont nous ne pouvons nous forger aucun concept, parce que, quand nous voulons faire le moindre pas hors du monde sensible pour pénétrer dans le monde intelligible, nous nous enfermons inévitablement dans des contradictions ; c'est le cas ici, dans la mesure où l'instant qui VIII, 334
marque la fin du monde sensible doit aussi marquer le commencement du monde intelligible, de sorte que ce dernier est rangé avec le premier dans la même série temporelle, ce qui est contradictoire.

Lorsque nous disons que nous posons en pensée une durée comme infinie (comme éternité), nous ne le faisons pas parce que nous aurions de sa grandeur un quelconque concept déterminable

peut se présenter sous les espèces du *surnaturel* et de l'*antinaturel*. D'autre part, ce qui est nécessaire en vertu de *causes naturelles* pourrait également être dit naturel, au sens matériel (soit physiquement nécessaire).

— car cela est impossible, dès lors que le temps, en tant que mesure de cette grandeur, fait entièrement défaut — ; mais ce concept, étant donné que là où il n'y a pas de temps il n'y a pas non plus de *fin,* n'est que l'expression négative de la durée éternelle. Il ne fait pas avancer d'un seul pouce notre connaissance, mais signifie simplement que l'exigence de la raison visant (au point de vue pratique) le but final ne pourra jamais être satisfaite par la succession de changements continus ; et même quand, à l'inverse, la raison tente de tirer parti du principe du repos et de l'immutabilité des choses du monde, elle ne trouverait pas davantage de satisfaction quant à son usage *théorique* et sombrerait au contraire dans une totale absence de pensée ; si bien qu'il ne lui reste d'autre solution que de poser un changement se poursuivant (dans le temps) à l'infini en assurant le progrès continu vers le but final, tout au long duquel l'*intention morale* (qui n'est pas comme ce progrès un phénomène, mais une réalité suprasensible et, par conséquent, exempte du changement dans le temps) se maintient et demeure constamment la même. La règle concernant l'usage pratique de la raison en accord avec cette idée se résume donc à ceci : nous devons choisir notre maxime comme si, à travers tous les changements allant à l'infini du bien au mieux, notre état moral, pour ce qui est de l'intention (le *homo noumenon* «dont la vie est au ciel»), n'était soumis à aucune vicissitude temporelle.

Mais qu'un jour survienne un instant du temps qui fasse cesser tout changement (et par suite le temps lui-même), c'est là une représentation qui choque l'imagination. En effet, la nature entière se trouvera alors figée et comme pétrifiée : la dernière pensée, le dernier sentiment s'immobiliseront dans le sujet pensant et resteront sans changement, identiques à tout jamais. Pour un être qui ne peut prendre conscience de son existence et de la grandeur de celle-ci (en tant que durée) autrement que dans le temps, une telle vie, si toutefois elle mérite ce nom, doit se confondre

avec l'anéantissement ; car, s'il entreprend de se projeter par la pensée dans un tel état, il doit nécessairement penser quelque chose, or l'acte de *penser* comporte un moment de réflexion, qui ne peut avoir lieu que dans le temps. Les habitants de l'autre monde nous sont ainsi dépeints en train d'entonner, suivant la différence de leur séjour (le ciel ou l'enfer), soit toujours le même chant, leur VIII, 335
alléluia, soit éternellement les mêmes cris de détresse (XIX, 1-6 ; XX, 15), ce qui a pour fonction d'indiquer l'absence totale de changement dans leur état.

N'empêche que cette idée, tout en excédant de beaucoup la capacité conceptuelle[1] de notre esprit, est étroitement apparentée à la raison sous le rapport pratique. Même si nous retenons au sujet de l'état moral et physique de l'homme en cette vie-ci la meilleure hypothèse, celle d'une progression et d'une approximation constantes vers le souverain bien (le but qui lui est fixé), l'homme ne peut (tout en ayant conscience de l'immutabilité de son intention) tirer son *contentement* de la perspective d'un changement (moral aussi bien que physique) qui se prolonge éternellement. Car l'état dans lequel il se trouve actuellement sera toujours mauvais lorsqu'on le compare avec celui, meilleur, qu'il s'apprête à connaître ; et la représentation d'une progression indéfinie vers le but final comporte en même temps la perspective d'une série indéfinie de maux qui, bien qu'ils soient compensés par l'accroissement du bien, ne donnent pas lieu au contentement, dont l'idée même exige que le *but final* sera finalement *atteint*.

En s'interrogeant sans fin sur ces questions l'homme verse dans le *mysticisme* (car la raison, qui ne se contente pas facilement de son usage immanent, c'est-à-dire pratique, a également ses mystères). Ici, la raison ignore ce qu'elle est et ce qu'elle veut ; elle préfère divaguer[2] plutôt que de se confiner, ainsi qu'il sied à un intellect qui habite le monde sensible, dans les limites de ce monde. De là provient le système monstrueux de *Lao-Tseu*, selon lequel le *souverain bien* est le *néant*,

c'est-à-dire la conscience qui se sent engloutie dans l'abîme de la divinité, du fait de la fusion avec elle qui entraîne l'anéantissement de la personnalité. Pour obtenir un avant-goût de cet état, les philosophes chinois s'efforcent, dans des locaux obscurs et en tenant les yeux fermés, de penser ce néant et de le ressentir. D'où le *panthéisme* (des Tibétains et d'autres peuples orientaux) ainsi que, plus tard, le *spinozisme,* issu de la sublimation métaphysique du panthéisme, les deux doctrines étant étroitement apparentées au *système* ancestral de l'*émanation,* qui fait sortir toutes les âmes humaines de la divinité (pour finalement être résorbées en elle). Tout cela uniquement pour que les hommes puissent enfin jouir de ce *repos éternel*
VIII, 336 qui constitue la fin prétendument heureuse de toutes choses, et qui n'est, au fond, qu'un concept indiquant à la fois la défaillance de l'entendement et la fin de toute pensée.

La fin de toutes les choses qui passent par les mains des hommes se résume, même quand leurs buts sont bons, à de la *sottise,* c'est-à-dire à l'emploi, en vue de ces buts, de moyens qui leur sont précisément opposés. La *sagesse,* c'est-à-dire la raison pratique s'exprimant dans la parfaite conformité des mesures prises en vue du but final de toutes choses, du souverain bien, ne se rencontre qu'en Dieu. Ne pas agir manifestement à l'encontre de cet idéal, c'est ce qu'on pourrait à la rigueur nommer sagesse humaine. Mais cette assurance contre la sottise, que l'homme ne peut espérer acquérir que moyennant des tentatives et bien des modifications de ses plans, est plutôt « un joyau que même le meilleur des hommes peut seulement poursuivre, pour voir s'il est *capable* de s'en *emparer*[1] », sans qu'il lui soit permis de se persuader vaniteusement de cette possibilité, et encore moins d'agir comme s'il *le tenait.* C'est bien là l'origine des projets, modifiés d'époque en époque et souvent absurdes, qui visent à dégager des moyens propres à donner *à la religion dans tout un peuple de la pureté et, en même temps, de la force;* si bien qu'on est fondé de s'écrier : Pauvres mortels, chez vous rien n'est constant, si ce n'est l'inconstance !

À supposer toutefois que ces tentatives réussissent un jour à rendre la communauté apte et disposée à écouter non seulement les leçons pieuses traditionnelles, mais aussi la raison pratique éclairée par elles (ce qui est absolument nécessaire pour qu'il y ait religion) ; à supposer que les sages (dans l'acception humaine du terme) au sein du peuple se mettent d'accord, non pas en se concertant entre eux (en tant que membres d'un clergé), mais en se comportant en citoyens, et élaborent des projets qui prouvent sans équivoque qu'ils se soucient de la vérité ; à supposer encore que le peuple, poussé par le besoin impérieux, ressenti par tous sans aucune intervention de l'autorité, de perfectionner ses dispositons morales, y prenne un intérêt au moins global (ne s'étendant pas forcément aux plus petits détails), on ne saurait probablement être mieux inspiré que de les[1] laisser faire et poursuivre leur chemin, puisqu'en ce qui concerne l'*idée* qu'ils visent ils sont sur la bonne voie ; en revanche, pour ce qui est du succès des mesures adoptées en vue du meilleur but final, qui demeure toujours incertain VIII, 337 quant à l'issue du cours naturel des choses, il paraît raisonnable de s'en remettre à la *Providence.* En effet, quelle que soit notre *réticence à l'égard de la foi,* nous sommes bien obligés, étant donné l'impossibilité absolue de prévoir avec certitude le succès des mesures les moins incertaines prises en fonction de la sagesse humaine (qui, pour mériter ce nom, doit tendre exclusivement à l'ordre moral), de croire de façon pratique en une concurrence entre la sagesse divine et le cours naturel des choses, si nous ne voulons pas aller jusqu'à renoncer purement et simplement à notre but final. Certes, on objectera qu'il a déjà souvent été prétendu que le dernier programme était le meilleur, qu'il fallait s'y tenir pour toujours, que c'était là un état fait pour durer toute l'éternité. «Celui qui est bon (en accord avec ce concept), celui-là sera toujours bon, et celui qui est mauvais (en désaccord avec ce concept), celui-là sera toujours mauvais» (Apoc. XXII, 11), comme si l'éternité et avec elle, la fin de toutes choses pouvait dès à présent avoir été inaugurée ; mais cela n'a jamais empêché de lancer par la suite de nouveaux programmes, dont le plus récent n'était souvent que la repise d'un ancien ; et l'avenir ne manquera pas de projets *tout aussi définitifs.*

Je suis à ce point conscient de mon incapacité de tenter en la matière aucun essai nouveau et heureux que je préfère m'en tenir à un conseil qui, je l'avoue, ne demande pas beaucoup d'imagination : celui de ne pas toucher à l'état actuel des choses qui, pendant près d'une génération, a produit des effets plutôt positifs. Toutefois, comme cet avis risque de ne pas convenir à des hommes de génie, ou, simplement, dotés d'un esprit entreprenant, qu'il me soit permis d'indiquer en toute modestie, non pas ce qu'ils auraient à faire, mais ce qu'ils devraient prendre soin d'éviter pour ne pas agir à l'encontre de leurs propres intentions (fussent-elles les meilleures du monde).

En plus du profond respect que lui attire irrésistiblement la sainteté de ses lois, le christianisme a également en lui quelque chose *d'aimable.* (Je ne parle pas ici de l'amabilité de la personne qui nous a donné cette religion au prix de grands sacrifices, mais de l'amabilité de la chose elle-même, à savoir de l'institution morale qu'il a fondée ; car la première n'est que la conséquence de la seconde.) Le respect, sans aucun doute, est primordial, parce qu'il n'y a pas de véritable amour sans respect, alors qu'il est possible d'éprouver un grand respect pour une personne que l'on n'aime pas. Cependant, dès qu'il s'agit non seulement de se représenter le devoir, mais de lui obéir ; dès que l'on cherche le fondement *subjectif* des actions,
VIII, 338 dont dépend avant tout, à condition de pouvoir le supposer, ce que l'homme *va faire,* et non seulement le fondement objectif, qui détermine *ce qu'il doit faire,* on trouve en fait dans l'amour, en tant que libre acceptation de la volonté d'autrui parmi ses maximes, le complément indispensable

à l'imperfection de la nature humaine (au besoin d'être contraint d'accomplir ce que la raison prescrit par la loi) ; en effet, quand on n'agit pas de bon cœur, on agit si mesquinement, on invente tant de prétextes sophistiqués pour éluder la loi du devoir qu'on ne peut guère compter sur cette loi pour servir de mobile sans le concours de l'amour.

S'aviserait-on alors, pour faire bonne mesure, d'ajouter au christianisme une autorité supplémentaire (serait-ce même l'autorité divine), en rendant cette autorité aussi bienveillante et le but poursuivi aussi parfait que possible, on n'en ferait pas moins disparaître son amabilité ; car il y a contradiction à *ordonner* à quelqu'un non seulement d'accomplir un acte, mais de l'accomplir *avec plaisir*.

Le christianisme vise à faire aimer l'accomplissement du devoir en général, et il y réussit parce que son fondateur parle non en maître qui impose *sa volonté* et exige obéissance, mais en ami de l'homme qui recommande à ses semblables leur propre volonté bien comprise, celle d'après laquelle ils agiraient d'eux-mêmes s'ils allaient jusqu'au bout de leur examen de conscience.

C'est donc au moyen d'une pensée *libérale* — également éloignée de la servilité et du dérèglement — que le christianisme entend assurer *l'effet* de son enseignement, qu'il sait gagner le cœur des hommes dont l'entendement est déjà éclairé par la représentation de la loi du devoir. Le sentiment de la liberté dans le choix du but final, voilà ce qui leur rend la législation aimable. Par conséquent, même si l'auteur de cet enseignement annonce aussi des *châtiments*, il n'est pas juste de comprendre, ou du moins il n'est pas conforme à l'essence particulière du christianisme d'interpréter cela comme si ces châtiments devaient servir de mobiles incitant à obéir à ses lois ; car alors le christianisme cesserait d'être aimable. On doit y voir seulement un avertissement affectueux traduisant la bienveillance du législateur soucieux de nous mettre en garde contre les dommages qui

résulteraient inévitablement de la transgression de la loi (car *lex est surda et inexorabilis,* Tite Live[1]). En effet, la menace ne vient pas du christianisme,
VIII, 339 en tant que règle de vie librement acceptée, mais de la loi qui, en tant qu'ordre immuable inhérent à la nature des choses, ne laisse pas même à l'arbitre du créateur le droit de décider ainsi ou autrement de ses conséquences.

Lorsque le christianisme promet des *récompenses* « Réjouissez-vous et soyez consolés, au ciel tout vous sera compté[2] », il ne faut pas y voir, en vertu du principe libéral, une offre destinée à *appâter* des hommes, à acheter pour ainsi dire leur bonne conduite ; car de nouveau le christianisme cesserait d'être aimable. Seule la recommandation d'actions déterminées par des motifs désintéressés peut inspirer aux hommes le respect de l'auteur d'une telle recommandation ; or sans respect, point de véritable amour. Gardons-nous donc d'interpréter cette promesse comme si les récompenses étaient à prendre pour les mobiles des actions. L'amour que voue un esprit libéral à son bienfaiteur ne se mesure pas au bienfait que reçoit celui qui en a besoin, mais uniquement à la bonté de la *volonté* de celui qui est disposé à l'accorder ; même si ce dernier manque du pouvoir nécessaire ou qu'il soit empêché par d'autres considérations, ayant trait à l'ordonnance parfaite de l'univers, de s'exécuter.

C'est en cela que réside l'amabilité morale du christianisme, qui transparaît toujours, malgré les nombreuses contraintes extérieures qu'il a subies et le changement fréquent des opinions, et le préserve contre la désaffection qu'autrement il n'aurait pas manqué de s'attirer, allant même (chose remarquable) dans le siècle le plus éclairé que l'humanité ait jamais connu jusqu'à briller d'un éclat de plus en plus vif. Si un jour le christianisme devait cesser d'être aimable (ce qui pourrait bien arriver le jour où il revêtirait à la place de sa douceur spirituelle l'armure d'un autoritarisme impérieux), on verrait nécessairement, puisque dans le domaine moral la neutralité est impossible (et plus encore la coalition de deux principes opposés) l'aversion et la révolte soulever contre lui le cœur de la majorité des hommes ; et l'*Antéchrist*, qu'on considère de toute façon comme le précurseur du dernier jour, établirait son règne (fondé sans doute sur la peur et l'égoïsme), fût-ce pour peu de temps ; et comme le christianisme, *destiné* à être la religion universelle, serait alors frustré de la *faveur* du destin, on assisterait à *la fin* (renversée) *de toutes choses* au point de vue moral.

PROJET DE PAIX PERPÉTUELLE

Traduction d'un auteur anonyme (1796)
revue par Heinz Wismann.

NOTICE

Dans le sillage de la deuxième édition, élargie, du traité Zum ewigen Frieden *— la première, datant de 1795, a été épuisée en quelques mois — paraît en 1796, également chez Nicolovius à Königsberg, une traduction française portant le titre* Projet de paix perpétuelle. *Cette traduction, anonyme, est aussitôt reprise par les éditeurs parisiens Jansen et Perronneau et annoncée dans le* Magazine encyclopédique *(t. 3, 1796, p. 113) comme ayant été faite « sous les yeux de l'auteur », puis abondamment commentée (p. 310-325) par le jacobin allemand Anton Keil, réfugié en France depuis 1794. La rapidité tout à fait inhabituelle — la* Critique de la raison pure *ne sera traduite qu'en 1835 — et l'ampleur de cette opération s'expliquent par les efforts d'un certain nombre d'émigrés allemands d'accréditer l'idée d'un parallèle prometteur entre la révolution copernicienne du criticisme et la Révolution française (voir les correspondances parues dans* Le Moniteur *du 1er mars et du 10 avril 1795, p. 167 et 817, ainsi que le résumé anonyme de la* Friedensschrift, *dû à Ludwig Ferdinand Huber, publié dans le même journal le 3 janvier 1796, p. 510 s.).*

C'est dans ce contexte d'agitation politique et intellectuelle qu'il faut situer les tentatives répétées d'établir un contact direct entre Kant et Siéyès. Ainsi Charles Guilleaume Théremin, jeune diplomate prussien passé au service de la République et proche de Siéyès, demande le 1er janvier 1796 à son frère Anton

Ludwig, prédicateur réformé à Memel, de susciter une correspondance entre les deux hommes. Transmise à Kant le 6 février, la proposition reste apparemment sans suite. En effet, pour couper court aux rumeurs concernant ses relations avec Siéyès, Kant fait insérer dans les Königsbergische Gelehrte und Politische Zeitungen *du 7 mars un démenti formel, et le libelle paru en 1797 sous le titre* Antwortschreiben des Professors Kant in Königsberg an den Abt Siéyès in Paris 1796. Aus dem lateinischen Originale übersetzt, *est manifestement un faux. Mais parmi les papiers de Siéyès conservés aux Archives nationales s'est récemment trouvé la transcription française, faite par C.-G. Théremin, de la réponse de Kant à A.-L. Theremin, datée du 9 mars 1796, dans laquelle Kant prie ce dernier de communiquer à Siéyès « mes idées au sujet de la proposition purement littéraire de faire connaître mes ouvrages à la France » (Alain* Ruiz, *«* Neues über Kant und Siéyès *»,* Kantstudien *68, 1977, p. 446 et suiv.). Il semble donc que Kant, avec toute la prudence que lui imposait sa position, ait finalement accepté d'être présent au débat mené dans la France révolutionnaire, même si la liste des ouvrages dont il recommande la traduction ne comprend pas la* Paix perpétuelle. *Peut-être doit-on y voir la confirmation indirecte de l'entreprise en cours « sous les yeux de l'auteur ».*

Il n'est pas impossible, du reste, que Kant ait eu connaissance de l'initiative d'un autre médiateur, Karl Friedrich Reinhard, *ambassadeur français auprès des villes hanséatiques, qui avait envoyé le 10 janvier 1796 à Siéyès une traduction-adaptation du traité, dont le manuscrit a été retrouvé par Alain* Ruiz *et publié dans les* Cahiers d'études germaniques *5, 1981, p. 119 et suiv. Car dès le 26 janvier 1796, Sophie* Reimarus *écrivait à* Reinhold, *professeur à Kiel depuis 1794 : «* Reinhart (sic !) *a traduit la paix perpétuelle de Kant (je crois que le titre est mieux adapté au monde que paix éternelle) et il l'a expédiée tout droit à Paris... L'écrit est entre les mains de Siéyès, il parlera aux gens éclairés et s'enchaînera à leurs idées en de nombreux endroits. Beaucoup de passages qui étaient trop diffus sont supprimés et l'ensemble traduit en français avec une telle légèreté et une telle précision que cela dépasse toute attente et qu'on le lit beaucoup plus facilement, en particulier l'avant-propos. Si Kant ignore encore l'existence de cette traduction, dites-lui qu'elle est ici en manuscrit.* »

Malgré tous ces efforts, la réaction de Siéyès et des milieux parisiens en général reste décevante. La parution de la version autorisée du traité n'y changera rien. Les raisons de cet échec sont multiples, mais l'incompréhension s'autorise avant tout du style de Kant, comme le montre la remarque de Pierre-Louis Roederer, rédacteur du Journal d'économie publique, *présentant les* « Observations *sur le projet de paix perpétuelle d'Emmanuel Kant* » *d'Adrien de Lezay-Marnésia (11 octobre 1796, p. 232-244) :* « Le *jeune écrivain a su nettoyer les idées du philosophe de toute la scolastique qui la défigure.* » *Humboldt lui-même, lors de son passage à Paris, a dû faire l'expérience pénible du dialogue de sourds avec les* « *érudits parisiens* » *(lettre à Schiller du 23 juin 1798). Et Johann Gottfried Kiesewetter écrit le 25 novembre 1798 à Kant que tout reste à faire pour vaincre la résistance des* « *délicats Parisiens* » (ekle Pariser) *à l'égard d'une œuvre jugée par trop indigeste.*

Nous avons choisi de reproduire le texte de la traduction de Königsberg, qui constitue un document unique dans l'histoire du kantisme. Les notes qui l'accompagnent sont destinées à combler le fossé qui sépare nos exigences philologiques de la conception plus libre que le XVIIIe *siècle avait de la circulation des idées philosophiques.*

HEINZ WISMANN.

À LA PAIX ÉTERNELLE

AK, VIII, 343

Cette inscription satirique, gravée par un aubergiste hollandais sur son enseigne, où il avait fait peindre un cimetière, avait-elle pour objet les hommes en général, ou particulièrement les souverains, insatiables de guerre, ou bien les philosophes qui se livrent au beau songe d'une paix perpétuelle[1] ? voilà ce que nous ne saurions décider. Quoi qu'il en soit, l'auteur de cet écrit le publie sous une seule condition : la voici.

Le politique pratique a coutume de témoigner au faiseur de théories autant de dédain qu'il a de complaisance pour lui-même. À ses yeux, ce dernier n'est qu'un pédant d'école, dont les idées creuses ne portent jamais préjudice à l'État, auquel il faut des principes déduits de l'expérience ; qu'un joueur insignifiant, à qui il permet de faire, à la suite, tous ses coups, sans avoir besoin de prendre, dans sa sagesse, des mesures contre lui[2]. Voilà l'usage. Que l'homme d'État daigne donc être conséquent ; et si, par hasard, il découvre dans cet écrit des idées opposées aux siennes ; qu'il n'imagine pas voir un danger pour l'État dans des opinions hasardées à l'aventure et publiées avec franchise. Clause de précaution, par laquelle l'auteur prétend expressément se garantir, en bonne et due forme, de toute interprétation maligne.

Première section

QUI CONTIENT LES ARTICLES PRÉLIMINAIRES D'UNE PAIX PERPÉTUELLE[1]

I. « On ne regardera pas comme valide tout traité de paix, où l'on se réserverait tacitement la matière d'une nouvelle guerre. »

Un pareil traité ne serait qu'une simple trêve, une suspension et non une cessation entière d'hostilités. Nommer une telle paix perpétuelle, c'est la charger d'une épithète oiseuse, qui la rend même suspecte. Un traité de paix doit anéantir tous les sujets de recommencer la guerre présents ou à venir, et même encore inconnus aux parties contractantes, fussent-ils découverts parmi les
VIII, 344 documents poudreux des archives par la sagacité la plus raffinée. Se réserver tacitement des prétentions, sans les déclarer, parce qu'on est trop épuisé pour continuer la guerre ; compter sur d'anciennes et d'obscures prétentions, qu'on pourra imaginer dans la suite, avec la mauvaise intention de les faire valoir à la première occasion favorable ; une telle restriction mentale peut, tout au plus, convenir à quelque casuiste jésuite ; envisagée en elle-même, elle est au-dessous de la dignité des souverains, comme il est au-dessous de la dignité d'un ministre de se prêter à faire des déductions de cette espèce.

Mais si, en conséquence des lumineux principes de la politique, on fait consister la gloire[2] de l'État dans un accroissement perpétuel, par des moyens quelconques ; mon raisonnement n'est évidemment qu'une pédanterie scolastique.

II. « Tout État[3], qu'il soit grand ou petit, ne pourra jamais passer au pouvoir d'un autre État, ni par échange, ni à titre d'achat ou de donation[4]. »

Un État n'est pas un patrimoine, comme le sol

où il se trouve. C'est une société d'hommes, dont l'État seul ose disposer en maître. C'est un tronc[1] qui a ses propres racines. L'incorporer à un autre État, comme une simple greffe, c'est le réduire, de personne morale qu'il était, à l'état d'une chose ; ce qui contredit l'idée du contrat social, sans lequel on ne saurait concevoir de droit sur un peuple*.

Chacun sait à quels dangers l'Europe, seule partie du monde où cet abus ait eu lieu, s'est vue exposée, jusqu'à nos jours, par une suite du préjugé mercantile que les États peuvent s'épouser les uns les autres ; nouveau genre d'industrie, par où l'on obtient, au moyen de traités de famille[3] et sans aucune dépense de forces, ou un excès de puissance, ou un prodigieux accroissement de domaines.

Par une conséquence du même principe, il est interdit à tout État de mettre des troupes à la solde d'un autre État contre un ennemi qui n'est pas commun à tous deux ; car, c'est employer les sujets comme des choses, dont on peut disposer à son gré[4].

III. « Les troupes réglées *(miles perpetuus)* VIII, 345
doivent être abolies avec le temps. »

Car, étant toujours prêtes à agir, elles menacent sans cesse d'autres États et les excitent à augmenter à l'infini le nombre des hommes armés. Cette rivalité, source inépuisable de dépenses, qui rendent la paix plus onéreuse qu'une courte guerre, fait même entreprendre quelquefois des hostilités, dans la seule vue de se délivrer par là d'une si pénible charge. D'ailleurs, être pris à la solde, pour tuer ou pour être tué, c'est servir d'instrument ou de machine dans la main d'autrui. On ne voit pas trop bien comment un tel usage, qu'un tiers (l'État) fait des hommes, est compa-

* Un royaume héréditaire n'est pas un État, qui puisse passer à un autre État, mais dont le droit administratif[2] peut être hérité par une autre personne physique. L'État acquiert alors un chef : mais celui-ci, en tant que chef ou maître d'un autre royaume, n'acquiert pas l'État.

tible avec les droits que la Nature leur donne sur leur propre personne[1].

Il en est tout autrement d'exercices militaires, entrepris volontairement, et à des temps réglés, par les citoyens, pour se garantir eux et leur patrie des agressions du dehors.

La thésaurisation, moyen de puissance militaire plus efficace peut-être que celle des armées ou des alliances, produirait le même effet que les troupes réglées et exciterait les autres États à la guerre, parce qu'elle les en menace, s'il était moins difficile de s'instruire de la force du trésor.

IV. «On ne doit point contracter de dettes nationales, pour soutenir les intérêts[2] de l'État au-dehors.»

Les emprunts, faits dans l'intérieur de l'État ou dans l'étranger, offriront une ressource nullement suspecte, si on les destine à l'économie du pays, comme seraient la réparation des grandes routes, de nouvelles colonies[3], l'établissement de magasins pour les années stériles, etc. Mais que penser de ce système de crédit, invention ingénieuse d'une nation commerçante de ce siècle[4], au moyen duquel les dettes s'accumulent à l'infini, sans qu'on soit embarrassé des remboursements, parce que les créanciers ne les exigent jamais à la fois? Considéré comme ressort politique[5], c'est un moyen dangereux de puissance pécuniaire, un trésor pour la guerre, supérieur à celui de tous les autres États pris ensemble, et qui ne peut s'épuiser à la longue que par le déchet[6] des taxes (épuisement bien retardé encore par la réaction favorable du crédit sur le commerce et sur l'industrie). Cette facilité de faire la guerre, jointe au penchant naturel qui semble y porter les hommes, dès qu'ils en ont le pouvoir[7], est un très grand obstacle à la paix éternelle. Et ce qui autorise
VIII, 346 d'ailleurs à en exiger l'abolition, comme un article préliminaire de cette pacification, c'est que, tôt ou tard, il en résulterait une banqueroute nationale, par où plusieurs États, qui en souffriraient innocemment, se trouveraient ouvertement lésés. Ils sont donc, pour le moins, en droit de se liguer

contre un État qui se permet de pareilles mesures, attentatoires à leur sûreté.

V. « Aucun État ne doit s'ingérer de force dans la constitution, ni dans le gouvernement d'un autre État. »

Qu'est-ce qui peut l'y autoriser ? Peut-être le scandale[1] donné aux sujets de quelque autre souverain ? Mais l'exemple de l'anarchie[2] peut au contraire les instruire du danger qu'on court à s'y exposer. D'ailleurs le mauvais exemple qu'un être libre donne aux autres n'est qu'un scandale pris[3], et nullement une lésion de leurs droits. Il en serait tout autrement d'une révolution qui diviserait un État en deux États différents, dont chacun formerait des prétentions au tout. Comme il n'y a point alors de gouvernement, ce n'est pas s'ingérer de la constitution de cet état anarchique que de prêter du secours à l'un des partis. Mais tant que ces dissensions ne seraient pas parvenues à ce point, des puissances étrangères ne pourraient y prendre part, sans léser les droits d'une nation indépendante, réduite à lutter contre des maux intrinsèques[4] ; ce serait là un scandale donné, qui rendrait incertaine l'autonomie de tous les États.

VI. « On ne doit pas se permettre, dans une guerre, des hostilités qui seraient de nature à rendre impossible la confiance réciproque, quand il sera question de la paix. Tels seraient l'usage qu'on ferait d'assassins ou d'empoisonneurs, la violation d'une capitulation, l'encouragement secret à la rébellion, etc. »

Ce sont là des stratagèmes déshonorants. Il faut qu'il reste, même dans la guerre, une sorte de confiance dans les principes de l'ennemi, autrement on ne pourrait jamais conclure de paix ; et les hostilités dégénéreraient en une guerre à outrance[5] *(bellum internecinum)* ; tandis que la guerre n'est au fond que la triste ressource qu'il faut employer dans l'état de nature pour défendre ses droits, la force y tenant lieu de tribunaux juridiques. Aucun des deux partis ne peut être accusé d'injustice, puisqu'il faudrait pour cela une sentence de droit ;

mais l'issue du combat décide, comme autrefois
VIII, 347 dans les jugements de Dieu, de quel côté est le bon droit ; puisque entre des États il ne saurait y avoir de guerre de punition, n'y ayant pas entre eux de subordination. Une guerre à outrance[1], pouvant entraîner la destruction des deux partis à la fois, avec l'anéantissement de tout droit, ne permettrait la conclusion de la paix éternelle, que dans le vaste cimetière de l'espèce humaine. Il faut donc absolument interdire une pareille guerre, aussi bien que les moyens qui y conduisent. Or de ce genre sont certainement les pratiques infernales dont il est fait mention dans cet article. Infâmes par elles-mêmes, quand une fois elles sont usitées, elles ne cessent pas même avec la guerre, comme l'usage des espions, où l'on profite seulement de l'infamie d'autrui (indignité dont l'espèce humaine ne sera jamais totalement purgée) ; mais les pratiques, que je censure, resteront en usage même après la paix qu'elles rendront inutile.

Quoique les lois indiquées soient toutes des lois prohibitives, en tant qu'on les envisage objectivement et telles qu'elles doivent être dans l'intention des puissances[2], il y en a cependant quelques-unes de strictes[3], qui exigent une exécution prompte et absolue. Tels sont les numéros I, V, VI. D'autres (comme les numéros II, III, IV) sans faire exception à la règle du droit sont moins rigoureuses *(leges latae)* parce que leur observation dépend de circonstances locales et accidentelles, qui peuvent en retarder l'exécution, sans qu'il soit permis néanmoins d'en perdre entièrement le but de vue et de remettre aux calendes grecques (pour me servir d'une expression d'Auguste[4]) les restitutions à faire aux États qui ont été lésés[5] (n° II), ce qui serait annuler la loi qui l'ordonne. Mais ce délai même n'est permis, que pour empêcher une précipitation qui pourrait nuire au but qu'on se propose. La loi prohibitive, contenue dans cet article II, ne détermine que pour l'avenir le mode d'acquisition légitime[6], sans avoir un effet rétroactif ; la possession actuelle, sans être juste et légale en elle-même, ayant été généralement réputée telle, à l'époque de la prétendue acquisition*.

* Ce n'est pas sans raison qu'on a été incertain jusqu'à présent si, outre le précepte *(leges praeceptivae)* et la défense *(leges prohibitivae)*, il y a encore des lois permissives *(leges permissivae*[1] *)*. Car la loi, en général, suppose une nécessité morale d'agir ; une permission, au contraire, la possibilité morale des actions dans certains cas donnés ; une loi permissive obligerait donc sans restriction à une action qui ne serait possible que sous certaines conditions : ce qui impliquerait contradiction, si l'objet de la loi était le même sous l'un et l'autre rapport. Or, dans la loi permissive dont il s'agit, la défense ne se rapporte qu'au mode d'acquisition future (par exemple par hérédité) ; mais la permission qui annule cette défense regarde l'état de possession actuelle. Dans le passage de l'état de nature à l'état civil, cette possession putative, quoique illégale, peut néanmoins être maintenue comme honnête, en vertu d'une permission du droit naturel. Mais il ne faut pas que son illégalité soit reconnue ; car du moment où, dans l'état de nature, une possession putative, et dans l'état civil, une acquisition pareille, sont reconnues comme injustes, elles ne sauraient plus avoir lieu, parce qu'elles deviennent alors une lésion des droits.

Je n'ai voulu que fixer, en passant, l'attention des docteurs du droit naturel sur l'idée des lois de permission, qui s'offre d'elle-même à tout esprit systématique ; principalement, parce qu'on en fait un usage si fréquent dans les lois civiles, quoique avec cette différence : la défense y est expresse et absolue, et la permission n'y est pas insérée comme condition restrictive, ainsi qu'elle devrait l'être, mais elle se trouve parmi les exceptions. Nous défendons ceci ou cela, y est-il dit, excepté nos I, II, III jusqu'à l'infini. Les exceptions n'y sont pas jointes à la loi d'après un principe fixe, mais au hasard et en parcourant à l'aveugle les divers cas qui se rencontrent ; car, sans cela, les restrictions seraient toujours insérées dans la formule de défense, qui deviendrait par là une loi permissive. Aussi est-il très fâcheux, que l'on ait si tôt abandonné la question proposée par M. le comte de Windischgrätz[2].

Ce sage profond avait précisément insisté sur le point dont il s'agit, dans son problème ingénieux qui reste encore à résoudre. En effet, on ne sera en droit de se promettre une législation immuable et permanente que lorsqu'on aura démontré la possibilité d'une formule mathématique qui serve de fondement aux lois. Sans elle on aura bien des lois générales, qu'on appliquera à un grand nombre de cas, mais point de lois universelles, qui soient applicables à tous les cas, comme l'idée d'une loi semblerait l'exiger.

VIII, 348

Seconde section

QUI CONTIENT LES ARTICLES DÉFINITIFS DE LA PAIX PERPÉTUELLE

VIII, 349 Pour les hommes, l'état de nature n'est pas un état de paix, mais de guerre, sinon ouverte, au moins toujours prête à s'allumer. Il faut donc que l'état de paix soit établi ; car, pour être à l'abri de tout acte d'hostilité, il ne suffit pas qu'il ne s'en commette point ; il faut qu'un voisin garantisse à l'autre sa sûreté personnelle ; ce qui ne saurait avoir lieu que dans un état de législation ; sans quoi l'un est en droit de traiter l'autre en ennemi, après lui avoir inutilement demandé cette garantie*.

* L'opinion commune est, qu'on n'ose[1] agir hostilement que contre un agresseur ; et cela est vrai, supposé que l'un et l'autre vivent dans un état de législation civile. Car, en y entrant, ils se garantissent réciproquement la sûreté requise, par l'obéissance commune qu'ils prêtent au souverain. Mais l'homme ou le peuple, qui vit dans l'état de nature, me prive de cette sûreté et m'attaque sans être agresseur, par cela même qu'il se trouve à côté de moi dans un état d'anarchie et sans lois ; menacé sans cesse de sa part d'hostilités contre lesquelles je n'ai point de garant, je suis en droit de le contraindre, soit à s'associer avec moi sous l'empire de lois communes, soit à quitter mon voisinage.

Voici donc le principe sur lequel tous les articles suivants sont établis :

Tous les hommes, qui influent les uns sur les autres, doivent avoir une constitution civile.

Or, toute constitution légitime, considérée quant aux personnes qui en sont l'objet, est

1° Ou conforme au droit civil[2] et se borne à un peuple *(jus civitatis)* ;

2° Ou au droit des gens et règle les relations des peuples[3] entre eux *(jus gentium)* ;

3° Ou au droit cosmopolitique, en tant que les hommes, ou les États, sont considérés comme influant les uns sur les autres

PREMIER ARTICLE DÉFINITIF POUR LA PAIX PERPÉTUELLE

LA CONSTITUTION CIVILE DE CHAQUE ÉTAT DOIT ÊTRE RÉPUBLICAINE

La seule constitution qui résulte de l'idée du pacte social, sur lequel doit se fonder toute bonne législation d'un peuple, est la constitution républicaine*. Elle seule est établie, sur des principes VIII, 350

en qualité de parties constituantes du grand État du genre humain *(jus cosmopoliticum)*.

Cette division n'est pas arbitraire ; l'idée d'une paix éternelle la nécessite. Car, supposez que sous un de ces trois rapports deux peuples soient dans l'état de nature[1], et dans une influence physique réciproque, aussitôt renaîtrait l'état de guerre, dont il s'agit d'être délivré.

* La liberté légale et par conséquent extérieure n'est pas, comme on la définit d'ordinaire, la faculté de faire tout ce qu'on veut, pourvu qu'on ne nuise pas à autrui[2]. Elle consiste à n'obéir qu'à des lois auxquelles j'ai pu donner mon assentiment. De même l'égalité légale dans un État est le rapport des citoyens entre eux, suivant lequel l'un ne saurait obliger l'autre juridiquement, sans que celui-ci ne se soumette aussi à la loi de pouvoir être obligé à son tour de la même manière. Le principe de la soumission aux lois, étant déjà compris sous l'idée d'une constitution en général, ne demande pas d'explication particulière.

L'inviolabilité de ces droits innés et imprescriptibles de l'homme se manifeste plus glorieusement encore lorsqu'on se représente l'homme en relation avec des êtres d'une nature supérieure, comme citoyen d'un monde d'intelligences. Car, en commençant par ma liberté, les lois de Dieu même, qui ne peuvent m'être révélées que par la raison, ne sont obligatoires pour moi, qu'autant que j'ai pu concourir à leur formation[3], puisque je ne parviens à connaître la volonté de Dieu, que par la loi que ma propre raison impose à ma liberté, en m'élevant au-dessus de la nécessité des lois de la nature[4]. Quant au principe d'égalité, quelque relevée que soit la nature d'un être, fût-il le plus grand après Dieu (comme le grand Aeon des gnostiques), si je fais mon devoir dans le poste qui m'est assigné, comme lui dans le sien, il n'y a pas de raison, pour laquelle j'aie uniquement l'obligation d'obéir, et lui le droit de commander. Ce qui fait que le principe d'égalité n'est pas applicable à nos relations avec Dieu, c'est que de tous les êtres il est le seul qu'on ne puisse pas se représenter soumis au

compatibles, 1°, avec la liberté qui convient à tous les membres d'une société, en qualité d'hommes ; 2°, avec la soumission de tous à une législation commune, comme sujets ; et enfin 3°, avec le droit d'égalité, qu'ils ont tous, comme membres de l'État. Il n'y a donc que cette constitution, qui, relativement au droit, serve de base primitive à toutes les constitutions civiles ; reste à savoir, si elle est aussi la seule qui puisse amener une paix
VIII, 351 perpétuelle. Or, en examinant la nature de cette constitution, je trouve qu'outre la pureté de son origine qui tient à l'idée même du droit elle promet aussi les plus heureux effets et peut seule nous faire espérer une pacification permanente. Voici de quelle manière.

Suivant le mode de cette constitution, il faut que chaque citoyen concoure, par son assentiment, à décider la question si l'on fera la guerre, ou non. Or, décréter la guerre, n'est-ce pas, pour des citoyens, décréter contre eux-mêmes toutes les calamités de la guerre : savoir, de combattre en personne ; de fournir de leurs propres moyens aux frais de la guerre ; de réparer péniblement les dévastations qu'elle cause ; et pour comble de maux, de se charger enfin de tout le poids d'une dette nationale qui rendra la paix même amère et ne pourra jamais être acquittée, puisqu'il y aura toujours de nouvelles guerres. Certes l'on se

devoir. S'agit-il du droit d'égalité commun à tous les citoyens, en qualité de sujets? Pour décider si l'on peut tolérer une noblesse héréditaire, il suffira de demander ; la prééminence du rang, accordée par l'État, doit-elle être antérieure au mérite, ou le mérite doit-il l'être au rang? Or, il est évident, que si la dignité tient à la naissance, le mérite[1] sera incertain, et par conséquent, il vaudrait tout autant accorder le commandement à un favori sans aucun mérite ; ce qui ne saurait jamais être décrété par la volonté universelle du peuple dans le pacte social, unique fondement de tous le droits. Car si la naissance donne la noblesse, elle ne donne pas, pour cela, la noblesse de l'esprit et du cœur. Il en est tout autrement de la noblesse ou de la dignité attachée aux magistratures, que le mérite seul peut obtenir. Le rang n'y tient pas à la personne, mais au poste, et ce genre de noblesse n'altère pas l'égalité, parce que en quittant le poste on renonce au rang qu'il donnait, pour rentrer dans la classe du peuple.

gardera bien de précipiter une entreprise aussi hasardeuse. Au lieu que dans une constitution, où les sujets ne sont pas citoyens de l'État, c'est-à-dire, qui n'est pas républicaine, une déclaration de guerre est la chose du monde la plus aisée à décider ; puisqu'elle ne coûte pas au chef, propriétaire et non pas membre de l'État, le moindre sacrifice de ses plaisirs de la table, de la chasse, de la campagne, de la cour, etc. Il peut donc résoudre une guerre, comme une partie de plaisir, par les raisons les plus frivoles et en abandonner avec indifférence la justification qu'exige la bienséance, au corps diplomatique qui sera toujours prêt à la faire.

Pour empêcher qu'on ne confonde, comme cela se fait communément, la constitution républicaine avec la démocratique, il faut faire les observations suivantes.

Les formes d'un État peuvent être divisées, soit VIII, 352
selon les personnes qui jouissent du souverain pouvoir, soit d'après le mode d'administration dont use le chef quelconque du peuple. La première s'appelle la forme du souverain *(forma imperii)* et il ne peut y en avoir que trois ; l'autocratie, quand un seul a le pouvoir suprême ; l'aristocratie, quand plusieurs le partagent ; la démocratie, quand tous les membres de la société l'exercent.

L'autre forme est celle du gouvernement *(forma regiminis)* ; c'est le mode constitutionnel suivant lequel la volonté générale du peuple a décidé que s'exercerait son pouvoir[1] ; et sous ce rapport, elle est ou républicaine, ou despotique. Le républicanisme est le principe politique, suivant lequel on sépare le pouvoir exécutif (le gouvernement) du législatif. Le despotisme celui où le législateur exécute ses propres lois, par conséquent c'est la volonté particulière du chef substituée à la volonté publique. La démocratie est nécessairement despotisme, puisqu'elle établit un pouvoir exécutif contraire à la volonté générale ; tous pouvant y décider contre un seul dont l'avis est différent ; la volonté de tous n'y est donc pas celle de tous : ce qui est contradictoire et opposé à la liberté[1].

Toute forme de gouvernement, qui n'est pas représentative, n'en est point : le législateur pouvant tout aussi peu se réunir dans la même personne avec l'exécuteur de sa volonté que dans un syllogisme l'universel de la majeure peut servir de particulière dans la mineure[2]. Quoique l'aristocratie et l'autocratie soient défectueuses, en ce qu'elles sont susceptibles du vice dont je parle, elles renferment néanmoins la possibilité d'une administration représentative, ainsi que Frédéric II l'insinuait du moins en disant : qu'il était le premier serviteur de l'État* ; au lieu que la
VIII, 353 démocratie rend la représentation impossible, chacun y voulant faire le maître. On peut donc assurer, que plus le nombre des gouvernants est petit et leur représentation étendue, plus la constitution se rapproche du républicanisme et pourra y être portée par des réformes successives.

Voilà pourquoi il est plus difficile de parvenir à cette forme de gouvernement, la seule qui réponde parfaitement aux droits de l'homme, dans une aristocratie que dans une monarchie ; et dans un État démocratique il est même impossible d'y arriver, si ce n'est par des révolutions violentes.

Et cependant la forme du gouvernement est bien autrement importante pour un peuple que la forme du souverain**, quoique le plus ou le

* On a souvent blâmé, comme des flatteries grossières et enivrantes, les épithètes sublimes d'oint du Seigneur, d'exécuteur de la volonté divine, de représentant de Dieu, qu'on prodigue aux souverains. Mais je trouve qu'on les blâme sans raison. Loin d'enorgueillir un monarque, ces surnoms doivent l'humilier, s'il a de l'esprit, comme on doit pourtant le supposer, et s'il pense qu'il s'est chargé d'un emploi, supérieur aux forces d'un homme, savoir : protéger[3] ce que Dieu a de plus sacré sur la terre, les droits de l'homme, et qu'il doit craindre sans cesse d'avoir porté quelque atteinte à ce gage chéri[4] de la divinité.

** Mallet du Pan[5], dans son langage pompeusement vide de sens, prétend être parvenu enfin, après une longue expérience, à se convaincre de la vérité de ce mot connu de Pope : « Laisse les sots disputer sur le meilleur gouvernement : le mieux administré est le meilleur. » Si cela veut dire : que l'État le moins de rapport de cette dernière avec le but dont je parle, ne soit rien moins qu'indifférent. Or pour être pleinement conforme au principe du droit, il faut que la forme du gouvernement soit représentative. Elle seule permet le républicanisme ; sans elle le gouvernement est arbitraire et despotique, quelle que soit d'ailleurs la constitution. De toutes les anciennes prétendues républiques, il n'en est aucune qui ait connu ce système ; aussi a-t-il fallu qu'elles aboutissent toutes au despotisme, quoique le moins insupportable de tous, à celui d'un seul.

SECOND ARTICLE DÉFINITIF POUR LA PAIX PERPÉTUELLE VIII, 354

IL FAUT QUE LE DROIT PUBLIC[1] SOIT FONDÉ SUR UNE FÉDÉRATION D'ÉTATS LIBRES

Il en est des peuples, en tant qu'États, comme des individus ; s'ils vivent dans l'état de nature et sans lois, leur voisinage seul est un acte de lésion. L'un peut, pour garantir sa sûreté, exiger de l'autre qu'il établisse avec lui une constitution[2] qui garantisse à tous leurs droits. Ce serait là une fédération de peuples, sans que ces peuples formassent néanmoins un seul et même État, l'idée d'État supposant le rapport d'un souverain au peuple, d'un supérieur à son inférieur. Or plusieurs peuples, réunis en un même État, n'en

mieux administré est le mieux administré, il a, pour me servir de l'expression de Swift, cassé une noix pour avoir un ver. Mais ce mot doit-il signifier, que dans l'État le mieux administré le gouvernement est le meilleur quant à sa constitution, rien alors de plus faux ; car une bonne administration ne prouve rien en faveur du gouvernement. Qui a mieux régné que Titus et Marc Aurèle? et néanmoins l'un eut pour successeur un Domitien, l'autre un Commode ; ce qui n'aurait jamais eu lieu dans une bonne constitution, leur inaptitude à ce poste ayant été assez tôt reconnue, et le pouvoir du souverain étant assez grand pour les exclure.

formeraient plus qu'un seul ; ce qui contredit la supposition, vu qu'il s'agit ici des droits réciproques des peuples, en tant qu'ils composent une multitude d'États différents, qui ne doivent pas se confondre en un seul et même État.

Quand nous voyons les sauvages préférer dans leur anarchie les combats perpétuels d'une liberté déréglée à une liberté raisonnable, fondée sur un ordre constitutionnel, pouvons-nous nous empêcher d'envisager avec le plus profond mépris cette dégradation animale de l'humanité, et de rougir de l'avilissement où le manque de civilisation réduit les hommes ? Combien plus ne serait-on pas fondé à croire que des peuples civilisés, dont chacun forme un État constitué, dussent se hâter de sortir d'un ordre de choses aussi ignominieux ? Que voyons-nous au contraire ? Chaque État fait consister la majesté (car il est absurde de parler de la majesté d'un peuple) précisément à ne dépendre de la contrainte d'aucune législation extérieure.

Le souverain met sa gloire à pouvoir disposer à son gré, sans s'exposer beaucoup lui-même, de plusieurs milliers d'hommes, toujours prêts à se sacrifier pour un objet qui ne les concerne pas*. La seule différence qui se trouve entre les sauvages américains et ceux d'Europe, c'est que les premiers ont mangé déjà plus d'une horde ennemie, au lieu que les autres savent tirer un meilleur parti de leurs ennemis ; ils s'en servent pour augmenter le nombre de leurs sujets, c'est-à-dire des instruments qu'ils destinent à de plus vastes conquêtes. Quand on songe à la perversité de la nature humaine, qui se montre à nu et sans contrainte dans les relations des peuples entre eux, où elle n'est point arrêtée, comme dans l'état civil, par le pouvoir coactif des lois[2] on doit s'étonner que le mot de droit n'ait pas encore été banni

* C'est ainsi qu'un prince bulgare fit cette réponse à l'empereur grec qui désirait par bonté d'âme terminer leur conflit par un duel : « Un forgeron qui dispose de tenailles n'ira pas retirer des charbons ardents le fer rouge avec ses mains[1]. »

totalement de la politique de la guerre, comme un mot pédantesque, et qu'il ne se soit pas trouvé d'État assez hardi pour professer ouvertement cette doctrine. Car jusqu'à présent on a toujours cité bonnement, pour justifier une déclaration de guerre, les Grotius, les Puffendorff, les Wattel[1] et d'autres inutiles et impuissants défenseurs des VIII, 355 droits des peuples ; quoique leur code, purement philosophique ou diplomatique, n'ait jamais eu force de loi et ne puisse pas non plus l'obtenir, puisque les États ne sont asservis à aucun pouvoir coactif. Mais il est sans exemple que leurs raisonnements, appuyés d'autorités aussi respectables, aient engagé un État à se désister de ses prétentions. Et cependant, l'hommage rendu ainsi, par tous les États, au principe du droit, ne fût-ce qu'en paroles, prouve du moins une disposition morale qui, bien qu'assoupie encore dans l'homme, tend néanmoins avec vigueur à asservir en lui le mauvais principe[2], auquel il ne peut entièrement se soustraire[3]. Car autrement les États ne prononceraient jamais le mot de droit, lorsqu'ils veulent se faire la guerre, si ce n'est peut-être par ironie et comme l'interprétait un prince gaulois : « C'est, disait-il, la prérogative accordée par la nature au fort de se faire obéir par le faible. »

Quoi qu'il en soit, le champ de bataille est le seul tribunal où les États plaident pour leurs droits ; mais la victoire, en leur faisant gagner le procès, ne décide pas en faveur de leur cause. Le traité de paix qu'elle amène ne les fait pas non plus sortir de l'état de guerre où ils restent tout en quittant les armes[4], sans qu'on puisse les accuser d'injustice, puisque étant leurs propres juges, ils n'ont pas d'autre ressource pour terminer leurs différends[5]. Le droit des gens ne pourra pas même les forcer, comme le droit naturel y oblige les individus, à sortir de cet état de guerre, parce que ayant déjà une constitution légale comme États, ils se sont soustraits à toute contrainte étrangère, qui tendrait à établir entre eux un ordre constitutionnel plus étendu.

Cependant, du haut du tribunal suprême du VIII, 356

pouvoir législatif, la raison condamne sans exception la guerre comme voie de droit ; elle fait un devoir absolu de l'état de paix ; et comme cette pacification ne saurait s'effectuer ni être garantie sans un pacte entre les peuples, il faut qu'ils forment une alliance d'une espèce particulière, qu'on pourrait appeler alliance pacifique *(foedus pacificum)* différente du traité de paix *(pactum pacis)*, en ce qu'elle terminerait à jamais toutes les guerres, tandis que celui-ci n'en finit qu'une seule. Cette alliance ne tendrait à aucune domination sur les États, mais uniquement au maintien assuré de la liberté de chaque État particulier, qui participerait à cette association, sans qu'ils aient besoin de s'assujettir, à cet effet, comme les hommes dans l'état de nature, à la contrainte légale d'un pouvoir public.

On peut prouver que l'idée d'une fédération, qui s'étendrait insensiblement à tous les États et qui les conduirait ainsi à une paix perpétuelle, peut être réalisée[1]. Car si le bonheur voulait qu'un peuple, aussi puissant qu'éclairé, pût se constituer en république (gouvernement, qui par sa nature, doit incliner à une paix perpétuelle), il y aurait dès lors un centre pour cette association fédérative ; d'autres États pourraient y adhérer pour garantir leur liberté d'après les principes du droit public[2], et cette alliance pourrait s'étendre insensiblement.

Qu'un peuple puisse dire : «il ne doit point y avoir de guerre entre nous : constituons-nous en un État ; c'est-à-dire, établissons nous-mêmes une puissance législative, exécutive et judiciaire qui décide nos différends», cela se conçoit.

Mais si cet État disait : «il ne doit point y avoir de guerre entre nous et d'autres États, quoique je ne reconnaisse pas de pouvoir suprême, qui garantisse nos droits réciproques[3]», sur quoi fonder cette confiance en ses droits, si ce n'est sur ce fédéralisme libre, supplément du pacte social, que la raison doit comprendre sous le nom de droit public[4], pour que ce terme ne soit pas absolument vide de sens.

L'expression de droit public[5], prise dans le sens

de droit de guerre, ne présente proprement aucune idée à l'esprit ; puisqu'on entend alors par VIII, 357 là la faculté de décider le droit, non d'après des lois universelles qui restreignent dans les mêmes limites tous les individus, mais d'après des maximes partielles[1], savoir par la force. À moins qu'on ne veuille insinuer par cette expression, qu'il est de droit, que des hommes qui admettent de pareils principes se dévorent les uns les autres et ne trouvent la paix éternelle que dans un vaste tombeau qui les engloutisse eux et leurs forfaits.

Au tribunal de la raison, il n'y a qu'un seul moyen de tirer les États de cette situation turbulente, où ils se voient toujours menacés de la guerre, savoir : de renoncer, comme les particuliers, à la liberté anarchique des sauvages, pour se soumettre à des lois coercitives, et former ainsi un État de nations *(civitas gentium)* qui embrasse insensiblement tous les peuples de la terre. Or comme les idées qu'ils se font du droit public[2] les empêchent absolument de réaliser ce plan, et leur font rejeter dans la pratique ce qui est vrai dans la théorie, on ne peut substituer (si l'on ne veut pas tout perdre) à l'idée positive d'une république universelle que le supplément négatif d'une alliance permanente, qui empêche la guerre et s'étende insensiblement pour arrêter le torrent de ces passions injustes et inhumaines, qui menaceront toujours de rompre cette digue*.

Furor impius intu fremit horridus ore cruento.
Virgile[4].

* Il ne conviendrait pas mal à un peuple, de célébrer, après une guerre, à la suite des actions de grâces pour la paix, un jeûne solennel, pour demander pardon à Dieu du crime que l'État vient de commettre et que le genre humain se permet encore toujours, de refuser de vivre avec les autres peuples dans un ordre légal, auquel, jaloux d'une orgueilleuse indépendance, il préfère le moyen barbare de la guerre, sans qu'elle lui procure ce qu'il veut, la jouissance assurée de ses droits. Les actions de grâces qui se rendent durant la guerre[3], les hymnes qu'on chante, en vrais juifs, au seigneur des armées, ne contrastent pas moins avec l'idée morale du père des hommes ; elles annoncent une coupable indifférence pour les principes

TROISIÈME ARTICLE DÉFINITIF POUR LA PAIX PERPÉTUELLE

LE DROIT COSMOPOLITIQUE DOIT SE BORNER AUX CONDITIONS D'UNE HOSPITALITÉ UNIVERSELLE

Il s'agit dans cet article, comme dans les précédents, du droit, non de la philanthropie.
VIII, 358 Hospitalité signifie donc uniquement le droit qu'a chaque étranger de ne pas être traité en ennemi dans le pays où il arrive. On peut refuser de le recevoir, si on le peut sans compromettre son existence ; mais on n'ose pas agir hostilement contre lui, tant qu'il n'offense personne. Il n'est pas question du droit d'être reçu et admis[3] dans la maison d'un particulier ; cet usage bienfaisant demande des conventions particulières. On ne parle que du droit qu'ont tous les hommes de demander aux étrangers d'entrer dans leur société[4], droit fondé sur celui de la possession commune de la surface de la terre, dont la forme sphérique les oblige à se supporter les uns à côté des autres, parce qu'ils ne sauraient s'y disperser à l'infini et qu'originairement l'un n'a pas plus de droit que l'autre à une contrée. La mer et des déserts inhabitables divisent la surface de la terre[5], mais le vaisseau et le chameau, ce navire du désert, rétablissent la communication, et facilitent à l'espèce humaine l'exercice du droit qu'ils ont tous de profiter en commun de cette surface. L'inhospitalité des habitants des côtes (par exemple des côtes barbaresques), l'usage qu'ils ont de prendre les vaisseaux dans les mers voisines, ou de réduire à l'esclavage les malheureux qui échouent contre le rivage ; le droit barbare qu'exercent les Arabes bédouins dans leurs déserts sablonneux, de piller

que les peuples devraient suivre dans la défense de leurs droits[1] et expriment une joie infernale[2] d'avoir tué bien des hommes, ou anéanti leur bonheur.

tous ceux qui approchent de leurs tribus errantes, toutes ces coutumes sont donc contraires aux droits de la nature, qui néanmoins, en ordonnant l'hospitalité, se contente de fixer les conditions sous lesquelles on peut essayer de former des liaisons avec les indigènes d'un pays. De cette manière des régions éloignées les unes des autres peuvent contracter des relations amicales, sanctionnées enfin par des lois publiques, et le genre humain se rapprocher insensiblement d'une constitution cosmopolitique.

À quelle distance de cette perfection ne sont pas les nations civilisées et surtout les nations commerçantes de l'Europe ! À quel excès d'injustice ne les voit-on pas se porter, quand elles vont découvrir des pays et des peuples étrangers ! (ce qui signifie chez elles les conquérir). L'Amérique, les pays habités par les nègres, les îles des épiceries, le Cap, etc., furent pour eux des pays sans propriétaires, parce qu'ils comptaient les habitants pour rien. Sous prétexte de n'établir dans l'Hindoustan que des comptoirs de commerce, ils y débarquèrent des troupes étrangères, et par leur moyen ils opprimèrent les naturels du VIII, 359
pays, allumèrent des guerres entre les différents États de cette vaste contrée, y répandirent la famine, la rébellion, la perfidie et tout ce déluge de maux qui afflige l'humanité.

La Chine* et le Japon, ayant appris à connaître par expérience les Européens, leur refusèrent sagement, sinon l'accès, du moins l'entrée de leur pays, à l'exception des Hollandais, qu'ils excluent néanmoins, comme des captifs, de toute société avec les habitants. Le pis, ou pour parler en moraliste, le mieux est que toutes ces violences sont en pure perte ; que toutes les compagnies de commerce qui s'en rendent coupables touchent au moment de leur ruine ; que les îles à sucre, ce repaire de l'esclavage le plus cruellement raffiné, ne produisent pas de revenu réel, et ne profitent qu'indirectement, ne servant même qu'à des vues

* Pour désigner ce grand empire par le nom qu'il se donne

peu louables[8], savoir à former des matelots pour les flottes, par conséquent à entretenir des guerres

à lui-même (à savoir *Chine,* et non *Sine* ou quelque son analogue), il suffit de consulter *Georgii Alphabet. Tibet,* p. 651-654, en particulier la fin de la note b[1]. D'après la remarque du professeur Fischer de Saint-Pétersbourg[2], il ne porte pas réellement de nom déterminé par lequel il se nomme lui-même. Le plus usuel est encore le mot *Kin,* c'est-à-dire Or (que les Tibétains appellent *Ser*) ; c'est pourquoi l'empereur est appelé roi de l'*Or* (du plus magnifique pays du monde), mot qui peut très bien se prononcer *Chin* à l'intérieur de l'Empire, mais que les missionnaires italiens prononcent sans doute *Kin* (à cause de la gutturale). On voit par là que le pays appelé par les Romains *Sères* était la Chine, alors que la soie fut importée en Europe par le *Grand-Tibet* (probablement à traves le *Petit-Tibet* et la Boukharie, en passant par la Perse, etc.), ce qui conduit à diverses considérations sur l'antiquité de cet étonnant État, en comparaison de celle de l'Hindoustan, dans le contexte des relations avec le *Tibet* et, au-delà, avec le Japon ; en revanche, le nom de *Sine* et de *Tchine,* que les voisins semblent donner à ce pays, ne conduit à aucun résultat. Peut-être est-il possible d'expliquer les relations fort anciennes, encore qu'elles n'aient jamais été bien connues, de l'Europe avec le Tibet, par ce que Hésychius[3] nous a conservé, c'est-à-dire par l'appel *Konx Ompax* de l'hiérophante dans les mystères d'Éleusis (*Voyage du jeune Anacharsis,* 5e partie, p. 447 et suiv.[4]). En effet, d'après *Georgii Alphabet. Tibet.*, le mot *Concioa,* dont la ressemblance avec *Konx* est frappante, signifie *Dieu;* et *Pah-cio* (*ibid.*, p. 520), que les Grecs pouvaient aisément prononcer comme *Pax,* signifie le *promulgator legis,* la divinité répandue dans toute la nature (appelée aussi *Cencresi,* p. 177). Mais *Om,* que La Croze[5] traduit par *benedictus,* ne peut guère, appliqué à la divinité, désigner autre chose que le *bienheureux,* (p. 507). Or comme le père François Horatius, qui demandait souvent aux lamas tibétains ce qu'ils entendaient par Dieu *(Concioa),* en recevait toujours cette réponse : «C'est l'assemblée de tous les saints» (c'est-à-dire des âmes bienheureuses, rentrées enfin au sein de la divinité par la renaissance lamaïque, après beaucoup de migrations à travers toutes sortes de corps, et changées en *Burchane,* c'est-à-dire en êtres dignes d'adoration, p. 223), cette expression mystérieuse, *Konx Ompax,* désigne sans doute l'être suprême, *saint (Konx), bienheureux (Om)* et *sage (Pax),* répandu partout dans le monde (la nature personnifiée) ; et, employée dans les mystères grecs, elle devait signifier pour les epoptes[6] le *monothéisme* par opposition au *polythéisme* du peuple ; bien que le père Horatius *(loc. cit.)* flairât là-dessous une forme d'athéisme. Quant à la manière dont ce mot mystérieux est parvenu, en passant par le Tibet, jusque chez les Grecs, cela peut s'expliquer comme ci-dessus, et inversement, on peut par là également rendre vraisemblables les antiques relations de l'Europe avec la Chine à travers le Tibet (relations peut-être encore antérieures aux relations avec l'Hindoustan[7]).

en Europe ; service qu'en retirent surtout les puissances qui se targuent le plus de dévotion et qui, tout en s'abreuvant d'iniquités, prétendent égaler les élus en fait d'orthodoxie.

Les liaisons plus ou moins étroites qui se sont établies entre les peuples, ayant été portées au point qu'une violation de droits commise en un lieu est ressentie partout ; l'idée d'un droit cosmopolitique ne pourra plus passer pour une exagération fantastique du droit ; elle est le dernier degré de perfection nécessaire au code tacite du droit civil et public ; car il faut que ces systèmes conduisent enfin à un droit public des hommes en général, vers lequel on ne peut se flatter d'avancer sans cesse que moyennant les conditions indiquées[1]. VIII, 360

SUPPLÉMENTS

PREMIER SUPPLÉMENT

De la garantie de la paix perpétuelle.

Le garant de ce traité n'est rien moins que l'ingénieuse et grande ouvrière, la nature *(natura daedala rerum)*. Sa marche mécanique annonce évidemment le grand but[2] de faire naître parmi les hommes, contre leur intention, l'harmonie du sein même de leurs discordes. Voilà pourquoi, nous la nommons destin, l'envisageant comme une cause nécessitante, inconnue quant aux lois de ses opérations. Mais l'ordonnance mesurée[3] que nous observons dans le cours des événements du monde, nous la fait nommer Providence* VIII, 361

* Dans le mécanisme de la nature, auquel l'homme appartient (en tant qu'être sensible), se montre une forme qui est au fondement de son existence même, et que nous ne pouvons nous rendre intelligible qu'en la supposant fondée sur la fin fixée par un auteur du monde qui la prédétermine ; cette prédétermination, nous la nommons, de façon générale, *Provi-*

en tant que nous voyons en elle la sagesse profonde d'une cause supérieure, qui prédétermine la marche des destinées[3] et les fait tendre au but
VIII, 362 objectif du genre humain. Nous ne renconnaissons pas, il est vrai, cette Providence aux arrangements méthodiques[4] de la nature ; nous ne saurions même l'en déduire par le raisonnement ; nous ne pouvons que la supposer[5], comme nous le faisons toutes les fois que nous rapportons des formes à quelque but ; il nous faut même cette supposition pour nous faire, de la possibilité de l'ordre de la nature, une idée analogue aux opérations de l'art humain. L'idée[6] du rapport de ce mécanisme au but moral que la raison nous prescrit immédiatement, téméraire en théorie, est

dence (divine), et, en tant qu'elle est placée au *commencement* du monde, Providence *fondatrice (providentia conditrix) ; semel jussit, semper parent*[1], (Augustin) ; dans le *cours* de la nature cependant, en tant qu'il s'agit de le maintenir d'après des lois générales de la finalité, on l'appelle *Providence régnante (providentia gubernatrix) ;* ensuite, s'agissant de fins particulières que l'homme ne peut prévoir, mais seulement conjecturer d'après le résultat, on la nomme *Providence directrice (providentia directrix) ;* enfin, par rapport à des événements particuliers considérés comme fins divines, on ne la nomme plus Providence mais *conjoncture*[2] *(directio extraordinaria).* Mais vouloir la connaître comme telle, n'est que sotte présomption de la part de l'homme (puisque en fait elle indique des miracles, bien que les événements ne soient pas appelés ainsi), car il est absurde et présomptueux de conclure d'un seul événement à un principe particulier de la cause efficiente (de dire que cet événement est une fin et non simplement une conséquence secondaire, mécanique et naturelle, d'une autre fin qui nous est tout à fait inconnue), quelles que puissent être la pitié et l'humilité avec lesquelles on en parle. De même, la division de la Providence (considérée *materialiter*), relativement aux *objets* dans le monde, en Providence *générale* et Providence *particulière,* est fausse et en soi contradictoire (comme quand on dit, par exemple, qu'elle prend soin des espèces de la création mais qu'elle abandonne les individus au hasard) ; car on l'appelle générale précisément afin qu'on ne pense pas qu'une seule chose en soit exceptée. On a probablement songé ici à la division de la Providence (considérée *formaliter*) selon le mode d'exécution de ses desseins : savoir en Providence *ordinaire* (par exemple la mort et la renaissance annuelle de la nature suivant le changement des saisons) et *extraordinaire* (par exemple le charriage du bois par des courants maritimes sur les côtes de glace où il ne peut pousser, pour les habitants de là-bas qui sans cela ne pourraient vivre) ; dans ce dernier cas, bien que nous puissions nous dogmatique et d'une vérité bien fondée dans la pratique ; par exemple pour faire servir cet ordre physique du monde à la réalisation du devoir de la paix perpétuelle. Comme la raison n'ose appliquer les rapports de causes et d'effets qu'aux objets que l'expérience peut nous faire connaître, il est plus modeste et plus convenable aux bornes de l'esprit humain, d'employer le mot de Nature, quand il s'agit de théorie et non de religion, préférablement à celui de Providence, qui annonce une connaissance prétendue de ses mystères et un essor aussi téméraire que le vol d'Icare, vers le sanctuaire de ses impénétrables desseins.

Avant que de déterminer la manière même dont la Nature garantit la paix perpétuelle, il sera

expliquer la cause physico-mécanique de ces phénomènes (par exemple par le fait que les bois qui poussent le long des rives des fleuves des pays tempérés tombent dans ces fleuves et sont emportés plus loin, si l'on veut par le Gulf-Stream), nous ne devons pas toutefois négliger la cause téléologique, qui indique la prévoyance d'une sagesse qui règne sur la nature. Quant à la notion admise dans les écoles d'une *assistance* ou d'une coopération divine *(concursus)* en vue d'un effet dans le monde sensible, il faut le rejeter. Car vouloir accoupler ce qui est hétérogène *(gryphes iungere equis*[1] *)*, et de faire *compléter* par celui qui est lui-même la cause complète des changements dans le monde sa propre providence prédéterminante (qui dans ce cas aurait été défectueuse), de dire, par exemple, que le médecin a guéri le malade *après* Dieu, qu'il a donc été présent comme assistant, est d'abord contradictoire en soi. Car *causa solitaria non juvat*[2]. Dieu est l'auteur du médecin et de tous les remèdes, et, si l'on veut remonter jusqu'au principe suprême, qui nous est théoriquement incompréhensible, on doit lui attribuer l'effet tout entier ; ou bien on peut aussi l'attribuer *tout entier* au médecin, en considérant cet événement comme explicable par l'ordre de la nature dans l'enchaînement des causes de l'univers. *En second lieu,* une telle manière de voir nous prive des tous les principes déterminés pour apprécier un effet. Mais, au point de vue *moral et pratique* (qui est tout entier tourné vers le suprasensible), par exemple dans la croyance que Dieu suppléera, même par des moyens qui nous sont incompréhensibles, aux défauts de notre propre justice, pourvu que notre intention ait été pure, et que, par conséquent, nous ne devons pas nous relâcher dans nos efforts vers le bien, la notion du *concursus* divin est tout à fait convenable et même nécessaire ; cependant, il va de soi que personne ne doit essayer d'*expliquer* de cette façon une bonne action (comme événement dans le monde), ce qui constituerait une prétendue connaissance du suprasensible et serait par conséquent absurde[3].

nécessaire d'examiner la situation où elle place les
VIII, 363 personnages qui figurent sur ce vaste théâtre et
les mesures qu'elle a prises pour leur rendre cette
paix nécessaire[1].

Voici ses arrangements préparatoires :

1° Elle a mis les hommes en état de vivre dans tous les climats[2].

2° Elle les a dispersés au moyen de la guerre, afin qu'ils peuplassent les régions les plus inhospitalières.

3° Elle les a contraints par la même voie à contracter des relations plus ou moins légales.

Que dans les vastes plaines[3] qui bordent la mer glaciale croisse pourtant la mousse, que le renne déterre sous la neige, pour servir lui-même soit à nourrir, soit à traîner l'Ostiaque ou le Samoïède ; ou bien que les sables et le sel du désert soient rendus praticables par le moyen du chameau[4], qui semble créé précisément pour qu'on puisse les traverser[5] ; il y a déjà là de quoi s'étonner[6]. Ce but paraît plus marqué encore dans le soin qu'a pris la Nature de placer au rivage de la mer glaciale, outre les animaux couverts de fourrure, des phoques, des vaches marines et des baleines, dont la chair fournit la nourriture et la graisse, du feu aux habitants. Mais l'intention maternelle de la cause du monde[7] éclate le plus merveilleusement dans la manière singulière dont elle fournit (sans qu'on sache trop bien comment) aux contrées[8] dépourvues de végétation, le bois sans lequel les habitants n'auraient ni canots[9], ni armes, ni cabanes ; étant d'ailleurs assez occupés à se défendre contre les bêtes féroces pour vivre paisiblement entre eux. Mais probablement la guerre seule, les aura poussés dans ces climats. Le premier instrument de la guerre a sans contredit été le cheval, que l'homme aura apprivoisé et dressé pour les combats lorsque la terre se peuplait d'habitants. L'éléphant a servi plus tard au luxe des États déjà formés. De même, la culture des diverses sortes de blé, primitivement des graminées inconnues aujourd'hui, et la multiplication et le perfectionnement des arbres fruitiers, soit par la transplantation, soit par la greffe (n'y ayant peut-être eu primitivement en Europe que des pommiers et des poiriers sauvages), ces opérations, dis-je, n'ont pu avoir lieu que lorsqu'une constitution établie[1] assurait à chaque propriétaire la jouissance de ses possessions. Il a fallu auparavant que les hommes, qui vivaient d'abord, dans une liberté anarchique, de chasse* ou de pêche, eussent passé de la vie pastorale à celle d'agricole[2] ; qu'ils eussent découvert le sel et le fer, VIII, 364 (vraisemblablement les deux premiers objets de commerce entre des peuples différents) pour avoir entre eux des relations pacifiques, et pour contracter, même avec les plus éloignés, des rapports de convention et de société.

Or la nature, après avoir mis les hommes en état de vivre partout sur la terre, a voulu aussi qu'ils le fissent ; et si despotiquement, qu'ils obéissent à sa volonté quoique à regret et sans y être obligés par une loi morale. La guerre est le seul moyen qu'elle emploie pour parvenir à cette fin. C'est par ce moyen qu'elle a séparé ces peuples, qui par l'identité de leur langue annoncent celle de leur origine. Nous voyons le long des côtes de la mer glaciale les Samoïèdes parler la langue des habitants des monts d'Altaï, situés à deux cents milles de là ; entre eux se trouve un peuple mongol, cavalier et par conséquent belliqueux ; n'est-il pas probable qu'il aura poussé les premiers jusque dans les glaces inhospitalières, où ils n'auraient assurément pas pénétré de leur

* De tous les genres de vie, la *vie de chasseur* est sans nul doute la plus contraire à la condition civilisée ; car les familles, qui sont dans cet état forcées de s'isoler, deviennent bientôt *étrangères*, puis aussi, dispersées dans les vastes forêts, *ennemies*, chacune d'elles ayant besoin de beaucoup d'espace pour se procurer sa nourriture et son habillement. La *défense de sang faite à Noë*, Gen. IX, 4-6 (qui, souvent renouvelée, fut ensuite imposée, pour d'autres raisons, il est vrai, aux païens nouvellement convertis au christianisme, par les judéo-chrétiens, Act. XV, 20 ; XXI, 25) paraît n'avoir été au début que la défense de la *vie de chasseur* ; puisque, dans ce genre d'existence, il doit arriver fréquemment qu'on mange de la viande crue, si bien qu'en défendant ceci, on défend en même temps cela.

propre mouvement*. Il en est de même des Finlandais, qui, à l'extrémité la plus septentrionale de l'Europe, s'appellent Lapons. Ils ont été séparés, par des peuples Goths et Sarmates, des Hongrois,
VIII, 365 qui malgré leur éloignement se rapprochent d'eux par la conformité de leur langue. Qu'est-ce qui pourrait bien avoir porté au nord de l'Amérique les Esquimaux, cette race d'hommes toute différente des autres peuples du Nouveau Monde, qui descend peut-être de quelques aventuriers européens ; et au Sud, les Pescheraes jusque dans l'Ile de feu, si ce n'est la guerre, dont la Nature se sert pour peupler toute la terre ?

Quant à la guerre même, elle n'a besoin d'aucun motif particulier ; elle semble entée dans la nature humaine, passant même pour un acte de noblesse, auquel doit porter l'amour seul de la gloire, sans aucun ressort d'intérêt. Ainsi, parmi les sauvages de l'Amérique, comme en Europe dans les siècles de chevalerie, la valeur militaire obtient de grands honneurs, non seulement durant la guerre, comme il serait juste, mais en tant qu'elle fait entreprendre des guerres pour se signaler ; de sorte qu'on attache une sorte de dignité à la guerre elle-même, et qu'il se trouve jusqu'à des philosophes qui en font l'éloge comme d'une noble prérogative de l'humanité, oubliant ce mot d'un Grec : « La guerre est un mal, en ce qu'elle fait plus de méchants, qu'elle n'en emporte. »

Mais en voilà assez sur les mesures que la Nature prend, pour conduire le genre humain, en

* On pourrait poser la question : si la Nature a voulu que ces côtes de glace ne demeurent point inhabitées, qu'adviendrait-il de leurs habitants si un jour (comme il faut s'y attendre) elle ne leur procurait plus de bois de flottage ? Car on peut supposer qu'avec le progrès de la civilisation les habitants des pays tempérés utiliseront mieux le bois qui pousse au bord de leurs fleuves et ne le laisseront plus tomber dans ces fleuves et ainsi être entraîné dans la mer. Je réponds que les peuples qui habitent les bords de l'Obi, de l'Ienisséi, de la Léna, etc., le leur feront parvenir par le commerce et obtiendront en échange les produits du règne animal dont la mer est si riche sur les côtes de glace ; il suffirait que la Nature les eût forcés d'abord à faire la paix.

tant qu'il compose une classe d'animaux, au but qu'elle s'est proposé.

Il s'agit maintenant d'examiner ce qu'il y a de plus essentiel relativement à la paix perpétuelle, à savoir ce que la Nature fait à cet égard ; comment elle favorise les vues morales de l'homme et garantit l'exécution des lois que la raison lui prescrit ; tellement que tout ce que l'homme serait tenu de faire librement d'après le droit civil, public et cosmopolitique[1], s'il le néglige, il soit forcé à le faire, par une contrainte de la Nature, sans préjudice de sa liberté.

Quand je dis que la Nature veut qu'une chose arrive, cela ne signifie pas qu'elle nous en fait un devoir : il n'y a que la raison pratique qui puisse prescrire à des êtres libres des lois sans les contraindre ; mais cela veut dire, que la Nature le fait elle-même, que nous le voulions ou non.

Fata volentem ducunt, nolentem trahunt[2].

1° Lors-même que des discordes intestines ne forceraient pas un peuple à s'assujettir à la contrainte des lois[3], il s'y trouverait réduit par le ressort extérieur de la guerre : la Nature ayant placé, comme nous l'avons vu, à côté de chaque peuple, un autre peuple voisin, qui le presse et l'oblige à se constituer en État, pour former une VIII, 366 puissance capable de s'opposer à ses entreprises. Or la constitution républicaine, la seule qui soit totalement conforme aux droits de l'homme, se trouve précisément être la plus difficile à établir et à maintenir ; jusque-là qu'il faudrait, comme on l'a dit, des anges, et non des hommes dominés par des penchants intéressés, pour réaliser une forme de gouvernement si sublime. Et c'est ici, que la nature se sert de ces penchants intéressés eux-mêmes, pour donner à la volonté générale, avec le respect qu'elle doit à la raison, sur laquelle elle est fondée, l'efficace pratique qui lui manque[4]. Il ne s'agit que d'organiser tellement l'État (et cela n'est pas au-dessus des forces humaines) que l'action et la réaction des divers penchants en anéantisse ou en modère l'effet, et le rendant nul pour la raison, force l'homme à être, sinon moralement bon, du moins bon citoyen.

Le problème d'une constitution[1], fût-ce pour un peuple de démons, (qu'on me pardonne ce qu'il y a de choquant dans l'expression) n'est pas impossible à résoudre, pourvu que ce peuple soit doué d'entendement. « Une multitude d'êtres raisonnables souhaitent tous pour leur conservation des lois universelles, quoique chacun d'eux ait un penchant secret à s'en excepter soi-même. Il s'agit de leur donner une constitution qui enchaîne tellement leurs passions personnelles l'une par l'autre, que, dans leur conduite extérieure, l'effet en soit aussi insensible que s'ils n'avaient pas du tout ces dispositions hostiles. » Pourquoi ce problème serait-il insoluble? Il n'exige pas qu'on obtienne l'effet désiré d'une réforme morale des hommes. Il demande uniquement comment on pourrait tirer parti du mécanisme de la nature, pour diriger tellement la contrariété des intérêts personnels, que tous les individus, qui composent un peuple, se contraignissent eux-mêmes les uns les autres à se ranger sous le pouvoir coercitif d'une législation, et amenassent ainsi un état pacifique de législation.

Quelque imparfaite que soit l'organisation des États actuels, ils nous offrent néanmoins une preuve de ce que j'avance. Dans la conduite extérieure, on y approche assez de ce qu'exige l'idée du droit, quoique les principes intrinsèques de la morale n'y contribuent assurément en rien, et ne puissent pas non plus y contribuer, puisque ce n'est pas à la morale à amener une bonne constitution, mais à celle-ci à produire la réforme morale des hommes. L'exemple cité fait voir suffisamment que le mécanisme de la nature, suivant lequel des penchants intéressés doivent se combattre réciproquement jusque dans leurs effets, peut servir à la raison de moyen pour ménager aux principes du droit le règne vers
VIII, 367 lequel elle tend et à l'État l'établissement et le maintien assuré d'une paix extérieure et même interne[2].

Ici la nature veut d'une manière irrésistible que le droit remporte enfin la victoire. Ce qu'on néglige de faire, elle le fait elle-même, quoique par des moyens très déplaisants.

Vous pliez d'un roseau le fragile soutien ;
Courbez trop, il rompra. Qui veut trop, ne veut rien.

BOUTERWECK[1]

2° L'idée du droit des gens suppose l'indépendance réciproque de plusieurs États voisins et séparés ; et quoique cette situation soit par elle-même un état de guerre, si une union fédérative n'empêche les hostilités, la raison préfère pourtant cette coexistence des États à leur réunion sous une puissance supérieure aux autres et qui parvienne enfin à la monarchie universelle. Car les lois perdent toujours en énergie autant que le gouvernement gagne en étendue ; et un despotisme, qui, tuant les âmes, y étouffe les germes du bien, dégénère tôt ou tard en anarchie.

Cependant il n'est point d'État dont le chef ne désire s'assurer une paix durable par la conquête de l'univers entier, si elle était possible. Mais la Nature s'y oppose. Elle se sert de deux moyens pour empêcher les peuples de se confondre, de la diversité des langues et des religions*.

Cette variété renferme, il est vrai, le germe de haines réciproques et fournit même souvent un prétexte à la guerre, mais à mesure que les hommes se rapprochent dans leurs principes, par une suite des progrès de leur civilisation, la

* Diversité de religions : expression bien singulière ; c'est précisément comme si l'on parlait d'une diversité de morales. Il peut bien y avoir différentes sortes de foi historique accordée à des événements relatifs, non à la religion, mais à son établissement et qui sont du ressort du savant ; il peut également y avoir différents livres de religion, (le Zendavesta, le Vedam, le Coran, etc.) ; mais il y a une seule religion vraie pour tous les hommes et pour tous les temps. Ce ne peuvent donc être là que des moyens accidentels, qui servent de véhicule à la religion, et changent suivant les temps et les lieux.

diversité des langues et des religions amène et assure une paix fondée, non pas comme celle du despotisme, sur la mort de la liberté et l'extinction de toutes les forces, mais sur l'équilibre qu'elles gardent entre elles malgré la lutte qui résulte de
VIII, 368 leur diversité.

3° Si la Nature sépare sagement les peuples, que chaque État voudrait combiner, soit par ruse soit de force, et cela d'après les principes mêmes du droit des gens ; elle se sert, au contraire, de l'esprit d'intérêt de chaque peuple pour opérer entre eux une union, que l'idée seule du droit cosmopolitique n'aurait pas suffisamment garantie de la violence et des guerres. Je parle de l'esprit de commerce qui s'empare tôt au tard de chaque nation et qui est incompatible avec la guerre. La puissance pécuniaire étant celle de toutes qui donne le plus de ressort aux États[1], ils se voient obligés de travailler au noble ouvrage de la paix, quoique sans aucune vue morale ; et quelque part que la guerre éclate, de chercher à l'instant même à l'étouffer par des médiations, comme s'ils avaient contracté pour cet effet une alliance perpétuelle ; les grandes associations pour la guerre étant naturellement rares et moins souvent encore heureuses. C'est ainsi que la nature garantit, par le moyen[2] même des penchants humains, la paix perpétuelle ; et quoique l'assurance qu'elle nous en donne ne suffise pas pour la prophétiser théoriquement, elle nous empêche du moins de la regarder comme un but chimérique et nous fait par là-même un devoir d'y concourir[3].

SECOND SUPPLÉMENT

Article secret pour la paix perpétuelle

Il serait contradictoire de faire entrer dans les procédures de droit public, un article secret quant à son objet ; quoiqu'il puisse très bien y en avoir des secrets subjectivement, quant à la qualité des personnes qui les dictent ; celles-ci craignant peut-être de compromettre leur dignité si elles s'en déclaraient ouvertement les auteurs.

Le seul article de ce genre est le suivant : les maximes des philosophes sur les conditions qui rendent possible la paix perpétuelle, doivent être consultées par les États armés pour la guerre.

Or, il paraît humiliant pour l'autorité législative d'un État, auquel il faut naturellement attribuer la plus haute sagesse, de s'instruire des règles à observer dans ses relations avec d'autres États, auprès des philosophes, ses sujets. Cependant, il VIII, 369 est nécessaire qu'il les consulte. L'État les invitera donc tacitement à donner leur avis : c'est-à-dire que, faisant mystère de l'intention qu'il a de les suivre, il leur permettra de publier librement les maximes générales qui concernent la guerre et la paix[1] ; car ils ne manqueront point de parler, pourvu qu'on ne leur impose pas silence. Il n'est pas non plus besoin d'une convention particulière des États pour s'accorder sur ce point, puisque l'obligation qui leur en est imposée, découle déjà des principes universels de la raison législative[2].

On ne prétend pas néanmoins que l'État doive accorder aux principes du philosophe la préférence sur les décisions du jurisconsulte, ce représentant du souverain ; on veut seulement qu'il soit écouté. Le jurisconsulte, qui s'est choisi pour symbole, outre la balance du droit, le glaive de la justice, ne se sert pas toujours du dernier uniquement pour écarter de la première toute influence étrangère ; mais si l'un des bassins ne penche pas à son gré, il y place le glaive *(vae victis !)* ; tentation à laquelle le jurisconsulte se trouve exposé, parce qu'il n'est pas toujours assez philosophe, même moralement. Sa vocation l'appelle à appliquer des lois positives, non à examiner si elles auraient besoin de réforme. Et quoique ses fonctions soient par là-même d'une infériorité bien évidente, néanmoins, parce que la faculté de droit se trouve revêtue de pouvoir, comme celles de théologie et de médecine, le jurisconsulte assigne à la sienne un des premiers rangs. La faculté philosophique est forcée par ces puissances coalisées de se contenter d'une place bien inférieure. La philosophie, dit-on, n'eſt que la servante de la théologie et les autres facultés en disent autant. Mais on se garde bien d'examiner[1] si elle précède sa dame, le flambeau à la main, ou si elle lui porte la queue[2].

Que les rois deviennent philosophes, ou les philosophes rois, on ne peut guère s'y attendre. Il ne faut pas non plus le souhaiter, parce que la jouissance du pouvoir corrompt inévitablement le jugement de la raison et en altère la liberté. Mais que les rois, ou les peuples rois, c'eſt-à-dire les peuples qui se gouvernent eux-mêmes d'après des lois d'égalité, ne souffrent pas que la classe des philosophes soit réduite à disparaître ou à garder le silence, mais lui permettent au contraire de se faire entendre librement ; voilà ce qu'exige l'administration du gouvernement qui ne saurait s'environner d'assez de lumières. D'ailleurs la classe des philosophes, incapable, par sa nature, de trahir la vérité, pour se prêter aux vues intéressées des clubiſtes et des meneurs[3], ne risque pas de se voir soupçonnée de propagandisme.

VIII, 370

APPENDICE

I

SUR L'OPPOSITION QUI SE TROUVE ENTRE LA MORALE ET LA POLITIQUE, AU SUJET DE LA PAIX PERPÉTUELLE

La morale a déjà par elle-même un objet pratique[4], puisqu'elle eſt l'ensemble des lois absolues d'après lesquelles nous devons agir. Il eſt donc absurde d'accorder à l'idée du devoir[5] toute son autorité et de prétendre néanmoins qu'on ne puisse pas le remplir, ce qui anéantirait l'idée[6] même de devoir *(ultra posse nemo obligatur)*. La politique en tant qu'elle eſt une jurisprudence pratique, ne saurait donc être en contradiction avec la morale considérée comme la théorie du droit : (c'est-à-dire il n'y a point d'opposition entre la théorie et la pratique) ; à moins qu'on n'entende par morale l'ensemble des règles de la prudence, ou la théorie des moyens les plus propres à remplir des vues d'intérêt ; c'est-à-dire à moins qu'on ne rejette entièrement toute idée de morale.

La politique dit : soyez prudents comme les serpents ; la morale y ajoute la restriction : et simples (sans fausseté) comme les colombes. Si l'un et l'autre sont incompatibles dans un même précepte, la politique sera réellement en opposition avec la morale ; mais si ces deux qualités doivent absolument se trouver réunies, l'idée du contraire est absurde, et l'on ne peut plus même proposer comme problématique la question : comment on accorderait la politique avec la morale. Quoique cette proposition : l'honnêteté est la meilleure politique, annonce une théorie, trop souvent hélas ! démentie par la pratique ; aucune objection n'atteindra jamais celle-ci : l'honnêteté vaut mieux que toute politique et en est même une condition essentielle. La divinité tutélaire de la morale ne le cède pas à Jupiter ; ce dieu de la puissance est également[1] soumis au destin ; c'est-à-dire que la raison n'est pas assez éclairée pour embrasser toute la série des causes déterminantes, dont la connaissance seule la mettrait en état de prévoir avec certitude les suites heureuses ou malheureuses que le mécanisme de la Nature fera résulter des actions humaines, (quoique nous les connaissions assez pour espérer qu'elles seront conformes à nos vœux). Mais ce que nous avons à faire pour rester fidèles au devoir et pour suivre les règles de la sagesse : voilà le but de la raison ; c'est sur quoi elle nous fournit à tous les plus vives lumières.

Or l'homme d'État[2], qui voit dans la morale VIII, 371
une simple théorie, tout en convenant du devoir et de la possibilité de l'exécution, prétend néanmoins nous ravir cruellement le consolant espoir

qui nous anime ; telle est, dit-il la nature de l'homme, que jamais il ne voudra ce qui serait nécessaire pour effectuer une paix perpétuelle[1].

Il ne suffit pas, sans doute, pour y parvenir, que chaque individu veuille vivre d'après des principes de liberté dans une constitution légale, ou, pour me servir des termes de l'école[2] : qu'il y ait unité distributive de la volonté de tous ; il faut encore que tous ensemble veuillent cet état ; qu'il y ait unité collective des volontés combinées[3], pour faire un tout de la société civile[4]. Il est donc nécessaire qu'une cause de réunion unisse les volontés individuelles de tous, pour qu'il y ait volonté générale. Or, aucun des individus ne pouvant effectuer cette réunion, puisqu'il n'a qu'une volonté particulière, il ne restera d'autre moyen de réaliser dans la pratique l'idée d'un état constitutionnel que la force, sur laquelle on fonde ensuite le droit public. Quoique sans doute on ne puisse s'attendre, dans l'exécution de cette idée, qu'à des contrastes frappants avec la théorie ; puisqu'on ne peut guère se promettre du législateur assez de moralité, pour qu'après avoir formé un peuple d'une horde de sauvages, il abandonne à la volonté générale l'établissement d'une constitution. Quand on a le pouvoir en mains, dit-on alors, on ne se laissera pas faire la loi par le peuple. Un État, parvenu une fois à l'indépendance, ne se soumettra pas à la décision d'autres États, sur la manière dont il doit soutenir ses droits contre eux. Une partie même du monde, si elle se sent supérieure à une autre[5], ne négligera pas d'agrandir sa puissance, en se soumettant[6] celle qui lui est inférieure en force. Et ainsi s'évanouissent tous les beaux plans de droit civil, public et cosmopolitique[7], qui ne paraissent plus que des théories chimériques ; au lieu qu'une pratique, fondée sur des principes déduits de la connaissance de la nature humaine et qui ne rougit pas d'emprunter ses maximes de l'usage du monde, semble pouvoir seule espérer de poser sur un fondement inébranlable l'édifice de sa politique.

Je l'avoue, s'il n'y a ni liberté ni loi morale qui en découle ; si tout ce qui est et peut arriver, n'est qu'un simple mécanisme de la nature, toute la science pratique se réduira à la politique, c'est-à-dire à l'art de faire usage de ce mécanisme pour gouverner les hommes ; l'idée du devoir ne sera plus alors qu'une chimère. Mais si au contraire, il paraît indispensable de combiner cette idée avec la politique, d'en faire même une condition nécessaire, dès lors il faut convenir de la possibilité de leur combinaison. Or je puis très bien me représenter un politique moral, c'est-à-dire un homme d'État qui n'agisse que d'après des principes avoués par la morale ; au lieu que je ne saurais me faire l'idée d'un moraliste politique, qui accommode la morale aux intérêts de l'homme d'État. VIII, 372

Le politique moral aura pour principe : que s'il s'est glissé des défauts[1], soit dans la constitution d'un État, soit dans les rapports des États entre eux, il est principalement du devoir des chefs d'y faire aussitôt des amendements conformes au droit naturel établi sur la raison[2] ; dussent-ils même sacrifier à ces changements leurs propres intérêts. Ce n'est pas à dire qu'ils doivent rompre violemment les liens de la société civile et cosmopolitique avant même que d'avoir une meilleure forme à substituer à l'ancienne ; une opération aussi brusque n'est pas moins désavouée par la morale que par la politique ; mais ce qu'on peut exiger des gouvernants, c'est qu'ils aient toujours devant les yeux le devoir d'opérer ces réformes et de tendre par des progrès continuels vers la meilleure constitution possible. Un État peut avoir un gouvernement républicain, lors même qu'il laisse encore subsister un pouvoir despotique, jusqu'à ce que le peuple cède enfin à l'influence de l'autorité seule de la loi[3], comme si elle avait une puissance physique, et qu'il soit capable d'être son propre législateur, ainsi que son droit primitif l'exige. Quand même une révolution violente, nécessitée par les défauts du gouvernement[4], aurait amené, par des voies injustes, un meilleur ordre de choses[5] ; il ne serait plus

permis de faire rétrograder le peuple vers son
VIII, 373 ancienne constitution, quoique chacun de ceux qui, pendant la durée de cette révolution, y ont participé, ouvertement ou en secret, ait encouru le juste châtiment de la rébellion. Quant aux relations extérieures des États, on ne saurait prétendre qu'une nation renonce à sa constitution (fût-elle même despotique, et par conséquent la plus redoutable aux ennemis du dehors), aussi longtemps qu'elle se trouve exposée au danger d'être engloutie par d'autres États. Il faut donc que cette réforme puisse également se renvoyer à une époque plus favorable*.

Il se peut que les moralistes despotiques violent plus d'une fois les règles de la politique dans les mesures qu'ils prennent ou proposent avec trop de précipitation. Néanmoins l'expérience doit bientôt les ramener vers la nature[1]. Au lieu que les moralistes politiques, qui, disputant à la nature humaine la faculté d'obéir à la raison morale[2], favorisent des maximes d'État contraires au droit[3], s'efforcent véritablement de rendre impossible toute réforme et d'éterniser la violation du droit.

Loin de posséder cette science pratique dont ils se vantent, ces habiles politiques n'ont que la pratique des affaires ; uniquement occupés à encenser le pouvoir dominant, parce que leur intérêt personnel y gagne, ils sacrifient le peuple et bouleverseraient le monde entier, s'ils le pouvaient. Voilà ce qui arrive à tous les jurisconsultes de profession qui ne s'occupent pas de la législation[4]. Sans raisonner sur les lois, ils sont obligés de les

* Voilà les lois permissives données par la raison. On peut différer l'abolition d'un droit injuste, jusqu'à ce que tout ait mûri de soi-même pour une régénération, ou que la maturité soit amenée par des voies paisibles. Car une constitution, quoique imparfaite, vaut mieux que l'anarchie qui résulterait infailliblement d'une réforme précipitée. La sagesse politique se fera donc un devoir de réformer l'état actuel des choses sur les idées du droit public ; mais elle ne se servira point des révolutions que la nature des choses amène pour s'autoriser à une oppression plus tyrannique encore ; elle en profitera au contraire, pour établir, par des réformes solides, sur des principes de liberté, une constitution légale, la seule qui soit durable.

exécuter ; les dernières qui paraissent[1] sont donc toujours pour eux les meilleures et rien ne les fait VIII, 374 sortir de l'ordre mécanique auquel ils sont habitués. Néanmoins la facilité qu'ils ont acquise de se prêter à toutes les circonstances leur inspire la vanité de croire qu'ils peuvent aussi juger des principes universels du droit et du gouvernement[2].

La multiplicité de leurs relations leur fait faire la connaissance d'un grand nombre d'hommes et ils prennent cette connaissance pour celle de l'homme, quoiqu'elle soit bien différente, et qu'il faille pour acquérir la dernière envisager l'homme et ses facultés d'un point de vue plus relevé. Fiers de leur esprit d'observation, s'élèvent-ils jusqu'au droit civil et public[3] ? Ils ne pourront y porter que l'esprit de chicane ; ils appliqueront leur procédure mécanique là même où ils ne trouvent pas de lois despotiques et où la raison ne tolère d'autre contrainte que celle d'une liberté légale[4], seul et unique fondement d'une constitution qui puisse garantir le droit[5]. C'est à quoi réfléchit sans doute très peu le praticien ; il s'imagine pouvoir puiser ses notions dans l'expérience ; et sans avoir besoin de principes de la raison, il veut que les constitutions qui ont passé jusqu'ici pour les meilleures, quoiqu'elles aient presque toutes contrarié le droit, nous donnent l'idée de la meilleure constitution possible[6].

Voici quelques maximes de sophiste qu'il suit tacitement et à quoi se réduit à peu près tout son savoir-faire :

1° *Fac et excusa*[7]. Saisis l'occasion favorable de t'emparer d'un droit sur ton propre État, ou sur un État voisin. Après l'action, la justification pourra se faire avec bien plus de facilité et d'élégance (surtout dans le premier cas, où le pouvoir suprême est en même temps le législateur auquel il faut obéir sans raisonner). Il vaut bien mieux commettre l'acte de violence et l'excuser ensuite que de réfléchir péniblement à des raisons convaincantes et de perdre du temps à écouter les objections. Cette hardiesse même annonce une sorte de conviction de la légitimité de l'action et la divinité du succès *(bonus eventus)* est ensuite le meilleur avocat.

2° *Si fecisti, nega*[1]. Nie tout ce que tu as commis. Si tu as par exemple porté ton peuple au désespoir et ainsi à la révolte, n'avoue pas que ce soit ta faute. Mets tout sur le compte de l'obstination des sujets. As-tu pris possession d'un État voisin, soutiens qu'il faut s'en prendre à la nature de l'homme, qui, s'il n'est pas prévenu, s'emparera certainement du bien d'autrui[2].

3° *Divide et impera*[3]. Y a-t-il dans un peuple certains chefs privilégiés, qui t'ont conféré le souverain pouvoir *(primus inter pares)* : divise-les entre eux, tâche de les brouiller avec le peuple. Favorise le dernier et promets-lui plus de liberté ; ta volonté aura bientôt force de loi absolue. Tes vues se portent-elles sur des États étrangers? Excite entre eux des discordes ; et sous prétexte
VIII, 375 d'assister toujours le plus faible, tu pourras te les assujettir tous, les uns après les autres.

Personne, il est vrai, n'est plus la dupe de ces maximes, trop universellement connues pour en imposer encore. Il n'est pas non plus question d'en rougir, comme si leur injustice était trop sensible. De grandes puissances ne rougissent que du jugement qu'elles portent l'une de l'autre, et non de celui du vulgaire. D'ailleurs comme elles sont toutes au pair relativement à la moralité de leurs maximes, elles ne rougissent pas de ce qu'on les leur impute, mais lorsqu'elles les emploient sans succès. Il leur reste toujours l'honneur politique, qu'on ne peut pas leur disputer, à savoir : l'agrandissement de leur puissance, de quelque manière qu'ils l'aient effectuée*.

★

* Si l'on doute encore du fonds de perversité qui paraît enraciné dans les hommes, réunis en société ; si l'on impute même avec quelque vraisemblance à un manque de civilisation les phénomènes immoraux qui leur échappent[4] ; cette malice se manifeste évidemment dans les relations extérieures des États. Dans l'intérieur de l'État, elle est voilée par la contrainte des lois civiles ; le penchant pour des actes réciproques de violence

Tous ces détours où s'engage une politique[1] immorale pour conduire les hommes de l'état de guerre, qui est celui de la nature, à une situation pacifique, prouvent du moins : que, ni dans VIII, 376 leurs relations personnelles, ni dans leurs rapports publics, les hommes ne sauraient se refuser à l'idée du droit ; qu'ils ne hasardent pas de fonder[2] la politique sur de simples artifices de prudence, ni par conséquent de se soustraire à l'idée d'un droit universel[3] ; qu'ils lui témoignent au contraire tous les égards possibles[4], surtout dans le droit public[5], lors même qu'ils imaginent des prétextes et des palliatifs à l'infini, pour y échapper dans la pratique, et qu'au fond ils attribuent par une grossière erreur l'origine et le maintien[6] du droit à la force aidée de la ruse. Mettons fin, sinon à l'injustice elle-même, du moins aux sophismes dont on se sert pour la voiler ; forçons les perfides représentants des puissances[7] à avouer, qu'ils ne plaident pas en faveur du droit, mais de la force, qui se retrouve jusque dans leur ton impérieux, comme si leur pouvoir s'étendait jusqu'à commander à la vérité[8].

se trouve enchaîné chez les citoyens par la force plus puissante du gouvernement. Voilà ce qui, non seulement répand sur la société entière une apparence de moralité, mais facilite même effectivement le développement des facultés morales, en mettant une barrière à l'effervescence des penchants illégitimes, et prépare ainsi les hommes à respecter le droit pour lui-même. Car chacun s'imagine qu'il respecterait bien l'idée sacrée du droit, s'il était sûr qu'elle ne fût pas violée par les autres à son égard. Or le gouvernement, qui donne en partie cette certitude à chacun, ouvre par là les voies à la moralité ; et quoiqu'il ne fasse pas respecter l'idée même du droit, il conduit néanmoins à ce respect immédiat et désintéressé, qui fait observer le devoir sans espérance de retour. Il est vrai qu'à côté de la bonne opinion que chacun a de soi-même, il suppose toujours à autrui des dispositions malignes. De là la sentence de condamnation qu'ils prononcent les uns contre les autres : déclarant que, dans le fait, tous ne valent pas grand-chose. Nous n'examinerons pas ici d'où peut résulter cette dépravation générale, puisqu'on ne saurait en accuser la nature de l'homme, qui est libre. Nous dirons seulement que puisque l'idée du droit, à laquelle personne ne peut refuser le respect, sanctionne solennellement la théorie qui suppose la possibilité de réaliser cette idée, chacun sent bien qu'il faut qu'il s'y conforme, sans s'embarrasser de ce que font les autres.

Pour y parvenir, dévoilons le prestige qui abuse les esprits ; remontons jusqu'au principe qui nécessite une paix perpétuelle[1] ; et montrons que le mal qui y met obstacle vient de ce que le moraliste politique commence là où doit proprement finir le politique moral ; qu'en subordonnant ainsi les principes au but (ce qui s'appelle mettre la charrue devant les bœufs), il nuit à sa propre cause, et s'empêche lui-même d'accorder la politique avec la morale.

Décidons d'abord d'une question générale d'où dépend l'uniformité qui doit régner dans la philosophie pratique. Pour résoudre les problèmes
VIII, 377 proposés à la raison pratique, faut-il commencer par examiner le but matériel qu'on se propose (comme serait l'avantage et le bonheur qui résulterait de l'action et qui est l'objet de la volonté[2]) ? ou bien, oubliant tous ses rapports sensibles, doit-on simplement faire attention au principe formel, c'est-à-dire à la condition sous laquelle la liberté peut s'exercer au-dehors, principe exprimé dans cette loi : agis de manière que tu puisses vouloir que la maxime d'après laquelle tu te détermines devienne une loi générale (quel que soit le but que tu te proposes) ?

Il est indubitable qu'il faut commencer par le principe formel ; puisqu'en qualité de principe de droit il renferme une nécessité absolue ; tandis que le principe matériel ne nécessite que conditionnellement et dans la seule supposition qu'on veuille atteindre le but qu'on a en vue ; et quand ce but serait lui-même un devoir (comme par exemple la paix perpétuelle) il faudrait pourtant qu'il eût été déduit du principe formel des actions libres.

Or, ici, le problème d'un droit civil, public et cosmopolitique[3], n'est pour le moraliste politique qu'un problème technique, au lieu qu'il devient problème moral pour le politique moral. L'un et l'autre auront une route bien différente à suivre pour établir la paix perpétuelle, considérée, par l'un, comme un simple bien physique, mais par l'autre, comme une situation nécessitée par le devoir[4].

Il faut au premier une vaste connaissance de la nature, pour en faire servir le mécanisme à son but politique ; malgré cela, le résultat de toute sa prudence laissera toujours la paix perpétuelle dans l'incertitude. Parcourez, pour vous en convaincre, les trois espèces de droit public. Qu'est-ce qui sera le plus propre à maintenir le peuple dans l'obéissance et la prospérité ? Est-ce la sévérité, ou l'appât des distinctions qui flattent la vanité ? Sera-ce la puissance d'un seul, ou la réunion de plusieurs chefs ? Une noblesse de robe, ou le pouvoir du peuple ? Rien de plus incertain. L'histoire nous fournit des exemples du contraire pour toutes les formes de gouvernement (à l'exception de celle qui est vraiment républicaine et qui ne peut aussi entrer que dans l'esprit du politique moral. Il règne plus d'incertitude encore dans ce prétendu droit public[1] fondé sur des ordonnances ministérielles : mot vide de sens, qui ne désigne que des actes conventionnels, conclus avec la restriction mentale de leur violation.

Il en est tout autrement du problème du politique moral[2] ; ici la solution vient, en quelque sorte, s'offrir d'elle-même à l'esprit, chacun en reconnaît l'évidence. Elle fait rougir le politique VIII, 378
de l'inutilité de ses manœuvres. Elle conduit immédiatement au but, quoique par des progrès insensibles[3] et sans le forcer avec une précipitation violente.

C'est là qu'on dit : cherchez premièrement le règne de la pure raison pratique et sa justice ; et votre but (le bienfait de la paix perpétuelle) vous *sera donné* par-dessus. Car voici la prérogative de la morale, surtout dans ses principes du droit public (par conséquent dans sa politique *a priori*). Moins elle vise, dans la conduite, au but donné c'est-à-dire à l'avantage physique ou moral qu'on a en vue, plus néanmoins elle y conduit. Car c'est la volonté générale réglée *a priori* qui détermine ce qui est de droit[4], soit dans un même peuple, soit dans les relations des peuples entre eux. Or, pourvu qu'on reste d'accord avec soi-même dans la pratique, cette unité des volontés de tous peut en même temps produire l'effet désiré d'après le mécanisme de la nature et contribuer à la réalisation de l'Idée du droit.

C'est par exemple un principe de la politique morale qu'un peuple ne doit se constituer en État que d'après les idées du droit de liberté et d'égalité ; et ce principe ne se fonde pas sur la prudence, mais sur le devoir. Or, que les moralistes politiques s'y opposent tant qu'ils voudront ; qu'ils s'épuisent à raisonner sur l'inefficace de ces principes contre les affections naturelles des membres de la société[1] ; qu'ils allèguent même, pour appuyer leurs objections, l'exemple de constitutions anciennes et modernes, toutes mal organisées (comme celui de démocraties sans système représentatif) ; tous leurs arguments ne méritent pas d'être écoutés ; surtout parce qu'ils occasionnent peut-être eux-mêmes ce mal moral, dont ils supposent l'existence, par cette théorie funeste, qui confond l'homme dans une même classe avec les autres machines vivantes, et qui, pour en faire le plus malheureux de tous les êtres, n'a plus qu'à lui ôter la conscience de sa liberté[2].

La sentence un peu cavalière[3], mais vraie, *fiat justitia, pereat mundus;* c'est-à-dire : que la justice règne, dussent périr les scélérats de tout l'univers ;
VIII, 379 cette sentence, qui a passé en proverbe, est un principe de droit bien énergique, et qui tranche courageusement tout le tissu de la ruse ou de la force. Mais il faut le bien comprendre. Il n'autorise pas à faire valoir ses droits en toute rigueur. La morale s'y oppose. Il commande seulement aux puissants de ne refuser, ni de supprimer à personne son droit par aversion ou par commisération pour d'autres ; ce qui exige d'un côté une constitution intérieure fondée sur des principes du droit[4], et de l'autre, une convention avec les autres États[5] analogue à une constitution cosmopolitique et tendant à régler légalement leurs différends. Cette sentence signifie uniquement : que les maximes politiques ne doivent pas être fondées sur la prospérité qu'on peut s'en promettre pour l'État ; qu'on n'y doit pas faire

attention au but matériel, objet de la volonté de chaque État, et qui ne peut servir de premier principe à la politique, que lorsqu'elle veut puiser ses maximes dans l'expérience ; qu'il faut déduire les maximes d'État de la pure idée du devoir[1], quelles qu'en puissent être les suites physiques. Et certes l'univers ne croulera pas s'il y a moins de méchants. Telle est la nature essentielle du mal moral, que l'opposition même des vues de ses partisans le détruit insensiblement, et que, s'anéantissant lui-même, il fait peu à peu place au principe du bien moral.

*

Objectivement, ou dans la théorie, il n'y a donc pas d'opposition entre la morale et la politique. Mais il y en aura toujours subjectivement, c'est-à-dire par une suite du penchant égoïste de l'homme (je dirais : dans la pratique si ce terme ne supposait pas une conduite fondée sur les maximes de la raison). Et au fond cette lutte sert d'exercice à la vertu.

Tu ne cede malis, sed contra audentior ito[2].

Mais l'effort le plus courageux de la vertu consiste moins, dans ce cas, à braver les maux[3] inséparables de ce combat, qu'à découvrir et à vaincre au-dedans de nous le mauvais principe[4], dont l'artificieux mensonge et les perfides sophismes tendent à nous persuader sans cesse que la fragilité humaine justifie tous les délits.

Le moraliste politique peut dire effectivement : VIII, 380 si le prince et le peuple, ou les peuples entre eux, emploient la ruse ou la force pour se combattre, ils ne se font pas tort les uns aux autres, quoiqu'ils aient tort de refuser tout respect à l'idée du droit, qui seule pourrait servir de base à une paix perpétuelle. Car, l'un manquant à son devoir envers l'autre tout aussi mal intentionné à son égard, il est dans l'ordre qu'ils s'entre-détruisent ; malheureusement[5] il reste encore assez de cette engeance pour faire durer ce jeu jusque dans les siècles les plus reculés et fournir à la postérité une effrayante leçon. La Providence, qui règle le cours du monde, est justifiée suffisamment par le maintien du principe moral, qui ne s'éteint jamais dans l'homme ; puisque au contraire les progrès continuels de l'esprit humain développent davantage la raison, et la rendent plus propre à réaliser l'idée du droit, conformément au principe moral, comme ils rendent plus coupables ceux qui le violent. Il n'y a que l'existence et la création même de cette race dépravée qui semble ne pouvoir être justifiée par aucune théodicée, si nous admettons que le genre humain ne peut jamais s'améliorer. Mais il ne nous est pas permis de nous élever, dans nos jugements théoriques, au-dessus de notre sphère, et la puissance infinie est trop incompréhensible, pour que nous osions lui appliquer nos idées de sagesse.

Telles sont les conséquences désolantes qui résultent du système où l'on déclare impraticables les principes du droit. Il faut donc admettre leur réalité objective ; c'est sur eux qu'il faut que le peuple règle sa conduite dans chaque État, et les États, leurs relations réciproques ; quelque spécieuses que soient les objections que la politique déduit de l'expérience.

Ainsi la vraie politique ne saurait faire un pas, sans avoir auparavant rendu hommage à la morale ; unie à celle-ci, elle n'est plus un art difficile ni compliqué ; la morale tranche le nœud que la politique est incapable de délier, tant qu'elles se combattent. Il faut respecter saintement les droits de l'homme, dussent les souverains y faire les plus grands sacrifices. On ne peut pas se partager ici entre le droit et l'utilité[1] ; la politique doit plier le genou devant la morale ; mais aussi parviendra-t-elle insensiblement par cette voie à briller d'une gloire immortelle.

II

DE L'ACCORD QUE L'IDÉE TRANSCENDANTE[1] DU DROIT ÉTABLIT ENTRE LA POLITIQUE ET LA MORALE VIII, 381

Quand je me représente, selon l'usage des jurisconsultes, le droit public dans tous ses rapports[2] avec les relations des individus d'un État et des États entre eux ; si je fais alors abstraction de tout le matériel du droit, il me reste encore une forme, qui lui est essentielle, celle de la publicité. Sans elle il n'est point de justice, puisqu'on ne saurait la concevoir que comme pouvant être rendue publique ; sans elle il n'y aurait donc pas non plus de droit, puisqu'il ne se fonde que sur la justice.

Chaque prétention juridique doit pouvoir être rendue publique ; et comme il est très aisé de juger dans chaque cas si les principes de celui qui agit supporteraient la publicité, cette possibilité même peut servir commodément de critérium purement intellectuel[3] pour reconnaître, par la raison seule, l'injustice[4] d'une prétention juridique.

J'entends par le matériel du droit civil et public tout ce que l'expérience seule peut nous faire ajouter à son idée (telle est par exemple la malice prétendue de la nature humaine, qui doit nécessiter la contrainte). Faisons abstraction de tout cela : nous aurons alors une formule transcendante[5] du droit public ; la voici :

« Toutes les actions relatives au droit d'autrui, dont la maxime n'est pas susceptible de publicité, sont injustes. »

Ce principe n'est pas seulement moral et essentiel à la doctrine de la vertu ; il est aussi juridique et se rapporte également au droit des hommes.

Car une maxime que je n'ose publier, sans agir contre mes propres fins, qui exige absolument le secret pour réussir, et que je ne saurais avouer publiquement, sans armer tous les autres contre mon projet : une telle maxime ne peut devoir qu'à l'injustice dont elle les menace cette opposition infaillible et universelle dont la raison prévoit la nécessité absolue[1].

D'ailleurs ce principe est purement négatif : il ne sert qu'à reconnaître ce qui est contraire au
VIII, 382 droit des autres. Il a l'évidence et la certitude des axiomes, et l'on peut aisément en faire l'application. Quelques exemples puisés dans le droit public vont le prouver.

1° Dans le droit civil on rencontre une question, regardée comme très difficile à résoudre et que le principe transcendant[2] de la publicité tranche d'abord[3] : à savoir si un peuple est en droit de secouer par la rébellion le joug d'un tyran *(non titulo, sed exercitio talis)*. Les droits du peuples sont violés ; on ne fait pas tort au tyran en le détrônant : cela est hors de doute. Il n'en est pas moins vrai que les sujets ont le plus grand tort de poursuivre leur droit de cette manière, et qu'ils ne sauraient se plaindre d'injustice si, succombant dans la lutte, ils se voyaient frappés des plus rudes châtiments.

Veut-on décider de la question par une déduction dogmatique des droits, on argumentera longtemps pour et contre ; mais notre principe transcendant[4] du droit public nous épargne toutes ces difficultés.

D'après lui, un peuple se demande, avant l'institution du contrat social, s'il oserait bien publier le dessein qu'il aurait de se révolter dans une occasion donnée. On voit bien que si, en fondant une constitution, le peuple se réservait la condition de pouvoir un jour employer la force contre son chef, il s'arrogerait un pouvoir légitime sur lui. Mais alors le chef cesserait de l'être ; ou si on voulait faire de cette condition une clause de la constitution, celle-ci deviendrait impossible et le peuple manquerait son but. L'injustice de la rébellion se manifeste donc, en ce que la publicité rendrait impraticable la maxime qui la permet. Il faudrait par conséquent la tenir secrète. Or, il n'en serait pas de même du chef de l'État. Il peut hardiment déclarer qu'il punira de mort tout auteur de révolte, lors même que les conspirateurs s'imagineraient que le chef a le premier violé la loi fondamentale de la constitution civile ; le chef doit jouir d'un pouvoir irrésistible et inviolable, puisqu'il[1] n'aurait pas le droit de commander à chacun s'il n'avait pas le pouvoir de protéger chacun contre les autres. Or, se sentant revêtu de VIII, 383 ce pouvoir, il n'a pas non plus à craindre d'agir contre ses propres vues en publiant sa maxime. Une conséquence non moins évidente de ce principe, c'est que si le peuple réussit dans sa révolte, le chef rentrant dans la classe des sujets n'ose ni renouveler la rébellion pour remonter sur le trône, ni être appelé à rendre compte de son administration précédente.

2° Le droit des gens suppose un état juridique[2] ; car étant un droit public, il renferme déjà dans sa notion la déclaration des droits que la volonté générale assigne à chacun. Cet état juridique doit résulter d'un pacte antécédent, fondé, non sur des lois de contrainte, comme le pacte civil, mais, si on veut, sur une association permanente et libre, telle que la fédération des États dont il a été question plus haut.

Dans l'état de nature et sans une sorte d'état juridique, qui unisse entre elles les diverses personnes physiques ou morales, il ne peut y avoir qu'un droit particulier[3]. Or, il se manifeste également ici entre la politique et la morale qui se rapporte au droit[4], une contrariété tout aussi aisée à lever, si on y applique le principe de la publicité des maximes. Je suppose toutefois que la fédération des peuples n'aura pour objet que le maintien de la paix[5] et non des conquêtes.

Voici les problèmes sur lesquels la politique ne s'accorde pas avec la morale[6] et leur solution.

a) Lorsqu'un État a promis à l'autre des secours, la cession de quelque province, ou des subsides, etc. on demande, s'il peut se dédire de sa parole, au cas que le salut de l'État soit compromis, en prétendant être envisagé sous un double point de vue : tantôt comme souverain, libre de toute responsabilité envers l'État, tantôt comme premier fonctionnaire public, comptable à ses concitoyens ; de sorte qu'il puisse se rétracter, en cette dernière qualité, des engagements pris en la première.

Mais si un État, ou son chef, rendait cette
VIII, 384 maxime publique, naturellement tous les autres éviteraient de traiter avec lui, ou s'associeraient entre eux pour s'opposer à ses prétentions ; ce qui prouve que la politique, avec toute son adresse, renverserait elle-même son but en usant de franchise : et que par conséquent la maxime en question doit être injuste.

b) Si une puissance[1] s'est rendue formidable par ses accroissements, ose-t-on admettre qu'elle voudra opprimer les autres, parce qu'elle le peut ; et les puissances du second ordre sont-elles pour cela en droit de l'attaquer conjointement, sans en avoir été offensées ? Un État qui déclarerait ouvertement cette maxime, ne ferait qu'accroître le mal, au lieu de l'étouffer. Car la puissance supérieure préviendrait la moindre, et l'association des autres n'est qu'un faible roseau, incapable de résister à quiconque entend bien le *divide et impera*. Cette maxime de politique, rendue notoire, anéantit donc nécessairement elle-même son effet, et par conséquent elle est injuste.

c) Quand un petit État est situé de manière qu'il intercepte, entre les parties d'un grand État, la communication nécessaire à sa conservation, le plus grand n'est-il pas autorisé à soumettre l'autre, ou à se l'incorporer ? Il est aisé de s'apercevoir qu'il doit bien se garder de laisser transpirer cette maxime avant l'exécution ; car, ou les petits États formeraient, de bonne heure, des alliances défensives, ou d'autres grandes puissances se disputeraient la proie. La publicité rendrait donc cette maxime impraticable : marque certaine qu'elle est injuste. Aussi peut-elle l'être à un très haut degré.

Car quelque petit que soit l'objet d'une injustice, l'injustice elle-même peut être très grande.

3° Je passe sous silence le droit cosmopolitique, parce qu'il est très aisé d'en former et d'en apprécier les maximes, vu son analogie avec le droit des gens.

★

Voilà donc un caractère auquel nous pouvons reconnaître la non-conformité d'une maxime de politique avec la morale qui se rapporte au droit : à savoir l'incompatibilité des maximes du droit public avec la publicité. Il s'agit maintenant VIII, 385
d'apprendre les conditions sous lesquelles ces maximes s'accordent avec le droit des gens. Car on ne peut pas conclure de la notoriété d'une maxime[1] qu'elle soit juste, puisqu'on n'a pas besoin de cacher ses plans quand on a une supériorité décidée de pouvoir.

La première condition nécessaire pour rendre le droit public possible, c'est en général l'existence d'un ordre juridique[2]. Or nous avons vu plus haut qu'il n'y a pas d'autre état juridique compatible avec la liberté des États, que leur association fédérative pour le seul maintien de la paix[3]. L'accord de la politique avec la morale ne peut donc avoir lieu qu'au moyen d'une semblable association fondée sur les principes intellectuels[4] du droit et par conséquent nécessaire. Toute politique[5] se fonde sur ce fédéralisme légal[6] autrement elle n'est qu'un raffinement d'injustice. Les casuistes jésuites n'ont pas autant de subtilités que cette fausse politique. Elle a d'abord les restrictions mentales, les équivoques qu'elle fait glisser adroitement dans les traités publics, pour pouvoir ensuite les expliquer à son avantage : comme par exemple la distinction entre le *status quo* de fait et de droit ; le probabilisme : pour forger des intentions hostiles et les attribuer aux autres ; pour imaginer une supériorité vraisemblable de pouvoir et en faire un droit en faveur duquel on puisse miner des États paisibles ; enfin le péché philosophique (*peccatillum, bagatelle*) pour pouvoir regarder comme une faute très pardonnable et peut-être même comme un bien pour le genre humain, que les grands États en engloutissent de plus petits*.

Le prétexte spécieux de toutes ces maximes, c'est la morale elle-même, dont la duplicité politique fait employer les diverses branches à ses fins. La bienveillance est un devoir aussi bien que le respect pour les droits de l'homme : mais elle n'est qu'un devoir conditionnel, celui-ci est absolu et nécessaire. Il faut être assuré de n'avoir jamais blessé ce dernier, pour pouvoir se livrer au doux
VIII, 386 sentiment de la bienveillance. La politique s'accorde aisément avec la morale, en tant que celle-ci règle les mœurs, pour pouvoir abandonner les droits des hommes à leurs supérieurs ; mais pour la morale, en tant qu'elle établit les droits de l'homme, au lieu de se prosterner devant elle, comme elle le devrait, la politique trouve à propos de la combattre[2] et de lui disputer toute réalité, se retranchant à réduire tous les devoirs à la bienveillance. Or cet artifice d'une politique ténébreuse serait bientôt démasqué[3] par la publicité de ses maximes, que les philosophes produiraient au grand jour, si elle avait seulement le courage de leur permettre la publication de leurs principes.

Dans cette vue, je propose un autre principe transcendant[4] et affirmatif du droit public, dont la formule serait :

« Toutes les maximes qui pour avoir leur effet ont besoin de publicité, s'accordent avec la morale et la politique combinées. »

Car, si elles ne peuvent produire leur effet

* On trouvera les exemples de l'application de toutes ces maximes dans la dissertation de M. le conseiller Garve sur l'union de la politique avec la morale, 1788[1]. Ce respectable savant avoue, dès le commencement, être hors d'état de résoudre totalement ce problème. Mais approuver cette union, sans croire qu'on puisse réfuter toutes les objections qu'on y oppose, n'est-ce pas accorder plus qu'on ne doit à ceux qui ne se montrent que trop disposés à abuser d'une pareille facilité?

qu'autant qu'elles sont notoires, il faut qu'elles s'accordent avec le but général du public, avec le bonheur : par conséquent, elles conviennent à la politique qui s'occupe à imaginer un état de choses dont chacun puisse être content[1]. Et si ce but ne peut s'atteindre que par la publicité des maximes qu'on propose, c'est-à-dire qu'en écartant d'elles tout sujet de défiance, il faut encore qu'elles soient conformes aux droits du public : seul point de réunion où puissent se rassembler les fins particulières de tous. Je renvoie à une autre occasion le développement de ce principe. J'ajoute seulement qu'il est transcendant[2] puisque sa formule ne renferme rien de matériel, rien qui se rapporte à la doctrine du bonheur, et qu'il faille puiser dans l'expérience ; elle ne vise qu'à la forme d'universalité qui donne force de loi aux maximes.

★

Si le devoir existe, si l'on peut même concevoir l'espérance de réaliser, quoique par des progrès sans fin, le règne du droit public ; la paix perpétuelle qui succédera aux trêves jusqu'ici nommées traités de paix n'est donc pas une chimère[3], mais un problème dont le temps, vraisemblablement abrégé par l'uniformité des progrès de l'esprit humain, nous promet la solution[4].

À PROPOS DE L'OUVRAGE DE SOMMERING SUR L'ORGANE DE L'ÂME

Traduction de Luc Ferry.

À PROPOS DE L'OUVRAGE DE SOMMERING SUR L'ORGANE DE L'ÂME[1]

XII, 31

Vous proposez à mon jugement, cher Monsieur, le bel ouvrage que vous avez consacré à un certain principe de la force vitale dans les corps animaux ; ce principe, lorsqu'il s'agit de la seule faculté de percevoir, se nomme organe *immédiat* des sens (πρῶτον αἰσθη τήριον), et siège *commun* des sensations *(sensorium commune)* lorsqu'il désigne la réunion de toutes les perceptions dans une certaine partie du cerveau : c'eﬆ avec beaucoup de gratitude que j'apprécie cet honneur qui suggère que je ne suis pas tout à fait incompétent dans le domaine des *sciences de la nature.* Mais le thème de votre ouvrage interpelle aussi en quelque façon la *métaphysique* (dont l'oracle, comme on dit, s'eﬆ tu depuis longtemps), de sorte que c'eﬆ avec un certain embarras que je me demande si je dois ou non accepter un tel honneur : car ce thème touche aussi à la queﬆion du *siège de l'âme (sedes animae),* aussi bien quant à sa faculté de recevoir des sensations *(facultas sensitive percipiendi)* qu'à sa faculté motrice *(facultas locomotiva).* Par suite, on recherche un avis *(reﬆponsum)* au sujet duquel deux facultés peuvent entrer en un conflit portant sur leur compétence (le *forum competens*) : la faculté de *médecine* dans sa partie anatomico-physiologique, et la faculté de *philosophie* dans sa partie psychologico-métaphysique[2] ; et, en l'occurrence, comme dans toutes les *tentatives de coalition*, certaines inimitiés peuvent surgir entre ceux qui veulent tout fonder sur des principes *empiriques* et ceux qui exigent avant tout des fondements *a priori* (c'est un cas qui se produit toujours dans les tentatives de réconcilier la théorie *pure* du droit avec la politique considérée sous son aspect *empiriquement conditionné*, ou encore la théorie *pure* de la religion avec la religion révélée, elle aussi en tant qu'*empiriquement conditionnée*) ; ces inimitiés reposent seulement sur le conflit des facultés auxquelles s'adresse la question lorsqu'on cherche dans une université (en tant qu'institution englobant la totalité du savoir) un avis (*responsum*). Celui qui, dans le cas qui nous occupe, donne satisfaction au *médecin* en tant que physiologue, détériore ses relations avec le *philosophe* en tant que métaphysicien ; et inversement, celui qui donne raison à ce dernier froisse le physiologue.

Mais, à dire vrai, c'est le concept même d'un *siège de l'âme* qui suscite la discorde des facultés au sujet de l'organe commun des sens, et on ferait
XII, 32 donc mieux de le laisser totalement de côté ; ce qui pourrait d'ailleurs se faire à d'autant plus juste titre qu'il requiert une *présence locale* — laquelle attribue une relation spatiale à la chose qui n'est qu'objet du sens interne et, comme telle, seulement déterminable par des conditions de temps — mais justement se contredit, par là même, tandis qu'une *présence virtuelle*, qui ne relève que de l'entendement, mais précisément pour cette raison n'est pas non plus locale, fournit un concept qui permet de traiter la question posée (celle du *sensorium commune*) comme un problème purement physiologique. Car, bien que la plupart des hommes croient ressentir la pensée dans leur tête, il ne s'agit cependant que d'une faute de subreption consistant à prendre le jugement sur la cause de la sensation en un certain lieu (du cerveau) pour la sensation de la cause en ce lieu, et à lier par la suite, selon les *lois de l'association*, les traces cérébrales qui sont laissées dans le cerveau par les impressions aux pensées qu'on

désigne alors sous l'expression d'*idées matérielles* (Descartes) ; or ces lois, bien qu'elles soient des hypothèses très arbitraires, ne rendent pas cependant nécessaire un siège de l'âme et ne mélangent pas le problème physiologique avec la métaphysique — nous n'avons donc affaire qu'à la matière qui rend possible la réunion de toutes les représentations des sens dans l'esprit*. Mais la seule qui soit qualifiée pour cela (en tant que *sensorium commune*), d'après la découverte qui a été faite en en pratiquant une dissection approfondie, est contenue dans la cavité cérébrale : il s'agit simplement d'eau, et c'est elle qui constitue cet organe immédiat de l'âme qui, d'une part, *sépare* les uns des autres les réseaux nerveux, qui précisément trouvent ici leur terme, afin que les sensations qui s'opèrent par leur médiation ne se mélangent pas, mais d'autre part produit entre elles une totale *communauté* afin que certaines XII, 33 sensations, bien que captées par un même esprit, ne soient pas hors de lui (ce qui est une contradiction).

Mais nous touchons précisément ici au point le plus délicat : étant donné que l'eau, en tant que fluide, ne peut guère être pensée comme organisée mais que, sans organisation, c'est-à-dire sans un agencement des parties finalisé et stable dans sa forme, aucune matière ne saurait constituer un tel organe de l'âme, cette belle découverte n'atteint pas encore son but.

* Par le terme esprit, on entend seulement la *faculté (animus)* qui rassemble les représentations données et engendre l'unité de l'aperception empirique, pas encore la substance *(anima)* qui est par sa nature tout à fait différente de la matière et dont on fait par suite abstraction ; par où l'on parvient à l'idée qu'en ce qui regarde le sujet pensant nous ne devons pas tomber dans la métaphysique en tant que celle-ci a affaire à la conscience pure et à son unité *a priori* dans la composition de représentations données (à l'entendement) ; mais nous n'avons affaire qu'à l'imagination et l'on doit pouvoir admettre qu'à ses intuitions, en tant qu'elles sont des représentations empiriques (même hors de la présence de leur objet), correspondent des impressions dans le cerveau (à proprement parler, un habitus de la reproduction) qui appartiennent à un tout de l'auto-intuition interne.

Une matière continue est *fluide* lorsque toutes les parties se situant dans l'espace qu'elle occupe peuvent être mues et chassées de leur place par la plus petite force. Mais cette propriété semble contredire le concept d'une matière organisée : on se représente en effet celle-ci comme une machine, par suite comme une matière *rigide** qui oppose une certaine force de résistance au déplacement de ses parties (donc aussi à l'altération de leur configuration interne) ; mais se représenter cette eau en partie comme fluide et en partie comme rigide (à l'instar, par exemple, du cristallin dans l'œil) reviendrait à anéantir aussi en partie la raison pour laquelle on admet cette propriété de l'organe immédiat des sens en vue d'en expliquer la fonction.

Qu'adviendrait-il si, au lieu de cette organisation *mécanique* reposant sur la juxtaposition des parties dans la formation d'une certaine configuration, je proposais une organisation *dynamique* reposant sur des principes chimiques (de même que la première repose sur des principes mathématiques) et qui, par suite, pourrait s'accorder avec la fluidité de cet élément? De même que la division *mathématique* d'un espace et de la matière qui l'occupe (par exemple de la cavité cérébrale et de l'eau qui la remplit) est infinie, il se pourrait que la division *chimique,* en tant que dynamique (la scission de divers composants fondus entre eux dans une matière) soit elle aussi d'une nature telle qu'elle s'étendrait également, pour autant que nous le sachions, à l'infini *(in infinitum)*. L'eau pure habituelle, que l'on tenait encore récemment pour un élément chimique, est aujourd'hui, grâce à des expériences pneumatiques, scindée en deux espèces d'air. Chacune de ces espèces d'air possède encore en elle, en dehors de sa base, la matière calorifère qui pourrait peut-être elle-même à son
XII, 34 tour être décomposée par la nature en élément

* Au *fluide (fluidum),* il convient à proprement parler d'opposer le *rigide (rigidum),* selon l'usage qui est d'ailleurs celui d'Euler[1] ; c'est le *vide* qu'il faut opposer au *solide.*

lumineux et en d'autres matières, de même que la lumière en différentes couleurs, etc. Si en outre on prend en compte ce que le règne végétal est capable de produire — probablement par décomposition ou par une autre espèce de combinaison —, à partir de cette eau commune, comme diversité infinie d'éléments pour une part volatiles, on peut se représenter de quelle diversité d'instruments disposent les nerfs à leur terminaison dans le liquide cérébral (qui n'est peut-être rien d'autre que de l'eau commune) pour capter le monde sensible et, inversement aussi, agir sur lui.

Si l'on admet maintenant à titre d'hypothèse que dans la pensée empirique, c'est-à-dire dans l'acte de décomposer et de composer des représentations des sens données, soit soumise à l'esprit une faculté qu'auraient les nerfs de décomposer, d'après la diversité de ces représentations, l'eau de la cavité cérébrale en ses éléments originels et de faire jouer ainsi diverses sensations en détachant l'un ou l'autre d'entre eux (par exemple la sensation de la lumière par la médiation du nerf de la vue qui a été excité, ou celle du son par les nerfs auditifs, etc.), et ce d'une façon telle, cependant, que ces éléments se fondraient à nouveau entre eux dès que cesserait l'excitation, on pourrait dire que cette eau est un continuel *processus* d'organisation, sans jamais pourtant être organisée : par où l'on parviendrait à rendre malgré tout compréhensible ce qu'on cherchait à expliquer avec l'organisation stable, à savoir l'unité collective de toutes les représentations sensibles en un organe commun *(sensorium commune)*, mais seulement d'après sa décomposition chimique.

Cependant, la véritable tâche, telle qu'elle est exposée par Haller[1], n'est pas encore pour autant résolue ; car elle n'est pas seulement physiologique, mais doit aussi servir à rendre représentable l'unité de la conscience de soi (qui appartient à l'entendement) dans les relations spatiales de *l'âme* aux organes du cerveau (qui appartient au sens externe), par suite le *siège* de l'âme conçu

comme sa présence *locale* — tâche qui relève de la métaphysique et qui eſt non seulement insoluble pour elle, mais aussi contradictoire en soi. Car si je suis censé rendre intuitionnable le lieu de mon âme, c'eſt-à-dire de mon moi absolu, quelque part dans l'espace, il faut que je me perçoive moi-même exactement par le même sens que celui par lequel je perçois également la matière qui m'entoure immédiatement, comme c'eſt le cas lorsque
XII, 35 je veux déterminer mon lieu dans le monde en tant qu'*homme* et que je dois par suite considérer mon corps en relation avec d'autres corps situés hors de moi. Mais l'âme ne peut se percevoir que par le sens interne, tandis que le corps, lui, n'eſt perceptible (qu'il s'agisse de son intérieur ou de son extérieur) que par le sens externe[1] ; elle ne peut donc s'assigner elle-même aucun lieu puisque, pour ce faire, il faudrait qu'elle se fasse objet de sa propre intuition externe et se place elle-même hors d'elle-même : ce qui eſt contradictoire. La solution demandée au problème posé par le siège de l'âme, solution dont on pense la métaphysique capable, conduit donc à une grandeur impossible $(\sqrt{-2})$; et l'on peut interpeller celui qui l'entreprend par ces mots de Térence : *nihilo plus agas, quam si des operam, ut cum ratione insanias*[2] ; cependant, on ne peut pas non plus reprocher au physiologue — auquel il suffit d'avoir analysé la simple présence dynamique, si possible jusqu'à la présence immédiate — d'avoir invité le métaphysicien à combler ce qui manque encore.

SUR UN TON SUPÉRIEUR NOUVELLEMENT PRIS EN PHILOSOPHIE

Traduction d'Alain Renaut.

SUR UN TON SUPÉRIEUR NOUVELLEMENT PRIS EN PHILOSOPHIE

Le nom de philosophie, après qu'il eut perdu sa première signification, celle d'une sagesse scientifique de la vie, en est venu très tôt à être recherché à titre d'ornementation de l'entendement chez des penseurs au-dessus du commun, pour lesquels désormais la philosophie représentait comme le dévoilement d'un mystère. Pour les *ascètes* des déserts de Macarie, la philosophie, c'était leur *monachisme.* L'alchimiste se donnait le nom de *philosophus per ignem.* Les *loges* des temps anciens et nouveaux sont adeptes d'un mystère, transmis par tradition, dont jalousement elles ne *veulent* rien révéler *(philosophus per initiationem).* Enfin les plus récents à posséder ce mystère, ce sont ceux qui l'ont *en eux,* mais qui malheureusement ne peuvent l'énoncer ni le communiquer universellement par le langage *(philosophus per inspirationem).* Or s'il y avait une connaissance du suprasensible (qui du point de vue théorique seulement est un vrai mystère), lequel se peut parfaitement dévoiler à l'entendement humain d'un point de vue pratique, une telle connaissance, procédant de cet entendement comme faculté de connaître *par concepts,* resterait pourtant très en retrait par rapport à celle qui pourrait être perçue de façon immédiate par l'entendement comme faculté d'*intuitionner ;* car l'entendement discursif doit, au moyen de la VIII, 389 première connaissance, consacrer beaucoup de travail à l'analyse et à la synthèse de ses concepts selon des principes, et escalader péniblement beaucoup de degrés pour faire des progrès dans la connaissance, au lieu qu'une *intuition intellectuelle* saisirait et présenterait l'objet immédiatement et d'un coup. Celui donc qui imagine être en possession de cette intuition regardera la première démarche de haut et avec mépris ; et inversement la commodité d'un tel usage de la raison est un élément puissant de séduction pour admettre hardiment une telle faculté d'intuitionner, et en même temps pour recommander au mieux une philosophie la prenant pour fondement ; ce qui en outre se peut facilement expliquer par le penchant naturellement égoïste des hommes, penchant que la raison, se taisant, accepte avec indulgence.

VIII, 390 Cela tient en effet non seulement à la paresse naturelle, mais aussi à la vanité des hommes (une liberté mal comprise), si ceux qui *ont de quoi vivre,* que ce soit richement ou parcimonieusement, se tiennent pour des *personnages supérieurs* en comparaison de ceux qui doivent travailler pour vivre. L'*Arabe* ou le *Mongol* méprise le citadin et s'imagine, par rapport à lui, supérieur parce que déambuler dans les déserts avec ses chevaux et ses moutons est plus un divertissement qu'un travail. Le *Toungouse des forêts* pense jeter une malédiction sur la tête de son frère quand il lui dit : « Puisses-tu élever ton bétail toi-même comme le Buriate ! » Celui-ci retourne la malédiction et dit : « Puisses-tu cultiver la terre comme le Russe ! » Ce dernier dira peut-être, selon sa façon de penser : « Puisses-tu être rivé au métier à tisser comme l'Allemand ! » En un mot : tous s'imaginent supérieurs dans la mesure où ils croient pouvoir ne pas travailler ; et selon ce principe les choses ont récemment été si loin qu'une prétendue philosophie, pour laquelle on peut ne pas *travailler,* mais seulement écouter l'oracle présent en soi-même et en profiter pour faire de fond en comble l'acquisition de toute la sagesse qui est visée par la philosophie, s'annonce sans déguisement et publiquement ; et cela, à vrai dire, sur un ton qui montre qu'ils ne se conçoivent pas du tout comme à mettre au même rang que ceux qui — *de façon scolaire* — se tiennent pour obligés de progresser lentement et avec prudence de la critique de leur faculté de connaître à la connaissance dogmatique, mais qu'au contraire ils sont en mesure d'accomplir — *de façon géniale* —, en un seul coup d'œil sur leur intériorité, tout ce que le labeur peut jamais procurer, et bien plus encore. De sciences qui requièrent du travail, comme les mathématiques, la science de la nature, l'histoire ancienne, la philologie, etc., et même la philosophie, en tant qu'elle est contrainte de s'engager dans un développement méthodique et une combinaison systématique des concepts, certains peuvent certes, avec pédantisme, faire leur *fierté;* mais à nul autre qu'au philosophe de l'*intuition,* qui effectue ses démonstrations non pas grâce au travail herculéen de la connaissance de soi, de bas en haut, mais, franchissant d'un bond ce travail, de haut en bas, grâce à une apothéose qui ne lui coûte rien, — à nul autre il ne peut venir à l'esprit d'affirmer sa supériorité : car il parle là sous sa propre autorité, et c'est pourquoi il ne doit en rendre compte à personne.

Et maintenant venons-en à la question !

*

Platon[1], aussi bon mathématicien que philo- VIII, 391
sophe, admirait dans les propriétés de certaines figures géométriques, par exemple le cercle, une sorte de *finalité*[2], c'est-à-dire une aptitude à la solution d'une diversité de problèmes, ou une diversité de solutions d'un seul et même problème (comme par exemple dans la théorie des lieux géométriques) à partir d'un principe, tout comme si reposaient en elles *intentionnellement* les conditions requises pour la construction de certains concepts de grandeur, bien que l'on puisse en percevoir et en démontrer *a priori* la nécessité. Or

la finalité n'est pensable que par la relation de l'objet à un entendement comme cause.

Mais puisque avec notre entendement comme faculté de connaître *par concepts,* nous ne pouvons étendre notre connaissance *a priori* au-delà de notre concept (ce qui pourtant se produit effectivement en mathématiques), Platon dut admettre pour nous, hommes, des *intuitions a priori,* mais qui avaient leur première origine non pas dans *notre* entendement (car notre entendement n'est pas une faculté d'intuitionner, c'est seulement une faculté discursive ou de penser), mais dans un entendement tel qu'en même temps il serait la raison originaire de toutes choses, c'est-à-dire l'entendement divin, — lesquelles intuitions, s'effectuant *de façon directe,* méritaient par suite d'être nommées *archétypes (Idées).* Mais notre intuition de ces Idées divines (car nous devions pourtant avoir une intuition *a priori,* si nous voulions nous rendre concevable la faculté des propositions synthétiques *a priori* dans la mathématique pure) nous aurait été donnée en partage seulement *de façon indirecte,* comme intuition des *copies (ectypes),* pour ainsi dire des ombres portées de toutes les choses que nous connaissons synthétiquement *a priori,* cela au moment de notre naissance, laquelle cependant aurait en même temps apporté avec soi un obscurcissement de ces Idées par oubli de leur origine, — conséquence de ce que notre esprit (maintenant nommé âme) a été jeté dans un corps dont dès lors briser peu à peu les chaînes devrait être la noble tâche de la philosophie*.

* Platon procède du moins de façon conséquente dans tous ces raisonnements. Sans doute avait-il, bien qu'obscurément, le pressentiment de la question qui ne s'est exprimée de façon claire que depuis peu de temps : «Comment des propositions synthétiques *a priori* sont-elles possibles?» S'il avait alors pu deviner ce qui, décisivement, ne fut découvert que plus tard, à savoir qu'il y a assurément des *intuitions a priori,* ne relevant pas toutefois de l'entendement humain, mais sensibles (sous le nom d'espace et de temps), que par conséquent tous les objets des sens ne sont connus de nous que comme phénomènes, et que même leurs formes, que nous pouvons déterminer *a priori* en mathématiques, ne sont pas celles des choses en soi, mais
VIII, 392 celles (subjectives) de notre sensibilité, qui donc valent pour

Mais il ne nous faut pas non plus oublier *Pythagore,* dont à vrai dire trop peu nous est aujourd'hui connu pour définir quelque chose de certain sur le principe métaphysique de sa philosophie. Comme chez Platon les merveilles des *figures* (de la géométrie), les merveilles des *nombres,* chez Pythagore, c'est-à-dire l'apparence d'une certaine finalité et une aptitude, placée en quelque sorte intentionnellement dans leur nature, à résoudre divers problèmes rationnels de la mathématique, où une intuition *a priori* (espace et temps) et non pas simplement une pensée discursive doit être présupposée, éveillèrent son attention, comme à une sorte de *magie,* simplement pour se rendre compréhensibles non seulement la possibilité de l'extension de nos concepts de grandeur en général, mais même celle de leurs propriétés particulières et pour ainsi dire riches en secrets. L'histoire dit que la découverte des rapports numériques entre les sons et de la loi suivant laquelle seulement ils constituent une musique, l'a conduit à l'idée que, comme dans ce jeu des sensations la mathématique (en tant que science des nombres) contient tout autant le principe formel de ce jeu (et même, semble-t-il, *a priori,* du fait de ce qu'il a de nécessaire), il se trouve en nous une intuition, bien que seulement obscure, d'une nature ordonnée suivant des équations numériques par un entendement qui la domine ; idée qui, ensuite, appliquée aux corps célestes, produisit aussi la doctrine de l'harmonie VIII, 392

tous les objets de l'expérience possible, mais aussi ne valent pas un pas de plus, alors il n'aurait pas cherché l'intuition pure (dont il avait besoin pour se rendre compréhensible la connaissance synthétique *a priori*) dans l'entendement divin et ses archétypes de tous les êtres comme objets existant en soi, et ainsi il n'aurait pas allumé le flambeau de l'exaltation mystique. Car il voyait parfaitement que, s'il voulait pouvoir prétendre intuitionner empiriquement l'objet *en lui-même* dans l'intuition qui est à la base de la géométrie, le jugement géométrique et la mathématique tout entière seraient de la simple science d'expérience ; ce qui est contradictoire avec la *nécessité* qui justement (en plus de l'intuitivité) est ce qui lui garantit un rang si élevé parmi toutes les sciences.

des sphères. Or rien ne vivifie plus les sens que la musique ; mais le principe vivifiant, en l'homme, est l'*âme;* et dans la mesure où, selon Pythagore, la musique repose simplement sur la perception de rapports numériques, et que (ce qu'il faut bien noter) ce principe vivifiant en l'homme, l'âme, est en même temps un être libre, qui se détermine lui-même, sa définition de l'âme : *anima est numerus se*
VIII, 393 *ipsum movens*[1], se laisse peut-être comprendre et dans une certaine mesure légitimer, si on admet que par cette faculté de se mouvoir soi-même il a voulu indiquer sa différence par rapport à la matière, en tant qu'elle est en soi sans vie et ne peut être mue que par un élément extérieur, par conséquent la liberté.

C'était donc sur la *mathématique* que Pythagore aussi bien que Platon philosophaient, quand ils rangeaient toute connaissance *a priori* (qu'elle contienne de l'intuition ou du concept) dans la connaissance intellectuelle et croyaient par cette philosophie se heurter à un *mystère,* là où il n'y a nul *mystère;* non pas parce que la raison peut répondre à toutes les questions qui lui sont posées, mais parce que son oracle se tait si la question s'est élevée si haut qu'elle n'a plus dès lors de sens. Si par exemple la géométrie présente quelques-unes de ce que l'on appelle les *belles* propriétés du cercle (comme on peut en voir chez *Montucla*[2]), et si l'on demande : d'où lui viennent ces propriétés qui semblent contenir une sorte de large fécondité et de finalité? on ne peut répondre autrement qu'ainsi : *Quaerit delirus, quod non respondet Homerus*[3]. Qui veut résoudre philosophiquement un problème mathématique, en cela se contredit lui-même ; par exemple, qu'est-ce qui fait que le rapport *rationnel* des trois côtés d'un triangle rectangle ne peut être que celui des nombres 3, 4 et 5[4]? Mais celui qui *philosophe* sur *un problème* mathématique croit ici se heurter à un mystère, et précisément pour cela voir quelque chose qui déborde de grandeur, là où il ne voit rien, et c'est justement dans le fait de méditer en lui-même sur une idée qu'il ne peut ni comprendre ni communiquer à d'autres, qu'il situe l'authentique philosophie (*philosophia arcani*), où donc le talent poétique trouve de quoi s'alimenter dans le sentiment et la jouissance de l'exaltation mystique ; ce qui, il est vrai, est de loin plus séduisant et brillant que la loi de la raison : ne s'acquérir un bien que par du travail ; mais où également l'indigence et la morgue vaniteuse produisent le phénomène ridicule d'entendre la philosophie s'exprimer sur un *ton supérieur*.

La philosophie d'Aristote est au contraire un travail. Je ne le considère toutefois ici (comme les deux précédents) qu'en tant que métaphysicien, c'est-à-dire quelqu'un qui résout toute connaissance *a priori* en ses éléments, et en tant qu'artiste de la raison qui doit à partir de là (les catégories) recomposer la connaissance ; quelqu'un dont le travail, dans l'espace de ce qu'il a exploré, a conservé sa fécondité, même s'il échoua dans l'acte de *progresser* vers une extension de ces principes qui valent dans le sensible jusqu'au suprasensible (sans qu'il eût remarqué le saut VIII, 394
dangereux qu'il avait ici à accomplir), — suprasensible que ces catégories n'atteignent pas : à cet égard il était nécessaire de diviser auparavant l'organe de la pensée en lui-même, la raison, en ses deux domaines, le théorique et le pratique, et d'en mesurer la portée, travail qui toutefois resta réservé pour des temps ultérieurs.

Maintenant nous voulons, cela dit, écouter et apprécier le ton nouveau apparu dans l'activité philosophique (grâce auquel on peut se passer de la philosophie).

★

Que des personnages supérieurs aient des activités philosophiques, quand bien même cela conduirait jusqu'aux sommets de la métaphysique, cela doit être compté à leur plus grand honneur, et ils méritent de l'indulgence s'ils commettent une faute (difficilement évitable) contre l'École, parce qu'ils se sont en tout cas abaissés jusqu'à elle en se plaçant sur un pied d'égalité civile*. Mais que des gens qui veulent être philosophes fassent les supérieurs, on ne peut en aucune manière le leur permettre, parce qu'ils s'élèvent au-dessus de leurs *pairs,* et violent leur droit inaliénable à la liberté et à l'égalité dans des questions qui relèvent de la simple raison.

VIII, 395 Le principe de vouloir philosopher sous l'influence d'un sentiment supérieur, est de tous celui qui est le mieux fait pour le ton distingué ; car qui veut contester mon sentiment? Si donc je peux de plus rendre crédible que ce sentiment n'est pas seulement subjectif *en moi,* mais que par tout homme il peut y être prétendu, donc aussi de façon objective et comme à un élément de connaissance, et ainsi qu'il n'est pas seulement,

* Il y a pourtant une différence entre philosopher et faire le philosophe. Cette dernière attitude se produit dans le ton distingué quand le despotisme exercé sur la raison du peuple (et même sur sa propre raison) par son enchaînement à une croyance aveugle est donné pour de la philosophie. De cela relève par exemple «la croyance à la légion tonnante, à l'époque de Marc-Aurèle», et de même «au feu miraculeusement jailli sous les décombres de Jérusalem pour ridiculiser Julien l'Apostat[1]» laquelle croyance est donnée pour la philosophie authentique et pure, alors que le contraire en est nommé «l'incroyance du charbonnier[2]» (comme si les charbonniers, dans la profondeur de leurs forêts, avaient la mauvaise réputation d'être très incrédules à l'égard des légendes qui leur sont rapportées) ; à cela s'ajoute encore, ensuite, l'assurance que c'en est fini de la philosophie depuis déjà deux mille ans, parce que «le Stagirite a tant conquis, pour la science, qu'il a laissé subsister peu de choses importantes que ses successeurs puissent traquer[3]». Ainsi les partisans du nivellement en matière de constitution politique ne sont pas seulement ceux qui, à la suite de *Rousseau,* veulent que les citoyens soient tous égaux entre eux, parce que chacun est *tout;* mais ce sont aussi ceux qui veulent que tous soient égaux entre eux parce que tous ensemble, hormis un seul, ils ne sont *rien,* et qui sont monarchistes par envie : ils élèvent au trône tantôt Platon, tantôt Aristote, pour, conscients qu'ils sont de leur propre incapacité à penser eux-mêmes, ne pas endurer la comparaison odieuse avec leurs contemporains. Et c'est ainsi (principalement par cette dernière résolution) que l'homme supérieur fait le philosophe, en mettant fin par l'obscurantisme à toute activité philosophique ultérieure. On ne peut mieux présenter ce phénomène sous son véritable jour que dans une fable de Voss (*Revue mensuelle de Berlin,* novembre 1795, dernière feuille), poème qui à lui seul a la valeur d'une hécatombe.

comme concept, le produit d'une ratiocination, mais qu'il a la valeur d'une intuition (d'une saisie de l'objet lui-même), alors je possède un grand avantage sur tous ceux qui doivent d'abord se justifier pour pouvoir se vanter de la vérité de leurs affirmations. Je peux par conséquent parler sur le ton d'un seigneur qui est dispensé de la peine de montrer son titre de propriété *(beati possidentes)*. Vive donc la philosophie par sentiment, qui nous conduit droit aux choses elles-mêmes ! À bas la ratiocination par concepts, qui ne fait cette tentative que par le détour des caractéristiques générales, et qui, avant même qu'elle ait une matière qu'elle puisse saisir de façon immédiate, réclame des formes déterminées auxquelles elle puisse soumettre cette matière ! Et, en admettant même que la raison ne puisse s'expliquer plus avant sur la légitimité de ce qu'elle obtient par ces vues élevées qui lui appartiennent, il y a pourtant un fait qui demeure : « La philosophie a ses mystères qui sont *accessibles au sentiment** [1] ! »

* Un célèbre détenteur de ces mystères en parle ainsi : « Aussi longtemps que la raison, comme législatrice de la volonté, doit dire aux phénomènes (ici, évidemment, des actions libres des hommes) : *tu me plais — tu me déplais,* aussi longtemps elle doit considérer les phénomènes comme des effets des réalités[2]. » D'où il conclut alors que sa législation requiert non seulement une *forme,* mais aussi une *matière* (contenu, fin) comme principe déterminant de la volonté, c'est-à-dire que, si la raison doit être pratique, ce qui doit précéder, c'est le fait d'éprouver un désir ou une aversion envers un objet. Cette erreur qui, si on la laisse s'introduire, détruirait toute morale et ne laisserait subsister rien d'autre que la maxime du bonheur, laquelle ne peut proprement avoir aucun principe objectif (parce qu'elle diffère comme diffèrent les sujets) ; cette erreur, dis-je, ne peut être plus sûrement mise en lumière que par la *pierre de touche des sentiments* que voici : ce désir (ou cette aversion) qui doit nécessairement *précéder la loi* pour que l'action ait lieu, est *pathologique ;* en revanche celui que la *loi* doit nécessairement précéder pour qu'il ait lieu, est *moral.* Le premier a pour fondement des principes empiriques (la matière de l'arbitre), le second un principe pur *a priori* (au niveau duquel c'est purement et simplement de la *forme* de la détermination de la volonté qu'il s'agit). Par là peut aussi être aisément dévoilé le sophisme *(fallacia causae non causae)*, dans la mesure où l'eudémoniste prétend que le plaisir (la satisfac-

VIII, 396 Quant à la prétendue possibilité de *sentir* un objet qui ne peut pourtant se rencontrer que dans la raison pure, voici ce qu'il en eſt. Jusqu'ici on n'avait entendu parler que de *trois* degrés dans l'acte de tenir pour vrai[1], jusqu'à son évanouissement dans une complète ignorance : le savoir,
VIII, 397 la croyance et l'opinion*. Désormais on introduit

tion) qu'un homme honnête doit avoir la perspective de
VIII, 396 ressentir un jour par conscience de se bien conduire (par conséquent la vision de son *bonheur* futur), eſt en tout cas le véritable *mobile* qui lui fait se bien conduire (conformément à la loi). En fait, puisque je dois le considérer d'abord, cependant, comme honnête et obéissant à la loi, c'eſt-à-dire comme quelqu'un en qui la *loi passe avant le plaisir,* pour qu'ultérieurement, à la conscience de sa bonne conduite, il ressente un plaisir de l'âme, c'eſt un vain cercle qui s'introduit dans le raisonnement quand on veut faire de ce dernier, qui eſt une *conséquence,* la cause de cette bonne conduite.

En ce qui concerne alors le *syncrétisme* de quelques moraliſtes : faire de l'*eudémonie,* sinon entièrement, du moins pour une part, le principe objectif de la moralité (bien que l'on concède que cette eudémonie, de façon inaperçue, a aussi subjectivement une influence sur la détermination de la volonté humaine en accord avec le devoir), c'eſt en tout état de cause le chemin qui conduit directement à l'absence de tout principe. Car les mobiles qui interviennent en procédant du bonheur, quand bien même ils entraînent aux mêmes actions que celles qui découlent de purs principes moraux, corrompent et affaiblissent pourtant, en même temps, l'*intention* morale elle-même, dont la valeur et la dignité consiſtent précisément en ce que, sans considération de ces mobiles, et même en dépassant toutes leurs séductions, elle ne manifeſte d'obéissance à rien d'autre que la loi.

* On utilise aussi quelquefois le terme intermédiaire au sens théorique, comme équivalent avec le fait de tenir quelque chose pour *vraisemblable;* et alors il faut bien remarquer que, de ce qui eſt au-delà des limites de toute expérience possible, on ne peut dire ni qu'il eſt *vraisemblable,* ni qu'il eſt *invraisemblable,* et que par conséquent le terme de *croyance,* eu égard à un tel objet, n'a pas, dans sa *signification théorique,* lieu d'être. Par l'expression : tel ou tel objet eſt *vraisemblable,* on entend une dimension intermédiaire (de l'acte de tenir pour vrai) entre l'opinion et le savoir ; et, de ce fait, il lui arrive la même chose qu'à toutes les autres dimensions intermédiaires : on peut en faire *ce que l'on veut.* Mais si quelqu'un dit par exemple : il eſt pour le moins *vraisemblable* que l'âme vit après la mort, il ne sait pas *ce qu'il veut.* Car *vraisemblable* eſt ce qui, si on le tient pour vrai, a de son côté plus de la moitié de la certitude (de la raison suffisante). Les raisons doivent donc, globalement, contenir un savoir partiel, une partie de la *connaissance* de l'objet sur lequel on porte un jugement. Or si l'objet n'eſt nullement un objet

un nouveau degré, qui n'a plus rien de commun avec la logique, qui doit être non un progrès de l'entendement, mais l'anticipation d'une sensation *(praevisio sensitiva)* de ce qui n'eſt nullement objet

d'une connaissance possible pour nous (telle eſt la nature de l'âme comme subſtance vivante même en dehors de son union avec un corps, c'eſt-à-dire comme esprit), sur sa possibilité on ne peut juger ni qu'elle eſt vraisemblable, ni qu'elle eſt invraisemblable, mais bien plutôt on ne peut porter aucun jugement. Car les prétendues raisons de connaître s'inscrivent dans une série qui ne s'approche nullement de la raison suffisante, et par conséquent de la connaissance elle-même, en tant qu'elles sont référées à quelque chose de suprasensible, dont, comme tel, nulle connaissance théorique n'eſt possible. VIII, 397

De même en eſt-il de la croyance à un *témoignage* d'autrui qui doit concerner quelque chose de suprasensible. L'aƈte de tenir pour vrai un témoignage eſt toujours quelque chose d'empirique ; et la personne au témoignage de laquelle je dois croire doit être objet d'une expérience. Mais si elle eſt envisagée comme un être suprasensible, je ne peux apprendre d'aucune expérience son exiſtence, et donc qu'il exiſte un tel être qui me procure ce témoignage (parce que ce serait contradiƈtoire), et je ne peux pas non plus arriver à cette conclusion à partir de l'impossibilité subjeƈtive de pouvoir m'expliquer le phénomène d'un appel qui m'eſt lancé de l'intérieur de moi-même autrement qu'à partir d'une influence surnaturelle (en conséquence de ce qui vient d'être dit du jugement selon la vraisemblance). Il n'y a donc aucune croyance théorique au suprasensible.

Mais dans sa signification pratique (moralement pratique) non seulement une croyance au suprasensible eſt possible, mais elle lui eſt même indissolublement liée. Car la somme de la moralité en moi, quoique suprasensible et donc non empirique, eſt pourtant donnée avec une vérité et une autorité qu'on ne peut méconnaître (grâce à un impératif catégorique), tout en prescrivant cependant une fin qui, d'un point de vue théorique, eſt impossible à accomplir sans la puissance, œuvrant en ce sens, d'un souverain du monde, par mes seules forces (le souverain bien). Mais *croire* en lui de façon moralement pratique, cela ne signifie pas : admettre d'abord comme vraie, sur le plan théorique, sa réalité, pour en obtenir une lumière de nature à nous faire comprendre cette fin qui a été prescrite, et des mobiles pour agir — en effet pour cela la loi de la raison eſt déjà en elle-même objeƈtivement suffisante —, mais pour agir d'après l'idéal de cette fin comme si un tel gouvernement du monde exiſtait effeƈtivement : car cet impératif (qui ordonne non pas la croyance, mais l'aƈtion) comporte, du côté de l'homme, obéissance et soumission de son *« arbitre »* à la loi, mais en même temps, du côté de la *volonté* qui lui ordonne une fin, un pouvoir (qui n'eſt pas le pouvoir humain) adapté à cette fin, en vue de quoi la raison humaine peut certes ordonner les aƈtions, mais non pas le résultat des aƈtions (l'atteinte de la fin),

des sens, c'est-à-dire un *pressentiment* du suprasen-
VIII, 398 sible.

Or, qu'il y ait ici un certain tact mystique, un saut *(salto mortale)* des concepts à l'impensable, un pouvoir de s'emparer de ce qu'aucun concept n'atteint, l'attente de mystères, ou plutôt la promesse réitérée qu'on y accédera, mais à proprement parler une fâcheuse disposition des cerveaux à l'exaltation, c'est l'évidence. Car un pressentiment est une attente obscure et contient l'espoir d'une solution, qui toutefois n'est possible, dans les problèmes de la raison, que par concepts, alors que ces questions sont transcendantes et ne peuvent conduire à aucune véritable connaissance de l'objet, et qu'elles doivent donc nécessairement en promettre un succédané, une communication surnaturelle (illumination mystique) : ce qui dès lors est la mort de toute philosophie.

Platon l'Académicien fut donc, sans qu'on puisse y voir sa faute (car il n'utilisait ses intuitions intellectuelles que sur un mode *régressif*, pour expliquer la possibilité d'une connaissance synthétique *a priori*, et non pas sur un mode *progressif*, pour élargir cette connaissance grâce à ces Idées qui se peuvent lire dans l'entendement divin), le père de toute exaltation mystique en *philosophie*. Mais je ne voudrais pas confondre le Platon des *Lettres* (récemment traduit en allemand) avec le précédent. Celui-ci veut, « outre les quatre éléments appartenant à la connaissance, le *nom* de l'objet, la *définition*, la *présentation* et la *science*, qu'il y en ait encore un cinquième [la cinquième roue du carrosse], à savoir l'*objet* lui-même et son véritable *être*[1] [...] Cette essence immuable, qui ne se laisse intuitionner que dans

en tant que celui-ci n'est pas toujours ou entièrement au pouvoir de l'homme. Donc, dans l'impératif catégorique de la raison matériellement pratique, qui dit à l'homme : je veux que tes actions s'accordent avec le but final de toutes choses, est déjà pensée en même temps la présupposition d'une volonté législatrice qui contient tout pouvoir (la volonté divine), et il n'y a pas besoin de l'y introduire de façon particulière.

l'âme et par l'âme, mais est en elle comme une lumière s'embrase d'elle-même à partir d'une étincelle qui jaillit du feu, il veut [en philosophe exalté] l'avoir saisie ; essence dont pourtant on ne pourrait parler, du moins au peuple, parce que l'on serait aussitôt convaincu d'ignorance : car toute tentative de ce genre serait déjà dangereuse, d'une part parce que ces hautes vérités seraient exposées à un mépris grossier, d'autre part [et c'est là le seul élément rationnel] parce que l'âme pourrait être captivée par de vides espérances et la vaine illusion de la connaissance de grands mystères. »

Qui ne voit ici le mystagogue qui, non seulement s'exalte pour lui-même, mais en même temps appartient à une secte et, en parlant à ses adeptes plutôt que devant le peuple (par quoi sont compris tous les non-initiés), *fait le supérieur* avec sa prétendue philosophie ! Qu'il me soit permis d'en citer quelques récents exemples.

Dans la nouvelle langue mystico-platonicienne, on dit : « Toute la philosophie des hommes ne VIII, 399
peut décrire que l'aurore ; le soleil doit être pressenti[1] ». Mais personne ne peut pourtant pressentir un soleil, à moins d'en avoir déjà vu un ; car il se pourrait fort bien que sur notre globe régulièrement le jour succédât à la nuit (comme dans le récit mosaïque de la Création), sans que, du fait d'un ciel constamment couvert, l'on obtînt jamais de voir un soleil, et que toute activité cependant adoptât son cours comme il convient, selon cette succession (des jours et des saisons). Alors, dans un tel état de choses, un vrai philosophe ne pourrait certes *pressentir* un soleil (car ce n'est pas son affaire), mais pourtant il pourrait peut-être se livrer sur ce point à des *conjectures*, pour expliquer ce phénomène par l'adoption d'une hypothèse d'un tel corps céleste, et il pourrait même peut-être tomber assez juste. Certes on ne peut faire pénétrer le regard dans le soleil (le suprasensible) sans s'aveugler ; mais le voir à travers la façon dont il se réfléchit (à travers la raison qui illumine moralement l'âme) et même

suffisamment du point de vue pratique, comme le faisait le Platon de l'Antiquité, eſt tout à fait faisable ; au contraire les platoniciens modernes « ne nous donnent assurément qu'un soleil de théâtre », parce qu'ils veulent nous abuser par des sentiments (des pressentiments), c'eſt-à-dire uniquement par l'élément subjectif qui ne donne absolument aucun concept de l'objet, pour nous promettre éternellement l'illusion d'une connaissance de l'objectif qui s'applique au transcendant. En de telles expressions imagées, qui doivent faire comprendre ce pressentiment, le philosophe platonisant du sentiment eſt ainsi inépuisable : par exemple « parvenir si près de la sagesse divine que l'on peut percevoir le *frou-frou* de son vêtement » ; mais il eſt aussi inépuisable dans la glorification de l'art du pseudo-Platon : « comme il ne peut lever le voile d'Isis, le rendre pourtant si fin que l'on peut pressentir sous lui la divinité[1] ». Ce qu'il en eſt de cette finesse du voile, on ne le dit pas ici ; probablement eſt-il encore si épais que du fantôme l'on peut faire ce que l'on veut : car sinon ce serait une vision, ce qui certes doit être évité.

Pour le même usage sont alors convoquées comme arguments, par manque de preuves ſtrictes, « des analogies, des vraisemblances » (dont on a déjà parlé ci-dessus), et la « menace de la caſtration de la raison, rendue si délicate par la sublima-
VIII, 400 tion métaphysique* qu'elle pourrait difficilement

* Ce que le platonicien moderne a dit jusqu'ici, c'eſt, en ce qui concerne le traitement de son thème, de la pure *métaphysique* et cela peut donc concerner uniquement les principes formels de la raison. Mais subrepticement cette métaphysique introduit aussi de façon inaperçue une *hyperphysique,* c'eſt-à-dire non pas, en quelque sorte, des principes de la raison pratique, mais une
VIII, 400 théorie de la *nature* du suprasensible (de Dieu, de l'esprit humain), et entend savoir que celle-ci eſt filée selon une trame qui n'eſt « pas si fine que cela ». Mais quel eſt le degré de nullité d'une philosophie qui ici concerne la matière (l'objet) des purs concepts de la raison, si elle n'a pas été (comme dans la théologie transcendantale) scrupuleusement détachée de tous les fils empiriques, on peut le faire voir par l'exemple suivant.

Le concept transcendantal de Dieu, comme *l'être le plus réel de tous,* ne peut être omis en philosophie, si abſtrait soit-il, car résister dans le combat avec le vice[1] » ; alors que pourtant c'est précisément dans ces concepts *a priori* que la raison éprouve avec justesse sa force, force que, sinon, elle n'a jamais pressentie, et que c'est bien plutôt par l'élément empirique introduit

il est requis pour la liaison et en même temps pour la purification de tous les concepts concrets qui peuvent bien, ensuite, venir s'ajouter à la théologie appliquée et à la doctrine de la religion. Or la question est de savoir si je dois me représenter Dieu comme *ensemble (complexus, aggregatum)* de toutes les réalités, ou comme leur suprême *principe.* Si je procède selon la première voie, je dois, de cette matière dont je compose l'être suprême, produire des exemples, afin que son concept ne soit pas tout à fait vide et sans signification. Je lui attribuerai donc par exemple un entendement, ou même une volonté et d'autres choses semblables en tant que réalités. Or tout entendement que je connais est un pouvoir de *penser,* c'est-à-dire un pouvoir discursif de représentation, ou : un pouvoir qui est possible parce qu'il y a un caractère commun à plusieurs choses (dont je dois donc par la pensée abstraire les différences), par conséquent qui n'est pas possible sans *limitation* du sujet. D'où il résulte qu'on ne doit pas considérer un entendement divin comme un pouvoir de penser. Mais d'un autre entendement, qui serait par exemple un pouvoir d'intuition, je n'ai pas le moindre concept ; en conséquence, le concept d'un entendement que je place dans l'être suprême est entièrement vide de sens. De même, si je pose en lui une autre réalité, une volonté, par laquelle il est cause de toutes choses hors de lui, je dois admettre une volonté telle qu'en elle le contentement *(acquiescientia)* ne *dépende* absolument pas de l'existence des choses hors d'elle ; car ce serait une *limitation (negatio).* Or, à nouveau, je n'ai pas le moindre concept, et je ne peux non plus donner aucun exemple, d'une volonté en laquelle un sujet ne fonde pas son contentement sur le *succès* de son vouloir, et qui donc ne *dépende* pas de l'objet extérieur. Donc le concept d'une volonté de l'être suprême, comme une réalité qui lui serait inhérente, tout comme le précédent, est soit un concept vide, soit (ce qui est encore pire) un concept anthropomorphique, qui, si, comme c'est inévitable, on l'importe dans le domaine pratique, corrompt toute religion et la transforme en idolâtrie. Mais si je me fais de l'*ens realissimun* le concept du fondement de toute réalité, je dis : Dieu est l'être qui contient le fondement de tout ce pour quoi, dans le monde, *nous, hommes, sommes contraints d'admettre un entendement* (par exemple de tout ce qui, dans le monde, est conforme à une fin) ; il est l'être
dont l'existence de tous les êtres du monde tire son origine, VIII, 401
non pas à partir de la nécessité de sa nature *(per emanationem),* mais selon une relation pour laquelle *nous, hommes, devons admettre une volonté libre* pour en rendre compréhensible la possibilité. Or ici ce qu'est (objectivement) la *nature* de l'être suprême peut nous être tout à fait impossible à explorer et être

subrepticement (lequel, comme tel, est impropre à la législation universelle) qu'elle est castrée et
VIII, 401 paralysée.

Enfin la philosophie allemande la plus récente expose son appel à *philosopher par sentiment* (et non pas, comme l'appel d'il y a quelques années, *à animer et à fortifier le sentiment moral par la philosophie*[2]), comme à une épreuve où nécessairement elle doit aller à sa perte. Son défi est le suivant : « La plus sûre caractéristique de l'authen-

situé tout à fait en dehors de la sphère de toute connaissance théorique pour nous possible, et pourtant (subjectivement) de la réalité peut demeurer pour ces concepts *d'un point de vue pratique* (pour la conduite) ; réalité par rapport à laquelle c'est même seulement une *analogie* de l'entendement et de la volonté de Dieu avec l'entendement de l'homme et sa raison pratique qui peut être admise, bien que du point de vue théorique il n'y ait entre eux absolument aucune analogie. C'est de la loi morale que notre raison nous prescrit avec autorité, et non pas de la théorie de la nature des choses en elles-mêmes, que provient donc le concept de Dieu, que la raison pure pratique nous contraint à nous forger *nous-mêmes*.

Quand donc un des hommes forts qui depuis peu proclament avec enthousiasme une sagesse qui ne leur demande aucun effort, parce qu'ils prétendent avoir saisi au vol cette déesse par l'extrémité de sa robe et s'en être rendus maîtres, dit qu'il méprise celui qui pense *s'être fait son Dieu,* cela fait partie des singularités caractéristiques de cette caste dont le ton (comme si elle était particulièrement favorisée) est *supérieur.* Car il est par soi-même clair qu'un concept qui doit provenir de notre raison, doit être forgé *par nous-mêmes.* Si nous avions voulu le tirer de quelque phénomène (d'un objet de l'expérience), le fondement de notre connaissance serait empirique et impropre à valoir pour chacun, donc impropre à la certitude apodictique pratique que doit avoir une loi qui oblige universellement. Bien plutôt, une sagesse qui nous apparaîtrait en personne, nous devrions d'abord la situer par rapport à ce concept forgé par nous-mêmes pris comme le modèle, pour voir si cette personne correspond aussi au caractère de ce modèle qu'en lui-même nous avons forgé ; et ensuite, quand bien même nous ne trouvons là rien qui s'oppose au modèle, il est pourtant absolument impossible de reconnaître la conformité avec ce modèle autrement que par une expérience suprasensible (parce que l'objet est suprasensible) : ce qui est contradictoire. La *théophanie* fait donc de l'Idée de Platon une *idole,* qui ne peut être vénérée autrement que par superstition ; au contraire la *théologie* qui procède des concepts de notre propre raison, pose un *idéal* qui nous force à la prière, dans la mesure où lui-même procède des devoirs les plus sacrés, indépendants de la théologie[1].

ticité de la philosophie humaine eſt non pas de nous rendre plus certains, mais de nous rendre meilleurs[1]. » De cette épreuve on ne peut attendre que l'amélioration de l'homme (produite par le sentiment du myſtère) soit teſtée par un essayeur qui en soumettrait la moralité à l'analyse chimique ; car certes la teneur des bonnes actions, chacun peut l'évaluer facilement, mais pour ce qui eſt de savoir combien de marcs fins elles contiennent dans l'intention, qui peut sur ce point porter un témoignage de *valeur publique*? Et ce témoignage devrait pourtant être tel, si par là il doit être prouvé que ce sentiment améliore les hommes en général, là où au contraire la théorie scientifique eſt ſtérile et inopérante. Aucune expérience ne peut donc pour cela fournir la pierre de touche, mais cette dernière doit être recherchée uniquement dans la raison pratique, comme donnée *a priori*. L'expérience intérieure et le sentiment (qui en soi eſt empirique et par conséquent contingent) ne sont excités que par la voix de la raison *(dictamen rationis)*, qui parle clairement à chacun et eſt susceptible d'une connaissance scientifique ; mais une règle pratique particulière n'eſt pas introduite pour la raison par le sentiment : c'eſt impossible, parce que sinon elle ne pourrait jamais être universellement valable. On doit donc pouvoir apercevoir *a priori* quel principe peut rendre et rendra les hommes meilleurs, pourvu simplement qu'on le produise clairement et sans relâche dans leur âme et qu'on prête attention à l'impression puissante qu'il fait sur eux. VIII, 402

Or tout homme trouve en sa raison l'Idée du *devoir* et *tremble* en entendant sa voix d'airain quand s'agitent en lui des penchants qui cherchent à le faire désobéir à cette voix. Il eſt persuadé que, même si ces penchants tous réunis se liguaient contre elle, la majeſté de la loi que sa propre raison lui prescrit doit pourtant, nécessairement, prévaloir sans conteſtation sur tous, et que sa volonté en eſt aussi, par conséquent, capable. De tout cela, l'homme doit avoir une représentation claire, quoique non scientifique, afin qu'il soit sûr

aussi bien de l'autorité de sa raison, qui lui donne des ordres, que de celle de ses ordres eux-mêmes ; et pour autant c'est du registre de la théorie. Maintenant, si je pose le cas de l'homme qui se demande : qu'est-ce qui en moi fait que je peux sacrifier les appâts les plus intimes de mes tendances et tous les désirs qui procèdent de ma nature, à une loi qui ne me promet à la place aucun avantage et qui ne me menace d'aucun dommage si je la transgresse, même : une loi que j'honore d'autant plus profondément qu'elle ordonne plus strictement et qu'elle offre moins en compensation? cette question ébranle l'âme tout entière par l'étonnement sur la grandeur et la sublimité
VIII, 403 des dispositions intérieures présentes dans l'humanité et en même temps par l'impénétrabilité du mystère qu'elle recouvre (car la réponse : c'est la *liberté,* serait tautologique, puisque c'est précisément elle qui constitue le mystère comme tel). On ne peut se rassasier de diriger son regard dans cette direction et d'admirer en soi-même une puissance qui ne recule devant aucune puissance de la nature ; et cette admiration est précisément le sentiment produit par les Idées ; et si, au-delà des leçons de morale dispensées dans les écoles et dans les chaires, la présentation de ce mystère était l'objet particulier de l'activité répétée des maîtres, ce sentiment pénétrerait profondément dans l'âme et ne manquerait pas de rendre les hommes moralement *meilleurs.*

C'est donc là ce qu'Archimède recherchait, mais ne trouvait pas : un point fixe où la raison puisse appliquer son levier, et certes sans qu'il soit possible de l'appuyer ni sur le monde présent, ni sur un monde à venir, mais uniquement sur son Idée intérieure de la liberté, qui est présentée comme un fondement assuré par l'inébranlable loi morale, pour mettre en mouvement par ses principes la volonté humaine elle-même face à la résistance de la nature entière. C'est bien là le mystère qui ne peut devenir *sensible* qu'après un lent développement des concepts de l'entendement et de principes scrupuleusement examinés, donc uniquement par du *travail.* Il n'est pas donné empiriquement (proposé à la raison pour qu'elle trouve une solution), mais il est donné *a priori* (comme quelque chose que l'on aperçoit effectivement à l'intérieur des limites de la raison), et il élargit même la connaissance rationnelle, mais seulement d'un point de vue pratique, jusqu'au suprasensible : non pas grâce à un quelconque *sentiment* qui fonderait la connaissance (le sentiment mystique), mais grâce à une *connaissance* claire qui agit sur le sentiment (le sentiment moral). Le ton de celui qui s'imagine détenir ce véritable mystère ne peut être celui de la distinction, car seul le savoir dogmatique ou historique connaît la boursouflure. Le savoir du dogmatique, une fois que les ailes en ont été coupées par la critique de sa propre raison, le force inévitablement à modérer ses prétentions (modestie) ; quant à la suffisance du savoir historique, la lecture de Platon et des classiques, qui ne relève que de la culture du goût, ne peut légitimer la volonté de faire le philosophe avec un tel savoir.

Blâmer cette prétention ne m'a pas semblé être superflu à notre époque, où l'utilisation décorative du titre de philosophie est devenue une affaire de mode, et où le philosophe de la *vision* (si on admet qu'il y a un tel philosophe), à cause de la facilité qu'il a d'atteindre sans effort, par un bond audacieux, la cime de l'intelligence, pourrait bien, sans qu'on s'en aperçoive, rassembler autour de lui un grand nombre de partisans (car l'audace VIII, 404
est contagieuse), ce que la police du royaume des sciences ne peut tolérer.

La manière méprisante de dénigrer ce qu'il y a de *formel* dans notre connaissance (et qui pourtant est, plus que tout, l'affaire capitale de la philosophie) comme une pédanterie sous le nom de « manufacture de formes[1] » confirme un soupçon, celui d'un dessein secret : sous l'enseigne de la philosophie, bannir en fait toute philosophie et, comme si on l'avait vaincue, faire le distingué (*pedibus subjecta vicissim obteritur, nos exaequat victoria coelo.* Lucrèce[2]). Mais combien cette tentative a peu de réussite si on la soumet à l'éclairage d'une critique toujours vigilante, on le percevra par l'exemple suivant.

C'est dans la forme que consiste l'essence de la chose (*forma dat esse rei,* disait-on chez les scolastiques), en tant que cette essence doit être connue par la raison. Si cette chose est un objet des sens, la forme des choses (comme phénomènes) est dans l'intuition, et même la mathématique pure n'est rien d'autre qu'une doctrine des formes de l'*intuition* pure ; de même que la métaphysique, comme philosophie pure, fonde avant tout sa connaissance sur les *formes de la pensée* sous lesquelles ensuite tout objet (matière de la connaissance) doit être subsumé. C'est sur ces formes que repose la possibilité de toute connaissance synthétique *a priori,* qu'en tout cas nous ne pouvons contester avoir en notre possession. Or le passage au suprasensible, à quoi la raison nous pousse irrésistiblement, et qu'elle ne peut effectuer que du point de vue moralement pratique, elle l'accomplit aussi uniquement par de telles lois (pratiques), qui ont pour principe non pas la matière des actions libres (leur fin), mais seulement leur forme, l'aptitude de leurs maximes à l'universalité d'une législation en général. Dans les deux champs (le théorique et le pratique), il ne s'agit pas d'une arbitraire *production de formes,* organisée selon un plan ou sur le mode d'une quelconque fabrication (au service de l'État), mais d'un travail préalable courageux et scrupuleux du sujet, avant toute *manufacture* manipulant l'objet donné, sans même y penser, pour prendre en vue son propre pouvoir (celui de la raison) et l'évaluer ; au contraire le digne personnage qui énonce un oracle pour la vision du suprasensible ne pourra se justifier de l'avoir appliqué à un traitement mécanique des cerveaux et de ne lui avoir attribué le nom de philosophie que pour l'honneur.

*

Mais pourquoi donc tout ce conflit entre deux partis qui au fond ont une seule et même bonne intention, celle de rendre les hommes sages et honnêtes ? C'est du bruit pour rien, une désunion née d'un malentendu, pour laquelle il y a moins lieu de se réconcilier que de s'expliquer mutuellement, afin de conclure un pacte qui pour l'avenir rende l'entente encore plus profonde. VIII, 405

La déesse voilée devant laquelle, des deux côtés, nous fléchissons le genou, est la loi morale en nous dans sa majesté inviolable. Nous percevons certes sa voix et nous comprenons aussi très bien son ordre ; mais en l'écoutant nous doutons si c'est de l'homme qu'elle provient, de la toute-puissance de sa propre raison comme telle, ou si c'est de quelque autre instance, dont l'être lui est inconnu et qui parle à l'homme par l'intermédiaire de sa propre raison. Au fond, nous ferions peut-être mieux d'abandonner totalement cette recherche, dans la mesure où elle est purement spéculative et où ce qu'il nous incombe de faire (objectivement), reste toujours le même, qu'on le fasse reposer sur l'un ou l'autre principe ; il y a seulement que le procédé didactique de rapporter la loi morale en nous, selon une méthode rationnelle, à des concepts clairs, est seul proprement *philosophique,* alors que le procédé qui personnifie cette loi et qui, de la raison ordonnant moralement, fait une Isis voilée (bien qu'on ne lui attribue pas d'autres propriétés que celles qui ont été découvertes selon la première méthode), est une manière *esthétique* de représenter exactement le même objet ; de ce mode de représentation, on peut certes se servir après coup, si les principes ont déjà été par la première méthode conduits à leur pureté, pour animer ces Idées par une présentation sensible, quoique seulement analogique, avec pourtant toujours quelque danger de tomber dans une vision exaltée, qui est la mort de toute philosophie.

Pouvoir donc *pressentir* cette divinité, ce serait une expression qui ne signifierait rien de plus que : être conduit par son *sentiment* moral aux concepts du devoir, avant même de pouvoir se rendre *clairs* les principes dont dépend ce sentiment ; lequel pressentiment d'une loi, dès que par un traitement méthodique il accède au niveau d'un clair discernement, est l'affaire propre de la philosophie, sans laquelle cette parole de la raison serait la voix d'un oracle*, exposé à des interprétations de toute sorte.

VIII, 406 Du reste, «si», sans admettre cette proposition d'accommodement, comme le disait Fontenelle en une autre circonstance, «M. N. veut pourtant croire absolument aux oracles, personne ne peut l'en empêcher[1]».

* Ce trafic de mystères est d'une espèce tout à fait particulière. Ses adeptes ne cachent pas qu'ils ont pris leur lumière
VIII, 406 chez Platon ; et ce prétendu Platon avoue ouvertement que, si on lui demande en quoi donc consiste cette lumière (ce qui par là serait éclairé), il ne saurait le dire. Tant mieux ! Car là il devient évident que, tel un autre Prométhée, c'est immédiatement au ciel qu'il en a soustrait l'étincelle. Ainsi on peut bien parler d'un ton distingué quand on est de vieille noblesse héréditaire et que l'on peut dire : «À notre époque de blancs-becs, on a coutume de tenir pour de l'exaltation tout ce qui est dit ou fait par sentiment. Pauvre Platon, si tu n'avais pas sur toi l'empreinte de l'Antiquité, et si, sans t'avoir lu, on pouvait prétendre à l'érudition, qui voudrait encore te lire en ce siècle prosaïque où la suprême sagesse est de ne voir que ce qui est devant nos pieds et de n'admettre que ce que l'on peut saisir avec les mains ?» Mais ce raisonnement n'est malheureusement pas *conséquent ;* il démontre trop. Car *Aristote,* un philosophe prosaïque au plus haut point, a pourtant certes, lui aussi, l'empreinte de l'Antiquité, et à partir d'un tel principe il pourrait aussi avoir la prétention d'être lu. Au fond, toute philosophie est sans doute prosaïque ; et la proposition de philosopher aujourd'hui, de nouveau, d'une manière poétique, pourrait bien être perçue comme si l'on proposait au commerçant d'écrire désormais ses livres de compte non pas en prose, mais en vers.

ANNONCE DE LA PROCHAINE CONCLUSION D'UN TRAITÉ DE PAIX PERPÉTUELLE EN PHILOSOPHIE

Traduction d'Alain R*enaut.*

Première section

HEUREUSE PERSPECTIVE D'UNE PROCHAINE PAIX PERPÉTUELLE

DU PLUS BAS DEGRÉ DE LA NATURE VIVANTE DE L'HOMME, JUSQU'À SON DEGRÉ SUPRÊME, LA PHILOSOPHIE

Chrysippe dit, dans son vigoureux langage de stoïcien : « La nature a ajouté au porc, en guise de *sel,* une âme, pour qu'il ne se corrompe pas[1] ». C'est donc là le plus bas degré de la nature de l'homme, avant toute culture, c'est-à-dire l'instinct simplement animal. Mais c'est comme si le philosophe, en cela, avait jeté un regard prophétique sur les systèmes physiologiques de notre temps ; si ce n'est que maintenant, au lieu du mot *âme,* on s'est plu à employer celui de *force vitale* (ce en quoi il faut ajouter qu'on a raison, parce que d'un effet il est certes fort possible de conclure à une *force* qui le produit, mais non pas immédiatement à une substance particulièrement appropriée à cette sorte d'effet), mais l'on situe la *vie* dans l'*action* de forces stimulantes (la stimulation vitale) et dans la faculté de *réagir* sur des forces stimulantes (la faculté vitale), et l'on appelle *sain* l'homme en qui une stimulation proportionnelle ne produit ni un effet excessif, ni un effet vraiment trop restreint ; tandis que, dans le cas contraire, l'opération *animale* de la nature se transformerait en une opération *chimique* qui a pour conséquence une décomposition, — si bien que ce n'est pas (comme on le croyait autrefois) la décomposition qui résulterait et s'ensuivrait de la mort, mais au contraire la mort qui résulterait de la décomposition antérieure. Ici la nature est donc représentée dans l'homme encore avant son humanité, donc dans son universalité, telle qu'elle est agissante dans l'animal, pour seulement développer des forces qu'ensuite l'homme peut appliquer selon des lois de la liberté ; mais cette activité et son excitation sont non pas pratiques, mais simplement encore mécaniques.

VIII, 414

A

DES CAUSES PHYSIQUES DE LA PHILOSOPHIE DE L'HOMME

Abstraction faite de la propriété de la *conscience de soi,* qui est la caractéristique distinctive de l'homme par rapport à tous les autres animaux, caractéristique par laquelle il est un animal *raisonnable* (auquel en outre, du fait de l'unité de la conscience, ne peut être attribuée qu'une seule âme), la propension à se servir de cette faculté pour *raisonner,* pour peu à peu raisonner de façon méthodique et cela simplement par concepts, c'est-à-dire à *philosopher;* ensuite, à se frotter à autrui, même de façon polémique, avec sa philosophie, c'est-à-dire à *disputer* et, car cela ne se produit pas facilement sans passion, à *batailler* en faveur de sa philosophie, et finalement, en se rassemblant massivement dans des camps qui s'opposent (école contre école, comme armée contre armée), à *mener une guerre* ouverte, — cette propension, dis-je, ou plutôt cette *impulsion,* devra être considérée comme une des dispositions bienfaisantes et sages de la nature, par laquelle elle cherche à écarter des hommes le grand malheur d'un corps vivant voué à se corrompre.

DE L'EFFET PHYSIQUE DE LA PHILOSOPHIE

C'est la *santé (status salubritatis)* de la raison, comme effet de la philosophie. Mais dans la mesure où la santé humaine (d'après ce qu'on a vu plus haut) est une incessante oscillation entre maladie et guérison, tout n'est pas encore réglé, pour maintenir l'équilibre que l'on nomme santé et qui est suspendu à un fil, avec la simple *diète* de la raison pratique (en quelque sorte une gymnastique de cette raison) ; au contraire la philosophie doit *(de façon thérapeutique)* agir comme *remède (materia medica)* pour l'utilisation duquel sont, par suite, requis des *dispensaires* et des *médecins* (ces derniers étant même les seuls qui soient légitimés à *ordonner* cette utilisation) ; ce pour quoi la police doit veiller à ce que ce soient des médecins de métier qui aient la prétention de *conseiller quelle philosophie on doit étudier,* et non de simples amateurs qui viennent ainsi détruire un art dont ils ne connaissent pas les premiers éléments.

Le philosophe stoïcien *Posidonius* donnait un exemple de la force de la philosophie comme remède, en évoquant une expérience faite sur sa propre personne en présence du grand Pompée (Cicéron, *Tusculanes,* livre II, section 61) : par un vif assaut contre l'école épicurienne, il domina un violent accès de goutte, le fit descendre aux pieds, VIII, 415
ne le laissa pas atteindre le cœur et la tête, et ainsi fournit la preuve de l'effet physique immédiat de la philosophie, tel que la nature projette de le produire par son intermédiaire (la santé du corps), en déclamant sur la proposition : *la douleur n'est en rien un mal**[2].

* En latin, l'équivoque présente dans les expressions : le mal physique *(malum)* et le mal moral *(pravum*[1] *),* se peut plus aisément éviter qu'en grec. Du point de vue du bien-être et du mal physique (la souffrance), l'homme (comme tous les êtres sensibles) est soumis à la loi de la *nature* et est simplement

DE L'APPARENCE D'UNE INCOMPATIBILITÉ DE LA PHILOSOPHIE AVEC LA PERSISTANCE EN ELLE D'UN ÉTAT DE PAIX

Le *dogmatisme* (par exemple celui de l'école wolfienne) est un oreiller pour s'endormir, et c'est la fin de toute vivacité, laquelle est justement le bienfait de la philosophie. Le *scepticisme,* qui, lorsqu'il se présente sous une forme achevée, constitue le contraire du premier, ne possède rien par quoi il puisse exercer une influence sur la raison en son activité, parce qu'il rejette tout sans l'utiliser. Le *modérantisme,* qui vise la position intermédiaire, croit trouver dans la *vraisemblance* subjective la pierre philosophale et, par l'accumulation de multiples raisons isolées (dont aucune, pour soi seule, n'est démonstrative), s'imagine pallier l'absence de la raison suffisante, n'est en fait pas une philosophie ; et de ce remède (la doxologie) il en est comme des pétasites[1] ou de la thériaque vénitienne, qui, à cause de la trop grande valeur bénéfique qui est concentrée en elles à tous égards, ne sont *bonnes à rien.*

passif ; du point de vue du mal moral (et du bien), il est soumis à la loi de la liberté. Celle-là contient ce que l'homme *subit passivement ;* celle-ci, ce qu'il *fait* librement. Du point de vue du *destin,* la différence entre *droite* et *gauche (fato vel dextro vel sinistro)* est une simple différence dans le rapport extérieur de l'homme. Mais du point de vue de sa liberté et du rapport de la loi à ses penchants, c'est une différence qui concerne son intériorité. Dans le premier cas, le *droit* est opposé à l'*oblique (rectum obliquo) ;* dans le second, le *droit* est *opposé* au *courbe,* au *rabougri (rectum pravo sive varo, obtorto).*

Que le latin situe un événement malheureux du côté gauche, cela peut sans doute venir du fait que l'on n'est pas si habile avec la main gauche à écarter une attaque qu'avec la main droite. Mais que dans les augures, quand l'haruspice avait tourné son regard vers ce qu'on appelait le *temple* (vers le sud), il présentât comme un heureux présage l'éclair survenant à gauche, cela semble avoir pour raison que le dieu de la foudre, qui était censé faire face à l'haruspice, tenait dès lors sa foudre de la main droite.

DE LA COMPATIBILITÉ RÉELLE DE LA PHILOSOPHIE CRITIQUE AVEC LA PERSISTANCE EN ELLE D'UN ÉTAT DE PAIX

VIII, 416

La philosophie critique est celle qui ne commence pas avec des *tentatives* pour bâtir ou détruire des *systèmes,* ou même seulement (comme le modérantisme) pour établir sur des supports un toit sans maison afin, à l'occasion, de venir s'y abriter, mais qui commence son entreprise de conquête (dans quelque intention que ce soit) par l'examen du *pouvoir* de la raison humaine, et ne se met pas à ratiociner à tort et à travers quand il est question de philosophèmes qui ne peuvent trouver leurs preuves dans aucune expérience possible. Or, il y a cependant quelque chose dans la raison humaine qui ne peut être connu de nous par aucune expérience et qui pourtant fait voir sa réalité et sa vérité dans des effets qui peuvent être présentés dans l'expérience, et donc peuvent aussi (et même selon un principe *a priori*) être ordonnés absolument. C'est le *concept de la liberté* et la loi, qui en émane, de l'impératif catégorique, c'est-à-dire qui ordonne absolument. Par là, des Idées, qui pour la raison simplement spéculative seraient entièrement vides, bien que nous y soyons inévitablement conduits par elle comme à des principes de connaissance de notre but final, reçoivent une réalité, quoique simplement d'ordre moralement pratique : celle de nous *comporter* comme si leurs objets (Dieu et l'immortalité), que de ce point de vue (pratique) on peut donc postuler, étaient donnés.

Cette philosophie, qui est un état continuellement armé (contre ceux qui font le contresens de confondre phénomènes et choses en soi), état armé qui par là même accompagne en outre sans cesse l'activité de la raison, ouvre la perspective d'une paix perpétuelle entre les philosophes, d'une part à cause de l'impuissance des preuves *théoriques* du contraire, d'autre part à cause de la force des raisons *pratiques* d'accepter ses principes ; une paix qui, en outre, a encore l'avantage de maintenir toujours en alerte les forces du sujet, lequel est soumis à l'apparent danger d'une agression, et ainsi d'aider encore, par la philosophie, le dessein qu'a la nature de vivifier continuellement le sujet et d'écarter de lui un sommeil léthargique.

*

Si l'on considère les choses de ce point de vue, il faut interpréter l'affirmation d'un homme qui, remarquable non seulement dans son domaine
VIII, 417 spécifique (les mathématiques), mais aussi dans beaucoup d'autres, a reçu le couronnement d'une existence richement active et demeurant encore foisonnante, il faut l'interpréter non comme celle d'un messager du malheur, mais comme l'adresse de bons vœux, lorsqu'il refuse entièrement aux philosophes une paix reposant confortablement sur de prétendus lauriers* : en effet une telle paix ne ferait qu'endormir les forces et que faire échouer l'intention de la nature à l'égard de la philosophie comme moyen constant de vivifier l'humanité en direction de son but final ; au contraire la position de combat n'est pas encore une guerre, mais elle peut et doit bien plutôt la tenir écartée par une prépondérance décisive des raisons pratiques sur les raisons opposées, et ainsi garantir la paix.

* *Si à jamais la guerre est évitée,*
Si du sage est écouté le propos,
Par tout homme la paix est possédée,
Aux philosophes seuls point de repos.

Kästner[1]

B

FONDEMENTS HYPERPHYSIQUES DE LA VIE DE L'HOMME, EN VUE D'UNE PHILOSOPHIE DE CETTE VIE

Par l'intermédiaire de la raison, c'est un *esprit* (*mens*, *νοῦς*) qui est associé à l'âme de l'homme, afin qu'il ne mène pas une vie conforme simplement au *mécanisme* de la nature et à ses lois technico-pratiques, mais aussi à la *spontanéité* de la *liberté* et à ses lois moralement pratiques. Ce principe de vie ne se fonde pas sur des concepts du *sensible*, qui globalement présupposent préalablement (avant tout usage pratique de la raison) une *science*, c'est-à-dire une connaissance théorique, mais il procède avant tout et immédiatement d'une Idée du *suprasensible*, à savoir de la *liberté* et de l'impératif catégorique moral qui nous en donne la première manifestation ; et il fonde ainsi une philosophie dont la doctrine n'est pas, pour ainsi dire, comme c'est le cas en mathématiques, un bon instrument (un outil pour n'importe quelles fins), par conséquent un simple moyen, mais une doctrine dont il est *en soi-même un devoir* de se faire un principe.

QU'EST-CE QUE LA PHLOSOPHIE *COMME DOCTRINE QUI*, PARMI TOUTES LES SCIENCES, CONSTITUE POUR LES HOMMES LA PLUS GRANDE NÉCESSITÉ ?

Elle est ce que déjà son nom indique : *recherche de la sagesse*. Or la sagesse est l'accord de la VIII, 418
volonté avec le *but final* (le souverain bien) ; et puisque ce dernier, dans la mesure où il est accessible, est aussi un devoir, et, inversement,

puisque, s'il est un devoir, il faut aussi qu'il soit accessible, et qu'une telle loi des actions se nomme *morale,* la sagesse ne sera pour les hommes rien d'autre que le principe intérieur de la *volonté* de suivre les lois morales, de quelque sorte qu'en puisse être l'*objet;* lequel d'ailleurs sera à chaque fois suprasensible, parce qu'une volonté déterminée par un objet empirique peut bien fonder une obéissance technico-pratique à une règle, mais non pas un *devoir* (qui est une relation non physique).

DES OBJETS SUPRASENSIBLES DE NOTRE CONNAISSANCE

Ce sont : *Dieu,* la *liberté* et l'*immortalité.* 1° *Dieu,* comme l'être qui oblige tous les autres ; 2° *liberté,* comme pouvoir en l'homme de prétendre à l'accomplissement de ses devoirs (comme s'ils étaient des ordres divins) contre toute puissance de la nature ; 3° *immortalité,* comme un état où son bien-être ou sa souffrance doivent être attribués à l'homme en proportion de sa valeur morale. On voit que ces trois objets ensemble se situent en quelque sorte dans l'enchaînement des trois propositions d'un *syllogisme* attributif ; et dans la mesure où, précisément parce qu'ils sont des Idées du suprasensible, aucune réalité objective ne peut leur être conférée du point de vue théorique, si une telle réalité doit pourtant leur être procurée, elle ne pourra leur être accordée que d'un point de vue pratique, comme *postulats** de la raison moralement pratique.

* Un *postulat* est un impératif pratique donné *a priori,* dont la possibilité n'est susceptible d'aucune explication (et qui par conséquent ne peut pas non plus être démontré). On ne postule donc pas des choses, ou en général l'existence d'un quelconque objet, mais seulement une *maxime* (règle) de l'action d'un sujet. Si donc il y a devoir d'agir en vue d'un certain but (le souverain bien), il me faut aussi être fondé à admettre qu'existent les conditions sous lesquelles seulement cette effectuation du devoir est possible, bien que ces conditions soient suprasensibles et que nous ne soyons capables (au point de vue théorique) d'obtenir d'elles aucune connaissance.

Parmi ces Idées, celle qui sert de médiation, c'est-à-dire celle de *liberté,* parce que son existence est contenue dans l'impératif catégorique, qui ne laisse aucune place au doute, apporte donc les deux autres avec elle comme ses conséquences ; en effet l'impératif catégorique, principe suprême de la sagesse, présupposant donc aussi le but final de la volonté la plus parfaite (la suprême félicité s'accordant avec la moralité), contient simplement les conditions sous lesquelles seulement ce but VIII, 419 final peut être atteint. Car l'être qui seul peut accomplir cette répartition proportionnelle est Dieu ; et l'état dans lequel cet accomplissement peut être effectué, pour des êtres terrestres raisonnables, d'une façon qui soit seulement parfaitement appropriée à ce but final, c'est l'hypothèse d'une permanence de la vie qui est déjà fondée dans leur nature, c'est-à-dire l'*immortalité.* Car si la permanence de la vie n'avait pas là son fondement, elle ne signifierait que l'espérance d'une vie future, mais non pas une vie future que la raison doit nécessairement présupposer (en conséquence de l'impératif moral).

Résultat

C'est donc un simple malentendu ou une confusion de principes moralement pratiques de la moralité avec des principes théoriques, dont seuls les premiers, en ce qui concerne le suprasensible, peuvent procurer une *connaissance,* si un débat est encore soulevé à propos de ce que dit la philosophie comme doctrine de la sagesse ; et de celle-ci on peut à bon droit, puisque contre elle on n'objecte ni ne peut objecter plus rien qui ait de l'importance, *annoncer la prochaine conclusion d'un traité de paix perpétuelle en philosophie.*

Deuxième section

PERSPECTIVE DOUTEUSE D'UNE PROCHAINE PAIX PERPÉTUELLE EN PHILOSOPHIE

M. Schlosser[1], un homme qui a un grand talent d'écrivain et dont la façon de penser (comme on a des raisons de le croire) est déterminée à favoriser le bien, fait son entrée de manière inattendue sur le champ de bataille de la métaphysique, pour se divertir, en des loisirs qui ne sont pourtant pas dépourvus d'activités, de l'exercice, coercitif et sous autorité, de l'application de la loi ; champ de bataille où l'on se chicane avec beaucoup plus d'acharnement que dans le domaine qu'il venait de quitter. La philosophie critique, qu'il croit connaître, bien qu'il n'ait considéré à vrai dire que les derniers résultats qu'elle a produits, et qu'il devait nécessairement mal interpréter, parce qu'il n'a pas accompli avec un soin scrupuleux les pas qui y conduisent, suscita son indignation ; et c'est ainsi qu'il devint aussitôt le maître d'« un jeune homme qui (à son dire) voulait étudier la philosophie critique », sans avoir lui-même auparavant fait ses classes, pour en détourner celui-ci.

VIII, 420 Il s'agit seulement pour lui d'évacuer autant que possible la critique de la raison pure. Son avis est semblable à l'assurance que ces bons amis apportaient aux moutons : pourvu que ceux-ci veuillent écarter les chiens, ils vivraient fraternellement avec eux dans une paix permanente. Si le disciple écoute cet avis, il est un jouet dans les mains du maître pour « consolider son goût (comme le dit celui-ci) par l'intermédiaire des écrivains de l'Antiquité (dans l'art de persuader, par une fondation subjective de l'assentiment, à la place d'une méthode produisant la conviction, sur des fondements objectifs) ». Par suite il est assuré que son élève se laissera inculquer l'*apparence de vérité (verisimilitudo)* pour la *vraisemblance (probabilitas*[1] *)*, et celle-ci, dans des jugements qui ne peuvent absolument qu'être tirés *a priori* de la raison, pour la *certitude.* « La langue grossière, *barbare* de la philosophie critique » ne lui sera pas agréable ; alors que pourtant c'est bien plutôt le mode d'expression des *beaux esprits,* importé dans la philosophie élémentaire[2], qui en ce lieu doit être considérée comme *barbare.* Il se plaint qu'« à tout pressentiment, à toute perspective sur le suprasensible, à tout génie de la poésie, il faille couper les ailes » (s'il s'agit de philosophie !).

La philosophie, dans la partie qui contient la *doctrine du savoir*[3] (dans la partie théorique), et qui, quoique pour la plus grande part elle soit centrée sur la limitation des prétentions dans la connaissance théorique, ne peut pourtant être aucunement laissée de côté, se voit tout autant, dans sa partie pratique, contrainte de revenir à une *métaphysique* (des mœurs) comme ensemble de principes simplement *formels* du concept de liberté, avant même qu'il soit question de la fin des actions (de la *matière du vouloir*). Notre philosophe anticritique franchit ce degré, ou il le méconnaît bien plutôt si complètement qu'il comprend de façon totalement erronée le principe qui peut servir de pierre de touche pour la détermination de tout ce dont nous avons la faculté[4] : *Agis toujours selon une maxime telle que tu puisses en même temps vouloir qu'elle devienne une loi universelle,* et il lui donne une signification qui le limite à des conditions empiriques et ainsi le rend inapte à fournir un canon de la raison pure moralement pratique (il doit bien pourtant y avoir un tel canon) ; ce par quoi il se jette dans un tout autre domaine que celui dont ce canon lui indique la direction, et il en retire des conséquences aventureuses.

Or il est manifeste qu'il n'est pas question ici d'un principe de l'usage des moyens en vue d'une

VIII, 421 certaine fin (car alors ce serait un principe pragmatique, et non un principe moral) ; qu'il n'est pas question de savoir si la maxime de mon vouloir, érigée en loi universelle, contredit la maxime du vouloir d'*un autre,* mais si elle se contredit *elle-même* (ce dont je peux juger d'après le principe de contradiction, à partir du simple concept, *a priori,* sans aucune condition empirique, par exemple « si c'est l'égalité des biens ou la propriété qui sera admise dans ma maxime »), la contradiction étant un signe infaillible de l'impossibilité morale de l'action. C'est la simple ignorance, peut-être aussi quelque soupçon de mauvais penchant à la chicane, qui pouvait produire cette attaque, laquelle cependant ne peut venir interrompre :

L'ANNONCE D'UNE PAIX PERPÉTUELLE EN PHILOSOPHIE

Car un traité de paix qui soit tel que, pourvu que les parties se comprennent réciproquement, il soit aussitôt conclu (sans capitulation), peut aussi être annoncé comme conclu, du moins comme près de sa conclusion.

*

Quoique la philosophie soit représentée simplement comme *doctrine de la sagesse* (ce qui est même son sens propre), elle ne peut pourtant pas non plus être négligée comme *doctrine du savoir,* en tant que cette connaissance (théorique) contient les concepts élémentaires dont se sert la raison pure ; étant établi que cela ne s'opère que dans le but de faire voir à la raison ses limites. Or, de la philosophie au premier sens du terme, ce ne peut guère être la question de se demander si l'on doit librement et ouvertement *avouer* ce que l'on sait effectivement, et d'où on le sait, de son objet (le sensible et le suprasensible), ou si on le présuppose seulement du point de vue pratique (parce que accepter ces suppositions favorise le but final de la raison).

Il est possible que tout ne soit pas *vrai* dans ce qu'un homme tient pour tel (car il peut *se tromper*) ; mais dans tout ce qu'il dit, il lui faut être *véridique* (il ne doit pas *tromper*), et cela que son énoncé soit simplement intérieur (devant Dieu) ou aussi extérieur. La transgression de ce devoir se nomme *le mensonge;* c'est pourquoi il peut y avoir un mensonge extérieur, mais aussi un mensonge intérieur, si bien que l'un et l'autre peuvent se produire en étant réunis l'un à l'autre, ou aussi en se contredisant.

Mais un mensonge, qu'il soit intérieur ou extérieur, est de deux sortes : 1° si l'on fait passer pour *vrai* ce dont on a pourtant conscience que c'est faux ; 2° si l'on fait passer pour *certain* VIII, 422
quelque chose dont on a conscience pourtant qu'il est subjectivement incertain.

Le *mensonge* « du père des mensonges, par lequel tout mal est venu dans le monde[1] » est proprement la marque de la corruption dans la nature humaine ; à tel point même qu'en même temps le *ton de la véracité* (selon l'exemple de maints boutiquiers chinois qui, sur leur magasin, mettent en lettres d'or l'inscription : « Ici on ne trompe pas ») est le ton ordinaire, avant tout en ce qui concerne le suprasensible. Le commandement : *Tu dois* (et cela même si c'était dans la plus pieuse intention) *ne pas mentir*, accepté très profondément comme principe dans la philosophie comme doctrine de la sagesse, non seulement y produirait à lui seul la paix perpétuelle, mais pourrait même la garantir pour tout l'avenir.

SUR UN PRÉTENDU DROIT DE MENTIR PAR HUMANITÉ

Traduction de Luc Ferry.

SUR UN PRÉTENDU DROIT DE MENTIR PAR HUMANITÉ VIII, 423

Dans le recueil : *La France de l'an 1797,* sixième cahier n° 1 «Des réactions politiques» par *Benjamin Constant,* on trouve p. 123 ce qui suit : «Le principe moral que dire la vérité est un devoir, s'il était pris de manière absolue et isolée, rendrait toute société impossible. Nous en avons la preuve dans les conséquences directes qu'a tirées de ce premier principe un philosophe allemand qui va jusqu'à prétendre qu'envers des assassins qui vous demanderaient si votre ami qu'ils poursuivent n'est pas réfugié dans votre maison, le mensonge serait un crime*.» VIII, 425

Le philosophe français réfute ce principe p. 124 de la façon suivante : «Dire la vérité est un devoir. Qu'est-ce qu'un devoir? L'idée de devoir est inséparable de celle de droits : un devoir est ce qui, dans un être, correspond aux droits d'un autre. Là où il n'y a pas de droit, il n'y a pas de devoirs. Dire la vérité n'est donc un devoir qu'envers ceux qui ont droit à la vérité. Or nul homme n'a droit à la vérité qui nuit à autrui[4].»

* «I.D. Michaelis[1] de Göttingen a déjà exposé avant Kant cette étrange opinion. Que Kant soit le philosophe dont il est question dans ce passage, c'est ce que m'a dit l'auteur de cet écrit lui-même.» K. Fr. Cramer**[2].

** J'admets ici que j'ai bien dit cela quelque part, mais je ne peux plus aujourd'hui me rappeler où[3].

Le πρῶτον Ψεῦδος[1] réside ici dans la phrase : «dire la vérité n'est un devoir qu'envers ceux qui
VIII, 426 ont droit à la vérité». Il convient d'abord de remarquer que l'expression : avoir droit à la vérité, est vide de sens. On doit plutôt dire : l'homme a droit à sa propre *véracité (veracitas)* c'est-à-dire à la vérité subjective dans sa personne. Avoir droit objectivement à la vérité équivaudrait à dire que le fait qu'une proposition donnée doive être vraie ou fausse dépend, comme, d'une façon générale, en ce qui concerne le mien et le tien, de la *volonté* de l'homme ; ce qui conduirait alors à une étrange logique.

Or la *première question* est la suivante : l'homme, dans les cas où il ne peut éviter de répondre par oui ou par non, est-il autorisé à (en droit de) ne pas être véridique. La *deuxième question* est : n'est-il absolument pas obligé, dans une déclaration à laquelle il est contraint par une violence illégitime, de ne pas être véridique pour empêcher un crime qui le menace lui-même ou qui en menace un autre?

La véracité dans des déclarations que l'on ne peut pas éviter est un devoir formel de l'homme à l'égard de chacun*, quelle que soit l'importance du dommage qui peut en résulter pour lui ou pour un autre. Et bien que je ne commette pas d'injustice envers celui qui me contraint injustement à une déclaration quand je la falsifie, je commets cependant par une telle falsification qui pour cette raison peut elle aussi être appelée mensonge — quoique dans un sens qui n'est pas celui des juristes —, une injustice dans la partie la plus essentielle du devoir *en général* : c'est-à-dire que, pour autant que cela dépend d'elle, mon action a pour effet que des déclarations en général ne trouvent pas de créance, et que par

* Je ne peux pas ici pousser le principe jusqu'à dire que : «l'absence de véracité est une violation du devoir envers soi-même.» Ce principe en effet appartient à l'éthique ; or c'est ici du devoir de droit qu'il est question. La doctrine de la vertu ne considère dans cette transgression que l'*indignité* dont le menteur s'attire lui-même le blâme[2].

conséquent, tous les droits qui sont fondés sur des contrats tombent également et perdent leur force ; ce qui constitue une injustice à l'encontre de l'humanité en général.

Donc le mensonge, simplement défini comme une déclaration volontairement fausse faite à un autre homme, n'a pas besoin de cet additif qu'il doit nuire à autrui, comme les juristes l'exigent pour leur définition *(mendacium est falsiloquium in praejudicium alterius*[1] *)*. Il nuit en effet toujours à autrui ; même s'il ne nuit pas à un autre homme, il nuit à l'humanité en général en ce qu'il rend impossible la source du droit[2].

Toutefois, ce mensonge bien intentionné *peut* également devenir *par accident (casus)* répréhensible d'après les lois civiles ; mais ce qui n'échappe VIII, 427
au caractère délictueux que par accident peut aussi être jugé comme injustice d'après les lois extérieures. Si tu as, par exemple, empêché d'agir *par un mensonge* quelqu'un qui se trouvait avoir alors des intentions meurtrières, tu es responsable d'un point de vue juridique de toutes les conséquences qui pourraient en résulter. Mais si tu t'en es tenu strictement à la vérité, la justice publique ne peut rien te faire quelles que soient les conséquences imprévues. Il peut toutefois se produire qu'après que tu as honnêtement répondu oui au meurtrier qui te demandait si celui qu'il voulait tuer était chez toi, celui-ci soit cependant sorti sans être remarqué et qu'ainsi il ait échappé au meurtrier, que le crime alors n'ait pas eu lieu ; mais supposons que tu aies menti et dit qu'il n'était pas chez toi, et qu'il soit réellement sorti (bien qu'à ton insu) ; si le meurtrier le rencontrait en train de sortir, et accomplissait son crime, tu peux alors être à bon droit accusé d'être la cause de sa mort. Car si tu avais dit la vérité telle que tu la savais, le meurtrier aurait peut-être été arrêté, pendant qu'il recherchait son ennemi dans la maison, par des voisins qui auraient accouru, et le crime aurait été empêché[3]. Par conséquent celui qui *ment*, quelque bien intentionné qu'il puisse être, doit répondre des conséquences de son mensonge,

même devant la cour de justice civile, et en payer le prix, quel que soit leur caractère imprévisible. Car dire la vérité constitue un devoir qui doit être considéré comme la base de tous les devoirs qui sont à fonder sur un contrat, et dont la loi, si on y tolère ne serait-ce que la plus petite exception, est rendue chancelante et vaine.

C'est donc un commandement de la raison sacré, absolument impératif et que ne peut limiter aucune convenance : que d'être *véridique* (honnête) dans toutes ses affirmations.

M. Constant fait à ce propos une remarque à la fois pertinente et juste, quant à la façon qu'on a de dénigrer des principes aussi stricts, qui se perdent dit-on dans des idées irréalisables, mais sont, par là même, condamnables. « Toutes les fois — dit-il au bas de la page 123 — qu'un principe démontré vrai paraît inapplicable, c'est que nous ignorons le *principe intermédiaire* qui contient le moyen de l'application. » Il cite (p. 121) la doctrine de l'égalité, comme constituant le premier maillon de la chaîne sociale : « que nul homme ne peut être lié que par des lois à l'élaboration desquelles il a contribué. Dans une société très restreinte, ce principe peut être appli-
VIII, 428 qué de manière immédiate, et n'a pas besoin, pour devenir usuel, de principe intermédiaire. Mais dans une société très nombreuse, il faut ajouter un nouveau principe à celui que nous citons ici. Le principe intermédiaire c'est que les individus peuvent concourir à la formation des lois, soit personnellement, soit par leurs représentants. Quiconque voudrait appliquer à une société nombreuse le premier principe sans employer l'intermédiaire, la bouleverserait infailliblement. Mais ce bouleversement, qui attesterait uniquement l'ignorance ou l'impéritie du législateur, ne prouverait rien contre le principe » (p. 122). Il conclut (p. 125) de la façon suivante : « Un principe reconnu vrai ne doit donc jamais être abandonné, quels que soient ses dangers apparents. » (Et cependant l'excellent homme avait lui-même abandonné le principe inconditionné de la véra-

cité, en raison du danger qu'il présentait implicitement pour la société, parce qu'il ne pouvait pas trouver un principe intermédiaire qui servît à parer ce danger, et qu'effectivement il n'y en a aucun à intercaler ici).

Pour reprendre la manière dont les personnes sont ici nommées, «le philosophe français» a confondu l'action par laquelle quelqu'un *nuit (nocet)* à autrui en disant la vérité dont il ne peut éviter l'aveu, avec celle par laquelle quelqu'un commet une *injustice (laedit)* envers autrui. C'était seulement un *accident (casus)* qui faisait que la véracité de la déclaration nuisait à l'habitant de la maison, ce n'était pas un *acte* libre (au sens juridique). Car il résulterait, de son droit à exiger d'autrui qu'il doive mentir dans son intérêt, une prétention opposée à toute légalité. En réalité tout homme n'a pas seulement un droit à la véracité, mais il en a même le devoir le plus strict dans les déclarations qu'il ne peut éviter, même si cette véracité peut lui nuire ou nuire à un autre. Ce n'est donc pas proprement lui-même qui nuit à celui qui en subit les conséquences, mais c'est un accident qui est la cause de ce dommage. Car ici il n'est pas libre de choisir, parce que la véracité (s'il est obligé de parler) est un devoir absolu. Le «philosophe allemand» n'acceptera donc pas comme principe la proposition (p. 124) que «dire la vérité n'est un devoir qu'envers ceux qui ont *droit à la vérité*»; en premier lieu parce que sa formulation est imprécise dans la mesure où la vérité n'est pas un bien qu'on possède et sur lequel un droit serait reconnu à l'un tandis qu'il serait refusé à l'autre; ensuite et avant tout parce que le devoir de véracité (en tant qu'il n'est VIII, 429
question ici que de lui) ne fait aucune distinction entre les personnes à l'égard de qui on pourrait avoir ce devoir et celles à l'égard de qui on pourrait aussi s'en dispenser, mais constitue un *devoir absolu* dont la validité s'étend à toutes les relations.

Pour aboutir maintenant à partir d'une *métaphysique* du droit[1] (qui fait abstraction de toutes les conditions de l'expérience) à un principe de la politique (qui applique ces concepts aux cas de l'expérience) et pour aboutir par ce moyen à la solution d'un problème relevant de cette dernière, conformément au principe universel du droit, le philosophe donnera : 1° un axiome c'est-à-dire une proposition apodictiquement certaine, qui surgit immédiatement de la définition du droit extérieur (accord de la *liberté* de chacun avec la liberté de tous d'après une loi universelle) ; 2° un postulat (de la loi publique extérieure exprimant la volonté unie de tous suivant le principe de l'égalité, sans laquelle il n'y aurait de liberté pour personne) ; 3° un problème : comment faire que dans une société, quelle que soit son importance, une harmonie soit maintenue d'après les principes de la liberté et de l'égalité (c'est-à-dire au moyen d'un système représentatif) ; ce qui constituera alors un principe de *politique* dont l'organisation et la disposition contiendront des décrets qui, tirés de la connaissance empirique des hommes, ne visent que le mécanisme de l'administration du droit et la façon dont il doit être correctement organisé. Le droit ne doit jamais être adapté à la politique, mais c'est bien plutôt la politique qui doit, toujours, être adaptée au droit.

« Un principe reconnu vrai, dit l'auteur (j'ajoute : reconnu *a priori* et par conséquent apodictique) ne doit jamais être abandonné, quels que soient ses dangers apparents. » Soit, mais on doit comprendre ici non pas le danger *de nuire* (accidentellement) mais celui *de commettre une injustice* en général ; laquelle se produirait si je transformais le devoir de véracité, qui est absolument inconditionné et constitue dans les déclarations la condition juridique suprême, en un devoir conditionné et soumis à d'autres considérations encore ; et bien que par tel mensonge je ne commette de fait une injustice envers personne, je viole cependant en général le principe du droit concernant toutes les déclarations inévitablement nécessaires (je commets une injustice *formaliter* sinon *materialiter*[1]) : ce qui est bien pire que de commettre une injustice envers n'importe qui, car un tel acte ne présuppose pas justement toujours chez le sujet un principe qui y corresponde.

Celui qui accepte qu'un autre lui pose la question de savoir si, dans la déclaration qu'il doit faire maintenant, il a l'intention d'être véridique ou non, sans s'indigner tout de suite du soupçon qu'on manifeste par là à son encontre qu'il pourrait bien être un menteur, mais qui demande l'autorisation, ne serait-ce que de réfléchir à des exceptions possibles, est déjà un menteur *(in potentia*[1] *);* parce qu'il montre qu'il ne considère pas la véracité comme un devoir en soi mais se réserve la possibilité de faire des exceptions à une règle qui dans son essence n'est susceptible d'aucune exception parce qu'elle s'y contredit directement elle-même. VIII, 430

Tous les principes juridiquement pratiques doivent contenir une vérité rigoureuse et ceux qu'on nomme ici intermédiaires ne peuvent contenir qu'une détermination plus précise de leur application aux cas qui se présentent (d'après les règles de la politique) mais jamais d'exceptions aux dits principes ; parce que celles-ci détruisent l'universalité qui seule permet aux principes de porter leur nom.

III.

La métaphysique des mœurs et le conflit des facultés

INTRODUCTION

La Métaphysique des mœurs *comprend deux parties : la doctrine du droit, la doctrine de la vertu. La date de la publication des* Premiers principes métaphysiques de la doctrine du droit, *chez F. Nicolovius, à Königsberg, est incertaine*[1], *mais il est probable qu'elle doit être fixée à 1796. Quant aux* Premiers principes métaphysiques de la doctrine de la vertu, *ils parurent en 1797.*

L'élaboration de la doctrine du droit demanda à Kant beaucoup d'efforts. Les textes précédemment publiés en ce volume nous l'ont appris : les réflexions de Kant sur son temps, en particulier sur la Révolution *française, l'amenèrent à se poser bien des questions. Et établir, à cette époque, une doctrine cohérente concernant le droit privé et le droit public (selon la division même de l'ouvrage) n'était pas chose facile.*

Kant était nourri des théories de l'école dite du « droit naturel », issue de Grotius. Mais il rompt avec cette école pour tenter d'établir une théorie purement rationnelle. Il traite du droit en moraliste. De ce fait, comme le remarque Villey[2], *Kant ne considère le droit qu'en fonction et à partir de l'individu. Mais ce point de vue — que critique Villey — n'a pas empêché la doctrine de Kant de s'imposer dans « un large*

1. Voir sur ce point l'introduction d'Alexis Philonenko à son édition de la *Doctrine du droit*, p. 27.
2. Préface à l'édition de Philonenko, p. 17.

secteur de l'enseignement théorique *du droit*[1] *». Il n'en est pas de même de la doctrine de la vertu. Elle fut jugée décevante par la plupart des commentateurs.*

Ainsi, Delbos estime que Kant, en rédigeant cet ouvrage, était diminué par les atteintes de la vieillesse. Il étend, du reste, ce jugement à la doctrine du droit. Car, selon lui, les deux ouvrages de Kant, « loin d'offrir une déduction systématique rigoureuse, ne sont guère qu'un effort pénible et stérile de simple arrangement schématique[2] *». Delbos note aussi la contradiction que l'on peut découvrir, chez Kant, entre la préoccupation de fonder l'idée d'un État de droit, conforme à l'esprit de la philosophie critique, et ses sentiments de fidèle sujet prussien, ayant horreur du désordre et de l'anarchie*[3]*. Il faut au moins reconnaître que la doctrine kantienne du droit manifeste quelques hésitations, et que la doctrine de la vertu contient, hélas, bien des banalités.*

La traduction de la Métaphysique des mœurs *que l'on trouvera dans les pages qui suivent est l'œuvre de Joëlle Masson et d'Olivier Masson. Nous avons placé à sa suite la traduction, par Jacques Rivelaygue, de deux lettres de Kant à Tieftrunk, datées de 1797 et de 1798. On lira enfin* Le Conflit des facultés, *dans une traduction d'Alain Renaut.*

Le Conflit des facultés *a été publié en 1798, à Königsberg, chez F. Nicolovius. L'ouvrage est fait de la réunion de trois traités déjà rédigés. Il examine le rapport qu'ont entre elles les trois facultés « supérieures » (facultés de théologie, de droit et de médecine) et la faculté de philosophie. Il est clair que Kant souhaiterait la primauté de la faculté de philosophie. En ce texte, il reprend plusieurs des idées déja exposées dans* La Religion dans les limites de la simple raison, *assimile la « foi d'Église » au paganisme, condamne le sectarisme, et revient à l'idée d'une Église universelle invisible. Il parle également de la Révolution française. On trouvera aussi dans ce livre des considérations sur la diététique, sur l'hypocondrie, sur le sommeil, sur la vieillesse, et de nombreux conseils d'hygiène.*

FERDINAND ALQUIÉ.

1. *Ibid.*, p. 25.
2. Delbos, *La Philosophie pratique de Kant*, p. 699.
3. *Ibid.*, p. 713, 715.

MÉTAPHYSIQUE
DES MŒURS

Traduction de Joëlle Masson et d'Olivier Masson.

MÉTAPHYSIQUE DES MŒURS

Première partie

PREMIERS PRINCIPES MÉTAPHYSIQUES DE LA DOCTRINE DU DROIT

PRÉFACE

À la *Critique de la raison pratique* devait faire VI, 205
suite le système[1] qui se divise en premiers principes métaphysiques de la *doctrine du droit* et premiers principes métaphysiques de la *doctrine de la vertu* (comme pendant aux *Premiers principes métaphysiques de la science de la nature* déjà publiés[2]) : la *Métaphysique des mœurs,* dont l'introduction qui va suivre tente — et ce pour chacune des deux divisions — de présenter la forme systématique et la rend en partie évidente[3].

La *doctrine du droit* en tant que première partie de la doctrine des mœurs, dont on exige un système émanant de la raison, est ce qu'on pourrait appeler la *métaphysique du droit.* Or, comme le concept de droit, en tant que pur, est cependant un concept tourné vers la pratique (application aux cas offerts par l'expérience), que par conséquent un *système métaphysique* du droit, afin que le découpage en soit exhaustif (ce qui est une exigence indispensable pour la construction d'un système de la raison), devrait prendre également en considération la diversité empirique de ces cas ; mais que d'un autre côté, un découpage exhaustif de l'*empirique* est impossible et que, quand bien même on le tenterait (au moins approximativement), les concepts ainsi obtenus ne pourraient pas rentrer dans le système comme parties inté-

grantes mais seulement dans les remarques comme exemples, le seul titre qui convienne à la première partie de la *Métaphysique des mœurs* est celui de « Premiers principes métaphysiques de la doctrine du droit », car compte tenu des cas d'application en question, on ne peut espérer parvenir qu'à l'approximation du système, non au système lui-même. Il en ira donc ici comme des (précédents) premiers principes métaphysiques de la science de la nature, c'est-à-dire que le droit qui relève du système esquissé *a priori* formera le texte, tandis que les droits qui se rapportent à des cas particu-
VI, 206 liers de l'expérience formeront des remarques parfois détaillées, car autrement, on ne pourrait pas bien distinguer ce qui est ici métaphysique du droit de ce qui en est la pratique empirique.

Je ne puis mieux prévenir le si fréquent reproche d'obscurité, voire de confusion voulue sous le couvert de laquelle on affecte la profondeur de vue dans les exposés philosophiques, ni y remédier, qu'en me pliant avec empressement à ce dont M. *Garve*[1], un philosophe au sens authentique du mot, fait un devoir pour tout écrivain, notamment pour l'écrivain philosophe, me réservant de soumettre l'exigence en question à cette seule condition : je ne la suivrai qu'autant que le permet la nature de la science qu'il s'agit de corriger et d'étendre.

Cet homme avisé réclame à bon droit (dans son œuvre intitulée *Mélanges* p. 352 et suiv.) de toute doctrine philosophique, sous peine pour son auteur d'encourir le soupçon d'obscurité en ses concepts, qu'elle puisse parvenir à la *popularité* (c'est-à-dire qu'on la rende suffisamment sensible pour être universellement communiquée). J'accorde cela volontiers, exception faite pour le système d'une critique du pouvoir même de la raison et de tout ce qui ne peut être établi que par sa détermination, car ce système requiert la distinction dans notre connaissance entre le sensible et le suprasensible, distinction qui toutefois est quand même du ressort de la raison. Ce système ne peut jamais devenir populaire ni non plus aucune métaphysique formelle en général, quoique ses résultats puissent être rendus tout à fait clairs pour la saine raison (celle d'un métaphysicien qui s'ignore). Il ne faut point songer ici à la popularité (au langage du peuple), on doit en revanche s'imposer une *précision* scolastique, quand bien même elle serait taxée de tatillonage (car c'est le *langage de l'École*), puisque c'est seulement par là que la raison trop hâtive peut être amenée à se comprendre d'abord elle-même avant de prononcer ses affirmations dogmatiques.

Mais si des *pédants* se permettent de parler au public (en chaire ou dans des écrits populaires) en termes techniques qui pour l'École sont tout à fait appropriés, on ne peut pas davantage en faire grief au philosophe critique, qu'imputer au grammairien l'inintelligence de l'ergoteur *(logodaedalus)*. Le ridicule ne peut ici atteindre que l'homme, mais non la science.

Cela semble de l'arrogance, de l'égocentrisme et du dénigrement envers ceux qui n'ont pas encore renoncé à leur ancien système, de soutenir qu'il n'y avait pas encore de philosophie avant l'avènement de la philosophie critique. Pour pouvoir VI, 207
se prononcer à présent sur cette apparente suffisance, il faut en venir à la question de savoir *s'il peut y avoir plus d'une philosophie.* Non seulement il y eut diverses manières de philosopher et de remonter aux premiers principes de la raison pour fonder avec plus ou moins de bonheur un système, mais encore il fallait qu'il y eût beaucoup de tentatives de ce genre, chacune d'entre elles ayant son mérite, même au regard des tentatives actuelles ; mais comme, objectivement considéré, il ne peut y avoir toutefois qu'*une* raison humaine, il ne peut pas non plus y avoir plusieurs philosophies, c'est-à-dire que n'est possible qu'*un* seul vrai système de la raison à partir de principes, si diverses et souvent contradictoires qu'aient pu être les façons de philosopher sur une seule et même proposition. C'est ainsi que le *moraliste* a raison de dire : il n'y a qu'*une* vertu et qu'une doctrine et la vertu c'est-à-dire un seul système

qui lie tous les devoirs de vertu par un principe ; le *chimiste* : il n'y a qu'*une* chimie (celle de *Lavoisier*[1]) ; le *professeur de médecine* : il n'y a qu'*un* principe au système de la classification des maladies (celui de *Brown*[2]) — sans toutefois pour autant, sous prétexte que le *nouveau système* exclut tous les autres, rabaisser le mérite des Anciens (moralistes, chimistes et professeurs de médecine), parce que sans leurs découvertes ou même leurs tentatives ratées, nous ne serions pas parvenus à l'unité du vrai principe constituant toute la philosophie en un système. Si donc quelqu'un annonce un système de philosophie comme étant de sa propre fabrication, c'est exactement comme s'il disait : avant cette philosophie, il n'y en avait encore aucune. Car s'il consentait à admettre qu'il y en avait eu une autre (et une vraie), c'est qu'il y aurait eu sur les mêmes objets deux vraies philosophies, ce qui est contradictoire. Si donc la philosophie critique s'annonce comme une philosophie telle que nulle part il n'en a encore existé auparavant, elle ne fait pas autre chose que ce qu'ont fait, feront et même doivent faire tous ceux qui esquissent une philosophie d'après leurs propres plans.

Un reproche de *moindre* signification mais qui ne serait pourtant pas tout à fait dénué d'importance, consisterait à dire que la part essentiellement originale de cette philosophie n'est pourtant pas son propre fruit mais se trouve plutôt empruntée à une autre philosophie (ou mathématique) ; tel est le genre de trouvaille que prétend avoir fait un critique de Tübingen[3], touchant la définition de la philosophie en général que l'auteur de la *Critique de la raison pure* fait passer pour sa propre — et non négligeable — production, et qui aurait pourtant déjà été donnée par un autre depuis de nombreuses années, presque dans les
VI, 208 mêmes termes*. Je laisse à chacun le soin de

* *Porro de actuali constructione hic non quaeritur, cum ne possint quidem sensibiles figurae ad rigorem definitionum effingi ; sed requiritur cognitio eorum, quibus absolvitur formatio, quae intellectualis*

juger si les mots : *intellectualis quaedam constructio*[2], auraient pu faire surgir l'idée de la *présentation d'un concept donné dans une intuition a priori,* par laquelle la philosophie fut du même coup distinguée des mathématiques de façon tout à fait nette. Je suis certain que *Hausen* lui-même se serait refusé à admettre cette interprétation de sa formule ; en effet, la possibilité d'une intuition *a priori,* également l'idée que l'espace serait une telle intuition et non pas (comme le définit *Wolff*[3]) une simple juxtaposition du divers hétérogène donné à l'intuition empirique (la perception), l'auraient déjà rebuté dans le principe parce qu'il se serait senti par là entraîné dans des recherches philosophiques qui l'eussent conduit très loin. Pour le mathématicien pénétrant, la présentation faite *pour ainsi dire par l'entendement* ne signifiait rien de plus que l'*indication* (empirique) correspondant à un concept, d'une ligne, indication selon laquelle on ne prête attention qu'à la règle tout en faisant abstraction des écarts inévitables qui surviennent par rapport à elle dans l'exécution, comme on peut aussi s'en apercevoir en géométrie dans la construction des figures égales.

Mais ce qui au regard de l'esprit de cette philosophie est de *bien moindre* signification, c'est à coup sûr cette confusion que quelques plagiaires suscitent en employant aussi en dehors de leur contexte, pour le commerce vulgarisé de la pensée, des termes qui dans la *Critique de la raison pure* elle-même ne sont pas aisément remplaçables par d'autres, ce qui mérite dans tous les cas d'être réprimandé, comme le fait M. *Nicolaï*[4] ; encore qu'il s'abstienne de porter un jugement sur l'opportunité d'une complète proscription — ce qui équivaudrait à proscrire une indigence de la pensée, présente partout bien que cachée — de ces termes au sein même du champ qui leur est propre. Cependant le *pédant impopulaire* prête évidemment beaucoup plus à rire que l'*ignorant non*

quaedem constructio est. C. A. Hausen, *Elem. Mathes.* Pars I, p. 86. A. 1734[1].

critique (car en fait le métaphysicien qui tient opiniâtrement à son système sans tenir compte d'aucune critique peut être rangé dans cette dernière catégorie, quoiqu'il n'ignore certes que de façon délibérée ce qu'il ne veut pas laisser se faire jour parce que cela n'appartient pas à sa vieille école). Mais si, comme l'affirme
VI, 209 *Shaftesbury*[1], ce n'est pas une méprisable pierre de touche de la vérité d'une doctrine (surtout d'une doctrine pratique) que de savoir si elle résiste au *rire*, ce devrait bien, avec le temps, être au tour du philosophe critique de rire *enfin* et d'autant *mieux* en voyant les systèmes de papier de ceux qui ont longtemps tenu le maître mot s'effondrer les uns après les autres et leurs partisans disparaître : destin qui les attend inévitablement.

Vers la fin de ce livre, j'ai travaillé quelques sections moins en détail qu'on aurait pu s'y attendre, en comparaison avec les précédentes ; en partie parce qu'elles m'ont paru pouvoir se déduire aisément de celles-ci, en partie aussi parce que les dernières (concernant le droit public) sont, à l'heure qu'il est, sujettes à tant de discussions et si importantes pourtant, qu'elles peuvent bien justifier l'ajournement du jugement décisif pour quelque temps[2].

VI, 211

INTRODUCTION À LA MÉTAPHYSIQUE DES MŒURS

I

DU RAPPORT DES FACULTÉS DE L'ESPRIT HUMAIN AUX LOIS MORALES

La *faculté de désirer* est la faculté d'être, par ses représentations, cause des objets de ces représentations. La faculté d'un être d'agir d'après ses représentations, s'appelle la *vie*[1].

Avec le désir ou l'aversion est *premièrement* toujours lié le *plaisir* ou le *déplaisir,* dont la réceptivité s'appelle *sentiment;* mais l'inverse n'est pas toujours vrai. Il peut en effet exister un plaisir qui ne soit pas lié à un désir de l'objet mais à la seule représentation que l'on se fait d'un objet (savoir si l'objet de cette représentation existe ou non restant indifférent). *Deuxièmement,* le plaisir ou le déplaisir pris à un objet du désir ne précède pas toujours non plus le désir et n'en saurait toujours être regardé comme la cause, mais il peut aussi être considéré comme son effet.

Or, on appelle la capacité d'avoir du plaisir ou du déplaisir à l'occasion d'une représentation, *sentiment,* pour cette raison que tous les deux contiennent ce qui est *purement subjectif* dans le rapport à notre représentation et nullement une relation à un objet, en vue de la connaissance possible de celui-ci* (non pas en vue de la connaissance de notre état); car du reste, même les sensations, outre la qualité qui leur est attachée en vertu de la structure du sujet (par exemple la sensation du rouge, du sucré, etc.), se rapportent pourtant aussi à un objet en tant qu'éléments de connaissance, tandis que le plaisir ou le déplaisir

* On peut en général définir la sensibilité par le «subjectif» de nos représentations, en effet, l'entendement rapporte tout d'abord les représentations à un objet, c'est-à-dire qu'il ne *pense* quelque chose que par leur médiation. Or, le «subjectif» de notre représentation peut ou bien être tel qu'il puisse être aussi rapporté à un objet en vue de la connaissance de ce dernier (quant à la forme ou à la matière, si bien que dans le premier cas il se nomme intuition pure, dans le second sensation) ; dans ces conditions la sensibilité, en tant que réceptivité à la représentation ainsi pensée, est le *sens.* Ou bien le «subjectif» de la représentation ne peut aucunement devenir un *élément de connaissance* parce qu'il renferme *uniquement* la relation de la représentation au *sujet* et ne contient rien qui puisse servir à la connaissance de l'objet, et alors, cette réceptivité à la représentation s'appelle *sentiment,* lequel comprend l'effet de la représentation (qu'elle soit sensible ou intellectuelle) sur le sujet et relève de la sensibilité, bien que la représentation elle-même puisse relever de l'entendement ou de la raison.

(pris au rouge et au sucré) n'exprime absolument pas une relation à l'objet mais purement et simplement au sujet.

On peut appeler *plaisir pratique* celui qui est nécessairement lié au désir (de l'objet dont la représentation affecte ainsi le sentiment), que ce plaisir soit la cause ou l'effet du désir. On pourrait en revanche appeler plaisir purement contemplatif ou *satisfaction inactive,* celui qui n'est pas nécessairement lié au désir de l'objet et n'est donc pas fondamentalement un plaisir pris à l'existence de l'objet de la représentation, mais qui s'attache au contraire à la seule représentation. Nous appelons *goût* le sentiment orienté à cette dernière sorte de plaisir. Dans une philosophie pratique, il ne sera donc pas question du goût comme d'un concept *intégrant* mais tout au plus *épisodiquement.* Mais en ce qui concerne le plaisir pratique, la détermination de la faculté de désirer que ce plaisir doit nécessairement précéder comme cause s'appellera, au sens strict, *désir,* tandis que le désir «chronique» s'appellera *penchant,* et, puisque la liaison entre le plaisir et la faculté de désirer, dans la mesure où l'entendement juge cette liaison valable d'après une règle universelle (mais tout au plus pour le sujet seul), s'appelle *intérêt,* le plaisir pratique devient en ce cas un intérêt du penchant ; en revanche, lorsque le plaisir ne peut que suivre une détermination antérieure de la faculté de désirer, il devra être nommé plaisir intellectuel, et l'intérêt pris à l'objet, intérêt de la raison ; car si l'intérêt était sensible au lieu d'être fondé seu-
VI, 213 lement sur de purs principes de la raison, alors la sensation devrait être liée au plaisir et pouvoir ainsi déterminer la faculté de désirer. Bien qu'on ne puisse substituer aucun intérêt du penchant à un pur intérêt de la raison, là où ce dernier seul doit être admis, nous pouvons cependant, pour nous conformer à l'usage de la langue, accorder à un penchant, même si c'est un penchant pour ce qui peut n'être qu'objet d'un plaisir intellectuel, un désir «chronique», issu d'un pur intérêt de la raison, lequel penchant toutefois ne serait

alors pas la cause mais l'effet de ce dernier intérêt, et nous pourrions le nommer *penchant indépendant des sens (propensio intellectualis).*

Du désir lui-même, il faut encore distinguer la *concupiscence* (la convoitise) en tant qu'incitation à le déterminer. Elle est toujours une détermination sensible de l'esprit, mais qui n'a pas encore abouti à un acte de la faculté de désirer.

La faculté de désirer d'après des concepts, dans la mesure où le principe qui la détemine à l'action se trouve en elle-même et non dans l'objet, s'appelle faculté *de faire ou de ne pas faire, à sa convenance.* Dans la mesure où elle est liée à la conscience de la faculté d'agir pour produire l'objet, elle s'appelle *arbitre;* mais si elle ne lui est pas liée, son acte s'appelle *vœu.* La faculté de désirer dont le principe interne de détermination, même la convenance[1] par conséquent, se trouve dans la raison du sujet, s'appelle *volonté.* La volonté est donc la faculté de désirer, considérée non pas tant (comme l'arbitre) par rapport à l'action que plutôt par rapport au principe qui détermine l'arbitre à l'action et elle n'a pas à proprement parler, pour elle-même, de principe de détermination, mais dans la mesure où l'arbitre peut déterminer l'action, elle est la raison pratique elle-même.

Par volonté, on peut comprendre l'*arbitre* mais également le simple *vœu,* dans la mesure où la raison peut en général déterminer la faculté de désirer; l'arbitre qui peut être déterminé par la *raison pure* s'appelle le libre arbitre. Celui qui n'est déterminable que par le *penchant* (impulsion sensible, *stimulus*) serait un arbitre animal *(arbitrium brutum).* L'arbitre humain, en revanche, est tel qu'il peut certes être *affecté* par des impulsions mais non pas être *déterminé* par elles, et en lui-même (sans pratique obtenue de la raison) il n'est pas pur, cependant qu'il peut être déterminé à agir à partir de la pure volonté. La *liberté*[2] de l'arbitre consiste en l'indépendance de sa *détermination* à l'égard des impulsions sensibles, c'est là le concept négatif de la liberté. Le concept positif étant

VI, 214 le pouvoir de la raison pure d'être par elle-même pratique. Mais ce pouvoir n'est pas autrement possible qu'en confrontant la maxime de toute action à la condition d'être érigeable en loi universelle. En effet, en tant que raison pure appliquée à l'arbitre indépendamment de l'objet de cet arbitre, la raison pratique, en tant que pouvoir des principes (et ici, des principes pratiques — par conséquent en tant que pouvoir légiférant), la matière de la loi lui faisant défaut, ne peut rien faire de plus que de prendre pour loi suprême et principe de détermination de l'arbitre, ce qui est pour la maxime de l'arbitre la forme même de l'aptitude à devenir une loi universelle, et, comme les maximes de l'homme, procédant de causes subjectives, ne s'accordent pas d'elles-mêmes avec cette loi et ce principe objectifs, elle ne peut prescrire sa loi que comme un simple impératif qui défend ou qui commande.

On appelle *morales* ces lois de la liberté, pour les distinguer des lois de la nature. Dans la mesure où elles ne portent que sur des actions purement extérieures et leur légalité, elles ont dites *juridiques;* mais si de plus, elles (qui sont les lois) exigent d'être elles-mêmes les principes de détermination des actions, alors elles sont *éthiques* et l'on dit ainsi que l'accord avec les lois juridiques est la *légalité* de l'action, tandis que l'accord avec les lois éthiques en est la *moralité.* La liberté à laquelle se réfèrent les lois juridiques ne peut être que la liberté dans son usage extérieur, mais celle à laquelle se réfèrent les lois éthiques est la liberté dans l'usage aussi bien externe qu'interne de l'arbitre, pour autant qu'il est déterminé par des lois de la raison. C'est ainsi qu'on dit dans la philosophie théorique : il n'y a dans l'espace que les objets du sens externe, mais tous les objets sont dans le temps, aussi bien ceux du sens externe que ceux du sens interne, parce que les représentations des deux espèces d'objets sont justement des représentations, et dans cette mesure appartiennent en totalité au sens interne. De même qu'on peut considérer la liberté dans l'usage soit externe soit interne de l'arbitre, de même ses lois, en tant que lois pures pratiques de la raison pour le libre arbitre en général, doivent être en même temps des principes internes de détermination de celui-ci, bien qu'on puisse ne pas toujours les considérer sous ce rapport.

II

DE L'IDÉE ET DE LA NÉCESSITÉ D'UNE MÉTAPHYSIQUE DES MŒURS

Que l'on doive avoir pour la science de la nature, qui s'occupe des objets du sens externe, des principes *a priori*, et qu'il soit possible, voire VI, 215
nécessaire, de commencer par établir, sous le nom de science métaphysique de la nature, un système de ces principes préalablement à la science qui s'applique à des expérience particulières, c'est-à-dire la physique, c'est ce qui a été démontré ailleurs[1]. Pourtant cette dernière (du moins lorsqu'il s'agit pour elle de préserver ses propositions de l'erreur) peut admettre sur le témoignage de l'expérience maint principe comme universel, bien que ce dernier, s'il doit, au sens strict, valoir universellement, doive être dérivé de fondements *a priori*; c'est ainsi que *Newton*[2] accepta comme fondé sur l'expérience le principe de l'égalité de l'action et de la réaction dans l'influence réciproque des corps et que néanmoins il l'étendit à l'ensemble de la nature matérielle. Les chimistes vont encore plus loin et fondent entièrement sur l'expérience leurs lois les plus universelles concernant la combinaison et la dissociation des matières sous l'action de leurs propres forces, et néanmoins ils ont tellement confiance en leur universalité et nécessité qu'ils n'appréhendent aucunement de découvrir une erreur dans les recherches entreprises d'après ces lois.

Toutefois il en va autrement des lois relatives

aux mœurs. Elles ne valent comme lois que dans la mesure où elles peuvent être *regardées* comme fondées *a priori* et comme nécessaires ; bien plus, les concepts et les jugements nous concernant, ainsi que nos agissements et nos abstentions d'agir, ne signifient absolument rien de moral lorsqu'ils ne contiennent que ce qui se donne à connaître par l'expérience, et si l'on se laisse aller à prendre pour principe des bonnes mœurs quelque chose qui découle de cette dernière source, on s'expose au danger de tomber dans les erreurs les plus grossières et les plus pernicieuses[1].

Si la doctrine des mœurs n'était rien qu'une doctrine du bonheur, il serait absurde de lui chercher des principes *a priori*. En effet, si évidente que puisse paraître la possibilité pour la raison d'apercevoir, avant même l'expérience, les moyens par lesquels on peut parvenir à une jouissance durable des véritables joies de la vie, néanmoins, tout ce qu'on enseigne *a priori* à ce sujet est ou bien tautologique ou bien admis sans aucune raison. Seule l'expérience peut enseigner ce qui nous procure de la joie. Les tendances naturelles vers la nourriture, le sexe, le repos, le mouvement, et (selon le développement de nos dispositions naturelles) les tendances à l'honneur, à l'élargissement de notre connaissance, etc., peuvent seules faire connaître à chacun — encore que suivant sa manière propre — où *placer* cette joie, mais c'est l'expérience qui peut lui enseigner également les moyens par lesquels il lui faut la *rechercher*. Toute apparence de raisonnement *a priori* n'est au fond ici rien d'autre que l'expérience
VI, 216 élevée par induction à l'universalité, laquelle universalité *(secundum principia generalia, non universalia*[2] *)* est en outre si fragile que l'on doit permettre à chacun d'y faire une infinité d'exceptions afin qu'il adapte le choix de son genre de vie à son penchant particulier et à sa réceptivité au plaisir et que finalement, à ses dépens ou à ceux d'autrui, il devienne néanmoins prudent.

Seulement, il en va autrement des préceptes fixant les bonnes mœurs. Ils commandent à chacun sans avoir égard à ses penchants, simplement parce que et dans la mesure où chacun est libre et doué d'une raison pratique. L'enseignement de ses lois n'est pas puisé dans l'observation de soi-même et de l'animalité en l'homme, ni dans la perception du cours du monde — de ce qui arrive et de la façon dont on agit (bien que le mot allemand *Sitten,* tout comme le mot latin *mores,* ne signifie que le savoir-vivre et la façon de vivre) — au contraire la raison commande de quelle façon on doit agir, quand bien même il ne s'en serait encore trouvé aucun exemple ; aussi ne tient-elle aucun compte de l'avantage qui peut nous échoir par là et qu'au demeurant, l'expérience seule pourrait nous faire connaître. En effet, si la raison nous autorise bien à chercher notre avantage de toutes les façons possibles et quoique de surcroît, en s'appuyant sur des témoignages de l'expérience, elle puisse vraisemblablement attendre de l'exécution de ses commandements, surtout si la prudence intervient, des avantages en moyenne supérieurs à ceux qui résulteraient de leur transgression, ce n'est pourtant pas là-dessus que repose l'autorité de ses prescriptions en tant que *commandements ;* de ces avantages, au contraire, elle use (comme d'invites) uniquement en tant que contrepoids aux séductions contraires pour compenser par avance dans le jugement pratique l'erreur d'une balance partiale et faire alors pencher ce jugement même du côté où pèsent les principes *a priori* d'une raison pure pratique.

Si donc un système de la connaissance *a priori* par simples concepts s'appelle *métaphysique,* alors une philosophie pratique qui a pour objet non pas la nature mais la liberté de l'arbitre présupposera et exigera une métaphysique des mœurs ; je veux VI, 217
dire que *détenir* une telle métaphysique est même un *devoir,* et chaque homme la détient d'ailleurs en lui-même, bien qu'ordinairement de manière confuse, car comment pourrait-il, sans principes *a priori,* croire avoir en lui une législation universelle ? Mais tout de même qu'il doit y avoir dans

une métaphysique de la nature, pour les principes suprêmes universels d'une nature en général, des principes d'application aux objets de l'expérience, de même une métaphysique des mœurs ne laissera pas d'en avoir, et nous devrons souvent prendre pour objet la *nature* particulière de l'homme qui ne nous est connue que par expérience, pour montrer sur elle les conséquences des principes moraux universels, sans toutefois rien leur ôter par là de leur pureté ni par là non plus rendre douteuse leur origine *a priori*. Ce qui revient à dire qu'une métaphysique des mœurs ne peut être fondée sur l'anthropologie, mais peut pourtant lui être appliquée.

Le pendant d'une métaphysique des mœurs, comme second membre de la division de la philosophie pratique en général, serait l'anthropologie morale[1] qui contiendrait les conditions — mais seulement les conditions subjectives, aussi bien adverses que favorables — de l'*exécution* des lois de la métaphysique des mœurs dans la nature humaine : l'éveil aux principes moraux, leur déploiement et leur renforcement (dans l'éducation, dans l'instruction scolaire et populaire) ainsi que d'autres leçons et prescriptions se fondant sur l'expérience. On ne peut faire l'économie de cette seconde division, mais elle ne doit nullement passer avant la première ni être mélangée avec elle parce que alors on court le risque d'arriver à des lois morales fausses ou à tout le moins complaisantes, qui font miroiter comme inaccessible ce à quoi on ne réussit pas à accéder, pour la raison justement que la loi n'a pas été envisagée ni exposée dans toute sa pureté (alors que c'est en cela que réside sa force) ou qu'ont été utilisés des mobiles contrefaits ou bâtards pour inspirer ce qui en soi est bon et conforme au devoir, mobiles qui ne laissent subsister aucun principe moral sûr ni comme fil conducteur du jugement, ni comme discipline de l'esprit dans l'accomplissement du devoir dont la prescription doit être absolument fournie par la seule raison pure, *a priori*.

Au reste, pour ce qui concerne la division

maîtresse sous laquelle rentre la division mentionnée à l'instant, c'est-à-dire celle de la philosophie en théorique et pratique, et le fait que cette dernière ne puisse être autre que la philosophie morale, je me suis déjà expliqué ailleurs (dans la *Critique de la faculté de juger*[1]). Toute la sphère pratique qui doit être possible d'après des lois de la nature (ce qui est l'affaire propre de l'art) dépend complètement, quant à sa règle, de la théorie de la nature ; seul ce qui est pratique suivant des lois de la liberté peut avoir des principes qui ne dépendent d'aucune théorie car, au-delà des déterminations de la nature, il n'y a plus de théorie. Ainsi la philosophie ne peut comprendre dans sa partie pratique (à côté de sa partie théorique) aucune doctrine *techniquement* VI, 218
pratique, mais uniquement une doctrine *moralement pratique*, et si la compétence de l'arbitre à suivre des lois de la liberté devait ici aussi, par opposition à la nature, être appelée *art*, il faudrait entendre par là un art tel qu'il rende possible un système de la liberté semblable au système de la nature, art véritablement divin si nous étions capables d'exécuter grâce à lui, et complètement, ce que la raison nous prescrit et d'en rendre l'Idée dans une œuvre.

III

DE LA DIVISION D'UNE MÉTAPHYSIQUE DES MŒURS

Toute législation (qu'elle prescrive des actions internes ou externes, et ces dernières, soit *a priori* par la simple raison, soit par l'arbitre d'un autre*[2]) comporte deux parties : *premièrement* une *loi* qui

* La *déduction* de la division d'un système, c'est-à-dire la preuve de sa complétude aussi bien que de sa *continuité*, qui consiste en ce que la transition entre le concept à diviser et le terme de la division se fasse sans solution de continuité *(divisio* VI, 218

représente l'action à accomplir comme *objectivement* nécessaire, c'est-à-dire qui fait de l'action un devoir ; *deuxièmement* un mobile qui lie *subjectivement* à la représentation de la loi le principe qui détermine l'arbitre à cette action ; par conséquent, c'est dans la deuxième partie que la loi fait du devoir le mobile. Dans la première, l'action est représentée comme devoir, et c'est là une pure connaissance théorique[3] de la détermination possible de l'arbitre, c'est-à-dire des règles pratiques ; dans la seconde, l'obligation d'agir d'une certaine façon est liée dans le sujet à un principe de détermination de l'arbitre en général.

Ainsi, toute législation (même s'il arrive que sur le plan de l'action dont elle fait un devoir, elle s'ac-
VI, 219 corde avec une autre législation — par exemple les actions peuvent bien être dans tous les cas extérieures) peut pourtant se différencier sur le plan des mobiles. La législation qui fait d'une action un devoir et de ce devoir en même temps un mobile, est *éthique*. En revanche, la législation qui n'intègre pas le mobile à la loi et qui par conséquent admet aussi un autre mobile que l'Idée même du devoir, est *juridique*. Concernant cette dernière, il est aisé de voir que ces mobiles qui diffèrent de l'Idée du devoir doivent être tirés des principes pathologiques de détermination de l'arbitre, les penchants et les aversions, et parmi eux de ceux de la dernière sorte car c'est une législation qui, étant coercitive, ne doit pas être d'un attrait engageant.

La simple conformité ou non-conformité d'une action avec la loi, abstraction faite du mobile de

per saltum[1]) tout au long de la série des subdivisions, est l'une des conditions les plus difficiles à remplir pour le constructeur d'un système. Même la question de savoir quel est le *concept suprême qui est divisé* pour obtenir la division entre le *juste* et l'*injuste (aut fas aut nefas*[2]) soulève une difficulté. C'est l'*acte* du *libre arbitre* en général. C'est de la même façon que les professeurs d'ontologie prennent comme premier commencement le *quelque chose* et le *rien* sans être conscients que ce sont déjà les membres d'une division à laquelle manque encore le concept divisé qui ne peut être autre que le concept d'un *objet* en général.

celle-ci, on l'appelle *légalité* (conformité à la loi) ; toutefois, cette légalité dans laquelle l'Idée du devoir tirée de la loi est en même temps le mobile de l'action est la *moralité* de celle-ci (les bonnes mœurs).

Les devoirs exercés d'après la législation juridique ne peuvent être que des devoirs extérieurs parce que celle-ci n'exige pas que l'Idée de ce devoir, qui est intérieure, soit en elle-même le principe déterminant l'arbitre de l'agent, et comme cette législation a cependant besoin d'un mobile approprié à la loi, elle ne peut rattacher à celle-ci qu'un mobile extérieur. En revanche, la législation éthique, il est vrai, prend de plus, pour devoirs, des actions intérieures, mais sans exclure les actions extérieures, elle s'étend au contraire à tout ce qui est devoir en général. Or, pour cette raison, justement, que la législation éthique intègre à sa loi le mobile interne de l'action (l'Idée du devoir), détermination qui ne doit absolument pas interférer dans la législation extérieure, la législation éthique ne peut pas être extérieure (pas même celle d'une volonté divine), bien qu'*en tant que devoirs* elle admette pour mobiles en sa législation les devoirs qui reposent sur une autre législation, à savoir une législation extérieure.

De là, on voit que tous les devoirs, par cela seul qu'ils sont des devoirs, relèvent de l'éthique ; cependant leur *législation* n'est pas pour autant toujours comprise dans l'éthique, mais pour beaucoup d'entre eux elle est extérieure à l'éthique. Ainsi, l'éthique commande que je remplisse l'engagement que j'ai pris dans un contrat, quand bien même l'autre partie ne m'y saurait contraindre ; seulement, elle admet la loi *(pacta sunt servanda*[1] *)* et le devoir qui lui correspond à partir de la doctrine du droit, comme donnés. Ce n'est VI, 220
donc pas dans l'éthique mais dans le *jus* que réside la législation qui veut que les promesses données soient tenues. Par suite, l'éthique enseigne seulement que même si le mobile que la législation juridique associe à ce devoir, c'est-à-dire la contrainte extérieure, est supprimé, la seule Idée du

devoir doit déjà suffire comme mobile. Car s'il n'en était pas ainsi et si la législation elle-même n'était pas juridique, si par conséquent le devoir qui en provient n'était pas à proprement parler un devoir de droit (par opposition au devoir de vertu), on rangerait la prestation de foi (tenir sa promesse dans un contrat) avec les actions de bienveillance et l'obligation à ces actions, dans une même classe, ce qui ne doit absolument pas se produire. Ce n'est pas un devoir de vertu que tenir sa promesse, mais un devoir de droit que l'on peut être contraint d'exécuter. Néanmoins, c'est une action vertueuse (preuve de vertu) que de le faire alors même qu'il n'y a lieu de *redouter* aucune contrainte. La doctrine du droit et la doctrine de la vertu se distinguent donc bien moins par des devoirs différents que par la différence de législation qui associe à la loi un mobile plutôt qu'un autre.

La législation éthique (même dans l'éventualité où les devoirs sont extérieurs) est celle qui ne *peut* pas être extérieure ; la législation juridique est celle qui peut aussi être extérieure[1]. Ainsi c'est un devoir extérieur de tenir sa promesse conformément au contrat, mais le commandement de le faire pour cette seule raison que c'est un devoir, sans prendre en considération un autre mobile, appartient uniquement à la législation *intérieure.* Ce n'est donc pas en tant qu'espèce particulière de devoir (une espèce particulière d'actions auxquelles on est obligé) que l'obligation appartient à l'éthique — car cela constitue en éthique aussi bien qu'en droit un devoir extérieur —, mais parce que la législation, dans le cas cité, est intérieure et qu'elle ne peut avoir aucun législateur extérieur. Pour la même raison précisément les devoirs de bienveillance, quoiqu'ils soient des devoirs extérieurs (obligation à des devoirs extérieurs) appartiennent pourtant à l'éthique parce que leur législation ne peut être qu'intérieure. Évidemment, l'éthique a bien ses devoirs particuliers (par exemple ceux envers soi-même), mais elle a quand même aussi avec le droit des devoirs

en commun, non pas toutefois le mode d'*obligation.* En effet, accomplir des actions uniquement parce que ce sont des devoirs, et prendre le principe du devoir lui-même, d'où qu'émane ce dernier, pour mobile suffisant de l'arbitre, est le propre de la législation éthique. Il y a donc il est VI, 221
vrai beaucoup de devoirs *directement éthiques,* mais la législation intérieure fait aussi de l'ensemble de tous les autres devoirs des devoirs indirectement éthiques.

IV

CONCEPT PRÉLIMINAIRE DE LA MÉTAPHYSIQUE DES MŒURS (PHILOSOPHIA PRACTICA UNIVERSALIS[1])

Le concept de *liberté* est un concept pur de la raison et, pour cela justement, transcendant pour la philosophie théorique, c'est-à-dire qu'il est tel qu'on n'en peut donner aucun exemple adéquat dans quelque expérience possible que ce soit ; il ne constitue donc pas l'objet d'une connaissance théorique possible pour nous et ne saurait absolument pas valoir pour la raison spéculative comme principe constitutif mais uniquement comme principe régulateur et, il est vrai, purement négatif[2]. Mais, dans l'usage pratique de la raison, il prouve sa réalité par des principes pratiques qui, en tant que lois — causalité de la raison pure, indépendante de toutes conditions empiriques (du sensible en général) —, déterminent l'arbitre et attestent en nous une volonté pure en laquelle les concepts et lois des bonnes mœurs ont leur origine.

C'est sur ce concept positif de la liberté (au point de vue pratique) que se fondent des lois pratiques inconditionnées, dites *morales,* qui, relativement à nous dont l'arbitre est affecté d'une manière sensible et n'est donc pas par lui-même adéquat à la volonté pure mais lui est au contraire souvent récalcitrant, sont des *impératifs* (commandements ou interdictions) et même des impératifs catégoriques (inconditionnés), en quoi ils se distinguent des impératifs techniques (des règles de l'art), lesquels n'ordonnent toujours que conditionnellement. Suivant ces impératifs catégoriques, certaines actions sont *licites ou illicites* c'est-à-dire moralement possibles ou impossibles, et quelques-unes d'entre elles ou leur contraire sont moralement nécessaires c'est-à-dire obligatoires. Intervient donc alors pour de semblables actions le concept d'un devoir dont l'exécution ou la transgression sont sans doute liées de surcroît à un plaisir ou à un déplaisir d'un genre particulier (le genre du *sentiment* moral), lesquels plaisir ou déplaisir nous ne prenons toutefois aucunement en considération dans les lois pratiques de la raison [parce qu'ils ne concernent pas le *principe* des lois pratiques mais seulement l'*effet* subjectif que celles-ci exercent dans l'esprit lors de la détermination de notre arbitre et (sans rien leur ajouter ni leur ôter objectivement, c'est-à-dire à en juger en se plaçant du côté de la raison, de leur validité ni de leur influence) qu'ils peuvent varier selon la différence des sujets].

VI, 222 Les concepts qui suivent sont communs aux deux parties de la métaphysique des mœurs.

L'*obligation* est la nécessité d'une action libre exercée sous l'influence d'un impératif catégorique de la raison.

Remarque

L'impératif est une règle pratique par laquelle l'action en elle-même contingente est *rendue* nécessaire. Il se distingue d'une loi pratique en ce que celle-ci représente sans doute la nécessité d'une action, sans prendre en compte la question de savoir si en soi cette action habite déjà le sujet agissant (un être saint par exemple) comme une nécessité *interne* ou si (comme chez l'homme) elle est contingente ; dans le premier cas en effet, il n'y a place pour aucun impératif. L'impératif est donc une règle dont la représentation *rend* nécessaire l'action subjectivement contingente et qui représente par conséquent le sujet comme devant être *contraint* (nécessité) de se conformer à cette règle. L'impératif catégorique (inconditionné) est celui qui pense l'action et la rend nécessaire, non pas médiatement par la représentation d'une *fin* que l'on pourrait atteindre par le biais de l'action, mais à travers la simple représentation de cette action même (de sa forme), donc immédiatement, comme action objectivement nécessaire. Aucune autre doctrine pratique que celle qui prescrit l'obligation (la doctrine des mœurs), ne peut proposer des exemples de semblables impératifs. Tous les autres impératifs sont *techniques* et dans leur ensemble, conditionnés ; tandis que ce qui fonde la possibilité des impératifs catégoriques, c'est qu'ils ne se rapportent à aucune autre détermination de l'arbitre (par laquelle peut lui être prêtée une intention) que sa seule *liberté*.

Est *licite (licitum)* une action qui ne va pas à l'encontre de l'obligation, et cette liberté qui n'est limitée par aucun impératif contraire s'appelle autorisation *(facultas moralis*[1] *)*. De là se comprend tout seul ce que serait une action *illicite (illicitum)*.

Le devoir est l'action à laquelle chacun est obligé. Il est donc la matière de l'obligation et ce peut être à un même devoir que nous soyons obligés (quant à l'action), bien que nous puissions l'être de différentes manières.

Remarque

L'impératif catégorique, en énonçant une obligation relative à certaines actions, est une loi moralement pratique. Cependant, l'obligation ne VI, 223
renfermant pas seulement une nécessité pratique (telle qu'en énonce une loi en général) mais encore une *coercition,* l'impératif ainsi pensé se

trouve être une loi qui ou bien commande ou bien défend selon qu'il est représenté comme un devoir d'agir ou de s'abstenir. Une action qui n'est ni commandée ni défendue est simplement *licite* parce que en ce qui la concerne, il n'y a aucune loi qui restreigne la liberté (l'autorisation), et par conséquent non plus aucun devoir. Une telle action est dite indifférente au point de vue des bonnes mœurs *(indifferens, adiaphoron, res merae facultatis*[1] *)*. On peut demander si une telle action existe, et dans l'affirmative, si pour laisser quelqu'un libre de faire quelque chose ou de s'en abstenir à son gré, serait encore requise, outre la loi impérative *(lex praeceptiva, lex mandati)* et la loi prohibitive *(lex prohibitiva, lex vetiti)*, une loi permissive *(lex permissiva)*. Si une telle loi existe, cela signifie que l'autorisation pourrait ne pas toujours porter sur une action indifférente *(adiaphoron)* car pour une action telle, si on la considère d'après les lois morales, aucune loi particulière ne serait requise[2].

On appelle *acte* une action pour autant qu'elle est soumise à des lois d'obligation et qu'en elle par conséquent, le sujet est considéré du point de vue de la liberté de son arbitre. À travers un tel acte, l'agent est considéré comme *auteur* de l'effet et celui-ci ainsi que l'action elle-même peuvent lui être *imputés* à condition que l'on connaisse préalablement la loi en vertu de laquelle une obligation les sous-tend.

La *personne* est ce sujet dont les actions sont susceptibles d'une *imputation*. La personnalité *morale* n'est donc rien d'autre que la liberté d'un être raisonnable soumis à des lois morales (tandis que la personnalité psychologique n'est que la faculté de devenir conscient de sa propre identité à travers les différents états de son existence) ; d'où il suit qu'une personne ne peut être soumise à d'autres lois que celles qu'elle se donne à elle-même (ou seule ou du moins en même temps que d'autres).

La *chose* est ce qui n'est susceptible d'aucune imputation. Tout objet du libre arbitre, et qui manque lui-même de liberté, s'appelle donc chose *(res corporalis*[1] *).*

Est *juste* ou *injuste* en général *(rectum aut minus rectum*[2] *)* un acte, pour autant qu'il est conforme ou contraire au devoir *(factum licitum aut illicitum*[3] *)*, de quelque espèce que puisse être le devoir même quant à son contenu ou à son origine. Un acte contraire au devoir s'appelle *transgression (reatus*[4] *).* VI, 224

Une transgression *non délibérée* mais néanmoins imputable s'appelle une simple *faute (culpa).* Une transgression *délibérée* (c'est-à-dire celle qui est liée à la conscience d'être transgression) s'appelle *crime (dolus).* Ce qui est conforme aux lois extérieures s'appelle *juste (justum)*, ce qui ne l'est pas, l'*injuste (injustum).*

Un *conflit de devoirs (collisio officiorum s. obligationum*[5] *)* serait entre eux un rapport tel que l'un supprimerait l'autre (en totalité ou en partie). Or, comme le devoir et l'obligation en général sont des concepts qui expriment la *nécessité* pratique objective de certaines actions et que deux règles opposées ne peuvent pas être en même temps nécessaires, qu'au contraire, si c'est un devoir d'agir selon l'une d'elles, non seulement ce n'est pas un devoir d'agir selon la règle opposée mais c'est même contraire au devoir, une *collision* des *devoirs* et des obligations n'est aucunement pensable *(obligationes non colliduntur*[6] *).* En revanche, dans un sujet et dans la règle qu'il se prescrit, peuvent bien être liés deux *principes* de l'obligation *(rationes obligandi)*, dont l'un ou l'autre toutefois n'est pas suffisant pour obliger *(rationes obligandi non obligantes*[7] *)*, auquel cas l'un d'entre eux n'est pas un devoir. Lorsque s'opposent deux principes de ce genre, la philosophie pratique ne dit pas que c'est à la plus forte obligation de l'emporter *(fortior obligatio vincit*[8] *)*, mais que le *principe d'obligation* le plus fort conserve sa place *(fortior obligandi ratio vincit*[9] *).*

En général, les lois qui obligent et pour lesquelles une législation externe est possible, s'appellent lois externes *(leges externae).* Parmi elles, il y a celles dont l'obligation, même sans législation externe, peut être reconnue *a priori* par la raison et qui bien qu'externes sont des lois *naturelles;* celles en revanche qui sans véritable législation externe n'obligent aucunement, qui donc sans cette dernière ne seraient pas des lois, s'appellent des lois *positives.* On peut donc concevoir une législation externe qui contiendrait exclusivement des lois positives, encore faudrait-il alors que précède une loi naturelle qui fonde l'autorité du législateur (c'est-à-dire le pouvoir d'obliger les autres par son simple arbitre).

VI, 225 Le principe qui fait de certaines actions un devoir est une loi pratique. La règle que l'agent se donne à lui-même pour principe à partir de raisons subjectives s'appelle *maxime;* de là qu'à propos des mêmes lois les maximes des agents peuvent bien être très différentes.

L'impératif catégorique qui ne fait qu'énoncer en général ce qu'est l'obligation, est le suivant : «Agis d'après une maxime qui puisse valoir en même temps comme loi universelle !» Tu dois donc commencer par examiner tes actions d'après leurs principes subjectifs ; mais si ce principe est valable aussi objectivement, tu ne peux le reconnaître qu'à ce que, ta raison le soumettant à cette épreuve où tu te penses comme légiférant en même temps universellement à travers lui, il se qualifie pour une telle législation universelle.

La simplicité de cette loi, comparée au nombre et à la diversité des conséquences qui peuvent en être tirées, de même son prestige impérieux, qui visiblement ne véhicule aucun mobile, doit évidemment paraître étrange au premier abord. Mais quand, dans cet étonnement touchant le pouvoir qu'a notre raison de déterminer l'arbitre par la simple Idée de la qualification d'une maxime pour l'*universalité* d'une loi pratique, on apprend que ces mêmes lois pratiques (morales) révèlent d'emblée une propriété de l'arbitre qu'aucune raison spéculative n'aurait pu découvrir, ni à partir de principes *a priori* ni par le biais de quelque expérience, et que, y fût-elle même parvenue, la possibilité de cette propriété n'aurait pu être démontrée théoriquement par rien, alors que pourtant les lois pratiques exposent incontestablement cette propriété, à savoir la liberté, il apparaîtra alors moins étonnant de trouver ces lois *indémontrables* et cependant *apodictiques*, comme les postulats mathématiques, et de voir en même temps s'ouvrir devant soi tout un champ de connaissances pratiques là où, avec cette même Idée de liberté, voire toute autre sienne Idée du suprasensible, la raison doit s'apercevoir qu'absolument tout lui est fermé dans le champ théorique. L'accord d'une action avec la loi du devoir est la *légalité (legalitas)*, l'accord de la maxime de l'action avec la loi en est la *moralité (moralitas)*. D'autre part est une *maxime* le principe *subjectif* de l'action, que le sujet se donne lui-même pour règle (c'est-à-dire la manière dont il veut agir). En revanche, le principe du devoir est ce que la raison lui commande absolument, par conséquent objectivement (la manière dont il *doit* agir).

Le principe suprême de la doctrine des mœurs est donc : Agis suivant une maxime qui puisse en même temps valoir comme loi universelle. Toute maxime non qualifiée pour cela est contraire à la morale. VI, 226

R*emarque*

De la volonté procèdent les lois, de l'arbitre les maximes. Chez l'homme l'arbitre est un libre arbitre ; la volonté qui ne s'applique à rien d'autre qu'à la loi, ne peut être dite ni libre ni non libre[1] parce qu'elle ne porte pas sur des actions mais immédiatement sur la législation relative aux maximes des actions (donc sur la raison pratique elle-même), de là aussi qu'elle est absolument nécessaire et que même, elle n'est *susceptible* d'aucune coercition. Seul l'*arbitre* peut donc être dit *libre.*

La liberté de l'arbitre toutefois ne peut pas être définie par la faculté de choisir d'agir pour ou

contre la loi (*libertas indifferentiae*[1]) — comme certains ont sans doute tenté de le faire —, bien que l'arbitre comme *phénomène* en donne dans l'expérience des exemples fréquents. En effet nous ne connaissons la liberté (telle qu'elle nous est révélée en premier lieu par la morale) que comme une propriété *négative* en nous en ce sens que nous ne sommes *contraints* à agir par aucun principe de détermination sensible. Mais en tant que *noumène*, c'est-à-dire telle que, selon le pouvoir de l'homme considéré uniquement comme intelligence, elle est *nécessitante* envers l'arbitre sensible, par conséquent d'après sa structure positive, nous ne pouvons aucunement la présenter *théoriquement*. Tout ce que nous pouvons fort bien voir, c'est que, bien que l'homme en tant qu'*être sensible* montre d'après l'expérience un pouvoir de choisir non seulement *conformément* mais encore *contrairement* à la loi, ce n'est pourtant point par là que sa liberté pourrait être *définie* comme étant celle d'un *être intelligible*, parce que des phénomènes ne peuvent rendre compréhensible aucun objet suprasensible (au nombre desquels se trouve pourtant le libre arbitre) et que la liberté ne peut jamais consister, pour le sujet raisonnable, à pouvoir faire un choix qui entre en conflit avec sa raison (législatrice), même si l'expérience prouve assez souvent que cela arrive (ce dont nous ne pouvons toutefois comprendre la possibilité). En effet, autre chose est admettre une formule (tirée de l'expérience), autre chose l'ériger en *principe d'explication* (du concept de libre arbitre) et en caractère distinctif universel (par rapport à l'*arbitrium brutum s.*
VI, 227 *servum*[2]); car dans le cas de la formule, on n'affirme pas que le signe caractéristique appartienne *nécessairement* au concept, ce qui est au contraire requis dans le cas du principe. Seule la liberté qui a rapport à la législation interne de la raison est à proprement parler un pouvoir. La possibilité de s'en écarter est impuissance[3]. Comment maintenant expliquer ce pouvoir par cette impuissance? Une définition, qui au concept pratique ajoute sa *fonction*, telle que l'enseigne l'expérience,

est une *définition bâtarde (definitio hybrida)* qui présente le concept sous un faux jour[1].

Est une *loi* (moralement pratique) la proposition qui renferme un impératif catégorique (commandement). Celui qui commande *(imperans)* au moyen d'une loi est le *législateur (legislator)*. Il est l'auteur *(auctor)* de l'obligation instaurée suivant la loi, mais il n'est pas toujours l'auteur de la loi. Ce dernier cas échéant, la loi serait positive (contingente) et arbitraire. La loi qui nous oblige *a priori* et inconditionnellement par le biais de notre propre raison peut également être exprimée comme procédant de la volonté d'un législateur suprême, c'est-à-dire tel qu'il a exclusivement des droits et n'a aucun devoir (procédant par conséquent de la volonté divine), ce qui toutefois signifie simplement l'Idée d'un être moral dont la volonté fait loi pour tous, sans qu'on le pense pourtant comme auteur de cette loi.

L'*imputation (imputatio)* au sens moral est le *jugement* par lequel on regarde quelqu'un comme l'auteur *(causa libera[2])* d'une action qui s'appelle alors *acte (factum)* et est soumise à des lois ; si ce jugement entraîne en même temps avec lui des conséquences juridiques, il s'agit d'une imputation exécutoire *(imputatio judiciaria s. valida[3]);* alors qu'il ne s'agirait autrement que d'une imputation *décisoire (imputatio dijudicatoria)*. La personne (physique ou morale) qui est habilitée à prononcer une imputation exécutoire s'appelle le *juge* ou le tribunal *(judex s. forum)*.

Ce que quelqu'un fait, conformément au devoir, en *plus* de ce à quoi il est contraint d'après la loi, est *méritoire (meritum);* ce qu'il fait de juste *convenable* seulement d'après la loi, est un *acquittement (debitum)*, enfin, ce qu'il fait de moins par rapport à ce que la loi exige, est un *endettement* moral *(demeritum)*. L'effet *juridique* d'un endettement est la *peine (poena)*, celui d'un acte méritoire est la *récompense (praemium)* (à supposer que, promise dans la loi, elle ait été le mobile); l'adéquation entre la conduite et l'acquittement VI, 228
n'a aucun effet juridique. La *rétribution* gracieuse

(remuneratio s. repensio benefica[1] *)* n'a aucun *rapport juridique* avec l'acte.

Remarque

Les bonnes ou les mauvaises conséquences d'une action obligatoire de même que celles de l'abstention au sujet d'une action méritoire ne peuvent être imputées au sujet *(modus imputationis tolens*[2] *)*.

Les bonnes conséquences d'une action méritoire de même que les mauvaises conséquences d'une action illégale peuvent être imputées au sujet *(modus imputationis ponens*[3] *)*.

Le degré d'*imputabilité (imputabilitas)* des actions doit être évalué *subjectivement* en fonction de la grandeur des obstacles qui ont dû être surmontés à l'occasion de celles-ci. Plus les obstacles naturels (de la sensibilité) sont grands, moins l'est l'obstacle moral (du devoir) et plus l'*acte bon* est imputable à mérite : quand par exemple, au prix d'un grand sacrifice, je sauve d'un extrême danger un homme qui m'est totalement étranger.

Au contraire, plus l'obstacle naturel est petit, plus est grand l'obstacle procédant des principes du devoir et plus la transgression (en tant qu'endettement) est imputable. C'est pourquoi l'état d'esprit dans lequel le sujet a commis l'acte, soit sous l'empire de la passion soit avec froide préméditation, fait, quant à l'imputation, une différence qui a des conséquences.

INTRODUCTION À LA DOCTRINE DU DROIT VI, 229

§ A

QU'EST-CE QUE LA DOCTRINE DU DROIT?

Le concept de la totalité des lois, en fonction desquelles une législation extérieure est possible, s'appelle la *doctrine du droit (jus)*. Une telle législation existe-t-elle réellement, elle est alors la doctrine du *droit positif*, et celui qui est versé dans la connaissance de ce dernier ou le savant en matière de droit *(jurisconsultus)* s'appelle un expert en droit *(jurisperitus)*, à condition qu'il connaisse aussi extérieurement les lois extérieures, c'est-à-dire dans leur application aux cas qui se présentent dans l'expérience ; laquelle doctrine peut sans doute ainsi devenir *jurisprudence (jurisprudentia)* cependant que sans la conjonction des lois et de l'expérience, elle demeure pure *science du droit (jurisscientia*[1] *)*. Cette dernière dénomination est réservée à la connaissance *systématique* de la doctrine du droit naturel *(jus naturae)* bien que le juriste doive concéder qu'appartiennent à cette dernière les principes immuables de toute législation positive[2].

§ B

QU'EST-CE QUE LE DROIT?

Cette question pourrait bien mettre le *jurisconsulte* dans l'embarras, à moins qu'il ne veuille tomber dans la tautologie ou, au lieu de présenter une solution universelle, renvoyer à ce que veulent les lois en un quelconque pays à une quelconque époque, autant que ce défi auquel on le provoque

embarrasse le logicien : *qu'est-ce que la vérité?* Ce qui est de droit *(quid sit juris)*, c'est-à-dire ce que disent ou ont dit les lois en un certain lieu et à une certaine époque, il peut bien l'indiquer ; mais quant à savoir si ce qu'elles voulaient était également juste et quel est le critère universel auquel on peut reconnaître en général le juste aussi bien
VI, 230 que l'injuste *(justum et injustum)*, cela lui reste caché s'il n'abandonne pas pour un temps ces principes empiriques, s'il ne cherche pas la source de ces jugements dans la simple raison (quoique ces lois puissent parfaitement lui servir en cela de fil conducteur) afin d'établir le fondement d'une législation positive possible. Une doctrine du droit simplement empirique (comme la tête de bois dans la fable de Phèdre) est une tête qui est peut-être belle, seulement il est dommage qu'elle n'ait pas de cervelle !

Le concept du droit, dans la mesure où il se rapporte à une obligation correspondante (c'est-à-dire le concept moral de droit), *premièrement,* ne concerne que la relation extérieure et à vrai dire pratique, d'une personne à une autre, pour autant que leurs actions, en tant que faits, peuvent avoir (immédiatement ou médiatement) de l'influence les unes sur les autres. Mais *deuxièmement* il ne signifie pas la relation de l'arbitre au *souhait* (par conséquent non plus au simple besoin) d'autrui, comme par exemple dans mes actions de bienfaisance ou de méchanceté, mais uniquement la relation à l'*arbitre* d'autrui[1]. *Troisièmement,* dans cette relation réciproque des arbitres n'entre nullement en ligne de compte la *matière* de l'arbitre, c'est-à-dire la fin que vise chacun touchant l'objet qu'il veut — par exemple on ne demande pas si, dans la marchandise qu'il m'achète pour son propre commerce, tel individu pourrait ou non trouver son bénéfice, mais on n'interroge que la *forme* de la relation des deux arbitres en les considérant comme *libres* et on se demande si, par là, l'action de l'*un* des deux est susceptible de s'accorder avec la liberté de l'*autre* selon une loi universelle[2].

Le droit est donc le concept de l'ensemble des conditions auxquelles l'arbitre de l'un peut être accordé avec l'arbitre de l'autre d'après une loi universelle de la liberté.

§ C

PRINCIPE UNIVERSEL DU DROIT

« Est *juste* toute action qui peut ou dont la maxime peut laisser coexister la liberté de l'arbitre de chacun avec la liberté de tout le monde d'après une loi universelle. »

Si donc mon action, ou en général mon état, peut coexister avec la liberté de tout un chacun selon une loi universelle, celui qui y fait obstacle me fait une injustice ; en effet cet obstacle (cette résistance) ne peut coexister avec la liberté d'après des lois universelles. VI, 231

Il s'ensuit également qu'on ne peut exiger que ce principe de toutes les maximes soit du même coup ma maxime, c'est-à-dire que je le *prenne pour moi, comme maxime* de mon action ; car il est en le pouvoir de chacun d'être libre, quand bien même sa liberté me serait entièrement indifférente ou qu'en mon cœur je formerais volontiers le désir d'y porter atteinte, pourvu seulement que je ne nuise pas à sa liberté par mon *action extérieure.* Me faire une maxime d'agir selon le droit est une exigence que m'adresse l'éthique[1].

La loi universelle du droit : Agis extérieurement de telle sorte que le libre usage de ton arbitre puisse coexister avec la liberté de chacun suivant une loi universelle, est donc une loi qui à la vérité m'impose une obligation mais ne prévoit en aucune façon, ni *a fortiori* exige qu'uniquement en vertu de cette obligation, je me fasse *même* un *devoir* de limiter ma liberté à ces conditions ; au contraire, la raison dit seulement qu'en son Idée la liberté *est* limitée à ces conditions et qu'il lui est également loisible en fait d'être limitée par d'autres ; et elle énonce cela comme un postulat qui n'est pas autrement susceptible de démonstration[1]. Si l'on a l'intention non pas d'enseigner la vertu mais seulement d'exposer ce qui est *juste,* on peut et l'on doit même s'abstenir de présenter cette loi du droit comme mobile de l'action.

§ D
LE DROIT EST LIÉ À L'HABILITÉ À CONTRAINDRE

La résistance opposée à l'obstacle à un effet est un auxiliaire de cet effet et s'accorde avec lui. Or tout ce qui est injuste est un obstacle à la liberté exercée d'après des lois universelles, et la contrainte est un obstacle ou une résistance que rencontre la liberté. Par suite, si un certain usage de la liberté est lui-même un obstacle à la liberté exercée d'après des lois universelles (c'est-à-dire est injuste), alors, la contrainte qui va à l'encontre de cet obstacle, en tant qu'*obstacle à l'obstacle à la liberté,* s'accorde avec la liberté[2] d'après des lois universelles, c'est-à-dire qu'elle est juste ; par conséquent est immédiatement liée au droit, suivant le principe de contradiction, une habilité à contraindre celui qui lui porte préjudice.

VI, 232

§ E
LE DROIT STRICT PEUT AUSSI ÊTRE REPRÉSENTÉ COMME LA POSSIBILITÉ D'UNE CONTRAINTE RÉCIPROQUE PARFAITE S'ACCORDANT AVEC LA LIBERTÉ DE CHACUN SUIVANT DES LOIS UNIVERSELLES

Cette proposition revient à dire que le droit ne peut pas être conçu comme composé de deux éléments, à savoir l'obligation suivant une loi et l'habilité, pour celui qui oblige autrui par son arbitre, à contraindre ce dernier à respecter cette obligation, mais qu'on peut au contraire faire consister le concept de droit dans la possibilité de lier immédiatement la contrainte réciproque universelle à la liberté de chacun. En effet, de même que le droit n'a en général pour objet que ce qui dans les actions est extérieur, de même le droit strict, c'est-à-dire celui auquel rien d'éthique n'est mêlé, est celui qui n'exige pas d'autres principes de détermination de l'arbitre que des principes extérieurs uniquement, car alors il est pur et n'est mêlé d'aucun précepte de vertu. On ne peut donc appeler droit *strict* (étroit) que celui qui est complètement extérieur. Maintenant, ce droit se fonde sans doute sur la conscience en chacun d'être obligé de par la loi, mais pour déterminer par là l'arbitre il n'a pas besoin, ni n'a la possiblité, s'il doit être pur, de se réclamer de cette conscience comme mobile, au contraire, il s'appuie à cette fin sur le principe de la possibilité d'une contrainte extérieure qui puisse se concilier avec la liberté de chacun suivant des lois universelles. Ainsi, lorsqu'on dit qu'un créancier a le droit d'exiger de son débiteur le paiement de sa dette, cela ne signifie pas qu'il peut faire entrer dans l'esprit de ce dernier que sa raison même l'oblige à cette prestation, mais cela signifie au contraire qu'une contrainte qui force chacun à faire ainsi peut fort bien être compatible avec la liberté de chacun, par conséquent aussi avec la sienne, suivant une loi extérieure universelle : le droit et l'habilité à contraindre signifient donc une seule et même chose.

Remarque

La loi d'une contrainte réciproque s'accordant nécessairement avec la liberté de chacun selon le principe de la liberté universelle est pour ainsi dire la *construction* de ce concept, c'est-à-dire sa présentation dans une intuition pure *a priori* d'après l'analogie avec la possibilité des libres mouvements des corps selon la loi de l'*égalité* de

VI, 233 l'*action* et de la *réaction.* Or, de même que dans les mathématiques pures nous ne déduisons pas immédiatement du concept les propriétés de son objet mais ne pouvons au contraire les découvrir que par la construction du concept, de même n'est-ce pas tant le *concept* du droit que plutôt la contrainte, parfaitement réciproque et égale qui, placée sous des lois universelles, compatible avec lui, rend possible la présentation de ce concept. Or, comme ce concept dynamique a lui-même un fondement simplement formel dans la mathématique pure (par exemple la géométrie), la raison s'est souciée de pourvoir aussi, autant que possible, l'entendement d'intuitions *a priori* en vue de la construction du concept de droit. Le *droit (rectum)* est opposé comme *ce qui est en ligne droite,* d'une part au *courbe,* d'autre part à l'*oblique.* Dans la première opposition, le droit est la *propriété intrinsèque* d'une ligne telle qu'entre deux *points* donnés il ne peut y en avoir qu'une *seule,* mais dans la seconde il consiste en la *position* de deux *lignes* se coupant ou se touchant, telle qu'il peut n'y avoir qu'une *seule* ligne (la perpendiculaire) qui ne penche pas plus d'un côté que de l'autre et qui divise l'espace en deux parties égales ; suivant laquelle analogie aussi la doctrine du droit veut connaître précisément (avec une exactitude mathématique[1]) ce qui pour chacun est le *sien,* ce que l'on ne saurait attendre dans la *doctrine de la vertu,* laquelle ne peut refuser de ménager un certain espace *(latitudinem)* pour les exceptions. Cependant, sans entrer dans le domaine de l'éthique, on peut dire qu'il est deux cas qui réclament une décision juridique, pour lesquels on ne peut toutefois trouver personne qui tranche, et qui appartiennent en quelque sorte aux *intermundia d'Épicure*[2]. Ces deux cas, nous devons préalablement les distinguer de la doctrine du droit proprement dite que nous allons bientôt aborder, afin que leurs principes vacillants n'exercent aucune influence sur les fermes principes de cette doctrine.

APPENDICE À L'INTRODUCTION À LA DOCTRINE DU DROIT

DU DROIT ÉQUIVOQUE (JUS AEQUIVOCUM)

À tout droit au sens *strict (jus strictum)* est lié l'habilité à contraindre. Mais un droit au sens *large* VI, 234 *(jus latum)* se conçoit aussi, où l'habilité à contraindre ne peut être déterminée par aucune loi. Or ce droit, véritable ou supposé, est de deux sortes : l'*équité* et le *droit de nécessité.* L'équité admet un droit sans contrainte, la nécessité une contrainte sans droit, et l'on s'apercevra aisément que cette ambiguïté vient précisément de ce qu'il y a des cas où le droit est litigieux, dans lesquels aucun juge ne peut prononcer une décision.

I. *L'équité (aequitas)*

L'*équité* (objectivement considérée) n'est aucunement un principe au nom duquel on exhorte les autres au seul devoir éthique (à la bienveillance et à la bonté) ; au contraire, celui qui exige quelque chose en vertu de ce principe s'appuie sur son droit ; seulement, il lui manque les conditions qui seraient indispensables au juge pour pouvoir déterminer jusqu'à quel point et de quelle manière sa réclamation peut être satisfaite. Celui qui, dans une société de commerce établie sur l'égalité des profits, tout de même qu'il a *fait* davantage que les autres membres, n'en a évidemment aussi *perdu* par là que davantage — et cela a beau être par un revers de fortune — peut *en toute équité* exiger de la société davantage qu'un simple partage à égalité entre ses membres. Toutefois, en droit proprement dit (strict), si l'on imagine un juge statuant sur son cas, attendu qu'il ne dispose pas de données *(data)* précises pour arrêter ce qui revient à cet homme au terme du contrat, sa requête serait repoussée. Le domestique à qui, à la fin de l'année, on paye les gages qui lui sont dus avec une monnaie qui s'est dévaluée dans l'intervalle, et avec laquelle il ne peut pas se procurer ce qu'il pouvait acheter pour ce montant lors de la conclusion du contrat, ne peut, face à une valeur numéraire identique mais d'un pouvoir d'achat différent, en appeler pour autant à son droit pour être dédommagé, et n'a au fond d'autre recours que l'équité (divinité muette qui ne peut être entendue), puisque rien n'avait été stipulé à ce sujet dans le contrat et qu'un juge ne peut prononcer d'après des conditions indéterminées.

Il s'ensuit donc qu'un *tribunal de l'équité* (lors d'un conflit avec d'autres concernant leurs droits) renferme une contradiction. C'est seulement là où
VI, 235 il s'agit des propres droits du juge et en ce qu'il peut décréter lorsque cela concerne sa personne qu'il a le loisir et le devoir de prêter l'oreille à l'équité ; par exemple quand la Couronne prend à sa charge les dommages que d'autres ont subi en la servant et qu'ils la supplient de réparer, bien que selon le droit strict elle puisse repousser cette requête en alléguant que les requérants ont assumé de tels services à leurs propres risques et périls.

La *devise (dictum)* de l'*équité* est donc bien « le droit le plus strict est la plus grande injustice *(summum jus summa injuria)* » mais on ne saurait remédier à ce mal par voie de droit bien qu'il s'agisse d'une exigence du droit, parce que l'équité relève du seul *tribunal de la conscience (forum poli*[1] *)* tandis que toute question de droit doit être portée devant le tribunal de *droit civil (forum soli*[2] *)*.

II. *Le droit de nécessité (jus necessitatis)*

Ce prétendu droit serait l'habilité, dans le cas où je serais en danger de perdre ma propre vie, à ôter la vie à un autre qui ne m'a fait aucun mal. Il saute aux yeux que si cela était, la doctrine du droit serait forcément en contradiction avec elle-même : il ne s'agit pas là en effet d'un agresseur *injuste* attentant à ma vie, que je préviens en lui ravissant la sienne *(jus inculpatae tutelae*[1]*)* auquel cas la recommandation d'être modéré *(moderamen)* ne relève même pas du droit mais seulement de l'éthique ; il s'agit au contraire d'une violence licite envers qui n'en a exercé aucune envers moi.

Il est clair qu'une telle hypothèse ne doit pas être entendue objectivement comme ce que prescrirait une loi, mais subjectivement seulement, c'est-à-dire à la façon dont au tribunal on opte pour une sentence. Il ne peut en effet y avoir aucune *loi pénale* condamnant à mort celui qui dans un naufrage, courant avec un autre le même danger de mort, le repousserait de la planche sur laquelle il s'est réfugié, pour se sauver lui-même. En effet, la peine encourue de par la loi ne saurait être plus grave, pour ce dernier, que la perte de sa vie. Or, une loi pénale de ce genre ne peut pas du tout avoir l'effet escompté, car la menace d'un mal encore *incertain* (menace de mort par arrêt de justice) ne peut pas l'emporter sur la peur devant un mal *certain* (devant la noyade). Aussi, l'acte d'autoconservation par la violence n'est sans doute VI, 236
pas à considérer comme *non coupable (inculpabile)* mais seulement comme *impunissable (impunibile)*, et, par une étrange confusion, cette impunité *subjective* est tenue par les juristes pour une impunité *objective* (conforme à la légalité).

La devise du droit de nécessité dit : « Nécessité ne souffre point de commandement *(necessitas non habet legem*[2]*)* » ; et pourtant il ne peut y avoir de nécessité qui rende légal ce qui est injuste.

On voit que dans les deux jugements juridiques (suivant le droit d'équité et suivant le droit de nécessité), l'*ambiguïté (aequivocatio)* naît de ce que l'on confond les principes objectifs de l'exercice du droit avec ses principes subjectifs (son exercice face à la raison et face à un tribunal), attendu que ce que quelqu'un est fondé à reconnaître par lui-même comme étant juste peut ne pas se trouver ratifié devant un tribunal, et ce qu'il doit lui-même considérer comme injuste en soi peut obtenir l'indulgence devant cette même instance ; c'est que dans ces deux cas, on ne prend pas le concept de droit dans le même sens[1].

DIVISION DE LA DOCTRINE DU DROIT

A

DIVISION GÉNÉRALE DES DEVOIRS DE DROIT

Cette division peut très bien se faire d'après *Ulpien*[2] si l'on prête à ses formules un sens qu'à vrai dire elles n'avaient peut-être pas clairement dans son esprit, mais qu'il est pourtant permis d'en tirer ou d'y introduire. Ces formules sont les suivantes :

1° *Sois un homme droit (honeste vive*[3] *). L'honnêteté juridique (honestas juridica)* consiste à affirmer, comme étant celle d'un homme, sa valeur dans la relation avec les autres, devoir qui s'exprime dans cette proposition : «Ne fais pas de toi-même pour les autres un simple moyen mais sois pour eux en même temps une fin». Ce devoir sera ultérieurement défini comme une obligation procédant du *droit* de l'humanité en notre propre personne *(lex justi*[4] *)*.

2° *Ne fais tort à personne (neminem laede)*, quand bien même tu devrais pour cela te détacher de toute liaison avec les autres et être obligé de fuir toute société *(lex juridica*[5] *)*.

VI, 237 3° *Entre* (si tu ne peux l'éviter) avec d'autres dans une société telle que chacun y puisse conserver ce qui est sien *(suum cuique tribue)*. Cette dernière formule, si on la traduisait ainsi : «Donne à chacun le *sien*» serait l'expression d'une absurdité, car on ne peut donner à personne quelque chose qu'il a déjà. Si donc elle doit avoir un sens, il faut l'énoncer ainsi : « *Entre* dans un état tel que pour chacun, le sien puisse être garanti à l'égard de chaque autre » *(lex justitiae*[1] *)*.

Ainsi, les trois formules classiques ci-dessus sont-elles à la fois les principes de la division du système des devoirs de droit en *internes* et *externes*, et en devoirs contenant la déduction des derniers à partir du principe des premiers, par subsomption.

B

DIVISION GÉNÉRALE DU DROIT

1. Le droit, en tant que *doctrine* systématique se divise en *droit naturel* qui repose exclusivement sur des principes *a priori*, et en droit *positif* (statutaire) qui émane de la volonté d'un législateur.

2. Le droit, comme *pouvoir* (moral) d'obliger les autres, c'est-à-dire comme principe légal à l'adresse de ces derniers *(titulum*[2] *)*, d'où procède la division maîtresse en droit *inné* et droit *acquis;* le premier étant ce droit qui, indépendamment de tout acte juridique, revient à chacun de par la nature, le second, celui pour lequel un tel acte est requis[3].

Le mien et tien inné peut aussi être appelé interne *(meum vel tuum internum*[4] *)*; car le mien et tien externe doit toujours être acquis.

Il n'y a qu'un seul droit inné

La *liberté* (l'indépendance par rapport à un autre arbitre contraignant), dans la mesure où il peut subsister avec la liberté de tout autre suivant une loi universelle, est ce droit originaire unique qui appartient à tout homme en vertu de son humanité. L'*égalité* innée, c'est-à-dire cette indépendance qui fait qu'on n'est pas obligé par les autres à plus que ce à quoi on peut les obliger également en retour, par conséquent cette qualité de VI, 238 l'homme qui consiste pour lui à être son *propre maître (sui juris)*, de même que celle d'être un homme intègre *(justi)*, du fait qu'avant tout acte juridique, il n'a rien commis d'injuste, enfin également cette habilité à faire envers les autres ce qui en soi ne porte pas préjudice à ce qui est leur, alors qu'ils ne veulent seulement pas s'en faire question, comme par exemple de leur communiquer simplement ses pensées, de leur raconter ou de leur promettre quelque chose, que cela soit vrai et loyal ou faux et déloyal *(veriloquium aut falsiloquium)*, parce qu'il dépend tout simplement d'eux de vouloir vous croire ou non* — toutes ces habilités sont déjà comprises dans le principe de la liberté innée et ne sont pas réellement distinctes d'elle (comme le seraient les membres d'une division à partir d'un concept supérieur du droit).

L'intention qui a présidé à l'introduction d'une telle division dans le système du droit naturel (dans la mesure où il concerne le droit inné), vise à ce que si un conflit s'élève à propos d'un droit acquis et qu'intervient la question de savoir à qui incombe de produire la preuve *(onus probandi)*, ou bien quant à un fait litigieux, ou bien, si ce fait est établi, quant à un droit litigieux, celui qui récuse cette obligation puisse invoquer son droit inné de liberté (lequel est alors spécifié suivant les

* On a certes coutume d'appeler mensonge *(mendacium)* une contrevérité dite à dessein, même si c'est par pure légéreté d'esprit, parce que en effet elle peut nuire pour le moins dans la mesure où celui qui la répète ingénument devient la risée des autres à cause de sa crédulité. Mais, au sens juridique, il est demandé de n'appeler mensonge que cette contrevérité qui porte atteinte immédiatement au droit d'un autre, par exemple alléguer faussement *(falsiloquium dolosum*[1]*)*, en vue de lui prendre son bien, une transaction qu'on aurait passée avec quelqu'un ; et cette distinction entre des concepts très voisins n'est pas sans fondement parce que en face de la simple exposition de nos pensées, l'autre demeure toujours libre de les prendre pour ce qu'il veut, bien que la réputation fondée d'être un homme dont on ne peut pas croire les paroles frise tellement la réprobation qui conduit à le traiter de menteur que la ligne de démarcation entre ce qui appartient au droit et ce qui relève de l'éthique est à peine discernable[2].

divers rapports en jeu) d'une façon méthodique et qui équivaille à se référer à divers titres de droit.

Or, comme relativement au mien et tien inné, par conséquent interne, il n'y a pas *des droits* mais seulement un droit[1], cette division maîtresse, en tant qu'elle consiste, quant au contenu, en deux membres extrêmement dissemblables, est rejetée dans les prolégomènes, et la division de la doctrine du droit peut être rapportée au seul mien et tien externe.

C

DIVISION DE LA MÉTAPHYSIQUE DES MŒURS EN GÉNÉRAL VI, 239

I. Tous les devoirs sont ou bien des *devoirs de droit (officia juris)* c'est-à-dire tels qu'une législation externe est possible pour eux, ou bien des *devoirs de vertu (officia virtutis s. ethica*[2] *)* pour lesquels une telle législation n'est pas possible ; les derniers ne peuvent toutefois être soumis à aucune législation externe pour cette seule raison qu'ils concernent une *fin* qui est (ou qu'avoir) est en même temps un devoir ; mais aucune législation extérieure ne peut faire que l'on se propose une fin (parce que c'est un acte interne de l'esprit) ; bien que des actions extérieures menant à cette fin puissent être commandées sans que le sujet les prenne pourtant pour fins.

Remarque

Pourquoi donc la doctrine des mœurs (morale) est-elle ordinairement (notamment par *Cicéron*[3]) intitulée doctrine des *devoirs* et non pas doctrine des devoirs et des *droits,* puisque les uns renvoient aux autres ? La raison en est la suivante : nous ne connaissons notre propre liberté (de laquelle procèdent toutes les lois morales, par conséquent tous les droits aussi bien que les devoirs) qu'à travers l'*impératif moral* qui eſt une proposition commandant le devoir[1] à partir de laquelle on peut ensuite développer le pouvoir d'obliger les autres, c'eſt-à-dire le concept du droit.

II. Comme, dans la doctrine des devoirs, l'homme peut et doit être représenté d'après l'attribut qu'eſt sa faculté de liberté, laquelle eſt entièrement suprasensible, donc aussi d'après sa seule *humanité* comme personnalité *(homo noumenon)* indépendante des déterminations physiques, à la différence de ce même *homme (homo phaenomenon)* qu'il eſt, mais en tant que sujet affecté de ces déterminations ; le devoir et la fin, rapportés à leur tour au devoir sous ce double attribut, donneront la division suivante.

VI, 240 DIVISION
D'APRÈS LE RAPPORT OBJECTIF
DE LA LOI AU DEVOIR

Devoir envers soi-même

Devoir imparfait			*Devoir parfait*
	3 Fin de l'humanité en notre personne	1 Droit de l'humanité en notre propre personne	
	Devoir de vertu	de droit	
	4 Fin des hommes	2 Droit des hommes	

Devoir envers autrui

III. Comme les sujets à l'égard desquels on conçoit un rapport du droit au devoir (qu'il soit plausible ou non) admettent diverses relations, on pourra aussi procéder de ce point de vue à une division. VI, 241

DIVISION D'APRÈS LE RAPPORT SUBJECTIF DES OBLIGEANTS ET DES OBLIGÉS

1 Rapport juridique de l'homme à des êtres *n'ayant ni droits ni devoirs* *Vacat* Ce sont en effet des êtres privés de raison qui ne nous obligent pas et par lesquels nous ne pouvons être obligés	2 Rapport juridique à des êtres ayant aussi bien des droits que des devoirs *Adest* C'est en effet un rapport d'homme à homme
3 Rapport juridique de l'homme à des êtres n'ayant que des devoirs et aucun droit *Vacat* Ce seraient en effet des hommes sans personnalité (des serfs, des esclaves)	4 Rapport juridique de l'homme à un être n'ayant que des droits et aucun devoir (Dieu) *Vacat* À savoir dans la simple philosophie parce que ce n'est point un objet d'expérience possible

Il n'y a donc de rapport *réel* entre droit et devoir que dans le n° 2. La raison pour laquelle

il n'en va pas ainsi dans le numéro 4 est qu'il s'agirait alors d'un devoir *transcendant,* c'est-à-dire tel qu'on ne pourrait lui *faire correspondre* aucun sujet extérieur obligeant ; par conséquent, au point de vue théorétique, le rapport dont il s'agit ici est seulement *idéal,* c'est-à-dire que c'est un rapport à une chose de la pensée, que nous nous *forgeons* nous-mêmes, non pas toutefois au moyen d'un concept tout à fait *vide,* mais d'un concept en relation à nous-mêmes et aux maximes de la moralité interne, au moyen par conséquent d'un concept fécond quant à l'intention pratique interne, et c'est en cela seul que consiste en effet, au sein de ce rapport uniquement pensé, notre
VI, 242 devoir *immanent* (réalisable) tout entier.

DE LA DIVISION DE LA MORALE EN TANT QUE SYSTÈME DES DEVOIRS EN GÉNÉRAL

Doctrine élémentaire — Méthodologie

Doctrine élémentaire : Devoirs de droit — Devoirs de vertu

Méthodologie : Didactique — Ascétique

Devoirs de droit : Droit privé — Droit public

et ainsi de suite, tout ce qui ne comprend pas seulement les matériaux mais aussi la forme architectonique d'une doctrine scientifique des mœurs, pourvu que les premiers principes métaphysiques en aient parfaitement mis à jour les principes universels.

*

La division suprême du droit naturel ne peut être (comme on l'établit parfois) la division en droit de l'*homme naturel*[1] et droit *social,* mais doit être la division en droit de l'homme naturel et droit *civil;* le premier de ces droits est appelé *droit privé,* le second, *droit public.* En effet, l'*état de nature* ne s'oppose pas à l'état social, mais à l'état civil ; car il peut très bien en l'état de nature y avoir une société, mais toutefois nullement une société *civile* (garantissant le mien et tien par des lois publiques), ce pourquoi en l'état de nature le droit s'appelle droit privé.

VI, 245 # DOCTRINE UNIVERSELLE DU DROIT

Première partie

LE DROIT PRIVÉ DU MIEN ET TIEN EXTÉRIEUR EN GÉNÉRAL

Première section

DE LA MANIÈRE D'AVOIR QUELQUE CHOSE D'EXTÉRIEUR COMME SIEN

§ 1

Le *mien en droit (meum juris)* est ce à quoi je suis lié de telle sorte que l'usage qu'un autre pourrait en faire sans mon consentement me lèserait. La condition subjective de la possibilité de l'usage en général est la *possession.*

Mais quelque chose d'*extérieur* ne saurait être le mien que si je peux supposer qu'il me serait possible d'être lésé par l'usage qu'un autre fait d'une chose *dont je ne suis pourtant pas en possession.* Avoir quelque chose d'extérieur comme sien serait donc en soi contradictoire si le concept de la possession n'était pas susceptible de deux sens différents, à savoir celui de possession *sensible* et celui de possession *intelligible,* en entendant par l'une la possession *physique* et par l'autre une possession *purement juridique* du même objet.

D'ailleurs l'expression : un objet est *hors de moi* peut signifier ou bien que c'est un objet *distinct* de moi (du sujet) seulement, ou encore que c'est un objet situé à un *autre endroit (positus)* dans l'espace ou dans le temps. C'est seulement au premier sens que la possession peut être conçue comme possession rationnelle, mais, au second sens, elle devrait s'appeler possession empirique. — Une possession *intelligible* (si tant est qu'elle soit possible) est une possession *sans détention (detentio)*. VI, 246

§ 2

POSTULAT JURIDIQUE
DE LA RAISON PRATIQUE

Il est possible à mon arbitre de prendre pour mien tout objet extérieur, c'est-à-dire qu'une maxime d'après laquelle, si elle faisait loi, un objet de l'arbitre devrait être *en soi* (objectivement) *vacant (res nullius*[1] *)*, est contraire au droit.

En effet, un objet de mon arbitre est quelque chose qu'il est *physiquement* en ma puissance d'utiliser. Or, si en droit il devait cependant n'être absolument pas en ma puissance — c'est-à-dire n'être pas compatible avec la liberté de chacun selon une loi universelle (être injuste) — d'en faire usage, la liberté se priverait elle-même de l'usage de son arbitre relativement à un objet de celui-ci, en mettant des objets *utilisables* hors de toute possibilité d'*usage*, c'est-à-dire qu'au point de vue pratique elle les anéantirait et en ferait des *res nullius*, et cela bien que dans l'usage des choses l'arbitre s'accordât *formaliter* avec la liberté extérieure de chacun selon des lois universelles. Mais comme la raison pure pratique ne se fonde pas sur d'autres lois que des lois formelles de l'usage de l'arbitre et qu'elle fait donc abstraction de la matière de l'arbitre, c'est-à-dire des autres qualités de l'objet *pourvu seulement qu'il soit un objet de l'arbitre*, elle ne peut, relativement à un tel objet, contenir aucune défense absolue d'en faire usage, car ce serait là pour la liberté extérieure une contradiction avec elle-même. Or un objet de mon *arbitre* est ce dont j'ai le pouvoir physique de faire l'usage qui me plaît, dont l'usage est en ma puissance *(potentia)*, ce de quoi il faut encore distinguer : tenir ce même objet sous mon empire *(in potestatem meam redactum)*, ce qui ne présuppose pas seulement un *pouvoir* mais aussi un acte de l'arbitre. Mais, pour *penser* quelque chose simplement comme objet de mon arbitre, il suffit que j'aie conscience qu'il est en ma puissance. C'est donc une présupposition *a priori* de la raison pratique de considérer et de traiter tout objet de mon arbitre comme un mien ou tien objectivement possible.

VI, 247 On peut appeler ce postulat une loi permissive *(lex permissiva)* de la raison pratique, qui nous confère l'habilité que nous ne pouvons pas tirer des simples concepts du droit en général ; habilité à imposer à tous les autres une obligation qu'autrement ils n'auraient pas, celle de s'abstenir d'user de certains objets de notre arbitre parce que nous avons été les premiers à les prendre en notre possession. La raison veut que cela ait valeur de principe, et cela en tant que raison *pratique* qui s'étend à la faveur de ce sien postulat *a priori*.

§ 3

Celui qui veut affirmer d'une chose qu'elle est sienne doit être en possession de l'objet, car s'il ne l'était point, il ne pourrait être lésé par l'usage que l'autre en ferait sans son consentement, parce que si quelque chose, en dehors de lui, avec quoi il n'est aucunement lié juridiquement, affectait cet objet, cela ne pourrait l'affecter lui-même (le *sujet*) ni lui faire tort.

§ 4
EXPOSITION DU CONCEPT DE MIEN ET TIEN EXTÉRIEUR

Les objets extérieurs de mon arbitre ne peuvent être que de *trois* sortes : 1° une *chose* (corporelle) en dehors de moi ; 2° l'*arbitre* d'un autre en vue d'un acte déterminé (*praestatio*[1]) ; 3° l'*état* d'un autre par rapport à moi, d'après les catégories de *substance*, de *causalité* et de *communauté* entre moi et les objets extérieurs suivant les lois de la liberté.

Remarque

a) Je ne puis appeler mien un objet dans l'*espace* (une chose corporelle) sauf si, *bien que je n'en sois pas en possession physique*, je puis pourtant affirmer en être, autrement, en possession effective (non pas physique, par conséquent). Ainsi, je ne dirai pas qu'une pomme est mienne pour la raison que je l'ai dans la main (que je la possède physiquement), mais seulement si je puis dire : je la possède quoique de ma main je l'ai mise en un quelconque endroit. De même, je ne pourrai dire du sol sur lequel je me suis étendu, que pour cette raison il est mien, mais seulement si je puis affirmer qu'il continue à être en ma possession bien que j'aie quitté cette place. En effet, qui dans VI, 248
ce premier cas (celui de la possession empirique), voudrait m'enlever la pomme de la main ou me chasser de mon lieu de repos, me lèserait bien évidemment au point de vue du mien *intérieur* (de la liberté) mais non pas au point de vue du mien *extérieur* dans la mesure où je ne pourrais pas affirmer, alors même qu'il n'y a pas détention, être en possession de l'objet ; je ne pourrais donc pas non plus appeler miens ces objets (la pomme et l'emplacement).

b) Je ne puis appeler mienne la *prestation* de quelque chose par l'arbitre d'autrui si je ne peux que dire qu'elle est tombée en ma possession *en même temps* que sa promesse *(pactum re initum*[1] *)* mais seulement si je puis affirmer être en possession de l'arbitre de l'autre (en mesure de le déterminer à la prestation), bien que le temps de la prestation soit encore à venir ; la promesse de ce dernier relève par conséquent de l'avoir et des biens *(obligatio activa*[2] *)*, et je puis mettre la prestation au compte du mien, non pas seulement d'ailleurs si l'*objet de l'engagement* (comme dans le premier cas) est déjà en ma possession, mais même si je ne le possède pas encore. Je dois donc pouvoir me penser comme indépendant de la possession restreinte par une condition de temps, par conséquent empirique, tout en me pensant pourtant en possession de cet objet.

c) Je ne puis appeler mien une *femme,* un *enfant,* un *domestique* ni en général toute autre personne, pour la raison que je les commande actuellement comme appartenant à ma maisonnée ou parce que je les tiens en mon obédience et en mon empire et possession, mais je le puis si, quand bien même ils se seraient soustraits à ma férule et que je ne les possède donc pas (empiriquement), je peux cependant dire : je les possède de par ma seule volonté aussi longtemps qu'ils existent, quel que soit le lieu ou le moment, par conséquent d'une façon *purement juridique ;* ils ne font donc partie de mon avoir que si je puis affirmer ce dernier point et dans la mesure où je le puis.

§ 5

DÉFINITION DU CONCEPT DE MIEN ET TIEN EXTÉRIEUR

La *définition nominale*, c'est-à-dire celle qui est suffisante pour *différencier* un objet de tous les autres et qui procède d'une *exposition* exhaustive et précise du concept, serait la suivante : le mien extérieur est ce, situé à l'extérieur de moi, dont
VI, 249 ce serait me léser que de m'empêcher d'en faire

l'usage qui me plaît (me faire tort, porter préjudice à ma liberté qui peut s'accorder avec la liberté de chacun d'après une loi universelle). D'autre part, la *définition réelle* de ce concept, c'est-à-dire celle qui est suffisante mais pour *déduire* ce concept (pour connaître la possibilité de l'objet) se formule ainsi : le mien extérieur est ce dont ce serait me léser que d'en perturber l'usage que j'en fais, *quand bien même je n'en serais pas en possession* (je n'en serais pas détenteur). Si l'objet extérieur doit s'appeler mien, il faut que je le possède en quelque manière, car autrement celui qui contre ma volonté altérerait cet objet ne m'altérerait pas en même temps, par conséquent ne me léserait pas non plus. Donc, conformément au paragraphe 4, il faut présupposer comme possible une *possession intelligible (possessio noumenon)* s'il doit y avoir un mien ou tien extérieur ; la possession empirique (détention) n'est alors que possession dans le *phénomène (possessio phaenomenon)*, quoique l'*objet* que je possède ne soit pas ici, comme c'est le cas dans l'Analytique transcendantale, considéré lui-même comme phénomène mais comme chose en soi. Là, en effet, il s'agissait pour la raison de la connaissance théorique de la nature des choses, et de savoir jusqu'où cette connaissance peut s'étendre, tandis qu'ici elle a affaire à la détermination pratique de l'arbitre d'après des lois de la *liberté*, que l'objet soit d'ailleurs connaissable par les sens ou uniquement par l'entendement pur, et le *droit* est tel, un pur *concept rationnel* pratique de l'arbitre, lequel est soumis aux lois de la liberté.

C'est aussi pourquoi, pour parler juste, on ne devrait pas dire : posséder un droit sur tel ou tel objet, mais plutôt : posséder l'objet de manière *purement juridique;* en effet, le droit est déjà la possession intellectuelle d'un objet, et posséder une possession serait une expression dépourvue de sens.

§ 6

DÉDUCTION DU CONCEPT DE POSSESSION PUREMENT JURIDIQUE D'UN OBJET EXTÉRIEUR (POSSESSIO NOUMENON)

La question : comment un mien et tien extérieur est-il possible ? se réduit maintenant à celle-ci : comment une *possession purement juridique* (intelligible) est-elle possible ? et celle-ci à son tour à cette troisième : comment une proposition juridique *synthétique a priori* est-elle possible ?

Toutes les propositions juridiques sont des propositions *a priori,* car elles sont des lois rationnelles *(dictamina rationis).* La proposition
VI, 250 juridique *a priori* relative à la *possession empirique* est *analytique,* car elle ne dit rien de plus que ce qui s'ensuit de cette dernière selon le principe de contradiction, à savoir que si je suis détenteur d'une chose (donc lié physiquement à elle), celui qui l'altère contre mon consentement (qui par exemple m'arrache la pomme des mains) affecte le mien intérieur (ma liberté) et lui porte atteinte, se trouvant par conséquent, en sa maxime, en contradiction directe avec l'axiome du droit. La proposition exprimant une possession empirique conforme au droit, ne dépasse donc pas le droit d'une personne par rapport à elle-même.

En revanche, la proposition exprimant la possibilité de la possession d'une chose *en dehors de moi* (par conséquent la présupposition de la possibilité d'une *possessio noumenon*), toutes les conditions de la possession empirique dans l'espace et le temps ayant été écartées, dépasse ces conditions restrictives, et, puisqu'elle établit comme nécessaire au concept de mien et tien extérieur une possession, même sans détention, elle est *synthétique;* et dès lors il peut servir de vecteur à la raison de montrer comment une telle proposition *a priori,* dépassant le concept de possession empirique est possible.

De cette façon, la possession d'un fonds de

terre particulier est un acte de l'arbitre privé sans être pourtant un acte *autoritaire*. Le possesseur se fonde sur la *propriété commune* innée du sol et sur la volonté universelle, correspondant *a priori* à cette propriété commune, que soit licite une *possession privée* de ce sol (parce que autrement, des choses franches seraient transformées, en soi et d'après une loi, en choses vacantes) ; et, par la première possession, il acquiert originairement un sol déterminé tout en résistant à bon droit *(jure)* à tout individu qui l'entraverait dans l'usage privé de ce sol, bien que, dans l'état de nature où il se trouve, il ne le fasse pas de droit *(de jure)*, parce que en celui-ci, il n'existe encore aucune loi publique.

Aussi, quand bien même un sol serait considéré comme *libre* c'est-à-dire ouvert à l'usage de chacun, ou qu'il serait déclaré tel, on ne peut pourtant pas dire que c'est par nature et *originairement*, antérieurement à tout acte juridique — car il y aurait là un rapport aux choses, en particulier au sol, tel que le sol se déroberait à la possession de chacun — qu'il est libre, mais parce que cette liberté du sol serait pour chacun une interdiction de s'en servir, ce pour quoi est requise une possession commune du sol, qui ne peut avoir lieu sans contrat. Un sol qui ne peut être libre que par l'effet d'un contrat, doit donc être réellement en la possession de tous ceux (réunis) qui s'en interdisent réciproquement ou en suspendent l'usage.

Remarque

Cette communauté *originaire* du sol et avec elle des choses qui s'y trouvent *(communio fundi originaria)* est une Idée qui possède une réalité objective (juridiquement pratique) et qui est tout à fait distincte de la communauté *primitive (communio primaeva)* qui est une fiction ; celle-ci en effet aurait dû être une communauté *instituée* et aurait dû naître d'un contrat par lequel ils auraient tous VI, 251 renoncé à la possession privée et par lequel chacun, en joignant sa possession à celle des autres, l'eût transformée en une possession collective, ce dont l'histoire aurait dû fournir un témoignage. Mais considérer une telle procédure comme une prise de *possession originaire,* et penser que la possession particulière de chaque homme a pu et a dû être fondée là-dessus, c'est là une contradiction.

De la possession *(possessio)* est encore distincte la *résidence (sedes),* et de la prise de possession du sol en vue de l'acquérir ultérieurement, la *domiciliation,* habitation *(incolatus)* qui est la possession privée, prolongée d'un lieu, et dépend de la présence du sujet sur ce lieu. Il n'est pas ici question d'une domiciliation comme d'un second acte juridique qui peut suivre la prise de possession ou même ne pas du tout être dressé, car ce ne serait pas une possession originaire, mais une possession dérivée de l'assentiment d'autrui.

La simple possession physique (la détention) du sol est déjà un droit sur une chose, bien qu'à la vérité il ne suffise pas encore pour que celui-là soit regardé comme mien. Par rapport aux autres elle est (autant qu'on peut le savoir), en tant que première possession, en accord avec la loi de la liberté extérieure et en même temps contenue dans la propriété collective originaire qui renferme *a priori* le principe de la possibilité d'une possession privée ; par conséquent, troubler le premier détenteur d'un sol dans l'usage qu'il en fait est le léser. La première prise de possession a donc par elle-même un fondement juridique *(titulus possessionis*[1] *)* qui est la possession originairement commune, et la proposition : Heureux celui qui possède *(beati possidentes)* ! — car personne n'est obligé de produire le titre de sa possession — est un principe de droit naturel qui érige la première prise de possession en fondement juridique de l'acquisition sur lequel peut s'appuyer chaque premier possesseur.

S'il s'agissait d'un principe *théorique a priori* il
VI, 252 faudrait certes (suivant la critique de la raison

pure) une intuition *a priori* devant être subsumée sous un concept donné, que quelque chose soit par conséquent *ajouté* au concept de la possession d'un objet, seulement, s'agissant de ce principe *pratique,* on procédera à l'inverse et toutes les conditions d'intuition qui fondent la possession empirique doivent être *écartées* (il faut en faire abstraction) afin d'*étendre* le concept de possession au-delà du concept empirique et de pouvoir dire : tout objet extérieur de l'arbitre que j'ai en mon empire (et dans cette mesure seulement) peut être mis au compte du juridiquement mien, sans que je sois en sa possession.

La possibilité d'une telle possession, par conséquent la déduction du concept d'une possession non empirique, se fonde sur le postulat juridique de la raison pratique selon lequel « c'est un devoir de droit d'agir envers autrui de telle sorte que ce qui est extérieur (utilisable) puisse être regardé par tout un chacun aussi comme sien », déduction liée en même temps à l'exposition de ce concept qui ne fonde le sien extérieur que sur une possession *non physique.* Or, la possibilité de ce dernier ne peut aucunement être démontrée ni saisie en elle-même (justement parce que c'est un concept rationnel auquel on ne peut faire correspondre aucune intuition) mais c'est au contraire une conséquence immédiate du postulat en question. En effet, s'il est nécessaire d'agir suivant ce principe juridique, il faut aussi que la condition intelligible (une possession purement juridique) soit possible. Personne ne doit au demeurant s'étonner que les principes *théoriques* du mien et tien extérieur se perdent dans l'intelligible et ne représentent aucune extension de connaissance parce que le concept de liberté sur lequel ils reposent n'est susceptible d'aucune déduction de possibilité théorique et qu'il ne peut être conclu que de la loi pratique de la raison (de l'impératif catégorique) comme d'un fait de cette raison.

§ 7

APPLICATION DU PRINCIPE DE LA POSSIBILITÉ DU MIEN ET TIEN EXTÉRIEUR À DES OBJETS DE L'EXPÉRIENCE

Le concept d'une possession purement juridique n'est pas un concept empirique (dépendant des conditions d'espace et de temps), et cependant
VI, 253 il a une réalité pratique, c'est-à-dire qu'il doit être applicable à des objets de l'expérience dont la connaissance dépend de ces conditions. Voici comment procéder à l'égard du concept de droit en ce qui touche ces objets comme mien et tien extérieur possible : le concept de droit qui réside uniquement dans la raison ne peut pas être appliqué *immédiatement* aux objets de l'expérience ni au concept d'une *possession* empirique, mais il doit d'abord l'être à une *possession* en général comme pur concept de l'entendement, de manière à concevoir, au lieu de la *détention (detentio)* comme représentation empirique de la possession, le concept de l'*avoir* qui fait abstraction de toutes les conditions d'espace et de temps, et de manière que l'objet soit seulement conçu comme *en mon empire (in potestate mea positum esse)*. Ainsi, l'expression d'*extérieur* ne signifie pas qu'il y a de l'existence dans un *lieu autre* que celui où je suis, ni l'existence du décret et de l'acquiescement de la volonté comme située dans un autre temps que celui de la proposition, mais seulement un objet *différent* de moi. Or, de par sa juridiction, la raison pratique veut que je pense le mien et tien dans son application aux objets, et aussi sa possession, non pas selon des conditions sensibles mais indépendamment de celles-ci parce qu'il s'agit d'une détermination de l'arbitre suivant des lois de la liberté, dans la mesure où seul un *concept de l'entendement* peut être subsumé sous un concept du droit. Je dirai donc : je possède un champ, bien qu'il soit certes à un tout autre endroit que

celui où je me trouve réellement. Ici en effet il est seulement question d'un rapport intellectuel à un objet pour autant que je l'ai en *mon empire* (c'est la possession comme concept de l'entendement indépendant des conditions spatiales), et l'objet est *mien* parce que ma volonté, en se déterminant à en faire l'usage qui lui plaît, ne contrevient pas à la loi de la liberté extérieure. C'est justement parce que, *indépendamment* de la possession de cet objet de mon arbitre dans le phénomène (indépendamment de la détention), la raison pratique exige que la possession soit pensée d'après des concepts de l'entendement, non par des concepts empiriques mais par des concepts tels qu'ils puissent en renfermer les conditions *a priori,* c'est justement là que réside le fondement de la validité d'un tel concept de possession *(possessio noumenon)* en tant que concept d'une *législation* valant universellement ; et en effet une telle législation est contenue dans l'expression : «cet objet extérieur est mien», puisque cela impose à tous les autres une obligation, qu'autrement ils n'auraient pas, celle de s'abstenir d'en faire usage.

Donc le mode sur lequel j'ai quelque chose d'extérieur à moi comme mien est la liaison VI, 254
purement juridique de la volonté du sujet avec cet objet, indépendamment du rapport à l'objet dans l'espace et le temps, d'après le concept d'une possession intelligible. Un endroit sur la terre n'est pas un mien extérieur pour la raison que je l'occupe avec mon corps (car il ne s'agit en ce cas que de ma *liberté* extérieure, par conséquent de la seule possession de moi-même, non d'une chose en dehors de moi, et ce n'est donc là qu'un droit interne) ; au contraire, si je le possède encore quoique je m'en sois éloigné et que je me sois rendu dans un autre lieu, alors seulement il s'agit de mon droit extérieur, et celui qui voudrait mettre à ce que cet endroit soit mien cette condition pour moi de l'occuper durablement doit ou bien soutenir qu'il n'est pas du tout possible d'avoir pour sien quelque chose d'extérieur (ce qui contredit le postulat du paragraphe 2), ou

bien exiger, pour que je le puisse, que je sois en même temps présent en deux lieux. Cela revient alors à dire que je devrais à la fois être et n'être pas à un endroit, ce par quoi il se contredit lui-même.

Cela peut aussi s'appliquer au cas où j'ai pris acte d'une promesse ; en effet mon avoir et ma possession touchant la chose engagée ne seront pas invalidés du fait que celui qui s'est engagé m'a dit à un moment donné : cette chose doit te revenir, pour me dire ensuite au sujet de cette même chose : à présent, je ne veux pas que cette chose te revienne. Dans de semblables rapports intellectuels, tout se passe comme si cet homme m'avait dit à la fois, sans aucun intervalle de temps entre les deux déclarations de sa volonté : cette chose doit te revenir et elle ne doit pas te revenir, ce qui alors se contredit soi-même.

La même chose vaut encore pour le concept de possession juridique d'une personne en tant qu'elle appartient à l'avoir du sujet (sa femme, son enfant, son valet), à savoir que cette communauté domestique et la possession par tous ses membres d'un statut réciproque ne sont pas supprimées par la latitude qu'ils ont de se séparer *localement* les uns des autres, puisque c'est un rapport *juridique* qui les lie et qu'ici comme dans les cas précédents le mien et tien extérieur repose entièrement sur la présupposition de la possibilité d'une pure possession rationnelle sans détention.

Remarque

C'est à une critique de la raison juridiquement pratique que se trouve contrainte cette raison, à propos du concept de mien et tien extérieur, au fond à cause d'une antinomie des propositions relatives à la possibilité d'une telle possession ; c'est-à-dire que c'est seulement par une inévitable
VI, 255 dialectique où thèse et antithèse élèvent toutes les deux, pour leurs deux conditions contradictoires, la même prétention à la validité, que la raison se voit forcée, également dans son usage pratique

(relatif au droit), de distinguer entre la possession comme phénomène et celle qui est uniquement pensable par l'entendement.

La *thèse* s'énonce : *il m'est possible* d'avoir quelque chose d'extérieur comme mien, bien que je ne sois pas en sa possession.

L'*antithèse : il ne m'est pas possible* d'avoir quelque chose d'extérieur comme mien si je ne suis pas en sa possession.

Solution : Les deux propositions sont vraies, la première si j'entends par possession une possession empirique *(possessio phaenomenon)*, la seconde si j'entends sous ce même mot la pure possession intelligible *(possessio noumenon)*. Toutefois la possibilité d'une possession intelligible et par conséquent d'un mien et tien extérieur ne se donne pas à voir, mais elle doit être déduite du postulat de la raison pratique, ce à propos de quoi il est encore particulièrement remarquable que cette raison, sans avoir besoin d'intuitions ni même d'une intuition *a priori* puisse, par simple *élimination* des conditions empiriques autorisée par la loi de la liberté, se construire des propositions juridiques *a priori extensives* et par conséquent *synthétiques,* dont la preuve (comme on le montrera bientôt) peut ensuite être produite au point de vue pratique de façon analytique.

§ 8

AVOIR QUELQUE CHOSE D'EXTÉRIEUR POUR SIEN N'EST POSSIBLE QUE DANS UN ÉTAT JURIDIQUE, SOUS L'EMPIRE D'UNE LÉGISLATION PUBLIQUE, C'EST-À-DIRE DANS L'ÉTAT CIVIL

Lorsque je déclare (verbalement ou par un acte) : je veux que quelque chose d'extérieur soit mien, je déclare ainsi chacun obligé de s'abstenir de l'objet de mon arbitre ; obligation que per-

sonne n'aurait sans ce mien acte juridique. Mais, en cette prétention, il se trouve qu'on reconnaît en même temps être obligé envers tout autre à une semblable abstention à l'égard du sien extérieur ; car l'obligation provient ici d'une règle universelle du rapport juridique extérieur. Je ne suis donc pas obligé de laisser intact le sien extérieur d'autrui si chacun des autres ne m'assure
VI, 256 pas en retour que relativement au mien il se conduira selon le même principe, laquelle garantie ne demande aucun acte juridique particulier mais est déjà contenue dans le concept d'obligation juridique extérieure, en raison de l'universalité et par conséquent aussi de la réciprocité de l'obligation émanant d'une règle universelle. Or la volonté unilatérale portant sur une possession extérieure et de ce fait contingente ne saurait servir de loi de contrainte pour tous, car cela porterait atteinte à la liberté s'exerçant d'après des lois universelles. Ainsi n'y a-t-il qu'une telle volonté, obligeant tout un chacun, donc collectivement — universelle (commune) et toute-puissante, qui puisse procurer à chacun cette sécurité. Or l'état où l'on est soumis à une législation universelle extérieure (c'est-à-dire publique) accompagnée de puissance est l'état civil. Ce n'est donc pas dans l'état civil qu'il peut y avoir un mien et tien extérieur.

Corollaire : S'il doit être juridiquement possible d'avoir pour sien un objet extérieur, alors il doit également être permis au sujet de *forcer* tout individu avec lequel surgit une contestation du mien et du tien à propos d'un tel objet, à entrer avec lui dans une contestation civile.

§ 9

IL PEUT CEPENDANT Y AVOIR DANS L'ÉTAT DE NATURE UN MIEN ET TIEN EXTÉRIEUR RÉEL MAIS SEULEMENT PROVISOIRE

Le *droit naturel* dans l'état de constitution civile (c'est-à-dire le droit qui, en ce qui touche cette

dernière, peut être dérivé de principes *a priori*) ne peut souffrir aucune atteinte de la part des lois statutaires de cette constitution, et ainsi reste en vigueur le principe juridique suivant : «celui qui agit selon une maxime d'après laquelle il est impossible d'avoir pour mien un objet de mon arbitre, me lèse» ; en effet, la constitution civile est uniquement l'état juridique par lequel est simplement assuré à chacun le sien sans qu'il soit pourtant fixé ni déterminé à proprement parler. Toute garantie suppose donc le sien de quelqu'un (qu'elle lui assure). On doit par conséquent admettre comme possible, avant la constitution civile (ou *indépendamment* d'elle), un mien et tien extérieur et en même temps un droit de contraindre chaque individu avec lequel nous pourrions entrer en relation d'une quelconque manière, à s'engager avec nous dans une constitution au sein de laquelle puisse être assuré ce mien et tien. En VI, 257
attente et durant les préliminaires d'un tel état, qui ne peut être fondé que sur une loi de la volonté commune et s'accorde donc avec la *possibilité* de cette dernière, une possession est une possession *provisoirement juridique,* tandis que c'est une possession *péremptoire* qui se rencontrerait dans un état *réellement* existant de ce type. Avant d'entrer dans cet état auquel il est préparé, c'est à bon droit que le sujet résiste[1] à ceux qui refusent d'en passer par là et veulent le troubler dans sa possession provisoire ; parce que la volonté de tous les autres hormis lui-même, en songeant à lui imposer l'obligation de s'abstenir d'une certaine possession, est purement *unilatérale* et que par conséquent elle a, pour contester, tout aussi peu de force légale (laquelle ne se rencontre que dans la volonté générale) que l'autre volonté pour s'affirmer, cette dernière ayant toutefois l'avantage de se concilier avec l'instauration et l'édification d'un état civil. En un mot, la manière d'avoir pour sien quelque chose d'extérieur dans l'*état de nature* est une possession physique qui a pour elle la *présomption* juridique de rendre juridique cet état, par le moyen d'une conciliation avec la

volonté de tous en une législation publique et qui, en attendant, a *comparativement* valeur de possession juridique.

Remarque

Cette prérogative du droit issu de l'état de possession empirique suivant la formule : *heureux celui qui possède (beati possidentes)* ne consiste pas en ce que, du fait qu'il bénéficie de la présomption d'être un *homme droit,* il ne lui serait pas nécessaire de produire la preuve que c'est conformément au droit qu'il possède quelque chose (ce qui en effet n'a lieu que dans le cas d'une contestation de droit), mais au contraire en ce que, du fait que d'après le postulat de la raison pratique il échoit à chacun le pouvoir d'avoir pour sien un objet extérieur de son arbitre, toute détention est par conséquent un état dont la conformité au droit se fonde sur ce postulat à travers l'acte d'une volonté antécédente. Cet état, si la possession antérieure du même objet par un autre ne s'y oppose pas — état provisoire donc — autorise d'après la loi de la liberté extérieure à repousser chez chaque individu qui refuse d'entrer avec moi en l'état de liberté publiquement légal toute prétention à user d'un tel objet, afin de soumettre à mon usage, en vertu du postulat de la raison pratique, une chose qui autrement serait annihilée.

Deuxième section

DE LA MANIÈRE D'ACQUÉRIR QUELQUE CHOSE D'EXTÉRIEUR

§ 10

PRINCIPE UNIVERSEL DE L'ACQUISITION EXTÉRIEURE

J'acquiers quelque chose quand je fais *(efficio)* que quelque chose devienne *mien.* Est originairement mien cet *extérieur* qui, sans même d'acte juridique, est mien. Mais est originaire une acquisition qui n'est pas dérivée du sien d'un autre.

Rien d'extérieur n'est originairement mien, néanmoins il peut bien être acquis originairement, c'est-à-dire sans dériver du sien de quelqu'un d'autre. L'état de communauté du mien et tien *(communio)* ne peut jamais être pensé comme originaire mais doit (par un acte juridique externe) être acquis, bien que la possession d'un objet extérieur ne puisse être originairement que commune. Aussi, lorsqu'on pense (problématiquement) une communauté *originaire (communio mei et tui originaria*[1] *),* il faut cependant la distinguer de la communauté *primitive (communio primaeva)* que l'on suppose avoir été instituée parmi les hommes dans les premiers temps de leurs rapports juridiques, et qui ne peut pas être fondée comme la précédente sur des principes mais seulement sur l'histoire, cependant que cette dernière devrait toujours être considérée comme acquise et dérivée *(communio derivativa*[2] *).*

Le principe de l'acquisition extérieure est le suivant : ce que je prends sous mon *empire* (d'après la loi de la *liberté* extérieure) et dont j'ai, en tant que c'est un objet de mon arbitre, le pouvoir de faire usage (d'après le postulat de la raison pratique), ce dont enfin je *veux* (conformément à l'Idée d'une *volonté* unifiée possible) qu'il soit mien : cela est mien.

Les moments *(attendenda)* de l'acquisition *originaire* sont donc : 1° l'*appréhension* d'un objet qui n'appartient à personne, sinon elle contredirait à la liberté d'autrui s'exerçant d'après des lois universelles. Cette *appréhension* est la prise de possession de l'objet de l'arbitre dans l'espace et le temps ; entrer en possession est donc pour moi entrer en possession dans le phénomène *(possessio phaenomenon)*. 2° La *déclaration (declaratio)* de
VI, 259 possession de cet objet et la déclaration de l'acte de mon arbitre, aux termes de laquelle j'écarte tout autre de cette possession. 3° L'*appropriation (appropriatio)* en tant qu'acte d'une volonté légiférant (en Idée) universellement à l'extérieur, par lequel chacun est obligé de s'accorder avec mon arbitre. La validité du dernier moment de l'acquisition, comme étant celui sur lequel repose la conclusion : l'objet extérieur est *mien,* c'est-à-dire cette conclusion que la possession est valable en tant que *purement juridique (possessio noumenon),* se fonde sur ce que, puisque tous ces actes sont *juridiques,* ils procèdent donc de la raison pratique et puisque de ce fait, dans la question de savoir ce qui est de droit, on peut faire abstraction des conditions empiriques de la possession, la conclusion : l'objet extérieur est mien, est correctement amenée par le passage de la possession sensible à la possession intelligible.

L'acquisition originaire d'un objet extérieur de l'arbitre est dite *occupation (occupatio)* et ne peut porter sur rien d'autre que sur des choses corporelles (substances). Or, pour avoir lieu, une telle acquisition a besoin d'avoir comme condition de la possession empirique, la priorité dans le temps sur quiconque voudrait s'emparer d'une chose *(qui prior tempore, potior jure*[1] *).* Aussi, en tant qu'originaire, n'est-elle que la conséquence d'un arbitre *unilatéral,* car, si elle requérait un arbitre bilatéral, elle serait dérivée du contrat entre deux (ou plusieurs) personnes, par conséquent du sien d'autrui. Comment un acte de l'arbitre comme celui-là peut fonder le sien pour quelqu'un, ce n'est pas facile à comprendre. Cependant, la *première* acquisition n'est pas pour autant immédiatement l'acquisition *originaire*. En effet, l'acquisition d'un état de droit public à travers l'unification des volontés de tous en vue d'une législation universelle serait telle qu'aucune autre ne devrait la précéder et qu'elle dériverait pourtant de la volonté particulière de chacun et serait *omnilatérale;* alors qu'une acquisition originaire[1] ne peut procéder que d'une volonté unilatérale.

Division de l'acquisition du mien et tien extérieur.

1. Au point de vue de la *matière* (de l'objet), j'acquiers ou bien une *chose* corporelle (substance), ou bien la *prestation* (causalité) d'un autre ou encore cette autre *personne* elle-même, c'est-à-dire son état, dans la mesure où j'obtiens un droit de disposer de son état (j'obtiens le *commercium* avec elle).

2. Au point de vue de la *forme* (mode d'acquisition), il s'agit ou d'un *droit réel (jus reale),* ou d'un *droit personnel (jus personale),* ou encore d'un *droit personnel à modalité réelle (jus realiter personale),* de possession (mais non d'usage) d'une autre personne prise comme chose. VI, 260

3. Au point de vue du *titre (titulus)* d'acquisition, lequel n'est pas à proprement parler un membre particulier de la division des droits, bien qu'il soit un moment de leur mode d'exercice, c'est ou par l'acte d'un arbitre *unilatéral* ou par celui d'un arbitre *bilatéral,* ou encore d'un arbitre *omnilatéral,* que quelque chose d'extérieur *(facto, pacto, lege*[2]*)* s'acquiert.

CHAPITRE PREMIER
DU DROIT RÉEL

§ 11
QU'EST-CE QU'UN DROIT RÉEL ?

La définition habituelle du *droit sur une chose (jus reale, jus in re*[1] *)*, à savoir : « droit *envers tout possesseur de cette même chose* » est une définition nominale correcte. Mais qu'est-ce qui fait donc que je puisse m'en prendre, à propos d'un objet extérieur, à tout détenteur de ce même objet, et le forcer *(per vindicationem*[2] *)* à me remettre en sa possession ? Ce rapport juridique externe serait-il un rapport *immédiat* de mon arbitre à une chose corporelle ? Il faudrait alors que celui qui pense que son droit se rapporte immédiatement non pas à des personnes mais à des choses, se représentât sans doute (bien que d'une manière obscure), précisément parce que, au droit d'une des parties, correspond un droit pour l'autre partie, que la chose extérieure, même si le premier possesseur l'égarait, lui resterait pourtant toujours *obligée*, c'est-à-dire se refuserait à tout autre prétendu possesseur parce qu'elle est déjà obligée envers celui-là, et de la sorte mon droit, pareil à un *génie* accompagnant la chose et la préservant de toute agression étrangère, m'indiquerait toujours le possesseur étranger. Il est donc absurde de concevoir l'obligation d'une personne envers des choses et inversement, bien qu'il puisse à la rigueur être permis de rendre sensible par une telle image le rapport juridique et de s'exprimer ainsi.

La définition réelle devrait donc se formuler
VI, 261 ainsi : « Le *droit sur une chose* est le droit de faire un usage privé d'une chose dont je partage avec tous les autres la possession collective (originaire ou instituée) ». En effet cette dernière est l'unique

condition qui rende possible pour moi d'exclure de l'usage privé de la chose tout autre possesseur *(jus contra quemlibet hujus rei possessorem*[1] *)*, car faute de présupposer une telle possession collective, il est tout à fait impossible de concevoir comment moi qui ne suis pourtant pas en possession de la chose je pourrais être lésé par d'autres qui en sont en possession et qui en font usage. De par mon arbitre unilatéral, je ne peux obliger personne à s'abstenir de l'usage d'une chose envers laquelle il n'aurait autrement aucune obligation : je ne le puis donc que par la réunion des arbitres de tous en une possession collective. Sinon, il me faudrait concevoir un droit sur une chose comme si la chose avait envers moi une obligation, et en dériver d'abord le droit envers tout possesseur de cette même chose, ce qui est une manière absurde de se représenter le problème.

Sous le terme : droit réel *(jus reale)*, on n'entend d'ailleurs par uniquement le droit sur une chose *(jus in re)* mais aussi l'*ensemble* de toutes les lois qui concernent le mien et tien à modalité réelle. Mais il est clair qu'un homme qui serait tout seul sur la terre ne pourrait à proprement parler avoir pour sien ou acquérir aucun objet extérieur, parce que entre lui comme personne et tous les autres objets extérieurs comme choses, il n'y a absolument aucun rapport d'obligation. Il n'y a donc non plus, à proprement parler et pris à la lettre, aucun droit (direct) sur une chose, mais c'est seulement ce droit qui échoit à quelqu'un envers une personne qui partage avec toutes les autres une possession commune (dans l'état civil), qu'on appelle ainsi.

§ 12

LA PREMIÈRE ACQUISITION D'UNE CHOSE NE PEUT ÊTRE QUE CELLE DU SOL

Le sol (par quoi l'on entend toute terre habitable) doit être considéré, par rapport à tout ce qui s'y trouve de meuble comme *substance*, et l'existence de ce qui s'y trouve comme simple *inhérence* et, de même qu'au sens théorique les accidents ne peuvent exister en dehors de la substance, de même au sens pratique ce qui est meuble sur le sol ne peut être le sien de quelqu'un si l'on n'admet pas que ce sol se trouvait auparavant en sa possession juridique (en tant qu'il était le sien).

VI, 262 Car supposez que le sol n'appartienne à personne : je pourrais alors déloger pour prendre moi-même sa place, toute chose meuble qui s'y trouve jusqu'à ce qu'elle disparaisse entièrement, sans par là porter atteinte à la liberté de quiconque n'est pas actuellement détenteur de ce sol; cependant tout ce qui peut être détruit, un arbre, une maison, etc., est (du moins quant à la matière) meuble, et si l'on appelle *immeuble* la chose qui ne peut être mue sans que cela détruise sa forme, alors le mien et tien touchant cette chose ne sera pas entendu de la substance mais de ce qui en dépend, lequel n'est pas la chose-même.

§ 13

TOUT SOL PEUT ORIGINAIREMENT ÊTRE ACQUIS ET LE FONDEMENT DE LA POSSIBILITÉ DE CETTE ACQUISITION EST LA COMMUNAUTÉ ORIGINAIRE DU SOL EN GÉNÉRAL

En ce qui concerne le premier point, cette proposition se fonde sur le postulat de la raison pratique (§ 2), le second point se fonde sur la démonstration suivante.

Tous les hommes sont originairement (c'est-à-dire avant tout acte juridique de l'arbitre) en possession légitime du sol, autrement dit ils ont le droit d'être là où les a placés la nature ou le hasard (indépendamment de leur volonté). Cette possession *(possessio)* qui est distincte de la résidence *(sedes)* en tant que possession arbitraire, par conséquent acquise et *durable,* est une possession *commune* à cause de l'unité de lieu que présente la surface de la Terre en tant que surface sphérique : car si la Terre était une plaine infinie, les hommes pourraient s'y disperser de telle sorte qu'ils n'en viendraient à former entre eux aucune communauté, et ainsi celle-ci ne serait pas une nécessaire conséquence de leur existence sur la Terre. La possession de tous les hommes sur la Terre, qui précède tout acte juridique de leur part (possession que constitue la nature elle-même), est une *possession collective originaire (communio possessionis originaria)* dont le concept n'est pas empirique ni ne dépend de conditions temporelles, comme par exemple le concept imaginaire et toujours indémontrable de *possession collective primitive (communio primaeva),* mais est au contraire un concept de la raison pratique qui contient *a priori* le principe qui seul permette aux hommes de faire usage des lieux de la Terre suivant des lois juridiques.

§ 14

L'ACTE JURIDIQUE DE CETTE ACQUISITION EST L'OCCUPATION (OCCUPATIO) VI, 263

La *prise de possession (apprehensio)* entendue comme commencement de la détention d'une chose corporelle dans l'espace *(possessionis physicae*[1] *)* s'accorde avec la loi de la liberté extérieure de chacun (par conséquent *a priori*) à cette seule condition de la *priorité* dans le temps, c'est-à-dire à celle d'être la *première* prise de possession *(prior apprehensio),* laquelle est un acte de l'arbitre. Or la volonté que la chose soit mienne (et aussi par conséquent un lieu circonscrit déterminé sur la Terre), c'est-à-dire l'appropriation *(appropriatio),* ne peut être, lors d'une acquisition originaire, autre qu'unilatérale *(voluntas unilateralis s. propria*[1] *).* L'acquisition d'un objet extérieur de l'arbitre par une volonté unilatérale est l'*occupation.* Donc, l'acquisition originaire de cet objet, et par suite celle d'un arpent de terrain, ne peut se produire que par occupation *(occupatio).*

La possibilité de ce mode d'acquisition ne saurait être aperçue en aucune manière ni démontrée par des principes, mais elle est au contraire la conséquence immédiate du postulat de la raison pratique. Mais cette même volonté ne peut pourtant justifier une acquisition extérieure que pour autant qu'elle est contenue dans une volonté unifiée *a priori* (c'est-à-dire par le biais de l'unification de tous les arbitres qui peuvent entrer en rapports pratiques réciproques) commandant absolument ; car la volonté unilatérale qui est en elle-même contingente (de laquelle relève encore la volonté bilatérale qui n'en demeure pas moins volonté *particulière*) ne peut imposer d'obligation à personne, mais est requise pour ce faire une volonté *omnilatérale,* non pas contingente mais *a priori,* par conséquent nécessairement unifiée, et pour cette seule raison légiférante. C'est en effet seulement d'après ce principe qu'est possible l'accord du libre arbitre de chacun avec la liberté de tous, par conséquent un droit en général et donc aussi un mien et tien extérieur.

§ 15

IL NE PEUT Y AVOIR D'ACQUISITION PÉREMPTOIRE QUE DANS UNE CONSTITUTION CIVILE ; DANS L'ÉTAT DE NATURE EN REVANCHE IL PEUT BIEN AUSSI Y AVOIR ACQUISITION, MAIS SEULEMENT PROVISOIRE VI, 264

La constitution civile, bien que sa réalité soit contingente au point de vue subjectif, est néanmoins nécessaire au point de vue objectif, c'est-à-dire comme devoir. Il y a donc à son égard et en ce qui touche son institution, une loi de droit naturel effective à laquelle est soumise toute acquisition extérieure.

Le *titre empirique* d'*acquisition* était la prise de possession physique *(apprehensio physica)* fondée sur la communauté originaire du sol, auquel titre, comme il n'y a qu'une possession dans le *phénomène* qui puisse être conforme à la possession selon des concepts rationnels du droit, doit correspondre le titre de prise de possession intellectuelle (toutes les conditions empiriques d'espace et de temps mises à part), laquelle fonde la proposition : « Ce que je prends en mon empire d'après des lois de la liberté extérieure et dont je veux qu'il soit mien, cela devient mien ».

Mais le *titre rationnel* d'acquisition ne peut résider que dans l'Idée d'une volonté de tous unifiée *a priori* (à unifier nécessairement), Idée qui est ici tacitement[1] présupposée en tant que condition indispensable *(conditio sine qua non)* ; en effet, il ne peut pas être imposé aux autres par une volonté unilatérale une obligation que pour leur part ils n'auraient pas autrement. Or l'état d'une volonté effectivement unifiée de manière universelle est l'état civil. Donc ce n'est que conformément à l'Idée d'un état civil, c'est-à-dire en ayant en perspective cet état et sa concrétisation, mais avant sa réalisation (car autrement, l'acquisition serait dérivée) que l'on peut acquérir — par conséquent de façon seulement *provisoire* — originairement quelque chose d'extérieur. L'acquisition *péremptoire* n'a lieu que dans l'état civil.

Néanmoins, cette acquisition provisoire eﬆ tout de même une véritable acquisition ; en effet, d'après le poﬆulat de la raison juridiquement pratique, la possibilité de cette acquisition, quelle que puisse être la situation de voisinage des hommes (donc également dans l'état de nature), eﬆ un principe du droit privé d'après lequel chacun eﬆ autorisé à exercer cette même contrainte par laquelle seule il eﬆ possible de sortir de l'état de nature et d'entrer dans l'état civil qui seul peut rendre péremptoire toute acquisition.

VI, 265

Remarque

La queﬆion se pose de savoir jusqu'où s'étend l'habilité à prendre possession d'un sol. Aussi loin que le pouvoir de l'avoir en son empire, c'eﬆ-à-dire aussi loin que celui qui veut ainsi se l'approprier peut le défendre. Tout se passe comme si le sol disait : si vous ne pouvez me protéger, vous ne pouvez pas non plus me commander. Il faudrait donc aussi trancher de la même façon la controverse sur la queﬆion de savoir si la mer doit être *libre* ou *fermée ;* par exemple personne ne peut pêcher dans le rayon d'une portée de canon, ni ramasser de l'ambre jaune au fond de la mer, etc., à proximité de la côte d'un pays qui appartient déjà à un certain État. En outre : le travail du sol (culture, labour, drainage, etc.) eﬆ-il nécessaire à son acquisition ? Non ! car ces formes (de spécification), n'étant que des accidents, ne conﬆituent pas l'objet d'une possession immédiate et ne peuvent être attribuées à la possession du sujet que dans la mesure où la subﬆance a été au préalable reconnue comme sienne. Le travail, s'agissant de la queﬆion de la première acquisition, n'eﬆ rien de plus qu'un signe extérieur de la prise de possession, que l'on peut remplacer

par beaucoup d'autres qui coûtent moins de peine. D'autre part, peut-on vraiment faire empêchement à quelqu'un dans son *acte* de prise de possession, de sorte que le droit de priorité n'échoie en partage à aucun des deux et qu'ainsi le sol, n'appartenant à personne, reste toujours libre? Cet empêchement ne saurait *du tout* avoir lieu car, pour pouvoir le faire, il faut bien que l'autre se trouve, lui aussi, sur un quelconque sol voisin, et l'on peut donc l'empêcher lui-même d'y être ; un empêchement *absolu* serait donc une contradiction. Toutefois, concernant un certain sol (intermédiaire), un empêchement *respectif* à le laisser inutilisé comme terrain *neutre* pour séparer deux voisins serait bien compatible avec le droit d'occupation, mais alors ce sol appartient véritablement aux deux voisins en commun et il n'est pas *vacant (res nullius)* pour cette raison précisément qu'il est *utilisé* par les deux afin de se séparer l'un de l'autre. D'autre part, sur un sol dont aucune partie n'est le sien de quelqu'un, peut-on quand même avoir une chose pour sienne? Oui, c'est ainsi qu'en Mongolie, chacun peut laisser à terre le bagage qu'il porte ou rentrer en possession de son cheval qui s'est échappé, en les revendiquant pour sien, parce que, le sol tout entier revenant au peuple, son usage revient aussi à chacun en particulier ; et que quelqu'un puisse VI, 266
avoir pour sien une chose meuble sur le sol d'un autre est certes possible, mais seulement par le moyen d'un *contrat*. Enfin se pose la question : deux peuples (ou familles) voisins peuvent-ils refuser d'admettre un certain mode d'utilisation d'un sol, par exemple les peuples de chasseurs résister au peuple de pasteurs ou aux laboureurs, ou ceux-ci aux planteurs, etc.? Certainement, car la manière dont ils veulent *s'établir* sur une terre, pourvu qu'ils se tiennent à l'intérieur de leurs frontières, est pure affaire de ce qui leur convient *(res merae facultatis*[1] *)*.

En dernier lieu, on peut encore demander si, lorsque ni la nature ni le hasard mais notre propre volonté seule nous place au voisinage d'un peuple qui ne nous donne aucune espérance d'association civile avec lui, nous ne serions pas autorisés, dans le dessein de l'instituer et de faire accéder ces hommes (des sauvages) à un état juridique (comme par exemple les sauvages américains, les Hottentots, les Néo-Zélandais), à établir des colonies, au besoin par la violence ou (ce qui ne vaut guère mieux) par un achat dolosif, en devenant ainsi propriétaires de leur sol, et, sans égard pour leur première possession, à faire usage de notre supériorité, d'autant plus que la nature elle-même (qui a horreur du vide) semble exiger qu'il en soit ainsi, que de vastes contrées en d'autres parties du monde à présent remarquablement peuplées seraient autrement demeurées vides d'habitants civilisés ou devraient le rester à jamais, et que de cette façon la fin de la création aurait été manquée. Seulement, on perce aisément à jour ce voile d'injustice (jésuitisme) qui consiste à approuver tous les moyens en vue d'une bonne fin ; ce mode d'acquisition du sol est donc blâmable[1].

L'indétermination, tant sous le rapport de la quantité que sous celui de la qualité, de l'objet extérieur à acquérir, fait de ce problème (celui de la seule acquisition originaire) l'un des plus difficiles à résoudre d'entre tous. Il faut pourtant bien qu'il y ait une acquisition originaire de ce qui est extérieur, car toute acquisition ne peut être dérivée. On ne peut donc pas non plus abandonner ce problème comme étant insoluble et impossible en soi. Quand bien même il serait résolu par le contrat originaire, à moins que ce contrat ne s'étende à tout le genre humain, l'acquisition ne resterait toujours que provisoire.

§ 16

VI, 267 EXPOSITION DU CONCEPT D'UNE ACQUISITION ORIGINAIRE DU SOL

Tous les hommes sont originairement en *possession collective* du sol de toute la Terre *(communio fundi originaria)*, avec (pour chacun) la *volonté*, qui leur est impartie par nature, d'en faire usage *(lex justi*[1] *)*; volonté qui, en raison de l'antagonisme naturellement inévitable entre l'arbitre de l'un et celui de l'autre, supprimerait tout usage de ce sol si elle ne contenait pas en même temps, pour cet arbitre, une loi d'après laquelle peut être fixée pour chacun une *possession particulière* sur le sol commun *(lex juridica*[2] *)*. Mais pour chacun la loi distributive du mien et du tien quant au sol, ne peut provenir, suivant l'axiome de la liberté extérieure, que d'une volonté unifiée *originairement* et *a priori* (qui ne présuppose pour cette unification aucun acte juridique), elle ne peut par conséquent survenir que dans l'état civil *(lex justitiae distributivae*[3] *)*, qui seul détermine ce qui est *juste*, ce qui est *juridique* et ce qui est *de droit*. Mais dans cet état qui précède la fondation de l'état civil tout en l'ayant en perspective, c'est-à-dire *provisoirement*, c'est un *devoir* que d'agir suivant la loi de l'acquisition extérieure, c'est par conséquent aussi un *pouvoir* juridique de la volonté que d'obliger chacun à reconnaître comme valable l'acte de prise de possession et d'appropriation, encore qu'il ne soit qu'unilatéral ; une acquisition provisoire du sol avec toutes ses suites juridiques est donc possible.

Or une telle acquisition nécessite pourtant et obtient d'ailleurs une *ratification* par la loi *(lex permissiva*[4]) concernant la détermination des limites de la possession juridiquement possible car elle précède l'état juridique et, ne faisant qu'y introduire, elle n'est pas encore péremptoire. Une telle ratification ne va néanmoins pas plus loin que le consentement des *autres* (participants) à l'établissement de cet état juridique, mais en cas de résistance de leur part à entrer dans cet état (civil) et aussi longtemps qu'elle dure, cette ratification est porteuse de tous les effets d'une acquisition légitime parce que cette sortie de l'état de nature est un devoir.

§ 17
DÉDUCTION
VI, 268 DU CONCEPT D'ACQUISITION ORIGINAIRE

Nous avons trouvé dans la communauté originaire du sol le titre de l'acquisition qui est par conséquent tributaire des conditions spatiales d'une possession extérieure, et, dans les conditions empiriques de la prise de possession *(apprehensio)* jointe à la volonté d'avoir pour sien un objet extérieur, le *mode d'acquisition.* Or il est maintenant nécessaire de développer à partir de la raison pure juridiquement pratique l'*acquisition* elle-même, c'est-à-dire le mien et tien extérieur résultant de ces deux éléments donnés, à savoir la possession intelligible *(possessio noumenon)* de l'objet, selon ce que contient son concept.

Le *concept juridique* du mien et tien *extérieur,* dans la mesure où il recouvre une *substance,* ne peut, en ce qui concerne l'expression *en dehors de moi,* signifier un autre lieu que celui où je suis : c'est en effet un concept rationnel ; mais comme il ne peut subsumer qu'un concept pur de l'entendement, il ne peut signifier que quelque chose de *différent* de moi et le concept d'une possession non empirique (celui d'appréhension pour ainsi dire permanente), c'est-à-dire seulement le concept d'*avoir en mon empire* l'objet extérieur (la connexion de ce dernier avec moi comme condition subjective de la possibilité d'en faire usage), et c'est là un pur concept de l'entendement. Or l'élimination ou la mise à l'écart (abstraction) de ces conditions sensibles de la possession en tant que conditions d'un rapport de la personne à des *objets,* lesquels n'ont aucune obligation, n'est rien d'autre que le rapport d'une personne à des *personnes,* qui consiste à *obliger* toutes ces personnes, concernant l'usage des choses de par la volonté de la première, pour autant que cette volonté est conforme à l'axiome de la liberté extérieure, au *postulat* de ce pouvoir et à la *législation* universelle de la volonté conçue *a priori* comme unifiée, lequel rapport est donc la *possession intelligible* de ces mêmes choses, c'est-à-dire celle qui ne passe que par le droit bien que l'objet (la chose que je possède) soit un objet sensible.

Remarque

Que le premier travail, le premier bornage ou en général la première *mise en forme* d'un sol ne puisse délivrer aucun titre d'acquisition de celui-ci, c'est-à-dire que la possession de l'accident ne puisse fournir un fondement à la possession juridique de la substance, mais que bien plutôt, à l'inverse, le mien et tien doive s'ensuivre, d'après la règle *(accessorium sequitur suum principale*[1] *)*, de VI, 269 la propriété de la substance, et que celui qui a donné ses soins, sa peine et son travail à un sol qui auparavant n'était pas le sien ait perdu vis-à-vis du premier possesseur et sa peine et son travail, cela est par soi tellement évident[2] que l'on peut difficilement assigner à une autre cause qu'à l'illusion secrètement régnante cette opinion si ancienne et encore si largement répandue qui consiste à personnifier les choses et, comme si quelqu'un par le travail qu'il leur consacre pouvait les obliger à n'être au service d'aucun autre que lui, à s'imaginer avoir *immédiatement* un droit envers elle ; car autrement, il est vraisemblable qu'on n'aurait pas glissé aussi à la légère sur la question naturelle (dont il a déjà été fait mention plus haut) : «Comment un droit sur une chose est-il possible ?» Car à l'égard de tout possesseur d'une chose le droit ne signifie que l'habilité de l'arbitre particulier à faire usage d'un objet, dans la mesure où l'on peut concevoir cet arbitre comme contenu dans la volonté synthétiquement universelle et comme s'accordant avec sa loi.

Quant aux corps se trouvant sur un sol qui est déjà mien, s'ils ne sont par ailleurs à personne, ils m'appartiennent sans que j'aie besoin pour cela d'un acte juridique particulier (non pas *facto* mais *lege*[1]) ; c'est qu'en effet ils peuvent être considérés comme des accidents inhérents à la substance *(jure rei meae*[2] *)* à laquelle appartient aussi tout ce qui est tellement lié à ma chose qu'un autre ne saurait les séparer de ce qui est mien sans le modifier lui-même (par exemple la dorure, le mélange d'une étoffe qui m'appartient avec d'autres matériaux, les alluvions ou encore le détournement d'une rivière voisine occasionnant l'agrandissement de mon terrain, etc.). C'est d'ailleurs d'après les mêmes principes exactement qu'il faut juger si le terrain à acquérir peut s'étendre encore au-delà de la terre ferme, c'est-à-dire sur une portion de fond marin (avec le droit de pêcher sur mes côtes ou de collecter l'ambre jaune, etc.). Aussi loin, à partir de ma *résidence,* que s'étend mon pouvoir mécanique de protéger mon sol contre l'agression des autres (par exemple, aussi loin que portent les canons à partir de la rive), il fait partie de ma *possession* et la mer est fermée jusque-là *(mare clausum)*. Mais comme en pleine mer même aucune *résidence* n'est possible, la possession ne peut donc s'étendre non plus jusque-là et la haute mer est *libre (mare liberum)*. Mais l'*échouement,* que ce soit des hommes ou des choses qui leur appartiennent, n'étant pas délibéré, il ne peut être compté par les propriétaires du rivage comme un droit d'acquisition ; en effet il n'y a pas lésion (ni même acte en général), et la chose qui s'est échouée sur un sol qui appartient effectivement à quelqu'un ne peut être traitée comme *res nullius.* En revanche, sous les conditions mentionnées plus haut, un fleuve peut, aussi bien que toute terre ferme, être originairement acquis par celui qui est en possession des deux rives, aussi loin que s'étend la possession de la rive.

*

L'objet extérieur qui est le sien de quelqu'un selon la substance est la *propriété (dominium)* de celui auquel sont inhérents tous les droits sur cette chose (comme des accidents à la substance) dont le propriétaire *(dominus)* peut ainsi disposer à son gré *(jus disponendi de re sua*[1] *)*. À partir de là il va de soi qu'un tel objet ne saurait être qu'une chose corporelle (envers laquelle on n'a point d'obligation) et que de la sorte un homme peut être son propre maître *(sui juris)* mais non le propriétaire *de soi-même* (*sui dominus*, pouvoir disposer de soi à son gré) et encore moins celui d'autres hommes, parce qu'il est responsable de l'humanité en sa propre personne, quoique ce point qui appartient au droit de l'humanité, non au droit des hommes, ne soit pas placé ici à l'endroit convenable, mais ne soit mentionné qu'en passant pour une meilleure compréhension de ce qu'il vient d'être dit. Ajoutons qu'il peut y avoir deux propriétaires à part entière d'une seule et même chose sans qu'il y ait mien et tien commun, mais seulement en tant que ce sont des possesseurs communs de ce qui n'appartient qu'à *un* seul comme étant le *sien* — ce qui arrive lorsque revient à un seul de ceux qu'on est convenu d'appeler des copropriétaires *(condomini)* l'entière possession de la chose sans l'usage tandis que revient à l'autre tout son usage, y compris la possession ; celui-là *(dominus directus)* se contentant donc d'imposer à celui-ci *(dominus utilis*[2] *)* la condition restrictive d'une prestation constante, sans limiter ce faisant son usage de la chose.

CHAPITRE SECOND

VI, 271

DU DROIT PERSONNEL

§ 18

La possession de l'arbitre d'un autre en tant que pouvoir de le déterminer par mon arbitre à une certaine action, suivant des lois de la liberté (le mien et tien extérieur touchant la causalité d'autrui) est *un* droit (j'en puis avoir plusieurs de ce genre envers la même personne ou envers d'autres) ; mais l'ensemble (le système) des lois suivant lesquelles je puis être en cette possession est le droit personnel, qui est seul et unique.

L'acquisition d'un droit personnel ne peut jamais être originaire ni autoritaire (car, telle, elle ne serait pas conforme au principe de l'accord de la liberté de mon arbitre avec la liberté de chacun et serait par conséquent injuste). De la même façon, je ne peux non plus l'acquérir par le fait d'un acte d'autrui *contraire au droit (facto injusto alterius)*, car eussé-je été moi-même lésé et quand bien même je pourrais être en droit d'exiger d'autrui réparation, je ne pourrais pourtant par là que conserver le mien inaltéré sans rien acquérir de plus que ce que j'avais déjà auparavant.

L'acquisition par l'acte d'un autre, auquel je le détermine d'après des lois juridiques, est donc toujours dérivé du sien d'autrui et cette dérivation, en tant qu'acte juridique, ne peut pas se produire par le moyen de cet acte en tant que *négatif*, c'est-à-dire acte d'*abandon* ou de *renonciation* qu'on aurait fait à ce qui est sien *(per derelictionem aut renunciationem)*, car par un acte de ce genre, le sien de tel ou tel autre ne fait qu'être supprimé sans que rien soit acquis ; cette dérivation ne peut au contraire se produire que par la *translation (translatio)*, laquelle n'est possible que par une volonté commune, par la médiation de laquelle l'objet tombe toujours sous l'empire de l'un ou l'autre dès que l'un renonce à sa part de communauté et qu'ainsi, par la prise en charge de la part de l'autre (en conséquence par un acte positif de l'arbitre), l'objet devient le sien. La translation de sa *propriété* à un autre est l'*aliénation.* L'acte de l'arbitre unifié de deux personnes, par lequel en général le sien de l'un passe à l'autre, est le *contrat.*

§ 19

En tout contrat, il y a deux actes juridiques de l'arbitre *préliminaires* et deux *constitutifs ;* les deux premiers (qui composent la *tractation*) sont l'*offre (oblatio)* et le *consentement (approbatio)* à celle-ci ; les deux autres (à savoir les actes *conclusifs*) sont la *promesse (promissum)* et l'*acceptation (acceptatio)*. En effet une offre ne peut s'appeler promesse avant que j'aie jugé au préalable que ce qui est offert *(oblatum)* est quelque chose d'*agréable* à celui à qui s'adresse la promesse ; ce que n'indiquent que les deux premières déclarations par lesquelles seules toutefois rien n'est encore acquis. VI, 272

Mais ni la volonté *particulière* du promettant ni celle de celui à qui s'adresse la promesse (l'acceptant) ne fait que le sien du premier passe au second, mais seule la *volonté unifiée* des deux ; cela ne se fait donc que dans la mesure où la volonté de chacun d'eux se déclare *simultanément*. Or, de par les actes empiriques de déclaration qui doivent nécessairement *se succéder* dans le temps et ne sont jamais simultanés, cela est impossible. En effet, si j'ai promis et que l'autre veuille maintenant accepter, je peux dans l'intervalle (aussi court puisse-t-il être) m'en être repenti puisque avant l'acceptation je suis encore libre ; de la même façon l'acceptant de son côté, par la même raison, a loisir de ne pas se tenir pour obligé par la déclaration faite en contrepartie à la suite de la promesse. Les formalités extérieures *(solemnia)* lors de la conclusion du contrat (toper avec la main ou rompre un brin de paille *[stipula]* tenu par les deux personnes) et toutes les assurances données de part et d'autre par chacun au sujet de la déclaration qu'il vient de faire prouvent bien plutôt l'embarras des contractants sur la manière dont ils peuvent se représenter comme existant *simultanément* au même moment des déclarations qui ne font jamais que se suivre ; ce qu'ils ne parviennent pourtant pas à se représenter parce que ce ne sont jamais que des actes se succédant dans le temps où, lorsqu'un acte est, l'autre *n'est pas encore* ou *n'est plus*.

Il n'y a que la déclaration transcendantale du concept d'acquisition par contrat qui puisse lever toutes ces difficultés. Dans un rapport *juridique* extérieur, ma prise de possession de l'arbitre d'autrui (et réciproquement), en tant que principe déterminant celui-ci à une action, est conçue il est vrai d'abord empiriquement, par la déclaration et la déclaration en contrepartie de l'arbitre de chacun des deux dans le temps en tant que condition sensible de l'appréhension, dans laquelle les deux
VI, 273 actes juridiques ne font jamais que se suivre l'un l'autre, mais puisque ce rapport (en tant que juridique) est purement intellectuel, grâce à la volonté comme pouvoir rationnel législateur, cette possession en tant qu'intelligible *(possessio noumenon)* est représentée d'après des concepts rationnels de la liberté, abstraction faite des conditions empiriques, comme le mien ou le tien. Sous cet angle les deux actes, celui de la promesse et celui de l'acceptation, ne sont pas représentés comme se suivant l'un l'autre mais tout au contraire (à la manière du *pactum re initum*[1]) comme procédant d'une unique volonté *commune*, ce qu'exprime le mot *simultanément*[2] et l'objet *(promissum*[3]*)* est représenté, moyennant l'élimination des conditions empiriques, comme acquis suivant la loi de la raison pure pratique.

R*emarque*

Que ce soit là la vraie et la seule déduction possible du concept d'acquisition par contrat, c'est ce qu'attestent suffisamment les efforts laborieux et pourtant toujours vains des juristes (par exemple ceux de *Moïse Mendelssohn*[4] dans sa *Jérusalem*) pour apporter la preuve de cette possibilité. La question était la suivante : « *Pourquoi dois-je* tenir ma promesse ? » Car, *que je doive le faire*, chacun le comprend de lui-même[5]. Mais il est absolument impossible de donner en outre une preuve de cet impératif catégorique, de la même façon qu'il est impossible au géomètre de prouver par des raisonnements que pour construire un triangle, il me faut prendre trois lignes (proposition analytique) dont deux prises ensembles doivent être plus grandes que la trosième (proposition synthétique — les deux étant toutefois *a priori*). C'est un postulat de la raison pure (qui en ce qui concerne le concept de droit fait abstraction de toutes les conditions sensibles d'espace et de temps), et la doctrine montrant la possibilité de faire abstraction de ces conditions sans supprimer par là la possession de l'objet est la déduction même du concept d'acquisition par contrat ; de même que, dans le titre précédent, c'est la doctrine de l'acquisition des choses extérieures par occupation qui était la déduction.

§ 20

Mais quel est cet extérieur que j'acquiers par le contrat? Comme il ne s'agit que de la causalité de l'arbitre d'autrui relative à une prestation qui m'a été promise, ce que j'acquiers immédiatement par là n'est pas une chose extérieure, mais un acte de cet autre grâce auquel cette chose passe en mon empire afin que je la fasse mienne. Par le contrat, j'acquiers donc la promesse d'un autre (non ce qui a été promis) cependant que quelque chose s'ajoute à mon avoir extérieur ; je suis devenu *plus opulent (locupletior)* par l'acquisition d'une obligation active sur la liberté et le pouvoir d'autrui. Mais ce mien *droit* n'est qu'un droit *personnel*, c'est-à-dire un droit envers une personne physique *déterminée*, celui d'agir sur sa causalité (son arbitre), droit à ce qu'elle me fournisse une prestation, non pas un *droit réel* envers cette *personne morale*, laquelle n'est autre que l'Idée de *l'arbitre de tous unifié a priori* et par laquelle seulement je puis acquérir un *droit envers tout possesseur d'une chose* — et c'est ce en quoi consiste tout droit *sur une chose*.

Remarque

La transmission du mien par contrat s'opère suivant la loi de continuité *(lex continui)*, c'est-à-dire que la possession de l'objet, durant cet acte, n'est interrompue à aucun instant, car autrement je me trouverais en l'état d'acquérir un objet qui serait quelque chose qui n'a aucun possesseur *(res vacua*[1] *)*, par conséquent en l'état d'acquérir originairement, ce qui contredit le concept de contrat. Toutefois cette continuité implique que ce ne soit pas la volonté de l'un des deux *(promittentis et acceptantis)* en particulier, mais leur volonté unifiée qui transmette le mien à l'autre, que cela ne se passe donc pas sur le mode où le promettant commencerait par abandonner sa possession au profit de l'autre *(derelinquit)* ou renoncerait *(renunciat)* à son droit pour que l'autre y accède aussitôt ou inversement. La translation est donc un acte en lequel l'objet appartient un instant à deux personnes à la fois et il en est ici comme de la trajectoire parabolique d'une pierre qu'on a lancée : au sommet de cette trajectoire, elle peut être regardée comme en train de s'élever et de tomber à la fois, et elle passe ainsi, dans l'instant, du mouvement ascendant à la chute.

§ 21

Aux termes d'un contrat, une chose n'est pas acquise par *acceptation (acceptatio)* de la promesse mais seulement par *tradition (traditio*[2] *)* de ce qui a été promis. En effet, toute promesse porte sur une *prestation,* et lorsque ce qui est promis est une
VI, 275 chose, cette prestation ne peut être fournie autrement que grâce à un acte par lequel celui auquel s'adresse la promesse est mis par le promettant en possesion de la chose, c'est-à-dire grâce à la tradition. Avant elle et avant la réception, la prestation n'a donc pas encore eu lieu, la chose n'a pas encore été transmise de l'un à l'autre et

par suite n'a pas été acquise par le dernier ; en conséquence le droit issu d'un contrat n'est qu'un droit personnel et ne devient un droit *à modalité réelle* que par la tradition.

Remarque

Le contrat auquel fait immédiatement suite la tradition *(pactum re initum)* exclut tout intervalle de temps entre la conclusion et l'exécution, et ne nécessite en outre aucun acte particulier ultérieur par où le sien de l'un serait transmis à l'autre. Mais si entre la conclusion et l'exécution un délai (déterminé ou indéterminé) est de surcroît consenti, la question se pose de savoir si avant la tradition, la chose est déjà devenue par l'effet du contrat le sien de l'acceptant et le droit de ce dernier un droit sur la chose ; ou s'il faut qu'intervienne encore un contrat particulier concernant la seule tradition, si par conséquent le droit par simple acceptation n'est qu'un droit personnel, qui ne devient un droit sur la chose qu'au moment de la tradition. Qu'il en aille effectivement selon cette dernière éventualité, c'est ce qui appert de ce qui suit.

Si je conclus un contrat sur une chose, par exemple un cheval que je veux acquérir et que je l'emmène aussitôt dans mon écurie ou le mette de quelque autre manière en ma possession physique, il est dès lors mien *(vi pacti re initi*[1] *)* et mon droit est un droit sur la chose ; si au contraire je le laisse entre les mains du vendeur, sans particulièrement décider avec lui à ce sujet en possession physique (détention) de qui sera cette chose avant que j'en prenne possession *(apprehensio)*, donc avant le changement de possession, alors ce cheval n'est pas encore mien et le droit que j'acquiers n'est qu'un droit envers une personne déterminée, à savoir le vendeur, droit d'être par lui *mis en possession (poscendi traditionem*[2] *)*, ce droit étant la condition subjective de possibilité de faire de ce cheval tout l'usage qui me plaît, — c'est-à-dire

que mon droit n'est qu'un droit personnel, celui d'exiger du vendeur la *prestation* de la promesse *(praestatio)* qu'il m'a faite de me mettre en possession de la chose. Si donc le contrat ne stipule pas la tradition *immédiate* (en tant que *pactum re initum*) et que par suite s'écoule un délai entre la conclusion du contrat et la prise de possession de l'acquis, je ne puis, au cours de ce
VI, 276 délai, parvenir à la possession autrement qu'en accomplissant un acte juridique particulier, à savoir l'*acte possessoire (actum possessorium)* qui constitue un contrat particulier, acte qui pour moi consiste à dire que je vais faire prendre la chose (le cheval), ce à quoi le vendeur consent. En effet, que celui-ci aille à ses risques et périls prendre sous sa garde une chose à l'usage d'un autre, cela ne va pas de soi mais est du ressort d'un contrat particulier d'après lequel celui qui aliène sa chose continue à en rester le propriétaire durant un *temps convenu* (et doit supporter tous les risques que la chose peut encourir), l'acquéreur ne pouvant de son côté être regardé par le vendeur comme propriétaire que lorsqu'il a laissé s'écouler ce temps : au moment où la chose lui est livrée. Avant cet acte possessoire, tout ce qui a été acquis par le contrat n'est donc qu'un droit personnel, et celui auquel est faite la promesse ne peut acquérir une chose extérieure que par tradition[1].

CHAPITRE TROISIÈME

DU DROIT PERSONNEL À MODALITÉ RÉELLE

§ 22

Ce droit est le droit de posséder un objet *comme une chose* et d'en user *comme d'une personne.* Le mien et tien afférent à ce droit est le mien et tien *domestique,* et en cet état domestique le rapport existant est celui d'une communauté d'êtres libres qui, par l'influence réciproque (qu'exerce la personne de l'une sur celle de l'autre), constitue, d'après le principe de la liberté extérieure *(causalité)*, la société des membres d'un ensemble (de personnes organisées en *communauté*) qu'on appelle *famille*. Le mode d'acquisition de cet état et celui qui a cours au sein de cet état ne passe ni par un acte *(facto)* autoritaire ni par un simple contrat *(pacto)* mais par une loi *(lege)* qui, n'étant pas un droit sur une chose ni non plus un simple droit envers une personne, mais aussi en même temps une possession de cette personne, doit être un droit en dehors de tout droit réel et de tout droit personnel, à savoir le droit de l'humanité en notre propre personne, lequel a pour conséquence une loi permissive naturelle à la faveur de laquelle une telle acquisition nous est possible[1].

§ 23

Quant à l'objet, l'acquisition suivant cette loi est de trois sortes : l'*homme* acquiert une *femme*, le *couple* acquiert des *enfants* et la *famille* des *domestiques*. Tout cet acquis est en même temps inaliénable et le droit du possesseur de ces objets *le plus personnel* des droits. VI, 277

DU DROIT DE LA SOCIÉTÉ DOMESTIQUE

Titre premier : Le droit conjugal

§ 24

La *communauté sexuelle (commercium sexuale)* est l'usage réciproque que les hommes font des organes et des facultés sexuels des autres *(usus membrorum et facultatum sexualium alterius)*, et cet usage est ou *naturel* (celui par lequel on peut procréer son semblable) ou *contre nature,* et ce dernier est ou tourné vers une personne du même sexe ou vers un animal d'une autre espèce que l'homme ; ces transgressions des lois, ces vices contre nature *(crimina carnis contra naturam*[1] *)* que l'on qualifie aussi d'innommables, en tant que lésion faite à l'humanité en notre propre personne, aucune restriction ni aucune exception ne saurait les soustraire à une totale réprobation.

Quant à la communauté sexuelle naturelle, elle suit ou la simple *nature* animale *(vaga libido, venus vulgivaga, fornicatio*[2] *)* ou la *loi.* Le dernier cas est celui du mariage *(matrimonium),* c'est-à-dire la liaison de deux personnes de sexe différent en vue de la possession réciproque, à vie, de leurs propriétés sexuelles. Cette fin, engendrer et éduquer des enfants, peut bien être une fin de la nature, pour laquelle elle aurait implanté en chaque sexe un penchant pour l'autre ; mais que l'homme qui se marie soit obligé de se proposer cette fin, ce n'est pas nécessaire pour rendre légitime sa liaison, car autrement, dès que cesserait la procréation, le mariage se dissoudrait aussitôt de lui-même.

À supposer même que le plaisir lié à l'usage réciproque des propriétés sexuelles soit la fin visée, ce n'est pas, précisons-le, chose facultative
VI, 278 que le contrat de mariage mais c'est un contrat nécessaire de par la loi de l'humanité ; c'est-à-dire que si l'homme et la femme veulent l'un et l'autre la jouissance réciproque relative à leurs propriétés sexuelles, ils *doivent* nécessairement se marier et ce qui rend cela nécessaire, ce sont les lois juridiques de la raison pure[3].

§ 25

En effet, l'usage naturel qu'un sexe fait des organes sexuels de l'autre est une *jouissance* pour laquelle l'une des parties se livre à l'autre. Dans cet acte, un homme fait de lui-même une chose, ce qui contredit au droit de l'humanité en sa propre personne. Cela n'est possible qu'à une seule condition, à savoir que dans le temps même où une personne est acquise par l'autre *tout comme une chose,* celle-là acquiert à son tour celle-ci réciproquement car de cette façon elle se reconquiert elle-même et rétablit sa personnalité. Mais chez l'homme l'acquisition d'un membre est en même temps acquisition de la personne tout entière parce que celle-ci est une unité absolue ; par suite l'abandon d'un sexe et son acceptation par l'autre en vue de sa jouissance, non seulement sont admissibles sous la condition du mariage, mais c'est même la *seule* condition sous laquelle ils soient possibles. Mais que ce droit *personnel* n'en soit pas moins *à modalité réelle,* voici ce qui l'étaye : c'est que si l'un des époux s'est enfui ou s'est mis en la possession d'un autre, l'autre époux est toujours et incontestablement justifié à le ramener en son empire, tout comme une chose[1].

§ 26

Pour les mêmes raisons, le rapport des époux est un rapport d'*égalité* de possession, tant des personnes qui se possèdent l'une l'autre réciproquement (ce qui ne vaut que pour la *monogamie,* car dans la polygamie la personne qui se donne ne conquiert qu'une partie de celle à laquelle elle se livre tout entière, faisant ainsi d'elle-même une simple chose), que des biens, nonobstant l'habilité pour les personnes à renoncer à une partie de l'usage de ces biens, encore que ce ne puisse être que par un contrat particulier.

Remarque

Que le concubinage ne soit susceptible d'aucun contrat valable en droit, pas plus que le louage d'une personne pour un moment de jouissance *(pactum fornicationis*[2] *),* cela s'ensuit de la raison invoquée ci-dessus. En effet, pour ce qui touche VI, 279 ce dernier contrat, chacun conviendra que la personne qui l'a conclu ne pourrait être juridiquement tenue de remplir sa promesse si elle s'en repentait ; et ainsi s'évanouit également le premier, le contrat de concubinage (en tant que *pactum turpe*[1]), parce que s'il existait, ce serait un contrat de *louage (locatio-conductio*[2] *),* louage d'un membre à l'usage d'autrui et que par conséquent, en raison de l'unité indissoluble des membres en une personne, celle-ci se livrerait elle-même comme une chose à l'arbitre d'autrui ; c'est pourquoi chaque partie peut rompre le contrat passé avec l'autre sitôt qu'il lui plaît sans que cet autre puisse porter plainte pour lésion de son droit. Il en va de même du mariage de la main gauche dont le but est pour l'un des deux d'utiliser l'inégalité de condition des deux parties afin d'accentuer sa domination sur l'autre, car en fait, selon le pur droit naturel, il ne diffère pas du concubinage et n'est pas un vrai mariage. Si maintenant on pose la question de savoir si la loi contredit à l'égalité des époux en tant que tels, en disant de l'homme par rapport à la femme : il sera ton maître (lui la partie qui commande, toi la partie qui obéit), cette loi ne peut être regardée comme contredisant à l'égalité naturelle du couple humain si cette domination se fonde uniquement sur la supériorité naturelle du pouvoir de l'homme sur celui de la femme dans la gestion des intérêts communs de la famille et dans l'exercice du droit de commandement reposant sur ces intérêts, droit qui peut donc, au point de vue de la *fin,* être lui-même dérivé du devoir d'unité et d'égalité.

§ 27

Le contrat de mariage n'est donc *accompli* que *par la cohabitation conjugale (copula carnalis*[3] *).* Un contrat entre deux personnes de sexes opposés, ou bien qui conviennent en secret de s'abstenir de toute communauté charnelle, ou bien qui ont conscience — l'une des parties ou toutes les deux — d'y être impuissantes, est un *contrat simulé* et n'institue aucun mariage ; aussi peut-il être dissous, au gré de chacune des deux personnes. Mais, si l'impuissance ne survient que postérieurement au contrat, ce droit ne peut en rien être infirmé par cet accident qui n'est imputable à personne.

L'*acquisition* d'une épouse ou d'un époux n'a VI, 280 donc pas lieu *facto* (par cohabitation) sans contrat préalable, non plus que *pacto* (par simple contrat de mariage non suivi de cohabitation), mais seulement *lege*, c'est-à-dire comme conséquence juridique de l'obligation où nous sommes de ne pas nous engager dans une liaison sexuelle autrement que par la médiation de la *possession* réciproque des personnes, laquelle ne peut trouver sa réalisation que par l'usage également réciproque de leurs caractéristiques sexuelles.

DU DROIT DE LA SOCIÉTÉ DOMESTIQUE

Titre deuxième : Le droit des parents

§ 28

De la même façon que du devoir de l'homme envers lui-même, c'est-à-dire envers l'humanité en sa propre personne, naissait un droit *(jus personale)* des deux sexes à s'acquérir réciproquement par le mariage en tant que personnes, *selon une modalité réelle,* de même s'ensuit de la *procréation* au sein de cette communauté un devoir de conservation et d'assistance à l'égard de sa *progéniture ;* autrement dit les enfants en tant que personnes ont par là aussitôt un droit originairement inné (non hérité) à l'assistance de leurs parents jusqu'à ce qu'ils soient en mesure de se conserver eux-mêmes, et ce immédiatement de par la loi *(lege)*, sans que soit requis pour ce faire un acte juridique particulier.

En effet, comme le produit est une *personne* et qu'il est impossible de se faire une idée* de la production par une opération physique d'un être
VI, 281 doué de liberté, c'est *au point de vue pratique* une idée tout à fait juste et même nécessaire que de regarder l'acte de procréation comme celui par lequel nous avons mis une personne au monde sans son consentement, l'y amenant d'autorité, acte qui ainsi confère aussi aux parents une obligation, celle de faire en sorte — dans la mesure de leurs forces — que leurs enfants soient satisfaits de l'état qui est le leur. Les parents ne peuvent pas détruire leur enfant, tout comme s'il était leur *ouvrage* (car un être doué de liberté ne saurait être un tel ouvrage) et leur propriété, ni même seulement l'abandonner au hasard, parce que en lui ce n'est pas simplement un être du

* On ne peut déjà pas se faire une idée de la façon dont il est possible à *Dieu* de *créer* des êtres libres ; car alors, semble-t-il, toutes leurs actions futures seraient prédéterminées par cet acte initial, prises dans la chaîne de la nécessité naturelle ; par conséquent elles ne seraient pas libres. Mais qu'ils (nous autres les hommes) sont pourtant libres, c'est ce que prouve l'impératif catégorique d'un point de vue moralement pratique, comme par un arrêt sans appel de la raison, sans pour autant que celle-ci puisse faire comprendre au point de vue théorique la possibilité de ce rapport de cause à effet, parce que tous deux sont suprasensibles. La seule chose qu'on puisse à ce propos exiger de la raison, ce serait qu'elle prouve que dans le concept d'une *création d'êtres libres,* il n'y a pas de contradiction ; et cela peut très bien se faire si l'on montre que la contradiction ne surgit que lorsque, en même temps que la catégorie de causalité, on fait intervenir aussi, au niveau du rapport entre choses suprasensibles, la *condition de temps* (à savoir que la raison d'un effet précède cet effet), inévitable quand on se situe sur le plan du rapport aux objets sensibles (intervention qui devrait d'ailleurs effectivement avoir lieu si ce concept de causalité était susceptible de recevoir une réalité objective au point de vue théorique) ; si l'on montre que la contradiction disparaît au contraire lorsque dans une perspective moralement pratique, par conséquent non sensible, la catégorie pure (sans que lui soit attribué un schème) est mise en usage dans le concept de création.

Le juriste philosophe, s'il réfléchit à la difficulté du problème à résoudre et aussi à la nécessité de donner pourtant satisfaction sur ce point aux principes du droit, ne verra pas, dans cette recherche poussée dans une métaphysique des mœurs jusqu'aux éléments premiers de la philosophie transcendentale, une vaine spéculation s'égarant dans une obscurité gratuite.

monde, mais encore un citoyen du monde, qu'ils ont impliqué dans une situation qui ne saurait maintenant leur être indifférente, même d'après des concepts juridiques.

§ 29

De ce devoir résulte aussi nécessairement pour les parents le droit de *prendre* l'enfant *en main* et de le former, aussi longtemps qu'il n'est pas capable de faire un usage personnel de ses membres non plus que de son entendement : outre le soin de le nourrir et de l'élever — et cela aussi bien du point de vue *pragmatique,* pour qu'il puisse par la suite se conserver et se prendre en charge, que du point de vue *moral,* parce que autrement, la faute de l'avoir négligé retomberait sur les parents — le soin de le former ; tout cela jusqu'à l'âge de l'émancipation *(emancipatio),* où ils renoncent au droit paternel de commander comme aussi à toute prétention à être dédommagés pour les soins et les peines pris jusque-là, en échange de quoi, une fois l'éducation achevée, ils ne peuvent tenir l'obligation des enfants (celle dont ils sont redevables envers les parents) que pour un simple devoir de vertu, à savoir pour de la gratitude.

De la personnalité des enfants suit encore qu'ils VI, 282 ne peuvent jamais être considérés comme la propriété des parents, mais qu'ils appartiennent pourtant à leur mien et tien (puisqu'ils sont comme des choses en la *possession* des parents, passibles même d'être soustraits contre leur volonté à la possession de tout tiers pour être ramenés en celle de leurs parents), que le droit des parents n'est pas un simple droit réel, qu'il n'est par conséquent pas aliénable *(jus personalissimum*[1]*)* et qu'il n'est pas non plus un droit simplement personnel mais au contraire un droit personnel *à modalité réelle.*

À ce propos, il saute donc aux yeux que dans la doctrine du droit, le titre de *droit personnel à modalité réelle* doit nécessairement venir s'ajouter aux titres de droit réel et de droit personnel ; la division jusqu'ici adoptée n'était donc pas complète puisque, lorsqu'il s'agit du droit des parents envers les enfants en tant qu'ils font partie intégrante de leur maison, les premiers ne se contentent pas d'en appeler chez les enfants au devoir de revenir quand ils se sont enfuis, mais ils sont autorisés à s'en saisir comme s'ils étaient des choses (des animaux domestiques échappés) et à les tenir captifs[1].

DU DROIT DE LA SOCIÉTÉ DOMESTIQUE

Titre troisième : Le droit du maître de maison

§ 30

Les enfants de la maison, qui avec les parents constituaient une *famille,* deviennent, sans aucun contrat pour mettre fin à leur dépendance antérieure, *majeurs (majorennes)* c'est-à-dire leurs propres maîtres *(sui juris),* du seul fait qu'ils parviennent à être en mesure de se conserver eux-mêmes (comme il arrive en partie conformément au cours universel de la nature en général — c'est la majorité naturelle —, en partie conformément à leur complexion naturelle particulière), et ils acquièrent ce droit sans acte juridique particulier, par conséquent uniquement de par la loi *(lege).* Ils ne sont redevables de rien envers les parents pour leur éducation, de même qu'à l'inverse ces derniers sont dégagés de leur obligation envers eux, si bien que les uns et les autres gagnent ou regagnent leur liberté naturelle. Quant à la société domestique qui était nécessaire d'après la loi, elle est dès lors dissoute.

L'une et l'autre partie peuvent de fait continuer
VI, 283 à composer cette même famille, mais sous une autre forme d'obligation, à savoir sous la forme du lien entre le maître de maison et la domesticité (les serviteurs ou servantes de la maison), par conséquent ils constituent exactement la même société

domestique, en tant maintenant que société *patronale (societas herilis),* et ce par un contrat qui s'établit entre le maître et les enfants devenus majeurs, ou, si la famille n'a point d'enfants, entre lui et d'autres personnes libres (de la maisonnée), contrat aux termes duquel ils instituent une société domestique — qui est une société inégalitaire (composée de celui qui *commande* ou autorité et de ceux qui *obéissent,* c'est-à-dire la domesticité, *imperantis et subjecti domestici*).

La domesticité appartient dès lors au sien du maître de maison, et ce, pour ce qui est de la forme *(l'état de possession),* tout comme si c'était d'après un droit réel ; en effet le maître de maison peut, lorsque le domestique se sauve de chez lui, le remettre en son empire par son arbitre unilatéral ; mais pour ce qui est de la matière, à savoir l'*usage* qu'il peut faire des gens de sa maison, il ne peut jamais se comporter comme leur propriétaire *(dominus servi*[1] *),* car il ne les a mis en son empire que par contrat ; et un contrat par lequel une partie renonce au profit d'une autre à toute sa liberté, par lequel elle cesse par conséquent d'être une personne, n'ayant donc pas non plus le devoir d'observer un contrat mais ne faisant que reconnaître la force, est en lui-même un contrat contradictoire, c'est-à-dire nul et non avenu. (Il n'est pas ici question du droit de propriété envers qui, à cause de son crime, a perdu sa personnalité.)

Le contrat entre l'autorité domestique et la domesticité ne peut donc être de nature telle que son *usage* dégénère en *abus,* ce dont il n'appartient pas uniquement au maître de maison mais aussi aux domestiques (qui ne peuvent donc jamais être réduits en servitude) de juger ; ce ne peut donc être un contrat à vie, mais tout au plus pour un temps déterminé seulement, qui peut être conclu, au cours duquel une partie peut rompre son association avec l'autre. Et les enfants (même ceux d'une personne devenue esclave par son crime) sont toujours libres. C'est que tout homme est né libre parce qu'il n'a encore rien fait de mal, et les frais de son éducation jusqu'à sa majorité ne peuvent pas non plus lui être imputés à dette dont il aurait à s'acquitter. En effet l'esclave devrait, s'il le pouvait, élever lui aussi ses enfants, sans pour autant leur demander des frais ; le possesseur de l'esclave contracte donc, étant donné l'incapacité de celui-ci, l'obligation en situation de laquelle était ce dernier.

*

VI, 284 Par où l'on voit qu'il y a, comme dans les deux titres précédents, un droit personnel à modalité réelle (celui de l'autorité sur les domestiques) ; car on peut aller les reprendre et les revendiquer au titre du sien extérieur auprès de tout possesseur, avant même qu'il ait été possible d'enquêter sur les raisons qui ont pu les pousser à s'enfuir et d'examiner leur droit.

DIVISION DOGMATIQUE DE TOUS LES DROITS SUSCEPTIBLES D'ÊTRE ACQUIS PAR CONTRAT

§ 31

On peut exiger d'une doctrine métaphysique du droit qu'elle énumère *a priori* les membres de sa division (*divisio logica*[1]) d'une façon exhaustive et précise, et qu'ainsi elle en établisse un véritable *système,* au lieu que toute *division empirique, étant purement fragmentaire (partitio*[2]*),* laisse incertaine la question de savoir si pour remplir toute la sphère du concept décomposé ce n'est pas un nombre encore plus grand de membres qu'il faudrait. On peut ainsi appeler *dogmatique* une division d'après un principe *a priori* (par opposition à une division empirique).

Tout contrat se compose par lui-même, c'est-à-dire *objectivement* considéré, de deux actes juridiques : la promesse et son acceptation ; l'acquisition par acceptation (lorsqu'il ne s'agit pas d'un *pactum re initum,* lequel exige une tradition) n'est pas une *partie* mais une *conséquence* juridiquement nécessaire du contrat. Mais considéré *subjectivement,* c'est-à-dire comme réponse à la question de savoir si cette conséquence nécessaire d'après la raison (qui *devrait* être l'*acquisition*) *s'ensuivra* aussi réellement (si ce sera une conséquence *physique*), c'est ce dont l'acceptation de la promesse ne m'offre encore aucune *garantie.* Cette garantie donc, en tant qu'elle appartient extérieurement à la modalité du contrat, à savoir à la *certitude* de l'acquisition par contrat, est un élément supplémentaire pour compléter les moyens propres à réaliser le projet du contrat : l'acquisition. À cette fin entrent en jeu trois personnes : le *promettant,* l'*acceptant* et le *garant ;* grâce à ce dernier et au contrat qui le lie au promettant, l'acceptant ne gagne sans doute rien de plus relativement à l'objet, mais il gagne néanmoins un moyen de contrainte pour obtenir ce qui est sien.

Or, d'après ces principes de la division logique (rationnelle), il n'y a à proprement parler que trois espèces, simples et *pures,* de contrats ; quant aux contrats mixtes et *empiriques,* qui ajoutent aux principes du mien et tien réglés sur les simples lois de la raison des principes statutaires et conventionnels, ils sont innombrables ; ils se situent toutefois en dehors de la sphère de la doctrine métaphysique du droit, qui seule doit être exposée ici. VI, 285

Tous les contrats ont ainsi pour projet soit A. acquisition *unilatérale* (contrat de bienfaisance) ; soit B. acquisition *réciproque* (contrat à titre onéreux), soit — sans qu'il y ait acquisition — ne serait-ce que C. *garantie* du *sien* (garantie qui peut être à la fois bienfaisante d'un côté mais cependant onéreuse de l'autre).

A. Le contrat de *bienfaisance (pactum gratuitum)* est :

a) La *conservation* d'un bien confié *(depositum)*

b) Le *prêt* d'une chose *(commodatum)*

c) La *donation (donatio)*

B. Le contrat *onéreux* :

I. Le *contrat d'aliénation (permutatio late sic dicta*[1] *).*

a) Le *troc (permutatio stricte sic dicta*[2] *)* : marchandise contre marchandise.

b) L'*achat* et la *vente (emtio, venditio)* : marchandise contre argent.

c) L'*emprunt (mutuum)* : aliénation d'une chose sous la condition de ne la recouvrer que sous la même espèce (par exemple du blé contre du blé ou de l'argent contre de l'argent).

II. Le *contrat de louage (locatio, conductio*[3] *).*

α. Le *louage de ma chose* à un autre pour qu'il en use *(locatio rei)*, louage qui, si elle doit être restituée *in specie* seulement, peut aussi être assorti d'un *versement* d'intérêts *(pactum usurarium).*

β. Le *contrat salarial (locatio operae*[4] *)* c'est-à-dire la cession de l'usage de mes forces à un autre pour un prix déterminé *(merces)*. Selon ce contrat, le travailleur est le serviteur appointé *(mercennarius).*

γ. Le *contrat procuratoire (mandatum)* : la gestion à la place et *au nom* d'un autre, gestion qui lorsqu'on se borne à l'assurer à la place d'un autre, sans le faire en même temps en son nom (celui de la personne qu'on remplace), est une *gestion sans délégation (gestio negotii*[5] *)* ; mais qui, lorsqu'elle est assurée au nom de l'autre, s'appelle *mandat,* lequel est ici, en tant que contrat de louage, un contrat onéreux *(mandatum onerosum).*

C. Le *contrat de garantie (cautio)* :

a) À la fois *mise en gage* et *prise de gage (pignus)*

b) Le *cautionnement* pour la promesse d'un autre *(fidejussio)*

c) La *caution personnelle (praestatio obsidis*[6] *).*

Dans ce tableau[7] de tous les modes de translation *(translatio)* de ce qui est sien à un autre, on trouve des concepts d'objets ou d'instruments de cette translation qui semblent être tout à fait empiriques, et qui, même au point de vue de leur possibilité, n'ont pas à proprement parler leur place au sein d'une doctrine *métaphysique* du droit où les divisions doivent être opérées d'après des principes *a priori,* où par conséquent il faut faire abstraction de la matière de l'échange (qui pourrait être conventionnelle) pour ne considérer que la forme. Tel est, sous le titre *l'achat et la vente,* le concept de l'*argent,* par opposition à toutes les autres choses aliénables, c'est-à-dire la *marchandise,* et tel est le concept de *livre.* Seulement, il apparaîtra que ce concept-là, celui du moyen le plus important et le plus utilisable de tous pour les hommes, quant au *commerce* des choses appelé *achat* et *vente* (marché), de même que celui de *livre* en tant qu'il est le moyen le plus important pour le commerce des pensées, peut se réduire à de purs rapports intellectuels et qu'ainsi, le tableau des contrats purs ne saurait être entaché d'aucun ajout empirique.

I. *Qu'est-ce que l'argent?*

L'*argent* est une chose dont il n'est possible de faire usage qu'en l'*aliénant.* C'est là une bonne *définition nominale* (pour suivre Achenwall[1]), c'est-à-dire suffisante pour distinguer cette espèce de tous les autres objets de l'arbitre ; mais elle ne nous donne aucun éclaircissement sur la possibilité d'une telle chose. Aussi bien voit-on cependant par là que premièrement, dans le commerce, cette aliénation ne vise pas la donation mais l'acquisition *réciproque* (par *pactum onerosum*[2]) ; que deuxièmement, du fait qu'il n'est conçu (dans un peuple) que comme un simple *moyen* de commerce universellement agréé, n'ayant par lui-même aucune valeur, par opposition à une chose en tant que *marchandise* (c'est-à-dire à ce qui a de la valeur VI, 287
et qui dans le peuple se rapporte au besoin particulier de tel ou tel), il *représente* toutes les marchandises.

C'est au boisseau de blé en tant que moyen de satisfaire les besoins humains que revient la valeur directe la plus grande. On peut le donner à manger aux animaux que nous utilisons pour nous nourrir, nous déplacer et travailler à notre place, et c'est donc également grâce à lui que se multiplient et que se conservent les hommes qui non seulement ne cessent de faire venir ces produits de la nature mais peuvent encore faire concourir à tous leurs besoins les produits de l'art : à la construction de leur habitation, à la confection de leurs vêtements, à ces jouissances recherchées et en général à toutes ces commodités que constituent les biens de l'industrie. En revanche la valeur de l'argent n'est qu'indirecte. On ne peut en jouir en lui-même ni en faire, en tant que tel, un usage immédiat quel qu'il soit ; mais c'est néanmoins un moyen qui est entre toutes choses de la plus haute utilité.

Il est loisible de fonder provisoirement, sur ce qui précède, une *définition réelle* de l'argent : c'est *pour les hommes le moyen* universel d'*échanger entre eux leur travail,* de telle sorte que la richesse nationale, en tant qu'elle a été acquise par la médiation de l'argent, n'est à proprement parler que la somme de travail avec lequel les hommes se payent entre eux et qui est représenté par l'argent circulant dans le peuple.

Dès lors, il faut que la chose qu'on appellera *argent* ait donc coûté pour la produire ou pour la mettre entre les mains d'autres hommes un travail dont la qualité équivaille au *travail* par lequel les marchandises (produits de la nature ou produits de l'art) ont dû être acquises et contre lequel le premier est échangé. Car, s'il était plus facile de se procurer la matière qu'on appelle argent, il y aurait sur le marché davantage d'argent que de marchandises à vendre ; et comme le vendeur aurait dû employer plus de travail à obtenir sa marchandise que l'acheteur auquel l'argent abonderait plus rapidement, le travail nécessaire à la fabrication des marchandises, et ainsi les arts et métiers en général, décroîtraient et dépériraient en même temps que l'activité industrieuse qui a pour conséquence la richesse publique. C'est pourquoi les billets de banque et les assignats ne peuvent

être considérés comme de l'argent, quoiqu'ils en tiennent lieu pendant un temps parce que cela ne coûte presque aucun travail de les fabriquer et que leur valeur ne se fonde que sur l'opinion que l'on pourra continuer à les convertir comme jusqu'à présent en *argent comptant* — opinion qui disparaît si jamais l'on vient à découvrir que cet argent VI, 288
n'existe pas en masse suffisante pour permettre un commerce facile et sûr, et qui fait apparaître le déficit inévitable. Ainsi, l'activité industrieuse de ceux qui exploitent les mines d'or et d'argent au Pérou ou au Nouveau-Mexique, étant donné surtout les tentatives maintes fois manquées d'un travail investi en vain dans la recherche des filons, est-elle vraisemblablement encore supérieure à celle qui est consacrée à la fabrication des marchandises en Europe ; et, sans contrepartie, se relâchant donc d'elle-même, elle aurait bientôt laissé sombrer ces pays dans la misère si en revanche le travail des Européens, stimulé par ces matériaux précisément, ne se développait pas aussitôt en proportion pour maintenir constamment en éveil par l'offre des choses de luxe l'envie chez les premiers d'exploiter les mines — de telle sorte que le travail entre toujours en concurrence avec le travail.

Mais comment est-il possible que ce qui était d'abord marchandise devienne finalement argent? Cela arrive lorsqu'un grand et puissant consommateur d'un matériau, qu'il n'a d'abord utilisé que pour la parure et le lustre de ses serviteurs (à sa cour) — par exemple l'or, l'argent, le cuivre ou les *cauris* qui sont une belle espèce de coquillages, ou encore comme au Congo une sorte de natte appelée *makutes*, ou comme au Sénégal des lingots de fer, ou même les esclaves nègres sur la côte de Guinée —, je veux dire lorsque le *souverain d'un pays* exige de ses sujets qu'ils lui versent leurs impôts en ce matériau (qui est une marchandise) et qu'il les paye en retour avec ce même matériau — eux dont l'industrie à l'acquérir doit être mue par là —, selon les dispositions du commerce établies en général entre eux et avec eux (sur un marché ou à la bourse). C'est par là seul (à mon avis) qu'une marchandise a pu devenir un moyen légal pour les sujets de faire commerce entre eux de leur travail et également, par la même occasion, l'instrument de la richesse de l'État, c'est-à-dire de l'*argent.*

Le concept intellectuel auquel est subordonné le concept empirique d'argent est donc le concept d'une chose qui, prise dans la circulation de la possession *(permutatio publica*[1] *)*, détermine le *prix* de toutes les autres choses (marchandises) — parmi lesquelles il faut compter les sciences elles-mêmes dans la mesure où on ne les enseigne pas gratuitement aux autres — dont la masse constitue donc pour un peuple son opulence *(opulentia)*. En effet le prix *(pretium)* est le jugement public porté sur la *valeur (valor)* d'une chose par rapport à la quantité proportionnelle de ce qui est le moyen représentatif universel de l'échange réciproque du *travail* (la circulation). C'est pour-
VI, 289 quoi, là où le commerce est développé, ni l'or ni le cuivre ne sont considérés comme étant à proprement parler de l'argent, mais seulement comme des marchandises, parce qu'il y a trop peu de l'un et trop de l'autre pour qu'il soit facile de les mettre en circulation tout en les ayant en fractions assez petites comme il est nécessaire à l'échange contre marchandise ou contre un grand nombre d'entre elles pour l'acquisition la plus petite soit-elle. Le métal *argent* (plus ou moins allié de cuivre) est donc retenu dans le grand commerce du monde comme étant le matériau approprié de l'argent et comme étalon pour l'évaluation de tous les prix ; les autres métaux (à plus forte raison encore les matériaux non métalliques) ne peuvent avoir cours que chez un peuple où le commerce est peu développé. Les deux premiers, lorsqu'ils ne sont pas simplement pesés mais encore estampés c'est-à-dire marqués d'un signe indiquant quelle doit être leur valeur, sont de l'argent légal : de la *monnaie.*

« L'argent est donc (d'après *Adam Smith*[2]) celui de ces corps dont l'aliénation est à la fois le moyen et la mesure du travail, corps avec lequel les hommes et les peuples commercent entre eux. » Cette définition élève le concept empirique d'argent à un concept intellectuel, en ne regardant dans le contrat onéreux qu'à la *forme* des prestations réciproques (abstraction faite de leur matière), et en ne regardant ainsi dans l'échange du mien et du tien en général *(commutatio late sic dicta)* qu'au concept de droit, afin de représenter adéquatement le précédent tableau d'une division dogmatique *a priori,* donc de la métaphysique du droit comme système.

II. *Qu'est-ce qu'un livre?*

Un livre est un écrit (à la plume ou en caractères d'imprimerie, de peu ou de beaucoup de pages, peu importe ici) qui représente un discours que quelqu'un adresse au public au moyen des signes visibles du langage. Celui qui *parle* au public en son propre nom s'appelle l'*auteur (auctor)*. Celui qui à travers un écrit parle publiquement au nom d'un autre (de l'auteur) est l'*éditeur*. Celui-ci, s'il le fait avec la permission de celui-là, est l'éditeur légitime ; mais s'il le fait sans cette permission, c'est un éditeur illégitime c'est-à-dire un *contrefacteur*. La somme de toutes les copies (exemplaires) de l'original est l'*édition*.

La contrefaçon des livres est interdite au nom du droit[1]

Un *écrit* n'est pas immédiatement la marque d'un *concept* (comme l'est par exemple une eau-forte qui représente une personne déterminée en *portrait,* ou un plâtre qui la représente en *buste*) VI, 290
mais c'est un *discours* au public, c'est-à-dire que l'auteur *parle* publiquement par l'intermédiaire de l'éditeur. Quant à celui-ci, à savoir l'*éditeur,* il parle (par l'intermédiaire de son ouvrier, *operarius,* qui est l'imprimeur) non pas en son propre nom

(car sinon il se donnerait pour l'auteur) mais au nom de l'auteur, ce à quoi il n'eſt donc juſtifié qu'en vertu d'un *mandat (mandatum)* que lui délivre l'auteur. Or le contrefacteur, dans l'édition réalisée de sa propre autorité, parle bien aussi au nom de l'auteur, mais sans en avoir reçu mandat de celui-ci *(gerit se mandatarium absque mandato*[1] *)*, par suite il commet à l'égard de l'éditeur agréé par l'auteur (par conséquent seul légitime) un délit qui consiſte à priver celui-là de l'avantage qu'il pourrait ou voudrait retirer de l'usage de son droit *(furtum usus*[2] *)*, ainsi la *contrefaçon des livres* eſt-elle *interdite au nom du droit.*

Voici en quoi réside la cause de l'apparence de légitimité d'une illégitimité pourtant aussi flagrante que l'eſt au premier coup d'œil la contrefaçon des livres : c'eſt que *d'un côté,* un livre eſt un *produit* matériel *de l'art (opus mechanicum)* qui peut être imité (par celui qui se trouve légitimement en possession d'un exemplaire), que c'eſt donc là le lieu d'un *droit réel;* mais que *d'un autre côté,* le livre eſt aussi simple *discours* de l'éditeur au public, que celui-ci n'a pas la permission de reproduire publiquement *(praeſtatio operae*[3] *)* sans en avoir reçu mandat par l'auteur, ce qui conſtitue un *droit personnel,* et l'erreur consiſte alors à confondre les deux.

★

La confusion entre le droit personnel et le droit réel eſt encore en un autre cas ressortissant au contrat de louage (B. II. α), c'eſt-à-dire en cas de *location (jus incolatus*[4] *)*, matière à différends. On se demande en effet si le propriétaire, lorsqu'il vend à quelqu'un la maison (ou la terre) qu'il a louée à un autre avant expiration du bail, eſt tenu d'ajouter au contrat de vente la clause conditionnelle de la continuation du bail, ou si l'on peut dire que la vente rompt le bail (à terme fixé par l'usage pour le congé toutefois). Dans le premier cas, la maison serait véritablement grevée d'une
VI, 291 *hypothèque (onus)* : un droit sur cette chose que le

locataire aurait acquis sur elle (la maison) ; ce qui pourrait bien arriver (en inscrivant le contrat de location au registre des hypothèques sur la maison), et dès lors ce ne serait plus un simple contrat de location mais un contrat auquel il faudrait encore en ajouter un autre (ce à quoi peu de loueurs souscriraient). Ainsi est-ce le principe : « la vente rompt la location » qui est en vigueur, c'est-à-dire que le plein droit sur une chose (la propriété) l'emporte sur tout droit personnel qui ne peut être compatible avec lui. Il reste que la possibilité de porter plainte, fondée sur le droit personnel, demeure ouverte au locataire, en vue de se faire indemniser du dommage résultant de la rupture du contrat[1].

CHAPITRE ÉPISODIQUE

DE L'ACQUISITION IDÉALE D'UN OBJET EXTÉRIEUR DE L'ARBITRE

§ 32

J'appelle *idéale* cette acquisition qui ne comporte aucune causalité dans le temps, qui donc a pour fondement une simple Idée de la raison pure. Ce n'en est pas moins une acquisition *véritable,* qui n'a rien d'imaginaire et qu'on évite d'appeler réelle pour cette seule raison que ce n'est pas un acte d'acquisition empirique, puisque le sujet acquiert d'un autre qui, ou bien *n'est pas encore* (on admet simplement la possibilité qu'il soit), ou bien *cesse* tout juste *d'être,* ou bien *n'est plus,* et que l'accès à la possession est par conséquent une simple Idée pratique de la raison. Ce sont les trois modes d'acquisition suivants : 1. par *usucapion,* 2. par *héritage,* 3. par *mérite immortel (meritum immortale),* c'est-à-dire prétention à une bonne renommée après la mort. Tous les trois ne peuvent sans doute prendre effet qu'en l'état juridique public, mais ils ne se *fondent* pas seulement sur sa constitution et sur des statuts arbitraires ; on peut au contraire les penser aussi *a priori* en l'état de nature, et c'est même un nécessaire préalable pour établir ensuite d'après cela les lois dans la constitution civile *(sunt juris naturae*[1] *)*.

I. LE MODE D'ACQUISITION PAR USUCAPION

§ 33

J'acquiers la propriété d'un autre simplement par une *longue possession (usucapio*[2] *)*; ce n'est pas
VI, 292 parce que je puis légitimement *présupposer* son consentement à cet égard *(per consensum praesumtum*[3] *)* ni parce que, ne rencontrant pas d'opposition de sa part, je puis supposer qu'il a *abandonné* sa chose *(rem derelictam)*, mais parce que, quand bien même se présenterait vraiment quelqu'un pour élever en tant que propriétaire une prétention sur cette chose (un prétendant), je pourrais pourtant l'*exclure* du seul fait de ma longue possession, ignorer son existence antérieure et me comporter tout à fait comme si, au temps de ma possession, il n'existait que comme être de raison, encore que j'aie pu être informé par la suite de son existence aussi bien que de sa prétention. On nomme ce mode d'acquisition, d'une manière qui n'est pas tout à fait correcte, acquisition par *prescription (per praescriptionem)*; en effet, l'exclusion n'est à considérer que comme la conséquence de l'acquisition première ; il faut que l'acquisition précède. La possibilité de ce mode d'acquisition reste maintenant à prouver.

Celui qui n'exerce pas un *acte de possession* continu *(actus possessorius)* sur une chose extérieure tenue pour sienne, est regardé à bon droit comme quelqu'un qui, en tant que possesseur, n'existe pas ; car il ne peut pas se plaindre d'être lésé, tant qu'il ne s'autorise pas du titre de possesseur ; et si ultérieurement, alors qu'un autre en a déjà pris possession, il la revendique également, il ne fait que dire qu'il en a été autrefois propriétaire mais non pas qu'il l'est encore ni que la possession, malgré l'absence d'un acte juridique continu, est restée ininterrompue. Il n'y a donc qu'un acte de possession juridique, et encore un acte continuellement entretenu et étayé par des documents, qui puisse assurer, en cas de non-utilisation prolongée, quelque chose comme sien.

Supposez en effet que l'absence de cet acte de possession n'ait pas pour conséquence qu'un autre fonde sur sa possession régulière et loyale *(possessio bonae fidei*[1] *)* une possession valable en droit *(possessio irrefragabilis*[2] *)* et regarde la chose qui est en sa possession comme acquise par lui, il n'y aurait alors aucune possession péremptoire (assurée) mais toutes ne seraient que provisoires (intérimaires), car l'histoire n'est pas en mesure de faire remonter ses investigations jusqu'au premier possesseur et à son acte d'acquisition. La présomption sur laquelle se fonde l'usucapion *(usucapio)* n'est donc pas seulement *conforme au droit* (licite, *justa*) en tant que *conjecture,* mais elle est aussi légale *(praesumtio juris et de jure*[3] *)* en tant que présupposition émise d'après des lois de contrainte *(suppositio legalis*[4] *) :* celui qui omet de produire des documents relatifs à son acte de possession a perdu sa qualité envers les possesseurs actuels, ce qui fait que la durée de l'omission (qui ne peut être déterminée et n'a pas besoin de VI, 293
l'être) n'est avancée que pour appuyer la certitude qu'il y a eu omission. Et qu'un possesseur jusque-là demeuré inconnu, quand cet acte de possession a été interrompu (même si ce n'est pas de sa faute), ait toujours loisir de recouvrer (revendiquer) la chose *(dominia rerum incerta facere*[5] *)* contredit au précédent postulat de la raison juridiquement pratique.

Cela étant, s'il est membre de la communauté publique, c'est-à-dire s'il se trouve en l'état civil, l'État peut bien, néanmoins, lui conserver sa possession (en le représentant), quoiqu'elle ait été, en tant que possession privée, interrompue, et le possesseur actuel n'a pas à prouver son titre d'acquisition jusqu'au premier possesseur ni non plus à se fonder sur celui d'usucapion. Mais dans l'état de nature ce dernier titre est légitime, non pas à la vérité comme moyen d'acquérir une chose mais pour se maintenir en sa possession sans aucun acte juridique — moyen de s'affranchir des revendications qu'on a alors coutume d'appeler également acquisition. La prescription qui frappe l'ancien possesseur ressortit donc au droit naturel *(est juris naturae)*.

II. L'HÉRÉDITÉ (ACQUISITIO HEREDITATIS)

§ 34

L'hérédité est la translation *(translatio)* de l'avoir et du bien d'un mourant à un survivant par l'accord de leurs deux volontés. L'acquisition de l'*héritier (heredis instituti*[1] *)* et l'abandon du *testateur (testatoris)*, c'est-à-dire cette transmission du mien et tien se fait en un instant *(articulo mortis)*, précisément celui où ce dernier cesse tout juste d'être et ce n'est donc pas à proprement parler une translation *(translatio)* au sens empirique, qui suppose deux actes successifs, à savoir celui où l'un abandonne d'abord sa possession, suivi de celui où l'autre y accède, mais c'est une acquisition idéale. Comme en l'état de nature, l'hérédité ne peut se concevoir sans *legs (dispositio ultimae voluntatis*[2] *)* et la question de savoir s'il s'agit d'un *contrat de succession (pactum successorium)* ou d'une *institution unilatérale d'héritier (testamentum*[3] *)* se pose à l'occasion de celle de savoir si et comment, au moment même où le sujet cesse
VI, 294 d'être, une cession du mien et tien est possible ; il faut se demander : comment le mode d'acquisition par hérédité est-il possible? indépendamment de ses maintes formes possibles de réalisation (que

l'on ne rencontre que dans une communauté publique).

« Il est possible d'acquérir par institution d'héritier. » En effet le testateur *Caïus* promet et déclare en ses dernières volontés adressées à *Titus* qui ne sait rien de cette promesse, que c'est à lui que doit être transmis son avoir en cas de décès, et il en demeure donc aussi longtemps qu'il vit, le seul et unique possesseur. Or, on ne peut évidemment rien transmettre à un autre par une simple volonté unilatérale, mais, outre la promesse, est encore requise pour ce faire l'acceptation *(acceptatio)* de l'autre partie et une volonté simultanée *(voluntas simultanea)* qui toutefois fait ici défaut ; en effet, aussi longtemps que vit Caïus, Titus ne peut pas accepter expressément pour acquérir par ce moyen, parce que Caïus a promis seulement au cas où il mourrait (car autrement la propriété serait un instant commune, ce qui n'est point la volonté du testateur). Néanmoins Titus acquiert tacitement un droit spécial à la succession, comme un droit réel, à savoir exclusivement le droit de l'accepter *(jus in re jacente*[1] *)*; de là qu'au moment en question, cette succession est dite *hereditas jacens*[2]. Or, comme nécessairement (puisque par là il peut bien gagner mais ne peut jamais perdre), donc tout aussi tacitement, tout homme accepte un tel droit, et qu'après la mort de Caïus, Titus est dans ce cas, il peut acquérir l'héritage par acceptation de la promesse et dans l'intervalle, cet héritage n'est pas tout à fait sans maître *(res nullius)* mais il est seulement resté *vacant (res vacua*[3] *)*, puisque Titus avait exclusivement le droit de choisir s'il voulait ou non faire sien l'avoir légué.

Remarque

Les testaments sont donc valables selon le simple droit naturel *(sunt juris naturae*[4] *)* et cette assertion est à entendre en ce sens qu'ils sont susceptibles et dignes d'être introduits en l'état civil (le jour où il s'établira), et d'être sanctionnés.

Car il n'y a que lui (la volonté générale en lui) qui garantisse la possession de la succession dans l'intervalle où celle-ci est suspendue entre l'acceptation et le refus et n'appartient à proprement parler à personne.

III. LE LEGS D'UNE BONNE RENOMMÉE APRÈS LA MORT (BONA FAMA DEFUNCTI)

§ 35

Que le défunt après sa mort (donc lorsqu'il n'existe plus) puisse encore posséder quelque chose, ce serait une absurdité que de le penser, s'il s'agissait du legs d'une chose. Or la *bonne renommée* est néanmoins un mien ou tien extérieur inné, bien que purement idéal, qui s'attache au sujet en tant qu'il est une personne, dont la nature est telle que je peux et dois faire abstraction de la question de savoir si elle cesse tout à fait d'être avec la mort ou si elle continue encore de subsister en tant que telle, car dans mon rapport juridique à toute autre personne, je ne l'envisage réellement que d'après son humanité, par suite comme *homo noumenon,* et ainsi, toute tentative pour ternir sa réputation après la mort est-elle toujours suspecte — bien qu'il y ait sans doute place pour une accusation fondée contre cette personne (par conséquent le principe : de *mortuis nihil nisi bene*[1] n'est pas correct) — car répandre sans une extrême certitude des critiques envers un absent qui ne peut se défendre est à tout le moins dépourvu de générosité.

Que par une vie irréprochable, et une mort qui la termine de même, l'homme acquière comme étant le sien une renommée (négativement) bonne qui demeure après lui alors qu'en tant qu'*homo phaenomenon* il n'existe déjà plus, et que les survivants (parents ou étrangers) soient habilités à le défendre même en justice (puisqu'une accusation sans preuves les expose tous au danger d'un

semblable traitement après leur mort), que cet homme, dis-je, puisse acquérir un tel droit, est un phénomène singulier non moins qu'incontestable de la raison légiférant *a priori,* laquelle étend ses commandements et ses interdictions par-delà même les limites de la vie. Si quelqu'un divulgue qu'un défunt a autrefois commis un crime qui de son vivant l'eût rendu infâme ou seulement méprisable, quiconque est capable de prouver que cette accusation est délibérément fausse et mensongère peut dénoncer publiquement comme calomniateur celui qui s'est livré à ces diffamations et par conséquent le rendre lui-même infâme. C'est ce qu'il ne se permettrait pas de faire s'il ne supposait à bon droit le défunt offensé par là, bien qu'il soit mort, et que par cette apologie, réparation lui VI, 296
est faite bien qu'il n'existe plus*. L'habilité à jouer le rôle d'apologiste du défunt, cet homme n'a pas non plus besoin de la prouver car tout homme se l'attribue inévitablement, non pas seulement comme appartenant au devoir de vertu (envisagé de façon éthique) mais même comme appartenant au droit de l'humanité en général ; et il n'est

* Que l'on ne conclue pas à ce propos avec exaltation au VI, 296
pressentiment d'une vie future et à des rapports invisibles avec des âmes séparées des corps ! Car il n'est ici question de rien d'autre que du pur rapport moral et juridique que les hommes entretiennent dans cette vie même, où ils ont le statut d'êtres intelligibles, pour autant que tout ce qui est physique (tout ce qui appartient à leur existence spatio-temporelle) en étant logiquement *exclu,* c'est-à-dire *abstrait,* on ne dépouille pourtant pas les hommes de ce qui est leur nature non plus qu'on n'en fait des esprits en situation de ressentir les outrages de leurs calomniateurs. Celui qui, dans un siècle, parlera faussement pour dire du mal de moi m'offense dès maintenant ; en effet, dans de purs rapports de droit qui sont entièrement intellectuels, il est fait abstraction de toutes les conditions physiques (de temps), et le diffamateur (calomniateur) est tout aussi punissable que s'il avait agi de mon vivant ; seulement il ne l'est pas par un tribunal criminel, mais il l'est au sens où, suivant la loi du talion, lui sera infligée par l'opinion publique cette même perte d'honneur qu'il faisait subir à un autre. Même le *plagiat* qu'un écrivain perpètre à l'endroit d'un défunt, bien qu'il ne flétrisse pas l'honneur du défunt mais lui en dérobe seulement une partie, est pourtant vengé à bon droit comme lésant le défunt (comme un rapt).

besoin, pour justifier cet homme de se livrer à une telle admonestation, d'aucun préjudice personnel particulier qui, touchant ses amis et ses parents, pourrait résulter d'une telle flétrissure infligée au défunt. Il n'est donc pas contestable que soient fondés une telle acquisition idéale ainsi que le droit envers les survivants d'un homme après sa mort, bien que la possibilité de ce droit ne soit susceptible d'aucune déduction.

Troisième section

DE L'ACQUISITION SUBJECTIVEMENT CONDITIONNELLE PRONONCÉE PAR LA SENTENCE D'UNE JURIDICTION PUBLIQUE

§ 36

Si par droit naturel on entend simplement celui qui n'est pas statutaire, donc uniquement le droit
VI, 297 que la raison de tout homme peut connaître *a priori*, ressortiront pareillement au droit naturel non seulement la *justice* réglant le commerce réciproque des personnes entre elles *(justitia commutativa)* mais encore la justice distributive *(justitia distributiva)*, pour autant qu'elle peut être reconnue *a priori* suivant la loi qui est la sienne et qui fait qu'elle doit rendre sa sentence *(sententia)*.

La personne morale qui préside à la justice est la *cour de justice (forum)* et dans l'exercice de ses fonctions, le *tribunal (judicium)*. Tout cela est conçu *a priori* d'après les seules conditions du droit, sans qu'entre en ligne de compte la façon dont une telle constitution peut effectivement être instituée et organisée (ce qui requiert des statuts, donc des principes empiriques).

La question n'est donc pas ici seulement de savoir ce qui *en soi* est juste, c'est-à-dire comment il revient à chaque homme d'en juger par lui-même, mais de savoir ce qui est juste devant un tribunal, c'est-à-dire ce qui est de droit. Et alors, il y a *quatre* cas où se présentent deux jugements différents et opposés cependant que compatibles ; c'est qu'on les rend à deux points de vue différents mais également vrais : l'un au point de vue du droit privé, l'autre d'après l'Idée du droit public. Ce sont : 1. le *contrat de donation (pactum donationis)* ; 2. le *contrat de prêt (commodatum)* ; 3. la *revendication (vindicatio)* ; 4. le *serment (juramentum)*.

Remarque

C'est une faute habituelle de *subreption (vitium subreptionis)* chez les juristes que de prendre objectivement pour ce qui est juste en soi le principe juridique même qu'une cour de justice est habilitée, voire obligée, à admettre pour son propre office (donc dans une visée subjective), afin de déclarer et de fixer le droit qui revient à chacun. Or ce principe juridique est pourtant très différent du juste en soi. Il n'est donc pas de médiocre importance de faire connaître cette différence spécifique et d'attirer l'attention sur elle.

A

§ 37

DU CONTRAT DE DONATION

Ce contrat *(donatio)* par lequel j'*aliène gratuitement (gratis)* le mien, ma chose (ou mon droit)

comporte selon le *droit privé* un rapport entre moi,
VI, 298 le donateur *(donans)*, et un autre, le donataire *(donatarius)*, rapport par lequel le mien passe à l'autre moyennant l'acceptation par lui de ce mien *(donum*[1] *)*. Mais il n'y a pas lieu de présumer que ce faisant je serais censé être contraint à tenir ma promesse, abandonnant donc également sans raisons ma *liberté* et dérogeant pour ainsi dire à moi-même *(nemo suum jactare praesumitur*[2] *)*, ce qui pourrait pourtant bien arriver suivant le droit en l'état civil ; là en effet, le donataire peut me *contraindre* à la prestation de ma promesse. Si donc l'affaire allait devant le tribunal — c'est-à-dire au point de vue du droit public — il faudrait ou bien que le donateur soit présumé avoir consenti à cette contrainte, ce qui est absurde, ou bien que la cour de justice en son arrêt (sentence) regarde non pas à la question de savoir si ce dernier a voulu ou non se réserver la liberté de revenir sur sa promesse, mais à ce qui est certain, c'est-à-dire à la promesse et à l'acceptation de celui à qui elle a été faite. Encore que le promettant, comme on peut bien le conjecturer, ait pensé que si, avant que de l'avoir remplie, il se repentait d'avoir fait cette promesse, on ne pourrait le forcer à la remplir, il reste pourtant que le tribunal estime qu'il aurait dû faire expressément cette réserve et que ne l'ayant point faite, il peut être contraint à remplir sa promesse, et la cour adopte ce principe parce que autrement le verdict lui deviendrait infiniment plus difficile, voire impossible[3].

B

§ 38

DU CONTRAT DE PRÊT

Dans ce contrat *(commodatum)* par lequel j'autorise quelqu'un à faire un usage gratuit de ce qui est mien, où, s'il s'agit d'une chose, les contrac-

tants conviennent que ce quelqu'un remettra en mon empire la *même* chose *exactement,* le bénéficiaire du prêt *(commodatarius)* ne peut pas en même temps présumer que le propriétaire de cette chose *(commodans)* prendra aussi sur lui tous les risques *(casus)* de perte de la chose ou des propriétés qui la lui rendent utile, pouvant résulter de ce que la chose a été mise en possession du commodataire. En effet il ne va pas de soi que le propriétaire, outre l'usage de sa chose qu'il consent au commodataire (outre le préjudice, inséparable de cet usage, que subit la chose), fasse également grâce de la *garantie* contre tous les VI, 299
inconvénients qui pourraient provenir pour lui de ce qu'il a placé la chose hors de sa propre protection ; au contraire il faudrait pour cela un contrat particulier. La question ne peut donc être que la suivante : auquel des deux, du prêteur ou de l'emprunteur, incombe-t-il d'ajouter expressément au contrat de prêt la clause conditionnelle selon laquelle il assumerait le risque encouru par la chose ou, si cette clause n'intervient pas, de qui peut-on *présumer* le *consentement* à garantir la propriété du prêteur (par la rétrocession de la même chose ou d'un équivalent)? Ce ne peut être du prêteur, car il n'est pas possible de présumer que sans raisons il ait consenti davantage que le simple usage de la chose (c'est-à-dire de présumer que de surcroît, il accepte de se porter lui-même garant de la propriété) ; mais on peut bien le présumer de l'emprunteur, car ce n'est là pour lui rien faire de plus que ce qui est directement stipulé dans le contrat.

Si d'aventure, lors d'une averse, j'entre dans une maison et prie que l'on me prête un manteau et que ce manteau vienne à être gâté pour toujours, par exemple par des matières colorantes jetées par mégarde du haut d'une fenêtre, ou que, l'ayant déposé dans une autre maison où j'étais entré, je me le sois fait voler, tout le monde trouverait absurde de dire que je n'aurais rien d'autre à faire que le restituer dans l'état où il est ou me borner à signaler le vol qui a été commis ;

il n'en demeure pas moins que ce serait encore de l'ordre de la politesse que de plaindre le propriétaire pour cette perte, puisque selon son droit il ne pourrait rien exiger. Il en irait tout autrement si, tout en sollicitant d'en faire usage, j'avais par avance demandé au prêteur, pour le cas où la chose subirait un dommage entre mes mains, d'en assumer le risque à ma place parce que étant pauvre, je serais incapable d'en réparer la perte. Personne ne trouverait cette requête superflue ni ridicule, sauf peut-être si le prêteur était un homme connu pour sa fortune et sa mansuétude, car ce serait alors presque une offense que de ne pas présumer de sa générosité, le cas échéant, la remise de ma dette.

★

Venons-en maintenant au mien et tien dans un contrat de prêt : du fait que si (comme l'implique la nature de ce contrat) rien n'a été stipulé relativement aux accidents *(casus)* possibles qui peuvent arriver à la chose, il s'agit — parce que le consentement n'a été que présumé — d'un
VI, 300 contrat incertain *(pactum incertum)*, le jugement porté sur lui, c'est-à-dire la décision désignant qui doit répondre du dommage, ne peut être arrêté d'après les conditions du contrat en lui-même, mais *seulement* comme il est arrêté *dans une cour de justice* qui dans un tel contrat n'envisage que ce qui est certain (en l'occurrence la possession de la chose comme propriété). Ainsi le jugement rendu dans l'*état de nature,* c'est-à-dire suivant la configuration intime de l'affaire, s'énoncera de la manière suivante : le dommage provenant du sinistre subi par une chose prêtée incombe à l'*emprunteur* *(casum sentit commodotarius*[1] *)* ; en revanche dans l'état *civil,* donc devant une cour de justice, voici la sentence qui tombera : le dommage incombe au *prêteur (casum sentit dominus)*, et à la vérité elle diffère fondamentalement de la simple raison commune, parce qu'un juge public ne saurait se laisser aller à présumer de ce que l'une ou l'autre

partie a pu penser, mais que c'est celui qui n'a pas préservé par un contrat annexe particulier sa liberté contre tous les dommages afférents à la chose prêtée, qui doit les supporter. Ainsi, la différence entre le jugement tel que devrait le porter un tribunal et celui que la raison privée de tout un chacun est justifiée par elle-même à porter, est-elle un point à ne négliger aucunement si l'on veut rendre correctement des jugements de droit.

C

§ 39

DE LA REVENDICATION (RECOUVREMENT) D'UNE CHOSE PERDUE (VINDICATIO)

Qu'une chose qui dure et est mienne demeure mienne même si je ne la détiens pas continuellement, et que d'elle-même, à moins d'un acte juridique *(derelictionis vel alienationis*[1] *)*, elle ne cesse pas d'être mienne, que j'aie par conséquent un droit sur cette chose *(jus reale)* envers *tout* détenteur et non pas seulement envers une personne déterminée *(jus personale)*, c'est ce qui est clair par ce qui précède. Or la question est à présent de savoir si ce droit doit, *par tout autre* également, être considéré comme une propriété durable, *pourvu que je n'y ai pas renoncé* alors que la chose se trouve en la possession d'un autre.

Supposons qu'une chose ait été perdue par quelqu'un *(res amissa)* et qu'elle m'ait été transmise par un autre de *bonne foi (bona fide)*, comme une prétendue trouvaille, ou en vertu d'une aliénation en bonne et due forme de la part du possesseur qui se conduit en propriétaire bien qu'il ne le soit pas. La question se pose alors de savoir si, étant donné que je ne saurais acquérir une chose d'un *non propriétaire (a non domino)*, je puis être privé par le propriétaire de tout droit VI, 301 sur cette chose et ne conserver qu'un droit personnel envers la possesseur illégitime. C'est manifestement ce qui se passe lorsqu'on juge de l'acquisition uniquement d'après les principes internes qui l'autorisent (dans l'état de nature) au lieu de le faire d'après ce qui est à la convenance d'une cour de justice.

En effet, tout ce qui est aliénable doit pouvoir être acquis par chacun. Or la légalité de l'acquisition repose tout entière sur les formes dans lesquelles ce qui est en la possession d'un autre m'est transféré et est accepté par moi, c'est-à-dire sur les formalités de l'acte juridique de commerce *(commutatio)* entre le possesseur de la chose et l'acquéreur, sans que j'aie besoin de demander comment celui-là l'a obtenue, car ce serait déjà là une offense (*quilibet praesumitur bonus, donec* etc.[1]). À supposer maintenant qu'il s'avère par la suite que ce n'est pas cet individu qui est propriétaire mais un autre, je ne peux pas croire que celui-ci puisse s'en prendre directement à moi (non plus qu'à tout autre qui pourrait être détenteur de la chose). En effet, je ne lui ai rien enlevé, mais le cheval par exemple, qui était en vente sur le marché public, je l'ai acheté conformément à la loi *(titulo emti venditi*[2] *)*; puisque le titre d'acquisition est de mon côté, incontestable, je ne suis dès lors pas (en tant qu'acheteur) obligé de rechercher le titre de possession de l'autre (le vendeur) — attendu que cette recherche remonterait en une série ascendante jusqu'à l'infini — et, qui plus est, je n'y suis même pas habilité. Par cet achat de bon aloi, je suis donc devenu non pas le simple propriétaire *putatif*, mais le *vrai* propriétaire du cheval.

Mais vont à l'encontre de cela les principes de droit suivants : toute acquisition en provenance de quelqu'un qui n'est pas propriétaire de la chose *(a non domino)* est nulle et non avenue. Du sien d'un autre je ne puis transférer à mon profit davantage qu'il n'a eu lui-même légalement et, bien qu'en ce qui concerne la forme de l'acquisition *(modus acquirendi)* je procède d'une façon tout à fait loyale lorsque j'achète un cheval volé qui se trouve en vente sur le marché, le titre d'acquisition n'en manque pas moins ; en effet ce n'est pas le vrai marchand qui détenait le cheval pour sien. J'ai beau en être le possesseur *de bonne foi (possessor bonae fidei)*, je n'en suis pourtant toujours que le propriétaire putatif *(dominus putativus)* et le véritable propriétaire a droit de revendication *(rem suam vindicandi)*. VI, 302

Si l'on demande ce qui (dans l'état de nature), dans le commerce que les hommes entretiennent entre eux d'après des principes de justice *(justitia commutativa*[1]*)*, est *en soi* de droit quant à l'acquisition des choses extérieures, il faut avouer que celui qui a cela en vue est absolument obligé de rechercher en outre si la chose qu'il veut acquérir n'appartient pas déjà à un autre ; c'est dire que même s'il a exactement observé les conditions formelles du transfert de la chose provenant du sien d'un autre (le cheval ayant été acheté régulièrement sur le marché), il n'a pourtant pu acquérir tout au plus qu'un *droit personnel* relativement à une chose *(jus ad rem)*, aussi longtemps qu'il continue à ignorer si un autre (que le marchand) n'en est pas le véritable propriétaire ; si bien que s'il se trouvait quelqu'un qui pût justifier de sa propriété antérieure quant à cette chose, il ne resterait au prétendu nouveau propriétaire rien d'autre que le profit qu'il en aurait tiré jusqu'alors en tant que possesseur de bonne foi : celui d'en avoir joui légitimement jusqu'à ce moment-là. Or, comme dans la série des propriétaires putatifs tirant leur droit les uns des autres, il est la plupart du temps impossible de découvrir le tout premier (la souche des propriétaires), aucun commerce des choses extérieures, si bien accordé puisse-t-il être avec les conditions formelles de cette sorte de justice *(justitia commutativa)*, ne saurait garantir une acquisition certaine.

*

Avec le principe de la *justice distributive*, la

raison juridiquement législatrice en revient donc à présent à prendre pour fil directeur la légalité de la possession, non pas sous l'angle où cette légalité est *en soi* en relation à la volonté privée de tout un chacun (dans l'état de nature), mais sous l'angle où elle serait jugée devant une *cour de justice* dans un état instauré par une volonté universellement unifiée (dans un état civil). Là, à défaut de raisons matérielles (qui fondent le transfert de ce qu'un précédent propriétaire prétend être sien), on postule alors que l'accord avec les conditions formelles de l'acquisition qui par elles-mêmes ne fondent qu'un droit personnel est suffisant, et qu'un droit *en soi* personnel, *déféré devant une cour de justice,* a la valeur d'un droit réel,
VI, 303 que le cheval par exemple qui est mis en vente à l'intention de chacun sur un marché public réglé par une loi de police, dès lors que toutes les règles d'achat et de vente ont été exactement observées, devient ma propriété (de sorte pourtant que le véritable propriétaire conserve le droit de poursuivre le marchand au nom de son ancienne possession que rien ne l'exposait à perdre), et mon droit qui, faute de ce postulat, serait un droit personnel, se mue en un droit réel d'après lequel je puis prendre (revendiquer) le mien là où je le trouve, sans me préoccuper de la façon dont le marchand l'a obtenu.

Il se trouve donc, pour les seuls besoins de la sentence judiciaire rendue devant une cour de justice *(in favorem justitiae distributivae*[1] *)*, que le droit relatif à une chose est envisagé et traité non pas *tel qu'il est en soi* (comme un droit personnel), mais seulement selon ce qui permet de *juger le plus facilement* et le plus sûrement (comme droit réel) tout en suivant un pur principe *a priori.* Sur ce principe se fondent alors par la suite diverses lois statutaires (ordonnances) qui sont surtout destinées à fixer les conditions qui seules rendent une acquisition valable en droit, de telle sorte que le *juge* puisse adjuger *le plus facilement et sans la moindre tergiversation* à chacun le sien. Il en va ainsi par exemple pour la formule : l'achat rompt la location, où ce qui d'après la nature du contrat, c'est-à-dire en soi, est un droit réel (la location) a seulement la valeur d'un droit personnel, de même qu'à l'inverse, dans le cas précédent, où ce qui en soi est seulement un droit personnel a la valeur d'un droit réel, lorsqu'il s'agit de savoir à quels principes doit se référer une cour de justice dans l'état civil, pour se porter avec le plus de certitude vers les sentences qui prennent en considération le droit revenant à chacun[1].

D

§ 40

DE L'ACQUISITION DE GARANTIE PAR PRESTATION DE SERMENT (CAUTIO JURATORIA)

On ne peut invoquer aucune raison propre à obliger juridiquement les hommes à *croire* et à reconnaître qu'il y a des dieux, autre que la suivante : grâce à cela ils prêtent serment, et, par la crainte d'une puissance suprême qui voit tout, dont ils viendraient à appeler solennellement la vengeance sur eux au cas où leurs déclarations seraient fausses, ils peuvent être contraints à être véraces dans leurs déclarations et fidèles à leur promesse. Qu'on ne compte pas ici sur la moralité VI, 304
des deux parties mais seulement sur leur superstition aveugle, c'est ce qui ressort de ce que dans les affaires de droit on ne se promet aucune garantie de leurs *simples déclarations solennelles* devant le tribunal — bien que le devoir de véracité, dans un cas où il s'agit de ce qu'il y a tout simplement de plus sacré parmi les hommes (du droit des hommes), se montre très clairement aux yeux de chacun — et de ce qu'ils sont par conséquent motivés par de pures fables. C'est ainsi que d'après le témoignage de *Marsden*[2], les *Rejangs*, peuple païen de Sumatra, jurent sur les os de leurs

parents défunts bien qu'ils ne croient pas du tout qu'il y ait une autre vie après la mort ; que les *noirs de Guinée* prêtent serment sur leur *fétiche,* par exemple sur une plume d'oiseau dont ils se targuent qu'elle puisse leur rompre le cou, etc. Ils croient à une puissance invisible, douée ou non d'entendement, possédant de par sa seule nature une force magique et qu'une invocation de ce genre amène à agir. Une telle croyance dont le nom est religion, mais qui à proprement parler devrait s'appeler superstition, est toutefois indispensable à l'administration de la justice parce que, faute de pouvoir compter sur elle, la *cour de justice* n'aurait pas les moyens suffisants pour être à même de découvrir les faits tenus secrets et de rendre la justice. Une loi qui oblige à cette croyance n'est donc manifestement édictée que pour les besoins du pouvoir judiciaire.

Mais la question est à présent la suivante : sur quoi fonde-t-on l'obligation, imposée à chacun devant le tribunal, d'admettre le serment d'un autre comme une preuve, valable en droit, de la vérité de ses allégations, mettant fin à toute querelle, c'est-à-dire qu'est-ce qui m'oblige juridiquement à croire qu'un autre (celui qui prête serment) a en général assez de religion pour que je fasse dépendre mon droit de ce serment? Et inversement : puis-je en général être obligé de jurer? L'une et l'autre obligations sont en soi injustes.

Mais par rapport à une cour de justice, donc dans l'état civil, si l'on admet qu'en certains cas il n'y a pas d'autre moyen que le serment pour parvenir à la vérité, il faut, pour pouvoir en *cour de justice* utiliser la religion comme un moyen extrême *(in casu necessitatis*[1] *)* pour les besoins de la procédure judiciaire, présupposer que chacun en a. La cour de justice tient cette contrainte spirituelle *(tortura spiritualis)* pour un moyen rapide et adapté au penchant superstitieux des hommes, de découvrir ce qui est caché et s'estime pour cette raison justifiée à y recourir. Mais le pouvoir législatif agit au fond injustement en

conférant cette habilité au pouvoir judiciaire, car, VI, 305
même dans l'état civil, une contrainte à prêter serment est contraire à l'intangible liberté humaine.

Remarque

Si les serments professionnels qui sont habituellement *promissoires* au sens où l'on y exprime la *résolution* sérieuse de remplir ses fonctions conformément au devoir étaient transformés en serments *assertoires*[1] au sens où le fonctionnaire, par exemple à la fin d'une année (ou de plusieurs), serait obligé de jurer qu'il a été fidèle à sa charge durant cette année, cela contribuerait davantage à tenir la conscience en éveil que le serment promissoire qui laisse toujours subsister après coup l'échappatoire intérieure consistant à dire que malgré la meilleure intention l'on n'avait pas prévu les difficultés que l'on n'a rencontrées qu'ensuite dans l'exercice de ses fonctions. Et les transgressions du devoir elles aussi, s'il y avait un inspecteur pour les additionner, provoqueraient davantage la crainte d'être accusé que si elles n'étaient blâmées qu'une à une (l'une étant oubliée après l'autre). Quant à la profession de *foi* sous serment *(de credulitate)* cependant, un tribunal ne saurait en aucun cas l'exiger. Car premièrement elle renferme une contradiction : ce milieu entre l'opinion et le savoir étant quelque chose sur quoi l'on peut bien se risquer à *parier*, mais nullement à *jurer*. Deuxièmement, le juge qui exige d'une partie une telle foi jurée pour découvrir quelque chose qui entre dans ses desseins — étant même entendu que c'est dans l'intérêt public — porte gravement atteinte à la sensibilité morale de celui qui prête serment, en partie par la légèreté à laquelle il le pousse, ce qui fait échouer les propres desseins du juge, en partie par le remords que doit éprouver un homme qui, considérant aujourd'hui une chose comme très vraisemblable d'un certain point de vue, peut la trouver demain complètement invraisemblable d'un autre point de vue : ce juge lèse donc celui qu'il contraint à une telle prestation de serment.

PASSAGE DU MIEN ET TIEN DANS L'ÉTAT DE NATURE AU MIEN ET TIEN DANS L'ÉTAT JURIDIQUE EN GÉNÉRAL

§ 41

L'état juridique est ce rapport des hommes entre eux qui renferme les seules conditions
VI, 306 permettant qu'à chacun *échoie* son droit *en partage,* et le principe formel de la possibilité de cet état, considéré d'après l'Idée d'une volonté universellement législatrice, s'appelle la justice publique qui, selon qu'on la rapporte à la possibilité, à la réalité ou à la nécessité de la possession légale des objets (en tant qu'ils sont la matière de l'arbitre), peut être divisée en justice *tutélaire (justitia tutatrix), justice* réglant l'*acquisition réciproque (justitia commutativa)* et *justice distributive (justitia distributiva).* La loi ne fait ici qu'exprimer, *premièrement,* quelle est quant à la forme la conduite intérieurement *juste (lex justi) ; deuxièmement* ce qui en tant que matière, d'une façon extérieure cette fois-ci, est encore légalisable, c'est-à-dire ce dont le statut de possession est *juridique (lex juridica) ; troisièmement,* ce qui ou ce relativement à quoi la sentence portée en cour de justice dans un cas particulier soumis à la loi donnée est conforme à celle-ci, c'est-à-dire est *de droit (lex justitiae)* — ce qui fait qu'on appelle encore cette cour de justice la *justice* d'un pays, et la question de savoir s'il existe ou non une telle justice peut être considérée comme le plus important de tous les problèmes juridiques.

L'état non juridique, c'est-à-dire celui dans lequel il n'y a pas de justice distributive, s'appelle état *de nature (status naturalis).* L'état qui lui est opposé et qui pourrait être dit artificiel *(status artificialis)* n'est pas (comme le pense *Achenwall*[1]) l'état *social,* mais l'état *civil (status civilis)* d'une société soumise à une justice distributive ; car même dans l'état de nature, il peut y avoir des sociétés légales (par exemple des sociétés conjugales, paternelles, domestiques en général, et toutes celles qu'on voudra) pour lesquelles ne vaut point cette loi *a priori :* « Tu dois entrer en cet état », alors qu'on peut dire de l'état *juridique* que les hommes, ayant la possibilité d'entretenir (même involontairement) des rapports de droit, *doivent* tous y entrer.

L'état de nature et l'état social, on peut les appeler états de *droit privé* tandis qu'on appellera l'état civil état de *droit public.* Ce dernier ne contient rien de plus ou ne contient pas d'autres devoirs des hommes entre eux que ceux que l'on peut concevoir dans le premier, la matière est la même dans les deux cas : celle du droit privé. Les lois du dernier ne concernent donc que la forme juridique de leur coexistence (la constitution), et c'est au point de vue de cette forme que les lois doivent nécessairement être conçues comme publiques.

L'*union civile (unio civilis)* ne peut certes pas s'appeler une *société,* car entre le *chef (imperans)* et VI, 307
le *sujet (subditus),* il n'y a pas de lien de compagnie ; ce ne sont pas des compagnons mais l'un est *subordonné* à l'autre, ils ne sont pas *coordonnés,* et ceux qui se coordonnent doivent justement pour cette raison se considérer comme égaux entre eux pour autant qu'ils sont soumis à des lois communes. Cette union n'*est* donc pas tant une société que plutôt ce qui la *fait* être.

§ 42

Du droit privé dans l'état de nature émerge donc le postulat du droit public : étant donné l'inévitable rapport de voisinage, tu dois avec tous les autres sortir de cet état de nature pour entrer dans un état juridique, c'est-à-dire un état de justice distributive. On peut en développer analytiquement le principe à partir du concept de *droit* en tant que rapport extérieur, par opposition à la *violence (violentia)*.

Personne n'est obligé de se retenir de porter atteinte à la possession d'un autre si celui-ci ne lui donne pas également l'assurance qu'il observera la même retenue à son égard. Il n'a donc pas besoin d'attendre d'avoir été instruit par une triste expérience des dispositions contraires de ce dernier ; en effet, qu'est-ce qui l'obligerait à devenir prudent par le seul biais de ses dépens? alors qu'il peut suffisamment percevoir en lui-même la tendance générale des hommes à jouer les maîtres à l'endroit des autres (à ne pas tenir compte du primat du droit d'autrui dès lors que par la puissance ou la ruse ils se sentent supérieurs à eux), et il n'est pas nécessaire d'attendre des hostilités réelles. Il est habilité à user de contrainte envers celui qui le menace de par sa nature-même *(Quilibet praesumitur malus, donec securitatem dederit oppositi*[1] *)*.

Tant qu'ils ont l'intention d'exister en cet état de liberté privée de lois extérieures et d'y demeurer, ils ne commettent aucune injustice *les uns envers les autres* en se faisant la guerre entre eux ; car ce qui vaut pour l'un vaut aussi réciproquement pour l'autre comme par l'effet d'une convention *(uti partes de jure suo disponunt, ita jus est*[2] *)*, mais ils commettent la plus grave injustice*
VI, 308 à vouloir exister et demeurer en un état qui n'est pas juridique c'est-à-dire où personne n'est assuré du sien contre la violence[3].

* Cette différence entre ce qui n'est que formellement injuste et ce qui l'est aussi matériellement, est d'un usage fréquent dans la doctrine du droit. L'ennemi qui, au lieu de laisser loyalement se dérouler la capitulation de la garnison d'une place assiégée, la maltraite à sa sortie ou rompt le traité d'une autre façon, ne peut pas se plaindre d'injustice si son adversaire lui joue le même tour à l'occasion. Mais ils commettent en général la plus grave injustice parce qu'ils enlèvent au concept de droit lui-même toute validité et livrent tout, quasi légalement, à la violence sauvage en bouleversant ainsi le droit des hommes en général.

Deuxième partie

DOCTRINE DU DROIT VI, 309

LE DROIT PUBLIC

Première section VI, 311

LE DROIT POLITIQUE

L'ensemble des lois qu'on a besoin de promulguer universellement pour produire un état juridique est le *droit public*. Il s'agit donc d'un système de lois à l'usage d'un peuple, c'est-à-dire d'une multitude d'hommes ou d'une multitude de peuples qui, entretenant des rapports d'influence réciproque, ont besoin, pour que leur échoie en partage ce qui est de droit, d'un état juridique obéissant à une volonté qui les unifie : d'une *constitution (constitutio)*. Cet état de rapport mutuel où se trouvent les individus dans le peuple s'appelle l'état *civil (status civilis)* et leur tout, dans le rapport qu'il entretient à ses propres membres, s'appelle l'État *(civitas)*. Celui-ci en raison de sa forme, autrement dit en tant qu'il a pour lien le commun intérêt qu'ils ont tous à demeurer en l'état juridique, s'appelle la *chose publique (res publica latius sic dicta*[1] *)*. Par rapport aux autres peuples, il s'appelle tout simplement *puissance (potentia)* — d'où le mot de potentat — qu'en raison de l'alliance (prétendument) héréditaire qui le constitue on appelle aussi nation, et ainsi, sous le concept universel de droit public, y a-t-il lieu de concevoir non seulement le droit politique mais encore un *droit des gens (jus gentium)*, et comme la Terre n'est pas une surface sans bornes mais une surface qui se limite elle-même, tous deux pris ensemble conduisent inévitablement à l'Idée d'un *droit politique des gens (jus gentium)* ou *droit cosmopolitique (jus cosmopoliticum)*; de la sorte, si le principe limitant par des lois la liberté extérieure faisait défaut, ne serait-ce qu'à une de ces trois formes possibles d'état juridique, l'édifice des deux autres viendrait inéluctablement à être ruiné et finirait par s'écrouler.

§ 44

VI, 312 Ce n'est sans doute pas par expérience que nous avons été instruits de la maxime de violence des hommes et de leur méchanceté, qui les pousse à se combattre mutuellement avant qu'apparaisse une législation investie de puissance; ce n'est donc certainement pas un fait qui rend nécessaire la contrainte publiquement légale. Au contraire, que l'on imagine les hommes aussi bons et aussi épris du droit qu'on voudra, il n'en réside pas moins *a priori* dans l'Idée de la raison qui recouvre un tel état (non juridique) qu'avant l'établissement d'un état publiquement légal jamais des hommes, des peuples, des États, isolés, ne sauraient être mutuellement garantis contre la violence ni assurés de pouvoir faire, chacun de par son propre droit, *ce qui leur semble juste et bon,* et ce indépendamment de l'opinion d'autrui. Par conséquent, la première chose à quoi chacun soit obligé de se résoudre s'il ne veut pas renoncer à tous les concepts du droit, est le principe suivant : il faut sortir de l'état de nature où chacun n'en fait qu'à sa tête et s'unir à tous les autres (avec lesquels on ne peut éviter d'entrer en rapport réciproque), pour se soumettre à une contrainte extérieure publiquement légale, il faut donc s'engager dans un état où soit *légalement* fixé à chacun ce qui doit être reconnu pour sien et où cela lui revienne grâce à un *pouvoir* suffisamment fort (qui n'est pas le sien mais un pouvoir extérieur); chacun doit donc avant tout entrer dans un état civil[1].

Sans doute l'état de nature n'avait-il pas pour

autant besoin d'être pour chacun un état d'*injustice (injustus)* où les hommes ne se rencontrent que pour mesurer leur force ; mais ce n'en était pas moins un état *où les lois sont absentes (status justitia vacuus)* et où, lorsque le droit était *controversé (jus controversum)*, il ne trouvait aucun juge qui ait la compétence de rendre exécutoire la sentence au nom de laquelle chacun pourra désormais par la violence amener autrui à entrer dans un état juridique. En effet, bien que chacun, d'après les *concepts* qu'il se fait *du droit*, puisse avoir acquis quelque chose d'extérieur par occupation ou par contrat, cette acquisition n'est pourtant que *provisoire* aussi longtemps qu'elle n'a pas encore pour elle la sanction d'une loi publique, n'étant déterminée par aucune justice (distributive) publique ni garantie par aucune force exerçant ce droit.

Remarque

Si avant d'entrer dans l'état civil on ne voulait reconnaître comme juridique aucune acquisition, pas même à titre provisoire, cet état civil serait lui-même impossible. En effet, quant à la forme, les lois relatives au mien et tien dans l'état de VI, 313
nature renferment exactement la même chose que ce qu'elles prescrivent dans l'état civil, pour autant que celui-ci est conçu uniquement d'après les purs concepts de la raison ; à ceci près qu'en l'état civil, on indique à quelles conditions ces lois parviennent à l'exécution (conformément à la justice distributive). Donc, si dans l'état de nature il n'y avait pas aussi, à titre *provisoire*, de mien et tien extérieur, il n'y aurait pas non plus de devoirs de droit à cet égard, il n'y aurait par conséquent non plus aucun commandement de sortir de cet état.

§ 45

Un État *(civitas)* est l'unification d'une multitude d'hommes sous des lois juridiques. Dans la mesure où en tant que lois *a priori*, elles sont nécessaires, c'est-à-dire découlent par elles-mêmes des concepts du droit extérieur en général (ne sont pas statutaires), la forme de cet État est la forme d'un État en général, à savoir d'un État *en Idée*, tel qu'il doit être d'après les purs principes du droit, et cette Idée sert de fil conducteur (*norma*) à toute unification effective visant la chose publique (donc sur le plan interne).

Tout État comporte *trois pouvoirs*, à savoir la volonté universellement unifiée résidant en trois personnes (*trias politica*) : le *pouvoir souverain* (souveraineté) en la personne du législateur, le *pouvoir exécutif* en la personne du gouvernement (suivant la loi) et le *pouvoir judiciaire* (adjugeant à chacun le sien selon la loi) en la personne du juge (*potestas legislatoria, rectoria et judiciaria*[1]). Ils sont comme les trois propositions d'un syllogisme de la raison pratique : la majeure qui contient la *loi* de cette volonté, la mineure qui contient le *commandement* de se conduire selon la loi, c'est-à-dire le principe de la subsomption sous la majeure, et la conclusion qui contient l'*arrêt* (la sentence) prononçant ce qui est de droit dans le cas dont on s'occupe.

§ 46

Le pouvoir *législatif* ne peut échoir qu'à la volonté unifiée du peuple. En effet, comme c'est d'elle que tout droit doit procéder, il faut que ce pouvoir puisse ne faire tort par sa loi absolument à personne. Or, lorsque quelqu'un décrète quelque chose à l'endroit d'un *autre*, il est toujours possible que par là il lui fasse tort, mais cela ne se produit jamais quant à ce qu'il décide pour lui-même (car *volenti non fit injuria*[2]). Il n'y a donc que
VI, 314 la volonté concordante et unifiée de tous, pour autant que chacun pour tous et tous pour chacun décident la même chose, il n'y a par conséquent

que la volonté du peuple universellement unifiée qui puisse être législatrice.

Les membres d'une telle société *(societas civilis)* c'est-à-dire d'un État, unifiés en vue de légiférer, s'appellent *citoyens (cives),* et les attributs inséparables de leur essence (en tant que telle) sont : la *liberté* légitime de n'obéir à aucune autre loi que celle à laquelle chacun a donné son accord ; l'*égalité* civile qui consiste pour chacun à ne reconnaître dans le peuple d'autre supérieur par rapport à soi que celui qu'il a le pouvoir moral d'obliger juridiquement tout autant que le premier peut l'obliger à son tour ; troisièmement l'attribut de l'*indépendance* civile qui consiste à pouvoir être redevable de son existence et de sa conservation, non pas à l'arbitre d'un autre dans le peuple mais à ses propres droits et à ses propres forces en tant que membre de la république — par conséquent la personnalité civile qui permet de n'être représenté par aucun autre dans les affaires de droit[1].

Remarque

Seule la capacité de vote constitue la qualité de citoyen, mais elle présuppose l'indépendance au sein du peuple de celui qui ne veut pas être une simple partie de la chose publique, mais qui veut également en être membre, c'est-à-dire partie agissant de son propre chef en communauté avec les autres. Cette dernière qualité rend toutefois nécessaire la distinction entre citoyen *actif* et citoyen *passif,* encore que ce dernier concept semble être en contradiction avec la définition du concept de citoyen en général. Les exemples suivants peuvent servir à lever cette difficulté : le commis d'un marchand ou l'apprenti d'un artisan, le serviteur (non pas celui qui est au service de l'État), le mineur *(naturaliter vel civiliter*[2] *),* la gens féminine tout entière et en général toute personne qui n'est pas tenue d'entretenir son existence (nourriture et gîte) par son activité propre, mais

qui le doit aux dispositions prises par un autre (l'État mis à part), sont dépourvus de personnalité civile et leur existence n'est pour ainsi dire qu'inhérence. Le bûcheron que j'embauche sur mon domaine, le forgeron des Indes qui, avec son marteau, son enclume et son soufflet, va dans les maisons pour y travailler le fer, comparé au menuisier ou au maréchal-ferrand européens qui
VI, 315 peuvent mettre publiquement en vente comme marchandises les produits de leur travail ; le précepteur comparé au maître d'école, le censier comparé au fermier, etc., sont les simples manœuvres de la république parce qu'ils doivent être commandés ou couverts par d'autres individus, et ne possèdent par conséquent aucune indépendance civile.

Cette dépendance à l'égard de la volonté d'autrui et cette inégalité ne sont pourtant nullement contraires à la liberté et à l'égalité qui sont les leurs *en tant qu'ils sont des hommes* qui constituent ensemble un peuple, bien plus, c'est seulement conformément aux conditions qui leur sont faites que ce peuple peut devenir un État et entrer dans une constitution civile. Dans cette constitution toutefois tous ne sont pas qualifiés à droit égal pour avoir le droit de vote, c'est-à-dire pour être citoyens au lieu d'être simples consorts de l'État. Car de ce qu'ils peuvent exiger d'être traités, comme partie *passive* de l'État, par tous les autres d'après des lois de la liberté et de l'égalité naturelle, il ne s'ensuit pas qu'ils aient le droit d'agir aussi comme membres *actifs* sur l'État lui-même, de l'organiser, de contribuer à l'introduction de certaines lois ; mais il n'en reste pas moins que de quelque espèce que puissent être les lois positives votées, elles ne sauraient pourtant aller contre les lois naturelles de la liberté et de l'égalité à elle adéquate, qui dans un peuple sont l'apanage de tous et consistent pour eux à pouvoir travailler à s'élever de cet état passif à l'état actif[1].

§ 47

Ces trois pouvoirs dans l'État sont des dignités, et en tant qu'elles sont essentielles comme procédant nécessairement de l'Idée d'un État en général en vue de fonder (constitution) cet État, ce sont des *dignités politiques*. Elles enveloppent le rapport entre un *souverain* universel (lequel, considéré d'après des lois de la liberté, ne peut être autre que le peuple unifié lui-même), et la multitude des individus de ce même peuple conçu comme *sujet*, c'est-à-dire le rapport entre celui qui *commande* (*imperans*) et celui qui *obéit* (*subditus*). L'acte par lequel le peuple se constitue lui-même en État, et à proprement parler la simple Idée de cet acte — d'après laquelle seule peut être pensée la légalité de cet acte — est le *contrat originaire* aux termes duquel tous (*omnes et singuli*) dans le *peuple* abandonnent leur liberté extérieure pour la retrouver aussitôt en tant que membres d'une république, c'est-à-dire du peuple regardé comme État (*universi*). Et l'on ne peut pas dire que l'État, VI, 316
l'homme dans l'État, ait sacrifié à une fin une *partie* de sa liberté extérieure innée, mais qu'il a complètement dépouillé la liberté sauvage et sans lois pour retrouver intacte dans une dépendance légitime, c'est-à-dire dans un état juridique, sa liberté en général, puisque cette dépendance émane de sa propre volonté législatrice.

§ 48

Les trois pouvoirs dans l'État sont donc *premièrement* coordonnés entre eux comme autant de personnes morales (*potestates coordinatae*), c'est-à-dire que chacun vient compléter les deux autres pour parachever (*complementum ad sufficientiam*) la constitution de l'État ; mais *deuxièmement* ils sont aussi *subordonnés* (*subordinatae*) l'un à l'autre de telle sorte que l'un ne peut pas, en même temps qu'il assiste l'autre, usurper sa fonction, mais qu'il possède au contraire son principe propre, c'est-à-dire qu'il commande bien en qualité de personne particulière tout en étant cependant tributaire de la volonté d'une personne supérieure; *troisièmement,* c'est l'unification de la coordination et de la subordination qui fait qu'à chaque sujet son droit est départi.

À considérer ces trois pouvoirs quant à leur dignité, on dira que : la volonté du *législateur (legislatoris)*, concernant ce qui touche le mien et tien extérieur, est *irréprochable* (irrépréhensible), le pouvoir exécutif du *chef suprême (summi rectoris)* est *irrépressible* (irrésistible), et la sentence du *juge* suprême (*supremi judicis*) *irrévocable* (sans appel[1]).

§ 49

Le *régent* de l'État *(rex, princeps)* est la personne (morale ou physique) investie du pouvoir exécutif *(potestas executoria)*; c'est l'*agent* de l'État qui installe les magistrats, prescrit au peuple les règles d'après lesquelles chacun dans cet État peut, conformément à la loi (par subsomption du cas sous la loi), acquérir quelque chose ou conserver ce qui est sien. Considéré comme personne morale, il s'appelle le *directoire,* le gouvernement. Les *ordres* qu'il donne au peuple, aux magistrats et à leurs supérieurs (les ministres) auxquels incombe l'*administration de l'État (gubernatio)* sont des ordonnances, des *décrets* (non des lois) car ils ont pour objet une décision relative à un cas particulier et ils se donnent pour révocables. Un *gouvernement* qui serait en même temps législateur
VI, 317 devrait être appelé *despotique* par opposition à un gouvernement *patriotique,* par où toutefois je n'entends point un gouvernement *paternaliste (regimen paternale)* qui est le plus despotique de tous (puisqu'il consiste à traiter les citoyens comme des enfants), mais un gouvernement *national (regimen civitas et patriae*[2]*)* où l'État lui-même *(civitas)* traite bien ses sujets quasiment comme les membres d'une famille, tout en les traitant néanmoins

comme des citoyens, c'est-à-dire suivant les lois de leur indépendance personnelle qui font que chacun se possède lui-même et ne dépend point de la volonté absolue d'un autre, à côté ou au-dessus de lui.

Le souverain du peuple (le législateur) ne peut donc être en même temps le *régent,* car ce dernier est soumis à la loi et c'est par elle, par conséquent par un *autre,* le souverain, qu'il est obligé. Le souverain peut lui ôter son pouvoir, le déposer ou réformer son administration mais il ne peut le *punir* (et voilà seulement ce que signifie cette expression usitée en Angleterre : le roi, c'est-à-dire le pouvoir exécutif suprême, ne saurait agir injustement) car ce serait là à nouveau un acte du pouvoir exécutif, et comme c'est à lui que revient en dernier ressort le pouvoir de *contraindre* suivant la loi, il serait lui-même assujetti à une contrainte, ce qui est contradictoire.

Enfin, ni le souverain de l'État ni le gouvernement ne peuvent *juger,* ils ne peuvent qu'installer des juges comme magistrats. Le peuple se juge lui-même à travers ceux de ses concitoyens qu'il nomme à cet effet par un libre choix comme ses représentants, et ce à l'occasion spéciale de chaque acte de justice. En effet, l'arrêt (la sentence) est un acte individuel de justice publique *(justitiae distributivae*[1] *)* appliqué par un administrateur d'État (juge ou cour de justice) au sujet, c'est-à-dire à quelqu'un qui, appartenant au peuple, n'est revêtu d'aucun pouvoir, acte par lequel on adjuge (départit) le sien. Alors, comme dans le peuple chacun est purement passif sous ce rapport (le rapport à l'autorité), il se pourrait que chacun de ces deux pouvoirs[2], dans ce qu'il décide à l'endroit du sujet en cas de contestation sur le sien de chacun, lui fasse tort parce que ce ne serait pas le peuple qui agirait ni qui déclarerait ses concitoyens *coupables* ou *non coupables;* or en matière de plainte, c'est la cour de justice qui a le pouvoir d'appliquer la loi pour instruire l'affaire et, par la médiation du pouvoir exécutif, de faire qu'à chacun échoie le sien en partage. C'est donc le *peuple* seul qui peut,

bien que ce ne soit que de manière indirecte, par ses représentants qu'il délègue lui-même (le jury), juger chacun des siens. Pour le chef d'État, ce serait aussi déroger à sa dignité que de prendre le
VI, 318 rôle du juge, c'est-à-dire de se mettre dans le cas de commettre une injustice et d'encourir ainsi le pourvoi en appel *(a rege male informato ad regem melius informandum*[1] *).*

Il y a donc trois pouvoirs différents *(potestas legislatoria, executoria, judiciaria)* grâce auxquels l'État *(civitas)* a son autonomie, c'est-à-dire se forme et se conserve lui-même d'après des lois de la liberté. C'est dans leur unification que réside le *salut* de l'État *(salus reipublicae suprema lex est*[2] *)*, par où il ne faut pas entendre le *bien* et le *bonheur* des citoyens, car on peut peut-être (comme R*ousseau* l'affirme même[3]) rencontrer un bonheur beaucoup plus facile et plus agréable dans l'état de nature ou même sous un régime despotique; mais, ce qu'on entend par là, c'est l'état où la constitution s'accorde le mieux avec les principes du droit, état auquel, *par un impératif catégorique,* la raison nous fait une obligation de tendre.

REMARQUE GÉNÉRALE SUR LES EFFETS JURIDIQUES DÉCOULANT DE LA NATURE DE L'UNION CIVILE

A

L'origine du pouvoir suprême est pour le peuple qui y est soumis *insondable* au point de vue pratique, autrement dit le sujet *ne doit pas discuter* concrètement cette origine comme étant celle d'un droit encore contestable *(jus controversum)* quant à l'obéissance qu'il lui doit. En effet, comme pour que le peuple porte un jugement légalement valide sur le pouvoir suprême de l'État *(summum imperium)*, il lui faut être regardé comme uni sous une volonté universellement législatrice, il ne peut

ni ne doit juger autrement que ne le veut le chef d'État du moment *(summus imperans)*. Un réel contrat de soumission à celui-ci *(pactum subjectionis civilis*[1] *)* a-t-il originairement précédé dans les faits, ou bien est-ce le pouvoir qui précéda, la loi ne venant qu'ensuite, ou même est-ce dans cet ordre qu'ils ont dû se suivre? ce sont là pour le peuple qui est désormais soumis à la loi civile des ratiocinations entièrement oiseuses et qui n'en sont pas moins dangereuses pour l'État. En effet, le sujet qui aurait fait des investigations concernant l'origine première de l'État voudrait-il alors résister à l'autorité maintenant régnante, c'est VI, 319
suivant les lois de cette autorité c'est-à-dire à bon droit qu'il serait puni, mis à mort ou banni (en tant que hors-la-loi, *exlex*). Une loi qui est si sacrée (si inviolable) qu'*au point de vue pratique* c'est déjà un crime de la mettre seulement en doute, donc d'en suspendre l'effet un moment, se présente comme si elle ne pouvait pas provenir des hommes mais bien de quelque suprême législateur infaillible ; et telle est la signification de la formule : «Toute autorité vient de Dieu[2] », qui n'évoque pas un fondement historique de la constitution civile, mais une Idée comme principe pratique de la raison, celui d'obéir au pouvoir législatif actuellement existant, quelle qu'en puisse être l'origine.

De là s'ensuit alors la proposition : dans un État, le souverain a envers les sujets exclusivement des droits et n'est soumis à aucun devoir (de contrainte[3]). Bien plus, si l'organe du souverain, le *régent,* même s'il va jusqu'à détourner la loi, par exemple si en ce qui touche les impôts, les recrutements, etc., il va contre la loi de l'égalité dans la répartition des charges publiques, le sujet peut bien déposer des *plaintes (gravamina)* contre cette injustice, mais il ne saurait opposer aucune résistance.

Certes, il ne peut même pas y avoir dans la constitution d'article qui, au cas où le chef suprême transgresserait les lois constitutionnelles, permette dans l'État de lui résister et par

conséquent de lui imposer des limites. En effet, qui veut limiter le pouvoir de l'État doit avoir davantage de force ou au moins autant que celui qu'il s'agit de limiter, et, en tant que maître légal qui commanderait aux sujets de résister, il doit pouvoir aussi les *protéger* et, en chaque cas qui se présente, juger avec force de loi, il doit par conséquent pouvoir commander publiquement la résistance. Dès lors, cependant, ce n'est plus l'autre qui est le chef suprême mais celui-là, ce qui est contradictoire. En l'occurrence, le souverain agit à la fois à travers ses ministres et comme régent, donc despotiquement, et l'imposture qui consiste à présenter le peuple, à travers ses députés comme le pouvoir restrictif (alors qu'il n'a en vérité que le pouvoir législatif) ne peut pas tant dissimuler le despotisme qu'il ne transparaisse dans les moyens utilisés par le ministre. Le peuple qui est représenté par ses députés (au parlement) trouve, dans ces gardiens de sa liberté et de ses droits, des gens vivement intéressés à leur propre position et à celle de leur famille dans les armées, la marine, les charges civiles — fonctions qui dépendent du ministre — lesquels (au
VI, 320 lieu d'opposer à la prétention du gouvernement une résistance dont la proclamation publique suppose d'ailleurs au sein du peuple une unanimité préalable qui ne saurait toutefois être licite en temps de paix) sont toujours bien plutôt prêts à faire glisser le gouvernement dans leurs mains. Ainsi, une constitution politique prétendument modérée, en tant que constituant le droit interne de l'État, est-elle une chimère et, au lieu de ressortir au droit, elle n'est qu'un principe de prudence visant autant que faire se peut, non pas à faire obstacle aux influences arbitraires qu'exercerait sur le gouvernement un puissant usurpateur du droit du peuple, mais à les pallier par l'apparence d'une autorisation de s'opposer accordée au peuple.

Il n'y a donc contre le souverain législateur de l'État aucune résistance légale du peuple, car ce n'est que par la soumission à sa volonté universellement législatrice qu'un état juridique est possible ; ainsi n'y a-t-il pas de droit de *sédition* *(seditio)*, encore moins de droit de *rebellion (rebellio)*, et moins que tout de droit d'*attenter* en lui, comme individu (monarque), à sa personne voire à sa vie *(monarchomachismus sub specie tyrannicidii*[1]*)* sous prétexte d'abus de pouvoir *(tyrannis)*. La moindre tentative de ce genre est *haute trahison* *(proditio eminens)* et un traître de cette espèce, étant quelqu'un qui cherche à *assassiner sa patrie* *(parricida)* ne saurait être puni de rien moins que de mort. Le principe qui fonde le devoir du peuple de supporter un abus perpétré par le pouvoir suprême, alors même qu'il passe pour insupportable, est le suivant : sa résistance à la législation suprême elle-même ne doit jamais être regardée autrement que comme illégale, comme anéantissant même toute la constitution légitime. En effet, pour que le peuple soit habilité à résister, il faudrait que l'on dispose d'une loi publique qui permette cette résistance du peuple, c'est-à-dire que la législation suprême renferme un article stipulant qu'elle n'est pas suprême et assimilant, d'un seul et même jugement, le peuple qui est sujet au souverain de celui auquel il est soumis — ce qui est contradictoire. Et cette contradiction saute aux yeux dès qu'on pose la question : qui donc sera juge dans ce conflit entre le peuple et le souverain? (car sous l'angle juridique, ce sont bien toujours deux personnes morales différentes) ; par où il appert que le premier veut être juge dans une cause où il est partie*.

* Le détrônement d'un monarque pouvant bien aussi être conçu comme abdication *volontaire* de la couronne et renonciation à son pouvoir avec restitution de celui-ci au peuple, ou encore, sans qu'il soit fait violence à la personne suprême, comme abandon obligé de son pouvoir, ce par quoi elle recouvrerait l'état privé, il reste que le crime qui a obtenu ce détrônement par la force a ceci pour lui que le peuple peut au moins encore invoquer le prétexte du droit de *nécessité (casus necessitatis)*, mais jamais il ne saurait avoir le moindre droit de punir son souverain à cause de son administration passée. En VI, 320

VI, 321 Il peut bien se faire qu'un changement de constitution politique (si elle est défectueuse) soit parfois nécessaire — il ne saurait alors être accompli que par le souverain lui-même grâce à
VI, 322 une *réforme,* mais non par le peuple, grâce par

effet, tout ce qu'il a fait précédemment en qualité de souverain, doit être regardé de l'extérieur comme ayant été légalement effectué, et lui-même, considéré comme source des lois, ne saurait être injuste. De toutes les atrocités qu'entraîne le renversement de l'État par l'insurrection, le *meurtre* même du monarque n'est encore pas ce qu'il y a de plus grave ; car on peut aller jusqu'à se représenter que le peuple l'a perpétré par peur que si le monarque restait en vie, il vienne à reprendre le dessus et à lui infliger la punition méritée, et ainsi ce ne serait pas un acte de justice pénale mais de simple autoconservation. C'est l'*exécution* en bonne et due forme — comme ce fut le destin de Charles Ier et de Louis XVI[1] — qui saisit d'un frisson d'horreur l'âme imprégnée des Idées du droit de l'humanité, frisson qu'on ne laisse pas de ressentir, aussitôt et aussi souvent qu'on imagine la scène. Mais comment s'expliquer ce sentiment qui ici n'est pas esthétique (un sentiment de sympathie, un effet de l'imagination par lequel on se met à la place de la victime) mais un sentiment moral dû au renversement complet de tous les concepts du droit ? Cela ressemble à un crime qui subsistera éternellement et ne sera jamais effacé *(crimen immortale, inexpiabile*[2] *),* pareil à ce péché dont les théologiens disent qu'il ne peut être remis ni en ce monde ni en l'autre. L'explication de ce phénomène de l'esprit humain paraît résulter des réflexions suivantes qu'il fait sur lui-même, lesquelles jettent pour leur part quelque lumière sur les principes du droit politique.

Toute transgression de la loi ne peut et ne doit s'expliquer autrement que comme émanant d'une maxime du criminel (celle de prendre pour règle un tel forfait), car, si elle dérivait de quelque impulsion sensible, ce n'est pas en tant qu'être *libre* qu'il la perpétrerait, et on ne pourrait pas la lui imputer. Mais comment est-il possible pour le sujet d'adopter, contre la défense expresse de la raison législatrice, une telle maxime, voilà qui reste absolument inexplicable ; car seuls les événements qui arrivent selon le mécanisme de la nature sont explicables. Or le criminel peut commettre son forfait, ou suivant la maxime d'une règle prise pour objective (ayant valeur universelle), ou seulement comme exception à la règle (se dispenser d'elle à l'occasion). Dans le *dernier* cas, *il ne fait que dévier* par rapport à la loi (encore que ce soit délibéré) ; il peut détester son propre acte de transgression tout en le commettant, et, sans refuser formellement obéissance à la loi, vouloir seulement la contourner ; mais dans le *premier* cas, il rejette l'autorité de la loi elle-même dont malgré tout il ne peut devant sa propre raison dénier la validité, et il se fait une règle d'agir contre elle ; sa maxime n'est donc pas simplement *de l'ordre du manquement (négative),* mais elle est même *de l'ordre du*
VI, 322 *divorce (contrarie),* ou bien, comme on dit, elle est *diamétralement*

conséquent à une *révolution,* et si une telle révolution a lieu, elle ne peut atteindre que le *pouvoir exécutif,* non le pouvoir législatif. Dans une constitution politique qui est ainsi faite que le peuple, à travers ses représentants (au parlement) peut légitimement *résister* au pouvoir exécutif et à ses représentants (aux ministres) — ce qui s'appelle alors une constitution restreinte — aucune résistance active (du peuple arbitrairement ligué pour contraindre le gouvernement à adopter une certaine conduite, faisant par conséquent lui-même acte de pouvoir exécutif) n'est autorisée, mais seule l'est une résistance *négative* c'est-à-dire un *veto* du peuple (au parlement) consistant à ne pas toujours consentir à ces mesures dont le gouvernement prétend qu'elles sont nécessaires à l'administration de l'État. Bien plus, si le peuple consentait toujours, ce serait le signe certain qu'il est corrompu, ses représentants vénaux, le souverain despotique en le gouvernement qu'il assure à

opposée à la loi, en contradiction avec elle (hostilement en quelque sorte). Autant qu'on puisse en juger, il est impossible à l'homme de commettre un tel crime, par expresse méchanceté (toute gratuite), et cependant (ne fût-ce que comme simple Idée du comble du mal), un système de morale ne saurait l'omettre.

La raison de l'horreur que suscite la pensée de l'exécution en bonne et due forme d'un monarque *par son peuple* est donc la suivante : tandis que le *meurtre* n'est que l'*exception* à la règle que ce peuple avait prise pour maxime, l'*exécution* doit être conçue comme un total *renversement* des principes du rapport qu'entretiennent le souverain et le peuple (ce dernier, lui qui est redevable de son existence à la seule législation instaurée par le premier, se constituant en souverain de celui-ci), et ainsi la violence au front éhonté s'élève au nom de principes au-dessus du droit le plus sacré. C'est comme un abîme engloutissant tout sans retour, comme un suicide de l'État, un crime qui semble ne pouvoir être racheté par aucune expiation. On a donc raison d'admettre que l'adhésion à de telles exécutions ne provient pas en réalité d'un principe prétendument juridique, mais de la peur de la vengeance que l'État, susceptible de renaître un jour, exercerait sur le peuple, et que cet appareil n'a été mis en œuvre que pour donner à cet acte une apparence de châtiment, par conséquent de *procédure juridique* (dont le meurtre ne serait pas empreint). Mais ce palliatif est voué à l'échec, car une telle usurpation de la part du peuple est pire encore que le meurtre lui-même, attendu qu'elle contient un principe qui est censé rendre impossible jusqu'au rétablissement d'un État renversé.

travers ses ministres et, pour ce qui est de ceux-ci, des traîtres au peuple.

Au demeurant, une fois qu'une révolution a
VI, 323 réussi et qu'une nouvelle constitution est fondée, l'illégalité de ses débuts et de son établissement ne saurait dispenser les sujets de l'obligation de se plier, en bons citoyens, au nouvel ordre de choses, et ils ne peuvent se refuser à obéir loyalement à l'autorité qui est maintenant au pouvoir. Le monarque détrôné (qui survit à ce bouleversement) ne saurait être poursuivi en raison de sa gestion passée des affaires de l'État, et moins encore puni lorsque, revenu au rang de simple citoyen, il préfère son repos et celui de l'État à l'entreprise téméraire de quitter le pays pour courir, en tant que prétendant, l'aventure de sa reconquête, que ce soit par une contre-révolution secrètement fomentée ou grâce à l'assistance d'autres puissances. Mais s'il préfère prendre ce dernier parti, puisque le soulèvement qui l'a arraché à sa possession était injuste, il demeure libre du droit d'en disposer. Quant à la question de savoir si d'autres puissances ont le droit de former une alliance entre États en faveur de cet infortuné monarque, uniquement pour ne pas laisser impuni ce crime commis par le peuple ni lui permettre de devenir un scandale pour tous les États, par conséquent de savoir s'ils ont qualité et vocation pour ramener par la violence, en n'importe quel autre État, une constitution *née de la révolution* à son ancienne forme, cette question relève du droit des gens.

B

Le souverain peut-il être considéré comme propriétaire suprême (du sol), ou bien doit-il être considéré seulement du point de vue du peuple, par référence aux lois, comme chef suprême? Comme le sol est la condition suprême qui seule permet d'avoir pour sien des choses extérieures

dont la possession et l'usage éventuels constituent le premier droit susceptible d'être acquis, tout droit de ce genre devra être dérivé du souverain comme étant le *prince du pays,* mieux, son propriétaire suprême *(dominus territorii).* Le peuple, autrement dit la multitude des sujets, lui appartient aussi (c'est son peuple), non pas cependant comme à un propriétaire (selon le droit réel), mais comme à un chef suprême (selon le droit personnel). Cette propriété suprême n'est toutefois qu'une Idée de l'union civile destinée à rendre concevable suivant les concepts du droit la nécessaire unification, sous l'empire d'un possesseur universel public, de la propriété privée de tout individu du peuple, et ce en vue de déterminer la propriété particulière, non d'après des principes d'*agrégation* (laquelle progresse empiriquement des parties au tout) mais d'après le principe formel nécessaire de la *répartition* (division du sol). VI, 324
D'après ce principe, le propriétaire suprême ne peut avoir aucune propriété privée sur aucun sol quel qu'il soit (car autrement il se constituerait personne privée) ; au contraire une telle propriété n'appartient qu'au peuple (et ce en un sens non pas collectif mais distributif) — exception faite toutefois pour un peuple nomade, fût-il soumis à un chef, chez lequel on ne trouve aucune propriété privée du sol. Le chef suprême ne peut donc avoir de *domaines,* c'est-à-dire de terres pour son usage privé (pour l'entretien de sa cour). En effet, puisqu'il serait de son intérêt personnel de les étendre autant que possible, l'État courrait le risque de voir toute propriété du sol tomber entre les mains du gouvernement, tous les sujets *assujettis à la glèbe (glebae adscripti)* et possesseurs de ce qui n'est jamais que la propriété d'un autre, le risque par conséquent de voir ravie la liberté de tous *(servi).* Du prince d'un pays, on peut dire : il *ne possède rien* (en propre) fors lui-même ; car si dans l'État il avait quelque chose en propre à côté d'un autre, il pourrait y avoir conflit avec ce dernier et il n'y aurait pas de juge pour l'arbitrer. Mais on peut dire également : *il possède tout,*

puisqu'il a droit de commandement sur le peuple (droit de départir à chacun le sien) auquel appartiennent toutes les choses extérieures *(divisim)*.

De là suit qu'il ne peut y avoir au sein de l'État aucune corporation, aucune caste ni aucun ordre qui, en tant que propriétaire du sol, pourrait en léguer d'après certains statuts la jouissance exclusive aux générations suivantes (à l'infini). L'État peut toujours abolir ces statuts, à la seule condition de dédommager les survivants. L'*ordre des chevaliers* (comme corporation ou même comme simple distinction honorifique décernée à certaines personnes en particulier, à qui l'on rend un hommage insigne), l'ordre du *clergé* qu'on appelle Église, ne peuvent jamais, à la faveur des privilèges dont on les gratifie, acquérir sur le sol une propriété transmissible à leurs successeurs, mais seulement son usage provisoire. Les commanderies d'un côté, les biens de l'Église de l'autre, peuvent être supprimés sans scrupules (encore qu'à la condition précitée), lorsque a disparu l'opinion publique favorable à ces moyens de protéger l'État, par les *honneurs militaires,* contre la lâcheté à le défendre, ou de stimuler les hommes de cet État par des messes pour les morts, des prières et une foule de pratiques de recommandation des âmes destinées à les préserver du feu éternel. Ceux qui tombent alors sous le coup de la réforme n'ont pas à se plaindre
VI, 325 qu'on leur enlève leur propriété, car le principe de ce qui était jusqu'alors leur possession ne résidait que dans l'*opinion populaire* et devait aussi valoir tant que celle-là se maintiendrait. Mais dès que cette dernière n'a plus cours, et ne serait-ce que dans l'esprit de ceux dont le mérite justifie le plus la prétention à guider le peuple, la propriété présumée doit cesser, comme par un pourvoi en appel de celui-ci auprès de l'État *(a rege male informato ad regem melius informandum*[1] *)*.

C'est sur cette propriété fondamentale originairement acquise que repose le droit du chef suprême, en tant que propriétaire suprême (prince du pays), d'*imposer* les propriétaires privés du sol, c'est-à-dire d'exiger des redevances sous la forme de taxes foncières, d'accises[1] et de douanes, ou de prestations de service (tel le recrutement de troupes pour le service militaire), de sorte pourtant que ce soit le peuple qui s'impose lui-même, attendu qu'en l'occurrence la seule manière de procéder à cet égard suivant les lois juridiques est que cela vienne du corps des députés du peuple ; l'emprunt forcé (qui s'écarte de la loi jusque-là en vigueur) lancé au nom du droit régalien dans une circonstance où l'État se trouve en danger d'être détruit est également permis.

C'est aussi ce sur quoi repose le droit de l'économie politique, des finances et de la police, cette dernière s'occupant de la *sécurité,* de la *tranquillité* et de la *décence* publique (en effet, que le sentiment de la décence *(sensus decori),* en tant que goût négatif, ne soit pas émoussé par la mendicité, le vacarme des rues, la puanteur, la prostitution publique *(venus volgivaga),* comme autant d'offenses au sens moral, cela facilite grandement la tâche du gouvernement qui est de conduire le peuple au moyen des lois).

Un troisième droit relève encore de la conservation de l'État, à savoir le droit d'*inspection (jus inspectionis)* veillant à ce qu'aucune association susceptible d'exercer une influence sur le bien *public* de la société *(publicum)* (fût-ce une association d'illuminés politiques ou religieux), ne demeure secrète et qu'au contraire, lorsque la police l'exige, elle ne puisse refuser de communiquer ses statuts. Toutefois, le droit de perquisition domiciliaire chez quelqu'un ne revient qu'en cas de nécessité à la police, qui doit pour cela être mandatée par une autorité supérieure dans chaque cas particulier.

C

Au chef suprême en tant qu'il assume le devoir du peuple, donc *indirectement,* incombe le droit de

grever celui-ci d'impôts pour sa propre conserva-
VI, 326 tion (celle du peuple), comme par exemple ceux à l'intention des *pauvres,* des *hospices d'enfants trouvés* et de l'*Église,* ce que l'on appelle ordinairement les œuvres charitables ou pieuses.

La volonté universelle du peuple s'est en effet unie en une société qui doit se conserver perpétuellement et s'est soumise à cette fin à une puissance politique intérieure, pour entretenir les membres de cette société qui ne sont pas capables de le faire. C'est donc au nom de l'État que le gouvernement est justifié à forcer les riches à fournir à ceux qui, même sur le plan des besoins naturels les plus nécessaires ne le sont pas, leurs moyens de subsistance ; car leur existence étant à la fois l'acte de se mettre sous la protection de la chose publique et le soin nécessaire que la chose publique prend de leur vie, ce pour quoi ils ont contracté une obligation, c'est sur cette existence que l'État fonde à présent son droit de contraindre les riches à contribuer pour leur part à la subsistance de leurs concitoyens. Or cela n'est possible que grâce à l'imposition de la propriété des citoyens ou de leurs maisons de commerce, ou encore grâce à la constitution de capitaux et à leurs intérêts, pour les besoins non de l'État (car il est riche) mais du peuple ; et cela ne saurait se faire grâce à de simples contributions *spontanées* (car il n'est ici question que du *droit* de l'État vis-à-vis du peuple) dont quelques-unes sont intéressées (comme les loteries qui accroissent le nombre de pauvres et font courir à la propriété publique des risques qu'elle ne courrait pas autrement, et qui ne devraient donc pas être autorisées), mais sur le mode contraignant, en instituant des charges publiques. La question est à présent de savoir si l'assistance aux pauvres doit être assurée par des *subsides occasionnels* de telle sorte que chaque siècle nourrisse les siens, ou bien par des *réserves* amassées peu à peu et en général par des institutions *pieuses* (telles que sont les maisons de veuves, les hôpitaux, etc.) sans encourager dans le premier cas la mendicité qui est parente du vol, mais en appliquant des taxes légales. Cette première disposition doit être tenue comme la seule conforme au droit de l'État, à laquelle ne saurait se soustraire aucune personne ayant de quoi vivre, puisque, même si elle se développe avec le nombre des pauvres, elle ne fait pas (ce qui est à craindre des institutions pieuses) de la pauvreté un moyen d'existence pour les paresseux, ni ne saurait constituer une charge *injuste* imposée au peuple par le gouvernement.

En ce qui concerne la sauvegarde des enfants exposés par détresse ou par honte, ou que l'on va même jusqu'à tuer pour ces motifs, l'État a le droit d'imposer au peuple le devoir de ne pas laisser périr sciemment ce surcroît malencontreux des forces vives de la nation. Quant à savoir si l'on peut procéder en imposant les célibataires des deux sexes d'un certain âge (par où l'on entend uniquement ceux d'entre les célibataires qui sont VI, 327
riches), comme étant sans doute en partie responsables de cette situation, afin de financer les hospices d'enfants trouvés édifiés à cet effet, ou si l'on est en droit de procéder d'une autre manière (encore qu'il puisse être difficile de proposer une autre mesure préventive), voilà un problème à la solution duquel on n'est pas encore parvenu jusqu'à présent sans offenser le droit ou la moralité.

Comme l'*Église,* qui doit être soigneusement distinguée de la religion, laquelle en tant que sentiment interne se trouve tout à fait en dehors du champ d'action de la puissance civile, répond elle aussi (en tant qu'institution du *culte* public à l'intention du peuple duquel le culte tire d'ailleurs son origine, que ce soit en tant qu'opinion reçue ou en tant que conviction) à un véritable besoin d'État, celui de se considérer soi-même comme sujet d'une puissance *invisible* suprême à laquelle il faut rendre hommage et qui est susceptible d'entrer souvent en un conflit très inégal avec le pouvoir civil, l'État a le droit, je ne dis pas d'intégrer l'Église à la législation constitutionnelle interne, selon ce qui à son sens paraît le plus

avantageux pour lui, ni de prescrire au peuple la croyance et les rituels religieux *(ritus)* non plus que de les rendre impératifs (car c'est là ce qui doit être entièrement laissé aux docteurs et aux directeurs spirituels qu'il s'est choisis lui-même), mais le droit seulement *négatif* de préserver la communauté politique *visible* de toute influence pouvant être préjudiciable à la tranquillité publique, qui émanerait de docteurs professant publiquement, le droit par conséquent de ne pas laisser mettre en péril la concorde civile, soit par des querelles intestines, soit par le conflit des différentes églises entre elles, ce qui constitue donc un droit de police. Dire qu'une église doit avoir une certaine croyance et laquelle, ou qu'elle doit la conserver inaltérée et qu'il ne lui est pas permis de se réformer elle-même, cela constitue, de la part de l'autorité publique, autant d'immixtions qui la font *déchoir de sa dignité;* car en l'occurrence, comme pour une dispute scolastique, elle se mettrait sur un pied d'égalité avec ses sujets (le monarque se ferait prêtre), lesquels pourraient lui dire sans ambages qu'elle n'y entend rien, surtout en ce qui concerne le dernier point, à savoir l'interdiction de réformes internes — en effet, ce que le peuple tout entier ne peut décider pour lui-même, le législateur ne peut non plus le décider pour le peuple. Or, aucun peuple ne peut décider qu'il ne fera jamais de progrès dans l'intelligence de ce qui touche à sa croyance (dans ses lumières), que par conséquent il ne se réformera non plus jamais en matière religieuse ; cela serait en effet contraire à la dignité de l'humanité en sa propre personne, donc à son droit le plus éminent. Ainsi
VI, 328 nulle autorité publique ne peut décider cela pour le peuple. Et pour ce qui est des frais d'entretien de l'Église, ils ne peuvent, pour la même raison, être à la charge de l'État, mais doivent incomber à la partie du peuple qui professe telle ou telle croyance, c'est-à-dire seulement à la communauté religieuse.

D

Dans l'État, le droit du chef suprême[1] porte aussi : 1° sur la distribution des *offices* comme fonctions liées à un traitement ; 2° des *dignités,* lesquelles étant des promotions sans appointements, c'est-à-dire conférant le rang de supérieurs (appelés à commander) vis-à-vis d'inférieurs (qui, bien que libres et obligés par la loi publique seulement, sont néanmoins d'avance voués à obéir aux premiers), sont fondées uniquement sur l'honneur ; et 3° outre ce droit (relativement bienfaisant), il comporte aussi *le droit de punir.*

Concernant les offices civils, la question se pose alors de savoir si le souverain a le droit de reprendre à son gré l'office qu'il a confié à quelqu'un (sans que ce dernier ait commis de malversation). Je réponds : non ! Car ce que la volonté unifiée du peuple ne décidera jamais au sujet de ses fonctionnaires civils, le chef d'État ne saurait non plus le décider au sujet de cet homme. Or le peuple (qui doit supporter les frais qu'entraînera pour lui l'installation d'un fonctionnaire) veut sans aucun doute que ce dernier soit parfaitement à la hauteur de la tâche qui lui est confiée, ce qui ne peut se faire autrement que par une préparation et une formation s'étendant sur une période suffisamment longue, à quoi il sacrifie le temps qu'il aurait pu consacrer à apprendre un autre métier susceptible de le nourrir ; s'il en était autrement, les offices seraient régulièrement pourvus par des gens n'ayant point l'aptitude requise et n'ayant point acquis cette maturité de jugement obtenue à force de pratique. Cela est contraire aux desseins de l'État, lesquels exigent que chacun puisse s'élever des emplois inférieurs aux emplois supérieurs (qui autrement tomberaient exclusivement entre les mains d'incapables), que chacun puisse par conséquent compter sur un poste à vie[2].

Pour ce qui est des *dignités,* non pas uniquement celles que peut comporter un office, mais éga-

lement celles qui, sans imposer de services particuliers, font de leur possesseur un membre de condition supérieure, elles constituent la *noblesse* qui, distincte de la condition civile dans laquelle
VI, 329 se trouve le peuple, se transmet à la postérité mâle, et aussi bien par l'intermédiaire de celle-ci, aux femmes d'extraction roturière, à cette réserve près qu'à l'inverse, la femme de noble naissance, mariée à un roturier, ne lui communique pas son rang mais retombe même au contraire dans la simple condition civile (du peuple). La question est alors de savoir si le souverain est justifié à fonder un état de noblesse comme état intermédiaire entre lui et les autres citoyens. À propos de cette question, il ne s'agit pas de savoir si c'est affaire de prudence de la part du souverain, soit en vue de son avantage soit en vue de celui du peuple, mais seulement s'il est conforme au droit du peuple de mettre au-dessus de lui une classe de personnes qui sont certes elles-mêmes des sujets, mais qui sont toutefois au regard du peuple des sujets voués *de naissance* au commandement (ou sont pour le moins des privilégiés). La réponse à cette question découle comme précédemment du principe suivant : «Ce que le peuple (la masse tout entière des sujets) ne peut décider pour lui-même et ses consorts, le souverain ne peut non plus le décider pour le peuple». Or une noblesse *héréditaire* est un rang qui passe avant le mérite et ne lui laisse aucune raison d'espérer, une chimère dénuée de réalité. En effet, si l'ancêtre avait du mérite, il n'a pourtant pas pu le transmettre à ses descendants, mais ceux-ci ont toujours dû l'acquérir par eux-mêmes, car la nature n'est pas ainsi faite que le talent et la volonté, conditions des services rendus à l'État, soient aussi *héréditaires*. Attendu qu'on ne peut accepter d'aucun homme qu'il rejette sa *liberté*, il est impossible que la volonté universelle du peuple consente à une telle prérogative sans fondement, par conséquent le souverain ne peut pas non plus la faire valoir. Si néanmoins une anomalie s'est glissée à une époque reculée dans le mécanisme

d'un gouvernement (au temps de la féodalité qui était presque entièrement organisée en vue de la guerre), anomalie telle que des sujets aient voulu être plus que citoyens, je veux dire des fonctionnaires nés (comme qui dirait un professeur héréditaire), l'État ne peut réparer peu à peu cette faute qu'il a commise, de distribuer des privilèges héréditaires à l'encontre du droit, autrement qu'en laissant péricliter les postes et en omettant de les pourvoir, et ainsi il a provisoirement un droit de laisser subsister cette dignité quant au titre jusqu'à ce que, même dans l'opinion publique, la division entre souverain, noblesse et peuple, ait fait place à la seule division naturelle, celle entre souverain et peuple.

Sans doute aucun homme dans l'État ne peut-il être dénué de toute dignité, car il a au moins celle de citoyen, sauf s'il se l'est ôtée de par son propre VI, 330 *crime,* auquel cas, s'il se trouve qu'on le conserve en vie, c'est pour en faire le simple instrument de l'arbitre d'un autre (soit celui de l'État, soit celui d'un autre citoyen). Ainsi, celui qui est l'instrument d'un autre citoyen (ce qui ne peut lui arriver qu'en vertu d'un jugement et du droit) est un *serf (servus in sensu stricto*[1]*)* et relève de la *propriété (dominium)* d'un autre, qui, de ce fait, n'est pas uniquement son *maître (herus)* mais encore son *propriétaire (dominus),* qui peut l'aliéner comme une chose et l'utiliser à son gré (pourvu que ce ne soit pas à des fins honteuses), ainsi qu'*user* (disposer) *de ses forces,* mais non pas de sa vie ni de ses membres. Nul ne peut s'engager par un contrat à une dépendance telle qu'il cesse par là d'être une personne ; car ce n'est qu'en qualité de personne qu'on peut passer un contrat. Or il semble bien qu'un homme puisse s'engager envers un autre à fournir certains services de nature licite mais *indéterminés* quant au degré (moyennant salaire, nourriture ou protection) aux termes d'un contrat de louage *(locatio conductio),* et devenir ainsi simple sujet *(subjectus)* sans être serf *(servus) ;* mais ce n'est là qu'une fausse apparence. En effet, si le maître est habilité à user à son gré des forces de son sujet, il peut arriver (comme cela se passe pour les nègres dans les îles à sucre) qu'il les épuise jusqu'à la mort ou jusqu'au désespoir, et dans ce cas le sujet s'est véritablement livré à son maître comme sa propriété, ce qui est impossible. Il ne peut donc que se louer pour des travaux déterminés quant à leur nature et à leur degré, soit comme journalier, soit comme sujet domicilié ; dans le dernier cas, ou il prête ses services pour l'usage qu'il fait du sol de son maître — ce qui lui tient lieu de salaire — ou, aux termes d'un bail à ferme, il verse les redevances fixées (un cens), pour l'exploitation de ce sol à son propre compte, sans devenir pour autant un *serf attaché à la glèbe (glebae adscriptus),* ce qui lui ôterait sa personnalité, et c'est alors un bail à temps ou un bail emphytéotique[1] qu'il peut contracter. Quelqu'un, par son crime, fût-il même *dans sa personne* devenu sujet, cette sujétion ne saurait pourtant être *héréditaire,* car il ne l'a attirée sur lui que par sa propre faute ; et l'on ne peut pas davantage revendiquer l'enfant d'un serf à cause des frais que son éducation a occasionnés, étant donné que l'éducation est un devoir absolu des parents, et dans le cas où ceux-ci ont été serfs, celui des maîtres, qui, tout en prenant possession de leurs sujets, ont aussi pris en charge leurs devoirs.

E

Du droit de punir et de grâcier

I. Le *droit de punir* est le droit qu'a le chef, envers celui qui lui est soumis, de lui infliger une peine en raison de son crime. Le chef suprême de l'État ne peut donc pas être puni, mais on peut seulement se soustraire à sa domination. La transgression de la loi publique, qui rend celui qui l'a commise inapte à être citoyen, s'appelle ou bien tout simplement *crime (crimen),* ou alors crime public *(crimen publicum).* C'est pourquoi le premier (le crime privé) est déféré devant la justice civile tandis que l'autre l'est devant la justice criminelle. L'*abus de confiance,* c'est-à-dire le détournement d'argent ou de marchandises confiés en dépôt pour le commerce, la fraude dans l'achat et la vente, commise sous les yeux du partenaire, sont des crimes privés. En revanche, la fabrication de fausse monnaie ou la contrefaçon des lettres de change, le vol, la rapine, etc., sont des délits publics parce que ce n'est pas seulement une personne particulière mais la chose publique qui est mise en péril. On pourrait les diviser en délits à caractère *abject (indolis abjectae)* et délits à caractère *violent (indolis violentae).*

La *peine judiciaire (poena forensis)* qui diffère de la peine naturelle *(poena naturalis),* par laquelle le vice se punit lui-même et dont le législateur ne tient pas compte, ne peut jamais être infligée uniquement comme moyen de restaurer le bien sous une autre forme, soit pour le criminel lui-même, soit pour la société civile, mais doit toujours être prononcée contre lui pour la seule raison *qu'il a commis un crime.* En effet, l'homme ne peut jamais être traité comme un simple moyen pour les desseins d'autrui ni être confondu avec les objets du droit réel, ce contre quoi le protège sa personnalité innée, quoiqu'il soit bel et bien susceptible d'être condamné à perdre sa personnalité civile. Pour qu'on songe à retirer de sa peine quelque utilité pour lui-même ou ses concitoyens, il faut d'abord qu'on le trouve *punissable.* La loi pénale est un impératif catégorique, et malheur à qui se glisse dans les méandres de la doctrine du bonheur pour y découvrir quelque chose qui, par l'avantage qu'il promet, le délivrerait de la peine ou l'atténuerait, selon cette sentence pharisienne : « Mieux vaut la mort d'*un* homme que la corruption de tout un peuple » ; car si la justice sombre, le fait que des hommes vivent sur la terre n'a plus aucune valeur. Cela étant, que doit-on penser du projet suivant : épargner la vie d'un condamné à mort à condition qu'il consente à ce que l'on pratique sur lui de dangereuses expériences et qu'il soit assez heureux pour en réchapper, si bien que les médecins acquièrent par ce moyen un nouvel enseignement, profitable à la chose publique ? C'est avec mépris qu'une cour de justice repousserait le collège de médecins qui formerait ce projet, car la justice cesse d'être une justice dès qu'elle se déprend d'elle-même pour un prix quelconque.

Mais quel mode et quel degré de châtiment la justice publique doit-elle prendre pour principe et pour mesure ? Il n'en est point d'autre que le principe d'égalité (figuré par la position de l'aiguille de la balance de la justice), qui consiste à n'incliner pas plus d'un côté que de l'autre. Ainsi, le mal immérité que tu infliges à un autre dans le peuple, tu te le fais à toi-même. Si tu l'outrages, c'est toi-même que tu outrages ; si tu le voles, tu te voles toi-même ; si tu le frappes, tu te frappes toi-même ; si tu le tues, tu te tues toi-même. Seule la *loi du talion (jus talionis)*, mais bien entendu à la barre du tribunal (non pas par un jugement privé de ta part), peut fournir avec précision la qualité et la quantité de la peine ; tous les autres principes sont chancelants et ne peuvent, en raison des considérations étrangères qui s'y mêlent, être le lieu d'aucun accord avec la sentence de la pure et stricte justice. Cela dit, il semble certes que les différences de classes ne permettent pas d'appliquer le principe du talion : rendre la pareille ; mais même s'il n'est pas possible de l'appliquer à la lettre, il ne laisse pourtant pas de rester valable dans ses effets, en référence à la façon de sentir des plus privilégiés. Ainsi par exemple, une amende pour injure verbale n'a aucun rapport avec l'offense, car celui qui a beaucoup d'argent peut bien parfois se permettre cela par plaisir ; mais l'humiliation infligée à l'amour-propre de l'un peut pourtant bien équivaloir à la blessure faite à l'orgueil de l'autre : pourvu par exemple que ce dernier ne soit pas seulement contraint, aux termes du verdict et du droit, de présenter publiquement ses excuses, mais encore de baiser également la main du premier, bien qu'il soit de condition inférieure. Il en serait de même si, pour avoir frappé un citoyen de rang inférieur mais innocent, un privilégié au caractère violent était condamné, outre la réparation d'honneur, à une détention solitaire et pénible ; attendu que par là, outre son confort, c'est encore la vanité du coupable qui serait douloureusement affectée, et ainsi, grâce à cette humiliation, on lui aurait dûment rendu la pareille. Mais que signifient ces mots : «Si tu le voles, tu te voles toi-même»? Celui qui vole rend incertaine la propriété de tous les autres ; il se ravit donc à lui-même (d'après le droit du talion) la sécurité que requiert toute propriété possible ; il n'a rien et ne peut non plus rien acquérir, mais cependant il veut vivre, et cela n'est alors possible qu'autant que les autres le nourrissent. Mais comme l'État ne le fera pas gratuitement, il faut que le voleur lui abandonne ses forces pour les travaux qui conviennent à l'État (aux travaux forcés ou dans les maisons de correction), et, pour un certain temps ou, selon le verdict, pour toujours, il tombe en esclavage. Mais s'il a commis un meurtre, il doit *mourir*. Il n'existe ici aucun succédané qui puisse satisfaire la justice. Il n'y a aucune *commune mesure* entre une vie, aussi pénible soit-elle, et la mort, et par conséquent non plus aucune égalité entre le crime et la réparation, si ce n'est en infligeant juridiquement la mort au coupable, pourvu qu'elle soit exempte de tous mauvais traitements qui pourraient faire de l'humanité un objet d'horreur en la personne du torturé. Même si la société civile devait se dissoudre d'un commun accord de tous ses membres (si par exemple un peuple insulaire décidait de se séparer et de se disperser dans le monde entier), le dernier meurtrier se trouvant en prison devrait au préalable être exécuté afin que chacun supporte la conséquence de ses actes, et que l'homicide n'entache pas le peuple qui n'a pas réclamé ce châtiment ; car il pourrait être considéré comme complice de cette violation publique de la justice.

Cette égalité des peines, qui n'est possible que

VI, 333

par l'arrêt de mort prononcé par le juge d'après la stricte loi du talion, se manifeste à ce que, par là seul, la sentence de mort est prononcée contre tous les criminels, proportionnellement à leur *intime méchanceté* (même si ce n'est pas un meurtre mais un autre crime, un crime politique que la mort seule peut effacer). Supposez, par exemple lors de la dernière rebellion écossaise, où plusieurs participants (tel *Balmerino*[1] et d'autres) ne croyaient en se soulevant que remplir leur devoir envers la maison des *Stuart,* tandis que d'autres ne faisaient que nourrir des intentions privées, que la sentence prononcée par le tribunal suprême ait été la suivante : chacun aura la liberté de choisir entre la mort et les travaux forcés ; j'affirme que devant cette alternative, l'homme d'honneur choisit la
VI, 334 mort, le coquin, le bagne ; ainsi le veut la nature de l'esprit humain. C'est que le premier connaît quelque chose qu'il estime plus encore que la vie elle-même, je veux dire l'*honneur,* tandis que le second tiendra une vie couverte d'opprobre pour préférable à l'éventualité de ne pas exister du tout (*animam praeferre pudori. Juvénal*[2]). Or le premier est sans conteste moins punissable que le second ; aussi sont-ils punis par la mort qu'on leur inflige pareillement à tous les deux, de manière tout à fait proportionnelle à leur façon respective de sentir : le premier, légèrement, le second, durement. Si au contraire, on les condamnait l'un et l'autre aux travaux forcés, le premier serait puni trop durement et le second trop légèrement, compte tenu de sa bassesse ; et donc, même ici où il s'agit de rendre un jugement sur des conjurés ayant fomenté un complot, la *mort* est le meilleur étalon auquel la justice publique puisse se référer. De surcroît, on n'a jamais entendu un condamné à mort pour meurtre se plaindre que c'en est trop et que ce qui lui arrive est donc injuste ; chacun lui rirait au nez s'il s'exprimait de la sorte. Autrement, il faudrait admettre qu'en dépit de ce que le criminel n'est frappé d'aucune injustice aux termes de la loi, le pouvoir législatif de l'État n'est pourtant pas habilité à infliger ce genre de peine et que,

lorsqu'il le fait, il est en contradiction avec lui-même.

Les meurtriers, tous autant qu'ils sont, qu'ils aient donné la mort, qu'ils l'aient commandée ou qu'ils y aient coopéré, doivent donc à leur tour subir la mort ; ainsi le veut la justice conçue comme Idée du pouvoir judiciaire se réglant sur des lois universelles fondées *a priori.* Mais néanmoins, si le nombre des complices *(correi)* d'un tel forfait est si grand que l'État, pour ne plus compter semblables criminels, pourrait bientôt en venir à ne plus avoir aucun sujet, cependant qu'il ne veut pas se dissoudre, c'est-à-dire tomber dans l'état de nature qui est bien pire encore puisqu'il est dépourvu de toute justice extérieure (ni surtout stupéfier le sentiment populaire par le spectacle d'un carnage), il faut qu'il soit aussi en la puissance du souverain de prendre, en cas de nécessité *(casus necessitatis),* le rôle du juge lui-même (de le représenter) et de rendre un jugement qui, au lieu de la peine de mort, prononce contre les criminels une autre peine qui sauvegarde la masse de la population ; ainsi en est-il de la déportation. Cela même ne saurait toutefois être édicté par une loi publique mais par un décret c'est-à-dire un acte du droit régalien, qui en tant que grâce ne peut jamais s'exercer que dans des cas particuliers.

Il se trouve que le marquis de *Beccaria*[1] avec la sensiblerie sympathisante d'une humanité affectée VI, 335 *(compassibilitas),* a établi là contre sa thèse de l'*illégitimité* de toute peine de mort : du fait qu'elle ne pouvait pas être contenue dans le contrat originaire, car il aurait alors fallu que chacun dans le peuple consentît à perdre la vie, s'il lui était arriver d'assassiner quelqu'un d'autre (dans le peuple) ; or un tel consentement aurait été impossible, personne ne pouvant laisser disposer de sa vie. Tout cela n'est que sophisme et chicane.

Personne ne subit une peine parce qu'il *l'a* voulue, mais parce qu'il a voulu une *action pénalisable;* car il n'y a pas peine lorsque arrive à quelqu'un ce qu'il veut, et il est impossible de *vouloir* être puni. Dire : je veux être puni si j'assassine quelqu'un, ne signifie rien d'autre que : je me soumets avec tous les autres aux lois qui naturellement deviendront aussi des lois pénales s'il se trouve un criminel dans le peuple. Moi-même en tant que colégislateur qui édicte la *loi pénale,* il est impossible que je sois la même personne qui, en tant que sujet, est punie selon la loi ; car en tant que tel, c'est-à-dire comme criminel, il m'est impossible de participer par mon suffrage à la législation (le législateur est saint). Quand donc je rédige une loi pénale contre moi en tant que criminel, c'est alors en moi la pure raison juridiquement législatrice *(homo noumenon)* qui, avec tous ceux qui sont associés en une union civile, me soumet à la loi pénale en tant que je suis un individu capable de crime, par conséquent une autre personne *(homo phaenomenon).* En d'autres termes : ce n'est pas le peuple (chacun des individus qui le constituent) mais le tribunal (la justice publique), par suite quelqu'un d'autre que le criminel, qui édicte la peine de mort, et le contrat social ne contient nullement la promesse de se laisser punir ni donc de laisser disposer de soi-même ou de sa vie. Car s'il fallait que l'habilité à punir fût fondée sur une *promesse* du malfaiteur de *vouloir* se laisser punir, il faudrait aussi lui laisser le soin de s'estimer passible de peine, et le criminel serait son propre juge. Le point nodal de l'erreur (πρῶτον Ψεῦδος) de ce sophisme consiste à prendre le jugement que le criminel porte lui-même (qu'on doit nécessairement attendre de sa *raison*), et selon lequel il lui faut perdre la vie, pour une résolution de sa *volonté,* celle de s'ôter lui-même la vie, et ainsi l'on se représente l'exécution du droit et le jugement du droit comme réunis en une seule et même personne[1].

Il y a cependant deux crimes dignes de mort au sujet desquels la question de savoir si la *législation*
VI, 336 est également habilitée à infliger la peine de mort demeure douteuse. Ils sont tous les deux provoqués par le sentiment de l'honneur. Dans un cas il s'agit du sentiment de l'*honneur féminin,* dans

l'autre de celui de l'*honneur guerrier*, et c'est bien là le vrai sentiment de l'honneur qui s'impose à ces deux catégories de personnes comme un devoir. L'un de ces crimes est l'*infanticide* maternel *(infanticidium maternale)*, l'autre est le *meurtre d'un compagnon d'armes (commilitonicidium)*, le *duel*. Comme la législation ne peut lever l'opprobre d'une naissance hors mariage, ni davantage effacer la tache que le soupçon de lâcheté imprime à un officier subalterne, qui à un affront n'opposerait pas une force personnelle surpassant la crainte de la mort, il semble que dans ces deux cas, les hommes se trouvent en l'état de nature et que l'*homicide (homocidium)*, qui ne devrait plus alors être appelé *meurtre (homicidium dolosum)*, tout en restant bien sûr punissable, ne puisse toutefois être puni de mort par le pouvoir suprême. L'enfant venu au monde en dehors du mariage est né hors la loi (qui est ici le mariage) et par conséquent aussi en dehors de sa protection. Il s'est pour ainsi dire glissé dans la communauté publique (comme une marchandise prohibée) de telle sorte que (puisque légitimement il n'aurait pas dû exister dans ces conditions) la communauté publique peut ignorer son existence et par conséquent aussi son anéantissement, et qu'aucun arrêté ne peut dissiper la honte de la mère lorsque son accouchement en dehors du mariage vient à être connu. Aussi bien le militaire chargé d'un commandement subalterne auquel on a fait injure, se voit-il contraint par l'opinion déclarée de ses compagnons d'armes de se faire rendre raison, et, comme en l'état de nature, de punir l'offenseur, non pas par l'intermédiaire de la loi en cour de justice mais au cours d'un *duel*, où il s'expose lui-même au danger de mort pour prouver sa bravoure qui est ce sur quoi repose essentiellement l'honneur de sa position, quand bien même cela devrait entraîner l'*homicide* de son adversaire, lequel en ce combat qui a lieu en public avec le consentement des deux parties bien que malgré elles ne saurait à proprement parler être appelé *meurtre (homicidium dolosum)*. Qu'est-ce donc qui

est de droit dans ces deux cas (relevant de la justice criminelle)? La justice pénale se trouve là en très grand embarras : ou bien invalider de par la loi le concept d'honneur (qui n'est pas ici une lubie) et alors infliger la peine de mort, ou bien soustraire le crime à la peine de mort dont il relève, et ainsi, être ou bien cruel ou bien complaisant. Voici comment résoudre ces complications : l'impératif catégorique de la justice
VI, 337 pénale (l'homicide d'autrui, contraire à la loi, doit être puni de mort) demeure, tandis que la législation publique elle-même (par conséquent aussi la constitution civile), aussi longtemps qu'elle restera barbare et inculte, est responsable de ce que dans le peuple (subjectivement), les mobiles de l'honneur ne cherchent pas à s'accorder avec les mesures qui (objectivement) sont conformes à sa visée, en sorte que la justice publique émanant de l'État est une *injustice* au regard de celle qui émane du peuple.

II. Le *droit de gracier (jus aggratiandi)* le criminel, soit en adoucissant sa peine soit en la remettant entièrement, est bien de tous les droits du souverain le plus délicat, car pour être celui qui donne de l'éclat à sa grandeur, il n'en fournit pas moins l'occasion de commettre de graves injustices. À l'égard des crimes commis par les *sujets* les uns envers les autres, il n'appartient nullement au souverain d'exercer ce droit, car ici l'impunité *(impunitas criminis)* est la suprême injustice envers les sujets. C'est seulement lorsque c'est *à lui-même* qu'il est fait outrage *(crimen laesae majestatis*[1] *)* qu'il en peut user. Mais, dans ce cas encore, il ne pourrait même pas le faire si, au point de vue de la sécurité, l'impunité devait constituer un danger pour le peuple lui-même. Ce droit est le seul qui mérite le nom de droit régalien.

Du rapport juridique du citoyen avec sa patrie et avec l'étranger

§ 50

Le territoire *(territorium)* dont les occupants, de par la constitution, c'est-à-dire sans avoir besoin d'exercer un acte juridique particulier (donc de naissance), sont déjà concitoyens d'une seule et même communauté publique, s'appelle la *patrie;* celui où, en l'absence de cette condition, ils ne le sont pas, est l'*étranger,* et ce dernier, s'il constitue une partie de la nation en général, s'appelle *province* (au sens que les Romains donnaient à ce terme), laquelle, n'étant toutefois pas une partie confédérée de l'empire *(imperii)* comme serait un *siège* de concitoyens, mais constituant seulement une *possession* de cet empire — comme une dépendance —, doit honorer en tant que *mère patrie (regio domina)* le sol de l'État souverain.

1. Le *sujet* (même considéré comme citoyen) a VI, 338
le droit d'émigrer, car l'État ne saurait le retenir comme sa propriété. Cependant, il ne peut emporter à l'étranger que ses biens meubles, non pas ses immeubles, et c'est pourtant ce qui se passerait dans le cas où il serait autorisé à vendre la terre qu'il aurait possédée jusque-là et à emporter l'argent de la vente avec lui.

2. Le *prince du pays* a le droit de favoriser l'*immigration* et l'implantation des étrangers (des colons), alors même que les autochtones ne le verraient pas d'un bon œil, sous réserve que leur propriété privée du sol ne soit pas diminuée.

3. Ce même prince a également le droit, dans le cas où un sujet a commis un crime qui rend nuisible pour l'État tout commerce entre lui et ses concitoyens, de le *bannir* dans une province, à l'étranger, où il ne jouira d'aucun des droits du citoyen, c'est-à-dire le droit de *déportation.*

4. Il a aussi le *droit* de l'*exiler* en général *(jus exilii)* en terre lointaine, c'est-à-dire de l'envoyer

à l'étranger en général (que l'ancien allemand appelle *Elend*[1]) ; ce qui revient à dire, puisque le prince lui retire alors toute protection, qu'il le met hors la loi à l'intérieur de ses frontières.

§ 51

Les *trois* pouvoirs de l'État qui dérivent du concept de *communauté* publique en général *(res publica latius dicta*[2] *)* sont, en tout et pour tout, autant d'articulations de la volonté populaire unifiée émanant *a priori* de la raison, et ils sont l'Idée pure d'un chef d'État, laquelle a une réalité pratique objective. Mais ce chef (le souverain) n'est qu'un *être de raison*[3] (représentant le peuple tout entier) tant qu'il n'y a pas encore de personne physique pour représenter la puissance suprême de l'État et pour procurer à cette Idée une efficace sur la volonté populaire. Or, le rapport de cette puissance à cette volonté n'est pensable que de trois manières différentes : ou bien *un seul* dans l'État commande à tous, ou bien *quelques-uns,* égaux entre eux, commandent de concert à tous les autres, ou bien *tous* ensemble commandent à chacun, par conséquent aussi à eux-mêmes ; c'est dire que la *forme de l'État* est ou bien *autocratique,* ou bien *aristocratique,* ou bien *démocratique.* (L'emploi du terme *monarchique* à la place d'*autocratique*
VI, 339 n'est pas adéquat au concept visé ici ; en effet, est *monarque* celui qui possède le pouvoir *suprême,* tandis que l'*autocrate* ou *despote* est celui qui a *tout* pouvoir ; ce dernier est le souverain, le premier ne fait que le représenter.) On verra aisément que la forme autocratique de l'État est la *plus simple* puisqu'elle consiste en le rapport d'un seul (le roi) au peuple, où par conséquent *un seul* est le législateur. Dès qu'on passe à la forme aristocratique, il y a *composition* de deux rapports, à savoir celui qu'entretiennent les privilégiés (comme législateurs) entre eux pour constituer le souverain, et ensuite celui de ce souverain au

peuple ; mais la forme démocratique est de toutes la plus complexe, attendu qu'elle suppose d'abord de la part de tous la volonté de s'unir pour constituer ainsi un peuple, puis celle des citoyens résolus à former une république, et qu'enfin elle prépose à cette république le souverain qui est lui-même cette volonté unifiée*. En ce qui concerne le *fonctionnement* du droit dans l'État, le plus simple est évidemment aussi le meilleur, ce qui n'empêche pas que dans l'optique du *droit* lui-même, ce soit pour le peuple le fonctionnement le plus dangereux si l'on songe au despotisme auquel il invite si fort. Simplifier le mécanisme de l'unification du peuple par des lois de contrainte est certes la maxime raisonnable : tous étant alors passifs dans le peuple et obéissant à un seul, placé au-dessus d'eux ; mais cela ne donne pas de sujets qui soient des *citoyens*. Quant à cette consolation dont on voudrait que le peuple se contente, à savoir que la monarchie (en ce cas précis, l'autocratie) est la meilleure constitution politique *pourvu que le monarque soit bon* (c'est-à-dire qu'il n'ait pas seulement la volonté, mais encore le discernement requis), elle fait partie des adages tautologiques et ne veut rien dire de plus que : la meilleure constitution est celle *qui fait* de l'administrateur de l'État le meilleur régent, c'est-à-dire celle qui est la meilleure.

§ 52

Il est *vain* de partir à la recherche des *témoignages historiques* de ce mécanisme, en d'autres termes, on ne peut pas remonter au point de départ de la société civile (car les sauvages ne dressent pas acte de leur soumission à la loi, et la nature fruste de

* Je ne ferai ici nulle mention de la perversion de cette forme par les potentats qui s'infiltrent dans l'État sans être mandatés (l'oligarchie et l'ochlocratie[1]) ni de ce qu'on nomme les constitutions politiques mixtes, car cela nous entraînerait trop loin.

ces hommes porte tout de suite à conclure qu'ils y ont d'abord été soumis par violence). Au reste, entreprendre une telle recherche dans le dessein
VI, 340 éventuel de transformer par la violence la constitution existant à un moment donné est répréhensible. En effet, ce changement ne pourrait être que le fait du peuple s'insurgeant pour l'obtenir, et non par conséquent le fait de la législation. Or, au sein d'une constitution déjà existante, l'émeute est un bouleversement de tous les rapports civils et juridiques, par conséquent de tout droit, ce n'est donc pas une transformation de la constitution civile mais sa dissolution, et alors le passage à la constitution meilleure n'est pas métamorphose mais palingénésie, ce qui requiert un nouveau contrat social sur lequel le précédent (à présent supprimé) n'a aucune influence. Il doit pourtant bien être possible au souverain de modifier la constitution politique existante lorsqu'elle est difficilement conciliable avec l'Idée du contrat originaire, et d'y introduire malgré tout cette forme indispensable pour permettre au peuple de se constituer en État. Mais ce changement ne saurait consister pour l'État à passer lui-même de l'une de ces trois formes à l'une des deux qui restent, à ce que par exemple les aristocrates s'unissent pour se soumettre à une autocratie ou veuillent se fondre en une démocratie ou inversement, comme s'il dépendait du libre choix et du bon plaisir du souverain de décider à quelle constitution il veut soumettre le peuple. En effet, alors même qu'il déciderait de se convertir en démocratie, il pourrait bien faire tort au peuple parce qu'il se pourrait que celui-ci abhorre cette constitution et trouve l'une des deux autres plus avantageuse pour lui.

Les formes de l'État ne sont que la *lettre (littera)* de la législation originaire dans l'état civil, et elles peuvent donc subsister aussi longtemps que, par une ancienne et longue habitude (d'un point de vue purement subjectif par conséquent) elles sont tenues pour nécessaires au mécanisme de la constitution politique. Mais l'*esprit* de ce contrat originaire *(anima pacti originarii)* contient l'obligation pour le pouvoir constituant, d'adapter à cette Idée le *mode de gouvernement* et de le transformer ainsi, peu à peu et continuement si cela ne peut se faire d'un coup, jusqu'à ce qu'il s'accorde *quant à ses effets* avec la seule constitution qui soit conforme au droit, à savoir celle d'une pure république, et que ces anciennes formes empiriques (statutaires) qui servaient uniquement à obtenir la *soumission* du peuple se résolvent en la forme originaire (rationnelle) qui seule prend la *liberté* pour principe et même pour condition de toute *contrainte,* cette contrainte qui est nécessaire à une constitution juridique — ce que désigne au sens propre le terme État — et qui finira, à la lettre aussi, par mener jusqu'à elle. Telle est la seule constitution VI, 341 politique stable, celle où la *loi* commande par elle-même et ne dépend d'aucune personne particulière ; telle est la fin ultime de tout droit public, le seul état où puisse être attribué *péremptoirement* à chacun le sien. Au contraire, aussi longtemps que ces formes de l'État seront, à la lettre, représentées par autant de personnes morales différentes revêtues du pouvoir suprême, on ne pourra consentir à la société civile qu'un droit interne *provisoire* et nullement un état absolument juridique[1].

Or toute vraie république est et ne peut être rien d'autre qu'un *système représentatif* du peuple institué pour prendre en son nom, à travers l'union de tous les citoyens, soin de ses droits, par la médiation de leurs délégués (députés). Mais dès qu'un chef d'État se fait lui-même représenter en personne (que ce soit le roi, la noblesse ou le peuple entier, l'union démocratique), alors le peuple uni ne fait pas que *représenter* le souverain, il *est* lui-même le souverain, car c'est en lui (le peuple) que se trouve originairement le pouvoir suprême duquel il faut dériver tous les droits des particuliers en tant que simples sujets (tout au plus en tant que fonctionnaires de l'État), et la république désormais établie n'a plus besoin d'abandonner les rênes du gouvernement et de les remettre à ceux qui les avaient tenues auparavant et qui pourraient, en usant de leur arbitre absolu, faire retourner au néant toutes les institutions nouvelles.

Remarque

Ce fut donc, de la part d'un puissant souverain de notre temps, une grave erreur de jugement que d'avoir, pour se tirer de l'embarras provoqué par de grosses dettes publiques, dévolu au peuple le soin de supporter et de partager lui-même ce fardeau suivant son bon vouloir ; car ainsi tomba naturellement entre les mains du peuple le pouvoir législatif, non seulement en ce qui touche l'imposition des sujets mais aussi en ce qui touche le gouvernement, c'est-à-dire qu'il eut le pouvoir d'empêcher que le gouvernement ne fît de nouvelles dettes par ses prodigalités ou par la guerre. Par conséquent, le pouvoir souverain du monarque disparut entièrement (il ne fut pas simplement suspendu) et passa au peuple, à la volonté législatrice duquel fut dès lors soumis le mien et tien de chaque sujet[1]. Et que l'on n'aille pas dire qu'en l'occurrence, il aurait fallu agréer la promesse, tacite mais néanmoins conforme au contrat, de
VI, 342 l'Assemblée nationale, celle-là même de ne pas se constituer en souveraineté, mais de se contenter d'administrer les affaires du souverain, et cette tâche une fois remplie, de remettre entre les mains du monarque les rênes du gouvernement ; car un tel contrat est en lui-même nul et non avenu. Le droit de la législation suprême dans la communauté publique n'est pas un droit aliénable, c'est au contraire le plus personnel de tous les droits. Celui qui le possède ne peut disposer du peuple que par la médiation de la volonté collective du peuple, mais non pas disposer de cette volonté collective qui est le fondement de tous les contrats publics. Un contrat qui obligerait le peuple à rétrocéder son pouvoir ne lui serait pas approprié

en tant qu'il est la puissance législatrice, et lierait cependant le peuple ; ce qui, d'après la formule : personne ne peut servir deux maîtres, est une contradiction.

Deuxième section VI, 343

LE DROIT DES GENS

§ 53

Les hommes qui constituent un peuple peuvent être envisagés comme des indigènes, suivant l'analogie de la procréation par une *souche parentale* commune *(cogeniti)*, même si ce n'est pas le cas ; nonobstant, en un sens intellectuel et juridique, ils constituent, en tant qu'ils sont nés d'une mère commune (la république), comme une famille *(gens, natio)* dont les membres (citoyens) sont tous égaux de naissance et ils évitent de se mêler — en tant que ce serait une mésalliance — avec ceux qui se trouveraient vivre à côté d'eux à l'état de nature, bien que de leur côté ceux-ci (les sauvages) se croient en revanche supérieurs en raison de la liberté sans lois qu'ils ont choisie, eux, qui, comme les premiers, constituent des peuples mais non pas des États. C'est à présent le droit des *États* dans leurs rapports réciproques [qu'en allemand, d'une manière assez incorrecte, on appelle *Völkerrecht (droit des peuples)*, mais qu'on devrait bien plutôt appeler *Staatenrecht* (droit des États, *jus publicum civitatum*)], que nous avons à examiner, sous le nom de *Völkerrecht* (droit des gens[1]). C'est ce droit qui fait qu'un État, considéré comme personne morale se trouvant par rapport à un autre en état de liberté naturelle, par suite aussi en état de guerre perma-

nente, prend à tâche d'une part le droit *à* la guerre, d'autre part le droit d'être *en* guerre, puis le droit de contrainte réciproque en vue de sortir de l'état de guerre, par conséquent d'instaurer une constitution fondant une paix durable, c'est-à-dire le droit qui fait *suite* à la guerre, et témoigne, entre le droit des hommes pris isolément ou des familles (dans leurs rapports réciproques), en l'état de nature, et le droit des gens, de cette seule différence : dans le droit des gens, ce n'est pas seulement le rapport d'un État à un autre — pris chacun comme totalité — mais encore le rapport
VI, 344 des personnes isolées de l'un à celles de l'autre, aussi bien qu'à l'autre État lui-même dans sa totalité qui est pris en considération; laquelle différence par rapport au droit des individus dans le simple état de nature cependant n'a besoin que de déterminations telles que celles qui se laissent facilement déduire du concept d'état de nature.

§ 54

Les éléments du droit des gens sont les suivants : 1° Les États, considérés dans leur rapport extérieur réciproque, sont par nature dans un état non juridique (comme des sauvages sans lois). 2° Cet état est un *état de guerre* (où règne le droit du plus fort), même s'il n'y a pas réellement de guerre ni réellement de combat permanent, hostilité qui (dans la mesure où les deux États ne veulent pas que cela s'améliore), bien qu'en l'occurrence aucun ne subisse d'injustice de la part de l'autre, est néanmoins en soi-même injuste au plus haut degré et d'où les États voisins les uns des autres sont obligés de sortir. 3° Suivant l'Idée d'un contrat social originaire, est nécessaire une ligue des peuples par où ils s'engagent certes à ne pas s'immiscer réciproquement dans leurs dissensions intestines respectives, mais à se protéger toutefois mutuellement contre les attaques extérieures. 4° Cette alliance ne doit pourtant comporter aucune puissance souveraine (comme c'est le cas dans une constitution civile), mais seulement une *association* (fédération) ; une confédération qui peut à tout moment être dénoncée, et doit donc être renouvelée de temps à autre, c'est un droit *in subsidium* d'un autre droit qui est originaire, celui de se garder réciproquement de tomber en état de guerre ouverte *(foedus Amphictyonum*[1] *)*.

§ 55

À propos de ce droit originaire à la guerre qu'exercent entre eux les États libres dans l'état de nature (peut-être dans le but d'instaurer un état s'approchant de l'état juridique) s'élève d'abord la question suivante : quel droit l'État a-t-il *envers ses propres sujets* pour les utiliser à faire la guerre contre d'autres États, pour y employer leurs biens voire leur vie ou pour leur faire courir des risques, de sorte qu'il ne dépend pas de leur propre jugement de savoir s'ils veulent ou non partir en guerre, mais qu'ils peuvent y être envoyés par le haut commandement du souverain?

Ce droit semble facile à mettre en évidence, je veux dire à partir du droit de faire du sien (de sa propriété) ce que l'on veut. Ce que quelqu'un a VI, 345 *fait* lui-même — fait au point de vue de la substance — est sa propriété incontestée. Voici donc la déduction telle que la concevrait un simple juriste.

Il y a dans un pays toute sorte de *produits* de la *nature* qu'il faut pourtant regarder en même temps, étant donné une certaine *abondance* de ces produits, comme *ouvrages* *(artefacta)* de l'État, parce que le pays ne les fournirait pas en telle abondance s'il n'y avait pas d'État ni de gouvernement ayant une puissance ordonnatrice, et que les habitants étaient au contraire en l'état de nature. Les poules domestiques (la plus utile des espèces de volaille), les moutons, les porcs, les bœufs, etc., soit faute de nourriture, soit à cause des prédateurs, ne se rencontreraient pas du tout dans le pays que j'habite ou ne s'y rencontreraient qu'en très petite quantité, s'il n'y avait pas là de gouvernement pour garantir aux habitants leurs acquisitions et leurs possessions. Cela vaut aussi pour les hommes qui, comme dans les déserts américains, même si on leur prêtait une grande ardeur (qu'ils n'ont pas), ne pourraient être qu'en très petit nombre. Les habitants ne seraient que très clairsemés, parce que aucun d'entre eux ne pourrait s'étendre bien loin, avec toute sa domesticité, sur un sol toujours menacé d'être dévasté par des hommes ou des animaux sauvages et des prédateurs ; par conséquent, il ne se trouverait pas de ressources suffisantes pour une quantité d'hommes aussi importante que celle qui vit à présent dans ce pays. Ainsi, de même que l'on peut dire des plantes (par exemple des pommes de terre) et des animaux domestiques qu'on peut en faire usage, les consommer et les supprimer (les faire abattre) parce que, pour ce qui est de l'abondance, ils sont l'*œuvre* des hommes, il semble que l'on puisse également dire du pouvoir suprême de l'État, du souverain, qu'il a le droit de mener ses sujets, qui en majeure partie sont son propre produit, à la guerre comme à la chasse et à une bataille rangée comme à une partie de plaisir.

Or ce principe de droit (qui peut probablement venir à l'esprit du monarque, bien qu'obscurément) a bien évidemment de la valeur relativement aux animaux qui peuvent être une *propriété* de l'homme ; mais il ne saurait pourtant en aucun cas s'appliquer à l'homme, surtout en tant qu'il est citoyen, lequel doit toujours être considéré dans l'État comme membre colégislateur (non seulement comme moyen mais en même temps aussi comme fin en lui-même) et doit donc donner son libre consentement, par la médiation de ses représentants, non seulement à la guerre en général, mais encore à chaque déclaration de
VI, 346 guerre particulière. C'est à cette seule condition restrictive que l'État peut disposer de lui en exigeant ce périlleux service.

Nous aurons donc bien à dériver ce droit du *devoir* du souverain envers le peuple (et non l'inverse) ; ce qui fait que le peuple doit être regardé comme ayant donné sa voix à la déclaration de guerre ; en qualité de quoi, bien que passif (il laisse disposer de lui), il agit pourtant aussi par lui-même et représente le souverain lui-même.

§ 56

Dans l'état de nature des États, le *droit à la guerre* (de déclencher les hostilités) est la manière *licite* pour un État de défendre au moyen de ses propres *forces* son droit contre un autre État, c'est-à-dire lorsqu'il se croit lésé par ce dernier ; et ce puisqu'en cet état il ne peut pas le faire en intentant un *procès* (seule façon de régler un différend en l'état juridique). Outre l'offense effective (la première agression qui est différente de la première hostilité), il y a la *menace*. En relèvent l'*armement préparatoire* sur lequel se fonde le droit de *prévention (jus praeventionis),* ou encore simplement la *puissance (potentia tremenda*[1] *)* d'un autre État, en tant qu'elle s'accroît de façon *redoutable* (par l'annexion de territoires). Cette puissance constitue *de facto,* avant toute voie de fait de l'État *surpuissant,* une lésion envers les moindres puissances, et dans l'état de nature l'attaque est à vrai dire conforme au droit. C'est donc là-dessus que se fonde le droit à l'équilibre entre tous les États qui sont en contact effectif.

Quant à l'*offense effective* qui ouvre un *droit à la guerre,* elle s'assortit de la réparation que le peuple d'un État extorque au peuple d'un autre État pour l'affront qu'il a subi, c'est-à-dire de *représailles (retorsio),* sans chercher auprès de cet autre État (par des voies pacifiques) à ce qu'il s'amende. Il y a là, sur le plan formel, une similitude avec l'éclatement d'une guerre sans dénonciation préablable de la paix *(déclaration de guerre),* attendu que si l'on veut jamais trouver quelque droit en l'état de guerre, il faut admettre quelque chose d'analogue à un contrat ; c'est-à-dire l'*acceptation* de la déclaration de l'autre partie, signifiant que les deux parties veulent chercher à établir leur droit de cette manière.

VI, 347

§ 57

Le droit qui a cours durant la guerre est précisément celui qui, dans le droit des gens, présente cette difficulté majeure qu'on a peine à s'en faire même un concept et à concevoir une loi dans cet état sans lois *(inter arma silent leges*[1] *)* sans se contredire soi-même ; car il faudrait que cette loi fût celle qui prescrit de mener la guerre suivant des principes tels qu'il demeure toujours possible pour les États de sortir de cet état de nature (dans leur rapport mutuel externe) et d'entrer dans un état juridique.

Aucune guerre entre États indépendants ne peut être une *guerre punitive (bellum punitivum)*. En effet, il ne peut y avoir punition que dans la relation entre un supérieur *(imperantis)* et un subordonné *(subditum)*, laquelle relation n'est pas celle des États entre eux. Et la guerre ne saurait non plus être une *guerre d'extermination (bellum internecinum)* ni une *guerre d'asservissement (bellum subjugatorium)* qui serait l'anéantissement moral d'un État (dont alors le peuple ou se fondrait dans la masse du peuple vainqueur, ou tomberait en servitude). Ce n'est pas que cet expédient de l'État pour parvenir à l'état de paix contredise en soi le droit d'un État, mais l'Idée du droit des gens est porteuse d'après des principes de la liberté extérieure, du simple concept d'antagonisme, qui vise à mettre chacun en situation de conserver le sien, sans toutefois lui indiquer un mode d'acquisition, ce qui, avec l'accroissement de puissance de l'un des États, pourrait constituer une menace pour les autres.

Tous les moyens de défense sont permis à un

État auquel on fait la guerre, excepté ceux dont l'usage ôterait aux sujets de cet État la capacité d'être citoyens, car alors il s'ôterait du même coup à lui-même, dans les rapports entre États réglés suivant le droit des gens, la capacité de compter pour une personne (susceptible de partager avec les autres les mêmes droits). Sont à ranger parmi les moyens exclus : faire de ses propres sujets des espions, faire d'eux ou même d'étrangers des assassins, des empoisonneurs (classe dans laquelle on peut très bien ranger ceux qu'on appelle des francs-tireurs qui, embusqués, épient des gens isolés), ou encore les employer à propager de fausses nouvelles ; en un mot, se servir de moyens sournois qui anéantiraient la confiance requise pour fonder ultérieurement une paix durable.

Durant la guerre, il est permis de réquisitionner l'ennemi vaincu et de lui imposer des contribu- VI, 348
tions, non pas cependant en pillant le peuple, c'est-à-dire en extorquant aux personnes particulières le leur (car ce serait du vol : en effet ce n'est pas le peuple vaincu mais l'État, sous la domination duquel il se trouvait, qui a fait la guerre *à travers lui*), mais en prélevant des *taxes* contre délivrance d'un reçu, afin que, la paix revenue, la charge imposée au pays ou à la province, puisse être proportionnellement répartie.

§ 58

Le droit *qui fait suite à la guerre,* c'est-à-dire au moment du traité de paix, et compte tenu des séquelles de la guerre, consiste pour le vainqueur à poser les conditions auxquelles il peut s'entendre avec le vaincu et négocier des *traités* en vue de parvenir à la conclusion de paix, et ce non pas au nom d'un quelconque droit dont il se réclamerait et qui lui reviendrait en raison de la prétendue lésion que lui aurait faite son adversaire, mais en s'autorisant de sa force tout en laissant cette question en suspens. De là que le vainqueur ne peut demander le remboursement des frais de la guerre parce que alors, nécessairement, il ferait passer pour injuste la guerre menée par son adversaire ; qui plus est, bien qu'il puisse songer à cet argument, il ne lui est pourtant pas permis de l'invoquer, sinon ce serait déclarer que cette guerre est une guerre punitive, et ainsi, c'est de lui au contraire que viendrait l'affront. De ce droit relève aussi l'échange (sans rançon) des prisonniers, sans regarder à l'égalité du nombre.

L'État vaincu ou ses sujets ne perdent point leur liberté civile du fait de la conquête de leur pays, au sens où celui-ci serait ravalé au rang de colonie et eux au rang de serfs, car autrement il y aurait eu guerre punitive, laquelle est en elle-même contradictoire. Une *colonie* ou province est un peuple qui a certes sa propre constitution, sa législation, son sol, où les ressortissants d'un autre État ne sont que des étrangers, mais sur lequel pourtant cet autre État détient le pouvoir *exécutif*. Ce dernier s'appelle la *métropole*. L'État sous tutelle est dominé par la métropole, mais pourtant il se gouverne lui-même *(civitas hybrida*[1] *)* — à travers son propre parlement, au besoin sous la présidence d'un vice-roi. Tel fut le statut d'*Athènes* par rapport à différentes îles et tel est aujourd'hui celui de la Grande-Bretagne par rapport à l'Irlande.

A fortiori est-il impossible de dériver le *servage* et sa légitimité de la domination d'un peuple par
VI, 349 la guerre, car il faudrait admettre pour cela une guerre punitive. Et l'on peut moins encore admettre un servage héréditaire, lequel est absurde, surtout parce que la culpabilité attachée au crime de quelqu'un ne saurait être héritée.

Que la conclusion de paix doive s'assortir d'une *amnistie,* le concept de la première le comporte déjà.

§ 59

Le *droit à la paix* est 1° le droit d'être en paix quand il y a guerre dans le voisinage, ou le droit de *neutralité;* 2° celui de se faire assurer que la paix conclue durera, c'est-à-dire le droit de *garantie;* 3° le droit d'*alliance* réciproque (confédération) entre plusieurs États, pour *se défendre* en commun contre toutes les attaques extérieures ou intérieures éventuelles ; ce n'est pas une coalition offensive ni expansionniste.

§ 60

Le droit d'un État contre un *ennemi injuste* n'a pas de limites (certes il en a bien quant à la qualité mais non quant à la quantité, c'est-à-dire au degré) ; je veux dire qu'il n'est certainement pas permis à l'État lésé de se servir de tous les moyens pour conserver le sien, mais bien de ceux qui sont en soi tolérables, dans la mesure de ses forces. Mais qu'est-ce donc — d'après les concepts du droit des gens dans lequel, comme en général dans l'état de nature, chaque État est juge dans la cause où il est partie — qu'un *ennemi injuste*? C'est celui dont la volonté publiquement (que ce soit en paroles ou en actes) déclarée, trahit une maxime qui, si elle était érigée en loi universelle, rendrait impossible un état de paix entre les peuples et au contraire éterniserait nécessairement l'état de nature. Telle est la violation des contrats publics, dont on peut supposer qu'elle est l'affaire de tous les peuples dont elle menace la liberté, et que cela engage à s'unir contre un pareil délit et à arracher à l'ennemi la force de le commettre[1]. Mais ils ne peuvent pourtant pas *aller jusqu'à se partager le pays* de l'ennemi injuste, en faisant pour ainsi dire disparaître de la terre un État, car ce serait là commettre une injustice contre le peuple qui ne peut perdre son droit originaire à s'unir en une communauté publique ; en revanche, ils peuvent lui faire admettre une nouvelle constitution qui par sa nature même, soit défavorable au penchant à la guerre.

Au demeurant, l'expression «un ennemi injuste
VI, 350 dans l'état de nature» est *pléonastique,* car l'état de nature est lui-même un état d'injustice. Un ennemi juste serait celui auquel il serait de ma part injuste de résister, mais alors il ne serait pas non plus mon ennemi.

§ 61

Puisque l'état de nature est, pour les peuples comme pour les hommes isolés, un état dont on doit sortir pour entrer dans un état légal, avant cet événement, tout droit des peuples et tout mien et tien extérieur des États susceptible d'être acquis ou conservé par la guerre, est seulement *provisoire* et ne peut accéder à une valeur *péremptoire* et à un véritable *état de paix* qu'au sein d'une *union* universelle *des États* (par analogie avec celle par laquelle un peuple devient État). Mais, comme avec l'extension par trop grande, allant jusqu'à de lointaines contrées, d'un tel État constitué de peuples, son gouvernement serait finalement rendu impossible, et aussi par conséquent la protection de chacun de ses membres, et que la multiplication de semblables corporations ramènerait un état de guerre, la *paix perpétuelle* (ce but ultime de tout droit des gens) est évidemment une Idée irréalisable[1]. Cependant, les principes politiques qui tendent à ce but — je veux dire contracter de telles alliances entre États — étant ce qui concourt à une *approche* continue de ce but, ne sont pas une Idée irréalisable ; mais tout comme celle-ci est une tâche fondée sur le devoir, par conséquent aussi sur le droit des hommes et des États, ces principes sont assurément réalisables[2].

On peut appeler une telle *union* de quelques *États,* destinée à maintenir la paix, le *congrès permanent des États,* auquel tous les États voisins sont libres de se joindre. Telle fut (du moins en ce qui concerne la réglementation du droit des gens en vue du maintien de la paix) l'assemblée des États généraux qui se tint à la Haye en la première moitié de ce siècle, où les ministres de la plupart des cours d'Europe et même ceux des républiques les plus petites présentèrent leurs plaintes au sujet des agressions que les uns avaient subies de la part des autres, concevant ainsi l'Europe entière comme un seul État fédéré qu'ils prirent pour ainsi dire comme arbitre de leurs conflits ouverts ; au lieu de quoi le droit des gens ne subsista par la suite que dans les livres, disparut des cabinets ou fut, une fois les violences commises, confié sous forme de protocoles, à l'obscurité des archives.

Sous le terme de *congrès,* on n'entend ici toute- VI, 351
fois qu'un conseil formé arbitrairement par différents États, à tout moment *révocable,* non pas une confédération (telle celle des États américains) fondée sur une constitution politique et donc indissoluble — c'est seulement par un tel congrès que peut être réalisée l'Idée d'instaurer un droit public des gens qui tranche leurs conflits de manière civile, comme par un procès, et non pas de façon barbare (à la manière des sauvages), c'est-à-dire par la guerre.

Troisième section VI, 352

LE DROIT COSMOPOLITIQUE

§ 62

Cette Idée de la raison qu'est une communauté générale, *pacifique* sinon encore amicale, de tous les peuples de la Terre qui peuvent nouer entre eux des rapports actifs, n'est pas quelque chose de philanthropique (éthique), mais c'est un principe *juridique*. La nature a renfermé tous les hommes ensemble (du fait de la forme sphérique de leur séjour : *globus terraqueus*[1]) dans des limites déterminées, et attendu que la possession du sol sur laquelle peut vivre un habitant de la Terre ne peut jamais être conçue que comme possession d'une partie d'un tout déterminé, comme une partie telle par conséquent que chacun a originairement un droit sur elle, tous les peuples sont *originairement* en situation de communauté du sol, non pas certes de communauté *juridique* de possession *(communio)*, ni donc d'usage ou de propriété de ce sol, mais en situation d'*action réciproque* physique possible *(commercium)*, c'est-à-dire de rapport généralisé entre chacun et tous les autres consistant à *se prêter à un commerce* réciproque, et ils ont le droit de tenter d'instaurer ce commerce avec chacun, sans que l'étranger soit pour autant justifié à traiter en ennemi celui qui fait cette tentative. Ce droit, dans la mesure où il porte sur l'unification possible de tous les peuples, relative à certaines lois universelles de leur commerce possible, peut être dit *cosmopolitique (jus cosmopoliticum)*.

Les mers peuvent paraître interdire aux peuples toute communauté, et cependant, grâce à la navigation, elles sont justement les dispositions les plus heureuses que la nature ait prises pour le commerce des peuples, lequel ne peut être que d'autant plus animé qu'il y a plus de *côtes* voisines les unes des autres (comme celles de la Méditerra-
VI, 353 née), bien qu'en même temps, la fréquentation de ces côtes et plus encore les comptoirs qu'on y établit pour les rattacher à la métropole soient pour le mal et la violence qui sévissent en un point de notre globe l'occasion de se faire sentir à tous les autres endroits. Mais cet abus possible ne peut ôter au citoyen de la Terre le droit de *tenter* une communauté avec tous, et à cette fin de *visiter* toutes les régions de la Terre, quoiqu'il n'y ait de droit à s'implanter sur le sol d'un autre

peuple *(jus incolatus)* que sous réserve d'un contrat particulier.

On peut toutefois se demander si dans un pays nouvellement découvert un peuple peut entreprendre un *avoisinement (accolatus)* et une prise de possession dans les parages d'un autre peuple qui a déjà pris place dans cette contrée, et ce, même sans le consentement de ce dernier.

Si cet établissement a lieu à une distance telle de la résidence du premier peuple qu'aucun des deux ne porte préjudice à l'autre dans l'usage de son territoire, le droit y relatif n'est pas douteux. Mais s'il s'agit de peuples pasteurs ou chasseurs (comme les Hottentots, les Toungouses et la plupart des nations américaines) qui pour subsister ont besoin de vastes contrées incultes, cette implantation ne saurait se faire par la violence mais seulement au moyen d'un contrat, qui lui-même ne profite pas de l'ignorance de ces indigènes quant à la cession de leurs terres, bien que soient apparemment suffisantes les justifications selon lesquelles une telle violence contribue à rendre le monde meilleur : en partie en amenant ces peuples grossiers à la culture (telle est l'allégation grâce à laquelle *Büsching*[1] lui-même veut excuser l'introduction sanglante de la religion chrétienne en Allemagne), en partie en amenant son propre pays à se purifier des hommes corrompus, et ceux-ci, ou leurs descendants, à s'amender, comme on le leur souhaite, sur un autre continent (par exemple en Nouvelle-Hollande) ; car toutes ces prétendues bonnes intentions n'arrivent pourtant pas à effacer l'injustice qui entache les moyens employés à les réaliser. Objecte-t-on à cela qu'en nourrissant un tel scrupule à commencer dans la violence la fondation d'un état juridique, la Terre entière serait encore dans un état dépourvu de lois ; cette objection ne peut pas davantage supprimer cette condition juridique que ne peut le faire le prétexte dont usent dans l'État les révolutionnaires, à savoir que lorsque les constitutions sont viciées, il appartient au peuple de les transformer par la violence et d'être en somme injuste une fois pour toutes afin de fonder ensuite d'autant plus sûrement la justice et de faire qu'elle fleurisse.

VI, 354 *Conclusion*

Lorsqu'on ne peut prouver qu'une chose est, on peut tenter de prouver qu'elle n'est pas. Si ni l'un ni l'autre ne réussit (cas que l'on rencontre fréquemment), on a encore la ressource de se demander si l'on est *intéressé* à *admettre* l'un ou l'autre (en posant une hypothèse), et ce soit au point de vue théorique soit au point de vue pratique, c'est-à-dire, ou bien en vue de s'expliquer ne serait-ce qu'un certain phénomène (comme par exemple pour l'astronome le phénomène de rétrogradation ou d'arrêt des planètes), ou bien en vue de parvenir à une certaine fin qui, à son tour, est soit *pragmatique* (purement technique) soit *morale,* c'est-à-dire peut être telle que ce soit même un devoir de la prendre pour maxime. Il va de soi que ce n'est pas *le fait d'admettre (suppositio*[1] *)* comme possible la réalisation de cette fin, jugement purement théorique et de surcroît problématique, qui est pris là pour devoir, car il n'y a en cela (croire quelque chose) aucune obligation ; mais agir d'après l'Idée de cette fin, quand bien même il n'y aurait pas la moindre vraisemblance théorique qu'on puisse la réaliser, encore que l'impossibilité de sa réalisation ne puisse pas davantage être démontrée, voilà ce à quoi un devoir nous oblige.

Or, la raison moralement pratique énonce en nous son *veto* irrévocable : *il ne doit pas y avoir de guerre,* ni entre toi et moi dans l'état de nature, ni entre nous en tant qu'États, qui bien qu'ils se trouvent intérieurement dans un état légal, sont cependant extérieurement (dans leurs rapports réciproques) dans un état sans lois ; car ce n'est pas de cette manière que chacun doit défendre son droit. La question n'est donc pas de savoir si la paix perpétuelle est quelque chose de réel ou de chimérique et si, dans notre jugement, nous ne

nous fourvoyons pas sur le plan théorique lorsque nous affirmons la première thèse ; mais nous devons agir comme si la chose existait, qui peut-être n'existe pas, avoir pour projet sa fondation et la constitution qui nous semble la plus appropriée à cela (peut-être un régime républicain pour tous les États pris ensemble et séparément), afin d'apporter la paix perpétuelle et de mettre fin aux funestes menées guerrières, fin suprême à laquelle, jusqu'à présent, tous les États sans exception ont orienté leur appareil interne. Et quand bien même ce dernier aspect — mettre fin à la guerre — de la réalisation de notre intention demeurerait à jamais un vœu pieux, ce ne serait certainement pas VI, 355
nous tromper que d'adopter la maxime d'y travailler sans relâche, car cette maxime est un devoir. Quant à supposer que la loi morale en nous-même est trompeuse, cela révélerait le désir exécrable d'être plutôt privé de toute raison et de se voir rejeté d'après ses propres principes au rang des autres classes d'animaux, dans le même mécanisme de la nature.

On peut dire que cette institution universelle et perpétuelle de la paix n'est pas une simple partie, mais constitue la fin ultime tout entière de la doctrine du droit dans les limites de la simple raison ; car l'état de paix n'est que l'état du mien et tien garanti par des *lois,* au milieu d'une masse d'hommes voisins les uns des autres, donc réunis au sein d'une constitution. Toutefois la règle de cette constitution ne saurait être empruntée de l'expérience de ceux qui s'en sont jusque-là bien trouvé, à titre de norme pour d'autres hommes, mais elle doit être dérivée *a priori* par la raison de l'Idéal d'un lien juridique entre les hommes soumis à des lois publiques en général ; car tous les exemples (lesquels ne peuvent qu'expliciter mais rien prouver) sont trompeurs, et ainsi appellent à vrai dire une métaphysique dont ceux-là mêmes qui s'en moquent reconnaissent cependant inconsidérément la nécessité lorsqu'ils disent par exemple, ce qu'ils font fréquemment : « La meilleure constitution est celle où ce ne sont pas les hommes mais les lois qui ont le pouvoir. » Car que peut-il y avoir de plus sublimé métaphysiquement que justement cette Idée qui de leur propre aveu possède nonobstant la réalité objective la plus éprouvée, qui également se laisse facilement présenter dans les cas qui surviennent, et qui seule, si on ne cherche pas à la réaliser de façon révolutionnaire, par un saut, c'est-à-dire par le renversement violent d'une constitution défectueuse jusque-là en vigueur (car surgirait alors dans l'intervalle un moment où tout état juridique serait nié), mais au contraire par une réforme insensible, suivant de fermes principes, peut, par approximation continue, conduire au souverain Bien politique, à la paix perpétuelle ?

VI, 356

Appendice

REMARQUES EXPLICATIVES SUR LES PREMIERS PRINCIPES MÉTAPHYSIQUES DE LA DOCTRINE DU DROIT

Ce qui me motive à présenter ces remarques est en grande partie la recension du présent livre dans le numéro 28 du 18 février 1797 de la *Gazette de Göttingen*[1] cette pénétrante recension, outre la finesse d'analyse avec laquelle elle est rédigée, n'en est pas moins également un témoignage de sympathie et forme « l'espoir que ces premiers principes demeureront acquis pour la science ». Qu'il me soit permis de la prendre ici pour fil conducteur de mon étude critique et de m'en servir de surcroît pour apporter quelques développements à mon système.

★

Dès le début de l'*Introduction* à la doctrine du droit, mon perspicace recenseur bute sur une définition. Qu'est-ce que la *faculté de désirer* ? C'est,

dit le texte, la faculté d'être, par ses représentations, cause des objets de ces représentations. À cette définition, on objecte que «cette définition ne vaut plus rien dès que l'on fait abstraction des conditions *extérieures* de la conséquence du désir. Or, même pour l'idéaliste, la faculté de désirer est quelque chose, bien que le monde extérieur ne soit rien pour lui». *Réponse :* est-ce qu'il n'existe pas de désir intense, accompagné cependant de la conscience d'être vain (par exemple : plût à Dieu que cet homme soit encore en vie !), désir certes *inopérant* mais non *sans conséquence* pourtant, et qui, s'il n'agit pas sur les choses extérieures, agit pourtant puissamment à l'intérieur du sujet lui-même (en le rendant malade)? Un désir, en tant qu'*effort (nisus)* pour être *cause* par la médiation de ses représentations, même si le sujet s'aperçoit de l'insuffisance de cette cause à produire l'effet escompté, est pourtant toujours une causalité, au moins à l'intérieur du sujet. Ce qui provoque ici VI, 357
le malentendu, c'est que, comme la conscience de notre pouvoir en général (dans le cas cité) est en même temps la conscience de notre *impuissance* par rapport au monde extérieur, la définition n'est pas applicable à l'idéaliste ; tandis que, comme il n'est ici question que du rapport en général d'une cause (la représentation) à un effet (le sentiment), la causalité de la représentation (que cette causalité soit externe ou interne) par rapport à son objet doit être inévitablement pensée comme inhérente au concept de faculté de désirer.

1. *Préliminaire logique pour introduire à un concept du droit nouvellement avancé*

Si les philosophes versés en droit veulent s'élever jusqu'aux premiers principes métaphysiques de la doctrine du droit ou bien les dominer (principes sans lesquels toute leur science juridique serait seulement positive), ils ne peuvent rester indifférents à la garantie d'exhaustivité de leur classification des concepts du droit ; autrement en effet cette science ne serait pas un *système rationnel* mais un simple agrégat rhapsodique. Pour respecter la forme du système, la *topique* des principes doit être complète, c'est-à-dire qu'il faut assigner à un concept (*locus communis*) la *place* qui lui est dévolue d'après la forme synthétique de la classification ; il est également loisible de montrer ensuite que tel ou tel autre concept qui serait mis à cette place serait en soi contradictoire et devrait en être évacué.

Les juristes ont jusqu'à présent admis deux lieux communs : celui du droit *réel* et celui du droit *personnel*. Or, puisque d'après la simple forme de l'articulation de ces deux droits en un concept, ce qui en fait les membres d'une division *a priori*, deux places restent vacantes, celle d'un droit réel à modalité personnelle et celle d'un droit personnel à modalité réelle, il est naturel de demander si pareillement l'insertion d'un nouveau concept ne serait pas de mise, et s'il ne devrait pas figurer pour le moment, bien que d'une façon seulement problématique, dans le tableau complet de la division. Ce dernier point ne souffre aucun doute. En effet, la simple division logique (qui fait abstraction du contenu de la connaissance — de l'objet) est toujours *dichotomie ;* par exemple tout droit est ou un droit réel ou un droit non
VI, 358 réel. Mais la division dont il est ici question, je veux dire la division métaphysique, peut aussi être tétrachotomie parce que, outre les deux membres simples de la division, il y a encore deux rapports, à savoir ceux qui s'ajoutent aux conditions restrictives du droit — conditions auxquelles l'un des droits entre en relation avec l'autre — dont la possibilité réclame une recherche particulière. Le concept d'*un droit réel à modalité personnelle* est à éliminer sans autres considérations, car on ne peut pas penser le droit d'une *chose* envers une *personne.* La question est maintenant de savoir si le rapport inverse est également impensable ou si ce concept, celui d'*un droit personnel à modalité réelle,* non seulement ne renferme aucune contradiction interne, mais encore est même un concept nécessaire (donné *a priori* dans la raison) qui ressortit au

concept du mien et tien extérieur, étant un droit de *traiter des personnes* d'une manière analogue à des choses, non pas certes en tous points, mais en les *possédant* pourtant et en en usant avec elles sous beaucoup de rapports comme de choses.

2. *Justification du concept d'un droit personnel à modalité réelle*

En bref, la définition d'un droit personnel à modalité réelle est donc celle-ci : «C'est le droit qui revient à l'homme d'avoir comme étant le *sien* une *personne* extérieure à lui*.» C'est à dessein que je dis : une *personne;* car on pourrait bien avoir pour sien un autre *homme* qui aurait perdu sa personnalité du fait de son crime (qui serait devenu serf), mais ce n'est pas de ce droit réel qu'il est ici question.

Il nous faut maintenant rechercher si ce concept, «ce nouveau phénomène dans le ciel juridique», est une *stella mirabilis*[1] (croissant jusqu'aux dimensions d'une étoile de première grandeur, VI, 359
n'ayant jamais été vue auparavant et redisparaissant peu à peu pour peut-être reparaître un jour) ou si ce n'est qu'une *étoile filante.*

3. *Exemples*

Avoir quelque chose d'extérieur comme sien signifie le posséder juridiquement; la possession est la condition de possibilité de l'usage. Lorsque

* Et là encore je ne dis pas : d'avoir une personne comme mienne (en employant une forme adjective), mais comme étant le mien (*tó meum,* en employant une forme substantive). En effet je peux dire : cet homme est *mon père,* ce qui ne fait qu'indiquer mon rapport physique (ce qui me lie) à lui en général ; en d'autres termes, j'*ai* un père. Mais je ne peux pas dire : «je l'ai comme *étant le mien*». Mais si je dis : ma femme, cela signifie un rapport particulier, en l'occurrence juridique, du possesseur à un objet (quand bien même il s'agirait d'une personne), en tant que *chose.* Or la possession (*physique*) est la condition de possibilité de la *prise en main* (*manipulatio*) d'un objet *comme chose,* même si, sous un autre rapport, cet objet doit être en même temps traité comme personne.

cette condition eſt conçue comme purement physique, la possession s'appelle *détention.* Cela étant, la détention légale ne suffit pas à elle seule, il eſt vrai, à faire passer l'objet pour mien ni à le rendre tel; et si je suis habilité, à quelque titre que ce soit, à réclamer la détention d'un objet qui s'eſt souſtrait à mon empire ou m'a été dérobé, alors ce concept de droit eſt le signe (comme l'effet eſt signe de sa cause) que je me tiens pour habilité à considérer cet objet comme étant *le mien,* à me comporter en outre moi-même à son égard comme étant en sa possession *intelligible* et à en user en conséquence.

À vrai dire, « sien » ne signifie pas ici avoir pour sien la propriété de la personne d'autrui (car un homme ne peut même pas être propriétaire de lui-même et encore moins d'une autre personne), mais seulement avoir pour sien l'usufruit *(jus utendi, fruendi) :* faire un usage immédiat de cette personne *comme* d'une chose, en tant que moyen pour ma fin, sans pourtant porter atteinte à sa personnalité.

Or cette fin, comme condition de la légitimité de l'usage, doit être moralement nécessaire. L'homme ne peut désirer la femme pour en *jouir* comme d'une chose, c'eſt-à-dire pour éprouver avec elle un plaisir immédiat à la communauté simplement animale, ni la femme se donner à lui dans ce but, sans que les deux parties abdiquent leur personnalité (cohabitation charnelle ou beſtiale), c'eſt-à-dire que leur union ne peut avoir lieu que sous la condition du *mariage,* qui, en tant qu'abandon réciproque de sa personne même, mise en la possession de l'autre, doit être conclu *au préalable* afin que dans l'usage corporel que l'une des parties fait de l'autre elle ne se déshumanise pas.

Hors cette condition, la jouissance charnelle, en principe (sinon toujours dans les faits), eſt *cannibale.* Qu'en s'entre-dévorant à pleine bouche et à belles dents, ce soit la femme qui se laisse *consumer* par l'engrossement et l'accouchement pour elle mortel qui s'ensuivra peut-être, tandis que
VI, 360 l'homme l'eſt par l'épuisement provenant des trop

fréquentes exigences de la femme quant aux facultés sexuelles masculines, la différence n'est que dans la manière de jouir, et chaque partie, dans cet usage réciproque des organes sexuels, est réellement par rapport à l'autre un objet de *consommation (res fungibilis*[1] *)*, donc, se rendre tel par le moyen d'un *contrat* serait conclure un contrat contraire à la loi *(pactum turpe*[2] *)*.

Aussi bien, l'homme ne peut-il engendrer avec la femme un enfant comme étant leur *ouvrage* commun *(res artificialis)*, sans que les deux parties contractent envers l'enfant et l'une envers l'autre l'*engagement* de l'entretenir, où il s'agit bien aussi d'acquérir un homme *comme* une chose, mais uniquement quant à la forme (conformément à un simple droit personnel à modalité réelle). Les parents* ont un droit envers tout possesseur de l'enfant qui a été soustrait à leur empire *(jus in re*[3] *)* et en même temps un droit de le contraindre à toutes prestations, à toute exécution de leurs ordres, pourvu qu'ils ne soient pas contraires à une légitime liberté possible *(jus ad rem*[4] *)* par conséquent ils ont aussi un droit personnel envers lui.

Enfin, lorsque, la majorité intervenant, les parents sont relevés du devoir d'entretenir leurs enfants, ils ont encore le droit de les employer comme gens de la maison soumis à leurs ordres pour l'entretien de la maisonnée, jusqu'à leur émancipation, qui est un devoir des parents envers les enfants, résultant de la limitation naturelle de leurs droits. Jusque-là, les enfants sont il est vrai des gens de la maison et appartiennent à la *famille*, mais dès lors ils font partie des serviteurs *(famulatus)* de cette famille ; par conséquent ils ne peuvent s'associer au sien du maître de maison autrement que par un contrat (en tant que domestiques). De la même façon, un maître de

* D'après l'orthographe allemande, on entend par le mot *Älteren* les *seniores* (aïeux), et par le mot *Eltern* les *parentes* (parents) ; bien qu'il n'y ait pas de différence de prononciation, il y a pourtant une très grande différence de sens.

maison peut faire sien des serviteurs *en dehors de la famille* suivant un droit personnel à modalité réelle et les acquérir comme domestiques *(famulatus domesticus)* par un contrat. Un tel contrat n'est pas simple *louage (locatio conductio operae*[1] *)*, mais la remise de sa personne en la possession du maître de maison, un placement *(locatio conductio personae*[2] *)* qui diffère du louage en ce que le domestique se prête, dans l'intérêt de la maison-
VI, 361 née, *à tout ce qui est licite*, et qu'il n'a pas à charge un travail commandé ni spécifiquement déterminé ; au lieu que celui qui est embauché pour un travail déterminé (artisan ou journalier), ne se livre pas au sien d'un autre et n'est donc pas non plus membre de la maison. Quant à ce dernier, puisqu'il n'est pas en possession juridique d'un autre l'obligeant à certaines prestations, le maître de maison, quand bien même celui-là habiterait sa maison *(inquilinus*[3] *)* ne peut s'en *emparer (via facti*[4] *)* comme d'une chose, mais il doit, suivant le droit personnel, exiger la prestation de ce qui a été promis, qu'il est de son ressort d'ordonner par voie juridique *(via juris)*. Tout cela pour expliquer et défendre un titre de droit étrange nouvellement introduit dans la doctrine de la législation naturelle, et qui pourtant a toujours été tacitement en usage.

4. *Sur la confusion entre le droit réel et le droit personnel*

En outre, dans le droit naturel privé, on m'a reproché comme étant une hétérodoxie la proposition : « *La vente rompt la location* » (*Doctrine du droit*, § 31).

Que quelqu'un puisse résilier la location de sa maison en donnant congé au locataire avant l'expiration du temps d'habitation convenu, et ainsi, semble-t-il, rompre sa promesse envers ce dernier, pourvu qu'il le fasse en respectant le délai ordinairement imparti par la loi civile pour donner le temps de déménager normalement, cela paraît évidemment, à première vue, contredire tous les droits issus d'un contrat. Mais si l'on peut prouver que le locataire, en passant son contrat de location, savait ou devait savoir que la promesse à lui faite par le *bailleur* en tant que propriétaire était naturellement (sans qu'il fût besoin de le stipuler expressément dans le contrat), donc tacitement, liée à la condition *que celui-ci ne vendrait pas sa maison dans l'intervalle* (ni ne serait forcé, par suite d'une mise en faillite, de l'abandonner à ses créanciers), alors ce dernier n'a pas rompu sa promesse, déjà en soi conditionnée selon la raison, et le locataire n'a pas été lésé dans son droit par le congé à lui donné avant expiration du bail.

C'est que le droit du locataire au terme du contrat de location est un droit personnel à la prestation qu'une certaine personne doit fournir à une autre *(jus ad rem)*; non pas un droit envers tout possesseur de la chose *(jus in re)* ou droit *réel*. VI, 362

Du reste, le locataire pouvait prendre des garanties en passant son *contrat de location* et se ménager un droit réel sur la maison, c'est-à-dire qu'il lui était loisible de faire *inscrire* (enregistrer) ce droit sur la maison du bailleur comme droit attaché au fonds ; et il ne pouvait alors être évincé de la location par aucune résiliation de la part du propriétaire, pas même par sa mort (que ce soit mort naturelle ou mort civile : la banqueroute), avant expiration du temps convenu. S'il ne l'a point fait, par exemple parce qu'il voulait rester libre de conclure d'un autre côté une location à de meilleures conditions, ou parce que le propriétaire ne voulait pas voir sa maison grevée d'un tel *onus*[1], il faut en conclure que chacune des deux parties était consciente d'avoir passé un contrat tacitement conditionné relativement au temps du congé (exception faite du délai civilement fixé pour celui-ci), et de pouvoir le révoquer à sa convenance. La confirmation de l'habilité à rompre le contrat par la vente se signale aussi à certaines conséquences juridiques découlant d'un tel *nu* contrat de location ; en effet, si le locataire est décédé, ses héritiers ne sont pourtant pas mis dans l'obligation de poursuivre la location, parce que celle-ci n'est obligation qu'envers une certaine personne et cesse avec la mort de celle-ci (ce qui en l'occurrence n'empêche pas qu'il faille toujours tenir compte du délai légal pour la résiliation). Le droit du locataire ne peut davantage passer comme tel à ses héritiers sans un contrat particulier ; de même le locataire n'est pas non plus habilité à *sous-louer,* du vivant des deux parties, sans une convention expresse.

5. *Addition en vue d'éclaircir les concepts du droit pénal*

La simple Idée d'une constitution politique parmi les *hommes* implique déjà le concept de justice pénale qui est l'apanage du pouvoir suprême. La question est seulement de savoir si les manières de punir sont indifférentes au législateur pourvu qu'elles soient valables comme moyen de repousser le crime (en tant qu'attentat à la sécurité de l'État dans l'atteinte à la possession du sien de chacun), ou s'il faut encore avoir égard au respect
VI, 363 envers l'humanité dans la personne du malfaiteur (c'est-à-dire pour le genre humain), et ce à partir de simples raisons de droit, dans la mesure où, sur le plan de la forme, je tiens toujours le *jus talionis*[1] pour l'unique Idée *a priori* déterminante (sans partir de l'expérience pour savoir quels sont les remèdes les plus puissants à cet effet), en tant qu'elle est le principe du droit pénal*. Mais

* En tout châtiment, il y a quelque chose qui blesse (à bon droit) le sentiment qu'a l'inculpé de son honneur, car il contient une simple contrainte unilatérale, et ainsi, dans la personne de l'inculpé, la dignité de citoyen en tant que tel est au moins suspendue dans ce cas particulier où il est assujetti à un devoir extérieur, auquel il ne lui est pas permis d'opposer pour sa part aucune résistance. Plus que la perte de l'argent, le privilégié ou le riche qui est frappé d'une amende ressent l'humiliation de devoir se plier à la volonté d'un homme de moindre condition. La *justice pénale (justitia punitiva),* puisque l'argument qui fonde la *pénalité* est *moral (quia peccatum est*[2] *),* doit ici être distinguée de la *prudence pénale* où il est purement

comment va-t-on s'y prendre pour punir des crimes qui ne permettent aucune *riposte,* soit parce que les peines seraient en soi impossibles soit parce qu'elles constitueraient elles-mêmes un crime punissable envers l'*humanité* en général, comme par exemple dans le cas de viol, dans celui de pédérastie ou de bestialité? Les deux premiers devraient être punis de castration (ce qu'a subi un eunuque blanc ou noir au sérail), le dernier, d'expulsion à perpétuité hors de la société civile, car le criminel s'est lui-même rendu indigne de la société humaine. *Per quod quis peccat, per idem punitur et idem*[5]. Les crimes en question sont dits contre nature parce qu'ils sont perpétrés contre l'humanité elle-même. Prononcer contre ces crimes des peines *arbitraires* est littéralement contraire au concept de *justice pénale.* Toutefois le criminel ne peut pas se plaindre qu'on lui fasse tort dans la mesure où, par son crime, il tend lui-même le cou à l'injustice, et où ce qui lui arrive, c'est, sinon à la lettre, du moins dans l'esprit de la loi pénale, ce qu'il a perpétré envers autrui[6].

6. *Du droit d'usucapion*

D'après ce qui a été dit au paragraphe 33, «le droit d'*usucapion (usucapio)* doit être fondé par le droit naturel. En effet, si l'on n'admettait pas VI, 364
qu'une *acquisition idéale,* comme on l'appelle ici, soit fondée par une possession de bonne foi, aucune acquisition péremptoire ne pourrait alors être assurée. (Mais M. Kant n'admet bien lui-même, dans l'état de nature, qu'une acquisition provisoire et c'est pour cela qu'il insiste sur la nécessité juridique de la constitution civile. Je ne m'affirme possesseur de bonne foi qu'envers celui

pragmatique (ne peccetur[1] *)* et se fonde sur l'expérience de ce qui réprime le plus efficacement le crime, si bien que la première occupe dans la topique des concepts de droit une tout autre *place, locus justi*[2] qui n'est pas celle du *conducibilis*[3] ou de l'*utile* VI, 364
en vue d'un certain projet, ni celle du simple *honestum*[4] dont il faut chercher la place dans l'éthique.

qui ne peut pas prouver qu'il était avant moi *possesseur de bonne foi* d'une même chose, et que de sa propre volonté il n'a pas cessé de l'être). » Là n'est pas la question, mais il s'agit de savoir si je peux m'*affirmer* propriétaire, même dans le cas où un prétendant se présenterait comme étant le propriétaire *antérieur*, véritable de la chose, et où il serait néanmoins *absolument* impossible de reconnaître son existence comme possesseur et son état de possédant comme situation de propriétaire — ce qui arrive lorsque ce dernier n'a donné de lui-même aucun signe publiquement valable de ce que sa possession est restée ininterrompue (que ce soit ou non de sa faute), par exemple sous la forme d'une inscription sur un matricule ou d'un suffrage exercé sans conteste, en qualité de propriétaire, dans les assemblées civiles.

Car la question est ici la suivante : qui doit prouver la légitimité de son acquisition? Cette obligation *(onus probandi*[1] *)* ne saurait être imposée au propriétaire, car, aussi loin que l'histoire le constate, il est en possession de la chose. Le prétendu propriétaire antérieur de la chose, d'après les principes du droit, est entièrement coupé de la série des possesseurs successifs par un intervalle de temps durant lequel il n'a donné aucun signe civilement valable de sa propriété. Ce manque de tout acte public de possession en fait un prétendant sans titre. (Au contraire il en va ici comme en théologie : *conservatio est continua creatio*[2].) Même s'il se présentait un prétendant qui ne se fût pas encore manifesté jusque-là, muni de documents découverts après coup, c'est une fois de plus le doute qui prévaudrait à son égard, quant à savoir si un prétendant plus ancien encore ne pourrait pas survenir quelque jour et fonder ses prétentions à une possession antérieure. L'*acquisition* définitive de la chose *(acquirere per usucapionem*[3] *)* ne dépend pas en l'occurrence *de la durée du temps* de possession ; car il est absurde d'admettre que ce qui n'est pas un droit devienne finalement un droit du fait que la situation a duré longtemps. L'*usage* (si long soit-il) suppose un droit sur la chose : loin s'en faut que le droit doive se fonder sur l'usage. Ainsi l'*usucapion (usucapio)* en tant qu'*acquisition* par un long usage d'une chose est en elle-même un concept contradictoire. La *prescription* des prétentions en tant que *mode de conservation (conservatio possessionis meae per praescriptionem*[1] *)* ne l'est pas moins, bien qu'il s'agisse d'un concept différent du précédent en ce qui concerne l'argument de l'appropriation. C'est en effet un principe négatif, c'est-à-dire le total *non usage* de son droit — même de celui qui est nécessaire pour se manifester comme possesseur — qui est pris pour une *renonciation* à cette appropriation *(derelictio)*, laquelle renonciation est un acte juridique, c'est-à-dire l'usage de son droit à l'égard d'un autre, visant, en privant cet autre de ses prétentions à l'objet *(per praescriptionem*[2] *)*, à acquérir cet objet, ce qui renferme une contradiction. VI, 365

J'acquiers donc sans avoir à produire de preuve et sans aucun acte juridique — je n'ai pas besoin de prouver — mais j'acquiers par la loi *(lege)*, et quoi donc? L'immunité *publique* à l'égard des prétentions, c'est-à-dire la *garantie légale de ma possession,* venant de ce que je n'ai pas à produire de preuve et de ce que je me fonde sur une possession ininterrompue. Mais le fait que *toute acquisition,* dans l'état de nature, soit purement provisoire, n'a aucune influence sur la question de la garantie de la possession de l'acquis, laquelle garantie doit précéder l'acquisition.

7. *De la succession*

Pour ce qui est du droit de succession, mon recenseur s'est départi cette fois de sa subtilité à trouver le nerf de la preuve de ce que j'avance. En aucun cas je ne dis (§ 34) « que chaque homme accepte nécessairement toute *chose* à lui *offerte,* acceptation où il a tout à gagner sans rien avoir à perdre » (car de telles choses n'existent nullement) ; je dis que chacun, inévitablement et tacitement, mais néanmoins de manière valide, accepte effectivement toujours le droit ouvert par

l'offre, à l'instant même où elle est faite, pour préciser : lorsque la nature de la chose rend la rétractation absolument impossible, c'est-à-dire au moment de mourir ; car alors le promettant ne peut pas se rétracter, et celui à qui l'on a fait la promesse, sans avoir besoin d'effectuer aucun acte juridique, est à l'instant même l'acceptant, non
VI, 366 pas de l'héritage promis, mais du droit de l'accepter ou de le refuser. Dès cet instant, à l'ouverture du testament, avant même l'acceptation de l'héritage, il se voit devenu plus riche qu'il n'était, ayant acquis l'*habilité exclusive à accepter,* ce qui est déjà une situation de fortune. Qu'en l'occurrence un état civil soit présupposé pour faire de quelque chose le *sien* d'un *autre* quand soi-même on n'est plus là, cette passation de propriété délivrée de la main du mort ne change rien quant à la possibilité de l'acquisition d'après les principes universels du droit naturel, même s'il faut poser une constitution civile au fondement de leur application au cas qui se présente. Donc, une chose qu'il est laissé sans condition à mon libre choix d'accepter ou de refuser s'appelle *res jacens.* Quand le propriétaire d'une chose me l'offre gratuitement, par exemple un meuble de la maison que je suis sur le point de quitter (me promettant qu'il sera mien), j'ai alors, aussi longtemps qu'il ne se rétracte pas (rétractation impossible s'il meurt par là-dessus), un droit exclusif d'accepter la chose offerte *(jus in re jacente*[1] *)* c'est-à-dire que je suis seul à pouvoir l'accepter ou la refuser, comme il me plaît, et ce droit de choisir qui me revient exclusivement, je ne l'obtiens pas au moyen d'un acte juridique particulier par lequel je déclare vouloir que ce droit me revienne, mais sans un tel acte *(lege*[2] *).* Je peux donc bien aller jusqu'à déclarer vouloir *que la chose ne m'appartienne pas* (parce que cette acceptation pourrait m'attirer des ennuis avec d'autres gens), mais je ne peux pas vouloir avoir exclusivement le choix *consistant à dire si la chose doit m'appartenir ou non ;* car ce droit (d'accepter ou de décliner), je l'ai sans avoir aucunement à déclarer mon acceptation, immédia-

tement, du fait même de l'offre. En effet, si je pouvais aller jusqu'à refuser d'avoir le choix, ce serait pour moi choisir de ne pas choisir, ce qui est une contradiction. Ce droit de choisir m'est donc transmis à l'instant de la mort du testateur, par le testament *(institutio heredis*[1] *)* duquel je n'acquiers, à vrai dire, rien encore de son avoir ni de son bien, mais j'acquiers toutefois la possession *purement juridique* (intelligible) de cet avoir ou d'une partie de celui-ci, que je puis dès lors renoncer à accepter au profit d'autres personnes. Cette possession n'est par conséquent à aucun moment interrompue, mais la succession, étant comme une série continue, passe du mourant à l'héritier institué par l'acceptation de ce dernier, et ainsi, la formule : *testamenta sunt juris naturae*[2], est-elle assurée contre tous les doutes.

8. *Du droit de l'État relativement aux fondations* perpétuelles *au profit de ses sujets* VI, 367

Une *fondation (sanctio testamentaria beneficii perpetui*[3] *)* est une institution d'initiative spontanée fondée par bienfaisance, reconnue par l'État, au profit de certains de ses membres qui se succèdent jusqu'à leur entière extinction. On l'appelle *perpétuelle* lorsque l'ordonnance relative à son maintien est liée à la constitution de l'État lui-même (car l'État doit être regardé comme perpétuel). Quant à sa mission bienfaisante, elle est destinée ou bien au *peuple* en général, ou bien à une partie de celui-ci unifiée d'après certains principes particuliers, à un *corps social* ou à une *famille* et ses descendants, à perpétuité. Les *hôpitaux* sont un exemple du premier type, les *églises* du second, les *ordres* (spirituels ou corporels) du troisième, les *majorats* du quatrième.

Or, on dit de ces corporations et de leur *droit* de succession qu'il n'est pas possible de les supprimer parce que cela est devenu par *testament* la propriété de l'héritier institué, et que supprimer une telle charte *(corpus mysticum*[4] *)* reviendrait à enlever à quelqu'un le sien.

A. Les institutions de bienfaisance au profit des pauvres, des invalides et des malades, qui ont été fondées aux frais de l'État (ainsi des fondations et des hôpitaux) ne sauraient, en tout état de cause, être abolies. Toutefois, si l'on s'attache à l'esprit plutôt qu'à la lettre de la volonté du testateur, il peut bien se présenter une conjoncture qui, au moins quant à la forme, rende judicieuse la suppression de telles institutions. Ainsi s'est-on aperçu que les pauvres et les malades (excepté ceux des asiles d'aliénés) sont mieux soignés et à meilleur marché lorsqu'on leur fournit des secours consistant en une certaine somme d'argent (proportionnée aux besoins du moment) grâce à laquelle ils peuvent se mettre en pension là où ils veulent, chez des parents ou d'autres personnes de leur connaissance, que lorsque — comme à l'hôpital de *Greenwich* — on aménage à cet effet de magnifiques établissements dotés d'un personnel coûteux, mais qui néanmoins restreignent beaucoup la liberté. Dans ce cas, on ne peut pas dire que l'État ôte le sien au peuple qui est en droit de jouir de cette fondation, mais plutôt qu'il le favorise en choisissant un moyen plus avisé pour le sauvegarder.

VI, 368 *B*. Le clergé qui ne se propage pas de façon charnelle (le clergé catholique), possède, sous la protection de l'État, des terres et des sujets qui y sont attachés, lesquels appartiennent à un État religieux (appelé Église), auquel pour le salut de leur âme, les laïques se sont voués par testament, se donnant ainsi pour sa propriété, de telle sorte que le clergé, en tant que corps particulier, a une propriété qui se transmet légalement d'un siècle à l'autre et qui est suffisamment documentée par des bulles papales. Dans ces conditions, peut-on vraiment admettre que cette situation du clergé par rapport aux laïques puisse sans ambages lui être retirée par la toute-puissance de l'État temporel, et cela ne reviendrait-il pas à ôter à quelqu'un le sien par la violence, comme tentent pourtant de le faire les incroyants de la République française?

La question est ici de savoir si l'Église peut appartenir à l'État, ou l'État à l'Église, comme le sien ; car deux pouvoirs suprêmes ne peuvent sans contradiction, être subordonnés l'un à l'autre. Que seule la *première constitution (politico-hierarchica)* puisse subsister par elle-même, voilà qui est *clair* en soi, toute constitution civile étant de *ce* monde puisqu'elle est une puissance terrestre (humaine), susceptible d'être attestée avec toutes ses conséquences dans l'expérience. Les croyants dont le *royaume* est au ciel et dans l'*autre monde,* dans la mesure où on leur concède une constitution s'appliquant à ce monde *(hierarchico-politica),* doivent se soumettre aux souffrances du siècle sous la puissance souveraine des hommes de ce monde. Il n'y a donc place que pour la première constitution.

La religion (dans le phénomène) en tant que croyance aux dogmes de l'Église et à l'autorité des prêtres, ces aristocrates de la constitution religieuse, laquelle peut aussi être une monarchie (papale), ne saurait être imposée ni enlevée au peuple par aucun pouvoir civil, et l'on ne peut pas non plus (comme cela se pratique en Grande-Bretagne à l'égard de la nation irlandaise) exclure un citoyen des services de l'État et des avantages afférents, pour la raison qu'il est d'une religion différente de celle de la cour.

Maintenant, quand certaines âmes dévotes et croyantes, pour recevoir la grâce dont l'Église promet aux croyants qu'elle leur sera témoignée, même après leur mort, et ce, par des prières, des indulgences et des expiations, — les serviteurs de l'Église préposés à cela (les prêtres) leur assurant de les faire participer à travers elles au lot existant dans l'autre monde[1] — instituent une fondation à perpétuité à la faveur de laquelle certaines de leurs terres doivent, après leur mort, devenir propriété VI, 369
de l'Église, et que l'État, sur tel ou tel *point* ou *en totalité,* s'inféode à l'Église, alors, une telle fondation, prétendument faite pour durer perpé-

tuellement, n'est en aucun cas fondée à perpétuité, et l'État peut au contraire déposer quand il le veut ce fardeau que l'Église lui a imposé. En effet, l'Église elle-même est quelque chose comme une institution fondée purement sur la foi, et dès que par l'expansion des lumières dans le peuple se dissipe l'illusion véhiculée par cette opinion, du même coup tombe la redoutable puissance du clergé qui s'appuyait sur elle, et l'État s'empare de plein droit de la propriété qu'usurpait l'Église, à savoir celle du sol à elle légué par testament, bien que les feudataires de l'institution jusque-là en vigueur soient dans leur droit en exigeant d'être indemnisés à vie.

Même les fondations à perpétuité au profit des pauvres ou encore les établissements scolaires, dès lors qu'ils sont empreints d'un certain caractère suivant l'idée de leur fondateur, ne peuvent être fondés à perpétuité en hypothéquant ainsi le sol, mais l'État doit au contraire avoir la liberté de les adapter aux besoins du temps. Qu'il soit difficile de réaliser partout cette idée (que par exemple les enfants pauvres doivent pallier l'insuffisance du fonds scolaire alloué par bienfaisance en chantant pour mendier), personne ne s'en étonnera, car celui qui crée une fondation par bonté, mais pourtant aussi quelque peu par désir de gloire, refuse qu'un autre la modifie à son idée, mais veut au contraire que cela l'immortalise, lui. Cela ne change pas la nature de la chose elle-même, ni le droit, le devoir même qu'a l'État de modifier toute fondation quand elle va à l'encontre de sa sauvegarde et de ses progrès vers le mieux, et c'est pourquoi aucune fondation ne peut jamais être considérée comme fondée à perpétuité.

C. La noblesse d'un pays, même si ce pays n'est pas lui-même soumis à une constitution aristocratique mais à une constitution monarchique, peut bien être une institution permise pour un certain temps et rendue nécessaire par les circonstances ; mais que cette classe puisse être établie à perpétuité et qu'un chef d'État ne doive pas être habilité à supprimer entièrement ce privilège de classe ou, s'il le fait, qu'on soit fondé à dire qu'à son sujet (noble) il enlève ce qui par héritage lui revient comme *sien*, voilà ce qu'on ne saurait soutenir en aucun cas. La noblesse est une caste temporaire autorisée par l'État, elle doit s'accommoder de la conjoncture, et il ne lui est pas permis de porter atteinte au droit universel de l'homme si longtemps suspendu. En effet, non seulement le rang de noble est, dans l'État, dépendant de la constitution elle-même, mais encore il n'en est qu'un accident qui ne peut exister dans l'État que par inhérence (un noble ne pouvant assurément être conçu comme tel qu'au sein de l'État et non dans l'état de nature). Si donc l'État change de constitution, celui qui à cette occasion perd ce titre et cette distinction de rang ne peut pas dire qu'on lui a pris ce qui est sien, puisqu'il ne le pouvait nommer sien qu'à la condition que persiste cette forme d'État, et que l'État a le droit de la changer (par exemple de prendre la forme républicaine). Les ordres et le privilège d'en porter certains insignes ne confèrent donc aucun droit *perpétuel* à cette possession. VI, 370

D. Enfin, pour ce qui est de la *fondation des majorats* où un possesseur de biens prescrit par institution d'hoirie que dans la série des héritiers successifs c'est le plus proche de la famille qui sera le maître des biens (par analogie avec une constitution monarchique héréditaire où c'est le *prince du pays* qui l'est), non seulement une telle fondation peut être à tout moment abolie avec le consentement de tous les agnats et ne saurait durer perpétuellement — comme si le droit d'héritage était attaché au sol —, non seulement on ne peut pas dire que ce soit violer la fondation ni la volonté de son promoteur initial, le fondateur, que de la faire disparaître, mais au contraire l'État a là aussi un droit, voire le devoir, entre autres causes concourant peu à peu à sa propre réforme, de ne pas, dès lors qu'il s'est éteint, laisser se rétablir ultérieurement chez ses sujets un tel système fédératif qui fait d'eux des sortes de vice-rois (par analogie avec les dynastes et les satrapes).

Conclusion

Enfin, à propos des idées exposées sous la rubrique du *droit public* « sur lesquelles comme il le dit, le manque de place ne lui permet pas de s'exprimer », mon recenseur a encore fait la remar-
VI, 371 que suivante : « À notre connaissance, aucun philosophe n'a encore accrédité le plus paradoxal de tous les principes paradoxaux, à savoir que la simple *Idée* de souveraineté doit me contraindre à obéir comme à mon maître à quiconque se donne pour tel, sans que j'aie à demander qui lui a donné le droit de me commander ; que l'on doit reconnaître souveraineté et souverain et qu'il doit être indifférent de considérer *a priori* comme son maître tel ou tel, dont l'existence n'est même pas donnée *a priori.* » Or, tout en concédant qu'il y a là un *paradoxe,* j'espère qu'à y regarder de plus près on ne pourra pas du moins taxer cela d'*hétérodoxie,* et que, bien plus, le recenseur sérieux et pénétrant qui me critique avec modestie (et qui, en dépit de ce point qui le heurte, regarde « ces premiers principes métaphysiques de la doctrine du droit comme étant dans l'ensemble un gain pour la science ») ne se repentira pas d'avoir pris leur défense, comme d'un essai qui n'est pas indigne d'un second examen, contre l'arrogance et la platitude des détracteurs.

Qu'il faille obéir, et ce d'une manière juridiquement inconditionnée, à celui qui se trouve au-dessus du peuple en possession de la puissance suprême de commander et de légiférer, que seulement même *rechercher* ouvertement son titre d'acquisition — donc le mettre en doute — pour lui résister au cas où ce titre manquerait soit déjà punissable, que cette formule : *Obéissez* (en tout ce qui ne contredit pas la moralité interne) *à l'autorité qui a puissance sur vous,* soit un impératif catégorique, telle est la proposition qui est contestée. Cependant, ce n'est pas seulement ce principe qui au fondement du droit pose un fait (l'occupation) comme condition, mais encore celui que *la simple Idée* de souveraineté sur un peuple me contraint par elle-même, moi qui appartiens à ce peuple, à obéir sans examen préalable, au droit que s'arroge l'autorité (*Doctrine du Droit,* § 49), qui semble révolter la raison du recenseur.

Tout factum (fait) est objet *dans le phénomène* (des sens), en revanche, ce qui ne peut être présenté que par raison pure, ce qui doit être compté au nombre des *Idées* auxquelles on ne peut faire correspondre dans l'expérience aucun objet adéquat, ainsi une *constitution juridique* parfaite parmi les hommes, voilà la chose en soi elle-même.

Quand donc existe un peuple réuni par des lois sous une autorité, il se présente comme objet de l'expérience, conformément à l'Idée que son unité *en général* est placée sous une volonté suprême VI, 372 détenant la puissance, mais ce, bien entendu, dans le phénomène seul ; c'est-à-dire qu'une constitution juridique, au sens général du mot, existe ; et bien qu'elle puisse être affectée de graves carences et de vices grossiers, et avoir besoin d'importantes améliorations successives, il est cependant absolument interdit et punissable de lui résister : car si le peuple s'estimait justifié à opposer à cette constitution, pour défectueuse qu'elle soit, et à l'autorité suprême, la violence, il se figurerait avoir le droit de mettre la violence à la place de la législation prescrivant d'en haut tous les droits, ce qui produirait une volonté suprême se détruisant elle-même.

L'*Idée* d'une constitution politique en général, qui soit en même temps pour tout le peuple un commandement absolu de la raison pratique jugeant d'après des concepts de droit, est *sainte* et irrésistible ; et même si l'organisation de l'État était par elle-même défectueuse, aucune puissance subalterne en son sein ne saurait pourtant opposer de résistance active à son souverain législateur, mais les défauts dont elle est empreinte doivent être insensiblement supprimés par des réformes qu'il accomplit de lui-même ; car autrement, si l'on prend la maxime opposée, celle du sujet (procéder suivant la propre autorité de son arbitre), une bonne constitution ne peut naître que par un hasard aveugle. Le commandement : « Obéissez à l'autorité qui a puissance sur vous » ne subtilise pas sur la question de savoir comment l'autorité est parvenue à cette puissance (au besoin pour la miner), car l'autorité déjà existante, sous laquelle vous vivez, est déjà en possession de la législation sur laquelle vous pouvez certes ratiociner publiquement, mais contre laquelle vous ne pouvez pas vous élever en législateurs opposants.

La soumission inconditionnée de la volonté du peuple (qui étant en soi sans unité est par conséquent sans lois) à une volonté *souveraine* (unifiant tous les individus par Une loi) est un *fait* qui ne saurait être inauguré que par l'occupation de la puissance suprême, et qui ainsi commence par fonder un *droit* public. Permettre encore contre cette omnipotence une résistance (qui limiterait cette puissance suprême), c'est se contredire soi-même ; car alors cette puissance (à laquelle il serait permis de résister) ne serait pas la puissance législatrice suprême qui détermine d'emblée ce qui doit ou non être publiquement juste — et ce principe est déjà inscrit *a priori* dans l'*Idée* d'une constitution politique en général, c'est-à-dire dans un concept de la raison pratique ; et s'il est vrai qu'on ne peut lui faire correspondre dans l'expérience aucun exemple qui y soit *adéquat*, aucun ne doit pourtant non plus le contredire en tant qu'il est la norme.

Deuxième partie

PREMIERS PRINCIPES MÉTAPHYSIQUES DE LA DOCTRINE DE LA VERTU VI, 375

PRÉFACE

S'il y a sur quelque objet une *philosophie* (un système de connaissance rationnelle à partir de concepts), alors il doit aussi y avoir pour cette philosophie un système de concepts rationnels purs, indépendants de toute condition d'intuition, c'est-à-dire une *métaphysique.* La question est seulement de savoir si pour toute philosophie *pratique* en tant que doctrine des devoirs, et par conséquent aussi pour la *doctrine de la vertu* (éthique), il est aussi besoin de *premiers principes métaphysiques* afin de pouvoir la constituer comme véritable science (systématique) et non pas seulement comme un agrégat de préceptes rapportés un à un (fragmentaires). Pour ce qui est de la pure doctrine du droit, personne ne mettra en doute ce besoin, car elle ne concerne que l'*élément formel* de l'arbitre qui doit être limité dans son rapport à l'extérieur suivant des lois de la liberté, abstraction faite de toute *fin* en tant que matière de cet arbitre[1]. La doctrine des devoirs est donc ici une simple *doctrine scientifique (doctrina scientiae* * *).*

* *Celui qui sait la philosophie pratique* n'est pas pour autant *un philosophe pratique.* L'est celui qui prend pour principe de *ses actions le but final de la raison,* tout en y rattachant en même temps le savoir nécessaire à cet effet. Celui-ci n'étant orienté qu'à l'action, il n'a pas besoin d'être poursuivi jusque dans les fils les plus subtils de la métaphysique lorsqu'il ne concerne pas un devoir de droit — en lequel le *mien* et le *tien* doivent être exactement pesés dans la balance de la justice suivant le principe de l'égalité de l'action et de la réaction, et qui par conséquent doit avoir quelque chose d'analogue à la précision mathématique[2], mais qu'il concerne un simple devoir de vertu. VI, 375

Or il semble tout à fait contraire à l'idée de cette philosophie (la doctrine de la vertu) de
VI, 376 remonter jusqu'aux *premiers principes métaphysiques* afin de faire du concept de devoir, purifié de tout élément empirique (de tout sentiment), un mobile. Car quel genre d'idée peut-on bien se faire de la force extraordinaire et de la puissance herculéenne dont nous devrions faire preuve[1] pour triompher de nos penchants générateurs de vices, s'il fallait que la vertu tirât ses armes de l'arsenal de la métaphysique, laquelle est affaire de spéculation, qui elle-même est à la portée de si peu d'hommes? C'est aussi pourquoi toutes les doctrines de la vertu, qu'on les enseigne en amphithéâtre, en chaire ou dans des livres populaires, lorsqu'elles sont enjolivées de bribes de métaphysique, sombrent dans le ridicule. Mais il n'est pas pour cela inutile, et encore moins ridicule, de rechercher dans une métaphysique les premiers principes de la doctrine de la vertu, car un philosophe se doit quand même de remonter jusqu'aux premiers fondements de ce concept de devoir ; s'il en était autrement, on ne saurait espérer pour la doctrine de la vertu en général ni sûreté ni pureté. Le moraliste populaire peut bien se contenter de s'en rapporter à un certain *sentiment* que l'on nomme *moral* en raison de l'effet qu'on en attend, lorsqu'il exige que l'on se donne comme pierre de touche d'un devoir de vertu, pour savoir si c'en est un ou non, le problème suivant : « Si chacun prenait à présent ta maxime, dans tous les cas, pour loi universelle, pourrait-elle rester en accord avec elle-même? » Mais si c'était simplement le sentiment qui nous fasse un devoir de prendre pour pierre de touche cette formule même, alors ce

Là en effet il ne s'agit pas seulement de la connaissance de *ce* qu'il est de notre devoir de faire (chose qui peut facilement être indiquée, étant donné les fins que tous les hommes poursuivent naturellement) mais surtout du principe interne de la volonté, à savoir que la conscience de ce devoir soit en même temps *mobile* des actions, afin que l'on puisse dire de celui qui lie ce principe de sagesse avec son savoir qu'il est un *philosophe pratique*.

devoir ne serait plus dicté par la raison, mais il ne serait accepté qu'instinctivement et par conséquent aveuglément[1].

Seulement, aucun principe moral ne se fonde en fait, contrairement à ce qu'on imagine, sur un quelconque *sentiment,* mais il n'est en vérité rien d'autre que de la *métaphysique* obscurément pensée, inhérente à tout homme du fait de sa disposition rationnelle ; c'est ce dont s'aperçoit facilement le maître qui tente d'instruire son élève de manière catéchétique et *socratique,* sur l'impératif du devoir et l'application de celui-ci à l'appréciation morale de ses actions. L'*exposé* (la technique) n'a pas toujours besoin d'en être métaphysique ni la langue d'être nécessairement[2] scolastique, à moins qu'il ne veuille faire de son élève un philosophe. Mais il faut que la *pensée* remonte jusqu'aux éléments de la métaphysique sans laquelle on ne peut espérer pour la doctrine de la vertu ni sûreté ni pureté, ni même aucune influence.

Si l'on s'écarte de ce principe fondamental et que l'on parte du *sentiment,* qu'il soit pathologique, purement esthétique ou même moral (de ce qui est subjectivement pratique au lieu de ce qui est objectif), c'est-à-dire si l'on part de la matière de la volonté, de sa *fin* et non de sa forme c'est-à-dire de la *loi,* pour de là parvenir à VI, 377
déterminer les devoirs, alors il ne saurait évidemment y avoir de *premiers principes métaphysiques* de la doctrine de la vertu, car le sentiment, d'où qu'il provienne, est toujours *physique.* Mais la doctrine de la vertu sera alors aussi corrompue en sa source, qu'on la destine aux écoles ou aux amphithéâtres, etc. Ce n'est pas en effet une chose indifférente que les mobiles par lesquels, en tant que moyens, on est conduit à une intention bonne (à l'accomplissement de tous les devoirs). La *métaphysique* a donc beau répugner à ces soi-disant philosophes qui se prononcent sur la doctrine des devoirs à la manière des *oracles* ou des *génies,* c'est pourtant un devoir indispensable pour ceux qui s'y consacrent que de remonter, même dans la doctrine de la vertu, jusqu'aux principes fonda-

mentaux qui sont les siens et de commencer même par s'asseoir sur les bancs de cette école.

*

On doit à juste titre s'étonner ici qu'en dépit de toutes les explications données jusque-là du principe du devoir pour montrer comment il est dérivé de la raison pure, il serait encore possible de le ramener à la *doctrine du bonheur;* en sorte qu'en définitive on s'est malgré tout figuré un certain bonheur *moral* qui ne reposerait pas sur des causes empiriques, monstruosité qui se contredit elle-même. L'homme pensant il est vrai, lorsqu'il a triomphé de l'incitation au vice et qu'il est conscient d'avoir accompli son devoir souvent amer, se trouve dans un état de paix intérieure et de contentement que l'on peut très bien appeler bonheur, où la vertu est à elle-même sa propre gratification. Or l'*eudémoniste* dit : ce plaisir, ce bonheur est le véritable principe moteur qui le fait agir vertueusement. Ce n'est pas que le concept du devoir déterminerait *immédiatement* sa volonté, mais il serait porté à faire son devoir par la seule *médiation* du bonheur qu'il aurait en perspective. Cependant il est clair que, puisqu'il ne peut se promettre cette gratification de la vertu que de la conscience d'avoir fait son devoir, celle qu'on nomme en dernier doit pourtant venir en premier; c'est-à-dire qu'il doit se trouver obligé de faire son devoir avant même et sans même qu'il pense que le bonheur sera la conséquence de l'observation du devoir. L'eudémoniste, avec son *étiologie,* se meut donc dans un *cercle.* Il ne peut en effet espérer être *heureux* (ou connaître la félicité intérieure) que s'il est conscient d'avoir observé son devoir, et il ne peut être porté à observer son devoir que s'il prévoit que par là il se rendra
VI, 378 heureux. Mais il y a aussi dans cette argutie une *contradiction.* Car d'un côté il doit observer son devoir sans commencer par se demander quel effet cela aura sur son bonheur, l'observer par conséquent d'après un principe *moral;* mais d'un

autre côté il ne peut pourtant reconnaître quelque chose comme son devoir que s'il peut compter sur le bonheur qui par là en résultera pour lui, il ne peut par conséquent le reconnaître que d'après un principe *pathologique,* lequel est précisément le contraire du précédent.

J'ai ailleurs (dans le recueil mensuel de Berlin — *Berlinischen Monatsschrift*[1]) réduit, je crois, à sa plus simple expression la différence entre plaisir *pathologique* et plaisir *moral.* Disons que le plaisir qui doit précéder l'observance de la loi afin que l'on agisse conformément à celle-ci est pathologique, et la conduite suit alors *l'ordre de la nature ;* mais ce plaisir qui pour être éprouvé doit être précédé par la loi relève de *l'ordre moral.* Si l'on n'observe pas cette distinction, si l'on pose pour principe l'*eudémonie* (le principe du bonheur) à la place de l'*éleuthéronomie* (le principe de la liberté de la législation intérieure), il en résultera l'*euthanasie* (la douce mort) de toute morale.

La cause de ces erreurs n'est autre que la suivante. L'impératif catégorique duquel procèdent dictatorialement ces lois refuse d'entrer dans la tête de ceux qui sont habitués aux seules explications physiologiques, bien qu'ils se sentent pourtant irrésistiblement contraints par lui. Mais le mécontentement de ne pouvoir s'*expliquer* ce qui est tout à fait en dehors de ce cercle (la *liberté* de l'arbitre), aussi exaltant pour l'âme que soit ce privilège de l'homme d'être justement capable d'une telle *Idée,* pousse, — sous l'influence des orgueilleuses prétentions de la raison spéculative, qui du reste sent si fortement son pouvoir dans d'autres champs — les hommes coalisés en faveur de la toute-puissance de la raison théorique, à une sorte de levée en masse[2], les pousse à s'opposer à cette Idée et à combattre ainsi maintenant et peut-être pour longtemps encore — bien qu'en définitive en pure perte — le concept moral de liberté, et à le rendre autant que possible suspect[3].

VI, 379

INTRODUCTION À LA DOCTRINE DE LA VERTU

Le mot *éthique* signifiait autrefois la *doctrine des mœurs (philosophia moralis*[1] *)* en général, qu'on appelait aussi la *doctrine des devoirs.* Par la suite on a trouvé judicieux de n'appliquer ce terme qu'à une partie de la doctrine des mœurs, c'est-à-dire à la doctrine des devoirs qui ne sont pas soumis à des lois extérieures (ce pour quoi en allemand on a trouvé approprié le nom de *Tugendlehre*) ; en sorte que maintenant on divise le système de la doctrine générale des devoirs en *doctrine du droit (jus*[2] *),* laquelle peut comprendre des lois extérieures, et en *doctrine de la vertu (ethica*[3] *),* qui ne peut en comprendre ; on peut finalement s'en tenir là.

I

EXPLICATION DU CONCEPT D'UNE DOCTRINE DE LA VERTU

Le *concept du devoir* est déjà en lui-même le concept d'une *coercition* (contrainte) du libre arbitre par la loi ; or cette contrainte peut être une contrainte par l'*extérieur* ou par *soi-même.* L'*impéra-*

tif moral, par son décret catégorique (le devoir inconditionné), indique cette contrainte qui ne concerne alors pas les êtres raisonnables en général (parmi lesquels il peut peut-être aussi y en avoir de *saints*) mais seulement les *hommes* comme *êtres naturels* raisonnables, qui sont assez dénués de sainteté pour qu'il puisse leur prendre l'envie de transgresser la loi morale, bien qu'ils en reconnaissent le prestige, et même lorsqu'ils lui obéissent, pour ne le faire cependant que de *mauvais gré* (en résistant à leur penchant), ce en quoi consiste proprement la contrainte*. Mais comme l'homme est cependant un être *libre* (moral), le VI, 380
concept du devoir ne peut contenir aucune autre contrainte que la *contrainte sur soi-même* (par la seule représentation de la loi) lorsqu'il s'agit de la détermination interne de la volonté (les mobiles), car c'est seulement par là qu'il sera possible de concilier cette *coercition* (fût-elle même extérieure), avec la liberté de l'arbitre, ce par quoi le concept du devoir devient alors un concept éthique.

Les impulsions de la nature constituent donc dans l'esprit de l'homme des *obstacles* à l'accomplissement du devoir et des forces (en partie puissantes) de résistance que l'homme doit donc se juger capable de combattre et de vaincre par la raison, non pas seulement dans l'avenir mais dès à présent (en même temps qu'il en a la pensée),

* *Comme être moral* pourtant, lorsqu'il se considère objecti- VI, 379
vement, ce à quoi il est déterminé par sa raison pure pratique (d'après l'*humanité* en sa propre personne), l'homme se trouve VI, 380
toutefois en même temps assez saint pour ne transgresser la loi intérieure que de *mauvais gré;* car il n'existe pas d'homme si scélérat qu'il ne ressente en lui, tandis qu'il la transgresse, une résistance et une aversion envers lui-même, par où il lui faut exercer une contrainte sur lui-même. Quant à ce phénomène, qu'en cette alternative (illustrée par la belle fable d'Hercule placé entre la vertu et la volupté), l'homme montre plus de propension à écouter son penchant que la loi, il est impossible de l'expliquer; car nous ne pouvons expliquer ce qui arrive qu'en le dérivant d'une cause d'après les lois de la nature, ce que faisant nous ne saurions pas penser l'arbitre comme libre. Cette contrainte sur soi, qui s'exerce sur elle-même tout en s'opposant à elle-même, et son inéluctabilité, donnent cependant à reconnaître le caractère inconcevable de la *liberté* même.

autrement dit il doit se juger capable de *pouvoir* ce que la loi lui ordonne inconditionnellement de *devoir* faire.

Or le pouvoir et la résolution réfléchie d'opposer une résistance à un adversaire puissant mais injuste, s'appellent le *courage (fortitudo)*, et, s'agissant de l'adversaire de l'intention morale *en nous*, il s'appelle *vertu (virtus, fortitudo moralis*[1] *)*. Ainsi, la doctrine générale des devoirs est-elle, dans la partie qui soumet à des lois non pas la liberté extérieure mais la liberté intérieure, une *doctrine de la vertu*.

La doctrine du droit avait uniquement affaire à la condition *formelle* de la liberté extérieure (consistant en l'accord de la liberté avec elle-même lorsque sa maxime était érigée en loi universelle), c'est-à-dire au *droit*. L'éthique en revanche fournit en outre une *matière* (un objet du libre arbitre), une *fin* de la raison pure qui est représentée en même temps comme fin objectivement nécessaire, c'est-à-dire comme devoir pour les hommes. En effet, puisque les penchants sensibles entraînent vers des fins (en tant que matière de l'arbitre) qui
VI, 381 peuvent être contraires au devoir, la raison législatrice ne peut résister à leur influence autrement qu'en leur opposant en retour une fin morale qui doit donc être donnée *a priori* indépendamment du penchant[2].

La *fin* est un objet de l'arbitre (d'un être raisonnable), par la représentation de laquelle l'arbitre est déterminé à une action : produire cet objet. Or, je peux certes être contraint par d'autres à des actions qui en tant que moyens, sont dirigées vers une fin, mais ne puis jamais être contraint par d'autres à *avoir une fin ;* au contraire moi seul je peux *me faire* de quelque chose une fin. Mais si de plus je suis tenu de me faire une fin de quelque chose qui réside dans les concepts de la raison pratique, par conséquent, outre le principe formel de détermination de l'arbitre (tel que celui que contient le droit), d'avoir aussi un principe matériel de détermination, d'avoir une fin qui puisse être opposée à la fin issue des impulsions sensibles, j'aurai alors le *concept* d'une *fin qui est en elle-même un devoir;* et la théorie de cette fin ne peut pas relever de la doctrine du droit mais de l'éthique comme étant la seule doctrine qui implique dans son concept la *contrainte sur soi* d'après des lois morales.

Pour cette raison, on peut également définir l'éthique le système des *fins* de la raison pure pratique. Fin et devoir de contrainte caractérisent les deux divisions de la doctrine générale des mœurs. Que l'éthique contienne des devoirs à l'observation desquels on ne puisse être (physiquement) contraint par d'autres est simplement la conséquence de ce qu'elle est une doctrine des *fins,* car la *contrainte* d'en avoir ou de s'en proposer de semblables se contredit elle-même.

Mais que l'éthique soit une *doctrine de la vertu (doctrina officiorum virtutis*[1] *)* s'ensuit de la précédente définition de la vertu, mise en parallèle avec l'obligation dont la caractéristique a été indiquée tout à l'heure. Il n'y a à vrai dire, en dehors de la détermination à une fin, aucune autre détermination de l'arbitre qui de par son concept soit déjà apte à ne pas être contrainte, même *physiquement,* par l'*arbitre* des autres. Un autre peut certes me *contraindre* à faire quelque chose qui n'est pas ma fin (mais seulement un moyen pour la fin d'un autre) mais non pas *à m'en faire une fin,* et ainsi je ne peux avoir aucune fin sans la faire mienne. Le contraire serait contradictoire : ce serait un acte de liberté qui en même temps ne serait pourtant pas libre. Mais se proposer une fin qui est en même temps un devoir, cela n'est pas une contradiction parce que je me contrains alors moi-même, ce qui est tout à fait conciliable avec la VI, 382 liberté*. Mais comment une telle fin est-elle

* Moins l'homme est susceptible d'être contraint physiquement, plus en revanche il peut l'être moralement (par la simple représentation du devoir), et plus il est libre. Celui qui, par exemple, nanti d'une résolution suffisamment ferme et d'une âme suffisamment forte pour ne pas renoncer à un divertissement qu'il s'est proposé, quand bien même on lui représente les si nombreux ennuis qu'il s'attire par là, mais qui, IV, 382

possible ? telle eſt maintenant la queſtion. Car la possibilité du concept d'une chose (à savoir que ce concept ne soit pas contradiĉtoire) ne suffit pas encore pour établir la possibilité de la chose elle-même (la réalité objeĉtive du concept).

II

EXPLICATION DU CONCEPT D'UNE FIN QUI EST AUSSI UN DEVOIR

On peut penser de deux manières le rapport de la fin au devoir : ou l'on peut en partant de la fin découvrir la *maxime* des aĉtions conformes au devoir, ou à l'inverse en partant de cette maxime découvrir la *fin* qui eſt en même temps un devoir. La *doĉtrine du droit* prend la première voie. Au libre arbitre de chacun eſt laissé le soin de savoir quelle fin il veut se fixer pour son aĉtion. Mais la maxime de cette aĉtion eſt déterminée *a priori :* à savoir que la liberté de l'agent puisse s'accorder avec la liberté de tout autre selon une loi universelle.

L'*éthique* cependant emprunte une voie opposée. Il ne lui eſt pas possible de partir des fins que l'homme peut se fixer et décider d'après cela des maximes qu'il doit faire siennes, c'eſt-à-dire de son devoir ; car ces fins seraient pour ces maximes des principes empiriques qui ne sauraient fournir aucun concept du devoir, dans la mesure où celui-ci (le devoir catégorique) a sa racine uniquement dans la raison pure ; de la même manière, si les maximes devaient être tirées de ces fins (qui toutes sont intéressées) il ne pourrait pas du tout, à proprement parler, être queſtion du concept du

dès qu'on lui représente qu'il négligerait ce faisant les devoirs de sa charge ou délaisserait un père malade, renonce pourtant sans hésiter, même si c'eſt de très mauvais gré, celui-là fait au plus haut degré preuve de sa liberté dans la mesure même où il ne peut résiſter à la voix du devoir[1].

devoir. Dans l'éthique, ce sera donc le *concept du devoir* qui devra conduire à des fins et fonder les *maximes* relatives aux fins que nous *devons* nous fixer, d'après des principes moraux.

Après avoir indiqué ce que pourrait bien être VI, 383
une fin qui soit en elle-même un devoir et comment une telle fin serait possible, il n'est plus ici nécessaire que de montrer qu'un devoir de cette sorte se nomme un *devoir de vertu,* et pourquoi.

À tout devoir correspond *un* droit considéré comme *capacité (facultas moralis generatim*[1] *)* ce qui ne veut pas dire qu'à tout devoir correspondent des *droits* d'autrui *(facultas juridica*[2] *)* à contraindre quelqu'un, cela ne s'applique qu'au cas particulier des *devoirs* dits de *droit.* De même à toute *obligation* éthique correspond le concept de vertu, mais tous les devoirs éthiques ne sont pas pour autant des devoirs de vertu. Ne sont précisément pas des devoirs de vertu ces devoirs qui ne concernent pas tant une certaine fin (matière, objet de l'arbitre) que le seul élément *formel* de la détermination morale de la volonté (à savoir par exemple que l'action conforme au devoir doit avoir lieu aussi *par devoir*). Seule une *fin qui est en même temps un devoir* peut être appelée *devoir de vertu.* D'où vient qu'il y a maints devoirs de la dernière sorte (ainsi que diverses vertus) ; en revanche n'est pensable qu'un seul devoir de la première sorte, mais qui vaut pour toutes les actions (intention vertueuse[3]).

Le devoir de vertu se distingue essentiellement du devoir de droit en ce qu'une contrainte extérieure est moralement possible pour celui-ci tandis que celui-là repose uniquement sur une libre contrainte sur soi. Pour des êtres finis mais *saints* (qui ne peuvent pas même être tentés d'enfreindre le devoir) il n'existe pas de doctrine de la vertu mais seulement une doctrine des mœurs, cette dernière revenant à une autonomie de la raison pratique cependant que la première comprend aussi une *autocratie* de la raison pratique, c'est-à-dire une conscience, sinon immédiatement perçue, du moins rigoureusement déduite de l'impératif catégorique moral, une conscience du *pouvoir* de se rendre maître des penchants réfractaires à la loi ; en sorte que la moralité humaine, à son degré le plus élevé, ne peut malgré tout être rien de plus que vertu, et cela même si elle était tout à fait pure (complètement franche de l'influence de tous les mobiles étrangers au devoir), car elle est alors pensée communément comme un Idéal (dont on devrait sans cesse se rapprocher) et poétiquement personnifiée sous le nom de *sage.*

Mais il ne faut pas non plus définir ni apprécier la vertu comme une simple *habileté* et, (ainsi s'exprime le prédicateur *Cochius*[1] dans son mémoire couronné) comme une longue *habitude,* acquise par l'exercice, des actions moralement bonnes. Car si la vertu n'est pas l'effet de principes réfléchis, fermes et toujours plus éclairés, alors,
VI, 384 comme tout autre mécanisme issu de la raison technico-pratique, elle n'est ni armée pour tous les cas ni suffisamment garantie contre le changement que peuvent produire les tentations nouvelles.

Remarque

À la vertu = + a s'oppose comme son *contradictoire logique (contradictorie oppositum*[2] *)* la *non-vertu, négative* (faiblesse morale) = o ; mais comme son *contraire (contrairie s. realiter oppositum*[3] *),* le vice = – a, et c'est une question non pas seulement inutile mais encore choquante que de demander si par hasard de grands *crimes* ne témoignent pas d'une plus grande force d'âme que de grandes *vertus.* Par force d'âme, nous entendons en effet la force de résolution d'un homme en tant qu'être doué de liberté, par conséquent dans la mesure où il est maître de soi (où il est dans son bon sens), c'est-à-dire dans un état d'âme *sain.* Mais les grands crimes sont les paroxysmes dont l'aspect fait frémir tout homme sain d'esprit. La question se réduirait donc peut-être à celle de savoir si, dans un accès de folie, un homme peut avoir plus de force physique que lorsqu'il est dans son bon sens, ce que l'on peut accorder sans lui prêter pour cela plus de force d'âme, si l'on entend par âme le principe vital de l'homme dans le libre usage de ses forces. Car puisque les crimes ont leur principe uniquement dans la force des penchants qui *affaiblissent* la raison, ce qui ne prouve aucune force d'âme, la question posée reviendrait à peu près à se demander si un homme frappé par une maladie peut faire montre de plus de force qu'en état de santé, question à laquelle on peut faire une réponse franchement négative, parce que le manque de santé — la santé consistant dans l'équilibre de toutes les forces corporelles de l'homme — est un affaiblissement dans le système de ces forces, lequel seul permet de juger de la santé absolue.

III

DU PRINCIPE SELON LEQUEL PENSER UNE FIN QUI EST EN MÊME TEMPS UN DEVOIR

La *fin* est un *objet* du libre arbitre, dont la représentation détermine celui-ci à une action par laquelle cet objet est produit. Toute action a donc VI, 385
sa fin, et comme personne ne peut avoir une fin sans se faire *soi-même* de l'objet de son arbitre une fin, c'est un acte de *liberté* du sujet agissant, non un effet de la *nature,* que d'avoir une quelconque fin pour ses actions. Mais comme cet acte qui détermine une fin est un principe pratique qui ne commande pas les moyens (par conséquent qui ne commande pas conditionnellement), mais la fin elle-même (qui commande par suite inconditionnellement), c'est un impératif catégorique de la raison pure pratique, tel par conséquent qu'il relie un *concept de devoir* au concept d'une fin en général.

Or, il doit y avoir une telle fin et un impératif catégorique qui lui corresponde. En effet, puisqu'il y a des actions libres, il doit y avoir aussi des fins auxquelles tendent ces actions comme à leur objet. Et parmi ces fins il doit aussi y en avoir quelques-unes qui soient en même temps (c'est-à-dire d'après leur concept) des devoirs. En effet, s'il n'en existait pas de semblables — étant donné qu'aucune action ne peut être sans fin — toutes les fins ne vaudraient jamais, pour la raison pratique, que comme des moyens pour d'autres fins, et un impératif *catégorique* serait impossible, ce qui ruinerait toute doctrine des mœurs.

Il ne s'agit donc pas ici de fins que l'homme *fait* siennes d'après des impulsions sensibles de sa nature, mais d'objets du libre arbitre soumis à ses lois, dont il *doit se faire* une fin. On peut appeler l'ensemble des premières la téléologie technique (subjective), à proprement parler pragmatique, contenant la règle de la prudence dans le choix de ses fins et appeler téléologie morale (objective) l'ensemble des secondes ; cette distinction est toutefois superflue ici, parce que la doctrine des mœurs se démarque déjà clairement par son concept de la doctrine de la nature (ici, de l'anthropologie) en ce que, tandis que cette dernière repose sur des principes empiriques, la téléologie morale au contraire, qui traite des devoirs, repose sur des principes donnés *a priori* dans la raison pure pratique.

IV

QUE SONT LES FINS QUI SONT EN MÊME TEMPS DES DEVOIRS ?

Ce sont : *ma perfection propre* — le *bonheur d'autrui.*

On ne peut pas intervertir les termes et prendre pour fin qui seraient en soi des devoirs pour la même personne *mon propre bonheur* d'une part, la *perfection d'autrui* d'autre part.

Le *bonheur personnel* est en effet une fin qu'ont certes tous les hommes (en raison de l'impulsion de leur nature), mais cette fin ne peut jamais être envisagée comme un devoir sans que l'on se contredise. Ce que chacun, inévitablement, veut déjà de soi-même, cela n'appartient pas au concept du *devoir*, car le devoir est une *coercition* en vue d'une fin adoptée de mauvais gré. Il est donc contradictoire de dire qu'on est *obligé* de concourir de toutes ses forces à son propre bonheur. VI, 386

Aussi bien est-ce une contradiction de me faire une fin de la *perfection* d'autrui et de me tenir pour obligé d'y concourir. En effet la *perfection* d'un autre homme en tant que personne consiste justement en ce qu'il est *lui-même* capable de se proposer sa fin d'après son propre concept du devoir, et il est contradictoire d'exiger que je doive faire (que je me fasse un devoir de faire) à l'égard d'autrui quelque chose que ne peut accomplir nul autre que lui.

V

EXPLICATION DE CES DEUX CONCEPTS

A

LA PERFECTION PROPRE

Le mot *perfection* donne lieu à plus d'une équivoque. On l'entend parfois comme un concept appartenant à la philosophie transcendantale, celui de la *totalité* du divers, lequel, pris dans son ensemble, constitue une chose, et parfois aussi comme appartenant à la *téléologie*, de sorte qu'il signifie alors l'harmonie des propriétés d'une chose en vue d'une *fin*. Dans le premier sens, la perfection pourrait être appelée *quantitative* (matérielle) et dans le second *qualitative* (formelle). Celle-là ne peut être qu'une (car le tout de ce qui appartient à une chose est un). Mais quant à celle-ci il peut y en avoir plusieurs sortes dans une chose ; et c'est de cette dernière qu'il est spécialement traité ici.

Quand on dit de la perfection qui appartient à l'homme en général (à proprement parler à l'humanité), qu'il est en soi-même un devoir de s'en faire une fin, il faut que l'homme place cette perfection dans ce qui peut être *effet* de son acte et non dans ce qui est un simple don dont il doit être redevable à la nature ; faute de quoi elle ne
VI, 387 serait pas un devoir. Elle ne peut donc être rien d'autre que *culture* de ses *facultés* (ou de ses dispositions naturelles), au premier rang desquelles on trouve l'*entendement* en tant que faculté des concepts, y compris par conséquent des concepts relatifs au devoir ; en même temps rien d'autre non plus que culture de sa *volonté* (manière de penser morale) de satisfaire à tous les devoirs en général. 1° C'est pour l'homme un devoir que de travailler à sortir de la grossièreté de sa nature, de l'animalité *(quoad actum*[1] *)* pour s'élever toujours davantage jusqu'à l'humanité, grâce à laquelle seule il est capable de se proposer des fins, de combler son ignorance par l'instruction et de corriger ses erreurs, et cela ne lui est pas seulement *conseillé* par la raison technico-pratique en vue de ses autres projets (ceux de l'art), mais la raison moralement pratique le lui *commande* absolument et lui fait de cette fin un devoir afin qu'il soit digne de l'humanité qui l'habite. 2° C'est pour l'homme un devoir que de pousser la culture de sa *volonté* jusqu'à l'intention vertueuse la plus pure, c'est-à-dire jusqu'au point où la *loi* devient en même temps le mobile de ses actions conformes au devoir, et que d'obéir à la loi par devoir — ce qui constitue la perfection intérieure moralement pratique qui, étant un sentiment de l'effet que produit sur la faculté la volonté législatrice en lui-même, s'appelle le *sens moral* qui pour ainsi dire est un *sens* spécial *(sensus moralis)* ;

certes, on en abuse de façon souvent excentrique en faisant comme si (pareil au génie de Socrate[1]) il précédait la raison ou encore pouvait dispenser de son jugement, mais il constitue néanmoins une perfection morale qui consiste à prendre pour objet toute fin particulière qui est en même temps un devoir[2].

B

LE BONHEUR D'AUTRUI

La nature humaine désire et recherche inévitablement le bonheur, c'est-à-dire le contentement de son état pour autant qu'on est sûr qu'il dure, et c'est justement pourquoi ce n'est pas une fin qui soit en même temps un devoir. Comme quelques-uns font encore une différence entre un bonheur moral et un bonheur physique (le premier consistant en le contentement de notre propre personne et de sa propre conduite morale, c'est-à-dire de ce que l'on *fait,* le second dans le contentement de ce dont la nature nous gratifie, par conséquent de ce dont on *jouit* comme d'un don étranger), sans relever ici l'abus de l'expression (qui renferme déjà une contradiction), il faut remarquer que seule la première manière de sentir VI, 388
relève du titre précédent, c'est-à-dire de la perfection. En effet, celui qui doit se sentir heureux de par la simple conscience de sa droiture possède déjà cette perfection qui était définie dans le titre précédent comme cette fin qui est en même temps un devoir.

Quand donc il est question d'un bonheur auquel ce doit être pour moi un devoir de travailler comme à ma fin, il s'agit nécessairement du bonheur d'autres hommes, *de la fin* (légitime) *desquels je fais par là aussi ma propre fin.* C'est à eux-mêmes que reste le soin de juger ce qu'ils peuvent compter comme susceptible de les rendre heureux ; néanmoins il m'appartient aussi de leur refuser maintes choses qu'*ils* pourraient compter comme telles, mais que je ne considère point ainsi, à moins qu'ils n'aient le droit de l'exiger de moi comme étant leur dû. Contre la précédente division des devoirs (IV), il est une objection spécieuse, maintes fois usitée, et qui mérite d'être relevée : celle d'opposer à cette fin une prétendue *obligation* de devoir également m'occuper de mon *propre* bonheur (physique) et de faire ainsi un devoir (une fin objective) de cette mienne fin naturelle et purement subjective.

L'adversité, la douleur et l'indigence sont de grandes tentations d'enfreindre son devoir ; l'aisance, la force, la santé et la prospérité en général, qui s'opposent à cette influence, peuvent donc aussi, semble-t-il, être regardées comme des fins qui sont en même temps des devoirs, à savoir celui de travailler à *son propre* bonheur et non pas seulement de s'appliquer à celui d'autrui. Mais alors ce n'est pas le bonheur qui est la fin mais la moralité du sujet, le bonheur n'étant que le moyen *légitime* d'écarter de lui les obstacles ; ainsi personne n'a-t-il le droit d'exiger de moi le sacrifice de mes fins lorsqu'elles ne sont pas immorales. Chercher l'aisance pour elle-même n'est pas directement un devoir mais ce peut bien en être un indirectement, à savoir celui de détourner de soi la misère comme étant une grande tentation de vice. Cependant, ce n'est alors pas mon bonheur mais ma moralité dont j'ai comme fin et à la fois comme devoir de conserver l'intégrité[1].

VI

L'ÉTHIQUE NE DONNE PAS DES LOIS POUR LES ACTIONS (CAR C'EST CE QUE FAIT LA DOCTRINE DU DROIT[1]) MAIS SEULEMENT POUR LES MAXIMES DES ACTIONS

Le concept du devoir est immédiatement en relation avec une *loi* (même si je vais jusqu'à faire abstraction de toute fin comme matière de ce devoir), comme l'indique déjà en effet le principe VI, 389
formel du devoir dans l'impératif catégorique : « Agis de telle sorte que la maxime de ton action puisse devenir une *loi* universelle » ; toutefois, dans l'éthique, cette loi est pensée comme la loi de *ta* propre *volonté* et non comme celle de la volonté en général qui pourrait aussi être la volonté des autres ; dans ce cas en effet on obtiendrait un devoir de droit n'appartenant pas au domaine de l'éthique. Les maximes sont considérées ici comme des principes subjectifs tels qu'ils ne font que se *qualifier* pour former une législation universelle ; ce qui n'est qu'un principe négatif (celui de ne point résister à une loi en général). Mais alors comment peut-il y avoir encore une loi pour la maxime des actions ?

Le concept d'une *fin* qui est en même temps un devoir, lequel appartient proprement à l'éthique, est cela seul qui fonde une loi pour les maximes des actions, dans la mesure où la fin subjective (que chacun poursuit) est subordonnée à la fin objective (que chacun doit en outre se proposer). L'impératif : « Tu dois prendre pour fin ceci ou cela (par exemple le bonheur d'autrui) » concerne la matière de l'arbitre (un objet). Or, comme il ne peut y avoir d'action libre sans que l'agent vise par là en même temps une fin (en tant que matière de l'arbitre), il faut, s'il existe une fin qui soit en même temps un devoir, que la maxime des actions, en tant qu'elles sont des moyens en vue de fins, comporte seulement la condition d'être qualifiée pour former une législation universelle possible ; moyennant quoi la fin qui est en même temps un devoir peut nous faire une loi d'avoir une telle maxime, tandis que pour la maxime elle-même la simple possibilité de s'accorder avec une législation universelle est déjà suffisante.

En effet, les maximes des actions peuvent être *arbitraires* et ne sont soumises qu'à la condition restrictive d'être habilitées à former une législation universelle, en tant que principe formel des actions. Or, une *loi* supprime ce qui est arbitraire dans les actions et se distingue en cela de toute *recommandation* (où l'on se borne à indiquer les moyens les plus propres à atteindre une fin).

VI, 390

VII

LES DEVOIRS ÉTHIQUES SONT D'OBLIGATION LARGE TANDIS QUE LES DEVOIRS DE DROIT SONT D'OBLIGATION STRICTE

Cette proposition est une conséquence de la précédente ; en effet, si la loi ne peut ordonner que la maxime des actions, non les actions elles-mêmes, c'est signe qu'elle laisse au libre arbitre une certaine latitude *(latitudo)* quant à l'exécution (l'observance), c'est-à-dire qu'elle ne peut indiquer avec précision comment et jusqu'où doit être exercée l'action en vue de la fin qui est en même temps un devoir. Cependant, par devoir large on n'entend pas une permission de se soustraire à la maxime des actions, mais seulement un devoir dont la maxime est limitée par les autres (par exemple l'amour général du prochain par l'amour des parents), ce par quoi en fait le champ de la pratique vertueuse se trouve élargi. Plus le devoir est large, plus aussi est imparfaite l'obligation d'agir pour l'homme, plus néanmoins il rapproche la maxime d'observance du devoir large (dans son intention) de celle du devoir *strict* (du droit), et plus son action vertueuse est parfaite[1].

Les devoirs imparfaits ne sont donc que des *devoirs de vertu.* L'accomplissement de ces devoirs est le *mérite (meritum)* = + a, et leur transgression n'est pas encore le *démérite (demeritum)* = — a, mais simplement le *défaut* moral = o, sauf si le sujet se faisait un principe de ne pas se plier à ses devoirs. La force de résolution, dans le cas du mérite, s'appelle seule à proprement parler *vertu (virtus),* la faiblesse dans le cas du démérite ne s'appelle pas tant *vice (vitium)* que bien plutôt *défaut,* manque de *force* morale *(defectus moralis).* [Comme le mot allemand *Tugend* (vertu) vient de *taugen* (être bon à), le mot *Untugend* (défaut) vient de *zu nichts taugen* (n'être bon à rien)]. Toute action contraire au devoir s'appelle transgression *(peccatum).* Et la transgression résolue, quand elle est devenue un principe, constitue à proprement parler ce qu'on nomme *vice (vitium).*

Quoique la conformité des actions au droit (le fait d'être un homme droit) ne soit pas quelque chose de méritoire, cependant la conformité au droit de la maxime de telles actions en tant que devoirs, c'est-à-dire le *respect* du droit, est *méritoire.* Par là, en effet, l'homme *se fait une fin* du droit de l'humanité, ou encore des hommes, et il étend ainsi son concept du devoir au-delà de celui de l'*obligation juridique (officium debiti);* car un VI, 391
autre, de par son droit, peut bien exiger de moi des actions conformes à la loi, mais non pas que la loi soit pour moi en même temps le mobile de ces actions. Il en est aussi de même du commandement éthique universel : «Agis par devoir conformément au devoir.» Fonder en soi-même cette intention et lui donner vie est une chose *méritoire,* comme la précédente, puisqu'elle dépasse la loi du devoir des actions et fait de la loi, en elle-même, en même temps un mobile.

Mais par la même raison il faut encore compter ces devoirs parmi les devoirs d'obligation large, relativement auxquels surgit un principe subjectif de *rétribution* éthique (et cela n'est certes pas sans les rapprocher autant que possible du concept d'une obligation stricte), c'est-à-dire un principe de réceptivité à leur rétribution d'après la loi de la vertu, je veux dire le principe d'un plaisir moral qui dépasse le simple contentement de soi-même (lequel peut être purement négatif), plaisir que l'on célèbre en disant que la vertu est dans cette conscience sa propre gratification.

Lorsque ce mérite est un mérite de l'homme envers d'autres hommes, celui de concourir à leur fin naturelle et reconnue comme telle par tous les hommes (faire de leur bonheur le sien), on pourrait parler de *doux mérite,* dont la conscience procure une jouissance morale de laquelle les hommes ont tendance à s'*enivrer* dans une joie partagée ; cependant que l'*amer mérite* qui consiste à concourir au véritable bien d'autres hommes, même s'ils ne le reconnaissent pas pour tel (des gens sans reconnaissance, des ingrats), n'a pas ordinairement un semblable contrecoup et ne suscite au contraire que le *contentement* de soi-même, fût-il dans ce dernier cas plus grand encore.

VIII

EXPOSITION DES DEVOIRS DE VERTU COMME DEVOIRS LARGES

1. PERFECTION PERSONNELLE COMME FIN QUI EST EN MÊME TEMPS UN DEVOIR

a) *Perfection physique, c'est-à-dire culture de toutes les facultés* en général en vue de l'accomplissement des fins proposées par la raison. Il faut voir ici

que cela est un devoir et par conséquent une fin en soi et qu'au principe de ce travail, sans même considérer l'avantage qu'il nous procure, se trouve un impératif non pas conditionnel (pragmatique) mais un impératif inconditionnel (moral). La VI, 392
faculté de se fixer en général une fin quelconque est le caractère spécifique de l'humanité (à la différence de l'animalité). À la fin de l'humanité est donc aussi liée en notre propre personne la volonté de la raison, par conséquent le devoir de se rendre digne de l'humanité par la culture en général, d'acquérir ou de développer la *faculté* propre à réaliser toutes sortes de fins possibles, dans la mesure où l'on peut la rencontrer dans l'homme lui-même ; en d'autres termes c'est un devoir de cultiver des dispositions brutes de notre nature, ce par quoi en premier lieu l'animal s'élève jusqu'à l'homme : c'est par conséquent en soi un devoir.

Seulement ce devoir est purement éthique, c'est-à-dire d'obligation large. Aucun principe rationnel ne prescrit avec précision jusqu'où l'on doit aller dans l'élaboration (l'élargissement ou l'amélioration de son pouvoir d'entendement, en matière de connaissance et de capacité artistique) ; de même la diversité des situations où peuvent se trouver les hommes rend le choix du genre d'occupation auquel ils doivent consacrer leur talent, très arbitraire. Il n'y a donc pas ici de loi de la raison pour les actions, mais seulement une loi pour la maxime des actions, laquelle s'énonce ainsi : «Cultive les forces de ton esprit et de ton corps pour les rendre aptes à toutes les fins qui peuvent s'offrir à toi, ignorant celles qui pourront être les tiennes.»

b) *Culture de la moralité* en nous. La plus grande perfection morale de l'homme consiste à faire son devoir et à le faire *par devoir* (en sorte que la loi ne soit pas simplement la règle mais encore le mobile des actions). Or il semble bien de prime abord que ce soit là une obligation *stricte,* et que le principe du devoir commande pour chaque action, avec la précision et la sévérité d'une loi,

non pas seulement la *légalité* mais encore la *moralité,* c'est-à-dire l'intention ; mais en fait la loi se borne ici aussi à commander la *maxime de l'action,* c'est-à-dire le fondement de l'obligation, non pas dans les impulsions sensibles (avantages ou inconvénients) mais exclusivement dans la loi ; par conséquent, elle ne commande pas l'*action elle-même.* En effet, il n'est pas possible à l'homme de regarder assez loin dans les profondeurs de son propre cœur pour pouvoir jamais s'assurer pleinement, fût-ce dans un *seul* acte, de la pureté de son intention morale et de la sincérité de sa visée, quand bien même il n'aurait aucun doute sur la légalité de cet acte. Bien souvent, la faiblesse qui dissuade un homme de l'audace d'un crime a été tenue par ce même homme pour vertu (elle qui traduit le concept de force), et combien en est-il
VI, 393 qui ont pu mener une longue vie sans faillir, qui ont seulement le *bonheur* d'avoir échappé à maintes tentations et auxquels reste même cachée quelle était, lors de chaque acte, la proportion de teneur morale pure dans l'intention !

Ainsi, le devoir d'estimer la valeur de ses actions non pas seulement d'après la légalité mais aussi d'après la moralité (intention) n'est-il aussi qu'un devoir d'obligation *large ;* la loi ne commande pas cette action intérieure à l'esprit humain lui-même, mais simplement la maxime de l'action : chercher avec tout notre pouvoir à ce que pour toutes les actions conformes au devoir, la pensée du devoir soit par elle-même un mobile suffisant.

2. BONHEUR D'AUTRUI COMME FIN QUI EST EN MÊME TEMPS UN DEVOIR

a) Bien-être physique. La *bienveillance* peut être illimitée car on peut être bienveillant sans rien faire. Mais s'agissant de la *bienfaisance,* surtout lorsqu'elle doit intervenir non par inclination (amour) envers les autres mais par devoir, en sacrifiant et en mortifiant beaucoup notre concupiscence, il en va moins facilement. Que cette bienfaisance soit un devoir s'ensuit de ceci : comme notre amour de nous-mêmes ne peut être séparé du besoin d'être aussi aimé par d'autres (et d'en être aidés en cas de danger), comme nous faisons ainsi de nous-mêmes une fin pour les autres et que cette maxime ne peut jamais obliger autrement que parce qu'elle est qualifiée pour former une loi universelle, par suite, par le biais d'une volonté de faire aussi des autres une fin pour nous, le bonheur d'autrui est une fin qui est en même temps un devoir.

Cependant, je dois faire aux autres le sacrifice d'une partie de mon bien-être sans espérer de compensation, parce que c'est un devoir, et alors il est impossible de déterminer avec précision jusqu'à quelles limites cela peut aller. Il importe beaucoup de savoir ce qui est vraiment un besoin pour chacun suivant sa manière de sentir, et il faut laisser à chacun le soin de le déterminer par lui-même. En effet, exiger le sacrifice de son propre bonheur, de ses vrais besoins, deviendrait une maxime contradictoire en soi si on l'érigeait en loi universelle. Ainsi, ce devoir n'est qu'un devoir *large,* il offre la latitude de faire plus ou moins sans qu'il soit possible d'en indiquer précisément les limites. La loi vaut seulement pour les maximes, non pour les actions déterminées.

b) *Le bien-être moral* des autres *(salubritas* VI, 394
moralis[1] *)* ressortit aussi au bonheur des autres, auquel il est de notre devoir de concourir, devoir toutefois seulement négatif. Bien que d'origine morale, la douleur qu'un homme éprouve par remords est pourtant physique quant à l'effet, comme le chagrin, la peur ou tout autre état maladif. Il n'est sans doute pas de *mon* devoir de préserver quelqu'un d'être atteint par ce reproche intérieur lorsqu'il est mérité, au contraire c'est *son* affaire, mais il est bien de mon devoir de ne rien faire qui, étant donné la nature humaine, puisse l'induire en tentation à l'égard de ce que sa conscience peut ensuite lui reprocher, c'est-à-dire

que je ne dois lui être occasion d'aucun scandale[1]. Mais il n'y a pas de limites précises à l'intérieur desquelles puisse être contenu notre souci de la satisfaction morale d'autrui ; c'est pourquoi celle-ci ne relève que d'une obligation large.

IX

QU'EST-CE QU'UN DEVOIR DE VERTU?

La vertu est la force de la maxime de l'homme dans l'accomplissement de son devoir. Toute force ne se reconnaît qu'aux obstacles qu'elle peut surmonter ; or, dans le cas de la vertu, ces obstacles sont les penchants naturels qui peuvent entrer en conflit avec la résolution morale et, comme c'est l'homme lui-même qui oppose ces obstacles à ses maximes, la vertu n'est pas seulement une contrainte sur soi (car en ce cas il pourrait s'agir d'un penchant naturel qui essaye d'en dominer un autre), mais encore une contrainte d'après un principe de liberté intérieure, donc par le moyen de la simple représentation de son devoir d'après la loi formelle de ce dernier.

Tous les devoirs enveloppent un concept de *coercition* par la loi ; les *devoirs éthiques* enveloppent une coercition qui ne peut relever que d'une législation interne tandis que les *devoirs de droit* en enveloppent une qui peut aussi relever d'une législation externe. On trouve donc dans les deux cas le concept de contrainte, qu'il s'agisse d'une contrainte sur soi ou d'une contrainte par un autre ; aussi peut-on appeler vertu la faculté morale que suppose la première, et action morale (éthique) l'action qui surgit d'une telle intention (le respect de la loi), lors même que la loi exprime un devoir de droit. C'est en effet la *doctrine de la vertu* qui commande de tenir pour sacré le droit des hommes.

Mais ce qu'il y a de la vertu à faire n'est pas

encore pour autant par là un *devoir de vertu* à proprement parler. Cela peut ne concerner que la *forme* des maximes tandis que ce devoir-ci porte sur leur matière, c'est-à-dire sur une *fin* qui est en VI, 395
même temps pensée comme devoir. Mais comme l'obligation éthique regardant les fins qui peuvent être en assez grand nombre n'est qu'une obligation *large,* parce que alors elle enveloppe simplement une loi pour la *maxime* des actions et que la fin est la matière (l'objet) de l'arbitre, il peut y avoir nombre de devoirs divers comme sont diverses les fins légitimes ; on les appelle *devoirs de vertu (officia honestatis)* pour cette raison qu'ils sont soumis uniquement à la libre contrainte sur soi, non à celle d'un autre homme, et déterminent la fin qui est en même temps un devoir.

En tant qu'accord, fondé sur la ferme intention, de la volonté avec chaque devoir, la vertu est purement une et la même, comme tout ce qui est *formel.* Mais eu égard à la *fin* des actions qui est en même temps devoir, c'est-à-dire à ce qu'on *doit* prendre pour *fin* (la matière), il peut y avoir plusieurs vertus, et l'obligation regardant la maxime prescrivant telle fin s'appelle devoir de vertu, d'où il suit qu'il y a plusieurs devoirs de vertu.

Le principe suprême de la doctrine de la vertu est le suivant : « Agis d'après une maxime dont ce puisse être pour chacun une loi universelle que de s'en proposer les *fins.* » D'après ce principe, l'homme est fin aussi bien pour lui-même que pour les autres, et il ne suffit pas qu'il ne soit pas permis d'user de soi-même ou des autres uniquement comme moyen (auquel cas il lui serait encore également possible d'être indifférent à leur égard) mais c'est en soi le devoir de l'homme que de se faire une fin de l'homme en général.

Ce principe de la doctrine de la vertu, en tant qu'impératif catégorique, n'admet aucune preuve mais bien une déduction à partir de la raison pure pratique. Ce qui, dans le rapport de l'homme avec lui-même et avec les autres, *peut* être fin, c'est une fin pour la raison pure pratique, car elle est une faculté des fins en général ; être indifférente à l'égard de ces fins, c'est-à-dire ne leur porter aucun intérêt est donc pour elle une contradiction, parce que alors elle ne déterminerait pas non plus les maximes des actions (lesquelles maximes enveloppent toujours une fin) et ne serait par conséquent pas une raison pratique. Mais la raison pure ne peut commander *a priori* aucune fin sans la notifier en même temps comme devoir, et ce devoir se nomme alors devoir de vertu.

VI, 396

X

LE PRINCIPE SUPRÊME DE LA DOCTRINE DU DROIT ÉTAIT ANALYTIQUE, CELUI DE LA DOCTRINE DE LA VERTU EST SYNTHÉTIQUE

Que la contrainte externe, dans la mesure où elle est une résistance à l'obstacle qui s'oppose à la liberté externe s'accordant à elle-même d'après des lois universelles (un obstacle à l'obstacle à cette liberté) puisse se concilier avec des fins en général, cela est clair d'après le principe de contradiction et je n'ai pas besoin de sortir du concept de la liberté pour la concevoir ; la fin que chacun se propose pouvant bien être celle qu'il veut. Ainsi, le *principe* suprême du *droit* est une proposition analytique.

En revanche, le principe de la doctrine de la vertu dépasse le concept de liberté externe et y rattache en outre d'après des lois universelles, une *fin* dont elle fait un *devoir*. Ce principe est donc synthétique[1]. Sa possibilité est contenue dans sa déduction (§ IX).

Cette extension du concept de devoir au-delà du concept de liberté externe et du concept de limitation par ce qui, sur le plan purement formel, lui permet de s'accorder entièrement avec elle-même, cette extension où à la contrainte par

l'extérieur se substitue la liberté *interne,* la faculté de contrainte sur soi — non pas certes par le biais d'autres penchants, mais grâce à la raison pure pratique (laquelle dédaigne toutes ces médiations) — cette extension consiste, et c'est en cela qu'elle s'élève au-dessus du devoir de droit, à poser des fins dont le droit fait en général abstraction. Dans l'impératif moral et dans la nécessaire présupposition de la liberté qu'il entraîne, la *loi,* la *faculté* (de le remplir) et la *volonté* déterminant la maxime constituent tous les éléments qui composent le concept de devoir de droit. Mais dans l'impératif qui commande le *devoir de vertu,* au concept d'une contrainte sur soi vient encore s'ajouter le concept d'une *fin,* non pas que nous avons mais que nous devons avoir, que renferme donc la raison pure pratique dont la fin suprême, inconditionnée (qui toutefois reste toujours un devoir) consiste en ce que la vertu est à elle-même sa propre fin et trouve sa gratification dans le mérite qu'elle connaît auprès des hommes. Par là, en tant qu'Idéal, la vertu brille tellement qu'elle semble au regard des hommes assombrir la *sainteté* elle-même qui n'est jamais tentée par la transgres- VI, 397
sion* ; aussi bien cela est-il une illusion, car puisque nous ne disposons pour apprécier le degré d'une force d'aucune autre mesure que la grandeur des obstacles qui ont pu être surmontés (lesquels sont en nous les penchants), nous sommes conduits à prendre les conditions *subjectives* de l'évaluation d'une grandeur pour les conditions *objectives* de cette grandeur. Mais, comparée aux *fins humaines* qui ont toutes leurs obstacles à surmonter, il n'est pas sans vérité de dire que la valeur de la vertu elle-même, en tant que celle-ci est à elle-même sa propre fin, surpasse de beaucoup la valeur de toute l'utilité, de toutes les fins empiriques et de tous les avantages que, tout compte fait, elle peut avoir pour conséquence.

* Si bien que l'on pourrait faire cette variation sur les vers si connus de Haller[1] : «L'homme avec ses défauts/Vaut mieux que la foule des anges privés de volonté.»

On peut très bien dire aussi que l'homme est obligé *à* la vertu (en tant que force morale). Car bien que l'on puisse et que l'on doive absolument *présupposer*, en raison de notre liberté, la faculté *(facultas)* de surmonter toute impulsion sensible qui nous est contraire, cette faculté est pourtant, en tant que *force (robur)*, quelque chose qui doit être acquis : en élevant le *mobile* moral (la représentation de la loi) par la contemplation *(contemplatione)* de la dignité de la pure loi rationnelle en nous, en même temps toutefois que par l'*exercice (exercitio)*.

VI, 398 XI

Conformément aux précédents principes, le schéma des devoirs de vertu peut être représenté de la manière suivante :

MATIÈRE DU DEVOIR DE VERTU

	1	2	
DEVOIR INTÉRIEUR DE VERTU	*Fin personnelle* qui est en même temps devoir pour moi. (ma propre *perfection*)	*Fin d'autrui* à laquelle c'est en même temps pour moi un devoir de concourir (le *bonheur* d'autrui)	DEVOIR EXTÉRIEUR DE VERTU
	3	4	
	La *loi* qui est en même temps mobile Sur quoi repose la *moralité*	La *fin* qui est en même temps mobile Sur quoi repose la *légalité*	

de toute détermination libre de la volonté

FORME DU DEVOIR DE VERTU

XII

VI, 399

PRÉNOTIONS ESTHÉTIQUES QUALIFIANT LA RÉCEPTIVITÉ DE L'ESPRIT AUX CONCEPTS DU DEVOIR EN GÉNÉRAL

Il existe des qualités morales telles que lorsqu'on ne les possède pas il ne peut pas non plus y avoir de devoir obligeant à les acquérir. Ce sont le *sentiment moral,* la *conscience,* l'*amour* du prochain et le *respect* de soi-même (estime de soi). Il n'y a aucune obligation d'avoir ces qualités, parce que, en tant que conditions *subjectives* de la réceptivité au concept du devoir, elles ne se trouvent pas au fondement de la moralité comme conditions objectives. Elles sont toutes des dispositions d'esprit *esthétiques* et préalables, mais naturelles *(praedispositio*[1] *),* à être affecté par les concepts du devoir. Ces dispositions, on ne peut regarder comme un devoir de les posséder, mais tout homme les a et peut être obligé en vertu d'elles. La conscience de ces dispositions n'est pas d'origine empirique, au contraire elle ne peut s'ensuivre que d'une loi morale en tant qu'effet de celle-ci sur l'esprit.

a. *Le sentiment moral*

Celui-ci est la réceptivité au plaisir ou à la peine provenant uniquement de la conscience de l'accord ou du conflit entre notre action et la loi du devoir. Or, toute détermination de l'arbitre va *de* la représentation de l'action possible, à travers le sentiment de plaisir ou de déplaisir qu'on ressent à prendre un intérêt à cette action ou à son effet, *jusqu'à* l'acte ; et là l'état *esthétique* (l'affection du sens interne) est alors ou bien un sentiment *pathologique* ou bien un sentiment *moral.* Le premier est le sentiment qui précède la représentation de la loi, le second ce qui ne peut s'ensuivre que de celle-là.

Or, ce ne peut être un devoir que d'avoir un sentiment moral ou d'en acquérir un, car toute conscience de l'obligation pose ce sentiment à son fondement pour prendre conscience de la coercition présente dans le concept du devoir. Le fait est au contraire que tout homme (en tant qu'être moral) a en lui-même originairement ce sentiment, donc l'obligation peut uniquement consis-
VI, 400 ter à le *cultiver* et à le fortifier en allant jusqu'à admirer son origine insondable : c'est ce qui arrive lorsque l'on montre comment, séparé de tout attrait pathologique et pris dans sa pureté, c'est par la simple représentation de la raison qu'il est stimulé au plus haut point.

Il est impropre de désigner ce sentiment sous le nom de *sens* moral, en effet on entend généralement par le terme sens une faculté théorique de perception rapportée à un objet, tandis que le sentiment moral (comme le plaisir ou la peine en général) est quelque chose de purement subjectif qui ne délivre aucune connaissance. Il n'est pas d'homme dépourvu de tout sentiment moral, car si quelqu'un était entièrement dépourvu de réceptivité à cette sensation il serait, moralement parlant, mort, et si (pour parler le langage de la médecine) la force vitale morale ne pouvait plus exercer aucun attrait sur ce sentiment, l'humanité (comme sous l'effet de lois chimiques) se dissoudrait en la pure animalité et serait irréparablement confondue dans la masse des autres êtres naturels. Mais pour le bien et le mal (moral) nous n'avons pas davantage un *sens* particulier que nous n'en avons pour la *vérité* — bien qu'on utilise souvent cette expression —, mais nous avons une *réceptivité* du libre arbitre lui permettant d'être mû par eux grâce à la raison pure pratique (et à sa loi), et c'est cela que nous appelons le sentiment moral.

b. *De la conscience*

De même la conscience n'est pas quelque chose que l'on puisse acquérir et il n'y a pas de devoir prescrivant de se la procurer, mais tout homme, en tant qu'être moral, *a* en lui originairement une telle conscience. Être obligé d'avoir une conscience reviendrait à dire : avoir le devoir de reconnaître des devoirs. En effet, la conscience est la raison pratique remontrant à l'homme son devoir dans chaque cas d'application d'une loi, pour l'acquitter ou le condamner. La conscience ne se rapporte donc pas à un objet mais seulement au sujet (en affectant le sentiment moral par son acte), elle est ainsi un fait inéluctable, ni une obligation ni un devoir. Donc, quand on dit : cet homme n'*a* pas de conscience, on veut dire par là : il ne tient pas compte de ses sentences. Car, s'il n'en avait véritablement aucune, il ne s'imputerait rien comme conforme au devoir ou ne se VI, 401
reprocherait rien comme contraire au devoir, par conséquent il ne pourrait pas même penser du tout au devoir d'avoir une conscience.

Je laisse ici de côté les différentes divisions de la conscience et je veux seulement remarquer ce qui découle de ce qui précède, à savoir qu'une conscience *qui se trompe* est un non-sens. En effet, lorsqu'il s'agit de juger objectivement si quelque chose est ou non un devoir, on peut bien parfois se tromper, mais lorsqu'il s'agit de juger subjectivement si pour porter ce jugement j'ai confronté cette chose à ma raison pratique (qui ici est juge), je ne puis me tromper, puisque autrement je n'aurais pas du tout jugé pratiquement, auquel cas il n'y aurait place ni pour l'erreur ni pour la vérité. L'*inconscience* n'est pas manque de conscience, mais propension à ne pas tenir compte du jugement de la conscience. Et lorsque quelqu'un estime qu'il a agi selon sa conscience, en ce qui concerne la culpabilité ou l'innocence, on ne peut exiger de lui rien de plus. C'est à lui seul qu'il appartient d'éclairer son *entendement* sur ce qui est ou n'est pas un devoir, mais dès qu'il en vient ou en est venu à l'action, la conscience parle involontairement et inévitablement. Agir selon sa conscience ne peut donc même pas être un devoir, car autrement il faudrait encore une seconde conscience pour devenir conscient de l'acte de la première.

Le devoir consiste ici seulement à cultiver sa conscience, à aiguiser l'attention à la voix du juge intérieur et à mettre en œuvre tous les moyens (ce qui par conséquent n'est qu'un devoir indirect) de la faire entendre.

c. *De l'amour des hommes*

L'*amour* est une affaire de *sensation,* non de vouloir, et je ne peux aimer parce que je le *veux,* encore moins parce que je le *dois* (être forcé à l'amour) ; par conséquent un *devoir d'aimer* est un non-sens. Mais en tant qu'acte, la *bienveillance (amor benevolentiae)* peut être soumise à une loi du devoir. Or, on appelle souvent (quoique très improprement) *amour* la bienveillance désintéressée envers les hommes ; et même là où il ne s'agit pas du bonheur d'autrui mais de l'abandon libre et total de toutes ses fins pour les fins d'un autre être (même d'un être surhumain), on parle d'un amour qui pour nous est en même temps un devoir. Mais tout devoir est coercition, c'est une *contrainte,* même si ce doit être une contrainte sur soi d'après une loi. Or, ce que l'on fait par contrainte, on ne le fait pas par amour.

VI, 402 *Être bienfaisant* envers d'autres hommes, selon notre pouvoir, est un devoir, qu'on les aime ou qu'on ne les aime pas, et ce devoir ne perdrait rien de son importance quand bien même on devrait faire cette triste remarque que notre espèce, lorsqu'on la connaît de plus près, hélas ! n'est guère propre à être trouvée particulièrement digne d'amour. Pourtant la *misanthropie* est toujours haïssable même si, sans aller jusqu'à l'hostilité ouverte, elle consiste seulement à se détourner complètement des hommes (misanthropie séparatiste). Car la bienveillance demeure toujours un devoir, même à l'égard du misanthrope qu'on ne saurait certes aimer, mais auquel on peut toutefois faire quelque bien.

En outre, haïr le vice en l'homme n'est ni un devoir ni une chose contraire au devoir, c'est un simple sentiment d'aversion qu'il inspire, sans que la volonté influe sur ce sentiment ou qu'inversement ce sentiment ait quelque influence sur la volonté. La *bienfaisance* est un devoir. Celui qui la pratique souvent et voit aboutir favorablement son intention bienfaisante en vient finalement pour de bon à aimer réellement celui auquel il fait du bien. Donc quand on dit : « Tu *aimeras* ton prochain comme toi-même », cela ne signifie pas : tu dois l'aimer immédiatement (d'emblée) et au moyen de cet amour (ensuite) lui faire du bien, mais : *fais du bien* à ton prochain et cette bienfaisance produira en toi l'amour des hommes (en tant qu'habitude du penchant à la bienfaisance en général) !

Autrement, l'amour de *complaisance (amor complacentiae)* serait seul direct. Or, avoir cet amour pour devoir (en tant que plaisir immédiatement lié à la représentation de l'existence d'un objet), c'est-à-dire devoir être forcé au plaisir, est une contradiction.

d. *Du respect*

Le respect *(reverentia)* est aussi bien quelque chose de purement subjectif, un sentiment unique en son genre, non pas un jugement porté sur un objet dont il serait de notre devoir de le produire ou de nous en occuper. En effet, considéré comme devoir, il ne pourrait être représenté que par le *respect* que nous aurions pour lui. Avoir un devoir envers le respect reviendrait donc à faire du devoir même un devoir. C'est pourquoi dire que l'homme a le *devoir* de *s'estimer lui-même* est

parler improprement, et il vaudrait mieux dire
VI, 403 que la loi qui eſt en lui lui arrache inévitablement du *reſpect* pour son propre être ; et ce sentiment (qui eſt unique en son genre) eſt le fondement de certains devoirs, c'eſt-à-dire de certaines actions qui peuvent se concilier avec le devoir envers soi-même. Mais on ne peut pas dire qu'il *aurait* un devoir de respect envers soi-même car pour pouvoir penser ne serait-ce qu'un devoir en général, il lui faut avoir du respect pour la loi qui eſt en lui-même.

XIII

PRINCIPES GÉNÉRAUX DE LA MÉTAPHYSIQUE DES MŒURS POUR TRAITER D'UNE DOCTRINE PURE DE LA VERTU

Premièrement : pour un seul devoir on ne peut aussi avancer qu'un principe *unique* d'obligation, et si l'on en apporte deux ou plusieurs preuves, c'eſt un signe certain ou bien qu'on n'en a encore de preuve suffisante, ou bien qu'on a pris pour un seul et même devoir plusieurs devoirs différents.

En effet, toutes les preuves morales en tant que preuves philosophiques ne peuvent être produites qu'au moyen d'une connaissance rationnelle *à partir de concepts* et non comme celles que fournissent les mathématiques, par la conſtruction des concepts ; ces dernières admettent plusieurs preuves pour une seule et même proposition parce que dans l'*intuition a priori* il peut y avoir plusieurs déterminations de la ſtructure d'un objet, qui toutes reviennent au même principe. Si, par exemple, concernant le devoir de véracité, on veut apporter une preuve fondée d'abord sur le *dommage* que le mensonge occasionne aux autres hommes et en outre sur l'*indignité* du menteur et

l'atteinte qu'il porte au respect de lui-même, la première preuve porte sur un devoir de bienveillance, non sur un devoir de véracité ; par conséquent ce n'est pas ce dernier devoir, dont on demandait la preuve, mais un autre devoir, qui a été prouvé. Mais concernant la pluralité des preuves relatives à une seule et même proposition, quand c'est une façon consolante de compenser par une foule de raisons le manque de poids de chacune d'elles, c'est là un expédient tout à fait non philosophique, car il trahit de la déloyauté et de l'improbité ; en effet, on a beau *juxtaposer* diverses raisons insuffisantes, les unes ne combleront pas chez les autres le manque de certitude, ni même le manque de vraisemblance. Il faut que ces raisons, s'enchaînant comme principe et conséquence en *une seule série, progressent* jusqu'au principe de raison suffisante, et c'est de cette VI, 404
manière seulement qu'elles peuvent être démonstratives. Et pourtant c'est là le procédé ordinaire de l'art oratoire.

Deuxièmement : on ne peut pas chercher la différence entre la vertu et le vice dans le *degré* suivant lequel on observe certaines maximes, mais il faut la chercher uniquement dans la *qualité* spécifique de ces maximes (dans leur rapport à la loi) ; en d'autres termes, ce fameux principe (d'*Aristote*[1]) que la vertu consiste dans un *milieu* entre deux vices est faux*. Soit par exemple une

* Les formules ordinaires, classiques dans la terminologie VI, 404
morale ; *medio tutissimus ibis*[2] ; *omne nimium vertitur invitium ; est modus in rebus, etc. ; medium tenuere beati ; virtus est medium vitiorum et utrinque reductum*[3], ces formules renferment une sagesse insipide qui n'a aucun principe déterminé ; car ce milieu entre deux extrêmes, qui me l'indiquera ? L'avarice (comme vice) ne se distingue pas de l'économie (comme vertu) en ce qu'elle serait une économie poussée *trop loin*, mais elle a un tout *autre principe* (maxime) qui est de placer la fin de l'économie domestique non dans la *jouissance* de son bien, mais avec le renoncement à cette jouissance, uniquement dans la *possession* de celui-ci ; tout comme le vice de *prodigalité* ne doit pas être cherché dans une jouissance démesurée de son bien mais dans la mauvaise maxime qui fait de l'usage de son bien la fin exclusive, sans considérer la conservation de celui-ci.

bonne économie domestique comme *milieu* entre deux vices, la prodigalité et l'avarice : elle ne peut être représentée en tant que vertu ni comme émanant de la diminution progressive du premier de ces deux vices (l'épargne) ni comme émanant de l'augmentation des dépenses du revenu fourni par le dernier vice, comme si, partant en deux directions opposées, ces deux vices se rencontraient dans la bonne économie ; au contraire, chacun d'eux a sa propre maxime qui contredit nécessairement celle de l'autre.

Par la même raison, il est aussi peu possible de définir quelque vice que ce soit comme un exercice, *plus ample* qu'il ne convient, de certaines actions *(e. g. prodigalitas est excessus in consumendis opibus*[1] *)* ou comme la pratique plus étroite qu'il ne convient, de ces mêmes actions *(e. g. avaritia est defectus etc.*[2] *)*. Car, comme on ne détermine ainsi aucunement le *degré* et que c'est de lui pourtant que dépend toute la question de savoir si la conduite est ou non conforme au devoir, cela ne saurait servir à la définition.

Troisièmement : les devoirs éthiques ne doivent pas être estimés d'après le pouvoir dévolu à l'homme de satisfaire à la loi, mais c'est à l'inverse d'après la loi qui ordonne catégoriquement que le pouvoir moral doit être estimé ; il ne doit donc pas l'être d'après la connaissance empirique que
VI, 405 nous avons des hommes tels qu'ils sont, mais d'après la connaissance rationnelle des hommes tels qu'ils devraient être conformément à l'Idée d'humanité. Les trois maximes ici exposées pour traiter scientifiquement d'une doctrine de la vertu, sont opposées aux anciens apophtegmes :

1. Il n'y a qu'une seule vertu et qu'un seul vice.

2. La vertu consiste à observer la voie moyenne entre deux vices opposés.

3. La vertu doit (comme la prudence) être apprise de l'expérience.

XIV

DE LA VERTU EN GÉNÉRAL

La vertu signifie une force morale de la volonté. Mais cela ne suffit pas à épuiser son concept, car une telle force pourrait aussi être le fait d'un être *saint* (surhumain), en qui nulle impulsion contraire ne fait obstacle à la loi de sa volonté, et qui de bon gré agit en tout conformément à la loi. La vertu est donc la force morale de la volonté d'un *homme* dans l'accomplissement de son *devoir,* lequel est une *coercition* morale exercée par sa propre raison législatrice, dans la mesure où celle-ci se constitue elle-même en un pouvoir *exécutif* de la loi. Elle n'est pas elle-même un devoir, ou encore ce n'est pas un devoir de la posséder (car autrement il devrait y avoir une obligation au devoir), mais elle commande et accompagne son commandement par une contrainte morale (possible d'après les lois de la liberté interne) ; ce pour quoi cependant, parce que la contrainte doit être irrésistible, est requise une force dont nous ne pouvons estimer le degré que par la grandeur des obstacles que l'homme se crée à lui-même par ses penchants. Les vices en tant que fruits des intentions contraires à la loi sont les monstres qu'il a alors à combattre ; c'est pourquoi cette force morale elle-même en tant que *courage (fortitudo moralis*[1] *)* constitue la plus grande, l'unique véritable bravoure[2] de l'homme ; on l'appelle aussi la sagesse proprement dite, c'est-à-dire la *sagesse* pratique, car elle fait de la *fin ultime* de l'existence de l'homme sur la terre sa propre fin. C'est seulement par sa possession que l'homme est libre, sain, riche, roi, etc... et en elle il ne peut subir de pertes ni par l'effet du hasard ni par l'effet du destin : parce qu'il se possède lui-même et que l'homme vertueux ne peut perdre sa vertu.

Tous les éloges concernant l'idéal de l'humanité dans sa perfection morale ne peuvent rien perdre de leur réalité pratique à travers les exemples du contraire montrant ce que sont maintenant les hommes, ce qu'ils ont été ou ce qu'ils seront
VI, 406 probablement dans l'avenir ; et l'*anthropologie* qui provient de connaissances simplement empiriques ne saurait porter le moindre préjudice à l'*anthroponomie* qui est établie par la raison inconditionnellement législatrice ; et bien que la vertu (dans son rapport aux hommes, non à la loi) puisse bien ici et là être appelée méritoire et digne d'une rétribution, il faut pourtant, de même qu'elle est sa propre fin, la considérer aussi comme étant sa propre gratification.

Quand on considère la vertu dans toute sa perfection, on ne se représente donc pas que l'homme possède la vertu, c'est au contraire comme si la vertu possédait l'homme : car dans le premier cas il semblerait que l'homme ait eu le choix (ce pour quoi il aurait encore besoin d'une autre vertu pour préférer la vertu à toute autre marchandise qui s'offrirait à lui[1]). Concevoir une pluralité de vertus (comme c'est inévitable en effet), cela n'est rien d'autre que concevoir divers objets moraux auxquels la volonté est conduite à partir du seul principe de la vertu ; il en est de même des vices opposés à ces vertus. L'expression qui personnifie le vice et la vertu est une machinerie esthétique, mais qui renvoie pourtant à un sens moral. De là vient qu'une esthétique des mœurs, sans être certes une partie de la métaphysique des mœurs, en est cependant une présentation subjective où les sentiments qui accompagnent la force coercitive de la loi morale en rendent sensible l'efficacité (par exemple le dégoût, l'horreur, etc., qui expriment de manière sensible l'aversion morale), afin de ravir son privilège à l'incitation purement sensible.

XV

DU PRINCIPE DE LA DISTINCTION DE LA DOCTRINE DE LA VERTU ET DE LA DOCTRINE DU DROIT

Cette distinction, sur laquelle repose aussi la division principale de la *doctrine des mœurs* en général, se fonde sur ce que le concept de *liberté,* qui est commun à l'une et à l'autre, rend nécessaire la division des devoirs en devoirs de *liberté externe* et devoirs de *liberté interne,* ces derniers seuls étant des devoirs éthiques. C'est pourquoi cette liberté interne doit, et cela à titre de condi- VI, 407
tion de tout *devoir de vertu,* être présentée comme partie préliminaire *(discursus praeliminaris),* (de même que la doctrine de la conscience a été présentée plus haut comme condition de tout devoir en général).

Remarque

De la doctrine de la vertu considérée d'après le principe de la liberté interne

L'*habitude (habitus)* est une facilité d'action et une perfection subjective de l'*arbitre.* Néanmoins, toute *facilité* de ce genre n'est pas une *libre* habitude *(habitus libertatis),* car lorsqu'elle devient une *accoutumance (assuetudo),* c'est-à-dire lorsque par la répétition fréquente de l'action son uniformité a tourné à la *nécessité,* l'habitude ne procède plus alors de la liberté, et par conséquent ce n'est pas non plus une habitude morale. On ne peut donc pas *définir* la vertu l'habitude d'effectuer des actions libres conformes à la loi, mais on pourrait bien la définir habitude si l'on ajoutait : «de se déterminer à agir par la représentation de la loi», et alors cette habitude est une propriété non pas de l'arbitre mais de la *volonté* qui, épousant la règle qu'elle admet, est en même temps une faculté de désirer universellement législatrice ; et seule une telle habitude peut être mise au compte de la vertu.

Mais la liberté interne exige deux choses : être *maître* de soi *(animus sui compos)* dans un cas donné et *avoir de l'empire* sur soi-même *(imperium in semetipsum)*, c'est-à-dire *dompter* ses affections et *dominer* ses passions. Dans ces deux états le *caractère (indoles)* est *noble (erecta)*, dans le cas contraire il est *vil (indoles abjecta, serva*[1] *)*.

XVI

LA VERTU EXIGE D'ABORD L'EMPIRE SUR SOI-MÊME

Affections et *passions* sont essentiellement distinctes ; les premières relèvent du *sentiment* dans la mesure où celui-ci, précédant la réflexion, la rend impossible ou plus difficile. C'est pourquoi on dit l'affection *soudaine* ou *brusque (animus praeceps)* et
VI, 408 la raison, par le concept de vertu, dit qu'on doit se *contenir ;* pourtant cette faiblesse dans l'usage de notre entendement, jointe à la force du mouvement de l'âme, n'est qu'une *non-vertu* et pour ainsi dire quelque chose de puéril et de faible, qui peut très bien être compatible avec la meilleure volonté et a encore uniquement ceci de bon que la tempête cessera bientôt. La propension à une affection (par exemple à la *colère*) ne s'allie pas avec le vice aussi bien que la *passion.* La *passion,* en revanche, est un *désir* sensible devenu penchant constant (par exemple la *haine* par opposition à la colère). Le calme avec lequel on s'y livre laisse place à la réflexion et permet à l'esprit de se forger des principes à ce sujet, et ainsi, lorsque le penchant porte sur ce qui est contraire à la loi, de

le couver, de le laisser prendre de profondes racines et par là d'accueillir (délibérément) le mal en ses maximes, lequel est alors un mal *qualifié* c'est-à-dire un véritable *vice.*

La vertu donc, dans la mesure où elle est fondée sur la liberté interne, comporte aussi pour les hommes un commandement positif, celui de mettre en sa puissance (celle de la raison) toutes leurs facultés et tous leurs penchants, par conséquent le commandement d'avoir de l'empire sur soi-même, lequel vient s'ajouter à la défense de se laisser dominer par ses sentiments et penchants (c'est le devoir d'*apathie*) ; car si la raison ne prend pas en main les rênes du gouvernement, ils se mettent à jouer les maîtres de l'homme.

XVII

LA VERTU PRÉSUPPOSE NÉCESSAIREMENT L'APATHIE (CONSIDÉRÉE COMME FORCE)

Le mot d'apathie, tout comme s'il signifiait insensibilité, par conséquent indifférence subjective par rapport aux objets de l'arbitre, est pris en mauvaise part : on entend par là de la faiblesse. On peut prévenir ce malentendu en nommant cette absence d'affection qui est à distinguer de l'indifférence, *apathie morale* : en elle, les sentiments issus d'impressions sensibles ne perdent leur influence sur le sentiment moral qu'autant que le respect pour la loi devient plus puissant qu'eux tous. Ce n'est que la force apparente d'un fiévreux celle qui laisse s'exalter jusqu'à l'affection ou plutôt dégénérer en elle le vif intérêt que l'on VI, 409
prend au *bien* lui-même. On appelle *enthousiasme* une affection de ce genre, et c'est maintenant qu'on peut donner aussi un sens à la *modération* que l'on a coutume de recommander dans l'exercice même de la vertu, (*insani sapiens nomen ferat, aequus iniqui, ultra, quam satis est, virtutem si petat*

ipsam — Horace[1]). Car autrement on aurait l'illusion absurde que l'on peut être aussi *trop sage, trop vertueux.* L'affection relève toujours de la sensibilité, elle peut être provoquée par n'importe quel objet. La véritable force de la vertu est la *tranquillité d'esprit* avec la résolution ferme et réfléchie de mettre en pratique la loi de la vertu. Cela constitue l'état de *santé* dans la vie morale ; l'affection en revanche, même lorsqu'elle est provoquée par la représentation du *bien,* est un phénomène qui ne brille qu'un instant et laisse derrière lui l'épuisement. Et l'on peut bien appeler vertueux-imaginaire celui qui en moralité n'admet point de *choses indifférentes (adiaphora)* et qui répand, sous tous ses pas et sur toutes ses traces, des devoirs comme autant de chausse-trappes, et ne trouve pas indifférent que je me nourrisse de viande ou de poisson, de bière ou de vin lorsque les deux me conviennent : c'est là une micrologie qui, si on l'admettait dans la doctrine de la vertu, transformerait son empire en tyrannie.

R*emarque*

La vertu est toujours en *progrès* et pourtant elle recommence toujours *depuis le début.* Elle est toujours en progrès parce que considérée *objectivement,* c'est un idéal et elle est inaccessible, bien que ce soit néanmoins un devoir que de nous en rapprocher perpétuellement. Qu'elle recommence toujours depuis le début, cela se fonde, *subjectivement,* sur la nature de l'homme affecté de penchants sous l'influence desquels la vertu, avec ses maximes admises une fois pour toutes, ne peut jamais s'installer dans le repos et la tranquillité, mais tout au contraire sombre infailliblement lorsqu'elle n'est pas en progrès : c'est qu'en effet des maximes morales ne peuvent, comme des maximes techniques, être fondées sur l'habitude (car cela ressortit à ce qui, dans la détermination de notre volonté, est de structure physique) ; au contraire, même si l'exercice de ces maximes tournait à l'habitude, le sujet y perdrait la *liberté* dans le choix de ses maximes, laquelle est pourtant le caractère d'une action faite par devoir.

XVIII

VI, 410

CONCEPTS PRÉLIMINAIRES RELATIFS À LA DIVISION DE LA DOCTRINE DE LA VERTU

Le principe de cette division doit *premièrement*, pour ce qui concerne la *forme*, contenir toutes les conditions qui servent à distinguer de la doctrine du droit une partie de la doctrine générale des mœurs, et cela d'après leur forme spécifique ; ce qui fait que, 1° les devoirs de vertu sont tels qu'il n'existe pas pour eux de législation externe ; 2° puisqu'il faut pourtant qu'une loi soit au fondement de tout devoir, cette loi dans l'éthique ne peut pas être donnée comme loi de devoir pour les actions, mais seulement pour les maximes des actions ; 3° (cela résulte maintenant de ce qui précède) le devoir éthique doit être pensé comme un devoir *large*, non comme un devoir *strict*.

Deuxièmement : en ce qui concerne la *matière*, la doctrine de la vertu ne doit pas être établie simplement comme doctrine du devoir en général, mais aussi comme *téléologie ;* en sorte que l'homme soit obligé de se penser lui-même aussi bien que tout autre homme comme étant sa fin, ce qu'on a coutume d'appeler devoir d'amour de soi et devoir d'amour du prochain, expressions qui sont prises ici en une acception impropre puisqu'il ne peut y avoir directement de devoir d'aimer, mais qu'il peut bien y avoir un devoir obligeant à des actions par lesquelles l'homme fait une fin de lui-même et des autres.

Troisièmement : pour ce qui concerne la distinction, dans le principe du devoir, entre la matière et la forme (entre la légalité et la finalité), il convient de noter que toute *obligation de vertu (obligatio ethica)* n'est pas un devoir de vertu *(officium ethicum s. virtutis*[1] *)* en d'autres termes, le respect de la loi en général ne fonde pas encore une fin en tant que devoir, car seule une telle fin est un devoir de vertu. De là vient qu'il n'y a *qu'une* seule obligation de vertu bien qu'il y ait *plusieurs* devoirs de vertu, car il y a certes beaucoup d'objets qui sont pour nous des fins qu'il est en même temps un devoir de nous fixer, mais il n'y a *qu'une* seule intention vertueuse comme principe subjectif de détermination à remplir son devoir, et cette intention s'étend aussi sur les devoirs de droit qui toutefois ne peuvent pour autant porter le nom de devoirs de vertu. De là que toute *division* de l'éthique ne concerne que les devoirs de vertu. La science de ce mode d'obligation qui ne tient pas compte d'une législation externe possible est l'éthique elle-même, considérée selon son principe formel.

VI, 411

Remarque

Mais comment ai-je été conduit, demandera-t-on, à introduire la division de l'éthique en *doctrine élémentaire* et *méthodologie,* alors que j'ai pu m'en dispenser dans la doctrine du droit? La raison en est que l'éthique s'occupe des devoirs *larges* tandis que la doctrine du droit s'occupe exclusivement des devoirs *stricts;* aussi cette dernière qui, selon sa nature, doit être rigoureusement (précisément) déterminante, n'a-t-elle pas plus besoin que la mathématique pure d'une règle générale (méthode), pour savoir comment elle doit procéder dans ses jugements, mais du seul fait qu'elle porte ses jugements elle les rend vrais. L'éthique en revanche, en raison de la latitude qu'elle accorde à ses devoirs imparfaits, conduit inévitablement à des questions qui engagent la faculté de juger à décider comment appliquer une maxime dans des cas particuliers, et cela de telle manière que cette maxime fournisse à son tour une maxime (subordonnée) (à propos de laquelle à son tour on peut toujours rechercher un principe d'application au cas donné) ; et ainsi elle tombe dans une *casuistique* qu'ignore la doctrine du droit.

La *casuistique* n'est donc ni une *science* ni une partie d'une science, car ce serait une dogmatique et elle n'est pas tellement une doctrine qui enseigne à *trouver* quelque chose qu'un exercice qui enseigne comment on doit *chercher* la vérité. Elle n'est donc *mêlée* à la *science* que *fragmentairement*, non systématiquement (comme l'éthique devait l'être), ce n'est qu'à la manière des scolies qu'elle s'ajoute au système.

En revanche, ce qui appartient spécialement à l'éthique, en tant que méthodologie de la raison moralement pratique, ce n'est pas tant d'*exercer* la faculté de juger que bien plutôt d'exercer la raison, et cela aussi bien dans la *théorie* que dans la *pratique* de ses devoirs. La méthode relative au premier exercice (dans la théorie des devoirs) s'appelle *didactique*, et le mode d'enseignement en est ou *acroamatique* ou *érotématique ;* la méthode érotématique est l'art d'interroger l'élève sur ce qu'il sait déjà des concepts du devoir, et cela à vrai dire ou bien — parce qu'on le lui a déjà dit — en s'adressant seulement à sa mémoire, auquel cas elle est proprement *catéchétique*, ou bien en supposant que ces connaissances sont naturellement contenues en sa raison et qu'il suffit de les développer, ce qu'on appelle la méthode *dialogique* (socratique).

À la didactique[1] comme exercice théorique, correspond, comme pendant dans le domaine pratique, l'*ascétique*, qui est cette partie de la méthodologie où l'on n'enseigne pas seulement le VI, 412
concept de vertu, mais encore comment la *faculté de la vertu*, aussi bien que la volonté afférente, peut être mise en exercice et cultivée.

D'après ces principes nous diviserons donc le système en deux parties : la *doctrine élémentaire de l'éthique* et la *méthodologie éthique*. Chaque partie aura ses sections et celles de la première partie se diviseront en différents chapitres suivant la différence des *sujets* envers lesquels l'homme est obligé, celles de la deuxième partie suivant la différence des *fins* que la raison lui impose d'avoir.

XIX

La division (architectonique) que la raison pratique esquisse comme fondement du système de ses concepts dans une *éthique* peut maintenant s'opérer d'après deux espèces de principes, isolés ou liés : l'une qui représente le rapport *subjectif* des obligés à l'obligeant *au point de vue de la matière,* l'autre le rapport objectif des lois éthiques aux devoirs en général en un système, *au point de vue de la forme.* La *première* division est celle des *êtres* en rapport auxquels une obligation éthique peut être conçue, la *seconde* serait celle des *concepts* de la raison pure éthique pratique qui appartiennent aux devoirs de la première, et qui par conséquent ne sont nécessaires à l'éthique que dans la mesure où celle-ci doit être une *science,* c'est-à-dire seulement à l'enchaînement méthodique de toutes les propositions dégagées dans la première division.

VI, 413 *Première division de l'éthique*
d'après la différence des sujets et de leurs lois

Elle comprend
les devoirs

de l'homme envers l'homme — de l'homme envers les êtres qui ne sont pas humains

de l'homme envers l'homme		de l'homme envers les êtres qui ne sont pas humains	
envers lui-même	envers d'autres hommes	envers les êtres inférieurs à l'homme	envers les êtres supérieurs à l'homme

Deuxième division de l'éthique
d'après les principes d'un système
de la raison pure pratique

Éthique

Doctrine élémentaire — Méthodologie

Dogmatique — Casuistique — Didactique[1] — Ascétique

Cette seconde division, puisqu'elle concerne la forme de la science, doit donc, comme plan d'ensemble, avoir le pas sur la première.

I

VI, 417 DOCTRINE ÉLÉMENTAIRE DE L'ÉTHIQUE

Première partie

DES DEVOIRS ENVERS SOI-MÊME EN GÉNÉRAL

INTRODUCTION

§ 1

LE CONCEPT D'UN DEVOIR ENVERS SOI-MÊME RENFERME (AU PREMIER ABORD) UNE CONTRADICTION

Si le moi *obligeant* est pris dans le même sens que le moi *obligé*, alors c'est un concept contradictoire que celui du devoir envers soi-même. En effet, dans le concept de devoir est contenu celui de coercition passive (je suis *obligé*). Or, étant donné que c'est un devoir envers moi-même, je me représente comme *obligeant*, par conséquent en situation de coercition active (moi, exactement le même sujet, je suis l'obligeant) ; et la proposition qui exprime un devoir envers soi-même (je *dois* m'obliger moi-même) renfermerait une obligation d'être obligé (obligation passive qui pourtant serait en même temps, le rapport étant toujours pris dans le même sens, une obligation active), c'est-à-dire une contradiction. On peut encore mettre en lumière cette contradiction en montrant que l'obligeant *(auctor obligationis)* peut toujours délier l'obligé *(subjectum obligationis)* de l'obligation *(terminus obligationis)*; que par conséquent, puisque tous deux sont un seul et même sujet, l'obligeant n'est pas du tout lié par un devoir qu'il s'impose à lui-même, ce qui renferme une contradiction.

§ 2

IL Y A POURTANT DES DEVOIRS DE L'HOMME ENVERS LUI-MÊME

Supposez en effet qu'il n'y ait pas de devoirs de cette sorte, il n'existerait alors absolument aucun devoir, pas même de devoirs extérieurs. Car je ne puis me reconnaître comme obligé envers d'autres que dans la mesure où je m'oblige en même temps moi-même : puisque la loi, en vertu de laquelle je me considère comme obligé, émane dans tous les cas de ma propre raison VI, 418
pratique par laquelle je suis contraint, tandis que je suis en même temps par rapport à moi-même le contraignant*.

§ 3

SOLUTION DE CETTE APPARENTE ANTINOMIE

Dans la conscience d'un devoir envers lui-même, l'homme se considère, en tant que sujet de

* Ainsi dit-on, lorsqu'il s'agit par exemple d'un point touchant la sauvegarde de mon honneur ou de ma vie : « J'en suis redevable à moi-même. » Et l'on s'exprime encore ainsi, même lorsqu'il s'agit de devoirs de moindre importance, c'est-à-dire qui ne concernent pas le nécessaire mais seulement le méritoire dans l'accomplissement de mon devoir ; je dis par exemple : « Je suis redevable à moi-même de l'extension de mon talent à entretenir des relations avec les hommes, etc. (de me cultiver). »

ce devoir, sous l'angle de deux qualités : d'abord comme *être sensible,* c'est-à-dire comme homme (appartenant à une espèce animale), mais ensuite aussi comme *être rationnel* (non pas seulement comme être raisonnable, parce que la raison, d'après son pouvoir théorétique, pourrait aussi bien être l'attribut d'un être corporel vivant), être rationnel qu'aucun sens n'atteint et qui ne se révèle que dans des rapports moraux pratiques où l'inconcevable propriété de la *liberté* se manifeste par l'influence de la raison sur la volonté intérieurement législatrice.

Or l'homme, comme *être naturel* raisonnable *(homo phaenomenon),* est susceptible d'être déterminé par sa raison, comme par une *cause,* à des actions dans le monde sensible, et à ce niveau le concept d'une obligation n'entre pas en ligne de compte. Mais le même être, conçu selon sa *personnalité,* c'est-à-dire comme un être doué de *liberté* intérieure *(homo noumenon),* est un être capable d'obligation et en particulier d'obligation envers lui-même (l'humanité en sa personne); si bien que l'homme (considéré en ce double sens) peut, sans entrer en contradiction avec lui-même (puisque le concept d'homme n'est pas pris en un seul et même sens), reconnaître un devoir envers lui-même[1].

§ 4

DU PRINCIPE DE LA DIVISION DES DEVOIRS ENVERS SOI-MÊME

C'est seulement au point de vue de l'objet du devoir, non au point de vue du sujet s'obligeant,
VI, 419 que cette division peut être faite. Le sujet obligé aussi bien que le sujet obligeant *n'est* jamais *que l'homme,* et bien que dans une perspective théorétique, il nous soit permis de distinguer en l'homme l'âme et le corps comme propriétés naturelles de l'homme, il n'est pourtant pas permis de les penser comme deux substances différentes obligeant l'homme, qui autoriseraient la division en

devoirs envers le *corps* et devoirs envers l'*âme.* Ni l'expérience ni aucune conclusion de la raison ne nous apprennent suffisamment s'il y a dans l'homme une âme (comme demeurant en lui, distincte du corps et capable de penser indépendamment de lui, c'est-à-dire une substance spirituelle), ou si la vie ne serait pas plutôt une propriété de la matière ; et quand bien même il en irait selon la première hypothèse, aucun devoir de l'homme envers un *corps* (en tant que sujet obligeant) ne serait concevable, alors même que ce serait le corps humain.

1. Il n'y aura donc qu'une division *objective* des devoirs envers soi-même, suivant la *forme* et la *matière,* dont les uns seront *restrictifs* (devoirs négatifs), les autres *extensifs* (devoirs positifs envers soi-même). Les premiers *interdisent* à l'homme d'agir contre la *fin* de sa nature, et n'intéressent donc que la *conservation* morale de soi-même, les seconds *commandent* de prendre pour fin un certain objet de l'arbitre, et intéressent le *perfectionnement* de soi-même. Les uns et les autres, soit comme devoirs d'abstention *(sustine et abstine*[1] *)* soit comme devoirs d'effectuation *(viribus concessis utere*[2] *),* ressortissent à la vertu, et cela en tant que devoirs de vertu. Les premiers sont relatifs à la *santé* morale *(ad esse)* de l'homme, aussi bien comme objet de son sens externe que de son sens interne, en vue de la *conservation* de sa nature dans sa perfection (en tant que *réceptivité*). Les seconds sont relatifs à la *richesse* morale *(ad melius esse; opulentia moralis*[3] *),* qui consiste en la possession d'une *faculté* pouvant suffire à toutes les fins, pour autant que cette faculté peut être acquise et relève de la *culture* de soi-même (comme perfection active). Le premier principe du devoir envers soi-même tient dans cette sentence : « Vis conformément à la nature *(naturae convenienter vive)* », c'est-à-dire *conserve-toi* dans la perfection de ta nature ; le second dans la proposition : *« R*ends-*toi plus parfait* que ne t'a créé la seule nature *(perfice te ut finem; perfice te ut medium*[4] *)* ».

2. Il y a aussi une division *subjective* des devoirs

VI, 420 de l'homme envers lui-même, c'est-à-dire une division suivant laquelle le sujet du devoir (l'homme) se considère lui-même ou comme un être *animal* (physique) et en même temps moral, ou *uniquement comme être moral.*

Or, en ce qui concerne l'*animalité* de l'homme, telles sont les impulsions de la nature : *a*) celle par laquelle la nature vise à la conservation de soi, *b*) à la conservation de l'espèce, *c*) à la conservation de notre faculté de jouir de la vie d'une façon agréable bien que purement animale[1]. Les vices qui s'opposent ici au devoir de l'homme envers lui-même sont : le *suicide,* l'usage contre nature du *penchant sexuel* et la *jouissance immodérée des plaisirs de la table,* qui affaiblit la faculté de faire un usage convenable de ses forces.

Quant à ce qui concerne le devoir de l'homme envers lui-même, pris *seulement* comme être moral (sans tenir compte de son animalité), il consiste dans la *forme* de l'accord des maximes de sa volonté avec la *dignité* de l'humanité en sa personne ; autrement dit, dans l'interdiction de se dépouiller soi-même du *privilège* d'un être moral, qui est d'agir d'après des principes, l'interdiction de se dépouiller de la liberté intérieure et de se rendre par là le jouet de simples penchants, donc de faire de soi une chose. Les vices qui s'opposent à ce devoir sont : le *mensonge,* l'*avarice* et la *fausse humilité* (bassesse). Ces vices admettent des principes qui (par leur forme même) contredisent directement le caractère de l'homme en tant qu'être moral, c'est-à-dire sa liberté intérieure, sa dignité d'homme, innée ; autant dire que celui qui s'y adonne se fait un principe de n'avoir aucun principe, et partant point de caractère, à savoir de s'avilir et de faire de soi un objet de mépris. La vertu qui s'oppose à tous ces vices pourrait s'appeler l'*honneur (honestas interna justum sui aestimium*[2] *),* manière de penser qui est aux antipodes de l'*ambition (ambitio)* (laquelle aussi peut être très vile) et sous ce titre même, nous y reviendrons plus particulièrement par la suite.

DOCTRINE DE LA VERTU

VI, 421

Première partie

DOCTRINE ÉLÉMENTAIRE DE L'ÉTHIQUE

Premier livre

DES DEVOIRS PARFAITS ENVERS SOI-MÊME

Première section

DU DEVOIR DE L'HOMME ENVERS LUI-MÊME EN TANT QU'ÊTRE ANIMAL

§ 5

En qualité d'animal, le *premier* devoir de l'homme envers lui-même — quand même ce n'est pas le plus éminent — est l'*auto conservation* en sa nature animale.

Le contraire de ce devoir est la *destruction* volontaire ou préméditée de sa nature animale, destruction qui peut être conçue comme totale ou partielle. La destruction totale s'appelle *suicide (autochiria, suicidium)*, la destruction partielle se décompose à son tour en *destruction matérielle,* lorsqu'on se *prive* soi-même de certaines *parties* intégrantes en tant que ce sont des organes — *ablation* ou *mutilation* —, et en destruction *formelle,* lorsqu'on se prive (pour toujours ou pour quelque temps) de la *faculté* de l'*usage* physique (et par là indirectement aussi de l'usage moral) de ses forces : l'auto-abrutissement.

Puisque dans cette section il n'est question que de devoirs négatifs et partant, seulement des abstentions, les articles du devoir devront être dirigés contre les *vices* qui s'opposent au devoir envers soi-même.

VI, 422

Première section

ARTICLE PREMIER :

DU SUICIDE

§ 6

L'*homicide* volontaire commis sur soi-même ne peut être appelé *suicide (homicidium dolosum)* que s'il est possible de prouver qu'il s'agit en tout état de cause d'un crime perpétré soit sur notre personne soit encore, par le biais de ce suicide, sur la personne d'autrui (par exemple lorsqu'une femme enceinte se donne la mort).

a) Le suicide est un crime (meurtre). En vérité on peut aussi le considérer comme une transgression du devoir de l'homme envers les autres hommes (comme celui des époux l'un envers l'autre, des parents envers les enfants, du sujet envers les autorités ou ses concitoyens, ou enfin comme la transgression du devoir de l'homme envers Dieu, en ce sens que l'homme abandonne sans en avoir été relevé le poste qui lui a été confié dans le monde[1]) ; mais il n'est ici question que de la violation d'un devoir envers soi-même, c'est-à-dire de savoir si, en laissant même de côté toutes les autres considérations, l'homme est obligé simplement en sa qualité de personne de conserver sa vie, et s'il faut reconnaître là un devoir (et même un devoir strict) envers soi-même.

Que l'homme puisse se faire offense à lui-même, cela semble absurde *(volenti non fit injuria*[1] *)*. Aussi le stoïcien regardait-il comme un privilège de sa personnalité (de sage) de pouvoir sortir de la vie à son gré (comme on sort d'une pièce enfumée) avec une âme tranquille, sans y être poussé par un mal présent ou à venir, mais par cette seule raison qu'il ne pourrait plus y être utile à rien. Mais ce courage justement, cette force d'âme permettant de ne point craindre la mort et de connaître quelque chose que l'homme peut estimer plus encore que sa vie, aurait dû lui être un motif d'autant plus puissant de ne pas se détruire, lui, un être doué d'une si grande puissance, d'une puissance si supérieure aux mobiles sensibles les plus forts, et par conséquent de ne point s'ôter la vie.

L'homme ne pourra aliéner sa personnalité aussi longtemps qu'on parlera de devoirs, par suite aussi longtemps qu'il vivra ; et c'est une contradiction de lui reconnaître le loisir de se délier de toute obligation, c'est-à-dire d'agir aussi librement que s'il n'avait besoin pour cela d'aucune espèce d'autorisation. Anéantir en sa propre VI, 423
personne le sujet de la moralité revient à extirper du monde, autant qu'il dépend de soi, la moralité dans son existence même, alors qu'elle est une fin en soi ; par conséquent, disposer de soi comme d'un simple moyen en vue d'une fin quelconque, signifie dégrader l'humanité en sa personne *(homo noumenon)*, à laquelle cependant était confiée la conservation de l'homme *(homo phaenomenon)*.

Se priver d'une partie intégrante en tant que c'est un organe (se mutiler), par exemple donner ou vendre une dent pour qu'on l'implante dans la gencive d'un autre, ou se soumettre à la castration pour mener une vie de chanteur plus aisée, etc., relève du suicide partiel ; mais il n'en est pas de même de l'ablation d'un organe nécrosé ou qui menace de le devenir et compromet par là la vie. On ne saurait non plus compter pour crime envers sa propre personne l'action de couper quelque partie de son corps qui n'est pas un organe, par exemple les cheveux, quoique dans ce dernier cas, la chose ne soit pas tout à fait innocente lorsqu'elle vise un gain extérieur.

Questions casuistiques

Est-ce un suicide que de se précipiter (comme Curtius[1]) au-devant d'une mort certaine pour sauver la patrie? Ou bien faut-il considérer le martyre volontaire qui consiste à se sacrifier pour le salut de l'humanité en général, de même que l'action précédente, comme un acte héroïque?

Est-il permis de prévenir par le suicide l'injuste condamnation à mort prononcée par son souverain? même dans le cas où celui-ci le permettrait (comme fit Néron pour Sénèque[2])?

Peut-on imputer comme intention criminelle à un grand monarque[3] mort depuis peu d'avoir porté sur lui un poison très rapide, sans doute afin de n'être pas obligé, s'il venait à être fait prisonnier dans la guerre qu'il conduisait en personne, d'accepter pour sa rançon des conditions qui pourraient être préjudiciables à son pays? car on peut lui prêter cette intention sans qu'il soit nécessaire de supposer là-dessous un simple orgueil.

Un homme éprouvait déjà de l'hydrophobie, effet de la morsure d'un chien enragé, et, après s'être déclaré à lui-même qu'il n'avait jamais entendu dire qu'on pût en réchapper, il se donna la mort pour éviter, comme il le dit dans un
VI, 424 message laissé derrière lui, de faire également, dans les transports de rage (dont il commençait à sentir les accès), le malheur d'autres hommes; la question est de savoir s'il a, ce faisant, injustement agi.

Celui qui se résout à se faire vacciner livre sa vie au hasard, quoiqu'il agisse ainsi *afin de conserver sa vie,* et il se met lui-même, vis-à-vis de la loi du devoir, dans un cas beaucoup plus délicat que le navigateur, qui au moins ne fait pas la tempête à laquelle il s'expose, tandis que notre homme s'attire lui-même la maladie qui le met en danger de mort. La vaccination est-elle donc permise?

ARTICLE SECOND :

DE LA SOUILLURE DE SOI-MÊME PAR LA VOLUPTÉ

§ 7

De même que l'amour de la vie a été mis en nous par la nature en vue de la conservation de notre *personne,* de même l'a été l'amour du sexe en vue de la conservation de l'*espèce;* chacun des deux est une *fin de la nature,* par où l'on entend cette liaison de cause à effet, telle que la cause, sans qu'on lui attribue pour cela un entendement, est cependant conçue par analogie avec celui-ci, comme si elle produisait son effet intentionnellement. Il s'agit maintenant de savoir si l'usage de la faculté de conservation de l'espèce ou de propagation de l'espèce[1], au point de vue de la personne même qui l'exerce, est soumis à une loi du devoir restrictive, ou si la personne, sans viser cette fin, a loisir de s'adonner dans l'usage de ses propriétés sexuelles au plaisir purement animal, sans contrevenir par là à un devoir envers soi-même. Il est démontré dans la doctrine du droit que l'homme ne peut se servir d'une *autre* personne pour se procurer ce plaisir que sous la réserve particulière d'un contrat juridique par lequel deux personnes s'obligent réciproquement. Mais la question est ici de savoir si par rapport à cette jouissance ne prévaut pas un devoir de l'homme envers lui-même, dont la transgression est une *souillure* (non pas simplement une dévalorisation) de l'humanité en sa propre personne. Tendre à cette jouissance s'appelle tendre au *plaisir de la chair* (ou simplement volupté). Le vice qui en résulte s'appelle impudeur, et la vertu en rapport à ces penchants sensibles s'appelle la pudeur, qui doit être présentée ici comme devoir de l'homme envers lui-même. Une volupté est dite *contre nature* lorsque l'homme y est incité non VI, 425 par un objet réel mais par la représentation imaginaire de cet objet qu'il se forge lui-même, en allant donc contre la finalité. En effet la volupté provoque alors un désir qui va contre la fin de la nature et suscite à vrai dire une fin qui l'emporte sur l'amour même de la vie, puisque la fin de la volupté ne vise qu'à la conservation de l'individu, alors que la fin de la nature vise à celle de l'espèce tout entière.

Que cet usage contre nature (donc cet abus) de ses propriétés sexuelles soit une atteinte au devoir envers *soi-même* contrevenant au plus haut point à la moralité, cela frappe chacun dès qu'il y songe, et suscite envers cette pensée une telle répugnance que l'on tient même pour immoral d'appeler un tel vice par son nom, ce qui n'est pas le cas envers la pensée du suicide, que l'on n'hésite pas le moins du monde à exposer *(in specie facti)* aux yeux de tous dans toute son horreur. Tout se passe comme si d'une manière générale l'homme se sentait honteux d'être capable d'une action rabaissant sa propre personne au-dessous de la bête, tant et si bien que même la communauté corporelle permise des deux sexes (en elle-même, évidemment, purement animale) demande et exige, lorsqu'il faut en parler dans une société policée, beaucoup de finesse afin de jeter un voile.

Mais il n'est pas si aisé de produire la preuve rationnelle du caractère inadmissible de cet usage contre nature de ses propriétés sexuelles, ni même la preuve que son usage si dénué de finalité est une infraction (et même dans le premier cas, extrêmement grave) au devoir envers soi-même. Le *fondement de la preuve* se trouve sans aucun doute en ce que l'homme renonce avec dédain à sa personnalité en se servant de lui-même comme d'un pur moyen pour satisfaire ses tendances animales. Mais par là n'est pas expliqué le degré auquel un tel vice, dans la violation de l'humanité en sa propre personne, atteint de par son caractère contre nature, puisque au point de vue de la forme (de l'intention), il semble surpasser encore le suicide. Car si tant est que finir par rejeter fièrement sa vie comme un fardeau ne soit pas à tout le moins un lâche abandon à l'attrait de l'animalité, mais exige au contraire de l'homme du courage en lequel le respect pour l'humanité en sa propre personne trouve encore place, en revanche celui qui s'abandonne entièrement au penchant animal fait de l'homme un instrument de jouissance cependant qu'une chose contre nature, c'est-à-dire un objet de *dégoût,* et il se dépouille ainsi de tout respect pour lui-même.

Questions casuistiques VI, 426

La fin de la nature dans la cohabitation des sexes est la reproduction, c'est-à-dire la conservation de l'espèce ; à tout le moins donc ne doit-on pas agir contre cette fin. Mais est-il permis (même si c'est dans le mariage) de s'arroger cet usage *sans avoir* aussi *égard à cette fin?*

Par exemple pendant le temps de la grossesse — ou quand (effet de l'âge ou de la maladie) la femme est devenue stérile, ou quand elle ne se sent aucunement encline à l'acte conjugal —, n'est-il pas — aussi bien que dans le cas de la volupté contre nature — contraire à la fin de la nature et par là même au devoir envers soi-même, de la part de l'un ou l'autre partenaire, de faire usage de ses propriétés sexuelles? Ou bien y a-t-il ici une loi de la raison moralement pratique qui, dans la collision de ses principes de détermination, autorise (comme par indulgence) quelque chose d'assurément non autorisé, tel pourtant qu'il préserve d'une transgression encore plus grande? D'où peut-on bien parler lorsqu'on taxe de *purisme* (une pédanterie relative à l'observance des devoirs, en ce qu'ils ont de large) la limitation d'une obligation large et qu'on accorde, au risque de manquer à la loi de la raison, une latitude aux penchants animaux?

Le penchant sexuel eſt aussi appelé *amour* (au sens le plus étroit du terme), et c'eſt en fait le plus grand plaisir des sens qu'on puisse prendre à un objet ; ce n'eſt pas simplement un *plaisir sensible* comme on peut prendre à des objets qui plaisent pour peu qu'on réfléchisse sur eux (et alors la réceptivité à ce plaisir s'appelle goût), mais c'eſt le plaisir émanant de la *jouissance,* prise à une autre personne, qui relève donc de la *faculté de désirer* et même de cette faculté à son plus haut degré : la passion. Et l'on ne saurait la mettre au compte ni de l'amour de complaisance ni de l'amour de bienveillance (car tous deux détournent plutôt de la jouissance charnelle), mais c'eſt un plaisir d'un genre particulier *(sui generis),* et l'ardeur sexuelle n'a proprement rien de commun avec l'amour moral, quoiqu'elle puisse s'y lier étroitement lorsque la raison pratique intervient avec ses conditions reſtrictives.

VI, 427

ARTICLE TROISIÈME

DE L'ABRUTISSEMENT DE SOI-MÊME PAR L'USAGE IMMODÉRÉ DES PLAISIRS OU MÊME DE LA NOURRITURE

§ 8

Ce n'eſt point d'après le dommage, les douleurs corporelles ou même les maladies que l'homme s'attire par là que l'on jugera ici le vice qui consiſte dans cette sorte d'intempérance ; car ce serait alors suivant un principe de bien-être et de commodité (donc de bonheur) qu'il faudrait résister à ce vice, et un tel principe ne peut jamais fonder un devoir mais seulement une règle de prudence ; du moins ne serait-ce pas le principe d'un devoir direct.

L'intempérance animale dans la jouissance de la nourriture est l'abus des moyens de jouissance qui entrave ou épuise la faculté d'en faire un usage intellectuel. *Ivrognerie* et *gloutonnerie* sont des vices qui appartiennent à cette rubrique. En état d'ivresse, l'homme est à traiter seulement comme un animal, non comme un homme ; en se mettant dans un tel état et en se gorgeant de nourriture, il est paralysé pour un certain temps à l'égard d'actions qui exigent de l'adresse et de la réflexion dans l'usage de ses forces. Que ce soit porter atteinte au devoir envers soi-même que de se mettre dans un tel état, cela saute aux yeux. Le premier de ces avilissements qui ravalent l'homme au-dessous même de la nature animale est habituellement l'effet de boissons fermentées, mais aussi d'autres moyens de s'abrutir, tel l'opium et autres produits du règne végétal ; et cet avilissement est séduisant parce qu'il apporte pour un instant un bonheur rêvé, une libération des soucis et même aussi des forces imaginaires, mais il est nuisible en ce qu'il entraîne par la suite abattement, faiblesse et, ce qui est le pire, la nécessité de revenir à ce moyen d'abrutissement et même d'en augmenter la dose. La gloutonnerie est à mettre encore davantage au rang de cette jouissance animale des sens, dans la mesure où elle n'occupe que la sensibilité en tant que passivité et jamais, comme cela arrive dans le cas précédent, l'imagination où il y a encore place pour un jeu *actif* des représentations ; elle est par conséquent encore plus proche de la jouissance de la brute.

Questions casuistiques VI, 428

Peut-on, sinon comme panégyriste du moins comme apologiste, permettre un usage du vin qui confine à l'ivresse pour cette raison qu'il anime en société la conversation et porte ainsi les cœurs à s'ouvrir ? Ou peut-on vraiment lui accorder le mérite d'opérer ce qu'Horace vante chez Caton : *virtus ejus incaluit mero*[1] ? Mais qui peut fixer une *mesure* pour quelqu'un qui est justement sur le point de tomber dans l'état où il n'aura plus l'œil assez clair pour *mesurer*? L'usage de l'opium et de l'eau-de-vie comme moyens de jouissance se rapproche davantage de l'abjection parce que dans le bien-être imaginaire qu'ils procurent ils rendent muet, réticent, peu communicatif ; c'est aussi pourquoi ces produits sont autorisés uniquement comme médicaments. Le mahométisme qui interdit absolument le vin a donc fait un très mauvais choix en permettant l'opium.

Le banquet, invitation expresse à l'intempérance en les deux formes de jouissance évoquées dans le titre, comporte pourtant, outre l'agrément purement physique, quelque chose qui tend à une *fin* morale, à savoir : réunir longuement beaucoup d'hommes en vue d'une communication réciproque. Toutefois, comme leur nombre justement (lorsqu'il dépasse, ainsi que le dit Chesterfield[2], celui des Muses) ne permet qu'une maigre communication (avec ses plus proches voisins) et que par conséquent le dispositif va contre la fin, le grand nombre demeure un encouragement à l'immoralité, c'est-à-dire à l'intempérance et à la transgression du devoir envers soi-même, sans parler des dommages physiques de ces excès que le médecin peut peut-être réparer. Jusqu'où va l'autorisation morale de prêter une oreille favorable à ces invites à l'intempérance?

Deuxième section

DU DEVOIR DE L'HOMME ENVERS LUI-MÊME, CONSIDÉRÉ UNIQUEMENT COMME ÊTRE MORAL

Ces devoirs s'opposent aux vices du *mensonge,* de l'*avarice* et de la fausse *humilité* (bassesse).

I. DU MENSONGE VI, 429

§ 9

La plus grande violation du devoir de l'homme envers lui-même, considéré uniquement comme être moral (à savoir l'humanité en sa personne), est le contraire de la véracité : le mensonge *(aliud lingua promptum, aliud pectore inclusum gerere*[1] *).* Que toute fausseté délibérée dans l'expression de ses pensées ne puisse éviter dans l'éthique d'encourir cette dure appellation (qu'elle ne porte dans la doctrine du droit que lorsqu'elle lèse le droit d'autrui), cela va de soi puisque l'éthique ne s'autorise nullement de l'innocuité. C'est que le déshonneur (être un objet de mépris moral) qui l'accompagne, accompagne aussi le menteur comme son ombre. Le mensonge peut être extérieur *(mendacium externum)* ou encore intérieur. Par le premier, l'homme se rend méprisable aux yeux des autres, mais par le second, ce qui est encore pis, il se rend méprisable à ses propres yeux et attente à la dignité de l'humanité en sa propre personne. En ce cas le dommage qui peut en provenir pour d'autres hommes ne constitue

pas le caractère propre du vice (qui ne serait alors rien d'autre qu'une violation du devoir envers autrui), et il n'entre donc pas ici en ligne de compte, non plus d'ailleurs que le dommage que le menteur s'attire lui-même ; car alors, en tant que faute de prudence, il contredirait uniquement les maximes pragmatiques, non les maximes morales, et ne pourrait pas du tout être envisagé comme violation du devoir. Le mensonge est le rejet et pour ainsi dire l'anéantissement de la dignité humaine. Un homme qui ne croit pas lui-même ce qu'il dit à un autre (quand bien même il s'agirait d'une personne idéale), a encore moins de valeur que s'il était une simple chose, car puisque la chose est quelque chose de réel et de donné, quelqu'un d'autre peut bien faire un usage quelconque de ce qui en constitue la propriété : servir à quelque chose ; tandis que la communication de ses pensées à quelqu'un à travers des mots qui contiennent intentionnellement le contraire de ce que le locuteur pense à ce sujet est une fin directement opposée à la finalité naturelle de la faculté de communiquer ses pensées, par conséquent un renoncement à sa personnalité et, au lieu de l'homme même, l'apparence trompeuse de l'homme[1]. La *véracité* dans les déclarations s'appelle aussi *loyauté* et si ces déclarations sont en même temps des promesses, *droiture*, et de manière
VI, 430 générale *bonne foi*.

Pour être jugé répréhensible, il n'est pas nécessaire au mensonge (au sens éthique du mot), en tant que fausseté délibérée en général, d'être *dommageable* à autrui ; en effet il serait alors une violation du droit d'autrui. La cause peut en être aussi bien la pure légèreté voire la bonté, et même on peut s'y proposer une fin réellement bonne ; la façon de s'y livrer est pourtant, de par sa simple forme, un crime de l'homme envers sa propre personne et une indignité qui doit le rendre méprisable à ses propres yeux.

Il est facile de prouver la réalité de nombreux mensonges *intérieurs* dont les hommes se rendent coupables, mais il semble bien plus difficile d'en expliquer la possibilité, parce qu'une seconde personne est requise pour cela, que l'on a l'intention de duper, et que l'intention de se tromper délibérément soi-même semble contenir une contradiction.

Étant un être moral *(homo noumenon)*, l'homme ne peut se servir de lui-même, en tant qu'être physique *(homo phaenomenon)*, comme d'un pur moyen (machine à paroles) qui ne serait pas lié à une fin interne (la communication des pensées), tout au contraire il est soumis à la condition de s'accorder avec lui-même dans la déclaration *(declaratio)* de celle-ci et il est obligé envers lui-même à la *véracité*. Par exemple il se ment à lui-même lorsqu'il feint de croire à un futur juge du monde, alors qu'en réalité il ne trouve en lui aucune croyance de ce genre, mais qu'il se persuade qu'il ne saurait lui être nuisible mais au contraire avantageux de confesser par la pensée une telle croyance en celui qui sonde les cœurs, afin d'obtenir subrepticement sa faveur quoi qu'il arrive. Il se ment encore à lui-même lorsque, sans douter cette fois de ce juge, il se flatte de respecter intérieurement cette loi alors qu'il ne sent en lui d'autre mobile que celui de la crainte du châtiment.

La déloyauté[1] n'est qu'un manque de *scrupules*, c'est-à-dire un manque de pureté dans la confession devant son juge *intérieur* que l'on conçoit comme une autre personne ; par exemple, à considérer les choses en toute rigueur, il y a déjà impureté à prendre par amour de soi un vœu pour un acte, sous prétexte qu'il a pour lui une fin bonne en elle-même. Et le mensonge intérieur, quoiqu'il aille à l'encontre du devoir de l'homme envers lui-même, reçoit ici le nom de faiblesse, tout de même que le souhait d'un amant à qui son désir de ne trouver que de belles qualités à son aimée rend invisibles ses défauts frappants. Cependant, cette impureté dans les déclarations que l'on fait sur soi-même, mérite le blâme le plus sévère car, à partir d'une telle corruption (la fausseté qui semble enracinée dans la nature humaine), le fléau VI, 431 de la non-véracité s'étend jusque dans la relation aux autres hommes, dès qu'on a porté atteinte au principe suprême de la véracité.

Remarque

Il est remarquable que la Bible date le premier crime par lequel le mal est entré dans le monde, non du *fratricide* (de Caïn) mais du premier *mensonge* (parce que la nature même s'élève contre ce crime) et qu'elle désigne le menteur du début et le père des mensonges comme l'auteur de tout mal ; bien qu'à cette propension de l'homme à la *fourberie (esprit fourbe*[1] *)* qui doit pourtant avoir précédé, la raison ne puisse donner aucun fondement, parce qu'un acte de liberté ne peut (comme une action physique) être déduit ni expliqué d'après la loi naturelle de l'enchaînement des effets et des causes qui sont tous des phénomènes.

Questions casuistiques

Peut-on tenir pour mensonge une contre-vérité émise par simple politesse (par exemple le : *je suis votre très obéissant serviteur*) à la fin d'une lettre? Personne n'est trompé par là. Un auteur demande à l'un de ses lecteurs : comment trouvez-vous mon œuvre? On pourrait bien donner une réponse illusoire en se moquant de ce qu'une telle question a d'embarrassant, mais qui a toujours prêt un mot d'esprit? La moindre hésitation à répondre est déjà une humiliation pour l'auteur, le lecteur peut-il donc lui parler selon son cœur?

Dans les vraies affaires où il s'agit du mien et du tien, dois-je, si je dis une contre-vérité, répondre de toutes les conséquences qui peuvent en découler? Par exemple, un maître a ordonné à son domestique de répondre, lorsqu'une certaine personne viendra le demander, qu'il n'est pas là. Ainsi fait le domestique, mais par là il permet à son maître de s'échapper et de commettre un grand crime que la garde envoyée contre lui l'eût empêché de commettre. À qui incombe ici la faute (suivant les principes éthiques)? Sans doute aussi au domestique qui a ici violé par un mensonge un devoir envers soi-même, dont les suites lui seront maintenant imputées par sa propre conscience.

II. DE L'AVARICE

§ 10 VI, 432

Sous ce nom, je n'entends pas la *cupidité* (propension à étendre l'acquisition des moyens de bien vivre au-delà des limites des véritables besoins), car celle-ci peut aussi être considérée comme une simple atteinte à son devoir (de bienfaisance) envers les *autres,* mais la *parcimonie,* qui lorsqu'elle est outrageante est appelée *lésinerie* ou ladrerie, et cela non pas du fait qu'elle est une négligence de notre devoir d'amour envers autrui mais dans la mesure où, en tant que restriction, au-dessous de la mesure du véritable besoin, de la jouissance *personnelle* des moyens de bien vivre, elle contredit le devoir *envers soi-même*[1].

À propos de la condamnation de ce vice, on peut dégager un exemple de l'inexactitude de toutes les définitions par le simple *degré,* des vertus aussi bien que des vices, et en même temps démontrer l'incompétence du principe *aristotélicien* selon lequel la vertu consiste à tenir le milieu entre deux vices[2].

Si en effet je considérais comme un milieu entre la prodigalité et l'avarice la *bonne économie,* et que ce milieu fût un *milieu quant au degré,* un vice ne pourrait se changer en vice contraire *(contrarie)* qu'en passant par la *vertu* et celle-ci ne serait rien d'autre qu'un vice diminué ou plutôt disparaissant, et la conséquence serait dans le cas présent que l'authentique devoir de vertu consisterait à ne point faire usage des moyens de bien vivre.

Ce n'est pas la *mesure* de la pratique des maximes morales, mais leur *principe* objectif qui doit être reconnu et exposé comme différent, lorsqu'il s'agit de distinguer un vice d'une vertu. *La maxime de cupidité* (qui est celle du prodigue) est de se procurer et de conserver tous les moyens de bien vivre *en vue de la jouissance*. Celle de la *parcimonie* est en revanche d'acquérir aussi bien que de conserver tous les moyens de bien vivre mais *sans intention de jouissance* (c'est-à-dire sans que ce soit la jouissance mais la possession qui soit la fin).

C'est donc la caractéristique propre de ce dernier vice que le principe de la possession des moyens relatifs à toute sorte de fins, avec toute-
VI, 433 fois la restriction de vouloir n'user pour soi d'aucun et de se priver de l'agréable jouissance de la vie, ce qui au point de vue de la fin est directement opposé au devoir envers soi-même*.

VI, 433 * Le principe : on ne doit faire en aucune chose ni trop ni trop peu, ne signifie rien, car il est tautologique. Que signifie faire trop? Réponse : plus qu'il n'est bon. Que signifie faire trop peu? Réponse : moins qu'il n'est bon. Que signifie *je dois* (faire ou éviter quelque chose)? Réponse : il *n'est pas bon* (il est contraire au devoir) de faire plus ou moins qu'il n'est bon. Si telle est la sagesse que nous devons rechercher chez les Anciens (chez Aristote[1]), en remontant à eux comme étant ceux qui étaient plus proches de la source — *virtus consistit in medio; medium tenuere beati; est modus in rebus, sunt certi denique fines, quos ultra citraque nequit consistere rectum*[2] —, alors nous avons mal choisi en nous tournant vers leurs oracles. Entre véracité et mensonge (en tant que *contradictorie oppositis*), il n'y a pas de milieu, tandis qu'il en existe un entre l'expansivité et la réserve (en tant que *contrarie oppositis*[3]) qui consiste à ne pas dire, en exprimant sa pensée, *toute la vérité,* bien que *tout* ce qu'on dise soit vrai. Or, il semble tout à fait naturel d'exiger du théoricien de la vertu qu'il m'indique ce milieu. Mais il ne le peut, car ces deux devoirs de vertu ont leur champ d'application *(latitudinem)*, et c'est seulement par la faculté de juger, d'après des règles de prudence (les règles pragmatiques), non d'après celles de la moralité (les règles morales), que peut être décidé ce qu'il faut faire, c'est-à-dire qu'on peut le déterminer non comme devoir *strict (officium strictum)* mais comme devoir *large (officium latum)*. C'est pourquoi celui qui suit les principes de la vertu peut certainement commettre une *faute*

Prodigalité et parcimonie ne diffèrent donc pas par le degré mais spécifiquement par leurs maximes opposées.

Questions casuistiques

Puisqu'il n'est ici question que des devoirs envers soi-même et que la cupidité (insatiabilité d'acquérir) axée sur le gaspillage aussi bien que la lésinerie (chagrin de dépenser) ont pour fondement l'*égoïsme (solipsismus)*, et que les deux, le VI, 434 gaspillage et la parcimonie, paraissent répréhensibles par cela seul qu'ils conduisent à l'indigence, dans un cas à une indigence inattendue, dans l'autre à une indigence délibérée (vouloir vivre chichement), la question est de savoir si l'un comme l'autre doivent somme toute être appelés vices et ne méritent pas plutôt tous les deux le nom de simple imprudence, si par conséquent ils ne peuvent pas être situés tout à fait au-delà des limites du devoir envers soi-même. La parcimonie toutefois n'est pas uniquement de l'épargne mal comprise, mais une servile soumission de soi-même aux biens de la fortune dont on n'est pas maître, ce qui est une violation du devoir envers soi-même. Elle s'oppose à la *libéralité (liberalitas moralis)* comme trait général d'une mentalité [non pas à la générosité *(liberalitas sumtuosa*[2] *)* qui n'est qu'une application de la libéralité à un cas parti-

(peccatum) en faisant plus ou moins que ne le prescrit la prudence, mais en s'attachant fermement à ces principes, il ne peut tomber dans le *vice (vitium)*, et les vers d'Horace : *insani sapiens nomen ferat, aequus iniqui, ultra quam satis est virtutem si petat ipsam*[1], pris à la lettre, sont fondamentalement faux. *Sapiens* ne désigne en fait ici qu'un homme *prudent (prudens)* qui ne se forge pas une conception chimérique de la perfection de vertu, laquelle en tant qu'Idéal exige certes qu'on se rapproche de cette fin mais non pas qu'on la réalise parfaitement, exigence qui outrepasse les forces humaines et comporte une absurdité (une chimère) dans son principe. En effet, dire qu'on peut être *trop vertueux,* c'est-à-dire trop attaché à son devoir, reviendrait à peu près à dire qu'on peut rendre un cercle trop rond ou une ligne trop droite.

culier], elle s'oppose donc au principe de l'indépendance à l'égard de toute autre chose que la loi et est une fraude que le sujet commet envers lui-même. Mais qu'est-ce qu'une loi dont le législateur intérieur lui-même ne sait pas à quoi il faut l'appliquer? Dois-je restreindre mes dépenses de table ou mes dépenses à l'extérieur? Dans la vieillesse ou dès la jeunesse? Ou l'épargne en général est-elle une vertu?

III. DE LA BASSESSE

§ 11

Dans le système de la nature, l'homme *(homo phaenomenon, animal rationale*[1] *)* est un être de médiocre importance et il a en commun avec les autres animaux, en tant que produits de la terre, une valeur vulgaire *(pretium vulgare)*. Le fait qu'il ait un entendement qui l'élève au-dessus d'eux et qu'il puisse se fixer à lui-même des fins, même cela ne lui confère qu'une valeur extrinsèque d'utilité *(pretium usus)*, à savoir la valeur par laquelle un homme l'emporte sur un autre ; c'est-à-dire qu'il a un *prix* comme une marchandise dans le commerce qu'il entretient avec ces animaux pris comme des choses, commerce où il n'a pourtant qu'une valeur inférieure à celle de l'équivalent universel, l'argent, dont la valeur est pour cette raison appelée éminente *(pretium eminens)*.

Seulement, considéré comme *personne*, c'est-à-dire comme sujet d'une raison moralement pratique, l'homme est au-dessus de tout prix, car en tant que tel *(homo noumenon)*, il convient de l'estimer, non pas simplement comme un moyen
VI, 435 pour les fins d'autrui — pas même pour les siennes propres — mais au contraire comme une fin en soi-même, c'est-à-dire qu'il possède une *dignité* (une valeur intérieure absolue) par laquelle

il force au *respect* de lui-même toutes les autres créatures raisonnables, qui lui permet de se mesurer avec toute autre créature de cette espèce et de se considérer sur un pied d'égalité avec elle.

L'humanité en sa personne est l'objet du respect qu'il peut exiger de tout autre homme, mais dont il ne doit pas non plus se dispenser. Il peut et doit donc s'estimer d'après une mesure qui est petite ou grande selon qu'il se considère comme être sensible (d'après sa nature animale) ou comme être intelligible (d'après sa disposition morale). Or, comme il ne doit pas se considérer seulement comme une personne en général mais aussi en tant qu'homme, c'est-à-dire comme une personne ayant des devoirs envers elle-même, que lui impose sa propre raison, son insignifiance en tant qu'*homme animal* ne saurait nuire à la conscience de sa dignité en tant qu'*homme rationnel*, et il ne doit pas renoncer à l'estime morale de soi à ce dernier égard. C'est-à-dire qu'il ne doit pas poursuivre sa fin qui est en même temps un devoir d'une manière basse et *servile (animo servili)*, comme en briguant pour lui-même une faveur, qu'il ne doit pas renoncer à sa dignité mais que la conscience de la sublimité de sa disposition morale (conscience qui est déjà comprise dans le concept de vertu) doit toujours l'accompagner ; et cette *estime de soi* est un devoir de l'homme envers lui-même.

La conscience et le sentiment de l'insignifiance de notre valeur morale en comparaison avec la *loi* est l'*humilité (humilitas moralis)*. Être persuadé, mais seulement faute de comparaison avec la loi, de posséder cette valeur pour une large part peut être appelé *orgueil de vertu (arrogantia moralis*[1] *)*. Renoncer à toute prétention à une quelconque valeur morale de son être, en étant persuadé d'acquérir par là une valeur cachée, est la *fausse humilité* morale *(humilitas moralis spuria)* ou la *bassesse d'esprit*[2].

L'*humilité*[3] *dans la comparaison de soi avec les autres hommes* (même avec tout être fini en général, fût-ce un séraphin) n'est aucunement un devoir, c'est bien plutôt de l'*ambition (ambitio)*, cet effort pour

égaler ou dépasser les autres dans ce genre d'humilité avec la conviction d'obtenir aussi ce faisant une plus grande valeur intérieure, et l'ambition est directement contraire au devoir envers les autres. Mais imaginer de rabaisser sa propre valeur morale pour en faire uniquement le moyen
VI, 436 de gagner la faveur d'un autre — qui que ce soit — (hypocrisie et flatterie*), cela est de la fausse (feinte) humilité et, en tant que dépréciation de sa personnalité, contraire au devoir envers soi-même.

D'une comparaison sincère et exacte de soi avec la loi morale (avec sa sainteté et sa rigueur) doit découler immanquablement la véritable humilité, mais du fait que nous sommes capables d'une législation intérieure, telle que l'homme (physique) se sent contraint de respecter l'homme (moral) en sa propre personne, découle, comme sentiment de notre valeur intérieure *(valor)*, à la fois celui de notre élévation et celui de la suprême estime de soi, relativement auquel l'homme n'a pas de prix *(pretium)* et possède une dignité imperdable *(dignitas interna*[1] *)*, qui lui inspire du respect *(reverentia)* envers lui-même.

§ 12

Ce devoir relatif à la dignité de l'humanité en nous et qui par conséquent est aussi un devoir envers nous-mêmes, on peut le rendre plus ou moins apparent par les préceptes suivants :

Ne devenez point esclaves des hommes. Ne souffrez pas que votre droit soit impunément foulé aux pieds par les autres. Ne contractez point de dettes pour lesquelles vous n'offririez pas une entière garantie. Ne recevez point de bienfaits dont vous pourriez vous passer, et ne soyez ni

* *Heucheln* (proprement *haücheln*) (faire l'hypocrite) semble dérivé de *ächzenden*, souffle gémissant entrecoupant la parole (profond soupir) ; et *Schmeicheln* (flatter) de *Schmiegen* (courber) qui, à la forme fréquentative, donne *Schmiegeln* et enfin *Schmeicheln* dans le haut allemand.

parasite ni flatteur, ni même (ce qui ne s'en distingue évidemment que par le degré) mendiant. Soyez donc économes pour ne pas devenir miséreux. Les plaintes et les gémissements, même le simple cri de douleur physique sont déjà indignes de vous, et à plus forte raison si vous êtes conscient d'avoir mérité cette peine ; c'est pourquoi un délinquant ennoblit sa mort (en efface l'ignominie) par la fermeté avec laquelle il meurt. S'agenouiller ou se prosterner jusqu'à terre même si c'est pour se rendre sensible le culte des choses célestes, est contraire à la dignité humaine, comme l'est l'invocation de celles-ci devant des images, car vous vous humiliez alors non devant un *Idéal* VI, 437
que vous représente votre propre raison, mais devant une *idole* qui est votre propre ouvrage.

Question casuistiques

Est-ce qu'en l'homme le sentiment de la sublimité de sa destination, c'est-à-dire l'*élévation de l'âme (elatio animi)* comme estime de soi-même, n'est pas trop proche parente de la *présomption (arrogantia)* qui est directement opposée à la *véritable humilité (humilitas moralis)*, pour qu'il soit judicieux de nous y inciter, quand bien même nous ne nous comparerions pas simplement avec la loi, mais avec les autres hommes ? Ou bien est-ce que cette sorte d'abnégation n'entraînerait pas plutôt l'opinion des autres jusqu'au mépris de notre personne et ne serait pas ainsi contraire au devoir (de respect) envers nous-même ? Il semble dans tous les cas indigne d'un homme de s'humilier et de se courber devant un autre.

Les hautes marques de respect dans les paroles et les manières, même à l'égard d'un homme qui n'a pas d'autorité dans la constitution civile, les révérences, les courbettes (cérémonies), les phrases de cour qui indiquent avec une exactitude pointilleuse la différence de rang, mais n'ont rien à voir avec la politesse (qui est nécessaire, même entre gens qui ont les uns pour les autres un égal respect), le Tu, le Il, le Vous ou le Altesse Sérénissime, le Très Noble, l'Excellence, le Votre Honneur *(ohe, jam satis est*[1] *!)*, dans la manière de s'adresser aux gens, pédanterie en laquelle les Allemands, entre tous les peuples de la terre, sont allés le plus loin (à l'exception peut-être des castes indiennes), tout cela n'est-il pas la preuve d'une propension à la bassesse très répandue parmi les hommes, *(Hae nugae in seria ducunt*[2] *)* ? Mais celui qui se fait ver ne peut pas se plaindre par la suite lorsqu'on le foule aux pieds.

CHAPITRE PREMIER

DU DEVOIR DE L'HOMME ENVERS LUI-MÊME COMME JUGE NATUREL DE LUI-MÊME

§ 13

Tout concept de devoir comporte une coercition objective exercée par la loi (comme impératif
VI, 438 moral restreignant notre liberté), et il relève de l'entendement pratique qui fournit la règle ; mais l'*imputation* intérieure d'un acte, comme d'un cas soumis à la loi *(in meritum aut demeritum*[3] *)*, relève de la *faculté de juger (judicium)* laquelle, comme principe subjectif de l'imputation de l'action, juge avec force de loi si cette action a eu lieu ou non comme acte (comme action soumise à une loi) ; à quoi vient s'ajouter la conclusion de la *raison* (la sentence), c'est-à-dire la liaison entre l'action et son juste effet (la condamnation ou l'absolution). C'est ce qui se passe devant un *tribunal (coram judicio)* appelé *cour de justice (forum)* en tant qu'il est une personne morale ménageant à la loi son effet. Le sentiment d'un *tribunal intérieur* en l'homme « devant lequel ses pensées s'accusent ou se disculpent l'une l'autre[4] » est la *conscience.*

Tout homme a une conscience et se trouve observé, menacé et surtout tenu en respect (respect[1] lié à la crainte) par un juge intérieur, et cette puissance qui veille en lui sur les lois n'est pas quelque chose qu'il se *forge* à lui-même arbitrairement, mais elle est inhérente à son être. Sa conscience le suit comme son ombre lorsqu'il pense lui échapper. Il peut bien s'étourdir ou s'endormir par des plaisirs et des distractions, mais il ne saurait éviter de revenir à lui ou de se réveiller de temps en temps dès lors qu'il en perçoit la voix terrible. Il peut arriver à l'homme de tomber dans l'extrême abjection où il ne se soucie plus de cette voix, mais il ne peut pourtant pas éviter de l'*entendre*.

Cette disposition intellectuelle originaire et (puisqu'elle est représentation du devoir) morale, qu'on appelle *conscience,* a en elle-même ceci de particulier que, bien qu'en cette sienne affaire l'homme n'ait affaire qu'à lui-même, il se voit pourtant contraint par sa raison de la mener comme sur l'ordre d'*une autre personne.* Car l'affaire consiste ici à conduire une *cause judiciaire (causa)* devant un tribunal. Mais concevoir comme ne faisant qu'une *seule* et *même personne* avec le juge celui qui est *accusé* par sa conscience est une manière absurde de se représenter une cour de justice car, s'il en était ainsi, l'accusateur perdrait toujours. C'est pourquoi, pour ne pas être en contradiction avec elle-même, la conscience de l'homme, en tous ses devoirs, doit concevoir un *autre* (qui est l'homme en général) qu'elle-même, comme juge de ses actions. Maintenant, cet autre peut être une personne réelle ou une personne pu- VI, 439
rement idéale que la raison se donne à elle-même*.

* La double personnalité selon laquelle l'homme qui s'accuse VI, 439
et se juge en sa conscience doit se concevoir lui-même : ce double moi qui d'une part doit comparaître en tremblant à la barre d'un tribunal dont paradoxalement la garde lui est confiée, mais qui détient d'autre part la fonction de juge en vertu d'une autorité naturelle, mérite une explication, afin que la raison n'entre pas en contradiction avec elle-même. Moi, l'accusateur mais aussi l'accusé, je suis le même *homme (numero idem),* toutefois, comme sujet de la législation morale procédant du concept de liberté et suivant laquelle l'homme est soumis à une loi qu'il se donne à lui-même *(homo noumenon),*

Une telle personne idéale (le juge autorisé de la conscience) doit pouvoir sonder les cœurs, car le tribunal eﬆ établi à l'*intérieur* de l'homme. Mais en même temps elle doit être aussi le *principe de toute obligation,* c'eﬆ-à-dire qu'elle doit être une personne ou être pensée comme une personne telle que tous les devoirs en général doivent être considérés relativement à elle comme étant aussi ses ordres ; car la conscience eﬆ le juge intérieur de tous les actes libres. Or, comme un tel être moral doit en même temps détenir toute puissance (dans le ciel et sur la terre), faute de quoi il ne pourrait ménager à ses lois l'effet qui leur eﬆ approprié (ce qui appartient pourtant nécessairement à sa fonction de juge), un tel être moral ayant puissance sur toutes choses ne peut s'appeler que *Dieu.* Il faut donc concevoir la conscience comme principe subjectif d'un compte à rendre à Dieu de ses actes ; bien mieux, ce dernier concept eﬆ toujours contenu (même si ce n'eﬆ que de manière obscure) dans toute conscience de soi morale.

Cela ne veut pas dire d'ailleurs que par cette Idée à laquelle le conduit inévitablement sa conscience, l'homme soit autorisé — ni à plus forte raison obligé — *à admettre* un tel être suprême comme exiﬆant *réellement* en dehors de lui ; car cette Idée ne lui eﬆ pas *donnée objectivement* par la raison théorique, mais seulement *subjectivement* par
VI, 440 la raison pratique s'obligeant elle-même à agir conformément à cette Idée ; et par la médiation

il eﬆ à considérer comme un autre être que l'homme sensible *(ſpecie diversus)* doué de raison, mais cela seulement du point de vue pratique, car il n'exiﬆe aucune théorie de la relation causale de l'intelligible au sensible, et cette différence spécifique eﬆ celle des facultés (supérieure et inférieure) qui caractérisent l'homme. C'eﬆ l'homme nouménal qui eﬆ l'accusateur en face duquel eﬆ consentie à l'accusé une assiﬆance juridique (son avocat). Une fois la cause entendue, le juge intérieur, comme personne détenant la puissance, prononce la sentence sur le bonheur ou le malheur comme conséquence morale de l'action. En cette qualité de double moi, nous ne pouvons poursuivre plus avant avec notre raison la puissance de ce juge (en tant que maître du monde), mais nous ne pouvons que respecter son *jubeo* et son *veto* inconditionné.

de celle-ci, mais *seulement suivant l'analogie* avec un législateur de tous les êtres raisonnables du monde, l'homme obtient une simple direction qui consiste à se représenter la délicatesse morale (qu'on appelle aussi *religio*) comme responsabilité devant un être différent de nous-mêmes, un être saint mais pourtant intérieurement présent en nous (en la raison morale législatrice), et à se soumettre à sa volonté comme à la règle de ce qui est juste. Le concept de la religion en général n'est ici pour l'homme que «le principe de regarder tous ses devoirs comme des commandemnts divins».

1. Dans une affaire de conscience *(causa conscientiam tangens)*, l'homme conçoit une conscience qui l'*avertit (praemonens)* avant la décision ; à propos de quoi, lorsqu'il s'agit d'un concept de devoir (de quelque chose de moral en soi), dans les cas où la conscience est seule juge *(casibus conscientiae)*, on ne saurait tenir l'extrême *scrupulosité (scrupulositas)* pour du tatillonnage (micrologie), non plus qu'une véritable transgresssion pour de la bagatelle *(peccatillum)*, ni la confier aux soins d'un confesseur se prononçant arbitrairement (suivant le principe : *minima non curat praetor*[1]). C'est pourquoi attribuer à quelqu'un une conscience *large* revient à dire qu'il *n'a pas de conscience*.

2. Quand l'acte est résolu, un *accusateur* s'élève aussitôt dans la conscience, mais en même temps que lui se présente aussi un *défenseur* (avocat), et alors le conflit ne peut être traité à l'amiable *(per amicabilem compositionem)*, mais doit être tranché selon la rigueur du droit.

3. Vient ensuite, possédant force de loi, la sentence prononcée par la conscience sur l'homme, qui, l'acquittant ou le condamnant, décide en dernier ressort ; il faut remarquer à ce sujet que la sentence d'acquittement ne peut jamais décréter une *récompense (praemium)* en tant que bénéfice de quelque chose qu'on ne possédait pas auparavant, mais comporte seulement le sentiment d'être bien aise d'avoir échappé au danger d'être trouvé punissable, et c'est pourquoi la félicité que pro-

cure l'encouragement consolant de sa conscience n'est pas *positive* (comme la joie) mais seulement *négative* (c'est l'apaisement qui succède à l'angoisse), et c'est à la vertu seule comme à un combat contre les influences du mauvais principe en l'homme que peut être attribuée cette félicité.

VI, 441

CHAPITRE DEUXIÈME

DU PREMIER COMMANDEMENT VALANT POUR TOUS LES DEVOIRS ENVERS SOI-MÊME

§ 14

Ce commandement est le suivant : *connais-toi toi-même* (examine-toi, sonde-toi), non quant à ta perfection physique (l'aptitude ou l'inaptitude à toutes sortes de fins libres ou même imposées), mais quant à la perfection morale en rapport avec ton devoir ; sonde ton cœur pour savoir s'il est bon ou mauvais, si la source de tes actions est pure ou impure, et cherche ce qui peut lui être imputé, soit en tant qu'appartenant originairement à la *substance* de l'homme, soit en tant que dérivé (acquis ou contracté), et qui est susceptible d'appartenir à l'*état* moral.

Cette connaissance morale de soi qui exige que l'on pénètre dans les profondeurs du cœur les plus difficiles à sonder, dans l'abîme[1], est le commencement de toute sagesse humaine. Celle-ci en effet, qui consiste en l'accord de la volonté d'un être avec sa fin ultime, requiert avant tout chez l'homme qu'il fasse disparaître les obstacles intérieurs (ceux d'une mauvaise volonté nichée en lui) et qu'ensuite il travaille à développer en lui les dispositions originaires, à jamais imperdables, d'une bonne volonté. Seule la descente aux enfers qu'est la connaissance de soi fraie le chemin de l'apothéose[2].

§ 15

Cette connaissance morale de soi bannira tout d'abord le mépris *fanatique* de soi-même comme homme, ou de tout le genre humain en général, car ce mépris se contredit lui-même. Il peut bien arriver que du seul fait de l'excellente disposition au bien qui se trouve en nous et qui rend l'homme digne de respect, celui qui agit à l'encontre de celle-ci se trouve lui-même méprisable (mépris portant sur lui-même et non sur l'humanité en lui[1]). Mais d'un autre côté cette connaissance morale de soi s'oppose à cette estime de soi qui est *amour de soi* et qui consiste à prendre pour des preuves de bon cœur de simples vœux, lesquels, quand bien même ils surgissent avec une grande ardeur, sont pourtant en soi sans effet et le demeurent. (Aussi bien la *prière* n'est-elle qu'un vœu intérieur se déclarant devant celui qui sonde les cœurs.) L'impartialité dans l'appréciation de nous-même en regard de la loi, et la sincérité dans l'aveu que l'on fait de sa valeur ou de sa non-valeur morale intérieure, sont des devoirs envers VI, 442
soi-même qui découlent immédiatement de ce premier commandement de la connaissance de soi-même.

CHAPITRE ÉPISODIQUE

DE L'AMPHIBOLIE DES CONCEPTS MORAUX DE LA RÉFLEXION : TENIR POUR UN DEVOIR ENVERS LES AUTRES HOMMES CE QUI EST UN DEVOIR DE L'HOMME ENVERS SOI-MÊME[1]

§ 16

À en juger d'après la simple raison, l'homme n'a d'autre devoir qu'envers l'homme (envers lui-même ou envers un autre) ; en effet son devoir envers un sujet quel qu'il soit eﬆ la coercition morale imposée par la volonté de ce sujet. Le sujet contraignant (obligeant) doit donc *premièrement* être une personne, *deuxièmement* cette personne doit être donnée comme objet d'expérience, car l'homme doit viser la réalisation de la fin de sa volonté, ce qui ne peut se produire que dans la relation de deux êtres exiﬆants (puisqu'un simple être de raison ne saurait être cause de quelque effet arrivant suivant des fins). Or, dans toute notre expérience, nous ne connaissons aucun être capable d'obligation (aﬆive ou passive), que l'homme. L'homme ne peut donc avoir de devoir envers aucun autre être que l'homme, et s'il se figure malgré tout en avoir un de ce genre, ce n'eﬆ que par une *amphibolie des concepts de la réflexion,* et son prétendu devoir envers d'autres êtres n'eﬆ qu'un devoir envers lui-même ; il eﬆ amené à cette méprise du fait qu'il confond son devoir *en considération* d'autres êtres avec un devoir *envers* ces êtres.

Cela étant, ce prétendu devoir peut se rapporter à des objets *impersonnels* ou à des êtres sans doute personnels mais absolument *invisibles* (qui ne peuvent être présentés aux sens externes). Les premiers *(extra-humains)* peuvent être la simple matière naturelle ou la matière organisée en vue de la reproduction mais privée de sensation, ou encore cette partie de la nature (minéraux[1], plantes, animaux) qui est douée de sensation et d'arbitre ; les seconds *(surhumains)* peuvent être pensés comme des êtres spirituels (ange, Dieu). La question est maintenant de savoir si, entre ces deux espèces d'êtres et l'homme, il peut y avoir un rapport de devoir et lequel.

§ 17

VI, 443

Relativement au *Beau,* même inanimé, dans la nature, une propension à la pure destruction *(spiritus destructionis)* est contraire au devoir de l'homme envers lui-même. En effet, il affaiblit ou éteint en l'homme ce sentiment qui, à la vérité, sans être par lui seul déjà moral, prépare du moins ce climat de sensibilité qui favorise beaucoup la moralité, je veux dire celui qui permet d'aimer quelque chose indépendamment de tout dessein utilitaire (par exemple les belles cristallisations, l'indescriptible beauté du règne végétal[2]).

Relativement à cette partie de la création qui est vivante quoique dépourvue de raison, la violence assortie de cruauté dans la façon de traiter les animaux est encore plus profondément opposée au devoir de l'homme envers lui-même, parce que cela émousse en l'homme la sympathie à l'égard de leurs souffrances, affaiblit et anéantit peu à peu une disposition naturelle, très profitable à la moralité dans la relation avec les autres hommes — bien qu'il soit, entre autres, permis à l'homme de tuer les animaux d'une façon expéditive (sans torture), ou de leur imposer un travail (puisque aussi bien les hommes doivent eux-mêmes s'y soumettre) à condition qu'il n'excède pas leurs forces ; en revanche il faut exécrer les expériences physiques au cours desquelles on les martyrise au seul profit de la spéculation, alors qu'on pourrait se passer d'elles pour atteindre le but visé. Mieux, la reconnaissance pour les services longtemps rendus par un vieux cheval ou un vieux chien (tout comme s'ils étaient des hôtes de la maison) appartient *indirectement* au devoir de l'homme, c'est-à-dire au devoir observé *en considération* de ces animaux, mais *directement* considérée, cette reconnaissance n'est jamais que devoir de l'homme *envers* lui-même.

§ 18

En considération d'un être situé tout à fait au-delà des limites de notre expérience mais qui, quant à sa possibilité, se rencontre pourtant parmi nos Idées, par exemple l'Idée de Dieu, nous avons aussi bien un devoir qui s'appelle *devoir de religion,* à savoir celui de «reconnaître tous nos devoirs *comme* étant *(instar)* des commandements divins». Mais ce n'est pas la conscience d'un devoir *envers Dieu.* En effet, comme cette Idée procède entièrement de notre propre raison et que nous la *forgeons* nous-mêmes, que ce soit dans une intention théorétique pour nous expliquer la finalité dans l'univers, ou bien encore pour servir de
VI, 444 mobile dans notre conduite, nous n'avons point ici devant nous un être donné *envers* lequel nous aurions une obligation ; sinon, il faudrait que sa réalité fût d'abord prouvée (révélée) par l'expérience ; mais c'est un devoir de l'homme envers lui-même que d'appliquer cette Idée, qui s'offre inévitablement à la raison, à la loi morale en nous, là où elle est susceptible de la plus grande fécondité morale. En ce sens *(pratique)*, cela peut se dire ainsi : avoir de la religion est un devoir de l'homme envers lui-même.

DES DEVOIRS ENVERS SOI-MÊME

Livre second

DES DEVOIRS IMPARFAITS DE L'HOMME ENVERS LUI-MÊME (RELATIVEMENT À SA FIN)

CHAPITRE PREMIER

DU DEVOIR ENVERS SOI-MÊME DANS LE DÉVELOPPEMENT ET L'ACCROISSEMENT DE SA PERFECTION NATURELLE C'EST-À-DIRE AU POINT DE VUE PRAGMATIQUE

§ 19

La culture *(cultura)* de ses forces naturelles (les forces de l'esprit, de l'âme et du corps), en tant que moyen pour toutes sortes de fins possibles, est un devoir de l'homme envers lui-même. L'homme se doit à lui-même (en tant qu'être rationnel) de ne pas laisser inutilisées — et pour ainsi dire, de ne pas laisser se rouiller — les dispositions naturelles et les facultés dont sa raison peut avoir à faire usage ; et, à supposer qu'il puisse être satisfait de la dimension innée de sa capacité de pourvoir à ses besoins naturels, sa raison doit toutefois instruire d'abord par des principes cet *état de satisfaction* — être satisfait du faible degré de ses capacités — ; parce que l'homme est un être capable d'avoir des fins ou de se proposer des objets comme fins, il doit être redevable de

l'usage de ses forces non seulement à l'instinct naturel, mais encore à la liberté avec laquelle il détermine le degré des capacités en question. Il n'y a donc pas lieu de considérer l'*avantage* que
VI, 445 peut procurer à l'homme la culture de sa capacité (à poursuivre toutes sortes de fins), car cette considération tournerait peut-être (suivant les principes de Rousseau) à l'avantage de la grossièreté des besoins naturels, mais c'est un commandement de la raison moralement pratique et un *devoir* de l'homme envers lui-même que de cultiver ses facultés (et parmi celles-ci l'une plutôt que l'autre suivant la diversité de ses fins) et que d'être, au point de vue pragmatique, un homme adéquat à la fin de son existence.

Les forces de l'esprit sont celles dont l'exercice n'est possible que par la raison. Elles sont créatrices dans la mesure où leur usage n'est pas tiré de l'expérience mais dérivé *a priori* de principes. Telles sont celles auxquelles nous devons les mathématiques, la logique, la métaphysique de la nature, ces deux dernières appartenant aussi à la philosophie, je veux dire à la philosophie théorique, qui certes, comme son nom l'indique, ne signifie pas alors doctrine de la sagesse mais seulement science, et peut pourtant aider la sagesse à atteindre son but.

Les forces de l'âme sont celles qui sont aux ordres de l'entendement et de la règle dont il use pour satisfaire les desseins de son choix, et dans cette mesure elles suivent le fil conducteur de l'expérience. Telles sont la mémoire, l'imagination, etc., sur lesquelles peuvent se fonder l'érudition, le goût (embellissement extérieur ou intérieur), etc., qui offrent des instruments pour de multiples desseins.

Enfin la culture des *forces corporelles* (la gymnastique proprement dite) est le soin de ce qui constitue en l'homme l'*instrument* (la matière) sans lequel les fins de l'homme resteraient inexécutées ; par conséquent tonifier intentionnellement et durablement l'animal en l'homme est un devoir de l'homme envers lui-même.

§ 20

Savoir laquelle de ces perfections physiques est *préférable* et, par comparaison avec les autres, dans quelle proportion il serait du devoir de l'homme envers lui-même de la prendre pour fin, cela est laissé à la réflexion raisonnable de chacun, suivant le plaisir qu'il prend à un certain genre de vie, de même que l'appréciation des forces requises pour cela, de façon à choisir en conséquence (si cette fin doit être par exemple un travail manuel, ou le commerce, ou la science). Car, abstraction faite du besoin de se conserver soi-même, qui en soi ne peut fonder aucun devoir, c'est un devoir de VI, 446
l'homme envers lui-même que d'être un élément utile du monde, car cela appartient aussi à la valeur de l'humanité en sa propre personne, et il ne doit donc pas la rabaisser.

Le devoir de l'homme envers lui-même, relativement à sa perfection *physique,* n'est toutefois qu'un devoir *large* et imparfait, car il contient certes une loi pour la maxime des actions, mais ne détermine rien relativement aux actions elles-mêmes, quant à leur mode et à leur degré, mais il accorde au contraire une latitude au libre arbitre.

CHAPITRE DEUXIÈME

DU DEVOIR ENVERS SOI-MÊME DANS L'AUGMENTATION DE SA PERFECTION MORALE, C'EST-À-DIRE DANS UNE INTENTION PUREMENT MORALE

§ 21

Il consiste *en premier lieu,* subjectivement, en la *pureté (puritas moralis)* de l'intention en jeu dans le devoir : à savoir que la loi, sans aucun mélange avec des intentions provenant de la sensibilité, soit à elle seule un mobile, et que les actions ne se produisent pas seulement conformément au devoir mais bien *par devoir.* «Soyez saints[1] » est ici le commandement. *En second lieu,* objectivement, eu égard à la fin morale tout entière, qui concerne *la* perfection, c'est-à-dire tout son devoir et l'accession à la réalisation complète de la fin morale relativement à soi-même, le commandement est : «Soyez parfaits[2] !». Tendre à ce but n'est jamais chez l'homme que progresser d'*une* perfection à l'autre ; «il y a bien quelque vertu, quelque mérite en celui qui y tend[3] ».

§ 22

Ce devoir envers soi-même est *strict* et parfait quant à la qualité, bien qu'il soit quant au degré un devoir large et imparfait, et cela en raison de la *fragilité (fragilitas)* de la nature humaine.

Cette perfection à vrai dire, à laquelle c'est bien un devoir de *tendre* mais non pas d'*accéder* (dans cette vie), dont par conséquent l'accomplissement ne peut consister qu'en un progrès continu, est *eu égard* à l'objet (l'Idée, de la réalisation de laquelle on doit se faire une fin), un devoir certes strict et parfait ; mais *par rapport* au sujet c'est un devoir large envers soi-même et seulement imparfait.

VI, 447 Les profondeurs du cœur humain sont insondables. Qui, lorsqu'il sent en lui la présence du mobile le poussant à l'observance du devoir, se connaît assez pour savoir si ce mobile procède entièrement de la représentation de la loi ou si n'y concourent pas maintes autres impulsions, sensibles, qui sont orientées à un avantage (ou à la prévention d'un désavantage) et qui, en d'autres circonstances, pourraient tout aussi bien être au service du vice? Et en ce qui concerne la perfection comme fin morale, il n'y a bien dans l'Idée (objectivement) qu'*une* vertu seulement (en tant que force morale des maximes), mais dans le fait (subjectivement) il y a une foule de vertus de nature hétérogène, parmi lesquelles il serait impossible de ne pas trouver, si on voulait la chercher, quelque carence de vertu (bien qu'en raison de la nature même de ces vertus, on n'ait pas coutume de lui donner le nom de vice). Or, une somme de vertus dont la connaissance de nous-mêmes ne nous permet jamais d'apercevoir suffisamment la perfection ou le défaut ne peut fonder aucun autre devoir que le devoir imparfait d'être parfait.

*

Ainsi, tous les devoirs envers soi-même, relativement à la fin de l'humanité en notre propre personne, ne sont-ils que des devoirs imparfaits.

VI, 448 # DOCTRINE ÉLÉMENTAIRE DE L'ÉTHIQUE

Deuxième partie

DES DEVOIRS DE VERTU ENVERS D'AUTRES

Première section

DES DEVOIRS ENVERS LES AUTRES, CONSIDÉRÉS SIMPLEMENT COMME HOMMES

CHAPITRE PREMIER

DU DEVOIR D'AMOUR ENVERS D'AUTRES HOMMES

INTRODUCTION

§ 23

La division maîtresse peut ici être la suivante : d'une part les devoirs envers autrui pour autant que les exécuter oblige *ipso facto* autrui, d'autre part les devoirs dont l'observance n'a pas pour conséquence une obligation pour autrui. L'exécution des premiers est (relativement à autrui) *méritoire*, celle des seconds est un devoir dont on a à *répondre*. *Amour* et *respect* sont les sentiments qui accompagnent l'exercice de ces devoirs. Ils peuvent être examinés, et aussi exister, chacun séparément (chacun pour soi). (L'*amour* du prochain peut exister lors même que celui-ci mériterait peu de *respect*, pareillement le nécessaire respect pour tout homme, nonobstant qu'on puisse le

juger à peine digne d'amour.) Mais au fond, suivant la loi, ils sont toujours liés l'un à l'autre en un devoir, de telle sorte seulement que c'est tantôt un devoir, tantôt l'autre, qui constitue dans le sujet le principe auquel l'autre devoir se rattache accessoirement. Nous nous reconnaîtrons ainsi obligés d'être bienfaisants à l'égard d'un pauvre ; mais comme cette faveur, toutefois, implique aussi que son bien-être dépende de ma générosité qui pourtant humilie l'autre ; c'est un devoir d'épargner l'humiliation à celui qui reçoit, par une attitude qui présente cette bienfaisance ou comme une simple dette ou comme un menu service VI, 449
d'amitié, et de lui conserver le respect qu'il a pour lui-même.

§ 24

Quand il s'agit des lois du devoir (non des lois de la nature), et cela dans les rapports extérieurs des hommes entre eux, nous nous considérons dans un monde moral (intelligible) en lequel, suivant l'analogie avec le monde physique, la liaison des êtres raisonnables (sur la terre) s'effectue par *attraction* et *répulsion.* Grâce au principe de l'*amour réciproque,* les hommes sont portés à se *rapprocher* continuellement les uns des autres, et par celui du *respect* qu'ils se doivent mutuellement ils sont portés à se tenir à *distance* les uns des autres, et si l'une de ces deux grandes forces morales devait décliner, alors — si je puis me servir ici des paroles de *Haller,* mais à un autre propos : « Le néant (de l'immoralité) engloutirait dans son gouffre béant tout le règne des êtres (moraux) comme une goutte d'eau[1]. »

§ 25

Mais l'*amour* ne doit pas être entendu ici comme *sentiment* (esthétiquement), c'est-à-dire comme plaisir pris à la perfection d'autres hommes, il ne doit pas l'être comme amour de *complaisance* (car aucune obligation d'avoir des sentiments ne peut être imposée par autrui), mais il doit être conçu comme une maxime de *bienveillance* (en tant que pratique), qui a pour suite la bienfaisance.

Il faut dire exactement la même chose du *respect* dont nous devons faire preuve envers les autres, à savoir que ce n'est pas simplement le *sentiment* procédant de la comparaison de notre propre *valeur* avec celle d'autrui (comme celui qu'éprouve par simple habitude un enfant envers ses parents, un élève envers son maître, un inférieur en général envers son supérieur), mais une *maxime* de restriction, par la dignité de l'humanité en une autre personne, de notre estime de nous-mêmes, et que par conséquent le respect est entendu au sens pratique *(observantia aliis praestanda*[1] *)*.

Aussi, le devoir du libre respect envers autrui n'étant à proprement parler que négatif (ne pas s'élever au-dessus des autres), et étant ainsi analogue au devoir de droit — ne porter atteinte
VI, 450 au bien de personne — est-il regardé comme un devoir *strict* par rapport au devoir d'amour quoique, comme simple devoir de vertu, ce dernier soit alors regardé comme devoir *large*.

Le devoir d'aimer son prochain peut donc encore s'exprimer ainsi : c'est le devoir de faire miennes les *fins* d'autrui (pourvu qu'elles ne soient pas immorales) ; le devoir de respecter mon prochain est compris dans la maxime de ne ravaler aucun autre homme au rang de pur moyen au service de mes fins (de ne pas exiger qu'autrui s'abdique lui-même pour se faire l'esclave de ma fin).

En exerçant le premier devoir envers quelqu'un, j'oblige en même temps autrui, je mérite de lui. Et par l'observance du second, je m'oblige uniquement moi-même, je me tiens dans mes propres limites afin de ne rien ôter à l'autre de la valeur qu'il a le droit, en tant qu'homme, de placer en lui-même.

DU DEVOIR D'AMOUR EN PARTICULIER

§ 26

L'amour de l'homme (philanthropie), étant ici conçu comme pratique, non par conséquent comme amour de complaisance envers les hommes, doit se traduire par une bienveillance active et concerne donc la maxime des actions. Celui qui trouve plaisir au bien-être *(salus)* des hommes, dans la mesure où il les considère simplement comme tels, qui se trouve *bien* de ce que tout aille bien pour tous les autres, s'appelle *ami de l'homme* (philanthrope) en général. Celui qui ne se trouve bien que de ce que tout aille mal pour les autres s'appelle *ennemi de l'homme* (misanthrope au sens pratique). Celui auquel ce qui peut arriver à autrui est indifférent, pourvu seulement que tout aille bien pour lui-même, est un *égoïste (solipsista)*. Mais celui qui fuit les hommes parce qu'il n'arrive pas à se *complaire* en leur société, quoiqu'il leur *veuille du bien* à tous, pourrait s'appeler *insociable* (misanthrope esthétique) et son aversion pour les hommes, anthropophobie.

§ 27

La maxime de bienveillance (l'amour pratique de l'homme) est un devoir de tous les hommes les uns envers les autres, qu'on les juge ou non dignes d'amour, d'après la loi éthique de la perfection : « Aime ton prochain comme toi-même ». En effet, tout rapport moralement pratique aux hommes est un rapport entre eux que VI, 451 la raison pure se représente, c'est-à-dire un rapport des actions libres suivant des maximes qui se qualifient comme appartenant à une législation universelle, qui par conséquent ne peuvent pas être égoïstes *(ex solipsismo prodeuntes*[1]*)*. Je veux que chacun me témoigne de la bienveillance (*benevolentia*), je dois donc moi aussi être bienveillant envers tout autre. Mais comme tous les *autres*, moi exclu, ne sont pas *tous* les hommes, faute de quoi la maxime n'aurait pas d'elle-même l'universalité d'une loi, ce qui est pourtant nécessaire pour qu'il y ait obligation, la loi du devoir de bienveillance me comprendra moi-même comme objet de cette même bienveillance dans le commandement de la raison pratique ; non que je sois obligé par là de m'aimer moi-même (car ceci arrive inévitablement sans cela et il n'y a donc pas d'obligation à ce propos), mais la raison législatrice qui, dans son Idée de l'humanité en général, inclut l'espèce tout entière (moi donc y compris), m'inclut moi-même, en tant qu'elle légifère universellement, dans le devoir de bienveillance réciproque suivant le principe de l'égalité entre tous les autres et moi, et elle t'*autorise* à te montrer bienveillant envers toi-même sous condition que tu veuilles aussi du bien à tout autre ; car c'est seulement ainsi que ta maxime (de bienfaisance) se qualifie comme appartenant à une législation universelle, ce sur quoi est fondée toute loi du devoir.

§ 28

Cela étant, la bienveillance dans l'amour universel de l'homme est sans doute ce qu'il y a de plus grand quant à *l'extension* mais de plus petit quant au degré, et lorsque je déclare ne prendre part au bien de cet homme que suivant l'amour universel de l'homme, l'intérêt que j'y prends est le plus petit qui puisse être. Je ne fais par rapport à lui que ne pas être indifférent.

Mais tel homme m'est pourtant plus proche que tel autre et, en fait de bienveillance, je suis celui qui est le plus proche de moi-même. Comment cela s'accorde-t-il maintenant avec la formule : « Aime ton *prochain* (ton semblable) comme toi-même » ? Si l'un m'est plus proche (dans le devoir de bienveillance) que l'autre, si donc je suis obligé à une plus grande bienveillance envers l'un qu'envers l'autre, et que je suis constamment plus proche de moi-même (même du point de vue du devoir) que tout autre, je ne puis pas dire, semble-t-il, sans me contredire, que je dois aimer tout homme comme moi-même ; car l'échelle de l'amour de soi n'admettrait aucune différence de degré. On voit tout de suite qu'il ne s'agit pas ici VI, 452 simplement de la bienveillance du *vœu,* laquelle consiste, à proprement parler, à se complaire au bien-être de tout autre sans même qu'on ait besoin d'y contribuer (chacun pour soi, Dieu pour tous), mais d'une bienveillance active, pratique, consistant à prendre pour fin la prospérité d'autrui (c'est la bienfaisance). En effet, dans le vœu, je puis être *également* bienveillant envers tous, tandis que dans l'action le degré peut être très différent suivant la différence des personnes aimées (dont l'une me touche de plus près que l'autre), sans que cela porte toutefois atteinte à l'universalité de la maxime.

Division des devoirs d'amour

Ce sont : A. Les devoirs de *bienfaisance,* B. de *reconnaissance,* C. de *sympathie.*

A. *Du devoir de bienfaisance*

§ 29

Prendre soin de soi-même autant qu'il est nécessaire, pour trouver simplement de l'agrément à la vie (soigner son corps sans toutefois aller jusqu'à la mollesse), appartient au devoir envers soi-même ; dont le contraire est : soit se priver par *avarice* (en tant qu'esclave de ce vice) de ce qui est nécessaire pour jouir joyeusement de la vie, soit se priver, par une *discipline* exagérée de ses penchants naturels (fanatiquement), du plaisir des joies de la vie, l'une et l'autre choses étant contraires au devoir de l'homme envers lui-même.

Mais comment peut-on prétendre que la *bienveillance* relative aux autres hommes, outre qu'elle soit bienveillance du vœu (ce qui ne nous coûte rien), soit encore pratique, c'est-à-dire considérer la *bienfaisance* relative aux nécessiteux comme un devoir pour tout homme qui en a les moyens ? La bienveillance est l'agrément pris à la félicité (au bien-être) des autres ; mais la bienfaisance est la maxime de prendre pour fin ce bien-être ; et le devoir afférent est la contrainte, imposée au sujet par la raison, d'accepter cette maxime comme loi universelle.

Il ne saute pas aux yeux qu'une telle loi en général réside dans la raison ; la maxime : « Chacun pour soi et Dieu (le destin) pour tous » semble plutôt être la plus naturelle.

§ 30

VI, 453 Être bienfaisant, c'est-à-dire secourable selon ses moyens, envers les autres hommes en détresse en cherchant leur félicité, sans rien espérer pour cela, c'est le devoir de tout homme.

En effet, tout homme qui se trouve en détresse souhaite être aidé par d'autres hommes. Mais s'il déclarait comme sa maxime ne point vouloir à son tour prêter assistance aux autres dans leur détresse, c'est-à-dire s'il faisait de sa maxime une loi permissive, alors, à supposer qu'il soit lui-même dans la détresse, chacun lui refuserait également son assistance, ou serait du moins en droit de la lui refuser. Ainsi la maxime de l'intérêt personnel se contredit-elle si on la transforme en loi universelle, c'est-à-dire qu'elle est contraire au devoir ; par conséquent la maxime de l'intérêt commun, celle de la bienfaisance envers les nécessiteux, est un devoir universel pour les hommes, et cela parce qu'ils doivent être considérés comme les humains, c'est-à-dire comme des êtres raisonnables sujets à des besoins et réunis par la nature dans une même demeure afin de s'aider réciproquement.

§ 31

Aux yeux de celui qui est *riche* (pourvu de manière superflue, c'est-à-dire inutile pour ses propres besoins, des *moyens* de faire le bonheur d'autrui), la bienfaisance ne saurait presque jamais être tenue par le bienfaiteur pour un devoir méritoire, bien que ce faisant il oblige en même temps les autres. L'agrément qu'il se procure ainsi à lui-même et qui ne lui coûte aucun sacrifice est un façon de se griser de sentiments moraux. Aussi doit-il éviter soigneusement de paraître penser qu'il oblige là les autres ; sans quoi ce ne serait plus de la vraie bienfaisance qu'il témoignerait à autrui, dans la mesure où il manifesterait la volonté de lui imposer une obligation (qui humilie toujours autrui à ses propres yeux). Il doit donc bien plutôt se montrer obligé ou honoré lui-même par l'acceptation de l'autre, par conséquent tenu à son devoir simplement comme à une dette, à moins (ce qui est encore mieux) qu'il n'accomplisse son acte de bienfaisance tout à fait en secret. Cette vertu est plus grande quand les moyens d'être bienfaisant sont limités et que le bienfaiteur a assez de force pour prendre silencieusement sur soi les maux qu'il épargne aux autres ; c'est alors qu'il peut véritablement être considéré comme *riche* moralement.

Questions casuistiques VI, 454

Jusqu'à quel point faut-il consacrer les ressources de sa fortune à la bienfaisance? Certainement pas, en tout cas, jusqu'au point où l'on aurait finalement soi-même besoin de la bienfaisance d'autrui. Que vaut la bienfaisance dont on fait preuve d'une main mourante (par testament, au moment de quitter ce monde)? Celui qui exerce le pouvoir que lui confère la loi du pays sur quelqu'un à qui il ravit la *liberté* d'être heureux à la manière de son choix (à un serf attaché à un de ses domaines) celui-là, dis-je, peut-il se considérer comme bienfaiteur, tandis qu'il prend d'après *ses* propres idées du bonheur, pour ainsi dire paternellement, soin de celui-ci? Ou bien l'injustice qui consiste à ôter à quelqu'un sa liberté n'est-elle pas bien plutôt quelque chose de si contradictoire par rapport au devoir de droit en général, que se livrer sous réserve de pouvoir compter sur la bienfaisance du maître serait, pour celui qui y consentirait librement, la plus grande abdication de l'humanité, et que les attentions les plus grandes du seigneur pour ce dernier ne sauraient aucunement être de la bienfaisance? Ou bien est-ce que par hasard le mérite retiré de ces attentions pourrait être tellement grand qu'il puisse être mis en balance avec le droit de l'humanité? Je ne peux être bienfaisant envers personne en suivant *mes* idées du bonheur (excepté envers les mineurs ou les fous), c'est au contraire en suivant les idées de *celui* auquel je songe à montrer de la bienfaisance que je peux l'être ; car je ne fais réellement montre d'aucun bienfait envers celui auquel j'impose un don.

La faculté d'être bienfaisant, qui dépend des biens de la fortune, est en majeure partie une conséquence de la faveur dont jouissent certains hommes grâce à l'injustice du gouvernement, laquelle introduit dans les conditions d'existence une inégalité qui rend pour les autres la bienfaisance nécessaire. Dans de telles circonstances, l'assistance que le riche prête aux indigents mérite-t-elle bien en général le nom de bienfaisance dont on se rengorge si volontiers comme d'un mérite?

B. *Du devoir de reconnaissance*

La *reconnaissance* consiste à *honorer* une personne à cause d'un bienfait qu'elle nous a prodigué. Le sentiment qui est lié à ce jugement est celui du

respect envers le bienfaiteur (celui qui oblige), tandis que le sentiment du bienfaiteur envers celui qui reçoit ne peut être considéré que sous le VI, 455
rapport de l'amour. Même une simple et cordiale *bienveillance* de la part d'autrui, sans conséquences manifestes, mérite le nom de devoir de vertu ; et cela fonde la distinction entre la reconnaissance *active* et la reconnaissance purement *affective.*

§ 32

La *reconnaissance* est un devoir, c'est-à-dire qu'elle n'est pas seulement une *maxime de prudence* où, en témoignant de ce que je suis leur obligé à cause de la bienfaisance dont j'ai été l'objet, j'incite les autres à plus de bienfaisance *(gratiarum actio est ad plus dandum invitatio*[1] *);* car cela reviendrait pour moi à me servir de celle-ci uniquement comme d'un moyen en vue d'autres desseins personnels ; la reconnaissance est au contraire une coercition immédiate exercée par la loi morale, c'est-à-dire un devoir.

Mais aussi la reconnaissance doit être encore particulièrement regardée comme un devoir *saint,* c'est-à-dire comme un devoir dont la violation peut anéantir (comme exemple scandaleux) le mobile moral de la bienfaisance dans son principe même. Est saint en effet cet objet moral relativement auquel l'obligation ne saurait jamais être complètement effacée par aucun acte qui lui soit conforme (là où l'obligé demeure toujours obligé). Tout autre devoir est un devoir *ordinaire.* Par ailleurs, il n'y a aucun moyen de s'*acquitter* d'un bienfait reçu parce que celui qui le reçoit ne peut jamais compenser l'avantage du mérite que s'est acquis celui qui a donné, et qui consiste à avoir été le premier à être bienveillant. Mais même dépourvue d'un tel acte (de bienfaisance), la simple cordiale bienveillance est déjà elle-même le fondement d'une obligation à la reconnaissance[2].

Un semblable sentiment de reconnaissance, on l'appelle *gratitude.*

§ 33

En ce qui concerne l'*extension* de cette reconnaissance, notons qu'elle ne va pas seulement aux contemporains mais aussi aux ancêtres, même à ceux dont on ne peut citer le nom avec certitude. C'est aussi la raison pour laquelle on tient pour inconvenant de ne pas défendre autant que possible contre toutes les attaques, les accusations, le mépris, les anciens qui peuvent être regardés comme nos maîtres ; nonobstant qu'à ce propos ce soit une folle illusion de leur prêter, en raison de leur antiquité, une supériorité de talent et de bonne volonté sur les modernes et de mépriser
VI, 456 par comparaison tout ce qui est nouveau, tout comme si le monde s'éloignait toujours davantage de sa perfection originelle suivant les lois de la nature.

En ce qui concerne l'*intensité* de cette vertu, c'est-à-dire le degré d'obligation qu'elle impose, il faut l'estimer d'après l'utilité que l'obligé a retiré du bienfait et d'après le désintéressement avec lequel ce bienfait lui a été prodigué. Le moindre degré de vertu est de rendre au bienfaiteur des services *semblables* s'il est dans le cas de les recevoir (s'il est encore vivant), et, s'il ne l'est pas, de les rendre à d'autres ; c'est de ne pas considérer un bienfait reçu comme un fardeau dont on aimerait bien être soulagé (parce que celui qui a joui d'une faveur est un degré plus bas que son protecteur et que cela blesse son orgueil) ; c'est même au contraire d'accepter le sujet de reconnaissance comme un bienfait moral, c'est-à-dire comme une occasion d'exercer cette vertu, qui, à la ferveur de l'intention bienveillante, lie la *tendresse* de la bienveillance (l'attention portée au moindre degré d'obligation dans la représentation du devoir), et de cultiver ainsi l'amour de l'homme.

C. *Prendre part à une émotion est en général un devoir*

§ 34

La *sympathie* pour la *joie* ou la *peine* d'autrui *(sympathia moralis)* est certes le sentiment sensible d'un plaisir ou d'un déplaisir (qu'on doit pour cette raison appeler esthétique) pris à l'état de contentement aussi bien que de souffrance d'autrui (sympathie, émotion partagée), ce pour quoi la nature a déjà placé en l'homme une réceptivité. Or, user de cette sympathie comme d'un moyen pour stimuler la bienveillance active et rationnelle est encore un devoir particulier quoique seulement conditionnel, que l'on désigne sous le nom d'*humanité (humanitas)*, parce que ici l'homme n'est pas simplement considéré comme un être raisonnable, mais aussi comme un animal doué de raison. Et on peut placer l'humanité dans la *faculté* et la *volonté* de *communiquer réciproquement* quant à ses *sentiments (humanitas practica*[1]*)*, ou simplement dans la *réceptivité* au sentiment commun de contentement ou de souffrance *(humanitas aesthetica*[2]*)* que la nature même nous donne. La première manière est *libre* et on la nomme par conséquent *participante (communio sentiendi liberalis*[3]*)*, elle se fonde sur la raison pratique ; la seconde manière est *non libre (communio sentiendi illiberalis, servilis*[4]*)* et peut être appelée *sympathisante* (se communiquant comme la chaleur ou les maladies contagieuses), ou encore participation pathologique puisqu'elle se répand naturellement parmi les hommes vivant les uns à côté des autres. Il n'y a d'obligation qu'en ce qui touche la première. VI, 457

Le stoïcien se représentait le *sage* d'une manière sublime quand il lui faisait dire : je souhaite pour moi un ami, non pour en être moi-même secouru dans la pauvreté, la maladie, la captivité, etc., mais pour pouvoir *lui* prêter assistance, et ainsi sauver un homme ; et pourtant ce même sage, voyant que son ami ne pouvait être sauvé, se disait à lui-même : Que m'importe? c'est-à-dire qu'il rejetait la participation pathologique.

En effet, quand un autre souffre et que je me laisse (par le biais de l'imagination) gagner par sa douleur que je ne puis cependant pas soulager, nous sommes deux à souffrir, bien que (dans la nature) le mal n'atteigne, à proprement parler, qu'une personne. Or, il est impossible que ce soit un devoir que d'augmenter le mal dans le monde, et par conséquent aussi de faire du bien par *compassion;* aussi bien serait-ce une sorte de bienfait offensant dans la mesure où il exprime une bienveillance qui porte sur un être indigne — on l'appelle *pitié* — et parmi les hommes, qui n'ont pas lieu de se flatter d'être dignes du bonheur, elle ne devrait pas intervenir du tout.

§ 35

Mais bien que ce ne soit pas en soi un devoir de partager la peine (ou aussi bien la joie) d'autrui, c'en est un cependant de prendre une part active à son destin, et c'est donc en fin de compte un devoir indirect de cultiver en nous les sentiments naturels (esthétiques) et de nous en servir comme d'autant de moyens de prendre part à ce destin, en vertu de principes moraux et du sentiment qui leur correspond. Ainsi c'est un devoir de ne pas éviter — mais au contraire de rechercher — les endroits où il y a des pauvres, auxquels fait défaut le strict nécessaire, de ne pas fuir les hôpitaux ou les prisons pour débiteurs afin de se dérober à la douloureuse commisération dont on ne pourrait se défendre ; car ce sentiment est quand même une impulsion, implantée en nous par la nature, à faire ce dont par elle seule la représentation du devoir n'obtiendrait pas l'exécution.

VI, 458 *Questions casuistiques*

Ne vaudrait-il pas mieux pour la bonne marche du monde en général que toute la moralité des hommes fût limitée aux seuls devoirs de droit — pourvu toutefois qu'ils fussent observés avec le plus grand scrupule — et que la bienveillance fût en revanche comptée parmi les *adiaphora*[1]*?* Il n'est pas si facile de voir quelle conséquence cela pourrait avoir sur le bonheur des hommes. Mais à tout le moins il manquerait pourtant en ce cas un grand ornement moral au monde, je veux dire l'amour des hommes qui en lui-même, sans même faire entrer en ligne de compte les avantages (du bonheur), est indispensable pour que le monde se présente comme une belle totalité morale dans son entière perfection[2].

La reconnaissance n'est pas, à proprement parler, amour en retour de l'obligé envers le bienfaiteur mais *respect* envers celui-ci. En effet l'amour universel du prochain peut et doit avoir pour fondement l'égalité des devoirs ; or, la reconnaissance place l'obligé un degré au-dessous de son bienfaiteur. La cause de mainte ingratitude ne serait-elle pas cet orgueil de ne souffrir personne au-dessus de soi, le ressentiment éprouvé à ne pouvoir se placer par rapport à lui sur un pied de complète égalité (en ce qui touche les rapports de devoir) ?

Des vices de la misanthropie directement (contrarie) contraires à l'amour des hommes

§ 36

Ces vices constituent la détestable famille de l'*envie*, de l'*ingratitude* et de la *joie maligne*. Toutefois la haine n'est pas ici ouverte et violente mais secrète et voilée, ce qui à l'oubli du devoir envers son prochain ajoute encore l'infamie et constitue en même temps une violation du devoir envers soi-même.

a) L'*envie (livor)* comme propension à percevoir avec douleur le bien qui arrive aux autres quoique le sien n'en pâtisse pas et qui, si elle se traduit en acte (diminuer le bien d'autrui), s'ap-

pelle *envie qualifiée,* mais qui autrement n'est que *jalousie (invidentia),* n'est cependant qu'une intention indirectement mauvaise, je veux dire le dépit de voir notre propre bien mis dans l'ombre par le bien d'autrui, parce que nous ne savons pas mesurer celui-là à sa valeur intrinsèque mais
VI, 459 seulement par comparaison avec le bien d'autrui — seule manière que nous connaissions de nous en rendre sensible l'estimation. C'est pourquoi l'on parle aussi bien de l'union et du bonheur dans un mariage ou dans une famille, etc., comme de choses *dignes d'envie,* comme s'il était permis en certains cas d'envier quelqu'un. Les élans d'envie sont donc inscrits dans la nature de l'homme, et c'est seulement leur enchaînement qui en fait ce vice hideux qu'est la passion hargneuse de se tourmenter soi-même, appliquée à détruire, du moins par l'espérance, le bonheur d'autrui — déchaînement qui est par conséquent opposé aussi bien au devoir de l'homme envers lui-même qu'au devoir envers les autres.

b) L'*ingratitude* envers son bienfaiteur qui, lorsqu'elle va jusqu'à le haïr, s'appelle *ingratitude qualifiée,* mais qui autrement n'est que simple *manque de reconnaissance,* est dans l'opinion publique un vice certes hautement détestable quoique l'homme ait si mauvaise réputation sous ce rapport, qu'il ne paraît pas invraisemblable de pouvoir, en prodiguant des bienfaits, se faire bel et bien un ennemi. Le fondement de la possibilité d'un tel vice se trouve dans la mauvaise intelligence de ce devoir envers soi-même qui consiste à ne pas avoir besoin de la bienfaisance des autres ni à la demander, parce qu'elle nous impose une obligation envers eux, mais à préférer au contraire supporter seul les difficultés de la vie plutôt que d'en charger les autres, par conséquent de contracter, ce faisant, une dette (obligation) à leur égard : en effet, nous redoutons de tomber par là au rang inférieur qui est celui du protégé par rapport à son protecteur, ce qui est contraire à l'authentique estime de soi (être fier de la dignité de l'humanité en sa propre personne). De là vient que nous témoignons volontiers de la reconnaissance envers ceux qui devaient *inévitablement* nous précéder dans la bienfaisance (en souvenir : envers nos ancêtres ou envers nos parents), tandis que nous nous montrons avares de reconnaissance envers nos contemporains, et que même, pour rendre invisible ce rapport d'inégalité, nous leur témoignons tout le contraire. Et il s'agit dès lors d'un vice révoltant l'humanité, non pas tant à cause du *dommage* qu'un tel exemple doit en général occasionner aux hommes en les dissuadant d'une nouvelle bienfaisance (car ceux-ci, guidés par une intention authentiquement morale, peuvent n'y voir qu'une valeur morale intrinsèque, d'autant plus grande qu'elle est placée justement dans le dédain de toute gratification de ce genre pour leur bienfaisance), qu'au contraire parce que l'amour de l'homme est ici pour ainsi dire mis la tête à l'envers et que le défaut d'amour dégénère en permission de haïr celui qui aime.

c) La *joie maligne*, qui est directement l'inverse de la sympathie, n'est pas non plus étrangère à la nature humaine ; aussi bien lorsqu'elle va jusqu'à VI, 460
aider le malheur ou même le mal à agir, rend-elle manifeste, en tant que *joie maligne qualifiée*, la haine de l'homme, et apparaît-elle dans toute son horreur. Il est sans doute fondé dans la nature, d'après les lois de l'imagination, c'est-à-dire par effet de contraste, que nous sentions plus fortement notre bien-être et même notre bonne conduite lorsque le malheur des autres ou leur chute dans le scandale sont en quelque sorte comme l'arrière-fond sur lequel se détache notre bonne fortune en la mettant d'autant mieux en lumière. Mais se réjouir immédiatement de l'existence de telles *monstruosités* qui détruisent l'excellence générale du monde, voire, par conséquent, souhaiter des événements de ce genre, est une haine secrète de l'homme et le contraire exact de l'amour du prochain qui nous incombe en tant que devoir. L'*outrecuidance* que suscite une prospérité ininterrompue et la *présomption* que fait naître la bonne conduite (laquelle n'est à proprement

parler que le bonheur d'avoir échappé jusque-là à la séduction des vices affichés), deux défauts que l'homme vaniteux s'impute à mérite, produisent cette joie hostile qui d'après le devoir est directement opposée au principe de la sympathie (celui de l'honnête Chrémès dans Térence) : « Je suis homme, tout ce qui advient à l'homme me concerne moi aussi[1]. »

De cette joie maligne, la plus douce et celle qui de plus a l'apparence du meilleur droit, voire de l'obligation (par amour du droit) de prendre pour fin le mal d'autrui indépendamment de tout avantage personnel, est le *désir de vengeance.*

Tout acte qui lèse le droit d'un homme mérite un châtiment par lequel le crime est *vengé* dans la personne de l'auteur (et ne répare pas seulement le dommage causé). Toutefois, le châtiment n'est pas un acte d'autorité privée de la part de l'offensé, mais celui d'une cour de justice distincte de lui, qui donne effet aux lois d'une autorité qui a souveraineté sur tous ceux qui lui sont soumis ; et si (comme le nécessite l'éthique) nous considérons les hommes dans un état juridique, qui soit déterminé par les *seules lois de la raison* (non par des lois civiles), nul n'a le droit d'infliger des châtiments ni de venger des offenses souffertes par les hommes, si ce n'est celui qui est le suprême législateur moral, et celui-là seul (je veux dire Dieu) peut dire : « La vengeance m'appartient, j'userai de rétorsion[2]. » C'est donc un devoir de vertu, non seulement de ne pas répondre — par simple vengeance — à l'hostilité des autres par la haine, mais encore de ne pas même presser le juge du monde de nous venger ; et cela en partie parce que l'homme porte en lui assez de
VI, 461 fautes personnelles pour avoir lui-même grand besoin de pardon, en partie aussi et surtout parce que aucun châtiment, d'où qu'il provienne, ne doit être dicté par la haine. C'est pourquoi le *pardon (placabilitas)* est le devoir de l'homme, ce avec quoi il ne faut pourtant pas confondre la *veule indulgence* pour les offenses *(ignava injuriarum patientia)*, qui est renonciation aux moyens rigou-

reux *(rigorosa)* de prévenir l'offense répétée d'autrui, car ce serait jeter ses droits aux pieds des autres et violer le devoir de l'homme envers lui-même.

Remarque

Tous les vices, qui rendraient la nature humaine elle-même haïssable si on voulait les prendre (en tant que vices qualifiés) dans le sens de principes, sont, objectivement regardés, inhumains ; mais, subjectivement considérés, ils sont pourtant *humains,* c'est-à-dire ce sous l'angle de quoi l'expérience nous apprend à connaître notre espèce. S'il peut se faire qu'emporté par le dégoût on nomme certains d'entre eux *diaboliques,* tout de même qu'on pourrait appeler *vertus angéliques* leurs contraires, ces deux concepts ne sont pourtant que les Idées d'un maximum conçu comme mesure servant à la comparaison des degrés de moralité, au sens où l'on assigne à l'homme sa place au *ciel* ou en *enfer,* au lieu d'en faire un être intermédiaire qui n'occuperait ni l'un ni l'autre de ces endroits. Nous pouvons ici laisser en suspens la question de savoir si Haller, en parlant d'un « intermédiaire équivoque entre l'ange et la bête[1] », n'a pas touché plus juste. Mais partagé en deux, un assemblage de choses hétérogènes ne mène à aucun concept déterminé et rien, dans l'ordre des êtres dont la différence spécifique nous est inconnue, ne peut nous y conduire. La première opposition (celle des vertus angéliques et des vices diaboliques) est une exagération. La seconde, encore que les hommes tombent aussi, hélas ! dans des vices de *brutes,* n'autorise pourtant pas à leur attribuer sur ce point une *disposition inhérente à leur espèce,* pas plus que le rabougrissement de quelques arbres dans la forêt n'est une raison d'en faire une *variété* particulière de végétaux.

VI, 462

CHAPITRE DEUXIÈME

DES DEVOIRS DE VERTU ENVERS LES AUTRES HOMMES, ISSUS DU RESPECT QUI LEUR EST DÛ

§ 37

On appelle *modestie* la *modération* de ses prétentions en général, c'est-à-dire la limitation volontaire, chez un homme, de l'amour de soi, par l'intermédiaire de l'amour de soi que se portent les autres. Ce manque de *modération,* ou immodestie, concernant la revendication d'être *aimé* des autres, est l'*amour-propre (philautia);* tandis que l'immodestie dans la revendication d'être *respecté* par les autres est la *présomption (arrogantia).* Le *respect* que je porte aux autres ou qu'un autre peut exiger de moi *(observantia aliis praestanda*[1] *)* est ainsi la reconnaissance en d'autres hommes d'une *dignité (dignitas),* c'est-à-dire d'une valeur qui n'a pas de prix, pas d'équivalent contre quoi l'objet de cette estimation de valeur *(aestimii)* pourrait être échangé. Juger une chose comme n'ayant aucune valeur, cela s'appelle le mépris.

§ 38

Tout homme a une prétention légitime au respect de ses semblables, et *réciproquement,* il est obligé au respect envers chacun d'eux.

L'humanité elle-même est une dignité ; en effet, l'homme ne peut être utilisé par aucun homme (ni par d'autres, ni même par lui-même) simplement comme moyen, mais doit toujours être traité en même temps comme fin, et c'est en cela que consiste précisément sa dignité (la personnalité), grâce à laquelle il s'élève au-dessus de tous les autres êtres du monde qui ne sont point des hommes et peuvent donc être utilisés, s'élevant par conséquent au-dessus de toutes choses. Ainsi, tout comme il ne peut se défaire de lui-même à aucun prix (ce qui contredirait au devoir d'estime de soi), de même il ne peut non plus agir à l'encontre de la tout aussi nécessaire estime de soi que se portent les autres en tant qu'hommes, c'est-à-dire qu'il est obligé de reconnaître pratiquement en tout autre homme la dignité de l'humanité ; sur lui repose par conséquent un devoir qui a trait au respect qui doit être nécessairement témoigné à tout autre homme.

§ 39

VI, 463

Mépriser (contemnere) les autres, c'est-à-dire leur refuser le respect dû à tout homme en général, est dans tous les cas contraire au devoir, car ce sont des hommes. En les comparant avec d'autres, les tenir en son for intérieur *en mésestime (despicatui habere)*, cela est certes parfois inévitable, mais manifester extérieurement cette mésestime est toutefois une offense. Ce qui est *dangereux* n'est pas un objet de mépris, et ce n'est pas à ce titre que le vicieux en est un ; et même si le fait d'être au-dessus de ses attaques m'autorise à dire : je le méprise, cela signifie tout simplement : il n'y a là aucun danger, même si je ne mets en œuvre aucune défense contre lui, car il s'expose lui-même dans toute son abjection. Il n'en reste pas moins que je ne puis refuser tout respect au vicieux lui-même en tant qu'homme, respect qu'on ne peut du moins lui ôter en sa qualité d'homme, quoiqu'il s'en rende certes indigne par ses actes. Ainsi peut-il y avoir des peines infamantes qui déshonorent l'humanité même (par exemple l'écartèlement, jeter le condamné aux chiens, couper nez et oreilles), qui pour l'homme d'honneur (qui prétend au respect des autres, ce que chacun doit faire) ne sont pas seulement plus douloureuses que la perte des biens et de la vie, mais font encore rougir le spectateur de honte à l'idée d'appartenir à une espèce avec laquelle on se permet de procéder de la sorte.

Remarque

C'est là sur quoi se fonde un devoir de respect envers l'homme, jusque dans l'usage logique de sa raison : il ne faut pas blâmer les faux pas de celle-ci sous le nom d'absurdité, de jugement inepte, etc., mais plutôt présupposer qu'il doit pourtant y avoir en eux quelque chose de vrai et chercher à l'extraire ; mais ce faisant il faut lever en même temps le voile de l'apparence trompeuse (le caractère subjectif des principes de détermination du jugement qui a été pris par erreur pour objectif), et ainsi, en expliquant la possibilité de l'erreur, conserver à l'homme le respect de son entendement. En effet, si à propos d'un certain jugement on dénie tout entendement à son adversaire en usant de telles expressions, comment veut-on lui faire comprendre ensuite qu'il s'est trompé à ce sujet ? Il en va de même du reproche à l'endroit du vice, qui ne doit jamais tourner au mépris total du vicieux ni lui dénier toute valeur
VI, 464 morale, parce que dans cette hypothèse il ne pourrait jamais s'améliorer, ce qui est incompatible avec l'Idée d'un *homme* qui en tant que tel (comme être moral) ne peut jamais perdre toute disposition au bien.

§ 40

Le respect de la loi, qui subjectivement est désigné comme sentiment moral, et la conscience de son devoir sont une seule et même chose. C'est justement pour cette raison que le témoignage de respect envers l'homme comme être moral (estimant au plus haut point son devoir) est lui-même aussi un devoir que les autres ont envers lui, et un droit auquel il ne peut renoncer à prétendre. On appelle une telle prétention *amour de l'honneur,* dont le phénomène dans la conduite extérieure est l'*honorabilité (honestas externa)* tandis que le manquement à ce devoir s'appelle *scandale.* Un exemple d'irrévérence de ce genre pourrait provoquer l'imitation, et donner un tel exemple est extrêmement contraire au devoir, cependant que se choquer de quelque chose de purement paradoxal *(paradoxon),* de bon en soi par ailleurs, est folie (de tenir l'inaccoutumé non seulement pour tel mais aussi pour illicite), faute dangereuse et funeste pour la vertu. En effet le respect dû aux hommes qui donnent un exemple aux autres ne peut pas dégénérer en imitation aveugle (auquel cas l'usage, *mos,* est élevé à la dignité d'une loi) ; une telle tyrannie de la coutume populaire serait contraire au devoir de l'homme envers lui-même.

§ 41

L'omission des simples devoirs d'amour est un *manque de vertu (peccatum).* Mais l'omission du devoir qui procède du *respect* dû à tout homme en général est un *vice (vitium).* En effet, en négligeant les premiers, on n'offense personne, mais en omettant le second, on porte atteinte à l'homme relativement à sa prétention légitime. La première transgression est ce qui est contraire au devoir comme l'est un *opposé (contrarie oppositum virtutis*[1] *).* En revanche, ce qui non seulement n'est pas une composante morale, mais supprime même la valeur d'une telle composante qui, sans cela, pourrait être prêtée au profit du sujet, est le *vice.*

C'est justement pourquoi les devoirs envers le prochain, issus du respect qui lui est dû, ne sont exprimés que négativement, c'est-à-dire que ce VI, 465 devoir de vertu n'est exprimé qu'indirectement (par l'interdiction du contraire).

Des vices qui portent atteinte au devoir de respect envers les autres hommes

Ces vices sont : A. l'*orgueil,* B. la *médisance,* et C. la *raillerie.*

A. L'*orgueil*

§ 42

L'*orgueil* (*superbia* et, comme ce mot l'exprime, le penchant à tout prendre de *haut*), est une sorte d'*ambition* (*ambitio*), suivant laquelle nous prétendons qu'en se comparant à nous d'autres hommes s'estiment insignifiants, et c'est donc un vice qui contredit au respect auquel chaque homme peut légitimement prétendre.

Il diffère de la *fierté* (*animus elatus*[1]) en tant qu'*amour de l'honneur,* c'est-à-dire soin de ne rien céder de sa dignité d'homme dans la comparaison avec d'autres (qu'on a coutume pour cette raison d'associer à l'adjectif *noble*) ; c'est que l'orgueil exige des autres un respect qu'il leur refuse cependant. Mais cette fierté elle-même devient néanmoins une faute et une offense lorsqu'elle se réduit également à être une prétention à ce que les autres se préoccupent de notre importance.

Que l'orgueil, qui est pour ainsi dire une aspiration de l'ambitieux à avoir des suiveurs qu'il se croit permis de traiter avec mépris, soit *injuste* et contraire en général au respect dû à l'homme ; qu'il soit *folie,* c'est-à-dire une vaine mise en œuvre de moyens en vue de quelque chose qui sous un certain rapport n'a aucunement la valeur d'une fin ; qu'il soit même une *extravagance,* c'est-à-dire une inintelligence offensante consistant à se servir de moyens tels qu'ils doivent produire chez les autres exactement le contraire de la fin poursuivie (car on refuse d'autant plus son respect à l'orgueilleux qu'il se montre plus acharné à l'obtenir), tout cela est clair par soi-même. Peut-être a-t-on cependant trop peu remarqué qu'au fond de VI, 466 son âme l'orgueilleux est toujours *vil*. Il n'exigerait pas, en effet, que les autres se prennent, en comparaison de lui, pour peu de chose si en lui il ne devinait pas qu'en cas de revers de fortune il ne trouverait pas du tout rude de ramper lui aussi à son tour et de renoncer à tout respect de la part d'autrui.

B. *La médisance*

§ 43

Les propos malveillants *(obtrectatio)* ou médisance, par où je n'entends pas la *calomnie (contumelia)* ni un *faux* rapport devant le tribunal, mais simplement le penchant immédiat, ne reposant sur aucune intention particulière, à divulguer quelque chose de préjudiciable au respect des autres, est contraire au respect dû à l'humanité en général puisque chaque scandale qui survient affaiblit ce respect sur lequel repose pourtant l'impulsion au bien moral et fait, autant qu'il est possible, que nous ne croyons plus en ce respect.

Propager intentionnellement *(propalatio)* ce qui diminue l'honneur d'un autre sans que cela relève de la juridiction publique — la chose fût-elle vraie — c'est amoindrir le respect pour l'humanité en général pour jeter enfin sur notre espèce même l'ombre de l'indignité et faire de la misanthropie (insociabilité) ou du mépris le mode de penser dominant, ou encore c'est émousser notre sentiment moral par le spectacle fréquent de cette indignité et finir par s'y habituer. Au lieu donc de prendre un malin plaisir à dévoiler les fautes d'autrui afin de s'assurer ainsi la réputation d'être bon ou du moins pas plus mauvais que les autres hommes, c'est un devoir de vertu que de jeter le voile de l'amour de l'homme sur les fautes d'autrui, non seulement en tempérant nos jugements mais aussi en les taisant; parce que les exemples de respect que nous donnons aux autres peuvent aussi déclencher l'effort de le mériter pareillement. C'est pourquoi l'espionnage des mœurs d'autrui *(allotrioepiscopia)* est déjà par lui-même une curiosité d'anthropologue offensante, à laquelle chacun peut s'opposer à bon droit comme à une violation du respect qui lui est dû.

C. *La raillerie*

§ 44

VI, 467 La manie de critiquer *à tort et à travers* et la propension à tourner les autres en ridicule, la *moquerie* qui consiste à faire des fautes d'autrui un objet immédiat d'amusement, sont de la méchanceté, et elles sont tout à fait différentes de la *plaisanterie,* cette familiarité entre amis qui consiste à rire de certaines particularités qui ne sont des fautes qu'en apparence, étant en réalité des marques de caractère, parfois aussi le fait d'être en dehors du canon de la mode (ce qui n'est alors aucunement de la *dérision*). Mais tourner en ridicule des fautes réelles ou, tout comme si elles étaient réelles, des fautes inventées, qui sont destinées à priver la personne du respect qu'elle mérite, et la propension à la moquerie *corrosive* *(spiritus causticus),* cela a en soi quelque chose d'une joie diabolique, et c'est pour cette raison même une violation d'autant plus grave du devoir de respect envers les autres hommes.

De cela diffère toutefois cette manière plaisante et néanmoins railleuse de repousser avec mépris les attaques offensantes d'un adversaire *(retorsio iocosa*[1] *),* par quoi le moqueur (ou en général un adversaire malveillant mais faible) est également moqué, ce qui est une légitime défense du respect que l'on peut exiger de lui. Mais si l'objet n'est pas proprement un objet de plaisanterie mais un objet auquel la raison prend nécessairement un intérêt moral, quelque moquerie que l'adversaire ait proférée — eût-il ce faisant prêté lui-même beaucoup de prise au rire — il est plus conforme à la dignité de l'objet et au respect de l'humanité de n'opposer à l'attaque aucune défense, ou alors d'en opposer une menée avec dignité et sérieux.

Remarque

On observera que sous le titre précédent, on n'a pas tant vanté les vertus que blâmé les vices qui leur sont opposés ; et cela tient au concept de respect, tel que nous sommes obligés de le témoigner aux autres hommes, lequel n'est qu'un devoir *négatif*. Je ne suis pas obligé de *révérer* autrui (considéré simplement comme homme), c'est-à-dire de lui témoigner *positivement* un profond respect. Le seul respect auquel je sois par nature obligé est celui envers la loi en général VI, 468 *(reverere legem*[1] *)*, et suivre cette loi, même relativement aux autres hommes, non pas pour révérer les autres hommes en général *(reverentia adversus hominem*[2] *)* — ou accomplir là quelque chose pour eux — c'est un devoir humain universel et inconditionné qui, tout comme le respect originairement dû à tout homme *(observantia debita*[3] *)*, peut être exigé de chacun.

Les différentes formes du respect à observer à l'égard d'autrui, suivant les différences de qualité des hommes ou celles de leurs rapports contingents, c'est-à-dire d'âge, de sexe, de naissance, de force ou de faiblesse, ou même d'état ou de dignité, qui reposent en grande partie sur des organisations arbitraires, cela ne saurait être exposé en détail ni classé dans les premiers principes *métaphysiques* de la doctrine de la vertu, puisqu'on n'a affaire ici qu'aux purs principes de la raison.

Deuxième section

DES DEVOIRS ÉTHIQUES DES HOMMES ENTRE EUX AU POINT DE VUE DE LEUR «ÉTAT»

§ 45

Dans l'éthique pure, ces devoirs de vertu ne peuvent certes pas donner lieu à une section particulière dans le système, car ils ne comportent pas de principes d'obligation des hommes comme tels les uns par rapport aux autres ; ils ne peuvent donc pas constituer à proprement parler une partie des premiers principes *métaphysiques* d'une doctrine de la vertu, mais ils ne sont que les règles d'*application* du principe de la vertu (quant à la forme) aux cas qui se présentent dans l'expérience (la matière), modifiées suivant la différence des sujets, et c'est aussi pourquoi, comme toutes les divisions empiriques, ils ne permettent pas de classification sûre et complète. Cependant, de même que l'on exige un passage de la métaphysique de la nature à la physique qui a ses règles particulières, de même on exige à bon droit de la métaphysique des mœurs quelque chose d'analogue, à savoir de *schématiser* en quelque sorte les purs principes de devoir par l'application de ceux-ci aux cas de l'expérience, et de les présenter tout prêts pour l'usage moralement pratique. Quelle conduite adopter alors envers les hommes, selon qu'ils sont par exemple dans un état de pureté morale ou de dépravation, selon qu'ils sont cultivés ou incultes ; quelle conduite convient au savant ou à l'ignorant, et laquelle signale le
VI, 469 savant, dans la pratique de sa science, comme civil (poli) ou comme incivil (pédant) dans sa disci-

pline ; laquelle le signale comme savant pragmatique ou comme plutôt attaché à l'esprit et au goût ; laquelle adopter selon les différences de situation, d'âge, de sexe, d'état de santé, selon la richesse ou la pauvreté, etc.[1] ? Cela ne donne pas autant d'*espèces* d'*obligation* éthique (car il n'en existe qu'*une,* à savoir celle de la vertu en général) mais cela donne seulement des espèces d'*application* (πορίσματα[2]) ; on ne saurait donc les présenter comme sections de l'éthique ni comme éléments de la *division* d'un système (qui doit procéder *a priori* d'un concept de la raison), mais elles ne peuvent qu'y être ajoutées. Néanmoins, cette application elle-même est requise pour l'exposition complète du système[3].

CONCLUSION DE LA DOCTRINE ÉLÉMENTAIRE

*De l'union intime de l'amour et du respect dans l'*amitié

§ 46

L'amitié (considérée dans sa perfection) est l'union de deux personnes par un amour et un respect égaux et réciproques. On voit facilement qu'elle est un Idéal de sympathie et de communication quant au bien de chacun de ceux qui sont unis par une volonté moralement bonne et que, même si elle ne produit pas tout le bonheur de la vie, l'adoption de cet Idéal en une intention mutuelle contient la dignité d'être heureux, de telle sorte que rechercher l'amitié entre eux est pour les hommes un devoir. Mais il est facile de le voir : bien qu'aspirer à l'amitié comme à un maximum de la bonne intention réciproque soit un devoir prescrit par la raison, qu'il ne soit peut-être pas ordinaire mais honorable, une amitié parfaite est toutefois une simple Idée qui, quoique pratiquement nécessaire, est irréalisable dans quel-

que pratique que ce soit[1]. En effet, comment, dans le rapport à son prochain, est-il possible à l'homme de découvrir l'*égalité* d'une des parts, requise à cet effet, du même devoir exactement (celle par exemple de la bienveillance réciproque) chez l'un, avec exactement la même intention chez l'autre, ou qui plus est, de rechercher quel rapport le sentiment issu de l'un des devoirs entretient, dans la même personne, avec le sentiment issu de l'autre (par exemple le sentiment issu de la bienveillance par rapport à celui issu du respect) ;
VI, 470 et de savoir si, lorsqu'une personne témoigne trop d'ardeur dans l'*amour*, elle ne perd pas par là même quelque chose du *respect* de l'autre ? Comment donc espérer que des deux côtés amour et haute estime seront mis, subjectivement, en harmonieux équilibre, lequel est pourtant requis pour l'amitié ? On peut en effet regarder l'amour comme attraction, le respect comme répulsion, de telle sorte que le principe du premier ordonne le rapprochement tandis que celui du second exige que l'on se tienne à une distance convenable l'un de l'autre ; limitation de l'intimité qui s'exprime par la règle suivante : même les meilleurs amis ne doivent pas se *traiter familièrement,* cette règle enveloppant une maxime qui ne vaut pas seulement pour le supérieur à l'égard de l'inférieur mais aussi à l'inverse. En effet le supérieur, avant même qu'on y ait pris garde, se sent blessé dans sa fierté et ne veut pas se voir supprimé — même s'il accepte qu'il soit suspendu pour un instant — le respect dû par l'inférieur, lequel, une fois entamé, est irrémédiablement perdu à l'intérieur, même si mes marques extérieures de ce respect (le cérémonial) recouvrent leur ancien cours.

L'amitié conçue comme réalisable dans sa pureté ou sa perfection (entre Oreste et Pylade, Thésée et Pirithoüs[2]), est le cheval de bataille des romanciers ; Aristote dit en revanche : « Mes chers amis il n'y a point d'ami[3]. » Les remarques suivantes peuvent attirer l'attention sur les difficultés de l'amitié.

À considérer les choses moralement, c'est évidemment un devoir pour un ami que de faire remarquer à l'autre ses fautes ; car c'est pour son bien qu'on le fait et c'est donc un devoir d'amour. Mais son autre moitié voit là un manquement au respect qu'il attendait de lui, il croit alors avoir déjà déchu ou craint du moins, étant donné qu'il est observé par l'autre et secrètement critiqué, de toujours courir le danger de perdre son respect ; au demeurant, *le seul fait* de devoir être observé et régenté lui paraîtra déjà offensant par soi-même.

Dans la détresse, avoir un ami, comment ne le souhaiterait-on pas, bien entendu si c'est un ami actif, qui ne recule pas devant la dépense pour vous secourir ! Mais c'est pourtant aussi un lourd fardeau de se sentir enchaîné au destin d'un autre et chargé de pourvoir à des besoins étrangers. L'amitié ne peut donc pas être une union en vue d'avantages réciproques, mais elle doit être purement morale et l'assistance sur laquelle chacun des deux doit pouvoir compter de la part de l'autre en cas de détresse ne doit pas être considérée comme la fin et le principe déterminant de l'amitié — car l'un perdrait ainsi le respect de l'autre partie — mais ne peut l'être que comme marque VI, 471
extérieure de la bienveillance intérieure — qu'on suppose sincère — sans qu'on mette pourtant cette bienveillance à l'épreuve, chose toujours dangereuse ; c'est ainsi que chacun a la générosité d'épargner à l'autre le fardeau en question, de le porter à soi tout seul, allant même jusqu'à prendre soin de le lui cacher entièrement, cependant qu'il peut toujours se flatter, grâce à cela, de pouvoir compter à coup sûr en cas de détresse sur l'assistance de l'autre. Mais si l'un reçoit de l'autre un *bienfait,* il peut peut-être bien escompter une égalité dans l'amour mais non dans le respect puisqu'il se voit manifestement placé un degré plus bas, étant obligé sans pouvoir réciproquement obliger. L'amitié cependant, cette douceur de sensation que donne la possession réciproque approchant la fusion en une personne, est à la fois quelque chose de si *tendre* (*teneritas amicitiae*[1]),

que si on la fait reposer sur des sentiments et si on n'assigne pas à cette communication et à cet abandon réciproques des principes ou des règles fermes qui préviennent la familiarité et limitent l'amour réciproque par des exigences de respect, elle ne sera à aucun moment assurée contre les *interruptions,* comme il en arrive couramment chez les personnes incultes, bien que cela n'aille pas toujours pour autant jusqu'à la *rupture* (car la plèbe se dispute et la plèbe se racommode) ; ces personnes ne peuvent pas se quitter mais elles ne peuvent pas non plus s'entendre car elles ont besoin de la querelle elle-même, pour goûter dans la réconciliation la douceur de la concorde. Mais en tout cas l'amour ne peut dans l'amitié être une *affection,* car celle-ci est aveugle en son choix et se dissipe par la suite.

§ 47

L'*amitié morale* (à la différence de l'amitié esthétique) est l'entière confiance entre deux personnes tandis qu'elles s'ouvrent réciproquement de leurs jugements secrets et de leurs impressions, autant que cela se peut concilier avec le respect qu'elles ont l'une pour l'autre.

L'homme est un être destiné à la société (bien qu'il soit aussi insociable), et en cultivant l'état de société il ressent puissamment le besoin de s'*ouvrir* aux autres (même sans avoir là d'intention précise) ; mais d'un autre côté, retenu et averti par la peur de l'abus que les autres pourraient faire de cette révélation de ses pensées, il se voit alors contraint de *renfermer* en lui-même une bonne part de ses jugements (surtout ceux qu'il porte sur les
VI, 472 autres hommes). Il s'entretiendrait volontiers avec quelqu'un de ce qu'il pense des hommes qu'il fréquente, du gouvernement, de la religion, etc., mais il ne doit pas oser, parce que les autres, en gardant prudemment pour eux leur jugement, pourraient user de ses paroles à son détriment. Il

consentirait bien aussi à révéler aux autres ses défauts et ses fautes, mais il doit craindre que l'autre ne dissimule les siens et que lui-même puisse ainsi baisser dans l'estime de ce dernier s'il lui ouvrait tout son cœur[1].

Si donc il trouve un homme qui ait de bonnes intentions et soit sensé, de telle sorte qu'il puisse, sans avoir à se soucier de ce danger, lui ouvrir son cœur en toute confiance et s'accorde de surcroît avec lui sur la manière de juger des choses[2], il peut donner libre cours à ses pensées, il n'est plus entièrement *seul* avec ses pensées, comme dans une prison, mais jouit d'une liberté dont il est privé dans la foule où il lui faut se renfermer en lui-même. Tout homme a ses secrets et il ne doit pas les confier aveuglément à autrui, en partie à cause de la vile tournure d'esprit de la plupart prêts à faire de ses confidences un usage préjudiciable pour lui, en partie à cause du manque de discernement de beaucoup dans l'appréciation et la distinction de ce qui peut ou non se répéter (l'indiscrétion). Or, il est extrêmement rare de rencontrer ces qualités[3] réunies dans un sujet *(rara avis in terris, nigroque simillima cygno*[4] *)*; d'autant que l'amitié la plus étroite exige de cet ami compréhensif et intime qu'il se tienne en même temps pour obligé de ne pas communiquer à un autre ami considéré comme tout aussi sûr un même secret, à moins d'une autorisation expresse de celui qui le lui a confié le premier.

Cependant l'amitié (purement morale) n'est pas un Idéal mais (le cygne noir) existe réellement de temps à autre dans sa perfection ; toutefois cette autre amitié (pragmatique) s'encombrant des fins des autres hommes — et bien qu'elle le fasse par amour — ne peut avoir ni la pureté ni la perfection requise, celle qu'exige une maxime rigoureusement déterminante, et c'est l'Idéal d'un vœu qui, dans le concept de la raison, ne connaît point de limites, mais qui pourtant dans l'expérience doit toujours être très limité.

Est un *ami de l'homme* en général (c'est-à-dire un ami de l'espèce tout entière) celui qui prend part

esthétiquement au bien de tous les hommes (qui partage leur joie) et ne le perturbera jamais sans un profond regret. Toutefois l'expression « *ami* de l'homme » a un sens encore plus strict que celle de philanthrope, homme qui ne fait qu'aimer les
VI, 473 hommes. La première en effet contient en outre la représentation et la considération attentive de l'*égalité* entre les hommes, par conséquent l'Idée qu'en obligeant autrui par bienfaisance on est soi-même obligé, comme en quelque sorte des frères soumis à un père universel qui veut le bonheur de tous. Car le rapport du protecteur ou bienfaiteur au protégé ou obligé, est bien un rapport d'amour réciproque mais non d'amitié, parce que le respect dû n'est pas égal de part et d'autre. Le devoir consistant à vouloir du bien aux hommes en tant qu'ami (une nécessaire condescendance) et la considération attentive de ce devoir servent à garder les hommes de l'orgueil qui ne laisse pas de gagner les heureux qui possèdent les moyens de faire du bien.

APPENDICE

Des vertus de société (virtutes homileticae)

§ 48

C'est un devoir aussi bien envers soi-même qu'envers les autres de se livrer au commerce que les hommes ont entre eux *(officium commercii, sociabilitas*[1] *)*, de ne pas s'*isoler* *(separatistam agere*[2] *)*, de faire de soi assurément le point central immuable de ses principes, mais aussi pourtant de considérer ce cercle tracé autour de soi comme une partie d'un cercle embrassant tout, celui de l'intention cosmopolitique, non pas précisément pour travailler au bien du monde comme à une fin, mais uniquement pour cultiver les moyens qui y conduisent indirectement, l'aménité en société, l'esprit de conciliation, l'amour et le respect réciproques (l'affabilité et la bienséance, *humanitas* *aesthetica et decorum*[1]), et d'ajouter ainsi les grâces à la vertu — ce que faire est même un devoir de vertu.

Certes, ce ne sont là que des *dehors* ou *accessoires (parerga)* qui donnent une belle apparence de vertu, mais une apparence qui n'est pas trompeuse parce que chacun sait quel cas il doit en faire. Ils ne comptent il est vrai que pour de la menue monnaie, mais renforcent pourtant le sentiment de la vertu lui-même par l'effort accompli pour rapprocher autant que possible cette apparence de la vérité, effort de *se laisser facilement aborder,* effort de *loquacité,* de *politesse,* d'*hospitalité,* d'*indulgence* (éviter la querelle dans la controverse), tout ceci n'étant que les bonnes manières du commerce VI, 474
humain assorties des obligations extérieures par lesquelles on oblige en même temps les autres, qui contribuent donc bien à l'intention vertueuse, dans la mesure où elles rendent la vertu au moins *aimable.*

Mais à ce propos la question se pose de savoir si l'on peut aussi entretenir des relations avec des vicieux. On ne saurait éviter de les rencontrer, car autrement il faudrait quitter le monde, et même, notre jugement sur eux n'est pas compétent. Mais là où le vice est un scandale, c'est-à-dire un exemple publiquement donné du mépris des lois strictes du devoir et entraîne par conséquent le déshonneur, là, même si la loi du pays ne le punissait pas, il faut interrompre les relations entretenues jusque-là ou les éviter autant que possible ; parce que la poursuite de ces relations coûte à la vertu son honneur et la met sur le marché à l'adresse de quiconque est assez riche pour corrompre le parasite par les délices de l'opulence[2].

VI, 477

II. MÉTHODOLOGIE ÉTHIQUE

CHAPITRE PREMIER

LA DIDACTIQUE ÉTHIQUE

§ 49

Que la vertu doive être acquise (qu'elle ne soit pas innée), cela se trouve déjà dans son concept sans qu'il soit besoin d'en appeler à des connaissances anthropologiques issues de l'expérience. En effet, la faculté morale de l'homme ne serait pas vertu si elle n'était pas produite par la *force* de résolution, dans le conflit qui l'oppose à des penchants aussi puissants. Elle est le produit de la pure raison pratique pour autant que celle-ci, dans la conscience de sa supériorité (de par la liberté), conquiert sur eux la souveraineté.

Qu'elle puisse et doive être *enseignée* s'ensuit aussitôt de ce qu'elle n'est pas innée ; la théorie de la vertu est donc une *doctrine.* Mais comme la simple doctrine exposant comment on doit se conduire pour se conformer au concept de la vertu ne donne pas encore la force de mettre les règles en pratique, et pour cette seule raison, les stoïciens pensaient que la vertu ne peut pas être *enseignée* à travers de simples représentations du devoir, à travers des exhortations (parénétiquement[1]), mais que, cultivée à travers les efforts pour lutter contre l'ennemi intérieur de l'homme (ascétiquement), elle doit être *exercée;* car on ne *peut* pas sur-le-champ tout ce qu'on *veut,* si on n'a pas d'abord essayé et exercé ses forces, ce dont toutefois il faut prendre tout d'un coup l'entière *résolution,* parce que autrement l'intention *(animus),* en capitulant devant le vice pour s'en dégager peu à peu, serait en soi impure et même vicieuse, et ne saurait par conséquent produire non plus aucune vertu (la vertu reposant sur un principe unique).

§ 50

VI, 478

En ce qui concerne maintenant la méthode doctrinale (en effet toute doctrine scientifique doit être *méthodique,* sinon l'exposé en serait *tumultuaire*), notons qu'elle ne peut pas non plus être *fragmentaire* mais doit au contraire être *systématique,* si tant est que la doctrine de la vertu doive représenter une *science.* Or, l'exposé peut en être, ou bien *acroamatique,* lorsque ceux auxquels il s'adresse sont de simples auditeurs, ou bien *érotématique,* lorsque le maître interroge ses élèves sur ce qu'il veut leur enseigner ; et cette méthode érotématique à son tour est un mode d'enseignement *dialogique* ou *catéchétique,* selon qu'il questionne leur *raison* ou simplement leur *mémoire.* En effet, si quelqu'un veut dégager quelque chose de la raison d'un autre, il ne peut le faire autrement que dialogiquement, c'est-à-dire par les questions et les réponses que le maître et l'élève s'adressent *réciproquement.* Par ses questions, le maître oriente le cours des pensées de son disciple en se bornant à développer chez lui la disposition à certains concepts grâce aux cas qu'il lui soumet (il est l'accoucheur de ses pensées) ; l'élève, en s'apercevant ainsi qu'il est lui-même capable de penser, fournit à son *maître,* par les questions qu'il lui pose à son tour (concernant l'obscurité de propositions qu'il concède ou le doute qu'il émet à leur encontre), l'occasion d'*apprendre* lui-même selon le *docendo discimus*[1] comment il doit s'y prendre pour bien interroger. (C'est en effet une exigence qui s'adresse à la logique — et dont on n'a pas encore tenu suffisamment compte — qu'elle fournisse également des règles indiquant comment on doit *chercher* pour chercher convenablement, qui ne soient pas toujours des règles pour les jugements *déterminants* seulement, mais qui en soient aussi pour les jugements *préliminaires [judicia praevia]* qui conduisent aux pensées — doctrine qui peut même servir d'indice au mathématicien dans ses recherches et qu'il applique d'ailleurs souvent.)

§ 51

Le premier instrument et l'instrument *doctrinal* le plus indispensable à la doctrine de la vertu est, pour l'élève encore inculte, un *catéchisme* moral. Ce catéchisme doit précéder le catéchisme religieux et ne peut être mêlé, comme une simple incidente, à la doctrine de la religion, mais il doit au contraire être exposé séparément, comme un tout indépendant ; car c'est seulement par des principes purement moraux que peut être accompli le passage de la doctrine de la vertu à la religion, puisque autrement les professions de foi de celle-ci seraient impures. C'est justement pourquoi les théologiens les plus dignes et les plus
VI, 479 grands ont hésité à rédiger un catéchisme pour la doctrine statutaire de la religion et du même coup à s'en porter garant, alors qu'on devait croire que tel était le moins qu'on fût en droit d'attendre du grand trésor de leur savoir.

En revanche un catéchisme *moral,* en tant que doctrine fondamentale des devoirs de vertu, ne suscite aucun scrupule ni aucune difficulté de ce genre puisqu'il peut (quant à son contenu) être développé à partir de la raison humaine commune, et doit (quant à la forme) être conforme aux seules règles didactiques du premier enseignement. Mais le principe formel d'un tel enseignement moral ne permet pas d'adopter en vue de cette fin le mode d'enseignement socratique, *dialogique,* parce que l'élève ne sait même pas comment il doit questionner ; le maître est donc le seul qui questionne. Mais la réponse qu'il tire méthodiquement de la raison de son élève doit être ramassée et consignée en des formules précises, difficilement modifiables, et ce faisant confiée à sa *mémoire;* ce en quoi le *mode d'enseignement catéchétique* se distingue aussi bien du mode *acroamatique* (où le maître est le seul à parler) que du mode *dialogique* (où les deux parties se questionnent et se répondent l'une l'autre).

§ 52

Le moyen *expérimental* (technique) de formation à la vertu est, quant au maître, de donner lui-même le *bon exemple*[1] (avoir une conduite exemplaire), et quant aux autres de *s'en servir de leçon;* car l'imitation est, pour l'homme encore inculte, la première détermination de la volonté à admettre des maximes qu'il fait siennes par la suite. L'accoutumance consiste à implanter en soi un penchant persistant sans l'aide d'aucune maxime, mais en le satisfaisant fréquemment, et c'est un mécanisme de la sensibilité au lieu d'être un principe de la pensée (ce pourquoi par la suite *désapprendre* devient plus difficile qu'*apprendre*). Mais pour ce qui est de la force de l'*exemple* (soit du bien soit du mal) qui s'offre et suscite une propension à imiter ou à recevoir une leçon*, cela — ce que les VI, 480
autres nous donnent — ne peut fonder aucune maxime de vertu. En effet la vertu consiste précisément en l'autonomie subjective de la raison pratique de tout homme, de telle sorte par conséquent que ce ne soit pas la conduite d'autres hommes mais au contraire la loi qui doive nous

* Le mot allemand *Beispiel* (exemple), que l'on emploie VI, 479
communément comme équivalent du mot *Exempel,* n'a cependant pas la même signification. Prendre exemple *(Exempel)* de quelque chose et introduire un exemple pour expliciter une expression sont des concepts totalement différents. L'exemple *(Exempel)* est un cas particulier d'une règle *pratique,* pour autant que cette règle représente une action comme praticable ou impraticable. En revanche, un exemple *(Beispiel)* n'est que le particulier *(concretum)* représenté comme compris sous l'universel d'après des concepts *(abstractum)* et ce n'est que VI, 480
l'exposition théorique d'un concept.

servir de mobile. L'éducateur ne dira donc pas à son élève pervers : prends exemple sur ce bon garçon (ordonné, studieux) ! car cela ne servirait au premier que de motif pour haïr le second, parce que à cause de celui-ci il se trouverait lui-même placé sous un jour défavorable. Le bon exemple (la conduite exemplaire) ne doit pas servir de modèle mais seulement de preuve pour montrer que ce qui est conforme au devoir est praticable. Ce n'est donc pas en établissant la comparaison avec quelque autre homme (tel qu'il est) mais la comparaison avec l'Idée (l'humanité) de ce qu'il doit être, c'est-à-dire avec la loi, que le maître doit trouver le canon infaillible de l'éducation qu'il dispense[1].

R*emarque*

Fragments d'un catéchisme moral

Le maître demande à la raison de son élève ce qu'il veut lui enseigner, et si par hasard ce dernier ne sait pas répondre à la question, il lui suggère la réponse (en guidant sa raison).

1. LE MAÎTRE : Quel est ton plus grand, voire ton unique désir dans la vie?

L'ÉLÈVE : (Il se tait)

LE MAÎTRE : Que tu réussisses en tout et toujours selon ton souhait et ta volonté.

2. «Comment nomme-t-on un tel état?»

L'ÉLÈVE : (Il se tait)

LE MAÎTRE : On le nomme *bonheur* (une prospérité constante, une vie satisfaite, un parfait contentement de son état).

3. LE MAÎTRE : Si maintenant tu tenais entre tes mains tout le bonheur (possible dans le monde), le conserverais-tu tout entier pour toi ou le partagerais-tu avec tes semblables?

L'ÉLÈVE : Je le partagerais, je rendrais aussi les autres heureux et contents.

4. LE MAÎTRE : Cela prouve donc bien que tu as un assez bon *cœur*, mais fais voir si tu as aussi, de plus, un bon *entendement*.

— Fournirais-tu volontiers au paresseux des coussins moelleux afin qu'il passe sa vie dans une VI, 481 douce oisiveté, ou veillerais-tu à ce que l'ivrogne ne manque pas de vin et de tout ce qui contribue à l'ivresse, prêterais-tu au fourbe une physionomie et des manières avenantes afin qu'il puisse tromper les autres, ou au violent de l'audace et un poing vigoureux afin qu'il puisse terrasser les autres? Car ce sont là autant de moyens que souhaite chacun d'eux pour être heureux à sa manière.

L'ÉLÈVE : Non, cela non.

5. LE MAÎTRE : Tu vois donc que même si tu tenais entre tes mains tout le bonheur et qu'en outre tu aies la meilleure volonté, tu ne le livrerais pourtant pas sans hésitations à qui veut s'en saisir, mais tu commencerais par rechercher dans quelle mesure chacun est *digne* du bonheur. Mais pour ce qui te concerne tu n'aurais pourtant bien aucune hésitation à te munir d'abord de tout ce que tu comptes comme appartenant à ton bonheur?

L'ÉLÈVE : Certes non.

LE MAÎTRE : Mais ne te viendrait-il pas à l'idée de te demander si, toi aussi, tu es bien digne du bonheur?

L'ÉLÈVE : Assurément.

LE MAÎTRE : Eh bien, ce qui en toi tend au bonheur est le *penchant;* mais ce qui soumet ton penchant à la condition restrictive d'être auparavant digne de ce bonheur, c'est ta *raison,* et que tu puisses limiter et dominer ton penchant par ta raison, c'est là la liberté de ta volonté.

6. LE MAÎTRE : Or, la règle et la directive permettant de savoir comment s'y prendre pour participer au bonheur et pourtant aussi ne pas s'en rendre indigne se trouvent dans ta seule *raison;* cela revient à dire que, cette règle de ta conduite, tu n'as pas besoin de l'apprendre de l'expérience ni de l'éducation que tu reçois des autres ; ta propre raison t'enseigne et t'ordonne exactement ce que tu as à faire. Par exemple, si tu te trouves dans le cas de te procurer ou de procurer à l'un de tes amis, à l'aide d'un *mensonge* finement

médité, un grand avantage par lequel de surcroît tu ne portes préjudice à personne d'autre, que dit ta raison à ce sujet?

L'ÉLÈVE : Que je ne dois pas mentir, si grand puisse être l'avantage pour moi et pour mon ami. Mentir est *avilissant* et rend l'homme *indigne* d'être heureux. Il y a là une coercition inconditionnée par un commandement (ou une interdiction) de la raison auquel je dois obéir et devant lequel tous mes penchants doivent se taire.

LE MAÎTRE : Comment nomme-t-on cette nécessité, immédiatement imposée à l'homme par la
VI, 482 raison, d'agir conformément à une loi de celle-ci?

L'ÉLÈVE : Elle s'appelle *devoir*.

LE MAÎTRE : Ainsi, l'observance de son devoir est pour l'homme la condition universelle et unique de la dignité d'être heureux ; être digne d'être heureux et observer son devoir sont une seule et même chose.

7. LE MAÎTRE : Mais si nous avons conscience d'une telle volonté, bonne et active, par laquelle nous nous trouvons dignes (ou du moins ne nous trouvons pas indignes) d'être heureux, pouvons-nous également fonder sur elle le ferme espoir de participer à ce bonheur?

L'ÉLÈVE : Non, pas sur elle seule ! en effet, il n'est pas toujours en notre pouvoir de nous procurer ce bonheur, et le cours de la nature ne se règle pas non plus de lui-même d'après le mérite, mais le bonheur de la vie (notre prospérité en général) dépend de circonstances qui sont loin d'être toutes en la puissance de l'homme. Ainsi notre bonheur demeure-t-il toujours un simple vœu sans jamais pouvoir devenir un espoir, si quelque autre puissance n'intervient pas.

8. LE MAÎTRE : La raison est-elle bien fondée à admettre comme réelle une telle puissance distribuant le bonheur suivant le mérite et la faute des hommes, commandant à toute la nature et gouvernant le monde avec une suprême sagesse, c'est-à-dire fondée à croire en Dieu?

L'ÉLÈVE : Oui ; nous voyons en effet dans les œuvres de la nature dont nous pouvons juger une sagesse si vaste et si profonde que nous ne pouvons nous l'expliquer autrement que par l'art indiciblement grand d'un créateur du monde, duquel enfin nous avons lieu d'attendre, en ce qui concerne l'ordre moral — en quoi consiste quand même l'ornement suprême du monde — un gouvernement non moins sage ; c'est-à-dire que si nous ne nous rendons pas nous-mêmes *indignes du bonheur,* ce qui arrive lorsque nous transgressons notre devoir, nous pouvons espérer aussi participer à ce bonheur.

Dans cette catéchèse qui doit être menée pour tous les articles de la vertu et du vice, il faut prêter la plus grande attention à ce que le commandement du devoir ne se fonde pas sur les avantages ou les inconvénients résultant, pour l'homme que ce commandement oblige ni même non plus pour les autres, de son observance, mais purement sur le principe moral — ces avantages et inconvénients n'étant mentionnés qu'incidemment, comme des suppléments en soi assurément accessoires qui font office de simples véhicules pour ceux qui sont par nature faibles du palais. VI, 483
C'est la *turpitude,* non la *nocivité* du vice (pour l'agent lui-même), qu'il faut mettre partout en relief. En effet, si dans les actions la dignité de la vertu n'est pas mise au-dessus de tout, le concept de devoir disparaît et se dissout en pures prescriptions pragmatiques ; c'est qu'alors la noblesse de l'homme disparaît de sa propre conscience et qu'elle est mise en vente sur le marché au prix que lui offrent ses penchants suborneurs.

Cela une fois développé, précautionneusement et point par point, à partir de la raison propre de l'homme, d'après les différences d'âge, de sexe et les différences d'états où il s'engage successivement, il reste encore quelque chose qui doit venir en conclusion : savoir ce qui meut intimement l'âme et place l'homme dans une situation où il ne peut pas se considérer lui-même sans la plus grande admiration pour les dispositions originaires qui l'habitent et dont l'impression ne s'efface jamais. En effet si, en conclusion à son instruction, on lui énumère (récapitule) encore une fois ses devoirs dans leur ordre, si, à propos de chacun d'eux, on le rend attentif à ce que tous les maux, les tourments et les souffrances de la vie, même la menace de la mort, qui peuvent l'atteindre en dépit de sa fidèle obéissance à son devoir, ne peuvent cependant lui ôter la conscience d'être au-dessus de tous ces maux et d'en être le maître, alors se présente aussitôt à lui la question : qu'est cela, en toi, qui peut oser combattre toutes les forces de la nature, en toi et autour de toi, et qui est capable de les vaincre quand elles entrent en conflit avec tes principes moraux? Lorsque cette question, dont la résolution dépasse tout à fait le pouvoir de la raison spéculative et qui cependant s'impose d'elle-même, vient à notre cœur, l'incompréhensibilité même à laquelle on se heurte dans cette connaissance de soi doit donner à l'âme une élévation qui l'incite d'autant plus fortement à vénérer son devoir que celui-ci est plus attaqué.

Dans cette instruction morale catéchétique, il serait d'une grande utilité pour la formation morale de poser à propos de chaque analyse de devoir quelques questions casuistiques, et de mettre à l'épreuve l'entendement des enfants rassemblés, en demandant à chacun d'entre eux comment il pense résoudre l'épineuse question proposée. Ce n'est pas seulement parce qu'il
VI, 484 constitue une culture de la *raison* parfaitement appropriée à la capacité d'esprits non formés que ce questionnement est utile (car en ces questions qui concernent le devoir la raison peut décider bien plus facilement qu'en ce qui touche les questions spéculatives), ni parce que c'est la manière la plus pertinente d'aiguiser en général l'entendement de la jeunesse, mais encore et surtout parce qu'il est dans la nature de l'homme d'*aimer* ce à quoi il a travaillé et qu'il a poussé jusqu'à la scientificité (ce en quoi il est maintenant expert) et qu'ainsi, par de semblables exercices, l'élève est amené insensiblement à prendre de l'*intérêt* à la moralité.

Toutefois, il est de la plus grande importance dans l'éducation de ne pas exposer le catéchisme moral en le mêlant (en l'amalgamant) avec le catéchisme de la religion, et plus encore de ne le point faire succéder à ce dernier, mais il faut toujours l'exposer en premier et l'amener grâce à une extrême application et à beaucoup de détails à la plus grande clarté. Car sans cela il ne sortira par la suite de la religion rien que l'hypocrisie de faire profession des devoirs par peur et de feindre pour ces devoirs un intérêt qui n'est pas dans le cœur.

CHAPITRE DEUXIÈME

L'ASCÉTIQUE ÉTHIQUE

§ 53

Les règles de l'exercice de la vertu *(exercitiorum virtutis)* se rapportent à deux états d'esprit : être d'esprit *courageux* et *gai (animus strenuus et hilaris)* dans l'accomplissement de ses devoirs. En effet la vertu a à combattre des obstacles, pour les vaincre elle doit rassembler ses forces et en même temps sacrifier maintes joies de la vie, dont la perte peut bien parfois rendre l'âme sombre et morose ; or, ce qu'on ne fait pas avec plaisir mais uniquement comme une corvée, n'a pour celui qui obéit ainsi à son devoir aucune valeur intérieure et n'est pas aimé ; on fuit au contraire autant que possible l'occasion de l'accomplir.

La culture de la vertu, c'est-à-dire l'*ascétique* morale, concernant le principe d'un exercice énergique, résolu et courageux de la vertu, adopte cette sentence des *stoïciens :* «Habitue-toi à *supporter* les maux accidentels de la vie et à *te passer* des réjouissances pareillement superficielles *(assuesce incommodis et desuesce commoditatibus vitae, sustine et*

VI, 485 *abstine*[1] *)* ». C'est pour l'homme une sorte de *diététique* que de se conserver sain moralement. Mais la *santé* n'est qu'un bien-être négatif, elle ne peut elle-même être sentie. Il faut que quelque chose s'y ajoute, qui procure une agréable jouissance de la vie et qui soit pourtant purement moral. C'est, selon l'idée du vertueux *Épicure*, un cœur toujours joyeux[2]. En effet, qui pourrait bien avoir plus de raisons d'être d'humeur joyeuse sans même regarder comme un devoir de se mettre dans un état d'esprit joyeux et de s'en faire une habitude, que celui qui a conscience de n'avoir commis aucune transgression délibérée, et qui est aguerri face à la chute dans une telle transgression (*hic murus aheneus esto,* etc., Horace[3]). En revanche, l'ascétisme monacal qui, par une crainte superstitieuse ou un hypocrite dégoût de soi-même, pratique la mortification et la macération de la chair, ne vise pas tant la vertu qu'une expiation fanatique qui consiste à s'infliger à soi-même des châtiments et à vouloir *racheter* ses fautes au lieu de s'en *repentir* moralement (c'est-à-dire dans l'intention de s'améliorer) ; ce qui, sous l'angle du châtiment que l'on choisit soi-même et que l'on s'inflige soi-même est une contradiction (car c'est toujours un autre qui doit infliger le châtiment) et ne peut pas non plus susciter l'enjouement qui accompagne la vertu ni, qui plus est, se faire sans entraîner une haine secrète pour le commandement de la vertu. La gymnastique éthique ne consiste donc qu'en la lutte contre les tendances naturelles, qui amène à pouvoir s'en rendre maître dans les cas qui se présentent comme un danger menaçant la moralité, par conséquent cette gymnastique rend courageux et gai dans la conscience d'avoir recouvré sa liberté. Se *repentir* (ce qui est inévitable au souvenir d'anciennes transgressions dont nous avons même le devoir de ne pas laisser disparaître le souvenir), et s'infliger une *pénitence* (par exemple le jeûne) dans une perspective non pas diététique mais pieuse, sont moralement parlant deux mesures très différentes, dont la dernière, qui est sans joie, sombre et morose, rend la vertu elle-même haïssable et chasse ses partisans. Le règlement (discipline) que l'homme exerce sur lui-même ne peut donc devenir méritoire et exemplaire que grâce à l'enjouement qui l'accompagne.

CONCLUSION VI, 486

La doctrine de la religion comme doctrine des devoirs envers Dieu se situe au-delà des limites de la philosophie morale pure

Protagoras d'Abdère commençait son livre par ces mots : « Existe-t-il des dieux ou non, c'est ce dont je ne saurais rien dire* ». Il fut pour cela chassé par les Athéniens de la cité et de sa propriété, et ses livres furent brûlés en public *(Quintiliani Inst. Orat. lib. 3. cap. 1*[1] *)*. À cet égard, les juges d'Athènes furent en tant qu'*hommes*, certes très injustes envers lui, mais en tant que *magistrats* et juges, ils procédèrent de façon tout à fait *légitime* et conséquente, car comment aurait-on pu prêter serment s'il n'avait pas été décrété publiquement et légalement *au nom de l'autorité souveraine (de par le Sénat*[2] *)* qu'il y a des dieux**.

* *De diis, neque ut sint, neque ut non sint, habeo dicere.*

** Plus tard, il est vrai, un grand sage, dans sa législation morale, a complètement interdit le serment à la fois comme absurde et comme confinant au blasphème ; c'est seulement dans une perspective politique qu'on continue à croire qu'il est absolument impossible de se passer de ce moyen mécanique au service de l'administration de la justice publique, et qu'on a inventé des interprétations édulcorées pour contourner cet interdit. Comme ce serait une absurdité de jurer sérieusement qu'il y a un Dieu (parce qu'il faut déjà avoir postulé celui-ci, ne serait-ce que pour pouvoir jurer en général), reste encore la question de savoir si un serment ne serait pas possible et valable lorsqu'on ne jure que *pour le cas* où il y aurait un Dieu (sans rien arrêter à cet égard, à l'exemple de Protagoras). En fait, il se peut bien que tous les serments à la fois sincères et prêtés avec réflexion n'aient été prononcés en aucun autre sens. En effet, que quelqu'un s'offre à jurer purement et simplement qu'il y a un Dieu, cela ne semble certes pas — qu'il y croie ou non — constituer une grave initiative. S'il en existe un : j'ai touché juste (dira l'imposteur) ; s'il n'en existe pas : aucun non

VI, 487 Une fois admise cette croyance et si l'on accorde que la *doctrine de la religion* est partie intégrante de la *doctrine* générale *des devoirs*, il reste à présent la question de la détermination des limites de la science à laquelle la première doctrine appartient : celle de savoir si elle doit être regardée comme une partie de l'éthique (car il ne saurait être ici question du droit des hommes les uns envers les autres), ou si elle doit être considérée comme se situant tout à fait en dehors des limites d'une morale purement philosophique.

La *forme* de toute religion, si l'on définit cette dernière comme étant « le concept de la totalité des devoirs *en tant que (instar)* commandements divins », appartient à la morale philosophique dans la mesure où celle-ci n'exprime que le rapport de la raison à l'*Idée* de Dieu qu'elle se fait par elle-même, et alors un devoir de religion n'est pas encore constitué comme devoir *envers (erga)* Dieu — en tant qu'être existant en dehors de notre Idée — dans la mesure où ici nous faisons encore abstraction de son existence. De ce que tous les devoirs de l'homme doivent être conçus suivant cette *forme* (suivant leur rapport à une volonté divine donnée *a priori*, la raison en est seulement d'ordre logique subjectif. C'est-à-dire que nous ne pouvons pas bien nous rendre sensible l'obligation (la coercition morale) sans penser en même temps un *autre* et sa volonté (dont la raison universellement législatrice n'est que le porte-parole), je veux dire Dieu. Seulement, ce devoir *relatif* à Dieu (relatif, à proprement parler, à l'Idée que nous nous faisons d'un tel être) est un devoir de l'homme envers lui-même, c'est-à-dire qu'il n'est pas l'obligation de rendre certains services à un autre, mais seulement l'obligation subjective de renforcer le mobile moral dans notre propre raison législatrice.

plus ne me demandera des comptes et je ne cours aucun danger avec un tel serment. Mais, *s'il y a un Dieu*, n'y a-t-il donc là aucun danger d'être surpris à faire un mensonge délibéré et même destiné à tromper Dieu ?

Mais, en ce qui concerne la *matière* de la religion, le concept global des devoirs *envers (erga)* Dieu, c'est-à-dire le culte qui doit lui être rendu *(ad praestandum)*, elle ne saurait contenir que des devoirs particuliers ne procédant pas de la seule raison universellement législatrice, lesquels, n'étant pas connaissables pour nous *a priori* mais seulement empiriquement, appartiennent par conséquent, en tant que commandements divins, à la seule religion révélée ; la religion devrait donc présupposer aussi l'existence de cet être sans que ce soit par un acte de l'arbitre, elle ne devrait pas présupposer uniquement l'Idée de cet être dans une intention pratique, mais elle devrait au contraire présenter cette existence comme donnée immédiatement ou médiatement dans l'expérience. Une telle religion toutefois, si fondée puisse-t-elle être par ailleurs, ne saurait pourtant constituer une partie de la *morale philosophique pure.*

Ainsi la *religion,* en tant que doctrine des devoirs *envers* Dieu, se situe au-delà de toutes les VI, 488
limites de l'éthique purement philosophique, et cela sert à justifier l'auteur de la présente éthique de n'avoir pas, pour la parachever, introduit la religion, prise en ce sens, dans l'éthique, comme on en avait coutume auparavant.

On peut sans doute parler d'une « religion *dans les limites* de la simple raison », qui toutefois n'est pas dérivée *de* la simple raison mais qui se fonde à la fois sur des témoignages historiques et sur une doctrine révélée, et qui ne renferme que l'*accord* entre eux et la raison pure pratique (celle-ci ne les contredisant point). Mais alors c'est une doctrine de la religion qui, elle non plus, n'est pas *pure* mais *appliquée* à une histoire donnée, doctrine pour laquelle il n'y a aucune place dans une *éthique* en tant que philosophie pure pratique.

R*emarque finale*

Toutes les relations morales entre les êtres raisonnables, qui contiennent le principe d'un accord de la volonté de l'un avec celle de l'autre, peuvent être ramenées à l'*amour* et au *respect*, et, dans la mesure où ce principe est pratique, le principe de détermination de la volonté concerne, pour ce qui est de l'amour, la *fin* d'autrui, pour ce qui est du respect, le *droit* d'autrui. Si l'un de ces êtres est tel (Dieu) qu'il ait exclusivement des droits sans aucun devoir envers l'autre, si par conséquent l'autre a envers le premier exclusivement des devoirs sans aucun droit, alors le principe des relations morales entre eux est *transcendant,* tandis que la relation de l'homme envers l'homme, où les volontés se limitent réciproquement, possède un principe *immanent.*

On ne peut concevoir la fin divine relative à l'espèce humaine (à sa création et à sa gouverne) autrement que comme fin d'*amour,* c'est-à-dire comme étant celle du *bonheur* de l'homme. Mais le principe de la volonté de Dieu relatif au *respect* qui lui est dû (vénération), lequel limite les effets de l'amour, c'est-à-dire le principe du droit divin, ne peut être aucun autre que celui de la *justice.* On pourrait également (pour parler comme parlent les hommes) s'exprimer ainsi : Dieu a créé des êtres raisonnables par besoin, pour ainsi dire, d'avoir en dehors de lui quelque chose qu'il
VI, 489 puisse aimer ou encore dont il soit aimé.

Mais jugé par notre propre raison, ce n'est pas seulement une exigence équivalente à ce principe mais encore une exigence supérieure (parce que le principe est restrictif), que provoque en nous la *justice* divine, et cela en tant qu'elle est *pénale.* Car envers des êtres qui ont exclusivement des devoirs et n'ont aucun droit envers Dieu, la *récompense (praemium, remuneratio gratuita*[1] *)* ne relève pas du tout de la justice, mais uniquement de l'amour et de la bienfaisance *(benignitas) ;* à plus forte raison ne peut-il y avoir de prétention à un *salaire (merces)* chez un tel être, et une *justice rémunératrice (justitia brabeutica)* est, dans la relation de Dieu aux hommes, une contradiction.

Il y a pourtant, dans l'Idée de l'exercice de la justice par un être qui quant à ses fins est hors de toute atteinte, quelque chose qui n'est pas aisément conciliable avec la relation de l'homme à Dieu, je veux dire le concept d'une *lésion* qui pourrait être infligée au maître absolu et inaccessible du monde ; en effet il ne s'agit pas ici des infractions au droit que les hommes commettent les uns à l'égard des autres et sur lesquelles Dieu prononce comme juge punisseur, mais de l'infraction qui serait commise à l'égard de Dieu lui-même et de son droit, infraction dont le concept est *transcendant,* c'est-à-dire se trouve complètement en dehors du concept de toute justice pénale (telle qu'elle existe entre les hommes), quelque exemple en puissions-nous donner, et renferme des principes outranciers avec lesquels ne peuvent nullement s'accorder ceux dont nous userions dans les cas offerts par l'expérience, et qui par conséquent sont entièrement vides pour notre raison pratique.

L'Idée d'une justice pénale divine est ici personnifiée, ce n'est pas un être particulier jugeant qui l'exerce (car alors il apparaîtrait des contradictions entre cet être et les principes du droit) mais c'est la *justice,* comme si elle était une substance (qu'on appelle encore la justice *éternelle*), laquelle tel le *fatum* (destin) des anciens poètes philosophes, est encore au-dessus de Jupiter, qui dit le droit suivant l'inflexible nécessité d'airain, insondable pour nous. En voici maintenant quelques exemples.

La peine (selon Horace) ne perd pas de vue le criminel qui marche fièrement devant elle, mais elle le suit inlassablement en boîtant jusqu'à ce qu'elle l'attrappe[1]. Le sang injustement versé crie vengeance. Le crime ne peut pas demeurer impuni ; si le châtiment ne frappe pas le criminel, VI, 490
c'est sa descendance qui devra payer ; ou, s'il ne survient durant sa vie, il faut que ce soit dans une vie après la mort*, que pour cette raison éga-

* Il n'est même pas besoin de faire intervenir ici l'hypothèse d'une vie future pour représenter cette peine menaçante comme consommée dans son exécution. Car l'homme, considéré d'après sa moralité, est jugé en tant qu'objet suprasensible par un juge

lement on admet expressément et à laquelle on croit volontiers afin que l'exigence de la justice éternelle soit satisfaite. Je ne veux pas, disait un jour un prince avisé, frayer dans mon pays la voie à l'*homicide* en graciant le misérable duelliste assassin en faveur duquel vous intercédez. Il faut que soit acquittée la *dette du péché,* un parfait innocent dût-il s'offrir en victime expiatoire (auquel cas évidemment les souffrances qu'il supporte ne peuvent pas s'appeler proprement punition, puisqu'il n'a commis lui-même aucun crime). Tous ces exemples montrent que ce n'est pas à une *personne* administrant la justice que l'on attribue ces sentences de condamnation (car elle ne pourrait prononcer ainsi sans être injuste envers les autres), mais que c'est la simple justice comme principe outrancier attribué à un sujet suprasensible qui détermine le droit de cet être ; ce qui est certes adéquat à la *forme* de ce principe mais en contredit la *matière,* la *fin* qui est toujours le *bonheur* de l'homme. En effet, étant donné la foule virtuellement immense des criminels qui allongent continuellement la liste de leurs fautes, la justice pénale ne placerait pas la *fin* de la création dans l'*amour* du créateur (comme on doit cependant le penser), mais dans la stricte observance du *droit* (faisant du droit lui-même la *fin* en laquelle réside la *gloire* de Dieu) ; ce qui, attendu que le droit (la justice) n'est que la condition restrictive de l'amour (de
VI, 491 la bonté), semble contredire les principes de la raison pratique d'après lesquels n'aurait pas dû avoir lieu une création du monde aboutissant à une production qui contredise à ce point l'intention de son créateur, laquelle n'a pu être fondée que sur l'amour.

suprasensible, non pas selon des conditions temporelles ; c'est de sa seule existence qu'il s'agit. Sa vie terrestre, qu'elle soit brève ou longue, ou même éternelle, est seulement son être-là dans le phénomène, et le concept de la justice ne requiert pas de détermination plus précise ; aussi bien la croyance en une vie future ne vient-elle pas à proprement parler en premier pour laisser la justice pénale montrer en elle son efficace, mais c'est bien plutôt à l'inverse à partir de la nécessité du châtiment que l'on conclut à une vie future.

D'où l'on voit que dans l'éthique en tant que philosophie pratique pure de la législation intérieure, seules nous sont compréhensibles les relations morales de l'*homme* envers l'*homme,* tandis que ce que serait à cet égard une relation entre Dieu et l'homme dépasse entièrement les limites de l'éthique et nous est absolument incompréhensible ; par où se trouve confirmé ce qui avait été soutenu plus haut, à savoir que l'éthique ne peut s'étendre au-delà des limites des devoirs de l'homme envers lui-même et envers les autres.

LETTRES À TIEFTRUNK

Traduction de Jacques Rivelaygue.

À JOHANN HEINRICH TIEFTRUNK[1]

11 décembre 1797.

Très cher ami, XII, 3, 220

Me dispersant en une multitude de travaux qui s'interrompent l'un l'autre à tour de rôle, sans pour autant perdre de vue mon but final qui est de les achever au dernier moment, je n'ai maintenant de soin plus pressant que de pouvoir débarrasser de la difficulté qui s'y attache le passage de votre aimable lettre du 5 novembre[2] «Comment doit être comprise la phrase de la *C.R.P.* p. 177[3] où se trouve médiatisée[4] l'application des catégories aux expériences ou phénomènes[5] ». Je pense pouvoir maintenant le faire d'une manière satisfaisante et qui répande en même temps une nouvelle lumière sur ce passage dans le système de la critique, en sorte néanmoins que l'explication présente ne soit regardée que comme une esquisse XII, 3, 221 grossière et que l'élégance n'y soit attendue qu'après que nous nous serons mis d'accord dans une deuxième lettre.

Le concept de *composé* en général n'est pas une catégorie particulière, mais est contenu dans toutes les catégories (comme unité synthétique de l'aperception). En effet le composé ne peut en tant que tel être *intuitionné*, mais le concept ou la conscience de l'*acte de composer* (d'une fonction qui est au fondement de toutes les catégories en tant qu'unité synthétique de l'aperception) doit précéder afin qu'on pense le divers donné de l'intuition comme lié en une conscience, c'est-à-dire l'objet comme quelque chose de composé, ce qui a lieu au moyen du schématisme du jugement dans la mesure où l'*acte de composer* avec conscience est rapporté d'une part au sens interne, conformément à la représentation du temps, mais en même temps d'autre part au divers donné dans l'intuition. Toutes les catégories portent sur quelque chose de composé *a priori* et contiennent, quand ce dernier est homogène, des fonctions mathématiques, et, s'il est hétérogène, des fonctions dynamiques, par exemple en ce qui concerne les premières : la catégorie de grandeur extensive a trait à l'un dans le multiple ; en ce qui concerne la qualité ou grandeur intensive, c'est le *multiple* dans *l'un*. Dans le premier cas l'*ensemble* de l'homogène (par exemple celui des pouces carrés dans une surface), dans le second le *degré* (par exemple celui de l'éclairement d'une chambre[1]). Mais pour ce qui est des catégories dynamiques, c'est la composition du multiple en tant que ses éléments sont soit subordonnés les uns aux autres dans *l'existence* (la catégorie de causalité), soit coordonnés les uns aux autres pour l'unité de l'expérience (la catégorie de modalité comme détermination nécessaire de l'existence des phénomènes dans le temps[2]).

M. Beck[3], que je vous prie par cette lettre de saluer amicalement de ma part, pouvait donc bien aussi en conséquence prendre son point de vue[4] sur les phénomènes (comme intuitions *a priori*) à partir des catégories. La synthèse de la *composition* du multiple a besoin d'une intuition *a priori* afin que les concepts purs de l'entendement aient un objet, et c'est l'espace et le temps. Mais par ce changement de point de vue, le concept de composé qui est au fondement de toutes les catégories est en soi-même vide de sens, c'est-à-dire qu'on ne comprend pas que quelque objet lui correspond[5] : par exemple si peut être donné quelque chose qui est grandeur extensive ou
XII, 3, intensive (réalité) ou[6], dans le domaine dynamique
222 des concepts, quelque chose qui correspond au

concept de *causalité* (relation consistant à être par son existence le fondement de l'existence d'autre chose) ou aussi de la *modalité* (qui consiste à être un objet d'expérience possible), parce que ce ne sont que de simples formes de la composition (de l'unité synthétique du multiple en général) et qu'elles relèvent du penser, non de l'intuitionner. Or il y a en fait des propositions synthétiques *a priori* au fondement desquelles est l'intuition *a priori* (espace et temps), et donc auxquelles correspond un objet dans une représentation non empirique (aux formes de la pensée peuvent être soumises les formes de l'intuition qui leur donnent sens et référence). Or comment ces propositions sont-elles possibles? Non pas de telle façon que ces formes du composé dans l'intuition représentent l'objet tel qu'il est en soi : car je ne puis avec mon concept d'un objet progresser *a priori* au-delà du concept de cet objet. C'est donc seulement de telle façon que les formes de l'intuition soient représentées non pas immédiatement comme objectives, mais simplement comme formes subjectives de l'intuition, à savoir comme la manière dont le sujet, conformément à sa propre structure particulière, est affecté par l'objet, c'est-à-dire à la façon dont ce dernier nous apparaît, et non tel qu'il est en soi (donc indirectement). Car si la représentation est restreinte à la condition du mode de représentation de la faculté de représentation du sujet, alors il est facile de comprendre comment il est possible de juger *a priori* synthétiquement (en sortant du concept donné pour aller au-delà), et en même temps que ces jugements extensifs *a priori* sont absolument impossibles autrement.

Or c'est là-dessus que se fonde la proposition importante suivante : les objets des sens (interne aussi bien qu'externe) ne peuvent jamais être connus si ce n'est simplement comme ils nous apparaissent, et non conformément à ce qu'ils sont en soi ; de même les objets suprasensibles ne sont pas pour nous des objets de notre connaissance théorique. Mais comme cependant l'idée de

ces derniers, du moins comme problématique *(quaestionis instar)*, ne peut être éludée parce que, sinon, il manquerait au sensible le répondant du non-sensible, ce qui prouve un défaut logique de la division; ainsi ce dernier devra se changer en une connaissance pratique pure (détachée de toute condition empirique), tandis que pour la connaissance théorique il devra être considéré comme transcendant, et par suite la place qui lui est
XII, 3, 223 réservée ne sera pas non plus tout à fait vide.

Quant à ce qui concerne le passage difficile de la *Critique*, (p. 177 et suiv.), il est résolu de la façon suivante : la subsumption logique d'un concept sous un autre concept plus élevé se fait selon la règle de l'*identité*, et le concept inférieur doit être ici pensé comme homogène au supérieur. Au contraire la subsumption *transcendantale*, c'est-à-dire celle d'un concept empirique sous un concept d'entendement au moyen d'un concept intermédiaire, à savoir celui du composé de représentations du sens interne, est une subsumption sous une catégorie sous laquelle se trouverait quelque chose d'*hétérogène* selon son contenu, ce qui serait contraire à la logique, si cela se faisait immédiatement, mais est en revanche néanmoins possible si un concept empirique placé sous un concept d'entendement pur par le moyen d'un concept intermédiaire, à savoir celui du *composé* de représentations du sens interne du sujet en tant qu'elles sont conformes aux conditions du temps, contient *a priori* la présentation selon une règle générale du composé qui est homogène au concept d'un composé en général (ce qu'est chaque catégorie), et rend possible sous le nom de *schème* la subsumption des phénomènes sous un pur concept d'entendement selon son unité synthétique (celle de l'acte de composer[1]). Les exemples de schématisme qui suivent empêchent de manquer ce concept*.

Et maintenant, très estimable ami, j'en termine

* Vous remarquerez ici la hâte et la brièveté auxquelles l'on pourrait bien porter remède dans une autre rédaction.

sur ce point afin de ne pas manquer la poste, j'ajoute quelques remarques concernant le recueil de mes petits écrits[1] que vous projetez, — veuillez remercier M. le professeur Jacob pour l'envoi de ses *Annales* — veuillez aussi m'honorer bientôt à nouveau de vos écrits et imputer la lenteur de ma réponse à mon fragile état de santé et au dérangement causé par d'autres exigences qui me sont adressées, et je vous prie du reste d'être assuré de mon empressement à entrer dans vos plans éventuels et de ma haute considération, avec laquelle je suis toujours

Votre très dévoué

Königsberg, le 11 déc. 1797.

I. KANT.

À JOHANN HEINRICH TIEFTRUNK[2] XII, 3, 238

5 avril 1798.

J'ai pris plaisir, très cher ami, à votre lettre, et particulièrement à vous trouver si résolu à maintenir dans sa pureté la cause de la critique, à l'éclaircir et à vous battre énergiquement pour elle, ce que vous ne devez jamais avoir motif de regretter, comme le montrera le résultat. J'aimerais bien ajouter une préface à mes petits écrits[3] qui ne porterait pas simplement sur l'approbation que je donne à leur édition, mais aussi sur les remarques faites par vous, s'il vous était possible de m'envoyer l'ouvrage avant la composition, ou plutôt la publication des premiers exemplaires, afin de rendre aussi en même temps service à la librairie R*enger*. Maintenant encore une demande de ma part.

Je projetais depuis quelques années un ouvrage sous le titre : *Le Conflit des facultés* par I. Kant, mais il tomba sous le coup de la censure d'Hermes[4] et de Hillmer[5], et dut rester en souffrance. Main-

tenant, à vrai dire la voie lui est ouverte, mais il est arrivé un autre malheur à la production de mon génie, à savoir qu'un nouvel écrit, sous le titre « Renouvellement de la question de savoir si l'espèce humaine peut s'améliorer par un progrès continu », envoyé par moi au bibliothécaire *Biester*[1] pour ses *Feuilles berlinoises* fut, je ne sais comment, présenté pour censure au président de la ville *Eisenberg*, et à vrai dire le 23 octobre 1797, donc lorsque le roi précédent vivait encore[2], et se vit refuser l'*imprimatur*; c'est une affaire à propos de laquelle je demeure incapable de comprendre comment il fut possible que M. Biester m'en informe seulement le 28 février 1798. Comme chacun connaît avec quel soin je me tiens, dans mon métier d'écrivain, à l'intérieur des bornes fixées par la loi, et comme je ne puis non plus jeter un travail ardu pour rien et encore rien, j'ai donc résolu, après m'être renseigné auprès d'un homme informé du droit, d'envoyer cet essai à Halle, par l'intermédiaire de mon éditeur *Nicolovius*, avec le refus de la censure signifiée à son encontre par Eisenberg, et de chercher la censure en cette ville par l'intermédiaire de votre bienveillante diligence; ce qui, je le crois fermement, n'échouera pas là-bas[3], et tâchera ainsi d'introduire l'idée que les deux essais doivent constituer un seul livre comme appartenant à un même tout;
XII, 3, 239 et là ensuite, si bon vous semble, vous pouvez faire entrer le dernier, même séparé, dans le recueil de mes petits écrits.

Quelle opinion avez-vous de la *Doctrine de la science* de M. Fichte? C'est un livre qu'il m'a envoyé depuis longtemps, mais dont j'ai laissé tomber la lecture parce que je trouvais qu'il était long et qu'il interrompait trop mon travail, et maintenant je ne le connais que par la recension parue dans l'*A.L.Z.*[4]. Pour le moment je n'ai pas le loisir de le prendre en main, mais la recension pour Fichte (qui est rédigée avec beaucoup de faveur de la part du recenseur) me semble une sorte de fantôme : lorsqu'on croit l'avoir attrapé, on ne trouve en face de soi aucun objet, mais toujours seulement soi-même, et même à vrai dire de soi-même uniquement la main qui cherche à l'attraper. La pure conscience de soi et à la vérité prise seulement suivant la forme de la pensée, sans matière, par suite sans que la réflexion qu'on y porte ait devant soi quelque chose à quoi elle puisse être appliquée, et sans qu'elle puisse sortir de la logique, fait une impression étonnante sur le lecteur. Déjà le titre *(Doctrine de la science*[1] *)*, puisque toute doctrine conduite systématiquement est science, soulève peu d'espérance de profit, parce qu'il annoncerait une *science de la science* et ainsi de suite à l'infini. J'aimerais donc bien entendre votre avis là-dessus, et aussi quel effet il a sur d'autres personnes de votre ville.

Portez vous bien, très cher ami :

I. KANT.

Le 5 avril 1798.

LE CONFLIT
DES FACULTÉS

Traduction d'Alain Renaut.

LE CONFLIT DES FACULTÉS EN TROIS SECTIONS

Dédié par l'auteur
à Monsieur Carl Friedrich Stäudlin,
Docteur et Professeur à Göttingen[1]

PRÉFACE

Puissent les présentes pages — dont l'envol est aujourd'hui rendu possible par un gouvernement éclairé, déchargeant l'esprit humain de ses chaînes et capable, du fait même de cette liberté de pensée, de susciter une obéissance d'autant plus empressée — justifier aussi, en même temps, la liberté que l'auteur se donne de les faire précéder d'un court historique de ce qui le concerne lui-même dans ce changement de situation[2]. VII, 5

Le roi Frédéric-Guillaume II, un souverain valeureux, honnête, philanthrope et — indépendamment de certaines particularités de tempérament — tout à fait excellent, qui en outre me connaissait personnellement et de temps en temps me faisait parvenir des expressions de ses bonnes grâces, avait publié en 1788, à l'instigation d'un ecclésiastique[3] qui fut élevé ensuite à la dignité de ministre des cultes — homme à qui, en toute équité, on n'a pas de raison de prêter d'autres avis que bien intentionnés et fondés sur son intime conviction —, un *édit de religion* et peu après un édit de censure limitant grandement l'activité littéraire en général, accentuant donc encore le premier édit. Il est incontestable que certains signes précurseurs précédèrent l'explosion qui se produisit ensuite et devaient suggérer au gouvernement la nécessité d'une réforme en ce domaine ;

et c'était réalisable par la voie tranquille de la formation académique de futurs éducateurs publics du peuple : car ceux-ci avaient, comme jeunes ecclésiastiques, élevé le ton de leurs sermons à un degré tel que, pour peu que l'on comprenne la plaisanterie, on ne risque pas de se laisser convertir par de *tels* éducateurs.

Or, alors que l'édit de religion avait une vive influence aussi bien sur les écrivains du pays que
VII, 6 sur ceux de l'étranger, parut mon traité intitulé : *La Religion dans les limites de la simple raison** et puisque, pour ne pas être accusé de recourir à des détours, je mets mon nom en tête de tous mes écrits, en 1794 me parvint le rescrit royal suivant, dont il est à noter que, dans la mesure où je n'en fis connaître l'existence qu'à mon plus fidèle ami[2], il ne fut pas lui non plus connu publiquement avant aujourd'hui :

« Par la grâce de Dieu, Frédéric-Guillaume, roi de Prusse, etc.

« Gracieuses salutations, tout d'abord, cher féal, digne et très érudit ! Notre suprême Personne a déjà depuis longtemps remarqué avec grand déplaisir la façon dont vous abusez de votre philosophie pour déformer et abaisser maints dogmes capitaux et fondamentaux des Saintes Écritures et du christianisme ; elle a remarqué la façon dont vous l'avez fait notamment dans votre livre : *La Religion dans les limites de la simple raison,* et aussi dans d'autres traités plus brefs. Nous nous attendions à mieux de votre part, et de votre côté vous êtes vous-même forcé de vous rendre compte de quelle manière injustifiable vous agissez ainsi contrairement à votre devoir en tant qu'éducateur

* Cet intitulé avait été ainsi tourné à dessein, pour que l'on n'interprétât pas ce traité comme s'il devait présenter la religion *en la tirant de* la simple raison (sans révélation) ; car c'eût été trop de suffisance : en effet il était possible, pourtant, que les enseignements de la religion eussent leur source en des hommes inspirés de façon surnaturelle ; mais que je voulusse ici présenter de manière cohérente seulement ce qui dans le texte de la religion tenue pour révélée, la Bible, peut être connu *aussi par simple raison*[1].

de la jeunesse et contrairement à Nos souverains desseins qui sont bien connus de vous. Nous exigeons au plus tôt votre justification la plus scrupuleuse et attendons de vous, pour vous soustraire à Notre suprême disgrâce, qu'à l'avenir vous ne vous rendiez coupable d'aucune faute de ce genre, mais qu'au contraire vous utilisiez bien plutôt, conformément à votre devoir, votre prestige et vos talents pour que soit réalisée de mieux en mieux Notre souveraine intention ; dans le cas contraire, si vous continuez à vous montrer récalcitrant, vous devez immanquablement vous attendre à des décisions désagréables.

« Conservez-nous votre fidélité. Berlin, le 1er octobre 1794, sur l'ordre *spécial* très gracieux de Sa Majesté Royale. »

WOELLNER.

Ab extra — À Notre digne et très érudit Professeur, cher et féal Kant, VII, 7

À Königsberg,
en Prusse,
præsentat. le 12 octobre 1794.

Sur ce, de mon côté, fut faite la très humble et très obéissante réponse que voici[1] :

« Très gracieux, etc.

« L'ordre suprême de Votre Majesté Royale qui m'a été adressé le 1er octobre et qui m'est arrivé le 12 du même mois, m'impose comme mon devoir le plus rigoureux : *premièrement,* “de produire une justification scrupuleuse de l'abus que j'aurais fait de ma philosophie pour déformer et abaisser maints dogmes capitaux et fondamentaux des Saintes Écritures et du christianisme, notamment dans mon livre : *La Religion dans les limites de la simple raison,* de même que dans d'autres traités plus brefs, et de la responsabilité qui par là m'incombe d'avoir outrepassé mon devoir en tant qu'éducateur de la jeunesse, et cela à l'encontre des desseins très hauts, et parfaitement connus de moi, du Souverain”. Et *deuxièmement,* “de ne plus à l’avenir me rendre coupable d’aucune faute de ce genre”. Eu égard à ces deux points, je ne manque pas de déposer à vos pieds, par la déclaration suivante, la preuve de ma plus humble obéissance à Votre Majesté Royale :

«*En ce qui concerne le premier point,* à savoir l’accusation soulevée contre moi, ma justification scrupuleuse est la suivante :

«*En tant qu’éducateur de la jeunesse,* c’est-à-dire, à mon sens, dans mes leçons académiques, je n’ai jamais introduit, ni même pu introduire, de critique de l’Écriture sainte et du christianisme : c’est ce que prouveraient déjà les manuels de *Baumgarten*[1] que j’ai mis à la base de mon enseignement, et qui, comme tels, pourraient seuls avoir quelque rapport avec un tel propos : car n’y est pas même contenue — et, en tant qu’il s’agit de philosophie pure, ne peut même pas y être contenue — une rubrique concernant la Bible et le christianisme ; et la faute consistant à divaguer au-delà des limites d’une science dont on a eu le projet, ou à les laisser se dissoudre dans la confusion, c’est celle qui pourra le moins m’être reprochée, à moi qui de tout temps ai blâmé une telle faute et ai mis en garde contre elle.

«*En tant qu’éducateur du peuple* je n’ai pas non
VII, 8 plus dans mes écrits, notamment dans l’ouvrage : *La Religion dans les limites, etc.*, été à l’encontre des *suprêmes desseins, bien connus de moi, du Souverain,* c’est-à-dire que je n’ai pas porté préjudice à la *religion* publique du *pays :* c’est déjà clair du fait que ce livre n’y est nullement approprié, mais représente bien plutôt pour le public un ouvrage incompréhensible, fermé, et simplement une discussion entre savants de faculté à quoi le peuple ne prête nulle attention ; mais à l’égard de laquelle discussion les facultés elles-mêmes restent libres de porter publiquement un jugement selon leur meilleure science et conscience : seuls les instituteurs populaires nommés (dans les écoles et les chaires) sont liés au résultat de ces discussions que l’autorité nationale sanctionne pour eux par un rapport public ; et cela dans la mesure où cette

autorité ne s'est pas non plus fait par elle-même une idée nette de sa propre foi religieuse, mais n'a pu l'obtenir que par la même démarche, c'est-à-dire l'examen et l'ajustement par des facultés qui doivent se montrer qualifiées pour cela (la faculté de théologie et celle de philosophie) : elle est par conséquent non seulement justifiée à permettre à ces facultés, mais même à exiger d'elles, qu'elles fassent parvenir à la connaissance du gouvernement, par leurs écrits, tout ce qu'elles trouvent convenir à une religion publique.

«Dans le livre indiqué, parce qu'il ne contient à vrai dire pas d'appréciation du christianisme, je n'ai pu non plus me rendre coupable d'une *dépréciation* de celui-ci : car à proprement parler il ne contient que l'appréciation de la religion naturelle. La citation de quelques passages de la Bible, pour confirmer certaines doctrines purement rationnelles de la religion, peut seule avoir produit l'occasion de cette mésinterprétation. Mais feu Michaelis[1], qui dans sa morale philosophique procédait exactement de la même manière, s'expliquait déjà sur ce point en disant que par là il ne songeait ni à introduire du biblique dans la philosophie, ni à faire surgir du philosophique de la Bible, mais qu'ainsi il ne faisait qu'éclairer et confirmer ses énoncés rationnels par leur accord vrai ou prétendu avec les jugements d'autrui (peut-être des poètes et des orateurs). Mais si la raison s'exprime ici comme si elle se suffisait à elle-même, comme si l'enseignement de la révélation était donc superflu (ce qui, si ce devait être compris objectivement comme tel, devrait effectivement être tenu pour une dépréciation du christianisme), cela ne manifeste à vrai dire rien que l'appréciation qu'elle a d'elle-même, non pas d'après son pouvoir, mais d'après ce qu'elle prescrit comme à faire[2], en tant que c'est d'elle seulement que procèdent l'*universalité*, l'*unité* et la *nécessité* des dogmes qui constituent l'essentiel d'une religion en général, c'est-à-dire la dimension moralement pratique (ce que nous *devons* VII, 9
faire) : en revanche, ce que nous avons des raisons

de croire sur la base d'arguments historiques (car il ne s'agit pas ici de devoir), c'est-à-dire la révélation comme dogme en soi contingent, est considéré comme inessentiel, mais non pas, pour autant, comme inutile et superflu ; car la révélation sert à combler le manque *théorique* de la pure croyance rationnelle, manque que celle-ci ne nie pas, par exemple dans les questions sur l'origine du mal, le passage de celui-ci au bien, la certitude de l'homme d'être dans ce dernier état, etc., et elle contribue par son aide, plus ou moins selon la diversité des époques et des personnes, à satisfaire un besoin de raison en ces matières.

«En outre j'ai prouvé ma grande vénération pour le dogme biblique dans le christianisme, notamment en déclarant, dans le livre ci-dessus nommé, célébrer la Bible comme constituant pour l'instruction publique religieuse le meilleur guide, propre à fonder et à maintenir indéfiniment une véritable religion nationale rendant les âmes meilleures ; et en déclarant par conséquent aussi blâmer et tenir pour scandaleuse l'arrogante prétention de susciter, dans les écoles ou en chaire, ou encore dans des écrits populaires (car dans les facultés cela doit être permis), objections et doutes à l'égard des dogmes théoriques de la Bible et des mystères qu'ils contiennent, — ce qui pourtant n'est pas encore la plus grande démonstration de respect pour le christianisme. Car c'est l'accord ici mis en évidence entre lui et la plus pure croyance morale de la religion qui en constitue le meilleur et le plus durable éloge : c'est en effet précisément par là, et non par une érudition historique, que le christianisme, si souvent dégénérescent, a toujours été à nouveau rétabli, et en outre c'est par là seulement qu'à travers de semblables destinées, qui à l'avenir ne manqueront pas, il peut être encore rétabli.

«Enfin, de même qu'en tout temps et avant tout j'ai recommandé à d'autres croyants d'avoir la droiture scrupuleuse de ne pas, en ces matières, affirmer plus et imposer à d'autres plus, en guise d'articles de foi, que ce dont ils étaient eux-mêmes

certains, de même je me suis représenté en moi-même un tel juge, lors de la rédaction de mes écrits, comme restant toujours à mes côtés pour me tenir éloigné non seulement de toute erreur nuisible à l'âme, mais même de toute imprudence dans l'expression qui eût pu heurter ; c'est pourquoi aussi maintenant, dans ma soixante et onzième année, au moment où l'idée aisément se fait jour qu'il se pourrait bien que je doive sous peu aller rendre compte de tout cela devant un juge de l'univers capable de lire dans les cœurs, VII, 10
je peux déposer en toute sincérité la présente justification qu'on exige de moi quant à mon enseignement, rédigée qu'elle a été avec une conscience *parfaitement scrupuleuse.*

« *En ce qui concerne le second point,* de ne pas *me rendre coupable à l'avenir de semblables dénaturations et dépréciations du christianisme* (ce dont on m'accuse), je tiens pour la meilleure garantie, afin de ne pas sur ce point donner prise même au moindre soupçon, de déclarer ici *le plus solennellement,* comme le plus fidèle sujet de Votre Majesté* que dorénavant je m'abstiendrai entièrement de tous propos publics concernant la religion, naturelle ou révélée, aussi bien dans les cours que dans les écrits.

« C'est avec la plus grande dévotion que pour la vie, etc. »

L'histoire ultérieure de ce mouvement ininterrompu vers une foi toujours plus éloignée de la raison est bien connue.

L'examen des candidats à des emplois ecclésiastiques fut confié désormais à une *commission de la Foi,* qui se fondait sur un *schema examinationis* de tournure piétiste ; cette commission fit fuir des candidats consciencieux à une foule d'emplois ecclésiastiques et surpeupla la faculté de droit ; sorte d'émigration qui de façon contingente peut

* Même cette expression fut choisie avec circonspection afin de ne pas renoncer à la liberté de mon jugement, en cette matière de religion, *pour toujours,* mais seulement aussi longtemps que Sa Majesté serait en vie.

accessoirement avoir eu aussi son utilité. Pour donner une petite idée de l'esprit de cette commission : après avoir exigé une contrition précédant nécessairement l'absolution, on réclamait encore une plus profonde affliction de repentir *(maeror animi)* et, à cet égard, on se demandait si l'homme pouvait même se l'infliger lui-même. *Quod negandum ac pernegandum,* répondait-on ; le pécheur repentant doit se procurer ce repentir spécialement du Ciel. Or il saute aux yeux que celui qui doit prier même pour son repentir (pour sa conversion) ne se repent pas réellement de son acte ; cela apparaît tout aussi contradictoire que lorsqu'il s'agit de la *prière* : elle devrait, dit-on, si elle doit être exaucée, être faite avec foi. En effet, si celui qui prie a la foi, il n'a alors pas besoin de prier pour l'obtenir ; mais, s'il ne l'a pas, il ne peut prier en espérant être exaucé.

À ces abus, on a désormais remédié. Car non seulement pour la prospérité civique de la chose publique en général, pour laquelle la religion est une très importante nécessité politique, mais tout
VII, 11 particulièrement au bénéfice des sciences grâce à l'institution, destinée à favoriser leur progrès, d'un conseil supérieur des écoles, il s'est produit récemment cet événement heureux : le choix d'un sage gouvernement s'est porté sur un homme d'État éclairé[1] qui — non par préférence exclusive pour un domaine particulier des sciences (la théologie), mais par égard à l'intérêt global du corps enseignant tout entier — a la vocation, le talent et la volonté de le faire progresser, et qui ainsi va assurer la marche en avant de la culture dans le champ scientifique contre tous les empiètements nouveaux des obscurantistes.

Sous le titre général : *Le Conflit des facultés,* paraissent ici trois traités que j'ai rédigés selon des projets différents et aussi dans des circonstances différentes, mais qui pourtant sont propres à être tout de même rassemblés dans un ouvrage en une unité systématique : ce n'est qu'ultérieurement que je m'aperçus que, pour parer à leur dispersion, ils peuvent, comme conflit de la faculté inférieure avec les trois supérieures, se trouver avec pertinence réunis en un seul volume.

Première section

LE CONFLIT DE LA FACULTÉ DE PHILOSOPHIE AVEC LA FACULTÉ DE THÉOLOGIE

INTRODUCTION VII, 17

L'inspiration ne fut pas mauvaise de celui qui conçut d'abord l'idée, et en proposa la réalisation publique, de traiter l'ensemble tout entier du savoir (à proprement parler, les cerveaux qui s'y consacrent) de façon pour ainsi dire *industrielle,* par la division des travaux, en en faisant un domaine où, autant il y a de secteurs scientifiques, autant d'enseignants, de *professeurs* publics seraient nommés en tant que dépositaires des sciences, qui ensemble constitueraient une sorte de république[1] savante, appelée *Université* (ou École supérieure), possédant son autonomie (car seuls des savants peuvent juger des savants comme tels) ; cette Université serait donc habilitée, au moyen de ses *facultés** (petites sociétés diverses, conformément

* Chacune d'elles a son *doyen,* comme régent de la faculté. Ce titre emprunté à l'astrologie, désignant originellement l'un des trois génies astraux qui président à un signe du zodiaque (de 30°) dont chacun administre 10 degrés, a été déplacé des astres d'abord aux camps *(ab astris ad castra,* voir Salmasius[2], *De annis climactериis,* p. 561), et finalement aux universités ; sans cependant qu'il soit tenu précisément compte, ici, du nombre 10 (pour les professeurs). On ne tiendra pas rigueur aux savants, eux par qui d'abord ont été imaginés presque tous les titres honorifiques dont se parent désormais les hommes d'État, de ne pas s'être oubliés eux-mêmes.

à la diversité des principaux secteurs du savoir entre lesquels se répartissent les savants de l'Université), d'une part à accueillir les élèves des écoles inférieures aspirant à elle, d'autre part aussi à attribuer à des enseignants libres (ne lui appartenant pas), appelés *docteurs,* après un examen préalable relevant de son pouvoir propre, un rang reconnu par tout le monde (à leur attribuer un grade), c'est-à-dire à les *créer.*

VII, 18 En dehors de ceux qui appartiennent au *corps* des savants, il peut en outre y avoir des savants *libres,* qui n'appartiennent pas à l'*Université,* mais qui, en travaillant seulement à une partie du vaste ensemble du savoir, ou bien constituent certaines *corporations libres* (nommées *académies,* ou *sociétés des sciences*), qui sont autant d'ateliers, ou bien vivent pour ainsi dire à l'état de nature du savoir et s'occupent *en amateurs,* chacun pour lui-même, sans instructions ni normes publiques, à l'élargissement ou à la diffusion du savoir.

Des savants proprement dits, il faut encore distinguer les *lettrés (ceux qui ont fait des études),* qui, en tant qu'instruments du gouvernement, revêtus par lui d'une charge et pour sa fin propre (sans que ce soit précisément pour le bien de la science), doivent certes avoir fait leurs études à l'Université, mais peuvent en tout cas en avoir oublié une large part (en ce qui concerne la théorie), pourvu qu'ils aient conservé le minimum de connaissances requis pour exercer un emploi public — qui, au niveau de ses principes, peut relever uniquement des savants —, à savoir la connaissance empirique des statuts de leur emploi (donc ce qui regarde la pratique) ; on peut donc les appeler *exécutants* ou ouvriers qualifiés du savoir. Parce que, comme instruments du gouvernement (ecclésiastiques, magistrats et médecins), ils ont une influence légale sur le public et constituent une classe particulière de lettrés, qui ne sont pas libres de faire comme bon leur semble un usage public du savoir, mais seulement en se soumettant à la censure des facultés, ils doivent, puisqu'ils s'adressent directement au peuple, qui se compose d'ignorants (comme, à peu près, le clergé s'adresse aux laïcs), et puisqu'ils ont dans leur domaine non pas, certes, le pouvoir de légiférer, mais cependant en partie le pouvoir exécutif, être étroitement maintenus en bon ordre par le gouvernement, afin qu'ils ne se placent pas au-dessus du pouvoir judiciaire, lequel appartient aux facultés.

DIVISION DES FACULTÉS EN GÉNÉRAL

Selon l'usage reçu, elles se divisent en deux
classes, celle des *trois facultés supérieures* et celle de
la seule *faculté inférieure.* On voit bien qu'en ces
division et dénomination, ce n'est pas l'état des
savants, mais le gouvernement qui a été consulté.
Car sont mises au nombre des facultés supérieures
seulement celles dont l'intérêt du gouvernement
lui-même est de savoir si les enseignements doi-
vent avoir telle ou telle caractéristique, ou s'ils
doivent être dispensés publiquement ; alors qu'au
contraire celle qui n'a à se soucier que de l'intérêt
de la science, est appelée la *faculté inférieure,* parce VII, 19
qu'elle peut faire de ses énoncés ce que bon lui
semble. Or, ce qui intéresse plus que tout le
gouvernement, c'est ce par quoi il se procure la
plus forte et la plus durable influence sur le
peuple, et c'est de cette espèce que sont les objets
des facultés supérieures. Par conséquent il se
ménage le droit de *sanctionner* lui-même les ensei-
gnements des facultés supérieures ; ceux de la
faculté inférieure, il les abandonne à la raison qui
est propre au peuple savant. Mais bien qu'il
sanctionne des enseignements, il (le gouvernement)
n'enseigne cependant pas lui-même ; il veut sim-
plement que certains enseignements soient inté-
grés par les facultés respectives dans leur *cours
public,* et que les enseignements contraires en
soient exclus. Car il n'enseigne pas, mais sim-
plement commande à ceux qui enseignent (la

vérité peut être comme elle veut), parce que en prenant leur charge*, ils se sont mis d'accord sur ce point avec le gouvernement par un contrat. Un gouvernement qui s'occuperait des enseignements, donc aussi de l'élargissement ou de l'amélioration des sciences, qui par conséquent voudrait lui-même, en sa personne suprême, jouer le rôle du savant, ne ferait que détruire par ce pédantisme le respect qui lui est dû, et il est au-dessous de sa dignité de se compromettre avec le peuple (avec, en lui, l'État des savants), qui ne comprend nulle plaisanterie et met dans le même sac tous ceux qui se mêlent de sciences.

Il faut absolument, pour la république savante, qu'il y ait à l'Université encore une faculté qui, indépendante des ordres du gouvernement pour ce qui est de ses enseignements**, ait la liberté non de donner des ordres, mais pourtant de les
VII, 20 juger tous, une faculté qui ait affaire à l'intérêt scientifique, c'est-à-dire à la vérité, où la raison doit avoir le droit de parler publiquement : car,

* On doit avouer que le principe du Parlement de Grande-Bretagne : considérer que le discours du Trône prononcé par son roi est une œuvre de son ministre (dans la mesure où il serait contraire à la dignité d'un monarque de se laisser reprocher erreur, incertitude ou inexactitude, tandis que la Chambre, quant à elle, doit être en droit de juger le contenu du discours, de l'examiner et de le contester), on doit avouer, disais-je, que ce principe est très finement et justement conçu. De même aussi le choix de certains enseignements que le gouvernement sanctionne exclusivement pour l'exposé public, doit rester soumis à l'examen des savants, parce qu'il ne doit pas être considéré comme le produit du monarque, mais comme celui d'un fonctionnaire commis à cette fin, dont on
VII, 20 admet qu'il puisse aussi bien ne pas avoir parfaitement compris la volonté de son souverain ou même l'avoir faussée.

** Un ministre français convoqua quelques-uns des négociants les plus en vue et leur demanda des propositions pour aider le commerce, comme s'il entendait choisir la meilleure d'entre elles. Après que l'un eut proposé ceci, l'autre cela, un vieux négociant, qui s'était tu jusqu'alors, dit : «Créez de bonnes routes, frappez du bon argent, donnez un droit de change rapide, etc., mais par ailleurs laissez-nous faire[1] ! » Ce serait à peu près la réponse que la faculté de philosophie aurait à donner[2] si le gouvernement l'interrogeait sur les enseignements à prescrire aux savants en général : simplement, de ne pas contrarier le progrès des intelligences et des sciences.

sans une telle faculté, la vérité (au détriment du gouvernement lui-même) ne pourrait venir au jour, alors que la raison est par nature libre et n'admet aucun ordre de tenir quelque chose pour vrai (aucun *crede,* mais seulement un libre *credo*). Mais qu'une telle faculté, indépendamment de ce grand privilège (de la liberté), soit pourtant appelée la faculté inférieure, la cause en est à trouver dans la nature de l'homme : à savoir que celui qui peut commander, bien qu'il soit un humble serviteur d'autrui, s'imagine pourtant supérieur à un autre qui, certes, est libre, mais n'a à commander à personne.

I. DU RAPPORT ENTRE LES FACULTÉS VII, 21

Première section

CONCEPT ET DIVISION DES FACULTÉS SUPÉRIEURES

On peut admettre que toutes les institutions artificielles fondées sur une Idée de la raison (comme par exemple celle d'un gouvernement) qui doit montrer sa portée pratique auprès d'un objet de l'expérience (tel, en totalité, le champ actuel du savoir), ont été essayées non pas du fait de l'accumulation purement contingente et du concours arbitraire des circonstances qui se présentent, mais selon quelque principe inscrit, quoique seulement de façon obscure, dans la raison et selon un plan, fondé sur lui, rendant nécessaire un certain mode de division.

Sur cette base, on peut admettre que l'organisation d'une université, du point de vue de ses classes et facultés, n'a pas entièrement dépendu du hasard, mais que le gouvernement — sans que pour autant il faille spécialement lui prêter une sagesse et un savoir prématurés a pu, ne serait-ce que parce qu'il ressentait un besoin spécifique (d'agir sur le peuple au moyen de certains enseignements), en venir *a priori* à un principe de division, lequel sinon semble être d'origine empirique, principe qui par bonheur concorde avec le principe maintenant admis ; encore que je ne veuille pas pour cela me faire son défenseur, comme s'il était exempt de tout défaut.

Selon la raison (c'est-à-dire objectivement), les mobiles que le gouvernement peut utiliser en vue de son but (avoir de l'influence sur le peuple) s'ordonnent de la façon suivante : d'abord le bien éternel de chacun, ensuite le bien *social,* comme membre de la société, enfin le bien *corporel* (vivre longtemps et être en bonne santé). Par les enseignements publics portant sur le premier bien, le gouvernement lui-même peut avoir la plus grande
VII, 22 influence sur l'intimité des pensées et les volitions les plus secrètes de ses sujets, en découvrant celles-là, en guidant celles-ci ; par les enseignements qui se rapportent au deuxième bien, il peut tenir leur comportement extérieur sous la bride de lois publiques ; par les troisièmes, il peut s'assurer l'existence d'un peuple fort et nombreux qu'il trouve à sa disposition pour ses desseins. Selon la raison, ce serait donc bien l'ordre habituellement admis parmi les facultés supérieures qui aurait lieu ; à savoir, d'abord, la faculté de théologie, puis celle de droit, et enfin la faculté de médecine. En revanche, selon l'instinct naturel, ce serait le médecin qui pour l'homme constituerait l'être le plus important, parce que celui-ci prolonge sa vie, puis, avant tout autre, le juriste, qui lui permet de conserver son bien contingent, et c'est seulement à la fin (presque uniquement lorsqu'il s'agit de mourir), alors même qu'il s'agit là du salut, qu'on rechercherait le prêtre : car même celui-ci, si fort qu'il loue la félicité de l'autre monde, pourtant, dans la mesure où il n'aperçoit rien de cette félicité, souhaite ardemment être

par le médecin maintenu toujours, pendant encore quelque temps, dans cette vallée de larmes.

*

Les facultés supérieures fondent toutes les trois sur *l'écrit* les enseignements qui leur sont confiés par le gouvernement, et il ne peut en être autrement en l'état d'un peuple dirigé par le savoir, parce que, sans l'écrit, il n'y aurait pas de norme constante, accessible à chacun, d'après laquelle il puisse se diriger. Qu'un tel écrit (ou livre) doive comprendre des *statuts,* c'est-à-dire des instructions procédant de l'arbitre d'un supérieur (ne provenant pas, en soi, de la raison), c'est évident, parce que sinon il ne pourrait exiger purement et simplement de l'obéissance en tant que sanctionné par le gouvernement ; et cela vaut aussi pour le code lui-même, en ce qui concerne les enseignements qui doivent être exposés publiquement, et qui pourraient en même temps être déduits de la raison, à la considération de laquelle cependant il n'a pas égard : il se fonde au contraire sur l'ordre d'un législateur extérieur. Du code, comme *canon,* diffèrent entièrement les livres composés par les facultés comme résumé (prétendument) exhaustif de l'esprit du code pour une conception plus intelligible et un usage plus sûr de la chose publique (pour les savants et les non-savants), comme par exemple les *livres symboliques.* Ils peuvent seulement demander à être considérés comme *organon,* pour faciliter l'accès au code, et VII, 23
n'ont pas véritablement d'autorité ; pas même au cas où d'aventure les savants les plus distingués d'un certain domaine se seraient accordés afin de faire valoir un tel livre comme norme pour leur faculté, ce qui en fait n'entre pas dans leurs attributions, lesquelles sont bien plutôt d'introduire provisoirement ces livres comme une méthode d'enseignement, mais qui reste modifiable selon les circonstances et ne peut même en général concerner que l'aspect formel de l'exposé, sans défi-

nir absolument rien quant à la matière de la législation.

Par conséquent le théologien biblique (comme appartenant à la faculté supérieure) puise ses enseignements non pas dans la raison, mais dans la *Bible;* le professeur de droit non pas dans le droit naturel, mais dans le *droit civil;* le savant en médecine puise sa *méthode thérapeutique destinée au public,* non pas dans la physique du corps humain, mais dans les *règlements médicaux.* Dès qu'une de ces facultés ose y mêler quelque chose qui est emprunté à la raison, elle porte atteinte à l'autorité de l'administration qui donne ses ordres à travers elle, et elle s'engage sur le territoire de la faculté de philosophie, qui lui retire sans ménagement l'éclatant plumage prêté par cette administration et la traite sur un pied d'égalité et de liberté. Par conséquent les facultés supérieures doivent avant tout être soucieuses de ne pas se mésallier avec la faculté inférieure, mais d'avoir la finesse de la tenir à une distance respectueuse d'elles-mêmes, afin que la considération portée à leurs statuts ne souffre pas de préjudice du fait des libres ratiocinations de cette dernière.

A. SPÉCIFICITÉ DE LA FACULTÉ DE THÉOLOGIE

Qu'il y ait un Dieu, le théologien biblique le prouve par référence au fait qu'il s'est exprimé dans la Bible, laquelle parle aussi de sa nature (allant même jusqu'à ce que la raison ne puisse plus accompagner les Écritures, par exemple à propos du mystère inaccessible de la Trinité). Mais que Dieu lui-même se soit exprimé par la Bible, le théologien biblique comme tel n'a ni le pouvoir ni le devoir de le démontrer, parce que c'est une question d'histoire ; en fait, cela appartient à la faculté de philosohie. Il le fondera donc comme une question de foi, sur un certain *sentiment* (à vrai dire, non démontrable ou explicable) de la divinité de celle-ci, même pour le savant,

mais il ne lui faudra nullement soulever la question de cette origine divine (entendue au sens littéral) de la Bible dans l'exposé public adressé VII, 24
au peuple : car celui-ci ne s'y entend aucunement dans une question relevant de la science et se trouverait par là seulement embrouillé dans des cogitations et des doutes téméraires ; alors qu'en ce domaine on peut en revanche beaucoup plus sûrement compter sur la confiance que le peuple met en ses maîtres. Il n'entre pas non plus dans ses attributions de prêter aux formules de l'Écriture un sens qui ne s'accorde pas exactement avec l'expression, en quelque sorte un sens moral, et, puisqu'il n'y a pas d'exégète humain autorisé par Dieu, le théologien biblique doit plutôt compter sur l'illumination surnaturelle de l'intelligence par un esprit conduisant vers toute vérité, que d'admettre que la raison s'en mêle et fasse voir sa propre interprétation (qui manque de toute autorité supérieure). Enfin, pour ce qui concerne l'accomplissement des commandements divins par notre volonté, le théologien biblique doit compter, non certes sur la nature, c'est-à-dire sur la propre faculté morale de l'homme (la vertu), mais sur la grâce (une action surnaturelle, pourtant en même temps morale), dont toutefois l'homme ne peut recevoir sa part autrement que par le moyen d'une foi qui transforme intimement le cœur, foi que pourtant à son tour il peut attendre elle-même de la grâce. Si le théologien biblique se compromet avec la raison en ce qui concerne un quelconque de ces énoncés, quand bien même celle-ci poursuivrait le même but avec la plus grande sincérité et le plus grand sérieux, il franchit (comme le frère de Romulus) le mur de la foi, seule salutaire, de l'Église et se perd dans le vaste champ libre de son propre jugement et de la philosophie, où, soustrait au pouvoir ecclésiastique, il est exposé à tous les dangers de l'anarchie. Mais on doit bien noter que je parle ici du *pur (purus, putus) théologien biblique,* qui n'est pas encore atteint par l'esprit de liberté, si déconsidéré, de la raison et de la philosophie. Car dès

que nous mélangeons et faisons se confondre deux activités de sortes différentes, nous ne pouvons nous faire un concept déterminé de la spécificité de chacune d'elles.

B. SPÉCIFICITÉ DE LA FACULTÉ DE DROIT

Le juriste expert en la matière cherche les lois garantissant le *mien* et le *tien* (si, comme il le doit, il procède en fonctionnaire du gouvernement) non pas dans sa raison, mais dans le code
VII, 25 publiquement proclamé et sanctionné par l'autorité suprême. La preuve de la vérité et de la rectitude de ces lois, de même que leur défense contre les objections que leur adresse la raison, on ne peut à bon droit les exiger de lui. Car ce sont les ordonnances qui avant tout font que quelque chose est juste, et dès lors chercher si en outre les ordonnances elles-mêmes peuvent bien être justes, doit simplement être écarté par les juristes comme absurde. Il serait ridicule de vouloir se soustraire à l'obéissance envers une volonté supérieure et suprême, parce qu'elle n'est prétendument pas en accord avec la raison. Car le crédit du gouvernement consiste précisément en ce qu'il ne laisse pas aux sujets la liberté de juger du droit et de la négation du droit selon leurs concepts propres, mais d'après ce que prescrit le pouvoir législatif.

Mais il y a un point par lequel pourtant la faculté de droit est, pour la pratique, dans une situation meilleure que la faculté de théologie : car elle a un interprète manifeste des lois, soit en la personne d'un juge, soit, quand on fait appel de la décision de celui-ci, en celle d'une commission juridique et (en dernière instance) en celle du législateur lui-même ; il n'en va pas de façon aussi favorable en ce qui concerne l'interprétation des formules d'un livre saint de la faculté de théologie. Pourtant cet avantage est, d'un autre côté, contrebalancé par un désavantage qui n'est pas

moindre, en ceci que les codes profanes doivent rester soumis au changement, chaque fois que l'expérience accroît ou améliore la compréhension, alors qu'au contraire le Livre Saint ne tolère aucun changement (diminution ou augmentation) et prétend être clos pour toujours. De même, quand les juristes se plaignent qu'il est à peu près vain d'espérer une norme déterminée avec exactitude pour rendre la justice *(jus certum)*, cela n'a pas lieu chez le théologien biblique. Car celui-ci ne se laisse pas ôter la prétention que sa dogmatique contienne une telle norme claire et déterminée pour tous les cas. Si d'ailleurs les praticiens du droit (avocats ou commissaires de justice) qui ont mal conseillé leur client et, par là, lui ont porté tort, ne veulent pourtant pas en assumer la responsabilité *(ob consilium nemo tenetur)*, en revanche les praticiens théologiens (prédicateurs et directeurs de conscience) la prennent à leur compte sans réserve et garantissent — du moins est-ce là le ton de leur propos — que tout sera jugé dans l'autre monde comme ils en ont décidé dans celui-ci ; bien que, s'ils étaient invités à déclarer formellement s'ils se hasarderaient à garantir de leur âme la vérité de tout ce qu'ils veulent que l'on croie sur l'autorité de la Bible, vraisemblablement ils s'excuseraient. Malgré cela, il est pourtant dans la VII, 26
nature des principes de ces instituteurs populaires de ne laisser aucunement mettre en doute l'exactitude de ce qu'ils affirment, ce que certes ils peuvent faire d'autant plus sûrement qu'ils n'en ont à craindre dans cette vie aucune réfutation par l'expérience.

C. SPÉCIFICITÉ DE LA FACULTÉ DE MÉDECINE

Le médecin est un artiste qui pourtant, parce que son art est immédiatement emprunté à la nature et, pour cela, doit être déduit d'une science de la nature, est subordonné, en tant que savant, à une faculté où il doit avoir fait ses études et au jugement de laquelle il doit rester soumis. Mais parce que le gouvernement prend nécessairement un grand intérêt à la façon dont le médecin traite la santé du peuple, il est autorisé, par une assemblée de membres choisis de cette faculté (médecins praticiens), à contrôler les façons de faire publiques des médecins, cela grâce à un *conseil supérieur de la santé* et à des règlements médicaux. Mais en raison de la particularité de cette faculté, à savoir qu'elle ne doit pas puiser ses règles de conduite, comme les deux précédentes facultés supérieures, aux ordres d'un chef, mais à la nature des choses elles-mêmes — ce pour quoi ses enseignements devraient aussi, originairement, appartenir à la faculté de philosophie, prise au sens le plus large —, ces règlements ne consistent pas tant dans ce que les médecins doivent faire, que dans ce dont ils doivent se dispenser : à savoir, *premièrement,* qu'il y ait en général pour le public des médecins ; *deuxièmement,* qu'il n'y ait pas de faux médecins (pas de *jus impune occidendi,* conformément au principe : *Fiat experimentum in corpore vili*). Dans la mesure où le gouvernement s'occupe, d'après le premier principe, de la *commodité publique,* d'après le second, de la *sécurité publique* (dans le domaine de la santé du peuple), mais que ces deux éléments constituent une *police,* tout règlement médical ne concernera proprement que la *police médicale.*

Cette faculté est donc beaucoup plus libre, parmi les facultés supérieures, que les deux premières et apparentée de très près à celle de philosophie ; entièrement libre même en ce qui concerne les enseignements par lesquels sont formés les médecins, parce qu'il ne peut y avoir pour elle d'ouvrages sanctionnés par une autorité suprême, mais seulement des ouvrages puisés
VII, 27 dans la nature, ni même de véritables lois (si l'on entend par là la volonté immuable du législateur), mais seulement des règlements *(édits),* dont ce n'est pas une science d'avoir la connaissance, tels qu'ils requièrent un ensemble systématique d'enseignements que certes la faculté possède, mais

que le gouvernement n'a pas le pouvoir de sanctionner (en tant qu'ils ne sont contenus dans aucun code) et qu'il doit au contraire abandonner à ses soins, en étant pour sa part simplement attentif, par des dispensaires et des institutions hospitalières, à favoriser, pour les gens qui y exercent, leur pratique dans sa dimension publique. Mais ces praticiens (les médecins) restent, dans les cas qui, concernant la police médicale, intéressent par conséquent le gouvernement, soumis au jugement de leur faculté.

Deuxième section

CONCEPT ET DIVISION DE LA FACULTÉ INFÉRIEURE

On peut nommer la faculté inférieure cette classe de l'Université qui ne s'occupe que d'enseignements qui ne sont pas acceptés comme des directives, sur l'ordre d'un chef, ou on peut la nommer ainsi pour autant qu'elle s'en occupe. Il peut certes arriver qu'on suive un enseignement pratique par obéissance ; mais l'accepter pour vrai parce que cela a été ordonné *(de par le roi*[1] *)*, c'est non seulement *objectivement* (comme un jugement qui ne *devrait* pas être), mais aussi *subjectivement* (comme un jugement qu'aucun homme ne *peut* porter) absolument impossible. En effet celui qui veut se tromper, comme il dit, ne se trompe pas effectivement, et en fait ne prend pas pour vrai le jugement faux, mais prétend seulement à une conviction fictive qu'on ne peut toutefois rencontrer en lui. Quand donc il est question de la *vérité* de certains enseignements qui doivent être exposés publiquement, l'enseignant ne peut dans ce cas se réclamer d'un ordre suprême, ni l'élève alléguer qu'il y a cru sur ordre, ce qui n'est possible, au contraire, que s'il est question de l'*action.* Mais dans ce cas il doit pourtant par un libre jugement reconnaître qu'un tel ordre a effectivement été donné et en même temps qu'il est contraint ou du moins autorisé à lui obéir, et dans le cas contraire son acceptation est une vaine feinte et un mensonge. Or, le pouvoir de juger de façon autonome, c'est-à-dire librement (conformément aux principes de la pensée en général), on le nomme la *raison*. La faculté de philosophie devra donc, parce qu'elle doit garantir la *vérité* des enseignements qu'elle doit accueillir ou même simplement accorder, être en tant que telle considérée comme libre et soumise uniquement à la législation de la raison, non à celle du gouvernement.

VII, 28 Or dans une université un tel département doit aussi être fondé, c'est-à-dire qu'il doit y avoir une faculté de philosophie. Eu égard aux trois facultés supérieures, elle sert à les contrôler et ainsi à leur devenir utile, puisque tout dépend de la vérité (la condition première et essentielle de la science en général) ; l'utilité ; en revanche, que les facultés supérieures promettent à l'usage du gouvernement, n'est qu'un moment de second rang. On peut aussi, au besoin, accorder à la faculté de théologie la fière prétention de faire de la faculté de philosophie sa servante (mais pourtant demeure toujours la question de savoir si celle-ci *porte le flambeau* devant sa gracieuse Dame ou si, derrière elle, elle *porte sa traîne*), pourvu simplement qu'on ne l'expulse pas ou qu'on ne lui ferme pas la bouche ; car c'est précisément cette absence de prétention — simplement être libre, mais aussi laisser libre, simplement produire la vérité pour le bien de chaque science et la mettre à la libre disposition des facultés supérieures — qui doit la recommander au gouvernement lui-même comme insoupçonnable, mieux : comme indispensable.

La faculté de philosophie contient deux départements, d'une part le département de *connaissance historique* (auquel appartiennent l'histoire, la géographie, la philologie scientifique, les humanités, tout ce que la science de la nature offre comme connaissance empirique), d'autre part le département des *connaissances rationnelles pures* (mathématique pure, philosophie pure, métaphysique de la nature et des mœurs), et les deux parties de la science dans leurs relations réciproques. C'est pourquoi elle s'étend à toutes les parties du savoir humain (par conséquent aussi, du point de vue historique, aux facultés supérieures), sauf à observer qu'elle ne fait pas de toutes ces parties (à savoir les enseignements ou exigences propres des facultés supérieures) son contenu, mais l'objet de son examen et de sa critique en vue du profit des sciences.

La faculté de philosophie peut donc revendiquer tous les enseignements pour soumettre leur vérité à examen. Elle ne peut pas être frappée d'un interdit par le gouvernement sans que celui-ci agisse à l'encontre de sa fin spécifique et essentielle, et les facultés supérieures doivent admettre ses objections et ses doutes, qu'elle présente publiquement, — ce que certes celles-ci pourraient trouver gênant, parce que sans de telles critiques elles auraient pu dormir tranquilles dans leur domaine, après en avoir pris possession à quelque titre que ce soit, et continuer à y commander despotiquement. C'est seulement aux praticiens de ces facultés supérieures (les ecclésias- VII, 29
tiques, les juristes et les médecins) qu'on peut, il est vrai, interdire de contredire publiquement les enseignements dont l'exposé leur a été confié par le gouvernement pour l'exercice de leurs emplois respectifs, et d'avoir l'audace de jouer aux philosophes ; en effet cela ne peut être permis qu'aux facultés, et non aux fonctionnaires nommés par le gouvernement : car ceux-ci ne tiennent leur savoir que d'elles. Ces derniers, par exemple les prédicateurs et les fonctionnaires de justice, s'ils se laissaient aller à faire connaître au peuple leurs objections et leurs doutes à l'égard de la législation ecclésiastique ou séculière, l'exciteraient ainsi contre le gouvernement ; en revanche, les facultés ne s'expriment que l'une contre l'autre, entre savants, ce dont le peuple ne tient pratiquement

pas compte, même si cela parvenait jusqu'à sa connaissance, parce qu'il se résigne à ce que raisonner ne soit pas son affaire, et se sent par conséquent obligé de s'en tenir seulement à ce qui lui est communiqué par les fonctionnaires du gouvernement nommés à cette fin. Mais cette liberté de la faculté inférieure, à laquelle il ne peut être porté atteinte, a pour résultat que les facultés supérieures (elles-mêmes mieux informées) conduisent toujours plus les fonctionnaires sur la voie de la vérité, lesquels ensuite, de leur côté, eux aussi mieux éclairés sur leur devoir, ne se scandaliseront aucunement si l'on modifie ce qu'ils exposent ; car il n'y a là qu'une meilleure compréhension des moyens en vue de la même fin, ce qui peut très bien s'effectuer sans assauts polémiques, qui ne feraient qu'éveiller des troubles, contre les méthodes d'enseignement en usage jusque-là, et en maintenant intégralement les contenus enseignés.

Troisième section

DU CONFLIT ILLÉGAL DES FACULTÉS SUPÉRIEURES AVEC LA FACULTÉ INFÉRIEURE

Illégal est un conflit public des opinions, par conséquent un conflit de savants, ou bien au niveau des *contenus* s'il n'est aucunement permis de discuter un énoncé public parce qu'il n'est aucunement permis de porter publiquement un jugement sur lui et sur son contraire ; ou bien simplement au niveau de la *forme*, si la façon dont l'énoncé est produit ne procède pas de fondements objectifs qui font appel à la raison de l'interlocuteur, mais de mobiles subjectifs, déterminant son jugement par l'intermédiaire du *pen-*

chant, pour le conduire par ruse (dont relève aussi la séduction) ou par violence (menace) à donner son adhésion.

Or le conflit des facultés a pour enjeu l'influence sur le peuple, et cette influence, elles ne peuvent l'obtenir que pour autant que chacune d'elles peut faire croire au peuple que c'est elle qui connaît le mieux le moyen de favoriser son bonheur, alors que cependant elles s'opposent diamétralement entre elles sur la façon dont elles conçoivent la production de ce bonheur. VII, 30

Mais le peuple situe au premier chef son bonheur non dans la liberté, mais dans ses fins naturelles, donc dans ces trois éléments : *la félicité après la mort ; la garantie de ses biens, dans la vie parmi ses congénères,* par des lois publiques, enfin le fait de pouvoir *compter sur la jouissance physique de la vie en elle-même* (c'est-à-dire de la santé et d'une longue vie).

Mais la faculté de philosophie, qui ne peut se mêler de tous ces souhaits que par des préceptes qu'elle emprunte à la raison, et qui par conséquent est attachée au principe de la liberté, se borne simplement à ce pour quoi l'homme peut de lui-même apporter sa contribution : *vivre honnêtement,* ne pas commettre d'*injustice,* se comporter avec *mesure* dans la jouissance et avec *endurance* dans les maladies, en y faisant fond, avant tout, sur les ressources de la nature ; toutes attitudes pour lesquelles il n'y a certes pas précisément besoin d'un grand savoir, et en vue de quoi d'ailleurs on peut même, pour la plus grande part, se dispenser de ce savoir, pourvu que l'on veuille maîtriser ses penchants et confier le gouvernement de son esprit à la raison, — ce à quoi toutefois, en matière d'effort personnel, le peuple n'attache pas vraiment d'importance.

Ainsi donc les trois facultés supérieures sont invitées par le peuple (qui des enseignements en question trouve la sévérité mauvaise pour son penchant à jouir et son aversion à se réformer sur ce point) à faire de leur côté des propositions qui soient plus acceptables ; et il fait alors entendre

aux savants les revendications que voici : «Ce que contiennent vos bavardages, philosophes, je le savais depuis longtemps de moi-même ; mais ce que je veux savoir de vous en tant que savants, c'eſt comment, tout en ayant vécu comme un scélérat, je pourrais cependant me procurer, juſte avant la fermeture de la porte, un billet d'entrée dans le royaume des cieux ; comment, tout en ayant tort, je pourrais pourtant gagner mon procès ; et comment, tout en ayant usé et abusé à cœur joie des forces de mon corps, je pourrais pourtant reſter en bonne santé et vivre longtemps. Car c'eſt pour cela que vous avez étudié : pour que vous soyez à même d'avoir plus de savoir que l'un d'entre nous (nommés par vous "idiots"), qui ne prétend à rien d'autre qu'au bon sens.» Et tout se passe ici comme si le peuple allait chez le savant comme chez le devin et le magicien, qui sait ce qu'il en eſt des choses surnaturelles ; en effet l'ignorant se fait du savant dont il espère quelque chose des représentations volontiers excessives. Par conséquent il eſt naturel de prévoir que, si quelqu'un était simplement assez impudent pour se présenter comme un tel faiseur de mira-
VII, 31 cles, le peuple se donnerait à lui et abandonnerait avec mépris le parti de la faculté de philosophie.

Or les agents des trois facultés supérieures ne cessent d'être de tels faiseurs de miracles, s'il n'eſt pas permis à la faculté de philosophie d'œuvrer publiquement contre eux, non pas pour renverser leurs enseignements, mais seulement pour s'opposer au pouvoir magique que le public leur attribue superſtitieusement, à eux et aux observances qui y sont liées ; comme si, par un passif abandon à des guides aussi habiles, l'on était exempté de toute aċtion spontanée et si l'on était, simplement par eux, conduit, avec une grande facilité, jusqu'à l'obtention de ce qu'on s'était donné comme fin.

Si les facultés supérieures admettent de tels principes (ce qui certes n'eſt pas leur deſtination), elles sont et reſtent éternellement en conflit avec l'inférieure ; mais ce conflit eſt en outre illégal, parce qu'elles considèrent la transgression des lois non seulement comme ne constituant pas un obstacle, mais même, à vrai dire, comme l'occasion souhaitée de montrer leur grand art et leur grande habileté pour tout rétablir et même tout disposer mieux que cela eût été sans elles.

Le peuple veut être dirigé, c'est-à-dire (dans la langue des démagogues) qu'il veut être trompé. Mais il veut être dirigé non par les savants des facultés (car leur sagesse est trop haute pour lui), mais par leurs agents, qui s'y entendent pour agencer les choses *(savoir faire*[1]*)*, les ecclésiastiques, les fonctionnaires de justice, les médecins qui, comme praticiens, bénéficient du préjugé le plus favorable ; c'est par là qu'ensuite le gouvernement, qui ne peut agir sur le peuple que par leur intermédiaire, est lui-même *induit* à imposer aux facultés une théorie qui n'a pas pour origine la pure intelligence de leurs savants, mais qui est calculée en vue de l'influence que par ce moyen leurs agents peuvent avoir sur le peuple ; en effet celui-ci s'attache naturellement le plus à ce pour quoi il est le moins nécessaire de consentir personnellement à des efforts et de se servir de sa propre raison, et en quoi les devoirs peuvent le mieux être conciliés avec les penchants ; par exemple, dans le domaine théologique, penser qu'une «foi» selon la lettre, sans rechercher (même, sans jamais vraiment comprendre) ce qui doit être cru, est pour soi salutaire, et que, par la célébration de certains rituels prescrits, des méfaits peuvent immédiatement être effacés ; ou, dans le domaine juridique, que le respect des lois selon la lettre dispense de rechercher l'intention du législateur.

Il y a donc ici un conflit illégal, essentiel, et qui ne doit jamais cesser, entre les facultés supérieures VII, 32
et la faculté inférieure, parce que, pour les premières, le principe de la législation, que l'on attribue au gouvernement, serait une anarchie même, autorisée par lui. Car dans la mesure où le penchant et en général ce que quelqu'un trouve favorable à son dessein privé, ne se qualifie en aucun cas pour constituer une loi, et par

conséquent ne peut pas non plus être exposé comme tel par les facultés supérieures, un gouvernement qui donnerait à cela sa sanction, en péchant lui-même contre la raison, entraînerait les facultés supérieures dans un conflit avec la faculté de philosophie, conflit véritablement insupportable, parce que anéantissant entièrement celle-ci, — ce qui certes est le moyen le plus expéditif, mais aussi (selon l'expression des médecins) un moyen *héroïque*, qui met en danger de mort, pour conduire un conflit à sa fin.

Quatrième section

DU CONFLIT LÉGAL DES FACULTÉS SUPÉRIEURES AVEC LA FACULTÉ INFÉRIEURE

Quel que soit le contenu des enseignements dont il puisse être dans les attributions du gouvernement d'ordonner aux facultés supérieures, par sa sanction, l'exposé public, ces enseignements ne peuvent pourtant être acceptés et honorés que comme des statuts qui procèdent de son arbitre et comme une sagesse humaine qui n'est pas infaillible. Parce que cependant leur vérité ne peut aucunement lui être indifférente et qu'à cet égard ils doivent rester soumis à la raison (de l'intérêt de laquelle la faculté de philosophie doit prendre soin) — ce qui d'ailleurs n'est possible que par l'octroi d'une totale liberté pour un examen public — le conflit entre les facultés supérieures et la faculté inférieure sera premièrement *inévitable*, parce que des énoncés arbitraires, quoique sanctionnés en plus haut lieu, pourraient ne pas toujours s'accorder d'eux-mêmes avec les enseignements affirmés comme nécessaires par la raison, mais deuxièmement il sera aussi *légal*, et cela non seulement comme *attribution,* mais même comme *devoir* de cette dernière faculté, sinon de dire publiquement toute la vérité, en tout cas d'être attentif au fait que tout ce que, pour ainsi dire, l'on érige en principe, soit vrai.

Quand la source de certains enseignements sanctionnés est historique, ils peuvent bien être, tant que l'on veut, recommandés comme sacrés à l'obéissance indiscutable de la croyance : la faculté de philosophie est autorisée, et même c'est là pour VII, 33
elle une obligation, à enquêter sur cette origine avec un scrupule critique. Si elle est rationnelle, bien qu'elle ait été énoncée sur le mode d'une connaissance historique (comme *révélation*), il ne peut lui être défendu (à la faculté inférieure) d'aller chercher, dans l'exposé historique, les fondements rationnels de la législation et en outre d'apprécier s'ils sont techniquement ou moralement pratiques. Si enfin la source de l'enseignement qui s'annonce comme une loi n'est absolument qu'*esthétique,* c'est-à-dire fondée sur un sentiment subjectif lié à un enseignement (lequel, dans la mesure où il ne fournit aucun principe objectif, ne serait que subjectivement valable, impropre par là à fournir une loi universelle, par exemple le pieux sentiment d'une influence surnaturelle), la faculté de philosophie doit être libre d'examiner et d'apprécier publiquement par la froide raison l'origine et la teneur d'un tel prétendu fondement d'un enseignement, sans s'effrayer de la sacralité de l'objet dont on revendique le sentiment, et résolue à ramener ce prétendu sentiment à des concepts. Ce qui suit contient les principes formels de la conduite d'un tel conflit et les conséquences qui en résultent.

1. Ce conflit ne peut ni ne doit cesser par un accord de paix *(amicabilis compositio),* mais requiert (en tant que procès) une *sentence,* c'est-à-dire le verdict ayant force de loi d'un juge (la raison) ; car il ne pourrait arriver qu'il y ait cessation, que par déloyauté, par dissimulation des causes de la querelle et par persuasion, toutes choses dont cependant la maxime est tout à fait opposée à

l'esprit d'une faculté de philosophie, en tant qu'elle vise à la présentation publique de la vérité.

2. Ce conflit ne peut jamais s'arrêter, et la faculté de philosophie est celle qui doit y être constamment préparée. Car des instructions statutaires du gouvernement en ce qui concerne les enseignements qui doivent être exposés publiquement, il devra y en avoir toujours, parce que la liberté illimitée de crier au public toutes ses opinions deviendrait nécessairement dangereuse pour le gouvernement d'une part, mais d'autre part aussi pour ce public lui-même. Or tous les règlements gouvernementaux, parce qu'ils émanent d'hommes, en tout cas parce qu'ils sont sanctionnés par des hommes, restent en tout temps soumis au risque de l'erreur ou de l'inopportunité ; donc ils le sont aussi en ce qui concerne la sanction du gouvernement, dont celui-ci donne la charge aux facultés supérieures. Par conséquent la faculté de philosophie ne peut jamais déposer ses armes face au danger qui menace la vérité dont la protection lui est confiée, parce que les facultés supérieures ne déposeront jamais leur prétention à dominer.

VII, 34 3. Ce conflit ne peut jamais porter atteinte au prestige du gouvernement. Car ce n'est pas un conflit des facultés avec le gouvernement, mais le conflit d'une faculté avec les autres, ce dont le gouvernement peut être le spectateur serein ; car, bien qu'il ait pris sous sa protection particulière certains préceptes des facultés supérieures, dans la mesure où il impose à ses agents d'en exposer publiquement de tels, il ne protège pourtant pas les facultés, en tant que sociétés savantes, à cause de la vérité de ces enseignements, opinions et affirmations qu'elles ont à exposer publiquement, mais seulement à cause de son propre intérêt (à lui, le gouvernement), parce qu'il ne serait pas conforme à sa dignité de trancher sur leur valeur intrinsèque de vérité et ainsi de jouer lui-même au savant. En effet les facultés supérieures ne sont responsables devant le gouvernement que de l'instruction et de l'enseignement qu'elles donnent à leurs *agents* pour l'exposé public ; car ceux-ci circulent dans le public comme communauté de *citoyens,* et sont par conséquent, parce qu'ils pourraient nuire à l'influence du gouvernement sur ce public, soumis à sa sanction. Au contraire, les enseignements et les opinions que les facultés ont, sous le nom des théoriciens, à faire s'affronter réciproquement, circulent dans une autre sorte de public, savoir dans celui d'une communauté de *savants* qui s'occupe de sciences, le peuple se résigne de lui-même à ne rien y comprendre, mais le gouvernement trouve qu'il ne lui appartient pas de se mêler d'affaires scientifiques*.

La classe des facultés supérieures (comme si elle VII, 35
était la droite du parlement de la science) défend les statuts du gouvernement, tandis que, dans une telle constitution libre — comme doit l'être celle où il est question de la vérité —, il doit y avoir aussi un parti d'opposition (la gauche), qui est le banc de la faculté de philosophie, parce que sans la rigueur de son examen et de ses objections le gouvernement ne serait pas suffisamment averti

* Au contraire, si ce conflit se déroulait devant la communauté des *citoyens* (publiquement, par exemple dans les chaires), comme les agents (sous le nom de praticiens) en font volontiers la tentative, il serait instruit, en dehors de toute compétence, devant le tribunal du peuple (auquel, dans les questions scientifiques, il n'appartient aucunement de juger), et cesserait d'être un conflit de savants ; car alors survient ce type de conflit illégal, évoqué plus haut, où les enseignements sont exposés de la manière qui convient aux penchants du peuple, et où se répandent les germes de la rébellion et des factions, et le gouvernement est par là mis en danger. Ces tribuns du peuple, qui s'adjugent ce rôle de leur propre autorité, quittent dès lors le corps des savants, empiètent sur les droits de la constitution civile (affaires publiques) et sont proprement les *néologues,* dont le nom, légitimement haï, est toutefois très mal compris s'il désigne tout auteur d'une innovation dans les enseignements ou les formes de l'enseignement (car pourquoi l'ancien devrait-il précisément être toujours le meilleur?). Au contraire méritent d'être ainsi stigmatisés ceux qui introduisent une tout autre forme de gouvernement ou plutôt une absence de gouvernement (anarchie), en conférant le pouvoir de décider, dans ce qui est une question de science, à la *vox populi,* dont ils dirigent le jugement en influençant à leur gré ses habitudes, ses sentiments et ses penchants, et en ayant ainsi la faculté d'ôter à un gouvernement légitime son influence.

de ce qui pourrait lui être avantageux ou nuisible. Mais si les agents des facultés voulaient à leur tête procéder à des transformations en ce qui concerne les dispositions existantes pour l'exposé public, le contrôle du gouvernement peut s'exercer sur eux, en tant que *novateurs* risquant d'être dangereux pour lui, bien que cependant il ne puisse les condamner immédiatement, mais seulement après avoir recueilli le très humble avis des facultés supérieures, parce que ces agents ne peuvent s'être vu assigner l'exposé de certains enseignements par le gouvernement que *grâce à la Faculté.*

4. Ce conflit peut très bien être compatible avec l'accord entre la communauté des savants et celle des citoyens sur les maximes dont le respect doit nécessairement produire un constant progrès des deux classes de facultés vers une plus grande perfection et finalement prépare l'affranchissement de l'opinion publique à l'égard de toute limitation de sa liberté par l'arbitre du gouvernement.

C'est ainsi qu'il pourrait bien arriver un jour que les derniers deviennent les premiers (que la faculté inférieure devienne la faculté supérieure), non pas certes dans la possession du pouvoir, mais cependant dans la capacité de conseiller celui qui le possède (le gouvernement), lequel trouverait dans la liberté de la faculté philosophique et dans la croissance ainsi ménagée de son propre discernement, mieux que dans sa propre autorité absolue, des moyens pour l'atteinte de ses fins.

Résultat

Cet antagonisme, c'est-à-dire ce conflit de deux partis unis l'un à l'autre pour un but final commun *(concordia discors, discordia concors)*, n'est donc pas une guerre, c'est-à-dire un différend né de l'opposition des intentions finales en ce qui
VII, 36 concerne le *mien* et le *tien* scientifiques, qui, tout comme en politique, se composent de *liberté* et de *propriété,* et où celle-là, comme condition, doit

nécessairement précéder celle-ci ; par conséquent aucun droit ne peut être reconnu aux facultés supérieures sans qu'en même temps il demeure permis à la faculté inférieure de présenter au public savant ses objections sur ce point.

Appendice

EXPLICATION DU CONFLIT DES FACULTÉS PAR L'EXEMPLE DU CONFLIT ENTRE LA FACULTÉ DE THÉOLOGIE ET LA FACULTÉ DE PHILOSOPHIE

I

MATIÈRE DU CONFLIT

Le théologien biblique est proprement le *docteur de la Loi* pour la *foi de l'Église,* qui repose sur des statuts, c'est-à-dire sur des lois qui procèdent de l'arbitre d'un autre ; au contraire le théologien rationnel est le *docteur de la raison* pour la foi de la religion, par conséquent pour celle qui repose sur des lois intérieures qui se laissent développer à partir de la raison propre de chaque homme. Qu'il en soit ainsi, c'est-à-dire que la religion ne puisse jamais être fondée sur des préceptes (de quelque origine élevée qu'ils puissent être), ressort du concept même de la religion. La religion, ce n'est pas la substance de certains enseignements en tant que *révélations divines* (car c'est là la théologie), mais celle de tous nos devoirs en général en tant que *commandements divins* (et, subjectivement, de la maxime d'y obéir en tant que tels). La religion ne se distingue de la morale en aucun point par la matière, c'est-à-dire par l'objet, car elle concerne

les devoirs en général, mais sa différence avec celle-ci est purement formelle, c'est-à-dire en tant qu'elle est une législation de la raison pure pour donner à la morale, grâce à l'idée de Dieu produite à partir de celle-ci même, une influence sur la volonté humaine afin qu'elle remplisse tous ses devoirs[1]. Mais c'est pourquoi aussi elle n'est qu'une, et il n'y a pas différentes religions, mais bien différentes façons de croire à une révélation divine et à ses enseignements statutaires, qui ne peuvent provenir de la raison, c'est-à-dire différentes formes du mode sensible de la représentation de la volonté divine, pour lui procurer de l'influence sur les esprits, formes parmi lesquelles le christianisme est, à notre connaissance, la plus appropriée. Or celui-ci se trouve, dans la Bible, composé de deux éléments d'espèce différente :
VII, 37 l'un qui contient le *canon,* l'autre l'*organon* ou véhicule[2] de la religion, dont le premier peut être appelé la pure *foi religieuse* (fondée, sans statuts, sur la simple raison), l'autre la *foi de l'Église,* qui repose intégralement sur des statuts requérant une révélation pour pouvoir passer pour des enseignements et des préceptes éthiques sacrés. Mais puisque c'est un devoir d'utiliser aussi cet instrument pour nous acheminer vers cette fin, s'il peut être accepté comme révélation divine, on peut par là expliquer pourquoi la *foi de l'Église* se fondant sur l'Écriture est communément comprise aussi sous la dénomination de *foi religieuse.*

Le théologien biblique dit : «Cherchez dans les Écritures, si vous entendez trouver la vie éternelle[3]». Mais cette vie éternelle, parce que la condition n'en est autre que l'amélioration morale de l'homme, nul homme ne peut la trouver dans un quelconque livre que s'il l'y a introduite, parce que les concepts et les principes requis pour cela doivent nécessairement non pas être, à proprement parler, appris de quelqu'un d'autre, mais seulement, à l'occasion d'un exposé, se déployer à partir de la raison propre du maître. Mais les Écritures contiennent plus encore que ce qui en soi-même est requis pour la vie éternelle, à savoir : ce qui appartient à la foi historique et qui, eu égard à la foi religieuse, peut certes être profitable comme simple véhicule sensible (pour telle ou telle personne, pour telle ou telle époque), mais ne lui appartient pas nécessairement. Or la faculté de théologie biblique met autant l'accent là-dessus que si la foi en ces choses appartenait à la religion. Mais la faculté philosophique s'y oppose, à partir de la considération de cette confusion et de ce que les Écritures contiennent en elles de vrai sur la religion proprement dite.

À ce véhicule (c'est-à-dire à ce qui s'ajoute encore à la doctrine de la religion), appartient encore aussi la *méthode didactique,* que l'on peut considérer comme ayant été laissée aux soins des apôtres eux-mêmes et non comme révélation divine, mais qui peut éventuellement être admise comme valant pour la façon de penser des époques d'autrefois (κατ' ἀνθρωπον) et non comme constituant un élément doctrinal en soi (κατ' ἀλήθειαν), c'est-à-dire *ou bien, négativement,* comme simple acceptation de certaines opinions en soi erronées mais alors régnantes, pour ne pas aller à l'encontre d'une superstition dominante à cette époque, sans que toutefois par là on aille, sur l'essentiel, s'opposer à la religion (par exemple en ce qui concerne les possédés), *ou même positivement,* pour se servir de la prédilection d'un peuple à l'égard de son antique foi d'Église, qui maintenant devrait trouver son terme, afin d'introduire la foi nouvelle (par exemple l'interprétation de l'histoire de l'ancienne alliance comme symbolique de ce qui se produisit dans la nouvelle, histoire qui, en tant VII, 38
qu'elle est celle du judaïsme, peut très bien, si elle est par erreur acceptée dans le dogme comme l'un de ses éléments, nous tirer ce soupir : *nunc istae reliquiae nos exercent.* Cicéron).

C'est pour cette raison qu'une science du christianisme, portant sur les Écritures, est soumise à maintes difficultés de l'art exégétique, sur lesquelles et sur le principe desquelles la faculté supérieure (le théologien biblique) doit entrer en conflit avec la faculté inférieure : en effet la première, se souciant avant tout de la connaissance théorique de la Bible, en vient à soupçonner la seconde de supprimer philosophiquement tous les dogmes qui devraient être admis comme de véritables dogmes révélés et donc à la lettre, et de leur prêter arbitrairement un autre sens, alors que la faculté de philosophie, considérant plus la dimension *pratique,* c'est-à-dire plus la religion que la foi d'Église, accuse inversement la première de dissimuler entièrement par ce moyen le but final qui, en tant qu'il s'agit de religion intérieure, doit être moral et repose sur la raison. Par conséquent la seconde, qui a pour but la vérité, donc la philosophie, en cas de conflit sur le sens d'un passage des Écritures, s'arroge le privilège de le déterminer. On trouvera dans ce qui suit les principes philosophiques de l'exégèse des Écritures, ce dont il ne faut pas conclure que l'exégèse doit être *philosophique* (vise au développement de la philosophie), mais que simplement les *principes* de l'exégèse doivent être tels : car tous les principes, qu'ils concernent une exégèse historique ou de critique grammaticale, doivent toujours aussi être dictés par la raison, mais ici particulièrement, en tant que ce qui, pour la religion, doit être découvert à partir de passages des Écritures ne peut être qu'un objet de la raison[1].

II

PRINCIPES PHILOSOPHIQUES DE L'EXÉGÈSE DES ÉCRITURES POUR UNE ISSUE DU CONFLIT[2]

I. Des passages des Écritures qui contiennent certains dogmes *théoriques* déclarés comme sacrés, mais *dépassant* tout concept rationnel (même le concept moral), *peuvent* être interprétés à l'avantage de la raison, mais ceux qui contiennent des propositions contraires à la raison pratique *doivent* l'être. Ce qui suit en fournit quelques exemples.

a) Du dogme de la Trinité, pris à la lettre, on ne peut absolument rien faire pour le *pratique*, VII, 39 quand bien même on croirait le comprendre, mais encore moins si l'on s'aperçoit qu'il dépasse véritablement tous nos concepts. Si nous avons à honorer dans la divinité trois ou dix personnes, le novice l'admettra aussi facilement sur parole, parce qu'il n'a véritablement aucun concept d'un dieu en plusieurs personnes (hypostases), mais encore plus parce que de cette diversité il ne peut tirer à vrai dire des règles de conduite différentes. En revanche, si on introduit dans les propositions de la foi un sens moral (comme je l'ai tenté dans *La Religion dans les limites, etc.*), il ne contiendrait pas une foi inconséquente, mais une foi intelligible, en relation avec notre destination morale. Ainsi en est-il du dogme de l'Incarnation d'une personne de la divinité. En effet, si cet homme-Dieu n'est pas représenté comme l'Idée de l'humanité, éternellement présente en Dieu, avec toute la perfection morale qui lui agrée* (*ibid.*, p. 73 et suiv.[2]), mais au contraire comme la divinité «séjournant corporellement» dans un homme réel et agissant en lui comme une seconde nature, de ce mystère il n'y a vraiment pour nous

* La mystique visionnaire de Postel[1], à Venise, sur ce point, au XVIe siècle, est d'une sorte tout aussi originale et sert aussi bien d'exemple pour montrer dans quelles errances, et cela selon une logique délirante, on peut s'égarer, si l'on transforme la figuration sensible d'une pure Idée de la Raison en représentation d'un objet des sens. En effet si sous cette Idée on comprend non pas l'abstraction de l'humanité, mais un homme, celui-ci doit nécessairement appartenir à un sexe. Si donc ce que Dieu a engendré est du sexe masculin (un fils), s'il a été accablé de la faiblesse des hommes et s'il a pris à son compte leur péché, les faiblesses aussi bien que les fautes de l'autre sexe sont pourtant si spécifiquement différentes de celles du sexe masculin que l'on sera, non sans raison, tenté d'admettre que l'autre sexe aura reçu lui aussi sa représentante particulière (pour ainsi dire, une divine fille) comme rédemptrice ; et Postel croyait l'avoir trouvée à Venise dans la personne d'une pieuse vierge.

rien de « pratique » à tirer, parce que nous ne pouvons en tout cas exiger de nous que nous agissions comme un dieu, et donc il ne peut, en tant que tel, devenir pour nous un exemple, — cela soit dit sans soulever encore la difficulté de comprendre pourquoi, si une telle union est possible en une occasion, la divinité n'y fait pas prendre part tous les hommes qui dès lors eussent tous été, infailliblement, à son gré. La même chose peut se dire de l'histoire de la Résurrection et de l'Ascension de cet homme-Dieu.

VII, 40 Si nous vivons dans l'avenir de façon seulement spirituelle, ou si la même matière dont notre corps était fait ici, est requise pour l'identité de notre personne dans l'autre monde, donc si l'âme n'est pas une substance particulière, et si notre corps doit être ressuscité, cela peut nous être, d'un point de vue pratique, tout à fait indifférent ; car à qui son corps peut-il bien être si cher qu'il veuille le traîner avec lui dans l'éternité, alors qu'il peut en être débarrassé ? Ainsi donc le raisonnement de l'apôtre : « Si le Christ n'est pas ressuscité (devenu corporellement vivant), nous ne ressusciterons pas non plus (nous ne vivrons absolument plus après la mort[1]) » n'est pas concluant. Peu importe au demeurant (car on ne fondera tout de même pas une argumentation sur une inspiration) : de toute façon il a seulement voulu dire par là que nous avons des raisons de croire que le Christ vit encore, et que notre foi est vaine si même un homme aussi parfait ne devait pas vivre après la mort (corporelle), laquelle croyance, que la raison lui suggéra (comme à tous les hommes), le poussa vers la *croyance historique* à une chose de caractère public qu'il reconnut sincèrement pour vraie et qu'il utilisa comme preuve d'une *croyance morale* à la vie future, sans être conscient qu'il aurait lui-même, en l'absence de cette dernière, difficilement ajouté foi à cette légende. L'intention morale était par là atteinte, bien que le mode de représentation portât en soi la marque des concepts scolastiques dans lesquels il avait été éduqué. Au reste, d'importantes objections s'élèvent à cet égard : l'instauration de la Cène (d'une sombre conversation) pour célébrer son souvenir ressemble à un adieu formel (et non pas seulement à un prochain revoir). Les plaintes sur la croix expriment un projet qui a échoué (celui de conduire les juifs, de son vivant même, à la vraie religion), alors que pourtant on aurait dû plutôt attendre la joie d'un projet accompli. Enfin l'expression des disciples, selon Luc : «Nous pensions qu'il délivrerait Israël[1]», ne fait pas non plus inférer qu'ils étaient préparés à un revoir attendu dans les trois jours, encore moins que quelque bruit de sa résurrection était parvenu à leurs oreilles[2]. Mais pourquoi devrions-nous, à cause d'un récit *historique* qu'il nous faut toujours restituer à sa place (parmi les «indifférents»), nous engager dans tant de recherches et de contestations savantes, alors qu'il s'agit de religion, pour laquelle la foi que la raison nous inspire, dans le registre pratique, est déjà en soi suffisante[3] ?

b) Dans l'exégèse des passages des Écritures VII, 41
où l'expression contredit notre concept rationnel de la nature divine et de sa volonté, les théologiens bibliques se sont depuis longtemps donné la règle que ce qui est *exprimé de façon humaine* (ἀνθρωποπαθῶς), doit être *interprété en un sens digne de Dieu* (θεοπρεπῶς) ; ce par quoi ils faisaient ainsi tout à fait clairement l'aveu que la raison est, dans les questions religieuses, l'interprète suprême de l'écrit. Mais si, quand on ne peut prêter à l'Auteur sacré d'autre sens que celui qu'il a effectivement attaché à ses expressions, et qui est tel qu'il entre vraiment en contradiction avec notre raison, la raison se sent pourtant autorisée à interpréter les passages de cet Auteur de la façon qu'elle trouve conforme à ses principes, et ne doit pas l'interpréter à la lettre, si elle ne veut aucunement accuser l'Auteur d'une erreur, cela semble vraiment aller totalement à l'encontre des règles suprêmes de l'interprétation, et pourtant cela a toujours été fait avec succès par les théologiens les plus renommés. Ainsi en a-t-il été de la doctrine de saint Paul sur la grâce, d'où il ressort

de la façon la plus nette que son opinion personnelle devait être la prédestination au sens strict, qui a été, pour cette raison, admise aussi dans sa croyance par une grande église protestante, mais qui ensuite a été abandonnée à nouveau par une grande partie de celle-ci, ou a été, du mieux qu'on a pu, interprétée autrement, parce que la raison la trouve incompatible avec la doctrine de la liberté, de l'imputation des actes et donc avec la morale tout entière. Même là où la croyance scripturaire ne vient aucunement, par certains de ses enseignements, heurter des principes éthiques, mais seulement la maxime de la raison dans l'appréciation de phénomènes physiques, les exégètes ont interprété avec une approbation quasi générale maints récits historiques de la Bible, par exemple à propos des possédés (des personnes démoniaques), bien qu'en vérité ils eussent été exposés, dans les Écritures, sur le même mode historique que le reste de l'histoire sainte, et qu'il soit presque impossible de douter que leurs auteurs les eussent tenus pour vrais à la lettre, de façon telle que la raison puisse y trouver son compte (pour ne pas donner libre accès à toute superstition et à toute tromperie), et cela sans qu'on leur ait contesté ce droit.

II. La foi en des dogmes scripturaires qui ont dû véritablement être révélés pour être connus, n'a en soi aucun *mérite,* et l'absence d'une telle foi, et même le fait de lui opposer un doute, n'est pas en soi une *faute,* mais dans la religion tout dépend
VII, 42 de l'*agir,* et ce but final, par conséquent aussi un sens qui lui soit conforme, doit être supposé pour tous les dogmes bibliques[1].

Par *dogmes* on n'entend pas ce qui doit être cru (car la croyance ne tolère pas d'impératif), mais ce qu'il est possible et adéquat d'admettre dans l'intention pratique (morale), bien que ce ne soit pas exactement *démontrable* et que par conséquent l'on puisse seulement le *croire.* Si, sans cette considération morale, j'érige la croyance en principe, au sens simplement d'une conviction théorique, par exemple au sens de ce qui se fonde historiquement sur le témoignage des autres, ou même parce que je ne peux m'expliquer certains phénomènes donnés autrement que par référence à telle ou telle présupposition, une telle croyance, parce qu'elle ne rend pas l'homme meilleur ni n'en fait voir un qui soit tel, ne constitue aucunement un élément de la religion ; et si, imprimée dans l'âme uniquement par la crainte et l'espoir, elle est feinte, elle est contraire à la droiture, par conséquent aussi à la religion. Si donc certains versets s'expriment comme si non seulement ils considéraient la croyance à un dogme révélé comme en soi méritoire, comme si même ils l'élevaient au-dessus des entreprises moralement bonnes, ils doivent être interprétés comme si par là c'était seulement la croyance morale qui était visée, celle qui améliore et élève l'âme par la raison ; à supposer même que le sens littéral, par exemple : celui qui croit et est baptisé devient bienheureux, etc., aille à l'encontre de cette interprétation. Douter de ces dogmes statutaires et de leur authenticité ne peut donc troubler une âme morale et bien intentionnée. Exactement ces mêmes énoncés peuvent cependant être considérés comme essentiels et nécessaires pour l'*exposé* d'une certaine *foi d'Église,* laquelle toutefois, parce qu'elle est seulement le véhicule de la *foi religieuse,* par conséquent est en soi modifiable et doit rester susceptible d'une purification progressive jusqu'à sa congruence avec celle-ci, ne peut être elle-même constituée en article de foi, même si elle ne doit pas non plus dans les Églises être pour autant publiquement attaquée ni foulée aux pieds, parce qu'elle est sous la protection du gouvernement qui se soucie de la concorde et de la paix publiques, tandis que c'est l'affaire de l'enseignant que de veiller à ne pas conférer à la foi d'Église un caractère sacré en soi, mais de passer sans retard à la *foi religieuse* à laquelle on est par là introduit.

III. L'agir doit être représenté comme provenant de l'usage propre que fait l'homme de ses forces morales et non comme l'effet de l'influence

d'une cause supérieure agissant de l'extérieur, par
VII, 43 rapport à laquelle l'homme se comporterait passivement ; l'interprétation des passages bibliques qui semblent, à la lettre, contenir cette dernière idée, doit donc délibérément se diriger vers une concordance avec le premier principe.

Si par la *nature* l'on entend le principe, régnant en l'homme, de favoriser sa félicité, mais par la *grâce* l'inconcevable disposition morale qui est en nous, c'est-à-dire le principe de la *pure moralité*, alors non seulement nature et grâce sont différentes l'une de l'autre, mais elles entrent même souvent en contradiction[1]. Mais si par *nature* (dans sa signification *pratique*) l'on entend la faculté d'atteindre par ses propres forces certaines fins en général, alors la grâce n'est nullement autre que la nature de l'homme, en tant qu'il est déterminé à des actions par son propre principe intérieur, mais suprasensible (la représentation de son devoir), lequel principe, parce que nous voulons nous l'expliquer, sans que toutefois nous en connaissions nul autre fondement, est par nous représenté comme une impulsion vers le bien produite en nous par la divinité et pour laquelle nous ne trouvons pas fondée en nous-même la disposition, par conséquent comme *grâce*. Autrement dit, le péché (la méchanceté dans la nature humaine) a rendu nécessaire la loi pénale (comme pour des esclaves), mais la grâce (c'est-à-dire l'espérance dans le progrès de ce bien, rendue vivante par la croyance dans la présence en nous d'une disposition originaire au bien, et par l'exemple de l'humanité agréable à Dieu en la personne du fils de Dieu) peut et doit devenir encore plus puissante en nous (en tant qu'êtres libres), pourvu que nous la laissions œuvrer en nous, c'est-à-dire que nous laissions devenir actifs les principes d'une vie semblable à ce saint exemple. Donc les passages des Écritures qui semblent contenir un abandon purement passif à une puissance extérieure produisant en nous la sainteté, doivent être interprétés de telle façon que par là il devienne clair que nous devons travailler *nous-*

mêmes au développement de cette disposition morale, bien que certes elle-même indique une divinité d'une origine supérieure à toute raison (dans la recherche théorique de la cause), et que par conséquent la posséder soit non pas mérite, mais grâce.

IV. Là où l'action personnelle n'est pas suffisante pour légitimer l'homme devant sa propre conscience (jugeant de façon stricte), la raison est autorisée à admettre à la rigueur, en un acte de foi, un complément surnaturel pour combler les déficiences de sa justification.

Ce droit est clair par lui-même ; car ce que l'homme doit être selon sa destination (à savoir, conformément à la sainte Loi), il doit aussi pouvoir le devenir, et si cela n'est pas possible par ses propres forces, de façon naturelle, il lui est permis d'espérer que cela s'accomplira par une divine collaboration extérieure (de quelque manière que ce soit). On peut encore ajouter que la foi en ce complément est salvatrice, parce qu'il ne peut obtenir de courage et de ferme résolution, pour vivre sur un mode agréable à Dieu (l'unique condition de l'espoir en la félicité), que s'il ne désespère pas de sa réussite quant à son but final (devenir agréable à Dieu). Mais qu'il doive savoir et indiquer avec précision en quoi consiste le moyen de ce substitut (qui est en définitive transcendant et, malgré tout ce que Dieu lui-même pourrait nous en dire, inconcevable pour nous), cela n'est pas vraiment nécessaire, mieux : même prétendre simplement à cette connaissance est présomptueux. Donc les passages des Écritures qui semblent contenir une telle révélation spécifique doivent être interprétés de telle façon qu'ils concernent seulement le véhicule de cette foi morale pour un peuple, conformément aux dogmes qui jusqu'ici ont eu cours chez lui, et non pas la foi religieuse : ils concernent donc simplement la foi d'Église (par exemple pour les judéo-chrétiens), laquelle a besoin de preuves historiques auxquelles chacun ne peut prendre part ; alors que la religion (en tant que fondée sur des concepts moraux) doit être en soi complète et dégagée de tout doute.

★

Mais même contre l'idée d'une interprétation philosophique des Écritures, j'entends s'élever la voix unanime des théologiens bibliques : elle a en vue, dit-on, premièrement une religion naturaliste et non le christianisme. *Réponse :* le christianisme est l'Idée de la religion qui, d'une façon générale, doit être fondée sur la raison et, en tant que telle, être naturelle. Mais il contient un moyen d'introduire la religion parmi les hommes, la Bible, dont l'origine est tenue pour surnaturelle, et qui (quelle que soit d'ailleurs son origine), dans la mesure où elle favorise la diffusion publique et la stimulation intérieure des prescriptions morales de la raison, peut être comptée dans la religion en tant que *véhicule* et, comme telle, être considérée aussi comme révélation surnaturelle. Or on peut appeler *naturaliste* une religion seulement si elle érige en principe de n'admettre nulle révélation de ce genre. C'est pourquoi le christianisme n'est donc
VII, 45 pas une religion *naturaliste,* bien qu'il soit simplement une religion *naturelle,* parce qu'on ne conteste pas que la Bible ne puisse être un moyen surnaturel pour l'introduire et pour fonder une Église qui l'enseigne et la professe publiquement, mais simplement, quand il s'agit de doctrine religieuse, on ne tient pas compte de cette origine.

III

OBJECTIONS ET RÉPONSES, À PROPOS DES PRINCIPES DE L'INTERPRÉTATION DES ÉCRITURES

Contre ces règles d'exégèse, j'entends s'écrier : *premièrement :* ce sont bien là, dans leur ensemble,

des jugements de la faculté philosophique, qui se permet donc des incursions dans le domaine des théologiens bibliques. *Réponse* : pour la foi d'Église est requis un savoir historique ; pour la foi religieuse simplement de la raison. Interpréter celle-là comme véhicule de celle-ci est certes une exigence de la raison, mais où une telle exigence est-elle plus légitime que lorsque quelque chose a seulement une valeur comme moyen pour quelque chose d'autre comme but final (pour quelque chose comme la religion), et y a-t-il sans conteste un principe plus élevé de décision, lorsqu'on débat sur la vérité, que la raison ? Aucun préjudice n'est même porté à la faculté théologique si la faculté de philosophie se sert des statuts de celle-ci pour renforcer sa propre doctrine en l'accordant avec eux ; on devrait penser bien plutôt que pour la faculté de théologie c'est un honneur qui lui est fait. Mais si pourtant, en ce qui concerne l'exégèse des Écritures, il doit absolument y avoir conflit entre les deux facultés, je ne sais d'autre compromis que celui-ci : *si le théologien biblique veut cesser de se servir de la raison pour son usage, le théologien philosophe cessera aussi d'utiliser la Bible pour confirmer ses énoncés.* Mais je doute fortement que le premier veuille s'engager dans ce contrat. *Deuxièmement* : ces interprétations sont allégorico-mystiques, par conséquent ni bibliques, ni philosophiques. *Réponse* : C'est exactement le contraire, attendu que, quand le théologien biblique prend l'enveloppe de la religion pour la religion elle-même, il doit présenter par exemple tout l'Ancien Testament comme une continuelle allégorie (de figures et de représentations symboliques) de l'état encore à venir de la religion, s'il ne veut pas admettre que celui-ci aurait déjà autrefois constitué la vraie religion (qui cependant ne peut pas être encore plus vraie que vraie[1]) ; ce par quoi, en conséquence, le Nouveau Testament serait rendu superflu. VII, 46
Mais en ce qui concerne le prétendu caractère mystique des interprétations rationnelles, quand la philosophie cherche à découvrir dans les passages des Écritures un sens moral, et même

l'impose au texte, c'est là justement l'unique moyen de tenir éloignée la mystique (par exemple celle d'un *Swedenborg*[1]). Car dans les questions religieuses l'imagination se perd inévitablement dans le transcendant si elle ne rattache pas le surnaturel (ce qu'il faut penser dans tout ce qui se nomme religion) à des concepts déterminés de la raison, comme les concepts moraux, et elle conduit à un illuminisme de révélations intérieures dont tout un chacun a ensuite la sienne propre et pour lesquelles il n'y a plus aucune pierre de touche publique de la vérité.

Mais il y a encore des objections que la raison s'adresse à elle-même à l'encontre de l'interprétation rationnelle de la Bible, lesquelles nous voulons brièvement repérer dans l'ordre des règles interprétatives énoncées plus haut et que nous voulons chercher à lever. *a) Objection :* en tant que révélation, la Bible doit être interprétée à partir d'elle-même et non par la raison ; car la source même de cette connaissance se trouve ailleurs que dans la raison. *Réponse :* c'est précisément parce que ce livre est accepté comme révélation divine, qu'elle ne doit pas seulement être interprétée de façon théorique, selon les principes des disciplines historiques (être en accord avec soi-même), mais de façon pratique, selon les concepts de la raison ; car qu'une révélation soit divine, cela ne peut jamais être reconnu à travers des indices que fournit l'expérience. Son caractère (du moins comme *conditio sine qua non*) est toujours l'accord avec ce que la raison présente comme convenant à Dieu. *b) Objection :* une théorie doit en tout cas toujours précéder le pratique, et puisque ces propositions théoriques, en tant que révélation, pourraient contenir des intentions de la divine volonté que nous ne pouvons percer à jour , mais qui pourraient nous obliger à les favoriser, la croyance en de telles propositions semble contenir en soi une obligation et le fait d'en douter, par conséquent, une faute. *Réponse :* on peut concéder cela quand il est question de la foi d'Église, pour laquelle on n'envisage pas d'autre pratique que

celle des usages prescrits, où ceux qui se réclament d'une Église ne demandent, pour donner leur adhésion, rien d'autre qu'une doctrine qui ne soit pas impossible ; en revanche, pour la foi religieuse, il est requis que l'on soit *convaincu de la vérité,* laquelle cependant ne peut être garantie par des statuts (attestant une origine divine), car qu'il en soit ainsi, cela ne devrait toujours à son tour être démontré que par l'histoire, qui n'est pas autorisée à se donner *elle-même* pour révélation divine. Par conséquent, pour celui qui se consacre VII, 47
tout entier à la moralité de la conduite, à l'agir, tenir pour vraies des doctrines historiques, même bibliques, n'est en soi moralement ni digne, ni indigne, et appartient aux « indifférents ». *c) Objection :* comment peut-on lancer à un mort spirituel : « Lève-toi et marche ! », si cet appel n'est pas accompagné en même temps par une puissance surnaturelle qui introduit en lui la vie ? *Réponse :* l'appel ne survient à l'homme que par sa propre raison, en tant qu'elle contient en elle-même le principe suprasensible de la vie morale. Par celui-ci, certes, peut-être l'homme ne saurait-il être éveillé immédiatement à la vie et à se lever de lui-même, mais il peut l'être cependant au désir et à la poursuite d'une bonne conduite (comme quelqu'un en qui les énergies simplement sont assoupies, mais ne sont pas pour autant éteintes), et c'est déjà là un agir qui ne suppose aucune influence extérieure et qui, poursuivi, peut produire la conduite visée. *d) Objection :* La croyance en une sorte de complément, inconnu de nous, *qui vient* combler l'insuffisance de notre propre justice, par conséquent la croyance *dans le bienfait* d'un autre est une cause admise sans raison *(petitio principii)* pour satisfaire le besoin que nous ressentons. Car ce que nous espérons de la grâce d'un supérieur, nous ne pouvons supposer, comme si c'était évident, que cela doit nous échoir, mais seulement si on nous l'a promis effectivement, et par conséquent seulement par l'acceptation d'une promesse précise qui nous a été donnée, comme par un contrat formel. Donc,

semble-t-il, nous ne pouvons espérer et supposer ce complément que dans la mesure où il nous a effectivement été promis par une *révélation* divine, et non au petit bonheur. *Réponse :* une révélation divine immédiate, à travers la consolante parole : « Tes péchés te sont pardonnés », serait une expérience suprasensible, qui est impossible. Mais elle n'est pas nécessaire même par rapport à ce qui (comme la religion) repose sur des fondements moraux rationnels et par là est certain *a priori,* du moins du point de vue pratique. D'un législateur sacré et bienveillant, on ne peut se représenter autrement les décrets à l'égard de créatures fragiles, mais qui s'efforcent de poursuivre de toutes leurs forces tout ce qu'elles reconnaissent comme leur devoir ; et même la foi rationnelle et la confiance en un tel complément, sans que puisse venir s'y ajouter un ferme engagement donné empiriquement, témoignent davantage de l'authenticité de la disposition morale et, par là, de la capacité de recevoir cette manifestation espérée de la grâce, que ne peut le faire une foi empirique.

*

VII, 48 Ainsi toutes les interprétations des Écritures, *pour autant qu'elles concernent la religion,* doivent se faire selon le principe de la moralité telle qu'elle est visée dans la révélation, et sans cela elles sont ou bien pratiquement vides, ou même des obstacles au Bien. Ce n'est même que dans ces conditions qu'elles sont véritablement *authentiques,* c'est-à-dire que le Dieu qui est en nous est lui-même l'interprète, parce que nous ne comprenons jamais que celui qui nous parle par l'intermédiaire de notre propre entendement et de notre propre raison, et que la divinité d'un enseignement *parvenu jusqu'à nous ne* peut donc être reconnue autrement que par des concepts de *notre* raison, en tant qu'ils sont purement moraux et par là infaillibles.

Remarque générale

DES SECTES RELIGIEUSES

Dans ce qui mérite d'être appelé proprement *religion,* il ne peut y avoir nulle diversité de sectes (car elle est une, universelle et nécessaire, par conséquent invariable), mais bien dans ce qui concerne la foi d'Église, qu'elle soit fondée simplement sur la Bible, ou aussi sur la tradition, en tant que la foi dans ce qui est seulement véhicule de la religion est tenue pour un article de celle-ci.

Ce serait un travail herculéen et en même temps non gratifiant, que d'énumérer simplement les sectes du *christianisme,* si l'on entend par là la foi *messianique;* car alors le christianisme est seulement une secte de celle-ci*, tant et si bien qu'on l'oppose au *judaïsme* au sens étroit (à l'ultime période de sa domination sans partage sur le peuple), là où on demande : «Es-tu celui qui doit venir, ou devons-nous attendre quelqu'un d'autre?», — et c'est même ainsi que le prirent VII, 49
initialement les Romains. Mais, entendu dans ce sens, le christianisme serait une certaine croyance populaire fondée sur des dogmes et les Écritures, dont on ne pourrait savoir si elle est exactement valable pour tous les hommes, c'est-à-dire la dernière foi révélée, à laquelle on devrait ensuite rester fidèle, ou bien si à l'avenir il n'y aurait pas d'autres statuts divins à attendre qui s'approcheraient encore davantage du but.

* C'est une particularité de l'usage linguistique des Allemands (ou de leur mauvais usage de la langue) que les adeptes de notre religion se nomment *christs;* tout comme s'il y avait plus d'un Christ et si chaque croyant était un Christ. Ils devraient se nommer *chrétiens.* Mais ce nom serait aussitôt considéré comme celui d'une secte de gens dont on peut dire beaucoup de mal (comme c'est le cas dans le *Peregrinus Proteus*[1]), — ce qui n'a pas lieu à l'égard des christs. Ainsi un recenseur réclamait, dans le *Journal savant* de Halle, que le nom de Jehovah soit prononcé *Jahwoh.* Mais cette modification semblerait désigner une simple divinité nationale, et non le Seigneur de l'univers.

Pour avoir donc un schéma précis de la division d'un dogme en sectes, nous ne pouvons pas partir de *data* empiriques, mais nous devons partir de différences qui se laissent penser *a priori* par la raison, pour reconnaître, dans l'échelle des différences dans les façons de penser en matière de foi, le degré où la diversité fonderait d'abord une différence de sectes.

En matière de foi, le principe de la division est, selon la façon de penser reçue : ou bien *religion,* ou bien *paganisme*[1] (qui sont opposés l'un à l'autre comme A et non-A). Ceux qui professent la première sont nommés habituellement *croyants,* ceux qui professent le deuxième *incroyants.* La religion est la croyance qui situe l'*essentiel* du culte de Dieu dans la moralité de l'homme ; le paganisme, la croyance qui ne le situe pas là, ou bien parce qu'il lui manque à vrai dire le concept d'un être surnaturel et moral *(ethnicismus brutus)* ou bien parce qu'il fait d'autre chose que la disposition à une existence moralement bien conduite, donc de ce qui est l'inessentiel de la religion, l'élément de la religion *(ethnicismus speciosus).*

Or des articles de foi qui en même temps doivent être pensés comme commandements divins sont ou bien simplement *statutaires,* par conséquent pour nous contingents et constituant des dogmes révélés, ou bien *moraux,* par conséquent liés à la conscience de leur nécessité et connaissables *a priori,* c'est-à-dire des préceptes rationnels de la foi. L'ensemble des premiers préceptes constitue la foi d'Église, mais l'ensemble des seconds la pure foi religieuse*.

Exiger l'universalité pour une foi d'Église *(catholicismus hierarchicus)* est une contradiction, parce qu'une universalité absolue présuppose une nécessité qui n'est atteinte que là où la raison elle-même fonde de façon suffisante les articles de foi,
VII, 50 où par conséquent ceux-ci ne sont pas de simples

* Cette division, que je ne présente pas comme précise et conforme à la façon usuelle de parler, peut avoir ici une validité provisoire.

statuts. Au contraire la pure foi religieuse prétend légitimement à une validité universelle *(catholicismus rationalis)*. Le sectarisme en matière de foi n'aura donc jamais lieu en cette dernière, et là où on le rencontre, il procède toujours d'un défaut de la foi d'Église : tenir ses statuts (même des révélations divines) pour des éléments essentiels de la religion, par conséquent substituer en matière de foi l'empirisme au rationalisme et ainsi faire passer le simplement contingent pour nécessaire en soi. Or, puisque dans des dogmes contingents il peut y avoir toutes sortes d'éléments qui se contredisent, tantôt des propositions, tantôt l'interprétation de propositions, il est aisé d'apercevoir que la simple foi d'Église, sans être corrigée par la pure foi religieuse, sera une riche source d'une multiplicité à l'infini de sectes dans les questions de foi.

Pour indiquer avec précision en quoi consiste cette correction, la pierre de touche la plus appropriée à l'usage me semble être la proposition : toute foi d'Église, en tant qu'elle fait passer des dogmes simplement statutaires pour des dogmes religieux essentiels, a une certaine dimension de *paganisme;* car celui-ci consiste à faire passer l'extérieur (l'inessentiel) de la religion pour essentiel. Cette dimension peut graduellement aller jusqu'au point où la religion tout entière, à faire passer des usages pour des lois, se change en une simple foi d'Église, et par suite devient un véritable paganisme*, — appellation insultante contre laquelle il ne sert à rien de dire que ces dogmes sont pourtant des révélations divines ; car ce qui fait appliquer à juste titre le terme de

* *Paganisme*[1] *(Paganismus)* est, d'après le sens littéral, la superstition religieuse du peuple vivant dans les forêts, c'est-à-dire d'une foule dont la foi religieuse est encore sans aucune constitution ecclésiastique, par conséquent sans loi publique. Toutefois les juifs, les mahométans et les hindous tiennent pour n'étant pas une loi ce qui n'est pas la leur, et désignent d'autres peuples qui n'ont pas exactement les mêmes observances cléricales par un terme de réprobation (goj, dschaur, etc.), à savoir celui d'«infidèles».

paganisme à une telle foi, ce ne sont pas ces dogmes statutaires et les obligations d'Église elles-mêmes, mais la valeur absolue qui leur est attribuée (d'être non seulement, pour ainsi dire, véhicule, mais élément même de la religion, bien qu'ils ne comportent aucun contenu moral intérieur, et qu'ils ne soient donc pas la matière de la révélation, mais au contraire la forme de sa réception dans la disposition pratique d'un peuple). Le pouvoir ecclésiastique de béatifier ou de damner d'après une telle croyance serait nommé le clergé, — appellation honorifique dont certains protestants qui se l'attribuent ne doivent pas être privés, s'ils sont attentifs à situer l'essentiel de leur croyance dans la foi à des préceptes et à des observances dont la raison ne leur dit rien, et que
VII, 51 l'homme le plus mauvais, le plus indigne est, au même degré que le meilleur, apte à professer et à observer, — et cela si grand que soit même le supplément de vertus qu'ils veuillent jamais y ajouter, comme procédant du merveilleux pouvoir de ces préceptes.

À partir du point, donc, où la foi d'Église commence à parler pour elle-même avec autorité, sans veiller à sa rectification par la pure *foi religieuse,* apparaît aussi le sectarisme ; car dans la mesure où celle-ci (en tant que foi rationnelle pratique) ne peut perdre sur l'âme humaine son influence, qui est liée à la conscience de la liberté, tandis que la foi d'Église exerce une violence sur les consciences, chacun cherche à introduire dans la foi d'Église, ou à en retirer, quelque chose qui va dans le sens de son opinion propre.

Cette violence provoque ou bien un simple retrait de l'Église *(séparatisme)*, c'est-à-dire l'abstention à l'égard de tout commerce public avec elle ; ou bien un schisme public de ceux qui font dissidence en ce qui concerne la forme ecclésiastique, bien que pour la matière ils se réclament de la même *(schismatiques)*; ou bien l'association des dissidents à l'égard de certains dogmes, dans des sociétés particulières, pas toujours secrètes, mais qui pourtant n'ont pas la sanction de l'État *(sectaires)*, dont quelques-unes vont encore chercher dans le même trésor des dogmes secrets, particuliers, ne concernant pas le grand public (soit, en quelque sorte : des *clubistes de la piété*) ; enfin, aussi, de faux pacificateurs qui, par la fusion de différentes sortes de croyance, pensent contenter tout le monde *(syncrétistes)*, — lesquels sont par suite pire encore que des sectaires, parce que c'est généralement de l'indifférence à l'égard de la religion qui se trouve au fondement de leur attitude, et parce que, dans la mesure où finalement une foi d'Église doit pourtant être présente dans le peuple, l'une serait aussi bonne que l'autre, pourvu qu'elle se laisse bien tenir en main par le gouvernement en vue de ses propres fins ; principe qui, dans la bouche du dirigeant en tant que tel, est certes tout à fait juste, et même sage, mais qui, dans le jugement du sujet lui-même qui a à apprécier cette affaire à partir de son propre intérêt, c'est-à-dire de son intérêt moral, trahirait le mépris le plus extrême de la religion ; en effet ce qu'il en est du véhicule lui-même de la religion que quelqu'un accepte dans sa foi d'Église n'est nullement pour la religion une question indifférente.

En ce qui concerne le sectarisme (qui va même jusqu'à culminer dans la diversification des Égli- VII, 52
ses, comme cela s'est produit chez les protestants), on a certes l'habitude de dire : il est bon qu'il y ait beaucoup de sortes de religions (proprement, de sortes de croyances d'Église) dans un État, et c'est même juste, en tant que c'est un bon signe que la liberté de croyance a été laissée au peuple ; mais ce n'est là, à vrai dire, qu'un éloge du gouvernement. En revanche, *en soi,* une telle situation publique de la religion n'est pourtant pas bonne, puisque le principe en est tel qu'il ne comporte pas, comme le requiert cependant le concept d'une religion, universalité et unité des maximes essentielles de la foi et qu'il n'en distingue pas le conflit qui provient de l'inessentiel. La différence existant entre les opinions, à propos de la plus ou moins grande convenance ou

disconvenance du véhicule de la religion avec celle-ci comme fin suprême (savoir : améliorer moralement les hommes) peut ainsi, tout au plus, produire une diversité des sectes ecclésiastiques, mais ne doit pas pour autant produire une diversité des sectes religieuses, laquelle est directement contraire à l'unité et à l'universalité de la religion (donc de l'Église invisible). Des catholiques et des protestants éclairés pourront donc se considérer réciproquement comme des frères en matière de religion, sans pourtant se confondre, attendant les uns comme les autres (et travaillant à ce but) que le temps, sous la protection du gouvernement, rapproche peu à peu les aspects formels de la foi (qui alors, certes, ne doit pas être une croyance dans le fait de se rendre favorable ou de se concilier Dieu par quelque autre moyen que par une pure disposition morale) de la dignité de son but, savoir : de la religion elle-même. Même pour ce qui est des juifs, cela est possible, sans rêver d'une conversion générale des juifs* (au christianisme comme foi messianique), si parmi eux, comme c'est le cas actuellement, des concepts rectifiés de la religion apparaissent et rejettent le vêtement de l'ancien culte désormais inutile, fai-
VII, 53 sant même plutôt obstacle à toute véritable disposition religieuse. Or, puisqu'ils ont eu si longtemps *le vêtement sans l'homme* (l'Église sans la religion), mais que toutefois *l'homme sans le vêtement* (la religion sans Église) n'est pas non plus bien

* Moses Mendelssohn[1] écarta cette prétention d'une façon qui fait honneur à son *intelligence* (par une *argumentatio ad hominem*). Aussi longtemps, dit-il, que Dieu, du mont Sinaï, n'abroge pas notre Loi tout aussi solennellement qu'il nous l'a donnée (parmi le tonnerre et les éclairs), c'est-à-dire jusqu'à un jour qui n'arrivera jamais, nous sommes liés à cette Loi ; ce par quoi, vraisemblablement, il voulait dire : «Chrétiens, faites d'abord disparaître le judaïsme de *votre* propre foi ; alors nous abandonnerons aussi le nôtre.» Mais que par cette rude exigence il détruise chez ses propres coreligionnaires l'espoir du moindre allègement des fardeaux qui les oppriment (quoique vraisemblablement il n'en tînt certes que le plus petit nombre pour essentiels à sa foi), et savoir si cela fait honneur à sa bonne *volonté*, que ceux-ci en décident eux-mêmes.

protégé, et puisqu'ils ont donc besoin de certains aspects formels d'une Église qui, dans leur situation actuelle serait la plus appropriée possible au but final, on peut non seulement tenir pour très heureuse l'idée d'un très bon esprit de cette nation, Bendavid[1], d'accepter publiquement la religion de Jésus (sans doute avec son véhicule, l'Évangile), mais on peut même tenir cette idée pour l'unique proposition dont la mise en œuvre ferait bientôt remarquer ce peuple, même sans qu'il se mêle à d'autres dans les questions religieuses, comme un peuple instruit, bien policé et capable de tous les droits de l'état civil, dont la foi pourrait même recevoir la sanction du gouvernement ; pour cela, certes, devrait lui être laissée la liberté d'interpréter les Écritures (la *Thora* et l'*Évangile*), afin de distinguer la façon dont Jésus parlait en tant que Juif à des Juifs, de la façon dont il parlait en tant que maître moral aux hommes en général. L'euthanasie du judaïsme est la pure religion morale, avec l'abandon de tous les anciens dogmes, dont quelques-uns doivent pourtant encore demeurer conservés dans le christianisme (comme foi messianique) ; différence de sectes qui doit bien pourtant disparaître enfin, si bien que ce que l'on désigne comme l'issue du grand drame du devenir religieux sur terre (le retour de toutes choses) s'accomplisse du moins en esprit, puisqu'il n'existera qu'un seul berger et un seul troupeau[2].

★

Mais si l'on demande non pas seulement ce qu'est le christianisme, mais comment doit s'y prendre le maître de celui-ci pour qu'un tel christianisme se rencontre effectivement dans le cœur des hommes (ce qui ne fait qu'un avec la tâche suivante : que faire pour que la foi religieuse rende en même temps les hommes meilleurs ?), le but est certes unique et ne peut donner naissance à aucune différence de sectes, mais le choix des moyens en vue de ce même but peut pourtant

produire cette différence, parce que pour un seul et même effet on peut concevoir plus d'*une* cause ; et par conséquent, en ce sens, ce choix peut créer une diversité et un conflit des opinions sur la question de savoir si ceci ou cela est approprié au but et divin, donc une rupture sur les principes
VII, 54 qui concernent même l'essentiel (au sens subjectif) de la religion en général[1].

Puisque les moyens destinés à cette fin ne peuvent être empiriques — parce que les moyens empiriques agissent bien, certes, sur l'acte, mais non sur la disposition d'esprit —, la question posée ci-dessus doit, pour qui considère tout élément *suprasensible* en même temps comme *surnaturel,* se changer en celle-ci : comment la régénération (comme conséquence de la conversion par quoi quelqu'un devient un autre homme, un nouvel homme) est-elle possible par une influence divine immédiate, et que doit faire l'homme pour parvenir jusqu'à elle ? J'affirme que, sans consulter l'histoire (laquelle peut certes aider à se représenter des opinions, mais non pas leur nécessité), on peut prévoir *a priori* une inévitable différence de sectes que ce problème seul provoque, chez ceux pour qui c'est une chose insignifiante que d'en appeler, pour un effet naturel, à des causes surnaturelles, et, qui plus est, j'affirme que cette division est même la seule qui autorise à donner une appellation à deux sectes religieuses différentes ; car les autres, que l'on appelle ainsi par erreur, sont seulement des sectes d'Église et ne concernent pas l'élément intrinsèque de la religion. Mais tout problème se compose premièrement de sa *question,* deuxièmement de la *solution* et troisièmement de la *preuve* que ce qui est réclamé est accompli par elle. Donc :

1. Le problème (que le probe Spener[2] proposait avec flamme à tous les docteurs de l'Église) est celui-ci : la prédication religieuse doit avoir pour but de faire de nous d'*autres* hommes, et non pas seulement des hommes meilleurs (exactement comme si nous étions déjà bons, mais avions seulement été négligés quant au degré). Cela fut

objecté aux *orthodoxes* (un nom qui n'est pas mal conçu) qui, dans la foi à la pure doctrine de la Révélation et aux observances prescrites par l'Église (la prière, le fait d'aller à l'Église et les sacrements), en plus d'une conduite honorable (certes mêlée de transgressions, mais qui peut toujours être réparée par ces moyens), voyaient le moyen de devenir agréables à Dieu. Le problème est ainsi tout entier fondé dans la raison.

2. La solution, en revanche, a pris entièrement une tournure *mystique,* comme on pouvait l'attendre du supranaturalisme au niveau des principes de la religion, qui — parce que l'homme est par nature mort dans les péchés — ne laisse espérer aucune amélioration par ses propres forces, pas même grâce à l'originelle et inaltérable disposition morale inscrite dans sa nature, laquelle, bien que suprasensible, est pourtant nommée *chair,* pour cette raison que son action n'est pas en même temps *surnaturelle,* auquel cas la cause immédiate VII, 55
en serait seulement l'esprit (de Dieu). Or la solution mystique de ce problème divise les croyants en deux sectes à propos du *sentiment* des influences surnaturelles : l'une où le sentiment doit être comme d'une espèce qui *brise le cœur* (produisant la *contrition*), l'autre d'une espèce qui *fait fondre le cœur* (se résolvant dans la bienheureuse communion avec Dieu), si bien que la solution du problème (d'hommes méchants, en faire de bons) part de deux points de vue différents «où la volonté certes est bonne, mais la mise en œuvre déficiente». Dans l'une de ces sectes, il importe en effet seulement de se *libérer* en soi de la domination du mal, et sur cette base le bon principe apparaîtrait de lui-même ; dans l'autre, il faut accueillir le bon principe dans ses dispositions, et sur cette base, par l'intermédiaire d'une influence surnaturelle, le mal ne trouverait plus pour lui de place et le bien seul régnerait.

L'idée d'une métamorphose morale de l'homme, mais possible seulement grâce à une influence surnaturelle, peut bien avoir depuis longtemps retenti dans les cerveaux des croyants : c'est pourtant avant tout à l'époque la plus récente qu'on en a discuté et qu'elle a produit la différenciation, dans la doctrine de la conversion, entre la secte de *Francke-Spener*[1] et la secte *morave* de *Zinzendorf*[2] (piétisme et moravianisme).

Selon la *première* hypothèse, la scission du bien et du mal (dont la nature humaine est l'amalgame) provient d'une opération surnaturelle, la contrition et la brisure du cœur dans la *pénitence* comme affliction *(maeror animi)* confinant de très près au désespoir, mais n'étant cependant accessibles, au degré nécessaire, que grâce à l'influence d'un esprit céleste que l'homme devrait implorer en lui-même en s'affligeant lui-même de ne pas assez s'affliger (donc de ce que le chagrin ne puisse vraiment lui venir entièrement du cœur). Or cette «descente aux enfers de la connaissance de soi ouvre», comme le dit le défunt Hamann, «le chemin de la divinisation». En effet, une fois que ce feu de la pénitence a atteint son point culminant, la *brèche* s'éclaterait, et le régule des *régénérés* brillerait sous les scories qui, tout en l'entourant, n'entament pas sa pureté, capable de servir, par une bonne conduite, d'une façon qui agrée à Dieu. Cette radicale transformation commence donc par un *miracle* et s'achève avec ce que d'ordinaire l'on considère habituellement comme *naturel* parce que prescrit par la raison, savoir : la conduite moralement bonne. Mais parce qu'on ne peut cepen-
VII, 56 dant, même à travers l'essor suprême d'une imagination disposée au mysticisme, décharger l'homme de toute initiative sans en faire entièrement une *machine*, la *prière* continuelle et fervente est ce qu'il lui incombe encore de faire (pour autant qu'on veuille lui accorder la valeur générale d'un *faire*), et ce dont seulement il peut se promettre cet effet surnaturel ; pourtant surgit tout de même en cela le scrupule que la prière ne peut, comme on dit, être entendue que dans la mesure où elle s'effectue dans la foi : or celle-ci est elle-même un effet de la grâce, c'est-à-dire quelque chose à quoi l'homme ne peut parvenir par ses propres forces ; donc il est, avec ses moyens d'obtenir la grâce, enfermé

dans un cercle, et à la fin il ne sait pas vraiment comment il doit s'y prendre.

Suivant l'opinion de la *deuxième* secte, le premier pas que l'homme fait vers le mieux en devenant conscient de sa nature pécheresse, s'effectue, tout naturellement, par la *raison* qui, en lui présentant dans la loi morale le miroir où il aperçoit ce qui en lui peut être réprouvé, se sert de la disposition morale au bien pour le conduire à la décision de la prendre désormais pour sa maxime ; la mise en œuvre de cette résolution, en revanche, est un *miracle.* Car il se détourne du drapeau de l'esprit du mal et se rallie à celui de l'esprit du bien, ce qui est chose facile. Mais alors persévérer dans le bien, ne pas à nouveau retomber dans le mal, avancer bien plutôt toujours davantage dans le bien, c'est là ce dont il est incapable de façon naturelle, et ce pour quoi n'est au contraire requis rien de moins qu'un sentiment d'une communion surnaturelle et même la conscience d'une relation continue avec un esprit céleste ; dans ce cas, entre lui et ce dernier, d'un côté ne sauraient faire défaut, assurément, les reproches, de l'autre les demandes de pardon, — cela pourtant sans qu'une rupture ou une rechute (hors de la grâce) soit à craindre, pourvu que l'homme ait le souci de cultiver de façon ininterrompue cette relation qui est elle-même une prière continue.

Ici, c'est donc une double théorie mystique du sentiment qui est proposée comme clé du problème de devenir un homme nouveau, où ce n'est pas de l'*objet* et du but de toute religion (la conduite agréable à Dieu, car sur ce point les deux partis sont d'accord) qu'il s'agit, mais des conditions *subjectives* sous lesquelles seulement nous possédons la force de mettre en œuvre en nous cette théorie ; d'où il résulte qu'il ne peut être ensuite question de *vertu* (qui serait un mot vide de sens), mais seulement de *grâce,* parce que les deux partis conviennent que cela ne peut se passer VII, 57
naturellement, mais se séparent de nouveau l'un de l'autre en ceci que l'un doit livrer le *redoutable*

combat avec l'esprit du mal, pour se soustraire à sa domination, alors que l'autre ne trouve pas vraiment cela nécessaire, et même le condamne comme de la fausse dévotion, mais conclut à l'opposé une alliance avec l'esprit du bien, parce que l'alliance précédente avec l'esprit du mal (comme *pactum turpe*) ne peut à vrai dire provoquer contre elle nulle protestation ; alors qu'ensuite la régénération comme révolution surnaturelle et radicale se produisant une fois pour toutes pourrait bien, même de manière extérieure, faire reconnaître une différence de sectes, en raison de la façon dont les sentiments des deux partis sont si fortement opposés l'un à l'autre*.

3. La *preuve* que, si s'est accompli ce qui a été demandé en 2, le problème 1 sera par là résolu. Cette preuve est impossible. Car l'homme devrait prouver qu'en lui une expérience surnaturelle, qui en soi-même est une contradiction, s'est produite. Tout au plus pourrait-on admettre que l'homme aurait fait en lui une expérience (par exemple de déterminations nouvelles et meilleures de son vouloir) d'une transformation qu'il ne sait pas s'expliquer autrement que par un miracle, donc de quelque chose de surnaturel. Mais une expérience dont il ne peut même jamais se convaincre

* Quelle physionomie nationale pourrait bien avoir un peuple entier qui (si cela était possible) aurait été éduqué dans une de ces sectes ? Car qu'un tel peuple se repérerait, c'est certainement indubitable : en effet des impressions sur l'esprit, souvent répétées, particulièrement quand elles sont contre nature, se manifestent dans le comportement et dans la façon de parler, et des airs qu'on se donne deviennent finalement des traits fixes du visage. Des visages *béats* ou, comme les nomme M. Nicolaï[1], *bénis* le différencieraient d'autres peuples policés et éveillés (non pas précisément à son avantage) ; car c'est la marque de la piété telle qu'on la caricature. Mais ce n'est pas le mépris de la piété qui a fait du nom des *piétistes* la dénomination d'une secte (à laquelle est toujours associé un certain mépris) : c'est plutôt la prétention délirante et fière, avec toutes les apparences de l'humilité, de se distinguer comme les enfants surnaturellement favorisés du ciel, bien que leur conduite, autant qu'on puisse en voir, ne manifeste pas la moindre supériorité, en matière de moralité, sur celle de ceux qu'ils nomment les enfants du monde.

que c'est effectivement une expérience, parce que (comme surnaturelle) elle ne peut être référée à aucune règle appartenant à la nature de notre entendement et par là être vérifiée, est une interprétation de certaines impressions dont on ne sait ce que l'on doit faire, dont on ne sait si, comme VII, 58 appartenant à la connnaissance, ils peuvent avoir un objet réel, ou être de purs songes. Vouloir *sentir* l'influence immédiate de la divinité comme telle, c'est, parce que l'*Idée* de cette divinité se trouve seulement dans la raison, une prétention qui se contredit elle-même. Donc il y a là un problème, y compris sa solution, sans la moindre preuve possible ; à partir duquel en outre on ne peut jamais rien construire de raisonnable.

Il importe donc encore de chercher si la Bible ne contient pas aussi un autre principe pour la solution de ce problème spénérien que les deux, caractéristiques de sectes, qui ont été évoqués, — principe qui pourrait remplacer la stérilité du principe ecclésiastique de la simple orthodoxie. En fait, non seulement il saute aux yeux qu'un tel principe peut être rencontré dans la Bible, mais il est même persuasivement certain que c'est uniquement par ce principe et le christianisme contenu en lui que ce livre a pu obtenir sa sphère d'action si largement étendue et son influence durable sur le monde, un effet que nulle doctrine de la révélation (comme telle), nulle foi en des miracles, nulle voix unanime de multiples adeptes n'auraient jamais produit, parce que cet effet n'aurait pas été puisé dans l'âme de l'homme même et lui serait donc resté nécessairement étranger.

En effet il est quelque chose en nous que nous ne pouvons jamais cesser d'admirer une fois que nous l'avons aperçu, et c'est en même temps ce qui élève l'*humanité,* en idée, à une dignité qu'on ne soupçonnerait pas en l'homme comme objet de l'expérience. Que nous soyons des êtres soumis aux lois morales et déterminés par notre raison à les observer, même en faisant le sacrifice de tous les agréments de la vie qui s'opposent à elles, de

cela on ne s'étonne pas, parce qu'il est objectivement dans l'ordre naturel des choses comme objets de la raison pure d'obéir à ces lois, cela sans qu'une seule fois il vienne à l'idée du bon sens commun de se demander d'où ces lois peuvent bien venir, pour peut-être, jusqu'à ce que nous en connaissions l'origine, ajourner l'obéissance à leur égard, ou même douter de leur vérité. Mais que nous ayons en outre le *pouvoir* d'offrir à la morale, avec notre nature sensible, de si grands sacrifices, que nous soyons aussi *capables* de ce dont nous concevons tout à fait aisément et clairement que nous le *devons,* — cette suprématie de l'homme *suprasensible* en nous sur le *sensible,* de celui face auquel ce dernier (s'il se produit un conflit) n'est *rien,* quoique celui-ci à ses propres yeux soit *tout* —, cette disposition morale en nous,
VII, 59 inséparable de l'humanité, est un objet de la plus haute admiration, laquelle s'élève toujours plus haut à mesure qu'on considère plus longuement cet idéal véritable (non inventé de toutes pièces) : tant et si bien que sont certes excusables ceux qui, égarés par l'inconcevabilité de celui-ci, prennent ce *suprasensible* en nous, parce qu'il est pourtant pratique, pour du *surnaturel,* c'est-à-dire pour quelque chose qui n'est pas du tout en notre pouvoir et ne nous appartient pas en propre, mais le tiennent bien plutôt pour l'influence d'un esprit autre et plus élevé[1] ; en quoi ils se trompent fortement, parce que alors l'effet de ce pouvoir ne serait pas notre action, par conséquent ne pourrait nous être imputé, et le pouvoir n'en serait donc pas le nôtre. Or l'utilisation de l'idée de ce pouvoir qui nous habite d'une façon inconcevable et son inscription dans les cœurs dès la prime jeunesse et ultérieurement dans l'exposé public, contient l'authentique solution de ce problème (de l'homme nouveau), et même la Bible ne semble pas avoir eu autre chose en vue, c'est-à-dire ne pas faire allusion à des expériences surnaturelles et à des sentiments extatiques qui devraient produire cette révolution à la place de la raison ; mais au contraire à l'esprit du Christ, pour le faire

devenir nôtre (comme il le montra lui-même dans son enseignement et à travers son exemple), ou plutôt, puisqu'il est déjà en nous avec la disposition morale originelle, pour lui procurer de la place. Et ainsi, entre l'*orthodoxisme* sans âme et le *mysticisme* qui tue la raison, il y a la doctrine biblique de la foi, telle qu'elle peut, à partir de nous-mêmes, être développée par le moyen de la raison, vraie doctrine religieuse fondée sur le *criticisme* de la raison pratique, agissant avec une force divine sur les cœurs de tous les hommes pour fondamentalement les rendre meilleurs et les réunir dans une Église universelle (quoique invisible).

*

Mais ce qui importe proprement dans cette remarque, c'est la réponse à la question de savoir si le gouvernement peut bien faire accorder à une secte dont la foi est celle du sentiment la sanction d'une Église ; ou s'il peut certes admettre et protéger une telle secte, mais non pas l'honorer de cette prérogative, sans agir à l'encontre de son propre dessein.

Si l'on peut accorder (comme on peut effectivement le faire avec raison) que ce n'est aucunement l'affaire du gouvernement de se soucier de la félicité future de ses sujets et de leur en indiquer le chemin (car cela, il doit bien l'abandonner à leurs soins propres, étant donné, de plus, que le prince lui-même a habituellement acquis sa propre religion du peuple et de ses maîtres), son dessein ne peut être que d'avoir aussi par ce moyen (la foi d'Église) des sujets obéissants et moralement bons. VII, 60

À cette fin, il ne donnera sa sanction, *premièrement,* à aucun *naturalisme* (foi d'Église sans Bible), parce que en celui-ci il n'y aurait nulle forme ecclésiastique soumise à l'influence du gouvernement, ce qui contredit l'hypothèse. L'orthodoxie biblique serait donc ce à quoi il obligerait les maîtres publics du peuple, orthodoxie par rapport à laquelle ceux-ci seraient à leur tour soumis au jugement des facultés, que ce point concerne, vu que sans cela se formerait un *cléricalisme,* c'est-à-dire une domination des ouvriers de la foi d'Église, pour gouverner le peuple conformément à leurs desseins. Mais l'*orthodoxisme,* c'est-à-dire la thèse que la croyance d'Église suffit pour la religion, il ne saurait l'entériner de son autorité : car celui-ci tient pour secondaires les principes naturels de la moralité, alors qu'elle est bien plutôt le principal support sur lequel le gouvernement doit pouvoir compter s'il veut placer sa confiance dans son peuple*. Enfin le *mysticisme,* en tant qu'opinion du peuple selon laquelle on peut soi-même avoir part à une inspiration surnaturelle, c'est lui qu'il peut le moins élever au rang d'une foi publique d'Église, parce que en absolument rien il n'est public, et il se soustrait entièrement à l'influence du gouvernement.

* Ce qui seul peut intéresser l'État dans les questions religieuses, c'est ce à quoi les docteurs de celles-ci doivent être tenus, pour qu'il ait d'utiles citoyens, de bons soldats et, en général, des sujets fidèles. Or si pour cela il choisit l'insistance sur l'orthodoxie en matière de dogmes statutaires et de tels moyens de grâce, il peut fortement s'en mal porter. Car dans la mesure où l'acceptation de ces statuts est une chose aisée et de beaucoup plus facile à l'homme le plus mal pensant qu'à l'homme de bien, alors qu'en revanche l'amélioration morale de l'état d'esprit requiert un grand et long effort, mais qu'on lui a appris à espérer sa félicité principalement de la première démarche, il ne doit pas hésiter vraiment beaucoup à transgresser son devoir (il est vrai, avec prudence), parce qu'il a en main un moyen infaillible de se soustraire à la justice et à la punition divines (à cela près qu'il ne doit pas s'y prendre avec retard) par la correction de sa foi dans tous les mystères et l'incessant usage des moyens de grâce ; au contraire, si cet enseignement de l'Église était directement dirigé vers la moralité, le jugement de sa conscience aurait une tout autre tonalité : pour tout ce qu'il ne peut réparer du mal qu'il fait, il devrait répondre devant un juge futur, et écarter ce destin, aucun moyen de l'Église, aucune foi surgie de la peur, ni telle prière *(desine fata deum flecti sperare precando)* n'en auraient le pouvoir. De quelle foi l'État obtient-il le plus de sécurité?

CONCLUSION DE LA PAIX
ET CESSATION DU CONFLIT DES FACULTÉS VII, 61

Dans des conflits qui concernent seulement la raison pure, mais pratique, la faculté de philosophie a incontestablement le privilège d'en faire le rapport et, pour ce qui touche à la dimension formelle, d'*instruire* le procès ; mais quant à la dimension matérielle, c'est la faculté de théologie qui est en droit d'occuper le siège qui manifeste la prééminence, non pas parce qu'elle peut prétendre à plus de pénétration que les autres dans les choses de la raison, mais parce que c'est de l'affaire la plus importante pour l'humanité qu'il s'agit ; et c'est pourquoi elle porte le titre de faculté *supérieure* (seulement, cependant, comme *prima inter pares*). Mais elle ne parle pas selon les lois de la pure religion rationnelle, connaissable *a priori* (car alors elle s'abaisserait et descendrait sur le banc philosophique), mais conformément à des prescriptions religieuses *statutaires,* contenues dans un livre, nommé de préférence *Bible,* c'est-à-dire dans un code de la révélation d'une ancienne et nouvelle alliance des hommes avec Dieu, conclue il y a de nombreux siècles, dont l'authenticité comme foi historique (et non pas précisément morale, laquelle en effet pourrait aussi être tirée de la philosophie) peut être attendue davantage de l'effet que la lecture de la Bible peut produire sur le cœur des hommes, que des preuves établies par un examen critique des doctrines et des récits contenus en elle, elle dont l'interprétation n'est pas non plus laissée à la raison naturelle des laïcs, mais seulement à la sagacité des docteurs de la loi*.

* Concernant ce point (la lecture de la Bible), il y a plus de conséquence dans le système catholique romain de foi d'Église que dans le système protestant. Le prédicateur réformé La Coste[1] dit à ses coreligionaires : «Puisez la parole divine à la source même (la Bible) où vous pouvez alors la recueillir plus vive et non faussée ; mais vous ne devez certes trouver dans la Bible rien d'autre que ce que nous y trouvons. Eh bien, chers

VII, 62 La foi biblique eſt une foi hiſtorique *messianique*, au fondement de laquelle il y a un livre de l'alliance de Dieu avec Abraham, et elle consiſte en une foi d'Église d'un messianisme moïséen et d'un messianisme évangélique, qui raconte l'origine et le deſtin du peuple de Dieu d'une façon si complète que, débutant par ce qui dans l'histoire du monde en général eſt l'élément premier et dont nul homme ne fut témoin, à savoir le commencement du monde (dans la Genèse), elle poursuit jusqu'à la fin de toutes choses (dans l'Apocalypse), — ce qui certes ne peut être attendu de personne d'autre que d'un auteur divinement inspiré — ; pourtant à cet égard se présente une sérieuse cabale de nombres à propos des époques les plus importantes de la sainte chronologie, ce qui pourrait affaiblir quelque peu la croyance dans l'authenticité de ce *récit hiſtorique* de la Bible*.

amis, dites-nous plutôt ce que vous trouvez dans la Bible, afin que nous n'y fassions pas nous-mêmes des recherches inutiles, et qu'à la fin ce que nous pensions avoir trouvé ne soit pas déclaré par vous en être une interprétation inexacte. » Aussi l'Église catholique, dans la phrase : « Hors de l'Église (catholique), il n'eſt pas de salut », parle-t-elle de façon plus conséquente que l'Église proteſtante quand celle-ci dit que, même comme catholique, on peut accéder à la béatitude. Car s'il en eſt ainsi (dit Bossuet), alors le choix le plus sûr eſt de se rallier à la première. En effet aucune homme ne peut en tout cas désirer être plus bienheureux que bienheureux.

* 70 mois apocalyptiques (dont 4 sont contenus dans ce cycle), chacun de 29 années 1/2, donnent 2065 ans. Dont on retire chaque 49ᵉ année, c'eſt-à-dire la grande année de repos (dont 42 sont comprises dans cette période) : reſte exactement 2023 comme l'année où Abraham a quitté le pays de Canaan, que Dieu lui avait offert, pour l'Égypte. De là jusqu'à l'occupation de ce pays par les enfants d'Israël, 70 semaines apocalyptiques (= 490 ans) et ainsi, en multipliant par 4 de telles semaines-années (= 1960) et en ajoutant 2023, on obtient, selon le calcul de P. Petau[1], l'année de la naissance du Chriſt (= 3983) si exactement que pas même une année n'y manque. 70 ans après, la deſtruction de Jérusalem (encore une époque mystique). Mais Bengel[2], *in ordine temporum*, p. 9, *Ibid.*, p. 218 et suiv., propose 3939 comme année de la mort du Chriſt. En fait, cela ne change rien à la sainteté du *numerus septenarius*. Car le nombre des années depuis l'appel de Dieu à Abraham jusqu'à la naissance du Chriſt, eſt de 1960, ce qui comporte 4 périodes

Un code de la volonté divine *statutaire*, tiré non VII, 63
pas de la raison humaine, mais pourtant parfaitement en accord avec elle, comme raison moralement pratique, quant au but final (provenant par conséquent d'une révélation), la Bible, serait donc l'organe le plus efficace pour guider l'homme et le citoyen vers le bonheur temporel et éternel, si seulement elle pouvait être accréditée comme parole de Dieu et si son authenticité pouvait faire l'objet de documents. Mais à cet état de choses s'opposent beaucoup de difficultés.

Car si Dieu parlait vraiment à l'homme, celui-ci cependant ne pourrait jamais savoir que c'est Dieu qui lui parle. Il est absolument impossible que l'homme puisse saisir par ses sens l'infini, le différencier des êtres sensibles et par là le reconnaître. Mais que ce puisse *ne pas* être Dieu, dont il croit entendre la voix, il peut s'en persuader fort bien dans quelques cas ; car si ce qui lui est proposé par l'intermédiaire de cette voix, est

apocalyptiques, de 490 ans chacune, ou encore 40 périodes apocalyptiques, chacune de 7 fois 7 = 49 années. Or si l'on retire de chaque quarante-neuvième la *grande* année de repos et de chaque *plus grande* année de repos, qui est la 490e, une année (en tout 44), il reste exactement 3939. Donc les années 3983 et 3939, comme années diverses attribuées à la mort du Christ, ne diffèrent que dans la mesure où la dernière survient quand, dans le temps de la première, ce qui appartient au temps des quatre grandes époques, est diminué du nombre des années de repos. Selon Bengel, le tableau de l'histoire sainte apparaîtrait ainsi :

2023 : Promesse à Abraham de posséder le pays de Canaan ;
2502 : Prise de possession de celui-ci ;
2981 : Consécration du premier temple ;
3460 : Ordre donné pour l'édification du deuxième temple ;
3939 : Naissance du Christ.

L'année du déluge se peut aussi calculer ainsi *a priori*. En effet 4 époques de 490 ans (= 70 × 7) font 1960. De cela on retire chaque 7e année (= 280), restent 1680. De cette année 1680, on retire chaque 70e année qui y est contenue (= 24), reste 1656 comme année du déluge. De plus, de cette année à l'appel divin lancé à Abraham, il y a 366 années entières, dont une est bissextile.

Que doit-on dire de tout cela ? Les nombres sacrés ont-ils déterminé le cours du monde ? Le *Cyclus iobilaeus* de Frank[1] tourne de la même manière autour de ce point central de la chronologie mystique.

contraire à la loi morale, le phénomène peut bien lui sembler aussi majestueux que possible et dépassant la nature tout entière : il lui faut pourtant le tenir pour une illusion*.

Or l'authentification de la Bible comme une foi évangélique messianique servant de norme pour l'enseignement et l'exemple, ne peut être considérée comme procédant du divin savoir de son auteur (car c'était en tout cas un homme : exposé à la possibilité de l'erreur), mais doit être tirée de l'effet de son contenu sur la moralité du peuple par l'intermédiaire de maîtres issus de ce peuple même, pour leur part *idiots* (dans les questions scientifiques) : par conséquent elle doit être tirée de la pure source de la religion rationnelle universelle, présente en tout homme quel qu'il soit, religion qui précisément grâce à cette simplicité
VII, 64 devait avoir sur les cœurs de ce peuple la plus large et la plus puissante influence. La Bible en était le véhicule au moyen de certaines prescriptions statutaires qui donnaient à la pratique de la religion dans la société civile une forme, comme à une administration, et l'authenticité de ce code comme divin (comme ensemble de tous nos devoirs en tant que commandements divins) s'atteste donc et s'établit elle-même, en ce qui concerne son esprit (la dimension morale) ; mais pour ce qui en regarde la lettre (la dimension statutaire), les préceptes contenus dans ce livre n'ont pas besoin de légitimation, parce qu'ils n'appartiennent pas à ce qu'il y a en lui d'essentiel *(principale)*, mais seulement à l'accidentel *(accessorium)*. Mais fonder l'origine de ce livre sur l'inspiration de son auteur *(deus ex machina)* pour en sacraliser même les statuts inessentiels, doit

* Peut servir d'exemple le mythe du sacrifice qu'Abraham, sur ordre divin, voulut offrir en immolant et en brûlant son fils unique (le pauvre enfant apporta même à cette fin, sans le savoir, le bois). Abraham aurait dû répondre à cette prétendue voix divine : « Que je ne doive pas tuer mon bon fils, c'est parfaitement sûr ; mais que toi qui m'apparais, tu sois Dieu, je n'en suis pas sûr et je ne peux non plus le devenir, quand bien même cette voix tomberait, retentissante, du ciel (visible). »

davantage affaiblir que renforcer la confiance en sa valeur morale.

L'authentification d'un tel écrit comme écrit divin ne peut être déduite d'aucun récit historique, mais seulement de sa capacité éprouvée de fonder la religion dans des cœurs humains et, si elle était déformée par toutes sortes de préceptes (anciens ou nouveaux) de restaurer, grâce à sa simplicité, dans sa pureté, œuvre qui ne cesse pas pour autant d'être un effet de la *nature* et un résultat du progrès de la *culture* morale dans le cours universel de la *Providence,* et qui doit être clarifiée comme telle, pour que l'existence de ce livre ne soit pas assignée, par *incrédulité,* au hasard, ou, par *superstition,* à un miracle, et que, dans l'un et l'autre cas, la raison n'en vienne pas à s'échouer.

De tout cela, la conclusion est maintenant la suivante.

La Bible contient en elle-même un motif suffisant, pratiquement, de son authentification comme (moralement) divine, dans l'influence que de tout temps elle a exercée sur le cœur des hommes comme texte d'une doctrine systématique de la foi, aussi bien dans l'exposé catéchétique que dans l'exposé homilétique, motif suffisant pour qu'on la maintienne comme organe non seulement de religion universelle et intérieure de la raison, mais aussi comme legs (Nouveau Testament) d'une doctrine statutaire de la foi, servant de fil conducteur pour des temps incalculables : cela, quand bien même des preuves lui feraient défaut, peu ou prou, de point de vue théorique pour des savants qui sont théoriquement et historiquement à la recherche de son origine, et pour le traitement critique de son histoire. La *divinité* de son contenu moral dédommage suffisamment VII, 65 la raison de ce qu'a d'humain le récit historique qui, illisible ici et là, comme un vieux parchemin, doit être rendu compréhensible par des accommodations et des conjectures en accord avec le tout, et par là en tout cas est légitimé l'énoncé que la Bible, exactement *comme si elle était une révélation divine,* mérite d'être conservée, moralement utilisée et donnée à la religion comme moyen de la guider.

L'impudence de ceux qui, au nom de leur génie, s'imaginent avoir d'ores et déjà dépassé les limites de la foi d'Église — qu'ils délirent comme théophilanthropes dans les Églises publiques construites à cette fin ou comme mystiques éclairés par la lumière de révélations intérieures —, ferait bientôt regretter au gouvernement sa tolérance, qui l'incita à négliger ce grand moyen de créer et de diriger l'ordre et le calme civils, et de l'avoir abandonné aux mains d'écervelés. En outre il ne faut pas s'attendre à ce que, si la Bible, que nous possédons devait tomber dans le discrédit, une autre surgisse à sa place ; car des miracles publics ne se produisent pas une seconde fois dans le même domaine : en effet l'insuccès du premier, quant à sa durée, retire toute confiance au suivant ; de même, en tout cas, il ne faut pas non plus, d'autre part, prêter attention aux cris des alarmistes (le royaume est en danger) si, pour certains statuts de la Bible qui concernent plus, dans l'Écriture, les aspects formels que le contenu intime de la foi, on devait même sur quelques points en blâmer les auteurs : en effet l'interdiction d'examiner un dogme est contraire à la liberté de croyance. Mais qu'une croyance historique soit un devoir et fasse partie du salut, c'est de la superstition*.

* La superstition est la propension à placer une plus grande confiance dans ce qu'on pense arriver d'une façon non naturelle qu'en ce qui se laisse expliquer selon des lois de la nature, que ce soit physiquement ou moralement. On peut donc poser la question de savoir si c'est la foi dans la Bible (comme empirique), ou si c'est inversement la morale (comme pure croyance de la raison et de la religion) qui doit servir de guide au maître ; en d'autres termes, le précepte est-il de Dieu parce qu'il figure dans la Bible, ou figure-t-il dans la Bible parce qu'il est de Dieu? Le premier énoncé est manifestement inconséquent : parce que l'apparence divine du livre doit ici être présupposée pour prouver le caractère divin de ce qu'il enseigne. Donc seul le second énoncé peut être produit, énoncé qui toutefois n'est susceptible d'absolument aucune preuve (*supernaturalium non datur scientia*). En voici un exemple. Les disciples de la foi messianique de Moïse virent sombrer

De l'art de l'exégèse biblique (*hermeneutica sacra*), dans la mesure où il ne peut être abandonné aux laïcs (car il concerne un système scientifique), on peut donc réclamer, simplement eu égard à ce qui dans la religion est statutaire, que l'exégète déclare si sa décision doit être comprise comme *authentique* ou comme *doctrinale*. Dans le premier cas, l'interprétation doit être à la lettre (philologiquement) conforme à l'idée de l'auteur, mais dans le second cas l'écrivain a la liberté de supposer au passage (philosophiquement) le sens qu'il prend dans l'exégèse, cela dans une intention moralement pratique (pour l'édification du disciple) ; car la foi en une simple proposition historique est en elle-même morte. Or le premier type d'interprétation peut certes être assez important dans une certaine intention pragmatique pour le docteur de la Loi et, indirectement, aussi pour le peuple, mais le véritable but de la doctrine religieuse, former des hommes moralement meilleurs, peut aussi par là non seulement être manqué, mais même être interdit. Car les auteurs sacrés peuvent aussi, en tant qu'hommes, s'être

totalement, après la mort de Jésus, leur espérance issue de l'alliance de Dieu avec Abraham (nous espérions qu'il libérerait VII, 66 Israël) ; car c'est seulement aux enfants d'Abraham que dans la Bible le salut était promis. Or il se produisit qu'alors que pour la fête de la Pentecôte les disciples étaient rassemblés, un d'entre eux conçut l'heureuse idée, appropriée au subtil art judaïque de l'exégèse, que même les païens (Grecs et Romains) pouvaient être considérés comme acceptés dans cette alliance s'ils croyaient au sacrifice qu'Abraham voulait offrir à Dieu dans son fils unique (en tant que symbole du sacrifice unique du Sauveur du monde) ; car alors ils seraient dans la foi les enfants d'Abraham (d'abord à condition d'être soumis à la circoncision, mais ensuite même sans elle). Il n'y a rien de miraculeux à ce que cette découverte qui dans un grand rassemblement de peuple ouvrait un espoir aussi immense, fût accueillie avec la plus grande jubilation, et comme si elle avait été une œuvre immédiate de l'Esprit saint, et fût tenue pour un miracle, et passât pour telle dans l'histoire biblique (dans les Actes des Apôtres) ; même si à vrai dire il ne fait pas partie de la religion de croire à cela comme à un fait et d'imposer cette croyance à la raison naturelle de l'homme. L'obéissance, arrachée par la crainte, à l'égard d'une telle croyance d'Église, en tant que requise pour le salut, est donc de la superstition.

trompés (si l'on n'admet pas un miracle traversant sans cesse la Bible), comme ce fut par exemple le cas de saint Paul avec sa prédestination, que de bonne foi il transporte de la doctrine scripturaire du messianisme mosaïque dans la doctrine évangélique, bien qu'il se trouve dans un grand embarras face au caractère inconcevable de la condamnation de certains hommes même avant qu'ils fussent nés ; et ainsi, si l'on admet l'herméneutique des docteurs de la Loi comme une
VII, 67 révélation continue qui échoit en partage à l'exégète, on doit constamment porter atteinte à la divinité de la religion. Ainsi seule l'interprétation *doctrinale,* qui vise à savoir non pas *(empiriquement)* quel sens l'auteur sacré peut bien avoir associé à ses paroles, mais quel enseignement la raison *(a priori)* peut supposer, d'un point de vue moral, à l'occasion d'un passage biblique pris comme *texte,* constitue l'unique méthode évangélico-biblique pour éduquer le peuple dans la vraie religion intérieure et universelle qui est distincte de la croyance particulière de l'Église en tant que croyance historique ; sur cette base, dès lors, tout s'effectue avec probité et franchise, sans tromperie, alors qu'au contraire le peuple, quand il est *trompé* dans son intention (qu'il doit avoir) par une croyance historique que nul de ses membres ne peut se démontrer à lui-même, substituée à la croyance morale (seule sanctifiante) que chacun conçoit, peut se plaindre de son maître.

Quant à la religion d'un peuple qui a été instruit à respecter une écriture sainte, l'interprétation doctrinale de celle-ci, qui se rapporte à son intérêt moral (celui du peuple) — l'intérêt de l'édification, de l'amélioration éthique et donc du salut —, est par conséquent en même temps l'interprétation authentique : autrement dit, c'est ainsi que Dieu veut savoir comprise sa volonté révélée dans la Bible. Car il n'est pas question ici d'un gouvernement civil, tenant le peuple sous une discipline (un gouvernement politique), mais d'un gouvernement ayant pour but l'intériorité de la disposition morale (par conséquent un gouvernement divin). Dieu, qui parle par notre propre raison (moralement pratique), est un interprète infaillible, universellement compréhensible de sa propre parole, et il ne peut y avoir aucunement encore un autre interprète légitimé de sa parole (par exemple un interprète procédant de façon historique) : car la religion est purement une affaire de raison.

*

Et c'est ainsi que les théologiens de la faculté ont pour eux-mêmes le devoir, par conséquent aussi le droit, de maintenir la foi biblique : sans porter atteinte cependant à la liberté que les philosophes ont de se soumettre à tout moment à la critique de la raison, lesquels philosophes, en cas d'une dictature (de l'édit de religion) qui pourrait pour une brève période être accordée à cette faculté supérieure, se prémunissent le mieux possible par la formule solennelle : *Provideant consules, ne quid respublica detrimenti capiat.*

Supplément : questions d'histoire biblique sur l'utilisation pratique et le temps conjecturable de la durée de ce Saint Livre VII, 68

Qu'en dépit de tout changement des opinions il restera longtemps encore objet de considération, de cela répond la sagesse du gouvernement, en tant que son intérêt y est étroitement associé du point de vue de l'harmonie et de la tranquillité du peuple. Mais lui garantir l'éternité, ou même le faire se transformer chiliastiquement en un nouveau royaume de Dieu sur terre, cela transcende tout notre pouvoir de prédiction. Qu'arriverait-il donc si la croyance d'Église devait se passer un jour de ce grand moyen de guider le peuple ?

Qui est le rédacteur des livres de la Bible (de l'Ancien et du Nouveau Testament), et à quelle époque le canon a-t-il été mis en place ?

Des connaissances de philologie antique seront-elles toujours nécessaires pour maintenir la norme de la foi après son adoption, ou bien la raison sera-t-elle en mesure d'organiser un jour, d'elle-même et avec un assentiment universel, l'usage de celle-ci pour la religion?

A-t-on des documents suffisants de l'authenticité de la Bible dite des Septantes, et de quelle époque peut-on la dater avec certitude? etc.

*

L'utilisation pratique et, avant tout, publique de ce Livre dans des sermons est sans doute celle qui contribue à l'amélioration des hommes et à la vivification de leurs motivations morales (à l'édification); tout autre dessein doit lui être subordonné, s'il entre en conflit avec celui-ci. On doit donc s'étonner que cette maxime ait pu encore être mise en doute, et qu'un traitement *paraphrastique* d'un texte ait pu, sinon être préféré au traitement *parénétique,* du moins rejeter cependant celui-ci dans l'ombre. Ce qui doit servir de guide pour l'exposé adressé au peuple, c'est non pas la science des Écritures, et ce que grâce à elle on *tire* de la Bible à l'aide de connaissances philologiques qui souvent ne sont que des conjectures malheureuses, mais au contraire ce que l'on y *importe* dans une perspective morale (donc conformément à l'esprit de Dieu) et des enseignements qui jamais n'abusent, et qui ne peuvent jamais non plus être
VII, 69 sans effet salutaire : autrement dit, traiter le texte *seulement* (du moins *principalement*) comme un prétexte pour tout ce qui se laisse par là penser qui concerne l'amélioration des mœurs, sans avoir à explorer ce que les écrivains sacrés ont bien pu eux-mêmes en cela avoir en tête. Un sermon qui vise l'édification comme but final (comme il doit en être de tout sermon), il faut qu'il développe son enseignement à partir du *cœur* des auditeurs, c'est-à-dire à partir des dispositions morales naturelles, même du moins savant des hommes, si l'état d'esprit à produire ainsi doit être pur. Les

témoignages de l'Écriture qu'on y associe ne doivent même pas être des preuves historiques attestant la vérité de ces enseignements (car la raison en son activité éthique n'en a pas besoin à cet égard, et la connaissance empirique n'en est même pas capable), mais simplement des exemples de l'application des principes pratiques de la raison à des faits de l'histoire sainte, pour rendre leur vérité plus perceptible ; mais c'est aussi un très précieux avantage, sur toute la Terre, pour le peuple et l'État.

Appendice

D'UNE PURE MYSTIQUE EN RELIGION*

J'ai appris de la *Critique de la raison pure* que la philosophie n'est pas vraiment une science des représentations, concepts et idées, ou une science de toutes les sciences, ou en tout cas quelque chose de semblable ; mais une science de l'homme, de son activité représentative, de son penser et de son agir ; elle doit présenter l'homme, dans tous ses éléments constitutifs, comme il est et doit être, c'est-à-dire aussi bien selon ses déterminations naturelles que sous le rapport de sa moralité et de sa liberté. Or à cet égard la philosophie ancienne assignait à l'homme une posture tout à fait

* Extrait d'une lettre jointe à sa dissertation : *De similitudine inter Mysticismum purum et Kantianam religionis doctrinam. Auctore Carol. Arnold. Wilmans, Bielefelda-Guestphalo, Halis Saxonum 1797*[1] —, lettre que je livre ici avec l'autorisation de son auteur et en laissant de côté les passages de politesse présents dans l'introduction et la conclusion, et qui désigne ce jeune homme (qui maintenant se consacre à la science médicale) comme quelqu'un dont beaucoup se peut aussi attendre dans d'autres domaines de la science. Où cependant je ne suis pas d'avis d'admettre sans réserves cette ressemblance de ma façon de voir avec la sienne.

inexacte dans le monde, en faisant de lui, au sein de celui-ci, une machine qui comme telle devrait être entièrement dépendante du monde ou des choses extérieures et des circonstances ; elle faisait donc de l'homme une partie à peu près unique-
VII, 70 ment passive du monde. Aujourd'hui est apparue la critique de la raison qui détermine pour l'homme, dans le monde, une existence absolument *active*. L'homme lui-même *est* originairement créateur de toutes ses représentations et de tous ses concepts, et *doit être* l'auteur unique de toutes ses actions. Ce « est » et ce « doit » conduisent à deux déterminations entièrement différentes pour l'homme. Par conséquent nous remarquons aussi dans l'homme deux sortes d'éléments d'espèces tout à fait différentes, à savoir d'un côté la sensibilité et l'entendement, de l'autre la raison et la volonté libre, qui se distinguent essentiellement l'une de l'autre. Dans la nature, tout *est;* il n'est en elle question d'aucun *doit;* mais sensibilité et entendement visent toujours uniquement à déterminer ce qui *est* et comment cela *est;* ils doivent donc avoir pour destination la nature, ce monde terrestre, et par conséquent lui appartenir. La raison veut sans cesse viser le suprasensible, déterminer comment les choses pourraient bien être au-delà de la nature sensible : elle semble donc, bien qu'étant une faculté théorique, n'avoir cependant pas pour véritable destination cette sensibilité ; mais la volonté libre consiste certes dans une indépendance à l'égard des choses extérieures ; celles-ci ne doivent pas être pour l'homme les motivations de son agir ; elle peut donc encore moins appartenir à la nature. Mais à quoi appartient-elle donc ? L'homme doit nécessairement être destiné à deux mondes entièrement différents, d'abord au royaume des sens et de l'entendement, donc à ce monde terrestre ; mais ensuite aussi à un autre monde encore, que nous ne connaissons pas, un royaume de la moralité.

En ce qui concerne l'entendement, celui-ci est déjà pour soi limité par sa forme à ce monde

terrestre ; car il consiste seulement en catégories, c'est-à-dire en types d'énonciations qui peuvent seulement se rapporter à des choses sensibles. Ses limites lui sont donc très clairement fixées. Là où les catégories s'arrêtent, l'entendement aussi s'arrête ; car ce sont elles qui seules le constituent et le composent. [Une preuve de la destination simplement terrestre ou naturelle de l'entendement me semble être aussi que nous trouvons dans la nature, eu égard aux forces de l'entendement, une échelle de degrés, de l'homme le plus intelligent jusqu'à l'animal le plus stupide (dans la mesure où nous pouvons tout de même considérer aussi l'instinct comme une sorte d'entendement, attendu que la volonté libre n'appartient pas au seul entendement)]. Mais il n'en va pas de même pour ce qui est de la moralité, qui s'arrête là où s'arrête l'humanité et qui est originairement semblable en tous les hommes. L'entendement doit ainsi appartenir simplement à la nature, et si l'homme avait simplement de l'entendement, sans raison et volonté libre, ou sans moralité, il ne se distinguerait en rien des animaux et se situerait peut-être simplement au sommet de leur échelle, alors qu'au contraire, maintenant, en possession de la mora- VII, 71
lité, comme être libre, il est absolument et essentiellement différent des animaux, même des plus intelligents (dont l'instinct agit souvent de façon plus claire et plus déterminée que l'entendement des hommes). Mais cet entendement est une faculté entièrement active de l'homme ; toutes ses représentations et tous ses concepts sont seulement *ses* créations, l'homme pense originairement avec son entendement et il se crée donc *son* monde. Les choses extérieures sont seulement les causes occasionnelles de l'activité de l'entendement, elles l'incitent à l'action, et le produit de cette action, ce sont des représentations et des concepts. Donc les choses auxquelles se rapportent ces représentations et ces concepts ne peuvent pas être ce que notre entendement représente ; car l'entendement peut créer seulement des représentations et *ses* objets, mais non pas des

choses réelles, c'est-à-dire qu'il est impossible que les choses soient connues par l'entendement comme tel, à travers ses représentations et ses concepts, telles qu'elles peuvent être *en soi*; les choses que notre entendement et nos sens présentent sont bien plutôt, en soi, simplement des *phénomènes*, c'est-à-dire des objets de nos sens et de notre entendement, qui sont le produit de la rencontre des causes occasionnelles et de l'activité de l'entendement, mais qui cependant ne sont pas pour cela *apparence*, et qu'au contraire dans la vie pratique nous pouvons pour nous-mêmes considérer comme des choses réelles et des objets de nos représentations ; cela précisément parce qu'il nous faut supposer les choses réelles comme ces causes occasionnelles. La physique donne un exemple. Des choses extérieures agissent sur un corps capable d'action et l'incitent par là à l'action ; le produit en est la vie. Mais qu'est la vie? La reconnaissance physique de son existence dans le monde et de sa relation aux choses extérieures ; le corps vit par cela qu'il réagit sur les choses extérieures, les considère comme son monde et les utilise en vue de son but, sans se préoccuper plus avant de leur essence. Sans choses extérieures, ce corps ne serait pas un corps vivant, et sans cette capacité d'action du corps les choses extérieures ne seraient pas son monde. De même avec l'entendement. C'est uniquement de sa rencontre avec les choses extérieures que surgit ce monde qui est le sien ; sans choses extérieures, il serait mort ; mais sans entendement il n'y aurait pas de représentations, sans représentations pas d'objets et sans ceux-ci pas ce monde qui est le sien ; de même, avec un autre entendement, c'est aussi un autre monde qui existerait, ce qui devient clair à travers l'exemple des fous. Donc l'entendement est créateur de ses objets et du monde qui en est composé ; mais de telle façon que des choses
VII, 72 réelles sont les causes occasionnelles de son action et donc des représentations.

Or c'est par là que ces forces naturelles de l'homme se distinguent essentiellement de la raison et de la volonté libre. Ces dernières constituent aussi, certes, des facultés actives, mais les causes occasionnelles de leur action ne doivent pas être reçues de ce monde sensible. La raison comme faculté théorique ne peut donc ici avoir vraiment d'objets, ses effets ne peuvent être que ces Idées, c'est-à-dire des représentations de la raison auxquelles ne correspondent pas d'objets, parce que ce ne sont pas des choses réelles, mais en quelque sorte seulement des jeux de l'entendement, qui sont les causes occasionnelles de son action. Donc la raison comme faculté théorique, spéculative, ne peut véritablement pas être utilisée ici, dans ce monde sensible (et doit nécessairement, par conséquent, puisque pourtant elle existe donc bien comme telle, être destinée à un autre monde), mais elle ne peut l'être que comme faculté pratique au service de la volonté libre. Or celle-ci est purement et simplement *pratique*; l'essentiel en consiste en ce que son action ne doit pas être une réaction, mais une pure activité objective, ou que les motifs de son action ne doivent pas se confondre avec les objets de cette action ; que donc elle doit agir indépendamment des représentations de l'entendement — parce que sinon cela provoquerait un mode d'action de cette même volonté qui serait perverti et corrompu — aussi bien qu'indépendamment des Idées de la raison spéculative, parce que celles-ci, dans la mesure où ne leur correspond rien de réel, pourraient occasionner facilement une détermination fausse et infondée de la volonté. Donc le motif de l'action de la volonté libre doit être quelque chose qui soit fondé dans l'essence intime de l'homme même et qui soit inséparable de la liberté même de la volonté. Or telle est la loi morale qui nous arrache si absolument à la nature et nous élève si au-dessus d'elle que ni nous n'avons besoin, comme être moraux, des choses de la nature, comme causes et motifs de l'action de la volonté, ni ne pouvons les considérer comme objets de notre vouloir, et qu'à leur place c'est bien plutôt la personne morale de l'humanité

qui seule intervient. Cette loi nous assure donc une propriété qui n'est spécifique que de l'homme et qui le différencie de toutes les autres parties de la nature, la moralité, en vertu de laquelle nous sommes des êtres indépendants et libres, et qui est elle-même à son tour fondée par cette liberté. C'est donc cette moralité et non pas l'entendement qui est ce qui constitue l'homme pour la première fois comme homme. Si fortement même que l'entendement soit une faculté pleinement active et, en tant que telle, spontanée, il a pourtant besoin pour son action des choses extérieures et est aussi, en même temps, limité à elles ;
VII, 73 alors qu'au contraire la volonté libre est pleinement indépendante et doit être déterminée uniquement par la loi intérieure : autrement dit, l'homme simplement par lui-même, en tant qu'il s'est élevé seulement à sa dignité et à son indépendance originaires à l'égard de tout ce qui n'est pas la loi. Si donc cet entendement qui est nôtre, sans ces objets extérieurs qui sont les siens, ne peut rien être, du moins ne peut être *cet* entendement, raison et volonté libre restent les mêmes, quelle que veuille être leur sphère d'action. (Devrait-on pouvoir ici, en tout cas avec quelque vraisemblance, pouvoir conclure, de façon certes hyperphysique, «qu'avec la mort du corps de l'homme, cet entendement qui est le sien meurt aussi et va disparaissant avec toutes ses représentations, tous ses concepts et toutes ses connaissances terrestres ; parce que de toute façon cet entendement n'est toujours utilisable que pour des choses terrestres, sensibles, et, dès que l'homme veut élever ses prétentions jusqu'au suprasensible, ici aussitôt tout usage de l'entendement cesse, et en revanche l'usage de la raison survient»? C'est là une idée que j'ai ensuite trouvée aussi chez les mystiques, mais conçue de façon seulement obscure, et non pas affirmée, et qui certainement contribuerait à soulager et aussi peut-être à améliorer moralement beaucoup d'hommes. L'entendement dépend de l'homme lui-même aussi peu que le corps. D'une constitution corporelle déficiente, on se console,

parce que l'on sait qu'elle n'est rien d'essentiel ; un corps bien bâti a seulement ses avantages ici, sur la Terre. À supposer que l'idée devienne générale qu'il en serait de même pour l'entendement, cela ne devrait-il pas être profitable pour la moralité des hommes ? La nouvelle théorie de la nature de l'homme s'harmonise très bien avec cette idée, dans la mesure où elle considère l'entendement simplement comme quelque chose de dépendant du corps et comme un produit de l'activité cérébrale. Voir les écrits de Reil[1] en physiologie. Même les opinions antiques sur la matérialité de l'âme se laisseraient par là rapporter à quelque chose de réel.)

La suite de la recherche critique entreprise sur les facultés de l'âme humaine soulevait cette question naturelle : l'Idée de la raison, incontournable et irrépressible, qu'il y a un auteur de l'univers et donc de nous-mêmes et de la loi morale, a-t-elle bien à son tour un fondement valable, alors que toute raison théorique est, d'après sa nature, impropre à confirmer et à assurer cette Idée ? De là naquit la si belle preuve morale de l'existence de Dieu, qui pour chacun, quand bien même il ne le voudrait pas, doit cependant être tout de même, en son for intérieur, claire et suffisamment démonstrative. Mais de l'Idée, fondée donc par cette preuve, d'un créateur du monde, procéda en définitive l'Idée pratique d'un législateur moral universel pour tous nos devoirs, comme auteur de la loi morale VII, 74
résidant en nous. Cette Idée offre à l'homme un monde entièrement nouveau. Il se sent créé pour un autre règne que pour le règne des sens et de l'entendement, à savoir pour un règne moral, pour un règne de Dieu. Désormais il reconnaît ses devoirs en même temps comme des commandements divins, et surgit en lui une nouvelle connaissance, un nouveau sentiment, à savoir la religion. C'est à ce point, très respectable père, que j'étais parvenu dans l'étude de vos écrits, lorsque j'appris à connaître une classe d'hommes qu'on nomme *séparatistes*, mais qui se nomment

eux-mêmes *mystiques,* chez lesquels je trouvais presque à la lettre votre doctrine mise en pratique. Certes il fut difficile, au début, de la retrouver dans le langage mystique de ces gens ; mais j'y parvins après une recherche persévérante. Mon attention fut frappée de ce que ces hommes vivaient sans célébrer aucun *service* de Dieu, rejetaient tout ce qui se nomme *service* de Dieu et ne consiste pas dans l'accomplissement de ses devoirs ; se tenaient pour des gens religieux, même pour des chrétiens, et pourtant ne considéraient pas la Bible comme leur code, mais parlaient seulement d'un christianisme intérieur, séjournant en nous depuis l'éternité. J'explorai la conduite de ces gens et trouvai chez eux (à l'exception des brebis galeuses que l'on trouve en tout troupeau, en raison de leur égoïsme) des dispositions morales pures et une conséquence presque stoïque dans leurs actions. Je m'informai sur leur doctrine et leurs principes, et pour l'essentiel retrouvai tout à fait votre morale et votre doctrine religieuse, pourtant toujours avec cette différence qu'ils tiennent la loi intérieure, comme ils la nomment, pour une révélation intérieure et donc, catégoriquement, Dieu pour son auteur. Ils tiennent la Bible, il est vrai, pour un livre qui, d'une certaine manière sur laquelle ils ne s'engagent pas plus avant, est d'origine divine ; mais si on y regarde de plus près, on trouve qu'ils concluent à cette origine de la Bible uniquement en raison de l'accord de celle-ci, et des enseignements contenus en elle, avec leur propre loi intérieure ; car si par exemple on demande pourquoi, voici leur réponse : son identité se démontre en mon for intérieur, et vous trouverez la même chose si vous accomplissez ce que vous indiquent votre loi intérieure ou les enseignements de la Bible. C'est précisément pour cela qu'ils ne la tiennent même pas pour leur code, mais seulement pour une confirmation historique où ils retrouvent ce qui est originairement enraciné en eux-mêmes. En un mot, ces gens seraient (pardonnez-moi l'expression !) de vrais kantiens, s'ils étaient des philosophes. Mais ils sont issus pour la plus grande part de la classe des commerçants, des ouvriers et des agriculteurs ; cependant j'en ai ici et là trouvé quelques-uns même dans les classes supérieures et parmi les savants ; mais jamais un théologien, pour lesquels ces gens constituent une bête noire, parce qu'ils ne les voient pas assister à leur service de Dieu et ne peuvent pourtant, en raison de leur conduite exemplaire et de leur soumission à chaque règle civique, avoir absolument aucune prise sur eux. Ces séparatistes ne se distinguent pas des quakers dans les *principes* de la religion, mais plutôt dans leur application à la vie commune. Car ils s'habillent par exemple comme c'est exactement la mode, et s'acquittent de leurs contributions aussi bien à l'égard de l'État qu'à l'égard de l'Église. Chez la partie cultivée d'entre eux, je n'ai jamais trouvé d'exaltation délirante, mais un raisonnement et un jugement libres et dépourvus de préjugés sur les objets de la religion. VII, 75

Deuxième section VII, 77

LE CONFLIT DE LA FACULTÉ DE PHILOSOPHIE AVEC LA FACULTÉ DE DROIT

REPRISE DE LA QUESTION : L'ESPÈCE HUMAINE EST-ELLE EN CONSTANT PROGRÈS VERS LE MIEUX ? VII, 79

I. QUE VEUT-ON SAVOIR ICI ?

On réclame un chapitre de l'histoire humaine et, à vrai dire, non pas celui du passé, mais celui de l'avenir, par conséquent une histoire *prospective* qui, si elle n'est pas conduite selon des lois bien connues de la nature (par exemple, éclipses de Soleil et de Lune), est nommée *divinatoire* et pourtant naturelle, mais qui — si elle ne peut être obtenue autrement que par une communication et un élargissement surnaturels de la vision de l'avenir — est appelée *oraculaire* (prophétique*). Au demeurant il ne s'agit pas non plus ici de l'histoire *naturelle* de l'homme (de savoir par exemple si à l'avenir de nouvelles races d'hommes pourraient naître), mais de l'histoire *morale*, et à vrai dire non pas d'après le concept de *genre* (*singulorum*), mais d'après la *totalité* des hommes rassemblés sur terre en société et distribués en peuples (*universorum*), quand on demande si l'espèce humaine (en général) progresse constamment vers le mieux.

2. COMMENT PEUT-ON LE SAVOIR ?

Sur le mode d'un récit historique divinatoire des perspectives à venir ; par conséquent sur le mode d'une présentation *a priori* possible des événements qui doivent survenir. Mais comment
VII, 80 une histoire *a priori* est-elle possible ? Réponse : si le devin fait et ordonne lui-même les événements qu'à l'avance il annonce.

Des prophètes juifs avaient beau jeu pour prédire que tôt ou tard non seulement une décadence, mais une totale dissolution menacerait leur État : car ils étaient eux-mêmes les auteurs de ce destin. Comme guides du peuple, ils avaient alourdi sa constitution de si nombreuses charges ecclésiastiques et charges civiles en découlant, que leur État devint tout à fait incapable, pour lui-même, de garder sa consistance, surtout avec les peuples voisins, et les jérémiades de leurs prêtres devaient donc naturellement être de vaines paroles

* De celui qui se mêle de divination (qui fait cela sans connaissance ou sans probité), on dit qu'il *annonce l'avenir*, cela de la Pythie jusqu'à la bohémienne.

en l'air : car ceux-ci persistaient avec entêtement dans leur conception d'une constitution intenable qu'ils avaient eux-mêmes faite, et c'est ainsi qu'ils pouvaient prévoir d'eux-mêmes l'issue de façon infaillible.

Nos politiciens font de même dans l'espace de leur influence et sont même tout aussi heureux dans leurs prédictions. On doit, disent-ils, prendre les hommes comme ils sont, et non comme des pédants ignorants du monde ou de bienveillants fantaisistes rêvent qu'ils devraient être. Mais quand ils disent « comme ils sont », il faudrait entendre : *ce que nous en avons fait* par une contrainte inique, par des desseins perfides suggérés au gouvernement, à savoir des gens têtus et enclins à la révolte ; d'où ensuite, s'il leur lâche un peu la bride, surgissent de tristes conséquences qui confirment les prophéties de ces hommes d'État prétendument avisés.

Même des ecclésiastiques prédisent à l'occasion la totale décadence de la religion et la prochaine apparition de l'Antéchrist, cependant qu'ils font justement ce qui est nécessaire pour l'introduire : car, de fait, ils ne se soucient pas d'inspirer à leur communauté des principes éthiques qui directement rendent meilleur, mais au contraire ils érigent en devoir essentiel des observances et des croyances historiques qui doivent produire indirectement cet effet ; d'où peut certes naître une unanimité mécanique comme dans une constitution civile, mais non pas celle qui réside dans la disposition morale ; mais par suite ils se plaignent *de l'irreligiosité qu'ils ont* eux-mêmes créée, que donc ils pouvaient prédire même sans don particulier de prophète.

3. DIVISION DU CONCEPT DE CE QUE L'ON PEUT SAVOIR À L'AVANCE POUR L'AVENIR VII, 81

Il y a trois types de cas qui peuvent contenir une prédiction. L'espèce humaine est ou bien en continuelle *régression* vers le pire, ou bien en *progrès* constant vers le mieux quant à sa destination morale, ou bien en éternelle *stagnation* au degré présent de sa valeur morale parmi les membres de la création (ce qui revient à tourner éternellement en rond autour du même point).

La première affirmation, on peut la nommer le *terrorisme* moral, la deuxième l'*eudémonisme* (qui, si l'on voit le but du progrès selon une dimension largement prospective, serait nommé aussi *chiliasme*), mais la troisième l'*abdéritisme;* parce que, dans la mesure où une véritable stagnation dans le registre moral n'est pas possible, une ascension qui change constamment et un mouvement de rechute tout aussi fréquent et profond (pour ainsi dire, un éternel mouvement d'oscillation) ne produisent rien de plus que si le sujet était resté à la même place et en état de stagnation[1].

a. *De la façon terroriste de se représenter l'histoire des hommes*

La décadence vers le pire ne peut dans l'espèce humaine durer constamment ; car à un certain degré de cette décadence, elle s'anéantirait elle-même. Par conséquent, devant une accumulation de grandes atrocités qui forment comme des montagnes, et des maux qui leur correspondent, on dit : maintenant, ça ne peut plus être pire ; voici le jour du Jugement dernier, et le pieux visionnaire rêve déjà, désormais, du retour de toutes choses et d'un monde renouvelé après que celui-ci aura été détruit par le feu.

b. *De la façon eudémoniste de se représenter l'histoire des hommes*

Que la masse de bien et de mal inhérente à notre nature reste, telle qu'elle est disposée,
VII, 82 toujours la même et, dans le même individu, ne puisse être ni augmentée ni diminuée, on peut

toujours l'admettre ; et comment cette quantité de bien pourrait-elle même, telle qu'elle est disposée, augmenter, puisque cela devrait arriver par la liberté du sujet, mais que, pour cela, celui-ci aurait à son tour besoin d'un plus grand capital de bien qu'il n'en possède jamais? Les effets ne peuvent pas dépasser le pouvoir de la cause agissante ; et donc la quantité de bien mêlée en l'homme avec le mal, ne peut aller au-delà d'une certaine mesure de ce bien, au-delà de laquelle il pourrait s'élever à force d'efforts et ainsi progresser toujours plus vers le mieux. L'eudémonisme, avec ses débordantes espérances, paraît donc être intenable et accorder peu d'espoir à une histoire prophétique de l'humanité du point de vue du progrès perpétuellement continué sur le chemin du bien.

c. *De l'hypothèse de l'abdéritisme de l'espèce humaine quant à la prédétermination de son histoire.*

Cette opinion pourrait bien avoir de son côté la majorité des voix. La sottise affairée est le caractère de notre espèce : s'engager rapidement sur le chemin du bien, mais ne pas y persister ; au contraire, pour ne pas s'attacher à un seul but, quand bien même ce ne serait que pour changer, renverser le plan du progrès, bâtir sans pouvoir démolir, et s'imposer à soi-même l'effort désespéré de faire rouler jusqu'au sommet le rocher de Sisyphe pour le laisser à nouveau retomber. Le principe du mal dans les dispositions naturelles de l'espèce humaine semble donc ici moins amalgamé (fondu) avec celui du bien, qu'ils ne semblent être neutralisés l'un par l'autre, ce qui aurait pour conséquence une absence d'effet (qu'on appelle ici *stagnation*) : un affairement vide pour faire alterner le bien et le mal par progrès et recul, tant et si bien que le jeu tout entier des relations de notre espèce avec elle-même sur le globe devrait être considéré comme un simple jeu de marionnettes ; ce qui ne peut pas lui conférer une plus grande valeur aux yeux de la raison que n'en ont les autres espèces animales qui pratiquent ce jeu à moindre coût et sans déploiement d'intelligence.

4. LE PROBLÈME DU PROGRÈS
VII, 83 N'EST PAS À RÉSOUDRE IMMÉDIATEMENT PAR L'EXPÉRIENCE

S'il était découvert que l'espèce humaine, considérée dans sa totalité, a avancé et a été en train de progresser même aussi longtemps que l'on voudra, personne ne pourrait pourtant assurer que n'intervienne désormais, à cet instant précis, en raison des dispositions physiques de notre espèce, l'époque de son recul ; et inversement, si l'on marche à reculons et vers le pire en une chute accélérée, on ne doit pas écarter l'espoir de pouvoir rencontrer le point d'inflexion *(punctum flexus contrarii)* précisément là où, en raison des dispositions morales de notre espèce, le cours de celle-ci se retournerait vers le mieux. Car nous avons affaire à des êtres agissant librement, auxquels certes se peut à l'avance *dicter* ce qu'ils *doivent* faire, mais ne se peut *prédire* ce qu'ils *feront,* et qui, du sentiment des maux qu'ils s'infligèrent à eux-mêmes, savent, si cela empire vraiment, retirer un motif renforcé de faire désormais mieux que ce n'était en tout cas avant cette situation. Mais, «pauvres mortels (dit l'abbé Coyer[1]), parmi vous rien n'est constant, si ce n'est l'inconstance ! ».

Peut-être tient-il aussi à notre mauvais choix du point de vue à partir duquel nous considérons le cours des choses humaines, qu'il nous semble si absurde. Les planètes, vues de la Terre, tantôt suivent un cours rétrograde, tantôt stagnent, tantôt vont en avant. Mais si le point de vue est pris du Soleil, ce que seule la raison peut faire, elles poursuivent continuellement, conformément à l'hypothèse de Copernic, leurs parcours réguliers. Mais il plaît à quelques-uns, qui par ailleurs ne sont pas sans sagesse, de s'en tenir obstinément à leur façon d'expliquer les phénomènes et au point de vue qu'ils ont une fois adopté, quand bien même pour cela ils devraient s'empêtrer jusqu'à l'absurde dans les cycles et épicycles de Tycho[1]. Mais c'est précisément notre malheur, que de ne pas être capables de nous placer à ce point de vue, quand il s'agit de la prédiction d'actions libres. Car ce serait le point de vue, situé en dehors de toute sagesse humaine, de la Providence, qui s'étend même aux actions *libres* de l'homme, lesquelles peuvent certes être *vues* par celui-là, mais non pas *prévues* avec certitude (pour le regard divin, il n'y a pas là de différence), parce VII, 84 que, pour prévoir, l'homme a besoin de l'enchaînement d'après des lois naturelles, mais qu'en ce qui concerne les *libres* actions à venir, il lui faut se passer de cette direction ou indication[2].

Si l'on pouvait attribuer à l'homme une volonté innée et immuablement bonne, quoique limitée, il pourrait prédire avec sûreté ce progrès de son espèce vers le meilleur : car ce progrès porterait sur un événement qu'il peut lui-même produire. Mais en raison du mélange du bien et du mal dans ses dispositions, mélange dont il ne connaît pas la proportion, il ne sait pas lui-même quel effet il pourrait en attendre.

5. IL FAUT BIEN RATTACHER POURTANT À QUELQUE EXPÉRIENCE L'HISTOIRE PROPHÉTIQUE DE L'ESPÈCE HUMAINE

Il faut que dans l'espèce humaine survienne quelque expérience qui, comme événement, indique une propriété et une capacité de cette espèce à être *cause* de son avancée vers le mieux et (puisque cela doit être l'acte d'un être doté de liberté) à en être l'*auteur;* mais, d'une cause donnée, un événement se laisse prédire comme l'effet, si se produisent les circonstances qui y concourent. Or que ces dernières doivent un jour se produire, la vraisemblance peut bien en être prédite en général, comme par le calcul des probabilités dans le jeu, mais il ne peut être déterminé si cela arrivera au cours de ma vie et si j'en aurai l'expérience, confirmant cette prédiction. Donc un événement doit être recherché qui indiquerait, d'une manière indéterminée quant au temps, l'existence d'une telle cause et aussi l'action de sa causalité dans l'espèce humaine, et qui ferait conclure au progrès vers le mieux comme conséquence inéluctable, laquelle conclusion ensuite pourrait aussi être élargie à l'histoire du passé (conduisant à l'idée qu'il y a toujours eu progrès), cependant de telle façon que cet événement ne doive pas lui-même être considéré comme *cause* de ce progrès, mais seulement comme indication, comme *signe historique (signum rememorativum, demonstrativum, prognostikon)*, et qu'ainsi puisse être prouvée la *tendance* de l'espèce humaine considérée *en totalité*, c'est-à-dire non pas à travers les individus (car cela donnerait un dénombrement et un calcul inachevables), mais telle qu'elle se rencontre, sur terre, divisée en peuples et en États.

VII, 85

6. D'UN ÉVÉNEMENT DE NOTRE TEMPS QUI PROUVE CETTE TENDANCE MORALE DE L'ESPÈCE HUMAINE[1]

Cet événement ne consiste pas, par exemple, en d'importants faits ou méfaits accomplis par des hommes, à travers quoi ce qui était grand fut rendu petit parmi les hommes, ou ce qui était petit fut rendu grand, et tels que, comme par magie, d'antiques et brillants édifices politiques disparaissent et d'autres surgissent à leur place comme des profondeurs de la terre. Non : rien de tout cela. Il s'agit simplement de la façon de penser des spectateurs qui se trahit *publiquement* à l'occasion de ce jeu des grands bouleversements et qui, même malgré le danger d'une telle partialité qui pourrait leur devenir très préjudiciable, manifeste pourtant une prise de position si universelle et, en tout cas, désintéressée pour les participants d'un camp contre ceux de l'autre, et ainsi prouve (à cause de l'universalité) un caractère de l'espèce humaine en totalité et en même temps (à cause du désintéressement) un caractère moral de celle-ci, du moins dans ses dispositions, qui non seulement laisse espérer le progrès vers le mieux, mais même déjà *est* un tel progrès, dans la mesure où elle en est pour aujourd'hui suffisamment capable.

La révolution d'un peuple spirituellement riche, que nous avons vu se produire de nos jours, peut bien réussir ou échouer ; elle peut bien être remplie de misères et d'atrocités au point qu'un homme réfléchi, s'il pouvait, en l'entreprenant pour la seconde fois, espérer l'accomplir avec succès, ne se déciderait cependant jamais à tenter l'expérience à un tel prix ; cette révolution, dis-je, trouve cependant dans les esprits de tous les spectateurs (qui n'ont pas eux-mêmes été impliqués dans ce jeu) une *prise de position,* au niveau de ses souhaits, qui confine à l'enthousiasme, et dont l'extériorisation même comportait un danger, prise de position donc qui ne peut avoir d'autre cause qu'une disposition morale dans l'espèce humaine.

Cette cause morale qui intervient est double : premièrement, celle du *droit* selon lequel un peuple ne devrait pas être empêché par d'autres puissances de se donner une constitution politique telle qu'elle lui semble être bonne ; deuxièmement, celle du *but* (qui est en même temps un *devoir*), selon lequel seule est en soi *juridiquement* et *moralement* bonne la constitution d'un peuple qui, par sa nature, est telle qu'elle peut écarter par des principes une guerre offensive, ce qui ne peut être que la constitution républicaine, du moins selon son Idée* ; par conséquent la constitution VII, 86

* On n'entend pas cependant par là qu'un peuple qui a une constitution monarchique s'attribue, pour cela, le droit, ni simplement nourrisse en lui, en secret, le souhait de la voir transformée ; car sa situation éventuellement très étendue en Europe peut lui recommander cette constitution comme la seule grâce à laquelle il peut se maintenir parmi des voisins puissants. Même les murmures des sujets à cause non pas du

qui est capable de satisfaire aux conditions par lesquelles la guerre (la source de tous les maux et de toute corruption des mœurs[1]) est écartée, et ainsi le progrès vers le meilleur est garanti négativement à l'espèce humaine, en dépit de toute sa fragilité ; du moins il lui est garanti de ne pas être perturbée dans son progrès.

Cela donc, et la participation *passionnée* au Bien, l'*enthousiasme* — même s'il ne faut pas entièrement l'approuver (car toute passion comme telle mérite d'être blâmée) —, donne cependant matière, grâce à cette histoire, à cette remarque importante pour l'anthropologie : le véritable enthousiasme ne porte toujours que sur l'*idéal,* à savoir sur l'élément purement *moral,* par exemple le concept du droit, et ne peut être greffé sur l'intérêt. Par des récompenses pécuniaires, les adversaires de la Révolution ne pouvaient être portés au zèle et à la grandeur d'âme que le simple concept du droit suscitait en eux, et même le concept d'honneur de la vieille noblesse guerrière (un *analogon* de l'enthousiasme) disparaissait devant les armes de ceux qui avaient pris pour perspective le *droit* du peuple auquel ils appartenaient* et qui s'en conce-

fonctionnement intérieur du gouvernement, mais de son comportement à l'égard des pays étrangers, si par exemple il faisait obstacle à leurs aspirations républicaines, ne prouvent à vrai dire nullement une insatisfaction du peuple à l'égard de sa propre constitution, mais bien plutôt l'amour qu'il en a, parce qu'il est d'autant plus garanti contre un danger qui pourrait le menacer, que plus nombreux sont les autres peuples à adopter un régime républicain. Pourtant de médisants sycophantes, pour se donner de l'importance, ont cherché à présenter ces innocents propos de politicien en chambre pour une aspiration à des innovations, pour du jacobinisme et des pratiques factieuses constituant une menace pour l'État, alors qu'il n'existait même pas le moindre fondement pour une telle allégation, notamment dans un pays qui était éloigné de plus de cent lieues du théâtre de la Révolution.

* D'un tel enthousiasme pour l'affirmation du droit de l'humanité, on peut dire : *« Postquam ad arma Vulcania ventum est, mortalis mucro glacies ceu futilis ictu dissiluit*[2] *».* Pourquoi un souverain n'a-t-il encore jamais osé déclarer ouvertement qu'il ne reconnaît absolument nul *droit* du peuple à son égard ; que ce peuple n'est redevable de son bonheur qu'à la *bienfaisance* d'un gouvernement qui le lui accorde, et que toute prétention

vaient comme les défenseurs ; exaltation avec VII, 87
laquelle dès lors le public qui voyait les choses de l'extérieur, en spectateur, sympathisait sans la moindre intention de prêter son concours.

7. HISTOIRE PROPHÉTIQUE DE L'HUMANITÉ

Principiellement, il faut qu'il y ait un élément moral, que la raison présente comme pur, mais en même temps aussi, à cause de sa grande influence qui fait époque, comme quelque chose qui présente le devoir reconnu par l'âme humaine comme s'y rattachant, et qui concerne l'espèce humaine

du sujet à un droit à son égard est (parce que ce droit contient en soi le concept d'une résistance *permise*) absurde, et même parfaitement punissable? La cause en est qu'une telle déclara- VII, 87
tion publique dresserait tous les sujets contre lui, quand bien même, comme des moutons dociles conduits par un maître bon et raisonnable, bien nourris et vigoureusement protégés, ils n'auraient en rien à se plaindre de ce que quelque chose manque à leur bien-être. Car pour l'être qui est doué de liberté, il ne suffit pas de jouir d'un agrément de la vie qui peut lui échoir aussi grâce à d'autres (en l'occurrence, grâce au gouvernement) ; mais, ce qui lui importe, c'est le *principe* en vertu duquel il se procure un tel agrément. Or le bien-être n'a pas de principe, ni pour celui qui le reçoit, ni pour celui qui le répartit (pour l'un il consiste en ceci, pour l'autre en cela), parce qu'il concerne l'élément *matériel* du vouloir, qui est empirique et donc inapproprié à l'universalité d'une règle. Un être doué de liberté ne peut et ne doit donc, s'il est conscient de ce privilège qu'il a sur l'animal dépourvu de raison, demander, en vertu du principe formel de son arbitre, nul autre gouvernement, pour le peuple auquel il appartient, qu'un gouvernement dans lequel ce peuple participe au pouvoir législatif ; autrement dit, le droit des hommes qui doivent obéir doit nécessairement précéder tout égard au bien-être, et ce droit est une chose sacrée, qui n'a pas de prix (qui vaut plus que toute utilité) et à quoi aucun gouvernement, si bienveillant qu'il puisse être par ailleurs, ne peut porter atteinte. Mais ce droit n'est cependant toujours qu'une *Idée,* dont la mise en œuvre est soumise à la condition de l'accord de ses *moyens* avec la moralité, que le peuple ne peut transgresser ; ce qui ne saurait être le cas de la révolution, qui est toujours illégitime. Régner *autocratiquement* et pourtant en même temps gouverner de façon républicaine, c'est-à-dire dans l'esprit du républicanisme et sur un mode analogue à celui-là, tel est ce qui rend un peuple satisfait de sa constitution.

dans la totalité qui la réunit *(non singulorum, sed universorum)*, quelque chose dont on applaudit, avec une sympathie si universelle et si désintéressée, la réussite espérée et les tentatives qui sont menées en ce sens[1]. Cet événement est le phénomène non pas d'une révolution, mais (selon l'expression de M. Erhard[2]) de l'*évolution* d'une constitution conforme au droit naturel, qui certes n'est pas en elle-même encore atteinte à la seule
VII, 88 condition de sauvages combats — dans la mesure où la guerre, intérieure comme extérieure, détruit toute constitution *statutaire* jusqu'ici établie — mais qui toutefois conduit à la poursuite d'une constitution qui ne peut être génératrice de guerres, à savoir la constitution républicaine ; cette constitution peut être telle soit par la forme même de l'État, soit même simplement par la modalité du gouvernement, en faisant administrer l'État par l'unité du souverain (le monarque) d'une façon analogue aux lois qu'un peuple se donnerait lui-même conformément aux principes universels du droit.

Or je prétends pouvoir prédire au genre humain — et cela même sans esprit prophétique — d'après les aspects et les signes précurseurs qui sont visibles de nos jours, qu'il atteindra cette fin et en outre, en même temps, que son progrès vers le mieux ne sera plus susceptible, désormais, d'un renversement total. Car un tel phénomène dans l'histoire des hommes *ne s'oublie plus,* parce qu'il a mis au jour dans la nature humaine une disposition et une faculté de progresser telles que nul politique n'avait eu l'intelligence de l'extraire du cours des choses jusqu'à aujourd'hui, et que seules la nature et la liberté réunies dans l'espèce humaine selon les principes internes du droit pouvaient promettre, mais simplement, quant au temps, de façon indéterminée et comme un événement contingent.

Mais, même si le but visé par cet événement n'était pas encore atteint aujourd'hui, même si la révolution ou la réforme de la constitution d'un peuple, en définitive, échouait pourtant, ou bien si, après qu'elle eut duré pendant quelque temps, tout cela retombait à nouveau dans l'ornière antérieure (comme des politiques le prédisent maintenant), cependant cette prédiction philosophique ne perdrait rien de sa force. Car cet événement est beaucoup trop grand, trop intimement uni à l'intérêt de l'humanité, et d'une influence qui s'étend trop au monde dans toutes ses parties, pour ne pas devoir être rappelé au souvenir des peuples à l'occasion de quelconques circonstances favorables et être réveillé pour la répétition de nouvelles tentatives de ce genre ; en effet, dans une affaire aussi importante pour l'espèce humaine, la constitution visée doit bien finir par atteindre à un certain moment cette consistance que les enseignements acquis par l'expérience plus fréquente ne sauraient manquer d'engendrer dans les esprits de tous.

Voici donc une proposition non seulement bien intentionnée et recommandable d'un point de vue pratique, mais tenable, en dépit de tous les incrédules, même pour la théorie la plus rigoureuse : que le genre humain a toujours été en progrès vers le mieux et continuera à progresser VII, 89
ainsi dans l'avenir ; ce qui, si on ne regarde pas seulement ce qui peut arriver à un peuple quelconque, mais aussi son extension à tous les peuples de la Terre, lesquels peu à peu pourraient y prendre part, ouvre la perspective d'une durée s'étendant à l'infini ; à moins qu'éventuellement, à la première époque d'une révolution naturelle, qui (selon Camper et Blumenbach[1]) ensevelit uniquement, avant même qu'il y eût des hommes, le règne animal et le règne végétal, ne succède encore une deuxième révolution, se jouant aussi de la même façon du genre humain, pour faire entrer sur cette scène d'autres créatures, etc. Car pour la toute-puissance de la nature, ou plutôt de sa cause suprême pour nous inaccessible, l'homme à son tour n'est qu'un détail. Mais que les souverains de sa propre espèce le considèrent ainsi et qu'ils le traitent comme tel, tantôt en l'accablant comme un animal, simple instrument de

leurs desseins, tantôt en les dressant les uns contre les autres dans leurs conflits pour les faire massacrer, cela est non pas un détail, mais au contraire un renversement du *but final* de la création elle-même.

8. DE LA DIFFICULTÉ DES MAXIMES CONCERNANT LE PROGRÈS VERS UNE AMÉLIORATION DU MONDE, DU POINT DE VUE DE LEUR PUBLICITÉ

Faire pénétrer les lumières dans le peuple, c'est enseigner publiquement au peuple ses devoirs et ses droits à l'égard de l'État auquel il appartient. Dans la mesure où ne sont ici concernés que les droits naturels tels qu'ils procèdent du sens commun des hommes, les annonciateurs et les interprètes naturels de ces droits au sein du peuple sont non pas les professeurs de droit officiels, nommés par l'État, mais des professeurs de droit libres, c'est-à-dire les philosophes qui, précisément par amour de cette liberté qu'ils se donnent, sont choquants pour l'État, qui ne veut jamais que dominer, et sont décriés, sous le nom de *propagateurs des lumières,* comme des gens mettant l'État en danger ; cela, alors même que leur voix n'est pas dirigée *confidentiellement* vers le peuple (dans la mesure où celui-ci prend peu — ou ne prend pas du tout — en compte ce problème et leurs écrits), mais *respectueusement* vers l'État, lequel est imploré de réfléchir au besoin légitime du peuple ; ce qui ne peut s'accomplir par un autre moyen que celui de la *publicité,* si un peuple tout entier veut présenter sa plainte *(gravamen).* Ainsi, l'interdiction de la *publicité* interdit le progrès d'un peuple vers le mieux, même en ce qui concerne la moindre de ses exigences, c'est-à-dire simplement son droit naturel.

VII, 90 Une autre dissimulation, certes facile à tirer au clair, mais néanmoins imposée au peuple par la loi, est celle de la véritable nature de sa constitution. Ce serait faire injure à la majesté du peuple britannique que de lui dire qu'il s'agit d'une *monarchie absolue;* au contraire on veut qu'il s'agisse d'une constitution *limitant* la volonté du monarque par l'intermédiaire des deux chambres du Parlement figurant les représentants du peuple, et pourtant chacun sait très bien que l'influence du monarque sur ces représentants est si grande et si infaillible que par les deux chambres en question rien n'est décidé que ce qu'il veut et propose par son ministre; lequel, par suite, peut bien, de temps à autre, proposer des résolutions sur lesquelles il sait — et il agit aussi dans ce sens — qu'il lui sera fait opposition (par exemple à propos de la traite des Noirs), cela afin de donner une preuve apparente de la liberté du Parlement. Cette représentation de la nature des choses a en soi ceci de fallacieux que la véritable constitution conforme au droit n'est plus vraiment recherchée, puisque l'on se figure l'avoir trouvée dans un exemple déjà existant, et qu'une publicité mensongère abuse le peuple au moyen de la *monarchie limitée* par une loi procédant de lui*, alors que ses représentants, gagnés par corruption, l'ont secrètement mis sous le joug d'un *monarque absolu.*

★

* Une cause dont on ne perçoit pas immédiatement la nature se dévoile par l'effet qui s'y rattache inévitablement. Qu'est-ce qu'un *monarque absolu?* C'est celui sur l'ordre duquel, quand il dit : «La guerre doit être», il y a aussitôt la guerre. Qu'est-ce en revanche qu'un *monarque à pouvoir limité?* Celui qui doit auparavant demander au peuple si la guerre doit ou non être, et si le peuple dit : «La guerre ne doit pas être», il n'y a pas de guerre. Car la guerre est une situation où toutes les forces de l'État doivent nécessairement être aux ordres du souverain. Or le monarque britannique a mené vraiment beaucoup de guerres sans pour cela chercher un tel consentement. Donc ce roi est un monarque absolu, qui certes ne devrait pas l'être d'après la constitution, à laquelle toutefois il lui est toujours possible de passer outre, parce que précisément grâce à ces forces de l'État (à savoir qu'il a en son pouvoir de conférer toutes les fonctions et toutes les dignités), il peut se considérer comme assuré de l'approbation des représentants du peuple. Toutefois ce système de corruption, pour réussir, ne doit certes pas être objet de publicité. Il demeure donc sous le voile très transparent du secret.

L'*Idée* d'une constitution s'accordant avec le droit naturel des hommes, c'est-à-dire celle où ceux qui obéissent aux lois doivent aussi, en
VII, 91 même temps, par leur réunion, être législateurs, est à la base de toutes les formes d'État, et la société qui, conçue, en conformité avec elle, selon de purs concepts de la raison, s'appelle un *Idéal* platonicien *(respublica noumenon)*, est non pas une chimère vide, mais la norme éternelle pour toute constitution politique en général, et écarte toute guerre. Une société civile organisée conformément à cette Idée en est la *présentation*[1] dans l'expérience, suivant des lois de la liberté, à travers un exemple *(respublica phaenomenon)*, et elle ne peut être acquise que péniblement, après de multiples combats et de multiples guerres ; mais sa constitution, une fois qu'elle a été atteinte dans l'ensemble, se qualifie comme la meilleure de toutes pour tenir écartée la guerre, la ruine de tout bien ; par conséquent, c'est un devoir d'entrer dans une telle constitution, mais provisoirement (parce que cela ne s'effectuera pas de si tôt) c'est le devoir des *monarques*, bien qu'ils règnent *de façon autocratique*, de gouverner pourtant *de façon républicaine* (non pas *démocratique*), c'est-à-dire de traiter le peuple selon des principes qui sont conformes à l'esprit des lois de la liberté (comme un peuple doué d'une raison mûre se les prescrirait à lui-même), quand bien même à la lettre ce peuple ne serait pas interrogé sur son consentement.

9. QUEL BÉNÉFICE LE PROGRÈS VERS LE MIEUX PROCURERA-T-IL AU GENRE HUMAIN ?

Non pas un *quantum* toujours croissant de la moralité dans l'intention, mais une multiplication des produits de sa *légalité* dans des actions conformes au devoir, par quelque mobile qu'elles puissent être déterminées ; autrement dit, c'est dans les bonnes *actions* des hommes, qui deviendront toujours plus nombreuses et meilleures, donc dans les phénomènes de la condition éthique du genre humain, que le bénéfice (le résultat) de sa culture en vue du mieux pourra seulement être situé. Car nous n'avons que des *données empiriques* (expériences) pour fonder cette prédiction : à savoir la cause physique de nos actions en tant qu'elles se produisent, actions qui sont donc elles-mêmes des phénomènes, et non pas la cause morale, qui contient le concept du devoir de ce qui *devait* arriver, concept qui seul peut être établi de façon pure, *a priori*.

Peu à peu il y aura moins de violence de la part des puissants, plus de soumission à l'égard des lois. Il se produira dans la société par exemple plus de bienfaisance, moins de contestations dans les procès, plus de sécurité dans le respect de sa VII, 92
parole, etc., en partie par amour de l'honneur, en partie par intérêt personnel bien compris, et finalement cela s'étendra aussi aux peuples dans leurs relations extérieures les uns avec les autres, jusqu'à la société cosmopolitique, sans que pour cela le fondement moral dans l'espèce humaine doive le moins du monde être accru, dans la mesure où à cette fin serait requise aussi une sorte de nouvelle création (une influence surnaturelle[1]). Car nous ne devons pas non plus trop nous promettre des hommes dans leur progrès vers le mieux, pour ne pas nous exposer à juste titre aux moqueries du politicien qui tiendrait volontiers cette espérance pour la rêverie d'un cerveau exalté*.

* Il est cependant *doux* de forger par la pensée des constitutions politiques qui correspondent aux exigences de la raison (notamment du point de vue du droit) ; mais il est *présomptueux* de les proposer et *coupable* de soulever le peuple pour abolir les constitutions existantes.

L'*Atlantica* de Platon, l'*Utopie* de More, l'*Oceana* d'Harrington, la *Severambia* d'Allais[2], ont été l'une après l'autre mises sur la scène, mais jamais (à l'exception du monstre manqué, par Cromwell, d'une république despotique) on n'en a même seulement fait l'essai. Il en a été de ces créations politiques comme de la création du monde : aucun homme n'y assistait, ni ne pouvait être présent lors d'une telle création, vu que sinon il aurait dû être son propre créateur. Espérer en l'avènement dans l'avenir, aussi tard que cela soit, d'une

10. DANS QUEL ORDRE SEULEMENT PEUT-ON S'ATTENDRE AU PROGRÈS VERS LE MIEUX ?

La réponse est la suivante : non pas selon le cours des choses qui irait *de bas en haut*, mais *de haut en bas*. S'attendre à ce que, par la formation de la jeunesse dans le cadre de l'instruction familiale et ensuite dans les écoles, des écoles élémentaires jusqu'aux plus élevées, en un processus de culture spirituelle et morale renforcé par l'enseignement religieux, on en arrive en fin de compte non seulement à éduquer de bons citoyens, mais encore à éduquer au Bien tout ce qui peut toujours continuer à progresser et se conserver. C'est un plan qui laisse difficilement espérer le succès souhaité[1]. Car ce n'est pas simplement que le peuple tient que les frais de l'éducation de sa
VII, 93 jeunesse doivent incomber non pas à lui, mais à l'État, lequel État de son côté n'a toutefois pas assez d'argent qui lui reste pour payer des maîtres compétents et s'acquittant avec plaisir de leur fonction (comme le déplore Busching[2]), parce qu'il utilise tout pour la guerre ; mais en outre tout le mécanisme de cette formation n'a aucune cohésion, s'il n'est pas conçu et mis en œuvre selon un plan réfléchi du pouvoir politique suprême, et si en outre il n'est pas toujours maintenu conforme à ce plan ; ce pour quoi il conviendrait bien que l'État se réforme aussi lui-même de temps en temps et, en essayant l'évolution au lieu de la révolution, ne cesse de progresser vers le mieux. Mais dans la mesure où ce sont pourtant aussi des *hommes* qui doivent accomplir cette éducation, par conséquent des hommes qui ont dû eux-mêmes être éduqués à cette fin, il y a lieu, en raison de

production politique achevée, comme on la pense ici, est un doux rêve ; en revanche, s'en rapprocher toujours davantage, non seulement est *pensable*, mais, dans la mesure où cela peut s'accorder avec la loi morale, c'est un *devoir*, non pas des citoyens, mais du chef de l'État.

cette faiblesse de la nature humaine et étant donné la contingence des circonstances qui favorisent un tel effet, de situer l'espérance de son progrès uniquement dans une sagesse venant d'en haut (laquelle se nomme Providence, quand elle nous est invisible) comme condition positive ; mais pour ce qui peut à cet égard être attendu et exigé des *hommes,* il ne faut s'attendre, pour accélérer le progrès vers cette fin, qu'à une sagesse négative, savoir qu'ils se verront contraints de faire que le plus grand obstacle à la moralité, la *guerre,* soit d'abord de plus en plus humaine, puis plus rare, et enfin qu'elle disparaisse tout à fait comme guerre offensive, pour se diriger vers une constitution qui, par sa nature, sans s'affaiblir, fondée sur de purs principes du droit, peut progresser avec constance vers le mieux.

CONCLUSION

Un médecin qui consolait de jour en jour ses patients au nom d'une guérison prochaine, l'un en lui disant que le pouls battait mieux, l'autre que la transpiration promettait une amélioration, etc., reçut la visite de l'un de ses amis. «Comment va votre maladie, mon ami?» fut sa première question. «Comment cela irait-il? *Je meurs d'une guérison éclatante!*» Je n'ai nul grief contre quiconque, en voyant le mal dont souffre l'État, en vient à désespérer du salut du genre humain et de son progrès vers le mieux ; simplement, je m'en remets au remède héroïque que Hume indique et qui pourrait produire une rapide guérison : «Quand aujourd'hui, dit-il, je vois les nations se mettre en guerre les unes contre les autres, c'est comme si je voyais deux individus VII, 94
ivres se frappant avec des gourdins dans un magasin de porcelaine. Car il ne leur suffit pas d'avoir à guérir lentement des bosses qu'ils s'infligent réciproquement, mais en outre ils devront

encore payer tous les dégats qu'ils ont provoqués[1]. » *Sero sapiunt Phryges.* Mais les conséquences douloureuses de la présente guerre peuvent contraindre le prophète politique à reconnaître une orientation imminente du genre humain vers le mieux qui déjà se profile.

VII, 95

Troisième section

LE CONFLIT DE LA FACULTÉ DE PHILOSOPHIE AVEC LA FACULTÉ DE MÉDECINE

VII, 97

DU POUVOIR DE L'ESPRIT, PAR SIMPLE RÉSOLUTION, DE MAÎTRISER SES SENTIMENTS MORBIDES

Une lettre en réponse
à M. le Conseiller aulique
et professeur Hufeland[2]

Que mes remerciements pour le présent qui m'a été remis le 12 décembre 1796 de votre instructif et agréable livre *De l'art de prolonger la vie humaine* aient eux-mêmes dû être calculés pour une longue vie, vous pourriez peut-être avoir matière à l'induire d'après la date de cette réponse du mois de janvier de *cette année,* si le fait d'être devenu vieux n'apportait avec lui l'ajournement plus fréquent *(procrastinatio)* d'importantes résolutions, parmi lesquelles sans doute figure celle de la mort, qui s'annonce toujours trop tôt pour nous et qu'on trouve inépuisablement des raisons de faire attendre.

Vous réclamez de moi un jugement sur votre

« effort pour traiter moralement le physique en l'homme ; pour présenter l'homme tout entier, même l'homme physique, comme un être fait pour la moralité, et pour montrer la culture morale comme indispensable à l'accomplissement physique de la nature humaine qui partout n'existe que sous la forme de la disposition », et vous ajoutez : « Du moins puis-je assurer qu'il ne s'agissait pas là d'opinions préconçues, mais que je fus conduit irrésistiblement à en traiter par le travail et la recherche eux-mêmes ». Une telle façon de voir les choses trahit le philosophe, et non le simple raisonneur ingénieux ; un homme qui non seulement, tel un des directeurs de la Convention française, puise avec habileté les *moyens* d'application que la raison prescrit (de façon technique) comme l'expérience les offre, mais encore, en tant que membre légiférant du corps des médecins, les tire de la raison pure, qui en plus de savoir avec habileté ce qui apporte une *aide,* sait aussi avec VII, 98
sagesse ce qui en même temps est en soi un *devoir :* si bien que la philosophie pratique morale donne en même temps une panacée qui certes ne vient pas en aide à tous pour tout, mais qui pourtant ne peut être absente d'aucune ordonnance[1].

Mais cette panacée concerne seulement la *diététique,* c'est-à-dire qu'elle agit seulement de façon *négative,* comme art de *prévenir* les maladies ; mais un tel art présuppose une faculté que seule la philosophie peut donner, ou l'esprit de la philosophie, qu'on doit absolument présupposer. C'est à cet esprit que se rapporte la tâche suprême de la diététique, qui est contenue dans le titre :

Du pouvoir de l'esprit humain de maîtriser, par la seule fermeté de sa résolution, ses sentiments morbides.

Les exemples attestant la possibilité de cette affirmation, je ne peux les emprunter à l'expérience d'*autrui,* mais d'abord seulement à celle que j'ai faite sur moi-même, parce qu'elle provient de la conscience de soi, et que c'est seulement ensuite qu'il est possible de demander aux autres s'ils ne perçoivent pas eux aussi en eux la même chose. Je me vois donc contraint de laisser mon *moi* se manifester, ce qui, dans l'exposé dogmatique*, trahit de l'immodestie, mais mérite le pardon si cela ne concerne pas une expérience commune, mais une expérience ou observation intérieure que je dois d'abord avoir faite sur moi-même pour soumettre au jugement d'autrui quelque chose qui ne vient pas spontanément à l'esprit de chacun sans qu'il y ait été conduit. Ce serait une prétention blâmable de vouloir entretenir *autrui* de l'histoire intérieure du jeu de mes pensées, laquelle histoire possèderait certes une importance subjective (pour moi), mais non pas la moindre importance objective (valant pour chacun). Mais si cette attention portée à soi-même et la perception qui en procède ne sont pas si communes, si au contraire l'affaire est telle qu'elle a besoin de la réquisition de chacun à son propos et si elle en est digne, alors cet inconvénient d'entretenir autrui de ses états d'âme privés peut du moins être pardonné.

Avant que j'ose avancer le résultat de l'observa-
VII, 99 tion que j'ai faite de moi-même à propos de la diététique, je dois encore faire une remarque sur la façon dont M. Hufeland présente la tâche de la *diététique,* c'est-à-dire de l'art de *prévenir* les maladies, par opposition à la *thérapeutique,* art de les *guérir.*

Cela signifie pour lui «l'art de prolonger la vie humaine».

Il emprunte cette définition à ce que les hommes désirent le plus ardemment, quoiqu'il se pourrait bien que cela soit peut-être moins désirable. Certes ils exprimeraient volontiers en même temps deux désirs, à savoir *vivre longtemps* et en outre *être en bonne santé;* mais le premier désir n'a pas le second pour condition nécessaire : au contraire il est *inconditionné.* Que sur son lit,

* Dans l'exposé pratique dogmatique, par exemple de l'observation de soi-même qui touche aux devoirs regardant chacun, le prédicateur ne dit pas *«je»,* mais *«nous».* En revanche dans l'exposé narratif, celui des impressions privées (de la confession que le patient fait à son médecin), ou de la propre expérience faite sur soi-même, il lui faut dire : *«je».*

pendant des années, un malade souffre dans un hôpital et soit dans l'indigence, et écoutez-le souhaiter souvent que la mort vienne — le plus tôt sera le mieux — le délivrer de ce tourment ; ne le croyez pas, ce n'est pas sérieux. Sa raison certes le lui suggère, mais l'instinct naturel veut autre chose. S'il appelle la mort comme étant son libérateur (*Jovi liberatori*), pourtant il réclame toujours encore un petit délai et a toujours quelque chose à alléguer pour l'ajournement (*procrastinatio*) de son décret péremptoire. La décision de se suicider, de mettre fin à ses jours, prise sous l'effet d'une exaspération violente, ne constitue nullement à cet égard une exception : car elle est l'effet d'un sentiment exalté jusqu'à la folie. Des deux promesses données pour le respect du devoir filial (*afin que tu prospères et que tu vives longtemps sur la Terre*), la dernière contient le mobile le plus fort, même au jugement de la raison, en tant qu'il s'agit d'un devoir dont l'observation est en même temps *méritoire*.

Le devoir d'*honorer la vieillesse* ne se fonde pas à proprement parler sur les justes égards dont on croit les jeunes capables à l'adresse de la faiblesse des vieillards ; car ce n'est pas là une raison de la considération qui leur est *due*. L'âge veut donc en outre être tenu pour quelque chose de méritoire parce qu'on l'*honore*. La raison n'en est pas, sans doute, qu'avoir l'âge de Nestor impliquerait en même temps une sagesse, acquise grâce à une expérience abondante et longue, qui soit appropriée à la direction des gens plus jeunes, mais c'est uniquement parce que, à condition que nul déshonneur ne l'ait souillé, l'homme qui s'est conservé si longtemps, c'est-à-dire a pu se soustraire à la mortalité — la sentence la plus humiliante qui puisse être rendue sur un être raisonnable (*tu es poussière et tu dois devenir poussière*) —, et a pu pour ainsi dire gagner sur l'immortalité, c'est, disais-je, parce qu'un tel homme s'est si longtemps conservé en vie et proposé comme exemple.

Pour ce qui est de la santé, le second souhait VII, 100

naturel, il n'y a guère là, en revanche, que du désagrément. On peut *se sentir* bien portant (juger à partir du sentiment de plaisir que procure sa vie), mais on ne peut jamais *savoir* que l'on est bien portant. Chaque cause de mort naturelle est maladie, qu'on la sente ou non. Il y a beaucoup de gens dont, sans qu'on veuille précisément se moquer d'eux, on dit qu'ils seront toujours *maladifs,* mais ne pourront jamais être *malades;* dont le régime est un écart toujours renouvelé par rapport à leur façon de vivre et, à nouveau, un retour vers celle-ci, et que cela mène loin dans leur vie, sinon quant aux manifestations de leur énergie, du moins du point de vue de la longévité. À combien de mes amis ou de mes relations n'ai-je pas survécu, qui se vantaient d'une parfaite santé grâce à un mode d'existence régulier, adopté une fois pour toutes ; tandis que le germe de la mort (la maladie), proche de se développer, était déjà en eux de façon inaperçue, et que celui qui *se sentait* bien portant, ne *savait* pas qu'il était malade ; car la *cause* d'une mort naturelle, on ne peut pourtant la nommer autrement que *maladie.* Mais la *causalité,* on ne peut la sentir ; pour cela, l'entendement est nécessaire, dont le jugement peut être erroné ; tandis que le *sentiment* est infaillible, mais c'est seulement si l'on se *sent* malade qu'il mérite son nom ; toutefois, même si l'on ne se *sent* pas tel, cependant le sentiment peut tout de même exister en l'homme de façon dissimulée et prêt à se développer bientôt ; par conséquent l'absence de ce sentiment ne permet pas à l'homme d'exprimer son bien-être autrement qu'en disant qu'*apparemment* il est en bonne santé. Donc la longévité de la vie, si on la considère en regardant en arrière, peut seulement attester de la santé dont on a *joui,* et la diététique aura à démontrer avant tout son habileté ou sa science dans l'art de *prolonger* la vie (et non pas d'en *jouir*), ainsi qu'a aussi voulu le dire M. Hufeland.

PRINCIPE DE LA DIÉTÉTIQUE

La diététique ne doit pas tenir compte de la *commodité;* car cette façon de ménager ses forces et ses sentiments est de l'amollissement, c'est-à-dire qu'il a comme conséquence la faiblesse, l'absence d'énergie et une extinction progressive de la force vitale par manque d'exercice ; de même qu'on produit une extinction de ses forces par leur emploi trop fréquent et trop intense. Le *stoïcisme* comme principe de la *diététique (sustine et abstine)* appartient donc non seulement à la philosophie pratique comme *doctrine de la vertu,* mais aussi comme *science de la médecine.* Par suite celle-ci est *philosophique* à condition que seule la puissance de la raison en l'homme, puissance de maîtriser VII, 101
les sentiments de ses sens par un principe qu'il se donne à lui-même, détermine le mode de vie. En revanche, si elle cherche, pour exciter ou écarter ces affections, des secours en dehors d'elle-même, dans des moyens corporels (la pharmacie, ou la chirurgie), elle est simplement empirique et mécanique.

La chaleur, le sommeil, les soins attentifs à l'égard de quelqu'un qui n'est pas malade, sont de tels *abandons* à la commodité.

1. Je ne peux, d'après l'expérience faite sur moi-même, donner mon assentiment à la prescription : on doit tenir au chaud la tête et les pieds. Au contraire je trouve plus prudent de les maintenir froids (ce à quoi les Russes ajoutent aussi la poitrine), précisément par sollicitude, *pour ne pas me refroidir*. Certes il est plus confortable de se laver les pieds à l'eau tiède, que de le faire, en hiver, avec de l'eau presque glacée ; mais en revanche on échappe à l'inconvénient du relâchement des artères dans des parties du corps aussi éloignées du cœur, ce qui dans la vieillesse entraîne souvent une maladie alors incurable des pieds. Maintenir le ventre au chaud, surtout par temps froid, pourrait davantage appartenir à la

prescription diététique, plutôt qu'à la commodité : car il contient en lui des intestins qui doivent, sur un long parcours, conduire une matière non liquide ; c'est pourquoi ce qu'on appelle une ceinture abdominale (une large bande tenant le bas-ventre et en soutenant les muscles) convient aux vieillards, mais non pas vraiment à cause de la chaleur.

2. Dormir longtemps ou plusieurs fois (de façon répétée, grâce à la sieste), c'est assurément s'épargner d'autant le tracas que la vie apporte en général, inévitablement, dans l'état de veille, et il est assez étonnant de se souhaiter une longue vie pour la passer, dans sa plus grande part, à dormir. Mais — c'est ce qui ici proprement importe — ce prétendu moyen de la longévité, la commodité, se contredit lui-même dans son projet. Car multiplier les réveils et les assoupissements, pendant les longues nuits d'hiver, paralyse, délabre et épuise, dans un repos illusoire, tout le système nerveux : par conséquent la commodité est ici une cause du raccourcissement de la vie. Le lit est le nid d'une foule de maladies.

3. *Se soigner* ou se faire soigner, dans sa vieillesse, uniquement pour *épargner* ses forces en évitant l'incommodité (par exemple de sortir en cas de mauvais temps) ou, en général, en se déchargeant sur d'autres du travail que l'on
VII, 102 pourrait accomplir soi-même, et pour accroître ainsi la durée de sa vie, une telle sollicitude produit en fait exactement le contraire, à savoir le vieillissement précoce et un raccourcissement de la vie. De la même manière, que des personnes devenues très âgées aient été *pour la plupart mariées,* cela serait très difficile à prouver. Dans quelques familles la longévité est héréditaire, et l'accouplement dans une telle famille peut bien fonder une souche de ce type. Ce n'est pas non plus un mauvais principe politique que de célébrer, pour stimuler les mariages, la vie matrimoniale comme une longue vie, bien que l'expérience ne donne jamais, proportionnellement, que peu d'exemples de gens qui, en vivant l'un à côté de

l'autre, soient devenus particulièrement vieux ; mais la question, ici, porte seulement sur la raison physiologique de la longévité — comme en dispose la nature —, et non sur la raison politique, comme la convenance de l'État exige que l'opinion publique soit accordée à son dessein. Au reste, l'activité de *philosopher,* sans qu'il soit question pour cela d'être précisément philosophe, est aussi un moyen d'écarter maints sentiments désagréables et constitue pourtant en même temps une *agitation* de l'esprit introduisant dans ses activités un intérêt qui est indépendant de contingences extérieures et qui, justement pour cela, même si c'est simplement comme un jeu, est cependant puissant et profond, et ne laisse pas se ralentir l'énergie vitale. Au contraire la *philosophie,* qui possède un intérêt propre pour, dans sa totalité, le but final de la raison (qui est une absolue unité), apporte avec elle un sentiment de force qui peut parfaitement compenser dans une certaine mesure l'affaiblissement corporel de la vieillesse par une appréciation raisonnable de la valeur de la vie. Mais de nouvelles perspectives s'ouvrant pour l'élargissement de ses connaissances, quand bien même elles n'appartiendraient pas précisément à la philosophie, ont pourtant aussi exactement le même résultat, ou un résultat analogue ; et en tant que le mathématicien y prend un intérêt *immédiat* (non pas comme à un moyen en vue d'une autre fin), il est en tant que tel aussi philosophe, et jouit de ce qu'a de bienfaisant une telle manière de stimuler ses forces en une vie rajeunie et prolongée qui ne connaît pas l'épuisement.

Mais même de simples futilités, dans une situation dégagée de tout souci, produisent, auprès d'esprits bornés, presque le même résultat, comme succédané, et ceux qui se consacrent toujours largement à ne rien faire deviennent généralement, eux aussi, vieux. Un homme très âgé trouvait un grand intérêt à faire en sorte que les nombreuses pendules de sa chambre sonnent toujours l'une après l'autre, et jamais de concert ; ce qui l'occupait assez, lui et son horloger, pour

toute la journée, et donnait à ce dernier de l'argent à gagner. Un autre trouvait une occupation suffisante en nourrissant et en soignant ses
VII, 103 oiseaux chanteurs, pour remplir son temps entre ses propres repas et le sommeil. Une vieille femme ayant du bien y parvenait en se consacrant au rouet au milieu de conversations insignifiantes mêlées à son travail et, par voie de conséquence, se plaignait, dans son âge très avancé, exactement comme s'il s'agissait de la perte d'une bonne société, qu'elle s'exposait au danger de mourir d'ennui, puisque désormais elle ne pouvait plus sentir le fil entre ses doigts.

Cela dit, afin que mon discours sur la longévité ne vous ennuie pas non plus et ne devienne pas par là dangereux, je vais borner là le bavardage, dont on a coutume, si du moins on ne le réprimande pas, de sourire comme d'un défaut de la vieillesse.

1. *De l'hypocondrie*

La faiblesse qu'il y a à s'abandonner, avec découragement, à ses sentiments morbides en général, sans objet déterminé (par conséquent sans tenter de les maîtriser par la raison), la maladie des idées noires *(hypocondria vaga)*, qui n'a véritablement pas de siège déterminé dans le corps, est une créature de l'imagination et pourrait donc aussi se nommer la *maladie des chimères**, où le patient croit remarquer en lui toutes les maladies dont il est question dans les livres qu'il lit; cette faiblesse, donc, est l'exact contraire de cette faculté de l'esprit qui consiste à maîtriser ses sentiments morbides : à savoir, une tendance pusillanime à songer aux maux qui pourraient frapper des êtres humains, sans pouvoir leur faire face s'ils survenaient; une sorte de folie, à la base de laquelle il peut bien y avoir un élément maladif

* À la différence de l'hypocondrie *topique (hypocondria intestinalis)*.

(flatulences ou constipation), qui cependant n'est pas ressenti immédiatement tel qu'il affecte les sens, mais au contraire est dénaturé, sous la forme d'un mal imminent, par l'imagination et sa puissance d'invention ; situation où ensuite le bourreau de soi-même *(heautontimoroumenos)*, au lieu de se ressaisir lui-même, fait en vain appel au secours du médecin : en vain, car c'est lui, et lui seulement qui, par la diététique du jeu de ses pensées, peut surmonter des représentations pénibles qui surviennent involontairement, celles de maux, assurément, contre lesquels, s'ils se faisaient effectivement sentir, on ne pourrait en tout cas rien faire. À celui qui souffre de cette maladie, et aussi longtemps qu'il en est ainsi, on ne peut demander qu'il maîtrise ses sentiments morbides par la simple résolution. Car, s'il en était capable, il ne VII, 104 serait pas hypocondriaque. Un homme raisonnable ne tolère pas une telle hypocondrie ; au contraire, si des angoisses le prennent, qui veulent tourner en idées noires, c'est-à-dire en maux qu'on s'imagine *soi-même,* il se demande si elles ont un objet. S'il n'en trouve pas qui puisse fournir une cause rationnelle de ces angoisses, ou s'il aperçoit que, quand bien même il y en aurait un, il n'y a pourtant rien de possible à faire pour écarter son effet, il passe — sur cette sentence de son sentiment intérieur — à l'ordre du jour, c'est-à-dire qu'il laisse son anxiété (qui dès lors est simplement topique) là où elle est (comme si elle ne le concernait en rien), et il dirige son attention sur les affaires dont il a à s'occuper.

À cause de ma poitrine plate et étroite, qui laisse peu d'espace pour le mouvement du cœur et des poumons, j'ai une disposition naturelle à l'hypocondrie, qui en des temps plus anciens confinait à la lassitude de vivre. Mais la réflexion que la cause de cette sensation d'avoir le cœur serré n'était peut-être que mécanique et était impossible à supprimer, entraîna bientôt que je n'y prêtai plus du tout attention et que, pendant que je me sentais oppressé dans la poitrine, pourtant dans ma tête régnaient un calme et une sérénité qui, même en société, ne manquaient pas de se communiquer, non pas à travers une humeur changeante, comme se plaisent à être les hypocondriaques, mais de façon délibérée et naturelle. Et puisque la vie donne plus de joie à travers ce que l'on *fait* en en usant librement qu'à travers ce dont on *jouit*, les travaux de l'esprit peuvent opposer une autre sorte de stimulation du sentiment vital aux entraves qui concernent simplement le corps. La sensation d'être oppressé m'est restée ; car sa cause réside dans la complexion de mon corps. Mais de son influence sur les pensées et mes actions, je suis devenu maître en détournant mon attention de ce sentiment, comme s'il ne me concernait pas du tout.

2. *Du sommeil*

Ce que les Turcs, conformément à leurs principes de la prédestination, disent de la tempérance, c'est-à-dire qu'au commencement du monde a été mesurée pour chaque homme la portion qu'il aurait à manger dans sa vie, et que, s'il consomme en grandes portions la part qui lui a été attribuée, il peut compter avoir à manger, et par conséquent *être*, pendant un temps d'autant plus court, cela
VII, 105 peut aussi servir de règle dans une diététique, comme *morale pour des enfants* (car, pour ce qui est de la jouissance, même des hommes doivent souvent être traités par les médecins comme des enfants : à savoir que, pour chaque homme, dès le départ, sa portion de *sommeil* a été mesurée par le destin et que celui qui, à l'âge d'homme, a consacré trop de son temps de vie au sommeil (plus du tiers), ne peut se promettre un long temps pour dormir, c'est-à-dire pour vivre et devenir vieux. Celui qui consacre au sommeil, sous la forme de la douce jouissance qu'il y a à sommeiller (la *sieste* des Espagnols) ou pour abréger le temps (pendant les longues nuits d'hiver), beaucoup plus qu'un tiers de son temps de vie, ou qui se l'attribue aussi de façon fractionnée

(avec des interruptions) et non en une seule fois pour chaque jour, calcule très mal eu égard à sa *quantité de vie,* à la fois quant à l'intensité et quant à la longueur. Or, dans la mesure où un homme souhaitera difficilement n'avoir absolument nul besoin de sommeil (où l'on voit clairement qu'il ressent une longue vie comme un long fléau, dont il s'est épargné autant de peines à supporter qu'il a dormi), il est plus avisé, aussi bien pour la sensibilité que pour la raison, de mettre de côté entièrement ce tiers, vide de jouissance et d'activité, et de l'abandonner à l'indispensable remise en état de la nature ; cela, toutefois, en mesurant avec précision le moment à partir duquel elle doit commencer et le temps pendant lequel elle doit durer.

*

Il fait partie des sentiments morbides de ne pas pouvoir dormir au moment décidé et habituel, ou aussi de ne pas pouvoir se tenir éveillé ; mais particulièrement le premier point : se mettre au lit dans cette intention et pourtant rester étendu sans sommeil. S'ôter toutes les idées de la tête, c'est là certes le conseil habituel que donne le médecin ; mais celles-ci, ou d'autres à leur place, reviennent et tiennent éveillé. Il n'y a pas d'autre conseil diététique, quand intérieurement on perçoit ou on prend conscience d'une idée qui s'agite, que d'en détourner aussitôt l'attention (exactement comme si, les yeux fermés, on tour*nait* ceux-ci d'un autre côté) ; à la suite de quoi, par cette façon de couper court à toute idée dont on s'aperçoit, surgit peu à peu une confusion des représentations ; par là est supprimée la conscience de la situation corporelle (extérieure), et un ordre tout à fait différent fait son apparition, à savoir un jeu involontaire de l'imagination (à l'état sain, c'est le *rêve*), où, par un étonnant tour de VII, 106
force de l'organisation animale, le corps devient *détendu* pour les mouvements de l'animalité, mais *agité* très profondément pour le mouvement vital,

et cela par les *rêves,* qui, bien qu'au réveil nous ne nous en souvenions pas, n'ont pu cependant être absents, parce que, sinon, en l'absence totale de rêves, si la force nerveuse qui part du cerveau, siège des représentations, n'agissait pas de concert avec la force musculaire des viscères, la vie ne pourrait se maintenir un seul instant. Par conséquent, vraisemblablement, tous les animaux rêvent quand ils dorment.

Mais il arrivera à n'importe quel homme qui s'est mis au lit et se prépare à dormir, de ne pouvoir cependant parvenir parfois à s'endormir, malgré tous ses efforts pour détourner le cours de ses pensées, sur le mode indiqué. Dans ce cas, il sentira dans son cerveau quelque chose de *spasmodique* (quelque chose de *convulsif*), ce qui concorde bien aussi avec l'observation qu'un homme, immédiatement après son réveil, est à peu près d'un demi-pouce plus grand que s'il était même resté au lit et n'avait fait qu'y veiller. Dans la mesure où l'insomnie est une insuffisance de la vieillesse affaiblie et que le côté gauche est en général le plus faible*, je ressentais depuis environ un an ces attaques de convulsions et des irrita-

* On allègue de façon tout à fait inexacte qu'en ce qui concerne la force dans l'usage de ses membres externes, il dépendrait simplement de l'exercice et de la manière dont on a été habitué de bonne heure, que l'une ou l'autre des deux parties du corps puisse être la plus forte ou la plus faible ; que ce soit, dans le combat, avec le bras droit ou avec le bras gauche que l'on tienne le sabre ; que le cavalier, debout sur l'étrier, saute sur son cheval de droite à gauche, ou dans le sens inverse, etc. Mais l'expérience apprend que, si c'est au pied gauche que l'on se fait prendre les mesures pour ses souliers, quand le soulier s'adapte exactement à ce pied, il est trop étroit pour le droit, sans que l'on puisse en tenir pour responsables les parents qui n'auraient pas mieux instruit leurs enfants ; de même le privilège du côté droit sur le côté gauche peut aussi se voir au fait que celui qui veut sauter au-dessus d'un fossé assez profond, prend appui avec le pied gauche et saute avec le droit ; dans le cas contraire, il court le risque de tomber dans le fossé. Que le fantassin prussien soit exercé à *partir* du pied gauche ne contredit pas cet énoncé, mais bien plutôt le confirme ; car il met ce pied en avant comme sur un *hypomochlium*[1], pour avec le côté droit donner l'impulsion offensive, qu'il accomplit avec le droit contre le gauche.

tions très sensibles de ce genre (mais pas de mouvements réels et visibles des membres ainsi affectés, tels que des crampes), si bien que je dus, d'après la description que m'en firent d'autres personnes, les tenir pour des accès de goutte et, pour cela, aller chercher un médecin. Mais, rendu impatient par la façon dont je me sentais gêné dans mon sommeil, je recourus bientôt à mon moyen stoïque : fixer avec application ma pensée VII, 107 sur un quelconque objet indifférent, que je choisissais, quel qu'il fût (par exemple sur le nom de Cicéron, qui contient beaucoup de représentations adjacentes), et par conséquent détourner mon attention de cette sensation ; par là celle-ci devint ensuite, et à vrai dire rapidement, moins aiguë, et c'est ainsi que le sommeil prévalut sur elle et cela, à chaque fois que des crises de cette sorte se produisent à nouveau, je peux le répéter, dans les brèves interruptions du sommeil nocturne, avec un résultat pareillement positif. Que cependant ce n'était sans doute point là des douleurs purement imaginaires, je pus en être convaincu le lendemain matin par la rougeur brûlante apparue aux orteils du pied gauche. Je suis certain que beaucoup d'accès de *goutte,* à la seule condition que le régime des jouissances n'y soit pas vraiment par trop contraire, des *crampes* et même des attaques d'*épilepsie* (sauf chez les femmes et les enfants, dans la mesure où ils ne disposent pas d'une telle force de résolution), peut-être même la *podagre* décriée comme incurable, pourraient, à l'occasion de toute nouvelle atteinte du mal, être arrêtés par cette fermeté de la résolution (celle de détourner son attention d'une telle souffrance) et peu à peu véritablement surmontés.

3. *Du boire et du manger*

En état de santé et pendant la jeunesse, le plus conseillé, en ce qui concerne la jouissance, quant à la durée et sa quantité, est d'interroger simplement l'*appétit* (la faim et la soif) ; mais lors de

l'affaiblissement qui intervient avec l'âge, une certaine façon d'être *habitué* à un mode de vie qu'on a éprouvé et trouvé salutaire, c'est-à-dire le fait de se comporter tous les jours exactement comme on l'a fait un jour, est un principe diététique qui est le plus favorable possible à une longue vie ; à la condition toutefois que ce mode d'alimentation fasse les exceptions qui s'imposent pour les refus que l'appétit peut opposer. Celui-ci refuse en effet, dans la vieillesse, une quantité excessive de liquide (la consommation de soupes ou de beaucoup d'eau), notamment chez les hommes ; il réclame en revanche une chère plus solide et des boissons plus attirantes (par exemple du vin), aussi bien pour stimuler le mouvement *vermiforme* des intestins (qui parmi tous les viscères semble avoir le plus de *vita propria,* parce que, si on les arrache encore chauds hors de l'animal et si on les coupe en morceaux, ils rampent comme des vers, dont on peut non seulement sentir, mais même entendre le travail), qu'en même temps pour introduire dans la circu-
VII, 108 lation du sang des éléments qui par leur pouvoir excitant sont nécessaires pour maintenir en état le mouvement de la circulation sanguine.

Cependant, chez les personnes âgées, l'eau a besoin d'un plus long temps pour, introduite dans le sang, accomplir le long processus de sa séparation de la masse sanguine, à travers les reins, et jusqu'à la vessie, si elle ne contient pas en elle des éléments assimilés au sang (par exemple le vin) qui apportent avec eux un pouvoir d'exciter les vaisseaux sanguins à ce mouvement de rejet ; mais ce dernier est dans ce cas utilisé comme un médicament, dont l'emploi artificiel ne relève donc plus proprement de la diététique. Ne pas s'abandonner aussitôt à la velléité que peut avoir l'appétit de boire de l'eau (à la soif), laquelle est pour une grande part seulement habitude, et une *ferme* résolution prise à cet égard adaptent cette excitation à la mesure du besoin naturel d'une adjonction nécessaire de liquide aux mets solides, liquide dont l'usage massif est interdit à la vieillesse, même par l'instinct naturel. On ne dort même pas bien, du moins pas profondément, si l'on consomme de l'eau avec excès, parce que par là la chaleur du sang est diminuée.

On a souvent demandé si, de même que l'on ne peut s'accorder qu'un sommeil en vingt-quatre heures, de même, dans un nombre égal d'heures, la règle diététique ne voudrait pas que l'on s'autorisât uniquement un repas, ou s'il ne serait pas préférable (plus sain) de soustraire quelque chose à l'appétit lors du repas de midi pour ainsi pouvoir aussi manger le soir. Pour abréger le temps, la dernière solution est certes la meilleure. Je la tiens aussi pour davantage profitable dans ce que l'on appelle les meilleures années de la vie (l'âge moyen) ; mais la première convient mieux à un âge plus avancé. Car, dans la mesure où la phase consacrée à l'opération des intestins en vue de la digestion se déroule sans doute plus lentement dans la vieillesse que dans les jeunes années, on peut croire qu'imposer un nouveau *pensum* à la nature (à l'occasion d'un repas du soir), alors que la première phase de la digestion n'est pas encore achevée, devrait être préjudiciable à la santé. Ainsi l'on peut tenir le désir de dîner, après un repas de midi suffisant, pour un sentiment *morbide,* que l'on peut maîtriser par une ferme résolution, de telle façon que peu à peu l'atteinte n'en est même plus ressentie.

4. *Du sentiment morbide résultant du fait de penser mal à propos* VII, 109

Pour un savant, la *pensée* est une nourriture sans laquelle, quand il est *éveillé* et *seul,* il ne peut vivre ; or celle-là peut consister à *apprendre* (lire des livres) ou à *concevoir des idées* (méditer et se forger une conception). Mais en mangeant ou en marchant s'occuper en même temps, avec effort, à une pensée déterminée, charger de deux travaux en même temps la tête et l'estomac, ou la tête et les pieds, de cela découle dans un cas l'hypocondrie, dans l'autre l'étourdissement. Pour maîtriser donc par la diététique cet état morbide, il n'est rien requis d'autre que de faire alterner l'activité mécanique de l'estomac ou des pieds avec l'activité spirituelle de la pensée, et pendant ce temps (consacré à la restauration) de freiner la pensée volontaire et de laisser le libre jeu (semblable à un jeu mécanique) de l'imagination suivre son cours ; ce pour quoi, de quelqu'un qui étudie, est toutefois exigée une résolution générale et ferme d'observer une *diététique de la pensée.*

Des sentiments morbides surviennent si, lors d'un repas sans société, l'on s'occupe en même temps à lire ou à méditer, parce que l'énergie vitale, par ce travail cérébral, est détournée de l'estomac, que l'on importune. De même quand cette méditation est associée au travail énergétiquement épuisant des pieds (dans la promenade*). (On peut encore ajouter l'*élucubration*[1], si elle n'est pas habituelle.) Cependant les sentiments morbides qui résultent de ces activités intellectuelles entreprises mal à propos *(invita Minerva)* ne sont pourtant pas de telle sorte qu'ils se laissent supprimer immédiatement par la seule résolution, instantanément, mais ce n'est possible que peu à peu, en s'en désaccoutumant à l'aide d'un principe opposé, et c'est des premiers qu'on doit seulement parler ici.

* Les gens qui s'adonnent à des études peuvent difficilement éviter, lors de promenades solitaires, de se divertir eux-mêmes et tout seuls par la méditation. Mais j'ai découvert sur moi-même et aussi entendu dire par d'autres, que je questionnais à ce propos, que l'effort de la pensée, en marchant, vide rapidement de force ; au contraire, si l'on s'abandonne au libre jeu de l'imagination, le mouvement est un moyen de récupérer. Cela se produit encore davantage si, lors de ce mouvement associé à la méditation, on tient en même temps une conversation avec quelqu'un d'autre, à tel point qu'on se trouve bientôt contraint de s'asseoir pour poursuivre le jeu de ses pensées. La promenade à l'air libre a justement pour but de détendre, par le changement des objets, l'attention que l'on porte à chaque objet singulier.

5. *De la suppression et de la prévention d'atteintes morbides par la résolution qui porte sur la respiration* VII, 110

J'étais, il y a quelques années encore, de temps en temps affligé de rhumes et de toux — accès tous deux d'autant plus fâcheux pour moi qu'ils survenaient quelquefois au moment d'aller me coucher. Comme irrité par cette perturbation du sommeil nocturne, je me résolus, en ce qui concerne la première atteinte, à respirer exclusivement par le nez, les lèvres solidement closes ; au début je ne parvins à en être capable par le nez qu'en émettant un faible sifflement, puis, dans la mesure où je ne cessais pas ni ne diminuais mon effort, un souffle d'air toujours plus fort, enfin plein et libre, et sur ce je m'endormis aussitôt. Pour la toux, cette expiration pour ainsi dire convulsive et retentissant de façon saccadée[1], avec des aspirations survenant entre-temps (pas de façon continue, comme dans le rire), notamment la toux que l'homme du peuple, en Angleterre, appelle la toux du vieillard (qui se produit au lit), elle était pour moi d'autant plus fâcheuse qu'elle se faisait sentir quelquefois peu après que le lit se fût réchauffé et qu'elle retardait la venue du sommeil. Pour faire obstacle donc à cette toux que provoque l'excitation du larynx par l'air que VII, 111
l'on aspire, la bouche ouverte*, il était besoin non

* L'air atmosphérique, quand il circule par la trompe d'Eustache (donc avec les lèvres fermées), dans la mesure où il dépose de l'oxygène lors de ce détour qui se produit près du cerveau, ne devrait-il pas aussi produire le sentiment vivifiant d'organes vitaux fortifiés, tout comme si l'on *buvait de l'air ;* à l'occasion de quoi celui-là, bien qu'il n'ait certes aucune odeur, renforce pourtant les nerfs de l'odorat et les vaisseaux absorbants qui en sont proches ? Il y a bien des temps où cette jouissance vivifiante de l'air ne se produit pas, alors que par un autre temps c'est un véritable agrément, lors de sa promenade, que de le boire à longs traits, agrément que ne procure pas l'aspiration, la bouche ouverte. Or il est de la plus grande importance diététique de s'*accoutumer* à respirer par le nez, les

pas d'une opération mécanique (pharmaceutique), mais seulement d'une opération immédiate de l'esprit : à savoir détourner entièrement l'*attention* pour cette excitation, en s'efforçant de la diriger sur un quelconque objet (comme, plus haut, pour les accès de convulsions) et en bloquant ainsi l'expulsion de l'air, ce qui, comme je le ressentis clairement, me faisait venir le sang au visage, mais ce par quoi le flux humide *(saliva)* suscité par la même excitation empêchait l'effet de cette excitation, à savoir l'expulsion de l'air, et produisait la déglutition de cette humidité. Une opération de

lèvres fermées, de telle sorte qu'il en aille de même dans le plus profond sommeil et que l'on se réveille aussitôt que la respiration se produit la bouche ouverte, et que cela provoque comme un sursaut ; ainsi que je le ressentis au début, avant que respirer de cette façon me fût devenu une habitude. Si l'on est contraint de marcher vivement ou en montant, il y faut une plus grande force de résolution pour ne pas s'écarter de cette règle et pour mesurer ses pas plutôt que d'y faire une exception ; de même que, quand il s'agit d'un mouvement énergique que par exemple un éducateur veut ordonner à ses élèves, il leur fait faire leur mouvement plus volontiers en
VII, 111 silence qu'en respirant plus souvent par la bouche. Mes jeunes amis (d'anciens auditeurs) ont apprécié cette maxime diététique comme éprouvée et salutaire et ne l'ont pas mise au nombre des futilités, parce qu'elle est un simple remède de bonne femme pour rendre le médecin superflu. Il est remarquable encore que — tandis que, semble-t-il, lors d'un *discours* prolongé, la respiration se produit aussi par la bouche si souvent ouverte, et que par conséquent la règle est là transgressée pourtant sans dommage — en fait les choses ne se passent pas ainsi. Car la respiration se produit cependant aussi par le *nez*. En effet si à ce moment celui-là était bouché, on dirait de l'orateur qu'il parle du nez (son très répugnant), alors qu'en fait il ne parlerait pas du nez, et inversement qu'il ne parle pas du nez, alors qu'en fait il parle du nez ; comme le remarque de façon plaisante et juste M. le conseiller aulique Lichtenberg. C'est aussi la raison pour laquelle celui qui parle longtemps et fort (lecteur ou prédicateur), peut tenir bon pendant toute une heure sans avoir la gorge enrouée, parce que sa *respiration* se produit en vérité par le nez, et non par la bouche, par laquelle s'opère seulement l'*expiration*. Un avantage annexe de cette habitude de respirer les lèvres fermées, quand du moins on n'est pas occupé à discourir pour soi seul, est que la salive qui se sécrète sans cesse et qui humidifie le gosier agit en même temps comme *moyen de digestion (stomacale)*, peut-être même (déglutie) comme *laxatif*, si l'on est assez fermement résolu à ne pas la gaspiller du fait d'une mauvaise habitude.

l'esprit, donc, exigeant un degré de fermeté dans la résolution qui est grand, mais qui, pour cette raison, est aussi d'autant plus bienfaisant.

6. *Des conséquences de cette habitude de respirer avec les lèvres fermées*

La conséquence *immédiate* en est qu'elle se poursuit même dans le sommeil, et que je me réveille en sursaut si par hasard j'ouvre les lèvres et si ma respiration se produit par la bouche ; par où l'on voit que le sommeil, et avec lui le rêve, VII, 112
n'est pas une absence si totale de l'état de veille que ne vienne s'y mêler aussi une attention à sa condition dans cet état ; comme l'on peut aussi le déduire du fait que les gens qui se sont proposé le soir précédent de se lever plus tôt que d'habitude (par exemple pour une promenade) s'éveillent aussi plus tôt ; en ayant été éveillés probablement par les horloges de la ville, que donc au cœur de leur sommeil ils ont dû aussi entendre et auxquelles ils ont dû prêter attention. La conséquence *médiate* de cette louable habitude est que la toux forcée, involontaire (non pas l'expulsion par toux d'une mucosité, comme expectoration volontaire) est empêchée aussi bien dans la veille que dans le sommeil, et c'est ainsi une maladie qui, par la simple force de la résolution, est évitée. J'ai même observé que — tandis qu'un jour, la lumière éteinte, venant de me coucher, une forte soif me prit soudain que je dus aller, dans l'obscurité, étancher en buvant de l'eau dans une autre pièce et en tâtonnant pour chercher la cruche à eau — je fus surpris d'accomplir diverses et fortes respirations, en soulevant la poitrine, et pour ainsi dire de *boire* de l'air par le nez ; ce par quoi en quelques secondes la soif s'éteignit totalement. C'était une excitation morbide, qui était supprimée par une excitation contraire.

CONCLUSION

Les accès morbides par rapport auxquels l'esprit possède la faculté de pouvoir maîtriser le sentiment qu'ils suscitent, cela par la seule constance de la volonté humaine — puissance suprême de l'animal raisonnable —, sont tous du genre des convulsions (crampes) ; mais on ne peut pas dire, inversement, que tous les accès de ce genre peuvent être arrêtés ou supprimés par la seule fermeté de la résolution. Car quelques-uns d'entre eux sont d'une nature telle que les tentatives pour les soumettre à la force de la résolution renforcent encore bien plutôt la douleur de la crampe ; comme ce fut mon cas quand cette maladie, qui, il y a à peu près un an, fut décrite dans le *Journal de Copenhague* comme un «catarrhe épidémique, associé d'une oppression du cerveau*» (mais qui chez moi était bien plus vieille d'un an, tout en produisant une impression analogue), m'a comme désorganisé pour mes travaux intellectuels personnels, du moins m'a affaibli et a rendu mon esprit inerte ; et, puisque cette oppression s'est
VII, 113 jetée sur la faiblesse naturelle de l'âge, elle ne cessera sans doute pas autrement qu'en même temps que la vie.

La condition maladive du patient, qui accompagne et rend difficile la pensée, en tant qu'elle consiste à tenir ferme à un concept (à des représentations liées à l'unité de la conscience), produit le sentiment d'un état spasmodique de l'organe de la pensée (le cerveau), comme une pression qui certes n'affaiblit pas proprement la pensée et la réflexion elles-mêmes, ni davantage la mémoire de ce qui a été pensé auparavant, mais qui doit dans l'exposé (oral ou écrit) garantir contre la dispersion la ferme cohésion des représentations dans

* Je la tiens pour une arthrite qui s'est emparée partiellement du cerveau.

leur succession temporelle ; cette condition maladive engendre même un état spasmodique involontaire du cerveau, comme impuissance à préserver, dans le changement des représentations qui se succèdent l'une l'autre, l'unité de leur conscience. D'où il m'arrive que, quand, comme cela survient toujours dans chaque discours, je prépare d'abord (l'auditeur ou le lecteur) à ce que je veux dire, une fois que je lui ai indiqué comme perspective l'objet *vers lequel* je veux me diriger, et qu'ensuite je l'ai renvoyé à *ce dont* je suis parti (deux indications sans lesquelles il n'y a aucune cohérence du discours), et si alors je dois relier ce point de départ et ce point d'aboutissement, je suis soudain forcé de demander à mon auditeur (ou mentalement à moi-même) : où donc en étais-je ? d'où suis-je parti ? — défaillance qui n'est pas tant une défaillance de l'esprit, ni même de la seule mémoire, que de la présence d'esprit (dans le travail de liaison), c'est-à-dire une involontaire dispersion et une défaillance très gênante, à laquelle certes on peut parer, avec peine, dans les écrits (surtout philosophiques, car on n'y peut pas toujours si facilement regarder en arrière d'où l'on est parti), bien qu'en dépit de tous les efforts on ne puisse jamais s'en préserver totalement.

Avec le mathématicien, qui peut poser devant lui ses concepts ou leurs représentants (signes des grandeurs et des nombres) dans l'intuition et être assuré que tout est exact, si loin qu'il se soit avancé, il en va autrement qu'avec le travailleur du domaine philosophique, notamment de la philosophie pure (logique et métaphysique), qui doit conserver son objet flottant devant lui, dans l'air, et qui doit se le présenter et l'examiner non seulement partiellement, mais à chaque fois, en même temps, au sein de la totalité du système (de la raison pure). Par conséquent il n'y a pas précisément matière à s'étonner si un métaphysicien devient *invalide* avant celui qui consacre ses études à un autre domaine et aussi avant des philosophes de profession ; alors que pourtant il VII, 114
faut bien qu'il y en ait quelques-uns qui se

consacrent entièrement à ce domaine, parce que sans métaphysique il ne pourrait y avoir absolument aucune philosophie.

C'est par là aussi qu'il faut expliquer comment quelqu'un peut se vanter d'être *pour son âge* en bonne santé, bien que, par rapport à certaines activités qui lui incombent, il ait dû se faire inscrire sur la liste des malades. Car, parce que l'*impuissance* entrave en même temps l'usage et, avec lui, la consommation et l'épuisement de la force vitale, et qu'il confesse vivre pour ainsi dire seulement à un degré inférieur (comme un être qui végète), c'est-à-dire pouvoir manger, marcher et dormir, ce qui pour son existence animale se nomme la santé, mais pour son existence civique (astreinte à des activités publiques) se nomme la maladie, autrement dit l'invalidité, ce candidat à la mort, en cela, ne se contredit donc nullement.

Par conséquent l'art de prolonger la vie humaine conduit à ce qu'en fin de compte l'on ne soit ainsi que toléré parmi les vivants, ce qui n'est pas précisément la situation la plus plaisante.

Mais à cet égard les choses sont de ma faute. Car pourquoi ne veux-je pas aussi faire place à la jeune génération qui s'efforce de s'élever, et, pour vivre, me restreindre dans la jouissance habituelle de la vie : pourquoi vouloir allonger de façon exceptionnelle une vie affaiblie, introduire de la confusion par mon exemple dans les listes des morts, où il est pourtant compté sur l'élimination de ceux qui, par leur nature, sont plus faibles et sur la durée conjecturable de leur vie, et pourquoi soumettre tout ce qu'autrefois l'on nommait *destin* (auquel on se soumettait avec humilité et recueillement) à la fermeté d'une résolution personnelle, qui pourtant sera acceptée difficilement comme règle diététique universelle d'après laquelle la raison exerce de façon immédiate un pouvoir salutaire, et qui ne supplantera jamais les formules thérapeutiques de l'officine ?

POSTFACE

Je peux donc bien inviter l'auteur de l'*Art de prolonger la vie humaine* (et même, particulièrement, la vie littéraire) à se soucier aussi avec bienveillance de protéger les *yeux* des lecteurs (surtout du nombre maintenant grand de lectrices, qui peuvent ressentir plus durement encore le désagrément des lunettes), eux qui sont aujourd'hui pourchassés de tous côtés à cause des misérables coquetteries des imprimeurs (car pourtant des lettres n'ont en soi, comme peintures, absolument rien de beau) ; par conséquent que l'on n'aille pas, à la façon dont au Maroc une grande partie des VII, 115
citadins est aveugle à cause de la pratique du badigeonnage de toutes les maisons en blanc, transporter chez nous aussi ce fléau pour une raison analogue, mais que les éditeurs soient bien plutôt soumis, dans ce cas, à des lois de police. Nonobstant, la mode actuelle veut tout autre chose, à savoir :

1° imprimer non à l'encre noire, mais à l'encre grise (parce que cela contraste de façon plus douce et plus agréable avec du beau papier blanc) ;

2° avec des caractères *Didot*, aux pieds minces, et non des caractères *Breitkopf*[1], qui correspondraient mieux à leur appellation de *Buchstabe* (pour ainsi dire : bâton en hêtre pour se tenir ferme sur ses pieds[2]) ;

3° avec des caractères *romains* (même, éventuellement, en écriture cursive[3]), une œuvre de contenu allemand, dont Breitkopf disait avec raison que personne ne peut pour ses yeux en supporter la lecture aussi longtemps que si c'est en gothique ;

4° avec des caractères aussi petits que possible, afin que, pour les notes à ajouter éventuellement en bas des pages, un caractère encore plus petit (convenant encore moins facilement à l'œil) puisse rester à lire.

Pour remédier à ces abus, je propose de prendre pour modèle l'impression de la *Revue mensuelle de Berlin* (pour le texte et les notes) ; car on peut choisir le morceau que l'on veut, on sentira étonnamment renforcé par sa vision ses yeux fatigués par la mauvaise lecture que je viens d'évoquer*.

* Parmi les *accès maladifs des yeux* (non pas proprement des maladies oculaires), il en est un dont j'ai fait l'expérience et qui m'est survenu d'abord, une fois, à la quarantaine, et plus tard de temps à autre avec des intervalles de quelques années, mais maintenant plusieurs fois par an ; le phénomène consiste en ceci que, sur la feuille que je lis, toutes les lettres soudain sont brouillées, et se mélangent, du fait d'une certaine clarté répandue sur la feuille, et deviennent totalement illisibles ; état qui ne dure pas plus de six minutes, qui pourrait être très dangereux pour un prédicateur accoutumé à lire son sermon sur son papier, mais dont, de mon côté, à mon cours de logique ou de métaphysique, où, après une préparation appropriée, il est possible de parler selon un exposé libre (de tête), naquit uniquement la crainte que cet accès pourrait bien être le signe précurseur de la cécité ; cependant je suis aujourd'hui tranquillisé à ce sujet, dans la mesure où, lors de cette atteinte qui se produit maintenant plus souvent qu'autrefois, je n'aperçois pas la moindre baisse de clarté du côté de mon unique œil demeuré en bonne santé (car le gauche a perdu la vue depuis à peu près cinq ans). Par hasard l'idée me vint, quand ce phénomène se produisait, de fermer les yeux, et même, pour écarter mieux encore la lumière extérieure, de poser ma main dessus, et je vis alors une figure d'une blanche clarté, comme dessinée sur une feuille avec du phosphore dans l'obscurité, semblable à celle par laquelle le dernier trimestre est représenté sur le calendrier, cependant avec, du côté convexe, un bord dentelé, qui peu à
VII, 116 peu perdit en clarté et disparut dans le temps que j'ai indiqué. Je voudrais bien savoir si cette observation a été faite aussi par d'autres, et comment pourrait être expliqué ce phénomène, dont il serait bien possible qu'il se situe proprement non pas dans les yeux — en tant que cette image ne se meut pas en même temps que le mouvement des yeux, mais au contraire est perçue toujours au même endroit —, mais dans le *sensorium commune*. En même temps il est étrange que l'on puisse perdre un œil (en un laps de temps que j'évalue environ à trois ans) *sans s'en rendre compte*.

IV.

Anthropologie et pédagogie

INTRODUCTION

Les deux textes que l'on va lire diffèrent de ceux qui précèdent en ce qu'ils sont issus de notes prises par Kant en vue de ses cours, cours professés bien avant les publications qui devaient en naître[1]. L'Anthropologie, *si l'on en croit une note de la préface, regroupe les cours professés pendant les semestres d'hiver « depuis plus de trente ans ». Il semble cependant que les cours de Kant sur l'anthropologie n'aient débuté que durant l'hiver 1772-1773. De toute façon, deux éditions ont paru du vivant de l'auteur, à Königsberg, chez* F. Nicolovius, *en 1798 et en 1800. C'est à la seconde édition que se réfère le texte de l'Académie de Berlin, et par conséquent celui qui figure dans les pages suivantes. L'écrit avait déjà été traduit par Michel* Foucault[2]. *La traduction nouvelle que nous en présentons est due à Pierre Jalabert.*

*Plus tard, en 1831, Starke publiera, au sujet des cours de Kant consacrés à l'anthropologie, des notes prises par des auditeurs. Ces notes ne sauraient présenter les garanties d'un texte paru du vivant de Kant, et signé de lui. Nous nous en tiendrons donc au texte de 1800. Ce texte étant fort clair, il nous paraît inutile de le résumer ici. Notons seulement que l'*Anthropologie *contient de nombreuses observations fines et*

1. Nous avons donc usé, pour l'impression de ces textes, de caractères plus petits.

2. *Anthropologie du point de vue pragmatique*, texte de Kant traduit par Michel Foucault, Vrin, 1964.

familières sur la vie de société, le rôle des sens et de la mémoire, le suicide, et les sujets les plus divers (il y est même question du mal de mer). On trouvera aussi, dans l'ouvrage, des anecdotes, des conseils sur l'art de conduire une conversation, des digressions sur les maladies mentales, et l'ébauche d'une sorte de « traité des passions » qui fait parfois songer à celui de Descartes.

Quant au texte que nous publions sous le titre de Propos de pédagogie, *il ne constitue pas, comme on l'a parfois suggéré, un « traité de pédagogie ». Alexis Philonenko, dans la traduction qu'il en a proposée, l'a intitulé «* Réflexions sur l'éducation[1] *». Philonenko joint à sa traduction une remarquable étude consacrée aux idées de Kant à ce propos. Il met en lumière l'importance accordée par Kant à l'éducation, décrit l'état lamentable de l'enseignement dans l'Allemagne du* XVIIIe *siècle, étudie le projet et l'échec de Basedow, montre que, pour Kant, l'éducation est un art qui doit avant tout s'inspirer de l'expérience, mais se subordonner à l'idée du futur. Au reste, il juge parfois les idées de Kant, lui reprochant, par exemple, de ne pas accorder assez de place à l'affectivité.*

Quoi qu'il en soit, le texte trouve ses sources dans les leçons professées par Kant durant le semestre d'hiver 1776-1777, le semestre d'été 1780, et les semestres d'hiver 1783-1784 et 1786-1787. Les *professeurs de l'université de Königsberg devaient, en effet, à tour de rôle, faire un cours de pédagogie. Plus tard, Kant confia les notes qu'il avait prises pour ces cours à* Rink, *le priant d'en éditer les éléments « les plus utilisables ».* Rink *répondit à la demande de Kant et, en 1803, il publia chez* Nicolovius, *à Königsberg, l'ouvrage que l'on trouvera dans les pages qui suivent, et dont la traduction est l'œuvre de* Pierre *Jalabert.*

Il nous est impossible de savoir si Rink *a respecté l'ordre des notes de Kant, s'il a tout publié, s'il a ajouté ou non les sous-titres.* Tout *ce que l'on peut affirmer, en considérant les dates où Kant donna ses cours de pédagogie, c'est qu'il était alors en pleine possession de son système. On n'en admirera que*

1. Kant, *Réflexions sur l'éducation*, traduction, introduction et notes par Alexis Philonenko, Vrin, 1966.

davantage sa modération, sa prudence, son respect de la tradition, son sens de l'expérience. Et sans doute faut-il se souvenir que Kant, avant de devenir professeur d'université, avait été précepteur, et connaissait bien les enfants.

Mais il ne manque pas non plus de s'appuyer sur de nombreux auteurs, Locke, Rousseau, Basedow, Bock, dont le manuel d'éducation était alors célèbre. L'œuvre de Kant est fort documentée. Elle demeure cependant très personnelle, et bien des préceptes qu'elle énonce (ainsi sur la nécessité de la contrainte et l'impossibilité de fonder l'éducation sur le jeu) pourraient être utilement médités par les pédagogues contemporains.

FERDINAND ALQUIÉ.

ANTHROPOLOGIE
DU POINT DE VUE
PRAGMATIQUE

Traduction de Pierre Jalabert.

PRÉFACE VII, 119

Tous les progrès de la culture par lesquels l'homme fait son éducation ont pour but d'appliquer les connaissances et les techniques ainsi acquises à l'usage du monde ; mais l'objet le plus important en ce monde, auquel il puisse les utiliser, est *l'homme :* parce qu'il est à lui-même sa fin dernière. Le connaître, conformément à son espèce, comme être terrestre doué de raison, mérite particulièrement le nom de *connaissance du monde,* bien que l'homme ne représente qu'une partie des créatures terrestres.

Une doctrine de la connaissance de l'homme, systématiquement traitée (anthropologie), peut l'être dans une perspective soit *physiologique,* soit *pragmatique.* La connaissance physiologique de l'homme vise à explorer ce que la *nature* fait de l'homme, la connaissance pragmatique ce que l'homme, être libre de ses actes fait ou peut et doit faire de lui-même. Celui qui creuse les causes naturelles, sur lesquelles reposerait par exemple la faculté du souvenir, peut bien (en suivant Descartes) spéculer en tous sens sur les traces d'impressions que laissent les sensations subies ; force lui est d'avouer qu'il est à ce jeu simple spectateur de ses représentations et que, dans sa méconnaissance des nerfs du cerveau et de ses fibres, ainsi que dans son incompréhension de leur maniement, il lui faut laisser faire la nature : partant, toute spéculation théorique sur ce sujet est en pure perte. S'il utilise en revanche les perceptions sur ce qui s'est révélé entrave ou stimulant de la mémoire pour donner à celle-là ampleur et aisance, et s'il se sert à cet effet de la connaissance de l'homme, cette démarche constituera une partie de l'anthropologie d'intention *pragmatique :* c'est d'elle précisément que nous nous occuperons ici.

Une telle anthropologie, sous l'aspect de *connaissance*

VII, 120 *du monde,* suite obligée de l'école, on la dira, à la vérité, *pragmatique,* non tant que son contenu restera une connaissance étendue des *choses* de ce monde, par exemple des animaux, des plantes et des minéraux en des pays et sous des climats divers, mais quand elle comportera une connaissance de l'homme en sa qualité de *citoyen du monde.* Aussi bien, même la connaissance des races humaines considérées comme produits propres au jeu de la nature ne peut être déjà rangée dans la connaissance pragmatique du monde, mais dans sa connaissance théorique.

Encore les expressions : *connaître* le monde et *avoir l'usage* du monde sont elles, dans leur signification, passablement éloignées l'une de l'autre ; la première ne fait qu'*entendre* le jeu sous forme de spectacle, la seconde est *partage* de ce jeu. Quant à juger de ce qu'on appelle le *grand monde,* les membres de la classe aristocratique, le point de vue dévolu à l'anthropologue est très défavorable, car ces gens sont à la fois trop proches entre eux et trop éloignés des autres.

Au nombre des moyens d'élargir le champ de l'*anthropologie* se trouve le *voyage,* même réduit à la lecture de relations de voyage. Mais il faut au préalable avoir acquis chez soi, par le commerce de ses concitoyens et de ses compatriotes*, une connnaissance de l'homme, si l'on veut savoir vers où orienter sa quête au dehors pour amplifier cette connaissance. Faute d'un tel plan (qui suppose déjà une connaissance de l'homme), le citoyen du monde restera toujours très borné dans son anthropologie. Sous ce rapport, la *connaissance générale* précède toujours la *connaissance locale,* si la philosophie doit l'ordonner et la guider, philosophie sans laquelle toute connaissance acquise ne peut produire que tâtonnement fragmentaire, et non point une science.

Mais toutes les tentatives pour accéder avec solidité à un tel savoir rencontrent des obstacles considérables attachés à la nature humaine elle-même.

VII, 121 1. Remarque-t-il qu'on l'observe et que l'on cherche à le scruter, l'homme apparaîtra embarrassé (gêné) ; ou bien il lui sera alors *impossible* de se montrer tel qu'il

* Une grande ville, centre d'un État, où siègent les organes de gouvernement, qui, en plus d'une université (destinée à la culture des sciences), dispose d'une situation propice au trafic maritime, favorisant les relations par les rivières venues de l'intérieur aussi bien qu'avec les contrées extérieures limitrophes, de langues et de mœurs différentes — une ville de cette sorte, ainsi *Königsberg* sur la rivière Pregel, peut être considérée comme un lieu fait pour l'élargissement de la connaissance de l'homme autant que de la connaissance du monde, et où l'on peut acquérir cette dernière, même sans voyager.

eſt ; ou bien il dissimulera et ne voudra pas dans ce cas être connu tel qu'il eſt.

2. S'il entend, d'autre part, n'explorer que lui-même, il verse, surtout pour ce qui eſt de son état dans l'émotion, état qui ne permet pas d'ordinaire de dissimuler, dans une situation critique : à savoir que, si les ressorts sont en aɛtion, il ne s'observe pas, et s'il s'observe, les ressorts sont au repos.

3. Prolongées, les circonſtances de lieu et de temps engendrent des accoutumances, seconde nature dit-on, qui compliquent pour l'homme la tâche de se juger, quant à ce qu'il doit penser de lui-même, et bien plus encore quant à l'idée qu'il doit se faire de son partenaire, car le changement de situation où l'homme eſt placé par son deſtin, ou bien où il se place lui-même par son esprit aventureux, rend très difficile à l'anthropologie de s'élever au rang de science formelle.

Enfin, à défaut de véritables sources, on dispose, pour l'anthropologie, d'auxiliaires : hiſtoire universelle, biographies, et même pièces de théâtre et romans. En effet, bien que cette dernière sorte d'écrits n'ait pas pour argument l'expérience et la vérité, mais la simple fiɛtion, et qu'il y soit permis de camper, comme il advient en rêve, l'outrance des caraɛtères et des situations humaines ; bien qu'elle semble donc ne rien enseigner pour la connaissance de l'homme, des caraɛtères tels qu'un Richardson ou un Molière purent les dessiner ont été nécessairement empruntés, dans leurs *traits fondamentaux,* à l'observation du manège réel des hommes ; l'exagération de degré ne les empêche pas de devoir concorder en qualité avec la nature humaine.

Une anthropologie de projet syſtématique, tout en étant, dans son intention pragmatique, rédigée pour une vaſte audience (par la référence à des exemples qui s'offrent à tout leɛteur), comporte pour le public des livres cet avantage : le libellé exhauſtif des titres sous lesquels peut se placer telle ou telle qualité humaine ressortissant au domaine pratique lui fournit propos et VII, 122 invitations à faire de chacune prise à part un thème personnel de réflexions à ranger sous cette rubrique ; ainsi, les travaux en la matière se partageront d'eux-mêmes entre les amateurs de cette étude, et, du fait de l'unité de plan, se relieront peu à peu en un ensemble ; alors s'en trouvera favorisée et hâtée la croissance de cette science d'intérêt général*.

* Lorsque, par libre choix tout d'abord, par obligation professorale ensuite, je me suis occupé de *philosophie pure,* j'ai fait, durant quelque

VII, 123

SOMMAIRE

PREMIÈRE PARTIE : Didactique anthropologique

trente ans, des cours visant à la *connaissance du monde :* d'*anthropologie* (dans le semestre d'hiver), de *géographie physique* (au semestre d'été) ; en raison du caractère vulgarisateur de ces conférences, d'autres catégories sociales aussi ont jugé utile de les suivre ; des premières conférences est formé le présent manuel ; en revanche, donner des secondes un ouvrage analogue à partir du manuscrit utilisé comme texte, et sans doute lisible de moi seul, serait maintenant, à mon âge, entreprise pour ainsi dire impossible.

Première partie

DIDACTIQUE ANTHROPOLOGIQUE

De la manière de connaître l'homme intérieur aussi bien que l'homme extérieur

LIVRE I

DE LA FACULTÉ DE CONNAÎTRE

DE LA CONSCIENCE DE SOI-MÊME

§ 1

Que l'homme puisse disposer du Je[1] dans sa représentation : voilà qui l'élève à l'infini au-dessus de tous les autres êtres vivant sur la terre. Il est par là une *personne,* et en vertu de l'unité de la conscience maintenue à travers tous les changements qui peuvent lui advenir, une seule et même personne, c'est-à-dire un être tout distinct, par le rang et par la dignité, de *choses,* tels les animaux dépourvus de raison, dont on peut disposer à sa guise ; et il en est ainsi même lorsqu'il ne lui est pas encore donné de prononcer le Je, parce que celui-ci n'en est pas moins dans sa pensée : pareillement, toutes les langues, quand elles parlent à la première personne, pensent ce Je nécessairement, même si elles n'ont pas un mot particulier pour en exprimer la réalité. Cette capacité (de penser) n'est autre que l'*entendement.* VII, 127

Remarque étonnante : l'enfant, déjà parvenu à une certaine facilité de langage, ne se met qu'à un moment *assez tardif* (au bout d'un an peut-être) à se servir du *Je,* alors qu'il a si longtemps parlé de lui-même à la troisième personne (Charles veut manger, marcher, etc.) ; et une lumière semble en quelque sorte s'être faite en lui, lorsqu'il commence à se servir du Je ; à dater de ce jour, il ne revient plus à ce premier langage. Il n'avait auparavant que le *sentiment* de lui-même, il en a maintenant la *pensée.* L'explication de ce phénomène réserverait sans doute à l'anthropologue de sérieuses difficultés.

L'observation selon laquelle un enfant, dans le premier trimestre qui suit sa naissance, ne manifeste ni pleurs, ni sourire, semble de même tenir au dévelop-

pement de certaines représentations, d'offense et d'injustice, qui suggèrent sans aucun doute la raison. Qu'il se mette à suivre des yeux, dans cet espace de temps, les objets brillants qu'on lui présente, marque le fruste
VII, 128 début du progrès des *perceptions* (appréhension de la représentation sensible) et de leur élargissement en une *connaissance* des objets des sens, c'est-à-dire de l'*expérience.*

Qu'en outre, tandis qu'il s'essaie alors à parler, sa manière de massacrer les mots le rende à ce point aimable à sa mère et à sa nourrice qu'elles ne cessent de le cajoler et de l'embrasser, et que, cédant à chacun de ses souhaits et à chacune de ses volontés, elles le changent par cette mauvaise éducation en petit despote : cet aimable caractère de la créature, dans le temps où elle opère son développement humain doit sans doute être mis au compte, d'une part, de son innocence et de la franchise de ses propos encore fautifs qui ne recèlent ni dissimulation, ni méchanceté, mais d'autre part aussi, de la propension naturelle des nourrices à dispenser leurs bienfaits à une créature qui, dans sa câlinerie, s'en remet tout entière à la volonté d'autrui, en ce temps de jeux — heureux entre tous — qui lui est accordé et où l'éducateur, se faisant lui-même en quelque sorte enfant, savoure une nouvelle fois la douceur de cet état[1].

Il s'en faut que le *souvenir* des années d'enfance remonte jusqu'à ce temps : ce n'était pas le temps des expériences, mais seulement de perceptions éparses, non encore réunies sous le concept de l'objet.

DE L'ÉGOÏSME

§ 2

Du jour où l'homme commence à s'exprimer par le moyen du Je, il fait montre, partout où il le peut, de son moi bien-aimé ; l'égoïsme entame sa marche irrésistible ; sinon à découvert (il se heurte alors à l'égoïsme des autres), du moins de manière dérobée, dans une apparence d'abnégation et sous un masque de modestie, destinés à lui donner d'autant plus sûrement une valeur insigne dans le jugement d'autrui.

L'égoïsme peut porter en lui trois sortes de prétentions : de l'entendement, du goût et de l'intérêt pratique, en d'autres termes, il peut être logique, esthétique ou pratique.

L'*égoïste logique* tient pour inutile de mettre son jugement à l'épreuve de l'entendement d'autrui, tout

comme s'il n'avait nul besoin de cette pierre de touche *(criterium veritatis externum)*. Or ce moyen de nous assurer de la vérité de notre jugement nous est si certainement indispensable que c'est là peut-être la raison primordiale pour laquelle le monde savant réclame à grands cris et avec tant d'insistance la *liberté de la plume :* VII, 129
le refus de celle-là nous ôte du même coup un moyen considérable de vérifier la justesse de nos propres jugements et nous livre à l'erreur. Que l'on ne prétende pas que la *mathématique* du moins possède le privilège de trancher en toute souveraineté ; sans la constatation passée de la concordance courante entre les jugements de l'arpenteur et le jugement de tous les autres hommes qui se consacrèrent avec talent et application à cette discipline, la mathématique elle-même ne serait pas soustraite à l'appréhension de tomber ici ou là dans l'erreur. N'y a-t-il pas aussi bien des cas où nous allons jusqu'à nous défier du jugement de nos propres sens réduits à eux-mêmes, ne pouvant dire par exemple si un tintement se situe seulement dans nos oreilles ou s'il est la perception d'un carillon bien réel, et où nous trouvons, de plus, nécessaire de demander aux autres si tel n'est pas aussi leur sentiment? et bien que, dans la démarche philosophique, nous n'ayons pas précisément, comme les juristes le font des jugements des praticiens du droit, à nous référer aux jugements d'autrui pour confirmer les nôtres, tout écrivain ne rencontrant pas l'adhésion tomberait, par la proclamation publique de son opinion, d'importance au demeurant, en suspicion d'erreur.

C'est bien pour cette raison un *coup d'audace* que de faire passer dans le public une assertion en contradiction avec l'opinion générale, y compris celle des gens d'entendement. Cet air d'égoïsme se nomme *goût du paradoxe.* À avancer une affirmation, la témérité n'est point de hasarder qu'elle soit contraire à la vérité, mais seulement qu'elle s'expose à trouver une audience réduite. La prédilection pour le paradoxe est à la vérité *entêtement logique* à ne point vouloir être l'imitateur des autres, à paraître au contraire homme de rare venue, au lieu de quoi on ne joue souvent que le personnage *singulier.* Mais comme il faut que chacun ait sa manière de voir *particulière* et la maintienne (*Si omnes patres sic, at ego non sic*[1]. Abélard), le reproche de goût du paradoxe, s'il ne s'appuie sur le futile désir de la seule originalité, est dénué de tout sens péjoratif. Au paradoxal s'oppose le *banal* qui a l'opinion commune de son côté. Mais le banal offre aussi peu d'assurance, sinon moins, parce qu'il apporte l'assoupissement ; tandis que le paradoxe éveille l'esprit à l'attention et à la recherche qui mènent souvent à des découvertes.

L'*égoïste esthétique* est celui qui se satisfait de son propre *goût,* en dépit de toute l'outrance possible des réprobations, des critiques ou même des railleries d'autrui à l'endroit de ses vers, de ses peintures, de sa musique et autres productions. Il se dépouille lui-même de la possibilité de progresser vers le meilleur, en s'isolant avec son jugement, en s'applaudissant et en ne
VII, 130 cherchant qu'en lui seul le critère du beau dans l'art.

L'*égoïste moral,* enfin, est celui qui réduit toutes les fins à sa propre personne, qui ne voit utilité qu'à ce qui lui est utile, ou bien même, en eudémoniste, ne place que dans l'utilité et dans son bonheur personnel, et non dans la représentation du devoir, le déterminant suprême de sa volonté. Car tout homme se faisant des concepts différents de ce qu'il range dans le bonheur, c'est justement le fait de l'égoïsme de pousser les choses à n'avoir pas le moindre critère du véritable concept du devoir en tant qu'il doit être de manière absolue un principe de valeur universelle. Tous les eudémonistes sont donc des égoïstes pratiques.

À l'égoïsme on ne peut opposer que le *pluralisme,* c'est-à-dire la manière de penser déterminant à se concevoir et à se conduire non comme le dépositaire du monde entier en son moi, mais comme un simple citoyen du monde. Jusque-là, en la matière, va le domaine de l'anthropologie. Car tout ce qui a trait à établir cette distinction selon des concepts métaphysiques se situe hors du champ de la science à traiter ici. En effet, la question se réduirait-elle à savoir si, en ma qualité d'être pensant, je suis fondé à admettre, outre mon existence, celle d'un tout composé d'autres êtres (appelé monde) vivant en communauté avec moi, qu'il ne s'agirait pas d'anthropologie, mais de métaphysique.

R*emarque*

Sur le cérémonial du langage égoïste

De nos jours, le langage du chef de l'État au peuple est à l'ordinaire pluraliste (Nous X, par la grâce de Dieu, etc.). On peut se demander si ces mots n'ont pas, au contraire, un sens égoïste, c'est-à-dire révélateur d'une souveraineté personnelle, et ne signifieraient pas justement ce qu'entend le roi d'Espagne avec son *Yo el*

Rey (Moi, le Roi). Il semble cependant que le cérémonial de l'autorité suprême ait voulu suggérer à l'origine la *condescendance* (Nous, le roi et son conseil, ou ses États). Mais comment le fait de s'adresser l'un à l'autre, exprimé dans les langues de l'Antiquité classique par le tutoiement, et, partant, sous la forme du *singulier*, a-t-il reçu de divers peuples, germaniques surtout, la marque *pluraliste* du *Ihr?* En sus de quoi les Allemands ont encore inventé deux expressions indiquant la distinction de la personne à qui l'on parle, le *Er* et le *Sie* (tout VII, 131 comme s'il ne s'agissait pas de s'adresser à quelqu'un, mais de parler d'un ou de plusieurs absents) ; et, pour parachever ces inepties prétendument destinées à se placer au-dessous de l'interlocuteur ou à l'élever au-dessus de soi-même, l'usage est venu de remplacer la personne par la forme abstraite de la qualité de celui à qui on s'adresse (Votre Grâce, Très Haut, Très Noble et Très Généreux, etc.). Le tout probablement par le fait de l'institution féodale qui veillait à ce que, de la dignité royale en descendant tous les échelons jusqu'à ce point où cesse même la dignité de l'homme et où ne reste plus que l'être humain, c'est-à-dire jusqu'à la condition du serf, le seul à être tutoyé par son supérieur, et de l'enfant auquel il n'est pas encore permis d'avoir de volonté propre, il ne fût manqué au degré du respect dû à la personne de condition.

DE LA LIBRE CONSCIENCE DE SES REPRÉSENTATIONS

§ 3

L'application à prendre conscience de mes représentations consiste soit à *dresser mon attention (attentio)*, soit à me *détourner* d'une représentation dont je suis conscient *(abstractio)*. Non que cette dernière soit omission ou négligence de la première, (ce qui serait distraction, *distractio*), elle est un acte véritable de la faculté de connaître tendant, dans l'unité de la conscience, à tenir une représentation dont je suis conscient à l'écart de son lien avec d'autres. On ne dit donc pas abstraire (isoler) une *chose*, mais faire abstraction d'*une chose*, c'est-à-dire d'une détermination de l'objet de ma représentation, ce qui confère à celle-là la généralité du concept et la fait accueillir dans l'entendement.

L'aptitude à faire abstraction d'une représentation, même si cette dernière s'impose par les sens, est un bien plus grand pouvoir que celui d'attention : elle est preuve d'une liberté de la faculté de penser et de la capacité autonome de l'esprit à *disposer de l'état de ses représentations (animus sui compos*[1]*)*. À cet égard, le *pouvoir d'abstraction* est bien plus difficile, mais aussi bien plus important que celui d'attention, quand il concerne les représentations des sens.

Bien des hommes sont malheureux par manque de ce pouvoir d'abstraction. Le prétendant pourrait faire un bon mariage s'il pouvait seulement fermer les yeux sur une verrue au visage de sa bien-aimée, ou sur un vide
VII, 132 dans sa denture. C'est bien une inconvenance particulière de notre faculté d'attention que de se fixer justement, fût-ce de manière involontaire, sur une défectuosité d'autrui, de diriger les regards sur un bouton manquant à la veste ou sur l'absence d'une dent ou sur un défaut coutumier d'élocution, de plonger par là l'autre dans la confusion, mais de gâcher aussi son propre jeu dans ses rapports avec lui. Quand l'essentiel est de bon aloi, c'est agir non seulement avec équité, mais aussi avec un sens avisé que de *passer* sur les côtés fâcheux d'autrui ou même de l'état momentané de notre propre fortune ; mais cette faculté d'abstraire est une vigueur d'esprit qui ne peut s'acquérir que par la pratique.

DE L'OBSERVATION DE SOI-MÊME

§ 4

Se percevoir *(animadvertere)* n'est pas encore se livrer à une *observation* de soi-même *(observare)*. Ce qui est opérer un rassemblement méthodique des perceptions faites sur nous-mêmes, lequel fournit matière au *Journal d'un contemplateur de lui-même* et mène aisément à l'extravagance et au délire[2].

L'attention *(attentio)* à soi-même dans le commerce des humains est certes nécessaire, mais elle ne doit pas apparaître dans les relations, car elle donne un abord *gêné* (embarrassé) ou *affecté* (guindé). Le contraire de l'un et de l'autre est l'*aisance des manières* (l'air dégagé[3]) ; une confiance puisée en soi-même de ne pas encourir dans son maintien un jugement défavorable d'autrui. Celui qui pose comme s'il voulait juger de sa mine devant la glace ou parle comme si lui-même (et non un autre) écoutait ses propos est une sorte de comédien. Il aspire à la *représentation* et façonne à coup d'artifices un simulacre de sa propre personne[4] ; ce qui, lorsque cette recherche est perçue dans sa manière, lui fait perdre dans le jugement d'autrui, cette recherche éveillant le soupçon d'une intention de tromperie. La franchise de l'abord qui ne donne lieu à aucun soupçon de ce genre reçoit le nom de *naturel* dans les manières (qui n'exclut pas pour autant tout agrément de l'art, toute culture du goût), il plaît par la simple *véracité* de ses manifestations. Mais où le langage laisse pointer une franchise relevant de la *simplicité*, c'est-à-dire de l'absence d'un art de la dissimulation passé à l'état de règle, cette véracité se nomme *naïveté*.

La manière ouverte de se déclarer chez une jeune fille allant vers l'âge nubile ou chez un campagnard non informé des usages de la ville suscite, par l'innocence et la simplicité (ignorance dans l'art de paraître), un rire épanoui chez ceux qui sont déjà exercés en cet art et rompus à ses finesses. Non point une *moquerie* marquée de mépris : on n'en respecte pas moins ici, au fond du cœur, la pureté et la sincérité ; mais un rire débonnaire et affectueux quant à l'inexpérience en *cet art de paraître*, imprégné de malignité, bien que fondé sur la corruption déjà prononcée de notre nature humaine, et qui devrait nous porter plutôt à soupirer qu'à rire, si on le confronte à l'idée d'une nature encore exempte de perversion*. C'est une gaieté momentanée, comme d'un ciel tendu de nuages qui s'ouvre en un point pour laisser passer le rayon du soleil, et se referme aussitôt afin d'épargner les faibles yeux de taupe de l'amour-propre. VII, 133

Pour ce qui est de l'intention véritable de ce paragraphe, c'est-à-dire de l'*avertissement* donné plus haut de ne se mêler en rien d'épier et de rédiger sur un mode en quelque sorte élaboré une histoire intérieure du cours *involontaire* de ses pensées et de ses sentiments, le mobile en est qu'une telle entreprise constitue, dans le désordre mental de prétendues inspirations d'en haut et de l'influx de forces venu sans notre participation et on ne sait d'où, le droit chemin pour céder aux délires de l'illumination ou à la tyrannie de l'épouvante. En effet, sans y prendre garde, nous faisons de prétendues découvertes de ce que nous avons introduit en nous-mêmes : là en vinrent une *Bourignon* avec ses représentations caressantes ou un *Pascal* avec ses représentations chargées d'effroi et d'angoisse, et même un esprit en tout autre point remarquable, *Albrecht Haller*[2] qui, dans le journal, longtemps tenu et souvent aussi interrompu,

* On pourrait, à son propos, parodier ainsi le vers célèbre de Perse : « *Naturam videant ingemiscantque relicta*[1]. »

de l'état de son âme, finit même par demander à un théologien célèbre, son ancien collègue d'université, le docteur Less, s'il ne pourrait trouver dans son vaste trésor de la science de Dieu une consolation pour son âme angoissée.

L'observation en moi-même des divers actes de la faculté de représentation, *lorsque je les appelle à ma conscience,* est bien digne de réflexion, tout comme nécessaire et utile à la logique et à la métaphysique. Mais vouloir surprendre son secret en l'état où ces actes viennent à l'esprit *sans appel de notre part* (ce qui se
VII, 134 produit par le jeu de l'invention non préméditée de l'imagination), les principes de la pensée, alors, ne précédant pas (comme ils le doivent), mais venant après coup, est une inversion de l'ordre naturel dans notre faculté de connaître, et c'est ou bien une maladie de l'esprit (course aux chimères) ou bien le chemin qui mène à elle et à la maison de fous. Quiconque se montre prolixe au sujet des *expériences intérieures* (grâce, tentations) risque fort, dans son voyage à l'exploration de soi-même, de n'aborder préalablement qu'à Anticyre[1]. Car il ne s'agit pas pour les expériences intérieures, comme pour les expériences *extérieures,* d'objets dans l'espace, ceux-ci apparaissant en ce dernier cas dans leur voisinage réciproque et fixés dans leur permanence. Le sens interne ne voit l'état de ses déterminations que dans le temps, c'est-à-dire dans l'écoulement, où l'observation ne dispose pas de la persistance bien nécessaire à l'expérience*.

* Si l'action intérieure (spontanéité) par qui un *concept* (une pensée) devient possible, à savoir la *réflexion,* si l'impressionnabilité (réceptivité) par qui une *perception (perceptio),* une intuition empirique, deviennent possibles, à savoir l'*appréhension,* si, ces deux actes, nous nous les représentons à l'éclairage de la conscience, la conscience de soi *(apperceptio)* peut alors être divisée en conscience de la réflexion et conscience de l'appréhension. La première est conscience de l'entendement, la seconde est le sens interne ; celle-là est l'aperception *pure,* celle-ci l'aperception *empirique,* la première étant alors appelée à tort *sens* interne[2]. Dans la psychologie, nous nous scrutons nous-mêmes d'après nos représentations émanant du sens interne ; dans la logique, selon ce que nous procure la conscience intellectuelle. Ici, le Je nous semble dans ces conditions être double (ce qui serait contradictoire) : 1° le Je, sujet de la pensée (dans la logique) qui signifie l'aperception pure (le Je purement réfléchissant) et dont on ne peut rien dire de plus sinon qu'il est une représentation totalement simple. 2° Le Je, *objet* de la perception, et donc du sens intérieur, qui contient une variété de déterminations rendant possible une expérience intérieure.

La question de savoir si, dans les diverses modifications internes de son esprit (de la mémoire ou des principes admis par lui), l'homme, une fois conscient de ces modifications, peut dire qu'il est *bien le même* (sous le rapport de l'âme) est une question inepte ; car il ne peut prendre conscience de ces modifications qu'en se représentant dans les différents

DES REPRÉSENTATIONS QUE NOUS AVONS SANS EN ÊTRE CONSCIENTS VII, 135

§ 5

Avoir des représentations, et pourtant n'en être pas conscient, semble contenir une contradiction. Comment savoir en effet que nous avons ces représentations si nous n'en sommes pas conscients? Cette objection, *Locke* la faisait déjà, qui rejetait pour cette raison même l'existence d'une telle sorte de représentations[1]. Nous pouvons cependant avoir une conscience médiate d'une représentation bien que nous manque sa conscience immédiate. De telles représentations sont alors qualifiées d'*obscures,* les autres étant *claires,* et si leur clarté s'étend aussi aux représentations partielles d'un ensemble constitué par elles et à leur agencement, ce sont des *représentations distinctes,* de la pensée ou de l'intuition.

Si je suis conscient de voir un homme loin de moi dans une prairie, bien que je ne le sois pas de voir ses yeux, son nez, sa bouche, etc., je me borne en vérité à *conclure* que cette chose est un homme : si, tirant argument de ce que je ne suis pas conscient de voir ces parties de sa tête (ainsi que toutes les autres composantes de cet homme), je voulais prétendre n'*avoir* pas d'elles dans mon intuition la moindre représentation, je ne pourrais pas dire non plus que je vois un homme ; c'est en effet de ces représentations partielles que se compose la représentation globale (de la tête ou de l'homme).

Que le champ de nos intuitions sensibles et de nos sensations dont nous ne sommes pas conscients tout en pouvant conclure sans l'ombre d'un doute que nous les avons, c'est-à-dire le champ des représentations *obscures chez l'homme* (comme chez les animaux), soit immense ; qu'en revanche, les représentations claires ne composent qu'un nombre infiniment réduit de points ouverts à la conscience ; que, pour ainsi dire, sur la grande *carte* de notre esprit, seules quelques places soient *illuminées,* voilà qui peut nous inspirer émerveillement à propos de nous-mêmes : il suffirait qu'une puissance supérieure s'écriât : « Que la lumière soit ! » pour que, sans la moindre contribution de notre part (prenons l'exemple

états comme un seul et même *sujet ;* et si le Je de l'homme est double quant à la forme (mode de représentation), il ne l'est pas quant à la substance (contenu).

d'un lettré avec tout ce qu'il possède en sa mémoire), toute une moitié du monde s'étale en quelque sorte à nos yeux. Tout ce que l'œil équipé découvre par le télescope (disons sur la Lune) ou au microscope (chez les infusoires) est vu par nos simples yeux : ces moyens optiques, de fait, n'apportent pas à l'œil plus de rayons
VII, 136 lumineux ni plus d'images produites par eux qu'il ne s'en serait peint sur la rétine sans l'aide de ces instruments artificiels ; ils ne font que déployer ces images pour qu'elles parviennent à notre conscience. Voilà qui vaut aussi pour les sensations auditives, lorsque le musicien, de ses dix doigts et de ses deux pieds, exécute à l'orgue une fantaisie, et qu'il lui arrive de s'entretenir en même temps avec un autre, debout auprès de lui, provoquant en quelques instants dans son âme l'éveil d'une foule de représentations dont chacune demandait de surcroît, pour être l'objet d'un choix, un jugement particulier sur sa convenance ; car une seule frappe en marge de l'harmonie serait aussitôt perçue comme une fausse note ; pourtant, l'ensemble prend une telle tournure que le musicien qui a dévidé son improvisation souhaiterait plus d'une fois avoir conservé en partition bien des passages de ce morceau d'une exécution heureuse, tels qu'il ne pourrait sans doute en espérer d'analogues, dans toute l'application possible, avec autant de réussite.

Ainsi, le champ des représensations *obscures* est, en l'homme, le plus étendu. Mais parce qu'il ne permet de percevoir l'homme que dans la partie passive de son être, comme jouet des impressions, la théorie de ces représentations ne relève que de l'anthropologie physiologique, et non de l'anthropologie pragmatique qui est l'objet précis de notre propos.

C'est que nous jouons souvent avec les représentations obscures et avons intérêt à occulter à notre imagination des objets que nous tenons en faveur ou en défaveur ; mais plus souvent encore, nous sommes le jouet de représentations obscures, et notre entendement est incapable d'échapper aux inepties dans lesquelles le jette leur influence, quand bien même il les reconnaît pour une illusion.

Il en est ainsi de l'amour sexuel, pour autant qu'il se propose non point de dispenser sa bienveillance à son objet, mais bien plutôt d'en tirer jouissance. Quelle ingéniosité n'a-t-on pas prodiguée de tout temps pour jeter un voile ténu sur ce qui, fort goûté certes, n'en montre pas moins l'homme dans une parenté si proche du commun de l'espèce animale qu'elle est un défi à la pudeur, et que les formules ne doivent pas, dans une société raffinée, se signaler sans fard, mais, il est vrai, avec assez de transparence pour prêter à sourire. L'imagination a plaisir ici à vagabonder dans l'ombre, et il ne faut assurément pas un art peu commun à vouloir parer au risque, pour éviter le *cynisme,* de tomber dans un *purisme* ridicule.

D'autre part, nous sommes assez souvent aussi le jouet de représentations obscures qui ne veulent pas disparaître, même sous l'éclairage de la raison. Com- VII, 137
mander sa tombe dans son jardin ou sous un arbre ombreux, en plein champ ou dans un terrain aride, est une grande affaire pour un mourant, bien qu'il n'ait pas sujet d'espérer, dans le premier cas, une belle vue, ni, dans le second, de redouter de l'humidité un rhume de cerveau.

L'habit fait l'homme : le mot vaut aussi dans une certaine mesure pour l'esprit sensé. Le proverbe russe dit bien : « On reçoit son hôte selon son costume et on le raccompagne selon son entendement » ; l'entendement, cependant, ne peut empêcher que des représentations obscures ne suggèrent l'impression d'une certaine importance produite par un personnage bien vêtu ; tout au plus peut-il avoir le projet de rectifier par la suite le jugement ainsi porté au préalable.

Il arrive même d'utiliser avec le succès recherché une obscurité étudiée pour donner l'illusion de la profondeur d'esprit et de la solidité, à peu près de la manière dont des objets perçus dans le *crépuscule* ou à travers le brouillard paraissent toujours plus grands au regard qu'ils ne sont*. Le *Skotison* (fais l'obscurité) est la sentence sans appel de tous les mystiques pour attirer par une obscurité toute d'artifices les chercheurs de trésors de la sagesse. Mais, en règle générale, un certain degré d'énigme dans un écrit n'est pas mal venu pour le lecteur ; il lui fait ressentir son ingéniosité à résoudre l'obscurité en clairs concepts.

* En revanche, vu à la *lumière du jour,* ce qui est plus clair que les objets environnants paraît également plus grand ; des bas blancs par exemple font des mollets plus pleins que des bas noirs ; un feu nocturne, établi sur une cime, semble plus grand qu'il ne se révèle à la mesure. Ainsi s'explique peut-être aussi la dimension apparente de la Lune, de même que l'impression de distance plus grande entre les étoiles à proximité de l'horizon ; les deux cas en effet présentent des objets brillants perçus à travers une couche d'air porteuse d'une obscurité plus grande près de l'horizon que haut dans le ciel ; ce qui est sombre est également jugé plus petit du fait de la lumière environnante. Au tir à la cible, un disque noir, garni d'un cercle blanc en son centre, serait plus facile à atteindre que la disposition inverse.

DE LA DISTINCTION ET DE L'INDISTINCTION DANS LA CONSCIENCE DES REPRÉSENTATIONS

§ 6

La conscience des représentations qui suffit pour *différencier* un objet d'un autre est la *clarté.* Mais celle
VII, 138 qui rend claire la *composition* des objets est la *distinction.* Par elle seule, une somme de représentations devient *connaissance;* en quoi, dès lors, toute composition accompagnée de conscience supposant l'unité de celle-ci et par suite une règle pour celle-là, l'*ordre* est introduit par la pensée dans cette diversité. À la représentation distincte on ne peut opposer la représentation *confuse (perceptio confusa),* il ne faut mettre en regard que la représentation *indistincte (mere clara).* Ce qui est confus est forcément composé : dans le simple, il n'y a ni ordre ni *confusion.* Celle-là est donc *cause* de l'indistinction, et non sa *définition.* Dans toute représentation complexe *(perceptio complexa),* ce qu'est toute *connaissance* (puisqu'elle exige toujours intuition et concept), la distinction repose sur l'*ordre* d'après lequel sont agencées les représentations partielles qui, alors, donnent lieu soit (dans une perspective seulement formelle) à un classement purement logique en représentations dominantes et subordonnées *(perceptio primaria et secundaria),* soit à un classement de *réalité* en représentations principales et secondaires *(perceptio principalis et adhaerens);* ordre par lequel la connaissance devient distincte. On voit bien que si la faculté de *connaissance* dans son acception fondamentale doit être appelée *entendement* (au sens le plus général du terme), celui-là doit contenir la *faculté de saisir (attentio)* des représentations données, afin de produire l'*intuition; la faculté de détacher* ce qui est commun à plusieurs d'entre elles *(abstractio),* afin de donner naissance au *concept,* et *la faculté de réflexion (reflexio),* afin d'engendrer *la connaissance* de l'objet.

De celui qui possède ces facultés à un degré remarquable, on dit que c'est un *cerveau,* de celui à qui elles n'ont été accordées qu'en une mince mesure, que c'est un *niais* (parce qu'il a toujours besoin de la conduite des autres), mais de celui qui possède de surcroît dans leur usage l'originalité (par la vertu de laquelle il tire de lui-même ce qui, à l'ordinaire, ne s'apprend que sous la conduite d'autrui), on dit que c'est un *génie.*

Quiconque n'a rien appris de ce qui relève nécessai-

rement du savoir, s'appelle un *ignorant,* si son devoir eût été de posséder ce savoir dans la mesure de son dessein de jouer à l'homme instruit : intact d'une telle prétention, cet homme peut être un grand génie. Qui ne peut *penser par lui-même,* tout en ayant la capacité de beaucoup apprendre, est qualifié d'esprit *limité* (borné). On peut être un *vaste* érudit (machine à enseigner les autres à l'image de l'enseignement qu'on a soi-même reçu) et n'en être pas moins très *borné* dans l'utilisation VII, 139
rationnelle de son savoir historique. Celui qui, au maniement de ce qu'il a appris, trahit dans sa communication au public la contrainte de l'école (c'est-à-dire la gêne dans l'autonomie de la pensée), est le *pédant,* qu'il soit du reste savant, soldat ou même courtisan. Parmi eux, le pédant savant est au fond encore le plus supportable, parce qu'on peut tout de même apprendre de lui ; alors que la minutie des autres, appliquée au seul formalisme (pédanterie) n'est pas seulement inutile, mais qu'aussi, par l'orgueil inévitablement accroché au pédant, elle se charge en outre de ridicule, puisque cet orgueil est celui d'un *ignorant.*

Mais l'art ou plutôt l'*habileté* à s'exprimer dans le *ton* de bonne société, et à se montrer fondamentalement attaché à la mode, cette habileté qui, en particulier dans le cas de la science, se voit donner faussement le nom d'*ouverture au grand public*[1], alors qu'elle devrait s'appeler platitude apprêtée, recouvre mainte indigence de la tête bornée. Il est vrai qu'elle n'égare que les enfants. « Ton tambour (disait le quaker d'Addison à l'officier qui, dans le coche, bavardait à son côté) est un symbole de toi-même ; il résonne parce qu'il est vide[2]. »

Pour juger les hommes d'après leur faculté de connaître (à savoir l'entendement), on les répartit en ceux à qui il faut concéder le *sens commun,* qui, certes, n'est pas d'un commun *vulgaire (sensus vulgaris)* et en gens de *science.* Les premiers sont connaisseurs des règles dans les cas d'application *(in concreto),* les autres les connaissent pour elles-mêmes et antérieurement à leur application *(in abstracto).* L'entendement qui se range dans la première sorte de faculté de connaître est appelé *sain* entendement humain (bon sens[3]), celui de l'autre sorte *tête lucide (ingenium perspicax).* Observation curieuse : la première forme d'entendement, considérée d'habitude comme simple faculté pratique de connaissance, n'est pas seulement tenue pour capable de se passer de culture, mais, peut-être même, pour désavantagée par la culture, lorsque celle-là n'est pas poussée assez loin ; d'où l'on chante ses louanges jusqu'à

l'exaltation, on la représente comme une mine de trésors cachés dans les profondeurs de l'âme, et on proclame parfois même son dire érigé en oracle (génie de Socrate) pour plus sûr que tout ce que la science élaborée pourrait étaler. Il est à tout le moins une certitude : si la solution d'une question repose sur les règles générales et innées de l'entendement (dont la possession est dite bon sens congénital), il est plus incertain de faire appel à des principes étudiés et établis de toutes pièces
VII, 140 (bon sens scolaire), et de formuler sa conclusion en conséquence, que de s'en remettre en bloc aux principes de détermination du jugement enfermés dans les parties d'ombre de l'esprit, ce que l'on pourrait appeler le *tact* logique ; ici, la réflexion se représente l'objet sous une multitude de faces, et tire un résultat exact sans prendre conscience des actes qui se produisent dans le même temps à l'intérieur de l'esprit.

Mais le sain entendement ne peut montrer que face à un objet de l'expérience cette manière propre d'exceller non seulement à grandir en connaissance par l'expérience, mais aussi à l'élargir (l'expérience), non d'un point de vue spéculatif, mais simplement empirique et pratique. Le premier point de vue réclame des principes scientifiques *a priori ;* dans l'autre, ce peuvent être aussi des expériences, c'est-à-dire des jugements qui reçoivent confirmation continue de l'essai et du succès.

DE LA SENSIBILITÉ PAR OPPOSITION À L'ENTENDEMENT

§ 7

Quant à l'état de mes représentations, ou bien mon esprit est *actif* et fait montre d'une *faculté (facultas)*, ou bien il est *passif* et consiste en *réceptivité (receptivitas)*. Une *connaissance* porte, réunies en elle, les deux attitudes ; et la possibilité de sa possession tient son nom de *faculté de connaître* de sa part la plus noble, c'est-à-dire de cette activité de l'esprit qui associe les représentations ou les disjoint.

Les représentations face auxquelles l'esprit a une attitude passive, par lesquelles, donc, le sujet est *affecté* (qu'il s'affecte lui-même ou soit affecté par un objet) relèvent de la faculté *sensible* de connaître ; celles qui comportent un pur agir (pensée) appartiennent à la faculté *intellectuelle* de connaître. La première est également appelée faculté *inférieure* de connaissance, l'autre, faculté *supérieure**. Celle-là a le caractère de passivité du sens interne des impressions, celle-ci le caractère de spontanéité de l'aperception, c'est-à-dire de la pure conscience de l'action qui constitue la pensée et qui, relevant de la logique (système des règles de l'entendement) de même que le sens interne relève de la *psychologie* (somme de toutes les perceptions internes réunies sous les lois de la nature), assure les fondements de l'expérience interne. VII, 141

Remarque

L'objet de la représentation qui ne contient que la manière dont je suis affecté par lui ne peut être connu de moi que sous l'aspect où il m'apparaît, et toute expérience (connaissance empirique) — interne non moins qu'externe — n'est que la connaissance des objets tels qu'ils nous *apparaissent* et non tels qu'ils *sont* (c'est-à-dire considérés pour eux seuls). Car ce n'est pas que du caractère de l'objet de la représentation, mais de celui du sujet et de sa réceptivité que dépend le mode de l'intuition sensible à laquelle fait suite la pensée de cet objet (son concept). Or, le caractère formel de cette réceptivité ne peut être, par un mouvement inverse, emprunté aux sens, il est, de toute nécessité (comme intuition), donné *a priori,* c'est-à-dire que demeure nécessairement une intuition sensible, même une fois retranchée toute présence empirique (contenant d'*impression sensible*) ; cet élément formel de l'intuition est, dans les expériences internes, le *temps.*

Parce que l'expérience est connaissance empirique et que la connaissance (reposant sur des jugements) réclame pour sa part la réflexion *(reflexio)* et, partant, la conscience, c'est-à-dire la conscience de l'activité déployée dans l'association des composantes diverses de la repré-

* Ne situer la *sensibilité* que dans l'indistinction des représentations et l'*intellectualité* que dans leur distinction, et ne poser qu'une différence *formelle* (logique) au lieu de la différence *réelle* (psychologique) concernant non seulement la forme, mais aussi le contenu de la pensée, fut une grande erreur de l'école Leibniz et Wolff. Cette erreur consista à placer la sensibilité dans un simple *manque* (à savoir de clarté des représentations partielles), par suite dans l'imprécision, et, en revanche, la qualité de la représentation de l'entendement dans la distinction, alors que la sensibilité est un élément très positif et un complément indispensable à la représentation de l'entendement pour produire une connaissance. La faute, à la vérité, en incombe à *Leibniz*. Car, dans son allégeance à l'école platonicienne, il admit, sous le nom d'idées, de pures intuitions innées de l'entendement qui se rencontreraient dans l'âme humaine, en un état provisoirement obscurci, et dont l'analyse et l'éclairement par l'attention nous procureraient à eux seuls la connaissance des objets tels qu'ils sont en soi.

sentation selon une règle d'unité inhérente à cette conscience, c'est-à-dire le *concept* et la *pensée* (distincte de l'intuition), la conscience se partagera en conscience *discursive* (qui, dans son caractère logique, doit précéder, puisqu'elle donne la règle) et en conscience *intuitive*. La première (pure aperception de l'activité de l'esprit) est simple. Le Je de la réflexion ne comporte nulle diversité, il est toujours un seul et même en tous ses jugements, parce qu'il ne contient que cet élément formel de la conscience, tandis que l'*expérience interne* en comporte l'élément matériel et une diversité attachée à
VII, 142 l'intuition empirique interne, le Je de l'*appréhension* (par suite, une aperception empirique).

Je suis, à titre d'être pensant, un sujet confondu avec moi, à titre d'être sensible ; mais, en tant qu'objet de l'intuition interne empirique, c'est-à-dire pour autant que je me trouve affecté en moi-même par des impressions déterminées dans le temps, simultanées ou consécutives, je ne me connais que tel que je m'apparais, et non comme chose en soi. La cause en est dans la condition de temps qui n'est pas un concept de l'entendement (et donc pas simple spontanéité), et, par conséquent, dans une condition face à laquelle ma faculté de représentation est passive (et relève de la réceptivité). Ainsi, je ne me connais jamais dans l'expérience interne que tel que je m'*apparais;* proposition souvent gauchie par la malveillance au point qu'autant dire elle signifierait : il me *semble* seulement *(mihi videri)* que j'ai certaines représentations et impressions, et même par-delà, que j'existe. De l'apparence procède un jugement erroné, dicté par des causes subjectives, tenues à tort pour objectives ; or le phénomène[1] n'est en rien un jugement, mais simple intuition empirique qui devient, par la réflexion et par le concept de l'entendement qui en résulte, expérience interne et, par là, vérité.

Que les psychologues, communément, tiennent pour équivalents les termes de *sens interne* et d'*aperception,* sans égard au fait que celui-là seul est destiné à faire référence à une conscience psychologique (appliquée), celle-ci, en revanche, à une conscience logique (pure) seulement, est la cause de ces errements. Or, que nous ne puissions nous connaître, de par le sens interne, que tels que *nous apparaissons à nous-mêmes,* s'éclaire par le fait que la saisie *(apprehensio)* des impressions du sens interne suppose une condition formelle de l'intuition interne du sujet, à savoir le temps, qui n'est point un concept de l'entendement, mais seulement condition subjective de la manière dont les impressions internes nous sont données selon la constitution de l'âme humaine, et par le fait que cette saisie, en conséquence, ne nous procure pas la connaissance de l'objet tel qu'il est en soi.

*

Cette remarque ne relève pas à proprement parler de l'anthropologie. Dans celle-là, les phénomènes réunis selon les lois de l'entendement sont des expériences, et l'on ne s'y préoccupe pas du mode de représentation des objets, tels qu'on peut les envisager hors de leurs rapports avec les *sens* (et donc en eux-mêmes) ; cette VII, 143
enquête est du domaine de la métaphysique, dont la tâche concerne la possibilité de la connaissance *a priori.* Mais il était nécessaire de remonter aussi loin, ne fût-ce que pour écarter les bévues de la tête spéculative sur cette question. Que, du reste, la connaissance de l'homme par l'expérience interne, du fait qu'elle lui sert aussi pour une large part à juger les autres, soit d'une grande importance, et en même temps d'une difficulté peut-être plus grande que la juste appréciation d'autrui, l'homme en quête de son être interne *introduisant* dans la conscience de soi maints ajouts, au lieu de s'observer, rend opportun et même nécessaire de partir des *phénomènes* observés en soi-même et, alors seulement, d'avancer à l'affirmation de certaines propositions concernant la nature de l'homme, c'est-à-dire à l'*expérience interne.*

APOLOGIE EN FAVEUR DE LA SENSIBILITÉ

§ 8

À l'*entendement,* chacun témoigne toute considération, ainsi que l'indique déjà sa dénomination de faculté *supérieure* de connaissance ; quiconque voudrait chanter ses louanges se verrait régler son compte de cette raillerie à l'adresse d'un orateur qui exaltait les mérites de la vertu *(stulte! quis unquamvituperavit*[1] *).* La sensibilité, elle, a mauvaise réputation. On en dit beaucoup de mal : par exemple 1° qu'elle *trouble* le pouvoir de représentation ; 2° qu'elle a le verbe haut et que, *maîtresse* de l'entendement, alors qu'elle ne devrait en être que la *servante,* elle est entêtée et difficile à dompter ; 3° qu'elle pratique même l'*imposture,* et qu'avec elle on ne saurait jamais être assez sur ses gardes. D'autre part, elle ne manque pas non plus de laudateurs, surtout parmi les poètes et les gens de goût ; ils ne se contentent pas de vanter comme un mérite la *métamorphose sensible* des concepts de l'entendement, mais situent là et dans la non-obligation de décomposer avec un soin méticuleux les concepts en leurs éléments la *densité* (plénitude de la pensée) ou l'*emphase* (vigueur) du langage ou l'*évidence* (limpidité dans la conscience) des représentations, et, tout de bon, proclament indigence* le dépouillement de l'entendement. Nous n'avons ici nul besoin d'un panégyriste, mais seulement d'un avocat contre l'accusateur.

VII, 144 Le *côté passif* de la sensibilité dont nous ne pouvons nous défaire est, à la vérité, la cause de toutes les médisances à son endroit. La perfection intérieure de l'homme réside en ce qu'il dispose de l'usage de toutes ses facultés pour le soumettre à son *libre arbitre.* Il faut à cet effet que l'*entendement* commande, sans affaiblir toutefois la sensibilité (qui fait figure de plèbe, parce qu'elle ne pense pas) : car, sans elle, point de matière susceptible d'être élaborée à l'usage de l'entendement législateur.

JUSTIFICATION DE LA SENSIBILITÉ
FACE À LA PREMIÈRE ACCUSATION

§ 9

Les sens *ne troublent pas.* À qui a *saisi* une diversité donnée *sans l'avoir toutefois encore mise en ordre,* on ne peut faire grief d'y apporter le *trouble.* Les perceptions des sens (représentations empiriques accompagnées de conscience) ne peuvent être appelées que *phénomènes* internes. Il faut attendre que l'entendement survienne et les relie sous une règle de la pensée (introduise l'*ordre* dans le divers) pour en faire une connaissance empirique, c'est-à-dire une *expérience.* Il s'agit donc d'un manquement de l'*entendement* à son obligation, lorsqu'il juge avec désinvolture sans avoir au préalable ordonné les représentations des sens selon des concepts, et qu'il vient ensuite se plaindre de leur état de trouble dont, selon lui, la faute revient forcément à la part sensible de la nature humaine. Ce reproche touche la plainte infondée quant à un trouble des représentations aussi bien externes qu'internes par la sensibilité.

* Puisqu'il n'est ici question que de faculté de connaissance et donc de représentation (non point du sentiment de plaisir ou de déplaisir), l'*impression* ne désignera rien de plus que la représentation des sens (intuition empirique) à la différence des concepts (pensée) aussi bien que de la pure intuition (de l'espace et de la représentation du temps).

Les représentations sensibles précèdent assurément celles de l'entendement et se présentent en bloc. Mais leur apport est d'un contenu d'autant plus riche si l'entendement vient y joindre son ordonnance et sa forme intellectuelle, s'il amène par exemple à la conscience des expressions *vigoureuses* pour le concept, *emphatiques* pour le sentiment, et des représentations *porteuses d'intérêt* pour la détermination de la volonté. Certes, la *richesse* que, dans l'éloquence ou dans la poésie, les productions de l'esprit présentent d'un seul coup (en bloc) à l'entendement, le déconcertent souvent s'il doit VII, 145 se représenter clairement et décomposer les actes de réflexion qu'il accomplit ici effectivement, bien que dans l'ombre. Cependant, il n'y a point là tort de la sensibilité, mais bien plutôt mérite de sa part, d'avoir offert à l'entendement une riche matière en regard de laquelle les concepts abstraits de ce dernier ne sont souvent que misères au faux éclat.

JUSTIFICATION DE LA SENSIBILITÉ FACE À LA DEUXIÈME ACCUSATION

§ 10

Les sens ne commandent pas à l'entendement. Ils ne s'offrent au contraire à l'entendement que pour lui proposer la disposition de leur service. Qu'ils ne veuillent pas voir méconnue l'importance qui leur revient en particulier en ce que l'on nomme commun sens humain *(sensus communis)*, ne peut être taxé de prétention à régner sur l'entendement. Il est certes des jugements que l'on n'entreprend pas de déférer de *manière formelle* devant le tribunal de l'entendement pour qu'ils subissent ses arrêts ; et qui, de ce fait, semblent immédiatement dictés par les sens. De tels jugements se trouvent contenus dans les «apophtegmes» ou dans les élans oraculaires (comme ceux dont Socrate attribuait la formulation à son génie). Ils s'accompagnent du *préalable* que le premier jugement de ce qu'il est convenable et sage de faire dans telle éventualité est bien, à l'ordinaire, *juste*, et que la méditation ne peut que le gâter d'artifices. Or, ces jugements n'émanent pas des sens, mais des réflexions réelles, encore qu'obscures, de l'entendement. Les sens n'émettent pas de prétentions à ce titre, et ils sont le commun peuple qui, s'il n'est pas populace *(ignobile vulgus)*, se soumet de bon gré à son supérieur, l'entendement, avec, toutefois, la volonté de trouver audience. Mais admettre certains jugements et certaines vues comme procédant directement du sens interne (hors de la médiation de l'entendement), tandis que ce sens serait son propre maître et que ses impressions auraient valeur de jugement, c'est là pure *extravagance,* proche parente du détraquement des sens.

VII, 146

JUSTIFICATION DE LA SENSIBILITÉ FACE À LA TROISIÈME ACCUSATION

§ 11

Les *sens ne trompent pas.* Cette proposition est le refus du reproche le plus lourd, mais aussi, bien pesé, le plus vide qui soit fait aux sens ; et cela, non point parce qu'ils jugent toujours avec justesse, mais parce qu'ils ne jugent pas du tout ; raison pour laquelle l'erreur est toujours à la charge du seul entendement. Pourtant l'*apparence sensible (species, apparentia)* tourne, sinon à sa justification, du moins à son excuse ; de la sorte, l'homme en vient souvent à tenir le subjectif de son mode de représentation pour objectif (la tour éloignée à laquelle il ne voit pas d'angles, pour *ronde,* la mer dont la partie lointaine atteint son regard par la voie de rayons lumineux plus élevés pour *plus haute* que le rivage *(altum mare),* la pleine lune qu'il voit lors de son lever à l'horizon à travers une atmosphère vaporeuse, bien qu'il la perçoive sous le même angle visuel, pour plus éloignée et donc aussi pour *plus grande* que lorsqu'elle apparaît haut dans le ciel), et ainsi à prendre le *phénomène* pour l'*expérience* et à tomber par là dans l'erreur, qui est faute de l'entendement et non des sens.

*

Un blâme lancé par la logique à l'encontre de la sensibilité réside dans le reproche de *superficialité* (individualité, limitation au cas particulier) fait à la connaissance telle qu'elle est favorisée par elle, tandis que l'entendement qui, dans sa visée à l'universel, doit, pour sa part, s'accommoder d'abstractions, se voit reprocher sa *sécheresse.* La démarche esthétique dont la première exigence est l'ouverture au public prend un chemin permettant d'éviter ces deux défauts.

DU POUVOIR
QUANT À LA FACULTÉ DE CONNAÎTRE

§ 12

Le paragraphe précédent, qui traitait de la faculté apparente dans le domaine où nul homme n'a de *pouvoir,* nous conduit à discuter des concepts du *facile* et du *difficile (leve et grave*[1]*)* qui, à la lettre, ne désignent en allemand que des propriétés et des forces physiques, mais qui, aussi, comme en latin, sont destinés, en vertu d'une certaine analogie, à désigner le *faisable* (facile) et VII, 147 le *comparativement infaisable* (difficile) : l'à peine faisable n'en est pas moins, en certaines situations et circonstances, tenu par un sujet doutant de posséder le pouvoir nécessaire à cette tâche pour *subjectivement infaisable.*

La *facilité* à accomplir une chose *(promptitudo)* ne doit pas être confondue avec l'*entraînement* à accomplir de telles actions *(habitus).* La première signifie un certain degré de pouvoir mécanique : « Je peux si je veux », et désigne une *possibilité subjective;* le deuxième la *nécessité* subjective et pratique, c'est-à-dire l'*habitude,* et, partant, un certain degré de volonté qui s'acquiert par l'usage répété de son pouvoir : « Je veux parce que le devoir le commande ». Aussi bien, on ne peut expliquer la vertu en la présentant comme l'*entraînement* à des actions libres et légitimes ; elle ne serait alors que mécanisme dans l'application de la force, tandis que la vertu est cette *vigueur morale* dans l'exécution de son devoir, qui, toujours, doit surgir, toute neuve et originelle, de la manière de penser.

On oppose le *facile* au *difficile,* mais souvent aussi au *pénible. Facile* est à un sujet ce pour quoi il dispose d'un grand excédent de pouvoir par rapport à l'emploi de force nécessaire à une action. Quoi de plus facile que de s'acquitter des formalités de visites, félicitations et condoléances? Mais quoi de plus pesant aussi pour un homme occupé? Ce sont, inhérentes à l'amitié, des *vexations* (tracasseries) dont chacun, de bon cœur, voudrait se défaire, tout en hésitant à faillir à l'usage.

Quelles vexations n'y a-t-il pas dans les usages extérieurs comptés pour partie intégrante de la religion, mais à la vérité convertis en formalisme d'église ; où le méritoire de la piété est placé justement dans leur entière inutilité et la simple soumission des croyants à

se laisser tourmenter de cérémonies et d'observances, de pénitences et de macérations (d'autant meilleures que leur nombre sera plus grand) ; cependant que ces corvées, d'un *mécanisme certes facile* (puisque n'impliquant le sacrifice d'aucun penchant au vice), sont en revanche, *du point de vue moral*, forcément très *pesants* et très pénibles à l'homme raisonnable ! Aussi, lorsque le grand éducateur moral du peuple déclarait : « Mes commandements ne sont pas pesants[1] » il ne voulait pas dire par là que ceux-là ne demandaient pour leur accomplissement qu'un faible déploiement d'énergie : en fait, ils sont, dans leur exigence de pures dispositions du cœur, les plus difficiles de tous les commandements
VII, 148 possibles ; mais pour un être raisonnable, ils sont infiniment plus faciles que les injonctions d'un désœuvrement affairé *(gratis anhelare, multa agendo nihil agere[2])*, tels ceux qu'établit le judaïsme : la lourdeur du mécaniquement facile se mesure bien en quintaux pour l'homme raisonnable quand il voit l'entière inutilité de la peine employée à ce propos.

Accomplir avec facilité une tâche difficile est *mérite ;* la *peindre sous les couleurs* de la facilité, malgré l'incapacité à l'accomplir soi-même, est *tromperie.* Faire ce qui est facile est *dénué de mérite.* Des procédés et des machines, et dans leur nombre, la répartition des travaux entre divers hommes du métier (travail de manufacture), facilitent bien des choses qu'il serait difficile de faire de ses propres mains, sans autres instruments.

Montrer les difficultés avant de donner les préceptes pratiques (ainsi, dans les recherches de la métaphysique) peut certes effrayer, mais cela vaut mieux encore que de les *cacher.* Celui qui tient pour facile tout ce qu'il se propose est *frivole.* Celui à qui tout ce qu'il fait est facile est *habile ;* de même que celui qui, à la tâche, trahit la peine est *lourdaud.* L'entretien de société (conversation) est un simple jeu où tout doit être facile et paraître facile. Aussi le cérémonieux (le guindé) en la matière, tels les adieux solennels après un festin, doit-il être aboli comme désuet.

La disposition d'esprit des hommes au moment d'entreprendre un travail varie selon la diversité des tempéraments. Les uns commencent par les difficultés et les craintes (les mélancoliques), chez les autres, ce sont l'espoir et la facilité présumée de l'exécution qui leur viennent tout d'abord en tête (les sanguins[3]).

Mais que penser de l'affirmation glorieuse des forts, qui n'est pas fondée sur le seul tempérament : « Ce que l'homme *veut,* il le *peut ?* » Ce n'est rien d'autre qu'une grandiloquente tautologie : ce que l'homme, en effet, accomplit sur le *commandement de sa raison dispensatrice d'injonctions morales,* il *doit,* et par suite il *peut* aussi l'accomplir (la raison ne lui commandera pas l'impossible). Il y eut pourtant, voici quelques années, des fats de cette espèce pour étendre cette vantardise au sens physique et se proclamer les assaillants du monde établi ; leur race, en vérité, s'est éteinte depuis belle lurette.

Enfin l'*accoutumance (consuetudo),* du fait que des impressions toujours marquées du même sceau retirent aux sens, par leur prolongation monotone, le pouvoir d'attention, et que d'elles il ne reste pour ainsi dire plus de trace dans la conscience, *facilite* la tolérance aux VII, 149 maux (faussement honorée alors du nom d'une vertu, à savoir la patience), mais elle rend aussi *plus difficiles* la conscience et le souvenir du bienfait reçu, ce qui mène d'ordinaire à l'ingratitude (véritable imperfection).

Mais l'*habitude* acquise *(assuetudo)* est une contrainte physique interne à ne point démordre de la manière dont on a toujours procédé. Par là, précisément, elle enlève même aux bonnes actions leur valeur morale, car elle porte préjudice à la liberté de l'esprit, et conduit en outre à faire du même acte une suite de répétitions dépourvues de toute pensée (monotonie), forgeant ainsi son propre ridicule. Les mots de remplissage ancrés par l'habitude (*phrases* destinées seulement à combler le vide de pensée) inspirent à l'auditeur la crainte perpétuelle de devoir entendre une fois encore la chère petite formule, et transforment la personne qui parle en machine à parler. Si l'habitude chez autrui suscite en nous le dégoût, c'est que de l'homme surgit avec outrance l'animal guidé d'*instinct* par la règle de l'habitude, à la manière d'une autre nature (non humaine), et qu'il court ainsi le risque de tomber dans la catégorie des bêtes. Cependant, certaines habitudes peuvent procéder de l'intention et être admises, dans les cas où la nature refuse son aide à la libre volonté, lorsqu'il s'agit par exemple, avec l'âge, de s'habituer à l'heure du manger et du boire, à leur qualité et à leur quantité, et de la sorte pour le sommeil ; mais cela ne vaut qu'à titre d'exception et dans la nécessité. En règle générale, toute habitude est à rejeter[1].

DU JEU ARTIFICIEL AVEC L'APPARENCE SENSIBLE

§ 13

Le *leurre* tendu à l'entendement par les représentations des sens *(prestigiae)* peut être naturel, ou bien aussi artificiel, et il est soit *mirage (illusio)* soit *tromperie (fraus)*. Le leurre qui, sur le témoignage des yeux, oblige à tenir une chose pour vraie, bien que, chez le même sujet, l'entendement la déclare impossible, prend le nom de *trompe-l'œil (prestigiae)*.

Est *illusion* le leurre qui subsiste quand bien même l'on sait que l'objet présumé n'existe pas. Ce jeu de l'esprit avec l'apparence sensible est très agréable et très divertissant, comme peuvent l'être le dessin en perspective de l'intérieur d'un temple ou le tableau de l'école des Péripatéticiens (du *Corrège,* me semble-t-il) selon le
VII, 150 mot de Mengs[1] : « À les regarder longuement, ils ont l'air de marcher » ; ou cet escalier peint à même le mur avec une porte entrouverte, à l'hôtel de ville d'Amsterdam, qui engage fallacieusement à le gravir, et autres exemples de la sorte.

Mais il y a *tromperie* des sens quand cesse aussi l'apparence dès que l'on sait ce qu'il en est de l'objet. De ce nombre sont les tours de passe-passe de toute espèce. Le vêtement dont la couleur fait avantageusement ressortir le visage est illusion ; mais le fard est tromperie. Le premier séduit, le second berne. De là vient aussi que l'on ne peut souffrir des *statues,* peintes en couleurs d'après nature, de corps humains ou d'animaux : on est, à tout instant, faussement amené à les tenir pour vivantes, aussi souvent qu'elles se présentent inopinément à nos regards.

L'ensorcellement (fascinatio), dans un état de l'esprit au demeurant sain, est un leurre des sens dont on dit que son manège n'a rien de naturel : le jugement selon lequel un objet (ou une qualité de celui-là) existe, alterne en effet, si l'on y emploie son attention, de manière irrésistible avec le jugement selon lequel il *n'est pas* (ou il est de conformation différente), et le sens, dès lors, semble se contredire. Tel un oiseau qui vient voltiger contre le miroir dans lequel il voit son image, la prenant selon l'instant pour un oiseau réel ou non. Ce jeu dont les hommes sont l'objet *à en perdre confiance en leurs sens* se rencontre surtout chez ceux qui subissent la puissante attraction d'une passion. À l'amoureux qui

découvrait (d'après Helvétius) son aimée dans les bras d'un autre, celle-là, niant tout bonnement, pouvait dire : « Infidèle, tu ne m'aimes plus ! Tu crois ce que tu vois plus que ce que je te dis[1]. » Plus grossière, ou du moins plus nuisible, était la tromperie pratiquée par les *ventriloques,* les gassnériens, les *mesmériens* et autres prétendus adeptes de la magie noire[2]. Au temps jadis, les pauvres femmes ignorantes qui s'imaginaient accomplir quelque acte surnaturel de ce genre recevaient le nom de *sorcières,* et en ce siècle même, la croyance à cette sorte de phénomènes n'était pas encore extirpée*. Il semble que le sentiment d'étonnement à propos d'un événement inouï présente en lui-même beaucoup d'attrait pour le faible, non seulement parce que d'un coup lui sont ouvertes des perspectives nouvelles, mais parce VII, 151
qu'il est ainsi délié de l'usage de la raison, pesant pour lui, et se trouve en revanche pernicieusement engagé à ramener les autres à son propre niveau en matière d'ignorance.

DE L'APPARENCE PERMISE EN MORALE

§ 14

Les hommes sont dans l'ensemble d'autant plus comédiens qu'ils sont plus civilisés : ils adoptent l'apparence de l'affection, du respect d'autrui, de la décence, du désintéressement, sans tromper personne, car chacun parmi les autres entend bien que le cœur n'y a point de part ; il est au demeurant très bon qu'il en aille ainsi dans le monde. Par le fait que des hommes jouent ces rôles, les vertus qu'ils se sont, un certain temps, contentés d'affecter, finissent bien par être éveillées, et elles passent dans leur disposition d'esprit.

* En ce siècle même, un pasteur protestant d'Écosse, cité comme témoin dans une affaire de ce genre, déclarait au juge : « Monsieur, je vous affirme sur mon honneur de prêtre que cette femme est une *sorcière* » ; à quoi l'autre répliqua : « Et moi, je vous affirme sur mon honneur de juge que vous n'êtes pas un maître-sorcier ». Le mot *Hexe,* maintenant germanisé, vient des premiers mots du formulaire de la messe au moment de la consécration de l'hostie ; le croyant voit cette hostie de ses yeux *corporels* comme un petit disque de pain, mais il est tenu, la formule une fois prononcée, de la voir avec les yeux de l'*esprit* comme un corps humain. Car les mots *hoc est* se sont, en un premier temps, adjoint le mot de *corpus,* sur quoi le dire *hoc est corpus* a été changé en un faire *hocuspocus,* selon toute vraisemblance par pieuse terreur de prononcer et de profaner le vrai nom, ainsi que les superstitieux, afin de ne pas y attenter, ont coutume de le faire pour les choses qui sortent de l'ordre naturel[3].

Cependant, tromper l'imposteur qui est en nous-mêmes, l'inclination, est, à l'inverse, retour à la soumission à la loi de la vertu, et non point tromperie, mais une manière innocente de nous donner le change.

Ainsi le *dégoût* à l'encontre de sa propre existence, issu du vide, en l'esprit, d'impressions auxquelles celui-là tend sans cesse, à l'encontre de l'ennui qui fait ressentir en même temps une pesante inertie, c'est-à-dire de la satiété de toute occupation qui, du nom de travail, pourrait chasser cet écœurement, est, par les peines *dont* il s'accompagne, un sentiment au plus haut point rebutant dont la cause n'est autre que l'inclination naturelle à se livrer *à ses aises* (un repos sans fatigue préalable). Mais cette inclination est trompeuse même quant aux fins dont la raison fait à l'homme une loi ;
VII, 152 elle lui procure contentement de soi-même *lorsqu'il ne fait absolument rien* (dans l'inanité d'une vie végétative), puisqu'il *ne fait après tout aucun mal*. La tromper à son tour (ce qui peut s'obtenir en jouant avec les beaux-arts ou en s'adonnant à la conversation de société) s'appelle *faire passer le temps (tempus fallere) ;* l'expression indique déjà l'intention : tromper l'inclination au repos de l'oisiveté, lorsque l'esprit se laisse amuser par les arts ou que, tout simplement, un jeu, gratuit en lui-même, n'en suffit pas moins, dans une joute pacifique, à cultiver l'esprit ; dans le cas contraire, on dirait : *tuer* le temps. La violence ne peut rien contre la sensibilité dans le domaine des inclinations ; il faut l'emporter sur elle par la ruse et, comme le dit Swift, abandonner à la baleine un tonneau en guise de jouet, afin de sauver le navire[1].

La nature, sagement, a implanté en l'homme le penchant à se laisser tromper, dans l'intention suprême de sauver la vertu ou du moins de mener à elle. L'honnête *maintien* est une apparence extérieure qui inspire aux autres la *considération* (de ne pas verser dans la vulgarité). Les femmes, à vrai dire, ne seraient guère satisfaites, si le sexe masculin ne rendait pas hommage à leurs charmes. Mais la *décence (pudicitia)*, contrainte exercée sur soi-même, qui dissimule la passion, est une illusion fort salutaire pour susciter entre l'un et l'autre sexes la distance nécessaire à ce que l'un d'eux ne soit pas avili en simple instrument de jouissance de l'autre. En tout état de cause, tout ce que l'on désigne du nom de *convenances (decorum)* est du même genre, à savoir rien d'autre que *belle apparence.*

La *courtoisie* (politesse[2]) est un semblant de condescendance qui rend aimable. Les *révérences* (compliments) et tout l'attirail de galanterie *de cour* ainsi que les plus chaudes protestations d'amitié ne sont certes pas toujours précisément la vérité («Mes chers amis : il n'y a point d'amis!» *Aristote*[1]), du moins ne *trompent*-ils pas pour autant, parce que chacun sait à quoi s'en tenir, et surtout, que ces marques de bienveillance et de considération, vides tout d'abord, mènent peu à peu à de réelles dispositions de cette sorte.

Toute vertu humaine du domaine des relations n'est que vile monnaie ; quiconque la prend pour or véritable est un enfant. Mieux vaut pourtant avoir en circulation une vile monnaie que nulle espèce de cet aloi ; elle peut à la fin, bien qu'avec une déperdition considérable, se VII, 153
convertir en or pur. N'en faire que *jetons* sans valeur, dire avec le sarcastique Swift : «L'honnêteté est une paire de chaussures que l'on a éculées dans la boue[2]», etc., ou avec le pasteur Hofstede[3], dans son attaque contre le *Bélisaire* de Marmontel, diffamer jusqu'à un Socrate pour empêcher, qui plus est, quiconque de croire à la vertu, est une haute trahison contre l'humanité. Même l'apparence du bien chez les autres doit avoir de la valeur pour nous : ce jeu de dissimulations qui gagnent l'estime, sans peut-être la mériter, peut bien finir par tourner au sérieux. Seule l'apparence du bien en *nous-mêmes* doit être effacée sans ménagements, comme doit être déchiré le voile dont l'amour-propre recouvre nos faiblesses morales ; car l'apparence exerce sa tromperie là où l'on fait miroiter à ses propres yeux, à l'aide d'images dénuées de tout contenu moral, l'effacement de la faute ou, par la récusation de celle-là, la conviction de n'être en rien coupable, par exemple quand, à la fin de la vie, on dépeint le repentir des mauvaises actions sous les couleurs d'un amendement véritable, ou une infraction délibérée sous celles d'une faiblesse humaine.

DES CINQ SENS

§ 15

La *sensibilité*, dans la faculté de connaître, (faculté des représentations dans l'intuition) contient deux éléments : le *sens* et l'*imagination*. Le premier est la faculté d'intuition en présence de l'objet, le second l'est aussi *sans* cette présence. Les sens, à leur tour, se partagent en sens *externes* et sens *interne (sensus internus)*; dans le premier cas, le corps est affecté par des choses corporelles, dans le second par l'âme ; il convient de remarquer ici que l'on distingue ce dernier, pure faculté de perception (d'intuition empirique), du *sentiment* de plaisir et de déplaisir, c'est-à-dire de la réceptivité du sujet à se laisser déterminer par certaines représentations à leur maintien ou à leur éloignement, et que l'on pourrait nommer *sens intérieur (sensus interior).* Une représentation sensible accompagnée de sa conscience en tant que telle prend le nom particulier de *sensation,* lorsque l'impression suscite en même temps une attention à l'état du sujet.

§ 16

VII, 154 On peut distinguer tout d'abord, parmi les sens de l'impression corporelle, celui de l'*impression vitale (sensus vagus)* et ceux de l'*impression organique (sensus fixus),* et, comme toutes ces impressions ne se rencontrent que là où se trouvent les nerfs, distinguer ceux qui affectent le système nerveux dans son entier, ou seulement le nerf appartenant à une certaine partie du corps. L'impression de *chaud* et de *froid,* même dans le cas où elle est suscitée par l'âme (ainsi dans la montée rapide de l'espoir ou de la crainte) relève du *sens vital.* Le *frisson* qui parcourt l'être humain même dans la représentation du sublime, et l'*épouvante* avec laquelle les contes de nourrices, à l'heure tardive du soir, précipitent au lit les enfants, sont de cette sorte ; ils pénètrent le corps jusque dans les derniers recoins de vie.

Pour les organes des sens, on ne peut à bon droit en dénombrer ni plus ni moins de cinq, dans la mesure où ils ont trait à l'impression externe.

Trois d'entre eux sont plus objectifs que subjectifs, c'est-à-dire qu'en leur qualité d'*intuition* empirique ils contribuent à la *connaissance* de l'objet extérieur plus qu'ils n'éveillent la conscience de l'organe affecté ; deux, en revanche, sont plus subjectifs qu'objectifs, c'est-à-dire que la représentation donnée par eux est plus celle de l'*ingestion* que de la connaissance de l'objet extérieur ; c'est pourquoi, sur les premiers, l'accord peut se faire sans peine avec autrui ; mais, pour les seconds, malgré l'identité de l'intuition empirique externe et de la dénomination de l'objet, la manière dont le sujet se sent affecté par lui peut-être toute différente.

Les sens de la première classe sont 1° celui du *toucher (tactus),* 2° de la *vue (visus),* 3° de l'*ouïe (auditus).* De la seconde classe, a) du *goût (gustus),* b) de l'*odorat (olfactus) ;* ce ne sont, dans leur totalité, que des sens de l'impression de l'organe, constituant en quelque sorte autant d'accès extérieurs ménagés par la nature à l'animal pour distinguer les objets.

DU SENS DU TOUCHER

§ 17

Le sens du toucher se situe dans les extrémités des doigts et dans leurs papilles nerveuses *(papillae)* en vue de reconnaître la forme d'un corps solide au contact de sa surface. La nature semble avoir assigné cet organe à l'homme seul afin que, par un toucher sur toutes les faces, il puisse se faire une notion de la forme d'un corps ; les antennes des insectes semblent, en effet, ne VII, 155 répondre qu'à l'intention de déceler sa présence, et non de reconnaître sa forme. Ce sens est aussi le seul de la perception externe immédiate et, en conséquence, aussi le plus important et le plus sûr dans ses renseignements, tout en étant le plus grossier : car la matière doit être solide, dont le contact superficiel est destiné à nous instruire de sa forme. (Il ne s'agit pas ici de l'impression vitale, quant à savoir si la surface est douce ou rude, et, bien moins encore, si elle est chaude ou froide au toucher.) Sans cet organe des sens, nous ne pourrions nous faire aucune notion d'une forme corporelle ; les deux autres sens de la première classe doivent donc être appliqués originairement à la perception de cette forme pour procurer une connaissance d'expérience.

DE L'OUÏE

§ 18

Le sens de l'ouïe est l'un des sens de perception simplement *médiate*. À travers l'air qui nous entoure, et par son intermédiaire, on reconnaît un objet lointain dans une vaste étendue ; cet élément, mis en mouvement par la bouche, organe de la voix, permet aux humains de se mettre de la manière la plus aisée et la plus complète en communauté de pensées et de sentiments avec les autres, surtout lorsque les sons que chacun d'eux fait percevoir à l'autre sont articulés et, dans leur raccordement par les lois de l'entendement, constituent un langage. La forme de l'objet n'est pas donnée par l'ouïe, et les sons du langage ne conduisent pas immédiatement à sa représentation ; cependant, pour cette raison, et parce qu'ils ne signifient rien par eux-mêmes, du moins pas sous le rapport des objets, tout au plus sous celui des seuls sentiments intérieurs, ce sont les moyens les plus aptes à désigner des concepts ; les sourds de naissance, condamnés par là-même à rester également muets, ne peuvent jamais accéder à plus qu'à un *analogon* de la raison.

Quant au sens vital, la *musique,* jeu normalisé des impressions de l'ouïe, ne se borne pas à lui conférer un mouvement vif et varié au-delà de toute description, elle lui donne aussi de la force, si bien qu'elle est en quelque sorte une langue de pures impressions (à l'exclusion de tout concept). Les sons sont ici des *notes,* et jouent pour l'ouïe le rôle des couleurs pour la vue ; une communication à distance des sentiments, dans un espace à la ronde, à toutes les personnes qui s'y trouvent, et un plaisir social qui ne s'amoindrit point de la participation du grand nombre.

VII, 156

DU SENS DE LA VUE

§ 19

La vue est, elle aussi, un sens de l'impression *médiate* par le moyen d'une matière en mouvement, la *lumière,* que seul peut éprouver un organe déterminé (l'œil) ; la lumière n'est pas, à la manière du son, simple mouvement ondulatoire d'un *élément fluide,* mouvement se répandant de tous côtés dans l'espace alentour, mais une émanation déterminant pour l'objet un point dans l'espace ; par elle, nous connaissons l'édifice de l'univers en une telle immensité que, dans le cas des corps célestes lumineux surtout, confrontant leur éloignement à nos échelles de cette terre, nous nous lassons de l'alignement de chiffres et que cette tâche nous donne presque plus sujet de nous étonner de la sensibilité délicate de cet organe dans la perception d'impressions si affaiblies que de la grandeur de l'objet (l'édifice universel), en particulier si l'on en appelle d'autre part au monde du minuscule, tel qu'il est proposé à nos yeux par l'intermédiaire des microscopes, par exemple pour les infusoires. Le sens de la vue, tout en n'étant pas plus indispensable que celui de l'ouïe, est pourtant le plus noble : c'est lui qui, de tous les sens, se situe le plus loin du sens du toucher, condition la plus bornée des perceptions, et qui, outre qu'il embrasse la plus grande sphère de perceptions spatiales, ressent aussi son organe comme le moins affecté (ce ne serait pas alors simple vision), se rapprochant ainsi plus que les autres d'une *pure intuition* (représentation immédiate de l'objet sans que s'y mêle la remarque d'une impression).

★

Ces trois sens externes mènent, par la réflexion, le sujet à la connaissance de l'objet comme d'une chose hors de nous. Mais lorsque l'impression est si forte que la conscience de la mise en mouvement de l'organe en vient à dominer celle du rapport à un objet extérieur, les représentations externes se transforment en représentations internes. Noter le lisse et le rugueux dans le domaine du toucher est tout autre chose que de s'informer par ce moyen de la configuration extérieure de l'objet. De même : si d'autres parlent fort à vous faire mal aux oreilles, comme l'on dit, ou si quelqu'un, passant d'une pièce obscure à la clarté du soleil, cligne des yeux, dans ce dernier cas, l'éclairage fort ou soudain VII, 157
provoque pour quelques instants la cécité ; dans l'autre, une voix criarde produit la surdité, c'est-à-dire qu'ici et là la violence de l'impression sensible empêche de parvenir au concept de l'objet, l'attention étant au contraire fixée par la représentation *subjective*, à savoir par l'altération de l'organe.

DES SENS DU GOÛT ET DE L'ODORAT

§ 20

Les sens du goût et de l'odorat sont plus subjectifs qu'objectifs ; le premier dans l'*attouchement* de l'organe de la *langue*, du *gosier* et du *palais* par l'objet extérieur, l'autre par l'inspiration des émanations étrangères mêlées à l'air, le corps qui les exhale pouvant même se trouver à distance de l'organe. Ces deux sens ont une proche parenté, et l'absence du goût s'accompagne toujours chez la même personne d'un odorat émoussé. Tous deux, peut-on dire, sont affectés par des *sels* (fixes ou volatiles) dont les uns doivent être dissous par l'élément liquide contenu dans la bouche, les autres par l'air ; et il faut que ces sels pénètrent dans l'organe pour lui apporter leur impression spécifique.

REMARQUE GÉNÉRALE SUR LES SENS EXTERNES

§ 21

On peut classer les impressions des sens externes en celles qui procèdent d'une influence *mécanique* et celles qui procèdent d'une influence *chimique*. Du domaine d'une action mécanique sont les trois sens supérieurs, de celui d'une influence chimique sont les deux sens inférieurs. Ceux-là sont les sens de la *perception* (à la surface), ceux-ci les sens de l'*ingestion* (imprégnation). C'est pourquoi le *dégoût*, incitation à se débarrasser de la matière absorbée (vomir) par le plus court chemin du conduit nutritif, a été donné aux humains sous la forme d'une si forte impression vitale, l'ingestion profonde pouvant être, dans ce cas, dangereuse pour leur condition animale.

Mais il est aussi une *ingestion spirituelle*, faite de la communication des pensées, et comme l'esprit, à l'endroit de cette absorption, lorsqu'elle nous est imposée, sans nous être pour autant profitable comme nourriture spirituelle, éprouve de l'écœurement (ainsi que peut être indigeste par la monotonie la répétition de bons mots, toujours les mêmes, qui se veulent spirituels ou amu-
VII, 158 sants), l'instinct naturel à s'en défaire prend par analogie le nom de dégoût, bien qu'il relève du sens interne.

L'*odorat* est en quelque sorte un goût à distance, et il oblige les autres personnes, qu'elles le veuillent ou non, à en partager l'apport ; de ce fait, contraire à la liberté, il participe moins de la sociabilité que le goût, le convive pouvant ici choisir selon son agrément entre nombre de plats et de bouteilles sans que les autres se trouvent contraints d'y goûter. La malpropreté, semble-t-il, n'éveille pas tant le dégoût par ce qu'elle peut avoir de repoussant pour l'œil et pour la langue que par la puanteur qu'il faut en attendre. Car l'ingestion par l'odorat (dans les poumons) est encore plus intime que par les canaux absorbants de la bouche ou du gosier.

Plus les sens s'éprouvent fortement *affectés*, à la mesure de l'action qu'ils subissent, moins *ils apportent d'enseignements*. À l'inverse : pour fournir d'amples enseignements, ils doivent affecter modérément. À la plus violente lumière, on ne *voit* (distingue) rien, et une voix portée à la puissance de celle de stentor *étourdit* (étouffe la pensée).

Plus le sens vital est réceptif aux impressions (plus il est délicat et fragile), plus l'homme est malheureux ;

plus l'homme est réceptif à l'organe des sens (sensible), et, en revanche, endurci envers le sens vital, plus il est heureux ; je dis plus heureux, et non point moralement meilleur ; car il dispose davantage du sentiment de son bien-être. À la réceptivité qui émane de la *force* du sujet *(sensibilitas sthenica)*, on peut donner le nom de *sensibilité déliée;* à celle dont l'origine est la *faiblesse* du sujet qui le rend incapable d'une résistance suffisante à l'intrusion dans la conscience des influences sensorielles, c'est-à-dire l'oblige à y prêter attention contre son gré, on peut donner le nom de *fragilité* sensitive *(sensibilitas asthenica)*.

QUESTIONS

§ 22

Quel est l'organe des sens le plus ingrat, tout en paraissant être le plus indispensable? C'est celui de l'*odorat.* Il ne vaut guère la peine de le cultiver ou même de l'affiner pour la délectation : il est plus d'objets de dégoût (surtout dans les endroits populeux) que de ceux d'agrément qu'il puisse procurer, et l'inspiration ne peut être jamais que furtive et passagère si elle doit réjouir. Mais pris comme condition négative du bien-être, pour éviter de respirer un air nocif (émanations de VII, 159
fourneau, puanteur de marécages et de charognes) ou de consommer des nourritures avariées, ce sens n'est pas dénué d'importance. Cette même importance échoit aussi au deuxième sens ingestif, à savoir le sens du goût, avec cet avantage particulier, toutefois, qu'il favorise la sociabilité de la table, ce que ne fait pas le précédent, et, en outre, qu'à la porte d'entrée même des aliments dans le canal digestif, il émet un jugement préventif sur leur vertu salutaire, cette vertu étant sans doute liée à l'agrément procuré par l'ingestion et pris comme son anticipation relativement sûre, à condition que le luxe et la bombance n'aient pas, de leurs artifices, dévoyé le sens. Ce que choisit l'appétit des malades leur est aussi d'habitude salutaire à la manière d'un médicament. L'odeur des aliments est une sorte de goût préalable, l'odeur de plats qu'il aime invite l'affamé à en user, de même qu'elle éloigne l'homme rassasié.

Y a-t-il un vicariat des sens, c'est-à-dire un usage de l'un d'eux suppléant à un autre? Du *sourd,* s'il a entendu par le passé, on peut, par le geste, et donc par l'appel à ses yeux, tirer le langage habituel ; ce qui comporte aussi l'observation du mouvement des lèvres et peut même s'accomplir dans l'obscurité par leur toucher dans le mouvement. Mais pour un sourd de naissance, le sens de la *vue* doit, d'après le mouvement des organes de la parole, convertir les *sons* obtenus de lui dans son éducation en un *sentir* du mouvement de ses propres muscles de la phonation ; encore qu'il ne parvienne jamais par là à de réels concepts, car les signes dont il a besoin à cet usage ne sont susceptibles d'aucune universalité. L'absence d'oreille musicale, bien que l'organe, au sens purement physique, soit indemne, l'ouïe percevant bien des sons mais non des notes, et l'homme pouvant donc bien parler mais non chanter, est une infirmité difficile à expliquer ; de même que certaines gens voient très bien, qui sont en revanche incapables de distinguer les couleurs et perçoivent tous les objets comme s'il s'agissait de gravures sur cuivre.

Quel est, de l'ouïe ou de la vue, le sens dont l'absence ou la perte est la plus importante ? La privation du premier, si elle était de naissance, est la plus difficile à compenser ; mais, si elle n'est survenue que plus tard, après que l'usage des yeux eut été cultivé soit par l'observation des gestes ou, de manière plus médiate
VII, 160 encore, par la lecture d'une forme d'écrit, une perte de ce genre peut encore, surtout chez un homme aisé, être compensée, de manière insuffisante sans doute, par la vue. Mais un homme devenu sourd avec l'âge est très affecté de la privation de ce moyen de relations, et de même que l'on voit bien des aveugles loquaces, sociables, et joyeux à table, il sera difficile de trouver un homme ayant perdu l'ouïe qui soit en société autre que maussade, méfiant et insatisfait. Il voit dans la mimique de ses compagnons de table s'exprimer de toutes sortes de manières l'émotion ou du moins l'intérêt, il se creuse en vain la tête à vouloir en deviner le sens et il se trouve, en pleine société, condamné à la solitude.

§ 23

Les deux derniers sens (plus subjectifs qu'objectifs) impliquent, en outre, une réceptivité à certains objets d'impressions externes ainsi faites qu'elles sont purement subjectives et qu'elles agissent sur les organes de l'odorat et du goût par une stimulation étrangère à l'odeur et au goût, mais ressentie comme l'action de certains sels fixes qui incitent les organes à des *évacuations* spécifiques ; aussi bien ces objets ne sont pas à vrai dire consommés ni accueillis dans la *texture* intime des organes : limités à l'effleurement, ils sont destinés à être rejetés peu après ; raison pour laquelle on peut en user

à longueur de journée (à l'exception du temps des repas et du sommeil) sans connaître la satiété. La substance la plus commune de cette sorte est le *tabac,* qu'il s'agisse de le *priser,* ou de le placer dans la bouche entre la joue et le palais afin d'exciter la salive, ou aussi de le *fumer* par le tuyau de la pipe ou, à la manière des Espagnoles de *Lima,* au moyen d'un cigare allumé. À la place de tabac, les Malais utilisent dans le dernier cas la noix d'arec, enveloppée dans une feuille de bétel, qui produit le même effet. En dehors de l'utilité ou de la nocivité médicales que peut entraîner la sécrétion de liquide dans les deux catégories d'organes, cette *appétence (pica)* est en quelque sorte, par sa qualité de simple excitation de la sensibilité sensorielle, une impulsion à ramasser l'attention sur l'état de pensée qui, sans cela, apporterait l'assoupissement ou, par la monotonie et par la routine, l'ennui, alors que ces pratiques provoquent par saccades des réveils répétés. Cette sorte d'entretien de l'homme avec lui-même tient lieu de société, en comblant, à la VII, 161
place de la conversation, le vide du temps au moyen d'impressions toujours ressuscitées et de stimulations fugitives, mais sans cesse renouvelées.

DU SENS INTERNE

§ 24

Le sens interne n'est pas l'aperception pure, une conscience de ce que l'homme *accomplit,* celle-là relevant du pouvoir de penser, mais de ce qu'il *subit,* dans la mesure où il est affecté par le jeu de sa propre pensée. Cette conscience repose sur l'intuition interne et, par suite, sur le rapport des perceptions dans le temps (telles qu'elles se présentent dans la simultanéité ou la succession). Les perceptions de cette conscience et l'expérience interne (vraie ou apparente) composée par leur enchaînement n'appartiennent pas seulement à l'*anthropologie,* qui se désintéresse de savoir si l'homme a une âme (substance incorporelle particulière) ou non, mais à la *psychologie,* où l'on croit percevoir en soi une présence de cette sorte et où l'âme, représentée à titre de pure faculté de sentir et de penser, est considérée comme une substance particulière immanente à l'homme. Il n'existe dès lors qu'un unique sens interne, car il n'y a point divers organes par lesquels l'homme possède une impression interne de lui-même ; l'âme, pourrait-on proposer, est l'organe du sens interne, en ajoutant qu'il

est soumis aussi à des *illusions,* soit que l'homme prenne les phénomènes donnés par ce sens pour des phénomènes extérieurs, c'est-à-dire des chimères pour des impressions, soit qu'il les tienne même pour inspirations provoquées par un autre être qui n'est pourtant point un objet des sens externes : auquel cas l'illusion est alors *extravagance,* ou même *manie visionnaire,* l'une et l'autre étant *tromperie* du sens interne. Il s'agit ici et là d'une *maladie de l'âme,* penchant à prendre le jeu des représentations du sens interne pour connaissance d'expérience, alors qu'il n'y a là que fiction ; penchant, souvent aussi, à se maintenir dans un état d'âme artificiel, peut-être parce qu'on le considère comme salutaire et au-dessus de la vulgarité des représentations sensibles, et à s'abuser d'intuitions façonnées par cette voie (rêve éveillé). En effet, l'homme, peu à peu, en vient à tenir ce qu'il a introduit de propos délibéré dans son propre esprit
VII, 162 pour chose qui s'y serait déjà trouvée antérieurement, et à croire avoir découvert dans les profondeurs de son âme ce qu'il s'est imposé à lui-même.

Ainsi en était-il du ravissement extravagant des impressions intérieures d'une *Bourignon,* des terreurs extravagantes d'un *Pascal.* Le désaccord de l'esprit ne peut être opportunément levé par des représentations raisonnables (que peuvent-elles donc contre de prétendues intuitions?) Au penchant au repliement en soi-même et à toutes les illusions du sens interne qui en résultent, il ne peut être mis ordre qu'en ramenant l'homme au monde du dehors et, ainsi, à l'ordre des choses qui s'offrent aux sens externes.

DES CAUSES QUI RENFORCENT OU AFFAIBLISSENT L'INTENSITÉ DES IMPRESSIONS SENSIBLES

§ 25

L'intensité des impressions sensibles est augmentée par 1° le contraste, 2° la nouveauté, 3° le changement, 4° l'intensification.

a) *Le contraste*[1]

L'*opposition* (contraste) est la juxtaposition, stimulante pour l'attention, de *représentations sensibles* qui se contrarient, sous un seul et même concept. Elle diffère de la *contradiction,* qui consiste en la liaison de *concepts* antagonistes. La présence d'un coin de terre bien cultivé dans un désert de sable en rehausse par contraste la représen-

tation : ainsi des prétendues contrées paradisiaques dans la région de Damas en Syrie. Le tapage et l'éclat d'une cour, ou ne fût-ce même que d'une grande ville, avoisinant la vie tranquille, simple et pourtant satisfaite du paysan, la rencontre d'une maison au toit de chaume, et aux pièces aménagées pour le goût et la commodité, vivifient la représentation, et l'on prend plaisir à s'attarder, car le pouvoir des sens y gagne en vigueur. En revanche, la pauvreté et l'ostentation, la splendeur des atours d'une dame environnée de l'éclat de brillants et mal tenue dans sa lingerie, ou, comme jadis chez un magnat polonais, des tables dispendieusement garnies et veillées par de nombreux valets, à la vérité chaussés de fibre d'écorce, ne sont pas en contraste, mais en VII
contradiction ; une représentation des sens annihile ou affaiblit l'autre parce qu'elle entend, entreprise impossible, réunir des éléments antagonistes sous un seul et même concept. Cependant, on peut aussi ménager un contraste *comique* et présenter une contradiction évidente sur le ton de la vérité, ou un objet de mépris dans le langage de la glorification afin de faire sentir encore davantage l'ineptie, comme *Fielding* dans son *Jonathan Wild le Grand* ou *Blumauer* dans son *Virgile travesti*[1], et par exemple, parodier de joyeuse humeur et avec profit un roman oppressant du genre de *Clarisse ;* ainsi l'on donne vigueur aux sens en les délivrant de l'antagonisme dont ils ont été mêlés par le fait de concepts erronés et dommageables.

b) *La nouveauté*

Le *nouveau,* dont font également partie le rare et le tenu secret, vivifie l'*imagination.* Car il est acquisition ; la représentation sensible y gagne donc en force. Le *quotidien* et l'*habituel* effacent l'attention. Mais il ne faut pas entendre par là la découverte, le toucher ou l'exposition en public d'une pièce de l'*Antiquité,* par lesquels un objet est rendu présent, dont on aurait dû présumer, selon le cours naturel des choses, que la puissance du temps l'avait anéanti de longue date. S'asseoir sur un pan de muraille du vieux théâtre romain (à Vérone ou à Nîmes), tenir dans ses mains un ustensile domestique de ce peuple de l'antique Herculanum, découvert après des siècles sous la lave, pouvoir présenter une monnaie des rois de Macédoine ou une intaille de la ciselure antique, éveille alors les sens du connaisseur à la plus grande attention. Le penchant à acquérir une connaissance dans la seule considération de sa nouveauté, de sa rareté et de son caractère secret, reçoit le nom de *curiosité*. Bien que jouant avec les simples représentations et dépourvu de tout autre intérêt pour son objet, ce penchant, s'il ne vise pas à être aux aguets de ce qui, en fait, n'intéresse que les autres, n'eſt point blâmable. Quant à la simple empreinte sensible, chaque matin, par la seule *nouveauté* de ses impressions, rend toutes les représentations des sens (hormis dans un état pathologique de ces derniers) plus vives et plus claires qu'elles ne le sont d'ordinaire le soir.

VII, 164 c) *Le changement*

La *monotonie* (totale uniformité des impressions) provoque à la longue leur *atonie* (épuisement de l'attention qu'on porte à son propre état), affaiblissant ainsi l'impression sensible. La diversité la ravive ; ainsi qu'un prêche lu sur le même ton, que ce soit d'une voix éclatante ou mesurée, mais toujours uniforme, endort toute la communauté. Le travail et le repos, la vie à la ville et à la campagne, la conversation et le jeu dans la vie de société, le divertissement solitaire tantôt par des récits, tantôt par des poèmes, une fois par la philosophie et l'autre par les mathématiques, fortifient l'esprit. C'eſt précisément la même force vitale qui aƈtive la conscience des impressions ; mais leurs divers organes se relaient dans leur aƈtivité. Ainsi eſt-il plus facile de poursuivre sa marche un long temps, car un muscle alterne alors avec l'autre dans le repos, que de reſter debout à la même place dans une attitude figée, l'un des muscles étant contraint à une aƈtion prolongée sans pouvoir se détendre. C'eſt pour cette raison que les voyages présentent tant d'attrait ; il eſt seulement regrettable qu'ils laissent chez les oisifs un *vide (atonie)*, conséquence de la monotonie de la vie chez soi.

La nature, il eſt vrai, a d'elle-même ainsi organisé les choses qu'entre les impressions agréables et récréatives pour la sensibilité, la douleur s'introduit sans qu'on l'ait appelée, et confère ainsi de l'intérêt à la vie. Mais, à dessein, pour changer, en faire un ingrédient de l'existence et s'infliger un désagrément, se faire réveiller afin de pleinement éprouver la replongée dans le sommeil, ou, agir, comme il advint au roman de *Fielding* (l'*Orphelin*), à la manière d'un éditeur de cet ouvrage qui surajouta une dernière partie, après la mort de l'auteur, afin d'introduire de surcroît, pour la variété, la jalousie dans le mariage (sur lequel s'achevait l'hiſtoire), voilà autant de fadaises[1] ; de fait, la dégradation d'un état ne signifie pas accroissement de l'intérêt qu'y trouvent les sens, fût-ce dans une tragédie. Conclusion, aussi bien, n'est point diversion.

d) *L'intensification jusqu'à l'accomplissement*

Une suite continue de représentations sensibles d'intensité *différente* présente, lorsque la suivante est toujours plus forte que la précédente, un point extrême de *tension (intensio)* dont l'approche est excitante, mais VII, 165 dont le franchissement *ramène la détente (remissio)*. Cependant, au point de partage de ces deux états se trouve l'*accomplissement* (maximum) de l'impression, suivi d'insensibilité et, partant, de léthargie.

Si l'on veut maintenir vivant le pouvoir des sens, il ne faut pas partir des impressions fortes (elles nous rendent insensibles aux impressions ultérieures), mais s'imposer plutôt un renoncement initial et ne rien se mesurer qu'avec parcimonie, afin de pouvoir toujours gravir d'autres degrés. L'orateur sacré débute, dans son exorde, par une impassible leçon à l'entendement, engageant à prendre à cœur un concept du devoir ; il introduit ensuite dans l'articulation de son texte un intérêt moral, et il termine dans l'application pratique en mettant en mouvement tous les ressorts de l'âme au moyen des impressions susceptibles d'appuyer cet intérêt.

Jeune homme ! interdis-toi la satisfaction (du plaisir, de la débauche, de l'amour, etc.) moins dans l'intention stoïcienne de t'en imposer la totale privation que dans le propos, d'un raffinement épicurien, de t'offrir la perspective d'une jouissance toujours accrue. Par l'*ajournement* de la jouissance, un tel ménagement parcimonieux de cet avoir qu'est le sentiment vital te rend en réalité plus riche, dusses-tu à la fin de ta vie avoir renoncé à la plus grande part de son usage. La conscience de disposer de ton plaisir est, à la manière de tout ce qui relève de l'idéal, plus féconde et plus ample que tout ce qui, par une consommation immédiate, satisfait les sens et disparaît ainsi de la masse.

DE L'INHIBITION, DE L'AFFAIBLISSEMENT ET DE LA PERTE TOTALE DE LA FACULTÉ DE SENTIR

§ 26

La faculté de sentir peut être affaiblie, inhibée ou même totalement supprimée. De là les états d'*ivresse*, de *sommeil,* d'*évanouissement,* de *mort apparente* (asphyxie) et de *mort réelle.*

L'*ivresse* est l'état contre nature fait de l'incapacité à ordonner ses représentations sensibles selon les lois de l'expérience, dans la mesure où cet état résulte de la consommation démesurée d'un breuvage.

Le *sommeil* est, au sens de ce terme, un état d'incapa-
VII, 166 cité pour l'homme sain à prendre conscience des représentations de ses sens externes. Soin est laissé aux physiologistes d'en donner l'explication ; qu'ils éclairent, s'ils le peuvent, cette détente qui est néanmoins rassemblement des forces pour un renouveau de l'impression externe (par là, l'homme est à ses propres yeux tout comme ressuscité au monde, et ainsi passe bien, sans conscience ni regret, un tiers de notre temps de vie).

L'état contre nature d'engourdissement des organes sensoriels, d'où résulte, par rapport à l'ordre naturel, un affaiblissement de l'attention portée à soi-même, est un analogon de l'ivresse — aussi bien l'homme tiré en sursaut d'un profond assoupissement est dit ivre de sommeil. Il n'a pas encore la plénitude de sa connaissance. Toutefois, même dans l'état de veille, une brusque gêne à s'aviser de ce qu'il y a lieu de faire dans une conjoncture inattendue peut, en inhibant l'usage normal et ordinaire de la faculté de réflexion, provoquer un arrêt du jeu des représentations sensibles ; on dit alors : il a perdu contenance, il est hors de lui (de joie ou d'effroi) *perplexe, stupéfait, abasourdi,* il a perdu la *Tramontane**, etc. ; on doit considérer cet état comme un accès de sommeil momentané qui demande un rassemblement des impressions sensibles. Dans l'émotion soudaine et violente (de la frayeur, de la colère, ou même aussi de la joie), l'homme, comme on le dit, est *hors de lui* (dans une *extase,* lorsqu'on se croit aux prises avec une intuition qui ne relève pas des sens), il n'est pas maître de lui-même et se trouve en quelque sorte paralysé pour quelques instants dans l'usage de ses sens externes.

§ 27

Succédant d'ordinaire à un vertige (alternance d'une foule d'impressions hétérogènes qui prend la forme d'un tournoiement précipité et surpassant la faculté de concevoir), l'*évanouissement* est anticipation de la mort.

* *Tramontano* ou *tramontana* désigne l'étoile polaire ; et perdre la *tramontana,* l'étoile polaire (guide des navigateurs), signifie perdre contenance, être dérouté.

L'inhibition totale de toutes les impressions est asphyxie, ou *mort apparente* qui, autant qu'on peut le percevoir du dehors, ne se distingue de la mort réelle que par l'issue (comme dans les noyades, les pendaisons ou les étouffements par la fumée).

De la *mort,* nul ne peut faire l'expérience en lui-même (l'expérience postule la vie), on ne peut l'observer que VII, 167
chez les autres. On ne saurait juger de par le râle ou les convulsions du mourant de la souffrance qu'elle implique ; elle semble bien plutôt une réaction simplement mécanique de l'énergie vitale, peut-être aussi une douce impression de libération graduelle de toute douleur. La crainte de la mort, naturelle à tous les hommes, y compris les plus malheureux et même le plus sage, n'est donc pas un effroi du *trépas,* mais comme le dit Montaigne avec justesse, de la pensée d'être *décédé* (c'est-à-dire mort[1]) ; une pensée, donc, que l'homme désigné par la mort imagine conserver après son décès en se représentant comme lui-même, dans les ténèbres de la tombe ou en quelque autre lieu, le cadavre qui, en vérité, n'est plus lui. Impossible de lever l'illusion : elle est dans la nature de la pensée prise comme langage que l'on tient à soi-même et sur soi-même. La pensée : *je ne suis pas,* n'a aucune *possibilité d'existence :* si je ne suis pas, je ne peux non plus prendre conscience que je ne suis pas. Je peux bien dire : je ne suis pas bien portant, et concevoir dans un usage négatif de tels *prédicats* à propos de moi-même (comme il advient de tous les verbes) ; mais, *parlant* à la première personne, *nier* le sujet lui-même (celui-là procédant alors à son propre anéantissement) est une contradiction.

DE L'IMAGINATION

§ 28

L'imagination *(facultas imaginandi),* faculté des intuitions hors de la présence même de l'objet[2], est soit *productrice,* c'est-à-dire faculté de présentation originelle de cet objet *(exhibitio originaria)* qui devance donc l'expérience ; soit *reproductrice,* faculté de présentation dérivée *(exhibitio derivativa),* ramenant à l'esprit une intuition empirique déjà eue. Les pures intuitions de l'espace et du temps appartiennent à la première forme de présentation, toutes les autres supposent l'intuition empirique qui, lorsqu'elle est liée au *concept* de l'objet et se fait ainsi connaissance empirique, prend le nom d'*expérience.* L'imagination, dans la mesure où elle engendre involontairement des chimères, est dite *fantasmagorie.* Celui qui a l'habitude de les tenir pour expériences (internes ou externes) est une *tête à fantasmes.* Dans le *sommeil* (état qui relève de la bonne santé), être le jouet involontaire de ses chimères s'appelle *rêver.*

L'imagination est (en d'autres termes) ou bien *créatrice de fictions* (productrice) ou limitée au simple *rappel*
VII, 168 (reproductrice). Mais l'imagination productrice n'est pas pour autant *créatrice,* c'est-à-dire douée du pouvoir d'engendrer une représentation sensible qui n'ait *jamais* été donnée auparavant à notre faculté de sentir ; de sa matière, on peut toujours démontrer la provenance. À qui, parmi les sept couleurs, n'aurait jamais vu le *rouge,* on ne saurait en faire concevoir l'impression ; mais pour l'aveugle, aucune d'entre elles n'est concevable ; même pas la couleur intermédiaire produite par le mélange de deux autres, par exemple la couleur verte. Le mélange de bleu et de jaune donne le vert ; mais l'imagination ne pourrait produire la représentation de cette couleur si elle ne l'avait *vue* issue du mélange.

Il en est ainsi de chacun des cinq sens, pris en particulier : les impressions qui en émanent ne peuvent être composées par l'imagination, on doit les tirer originairement de la faculté de sentir. Il fut des gens qui, pour la représentation lumineuse, ne disposaient dans leur faculté visuelle que du blanc et du noir, et qui, bien que doués d'une bonne vue, ne percevaient le monde visible que sous l'apparence d'une gravure sur cuivre. De même, il est plus de gens qu'on ne peut le croire qui possèdent une ouïe bonne et même des plus fines, mais sont absolument sans aucun don pour la musique ; leur sens n'a pas la moindre réceptivité pour les notes, non seulement afin de les reproduire (de les chanter), mais aussi de les distinguer simplement du son brut. De même, les choses peuvent ainsi être faites dans les représentations du goût et de l'odorat que le *sens* fait défaut pour beaucoup d'impressions spécifiques de cette catégorie de substances d'ingestion, et que l'on se croit d'accord avec autrui à ce propos, alors que les impressions respectives peuvent différer non seulement en degré, mais aussi de manière spécifique et fondamentale. Il est des gens qui, dépourvus du moindre sens de l'odorat, tiennent pour tel l'impression liée à l'inspiration de l'air pur par le nez, et qui ne comprennent rien aux descriptions pouvant leur être faites de ce mode de sentir ; là où manque l'odorat, le goût aussi fait grand défaut, et c'est peine perdue, si ce dernier est absent, de vouloir l'enseigner et le communiquer. La faim et sa satisfaction (rassassiement) sont choses toutes différentes du goût.

Si grande artiste et même magicienne que soit l'imagination, elle n'est pas pour autant créatrice, il lui faut emprunter aux sens la *matière* de ses compositions. Or, les sens, en vertu des rappels que nous venons de faire, VII, 169
ne sont pas d'une communicabilité aussi universelle que celle des concepts de l'entendement. Cependant, la réceptivité aux représentations de l'imagination, en l'état où les propose la communication, reçoit aussi parfois (bien que de manière impropre) le nom de sens, et l'on dit : cet homme n'a aucun *sens* de telle chose, bien qu'il s'agisse d'une incapacité, non du sens, mais, pour partie, de l'entendement à concevoir des représentations communiquées et à les réunir dans la pensée. Ce qu'il dit ne correspond chez lui à aucune pensée, et les autres, en conséquence, ne le comprennent pas davantage ; il déballe du *non-sens (non-sense)*, défaut encore différent du *vide de sens* où les pensées s'accouplent en sorte que l'autre ne sait à quoi s'en tenir. Que le mot sens (au seul singulier) soit si souvent employé à la place de pensée, qu'il soit même destiné à désigner un plus haut degré de la pensée, que l'on dise d'une affirmation : elle comporte un *sens* riche ou profond (de là le mot sentence) ; qu'au sain entendement on donne aussi le nom de sens commun et qu'on le place tout en haut alors que l'expression, en vérité, ne désigne que le degré le plus bas de la faculté de connaître, repose sur le fait que l'imagination qui soumet de la matière à l'entendement pour procurer un contenu à ses concepts (en vue de la connaissance), semble leur conférer de la réalité en vertu de l'analogie de ses intuitions (fictives) avec des perceptions réelles.

§ 29

Un moyen corporel de stimuler ou d'apaiser l'imagination* réside dans l'usage de substances enivrantes

* Je passe ici ce qui n'est pas moyen intentionnel, mais conséquence naturelle de la situation où l'on se trouve placé et où l'on perd contenance par la seule faute de son imagination. Du nombre de ces phénomènes sont le *vertige* lorsqu'on regarde en bas, du bord d'une hauteur escarpée (ou même seulement d'un pont étroit dépourvu de parapet) et le *mal de mer*. La planche où l'homme met le pied en se sentant faiblir ne lui inspirerait aucune crainte, si elle reposait sur le sol ; mais dans le cas où elle est passerelle jetée sur un profond précipice, la pensée de la seule possibilité d'un faux pas est si forte que la tentative lui fait courir un danger réel. Le mal de mer (dont j'ai fait moi-même une

VII, 170 dont quelques-unes, poisons, *affaiblissent* la force vitale (certains champignons, le porsch, l'acanthe, la chica des Péruviens et l'ava des Indiens des mers du Sud, l'opium), tandis que d'autres l'*accroissent* ou du moins en exaltent le sentiment (comme des boissons fermentées, vin ou bière, ou l'esprit qui en est extrait, l'eau-de-vie), toutes ces substances étant contraires à la nature et artificielles. Celui qui en absorbe dans une démesure qui le rend pour un temps incapable d'ordonner ses représentations sensibles selon les lois de l'expérience, est dit *en état d'ivresse* ou pris de griserie ; se mettre volontairement ou à dessein en un tel état est *se griser.* Or tous ces moyens doivent aider l'homme à oublier le fardeau qui semble résider originairement dans la vie même. Leur goût très répandu et leur influence sur l'usage de l'entendement méritent une attention particulière dans une anthropologie pragmatique.

Toute ivresse *taciturne,* c'est-à-dire celle qui n'anime pas la sociabilité et l'échange des pensées, comporte un élément honteux, ainsi pour l'opium et l'eau-de-vie. Le vin et la bière, le premier étant simplement stimulant, la seconde plus nutritive et, à l'image d'un aliment, porteuse de satiété, servent à la griserie conviviale ; avec toutefois cette différence que les beuveries de bière sont plus portées à s'enfermer dans le rêve et bien souvent frustes, alors que celles de vin sont gaies, bruyantes et d'une spirituelle prolixité.

Pousser, dans le boire convivial, l'intempérance jusqu'au brouillage des sens, est assurément une manière répréhensible de l'homme, non seulement envers la société avec laquelle il s'entretient, mais aussi eu égard à l'estime de soi-même, lorsqu'il s'éloigne en titubant, ou du moins d'un pas incertain, et en ne proférant que bredouillements. Mais on peut aussi alléguer bien des arguments pour atténuer la rigueur du jugement, tant il est facile d'oublier et de *franchir* la limite de la maîtrise de soi, l'hôte désirant que son invité s'en aille pleinement satisfait par cet acte de la vie sociale *(ut conviva satur*[1] *).*

L'insouciance et, avec elle aussi sans doute, l'imprudence que provoque l'ivresse, est un sentiment illusoire d'une force vitale accrue ; l'homme ivre ne sent pas dès

expérience lors d'un voyage de Pillau à Königsberg, si l'on peut toutefois parler ici de traversée), avec son envie de vomir, ne me vint, autant que je croie l'avoir remarqué, que par l'intermédiaire des yeux ; car, dans le balancement du navire, j'apercevais de la cabine tantôt le haff, tantôt la hauteur de Balga, et le retour de la plongée après la remontée provoquait un mouvement antipéristaltique des entrailles dû aux muscles abdominaux.

lors les obstacles de la vie que la nature doit vaincre sans relâche (ce qui fait le fond de la santé), et il est heureux dans sa faiblesse, tandis qu'en lui la nature s'applique, par un accroissement progressif de ses forces, à rétablir par degrés sa constitution vitale. Les femmes, les gens d'Église et les Juifs s'abstiennent à l'ordinaire de s'enivrer, ou du moins ils en évitent avec soin toute apparence, parce qu'ils sont en état d'infériorité civile et que la retenue leur est nécessaire (ce qui exige une totale sobriété). C'est que leur valeur au dehors ne repose que sur la *croyance* des autres en leur chasteté, en leur piété, en leur appartenance à une légalité de genre séparatiste. Au sujet de ce dernier caractère, tous les séparatistes, c'est-à-dire les hommes qui se soumettent non seulement à la loi publique d'un État, mais de surcroît à une loi particulière (propre à une secte), s'exposent, par leur singularité et leur prétendue élection, à l'attention de la communauté et à la rigueur de la critique ; ils ne peuvent donc pas faiblir dans l'attention portée à soi-même, car l'ivresse, qui ôte cette prudence, est dans leur cas un *scandale*. VII, 171

De *Caton,* son admirateur stoïcien disait : « Sa vertu se fortifia dans le vin » *(virtus ejus incaluit mero*[1] *),* et des ancêtres allemands, un moderne à son tour : « Ils prenaient leurs résolutions (pour décider d'une guerre) en buvant, afin que ne leur manquât pas la fermeté ; ils les méditaient, une fois dégrisés, pour qu'elles ne fussent pas insensées. »

La boisson délie la langue *(in vino disertus).* Mais elle ouvre aussi le cœur, et elle est véhicule matériel d'une qualité morale, la franchise. Retenir ses pensées est pour un cœur pur un état oppressant, et les joyeux buveurs, pour leur part, supportent mal qu'un homme, dans une beuverie, se montre très tempérant : il prend à leurs yeux l'allure d'un observateur attentif aux fautes des autres, mais plein de retenue quant aux siennes. Aussi bien, Hume dit : « Il est de peu d'agrément, le compagnon qui n'oublie pas ; il faut oublier les folies d'un jour, pour faire place à celles du jour suivant[2]. » La permission laissée à un homme de transgresser légèrement et un court moment, dans l'entrain de la réunion, la ligne frontière de la sobriété suppose de la bienveillance ; la politique en vogue voici un demi-siècle, quand des cours du Nord envoyaient des ambassadeurs capables de boire beaucoup sans s'enivrer, mais qui enivraient les autres afin de les scruter ou de les persuader, était pleine de perfidie ; elle a toutefois disparu avec la brutalité des mœurs d'alors, et sans doute serait-il maintenant superflu, en l'état des classes policées, de se livrer à quelque épître d'avertissement à l'encontre de ce vice.

Peut-on d'ailleurs, sous le couvert de la boisson, explorer le tempérament de l'homme qui s'enivre, ou
VII, 172 son caractère? Je ne le crois pas. Un fluide nouveau se mêle à ses humeurs circulant dans les veines, une autre excitation opère sur les nerfs, qui ne découvre pas sous un aspect plus distinct la disposition *naturelle* de son tempérament, mais en *introduit* une nouvelle. Aussi tel homme, en s'enivrant, deviendra-t-il amoureux, tel autre grandiloquent, un troisième querelleur, le quatrième (surtout par l'usage de la bière) se montrera tendre ou recueilli ou même muet; mais tous, l'ivresse une fois dissipée par le sommeil, et si on leur rappelle leurs discours de la veille, riront d'eux-mêmes de la disposition ou de l'indisposition cocasses de leurs sens.

§ 30

L'originalité (production qui n'est point d'imitation) de l'imagination, quand sa concordance interne s'ordonne en concepts, prend le nom de *génie;* lorsqu'elle ne parvient pas à cette concordance, elle s'appelle *extravagance.* Il est très étonnant que, pour un être *raisonnable,* nous ne puissions penser d'autre forme séante que la forme humaine. Toute autre serait au plus symbole d'une certaine propriété de l'homme — ainsi du serpent, image de la ruse maligne —, mais elle ne donnerait pas la représentation de l'être raisonnable lui-même. Nous peuplons de la sorte, dans notre imagination, tous les autres astres de seules silhouettes humaines, encore qu'à la vraisemblance la différence de nature du sol qui les porte et les nourrit, aussi bien que des éléments dont elles se composent, leur donne une conformation très différente. Toutes les autres formes que nous pourrions leur donner sont *caricatures**.

Si un sens (la vue par exemple) fait défaut de naissance, l'infirme cultive dans la mesure du possible un autre sens qui en assume le *vicariat,* et il exerce à un ample degré l'imagination productrice en cherchant à se

* C'est pourquoi la *Sainte Trinité,* un vieillard, un jeune homme et un oiseau (une colombe) ne doivent pas être présentés comme des formes réelles et semblables à leur objet, mais comme de simples symboles. Telle est la signification d'expressions imagées de Descente du Ciel et d'Ascension. Nous ne pouvons, pour prêter une intuition à nos concepts d'êtres raisonnables, procéder autrement que par anthropomorphisme à leur égard; malheureux ou puéril est le résultat lorsque la représentation symbolique est élevée à ce propos au concept même de la chose en soi.

procurer la compréhension des formes des corps extérieurs par le *toucher,* ou bien, dans l'insuffisance de celui-là, en présence d'une trop grande dimension (d'une maison par exemple), de leur *étendue* par un autre sens, tel celui de l'*ouïe,* c'est-à-dire par l'écho de la voix dans une pièce ; si, pour finir, une opération heureuse rend VI, 173 à l'organe toute latitude d'impressions, cet homme devra tout d'abord *apprendre* à voir et à entendre, c'est-à-dire chercher à ranger ses perceptions sous des concepts de ce genre d'objets.

Les concepts des objets conduisent souvent à leur prêter involontairement une image spontanée (issue de l'imagination productrice). À la lecture ou au récit de la vie et des actes d'un homme grand par son talent, son mérite ou son rang, on se trouve communément entraîné à lui attribuer en imagination une remarquable stature, et à voir en revanche un être de caractère délicat et doux sous un physique menu et malléable. Non seulement le paysan, mais aussi sans doute l'homme qui a une connaissance suffisante du monde, se trouvent déconcertés lorsque le héros qu'ils se représentent d'après les récits de ses exploits leur est produit dans sa réalité de petit bonhomme et, à l'inverse, un *Hume,* pétri de délicatesse et de douceur, avec une charpente taillée à coups de hache. Aussi ne faut-il de rien rehausser l'attente : l'imagination, par un mouvement naturel, tend à élever à l'extrême, la réalité étant toujours plus limitée que l'idée qui sert de modèle à sa mise en œuvre.

Il n'est pas à propos de chanter trop haut les louanges d'une personne que l'on veut introduire pour la première fois dans une société ; ce peut être là au contraire quelque mauvais tour de coquin pour la rendre ridicule. Car l'imagination porte si haut la représentation d'une personne attendue que ladite personne ne peut que perdre à la comparaison avec l'idée préconçue. Il en va ainsi de l'annonce dithyrambique d'un écrit, d'un spectacle ou de toute autre réalisation relevant du beau savoir-faire : ceux-là ne peuvent que déchoir lors de leur présentation. Même la seule lecture d'une bonne pièce affaiblit l'impression éprouvée à la voir sur la scène. Mais si d'aventure ce dont on a fait l'éloge auparavant est tout à l'opposé de ce que l'on attendait avec impatience, l'objet une fois exposé aux regards engendre, s'il est anodin, les plus grands éclats de rire.

Des formes changeantes et mobiles n'ayant elles-mêmes aucune signification susceptible de provoquer l'attention — tels le flamboiement d'un feu dans la cheminée ou les multiples contours et bouillonnements

d'un ruisseau coulant par-dessus les pierres — occupent l'imagination d'une foule de représentations d'un tout
VII, 174 autre genre (que celles de la vue, en l'occurence), en sorte qu'elle joue intérieurement et se plonge dans la méditation. Même la musique, pour qui ne l'écoute pas en connaisseur, peut mettre un poète ou un philosophe dans une disposition intérieure où chacun d'eux, selon ses activités ou son goût, est en mesure de saisir au vol ou aussi de maîtriser des pensées que, dans la solitude de sa pièce, il n'aurait pas captées avec autant de bonheur. La cause semble en être dans le fait suivant : si, du fait d'une diversité incapable de susciter elle-même la moindre attention, l'esprit est détourné par l'intérêt pour quelque autre objet qui l'affecte avec plus de force, la pensée n'en est pas seulement facilitée, mais aussi stimulée, pour autant qu'il est besoin d'une imagination plus tendue et plus soutenue pour procurer de la matière aux représentations de l'entendement. *Le Spectateur* anglais rapporte d'un avocat cette anecdote : il avait l'habitude, en plaidant, de tirer de sa poche une ficelle que, sans arrêt, il enroulait et déroulait autour de son doigt ; un jour, le coquin d'avocat adverse l'ayant subtilisée de sa poche, il tomba dans un complet embarras et n'eut que propos insensés ; de là vint qu'on dit qu'il avait perdu le fil de son discours. Le sens fixé à une impression empêche (par la force de l'habitude) de prêter attention à l'intrusion d'aucune autre, il est ainsi préservé de la distraction ; l'imagination, pour sa part, n'y peut que d'autant mieux se maintenir dans son cours régulier.

DE LA FACULTÉ D'INVENTION SENSIBLE DANS SES DIVERSES FORMES

§ 31

Il est trois formes différentes de la faculté d'invention sensible. Ce sont : le facteur *figuratif* de l'intuition dans l'espace *(imaginatio plastica)*, le facteur *associatif* dans le temps *(imaginatio associans)*, et celui de l'*affinité* des représentations résultant de la communauté d'origine *(affinitas)*.

A. *De la faculté d'intuition sensible dans sa forme figurative*

Avant de pouvoir représenter une forme corporelle (de manière en quelque sorte accessible au toucher), l'artiste doit l'avoir construite en son imagination ; cette forme est alors fiction qui, involontaire (comme dans le rêve), prend le nom de *fantasme* et n'appartient pas à l'artiste ; régie par la libre volonté, elle est appelée *composition,* invention. L'artiste travaille-t-il d'après des images semblables aux œuvres de la nature, ses productions sont dites *naturelles;* mais s'il fabrique des objets à l'imitation d'images qui ne se rencontrent pas dans l'expérience (ainsi le prince Palagonia en Sicile[1]), ces objets sont dits extravagants, étrangers à la nature, grotesques ; de telles lubies sont en quelque sorte les songes d'un homme éveillé *(velut aegri somnia vanae finguntur species*[2] *).* Nous jouons souvent et de bon gré avec l'imagination : mais l'imagination (en tant que fantasmagorie) joue pour sa part tout aussi souvent et de manière parfois très inopportune avec nous. VII, 175

Le jeu de la fantasmagorie avec l'homme durant le sommeil est le rêve et se produit également en état de bonne santé ; il trahit à l'opposé un état morbide s'il a lieu dans la veille. Le sommeil, comme détente de toute faculté de perceptions externes et surtout de mouvements volontaires, semble nécessaire à tous les animaux et même aux plantes (en fonction de l'analogie de celles-ci avec ceux-là) pour rassembler les forces dépensées pendant la veille ; mais les rêves, eux aussi, semblent faits de la sorte que, s'ils ne maintenaient pas l'activité de la force vitale, elle s'éteindrait et que le sommeil, à son plus profond, entraînerait nécessairement la mort immédiate. Lorsqu'on dit avoir eu un sommel solide et exempt de rêves, ce n'est sans doute pas plus que l'aveu que l'on ne s'en souvient plus du tout au réveil ; ce qui peut arriver aussi pendant la veille, lorsque les images irréelles se succèdent à un rythme rapide, c'est-à-dire dans l'état de distraction tel que, demandant à quoi pense celui qui a depuis un bon moment les regards rivés sur un même point, on obtient pour réponse : je ne pensais à rien. Si, à notre réveil, notre souvenir ne présentait pas de lacunes (omissions par inattention de représentations intermédiaires qui assument l'enchaînement), si, la nuit suivante, nous reprenions notre rêve au point où nous l'avons laissé la nuit précédente, je ne sais si nous n'aurions pas l'illusion de vivre dans deux mondes différents. Le rêve est un sage aménagement de la nature pour stimuler la force vitale par des émotions en rapport avec des événements inventés de manière involontaire, cependant que les mouvements du corps qui reposent sur la libre volonté, mouvements des muscles, se trouvent suspendus. Mais il faut se garder VII, 176 d'accueillir les aventures du rêve comme des révélations venues d'un monde invisible[1].

B. *De la faculté d'invention sensible dans sa forme associative*

La loi de l'*association* eſt celle-ci : des représentations empiriques qui se sont fréquemment succédé provoquent dans l'esprit une habitude telle que la production de l'une entraîne aussi la naissance de l'autre. Il eſt vain d'en demander une explication physiologique ; libre à nous d'user à ce sujet d'une hypothèse (qui n'eſt à son tour qu'une fiction) comme celle de Descartes quant à ses prétendues idées matérielles du cerveau. Du moins, aucune de ces explications n'eſt *pragmatique*, c'eſt-à-dire qu'on ne peut en faire d'utilisation technique, dans notre méconnaissance du cerveau, et des endroits de celui-là où les traces d'impressions issues de représentations pourraient bien par sympathie parvenir à une concordance, en entrant en quelque sorte en contact (de manière du moins médiate).

Ce voisinage va souvent très loin et l'imagination, fréquemment, passe si vite du coq à l'âne qu'on croit avoir sauté certains maillons intermédiaires dans la chaîne des représentations, encore qu'on n'ait pas eu d'eux la moindre conscience, et l'on eſt alors souvent forcé de se demander à soi-même : où étais-je? d'où étais-je parti dans ma conversation et comment en suis-je venu à ce terme*.

C. *La faculté d'invention sensible sous le rapport de l'affinité*

J'entends par *affinité* l'assemblage tenant à la commune origine du divers dans un même principe. Sauter,
VII, 177 dans une conversation en société, d'une matière à une autre, toute différente, sous l'entraînement de l'association empirique des représentations, association de fondement purement subjectif (les représentations sont, d'un individu à l'autre, différemment associées), eſt, quant à la forme, une sorte d'absurdité qui interrompt

* Aussi quiconque entame un propos en société doit partir de ce qui eſt proche et présent et se diriger progressivement vers ce qui eſt plus lointain, autant que ce dernier peut intéresser. Le mauvais temps eſt pour celui qui, venant de la rue, entre dans un cercle réuni pour converser, un bon et habituel expédient. Car, aller commencer, quand on pénètre dans une pièce, par les événements de Turquie que relatent les journaux, fait violence à l'imagination des autres qui ne voient point comment on en eſt venu là. Pour toute communication de pensées, l'esprit réclame un certain ordre où, dans le propos, comme dans un prêche, les représentations introductives et l'exorde revêtent une très grande importance.

et détruit tout entretien. Il faut l'épuisement d'une matière et la venue d'une courte pause pour qu'il soit possible à quelqu'un de mettre sur la voie une autre matière qui présente de l'intérêt. Par la succession de représentations n'ayant de lien objectif avec rien, les divagations déréglées de l'imagination brouillent à ce point la tête qu'après avoir quitté une réunion de la sorte, on a l'impression d'avoir rêvé. Dans la méditation silencieuse comme dans la communication des pensées, il faut qu'il y ait toujours un thème auquel rattacher le divers, et que, par là, l'entendement aussi apporte sa contribution agissante ; cependant, le jeu de l'imagination suit ici les lois de la sensibilité pourvoyeuse de la matière dont l'association s'accomplit sans conscience de la règle, mais en accord avec elle et, par là, avec l'entendement, bien qu'elle ne soit pas dérivée de l'entendement.

Le mot *affinité* (affinité) rappelle ici une action réciproque, empruntée à la chimie et analogue à cette liaison de l'entendement, action réciproque de deux corps spécifiquement différents, qui agissent intimement l'un sur l'autre et tendent à s'unir, leur *combinaison* produisant un troisième corps doté de propriétés qui ne peuvent être engendrées que par l'union de deux matières hétérogènes. L'entendement et la sensibilité, dans leur différence de nature, n'en contractent pas moins spontanément une union fraternelle pour constituer notre connaissance, comme si l'un était issu de l'autre ou si tous deux tiraient leur origine d'une souche commune ; ce qui ne peut être, ou que du moins nous ne pouvons concevoir dans notre incapacité à saisir qu'il soit donné au dissemblable de jaillir d'une seule et même racine*.

* On pourrait qualifier de *mathématiques* (au sens d'accroissement) les deux premiers modes de composition de nos représentations et de *dynamique* (au sens de procréation) le troisième, d'où nait une chose toute nouvelle (tel le sel neutre en chimie). Le jeu des forces dans la nature aussi bien inanimée qu'animée, dans celle de l'âme tout comme dans celle du corps, repose sur les dissociations et les associations du dissemblable. Nous parvenons certes à les connaître à l'expérience de leurs effets ; mais inaccessibles sont pour nous la cause suprême et les composants simples en lesquels leur matière peut se résoudre. Quelle peut être la cause pour laquelle tous les êtres organiques que nous connaissons ne procréent leur espèce que par l'union des deux sexes (nommés dès lors masculin et féminin) ? On ne peut toutefois admettre que le Créateur ait cédé en quelque sorte au simple amusement d'établir une disposition pour sa seule singularité et en la limitant à notre globe ; il semble au contraire qu'il y ait *impossibilité* absolue de faire naître de la matière de notre globe terrestre des créatures organiques par procéation sans l'institution des deux sexes à cet effet. En quelle obscurité se perd la raison humaine lorsqu'elle entend creuser ou même simplement deviner les origines ?

§ 32

VII, 178 L'imagination n'est cependant pas aussi créatrice qu'on veut le prétendre. Nous ne pouvons, pour un être raisonnable, concevoir d'autre forme pertinente que la forme humaine. Aussi bien, pour façonner un ange ou un dieu, le sculpteur ou le peintre composent toujours une silhouette d'homme. Toute autre figure leur paraît comporter des éléments qui, d'après l'idée qui les guide, ne peuvent se combiner à la conformation d'un être raisonnable (ailes, serres ou sabots). Libre, en revanche, est leur invention pour représenter la grandeur.

L'illusion créée par la *force* de l'imagination de l'homme va si loin qu'il croit voir et sentir au-dehors ce qu'il n'a que dans sa tête. De là le vertige qui assaille celui dont les regards plongent dans un abîme, bien qu'il ait autour de lui une surface assez grande pour le préserver de la chute ou même qu'il s'appuie à un solide garde-fou. Déconcertante est la crainte, ressentie par quelques malades d'esprit, d'une soudaine poussée intérieure à se jeter tout spontanément dans le vide. Voir autrui absorber des matières écœurantes (ainsi lorsque les Toungouses, en un même mouvement, aspirent et gobent la morve du nez de leurs enfants) provoque chez le témoin une envie de vomir aussi forte que si cette absorption lui était imposée.

Le *mal du pays* qui s'empare des Suisses (et aussi, comme je le tiens de la bouche d'un général, des Westphaliens et des Poméraniens de certaines contrées), lorsqu'ils sont transplantés dans d'autres pays, résulte, sous l'effet du rappel des images de l'insouciance et des fréquentations de voisinage dans leurs jeunes années, d'une nostalgie des lieux où ils savourèrent les joies très simples de la vie, alors que, rendant plus tard visite à
VII, 179 ces mêmes lieux, ils se trouvent très déçus dans leur attente et, tout à la fois, guéris ; ils pensent que tout a changé là-bas ; en vérité, ils n'ont pu y ramener leur jeunesse ; il est d'ailleurs curieux que ce mal du pays assaille plus les campagnards d'une province *pauvre de deniers*, mais en revanche rassemblée par des liens de fraternité et de cousinage, que les hommes préoccupés de gain et qui se donnent pour devise : *patria ubi bene*[1].

Si, d'un tel ou tel, on a entendu dire auparavant qu'il est un homme méchant, on croit pouvoir lire la malignité sur son visage, et, surtout si l'émotion et la passion s'y ajoutent, l'invention se combine à l'expérience en une seule et même impression. Selon Helvétius, une dame vit au télescope les ombres de deux amants sur la Lune ; le prêtre, observant à sa suite, lui dit : « Non point, madame, ce sont les deux clochers d'une cathédrale[1]. »

On peut encore mettre au nombre de ces remarques les effets dus à la sympathie de l'imagination. La vue d'un homme pris de crise de convulsions ou même d'épilepsie incite à des mouvements spasmodiques analogues ; de même, le baillement des autres fait bailler avec eux, et M. Michaelis[2], le médecin, cite le cas suivant : à l'armée, en Amérique du Nord, un homme étant devenu forcené, deux ou trois autres qui l'assistaient tombèrent dans le même état, encore que cet accès ne fût que passager ; aussi ne faut-il pas conseiller aux personnes fragiles des nerfs (hypocondriaques) de visiter par curiosité les maisons de fous. Elles les évitent d'elles-mêmes pour la plupart : elles craignent pour leur esprit. On constatera aussi que des personnes vives, au récit qu'une autre leur fait d'une aventure personnelle avec émotion, en particulier avec celle de la colère, se livrent, dans l'intensité de leur attention, à des grimaces et, sans le vouloir, sont plongées dans une mimique appropriée à cette émotion. On prétend aussi avoir fait cette observation : des époux qui s'entendent bien prennent peu à peu une ressemblance dans les traits du visage ; et l'on va jusqu'à en expliquer ainsi le pourquoi : ils se sont mariés pour cette ressemblance même *(similis simili gaudet*[3] *)*; ce qui est pourtant faux. La nature, dans l'instinct des sexes, pousse plutôt à la dissemblance des sujets qui doivent s'éprendre les uns des autres, afin que se développe toute la diversité qu'elle a placée dans ses germes ; en revanche, la familiarité et l'inclination avec lesquelles, dans la retraite de leurs entretiens, et tout près l'un de l'autre, ces sujets se regardent souvent et longuement dans les yeux, engendrent une sympathie et une analogie des jeux de VII, 180
physionomie qui, une fois fixés, finissent par se changer en traits permanents du visage.

On peut enfin ranger dans ce jeu non prémédité de l'imagination productrice — qu'il est alors loisible d'appeler *fantasmagorie* — le penchant au mensonge ingénu que l'on rencontre *sans cesse* chez des enfants et, *de temps à autre,* chez des adultes, foncièrement bons ; c'est parfois presque maladie d'héritage où les événements et les prétendues aventures, à leur récit, grossissant comme avalanche, jaillissent de l'imagination, sans viser à quelque avantage, mais dans la seule intention de capter l'intérêt ; à la manière du chevalier John Falstaff, dans Shakespeare, qui, de deux hommes vêtus de frise, avait fait cinq personnages avant la fin de son récit[1].

§ 33

Parce que l'imagination est plus riche et plus féconde de représentations que les sens, l'absence de l'objet, lorsque s'ajoute la passion, est plus stimulante pour elle que sa présence, dans le cas d'un événement qui rappelle à l'esprit la représentation de cet objet, en apparence effacée pour un temps par les distractions. Ainsi un prince allemand, au demeurant rude guerrier, mais noble caractère, avait entrepris un voyage en Italie afin de se sortir de l'esprit son inclination amoureuse pour une roturière de sa résidence ; mais, à son retour, la première vue de sa demeure réveilla l'imagination plus vivement que n'eût pu le faire une fréquentation continue, au point qu'il céda, sans balancer davantage, à la décision qui, par bonheur, répondait d'autre part à l'attente[2]. Cette maladie, effet d'une imagination inventive, est incurable, sinon par le mariage. Il est en effet vérité (*eripitur persona, manet res.* Lucrèce[3]).

L'imagination inventive institue une sorte de commerce avec nous-même, encore qu'il n'y ait là que phénomènes du sens interne, marqués cependant d'analogie avec les phénomènes externes. La nuit leur donne vie et les élève au-dessus de leur contenu réel : tout comme la Lune, le soir, forme dans le ciel une grande figure et n'apparaît au grand jour que sous l'aspect d'un petit nuage insignifiant. L'imagination s'exalte en celui qui élucubre dans le silence de la nuit, ou qui se querelle avec son adversaire imaginaire, ou qui, allant et venant dans sa chambre, bâtit des châteaux en Espagne. Or, tout ce qui semble alors d'importance perd, au matin qui suit le sommeil de la nuit, tout son poids ; mais sans
VII, 181 doute, avec le temps, le sujet ressent-il de cette mauvaise habitude un relâchement des forces de l'esprit. Aussi est-ce une règle très utile d'hygiène psychologique que de maîtriser son imagination en se couchant tôt pour se lever de même tôt le lendemain ; cependant, les femmes et les hypocondriaques (qui à l'ordinaire tirent de là-même leur mal) ont plus de goût pour la conduite opposée. Pourquoi, tard dans la nuit, écoute-t-on de bon gré des histoires de fantômes qui, bientôt après le lever, apparaissent à chacun insipides et très inconvenantes à la conversation ; alors qu'on s'enquiert

des nouvelles domestiques ou publiques, ou qu'on poursuit le travail de la veille? En voici la cause : ce qui est simple *jeu* convient au fléchissement des forces que le jour a épuisées, mais la *besogne* s'accorde à l'homme fortifié et en quelque sorte régénéré par le repos de la nuit.

Les manquements *(vitia)* de l'imagination se situent dans le caractère ou bien simplement *débridé*, ou bien tout *déréglé* de ses inventions *(effrenis aut perversa)*. Ce dernier défaut est le plus pernicieux. Les inventions de la première sorte trouveraient sans doute leur place en quelque monde possible (celui de la fable) ; les dernières en aucun d'eux, parce qu'elles se contredisent. Que la vue des silhouettes d'hommes et d'animaux sculptés dans la pierre que l'on rencontre fréquemment dans le désert de Ras-Sem, en Libye, emplisse les Arabes de terreur parce qu'ils les tiennent pour des êtres humains pétrifiés par la malédiction, voilà qui appartient aux fictions du premier genre, celles de l'imagination débridée. Mais que, selon l'opinion de ces mêmes Arabes, ces statues d'animaux, au jour de la résurrection universelle, assailliront l'artiste de leurs ronflements et lui feront réprimande de les avoir faites sans leur donner une âme, voilà qui est contradiction. L'imagination débridée peut toujours s'infléchir (comme celle de ce poète à qui le cardinal d'Este demandait lors de la remise de l'ouvrage à lui dédié : « Maître Arioste, d'où diable tenez-vous ces extravagances? ») ; elle est foisonnement de par sa richesse ; mais l'imagination déréglée approche de la folie, où la fantasmagorie se joue à plein de l'homme et où le malheureux n'a plus le moindre contrôle du cours de ses représentations.

Du reste, un artiste dans le domaine politique, tout aussi bien qu'un autre dans le domaine esthétique, peut, par le truchement d'illusions qu'il s'entend à faire miroiter en place du réel, illusions, par exemple, de la *liberté* du peuple (comme au Parlement d'Angleterre) ou de la hiérarchie et de l'*égalité* (comme à la Convention française), tout un pur formalisme, conduire et régir le monde *(mundus vult decipi*[1]*)*; mieux vaut toutefois VII, 182
n'avoir même que le semblant de la possession de ce bien qui ennoblit l'humanité que se sentir à l'évidence dépouillé de ce bien.

DE LA FACULTÉ DE RENDRE PRÉSENTS
PAR L'IMAGINATION
LE PASSÉ ET L'AVENIR

§ 34

La faculté de se rendre délibérément présent le passé est la *faculté de se souvenir;* et celle de se représenter quelque chose dans le futur est la *faculté de prévoir.* Toutes deux, dans la mesure où elles relèvent de la sensibilité, se fondent sur *l'association* des états passé et futur du sujet avec son état présent, et bien qu'elles ne soient pas elles-mêmes perceptions, elles servent à l'enchaînement des perceptions *dans le temps,* à nouer en une expérience cohérente ce qui n'est *plus* et ce qui *n'est pas encore* au moyen de ce qui est *présent.* Elles s'appellent *facultés mémorative* et *divinatoire* de rétrospection et de prospection (si l'on peut se permettre ces termes), puisque l'on a conscience de ses représentations comme se situant dans l'état passé ou futur.

A. *La mémoire*

La mémoire diffère de l'imagination purement reproductrice en ce qu'elle a le pouvoir de reproduire *à sa guise* la représentation antérieure et que l'esprit, en conséquence, n'est pas un simple jouet de cette imagination. La fantasmagorie, c'est-à-dire l'imagination créatrice, ne doit pas s'en mêler : la mémoire, de ce fait, deviendrait *infidèle. Appréhender* sans retard une chose en la mémoire, se la *rappeler* facilement, la *conserver* longtemps, telles sont les perfections formelles de la mémoire. Mais ces qualités sont rarement réunies. Lorsqu'on croit avoir une chose en mémoire, sans pouvoir l'amener à la conscience, on déclare ne pouvoir la *tirer de son sens,* (non point se dépouiller de son sens), ce qui signifie pour ainsi dire se mettre en état de perdre le sens[1]. La peine déployée à cet effort est très éprouvante pour l'esprit et le mieux est de se laisser distraire
VII, 183 un moment par d'autres pensées en jetant de temps en temps en arrière de simples coups d'œil furtifs vers l'objet ; il arrive alors à l'ordinaire que l'on capte une des représentations associées qui rappelle celle-là même que l'on cherche.

Appréhender *méthodiquement* une chose en sa mémoire *(memoria mandare)* s'appelle *mémoriser* (et non *étudier* comme l'homme du commun le dit du prédicateur qui se contente d'apprendre par cœur le sermon qu'il doit faire). Cette mémorisation peut relever de la *mécanique*, de l'*ingéniosité* ou même du *jugement*. La première forme repose sur la simple répétition fréquente et littérale : par exemple dans l'étude de la table de multiplication, où l'élève doit parcourir toute la série des termes dans leur succession habituelle pour parvenir au résultat cherché ; ainsi lorsqu'on demande au novice : combien font trois fois sept, il arrivera sans doute, partant de trois fois trois, à vingt-et-un ; mais à la question : combien font sept fois trois, il mettra plus de temps à se raviser, il lui faudra, dans un mouvement opposé, inverser les nombres pour les replacer dans l'ordre de l'habitude. Si l'acquis est une formule solennelle dont aucun terme ne doit être changé et qu'il faut au contraire, ainsi qu'on le dit, réciter comme une prière, les personnes douées de la meilleure mémoire en arrivent à craindre de s'y fier (cette crainte, au demeurant, pouvant les dérouter), et elles jugent alors nécessaire *de lire leurs feuillets;* comme le font même les prédicateurs les plus entraînés, car le moindre changement de mots en la matière ouvre la porte au ridicule.

La mémorisation *qui relève de l'ingéniosité* est une méthode pour imprimer à la mémoire certaines représentations en les associant à des représentations voisines qui n'ont pas en elles-mêmes (pour l'entendement) la moindre affinité des unes aux autres, ainsi des phonèmes d'une langue aux images tout hétérogènes qui sont censées leur correspondre ; ce faisant, pour appréhender une chose plus facilement dans la mémoire, on accable celle-là d'un poids encore plus grand de représentations voisines ; entreprise *inepte* donc, en tant que pratique déréglée de l'imagination travaillant à accoupler ce qui ne peut aller de pair sous un seul et même concept ; et, en même temps, contradiction entre le moyen et l'intention, puisqu'on cherche à alléger la tâche de la mémoire, alors qu'en fait on l'alourdit en lui imposant l'inutile fardeau de l'association de repré- VII, 184
sentations très disparates*. Que les faiseurs de mots d'esprit possèdent rarement une mémoire fidèle

* L'alphabet illustré, comme la Bible illustrée ou même une *doctrine des Pandectes* présentée en images, est un kaléidoscope dont se sert un maître puéril pour rendre ses disciples encore plus puérils qu'ils n'étaient. Pour exemple de dernier ouvrage de notre énumération, un titre des Pandectes confié de la sorte à la mémoire : *De heredibus suis et legitimis.* On matérialisa le premier mot par un coffre à cadenas, le second par une truie, le troisième par les deux tables de Moïse.

(ingeniosis non admodum fida est memoria[1] *)* est une observation qu'explique ce phénomène.

La mémoire qui *relève du jugement* n'est autre que celle d'un tableau de *classement* d'un système (celui de Linné par exemple) en pensées ; ici, dans le cas de quelque oubli, on peut se retrouver par l'énumération des éléments dont on se souvient ; ou aussi d'un tableau des divisions d'un tout rendu présent au regard (par exemple, sur une carte, des provinces d'un pays situées au nord, à l'ouest, etc.), parce qu'il faut également à cet effet le concours de l'entendement et que celui-là, en échange, vient à l'aide de l'imagination. Le plus grand rôle revient à la *topique,* c'est-à-dire à un compartimentage pour concepts généraux du nom de *lieux communs ;* il facilite le souvenir par le classement, de la manière dont on répartit les volumes d'une bibliothèque en armoires munies d'étiquettes différentes.

Il n'y a pas d'*art de la mémoire (ars mnemonica)* sous forme de théorie générale. Au nombre des procédés qui en relèvent se trouvent les sentences en vers *(versus memoriales) ;* car le rythme comporte une accentuation régulière fort avantageuse pour le mécanisme de la mémoire. De prodiges de mémoire, d'un Pic de la Mirandole, d'un Scaliger, d'un Angelus Politanus, d'un Magliabecchi, etc., des Polyshistor[2] promenant dans leur tête, à titre de matériau scientifique, une charge de livres pour cent chameaux, il ne faut pas parler avec mépris, sous prétexte qu'ils ne possédaient peut-être pas le *jugement* répondant à la capacité de choisir entre toutes ces connaissances en vue d'un usage opportun : c'est déjà bien assez de mérite que d'avoir amené à profusion la matière brute, même si d'autres cerveaux doivent se joindre ensuite pour la mettre en œuvre, armés du *jugement (tantum scimus, quantum memoria tenemus*[3] *).* Un Ancien disait : « L'art d'écrire a ruiné la mémoire (l'a rendue en partie superflue[4]) ». Il y a quelque vérité dans cette assertion : car l'homme du commun a d'ordinaire la diversité de ses obligations mieux réglée pour les accomplir et y penser successivement : c'est que la mémoire, ici, est mécanique et
VII, 185 qu'il ne s'y mêle nulle subtilité de la raison, tandis que le savant dont la tête est traversée d'une foule de pensées accessoires et étrangères laisse échapper par distraction nombre de ses obligations, ou de ses tâches domestiques, parce qu'il ne les a pas saisies dans son esprit avec une attention suffisante. Mais l'assurance, la tablette en poche, de retrouver en toute précision et sans peine ce que l'on a confié en dépôt à sa tête, est

une grande commodité ; et l'écriture est et demeure un art magnifique, car, à défaut d'être employée à communiquer aux autres son savoir, elle n'en tient pas moins lieu de la mémoire la plus vaste et la plus fidèle dont elle peut compenser l'absence.

En revanche, *être oublieux (obliviositas)*, la tête, malgré tous les remplissages, n'en restant pas moins vide à la manière d'un tonneau percé, est une infirmité d'autant plus grande. Parfois, ce n'est point affaire de responsabilité : ainsi des vieilles gens qui peuvent fort bien se souvenir des événements de leur jeune temps et perdent toujours en revanche la notion du plus proche passé. Mais c'est souvent aussi l'effet d'une distraction contractée par l'habitude ; elle s'insinue surtout chez les lectrices de romans. Cette manie de la lecture n'ayant d'autre propos qu'un divertissement momentané dès lors qu'on sait qu'il n'y a là que fictions, la lectrice a tout loisir, en lisant, d'inventer au gré du cours de son imagination, ce qui, par un enchaînement naturel, engendre la distraction et fait de l'*absence d'esprit* (défaut d'attention au présent) une habitude ; la mémoire s'en trouve fatalement affaiblie. Cet entraînement à l'art de tuer le temps et à se rendre inutile pour le monde, quitte à déplorer ensuite la brièveté de la vie, constitue, en dehors de la disposition délirante qu'elle entraîne, l'une des atteintes, parmi les plus nocives, à la mémoire.

B. DE LA FACULTÉ DE PRÉVOIR
(praevisio)

§ 35

La possession de cette faculté, plus que de toute autre, présente de l'intérêt ; parce qu'elle est la condition de toute pratique possible et des fins auxquelles l'homme rapporte l'usage de ses forces. Tout désir comporte une prévision (douteuse ou certaine) de ce que ces forces rendent possible. On ne tourne les VII, 186
regards vers le passé (souvenir) que pour rendre possible par ce moyen la prévision du futur ; cependant que, dans le présent, nous regardons, somme toute, autour de nous pour prendre une décision ou pour être prêts à l'événement.

La prévision empirique est l'*attente de cas similaires (exspectatio casuum similium)* et n'a nul besoin de connaissance rationnelle de causes et d'effets, mais du seul souvenir des événements observés, dans leur succession ordinaire ; des expériences répétées produisent un entraînement dans ce domaine. Ce que seront le vent et le temps intéresse grandement le marin et le laboureur. Mais avec nos dires sur l'avenir, nous ne sommes pas ici beaucoup plus avancés que le calendrier du paysan ; s'il arrive à ses prédictions de se produire, on en fait l'éloge ; si elles ne se produisent pas, on les oublie et elles conservent ainsi toujours quelque crédit. On serait porté à croire que la Providence a entendu enchevêtrer le jeu de la pluie et du beau temps de manière si impénétrable qu'il ne soit guère facile aux hommes de prendre pour chaque saison les mesures nécessaires, et qu'ils soient au contraire forcés de recourir à leur entendement afin d'être préparés à tous les cas possibles.

Vivre au jour le jour (sans prévoyance ni souci) ne fait certes pas grand honneur à l'entendement humain ; à l'instar de ce Caraïbe qui, le matin, vend son hamac et, le soir, se trouve tout marri de ne savoir où il dormira la nuit. Mais, pourvu que la moralité n'y subisse d'atteinte, on peut tenir l'homme endurci à tous les événements pour plus heureux que celui qui ne fait que gâter par de sombres perspectives sa joie de vivre. Parmi toutes les perspectives susceptibles de s'offrir à l'homme, la plus consolante sans doute est celle d'avoir sujet, en fonction de son état moral présent, d'espérer qu'il se poursuivra et progressera vers un bien plus grand encore. Si, en revanche, il conçoit le projet, certes courageux, de s'engager désormais dans une conduite de vie nouvelle et meilleure, en étant forcé de se dire à lui-même : il n'en sortira rien, parce que tu t'es fait souvent cette promesse (en l'ajournant[1]), mais que tu as toujours rompu cette promesse sous le prétexte de procéder pour cette seule fois à une exception : c'est là attendre dans la désolation le retour de cas similaires.

Mais là où la décision appartient au destin qui plane peut-être au-dessus de nous, et non à l'usage de notre libre volonté, la vue de l'avenir est soit *pressenti-*
VII, 187 *ment*, c'est-à-dire *prémonition* (*praesensio*) soit* prescience (*praesagitio*). Le premier mot suggère en quelque sorte un sens caché pour ce qui n'est pas encore présent ; le

* On a, voici peu, entendu établir une distinction entre *ahnen* et *ahnden ;* mais le premier terme n'est pas un mot allemand ; reste donc le second. *Ahnden* recouvre à peu près le sens de *se souvenir*. *Es ahndet mir* signifie : quelque chose se présente obscurément à mon souvenir ; *etwas ahnden* a le sens de garder rancune d'un acte à quelqu'un (c'est-à-dire sanctionner cet acte). Le concept reste le même, mais son application est différente.

second, une conscience du futur engendrée par la réflexion sur la loi de succession des événements (loi de causalité).

Toute prémonition, on le voit sans peine, est chimère. Comment avoir la sensation de ce qui n'est pas encore? Mais s'il s'agit de jugements issus d'obscurs concepts d'un tel rapport de causalité, ce ne sont pas des pressentiments ; on peut au contraire développer les concepts qui y mènent et expliquer le lien avec le jugement en question. Les prémonitions sont de genre inquiet pour la plupart ; l'anxiété, qui a ses causes *physiques*, précède, dans une notion indécise de l'objet de la crainte. Mais il est aussi des prémonitions joyeuses et hardies ; elles sont le fait de têtes exaltées flairant le proche dévoilement d'un mystère pour lequel l'homme n'a cependant pas de sens récepteur, et qui croient voir sur le point de se dégager de son manteau le pressentiment de ce qu'ils attendent dans une vision mystique, en véritables Époptes[1]. De cette catégorie d'ensorcellements relève aussi la seconde vue des montagnards d'Écosse : certains d'entre eux s'imaginent voir, par son truchement, pendre au mât du navire l'homme dont ils prétendent, une fois arrivés au port, à des milles de là, avoir appris la mort.

C. DU DON DE DIVINATION
(*facultas divinatrix*)

§ 36

L'annonce, la prédiction, la prophétie se distinguent en ceci : la *première* est dans la prévision d'après les lois de l'expérience (et donc naturelle), la *seconde* dans la prévision au rebours des lois connues de l'expérience (contraire à la nature), mais la *troisième* est ou est tenue pour inspiration suscitée par une cause distincte de la nature (surnaturelle) : et parce qu'elle semble procéder d'une influence divine, la faculté qui lui est inhérente VII, 188
reçoit aussi le nom de *pouvoir de divination* dans son sens propre (c'est improprement que l'on appelle divination toute marque de perspicacité à deviner l'avenir).

Si l'on dit de quelqu'un : il *prédit* telle ou telle destinée, on peut indiquer par là une habileté toute naturelle. Mais de celui qui se targue de posséder en ce domaine une clarté surnaturelle, il faut dire : *il vaticine;* à la manière des Tziganes d'origine hindoue qui appellent *lire dans les planètes* la prédiction par les lignes de la main ; ou des astrologues et des chercheurs de trésors auxquels s'ajoutent les faiseurs d'or, foule au-dessus de laquelle émergent, dans l'Antiquité grecque, la Pythie, et, de notre temps, le chamane loqueteux de Sibérie[1]. Les prédictions des auspices et des haruspices chez les Romains avaient moins en vue la découverte du mystère dans la marche du monde que celle de la volonté des dieux à laquelle, selon leur religion, ils devaient se plier. Il n'y a qu'une explication à la manière dont les poètes eux-mêmes allèrent jusqu'à se tenir pour entraînés par l'enthousiasme (ou possédés) et porteurs de prédictions *(vates)*, et dont ils purent, dans leurs fièvres poétiques *(furor poeticus)*, se vanter d'inspirations : différent de l'homme du discours en prose, le poète n'exécute pas à loisir un travail de commande, il lui faut saisir cet instant favorable de la venue d'une disposition intérieure où, chargés de vie et de force, images et sentiments affluent à lui spontanément, et où il n'a en quelque sorte qu'à rester passif. N'est-ce pas au demeurant une vieille observation qu'il se mêle au génie une dose de folie ? Tel est aussi le fondement de la croyance aux oracles que l'on alla présumer dans les passages choisis à l'aveuglette de poètes célèbres (mus en quelque sorte par l'inspiration) — ainsi les *sortes virgilianae*[2] —, moyen analogue au recueil intime des bigots modernes pour découvrir la volonté du ciel ; comme se fonde là-dessus aussi l'interprétation des livres sibyllins[3] qui auraient annoncé aux Romains le destin de leur État, et qu'ils ont en partie laissé perdre par une ladrerie mal placée.

Toutes les prédictions annonçant par avance quelque destin inéluctable d'un peuple, destin qui serait mérité par sa faute et donc provoqué par sa *libre volonté*, présentent, en dehors de l'*inutilité* de la prescience pour ce peuple, puisqu'il ne lui est pas possible d'échapper, l'absurdité consistant à concevoir dans cette fatalité
VII, 189 absolue *(decretum absolutum)* un *mécanisme de liberté* dont le concept est contradictoire de lui-même.

Mais le comble de l'absurdité, ou de la duperie, dans la prédiction fut sans doute de prendre un fou pour un *voyant* (de choses invisibles), comme si par sa bouche *un esprit s'exprimait*, tenant lieu de l'âme qui aurait depuis longtemps déjà pris congé de sa demeure corporelle ; et de faire passer le pauvre dérangé (ou simplement épileptique) pour un *énergumène* (un possédé) et, lorsque le démon possesseur était réputé esprit bienveillant, de l'appeler chez les Grecs *mantis*, son interprète prenant le nom de *prophète*. Il fallait épuiser toute folie pour nous mettre en possession de l'avenir, dont la prévision nous intéresse tant, en sautant tous les degrés susceptibles de nous conduire à ce but par l'expérience et avec l'aide de l'entendement. O, *curas hominum*[1].

Il n'est d'autre science de prédiction aussi sûre et pourtant aussi étendue à un vaste domaine que celle de l'astronomie ; elle annonce jusqu'à l'infini les révolutions des corps célestes. Mais cela n'empêcha pas la prompte venue d'une mystique prétendant subordonner, non, comme l'exige la raison, les nombres des grandes ères aux événements, mais, à l'inverse, les événements à certains nombres sacrés, et de la sorte, faire de la chronologie elle-même, condition si nécessaire à toute histoire, une fable.

DE L'INVENTION INVOLONTAIRE DANS L'ÉTAT DE BONNE SANTÉ, C'EST-À-DIRE DU RÊVE

§ 37

Explorer la nature du *sommeil,* du *rêve,* du *somnambulisme* (qui comprend aussi le parler à haute voix) se situe hors du champ d'une anthropologie *pragmatique ;* car on ne peut tirer de ce phénomène aucune règle de comportement dans l'état onirique ; ces règles n'ayant valeur que pour l'homme éveillé qui entend ne pas rêver ou dormir sans penser. Tel empereur grec condamna à mort un homme pour avoir raconté à ses amis un rêve où il tuait l'empereur, en prétextant « qu'il n'aurait pas eu ce rêve s'il n'en avait pas roulé la pensée en état de veille » : sentence contraire à l'expérience et VII, 190 cruelle. « Quand nous sommes éveillés, nous avons un monde commun ; quand nous dormons, chacun a le sien[2]. » Le rêve semble un complément si nécessaire du sommeil que dormir et mourir seraient une seule et même chose, si le rêve ne survenait comme une agitation naturelle, encore qu'involontaire, imprimée par l'imagination aux organes internes de la vie. Je me souviens très bien : lorsque, enfant, dans la fatigue des jeux, je me couchais pour dormir, j'avais, en versant dans le sommeil, sous l'effet d'un rêve dans lequel j'étais tombé à l'eau ou, près de sombrer, emporté par un tourbillon, un brusque réveil ; c'était pour me rendormir bientôt et d'un sommeil plus paisible ; la cause en était sans doute que l'activité inspiratoire des muscles de la poitrine, toute dépendante de la volonté, se relâche et que, forcément, la défaillance de la respiration inhibe le mouvement du cœur, mais remet en jeu l'imagination onirique. À ce chapitre appartient aussi l'effet bienfaisant du rêve dans le *cauchemar (incubus)*. En effet, à défaut de cette terrifiante illusion d'un fantôme qui nous oppresse et du déploiement de toute la force musculaire à se mettre dans une autre position, la stagnation du sang mettrait un terme rapide à la vie. Si la nature semble avoir fait en sorte que l'immense majorité des rêves contienne des difficultés et des circonstances périlleuses, c'est que de telles représentations aiguillonnent les forces de l'âme plus que ne le font les moments où toutes choses vont au gré de nos désirs. Souvent on croit en rêve être incapable de se dresser sur ses pieds, ou bien s'égarer, rester court dans un sermon, ou, par oubli, avoir sur la tête, dans une grande réunion, au lieu de la perruque, un bonnet de nuit, plutôt qu'on ne se met à planer à sa guise de par les airs, ou ne se réveille, sans savoir pourquoi, dans un joyeux éclat de rire. Comment peut-il se faire que nous soyons transportés dans un lointain passé, que nous nous entretenions avec des personnes mortes depuis longtemps, que nous ayons la tentation de prendre ces visions pour un rêve et que nous nous voyions pourtant dans l'obligation de tenir cette illusion pour réalité? La chose demeurera sans doute inexpliquée. Mais on peut bien accepter comme certitude qu'il ne peut y avoir de sommeil sans rêve, et que celui qui s'imagine n'avoir pas rêvé a simplement oublié son rêve.

VII, 191

DE LA FACULTÉ DE DÉSIGNATION
(facultas signatrix)

§ 38

La faculté de connaissance du présent, en tant que moyen de relier la représentation du prévu à celle du passé, est la *faculté de désignation*. L'action par laquelle l'esprit opère cette liaison est la *désignation (signatio)*, dite aussi signalisation, et dont le degré supérieur reçoit le nom de *distinction*.

Les formes des choses (intuitions), pour autant qu'elles ne servent que de moyens de représentation par concepts, sont des *symboles;* la connaissance que procurent ces derniers est appelée symbolique ou *figurée (speciosa)*. Les *caractères* ne sont pas encore des symboles; car ils peuvent être aussi des signes purement médiats (indirects) qui, par eux-mêmes, ne signifient rien et, au contraire, ne mènent aux intuitions que par le chemin de l'association, et, par ces intuitions, aux concepts ; aussi faut-il opposer la connaissance *symbolique* non point à la connaissance *intuitive,* mais à la connaissance *discursive* où le signe (caractère) n'accompagne le concept qu'à titre de gardien *(custos),* pour le reproduire à l'occasion. La connaissance symbolique ne se situe donc pas à l'opposé de la connaissance intuitive (par intuition sensible), mais de la connaissance intellectuelle (par concepts). Les symboles ne sont que moyens de l'entendement, mais de nature indirecte, par le jeu d'une *analogie* avec certaines intuitions auxquelles peut s'appliquer un concept, pour conférer à celui-là, par la présentation d'un objet, une signification.

Quiconque ne peut avoir d'autre expression que symbolique ne dispose encore que de peu de concepts de l'entendement, et l'avantage, si souvent admiré, de la vivacité de représentation que les sauvages (et parfois aussi les prétendus sages chez un peuple encore barbare) font entendre dans leurs propos n'est qu'indigence en concepts et, par suite, en mots pour les exprimer : lorsque, par exemple, le sauvage d'Amérique déclare : « Enterrons la hache de guerre », il veut dire à peu près : Faisons la paix, et, de fait, les chants anciens, d'Homère à Ossian, ou d'un Orphée jusqu'aux prophètes, ne doivent le brillant de leur diction qu'au manque de moyens d'exprimer leurs concepts.

C'est *exaltation* que de donner (avec Swedenborg[1]) les phénomènes réels du monde, offerts aux sens, pour pur symbole d'un monde intelligible dissimulé dans la réserve. Mais c'est participer aux *lumières* que de distin- VII, 192
guer dans les présentations des concepts (appelés idées) appartenant à la moralité, qui constitue l'essence de toute religion, et, par là, à la raison pure, le symbolique de l'intellectuel (le culte de la religion), l'*enveloppe,* pour un temps utile et nécessaire de la chose elle-même ; sinon, on échange un *idéal* (de la raison pratique) contre une *idole* et l'on manque le but final. Que tous les peuples de la terre aient commencé par un tel échange et qu'il faille alors, en quête de la pensée réelle de leurs maîtres lorsqu'ils composèrent leurs textes sacrés, donner de ces derniers une interprétation non symbolique, mais *littérale,* voilà ce qu'on ne saurait contester ; ce serait agir sans honnêteté que de forcer le sens de leurs paroles. Cependant, dès qu'il ne s'agit plus seulement de la *véracité* du maître, mais aussi, et dans l'essentiel, de la *vérité* de la doctrine, on peut et on doit interpréter celle-là comme un simple mode de représentation symbolique destiné à accompagner ces idées pratiques de

l'adjonction de formules et d'usages ; dans l'éventualité contraire, c'en serait fait du sens intellectuel, qui constitue le but final.

§ 39

On peut partager les signes en signes *arbitraires* (artificiels), *naturels* et *prodigieux*.

A. Au nombre des premiers sont : 1. Les signes de la *physionomie* (signes mimiques qui, pour une part, sont également naturels) ; 2. Les *signes écrits* (caractères qui servent de signes aux sons) ; 3. Les *signes sonores* (notes) ; 4. Les signes convenus entre individus qui ne touchent que le regard *(chiffres)* ; 5. Les *signes de la condition* réservés aux hommes libres honorés d'une préséance héréditaire (armoiries) ; 6. Les *signes de la fonction,* sous forme de tenue réglementaire (uniforme ou livrée) ; 7. Les *insignes du service accompli* (décorations) ; 8. Les signes d'*infâmie* (marques au fer rouge, etc.). En font partie, dans le domaine de l'écriture, les signes de l'attardement, de l'interrogation ou de l'émotion, de l'étonnement (ponctuation).

Toute langue est désignation des pensées, et, inversement, le mode par excellence de désignation des pensées est celui que procure le langage, suprême moyen de compréhension de soi-même et des autres. Penser, c'est *parler* avec soi-même (Les Indiens de Tahiti usent pour la pensée de l'expression parler en son ventre) et par suite aussi, s'*entendre* soi-même intérieurement (par l'imagination reproductrice). Parler, pour le sourd de naissance, s'identifie à sentir le jeu de ses lèvres, de sa langue, de sa mâchoire, et il est à peine concevable qu'il fasse plus, en parlant, que jouer avec des impressions corporelles sans avoir ni penser de
VII, 193 véritables concepts. Mais ceux-ci aussi qui parlent et entendent, ne comprennent pas toujours pour autant ni eux-mêmes ni les autres, et c'est par le défaut de faculté de désignation ou par son mauvais usage (les signes étant pris pour les choses, et inversement) que, surtout dans le domaine de la raison, des hommes, en accord sur le plan du langage, se situent aux antipodes les uns des autres pour ce qui est des concepts ; ce qui ne se révèle que par hasard, lorsque chacun agit selon ses concepts particuliers.

B. Deuxièmement : en ce qui concerne les signes naturels, leur rapport aux choses désignées est, selon le temps, *démonstratif, rémémoratif* ou *prognostique.*

Le pouls désigne au médecin la présence de l'état de

fébrilité du malade, comme le fait la fumée pour le feu. Les réactifs découvrent au chimiste les substances cachées dans l'eau, comme le fait la girouette pour le vent, etc. La *rougeur* trahit-elle la conscience de la faute ou, au contraire, un sentiment délicat de l'honneur qui aurait à subir ne fût-ce que la supposition de quelque manquement honteux? Selon les cas, la réponse est incertaine.

Tombeaux et mausolées sont des signes de la mémoire des morts ; de même, ou aussi souvenir perpétuel de la grande puissance passée d'un roi, les pyramides. Les strates de coquillages dans les contrées terriennes éloignées de la mer, les trous des pholades dans les sommets alpestres, les vestiges volcaniques en des lieux où nul feu, maintenant, ne jaillit de la terre, désignent pour nous l'état ancien du monde et constituent les fondements d'une *archéologie* de la nature, d'une manière qui n'est certes pas aussi évidente que celle des cicatrices du guerrier. Les ruines de Palmyre, de Balbek et de Persépolis sont les rappels parlants du niveau artistique d'États *passés* et les tristes indices des vicissitudes de *toutes* choses.

Les signes *prognostiques* présentent entre tous le plus d'intérêt, parce que le présent n'est qu'un instant dans la chaîne des changements et que le principe de détermination de la faculté de désirer ne s'attache au présent que pour ses conséquences à venir *(ob futura consequentia)* et dirige l'attention avant tout sur elles. Pour les événements futurs du monde, le pronostic le plus sûr se trouve dans l'astronomie ; mais elle est puérile et agitée de fantasmes, lorsque les constellations, les conjonctions et les changements dans la position des planètes sont présentés comme signes allégoriques d'une écriture figurant au ciel des destinées pendantes de l'homme (dans l'*astrologia judiciaria*).

Les signes prognostiques naturels d'une maladie ou VII, 194
d'une guérison imminentes, ou bien (comme la *facies Hippocratica*) de la mort prochaine sont des phénomènes qui, fondés sur une expérience longue et répétée ou d'après l'intelligence acquise de leur enchaînement en causes et effets, guident le médecin dans son traitement ; ainsi des jours critiques. Mais les augures et les haruspices arrangés par les Romains à des fins politiques étaient une superstition sanctifiée par l'État pour conduire le peuple aux périodes de dangers.

C. Quant aux *signes prodigieux* (événements où la nature des choses bouleverse son cours), en dehors de ceux dont on ne fait plus cas (naissances de monstres humains ou animaux), les signes et les prodiges apparaissant dans le ciel, les comètes, les globes traversant l'atmosphère, les aurores boréales et jusqu'aux éclipses de Soleil ou de Lune, surtout lorsque plusieurs de ces signes coïncident ou s'accompagnent même de guerre, de peste et autres calamités, sont des choses qui semblent annoncer à la grande masse saisie d'effroi la proximité du Jugement dernier et la fin du monde.

Appendice

À noter ici encore la manière singulière dont l'imagination se joue de l'homme : confusion des signes et des choses aboutissant à mettre en ceux-là une réalité intrinsèque, comme si celles-ci devaient obligatoirement se régler sur eux. Du fait que le cours de la Lune, dans ses quatre phases (nouvelle Lune, premier quartier, pleine Lune et dernier quartier), ne peut être, en chiffres ronds, réparti plus précisément qu'en vingt-huit jours (raison pour laquelle les Arabes ont réparti le zodiaque en vingt-huit demeures de la Lune), le quart représentant sept jours, le chiffre sept a acquis par là une importance mystique telle que la Genèse elle-même a dû s'aligner sur lui : d'autant plus qu'il devait y avoir sept planètes (d'après le système de Ptolémée), tout comme sept notes dans la gamme, sept couleurs simples dans l'arc-en-ciel et sept métaux. Telle est aussi l'origine des années climatériques (7×7, et puisque chez les Hindous, 9 est aussi un chiffre magique, 7×9, et de même 9×9), au terme desquelles la vie humaine doit courir un grand danger ; les 70 semaines d'années (490 années[1]), bel et bien, constituent non seulement dans la chronologie judéo-chrétienne les périodes des
VII, 195 changements les plus importants (entre la vocation d'Abraham et la naissance du Christ), elles en déterminent encore très exactement les limites, en quelque sorte *a priori*, comme s'il n'incombait pas à la chronologie de se régler sur l'histoire, mais, inversement, à l'histoire de se régler sur la chronologie.

Mais, dans d'autres cas aussi, l'habitude s'installe de soumettre les choses aux nombres. Un médecin à qui le patient fait parvenir une gratification par son domestique soupçonnera ce dernier, si, déployant le papier, il y trouve onze ducats, d'en avoir sans doute détourné un : pourquoi pas, en effet, douze ducats bien comptés ? Celui qui, à une vente aux enchères, acquiert de la vaisselle de porcelaine de la même série, offrira une moindre somme si cette vaisselle ne comporte pas une

douzaine complète, et, y eût-il treize assiettes, il n'estimera la treizième qu'autant qu'elle l'assure de préserver l'intégralité de ce nombre, même si l'une d'elles venait à se briser. Puisqu'on ne convie pas ses invités à la douzaine, quel intérêt peut-il y avoir à privilégier ce nombre pair ? Un homme qui léguait dans son testament onze cuillères d'argent à son cousin, ajouta ces mots : «si je ne lui lègue pas la douzième, il en saura mieux que quiconque la raison» (à sa table, le jeune dévoyé avait glissé à la dérobée une cuillère dans sa poche, ce que notre homme remarqua bien sans vouloir toutefois lui faire honte sur le moment). À l'ouverture du testament, on put deviner sans peine la pensée du donateur, de par la seule acceptation du préjugé qu'une douzaine forme un tout. De même, les douze signes du zodiaque (nombre qui semble avoir fait instituer par analogie les douze juges en Angleterre) ont acquis une signification mystique analogue. En Italie, en Allemagne, en d'autres pays peut-être aussi, une tablée de treize convives est tenue pour de mauvais présage ; car on s'imagine que l'un quelconque d'entre eux mourra dans l'année, tout comme à une table de douze juges, le treizième ne saurait être que le délinquant promis à l'exécution. (Je me suis moi-même trouvé un jour à une table ainsi faite, et la maîtresse de maison, remarquant au moment de s'asseoir cet inconvénient supposé, ordonna en cachette à son fils, qui était du nombre, de se lever et de prendre son repas dans une autre pièce, afin que la gaieté ne fût pas troublée). Bien plus, la seule grandeur des nombres, si les choses qu'ils désignent sont en quantité suffisante, provoque l'étonnement par le seul fait que le décompte ne remplit pas une tranche conforme au système décimal (par suite, arbitraire en elle-même). Ainsi, l'empereur de Chine aurait une flotte VII, 196
de 9 999 navires, et l'on se demande à part soi à propos de ce nombre : pourquoi pas un de plus ? encore que la réponse pourrait être : parce que ce nombre de navires suffit à son usage ; au fond, cependant, l'intention de la question se porte non sur l'usage, mais simplement sur une sorte de mystique des nombres. Pire, bien que non inaccoutumé : un homme qui, par avarice et tromperie, est parvenu à une fortune de 90 000 thalers comptant, n'a de cesse qu'il n'en possède 100 000 tout rond sans en user, et, pour ce faire, mérite la potence, à défaut d'y passer.

À quelles puérilités l'homme ne s'abaisse-t-il pas, même dans son âge mûr, lorsqu'il se laisse mener à la longe de la sensibilité ! Voyons maintenant quel surcroît de valeur, grand ou faible, s'attache à ses actes, s'il poursuit son chemin sous l'éclairage de l'entendement.

DE LA FACULTÉ DE CONNAÎTRE DANS LA MESURE OÙ ELLE SE FONDE SUR L'ENTENDEMENT

§ 40

L'*entendement,* faculté de *penser* (de se représenter quelque chose par *concepts*) est également appelée faculté *supérieure* de connaissance (à la différence de la sensibilité, faculté *inférieure*), parce que la faculté des intuitions (pures ou empiriques) ne contient que l'individuel dans les objets, tandis que celle des concepts saisit leur généralité, la *règle* à laquelle la diversité des intuitions empiriques doit être soumise pour engendrer l'unité nécessaire à la connaissance de l'objet. L'entendement est donc à la vérité d'une *plus haute qualité* que la sensibilité qui, selon des instincts innés, peut déjà servir d'expédient aux animaux dénués d'entendement ; ainsi, un peuple privé de chef peut se tirer d'affaire, alors qu'un chef privé de peuple (un entendement sans la présence de la sensibilité) ne peut rien. Il n'y a donc pas conflit de préséance entre les deux, bien que l'un se voie donner le titre de supérieur, et l'autre d'inférieur.

Mais on prend aussi le mot *entendement* dans une acception particulière ; élément d'un partage, il est en effet subordonné avec deux autres éléments à l'enten-
VII, 197 dement dans son sens général ; la faculté supérieure de connaissance comporte alors (matériellement, c'est-à-dire considérée non pour elle-même, mais en rapport avec la *connaissance* des objets) l'*entendement,* le *jugement* et la *raison.*

Observons maintenant l'homme, les différences de l'un à l'autre en ces dons de l'esprit, ou en leur bon ou mauvais usage instauré par l'habitude, tout d'abord dans la santé de l'âme, mais ensuite aussi dans sa maladie.

CONFRONTATION ANTHROPOLOGIQUE DES TROIS FACULTÉS SUPÉRIEURES DE CONNAISSANCE

§ 41

Un entendement juste est celui qui brille non tant par la multiplicité des concepts que par leur *adéquation* à la connaissance de l'objet, et qui porte donc en lui l'aptitude et l'entraînement à saisir la *vérité*. Bien des hommes ont en tête une foule de concepts qui aboutissent dans leur ensemble à une *analogie* avec ce qu'on veut entendre de leur bouche, mais qui n'en ont pas moins aucune pertinence pour l'objet ni pour sa détermination. Ces hommes peuvent avoir des concepts de grande ampleur ou témoigner d'une *vivacité* conceptuelle. L'entendement juste qui pourvoit aux concepts de la connaissance commune, est dit *sain* entendement (suffisant à l'usage privé). Il déclare avec le sous-officier de la garde chez Juvénal : « *Quod sapio satis est mihi, non ego curo — esse quod Arcesilas aerumnosique Solones*[1]. » Il va de soi que le don naturel d'un entendement simplement droit et juste se tracera des limites quant à l'étendue du savoir exigé de lui, et que le possesseur de ce don procèdera avec *modestie*.

§ 42

Si l'on désigne par le mot entendement la faculté de connaissance des règles (et donc de connaissance par concepts), de sorte qu'il embrasse la totalité de la faculté *supérieure* de connaître, il convient d'entendre par là, non point les règles d'après lesquelles la *nature* guide l'homme dans sa conduite, comme il advient chez le animaux sous l'impulsion de l'instinct naturel, mais les règles qu'il *forge* lui-même. Ce qu'il se borne à apprendre, le confiant ainsi à sa mémoire, il ne l'accomplit que d'une manière mécanique (selon les règles de l'imagination reproductrice) et sans la contribution de l'entendement. Un domestique qui n'a qu'à présenter un compliment selon une formule établie n'a pas besoin de penser par lui-même ; mais ce n'est assurément pas le
cas s'il doit, en l'absence de son maître, prendre soin VII, 198
de ses affaires domestiques : sans doute faudrait-il alors bien des règles de conduite impossibles à prescrire à la lettre.

Un entendement *juste*, un jugement *exercé*, une raison *douée de profondeur* constituent toute l'étendue de la faculté intellectuelle de connaissance ; et, tout particulièrement, dans la mesure où on la juge sous l'angle de la capacité à servir la pratique, c'est-à-dire à répondre à des fins.

Un entendement juste est le sain entendement dans la mesure où il porte en lui l'*adéquation* des concepts à la finalité de leur usage. De même que le caractère de suffisance *(sufficientia)* joint à la *délimitation du contour (praecisio)* constitue l'*adéquation,* c'est-à-dire la qualité du concept de ne contenir ni plus ni moins que n'exige l'objet *(conceptus rem adaequans),* de même un entendement juste est entre les facultés intellectuelles la première et la plus distinguée : il satisfait à ses fins avec la plus *petite somme* de moyens.

La *malice,* l'esprit d'intrigue, passent souvent pour grandeur d'entendement, encore que viciée d'un mauvais usage ; mais ce n'est que façon de penser propre à des hommes très bornés, et toute différente de la prudence dont elle a l'apparence. L'homme loyal ne se laisse duper qu'une fois, ce qui est lourd de préjudices pour les intentions ultérieures du malicieux.

Au serviteur de la maison ou de l'État, soumis à des ordres déterminés, l'entendement suffit ; l'officier qui, pour sa mission, n'a d'autre prescription que la règle générale et à qui est laissée la charge de fixer sa conduite dans l'événement, a besoin de jugement ; le général à qui il incombe de juger des cas possibles et de concevoir la règle à leur égard, doit être pourvu de raison. Les talents requis pour ces diverses démarches se distinguent largement les uns des autres : «Tel brille au second rang, qui s'éclipse au premier[1].»

Ergoter n'est pas avoir de l'entendement, et ce n'est pas être raisonnable que de faire étalage, à la manière de Christine de Suède, de maximes bel et bien contredites par les actes. Il en est comme de la réponse du comte de Rochester au roi d'Angleterre Charles II, lorsque celui-ci, le trouvant dans une attitude de profonde méditation, lui demanda : «Quel est donc l'objet d'une si profonde réflexion?» — Réponse : «Je compose l'épitaphe de Votre Majesté» — Question : «Quelle est-elle?» — Réponse : «Ici repose le roi
VII, 199 Charles II qui, dans sa vie, eut bien des propos avisés, mais ne fit jamais rien qui fût de même.»

Garder le silence en société, et laisser tomber de temps à autre quelque jugement tout à fait ordinaire, donne un air d'entendement, de même qu'un certain degré de *grossièreté* passe pour *probité* (la vieille probité germanique).

⁎

Au demeurant, l'enseignement peut encore enrichir l'entendement de nombreux concepts et le pourvoir de règles ; mais la deuxième faculté intellectuelle, celle qui permet de distinguer si une éventualité est ou non un cas de la règle, le *jugement (judicium),* n'est point destinée à l'enseignement, mais à la seule pratique ; aussi sa croissance, dit-on, est *maturité,* et répond à cette sorte d'entendement qui ne vient pas avant des années. On se rend compte sans peine qu'il ne peut en être autrement : l'enseignement se fait en dispensant des règles. S'il devait donc y avoir des préceptes pour le jugement, ce devraient être des règles universelles pour distinguer si une éventualité est ou non un cas relevant d'une règle : la question, dès lors, remonterait de proche en proche à l'infini. Tel est donc l'entendement qui, à ce que l'on dit, ne vient pas avant les années, qui est fondé sur sa propre et longue expérience, et dont une République française va quérir le jugement dans l'assemblée des « grands ancêtres ».

Cette faculté qui ne tend qu'à ce qui est faisable, de bon ton et convenable (pour le jugement technique, esthétique et pratique), n'a pas autant d'éclat que la faculté qui en étend le domaine : elle se contente de cheminer aux côtés du sain entendement, et fait le lien entre celui-là et la raison.

§ 43

Si l'entendement est la faculté des règles, le jugement la faculté de découvrir le particulier dans la mesure où il est un cas de cette règle, la *raison* est la faculté de déduire du général le particulier et de présenter ce dernier dans la perspective de principes et de la nécessité. On peut donc aussi voir en elle la faculté de *juger* et d'*agir* (du point de vue pratique) selon des principes. Pour tout jugement moral (et partant aussi pour la religion), l'homme a besoin de raison, et ne peut faire fond sur des statuts et des usages instaurés. Les *Idées* sont des concepts de la raison auxquels il ne peut se présenter dans l'expérience d'objet adéquat. Elles ne sont ni intuitions (comme celles de l'espace et du VII, 200 temps), ni sentiments (à la manière de ceux que recherche la théorie du bonheur), celles-là et ceux-ci relevant de la sensibilité, mais des concepts d'une perfection dont on peut toujours approcher sans jamais l'atteindre pleinement.

La *ratiocination* (en l'absence de la saine raison) est un usage de la raison qui passe à côté de son but, soit par incapacité, soit par erreur sur le point de vue. *Se livrer à une frénésie raisonnante,* c'est procéder selon des principes quant à la forme de ses pensées, mais appliquer, quant à la matière ou à la fin, des moyens qui se situent tout à l'opposé.

Les subalternes n'ont pas à ratiociner (à discuter), parce qu'il est souvent nécessaire de leur dissimuler, ou du moins loisible de leur laisser ignorer le principe qui règle une action ; le chef de guerre (le général), en revanche, doit être doué de raison : on ne peut en effet lui donner d'instructions pour chaque éventualité. Mais que l'homme du nom de laïc ne puisse faire usage de sa propre raison en matière de religion, alors qu'il faut honorer celle-là comme morale, et qu'il soit au contraire de son devoir de suivre le *prêtre* attitré *(clericus)*, c'est-à-dire la raison d'un autre, c'est là une injuste exigence : dans le domaine moral, chacun a l'obligation d'endosser la responsabilité de sa conduite, le prêtre ne se chargera pas d'en rendre compte à ses périls, il ne le peut d'ailleurs pas.

Ici, il est vrai, les hommes inclinent à placer plus de sécurité dans l'abandon de tout usage personnel de la raison et dans la soumission passive et obéissante aux règlements instaurés par de saints personnages. Ils agissent ainsi moins par sentiment de leur incapacité à se procurer des vues claires (car l'essentiel de toute religion est bien la morale qui ne tarde pas à s'offrir avec évidence à tout être humain), mais par *malice,* soit pour rejeter la faute sur d'autres s'ils venaient ainsi à faillir, soit, et surtout, pour esquiver d'honnête manière cette exigence essentielle (la conversion du cœur), bien plus difficile que la fidélité au culte.

C'est trop demander à l'homme que d'attendre de lui la *sagesse,* en tant qu'elle est l'idée d'un usage pratique de la raison par qui la légalité trouve son accomplissement ; cependant, même au degré le plus élémentaire, cette sagesse ne peut être inspirée par autrui, chacun doit la dégager de lui-même. Le précepte pour y parvenir comporte trois maximes à cet effet : 1) penser par soi-même, 2) se mettre (dans l'échange avec les humains) en pensée à la place de l'autre, 3) en toute circonstance, penser en accord avec soi-même.

VII, 201 On peut situer à la vingtième année l'âge où l'homme parvient à l'usage le plus complet de sa raison quant à l'*habileté* (savoir-faire en vue de toute intention), à la quarantième quant à la *prudence* (art d'utiliser les autres à ses propres fins), à la soixantième environ l'âge de la *sagesse ;* mais, en cette dernière période, la raison est *négative,* dans son soin à mesurer toute les folies des deux premières ; on peut dire alors : « Il est dommage de devoir mourir au moment où l'on vient à peine d'apprendre comment il aurait fallu vivre dans le bien » ; encore ce jugement est-il rare : l'attachement à la vie se fait d'autant plus fort qu'elle a moins de valeur, dans l'action comme dans le plaisir.

§ 44

De même que la faculté de découvrir le particulier à l'intention du général (de la règle) est le *jugement,* de même celle de concevoir le général à l'intention du particulier est l'art de *combinaison spirituelle (ingenium*[1] *).* La première vise à noter les différences dans une diversité en partie identique, la seconde l'identité d'une diversité en partie différente. Dans l'une et dans l'autre, le meilleur du talent est de noter jusqu'aux plus petites ressemblances ou dissemblances. Cette capacité est l'*acuité intellectuelle (acumen),* les remarques qui en procèdent prennent le nom de *subtilités;* lesquelles, si elles ne portent pas plus loin la connaissance, se nomment *finasseries* sans objet ou vaines *arguties (vanae argutationes),* et se rendent coupables d'un usage certes non contrefait, mais inutile, de l'entendement. De la sorte, l'acuité intellectuelle n'est pas seulement liée au jugement, elle échoit aussi à l'art de combinaison spirituelle, à cette différence que son mérite est reconnu dans le premier cas pour *exactitude (cognitio exacta),* dans le second pour *richesse* du cerveau de qualité ; raison pour laquelle aussi on parle des *fleurs* de la combinaison spirituelle, et de même que la nature semble plutôt se livrer à un jeu en fleurissant et à une besogne en portant des fruits, de même le talent en qui se présente cette dernière activité est jugé d'un rang inférieur (selon les fins de la raison) à celui qui échoit à la précédente. Le commun et *sain* entendement ne prétend ni à l'art de la combinaison spirituelle, ni à l'acuité : tous deux débouchent sur une sorte de luxe intellectuel, alors que l'entendement se limite à la véritable nécessité.

DES DÉFICIENCES ET DES MALADIES DE L'ÂME QUANT À SA FACULTÉ DE CONNAÎTRE VII, 202

A. *Répartition générale*

§ 45

Les imperfections de la faculté de connaître sont ou bien des déficiences, ou bien des maladies de l'âme. Les maladies de l'âme touchant à la faculté de connaître se classent en deux genres principaux. L'une est le *mal des lubies* (hypocondrie), l'autre la *perturbation mentale* (manie). Dans la *première,* le malade a bien conscience du dérangement qui affecte le cours de ses pensées, la raison n'ayant pas assez de pouvoir sur elle-même pour redresser ce cours, pour le contenir ou le stimuler. Joies et chagrins inopportuns — lubies en conséquence — alternent à la manière du beau temps et de la pluie que l'on doit prendre comme ils se présentent. La deuxième maladie est faite d'un cours arbitraire des pensées, investi de sa propre règle (subjective) à l'encontre de celles qui concordent avec les lois (objectives) de l'expérience.

Pour les représentations sensibles, le trouble mental est *absurdité* ou *égarement.* Perversion du jugement et de la raison, il reçoit le nom de *divagation* ou de *déraison.* Quiconque se dispense à l'ordinaire de confronter ses chimères aux lois de l'expérience (rêve éveillé) est une *tête à fantasmes* (un songe-creux) ; s'il s'y ajoute l'*émotion,* c'est un *enthousiaste.* Les accès impromptus de la tête à fantasmes sont des *crises* de fantasmagorie (raptus).

Le simple, l'étourdi, le stupide, le benêt, l'insensé et le fat se distinguent du dérangé non seulement par le degré, mais aussi par la qualité particulière de leur désaccord mental ; leurs infirmités ne les désignent pas pour l'hôpital de fous, c'est-à-dire pour un lieu où des hommes, en dépit de la maturité et de la force de leur âge, doivent être, pour les moindres affaires de la vie, maintenus par la raison d'autrui. L'égarement frappé d'émotion est *démence,* qui, souvent, peut être originale mais en même temps involontaire dans ses accès ; tel l'enthousiasme poétique *(furor poeticus),* elle confine alors au *génie;* un accès de cette sorte, où s'opère un
VII, 203 afflux d'idées plus agile, mais déréglé, s'appelle, lorsqu'il atteint la raison, *extravagance.* La *rumination* d'une seule et même idée qui ne peut rimer à rien, ainsi de la perte d'un époux que l'on ne saurait rappeler à la vie, avec l'intention de trouver dans la douleur même l'apaisement, est muette *aliénation.* La *superstition* se compare plutôt à l'*égarement,* l'*extravagance* à la *divagation.* En ce dernier cas, le malade d'esprit est dit aussi (sous une forme tempérée) *exalté,* ou bien même tête excentrique.

Les propos incohérents des états fébriles, ou les accès de fureur apparentés à l'épilepsie que provoque parfois par sympathie une forte imagination, du seul fait de fixer du regard un malade en proie à la frénésie (raison pour laquelle on ne saurait conseiller à des personnes de nerfs très émotifs d'étendre leur curiosité aux cellules de ces malheureux), ne peuvent être comptés, du fait de

leur caractère passager, pour détraquement. Ce que l'on nomme *rancœur* (non point maladie de l'âme, car on entend d'habitude par là une bizarrerie mélancolique du sens intérieur), est pour une grande part une *superbe* voisine de l'égarement chez l'homme dont la prétention à voir les autres se mépriser en se comparant à lui va tout à l'encontre de sa propre intention (telle celle d'un aliéné), du fait qu'il les incite par là-même à porter atteinte de toutes les manières possibles à sa fatuité, à le harceler et à le ridiculiser pour sa blessante folie. Plus amène est l'expression d'une *fantaisie* (marotte) qu'un être nourrit en lui-même : un principe qui aspire à être reconnu de tous, mais ne trouve point d'approbation chez les sages, ainsi d'un don de pressentiments, de certaines inspirations analogues au génie de Socrate, de certaines influences prétendument fondées dans l'expérience, encore qu'inexplicables, comme la sympathie, l'antipathie, l'idiosyncrasie *(qualitates occultae)* qui, pareilles au grillon du foyer, emplissent la tête de leurs stridulations, mais que nul autre n'entend. La plus douce de ces digressions par-delà la ligne frontière du sain entendement est le *dada;* un goût singulier à s'occuper de propos délibéré, comme s'il s'agissait là d'une besogne, d'objets de l'imagination dont l'entendement joue à seule fin de se divertir ; en quelque sorte, une oisiveté absorbée d'occupation. Pour des personnes d'âge qui se retirent de l'activité et qui ont l'aisance, cette disposition de l'esprit, faite pour ainsi dire du retrait dans l'insouciance de l'enfance, n'est pas seulement, en ce sens qu'elle constitue une agitation maintenant la force vitale en activité, profitable à la santé, elle est également aimable, et en même temps, il est vrai, elle prête à rire, mais de telle sorte que celui VII, 204
dont on se rit doit rire, lui aussi, de bon cœur. Cependant, même chez des gens plus jeunes et chez des personnes occupées, ce recours aux dadas sert au délassement, et des esprits jouant les entendus, qui blâment avec une gravité pédantesque ces petites et innocentes folies, méritent la remontrance de Sterne : « Laisse donc tout un chacun aller et venir sur son dada de par les rues de la ville : *bien heureux qu'il ne t'oblige pas à prendre place derrière lui*[1]. »

B. *Des déficiences de l'esprit dans le domaine de la faculté de connaître*

§ 46

Qui manque de l'art de la combinaison spirituelle, est *tête obtuse (obtusum caput)*. Il peut d'ailleurs, là où il s'agit d'entendement et de raison, être un cerveau de fort bon aloi ; mais qu'on ne lui demande pas de jouer au poète ! pas plus qu'à Clavius[1] que son maître d'école voulait mettre en apprentissage chez le forgeron parce qu'il était incapable de faire de bons vers, mais qui, lorsqu'il eut un livre de mathématiques dans les mains, devint un grand mathématicien. Un esprit à la compréhension *lente* n'est pas pour autant un esprit faible, tout comme la *promptitude* à concevoir ne fait pas toujours un esprit profond, mais au contraire très superficiel souvent.

L'absence de jugement jointe au *manque* de combinaison spirituelle est *stupidité (stupiditas)*. La même absence *conjuguée* cette fois à la combinaison spirituelle est *sottise*. Quiconque fait montre de jugement dans ses affaires est *prudent*. S'il y ajoute la combinaison spirituelle, il est dit *avisé*. Celui qui se borne à affecter une de ces qualités, le *faiseur de bons mots*, tout comme l'*ergoteur*, est un être répugnant. Le déboire fait le *déniaisé ;* mais celui qui a progressé dans cette école au point de rendre les autres sages par leurs déboires est un *madré*. L'*ignorance* ne se confond pas avec la stupidité : ainsi telle dame, qui à la question d'un universitaire : «Les chevaux broutent-ils aussi la nuit?», répliqua : «Comment un homme aussi instruit peut-il être aussi stupide?» C'est au demeurant preuve de bon entendement que de savoir déjà poser de bonnes questions (afin d'être instruit par la nature ou par son prochain).

Simple est celui dont l'entendement *ne peut beaucoup* saisir ; il n'est pas stupide pour autant, s'il ne saisit pas à contresens. Honnête, mais *stupide* (comme certains, injustement, décrivent le domestique poméranien), est une formule erronée et des plus blâmables. Elle est erronée car l'honnêteté (observation du devoir en vertu
VII, 205 de principes) est raison pratique. Elle est des plus blâmables, car elle suppose que chacun, à condition d'en sentir en lui la capacité, serait imposteur, et que, s'il ne l'est pas, la cause doit en être dans sa seule inaptitude. Aussi bien, les formules : «Il n'a pas inventé la poudre, il ne trahira pas son pays, il n'est pas grand sorcier»,

dénotent-elles des principes misanthropiques : à savoir que notre certitude ne s'attache pas à la supposition d'une bonne volonté chez ceux que nous connaissons, mais seulement à leur incapacité. Ainsi, dit Hume, le grand Sultan ne confie pas son harem à la vertu de ceux qui en ont la garde, mais à leur impuissance (d'eunuques noirs). Être très limité *(borné)* quant au domaine de ses concepts ne constitue pas encore la stupidité, tout dépend de la *nature* de ces concepts (principes). Que des gens se laissent leurrer par des chercheurs de trésors, des faiseurs d'or et des vendeurs de billets de loterie, ce n'est pas leur stupidité, mais leur volonté mauvaise qui est en cause : c'est-à-dire celle de s'enrichir aux dépens des autres sans fournir d'effort à la mesure. L'*astuce,* la rouerie, la ruse *(versutia, astutia)* sont l'habileté à tromper les autres. On doit ici se demander si le trompeur n'est pas forcément plus avisé que celui qui se laisse facilement tromper, et si ce dernier n'est pas le stupide dans l'affaire. À l'*homme de bonne foi* qui *se fie* aux autres (qui croit et fait crédit), parce qu'il est une proie facile pour les coquins, il arrive aussi, bien qu'injustement, d'être traité de *fat;* ainsi dans le proverbe : Quand les fats viennent au marché, les marchands se frottent les mains. C'est être dans la vérité et la sagesse que de ne plus jamais accorder crédit à celui qui m'a trompé une fois : il est corrompu dans ses principes. Mais ne plus se fier à aucun *autre* humain parce que l'un d'eux m'a trompé est *misanthropie.* C'est le trompeur, en fait, qui est le *fat.* Comment donc, si, d'un coup, par une grande tromperie, il a su se mettre en état de n'avoir plus besoin d'aucun autre ni de sa confiance? En ce cas, les traits sous lesquels il *apparaît* se trouvent sans doute changés, mais avec ce seul résultat que, tandis que le trompeur trompé est *tourné en ridicule,* le trompeur heureux est *honni,* ce qui n'est point, assurément, avantage durable*.

* Les natifs de Palestine vivant parmi nous en sont venus, par leur esprit d'usure, depuis leur exil, et pour le plus grand nombre, à une réputation de tromperie qui n'est pas infondée. À la vérité, il parait surprenant de concevoir une *nation* d'imposteurs ; or il est tout aussi surprenant de concevoir une nation faite de seuls marchands dont l'immense majorité, liée par une vieille superstition reconnue de l'État dans lequel elle vit, ne recherche nul honneur civil, mais entend compenser cette perte par les avantages de la supercherie aux dépens du peuple qui l'abrite, et jusque dans son propre sein. En fait, il ne peut en être autrement dans toute une nation qui ne se compose que de marchands, membres improductifs de la société (comme les Juifs en Pologne) ; et partant, leur constitution, sanctionnée par de vieilles observances et même reconnue de nous chez qui ils vivent (nous avons en commun avec eux certains liens sacrés), ne peut être abrogée sans

§ 47

VII, 206 La *distraction (distractio)* est l'état impliqué dans un détournement de l'attention *(abstractio)* de certaines représentations dominantes, du fait de sa dispersion sur d'autres représentations de nature différente. Est-elle intentionnelle, c'est la *dissipation;* involontaire, la distraction est *absence (absentia)* à soi-même.

C'est une des déficiences de l'esprit que d'être fixé par l'imagination reproductrice à une représentation à laquelle on a consacré une attention importante ou soutenue, et de ne pouvoir s'écarter d'elle, c'est-à-dire rendre la liberté au cours de l'imagination. Si ce mal
VII, 207 devient habitude et se porte sur un seul et même objet, il peut tourner à l'égarement. Être distrait en société est *discourtois,* et souvent ridicule. Les femmes, d'ordinaire, ne sont pas sujettes à cette sorte d'atteinte, à moins de s'adonner au savoir. Un domestique distrait en servant à table roule communément dans sa tête quelque mauvaise action qu'il projette ou dont il redoute les suites.

Mais *se distraire,* c'est-à-dire procurer une diversion à son imagination involontairement reproductrice, ainsi lorsque le prêtre, une fois prononcé son sermon appris

inconséquence, bien qu'ils fassent du dicton : «Acheteur, ouvre les yeux!», le principe suprême de leur morale dans leurs relations avec nous. Au lieu des vains projets pour moraliser ce peuple sur le point de la tromperie et de l'honnêteté, j'aime mieux faire part de mes présomptions quant à l'origine de cette singulière constitution (d'un peuple fait exclusivement de marchands). La richesse a été, dans les temps les plus anciens, apportée grâce au commerce avec l'Inde et, de là, par voie de terre, jusqu'aux rivages occidentaux de la Méditerranée et aux ports de Phénicie (dont fait partie la Palestine). Elle a pu, il est vrai, cheminer aussi par bien d'autres lieux, par exemple Palmyre, et dans des temps relativement anciens, Tyr, Sidon, ou bien aussi, avec quelque détour par la mer, Eziongeber ou Élat, passer des côtes d'Arabie à Thèbes et parvenir ainsi par l'Égypte jusqu'à ces rives de Syrie ; d'autre part, la Palestine qui avait pour capitale Jérusalem, était dans une situation très avantageuse pour le commerce des caravanes. Il en résulta, à ce que l'on peut supposer, le phénomène de la richesse de Salomon en ces temps-là, et le fait que le pays, jusqu'à l'époque romaine, fut empli de marchands qui purent, après la destruction de la ville, parce qu'ils avaient été dès l'époque antérieure en liaisons étendues avec d'autres commerçants de cette langue et de cette croyance, se répandre peu à peu dans des pays très lointains en Europe, rester en liaison les uns avec les autres, et trouver protection auprès des États où ils se rendirent, en raison des profits de leur négoce ; aussi bien leur dispersion de par le monde, jointe à leur union dans la religion et la langue, ne doit être nullement mise au compte d'une *malédiction* qui aurait frappé ce peuple, il faut au contraire la considérer comme une *bénédiction,* d'autant que la richesse de ces hommes, estimée par individus, dépasse à la vraisemblance celle de tout autre peuple d'égale population.

par cœur, veut empêcher qu'il ne fasse encore tapage dans sa tête, constitue une méthode nécessaire, à la vérité en partie artificielle, de prévention pour la santé de l'esprit. Une réflexion qui se poursuit sur un même objet laisse après elle en quelque sorte une résonance (de même qu'une musique de danse qui se prolonge n'achève pas de fredonner en celui qui rentre de la fête, ou de même que les enfants répètent sans trêve un bon mot à leur façon, surtout s'il est d'un rythme bien frappé) — cette résonance, dis-je, provoque l'agacement, et l'on ne peut la faire disparaître que par la distraction et l'emploi de l'attention à d'autres objets, comme la lecture des journaux. Se *reprendre (collectio animi)*, afin d'être prêt à toute nouvelle occupation, c'est établir l'équilibre des facultés de l'âme et favoriser par là la santé de l'esprit. Le moyen le plus salutaire à cet effet est le propos de société empli de sujets divers — à la manière d'un jeu ; il ne doit toutefois pas sauter de l'un à l'autre, à l'encontre de l'affinité naturelle des idées ; sinon, la compagnie se défait en l'état d'un esprit distrait, embrouillant son discours et perdant tout ce qui fait l'unité de la conversation, si bien que l'esprit se trouve dérouté et qu'il faut faire appel à une autre sorte de distraction pour se débarrasser de la première.

On voit par là qu'il est, dans l'hygiène de l'esprit, VII, 208
pour les gens occupés, un art (peu commun) de se distraire pour rassembler ses forces. Mais, les pensées une fois rassemblées, c'est-à-dire mises en l'état d'être employées à quelque intention, on ne saurait traiter de *distrait* celui qui, en un lieu inapproprié ou en une rencontre d'affaires tout aussi inappropriée, suit de propos délibéré ses propres pensées, oubliant ainsi la réalité ; le seul reproche pertinent serait d'avoir l'esprit absent, chose assurément malséante en *société*. Ce n'est donc pas un art commun que de se distraire sans jamais être distrait ; être distrait, lorsque s'enracine l'habitude, donne à l'homme soumis à ce mal l'air de vivre dans le rêve et le rend inutile pour la société, du fait qu'il suit aveuglément dans son libre jeu une imagination que n'ordonne nulle raison. Outre bien d'autres désaccords de l'esprit, la *lecture de romans* a cette conséquence qu'elle instaure l'habitude de la distraction. En effet, bien qu'elle offre à la pensée, par la peinture de caractères qui se découvrent dans la réalité humaine (peinture toutefois assortie de quelque exagération), un *enchaînement* analogue à celui d'une histoire vraie dont le récit se doit d'être toujours, en quelque manière, *systématique*, elle n'en permet pas moins à l'esprit d'insérer à son

tour, pendant la lecture ses propres digressions (c'est-à-dire encore d'autres événements relevant de la fiction) ; le cours des pensées, alors, se fait *fragmentaire,* au point que l'on laisse jouer en son esprit les représentations d'un seul et même objet dans la dispersion *(sparsim)* et non dans l'alliance *(conjunctim)* conforme à l'unité de l'entendement. Si le maître, en chaire ou dans l'amphithéâtre, le procureur ou l'avocat, veut témoigner de maîtrise d'esprit dans ses libres propos (improvisations) et même à la rigueur dans ses récits, il lui faut faire la preuve de *trois* sortes d'attention : en premier lieu, attacher son regard à ce qu'il dit à l'*instant même* pour le présenter avec clarté ; en deuxième lieu, le reporter en arrière sur *ce qu'il a dit,* et, en troisième lieu, le diriger en avant sur ce qu'il *va dire.* S'il néglige de prêter attention à l'un de ces trois éléments, c'est-à-dire de les coordonner dans cet ordre, il se plongera lui-même, ainsi que son auditeur ou son lecteur, dans la distraction, et un esprit de qualité, au demeurant, ne pourra éviter de passer pour *confus.*

§ 48

Un entendement en lui-même sain (exempt de déficiences d'esprit) peut toutefois s'accompagner dans son exercice de faiblesses qui rendent nécessaire soit *un délai* pour qu'il *s'élève* à une maturité supérieure, soit même sa *représentation* par une autre personne dans les affaires ressortissant à la vie civile. Pour l'incapacité (naturelle ou légale) qui frappe un être par ailleurs sain dans l'emploi *personnel* de son entendement aux affaires civiles, on parle *d'un état de tutelle ;* si l'incapacité repose sur l'immaturité de l'âge, elle est dite *minorité ;* mais si elle se fonde sur des institutions légales se rapportant
VII, 209 aux affaires civiles, on peut l'appeler état de tutelle *légale* ou *civile.*

Les enfants sont mineurs de par la nature, et leurs parents sont leurs tuteurs naturels. La femme, à tout âge, est civilement mineure ; le mari est son curateur naturel. Si elle vit avec lui dans la séparation des biens, son curateur est un autre homme. Car, bien que la femme, selon les dispositions innées de son sexe, ait la langue assez bien pendue pour tenir son rôle et celui de son mari lorsqu'il s'agit de parler, fût-ce devant un tribunal (pour discuter de gros sous) — on la dirait à ce propos en état de *surmajorité* —, ces créatures ne peuvent, pas plus qu'il ne leur revient d'aller à la guerre, défendre en personne leurs droits, s'occuper des affaires de la cité par elles-mêmes ; elles le font par l'intermédiaire d'un représentant ; cet état de tutelle légale dans les débats publics ne leur confère que des pouvoirs d'autant plus grands quant à la prospérité du foyer ; parce que intervient ici le *droit du plus faible*, droit que le sexe masculin se sent, par sa nature même, vocation de respecter et de défendre.

Mais se *mettre* soi-même en état de tutelle, si dégradante que soit cette démarche, comporte bien des commodités, et il ne manque naturellement pas de chefs pour savoir utiliser cette docilité de la grande masse (elle a de la peine à faire elle-même son unité) et représenter comme très grand ou même mortel le danger de se servir de son *propre* entendement sans la conduite d'un autre. Les chefs d'État s'intitulent *pères de leur pays* parce qu'ils s'entendent mieux que leurs *sujets* à faire leur bonheur ; quant au peuple, il est, en considération de son plus grand bien, condamné à une tutelle perpétuelle, et quand Adam Smith dit indûment de ces princes qu'ils seraient sans exception, entre tous, les plus grands gaspilleurs[1], il se trouve réfuté avec force par les lois somptuaires promulguées (avec sagesse) en bien des pays.

Le *clerc* maintient avec rigueur et constance le *laïc* en son état de tutelle. Le peuple n'a ni voix ni jugement pour le chemin qui mène au royaume des cieux. L'homme n'a que faire de ses propres yeux pour y parvenir, on se charge de le conduire, et bien que les textes sacrés soient mis entre ses mains afin qu'il voie de ses yeux, ses guides l'avertissent dans le même temps VII, 210
de « n'y trouver que ce qu'ils assurent y trouver » ; et partout, le maniement mécanique des hommes sous la tutelle des autres est le plus sûr moyen d'obtenir l'obéissance à un ordre légal.

Les hommes de science aiment à l'ordinaire se laisser tenir en tutelle par leur épouse dans les initiatives domestiques. Aux cris d'un valet qu'il y avait le feu dans la maison, un savant enfoui dans ses livres fit cette réponse : « Vous savez que cette sorte d'affaires est du ressort de ma femme ». Enfin, déjà acquise, la plénitude de droits d'un dissipateur peut être, de par l'État, suivie d'une retombée dans la tutelle civile, si, après son accession légale à la majorité, l'homme manifeste dans l'administration de sa fortune une faiblesse d'entendement qui le fasse passer pour un enfant ou pour un simple d'esprit ; mais juger en la matière dépasse le champ de l'anthropologie.

§ 49

Simple d'esprit (hebes), pareil à un couteau ou à une hache non trempés, est celui à qui l'on ne peut rien enseigner, qui est incapable d'*apprendre.* Celui qui n'est apte qu'à l'imitation, est dit *niais;* mais celui qui peut être de lui-même créateur d'une production de l'esprit ou de l'art, est une *tête.* (Toute différente en est, à l'opposé de l'*artifice*, la *simplicité* dont on dit : «La perfection de l'art devient nature[1]», et à laquelle on ne parvient que tard). Une capacité à parvenir à la même fin par une économie des moyens, c'est-à-dire sans détours. L'homme qui possède ce don (le sage) n'est nullement, dans sa simplicité, simple d'esprit.

Stupide est surtout celui qui ne vaut rien pour les affaires sérieuses, parce qu'il n'a point de jugement. *Insensé* est celui qui à des fins sans valeur sacrifie ce qui en a une; par exemple le bonheur domestique à l'éclat hors de sa maison. L'insanité qui se fait offensante est dite *fatuité.* On peut traiter quelqu'un d'insensé sans l'offenser; il peut même de son propre mouvement en faire l'aveu; mais nul peut, sans broncher, se laisser
VII, 211 traiter de *fat*, d'instrument de coquins (selon Pope*). L'*arrogance* est fatuité, car il est d'une part fou d'exiger des autres qu'ils se rabaissent par rapport à moi, ce qui me vaudra des *embûches.* D'autre part, cette prétention contient de l'offense, et cette dernière provoque une *haine* méritée. Reprocher la *fatuité* à une femme n'a pas cette rigueur : un homme ne croit pas devoir être offensé par la vaine présomption de cette personne. Et c'est ainsi que la fatuité semble liée au seul concept de l'arrogance masculine. Si l'on traite de fat celui qui (de temps à autre ou sempiternellement) se nuit à lui-même, et si donc la haine se mêle au mépris dans lequel on le tient, encore qu'il ne nous ait pas offensés, force est de se représenter sa fatuité sous les traits d'une offense à l'encontre de l'humanité elle-même et, par conséquent, d'autrui. Qui agit à l'opposé de son intérêt légitime se fait parfois aussi traiter de fat, bien qu'il ne porte en vérité préjudice qu'à lui-même. *Arouet*, le père de Voltaire, disait à quelqu'un qui le complimentait de

* Si aux facéties d'un autre on réplique : «Vous n'êtes *pas malin*», c'est une manière un peu plate de dire : «Vous *plaisantez*, ou vous n'avez guère de *bon sens*». Un homme sensé est un homme de jugement juste et pratique, mais exempt d'apprêts. Un homme sensé peut bien être, par l'expérience, rendu *avisé*, c'est-à-dire habile à un usage *apprêté* de l'entendement; mais seule la *nature* peut en faire un homme sensé.

l'avantageuse célébrité de ses fils : « J'ai deux fats pour fils, l'un est un fat en prose, l'autre en vers » (l'un s'était jeté dans le jansénisme et fut persécuté, l'autre dut expier d'un séjour à la Bastille ses épigrammes). De règle générale, l'insensé met *dans les choses,* le fou met *en lui-même* plus de valeur que raisonnablement l'un et l'autre ne devraient le faire.

Donner à un homme l'étiquette de *gandin* ou de *benêt* pose aussi le concept de leur *niaiserie* comme fatuité. Le premier est un jeune, le second est un vieux fat ; tous deux égarés par des coquins ou des farceurs, et si l'un d'eux peut encore y gagner la pitié, l'autre n'attire sur lui que dérision. Un philosophe et poète allemand, homme d'esprit, éclairait de cet exemple les étiquettes de fat et de sot (réunies sous le vocable général de fou[1]) : « Le premier, dit-il, est un jeune Allemand qui se rend à Paris ; le second est ce même personnage, retour de Paris[2]. »

*

La déficience totale de l'esprit qui ne suffit même pas à l'usage animal de la force vitale (ainsi chez les *crétins* VII, 212
du Valais) ou bien qui ne pourvoit qu'à l'imitation purement mécanique d'actions externes dont les animaux sont capables (scier, creuser, etc.), est dite *imbécillité,* et elle ne peut être taxée de maladie qui afflige l'âme, mais plutôt d'absence d'âme.

C. *Des maladies de l'âme*

§ 50

Comme noté plus haut, la répartition primordiale s'établit entre le *mal des lubies* (hypocondrie) et la *perturbation mentale* (manie). La dénomination de la première est empruntée à l'analogie avec l'attention portée à la stridence d'un grillon domestique dans le silence de la nuit, stridence qui trouble en l'esprit le calme nécessaire au sommeil[3]. Or, pour ce qui est de la maladie de l'hypocondriaque, certaines impressions internes du corps ne découvrent pas tant un mal réellement présent dans l'organisme qu'elles ne se bornent plutôt à en susciter la crainte, et la nature humaine a cette propriété particulière (qui fait défaut chez l'animal) de renforcer ou de prolonger la sensation de certaines *impressions* locales par l'attention qu'on leur confère, alors qu'en *faire abstraction,* à dessein ou par

suite d'occupations distrayantes, les affaiblit, et même, si cette démarche est devenue habitude, les tient à l'écart*. De la sorte, l'hypocondrie, mal des lubies, est à l'origine d'illusions de maladies du corps dont le patient sait bien que ce ne sont qu'illusions, mais qu'il ne peut s'empêcher de temps à autre de tenir pour réalité ; ou, à l'inverse, à partir d'un réel malaise du corps (ainsi, après le repas, le ballonnement dû aux aliments absorbés), il ne peut se garder d'imaginer toutes sortes de graves événements extérieurs et de soucis pour ses affaires, qui disparaissent dès que, la digestion achevée, le ballonnement a disparu. L'hypocondriaque est un songe-creux (une tête à fantasmes) de la pire espèce : entêté à ne pas se laisser dissuader de ses illusions, toujours à la charge du médecin qui en a bien du tracas et ne peut le calmer qu'à la manière dont
VII, 213 on calme un enfant (avec des pilules faites de mie de pain en place de remèdes) ; et lorsque ce patient qui, d'être toujours égrotant, ne peut jamais tomber vraiment malade, consulte des ouvrages de médecine, il en devient parfaitement insupportable ; parce qu'il croit sentir dans son corps tous les maux qu'il lit dans le livre. Caractéristiques de cette maladie de l'imagination sont l'extraordinaire gaieté, la pétulance, les éclats de rire auxquels ce malade se sent parfois livré, devenant ainsi le jouet toujours mobile de ses lubies. Marquée d'une angoisse puérile, la peur de la pensée de la *mort* nourrit cette maladie. Quiconque ne méprisera pas d'un cœur viril cette pensée ne jouira jamais vraiment de l'existence.

Encore en deçà de la frontière de la perturbation mentale se trouve le *brusque changement d'humeur (raptus)*. Saut inopiné d'un sujet à un sujet tout autre, auquel nul ne s'attend. Ce saut, parfois, précède le dérangement qu'il annonce ; mais souvent la tête est à ce point retournée que le dérèglement devient chez elle de règle. Le suicide n'est souvent que l'effet d'un *raptus*. Car celui qui, dans la violence de sa passion, se tranche la gorge, se laisse, bientôt après, patiemment recoudre.

La *songerie mélancolique (melancholia)* peut n'être aussi qu'une détresse imaginaire que le *morose* (porté à l'humeur chagrine) forge pour son propre tourment. Si elle n'est certes pas dérangement de l'esprit, elle peut bien y conduire. C'est d'ailleurs une expression fautive,

* J'ai noté dans un autre écrit cette remarque : détourner l'attention de certaines impressions douloureuses et l'appliquer avec effort à un autre objet volontairement introduit dans la pensée, est à même de les repousser au point qu'elles ne peuvent tourner en maladie.

et pourtant fréquente, que celle d'un mathématicien profond dans sa songerie (le professeur Hausen par exemple), alors qu'on veut parler de la profondeur de sa pensée[1].

§ 51

Les *propos délirants (delirium)* de l'homme éveillé en état fébrile sont une maladie du corps et appellent des dispositions du domaine de la médecine. Des hommes gagnés par ce délire verbal, seul celui chez qui le médecin n'observe pas cette sorte d'accidents pathologiques est dit *aliéné;* le mot *dérangé* n'en est qu'une expression atténuée. Lorsqu'un homme a délibérément provoqué un malheur, et que l'on se demande s'il est coupable et de quelle sorte de culpabilité, lorsqu'il faut, dans ces conditions, se prononcer sur son détraquement, le tribunal, à défaut de le renvoyer devant la faculté de médecine, devrait le diriger sur la faculté de philosophie (en raison de l'incompétence de la cour). Car la question de savoir si l'accusé, lors de son acte, était en possession de ses facultés naturelles d'entendement et de jugement relève tout entière de la psychologie, et bien qu'il soit VII, 214 possible d'aventure que l'altération physique des organes de l'âme représente l'origine d'une transgression hors nature de la loi du devoir (inhérente à tout homme), médecins et physiologistes n'en sont nullement à ce point de profonde connaissance de la mécanique humaine qu'ils puissent expliquer par là l'incitation à une atrocité ou (sans procéder à l'investigation anatomique) la prévoir ; et une *médecine judiciaire (medicina forensis)* — lorsqu'il s'agit de savoir si le criminel était en état de folie, ou s'il a pris sa décision en pleine santé de l'entendement — est immixtion en un domaine étranger auquel le juge n'entend rien ; à tout le moins a-t-il l'obligation de la renvoyer à une autre faculté, comme n'étant pas de son ressort.

§ 52

Il est difficile d'introduire un classement systématique dans ce qui est désordre essentiel et incurable*. Il est

* Dans le cas d'une personne qui, par désespoir d'avoir été condamnée à la réclusion, tua son enfant, un juge de cette espèce déclara qu'elle était folle, et la releva ainsi de la peine de mort. Car, dit-il, celui qui de fausses prémisses tire des conclusions vraies est un fou. Or cette personne avait pris pour principe que la peine de réclusion était un déshonneur indélébile, pire que la mort (ce qui est faux), et elle avait conclu de ce

d'ailleurs de peu d'utilité de s'y intéresser : du fait que les forces du sujet ne participent pas à la guérison (à l'encontre de ce qui se produit dans les maladies corporelles) et que ce but ne peut être atteint qu'au moyen de l'usage de l'entendement par l'individu même, toute méthode curative à cette intention est condamnée à se révéler stérile. Toutefois, l'anthropologie, bien qu'elle ne puisse être ici qu'indirectement pragmatique, en se limitant à enjoindre l'abstention, n'en réclame pas moins que l'on tente une ébauche générale de cette dégradation, la plus profonde de l'homme, mais dont l'origine est dans la nature. On peut partager la folie en ses formes tumultuaire, méthodique et systématique.

1° L'*absurdité d'esprit (amentia)* est l'incapacité à établir même le simple enchaînement nécessaire à la possibilité de l'expérience. Dans les asiles, ce sont les
VII, 215 femmes qui, en raison de leur propension au bavardage, sont les plus sujettes à cette maladie ; elles tissent alors leurs propos de tant d'ajouts de leur vive imagination que personne ne comprend ce qu'elles voudraient dire au juste. Cette première sorte de folie est *tumultuaire.*

2° L'*égarement (dementia)* est ce dérangement de l'esprit par lequel tous les dires du fou suivent bien les règles formelles de la pensée répondant à la possibilité de l'expérience, mais où il prend pour perceptions les représentations fabriquées par une imagination égarée dans ses fictions. À cette catégorie appartiennent les individus qui se croient entourés d'ennemis de tous côtés ; qui tiennent pour traits dirigés contre eux, et pièges qui leur sont tendus, toute la mimique de l'entourage, toutes paroles et autres manifestations indifférentes de sa part. Ils sont, dans leur malheureuse illusion, souvent si perspicaces à interpréter ce que font les autres en toute innocence que l'on devrait, si les données seulement étaient exactes, rendre pleinement hommage à leur entendement. Je n'ai jamais vu que quelqu'un eût été guéri de cette maladie (c'est une disposition toute particulière que ce déchaînement raisonnant). Il ne faut toutefois pas compter ces hommes parmi les fous relevant de l'asile : tout préoccupés d'eux-mêmes, ils ne tournent leur subtilité présumée qu'à leur propre conservation, sans mettre les autres en danger, et, de ce fait, point n'est besoin de les enfermer

principe au projet de se rendre passible de mort. Elle était donc folle, et, comme telle, devait être tenue quitte de la peine de mort. Sur la base d'un tel argument, il serait sans doute facile de déclarer que tous les criminels sont des fous, à plaindre et à soigner, mais non à punir.

pour des raisons de sécurité. Cette deuxième forme de folie est *méthodique*.

3° La *divagation (insania)* est un *dérangement du jugement :* sous son effet, l'esprit est lanterné par des analogies confondues avec les concepts de choses similaires, et, dès lors, l'imagination fait miroiter un jeu d'association de choses disparates, analogue à l'entendement, sous l'apparence d'une généralité qui embrasserait ces dites représentations. Les êtres atteints de cette maladie de l'âme sont pour la plupart d'humeur très réjouie ; ils se livrent à des fictions insipides et se complaisent dans le foisonnement d'une si vaste parenté de concepts qui, à leur sens, seraient concordants. Le fou de cette sorte ne saurait être guéri : à la manière de toute poésie, il est créateur et amuse par la diversité de ses trouvailles. Méthodique, cette troisième forme d'aliénation n'est cependant que *fragmentaire*.

4° La *déraison (vesania)* est le mal d'une *raison* perturbée. Le malade mental survole toute l'échelle de l'expérience, en chasse de principes susceptibles de se passer entièrement de la pierre de touche de la raison, et il s'imagine concevoir l'inconcevable. L'invention de la VII, 216
quadrature du cercle, du *perpetuum mobile,* le dévoilement des forces suprasensibles de la nature et la compréhension du mystère de la Trinité sont en son pouvoir. Il est le plus tranquille de tous les pensionnaires de l'hôpital, et, de par la nature renfermée de sa spéculation, le plus éloigné du déchaînement : avec une pleine suffisance, il néglige toutes les difficultés de la quête intellectuelle. Cette quatrième forme d'aliénation pourrait être dite *systématique*.

Car cette dernière sorte de dérangement mental porte en elle non seulement le désordre et la dérive à l'égard des règles de l'usage de la raison, mais aussi *une déraison positive,* c'est-à-dire une *autre* règle, un point de vue tout différent dans lequel l'âme est pour ainsi dire transportée, d'où elle a pour tous les objets un autre regard, tandis que, du *sensorium commune* requis pour l'unité de la *vie* (animale), elle se trouve déplacée en un lieu éloigné (d'où le terme d'*aliénation*), à la manière dont une contrée montagneuse dessinée à vol d'oiseau donne lieu, quant à cette contrée, à un tout autre jugement que contemplée de la plaine. Certes, l'âme ne se sent pas ou ne se voit pas en un autre lieu (elle ne peut en effet, sans se contredire, se percevoir selon sa situation dans l'espace, car elle se contemplerait, dans le cas contraire, comme un objet de son sens externe, alors qu'elle ne peut être qu'objet de son sens intérieur) ; mais on s'explique ainsi, tant bien que mal, ce que l'on appelle aliénation. Il est cependant étonnant que les forces de l'esprit disloqué réussissent à s'ordonner en un système, et que la nature s'emploie à introduire pour elles jusque dans la déraison un principe d'association, afin que la faculté de pensée ne reste pas inoccupée, sinon objectivement pour la connaissance véritable des choses, du moins, dans une perspective purement subjective, à l'usage de la vie animale.

En revanche, dans la tentative de s'observer par des moyens physiques dans un état proche de l'aliénation en s'y transportant volontairement afin de mieux pénétrer par cette observation la forme involontaire de cet état, il apparaît toujours assez de raison pour pouvoir s'enquérir des causes de ces phénomènes. Mais il est dangereux de se livrer à des expériences avec l'âme et de la rendre, à un certain degré, malade pour l'observer et pour scruter sa propre nature à travers des phénomènes qui s'offriraient. Ainsi, *van Helmont*[1] prétend avoir perçu, après l'absorption d'une certaine dose de napel (racine vénéneuse) une impression telle que si
VII, 217 *l'estomac était le lieu de sa pensée.* Un autre médecin se mit à augmenter peu à peu sa prise de camphre jusqu'au point où il lui parut que toutes choses dans la rue étaient prises d'un grand tumulte. Plusieurs ont expérimenté l'opium assez longtemps sur eux-mêmes pour subir la défaillance mentale lorsqu'ils cessaient d'user de cet excitant de la pensée. D'artificiel, un égarement pourrait bien se faire réel.

Remarques éparses

§ 53

Avec le développement des germes de procréation se développe aussi le germe de l'aliénation en son essence héréditaire. Il est dangereux de contracter mariage dans des familles qui n'en aient même présenté qu'un seul cas. Car, si nombreux soient les enfants d'un couple à rester protégés de ce néfaste héritage, du fait, par exemple, que tous tiennent du père ou de ses parents et de ses grands-parents, il n'en apparaîtra pas moins dans un tel mariage, pour peu que la mère ait compté dans sa famille un enfant frappé de folie (bien qu'elle-même soit exempte de ce mal), un enfant qui soit de la branche maternelle (ainsi que peut d'ailleurs le révéler la ressemblance physique) et qui manifeste un désordre mental *héréditaire*.

Souvent, on se fait fort de dire la cause accidentelle de cette maladie, en sorte qu'il n'est pas question de la présenter comme héréditaire, mais sous les traits d'un mal contracté, comme si l'infortuné était lui-même responsable : «Il s'est rendu fou d'*amour*», dit-on de l'un ; et de l'autre : «D'*orgueil,* il a perdu raison» ; d'un troisième, on dit même «Il s'est *épuisé à l'étude*». S'éprendre d'une personne de haute condition, dont il ne saurait être demandé, sauf comble de fatuité, qu'elle accorde sa main, fut non la cause, mais l'effet de la folie ; et pour ce qui est de l'orgueil, la prétention d'un homme de rien aux courbettes des autres, et l'aisance à se *rengorger* devant eux *supposent* une folie sans laquelle il n'y aurait pas eu de chute dans un tel comportement.

Quant à l'*épuisement à l'étude**, point n'est sans doute besoin de prévenir de ses dangers. Il faut auprès de la jeunesse plutôt l'aiguillon que le frein. Il peut se faire VII, 218
que l'effort le plus impétueux et le plus soutenu entraîne la *lassitude* de l'esprit jusqu'à la répugnance au savoir, il ne peut toutefois le plonger dans le *désaccord*, à moins de sa déformation préalable et du goût pris par là à des livres mystiques et à des révélations qui vont au-delà du sain entendement humain. De ce domaine relève aussi l'inclination à se vouer corps et âme, par attachement à la lettre et sans intention de profit moral, à la lecture d'ouvrages dotés d'une certaine onction religieuse — inclination pour laquelle un auteur a inventé l'expression : «Il est toqué d'écriture sacrée».

Existe-t-il une différence entre la folie générale *(delirium generale)* et la folie fixée à un objet déterminé *(delirium cira objectum)*? J'en doute. La *déraison* (notion positive, et non point simple défaut de raison) est, autant que la raison, pure *forme* à laquelle peuvent s'adapter les objets ; toutes deux sont donc orientées vers le général. Mais ce qui le premier (matière impromptue de divagations futures), traverse l'esprit quand *éclate* (avec une soudaineté coutumière) la disposition à la folie, devient dès lors pour le fou le thème privilégié de son radotage, car la chose, par la nouveauté de

* C'est un phénomène habituel que des *gens du commerce* se *surmènent à leur négoce* et se perdent au-delà de leurs forces en vastes projets. Mais que des jeunes gens (à condition d'être sains d'esprit) puissent pousser leur zèle à l'outrance, les parents soucieux n'ont rien à craindre à ce sujet. Cette sorte de surcharge de savoir, la nature la prévient déjà ainsi d'elle-même : à qui les étudie, les choses qui lui ont valu cassements de tête et vaines ruminations infusent le dégoût.

l'impression, adhère en lui plus fortement que tout ce qui peut suivre.

D'un être dont les idées ont fait le saut, on dit aussi qu'il «a franchi la ligne», tout comme si un homme qui franchit pour la première fois la ligne médiane du brûlant équateur était en danger de perdre l'entendement. Il n'y a là que malentendu. On veut dire simplement : le benêt qui nourrit l'espoir de faire sans longue peine, par un voyage aux Indes, récolte d'or, ébauche déjà par là son projet dans la fatuité ; or, tandis qu'il l'exécute, sa folie juvénile grandit, et, à son retour, elle apparaît, si la fortune, aussi, a été favorable au personnage, dans la perfection de son épanouissement.

Le soupçon de n'avoir pas toute sa tête frappe celui qui se *parle à haute voix* ou que l'on surprend à *gesticuler* VII, 219 tout seul dans sa chambre. Plus encore, s'il croit être gratifié ou visité d'inspirations et avoir entretien et commerce avec des êtres au-dessus de l'humaine condition ; non point, en revanche, dans le cas où il concède à d'autres, marqués par la sainteté, la possible aptitude à cette sorte d'intuitions sensibles, tout en imaginant ne point avoir de part à cette élection et en allant jusqu'à l'aveu de ne même pas la souhaiter, ce par quoi il s'exclut de lui-même.

La seule marque générale de l'aliénation est la perte du *sens commun (sensus communis)* et la venue, à l'opposé, de la *singularité logique (sensus privatus)* ; ainsi d'un homme qui croit voir en plein jour une lampe allumée sur sa table, ce que ne voit personne d'autre dans l'assistance, ou qui entend une voix que nul autre n'entend. C'est bien un critère subjectivement nécessaire de la justesse de nos jugements en général et donc de la santé de notre entendement que nous confrontions aussi ce dernier à l'*entendement des autres*, au lieu de nous *isoler* avec le nôtre, et qu'avec nos représentations particulières nous n'en formulions pas moins, en quelque sorte, des jugements *publics*. De là vient que l'interdiction de livres de propos théorique (surtout s'ils sont sans influence sur le comportement à l'égard de la loi) est une offense à l'humanité. Car on nous enlève par là le moyen, sinon le seul, du moins le plus important et le plus pratique, de rectifier nos *propres* pensées, ce que nous accomplissons en les produisant en public afin de voir si elles s'accordent à l'entendement d'autres hommes ; sinon, une sollicitation purement subjective (habitude ou inclination par exemple) serait facilement tenue pour objective : c'est la nature même de l'apparence que l'on dit trompeuse, ou plutôt par laquelle on

est entraîné à se tromper soi-même dans l'application d'une règle. Celui qui, négligeant ce critère, se met en tête de consacrer tout bonnement la valeur de son sens particulier sans l'accord ou même à l'encontre du sens commun, est livré à un jeu de pensées qui l'amène à se voir, à agir et à juger en un monde qui, loin d'être partagé avec les autres, ne serait (comme dans le rêve) que le sien. Parfois, les seules tournures dont use une tête lucide pour faire part aux autres de ses perceptions externes font qu'elles n'arrivent pas à cadrer avec le principe du sens commun et que cette même tête ne démord pas de son opinion. Ainsi *Harrington*, le profond auteur de l'*Oceana*[1], avait cette idée saugrenue que les exhalaisons *(effluvia)* de son corps se détachaient de sa peau sous forme de mouches. Or, ces phénomènes peuvent bien avoir été des effets d'électricité sur un corps qui en était lui-même chargé à l'excès, ce qui, au VII, 220
demeurant, serait prétendument d'expérience ; peut-être a-t-il voulu indiquer par là une analogie de son sentiment avec cet essor, et non point la vue même de ces mouches.

La folie accompagnée de *fureur (rabies)*, c'est-à-dire d'un emportement (contre un objet vrai ou imaginaire) qui rend insensible à toute impression du dehors, est une variante de perturbation, plus terrifiante dans son abord que dans ses conséquences ; tel le paroxysme d'une fièvre chaude, elle n'est pas tant enracinée en l'esprit que déclenchée par des causes matérielles, et souvent, une simple potion suffit à la supprimer.

DES TALENTS
DANS LA FACULTÉ DE CONNAÎTRE

§ 54

Par *talent* (don naturel), on entend cette excellence de la faculté de connaître qui dépend non de l'enseignement reçu, mais de la disposition naturelle du sujet. Il compte la *combinaison spirituelle dans sa forme productive (ingenium strictius sive materialiter dictum*[2]*)*, la *sagacité* et l'*originalité* de pensée (le génie).

La *combinaison spirituelle* est soit *comparative (ingenium comparans)* soit *argumentante (ingenium argutans*[3]*)*. La combinaison spirituelle *apparie* des représentations hétérogènes qui sont souvent éloignées les unes des autres, selon la loi de l'imagination (association), et c'est une faculté particulière d'établir des similitudes qui relève de l'entendement (faculté de connaissance du général) dans la mesure où elle procède à une classification des objets. Il lui faut ensuite le jugement pour déterminer le particulier dans le cadre du général et appliquer la faculté de penser à la *connaissance.* La possession (dans la parole ou dans l'écriture) de la *faculté de combinaison spirituelle* ne s'apprend pas par l'enseignement mécanique, ni par la contrainte de l'école ; talent particulier, elle ressortit à une *libéralité de sentiments* dans l'échange des pensées *(veniam damus petimusque vicissim*[1] *),* à une qualité de l'entendement, difficile à expliquer — à sa *complaisance* en quelque sorte —, qui contraste avec la *rigueur* du jugement *(iudicium discretivum)* dans l'application du général au particulier (des concepts du genre à ceux de l'espèce), cette rigueur, en tant que telle, *limitant* la faculté d'assimilation aussi bien que la propension pour elle.

VII, 221

DE LA DIFFÉRENCE SPÉCIFIQUE DANS LA COMBINAISON SPIRITUELLE ENTRE SA FORME COMPARATIVE ET SA FORME ARGUMENTANTE

A. *De la combinaison spirituelle dans sa forme comparative*

§ 55

Il est agréable, plaisant et stimulant de découvrir des ressemblances entre des choses de nature différente et ainsi, ce que fait la combinaison spirituelle, de procurer à l'entendement matière à conférer la généralité à ses concepts. Le jugement, en revanche, qui cerne les concepts et contribue à les rectifier plus qu'à les élargir, se voit certes nommer et recommander avec tous les honneurs, mais il est grave, rigoureux, limitatif quant à la liberté de penser et, de ce fait même, ne suscite guère la sympathie. Le comportement de l'esprit dans sa forme comparative est davantage un jeu, celui du jugement davantage une besogne. Le premier est plutôt une fleur de la jeunesse, le second plutôt un fruit mûr de l'âge. Celui qui, dans une production de l'esprit, unit l'un et l'autre, est *judicieux (perspicax).*

La combinaison spirituelle court après les *trouvailles* ; le jugement aspire à des vues claires. La circonspection est *une vertu analogue au capitaine du château* (destiné à protéger et à administrer la ville selon des lois données sous la haute autorité du château). En revanche, de sa *hardiesse* à se prononcer en écartant les scrupules du jugement, les contemporains de Buffon, le grand auteur du système de la nature, lui firent un mérite, encore que sa démarche, coup d'audace, ressemble passablement à de l'immodestie (frivolité). L'esprit recherche davantage l'*accommodement du mets,* le jugement davantage sa *partie nutritive.* La chasse aux *mots d'esprit* (bons mots[1]), telle que l'abbé Trublet[2] en offrit le copieux étalage, mettant ainsi cette faculté à la torture, fait des têtes superficielles et finit par inspirer répugnance à la tête douée de profondeur. Pris en ce sens, l'esprit est inventif dans le domaine de la *diversité de la mode,* c'est-à-dire des règles de conduite admises qui ne plaisent que par leur nouveauté et qu'il faut échanger, avant qu'elles ne deviennent *usage,* contre d'autres, tout aussi passagères.

L'esprit qui n'est que jeu de mots est *insipide;* mais la spéculation à vide (micrologie) est *pédantesque.* Est dit *esprit capricieux* celui qui naît de la disposition mentale au *paradoxe;* en lui perce, derrière le ton candide de la simplicité, le farceur (aux mille tours) pour offrir une personne (ou son opinion) au ridicule en exaltant sous VII, 222
un air de louanges ce qui mérite tout le contraire d'applaudissements (persiflage) : ainsi «l'art de *Swift* de ramper en poésie», ou le Hudibras de *Butler*[3]*;* un tel trait d'esprit, destiné à rendre par le contraste le méprisable plus méprisable encore, tire de l'effet de surprise de l'inattendu une grande vertu stimulante ; ce n'est pourtant jamais que *jeu* et esprit frivole (tel celui de Voltaire), alors que celui qui, sous la parure, pose des principes chargés de vérité et d'importance (comme Young dans ses satires) peut être dit *esprit* massif, parce qu'il est un *labeur* et suscite l'admiration plus que l'amusement.

Un *proverbe (proverbium)* n'est pas un *mot d'esprit* (bon mot), car c'est une formule tombée dans le domaine du commun, exprimant une pensée qui se propage par imitation et peut bien *avoir été* un mot d'esprit dans la bouche du premier qui l'a prononcée. Parler par proverbes est ainsi le langage du bas peuple : dans le commerce du monde raffiné, c'est preuve d'un manque total d'esprit.

La profondeur n'est pas l'affaire de l'esprit; mais, dans la mesure où, par la forme imagée qu'il attache aux pensées, il peut être un véhicule ou un manteau pour la raison et pour son maniement dans la perspective des idées morales et pratiques, on peut concevoir un esprit doué de profondeur (à la différence de l'esprit superficiel). On cite comme l'une des sentences à ce que l'on dit admirables de *Samuel Johnson* sur les femmes, celle qui se trouve dans la vie de *Waller :* «Il loua sans

aucun doute bien des femmes qu'il aurait redouté d'épouser, et il en épousa une dont il aurait eu honte de faire l'éloge». C'est le tour badin de l'antithèse qui fait tout l'objet de l'admiration ; la raison n'y gagne rien. Mais là où il s'agissait de questions en débat pour la raison, son ami *Boswell* ne put en tirer le moindre oracle, si inlassablement recherché par lui, qui eût révélé quelque trace d'esprit[1] ; au contraire, tout ce que Johnson proférait sur les sceptiques en matière de religion ou du droit d'un gouvernement, ou, tout simplement sur la liberté humaine, débouchait, dans le despotisme de ses dénigrements, naturel autant qu'enraciné par la flagornerie, sur une grossièreté balourde que ses admirateurs se plaisent à nommer rudesse*, mais qui
VII, 223 était preuve de sa grande incapacité à rassembler son esprit avec profondeur dans une pensée. Même les hommes influents qui fermèrent l'oreille aux propositions de ses amis quant à en faire, pour son aptitude exceptionnelle, un membre du Parlement, semblent avoir estimé son talent. Car l'esprit qui suffit à composer le dictionnaire d'une langue ne fait pas pour autant le poids lorsqu'il s'agit de susciter et d'animer des idées de la raison nécessaires à la clarté de vue en des propos importants. La *modestie* s'introduit d'elle-même dans l'âme de celui qui se sent appelé à cette sorte de tâches ; la méfiance en ses propres talents au point de ne pas décider par soi-même, mais de prendre aussi en compte le jugement des autres (au besoin sans qu'il y paraisse), fut une qualité dont jamais Johnson n'éprouva la sollicitation.

B. *De la sagacité ou du don de recherche*

§ 56

Pour *découvrir* une chose (cachée en nous-même, ou en une autre place), il faut en bien des cas un talent particulier à être au fait de la manière de bien chercher : un don naturel *de juger par avance (indicium praevium)* du lieu où trouver peut-être la vérité, de dépister les choses, d'utiliser les moindres motifs d'affinité, pour

* Un lord, rapporte Boswell, ayant exprimé en sa présence le regret que Johnson n'ait pas eu une éducation plus raffinée, *Baretti* déclara : «Non, non mylord ! Vous auriez pu faire de lui ce que vous auriez voulu, il serait toujours resté un *ours*» ; «Un ours danseur sans doute», dit l'autre, ce qu'un troisième crut atténuer en disant : *«De l'ours, il n'a que le poil !»*.

découvrir ou inventer ce que l'on cherche. La logique d'école n'apprend rien à ce sujet, mais un Bacon de Verulam donna avec son *Organon*[1] un brillant exemple de la méthode susceptible de mener par l'expérience au dévoilement de la disposition cachée des choses de la nature. Toutefois, même cet exemple ne suffit pas à procurer un enseignement en forme de règles déterminées sur la manière de conduire sa recherche avec bonheur ; il faut toujours en effet établir tout d'abord une supposition (partir d'une hypothèse) d'où l'on entend procéder ; justement, la démarche doit s'accomplir selon des principes, en conséquence de certaines indications, et l'important est bien le flair pour ces dernières. Car se lancer à l'aveuglette, au petit bonheur, pour trouver, en trébuchant sur une pierre, un morceau de minerai et même découvrir, ce faisant, un filon, est une mauvaise ligne de recherche. Il est pourtant des gens pourvus du talent de dépister, comme au moyen VII, 224
d'une baguette magique entre leurs mains, les trésors de la connaissance, sans qu'ils l'aient appris ; ils sont d'ailleurs incapables de l'enseigner aux autres et n'ont d'autre possibilité que de leur en offrir la concrète démonstration, parce que c'est un don de la nature.

C. *De l'originalité de la faculté de connaître ou du génie*[2]

§ 57

Inventer une chose est tout autre que la *découvrir*. Car la chose que l'on *découvre* est admise comme préexistante, à cette différence qu'elle était encore inconnue : telle l'Amérique avant Colomb ; ce que l'on *invente,* ainsi la *poudre,* était encore pleinement ignoré avant l'homme de l'art* qui en fit la réalisation. L'un et l'autre peuvent être méritoires. Mais on peut aussi trouver ce que l'on ne cherche pas (comme l'alchimiste le phosphore[3]), alors il n'y a point de mérite. Le talent d'invention porte le nom de *génie.* Cependant on ne l'attribue jamais qu'à un *artiste,* c'est-à-dire à celui qui s'entend à *créer* quelque chose, et non à celui qui se contente de

* La poudre à canon fut utilisée bien avant le temps du moine *Schwarz,* dès le siège d'Algésiras, et son invention semble revenir aux Chinois. Il se peut cependant que ce même Allemand, dans les mains de qui vint cette poudre, ait fait des essais d'analyse (ainsi, par lessivage du contenu de salpêtre, par lavage du charbon, par combustion du soufre) et qu'il en ait fait par cette voie la *découverte,* mais non *l'invention.*

connaître et de *savoir* beaucoup ; pas davantage à un artiste imitateur, mais au contraire à celui qui porte en lui-même de produire ses œuvres d'une source originelle ; en dernier ressort, à celui-là seul dont la production soit *exemplaire,* c'est-à-dire mérite d'être prise pour modèle d'imitation *(exemplar)*. Le génie d'un homme est donc «l'originalité exemplaire de son talent» (en telle ou telle sorte de productions de l'art). Mais on dit aussi pour un esprit qui présente cette disposition : un *génie;* le mot, alors, ne désigne pas seulement un don naturel d'une personne, mais la personne même. Être un génie dans de nombreux domaines, c'est être un *vaste* génie (comme Léonard de Vinci).

Le véritable champ du génie est celui de l'imagination, parce qu'elle est créatrice et qu'elle se trouve moins que d'autres facultés sous la contrainte des règles ; ce qui la rend d'autant plus capable d'originalité.
VII, 225 La démarche mécanique de l'enseignement, en forçant à toute heure l'élève à l'imitation, est assurément préjudiciable à la levée de germe du génie, en son originalité. Tout art réclame cependant certaines règles mécaniques fondamentales, celle de l'adéquation de l'œuvre à l'idée sous-jacente, c'est-à-dire la *vérité* dans la représentation de l'objet conçu en pensée. Cette exigence doit être apprise avec la rigueur de l'école, elle est à la vérité un effet de l'imitation. Quant à libérer l'imagination de cette contrainte et à laisser le talent hors du banal[1] procéder sans règle et s'*exalter* jusqu'à contredire la nature, cela pourrait bien donner une folie originale qui ne serait tout de même pas exemplaire, et ne pourrait donc pas non plus être rangée dans le génie.

L'*esprit* est le principe *vivifiant* en l'homme. Dans la langue française, esprit et *combinaison spirituelle* portent le même nom, Esprit. En allemand, il en va tout autrement. D'un discours, d'un écrit, d'une dame en société, etc. on dit qu'ils sont beaux, mais qu'ils manquent d'esprit. L'attirail de traits d'esprit ne pourvoit pas à cette absence ; on peut même en concevoir du dégoût, car de son action il ne laisse derrière lui nulle trace durable. Pour que toutes choses et personnes évoquées plus haut soient dites *pleines d'esprit,* il faut qu'elles éveillent un *intérêt,* et, à la vérité, par la vertu d'idées. Ainsi l'imagination est mise en mouvement qui voit s'ouvrir devant elle un vaste manège pour de tels concepts. Qu'en serait-il donc si nous exprimions le mot français de génie par le mot allemand de *eigentümlicher Geist;* car notre nation se laisse persuader que les Français auraient dans leur propre langue un mot à cet usage, que, loin d'en posséder un dans notre langue, nous serions dans l'obligation de leur emprunter, alors qu'ils l'ont *eux-mêmes* emprunté au latin *(genius)*, lequel ne signifie rien d'autre que *eigentümlicher Geist*.

Si l'on use de ce nom mystique pour désigner l'originalité exemplaire du talent, c'est que celui qui en est doté ne peut s'en expliquer les irruptions, ni se représenter à lui-même comment il parvient à un art qu'il n'a pu acquérir par l'étude. Car l'*invisibilité* (de la cause liée à un effet) est un concept annexe de l'esprit (*genius* associé à l'homme de talent dans sa naissance même) dont, pour ainsi dire, il se contente de suivre l'inspiration. Mais les facultés de l'âme doivent ici recevoir de l'imagination une impulsion harmonieuse, sinon, au lieu d'être génératrices de vie, elles se perturberaient les unes les autres ; ce doit être là le fait de la *nature* du sujet : raison pour laquelle on peut VII, 226
appeler aussi génie le talent «par lequel la nature donne à l'art sa règle».

§ 58

Ces grands génies sont-ils au total d'un fruit particulier pour le monde, en ce sens que souvent ils fraient de nouvelles voies et ouvrent des perspectives nouvelles, ou ne sont-ce pas les esprits mécaniques qui, sans faire époque, de leur entendement banal cheminant lentement à l'aide des béquilles et du bâton de l'expérience, ont apporté la plus grande contribution au grandissement des arts et de la science (si aucun d'eux n'a suscité l'admiration, ils n'ont pas non plus provoqué de désordre)? Laissons ici le débat en l'état. Il est cependant parmi eux une espèce, du nom d'*hommes de génie* (ou mieux des singes de génie) qui s'est glissée de force sous cette enseigne : ils pratiquent le verbe des esprits privilégiés par la nature, ils tiennent pour gâchis les labeurs de l'étude et de la recherche, ils allèguent avoir happé d'un coup de main l'esprit de toute science, et le présenter en retour en petites doses sous une forme concentrée et vigoureuse. Cette espèce, comme celle des guérisseurs et des charlatans, porte grand préjudice aux progrès de la culture scientifique et morale, lorsque, du siège de la sagesse, pareils aux initiés ou aux maîtres de ce monde, ils pontifient sur la religion, les affaires de l'État ou la morale, experts, de la sorte, à jeter un manteau sur l'indigence de leur esprit. Que faire là contre sinon rire, et poursuivre patiemment sa marche dans l'application, l'ordre et la clarté, sans égard à ces bateleurs?

§ 59

Le génie semble aussi, selon la diversité du caractère national et du sol auxquels le lie sa naissance, avoir en lui différents germes originaux et leur imprimer un développement différent. Chez les Allemands, il se porte davantage dans la *racine,* chez les Italiens dans la *frondaison,* chez les Français dans la *fleur* et chez les Anglais dans le *fruit.*

L'esprit de *tournure générale* (qui touche à toutes les sciences diverses) n'est pas assimilable au génie du fait du caractère inventif de celui-ci. Le premier peut mériter son nom dans le domaine de ce qui s'apprend, il possède la connaissance historique de ce qui a été accompli jusqu'à lui dans toutes les sciences *(polyhistor),* tel Jules Scaliger. Le génie est l'homme dont la grandeur d'esprit réside moins dans l'ampleur que dans une intensité à même de faire époque en toutes ses entreprises (à la manière de Newton, de Leibniz). L'esprit *architectonique,* qui pénètre d'une clarté méthodique l'enchaînement de toutes les sciences et leur épaulement mutuel, n'est qu'un génie subalterne, mais non commun. Il existe par ailleurs une érudition
VII, 227 *gigantesque,* qui, toutefois, est souvent *cyclopéenne,* c'est-à-dire qu'il lui manque un œil, celui de la véritable philosophie pour traiter opportunément de par la raison cette masse de savoir historique pareille à la charge de cent chameaux.

Les simples naturalistes de l'esprit (élèves de la nature[1], *autodidacti*) peuvent en bien des cas passer aussi pour des génies : ils ont en effet, par leur propre réflexion, élaboré leur savoir, encore qu'ils auraient pu en apprendre des autres une bonne part, et, dans des domaines qui ne sont point en eux-mêmes affaire de génie, ils n'en sont pas moins des génies : comme en Suisse il en existe bon nombre, dans les arts mécaniques, qui se révèlent inventeurs quant à cette sorte d'arts ; mais des enfants prodiges *(ingenium praecox)* tels *Heinecke* de Lübeck, ou *Baratier*[2] à Halle, d'existence éphémère, sont des digressions de la nature par rapport à ses propres règles, des curiosités pour cabinets d'histoire naturelle ; leur précoce maturation fait certes naître l'admiration, mais souvent aussi, de la part de ceux qui les encouragèrent, au fond, le regret.

*

Parce que l'ensemble de l'usage de la faculté de connaître, en fin de compte, n'en réclame pas moins, pour son propre progrès, même dans la connaissance théorique, la raison donnant la règle selon laquelle, exclusivement, s'accomplit ce progrès, on peut résumer l'exigence de la raison à son égard en trois questions correspondant aux trois facultés de ce pouvoir de connaître :

Qu'est-ce que je veux? (demande l'entendement).
De quoi s'agit-il? (demande le jugement).
Qu'en résulte-t-il? (demande la raison).

Les esprits diffèrent grandement dans l'aptitude à répondre à la somme de ces trois questions. La première ne demande qu'une tête claire pour se comprendre elle-même ; ce don naturel, sous réserve de quelque culture, est assez répandu, surtout si l'on éveille l'attention à cet égard. Une réponse pertinente à la seconde est de beaucoup plus rare : car il se présente toutes sortes de méthodes de détermination du concept en question ainsi que de solutions apparentes du problème : quelle est donc, en l'état, la seule méthode exactement appropriée VII, 228 à cette tâche? (Par exemple, en matière de procès ou dans l'ébauche de certains plans d'action en vue d'un même but). Il existe un talent de choisir la démarche adéquate dans un cas donné *(indicium discretivum)*, talent très souhaitable, mais aussi très rare. L'avocat qui se présente avec une *foule* d'arguments destinés à faire admettre sa thèse rend la sentence plus difficile pour le juge, du fait que lui-même ne procède qu'à tâtons ; mais si, après avoir exposé ce qu'il veut, il sait toucher juste le point décisif (il n'y en a qu'un seul), l'affaire est vite liquidée, et l'arrêt de la raison suit de lui-même.

L'entendement est positif et chasse les ténèbres de l'ignorance — le jugement est pour une plus large part négatif, destiné à prévenir les erreurs tenant à la lumière incertaine où apparaissent les objets. La raison obture la source des erreurs (préjugés) et assure ainsi l'entendement par la généralité des principes. L'érudition livresque multiplie assurément les connaissances, elle n'élargit ni la compréhension ni la clarté de vue là où la raison ne s'y joint pas. Mais la raison n'est pas la *ratiocination,* jeu de simple expérimentation de l'usage de la raison en l'absence de toute loi de celle-ci. S'agit-il de savoir si je crois aux fantômes, je peux me livrer à toutes sortes de *ratiocinations* sur la possibilité de leur existence ; or, la *raison* interdit d'accepter cette possibilité dans la *superstition,* c'est-à-dire sans un principe d'explication du phénomène selon les lois de l'expérience.

En ménageant la grande diversité des esprits dans la manière de voir les mêmes objets et de se voir entre eux, en engendrant le frottement de ces esprits les uns contre les autres, leur association autant que leur divorce, la nature produit, sur le théâtre des observateurs et des penseurs de toute espèce, un spectacle qui vaut d'être vu. Pour la classe des penseurs, on peut faire des maximes suivantes (signalées plus haut comme menant à la sagesse) des commandements immuables :

1° Penser *par soi-même.*

2° Se mettre (dans la communication avec les humains) en pensée à la place de tout *autre.*

3° En tout temps, penser *en accord avec soi-même.*

Le premier principe est négatif *(nullius addictus iurare in verba magistri*[1] *),* c'est celui de la pensée *libre de contrainte ;* le second est positif, celui de la pensée *libérale,* s'accommodant aux concepts d'autrui ; le troisième,
VII, 229 celui de la pensée *conséquente* (logique) ; de chacune des trois, et bien plus encore de leur contraire, l'anthropologie peut produire des exemples.

La révolution la plus importante qui puisse s'opérer à l'intérieur de l'homme est celle de «sa sortie de cette minorité qu'il a endossée par sa faute[2] ». Alors que d'autres, jusqu'ici, pensèrent pour lui et qu'il se contenta de les imiter ou de se laisser mener en lisière, il ose maintenant, même si sa démarche est encore vacillante, avancer de son propre pas sur le sol de l'expérience.

VII, 230

Livre II

LE SENTIMENT DU PLAISIR ET DU DÉPLAISIR

Répartition

1° Le plaisir *sensible,* 2° le plaisir *intellectuel.* Le premier est présenté A. par les *sens* (réjouissance[3]), ou B. par l'*imagination* (goût) ; le deuxième (à savoir l'intellectuel) a. par des concepts représentables ou b. par des idées, il en est de même du contraire, le *déplaisir.*

DU PLAISIR SENSIBLE

A. DU SENTIMENT DE L'AGRÉABLE OU DU PLAISIR SENSIBLE DANS L'IMPRESSION D'UN OBJET

§ 60

La *réjouissance* est un plaisir qui s'offre par les sens, ce qui les réjouit est dit *agréable*. La *douleur* est le déplaisir transmis par les sens, ce qui l'engendre est *désagréable*. Elles s'opposent l'une à l'autre non comme le profit et le manque (+ et o), mais comme le profit et la perte, c'est-à-dire non seulement par leur rapport *contradictoire (contradictorie, sive logice oppositum)*, mais aussi par leur rapport *contraire (contrarie sive realiter oppositum)*. Les termes de *plaisant* ou de *déplaisant* et de ce qui se situe entre eux, *indifférent*, sont trop larges : ils peuvent aussi s'étendre au domaine intellectuel, où ils ne coïncideraient plus avec réjouissance et douleur.

On peut expliquer aussi ces sentiments par l'effet de la sensation de notre état sur notre esprit. Ce qui VII, 231 m'incite *immédiatement* (par les sens) à *abandonner* mon état (à sortir de lui) m'est désagréable — cela me cause douleur ; ce qui, de même, m'incite à le maintenir, m'est agréable : cela me réjouit. Or nous sommes irrésistiblement entraînés dans le fleuve du temps et dans le changement des sensations qui lui est associé. Bien que le fait de quitter un instant et celui d'entrer dans l'autre soient un seul et même acte (de changement), une succession temporelle est présente dans notre pensée et dans la conscience de ce changement, conformément au rapport de cause et d'effet. On peut se demander ici si c'est la conscience de *quitter* l'état présent ou la perspective d'*entrer* dans l'état à venir qui éveille en nous l'impression de la réjouissance. Dans le premier cas, la réjouissance n'est rien d'autre que l'abolition d'une douleur, et chose négative ; dans le second, ce serait sensation anticipatrice d'un agrément, donc accroissement de l'état de plaisir, et par là chose positive. Mais on peut déjà deviner par avance que seule la première éventualité se produira, car le temps nous emporte du présent vers le futur (et non l'inverse), et que nous sommes avant tout contraints de sortir du présent, incertains de *celui* dans lequel nous allons entrer, sinon qu'il s'agit d'un tout autre présent, là seulement peut être la cause du sentiment agréable.

La réjouissance est le sentiment d'encouragement de la vie, la douleur celui d'une entrave à la vie. Or la vie (animale) est, comme les médecins l'ont déjà noté, un jeu continuel de l'antagonisme de l'un et de l'autre.

Ainsi, *toute réjouissance doit être précédée de la douleur;* la douleur est toujours la première. Que résulterait-il en effet d'un continuel encouragement de la vie qui ne peut cependant pas dépasser un certain degré, sinon une mort rapide causée par la joie?

De même, nulle réjouissance ne peut suivre l'autre immédiatement; il faut qu'une douleur vienne prendre place entre l'une et l'autre. Ce sont de petits arrêts de la force vitale mêlés de stimulations de cette même force qui constituent l'état de bonne santé; cet état, nous le prenons à tort pour un bien-être éprouvé dans la continuité, alors qu'il ne se compose que d'une succession saccadée de sentiments agréables (toujours percée de quelque douleur). La douleur est l'aiguillon de l'activité, et c'est en elle en tout premier lieu que nous avons le sentiment de notre vie; sans elle, la léthargie s'installerait.

VII, 232 Les *douleurs lentes à passer* (comme une graduelle convalescence ou la lente récupération d'un capital perdu) ne sont pas suivies d'une vive réjouissance parce que la transition est insensible. À ces affirmations du comte *Veri*[1] je souscris dans une pleine conviction.

Illustration par des exemples

Pourquoi le jeu (surtout le jeu d'argent) est-il si attractif, et, s'il n'est pas outre mesure intéressé, la meilleure des distractions et des détentes après un long effort de pensée? Car la détente par l'oisiveté est lente à venir. C'est que le jeu est un état de perpétuelle alternance de crainte et d'espoir. À sa suite, le souper est meilleur et profite mieux aussi. De quel avantage les *spectacles* (tragédies aussi bien que comédies) tiennent-ils leur séduction? C'est que dans les unes et les autres surviennent certains malaises — appréhension et embarras parmi l'espoir et la joie — et que le jeu d'émotions contraires stimule à la fin de la pièce le principe de vie chez le spectateur ainsi remué intérieurement. Pourquoi un roman d'amour s'achève-t-il sur un mariage et pourquoi un volume d'appendice (comme chez Fielding) qui, de la main d'un piètre faiseur, lui donne une

suite dans l'état conjugal, est-il d'un effet si rebutant et si insipide ? C'est que la jalousie, douleur des amants, entre leurs joies et leurs espoirs, est pour le lecteur, avant le mariage, un piment, mais après lui, un poison ; car, pour user du langage romanesque, « La fin des douleurs d'amour est en même temps la fin de l'amour[1] » (accompagné d'émotions, il va de soi). Pourquoi le travail est-il la meilleure manière de jouir de sa vie ? C'est qu'il est occupation pesante (désagréable en elle-même et génératrice de joie de par son seul succès) et que le repos devient plaisir perceptible, belle humeur par la simple extinction d'une longue peine ; il ne serait pas, autrement, matière à jouissance. Le tabac (fumé ou prisé) est tout d'abord lié à une impression désagréable. Mais du fait même que la nature (par secrétion d'une viscosité du palais ou du nez) supprime instantanément cette douleur, il devient une sorte de compagnie qui entretient et renouvelle sans cesse des impressions et même des pensées, ces dernières ne fussent-elles ici que vagabondage. Celui enfin que nulle douleur positive n'est capable d'inciter à l'activité, une douleur négative, l'*ennui, vide* d'impressions que perçoit en lui-même VII, 233
l'homme habitué à leur alternance, tout préoccupé qu'il est d'emplir l'instinct vital de quelque contenu, l'affectera souvent au point qu'il se sentira poussé à une entreprise dommageable pour lui plutôt qu'à une totale inaction.

DE L'ENNUI ET DU DIVERTISSEMENT

§ 61

Ressentir sa vie, se réjouir, n'est donc rien d'autre que se sentir poussé sans discontinuer à sortir de l'état présent (appelé en conséquence à être une douleur si souvent de retour). Par là s'explique aussi le fardeau pesant, et même empreint d'anxiété, de l'ennui pour tous les hommes attentifs à leur vie et à l'écoulement du temps (les hommes cultivés*). Cette pression ou

* Par son inertie naturelle, le Caraïbe est affranchi de cette angoisse. Il peut rester des heures entières, avec sa ligne, sans rien prendre ; le vide de pensée est une absence — toujours douloureuse en elle-même — d'aiguillon de l'activité ; cet homme l'ignore. Chez nous, les lecteurs de goût raffiné sont maintenus par des écrits éphémères en un appétit, et même en une fringale de lecture (manière de ne rien faire), non point aux fins de culture, mais de *jouissance ;* si bien que les têtes, à cette occupation, demeurent vides, et que nulle saturation n'est à redouter : elles donnent en effet à leur oisiveté affairée le vernis du travail et se font miroiter à elles-mêmes l'illusion d'un digne passe-temps qui pourtant n'est en rien meilleur que celui qu'offre au public le *Journal du luxe et des modes*[2].

cette impulsion à quitter tout instant où nous nous trouvons et à passer dans le suivant implique l'accélération, et peut grandir jusqu'à la résolution de mettre fin à sa vie, parce que l'homme de volupté a goûté à toutes les sortes de jouissance et que plus aucune n'a pour lui de nouveauté, à la manière dont, à Paris, on disait de Lord Mordaunt : « Les Anglais se pendent pour se faire passer le temps. » Le vide de sensations perçu en soi-même provoque un frémissement d'horreur *(horror vacui)* et, en quelque sorte, le pressentiment d'une mort lente tenue pour plus pénible que la brusque rupture du fil de la vie par le destin[1].

Par là s'explique aussi l'assimilation au plaisir de tout ce qui peut abréger le temps ; plus vite, en effet, nous franchissons le temps, plus nous nous sentons revigorés, ainsi qu'une compagnie qui, dans un voyage d'agrément, s'est en voiture, trois heures durant, diver-
VII, 234 tie de conversation, déclare joyeusement, à la descente, si l'un de ses membres regarde sa montre : « Où est passé le temps ? » ou bien, « Que le temps a été court ! » Au contraire, si l'attention au temps n'était pas attention à une douleur que nous nous efforçons d'oublier, mais à une réjouissance, nous déplorerions à bon droit toute perte de temps. Des entretiens qui ne renferment qu'un maigre échange d'idées sont dits *ennuyeux,* et par là-même pénibles ; un homme *divertissant* passe pour un personnage, sinon d'importance, du moins d'agréable compagnie, qui, sitôt son entrée, épanouit les visages de toute l'assistance, comme si opérait la joie d'être libéré d'un accablement.

Mais comment expliquer le fait qu'un homme qui, la plus grande partie de sa vie, s'est tourmenté d'ennui au point que chaque jour lui parut long, se plaint de la *brièveté* de l'existence quand elle arrive à son terme ? Il convient d'en chercher la cause dans l'analogie avec une observation du même ordre : de la sorte, les lieues en Allemagne (qui ne sont ni mesurées, ni, à la manière des verstes russes, pourvues de bornes) se *raccourcissent* à mesure qu'on approche de la capitale (Berlin par exemple) et s'*allongent* en revanche d'autant qu'on s'en éloigne (en Poméranie) ; c'est que l'*abondance* des objets aperçus (villages et demeures campagnardes) engendre dans le souvenir la conclusion trompeuse d'un long espace parcouru et, en conséquence aussi, de la nécessité d'un temps plus long ; mais le vide, dans l'autre cas, n'entraîne qu'un souvenir réduit de choses vues, et fait conclure à un chemin plus court, et donc à un temps plus court qu'il n'en découlerait de la montre. De même, la foule de coupures qui marquent de maints travaux divers la dernière partie de la vie provoque chez le vieil homme l'illusion d'un temps de vie vécue plus long que n'aurait pu le faire croire le nombre des années ; remplir son temps d'occupations d'un progrès méthodique qui débouchent sur une grande destination *(vitam extendere factis*[1]*)* est le seul moyen sûr de jouir de sa vie et d'en éprouver tout autant la saturation : «Plus tu as pensé, plus tu as agi, et plus longtemps tu as vécu (jusque dans ton imagination).» Une telle conclusion de la vie s'accomplit alors dans la *satisfaction.*

Mais qu'en est-il de la satisfaction *(acquiescentia)* pendant l'existence? Elle est inaccessible à l'homme, sous le rapport moral (satisfaction de soi-même dans une bonne conduite) comme sous le rapport pragmatique (satisfaction d'un bien-être que l'homme pense VII, 235
pouvoir se procurer par son habileté et par sa prudence). La nature a placé en lui la douleur comme un aiguillon inéluctable de son activité, pour qu'il progresse sans cesse vers un état meilleur ; même au dernier instant de la vie, la satisfaction quant à l'ultime période ne mérite ce nom que par référence (en partie au sort des autres, en partie à nous-mêmes) ; jamais elle n'est pure et totale. Être (sous une forme absolue) satisfait dans la vie signifierait *repos* du désœuvrement et mise à l'arrêt des ressorts, ou bien engourdissement des sensations et de l'activité qui leur est liée. Or un tel état est aussi peu compatible avec la vie intellectuelle de l'homme que l'arrêt du cœur dans un organisme animal, arrêt inévitablement suivi de la mort, si (par la douleur) n'advient de nouvelle stimulation.

R*emarque.* Ce chapitre devait traiter aussi des *émotions* en tant que sentiments de plaisir et de déplaisir, qui transgressent les limites de la liberté intérieure en l'homme. Cependant, leur fréquente confusion, doublée à la vérité d'une proche parenté, avec les *passions* qui seront présentées dans un autre chapitre, à savoir celui de la faculté de désirer, me conduira à en débattre à l'occasion de ce troisième chapitre.

§ 62

Une disposition habituelle à la gaieté est certes le plus souvent qualité de tempérament, ce peut être aussi une conséquence de principes ; tel, chez Épicure, le *principe de plaisir* qui, ainsi nommé et en cela décrié par les autres, vise en réalité à désigner le *cœur toujours joyeux* du sage. D'*âme égale* est celui qui ne se réjouit ni ne

s'afflige, fort éloigné de l'homme *indifférent* aux accidents de la vie et donc apathique. Différente de l'égalité d'âme est l'humeur *fantasque* (sans doute a-t-elle été qualifiée dans les débuts de lunatique), disposition, chez un sujet, à des accès de joie ou de tristesse, inexplicables pour lui-même, elle s'attache surtout aux hypocondriaques. Elle se distingue pleinement du talent *capricieux* (d'un Butler ou d'un Sterne) ; celui-là, par la position intentionnellement inversée dans laquelle l'homme d'esprit fait basculer les objets (en les mettant pour ainsi dire sens dessus dessous), fournit à l'auditeur ou au lecteur, avec une candeur espiègle, la réjouissance de les remettre eux-mêmes à l'endroit. Le *don de sensibilité* n'est pas opposé à l'égalité d'âme évoquée plus haut ; il est
VII, 236 une *faculté* et une *force* faites pour accueillir l'état de plaisir aussi bien que de déplaisir, ou pour l'écarter de l'âme, il dispose donc d'un choix. La *sensiblerie,* en revanche, est une *faiblesse :* elle conduit, de par la sympathie pour l'état des autres qui, en quelque sorte, peuvent jouer à loisir de l'organe du sensitif, à se laisser affecter même contre son gré. La première disposition est virile : l'homme qui veut épargner à une femme ou à un enfant contrariétés et douleur doit avoir tout le tact désirable pour juger de ce qu'éprouvent les autres, non d'après sa *propre force,* mais selon leur *faiblesse ;* sa *délicatesse* est nécessaire à la grandeur d'âme. En revanche, la participation inagissante du sentiment qui aboutit à le faire vibrer par sympathie à l'unisson des sentiments d'autrui et à se laisser affecter en toute passivité, est inepte et puérile. Ainsi peut-il et devrait-il y avoir une piété dans la bonne humeur ; ainsi peut-on et doit-on exécuter dans la bonne humeur un travail pénible, mais nécessaire ; et même mourir dans la bonne humeur ; car tous ces actes perdent leur valeur à être accomplis ou subis dans la mauvaise humeur et la maussaderie.

À propos de la douleur délibérément ruminée comme ne devant cesser autrement qu'avec la vie, on dit que l'on *prend* quelque chose (un mal) *à cœur.* Or, il ne faut rien prendre à cœur ; ce qu'on ne peut changer, on doit en effet le chasser de son esprit : parce qu'il serait insensé de vouloir encore faire de l'accompli qu'il ne le soit pas. Il est bien de vouloir s'amender, c'est aussi un devoir ; mais vouloir encore amender ce qui est hors de mon pouvoir ne rime à rien. En revanche, *se vouer à un objet* par lequel on doit entendre tout bon dessein ou précepte, avec le ferme propos d'y attacher du prix, c'est donner à sa pensée une orientation réfléchie en liant à la volonté un sentiment suffisamment fort en vue de son exécution. La pénitence que s'inflige l'homme qui eſt son propre bourreau, au lieu de s'empresser d'employer ses dispositions à s'amender, n'eſt que peine perdue, et sans doute a-t-elle en outre cette conséquence funeſte que l'on croit ainsi effacé (par le repentir) le regiſtre de ses fautes, et que l'on se dispense par là de l'effort d'amendement qu'il faudrait raisonnablement redoubler sans attendre.

§ 63

Il exiſte *une manière* de se réjouir qui eſt en même temps *culture,* à savoir accroissement de la capacité à savourer plus encore de réjouissance de cet ordre, ainsi qu'il en va pour les sciences et les beaux-arts. Mais *une autre manière* eſt l'*usure* qui nous rend toujours moins capables d'éprouver encore le plaisir. Par quelque voie VII, 237
qu'on cherche la réjouissance, c'eſt, comme nous l'avons dit, une maxime primordiale de la doser à soi-même en sorte qu'elle puisse toujours grandir encore : le rassasiement produit cet état de dégoût qui rend la vie pesante à l'homme choyé et consume les femmes sous le nom de vapeurs. « Jeune homme ! (je le répète) prends le travail en affection ; interdis-toi les réjouissances, non pour y *renoncer,* mais pour en garder, autant que possible, la perspective ! N'émousse pas avant l'heure par la jouissance la réceptivité que tu peux avoir pour elles ! La maturité de l'âge qui ne fait jamais déplorer la privation d'une jouissance physique t'assurera, même dans ce sacrifice, un capital de satisfaction indépendant du hasard ou des lois de la nature. »

§ 64

Mais nous jugeons aussi de la réjouissance ou de la douleur selon un plaisir ou un déplaisir plus élevé éprouvé à nous-mêmes (c'eſt-à-dire moral) : l'enjeu eſt de fixer si nous devons nous refuser ou nous en remettre à lui.

1° L'objet peut être agréable, mais la réjouissance que nous y trouvons peut nous *déplaire.* De là l'expression de *joie amère.* L'homme qui, dans une mauvaise fortune, hérite de ses parents ou d'un proche respectable et bienfaiteur, ne peut s'empêcher de se réjouir de leur trépas, ni, d'autre part, de proscrire cette joie. C'eſt ce qui se passe dans l'âme d'un adjoint suivant avec une tristesse non feinte le cortège funèbre de son vénéré prédécesseur.

2° L'objet peut être *désagréable;* mais la douleur qu'il procure est *plaisante.* De là l'expression de *douce douleur;* telle celle d'une veuve, au demeurant laissée dans l'aisance, qui refuse les consolations; attitude souvent prise de manière malséante pour de l'affectation.

En revanche, la réjouissance peut apporter un surcroît de plaisir, du fait qu'on la trouve en des objets qu'il est honorant de cultiver : ainsi du commerce des beaux-arts qui, au lieu de la simple jouissance des sens, procure de plus le plaisir d'être (en homme raffiné) capable d'une réjouissance de cet ordre. De la même manière, la douleur d'un homme peut lui être au surplus déplaisante. Toute haine éprouvée par un être offensé est douleur; cependant, l'homme pénétré de bien ne peut écarter son propre reproche de conserver encore, après la réparation du tort, un ressentiment.

§ 65

VII, 238 La réjouissance que l'on a *soi-même* acquise (en conformité de la loi) est doublement ressentie : d'une part comme un *gain,* et de l'autre, en outre, comme un *mérite* (prise en compte intérieure d'en être l'auteur). L'argent obtenu par le travail réjouit, du moins d'une manière *plus durable* que l'argent gagné au jeu de hasard, et même si l'on ferme les yeux sur la nocivité générale des loteries, leur profit implique un élément de honte pour l'homme pénétré de bien. Un mal dû à une cause extérieure est *douloureux;* mais celui dont on est soi-même responsable *attriste* et abat.

Comment expliquer ou concilier les deux sortes de langages tenus pour un tort fait à quelqu'un par autrui? Ainsi l'une des victimes déclare : «Je me dirais satisfait, si j'avais seulement la moindre culpabilité dans l'affaire», mais une autre dira : «C'est ma consolation d'être tout à fait innocent.» Souffrir dans l'innocence produit l'*indignation,* car c'est une offense venue d'autrui. Souffrir dans la culpabilité cause l'*abattement,* car il s'agit d'un reproche intérieur. On le voit sans peine, des deux personnages le second est le *meilleur.*

§ 66

Ce n'est pas la remarque la plus charmante à propos des hommes que la comparaison avec la douleur du prochain rehausse leur réjouissance et que leur propre douleur, en revanche, se trouve amoindrie par la confrontation à des souffrances semblables ou plus grandes encore chez autrui. Il s'agit là d'un effet purement psychologique (selon le principe de contraste : *opposita iuxta se posita magis elucescunt*[1]) sans rapport avec le domaine moral : par exemple, le souhait de souffrances pour les autres dans l'espoir de ressentir d'autant plus intimement le confort de son propre état. On compatit avec le prochain par le moyen de l'imagination (de même que, voyant près de tomber un homme qui a perdu l'équilibre, on se penche sans le vouloir, et en vain, dans le sens opposé pour le remettre d'aplomb tant bien que mal), et l'on se réjouit de n'être pas impliqué soi-même dans le même sort*. C'est pourquoi le peuple court comme à un spectacle, poussé par le violent désir de voir emmener un délinquant et d'assister à son exécution. Car les émotions et les sentiments qui, dans son visage et son comportement, agissent par VII, 239 voie de sympathie sur le spectateur et laissent, après lui avoir fait subir les alarmes de l'imagination (à la force encore accrue par la solennité), le sentiment plein de douceur, mais aussi de gravité, d'une détente qui fait éprouver d'autant plus vivement le plaisir de vivre qui s'ensuit.

On rend aussi sa douleur plus supportable en la comparant avec d'autres que l'on pourrait subir dans sa propre personne. À celui qui s'est cassé une jambe, on peut assurément rendre son infortune plus tolérable en lui montrant qu'il aurait pu facilement se rompre le cou.

Des adoucissements de toute douleur, le plus profond et le plus facile est cette pensée que l'on peut bien suggérer à un homme raisonnable : à savoir que la vie, pour ce qui est du plaisir dépendant des hasards de la fortune, n'a en elle-même aucune valeur, et que, pour cela seul qui concerne son usage et les buts qui l'orientent, elle possède une valeur susceptible d'être procurée à l'homme non par la fortune, mais par la seule *sagesse,* et donc mise en son pouvoir. Il ne jouira jamais de la vie, celui que poursuit l'inquiétude apeurée de la perdre.

* *Suave, mari magno, turbantibus aequora ventis,*
E terra alterius magnum spectare laborem.
Non quia vexari quenquam est iucunda voluptas,
Sed quibus ipse malis careas, quia cernere suave est.

Lucrèce[2]

B. DU SENTIMENT DU BEAU, C'EST-À-DIRE DU PLAISIR EN PARTIE SENSIBLE, EN PARTIE INTELLECTUEL DANS L'INTUITION RÉFLÉCHIE, OU ENCORE DU GOÛT

§ 67

Le *goût,* au sens propre du terme, est, comme il a été dit plus haut, la particularité d'un organe (langue, palais et gosier) de se trouver affecté de manière spécifique, dans le manger ou le boire, par certaines matières en dissolution. On doit le concevoir dans son usage comme un goût soit purement *différenciatif,* soit aussi en même temps *appréciatif*[1] (par exemple, une chose est-elle douce ou amère? ou bien, une fois goûtée — douce ou amère — est-elle *agréable*?) Dans le premier sens, le goût peut donner lieu à un accord universel sur la *dénomination* de certaines matières ; dans le deuxième sens, il exclut tout jugement de valeur universelle : à savoir que l'agréable pour moi (l'amer par exemple) le sera aussi pour tout autre. La cause en est claire ; plaisir et déplaisir ne relèvent pas de la faculté de connaître en
VII, 240 regard des objets, ce sont des déterminations du sujet, ils ne peuvent ainsi être imputés à des objets extérieurs. Le goût appréciatif contient donc en même temps le concept d'une différenciation selon l'agrément ou le désagrément que je relie à la représentation de l'objet dans la perception ou dans l'imagination.

Or, le mot de *goût* s'emploie aussi pour une faculté sensible de jugement appliquée à choisir non seulement pour moi-même, selon l'impression des sens, mais aussi selon une certaine règle présentée comme valable pour tout un chacun. Cette règle peut être *empirique;* mais elle ne peut en ce cas prétendre à aucune universalité véritable, ni, en conséquence, à une nécessité (selon laquelle il *faudrait* que, dans le goût appréciatif, le jugement de tout autre coïncidât avec le mien). Ainsi, la règle de goût pour les repas consiste pour les Allemands à commencer par une soupe, pour les Anglais, en revanche, par de la nourriture toute de consistance ; une habitude propagée peu à peu par l'imitation a réglé de la sorte l'ordonnance de la table.

Mais il est aussi un goût appréciatif dont la règle doit être fondée *a priori* parce qu'elle proclame une *nécessité,* et donc aussi une validité pour chacun de nous quant à juger de la représentation d'un objet en rapport avec le sentiment de plaisir ou de déplaisir (domaine où, secrètement, la raison, elle aussi, est en jeu, encore que le jugement de ce sentiment ne puisse se déduire de principes rationnels, ni se démontrer selon ce critère) ; on pourrait dire de ce goût qu'il est en *coquetterie avec la raison,* à la différence du goût *empirique,* goût des sens (*gustus reflectens* pour le premier, *gustus reflexus* pour le second).

Toute *manière de présenter* avec *goût* sa propre personne ou son talent suppose un *état de relation sociale* (de communication) qui n'est pas toujours de sociabilité (de participation au plaisir d'autrui), mais révèle à l'ordinaire en ses débuts *barbarie,* insociabilité et pure rivalité. Dans une complète solitude, nul n'ornera sa maison ni n'en soignera la parure ; l'homme dans cette situation ne le fera pas non plus à l'égard des siens (femme et enfants), mais pour les seuls étrangers, afin de se montrer à son avantage. Dans le *goût* (qui consiste à choisir), c'est-à-dire dans le jugement esthétique, ce n'est pas de manière immédiate la *sensation* (l'élément matériel de la représentation de l'objet), mais la façon dont l'imagination libre (productrice) en fait l'agencement par l'invention, c'est-à-dire la *forme,* qui produit le plaisir trouvé à l'objet : la forme seule est à même VII, 241
de prétendre à une règle universelle pour le sentiment de plaisir. De l'impression sensible, qui peut grandement varier selon la diversité des capacités sensorielles des sujets, il n'est pas permis d'attendre une telle règle universelle. On peut donc donner du goût cette définition : « Le goût est la faculté du jugement esthétique de fixer un choix d'une validité universelle[1]. »

Il est, en conséquence, faculté de porter un jugement *social* sur des objets extérieurs dans le ressort de l'imagination. L'esprit ressent ici sa liberté dans le jeu des fictions (donc de la sensibilité), car le lien de sociabilité avec d'autres hommes suppose la liberté, et ce sentiment est plaisir. Mais la *validité universelle* que présente ce plaisir pour chacun, et qui distingue le choix déterminé par le goût (choix du beau) du choix par la simple impression sensible (de ce qui ne plaît que subjectivement), c'est-à-dire de l'agréable, porte avec elle le concept d'une loi : seul ce concept rend universelle pour celui qui juge la validité de la satisfaction. Or, le pouvoir de représentation du général est l'*enten-*

dement. Le jugement de goût est donc un jugement esthétique autant qu'un jugement de l'entendement, mais conçu dans l'union de l'un et de l'autre (ce dernier ne l'étant donc point à l'état pur). Le jugement porté par le goût sur un objet est un jugement sur l'accord ou le conflit entre la liberté inhérente au jeu de l'imagination et la légalité de l'entendement ; son seul propos est de *juger* esthétiquement de la forme (de cette compatibilité des représentations sensibles), et non d'engendrer des productions dans lesquelles cette forme se perçoit : ce serait là le *génie,* dont la vivacité bouillonnante a souvent besoin d'être tempérée et limitée par la pudeur du goût.

La *beauté* est seule ce qui répond au goût. Le *sublime* relève bien aussi du jugement esthétique, mais non sous le rapport du goût[1]. Toutefois la *représentation* du sublime peut et doit être belle en elle-même ; sinon, elle est brute, barbare et contraire au goût. Même la *figuration* du mal et de la laideur (ainsi l'image de la mort en personne chez Milton[2]) peut et doit forcément être belle, s'il s'agit de donner à un objet, dût-il être un *Thersite,* une représentation esthétique ; s'il n'en est pas ainsi, cette figuration produit soit la fadeur, soit le dégoût : tous deux impliquant l'effort de rejeter une représentation offerte en vue de la jouissance, tandis que la *beauté* porte en soi le concept de l'invitation à l'union intime avec l'objet, c'est-à-dire à la jouissance
VII, 242 immédiate. L'expression de *belle âme*[3] dit tout ce qu'il est possible de dire aux fins de l'alliance la plus profonde avec elle ; en effet, la *grandeur d'âme* et la *force d'âme* concernent la matière (les instruments en vue de certaines fins) ; mais la *bonté d'âme,* forme pure qui embrasse toutes les fins et qui, par là, où elle se présente, est, comme l'Éros de la fable, d'une *puissance créatrice originelle,* mais aussi d'une *appartenance supra-terrestre,* — cette bonté d'âme est bien le point crucial autour duquel le jugement de goût rassemble toutes ses sentences de plaisir sensible compatible avec la liberté de l'entendement.

Remarque

Mais comment les langues modernes en particulier ont-elles pu désigner la faculté du jugement esthétique au moyen d'un terme *(gustus, sapor)* qui renvoie simplement à un certain instrument des sens (partie interne de la bouche) et à la différenciation, tout comme au choix de nourritures, par celui-là? Il n'est de situa-

tion où l'union de la sensibilité et de l'entendement dans une jouissance puisse être prolongée aussi longtemps et si souvent répétée avec plaisir qu'un bon repas en bonne compagnie. Il est vrai que, ce faisant, on ne tient celui-là que pour véhicule du divertissement de celle-ci. Le goût esthétique de l'hôte se montre dès lors dans son habileté à faire un choix qui vaille pour tous ; ce qu'il ne peut toutefois réaliser de par sa propre inspiration, parce que ses invités choisiraient peut-être, chacun selon son inspiration particulière, d'autres mets ou d'autres boissons. Il procède donc dans la *diversité,* de sorte qu'il se trouve pour chacun chose qui lui convienne, d'où il résulte une validité d'une universalité relative. On ne saurait, dans le présent débat, traiter de son habileté à choisir ses invités dans la perspective d'un divertissement mutuel partagé de tous (habileté qui peut bien aussi recevoir le nom de goût, mais qui est en réalité raison appliquée au goût et diffère de celui-là). C'est ainsi que le sentiment organique procuré par un sens particulier a pu prêter son nom pour un sentiment idéal, celui d'un choix sensible investi d'une validité universelle. Plus étonnant encore : l'habileté à éprouver par la voie d'un sens si une chose peut être objet de jouissance pour un seul et même sujet (non point si son choix a valeur universelle) — *sapor* — a été forcée jusqu'à désigner la sagesse *(sapientia),* sans doute parce qu'une fin d'une nécessité absolue n'a besoin ni de réflexion ni d'épreuve, mais trouve son accès immé- VII, 243
diat à l'âme comme à goûter une nourriture salutaire.

§ 68

Le *sublime* est la grandeur qui engendre le respect *(magnitudo reverenda)* par son ampleur ou par son degré ; il est engageant de s'en approcher (pour être à sa mesure avec ses propres forces) ; mais la crainte de sombrer dans l'estimation de soi-même lors de cette confrontation effarouche aussi (ainsi de la présence du tonnerre au-dessus de notre tête ou d'un haut massif sauvage) ; ce qui, lorsqu'on est soi-même en sûreté, amène une concentration des forces en vue d'embrasser le phénomène, et en même temps l'inquiétude de ne pouvoir atteindre à sa grandeur, l'*étonnement* (sentiment agréable né de la victoire continue sur la douleur).

Le *sublime* est à la vérité le contrepoids, mais non l'opposé du beau ; parce que l'effort et la tentative de s'élever à l'appréhension *(apprehensio)* de l'objet éveille chez le sujet un sentiment de sa propre grandeur et de sa propre force ; mais sa représentation dans la pensée par la *description* ou la figuration peut et doit toujours être belle. Dans le cas contraire, en effet, l'étonnement devient *effarouchement,* qui est tout différent de l'*admiration,* jugement où l'on ne se lasse pas de s'étonner.

La grandeur qui va à l'encontre de son but *(magnitudo monstrosa)* est l'*énormité.* Aussi bien les écrivains qui entendirent exalter l'immensité de l'Empire russe sont mal tombés de lui donner cette étiquette ; elle contient un reproche : comme si cet Empire *était trop grand* pour un seul souverain. D'*esprit aventureux* est l'homme porté à se prendre dans un réseau d'événements dont le récit véridique ressemble à un roman.

Le sublime, dans ces conditions, n'est pas un objet pour le goût, mais pour l'émotivité ; son évocation par l'art dans la description et l'ornementation (du fait d'accessoires, *parerga*) peut et doit être belle ; sans quoi, il est sauvage, fruste, rebutant et, ainsi, objet d'aversion pour le goût.

LE GOÛT CONTIENT UNE TENDANCE
VII, 244 À LA PROMOTION EXTÉRIEURE DE LA MORALITÉ

§ 69

Le goût (pour ce qu'il est sens formel en quelque sorte) tend à *s'ouvrir* aux autres de son sentiment de plaisir ou de déplaisir et comporte une prédisposition, elle-même affectée de plaisir par cette ouverture, à éprouver en communauté avec d'autres (sur un mode social) une satisfaction *(complacentia)* de ce sentiment. La satisfaction à qui peut être accordée une valeur non seulement pour le sujet qui l'éprouve, mais aussi pour tout autre humain, c'est-à-dire une validité universelle, parce qu'elle contient forcément, pour être pensée comme telle, une nécessité (nécessité de cette satisfaction) et, par là, son principe *a priori,* est, dès lors, une satisfaction de la concordance du plaisir du sujet avec le sentiment de tout autre selon une loi universelle qui doit procéder de la législation universelle de celui qui est porteur de ce sentiment, et partant, de la raison : en d'autres termes, le choix dicté par cette satisfaction est soumis, dans son aspect formel, au principe du devoir. Ainsi, le goût idéal comporte une tendance à la promotion extérieure de la moralité. Rendre un homme bien élevé pour sa place dans la société ne veut certes pas dire tout à fait l'éduquer en vue de faire de lui un être de moralité et de bien, il y a là toutefois préparation à cette fin par l'effort pour susciter en cette place la satisfaction des autres (pour être aimé ou admiré). De la sorte, on pourrait dire du goût qu'il est moralité dans sa manifestation extérieure, encore que cette expression, prise à la lettre, recèle une contradiction, car le fait d'être bien élevé porte en soi l'*apparence* ou le maintien du moralement bon, et même un certain degré de celui-ci, à savoir l'inclination à accorder déjà une valeur à ce qui n'en est que le semblant.

§ 70

Être bien élevé, respectueux de la bienséance, recherché dans ses manières, poli (par la suppression de toute aspérité), n'est cependant que la condition négative du goût. La représentation de ces qualités dans l'imagination peut être une manière de figurer avec goût pour l'*intuition* extérieure un objet ou sa propre personne, mais elle n'intéresse que deux sens, l'ouïe et la vue. La musique et les arts plastiques (peinture, sculpture, architecture, art des jardins) sollicitent le goût en tant qu'il est réceptivité d'un sentiment de plaisir aux pures formes de l'intuition extérieure, la première dans le domaine de l'ouïe, les autres dans celui de la vue. En revanche, le mode de représentation *discursif* par la parole et par l'écriture comprend deux arts où le goût VII, 245
peut se révéler : l'*éloquence* et la *poésie*.

REMARQUES ANTHROPOLOGIQUES SUR LE GOÛT

A. DU GOÛT DANS LA MODE

§ 71

C'est un penchant naturel de l'homme que de se comparer dans sa conduite à des gens de plus d'importance (l'enfant se compare aux adultes, l'homme de peu aux personnes de qualité) et à imiter leur façon. Une loi de cette imitation visant à ne pas paraître inférieur à d'autres, et cela d'ailleurs en un domaine sans égard à quelque utilité, prend le nom de *mode*. La mode se place donc sous l'étiquette de la *vanité*, car aucune valeur intrinsèque ne réside dans son intention ; et, de la même manière, sous celle de la *folie*, parce qu'elle s'accompagne d'une contrainte à se laisser mener servilement par le simple exemple que nous donnent bien des gens dans la société. Être *dans le courant de la mode* est une affaire de goût ; celui qui, *hors des chemins de la mode*, reste attaché à un usage périmé, est dit *vieux jeu*; celui qui va jusqu'à donner une valeur à se situer hors de la mode est un *original*. Mieux vaut encore être un fou enfermé dans la mode qu'un fou qui se complaît hors de ses limites, si l'on veut toutefois affubler cette vanité de ce nom sévère : étiquette que la manie de la mode mérite à plein lorsqu'elle sacrifie à cette vanité la véritable utilité ou même les devoirs. Toute mode est, par son concept même, changeante manière de vivre. Si le jeu de l'imitation se fixe, elle devient *usage*, alors le goût ne compte plus. C'est donc de la nouveauté que la mode tire sa faveur ; être inventif dans tout un formalisme extérieur, même s'il dégénère dans l'extravagance et, pour une part, dans la laideur, s'inscrit dans le ton des gens de la cour, des dames surtout ; ces formes, d'autres les suivent avidement et, dans les classes inférieures, les traînent longtemps encore, alors que ces gens s'en sont déjà défaits. La mode n'est donc pas à vrai dire une affaire de goût (elle peut être à un point extrême contraire au goût), mais simplement de vain désir de se donner de grands airs, et d'émulation à se surpasser de la sorte les uns les autres. (Les élégants de la cour, appelés encore *petits maîtres*[1], sont des freluquets).

VII, 246 Au goût véritable, idéal, on peut associer la *splendeur*, et par là quelque manifestation sublime et belle en même temps (tels un splendide ciel étoilé ou, si le mot ne heurte point les oreilles, une église Saint-Pierre de Rome). Mais la *pompe*, ostentation glorieuse, si elle peut être, elle aussi, associée au goût, encourt son refus, car la pompe est à l'intention de la grande masse, comptant en elle beaucoup de populace dont le goût, de par son caractère obtus, réclame plus de sensation que de jugement.

B. DU GOÛT DANS L'ART

Je ne considère ici que les arts de la parole, *éloquence* et *poésie*, du fait qu'ils tendent à instaurer une certaine disposition de l'âme qui, de manière immédiate, l'éveille à l'activité et trouve donc sa place dans une anthropologie *pragmatique* où l'on cherche à connaître l'homme de par ce qu'on peut faire de lui.

Le principe stimulant de l'âme par le moyen des *Idées* est l'*esprit*. Le *goût* est une simple faculté régulative de juger de la forme en ce qu'elle relie le divers dans l'imagination ; mais l'esprit est la faculté productive de la raison qui trace un *modèle* à cette forme *a priori* de l'imagination. Esprit et goût : le *premier* est destiné à donner naissance à des Idées, le *second* à en ajuster la forme aux lois de l'imagination et ainsi à *façonner (fingendi)* de manière *originale* (qui ne soit pas d'imitation). Une production composée avec esprit et goût peut être dite en tout état de cause *poésie*, c'est une réalisation de l'art dans sa belle acception : qu'elle s'offre immédiatement aux sens par les organes de la vue ou de l'ouïe ; cet art mérite aussi le nom de *poétique (poetica in lato sensu)*, il peut être peinture, art des jardins, musique ou art du versificateur *(poetica in sensu stricto)*. Mais la *poésie*, opposée à l'*éloquence*, ne se distingue d'elle que par le sens de la subordination de l'entendement et de la sensibilité l'un à l'autre : la première est un *jeu* de la sensibilité *ordonnée* par l'entendement ; la seconde, en revanche, une *affaire* de l'entendement animée par la sensibilité, cependant que l'orateur, comme l'auteur de vers, sont tous deux (au sens large) des *poètes* et produisent dans leur imagination des formes nouvelles qu'ils tirent d'eux-mêmes (composi- VII, 247 tions de l'élément sensible*).

Comme le don poétique est aptitude artistique, et, lié au goût, talent pour un art tendant en partie à l'illusion (souvent indirectement salutaire, malgré sa douceur), il est inévitable qu'on en fasse dans la vie un grand usage (souvent nuisible au demeurant). Il vaut donc sans doute la peine de poser quelques questions et remarques quant au caractère du poète, ou aussi à l'influence de

* La *nouveauté* dans la *figuration* d'un concept est une exigence capitale de l'art envers le poète, le concept lui-même dût-il ne pas être neuf. Mais pour l'entendement (abstraction faite du goût), on dispose des expressions suivantes quant à l'accroissement de nos connaissances. *Découvrir* quelque chose, percevoir pour la première fois une chose qui était déjà là, par exemple l'Amérique, la force magnétique orientée selon les pôles, l'électricité atmosphérique. *Inventer* quelque chose (amener à la réalité ce qui n'était pas encore), la boussole, l'aérostat. *Détecter* quelque chose, retrouver par des recherches ce qui s'était perdu. *Imaginer* et *concevoir* (par exemple des outils pour l'homme de métier, ou des machines). *Forger une fiction*, avec la conscience de présenter pour vrai ce qui ne l'est pas, comme dans les romans, à condition que ce ne soit que pour le divertissement. Une fiction donnée pour vérité est *mensonge*.

Jupiter atrum desinit in piscem mulier formosa superne.

Horace[1].

son activité sur lui-même et sur les autres, et à l'estime qu'elle rencontre.

Pourquoi, parmi les beaux-arts (de la parole), la poésie remporte-t-elle la palme sur l'éloquence alors que toutes deux ont les mêmes fins? C'est qu'elle est à la fois musique (elle se prête au chant) et son phonème agréable en lui-même, ce que n'est pas le simple langage. Même l'éloquence emprunte à la poésie le phonème proche du son, l'*accent* sans lequel le discours ne connaîtrait pas la venue des nécessaires instants de repos et d'animation. La poésie remporte la palme non seulement sur l'éloquence, mais aussi sur toute autre forme de beaux-arts : sur la peinture (à laquelle se rattache la sculpture), et même sur la musique. Celle-ci ne compte en effet parmi les *beaux-arts* (et pas seulement parmi les arts d'agrément) que parce qu'elle sert de véhicule à la poésie. En outre, il n'est pas entre les poètes autant de têtes superficielles (inaptes aux affaires sérieuses) que parmi les musiciens : parce que ceux-là s'adressent bien aussi à l'entendement, alors que ceux-ci ne parlent qu'aux sens. Un bon poème est le plus incisif des moyens de stimulation de l'âme. La remarque suivante ne vaut pas pour le seul poète, mais pour
VII, 248 quiconque possède l'un des beaux-arts : il faut y être destiné par la naissance, et l'on ne saurait y atteindre par le labeur et par l'imitation ; de même l'artiste, pour la réussite de son ouvrage, a besoin, au surplus, de la venue d'une disposition heureuse, pareille à l'instant d'inspiration (de là son autre nom de *Vates*) : ce qui est fait selon des instructions et des règles prend une tournure dépourvue d'esprit (servile) ; or, une production de l'art ne réclame pas seulement le goût, qui peut se fonder sur l'imitation, mais encore cette originalité de pensée qui, puisant à elle-même son pouvoir de stimulation, est appelée *esprit.* Le *peintre de la nature* qui use du pinceau ou de la plume (que ce soit en prose ou en vers pour ce dernier) n'est pas l'esprit habité par la beauté, parce qu'il se borne à l'imitation ; seul, le *peintre d'Idées* est maître dans le domaine de l'art.

Pourquoi entend-on à l'ordinaire par poète un compositeur en vers, c'est-à-dire en un discours scandé (prononcé en cadence, à la manière de la musique)? C'est que, pour proclamer une œuvre qui relève de l'art, cet homme se présente avec une solennité propre à satisfaire (dans la forme) le goût le plus raffiné ; sinon, la beauté en serait absente. Mais comme cette solennité est surtout une exigence de la belle représentation du sublime, cette sorte de solennité affectée, si elle ne recourt pas au vers (chez Hugo Blair[1]), eſt dite *«prose en délire».* La versification, d'autre part, n'eſt pas davantage poésie s'il lui manque l'esprit.

Pourquoi la rime dans les vers des poètes modernes, si, avec bonheur, elle achève la pensée, eſt-elle une grande exigence du goût dans notre partie du monde? et pourquoi eſt-elle à l'opposé un fâcheux manquement au vers des poésies antiques au point qu'en allemand des vers non rimés plaisent peu, mais qu'un Virgile latin mis en rimes procure moins d'agrément encore. C'eſt que sans doute, chez les poètes de l'Antiquité classique la prosodie était déterminée, alors qu'elle manque en grande partie aux langues modernes et que l'oreille trouve son dédommagement dans la rime qui termine le vers sur les mêmes sons que le précédent. Dans un solennel discours en prose, une rime survenant impromptu entre deux phrases différentes prête à rire.

D'où se juſtifie la *licence poétique,* inconvenante à l'orateur, d'enfreindre ici et là les lois du langage? sans doute de l'exigence que le poète, pour exprimer une grande pensée, ne se trouve trop étroitement enserré par la loi de la forme.

Pourquoi ne peut-on souffrir un poème médiocre, alors qu'un discours médiocre reſte supportable? La VII, 249
cause semble en être que la solennité du ton dans toute production poétique suscite une grande attente et que, celle-là ne trouvant pas sa satisfaction habituelle, elle tombe plus bas encore que ne le mériterait d'aventure l'équivalent en prose de ce poème? L'achèvement d'une poésie sur un vers qui peut se retenir sous forme de sentence produit un arrière-goût de plaisir et répare ainsi bien des platitudes; il relève donc, lui aussi, de l'art du poète.

Le tarissement de la *veine poétique* avec l'âge, en un temps où les sciences n'en promettent pas moins au bon cerveau santé et activité dans des travaux sérieux, vient sans doute de ce que la beauté eſt une *fleur,* mais la science un *fruit,* c'eſt-à-dire : la poésie doit être un art sans entrave qui, pour répondre à la variété, réclame l'agilité; mais, avec l'âge, cette aisance (à bon droit) disparaît; en outre, l'*habitude* d'avancer toujours dans la même voie de la science porte aussi en elle l'agilité; la poésie qui, pour chacune de ses productions, demande l'originalité et la *nouveauté* (et à cet effet la souplesse), ne s'accorde donc pas bien au grand âge; sinon peut-être en matière d'esprit *cauſtique,* dans les épigrammes et les xénies où elle eſt, à la vérité, sérieux plus qu'amusement.

Que les poètes ne connaissent pas la fortune d'avocats et autres savants en leur profession tient dès l'abord à la disposition du tempérament réclamé du poète-né : à savoir l'aptitude à chasser les soucis en se livrant à un jeu de compagnie avec les pensées. Quant à une particularité de caractère qui consiste à n'avoir pas de caractère, à être au contraire versatile, fantasque et peu sûr (sans méchanceté), à se faire par caprice des ennemis sans précisément haïr quiconque, à poursuivre l'ami d'une mordante moquerie sans vouloir lui faire du mal, elle réside dans une disposition en partie innée, maîtresse du jugement pratique : celle d'une *agilité spirituelle* tortue.

DU LUXE

§ 72

Le *luxe (luxus)* est la démesure du bien-vivre social associé au *goût* dans un groupe humain (goût qui va donc à l'encontre de sa prospérité). Cette démesure, lorsque le goût en est absent, est la *débauche* publique *(luxuries)*. Si l'on considère leurs effets respectifs sur la prospérité, le luxe est un *apparat superflu* qui *appauvrit,* mais la débauche en est un qui *ruine la santé.* Le premier est encore compatible avec les progrès de la culture d'un peuple (dans les arts et les sciences), mais l'autre gorge de jouissance et finit par provoquer le dégoût. Tous deux sont plus préoccupés d'ostentation (d'éclat extérieur) que de plaisir personnel ; le premier, par l'élégance, (dans les bals et les spectacles) est pour le goût idéal ; l'autre, par sa profusion et sa bigarrure est pour le sens de la *gustation* (sens physique, comme le fait par exemple un banquet du Lord-Maire). Est-il dans les attributions du gouvernement de les limiter tous deux par des lois somptuaires ? C'est là une question dont la réponse n'a pas sa place ici. Mais les beaux-arts aussi bien que les arts d'agrément débilitent en partie le peuple et le rendent plus facile à gouverner ; l'introduction d'une austérité spartiate irait juste à l'encontre de l'intention du gouvernement.

La *bonne manière de vivre* est l'état d'accommodement du bien-vivre à la sociabilité (et donc l'alliance avec le goût). On voit par là que le luxe porte préjudice à la bonne manière de vivre, et l'expression « il sait vivre », employée pour un homme riche ou de qualité, désigne son habileté à choisir les plaisirs de la vie en société qui impliquent la retenue (sobriété), font de la jouissance un profit réciproque et sont prévus pour durer.

On le voit donc, puisque le reproche de luxe ne peut s'adresser en fait à l'existence domestique, mais seulement à la vie publique, les relations du citoyen avec le groupe social sous le rapport de la liberté d'émulation susceptible d'empiéter au besoin sur l'utilité, dans l'ornement de la personne ou des biens (fêtes, noces, funérailles, en descendant jusqu'au bon ton du commerce quotidien), seraient difficiles à prévenir par des interdits somptuaires ; c'est que cette liberté n'en procure pas moins l'avantage de stimuler les arts et les sciences et de réparer ainsi pour la communauté les débours qu'un tel faste pourrait lui avoir valus.

Livre III VII, 251

DE LA FACULTÉ DE DÉSIRER

§ 73

Le *désir (appetitio)* est la détermination autonome du pouvoir d'un sujet par la représentation d'une chose à venir qui en serait l'effet. Le désir sensible inscrit dans l'habitude est l'*inclination.* L'impulsion à désirer sans qu'elle s'accompagne de l'effort pour produire l'objet est le *souhait.* Il peut être orienté vers des objets dont le sujet se sent lui-même impuissant à les mettre à sa portée, c'est alors un souhait *vain* (oiseux). Le souhait vain de pouvoir anéantir le temps qui sépare le désir de l'obtention de la chose désirée est la *nostalgie.* Le désir imprécis quant à l'objet *(appetitio vaga),* qui pousse simplement le sujet à sortir de l'état présent sans qu'il sache en quel état il se propose d'entrer, peut être appelé souhait *capricieux* (que rien ne satisfait).

L'inclination que la raison du sujet ne dompte qu'avec peine ou point du tout est la *passion.* En revanche, le sentiment de plaisir ou de déplaisir que l'on éprouve dans l'état présent, et qui, chez le sujet, ne laisse pas de place à la *réflexion* (représentation de la raison d'où l'on reconnaît si l'on doit se livrer ou se refuser à ce sentiment) est l'*émotion.*

La soumission aux émotions et aux passions est, quoi qu'il en soit, une *maladie de l'âme :* la maîtrise de la raison, dans les deux cas, se trouve exclue. Les unes et

les autres ont en degré aussi la même violence ; mais, en qualité, elles diffèrent essentiellement dans les méthodes de prévention tout comme de guérison que le médecin
VII, 252 de l'âme aurait à leur appliquer.

DES ÉMOTIONS DANS LEUR CONFRONTATION À LA PASSION

§ 74

L'émotion est la surprise causée par l'impression, d'où il résulte que la contenance de l'âme *(animus sui compos)* se trouve abolie. Elle est donc précipitée, c'est-à-dire qu'elle croît rapidement jusqu'à un degré de sentiment qui rend la réflexion impossible (elle est inconsidérée). L'absence d'émotion sans affaiblissement des ressorts de l'action est le *flegme* au bon sens du terme : qualité de l'homme vaillant *(animi strenui)* qui lui permet de ne pas se laisser détourner du calme de la réflexion par la force de l'émotion. Ce que l'émotion de la colère ne fait pas dans la hâte, elle ne le fera jamais, et elle est facilement oublieuse. La passion de la haine, elle, prend son temps pour s'enraciner profondément et pour se souvenir de son adversaire. Un père, un maître d'école sont incapables de punir dès lors qu'ils ont eu la patience d'écouter la demande de pardon (non la justification). Celui qui entre chez vous, en proie à la colère, pour vous lancer de dures paroles dans la violence de son indignation, pressez-le avec courtoisie de s'asseoir ; si vous y réussissez, ses invectives seront déjà tempérées ; parce que la commodité de la position assise représente une détente difficilement compatible avec les gesticulations et les vociférations auxquelles on se livre debout. En revanche, la passion (disposition de l'âme relevant de la faculté de désirer) se laisse du temps et, si violente soit-elle, elle réfléchit pour atteindre son but. L'émotion agit à la manière d'une eau qui rompt la digue ; la passion à la manière d'un cours qui se terre toujours davantage dans l'excavation de son lit. L'émotion agit sur l'état de santé comme une attaque d'apoplexie, la passion comme une phtisie ou une consomption. On doit assimiler l'émotion à une ivresse qui se dissipe dans le sommeil, encore que s'ensuivent des maux de tête, la passion à une maladie par empoisonnement ou à la perclusion ; elle appelle un médecin de l'âme agissant du dedans ou du dehors, habile à prescrire non point des cures radicales la plupart du temps, mais seulement et presque toujours des médications palliatives.

Là où l'émotion se présente en masse, la passion n'a guère coutume de se montrer, comme il advient chez les Français versatiles de par leur vivacité en comparaison des Italiens et des Espagnols (et aussi des Hindous et des Chinois) qui, dans leur rancune, ruminent la vengeance, ou, dans leur amour, poussent la persévérance jusqu'à la folie. Les émotions sont loyales et franches, les passions, au contraire, perfides et dissimulées. Les Chinois font aux Anglais le reproche d'être emportés et bouillants «comme les Tartares», ceux-là VII, 253
leur reprochent en retour d'être des imposteurs accomplis (mais impassibles) qui ne se laissent pas dérouter le moins du monde dans leur passion par ce reproche. On doit considérer l'émotion comme une *ivresse* qui s'évanouit dans le sommeil, la passion comme un délire remâchant une représentation qui se niche toujours plus profond. L'*amant* peut bien encore rester clairvoyant, mais l'*épris* sera immanquablement aveugle aux défauts de l'objet aimé, bien qu'à l'ordinaire il recouvre la vue huit jours après le mariage. Celui que l'émotion a coutume d'assaillir comme un raptus ressemble, si bon soit son naturel, à un homme dérangé ; mais comme il en conçoit bientôt après du regret, il n'y a là qu'un paroxysme que l'on traite d'*irréflexion*. D'aucuns souhaitent même pouvoir se mettre en colère, et Socrate se demandait si, en fait, il ne serait pas bon parfois de s'emporter ; mais disposer ainsi de son émotion au point d'examiner de sang-froid s'il convient ou non de s'irriter semble chose contradictoire. En revanche, nul ne souhaite pour lui-même la passion. Qui accepterait en effet de se laisser enchaîner, alors qu'il peut être libre ?

DES ÉMOTIONS EN PARTICULIER

A. DU GOUVERNEMENT DE L'ÂME SOUS LE RAPPORT DES ÉMOTIONS

§ 75

Le principe de l'*apathie* selon lequel le sage ne doit jamais être en proie à l'émotion, même pas à celle de la compassion pour les maux de son meilleur ami, est une règle morale fondamentale, empreinte de justesse et de

sublimité, de l'école stoïcienne : l'émotion nous rend (plus ou moins) aveugles. Mais ce fut sagesse de la part de la nature que d'en avoir cependant implanté en nous la disposition pour tenir *provisoirement* les rênes avant que la raison n'ait atteint la force nécessaire, c'est-à-dire pour ajouter, en manière de stimulant, aux ressorts moraux qui portent au bien ceux de l'incitation pathologique (sensible), avec le rôle de surrogat temporaire de la raison. Du reste, l'émotion considérée en elle-même est toujours dépourvue de sagesse ; elle se rend par sa faute incapable de poursuivre son propre but, et c'est donc imprudence que de la laisser à dessein prendre naissance en soi-même. Toutefois, la *raison* peut, dans la représentation de ce qui est moralement bon, provo-
VII, 254 quer par la jonction de ses idées à des intuitions (exemples) dont elle les dote, une stimulation de la volonté (dans des sermons ou des discours politiques au peuple, ou bien dans des propos solitaires tenus à soi-même) ; ce n'est donc pas comme effet, mais comme cause de l'émotion qu'elle stimule l'âme en vue du bien, cette raison tenant toujours les rênes et suscitant un *enthousiasme* du bon propos qui doit être rangé en réalité dans la *faculté de désirer* et non dans l'émotion, *sentiment* plus violent issu de la sensibilité.

Le *don naturel* d'une *apathie* jointe à une force d'âme suffisante est, nous l'avons dit, le *flegme* heureux (au sens moral). L'homme qui en est pourvu n'est certes pas encore pour autant un sage, mais il tient de la nature cette faveur de le devenir plus facilement que d'autres.

En règle absolue, ce n'est pas la force d'un sentiment qui constitue l'état d'émotion, mais le manque de la réflexion nécessaire pour comparer dans son état présent ce sentiment avec la somme de tous les sentiments (de plaisir ou de déplaisir). L'homme riche dont le serviteur, au cours d'une fête, brise par maladresse, alors qu'il la portait de place en place, une belle coupe de verre précieux, tiendrait pour rien cet incident s'il comparait au même instant cette perte d'*un* plaisir avec la foule de *tous* les plaisirs que lui offre son heureuse condition d'homme riche. Or, il se livre tout entier à ce seul sentiment de douleur (au lieu de s'empresser de faire en pensée le calcul que nous venons d'évoquer) ; rien d'étonnant, alors, qu'il lui semble avoir perdu toute sa félicité.

B. DES DIFFÉRENTES ÉMOTIONS PRISES EN ELLES-MÊMES

§ 76

Le sentiment qui pousse le sujet à *demeurer* dans l'état où il se trouve est *agréable*, celui qui le pousse à quitter cet état est *désagréable*. Lié à la conscience, le premier se nomme *plaisir (voluptas)*, le second *déplaisir (taedium)*. Émotion, celui-là se nomme *joie*, celui-ci *tristesse*. La *joie exubérante* (que ne vient tempérer nulle crainte de douleur) et la tristesse qui s'abîme (que nulle espérance ne vient adoucir), l'*affliction*, sont des émotions menaçantes pour la vie. Des tables de mortalité on a VII, 255
cependant tiré la remarque que plus d'hommes ont soudain perdu la vie par celle-là que par celle-ci ; c'est que l'*espoir*, en tant qu'émotion, ouvrant à l'improviste la perspective d'un bonheur sans mesure, livre l'âme tout à elle-même, et que l'émotion grandit jusqu'à la suffocation ; alors que, tout naturellement, l'âme ne laisse pas de lutter contre l'affliction et que celle-là ne tue donc que lentement.

L'*effroi* est la crainte soudaine qui déconcerte l'âme. Analogue à un effroi est le fait *frappant* qui *provoque un mouvement de surprise* (sans toutefois *jeter dans la confusion*) et qui éveille l'âme à se concentrer pour réfléchir ; c'est une incitation à l'*étonnement* (qui porte déjà en lui la réflexion). Cela n'advient pas si facilement aux gens d'expérience ; mais il est du domaine de l'art de représenter l'habituel sous un angle qui le rende frappant. La *colère* est un effroi qui, en même temps, soulève les forces pour résister au mal. La peur d'un objet lourd de la menace d'un mal indéfini est l'*anxiété*. On peut traîner l'anxiété sans lui connaître d'objet précis : c'est une oppression due à des causes purement subjectives (à un état pathologique). La *honte* est l'anxiété inspirée par la crainte du mépris d'une personne présente ; elle est, en tant que telle, une émotion. On peut d'ailleurs vivement ressentir la honte hors de la présence de celui devant qui on l'éprouve ; ce n'est point alors une *émotion*, mais comme l'affliction, une *passion* qui porte, dans l'application au mépris de soi-même, à se torturer en vain ; en revanche, lorsqu'elle est émotion, la honte ne peut avoir qu'un déclenchement soudain.

Les émotions sont en tout état de cause des accidents pathologiques (symptômes) et peuvent (par analogie

avec le système de Brown) se diviser en émotions *sthéniques* (par la force qu'elles provoquent) et émotions *asthéniques* (par la faiblesse[1]). Il est dans la nature des premières d'*exciter*, mais par là-même, souvent aussi, d'épuiser la force vitale ; les secondes relâchent cette force, mais elles ménagent aussi en bien des cas le rétablissement. Le *rire* marqué d'émotion est une gaieté *convulsive*. Les *pleurs* accompagnent l'impression *dissolvante* d'une rancœur impuissante contre le destin ou contre autrui, comme s'il s'agissait d'une offense perpétrée par eux ; cette impression est la *mélancolie*. Cependant, le rire aussi bien que les pleurs rassérènent ; par leurs effusions (on peut bien rire aux larmes lorsqu'on rit jusqu'à l'épuisement), ils libèrent d'une entrave à la
VII, 256 force vitale. Le rire est *masculin*, les pleurs *féminins* (chez l'homme, ils sont *efféminés*), et seule la *tentation* des larmes née de la sympathie généreuse, mais impuissante, pour les souffrances des autres peut être pardonnée à l'homme dont les yeux brillent d'une larme sans qu'il la laisse échapper, et, moins encore, qu'il l'accompagne de sanglots générateurs d'une contrariante musique.

DE LA POLTRONNERIE ET DE LA BRAVOURE

§ 77

L'anxiété, l'angoisse, l'horreur, l'épouvante sont des degrés de la peur, c'est-à-dire de la répulsion face au danger. Le calme de l'âme pour assumer ce danger de propos délibéré est le *courage ;* la force du sens intérieur *(ataraxia)* grâce à qui l'on ne se laisse pas facilement apeurer par quelque péril, est l'*intrépidité*. Le manque de courage est *lâcheté**, celui d'intrépidité est *timidité*.

Vaillant est celui qui ne s'effraie pas ; doué de *courage* celui qui, avec réflexion, ne *cède* pas au danger ; *brave* celui dont le courage *persévère* dans les périls. *Casse-cou* est l'écervelé qui se risque dans les dangers parce qu'il ne les connaît pas. *Hardi* celui qui tente l'aventure tout en les connaissant ; *téméraire* celui qui, malgré l'impossibilité manifeste d'atteindre son but, se précipite dans le péril (comme Charles XII à Bender). Les Turcs donnent à leurs braves le nom de *fous* (peut-être sous l'effet de l'opium). La lâcheté est donc *pussillanimité sans honneur*.

La frayeur n'est pas une manière d'être *habituelle* faite

* Le mot *poltron* (tiré de *pollex truncatus*) était rendu dans le latin tardif au moyen du mot *murcus*, et désignait un homme qui se tranche le pouce pour être dispensé d'aller à la guerre[2].

de facilité à s'alarmer : c'est là la timidité ; elle n'est qu'un *état* et une disposition fortuite, le plus souvent tributaire de simples causes physiques, à ne pas se sentir assez ferme pour affronter un brusque danger. Un chef de guerre, en robe de chambre au moment où on lui annonce l'approche inopinée de l'ennemi, peut bien avoir pour un instant le sang qui se fige au cœur, et, chez tel général, son médecin avait pu noter qu'il était pusillanime et timide quand il avait des aigreurs d'estomac. La *vaillance,* pour sa part, est simple qualité de tempérament. Le *courage,* en revanche, repose sur des principes, c'est une vertu. La raison prête à l'homme résolu une force que la nature lui refuse parfois. Il arrive même que l'effroi des combats provoque de VII, 257 salutaires évacuations qui ont rendu proverbiale une plaisanterie (celle de n'avoir pas le cœur au bon endroit) ; or, on prétend avoir remarqué que les matelots qui, lors du branle-bas de combat, courent aux lieux d'aisance, sont ensuite les plus courageux dans l'affrontement. On fait une observation analogue chez le héron, lorsque le faucon plane au-dessus de lui et s'apprête à l'engagement.

La *patience,* dès lors, n'est pas courage. C'est une vertu féminine parce que, loin de mettre toutes ses forces en œuvre pour résister, elle espère par l'habitude rendre imperceptible la souffrance (au sens passif). Celui qui *pousse des cris* sous la lame du chirurgien, ou dans les douleurs de la goutte et de la pierre, n'est pas pour autant, en cet état, lâche ou douillet ; il en est comme des jurons, lorsqu'on heurte dans sa marche un pavé dégagé (et cela du gros orteil, d'où le mot *hallucinari*) ; c'est bien plutôt une explosion de colère dans laquelle la nature s'efforce de dissiper au moyen des cris l'arrêt du sang au cœur. La preuve d'une patience singulière, cependant, est fournie par les Indiens d'Amérique qui, une fois encerclés, jettent leurs armes et se laissent tranquillement massacrer sans demander grâce. Y a-t-il là plus de courage que celui que montrent les Européens en se défendant en ce cas jusqu'au dernier homme ? Ce n'est, me semble-t-il, que vanité de Barbares, sauvegarde de l'honneur de leur tribu par l'allégation que l'ennemi n'a pu les contraindre à se plaindre et à gémir en signe de leur soumission.

Mais le courage en tant qu'émotion, (et relevant donc, par un côté, de la sensibilité) peut aussi devoir son éveil à la raison et être ainsi vraie bravoure (vertu). Ne pas se laisser intimider par des coups d'épingle, ni par des sarcasmes acérés de traits d'esprit, et par là même d'autant plus dangereux, à l'endroit de ce qui est vénérable ; aller au contraire son chemin d'un pas persévérant, c'est là un courage moral manquant à bien des hommes qui, sur le champ de bataille ou en duel, se révèlent être des braves. C'est résolution que de se risquer à accomplir une exigence du devoir, fût-ce au risque de subir les moqueries d'autrui ; c'est même là un haut degré de courage parce que l'*attachement à l'honneur* est le compagnon constant de la vertu et que celui qui, face à la *violence*, montre une fermeté suffisante, se sent rarement à la hauteur de la raillerie, lorsqu'on lui dénie en ricanant cette prétention à l'honneur.

Le maintien qui donne une apparence extérieure de
VII, 258 courage et entend ne le céder en rien aux autres quant à la considération qui lui est due est l'*aplomb ;* à l'opposé de la *gaucherie*, sorte de timidité et de crainte de ne pas paraître aux regards des autres sous un jour avantageux. On ne saurait blâmer celui-là dans la mesure où il est juste confiance. Mais cet *aplomb** du maintien qui donne l'air de ne faire aucun cas du jugement d'autrui est l'*effronterie*, l'impudence ; en terme édulcoré, l'immodestie ; il n'entre donc pas dans le courage au sens moral du mot.

Le suicide suppose-t-il aussi le courage ou tout simplement la pusillanimité ? La question est d'ordre non point moral, mais purement psychologique. Commis dans la seule intention de ne pas survivre à son honneur, donc par colère, il ressemble à du courage ; mais s'il vient de ce que, dans la souffrance, la patience a été épuisée par la *tristesse* qui épuise lentement toute patience, c'est alors une forme de *découragement*. Regarder la mort en face et ne pas la redouter lorsqu'il ne peut aimer la vie plus longtemps semble à l'homme une sorte d'héroïsme. Mais lorsque, malgré sa crainte de la mort, il ne peut toujours pas cesser d'aimer la vie à quelque condition que ce soit, et qu'il lui faut un dérangement de l'âme, né de l'angoisse, pour passer au suicide, il meurt par lâcheté, dans son incapacité à endurer davantage les tourments de la vie. Cette différence de disposition se reconnaît dans une certaine mesure à la manière de perpétrer son suicide. Le moyen choisi est-il brutal et

* Ce mot devrait à vrai dire s'écrire *Dräustigkeit* (de *Dräuen* ou *Drohen*) et non *Dreistigkeit ;* parce que le ton ou même la mine d'un tel homme peut faire craindre aux autres qu'il ne soit également grossier. De la même manière on écrit *liederlich* pour *lüderlich*, alors que le premier terme désigne un être léger, folâtre, mais non un rebut, et au demeurant un débonnaire, tandis que le second indique un réprouvé qui inspire le dégoût à tout autre (du mot *Luder*).

mortel sans possibilité de recours, tels le coup de pistolet ou (comme un grand monarque le portait sur lui à la guerre pour le cas où il serait fait prisonnier[1]) un sublimé d'une violence concentrée, ou une eau profonde, avec les poches bourrées de pierres, on ne saurait contester au suicidé son courage. Mais s'il s'agit de la corde qu'un autre peut encore couper, ou d'un poison ordinaire que le secours de médecin peut encore éliminer, ou d'une entaille à la gorge qui peut être recousue et guérie, autant d'attentats dont, à l'ordinaire, le désespéré est lui-même heureux de réchapper et auxquels il ne s'essaiera plus jamais : c'est un lâche désespoir né de la faiblesse, et non ce robuste désespoir VII, 259
qui, pour un tel acte, demande au surplus la force d'âme.

Ce ne sont donc pas toujours des âmes simplement réprouvées et indignes qui décident de se débarrasser ainsi du fardeau de la vie ; bien plutôt, on n'a guère à redouter cet acte d'âmes qui n'ont aucun sentiment de l'honneur véritable. Cependant, du fait que le suicide n'en garde pas moins son caractère affreux et que l'homme se change lui-même de la sorte en objet d'abomination, il est étonnant que, dans les périodes d'injustice publique et légitimée qui marque un état révolutionnaire (ainsi du Comité de salut public de la République française), des hommes attachés à l'honneur (Roland par exemple[2]) aient cherché à devancer l'exécution légale au moyen du suicide qu'ils auraient déclaré condamnable dans une époque constitutionnelle. En voici la raison. Toute exécution *légale* porte en elle une part d'affront parce qu'elle est *punition ;* et lorsqu'elle est injuste, celui qui devient la victime de la loi ne peut la reconnaître *méritée.* Il le prouve de cette manière : une fois voué à la mort, il préfère la choisir comme un homme libre et se la donner *lui-même.* Aussi bien des tyrans (tels que Néron) firent passer pour marque de faveur la permission accordée au condamné de se tuer lui-même parce que c'était plus honorable. Mais je n'ai nul désir d'en défendre la moralité.

Le courage du guerrier, pour sa part, est encore très différent de celui du duelliste, bien que le *duel* jouisse de l'indulgence du gouvernement et qu'on en fasse à l'armée, dans une certaine mesure, contre l'insulte, pour rétablir son honneur, une légitime défense dont les chefs ne se mêlent pas, sans qu'on le rende publiquement licite de par la loi. L'indulgence envers le duel est un principe effrayant auquel les dirigeants de l'État n'ont pas accordé une réflexion suffisante ; car il est aussi des hommes indignes qui mettent leur vie en jeu pour se donner quelque crédit et qui ne songent nullement à prendre un risque pour le salut de l'État.

La bravoure est un courage *conforme à la loi,* qui consiste à ne pas craindre jusqu'à la perte de la vie en ce que commande le devoir. Elle n'est pas faite seulement d'impavidité, il doit s'y joindre l'irréprochabilité morale *(mens conscia recti)* comme chez le chevalier Bayard (chevalier sans peur et sans reproche[1]).

VII, 260

DES ÉMOTIONS QUI S'AFFAIBLISSENT D'ELLES-MÊMES QUANT À LEUR PROPRE FIN (IMPOTENTES ANIMI MOTUS)

§ 78

Les émotions de colère et de honte ont cette particularité qu'elles s'affaiblissent elles-mêmes dans leur propre fin. Ce sont des sentiments soudains d'un mal conçu comme offense, mais leur violence rend en même temps impuissant à écarter ce mal.

Lequel est le plus à redouter, de celui qui *blêmit* ou de celui qui *rougit* dans une violente colère? C'est le premier qui est redoutable sur le moment; le second l'est d'autant plus après coup (à cause de sa soif de vengeance). Dans le premier état, l'homme démonté éprouve à l'égard de lui-même l'effroi d'être entraîné dans l'usage de sa force à une violence qu'il pourrait bien ensuite regretter. Dans le second, l'effroi se change tout à coup en la crainte que n'*apparaisse* la conscience de son incapacité à se défendre lui-même. Ces deux états, s'ils connaissent le soulagement du fait d'une rapide reprise de contenance, ne sont pas défavorables à la santé; s'il n'en est pas ainsi, ils représentent d'une part un danger pour la vie, de l'autre, lorsque leur explosion est retenue, ils laissent derrière eux une rancœur, c'est-à-dire une blessure de ne pas s'être comporté comme il se devait face à l'injure; mais il suffit, pour l'éviter, qu'ils puissent s'exprimer en paroles. Or, ces deux émotions sont ainsi faites qu'elles rendent muet et se présentent ainsi sous un jour désavantageux.

L'*irascibilité* peut encore bien se corriger par une discipline intérieure de l'âme; mais la faiblesse, dans la honte, d'un sentiment par trop délicat de l'honneur, ne se laisse pas aussi facilement effacer au moyen d'artifices. Comme le dit Hume[2] (lui-même affligé de cette faiblesse, de la timidité à parler en public), la première tentative de montrer de l'aplomb, si elle échoue, rend plus craintif encore, et il n'eſt d'autre moyen que, prenant pour départ les relations avec des personnes dont le jugement de convenance nous importe peu, de nous souſtraire progressivement à la prétendue importance du jugement d'autrui sur nous-mêmes, et, en cela, de nous eſtimer intérieurement sur un pied d'égalité avec lui. Ici l'habitude provoque l'avènement du *naturel,* tout aussi éloigné de la gaucherie que de l'*aplomb* offensant.

Nous sympathisons certes avec la *honte* de l'autre, considérée comme souffrance, mais non avec sa *colère,* quand, en proie à l'émotion, il nous rend présente par VII, 261 *son récit* la manière dont il y fut poussé ; à entendre son récit (d'une offense subie) on ne se sent pas soi-même assuré devant celui qui eſt en cet état.

L'*étonnement* (embarras à se reconnaître dans l'inattendu) eſt une excitation du sentiment tout d'abord gênante pour le jeu naturel des pensées, et par là désagréable, mais ensuite d'autant plus propice à l'afflux des pensées vers la représentation inattendue, et en conséquence agréable ; cette émotion ne prend le nom d'*ébahissement* que lorsqu'on se met à ne plus bien savoir si la perception se fait en état de veille ou de sommeil. Un novice dans le monde s'étonne de tout ; mais l'homme familiarisé avec le cours des choses par la multiplicité de son expérience se donne pour principe de ne s'étonner de rien *(nihil admirari).* En revanche, celui qui, d'un regard scrutateur, s'attache dans la réflexion à l'ordre de la nature dans sa grande diversité, en vient à s'*ébahir* d'une sagesse à laquelle il ne s'attendait pas : une admiration dont on ne peut se défaire (s'étonner assez) ; émotion dès lors suscitée par la seule raison et sorte de frisson sacré à voir s'ouvrir à ses pieds l'abîme du suprasensible.

DES ÉMOTIONS PAR LESQUELLES LA NATURE FAVORISE MÉCANIQUEMENT LA SANTÉ

§ 79

Il eſt quelques émotions au moyen desquelles la nature favorise mécaniquement la santé. En font partie surtout le rire et les larmes. La *colère,* s'il eſt donné de gronder gaillardement (sans avoir à craindre de résistance), eſt un adjuvant assez sûr de la digeſtion, et plus d'une maîtresse de maison n'a d'autre possibilité de mouvement intérieur que de tancer enfants et domestiques ; de fait, pourvu qu'ils se comportent avec patience, une agréable lassitude de la force vitale se répand uniformément à travers la mécanique corporelle ; mais ce moyen n'est pas sans danger en raison de l'opposition à redouter de cette part de la maisonnée.

Le *rire* bienveillant (exempt de malignité et libre d'amertume) est en revanche plus en faveur et plus profitable : ce rire qu'on aurait dû recommander à tel
VII, 262 roi de Perse qui avait fondé un prix pour « l'inventeur d'un nouveau plaisir ». L'expiration saccadée (convulsive en quelque sorte) qui l'accompagne (expulsion dont l'éternuement n'est qu'un petit effet, certes vivifiant, s'il peut retentir sans contrainte) *renforce* le sentiment de la force vitale par le mouvement bénéfique du diaphragme. Que ce soit un bouffon à gages (un arlequin) qui nous fasse rire, ou un roué au nombre des amis, qui, sans laisser paraître d'intention mauvaise, cachant sa roublardise et s'abstenant de partager les rires, libère brusquement (à la manière d'une corde tendue) l'attention en arrêt, le rire met toujours en branle des muscles de la digestion ; elle s'en trouve bien mieux aidée qu'elle ne le serait par la sagesse du médecin. Et aussi la balourdise d'un jugement en pleine bévue peut produire le même effet — aux dépens, cette fois, du prétendument plus entendu*.

Le fait de *pleurer*, inspiration (convulsive) marquée de sanglots, est aussi, lorsqu'il s'accompagne d'un flot de larmes, dans son rôle d'adoucissant de la douleur, une prévoyance de la nature pour la santé ; une veuve qui refuse, comme l'on dit, de se laisser consoler, c'est-à-dire qui ne veut rien entendre d'une entrave à l'épanchement de ses larmes, sert sa santé sans le savoir, ni précisément le vouloir. Une colère qui surviendrait dans cet état aurait tôt fait d'arrêter l'épanchement, mais

* On peut donner en foule des exemples de ce cas. Mais je n'en citerai qu'un, je le tiens de la bouche de la défunte comtesse de K-g, une dame qui était l'ornement de son sexe. Elle recevait chez elle le *comte Sagramoso* qui avait alors mission de veiller à l'institution de l'ordre de Malte en Pologne (de l'ordination d'Ostrog) ; et, par hasard, était venu aussi, rendant visite à ses parents de Prusse, un magister natif de Königsberg, mais engagé à Hambourg pour servir le goût de quelques riches commerçants en qualité de collectionneur et de surveillant de leurs cabinets d'histoire naturelle ; le comte, pour lui dire quelques mots, lui déclara en un allemand bredouillant : « *Ick ab in Amburg eine Ant geabt* (j'avais une tante à Hambourg) ; *aber die ist mir gestorben*[1] ». Le magister saisit la parole au vol et demanda : « Pourquoi ne l'avez-vous pas fait vider de ses entrailles et empailler ? » Il avait pris le mot anglais *Ant*, qui signifie *tante* pour *Ente* (canard) et, s'imaginant que l'animal devait être rare, il avait déploré le grand dommage. On peut se représenter les rires que suscita fatalement cette méprise.

ce serait au détriment de cette personne ; ce n'est pas toujours, il est vrai, la mélancolie, mais aussi la colère qui peut plonger les femmes et les enfants dans les larmes. Car le *sentiment* d'*impuissance* face à un mal, lors VII, 263
d'une forte émotion (de colère ou de tristesse), fait appel à l'aide des signes extérieurs naturels qui sont alors (en vertu du droit du plus faible) désarmants, pour une âme virile du moins. Mais cette expression de la fragilité qui fait la faiblesse de ce sexe ne doit pas émouvoir jusqu'aux pleurs l'homme compatissant ; il convient cependant qu'elle fasse perler une larme dans ses yeux ; cet homme, dans le premier cas, serait une offense à son propre sexe, il ne saurait, avec sa fragilité féminine, être le protecteur des faibles ; dans le second cas, sans larmes, il ne montrerait pas à l'autre sexe la compassion dont sa virilité lui fait un devoir, celui de le prendre sous sa protection, ainsi que le veut le caractère que les livres de chevalerie attribuent à l'homme courageux et qui réside précisément dans cette protection.

Pourquoi les jeunes gens aiment-ils mieux la *tragédie* et la jouent-ils avec prédilection lorsqu'il leur arrive de donner une fête pour leurs parents, alors que les gens plus âgés se tournent plus volontiers vers la *comédie,* jusqu'au burlesque ? Chez ceux-là, la préférence tient à cette même cause qui pousse les enfants à risquer le danger : sans doute est-ce un instinct naturel à éprouver leurs forces, mais en partie aussi cette raison que, dans la légèreté de la jeunesse, il ne reste des impressions d'angoisse et d'effroi, sitôt le spectacle fini, aucune tristesse, mais seulement, faisant suite à l'agitation intérieure, une agréable lassitude qui prédispose au retour de la gaieté. Au contraire, chez les personnes âgées, l'impression ne s'efface pas si facilement, et elles n'ont pas cette aisance à faire renaître en elles la disposition à l'enjouement. Un arlequin au tour d'esprit agile provoque chez elles par ses saillies un ébranlement du diaphragme et des entrailles : l'appétit s'en trouve aiguisé pour le souper convivial qui succède, et l'entrain à converser le double de bienfait.

R*emarque générale*

Certains sentiments qui émanent de l'intérieur du corps sont *apparentés* aux émotions, mais ils n'en sont pas eux-mêmes, parce qu'ils sont momentanés, passagers, et ne laissent point de trace ; ainsi le *frémissement*

d'épouvante qui assaille les enfants aux récits de fantômes que leur font les nourrices, le soir. De ce genre eſt aussi le *frisson* où l'on se croirait arrosé d'eau froide (comme sous une averse). Ce n'eſt pas la perception du danger,
VII, 264 mais la seule pensée du danger — bien qu'on sache son inexiſtence — qui produit cette sensation ; celle-là, lorsqu'elle eſt simple insinuation et non point explosion de l'effroi, ne paraît pas précisément désagréable.

Le *vertige* et même le *mal de mer* semblent appartenir par leur cause à cette classe de dangers qui sont du domaine de l'idée. Sur une planche posée à même le sol, on peut avancer sans faiblir ; mais si elle eſt au-dessus d'un précipice ou même seulement, pour un être aux nerfs fragiles, au-dessus d'un fossé, la vaine crainte du danger se fait réellement dangereuse. Le balancement du bateau, même par temps de brise, eſt une alternance d'enfoncement et de remontée. Lors de l'enfoncement, l'effort naturel pour se soulever (tout enfoncement portant en lui une représentation de danger) et, par là, le mouvement de bas en haut de l'eſtomac et des entrailles, se trouvent mécaniquement liés à une envie de vomir, encore accrue lorsque le patient, dans la cabine, regarde au dehors par la fenêtre et qu'il aperçoit tour à tour le ciel et la mer, ce qui renforce de plus belle l'illusion d'un siège se dérobant sous lui.

Un acteur, lui-même froid, et qui n'a du reſte qu'entendement et puissance d'imagination, peut souvent remuer de son émotion affectée (artificielle) plus que ne le ferait une émotion véritable. En présence de l'aimée, un homme sérieusement épris eſt emprunté, malheureux et peu doté de séduction. Mais celui qui se contente de *jouer l'épris*, en ayant par ailleurs du talent, peut figurer son rôle avec tant de naturel qu'il amène la pauvre créature leurrée au milieu de ses filets, et cela précisément parce que son cœur eſt sans prévention, sa tête lucide, et qu'il dispose ainsi totalement du libre usage de son savoir-faire et de ses forces pour imiter avec le plus grand naturel l'apparence de l'amant.

Le rire bienveillant (franc) eſt *sociable* (de par son appartenance à l'émotion de la gaieté) ; le rire sarcastique (ricanement) eſt *hoſtile*. Le diſtrait (tel Terrasson[1] s'avançant gravement, le bonnet de nuit sur la tête en place de perruque, le chapeau sous le bras, empli du débat sur la prééminence des Anciens et des Modernes sous le rapport des sciences) eſt souvent l'occasion du premier de ces rires ; on *rit* de lui, mais on ne le tourne pas pour autant *en ridicule*. On considère souvent avec le sourire l'*original* exempt de sottise, il ne lui en coûte rien, et il rit lui aussi. Un homme qui rit mécaniquement (sans esprit) est insipide et ôte toute saveur aux réunions. Celui qui, en société, s'abstient de rire est ou bien chagrin, ou bien pédant. Il faut habituer de bonne heure les enfants, les petites filles surtout, à un VII, 265 sourire franc et sans contrainte : l'enjouement des traits du visage ainsi acquis s'imprime peu à peu jusque dans la vie intérieure et instaure une disposition à la gaieté, à l'amabilité et à la sociabilité que cette approche de la vertu de bienveillance prépare de manière précoce.

Avoir en société quelqu'un pour cible de la plaisanterie (se jouer de lui), sans être blessant (moquerie libre d'allusions désobligeantes), contre laquelle l'autre dispose de la sienne pour répliquer sur le même ton, prêt à provoquer un rire joyeux, représente pour cette société une stimulation débonnaire et génératrice de culture à la fois. Mais si la chose se passe aux dépens d'un nigaud que l'on se renvoie à la manière d'une balle, le rire, empreint, comme il l'est, de malignité, manque pour le moins de finesse, et si la victime est un parasite qui, pour la bombance, se prête au jeu de la malice et accepte le rôle de fou, c'est une preuve de mauvais goût autant que d'un sens moral émoussé chez ceux qui rient de l'aubaine à gorge déployée. Quant à la position du fou de cour chargé de pimenter de rire le festin afin de dilater salutairement la rate du plus haut personnage par des brocards à l'adresse de ses aristocratiques serviteurs, elle est, selon la manière de l'envisager, *au-dessus* ou *au-dessous* de toute critique.

DES PASSIONS

§ 80

La *possibilité* subjective de naissance d'un certain désir qui précède la représentation de son objet est le *penchant (propensio)*. La *contrainte* intérieure de la faculté de désirer à s'emparer de l'objet, avant même qu'on le connaisse, est l'*instinct* (comme l'instinct d'accouplement ou l'instinct parental de l'animal à protéger ses petits, etc.). Le désir sensuel servant de règle (d'habitude) au sujet s'appelle l'*inclination (inclinatio)*. L'inclination qui empêche la raison de la comparer, dans la perspective d'un certain choix, avec la somme des autres inclinations est la *passion (passio animi)*.

On le discerne sans peine, aux passions, parce qu'elles se laissent conjuguer avec la réflexion la plus tranquille,

parce qu'elles ne peuvent donc être inconsidérées à la manière de l'émotion, ni en conséquence impétueuses et passagères, enfonçant au contraire leurs racines, est donné de coexister même avec les subtilités de la raison, portent le plus grand tort à la liberté ; et si l'émotion
VII, 266 est une *ivresse,* la passion est une *maladie* rebelle à toute médication et, par là, pire que tous les mouvements passagers de l'âme qui, du moins, éveillent le propos de s'amender ; la passion, à la place, est un ensorcellement qui refuse jusqu'à l'amendement.

On désigne aussi la passion du nom de *fièvre* (fièvre des honneurs, de vengeance, de domination, et autres) à l'exception de la passion de l'amour, lorsque l'on *est épris.* La cause en est que ce dernier désir, une fois assouvi (par la jouissance), cesse dans le même temps, du moins à l'égard de la même personne, et que l'on peut bien donner l'étiquette de passion à un amour passionné (aussi longtemps que l'autre partie persiste dans le refus), mais non à un amour physique, parce que celui-là ne comporte pas, quant à l'objet, de principe *persévérant.* La passion suppose toujours une maxime du sujet, qui est d'agir selon un but prescrit par l'inclination. Elle est donc à tout moment associée à sa raison ; aux simples animaux on ne saurait attribuer de passions, tout aussi peu qu'à de purs êtres de raison. Parce qu'elles sont incapables d'être jamais pleinement satisfaites, l'ambition, la vengeance comptent parmi les passions, au titre de maladies contre lesquelles il n'y a que des palliatifs.

§ 81

Les passions sont des gangrènes pour la raison pratique, et la plupart du temps incurables ; parce que le malade refuse la guérison et se soustrait à l'autorité du principe qui, seul, pourrait la produire. Même dans le domaine de la sensibilité pratique, la raison procède du général au particulier selon le principe : se garder, pour plaire à une inclination, de rejeter toutes les autres dans l'ombre ou à l'écart, mais veiller à ce qu'elle puisse coexister avec la somme de toutes les inclinations. L'*ambition* d'un homme peut bien être une orientation de son inclination approuvée par la raison. l'ambitieux n'en veut pas moins être aimé des autres, il lui faut d'aimables relations avec autrui, le maintien de sa situation de fortune et d'autres agréments encore. Mais s'il est un ambitieux *passionné,* alors il est aveugle aux fins auxquelles pourtant ses inclinations le convient aussi ; que les autres le haïssent, ou qu'ils fuient son commerce, ou que ses dépenses menacent de le précipiter dans la pauvreté, il néglige toutes ces considérations. C'est folie (celle d'ériger en un tout ce qui est *partie* de ses fins) toute contraire à la raison, même dans son principe formel.

Aussi les passions ne sont-elles pas seulement, à la manière des émotions, de *malheureux* états de l'âme gros de multiples maux ; ce sont aussi, sans exception, des états malins, et le meilleur des désirs, même si son but se situe (selon sa matière) dans l'appartenance à la vertu, à la charité par exemple, est pourtant (dans sa forme), dès qu'il tourne à la passion, non seulement funeste du *point de vue pragmatique*, mais encore *moralement* condamnable. VII, 267

L'émotion porte un tort momentané à la liberté et à la maîtrise de soi. La passion en fait abandon et trouve son plaisir et sa satisfaction à la servilité. Comme la raison, cependant, ne fléchit pas dans son appel à la liberté intérieure, le malheureux gémit sous ses chaînes, auxquelles il ne peut pourtant s'arracher : en quelque sorte, elles ne font déjà plus qu'un avec son corps.

Les passions n'en ont pas moins trouvé aussi leurs laudateurs (où ces hommes ne se trouvent-ils pas en effet, dès que la malignité a pris place dans les principes ?), et l'on dit « Rien de grand n'a jamais été accompli dans le monde sans violentes passions, et la Providence elle-même les a sagement implantées dans la nature humaine comme autant de ressorts[1] ». On peut bien en convenir à propos des multiples *inclinations* dont la nature vivante (y compris celle de l'homme) ne saurait se passer en tant qu'elles sont un besoin naturel et animal. Mais qu'elles puissent, et même qu'elles doivent devenir *passions*, la Providence ne l'a pas voulu ; au poète, on peut pardonner de les présenter sous cet angle (de dire avec Pope : « S'il est établi que la raison est la boussole, les passions sont les vents[2] ») ; mais le philosophe n'a pas le droit d'adopter ce principe, fût-ce afin de les louer comme un arrangement provisoire de la Providence qui les aurait déposées à dessein dans la nature humaine avant que les hommes ne soient parvenus au degré convenable de culture.

CLASSEMENT DES PASSIONS

On les classe en passions de l'inclination *naturelle* (innée) et en passions de l'inclination née de la *culture* humaine (acquise).

Les passions du *premier genre* sont l'*inclination à la* VII, 268 *liberté* et l'*inclination sexuelle*, associées toutes deux à l'émotion. Celles de la seconde classe sont *la fièvre des honneurs, la fièvre de dominer, la fièvre de posséder*, liées non à l'impétuosité d'une émotion, mais à l'opiniâtreté d'une maxime établie en vue de fins déterminées. Celles-là peuvent être dites passions *brûlantes (passiones ardentes)*, celles-ci, telle l'avarice, passions *froides (frigidae)*. Mais toutes les passions sont toujours des désirs qui vont seulement d'humains à humains et non vers des choses, et l'on peut concevoir beaucoup d'inclination pour une terre fertile ou pour une vache, dans le sens de leur utilisation, on ne saurait concevoir pour elles aucune sorte d'*affection* (qui consiste dans l'inclination à entrer en *communauté* avec d'autres), et moins encore une passion.

A. DE L'INCLINATION À LA LIBERTÉ COMME PASSION

§ 82

C'est la plus violente de toutes chez l'homme de la nature, en un état où il en arrive inévitablement dans ses rapports avec les autres à des exigences réciproques.

Celui qui ne peut être heureux que selon le choix d'*autrui* (en dépit de toute la bienveillance de celui-là) se sent à bon droit malheureux. Quelle garantie a-t-il en effet que son puissant prochain, dans son jugement sur le bonheur, s'accordera avec le sien? Le sauvage (encore inhabitué à la servilité) ne connaît pas de plus grand malheur que de tomber en cet état, et cela avec raison, tant qu'une loi publique ne l'assure pas : jusqu'au moment où la discipline lui aura appris peu à peu à subir cet état. De là, sa situation de guerre permanente pour maintenir les autres aussi éloignés que possible de lui-même et pour vivre dans la dissémination des espaces déserts. Et même l'enfant, à peine sorti du sein maternel, semble, à la différence de tous les autres animaux, entrer dans ce monde en criant pour cette seule raison ; c'est qu'il tient pour *contrainte* son incapacité à se servir de ses membres et proclame aussitôt sa prétention à la liberté (dont nul autre animal n'a de représentation*). Les peuples nomades sans VII, 269 attache avec aucune terre (de par leur caractère pastoral), les Arabes par exemple, tiennent si fort à leur genre de vie, encore qu'il ne soit pas exempt de toute contrainte, et en conçoivent une telle superbe, faite de méprisante condescendance pour les peuples *gagnés à la vie sédentaire,* que les peines inséparables de leur état n'ont pu les en détourner à travers des millénaires. Des peuples purement chasseurs (comme les *Toungouses de l'Oleniok*) se sont réellement ennoblis par ce sentiment de liberté (qui les distinguait d'autres souches parentes). Ainsi le concept de liberté, parmi les lois morales, n'éveille pas seulement une émotion du nom d'enthousiasme, la simple représentation sensible de la liberté extérieure exalte l'inclination à s'y maintenir et à l'étendre, par analogie avec le concept de droit, jusqu'à la passion violente.

On n'accorde pas le nom de passion, chez les simples animaux, à l'inclination même la plus violente (accouplement des sexes par exemple), car ils sont privés de toute raison qui, seule, fonde le concept de liberté et avec laquelle la passion entre en collision ; on ne peut donc attribuer qu'à l'homme l'explosion de la passion. De certains hommes on dit bien qu'ils aiment certaines choses passionnément (la boisson, le jeu, la chasse) ou

* Lucrèce, un poète, donne dans le règne animal une autre tournure à ce phénomène effectivement remarquable :

> *Vagituque locum lugubri complet, ut aequun est,*
> *Cui tantum in vita restet transire malorum*[1]

L'enfant nouveau-né ne peut certes avoir cette perspective ; pourtant, que le sentiment de malaise en lui provienne non d'une douleur corporelle, mais d'une idée obscure (ou d'une représentation analogue) de liberté et d'entrave à celle-là, de *tort* subi, se dévoile dans ses larmes qui s'unissent à ses cris quelques mois après sa naissance ; signe d'une sorte d'irritation lorsque, s'efforçant d'approcher de certains objets ou, tout simplement, de changer de position, il y ressent des obstacles. Cet instinct d'en faire à sa tête et de prendre l'empêchement pour une offense se dessine en particulier dans le ton qu'il adopte, et laisse apparaitre une malignité que la mère se voit forcée de punir, avec, pour réponse ordinaire, des cris plus violents encore. La même chose se passe quand il tombe par sa propre faute. Les petits des autres créatures jouent ; les enfants se querellent de bonne heure, et l'on dirait qu'un certain concept du droit (se rapportant à la liberté extérieure) se développe avec la vie animale qui ne saurait être appris au cours des ans.

qu'ils détestent de même (le musc ou l'eau-de-vie) ; mais on ne fait pas de ces inclinations ou de ces répulsions diverses autant de *passions,* parce que ce ne sont qu'autant d'instincts différents, c'est-à-dire autant de modes *purement passifs* de la faculté de désirer, et qu'elles ne méritent donc pas d'être classées selon les objets de la faculté de désirer en tant que *choses* (à vrai dire
VII, 270 innombrables), mais selon le principe de bon ou de mauvais usage que les hommes font entre eux de leur personne et de leur liberté, dès qu'un homme réduit son prochain à un simple moyen de ses propres fins. Les passions ne sont en vérité tournées que vers les humains et ne peuvent de même être satisfaites que par eux.

Ces passions sont *la fièvre des honneurs, la fièvre de dominer, la fièvre de posséder.*

Comme ce sont des inclinations visant à la seule possession des moyens propres à satisfaire toutes les inclinations directement relatives à la même fin, elles ont dans cette mesure un vernis de raison : celui de tendre à l'idée d'un pouvoir lié à la liberté qui, seul, permettrait d'atteindre tout but qu'on se propose. La possession des moyens à *quelque* intention *que ce soit* va bien plus loin que l'inclination orientée vers un désir particulier et vers sa satisfaction. Aussi peut-on les dire inclinations de l'illusion, laquelle consiste à accorder à la simple opinion d'autrui sur la valeur des choses la même estime qu'à la valeur véritable.

B. DU DÉSIR DE VENGEANCE EN TANT QUE PASSION

§ 83

Du fait que les passions ne peuvent être que des inclinations orientées d'humains à humains, pour autant que celles-là, dirigées vers des fins convergentes ou contradictoires, sont de la sorte amour ou haine ; de cet autre fait que le concept de droit, parce qu'il émane directement du concept de liberté extérieure, est une incitation bien plus importante et bien plus agissante sur la volonté que celle de la bienveillance, la haine issue du tort subi, c'est-à-dire l'*appétit de vengeance,* est une passion qui naît irrésistiblement de la nature humaine, et, si grande en soit la malignité, la maxime de la raison en vertu du légitime *désir de justice* dont cet appétit est l'*analogon* se trouve mêlée à l'inclination qui devient par là une des passions les plus violentes et à l'enracinement le plus profond ; et, lorsqu'elle semble éteinte, elle laisse toujours subsister en secret une haine, appelée *rancune,* tel un feu qui couve sous la cendre.

Le *désir* d'être avec son prochain en une situation et en un rapport tels qu'à chacun échoie ce que veut le *droit* n'est assurément pas une passion, mais un déterminant de la libre volonté du fait de la pure raison VII, 271
pratique. Or la *capacité de stimulation* de ce désir par le simple amour de soi, c'est-à-dire pour son seul avantage et non à l'appui d'une législation qui s'applique à quiconque, est une incitation sensible de la haine, non à l'égard de l'injustice, mais de celui qui fut *injuste* envers nous : inclination (à poursuivre et à détruire) qui, fondée sur une idée, d'emploi égoïste il est vrai, transforme le désir de justice face à l'offenseur en une passion de revanche dont la violence va souvent jusqu'à l'égarement de s'exposer soi-même à la ruine, pourvu que l'ennemi n'y échappe pas, et de rendre (dans la vengeance du sang) cette haine héréditaire, même entre les peuples ; c'est que, dit-on, le sang de l'offensé qui n'a pas encore été vengé *hurle* jusqu'à ce que le sang innocemment versé soit lavé à son tour par le sang, dût-il être celui d'un descendant sans tache.

C. DE L'INCLINATION À L'ASCENDANT SUR LES AUTRES HOMMES

§ 84

Cette inclination est la plus proche de la raison technique et pratique, c'est-à-dire de la maxime de prudence. Parvenir à disposer des inclinations des autres afin de pouvoir les diriger et les déterminer selon ses propres intentions équivaut presque à les avoir en sa *possession* comme instruments de sa volonté. Rien d'étonnant que l'aspiration à un tel *pouvoir* d'ascendant sur les autres devienne passion.

Ce pouvoir comporte en quelque sorte une triple force : l'*honneur,* la *puissance* et l'*argent;* grâce à eux, si on les possède, on a prise sur tout homme, sinon par l'un de ces ascendants, du moins par l'autre, et l'on peut l'utiliser à ses desseins. Lorsqu'elles deviennent passions, les inclinations à cette possession sont la *fièvre des honneurs,* la *fièvre de dominer* et la *fièvre de posséder.* Il est bien vrai que l'homme devient ici le benêt (la dupe) de ses propres inclinations, et qu'il manque son but final dans l'utilisation de tels moyens ; aussi bien, nous ne parlons pas ici de la *sagesse* qui n'autorise aucune passion, mais seulement de la *prudence,* qui permet de manipuler les insensés.

VII, 272 Or, toutes passions, si violentes soient-elles de par leur qualité de ressorts sensibles, ne sont que *faiblesses* en regard de ce que la raison prescrit à l'homme. C'est pourquoi l'homme avisé peut les employer d'autant moins à ses desseins que plus grande est la passion qui domine l'autre.

La *fièvre des honneurs* est la faiblesse des hommes d'où résulte que l'ascendant sur eux a pour agent l'*opinion;* pour la fièvre de dominer, cet agent est la *crainte;* pour celle de posséder, c'est l'*intérêt égoïste.* Dans tous les cas, il s'agit d'une servilité qui donne à l'autre, qui s'en empare, le pouvoir d'utiliser les inclinations d'autrui à ses intentions personnelles. Mais la conscience de ce pouvoir en lui-même et de la possession des moyens propres à satisfaire ses inclinations suscite plus encore la passion que ne le fait leur usage.

a. LA FIÈVRE DES HONNEURS

§ 85

Ce n'est pas l'*amour de l'honneur,* haute estime que l'homme est en droit d'attendre des autres pour sa valeur intérieure (morale), mais une aspiration à la *renommée* où suffit l'apparence. La superbe (prétention envers les autres à ce qu'ils se dédaignent en comparaison de nous-mêmes), cette superbe, dis-je, il suffit de la *flatter* pour tenir le fou en son pouvoir de par cette passion. Les flatteurs*, les approbateurs prompts à concéder à un important personnage le propos décisif, nourrissent cette passion qui débilite notre homme, et sont les corrupteurs des grands et des puissants qui s'abandonnent à cette séduction.

La *superbe* est un appétit d'honneurs manqué qui agit à l'encontre de sa propre fin, on ne peut la considérer
VII, 273 comme un moyen délibéré d'utiliser à des intentions personnelles d'autres hommes (qu'elle rebute) ; au contraire, c'est l'orgueilleux qui est l'instrument des coquins, sous

* Le mot *Schmeichler* a eu sans doute à l'origine la forme *Schmiegler,* un homme qui se plie et fléchit pour mener à sa guise, même par son orgueil, un puissant infatué de lui-même, comme le mot *Heuchler* (on devrait en fait écrire *Häuchler*) a dû désigner un imposteur jouant devant un puissant homme d'église la pieuse humilité au moyen de profonds soupirs entremêlés à son discours[1].

le nom de fat. Un honnête commerçant, fort raisonnable, me demandait un jour : «Pourquoi l'orgueilleux est-il toujours marqué de bassesse?» (il avait fait l'expérience que l'homme qui se vantait de sa richesse, gage de sa puissance souveraine dans le monde du commerce, n'avait, dans le déclin ultérieur de sa fortune, aucun scrupule à se faire rampant). Je pensais ainsi : puisque la superbe est une prétention envers autrui qu'il se méprise comparativement à elle, qu'une telle pensée, au demeurant, ne peut venir qu'à l'esprit de celui qui se sent prêt à la bassesse, elle fournit déjà en elle-même un indice annonciateur infaillible de la bassesse de telles gens.

b. LA FIÈVRE DE DOMINER

Cette passion est en elle-même injuste, et, quand elle se manifeste, elle suscite l'opposition générale. Cependant, elle débute par la crainte d'être dominée par les autres, et elle entend se mettre à temps en position avantageuse d'ascendant sur eux; c'est là un moyen douteux et injuste d'utiliser autrui à des intentions personnelles : pour une part, il soulève l'opposition et il est *maladroit,* pour l'autre, il est contraire à cette liberté subordonnée à des lois, dont chacun peut se réclamer, et il est *injuste.* Quant à l'art *indirect* de la domination, ainsi l'art des femmes à utiliser les hommes à leurs propres fins par l'amour qu'elles leur inspirent à leur égard, il n'entre pas sous cette rubrique, car il n'implique aucun acte de force; il s'entend seulement à dominer et à enchaîner le serviteur au moyen de sa propre inclination. Non que la part féminine de notre espèce soit libre de l'inclination à dominer la part masculine (c'est le contraire qui est vrai); mais au lieu d'employer à cet effet le même moyen que les hommes, à savoir l'avantage de la *force* (telle que la suggère le mot *dominer*), elle use de celui des *charmes,* ce qui entend une inclination de l'autre sexe à se laisser dominer.

c. LA FIÈVRE DE POSSÉDER VII, 274

L'*argent* est le mot d'ordre; devant le favori de Plutus, toutes les portes s'ouvrent, qui restent fermées au moins fortuné. L'invention de cet instrument qui n'a (ou du moins ne doit avoir) d'autre utilité que d'aider les hommes à faire échange de leur industrie, et par là aussi de tout bien matériel, surtout après avoir reçu une représentation métallique, a engendré une fièvre de posséder qui, en fin de compte, fût-ce sans jouissance, dans la simple possession, et même accompagnée du renoncement (de l'avare) à tout usage, recèle une puissance dont on croit qu'elle suffit à suppléer à l'absence de toute autre. Vidée de l'élément spirituel, d'une conduite purement mécanique, encore qu'elle ne soit pas toujours condamnable, cette passion, qui s'attache surtout à l'âge (pour compenser la déficience naturelle des moyens), et qui a valu tout bonnement à cet instrument universel, à cause de son ascendant, le nom de *moyens,* est telle qu'une fois apparue, elle ne souffre plus de changement. Si la première de ces trois passions suscite la *haine,* la seconde la *crainte,* elle, la troisième, suscite le *mépris**.

DE L'INCLINATION DE L'ILLUSION EN TANT QUE PASSION

§ 86

Par *illusion* comme ressort des désirs, j'entends l'erreur intérieure d'ordre pratique qui fait prendre pour objectif l'élément subjectif du mobile de l'action. La nature recherche de temps à autre de plus fortes stimulations de la force vitale qui ravivent l'activité de l'homme pour qu'il n'aille pas perdre dans la seule *jouissance* le sentiment de la vie. À cette intention, elle a fait, avec beaucoup de sagesse et de bienfaisance, miroiter aux regards de l'homme naturellement paresseux des objets selon son imagination comme des fins réelles (manières d'acquérir honneur, puissance et argent), et ces objets, à lui qui répugne à entreprendre une *besogne,* n'en procurent pas moins sa part d'*ouvrage* et lui donnent *beaucoup à faire à ne rien faire;* alors, l'intérêt qu'il y prend est intérêt de la pure illusion, la nature fait donc en réalité de l'homme son jouet et l'aiguillonne (lui, le sujet) en vue de la fin qu'elle s'est donnée, cependant qu'il se trouve (objectivement) dans la conviction de s'être posé à lui-même sa propre fin. Du fait que l'imagination y est autocréatrice, ces

* Ici il faut entendre le mépris au sens moral : au sens social, s'il s'avère que, selon le mot de Pope, «Le diable tombe en pluie d'or de cinquante pour cent dans le giron de l'usurier et s'empare de son âme», la grande masse *admire* l'homme qui fait preuve d'une si grande sagesse en affaires.

inclinations de l'illusion se prêtent à devenir *passionnées* au plus haut degré, surtout lorsqu'elles visent à une *émulation* entre les hommes.

Les enfants qui jouent au ballon, à la lutte, à la course, à la guerre ; et aussi l'adulte qui s'adonne aux échecs et aux cartes (occupations dont la première tend au pur avantage de l'entendement, tandis que la seconde y ajoute le gain d'argent) ; le citoyen enfin qui, dans des cercles publics, tente sa chance au faro ou aux dés, la nature, plus sage, les pousse tous à leur insu à des coups de hasard, où ils éprouvent leurs forces en affrontant les autres : en fait, elle veut par là préserver de la lassitude la force vitale et la maintenir en activité. Deux adversaires de cette espèce croient jouer entre eux ; en réalité, c'est la nature qui en fait son propre jeu, ce dont la raison peut les convaincre avec évidence s'ils réfléchissent à l'incongruité des moyens qu'ils ont choisis par rapport à leurs fins. Mais parce qu'il s'allie intimement à des idées (encore que mal interprétées) de l'illusion, le bien-être éprouvé dans cette sorte d'excitation est par cela même cause d'un penchant à la passion la plus violente et de longue durée*.

Les inclinations de l'illusion rendent superstitieux l'homme faible, et faible l'homme superstitieux, c'est-à-dire porté à attendre de circonstances qui ne peuvent être des *causes naturelles* (crainte ou espoir d'un événement) des effets qui n'en seraient pas moins intéressants. Les chasseurs, les pêcheurs, et aussi les adeptes du jeu (des loteries en particulier), sont superstitieux, et l'*égarement* qui entraîne à l'illusion de prendre pour objectif le subjectif et pour connaissance de la chose elle-même la disposition du sens intérieur, éclaire en même temps le penchant à la superstition.

DU SUPRÊME BIEN PHYSIQUE VII, 276

§ 87

La plus grande jouissance des sens exempte de mélange de dégoût est, dans l'état de bonne santé, *le repos après le travail*. La propension au repos sans travail préalable, en ce même état, est la *paresse*. Pourtant, le

* Un homme de Hambourg qui, dans cette même ville, avait perdu au jeu une fortune considérable, s'était mis à passer son temps à regarder jouer les autres. Quelqu'un lui demanda ce qu'il éprouvait à la pensée d'avoir eu un jour une pareille fortune. L'homme répondit : « Si je devais l'avoir encore, je ne saurais l'employer plus agréablement. »

refus quelque peu prolongé de retourner à ses *travaux*, et le doux farniente destiné à rassembler ses forces, ne sont pas pour autant paresse ; car on peut (jusque dans le jeu) être occupé de manière agréable et cependant utile ; et changer de travaux quant à leur nature spécifique représente autant de formes de détente : au contraire, reprendre un ouvrage difficile laissé inachevé, réclame un certain degré de résolution.

Des trois vices : *paresse, lâcheté, fausseté*, le premier semble le plus méprisable[1]. Mais à juger en ce domaine, on peut être souvent injuste envers l'homme. Cette aversion pour un travail soutenu, la nature l'a en effet sagement déposée dans l'instinct de maints sujets pour leur profit comme pour celui des autres : ils ne supportaient sans doute pas sans s'épuiser une dépense de forces prolongée ou répétée et réclamaient au contraire des temps de délassement. Aussi *Demetrius* aurait-il eu quelque justification à vouer un autel à cette mégère (la paresse) ; si la *paresse* n'intervenait pas, l'infatigable méchanceté ferait plus de mal qu'il ne peut y en avoir encore de nos jours ; si la *lâcheté* ne prenait pas les hommes en pitié, la férocité guerrière aurait bientôt ruiné le genre humain, et sans la *fausseté* (dans la masse de rassemblements de scélérats qui s'unissent pour un complot — dans un régiment par exemple — il y a toujours un traître), la méchanceté innée de la nature humaine ferait s'écrouler des États entiers.

Les incitations les plus fortes de la nature, représentantes de la raison (celle de l'Être qui régit l'univers) qui, invisible, veille dans son intention supérieure sur le genre humain, et dans son intention générale sur le meilleur bien physique de l'univers sans que la raison de l'homme y joigne sa contribution, sont l'*amour de la vie* et l'*amour sexuel*, le premier pour la conservation de l'individu, le second pour celle de l'espèce, puisque l'union des sexes maintient dans son ensemble le *progrès* de la vie de notre espèce raisonnable, en dépit de son
VII, 277 zèle délibéré à se *détruire* elle-même (au moyen des guerres) ; ce qui n'empêche pas, même au milieu des guerres, les créatures raisonnables, toujours plus riches de culture, de présenter sans équivoque au genre humain, pour les siècles à venir, la perspective d'un état de bonheur qui ne connaîtra plus de retour en arrière.

DU SUPRÊME BIEN MORAL ET PHYSIQUE

§ 88

Les deux sortes de bien, *physique* et *moral*, ne peuvent être *mêlées*; elles se neutraliseraient et ne pourraient agir en vue du véritable bonheur ; en revanche, l'inclination à l'*agrément de la vie* et l'inclination à la *vertu*, dans leur affrontement et la limitation qu'impose au principe de la première inclination celui de la seconde, constituent toute la finalité de l'homme de bon aloi, être sensible pour une part, mais aussi moral et intellectuel pour l'autre ; toutefois celui-là, par suite de la difficulté de prévenir à l'usage une confusion, a besoin que des réactifs *(reagentia)* opèrent une dissociation pour savoir quels éléments et quel mode de leur dosage procurent dans leur combinaison la jouissance d'un *bonheur policé.*

L'orientation de pensée qui unit le bien-vivre et la vertu dans le *commerce du prochain* est l'*humanité.* Le degré du premier élément ne compte pas ; tel homme, pour ce qui lui semble nécessaire à cet égard, sera peu exigeant, tel autre le sera beaucoup ; l'important est la forme du rapport de limitation de la première inclination par la loi de la seconde.

L'aisance dans les relations est une vertu, mais la *propension à les rechercher* tourne souvent à la passion. Et si le plaisir de la vie sociale se fait ostentation et s'exalte de prodigalité, la fausse aisance dans les relations cesse d'être une vertu, c'est un bien-vivre qui porte préjudice à l'humanité.

★

La musique, la danse, le jeu font les muettes compagnies (les quelques mots nécessaires au jeu n'établissent en rien une conversation, qui réclame l'échange des pensées). Le jeu qui, allègue-t-on, ne servirait qu'à combler le vide de la conversation après les repas, n'en reste pas moins à l'ordinaire l'essentiel : à titre d'ins- VII, 278
trument de gain ; à cette occasion, les émotions se trouvent agitées avec force, une certaine convention de l'égoïsme s'instaure, pour se détrousser les uns les autres avec la plus grande civilité ; et un complet égoïsme, tant que dure le jeu, est posé en un principe que nul ne renie ; de ce genre de convention, malgré toute la culture qu'il peut entraîner dans les bonnes

manières, l'union du bien-vivre en société et de la vertu, et par là la véritable humanité, ne sauraient se promettre d'avancement véritable.

Le bien-vivre qui semble encore le mieux s'accorder à cette humanité est un *bon repas en une bonne compagnie* (porteuse, si possible, de diversité) ; d'elle Chesterfield[1] dit que son nombre ne doit pas être inférieur à celui des Grâces, ni supérieur à celui des Muses*.

Si je prends une table uniquement faite d'hommes de goût (réunis par des liens d'ordre esthétique**), tels qu'ils ne se proposent pas seulement de prendre un repas en commun, mais aussi de profiter mutuellement de leur présence (leur nombre ne pouvant dépasser de beaucoup celui des Grâces), cette petite tablée ne doit pas tant rechercher la satisfaction physique — chacun peut la trouver aussi dans la solitude — que le plaisir de société dont ce repas ne doit paraître que le véhicule : le nombre suffit alors précisément pour que l'on n'ait pas à redouter que l'entretien s'arrête ou s'éparpille en apartés avec le plus proche commensal,
VII, 279 manière qui n'a rien du goût de la conversation, toujours forcément générateur de culture là où chacun s'entretient avec tous (et non plus seulement avec son voisin), alors que les prétendus festins solennels (ripailles et engrais) sont totalement dépourvus de goût. Il va de soi que, dans toutes les tablées, et même à une table d'hôtes, les propos ouvertement tenus par un convive indiscret aux dépens d'un absent n'ont pas à être utilisés *en dehors* de la compagnie ni colportés. Car toute réunion autour d'une table, même sans convention particulière à ce sujet, a un certain principe sacré et un certain devoir de silence quant à ce qui pourrait, par la suite, causer au dehors du désagrément à l'un des participants ; sans cette confiance, le plaisir pris en compagnie, si profitable à la culture morale même, et aussi celui de jouir de cette compagnie, seraient réduits à néant. Aussi

* Dix à table, l'hôte qui sert ses invités ne se comptant pas.

** Au cours d'un repas solennel où la présence des dames maintient dans les limites de la civilité la liberté masculine, la venue d'un silence soudain est un fâcheux accident qui laisse pointer la menace de l'ennui ; personne alors n'ose lancer quelque nouveau propos apte à poursuivre la conversation, parce qu'il ne faut pas tirer ce propos du néant, mais l'emprunter à la nouveauté du jour qui doit forcément présenter de l'intérêt ; une seule personne, surtout s'il s'agit de la maîtresse de maison, peut souvent empêcher d'elle-même ces arrêts et maintenir le cours de la conversation pour qu'elle s'achève comme lors d'un concert, dans une gaieté sonore et générale, et qu'elle n'en soit de la sorte que plus profitable, pareille au banquet de Platon dont l'un des hôtes disait : « Tes repas ne sont pas seulement agréables au moment où on les savoure, mais aussi toutes les fois qu'on y pense. »

me ferais-je, s'il arrivait que, sur mon meilleur ami dans un cercle prétendument public (à la vérité, toute société autour d'une table, si grande soit-elle, reste une société de particuliers, et seule est publique celle de l'ensemble des citoyens, conçue dans l'idée), je me ferais, dis-je, s'il arrivait que l'on tînt sur lui des propos désavantageux, son avocat, et je le défendrais au besoin à mes propres risques en termes durs et acerbes, mais je ne me laisserais pas utiliser comme un instrument pour répandre la médisance et la rapporter à l'homme qu'elle concerne. Ce n'est pas seulement un *goût* de sociabilité qui doit guider la conversation, ce sont aussi des principes tels qu'ils aident le franc maniement des pensées par les hommes dans leurs relations à poser des conditions limitatives à leur liberté.

Cette confiance entre des hommes qui prennent ensemble leur repas à une même table renferme quelque analogie avec d'antiques usages, comme ceux de l'Arabe, chez qui l'étranger, dès qu'il a pu obtenir de lui, sous sa tente, une simple offrande de bouche (une gorgée d'eau), peut se dire aussi en sécurité ; ou cet autre exemple : lorsque les députés, venant de Moscou à sa rencontre, remettaient à l'impératrice de Russie le *sel* et le *pain,* elle pouvait, en consommant ces présents, se tenir pour garantie de toutes les embûches par les lois de l'hospitalité. Prendre un repas à une même table est considéré comme l'expression formelle d'une telle convention de sécurité.

Manger *seul (solipsismus convictorii)* est malsain pour
le savant *qui philosophe** ; ce n'est point *restauration* mais VII, 280
(surtout lorsque le repas prend les dimensions d'une bombance solitaire), *exhaustion;* un travail épuisant, et non un jeu vivifiant des pensées. L'homme *à table* qui,

* Celui qui *philosophe* doit constamment garder en tête ses pensées pour découvrir par de multiples essais à quels principes il doit les rattacher systématiquement ; et les idées, parce qu'elles ne sont pas des intuitions, flottent en quelque sorte devant son esprit. Le savant en histoire ou en mathématiques peut au contraire les camper devant lui et, ainsi, les ordonner empiriquement, la plume à la main, selon les règles générales de la raison, comme s'il s'agissait de faits ; ce qui précède étant réglé sur certains points, il peut de la sorte poursuivre son travail le lendemain là où il l'avait laissé. Pour le *philosophe,* on ne peut en rien le considérer comme un *ouvrier* de l'édifice des sciences, c'est-à-dire comme un savant ; il faut voir en lui un *chercheur de la sagesse.* Il est la pure idée d'une personne qui se donne pour objet, sur le plan pratique et (à cet effet) aussi sur le plan théorique, le but final de tout savoir ; et l'on ne peut utiliser ce nom au pluriel, mais seulement au singulier (le philosophe juge comme ceci ou comme cela) ; parce qu'il désigne une pure idée ; mais parler de *philosophes* suggérerait la représentation d'une multiplicité en ce qui est unité absolue.

méditant, se nourrit, pendant le repas solitaire, de sa propre substance, perd peu à peu l'entrain qu'il retrouvera, à l'opposé, si un commensal lui fournit par la diversion de ses propos impromptus un apport vivifiant de matière qu'il ne lui a pas été donné de découvrir par lui-même.

À une table bien garnie, où la multiplicité des plats répond au seul but de garder les convives longtemps réunis *(cœnam ducere)*, la conversation passe habituellement par trois degrés : 1° le *récit,* 2° le *raisonnement* et 3° la *plaisanterie.* A : Les nouvelles du jour, d'abord celles de l'endroit, ensuite aussi celles du dehors, parvenues par des lettres personnelles et par des journaux. B : Ce premier appétit une fois satisfait, la compagnie s'anime ; en effet, comme il est difficile, à raisonner, d'éviter des divergences de jugement à propos de tel et tel objet venu sur le tapis, et comme chacun n'a pas précisément de son opinion l'opinion la plus médiocre, une discussion s'élève qui aiguise l'appétit pour le mets et pour la bouteille et qui, selon le degré de vivacité de la discussion et de l'intérêt qu'elle suscite, le rend, de plus, salutaire. C : Cependant, raisonner représente toujours un genre de travail et d'effort que finit par rendre pénible la chère passablement copieuse qui l'accompagne : alors, la conversation s'engage naturellement dans le pur jeu d'esprit, en partie pour plaire
VII, 281 aussi à la dame présente que les pointes, badines sans être humiliantes, à l'adresse de son sexe amènent à se montrer à son avantage dans sa vivacité spirituelle ; et c'est ainsi que le repas prend fin dans les *rires ;* s'ils sont sonores et francs, la nature les a, par le biais des mouvements du diaphragme et des entrailles, tout précisément destinés à l'estomac en vue de la digestion, gage de bien-être physique ; cependant que les convives s'imaginent trouver dans une intention de la nature, comble de merveille ! la culture de l'esprit. Une musique de salle à manger jouée pour le festin de grands personnages est la monstruosité la plus marquée de mauvais goût qu'ait pu inventer la débauche.

Voici les règles d'un repas de bon goût qui *suscite l'entrain* de la compagnie : a) Choisir substance de conversation qui intéresse tout le monde et donne à tout moment l'occasion à quiconque d'ajouter son mot avec pertinence. b) Ne pas laisser se créer dans l'entretien de silence mortel, mais tout juste des pauses d'un instant. c) Ne pas changer de sujet sans nécessité ni sauter d'une matière à l'autre, parce que l'âme, à la fin du repas comme à la fin d'un drame (qu'est aussi toute la vie écoulée d'un homme raisonnable), est inévitablement occupée à remémorer les diverses phases de l'entretien : et si, alors, elle ne peut découvrir de fil d'enchaînement, elle se sent déroutée et frustrée de progrès dans la culture, plus encore, elle s'aperçoit avec dépit qu'elle a plutôt régressé. Il faut aller presque jusqu'à l'épuisement d'un sujet intéressant avant de passer à un autre et savoir, lorsque la conversation tourne court, glisser à tout hasard dans le cercle, sans qu'il y paraisse, quelque sujet proche du précédent ; une seule personne de la compagnie peut donc, sans se faire remarquer ni jalouser, se charger de guider la conversation. d) Ne laisser naître ni se prolonger de *prétention à avoir le dernier mot,* pour soi-même ou pour les autres membres de la société : au contraire, la conversation n'étant pas un ouvrage, mais un simple jeu, détourner cette sorte de gravité au moyen d'une plaisanterie placée habilement. e) Dans une discussion sérieuse qu'on ne saurait éviter, veiller à se maintenir soi-même et son émotion en une telle discipline que percent toujours avec éclat le respect et la bienveillance réciproques ; ici, le *ton* de la conversation (qui ne doit être ni criard ni arrogant) importe plus que son contenu ; afin qu'aucun des convives ne rentre chez lui de cette soirée *brouillé* avec les autres.

Si insignifiantes que puissent paraître ces lois de VII, 282
l'humanité raffinée, surtout lorsqu'on les compare avec celles de la pure moralité, tout ce qui favorise la sociabilité, fût-ce sous la simple forme de maximes et de manières plaisantes, n'en est pas moins pour la vertu un habillement avantageux qu'il convient de lui recommander, même dans une perspective sérieuse. Le *purisme* du *cynique* et la *macération* de l'*anachorète,* coupés du bien-vivre social, sont des caricatures de la vertu qui n'engagent pas à sa pratique ; abandonnés des Grâces, ils ne peuvent, bien au contraire, prétendre à l'humanité.

Deuxième partie

DE LA MANIÈRE DE CONNAÎTRE L'HOMME INTÉRIEUR À PARTIR DE L'HOMME EXTÉRIEUR

VII, 285

RÉPARTITION

1. Le caractère de la personne 2. Le caractère du sexe 3. Le caractère du peuple 4. Le caractère de l'espèce.

A. LE CARACTÈRE DE LA PERSONNE

Du point de vue pragmatique, dans sa forme *naturelle* (et non sociale), la théorie générale des signes *(semiotica universalis)* utilise le mot caractère dans une double acception ; on dit en effet, d'une part : certain homme a tel ou tel caractère (physique) ; d'autre part : voilà *un* caractère (moral), celui-là ne peut être *alors* qu'unique ou n'est pas du tout. Au premier sens, il s'agit du signe distinctif de l'homme en tant qu'être sensible ou être de nature ; au second sens, de celui de l'homme en tant qu'être raisonnable, doué de liberté. L'homme de principes dont on sait avec certitude ce qu'on peut attendre non point, certes, de son instinct, mais de sa volonté, est de caractère. Aussi peut-on dans la caractéristique, sans se rendre coupable de tautologie, diviser ainsi, pour ce qui relève de la faculté de désirer (du domaine pratique), *l'ensemble du caractéristique* a) le *naturel* ou disposition de la nature, b) le *tempérament* ou manière de sensibilité, c) le *caractère* prompremeent dit, ou manière de pensée. Les deux premières dispositions indiquent ce qu'on peut faire de l'homme ; l'autre (disposition morale) ce qu'il est prêt à faire de lui-même.

I. DU NATUREL

Cet homme a une bonne *nature* signifie : il n'est pas entêté, mais accommodant ; il peut s'irriter, mais il se calme facilement et ne nourrit pas de rancune (il est VII, 286
négativement bon). En revanche, pouvoir dire de lui : « Il a bon cœur », bien que la chose soit du domaine de la sensibilité, signifie déjà plus. C'est une incitation au bien pratique, encore que des principes n'en règlent pas l'exercice, si bien que la bonne nature ou le bon cœur sont gens qu'un malin compère peut utiliser à sa guise. Ainsi le naturel concerne plus (subjectivement) le *sentiment* de plaisir et de déplaisir dont un homme est affecté par autrui (en cela, ce naturel peut avoir quelque marque caractéristique), que (objectivement) la *faculté de désirer ;* ici, la vie ne se manifeste pas seulement dans le sentiment, *au dedans,* mais aussi dans l'activité, *au dehors,* bien que ce soit par le jeu des seuls ressorts de la sensibilité. C'est dans ce rapport que consiste le *tempérament,* qu'il importe de distinguer de la disposition coutumière (contractée par l'habitude), qui, en effet, ne repose pas sur une orientation naturelle, mais sur de simples causes de circonstance.

II. DU TEMPÉRAMENT

Dans la perspective *physiologique,* on entend, lorsqu'on parle de tempérament, la *constitution corporelle* (force ou fragilité de conformation) et la *complexion* (l'élément fluide que la force vitale met en mouvement dans le corps selon certaines lois ; il faut y inclure le chaud ou le froid, pour ce qu'ils entrent dans l'élaboration de ces humeurs).

Mais considérés d'un point de vue *psychologique,* c'est-à-dire comme tempéraments de l'*âme* (des facultés de sentir et de désirer), ces termes empruntés à la nature du sang ne sont présentés que d'après l'analogie du jeu des sentiments et des désirs avec les causes du mouvement dans le corps (le sang étant la plus noble d'entre elles).

Or, à ce qui se révèle, les tempéraments que nous n'attribuons qu'à l'âme ont peut-être aussi, secrètement, la part corporelle de l'homme pour cause concourante ; en outre, du fait que, *tout d'abord,* ils autorisent la division principale en tempéraments du *sentiment* et de l'*activité,* et que, *de plus,* chacun d'eux peut se trouver

associé à l'excitabilité de la force vitale *(intensio)* ou à son relâchement *(remissio)*, il est permis d'établir précisément en tout et pour tout *quatre* tempéraments simples (comme pour les quatre figures du syllogisme
VII, 287 par le *medius terminus*) : le *sanguin*, le *mélancolique*, le *colérique* et le *flegmatique*, ce qui permet de conserver les formes anciennes et de les doter d'une interprétation unique, plus commode et plus adaptée à l'esprit de cette théorie des tempéraments[1].

En cela, l'expression *nature du sang* ne sert pas à désigner la *cause* des phénomènes produits chez un homme affecté dans la part sensible de son être, — que ce soit en vertu de la pathologie humorale ou nerveuse[2] —, mais seulement à classer les individus d'après les effets observés : on ne demande pas, pour intituler convenablement l'appartenance d'un homme à une classe particulière, à connaître au préalable la combinaison chimique du sang qui justifie l'appellation de telle qualité de tempérament, mais les sentiments et les inclinations que l'on a regroupés à l'observation.

La division principale de la théorie des tempéraments peut donc se faire en tempéraments du *sentiment* et tempéraments de l'*activité*, elle peut à son tour se doubler d'une subdivision en deux catégories, ce qui donne en tout quatre tempéraments. Au nombre des tempéraments du sentiment je compte le *sanguin*, A, et son opposé, le *mélancolique*, B. Le premier a cette particularité que l'impression telle qu'il la ressent est rapide et forte, mais qu'elle ne pénètre pas profondément (elle n'a pas de durée) ; chez le second, en revanche, l'impression est moins frappante, mais elle s'enracine plus avant. C'est *là* qu'il faut situer la différence entre les tempéraments du sentiment, et non dans le penchant à la gaieté ou à la tristesse. Car la légèreté du sanguin le dispose à l'enjouement, la songerie, en revanche, qui rumine une impression, ôte à la gaieté sa frivole versatilité sans pour autant produire la tristesse. Mais comme toute diversion dont on dispose ne manque pas de stimuler l'âme et de la fortifier, l'homme qui prend à la légère tout ce qui lui arrive est, sinon plus sage, du moins plus heureux à coup sûr que l'homme accroché à des sensations qui font se figer sa force vitale.

I. TEMPÉRAMENTS DU SENTIMENT

A. LE TEMPÉRAMENT SANGUIN DE L'HOMME AU SANG LÉGER

Le genre de sensibilité du sanguin se reconnaît aux manifestations suivantes. Il est insouciant et optimiste ; il accorde à toute chose, sur le moment, une grande importance, pour l'oublier d'aventure l'instant qui suit. Il promet honnêtement, mais ne tient pas parole, parce qu'il ne s'est pas demandé auparavant avec un sérieux suffisant s'il serait vraiment capable de la tenir. Il est assez bon garçon pour aider les autres, mais il est mauvais débiteur et demande toujours des délais. C'est un homme de bonne compagnie, badin, enjoué, incapable de prendre quelque chose au sérieux (Vive la bagatelle !), et de tous il fait ses amis. S'il n'est pas d'habitude un méchant homme, c'est un pécheur rebelle à la conversion, capable d'éprouver à l'occasion un grand repentir, mais bientôt oublieux de ce même *repentir* (qui ne deviendra jamais *affliction*). Le fardeau des affaires sérieuses le fatigue ; mais son occupation ne connaît pas de répit à ce qui n'est que jeu, parce que celui-là apporte la variété et que la persévérance, quant à lui, n'est pas son fort. VII, 288

B. LE TEMPÉRAMENT MÉLANCOLIQUE DE L'HOMME AU SANG LOURD

L'homme *disposé à la mélancolie* (non point le mélancolique : ce mot désigne un état et non le simple penchant à un état) donne à toutes choses qui le concernent une grande importance, il trouve partout sujet de soucis, et son attention se porte d'abord sur les difficultés : de la manière dont le sanguin, à l'inverse, part de l'espoir de la réussite, en sorte que le premier pense en profondeur tout comme la pensée de l'autre en reste à la surface. Il promet avec difficulté ; c'est qu'il a à cœur de tenir parole, mais il doute d'en avoir la capacité. Non que toute cette attitude émane de causes morales (il n'est ici question que de ressorts *sensibles*), c'est l'obstacle qui le met dans l'embarras et le remplit ainsi de souci, de méfiance et de doute, en le fermant par là à la gaieté. Du reste, cette disposition de l'âme, lorsqu'elle est habituelle, se situe, du moins par sa source d'incitation, à l'opposé de celle de l'ami des humains : l'homme qui se trouve forcé de renoncer *lui-même* à la joie ne la concèdera aux autres que difficilement.

VII, 289 II. TEMPÉRAMENT DE L'ACTIVITÉ

C. LE TEMPÉRAMENT COLÉRIQUE DE L'HOMME AU SANG CHAUD

On dit de lui : il est *ardent;* il s'enflamme vite à la manière d'un feu de paille ; que l'autre cède, il se calme bientôt ; sa colère, alors, ignore la haine, et sans doute même n'aime-t-il que davantage celui qui n'a pas tardé à lui céder. Son activité est *prompte,* mais elle manque de persévérance. Il est affairé, mais il répugne à prendre les affaires sur lui, précisément par suite de ce défaut de persévérance, et il joue volontiers le seul rôle de chef qui les dirige sans vouloir les exécuter. Aussi sa passion dominante est-elle le désir des honneurs ; il aime à se mêler des affaires publiques et souhaite d'éclatantes louanges. Aussi a-t-il un faible pour l'*apparence* et pour la pompe de l'*étiquette;* il accorde de bon gré sa protection et il a l'air magnanime, non par sympathie il est vrai, mais par orgueil ; car il *s*'aime encore davantage. Il est soucieux de l'ordre, ce qui le fait paraître plus avisé qu'il n'est. Il est avide de posséder pour n'être pas pingre ; il est poli, mais avec cérémonie, roide et contourné dans ses relations, et il se plaît à la compagnie de quelque flatteur qui soit la cible de son esprit, il subit plus de blessures de par la résistance des autres à ses *orgueilleuses* prétentions que l'avare ne peut jamais en subir par celles de sa cupidité, car il suffit d'un peu d'esprit caustique pour emporter d'un souffle tout le nimbe de son importance, alors que l'avare en est tenu quitte par le lucre. En un mot, le tempérament colérique est entre tous le moins heureux, parce que c'est lui qui soulève le plus d'opposition à sa personne.

D. LE TEMPÉRAMENT FLEGMATIQUE DE L'HOMME AU SANG FROID

Flegme signifie *absence d'émotion,* non point indolence (inertie) ; à un homme qui a beaucoup de flegme il n'est pas permis pour autant de donner d'emblée le nom de flegmatique ou de le qualifier de flegmatique, ni de le ranger sous ce titre dans la classe des fainéants.

Le flegme, sous son aspect de *faiblesse,* est un penchant à l'inactivité, à ne pas se laisser pousser à la besogne, fût-ce par de puissants ressorts. Son insensibi- VII, 290
lité à l'action est une volonté délibérée d'inutilité, et ses inclinations ne recherchent que la satiété et le sommeil.

Le flegme, sous son aspect de *force,* est en revanche cette qualité qui consiste à ne pas se laisser remuer aisément ou *promptement,* mais, encore qu'il s'y mêle de la lenteur, de manière *soutenue.* Celui qui, dans sa complexion, possède une bonne dose de flegme est lent à s'échauffer, mais il garde plus longtemps sa chaleur. Au lieu de se mettre facilement en colère, il commence par se demander s'il ne doit pas se fâcher, alors que le colérique enrage de ne pouvoir tirer de son sang-froid l'homme imperturbable.

Pourvu par la nature d'une dose tout ordinaire de raison, mais aussi de ce flegme, sans jeter d'éclat, mais partant de principes et non de l'instinct, l'homme de sang-froid n'a nul sujet de repentir. Son tempérament heureux tient lieu chez lui de sagesse, et on lui donne, même dans la vie de tous les jours, le nom de philosophe. Par là il est au-dessus des autres, sans blesser leur vanité. Il arrive souvent qu'on le dise *roué;* car tous les jets de balistes et de catapultes décochés contre lui rebondissent loin de lui comme d'un sac de laine. C'est un époux conciliant, et il sait se procurer l'autorité sur sa femme et sur sa famille, avec l'air de se plier à la volonté de tous, parce qu'il s'entend, de par sa volonté inflexible mais réfléchie, à retourner celle d'autrui au diapason de la sienne ; de même que les projectiles de petite masse et de grande vitesse ont le pouvoir de transpercer, alors que ceux de moindre vitesse, mais de masse supérieure, emportent l'obstacle dressé contre eux, sans le mettre en pièces.

Si un tempérament doit comporter l'association avec un autre — ainsi qu'on le croit communément —, par exemple :

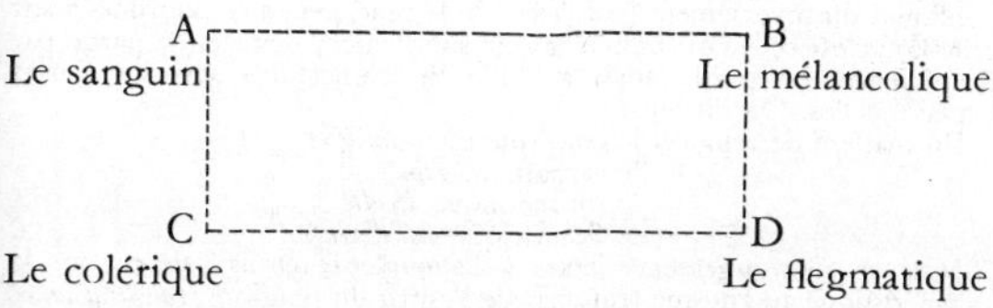

ils *s'opposent* l'un à l'autre, ou ils se *neutralisent* mutuellement. Le premier cas se produit lorsqu'on veut se représenter chez un même sujet le tempérament sanguin uni au mélancolique, et de même, le colérique uni au
VII, 291 flegmatique : ils (A et B, ainsi que B et C) sont en contradiction. Le deuxième cas, à savoir la neutralisation, se produirait dans la *combinaison* (chimique pour ainsi dire) du sanguin avec le colérique, du mélancolique avec le flegmatique (A associé à C, et B associé à D). Car on ne saurait concevoir la gaieté débonnaire se fondant avec le pouvoir d'effroi de la colère, tout aussi peu que le supplice de l'homme qui est son propre tortionnaire avec la quiétude satisfaite de l'âme trouvant en elle son propre contentement. Mais si l'un de ces états doit alterner avec l'autre chez le même sujet, il n'en résulte que des lubies, non un tempérament déterminé.

Il n'y a donc pas de *tempéraments composés,* tel un tempérament sanguin et colérique à la fois (que prétendent avoir les freluquets jouant dans ce cas aux grands seigneurs bienveillants autant que rigoureux), il n'en existe en tout que quatre, chacun d'eux est simple et l'on n'a que faire de celui qui s'attribue un tempérament mêlé.

La gaieté et la légèreté, la mélancolie et l'extravagance, l'orgueil et l'entêtement, la froideur et la faiblesse enfin, ne se distinguent qu'en leur qualité de conséquences du tempérament rapportées à leur cause*.

III. DU CARACTÈRE ENVISAGÉ COMME MANIÈRE DE PENSÉE

Pouvoir dire d'un homme sans rien d'autre : «il a du
VII, 292 *caractère*» n'est pas seulement *dire* beaucoup de lui, mais aussi en faire beaucoup d'*éloge :* c'est là une rareté qui suscite respect à son égard et admiration.

* Quelle influence a la diversité de tempérament sur les affaires publiques ou inversement (par l'effet de la pratique en ce domaine-ci sur celle-là)? c'est ce qu'on prétend avoir subtilement démêlé, en partie par l'expérience, en partie aussi à l'aide de conjectures sur des causes occasionnelles. On dit ainsi :

En matière de religion le colérique est *orthodoxe*
le sanguin *libertin*
le mélancolique *exalté*
le flegmatique *indifférent.*

Mais ce sont jugements lancés à l'aveuglette, et ils valent pour la caractéristique autant que leur accorde l'esprit du bouffon *(valent quantum possunt).*

Si, par cette appellation, l'on entend essentiellement ce que l'on peut attendre de lui, avec certitude, de bon ou de mauvais, on ajoute d'ordinaire : il a *tel* ou *tel* caractère, l'expression désigne alors le *genre de sensibilité.* Être homme de caractère, sans autre complément, a trait à cette propriété de la volonté selon laquelle le sujet se lie lui-même à des principes pratiques déterminés qu'il s'est prescrits de manière irrévocable par sa propre raison. Bien que ces principes puissent parfois être faux et erronés, l'élément formel du vouloir qui est d'agir selon de fermes principes (et non de brusquement dévier de-ci de-là, comme on le voit dans un essaim de moucherons) a en soi quelque chose d'estimable et d'admirable[1] ; tout comme il est une rare donnée.

Il ne s'agit pas ici de ce que la nature fait de l'homme, mais de ce que *celui-là fait de lui-même ;* le premier point est du ressort du tempérament (où la part du sujet est en grande partie passive), seul le second révèle que c'est un homme de caractère.

Toutes ses autres qualités bonnes et utiles ont un *prix* qui leur permet de s'échanger contre d'autres d'utilité tout égale ; le talent a un *prix marchand,* car le souverain *ou* le seigneur peut tirer d'un tel homme toutes sortes d'usages ; le tempérament a un *prix affectif,* il peut divertir, il est de compagnie agréable ; mais le caractère a une valeur *intérieure**, il n'a pas de prix.

* Dans une réunion, un marin écoutait des savants discuter de leur préséance en fonction de leur faculté d'appartenance. Il trancha à sa manière en posant la question de savoir combien il aurait tiré, en le vendant sur le marché d'Alger, d'un homme qu'il aurait capturé. Personne là-bas n'a que faire du théologien et du jésuite ; le médecin, en revanche, entend un métier et peut avoir sa valeur sonnante. Le roi d'Angleterre Jacques Ier fut prié par la nourrice qui l'avait allaité de bien vouloir faire de son fils un gentleman (un homme de qualité). Jacques répondit : « Ce n'est pas en mon pouvoir, je peux bien le faire comte, mais c'est à lui de se faire gentleman. » Au cours d'une traversée, Diogène (le Cynique) fut (comme le prétend l'histoire) capturé par des brigands près de l'île de Crète, et mis sur le marché lors d'une vente publique d'esclaves. « Que peux-tu faire ? Que sais-tu faire ? » lui demanda le trafiquant qui l'avait exposé sur un gradin. « Je sais l'art de *gouverner,* répondit le philosophe, et toi, cherche-moi un acheteur qui ait besoin d'un maître. » Le marchand, plongé dans la réflexion par cette étrange prétention, conclut l'étrange marché, en lui confiant l'éducation de son fils pour en faire ce qu'il voulait, et après avoir fait commerce quelques années en Asie, il retrouva son fils, auparavant mal dégrossi, changé en un homme habile, policé, vertueux. C'est à peu près ainsi que l'on peut estimer la hiérarchie des hommes.

VII, 293

DES QUALITÉS QUI RÉSULTENT DE CE QU'UN HOMME A OU NON DU CARACTÈRE

1° L'*imitateur* (dans le domaine moral) est dépourvu de caractère, qui consiste précisément en l'originalité dans la manière de pensée. Le caractère puise à la source de conduite qu'il a fait jaillir lui-même. En revanche, l'homme de raison ne peut être pour autant un *original,* et même il ne le sera jamais, parce qu'il s'appuie sur des principes qui valent pour tous. L'original *singe* l'homme de caractère. La bonté des manières qui émane du tempérament est une aquarelle et non un trait de caractère ; mais la caricature est une dérision sacrilège vis-à-vis de l'homme de vrai caractère : restant à l'écart du mal passé dans l'usage (de la mode), il est présenté comme un original.

2° Disposition de tempérament, la méchanceté est cependant moins fâcheuse que la bonté des manières de même origine qui ne s'accompagne pas de caractère ; celui-là peut permettre en effet de prendre le dessus sur la méchanceté. Même un homme de méchant caractère (comme Sylla), s'il provoque l'horreur par la brutalité de ses maximes arrêtées, est en même temps objet d'admiration : comme toute *force d'âme,* en comparaison de la *bonté d'âme,* lesquelles doivent se trouver réunies dans le sujet pour faire naître ce qui est plus un idéal qu'une présence dans la réalité : c'est-à-dire le droit au titre de *grandeur d'âme.*

3° Si une attitude d'esprit rigide et inflexible dans une décision une fois prise (comme chez Charles XII) est certes une disposition naturelle très favorable au caractère, elle ne constitue pas encore un caractère déterminé, au plein sens du terme. Il y faut des maximes qui émanent de la raison et de principes moraux et pratiques. On n'est donc pas justifié à dire : la méchanceté de cet homme est une propriété de son caractère ; en ce cas, elle serait diabolique ; l'homme, pour sa part, n'*approuve* jamais le mal dans sa propre personne, il n'y
VII, 294 a donc pas en réalité de méchanceté née de principes, mais de leur seul abandon.

Le mieux est, en conséquence, de présenter négativement les principes qui concernent le caractère. Les voici :

a) Ne pas tenir délibérément de propos mensongers ;

et donc parler aussi avec circonspection afin de ne pas s'attirer la honte de se rétracter.

b) Ne pas feindre, c'est-à-dire paraître bien disposé sous les regards du partenaire, mais être hostile dans son dos.

c) Ne pas rompre une promesse (licite), ce qui comporte aussi d'honorer même le *souvenir* d'une amitié désormais brisée et de ne pas faire par la suite mauvais usage de la familiarité et de la franchise que l'autre avait jadis témoignées.

d) Ne pas se commettre dans un commerce de goût avec des hommes de pensée mauvaise et, se souvenant du *noscitur ex socio,* etc., limiter les relations aux seules affaires.

e) Ne pas prêter attention aux racontars des autres, fruits d'un jugement superficiel et méchant, le contraire trahirait déjà la faiblesse ; de même, modérer la crainte de faillir à la mode qui est chose fugitive et changeante, et, bien qu'elle ait acquis quelque poids d'infuence, ne pas laisser du moins son empire s'étendre jusqu'à la moralité.

L'homme conscient de la présence d'un caractère dans sa manière de penser ne le tient pas de la nature, il lui faut en tout temps l'avoir *acquis.* On peut admettre aussi que son instauration, pareille à une sorte de seconde naissance, lui rende inoubliables une certaine solennité du serment qu'il se fait à lui-même, et le moment où la métamorphose s'est opérée en lui, pareil au début d'une ère nouvelle[1]. L'éducation, les exemples, l'enseignement ne peuvent pas produire cette fermeté et cette persévérance dans les principes par une démarche progressive, mais par une sorte d'explosion qui fait brusquement suite au dégoût de l'état mouvant du destin. Peut-être n'y aura-t-il que peu d'hommes à avoir tenté cette révolution avant la trentième année, et moins encore à lui avoir donné de solides assises avant la quarantième. C'est une vaine tentative que de vouloir devenir meilleur par fragments : une impression s'éteint tandis que l'on travaille à une autre ; la fondation d'un caractère est l'unité absolue du principe intérieur de VII, 295
toute conduite de vie. On dit aussi que les *poètes* n'ont pas de caractère, qu'ils en sont à offenser leurs meilleurs amis plutôt que de renoncer à un trait d'esprit ; qu'il ne faut point le chercher chez les gens de cour obligés de se plier à toutes les formes ; et que chez les hommes d'Église qui courtisent dans un même état de l'âme le maître du Ciel, mais aussi dans le même temps les maîtres de la terre, sa solidité est en fâcheuse posture ;

que ce n'est et ne restera donc qu'un vœu pieux que celui d'être au fond de soi un homme de caractère (moral). Or, peut-être même la faute en incombe-t-elle aux *philosophes,* par le fait qu'ils n'ont jamais encore cherché à placer ce concept, isolé, dans une lumière assez claire, à présenter la vertu tout entière dans la beauté de son contour — ils ne l'ont fait que par morceaux —, ni à la rendre intéressante pour tous les hommes.

En un mot : se donner pour maxime suprême la véracité au dedans de l'aveu à soi-même et, simultanément, dans le comportement à l'égard de quiconque, c'est la seule preuve de la conscience pour un homme d'avoir du caractère ; et comme cette possession est le minimum que l'on puisse réclamer d'un homme raisonnable, mais en même temps aussi le maximum de la valeur intérieure (de la dignité humaine), être un homme de principes (avoir un caractère déterminé) doit se trouver dans les possibilités de la plus commune raison humaine, et l'emporter par là en dignité sur la possession du plus grand talent.

DE LA PHYSIOGNOMONIE

C'est l'art de juger d'après la forme visible d'un homme, et donc d'après l'extérieur, ce qu'il est à l'intérieur de lui-même, dans sa sensibilité ou sa pensée. On ne le juge pas ici en son état pathologique, mais en sa pleine santé ; non dans l'agitation, mais dans le calme de son âme. Il va de soi que si celui que l'on juge dans cette intention s'aperçoit qu'on l'observe et que l'on épie son être intérieur, son âme se trouve non point en repos, mais dans l'état de contrainte et d'agitation intérieure, et même d'irritation de se voir exposée à la censure d'autrui.

Si une montre a un boîtier plaisant, on ne peut juger de là avec sûreté (dit un fameux horloger) que l'intérieur est bon aussi ; mais le boîtier est-il d'une piètre
VII, 296 facture, on peut déduire avec une certitude approximative que l'intérieur ne vaut guère : l'artisan n'exposera pas au discrédit un ouvrage exécuté avec application et succès en négligeant la part extérieure qui coûte le moins de labeur. Il serait cependant inepte d'arguer de l'analogie d'un artisan humain avec l'insondable Créateur de la nature et de conclure ici aussi que ce dernier aura bien pu adjoindre un beau corps à une belle âme afin de recommander et de mettre en faveur sa créature auprès des autres hommes, ou bien qu'il aura provoqué

à l'inverse la répulsion d'un humain par un autre (en vertu du *hic niger est, hunc tu Romane caveto*[1]). Car le *goût* qui renferme un fondement purement subjectif du plaisir ou du déplaisir éprouvés par un homme à la vue d'autres hommes (selon leur beauté ou leur laideur), ne peut à la *sagesse,* dont la fin objective (tout simplement insaisissable pour nous) est sa propre existence assortie de certaines particularités de nature, servir de fil conducteur pour accepter chez l'homme l'union à une seule et même fin de ces deux éléments hétérogènes.

DE LA MANIÈRE DONT LA NATURE NOUS MÈNE À LA PHYSIOGNOMONIE

C'est une impulsion naturelle que de commencer par regarder droit au visage et particulièrement dans les yeux celui à qui nous devons nous confier, si bonnes soient les recommandations à son sujet, afin de sonder ce que nous pouvons attendre de lui ; le rebutant ou l'attirant dans sa mimique décide de notre choix, ou nous rend perplexes tant que nous n'avons pas exploré ses mœurs ; on ne saurait donc contester l'existence d'une caractéristique d'ordre physiognomonique qui, cependant, ne pourra jamais devenir une science ; car la particularité d'une silhouette qui présage de certaines inclinations ou de certaines facultés du sujet observé ne peut se comprendre au moyen d'une description conceptuelle, mais de l'image et de la représentation (dans l'intuition) ou de leur imitation ; alors, la forme humaine en général s'offre au jugement dans la *variété de ses figures,* dont chacune est appelée à suggérer une particularité profonde de l'homme intérieur.

Après que furent, de longue date, tombées dans l'oubli les caricatures de figures humaines par *Baptista Porta*[2] qui représentent des têtes d'animaux comparées analogiquement à certains visages humains caractéristiques, et d'où devait ressortir la conclusion d'une VII, 297
similitude des dispositions naturelles des deux règnes ; après qu'un revirement eut fait totalement délaisser voici peu la vaste diffusion de ce goût due à Lavater[3] et devenue pour un temps avec ses silhouettes vogue de pacotille ; après que presque plus rien n'en fut resté, hormis peut-être cette remarque (de M. de Archenholz[4]), encore que chargée d'ambiguïté : « À imiter pour soi-même en grimaçant le visage d'un homme, on suscite du même coup certaines pensées ou certaines sensations répondant à son caractère », à la suite de

toute cette évolution, la physiognomonie, art d'explorer la vie intérieure de l'homme au moyen de certains signes extérieurs involontaires, ne trouve plus d'amateurs, et rien ne subsiste d'elle que l'art de cultiver le goût, non point dans le domaine des choses, mais dans celui des mœurs, des manières et des usages, afin que d'une critique profitable au commerce des hommes et à la connaissance de l'être humain sorte une contribution à cette connaissance.

RÉPARTITION DE LA PHYSIOGNOMONIE

Du caractéristique 1° dans la conformation du visage, 2° dans les traits du visage, 3° dans les mouvements habituels du visage (mimique).

A. De la conformation du visage

Il est remarquable que les artistes grecs aient eu en tête une forme idéale de visage (pour les dieux et les héros) ; cet idéal devait exprimer — dans les statues, les *camées* et les intailles — une jeunesse éternelle et un calme affranchi de toute émotion, sans l'ajout d'un attrait sensuel. La structure perpendiculaire du *profil grec* donne aux yeux plus d'enfoncement que ne le voudrait notre goût (à la recherche de l'attrait) ; même une Vénus de Médicis n'a pas ce caractère. En voici l'origine possible : comme l'idéal doit constituer une norme invariable, un nez se détachant du visage en formant un certain angle avec le front (cet angle pouvant être alors plus ou moins marqué) ne représenterait pas une *règle déterminée* de contour ainsi que l'exige ce qui est normatif. D'ailleurs, les Grecs des temps modernes, malgré la belle conformation du reste de leur
VII, 298 corps, n'offrent pas dans leur visage cette grave perpendicularité, ce qui semble la preuve de cette idéalité des œuvres d'art prises comme *archétypes*. D'après ces modèles mythologiques, les yeux sont plus enfoncés et se trouvent placés dans une pénombre à la racine du nez ; en revanche, les visages tenus pour beaux des hommes de notre temps sont jugés plus beaux avec une légère déviation du nez par rapport à l'orientation du front (avec une incurvation à la racine du nez).

Si nous nous livrons à nos observations sur les hommes tels qu'ils sont, il apparaît qu'une *régularité* minutieuse du visage dénote un homme très ordinaire, dépourvu d'esprit. La *moyenne mesure* semble la mesure fondamentale et la beauté, mais sans être, et de beaucoup, la base de la beauté elle-même, parce qu'il y faut un élément caractéristique. Or, cet élément caractéristique peut se rencontrer, même en l'absence de beauté, dans un visage dont l'expression, encore que ce soit sous un autre rapport (moral ou esthétique peut-être), parle grandement à son avantage ; c'est-à-dire que la possible critique de tel ou tel point d'un visage, du front, du nez ou de la couleur des cheveux, n'empêche pas de reconnaître que cette particularité est plus à la faveur de l'individualité de la personne que ne le serait une régularité parfaite, qui implique à l'ordinaire l'effacement du caractère.

La *laideur* ne saurait être reprochée à un visage, à condition qu'il ne trahisse pas dans ses traits l'expression d'une âme gâtée par le vice, ou bien un penchant naturel, mais malheureux, à celui-là : par exemple, un certain tiraillement chez l'homme au sourire sournois, dès qu'il se met à parler, ou aussi dans l'effronterie mise, sans quelque atténuation par la douceur, à regarder l'autre en face et à exprimer par là que l'on tient pour rien son jugement. Il y a des hommes dont le visage (comme le dit le Français) est *rébarbatif*, qui, selon l'expression en usage, feraient fuir au lit les enfants, il en est d'autres qui ont un visage labouré de petite vérole et un visage grotesque, ou, ainsi que le nomme le Hollandais, *wanschwapen* (comme conçu dans l'illusion, dans le rêve) ; mais ces hommes montrent tant de bonhomie et d'enjouement qu'ils plaisantent sur leur propre visage, que l'on ne peut donc nullement taxer de laideur ; cependant, ils ne se fâchent pas le moins du monde qu'une dame dise d'eux (comme de *Pellisson*, de l'Académie française) : «Pellisson abuse de la permission donnée aux hommes d'être laids[1].» Plus stupide et plus méchant encore, le cas d'un homme dont on peut attendre de l'usage, et qui va jusqu'à reprocher à un estropié, comme le fait le bas peuple, ses infirmités physiques, qui ne servent souvent qu'à rehausser les mérites de son esprit ; reproche qui, à l'adresse de déshérités dès leur jeune âge (par des mots tels que : «Espèce de chien aveugle, de chien infirme»), les rend réellement méchants et les remplit peu à peu d'animosité contre les gens bien constitués qui se croient meilleurs de cet avantage. VII, 299

Au demeurant, marqués par l'origine et inhabituels, les visages des étrangers sont, pour les peuples qui ne sortent jamais de leur pays, un objet de moquerie. Ainsi au Japon, les jeunes enfants s'écrient en courant après les Hollandais venus y faire commerce : «Oh! quels grands yeux, quels grands yeux!», les Chinois trouvent les cheveux roux des Européens en visite chez eux répugnants, et leurs yeux bleus, en revanche, ridicules.

Quant aux crânes réduits à eux-mêmes et à leur contour, fondement de leur apparence, par exemple ceux des nègres, des Kalmouks, des Indiens des mers du Sud et autres, tels que les ont décrits Camper et surtout Blumenbach[1] les remarques à leur sujet entrent plus dans la géographie physique que dans l'anthropologie pramatique. La remarque qui suit est un moyen terme entre les deux domaines : d'ordinaire, le front de l'homme, même chez nous, est *plat,* celui de la femme est plus *sphérique.*

Une bosse du nez dénote-t-elle un esprit railleur? la particularité de conformation du visage chez les Chinois, dont on dit que la mâchoire inférieure est en légère saillie sur la mâchoire supérieure, est-elle un indice d'entêtement? ou celle des Américains, dont le front se trouve sur les deux côtés encombré de cheveux, est-elle un signe de débilité mentale de naissance? etc., voilà des conjectures qui ne laissent place qu'à une interprétation incertaine.

B. *Du caractère dans les traits du visage*

Il ne nuit pas à un homme, même dans le jugement des femmes, d'être défiguré et frappé de disgrâce par la couleur de sa peau ou par des marques de petite vérole : si dans ses yeux brille la bienveillance, et dans ses regards, unie au calme, l'expression d'une vaillance consciente de sa force, il peut toujours être aimé et
VII, 300 aimable, et passer pour tel en tout lieu. On plaisante (par antiphrase) sur le compte de ces hommes et de leur aimable physique, et une femme peut être fière d'avoir un tel époux. Un pareil visage n'est pas une *caricature,* celle-là est en effet un dessin délibérément outré (une *grimace*) du visage dans l'émotion; imaginée pour la risée, elle appartient à la mimique; il faut bien plutôt rattacher ce visage à une variété présente dans la nature; le nom de masque grotesque (lié à l'effroi) lui serait malséant; il peut au contraire éveiller l'amour sans avoir d'agrément, et à défaut de beauté, il n'est pas laid pour autant*.

* Heidegger, musicien allemand installé à Londres, était avec un physique bizarre, un homme vif et avisé dont même les gens de qualité

C. *Du caractéristique dans la mimique*

La mimique consiste en la mise en jeu des traits du visage ; on y est plongé par une émotion plus ou moins forte à laquelle il est une marque caractéristique de l'homme d'incliner.

Il est difficile de ne pas trahir par quelque mine l'impression d'une émotion ; elle se trahit d'elle-même par la pénible retenue de la physionomie ou du ton ; et chez l'homme trop faible pour maîtriser ses émotions, la mimique mettra à nu (contre le gré de la raison) la profondeur qu'il aimerait masquer et soustraire aux regards d'autrui. Mais on ne tient pas les maîtres en cet art, lorsqu'on réussit malgré tout à les démasquer, pour les meilleurs d'entre les hommes, avec qui l'on puisse agir en confiance, surtout lorsqu'ils sont exercés à s'apprêter une mimique qui contredit ce qu'ils font.

L'art d'interpréter les mines qui trahissent involontai- VII, 301
rement le sentiment intérieur, tout en étant ainsi volontairement mensongères, peut donner lieu à bien des remarques plaisantes ; je n'en signalerai qu'une. Si un homme exempt de strabisme regarde, en racontant, le bout de son nez, et se met de la sorte à loucher, c'est l'indice que son récit est mensonge. Mais il faut à l'évidence exclure l'infirmité du strabe, qui peut être intact d'un tel vice.

Il est aussi, institués par la nature, des gestes qui permettent à des hommes de toutes les races et de tous les climats de se comprendre, même sans en être convenus. Parmi ces gestes, ceux d'*incliner la tête* (dans la confirmation), de *secouer la tête* (dans la négation), de *redresser la tête* (dans le défi), de *dodeliner de la tête* (dans l'admiration), de *retrousser le nez* (dans la raillerie), de *sourire railleusement* (ricanement), de *faire la mine longue*

recherchaient la compagnie pour sa conversation. Un jour, il lui prit, dans une réunion autour d'un punch, de prétendre contre l'avis d'un lord qu'il était le visage le plus hideux de Londres. Le lord réfléchit et proposa un pari comme quoi il lui présenterait un visage plus hideux encore ; il fit alors venir une soûlarde dont la vue fit rire aux éclats toute la compagnie, et il s'écria : « Heidegger, vous avez perdu le pari ! — Pas si vite ! répondit l'autre, faites que cette femme coiffe ma perruque, je mettrai sa cornette ; nous verrons bien ». Quand ce fut chose faite, tout le monde fut pris d'un rire à s'étouffer ; car la femme avait l'allure d'un homme de bonnes manières, quant à notre drôle, il ressemblait à une sorcière. Cela prouve que, pour dire un être beau ou passablement joli, il ne faut pas juger dans l'absolu, mais de manière relative, et qu'on ne saurait nullement taxer un bonhomme de laideur sous le prétexte qu'il manquerait de joliesse. Seules, de repoussantes dégradations physiques du visage peuvent justifier une telle sentence.

(au refus d'une requête), de *plisser le front* (dans le dépit), d'*ouvrir et de fermer la bouche de manière précipitée* (bah), de *faire signe avec la main* de s'approcher ou de s'éloigner, de *lever les bras au ciel* (dans l'étonnement), de *serrer les poings* (dans la menace), de *s'incliner*, de *poser les doigts sur les lèvres (compescere labella)* pour ordonner le secret, d'*émettre un sifflement* etc.

Remarque éparses

À se répéter, une mimique accompagnant même involontairement les mouvements de l'âme se change peu à peu en traits permanents du visage, mais ils s'effacent dans le trépas ; raison pour laquelle (comme le remarque *Lavater*) le visage effrayant qui, de son vivant, trahit le scélérat, s'ennoblit en quelque sorte dans la mort (négativement) : alors, dans la détente de tous les muscles, il ne reste plus pour ainsi dire que l'expression du calme, avec son innocence. Il peut advenir de même qu'un homme, après une jeunesse préservée des séductions, prenne, en toute bonne santé, mais sous l'effet de la débauche, un autre visage ; on ne saurait cependant en déduire son naturel.

On parle aussi de visage *commun* en opposition au visage distingué. Cette dernière dénomination ne recouvre rien d'autre qu'une importance usurpée, associée aux manières insinuantes de la cour : attitude qui fleurit dans les grandes villes où les hommes, en se frottant les uns aux autres, polissent leur rudesse. Ainsi, lorsque des fonctionnaires nés et élevés à la campagne, se trouvent, avec leur famille, promus à des fonctions en vue dans
VII, 302 la ville, ou simplement qualifiés pour elles par leur rang, ils sont marqués de vulgarité, non seulement dans leurs manières, mais aussi dans l'expression de leur visage. Il faut songer que, n'ayant presque affaire qu'à des subordonnés, ils ne se sentaient pas de gêne dans leur cercle d'activité ; aussi les muscles de leur visage n'ont-ils pas pris cette souplesse qui sert à cultiver dans toutes les situations, envers les supérieurs, les inférieurs et les égaux, la mimique adaptée à leur commerce et aux émotions qui s'y rattachent, ce qui constitue, sans la moindre compromission, l'exigence de tout acceuil favorable dans la société. En revanche, chez des gens de même rang, exercés aux manières citadines, et conscients d'être en cela supérieurs aux autres, cette conscience, à devenir habitude sous l'effet d'un long entraînement, s'imprimera en traits permanents dans le visage.

Des *dévôts,* depuis longtemps rompus aux exercices mécaniques de piété et en quelque sorte figés dans cette pratique, introduisent dans tout un peuple, à l'intérieur de la religion ou du culte qui peuvent prédominer, des traits nationaux qui lui confèrent un caractère physiognomonique. Ainsi M. F. Nicolai[1] parle de ces fatals visages *bénis* de Bavière ; tandis que *John Bull* de la vieille Angleterre porte déjà en tout lieu sur son visage la liberté de manquer à la politesse, à l'étranger, ou envers l'étranger dans son propre pays. Il existe donc aussi une physionomie nationale qui peut ne pas passer précisément pour innée. Il existe aussi des marquages caractéristiques dans des groupes que la loi a pénalement constitués. À propos de détenus de R*asphuis* à Amsterdam, de *Bicêtre* à Paris, de N*ewgate* à Londres, un médecin allemand, homme entendu et habitué des voyages, note que ce sont bien pour la plupart des gaillards de solide ossature et conscients de leur supériorité, mais que d'aucun d'eux il n'est permis de dire avec l'acteur *Quin*[2] : « Si ce gaillard n'est pas un coquin, la main du Créateur est illisible ». Condamner avec un tel tranchant exigerait plus d'acuité que ne peut s'arroger un mortel à discerner le jeu mené par la nature avec les formes de sa force créatrice pour produire la seule diversité des tempéraments, et ce que, par là, elle fait ou ne fait pas pour la morale.

B. LE CARACTÈRE DU SEXE VII, 303

Il faut qu'une dose d'*art* soit mise dans des machines destinées à accomplir avec une force réduite autant de travail que d'autres avec leur puissance. Aussi peut-on déjà admettre par avance que la prévoyance de la nature a mis plus d'art dans l'organisation du sexe féminin que dans celle du sexe masculin, parce qu'elle a pourvu l'homme de plus de force que la femme afin de les rapprocher l'un de l'autre pour l'union intime des *corps,* mais aussi, à leur titre d'humains *raisonnables,* en vue du but qui lui est le plus cher, c'est-à-dire du maintien de l'espèce ; et que, d'autre part, en cette qualité (d'animaux raisonnables), elle leur a donné des inclinations sociales destinées à perpétuer leur communauté sexuelle dans une alliance domestique.

Pour l'unité et l'indissociabilité d'une alliance, la rencontre occasionnelle de deux personnes ne suffit pas ; il fallait qu'une partie fût *soumise* à l'autre et que l'une, en réciprocité, fût supérieure à l'autre en quelque point, pour pouvoir la dominer ou la gouverner. Car, dans *l'égalité* de prétentions de deux êtres qui ne peuvent se passer l'un de l'autre, l'amour-propre n'entraîne que dispute. Dans le *progrès de la civilisation,* une partie doit l'emporter sur l'autre de manière hétérogène : l'homme sur la femme par sa force corporelle et son courage, et la femme, de son côté, sur l'homme par son don naturel de se rendre maîtresse de l'inclination que l'homme a pour elle ; alors que, dans un état encore non civilisé, la supériorité ne se trouve que du côté de l'homme. Aussi, dans l'anthropologie, la particularité de la femme est-elle, plus que celle de l'homme, objet d'étude pour le philosophe. Dans le brutal état de nature, il est aussi malaisé de la reconnaître que celle des pommes de pin ou des poires sauvages, dont la diversité ne se découvre que par la greffe ou l'inoculation : la culture n'introduit pas ces propriétés féminines, elle ne leur fournit que l'occasion de se développer et de se révéler dans ces circonstances favorables.

On appelle faiblesses les traits de féminité. On plaisante sur leur compte, des insensés en font le propos de leur raillerie, mais les gens raisonnables voient très bien que ces traits sont précisément des leviers faits pour guider les hommes et les utiliser dans le sens de l'intention féminine. L'homme est facile à explorer, la
VII, 304 femme ne trahit pas son secret, bien que celui des autres (à cause de sa loquacité) soit chez elle en mauvaise garde. Lui aime la *paix domestique* et se soumet volontiers au gouvernement de sa femme pour n'avoir pas, du moins, d'entraves dans ses affaires : elle, ne redoute pas la *guerre domestique* qu'elle mène avec la langue, et pour laquelle la nature lui a donné facilité du verbe et éloquence chargée d'émotion, désarmantes pour l'homme. Lui se fonde sur le droit qui revient au plus fort de commander dans sa maison, parce qu'il doit la protéger des ennemis du dehors ; elle, sur le droit du plus faible à être protégée des hommes par son mari, et elle lui enlève par ses larmes ulcérées tout moyen de défense en lui faisant reproche de son manque de grandeur d'âme.

Dans le brutal état de nature, il en va certes autrement. La femme y est un animal domestique. L'homme passe le premier, les armes à la main, et la femme le suit, chargée de tout l'attirail de maison, qui est son bien à lui. Cependant, même là où une constitution barbare de la société établit la légalité de la polygamie, la femme la plus en faveur sait, dans sa bastille (dite harem), conquérir l'empire sur l'homme, et celui-là a bien du souci à se procurer une passable tranquillité au milieu de la querelle de toutes pour une seule d'entre elles (qui doit régner sur lui).

Dans notre état de société civile, la femme ne s'abandonne pas à la concupiscence du mari sans le mariage, celui qui a pour règle la *monogamie ;* ici, lorsque les artifices de la civilisation n'ont pas atteint pour la femme à l'état de liberté de la *galanterie* (qui est d'avoir aussi, publiquement, pour amants d'autres hommes que son seul époux), le mari punit la femme qui le menace de lui donner un rival*. Mais cette galanterie une fois entrée dans la mode, et la jalousie devenue objet de ridicule (tournure inévitable en période de luxe), le caractère des femmes se dévoile alors dans leur préten- VII, 305
tion à disposer librement de leurs faveurs envers les hommes et, du même coup, à conquérir ce sexe tout entier. Bien que mal famée sous le nom de coquetterie, cette inclination ne manque pas tout à fait de réel motif de justification. Car une jeune femme est assurément toujours en danger de devenir veuve ; aussi bien elle déploie tous ses attraits sur tous les hommes dont des circonstances favorables pourraient faire des maris ; afin de ne pas manquer, le cas échéant, de prétendants.

Pope croit possible de caractériser le sexe féminin (sa part cultivée, il va de soi) au moyen de deux traits : le penchant à *dominer* et le penchant au *plaisir*[1]. Par ce dernier il faut entendre non le plaisir domestique, mais le plaisir de société qui permet de se montrer et de se distinguer à son avantage, la seconde inclination se résolvant dans la première, celle de ne pas le céder en agrément à ses rivales et, bien plus, de l'emporter, si possible, sur toutes par le goût et les charmes. Mais comme toute inclination, même la première nommée est inapte à caractériser une catégorie humaine, quelle

* On tient généralement pour fable les vieux dires au sujet des Russes selon lesquels les femmes soupçonnaient leurs maris, s'ils ne les battaient pas de temps en temps, d'avoir partie liée avec d'autres. Voici toutefois ce que l'on trouve dans les voyages de Cook : voyant un Indien d'Otahiti corriger sa femme, un marin anglais voulut jouer le galant homme et se précipita sur l'homme en le menaçant. La femme se retourna aussitôt contre l'Anglais et lui demanda de quoi il se mêlait : «Il faut, ajouta-t-elle, que l'homme agisse ainsi !» On constatera aussi que, lorsque la femme mariée se livre ostensiblement à la galanterie, son mari n'y prêtant plus attention, et que celui-là au contraire trouve son dédommagement dans des cercles de beuverie ou de jeux ou dans des intrigues amoureuses, elle en conçoit non seulement du mépris, mais aussi de la *haine :* elle reconnait, en effet, par là que son mari ne lui accorde plus aucune valeur, et qu'il l'abandonne aux autres avec indifférence, comme un os à ronger en commun.

qu'elle soit, dans son comportement vis-à-vis des autres. Car l'inclination pour ce qui nous eſt favorable eſt un lot commun à tous les hommes ; y compris celle de dominer autant qu'il nous eſt possible ; aussi ne peut-elle *caractériser*. Pourtant la querelle permanente de ce sexe féminin avec lui-même, et sa bonne entente, à l'opposé, avec l'autre sexe, se rangeraient plutôt dans son caractère, si ce n'était pas la simple conséquence naturelle de l'émulation de l'une à acquérir sur l'autre l'avantage dans la faveur et le dévouement des hommes. Dès lors que l'inclination à *dominer* eſt la fin véritable et que le *plaisir de société* qui étend le ressort de leurs charmes ne sert qu'à donner de l'effet à cette inclination.

On ne peut donc parvenir à caractériser ce sexe qu'en utilisant pour principe non ce que nous nous *créons* pour fin, mais ce que fut la *fin de la nature* quand elle conſtitua la féminité ; et comme cette fin, même par l'entremise de la folie humaine, n'en eſt pas moins forcément sagesse selon l'intention de la nature, les buts présumables de celle-là pourront servir à en désigner le principe, qui ne dépend pas de notre choix, mais d'une intention supérieure à l'endroit du genre humain. Ces
VII, 306 buts sont : 1° la conservation de l'espèce, 2° la culture de la société et son affinement par la féminité.

1° Lorsque la nature confia au giron de la femme son gage le plus cher, l'espèce, dans le fruit par qui le genre humain devait se reproduire et se perpétuer, elle craignit en quelque sorte que l'espèce ne survécût pas, et elle implanta dans la nature féminine cette *crainte*, c'eſt-à-dire celle d'atteintes *corporelles*, et la timidité face à des dangers de cet ordre ; faiblesse qui autorise ce sexe à réclamer la protection masculine.

2° Comme la nature, d'autre part, entendit inspirer les sentiments raffinés qui relèvent de la culture, ceux de la sociabilité et de la bienséance, elle décida de l'empire de ce sexe sur l'autre, par sa décence, par sa vivacité d'expression dans le verbe et dans le geſte ; elle lui donna une sagacité précoce, avec le droit d'attendre du sexe masculin un abord fait de douceur et de courtoisie, si bien que l'homme, mû par sa propre générosité, se vit pris dans des chaînes invisibles par une créature enfantine et amené de la sorte sinon à la moralité, du moins à ce qui en eſt le vêtement, à la convenance des manières qui la prépare et la recommande.

Remarques éparses

La femme veut dominer, l'homme être dominé (surtout avant le mariage). De là la galanterie de la vieille chevalerie. La femme installe de bonne heure en elle-même la ferme confiance de plaire. Le jeune homme craint toujours de déplaire, ce qui fait son embarras (sa gêne) dans la compagnie des dames. Au seul titre de son sexe, la femme affirme cette fierté appelée à tenir à l'écart toute importunité masculine par le respect qu'elle inspire, et le droit d'exiger, même sans mérites, la considération. La femme est *portée au refus,* l'homme à la *sollicitation;* chez elle, se plier est une faveur. La nature veut que la femme soit recherchée ; aussi fallait-il qu'elle ne fût pas dans le choix (dicté par le goût) aussi délicate que l'homme, assurément bâti par la nature en traits plus grossiers, et agréable à la femme dès lors qu'il manifeste dans son physique la force et la valeur nécessaires pour la défendre ; si, en effet, pour s'éprendre, elle était, quant à la beauté, difficile et raffinée dans le choix, elle devrait apparaître dans le rôle de la sollicitation, et le partenaire dans celui du refus ; ce qui, même aux yeux de l'homme, jetterait un complet discrédit sur le sexe VII, 307
féminin. Dans l'amour, la femme doit paraître froide ; l'homme, au contraire, passionné. Il semble un déshonneur pour l'homme de se fermer à une avance amoureuse ; pour la femme, de s'y prêter. Le désir de celle-là de faire jouer ses charmes sur tous les hommes distingués est la coquetterie ; le faux air d'être épris de toutes les femmes est la galanterie, l'une et l'autre pouvant être simple afféterie passée à l'état de mode, sans une ombre de conséquence : tels le *régime du sigisbée,* affectation de liberté chez la femme mariée, ou, dans l'Italie passée, l'*institution des courtisanes* (il est dit notamment dans l'*Historia concilii Tridentini : erant ibi etiam 300 honestae meretrices, quas cortegianas vocant*[1]) ; institution dont on raconte qu'elle a porté en elle, avec le poli de son commerce *public,* plus de culture épurée que n'en pouvaient avoir des sociétés mêlées, en des demeures particulières. Dans le mariage, l'homme ne recherche que l'inclination de *sa* femme, tandis qu'elle aspire à celle de *tous* les hommes ; elle ne se *pare* que pour les yeux de son propre sexe, par jaloux désir de surpasser les autres femmes en charmes et en air de distinction ; l'homme ne se pare que pour le sexe féminin, si l'on peut appeler parure ce qui se borne à ne pas faire honte à sa femme par sa mise. L'homme juge avec aménité

des faiblesses féminines, mais la femme les juge (en public) très sévèrement, et, jeunes, si elles avaient le choix entre un tribunal masculin et un tribunal féminin pour trancher de leur faute, elles choisiraient sûrement l'arbitrage du premier. Quand le raffinement du luxe s'est hissé à un haut degré, la femme ne se montre honnête que par contrainte, et elle ne cache pas qu'elle préférerait la condition masculine où elle pourrait donner plus de champ et de liberté à ses passions ; aucun homme, en revanche, ne souhaitera être femme.

La femme ne se soucie guère de la continence de l'homme avant le mariage ; l'homme attache à celle de la femme une importance infinie. Dans le mariage, les femmes se moquent de l'intolérance (de la jalousie) masculine ; c'est pur badinage de leur part ; la *femme qui n'est pas mariée* juge en la matière avec une grande rigueur. Pour ce qui est des femmes instruites, elles usent des *livres* à peu près comme de leur *montre ;* elles la portent pour qu'on voie qu'elles en ont une ; peu importe qu'à l'ordinaire elle soit arrêtée ou ne soit pas réglée sur le soleil.

La vertu ou l'inconduite de la femme sont très différentes de ce qu'elles sont chez l'homme, non tant dans leur manière que dans leur mobile. La femme doit être *patiente* par devoir, l'homme *tolérant* par nécessité.
VII, 308 Elle est *susceptible,* lui est *sensible.* L'économie masculine est le *gain,* celle de la femme l'*épargne.* L'homme est jaloux quand il *aime ;* la femme l'est même sans aimer ; car les soupirants conquis par d'autres femmes sont autant de perdu pour son cercle d'adorateurs. L'homme a du goût pour *lui-même,* la femme se fait objet de goût pour *tout un chacun.* « Ce que dit le monde est *vrai,* et ce qu'il *fait* est *bon* », c'est un principe féminin difficilement conciliable avec l'existence d'un caractère au sens étroit du terme. Il y eut pourtant de vaillantes femmes pour affirmer avec gloire dans leur vie domestique un caractère à la mesure de cette destination qui fut la leur. La femme de Milton le pressait d'accepter la place de secrétaire en langue latine qui lui avait été proposée après la mort de Cromwell ; elle négligeait qu'il fût contraire à ses principes de déclarer alors légitime un gouvernement qu'il avait auparavant présenté comme illégitime : « Ah, ma chère ! lui répondit-il, vous et toutes celles de votre sexe, voulez rouler calèche ; pour moi, l'impératif est d'être un honnête homme ». L'épouse de Socrate (peut-être aussi celle de Job) furent de même manière poussées à bout par leurs valeureux maris, mais chez eux, la vertu masculine tenait bon dans leur

caractère, sans ravaler le mérite de celui de la vertu féminine, dans la situation où ces femmes se trouvaient placées.

Conséquences pragmatiques

Le sexe féminin doit pourvoir à sa propre formation et à sa propre discipline dans le domaine pratique ; les hommes n'y entendent rien.

Le *jeune* époux règne sur sa femme si elle est *plus âgée.* Cette domination se fonde sur la jalousie en vertu de laquelle le partenaire inférieur à l'autre en capacité sexuelle redoute de le voir empiéter sur ses droits et se voit contraint de se prêter envers lui à une attitude et à une attention complaisantes. Aussi toute épouse expérimentée déconseillera-t-elle le mariage avec un homme jeune, ou fût-ce de *même* âge : car, au cours des ans, le partenaire féminin vieillit plus vite que le partenaire masculin, et même en négligeant cette inégalité, on ne saurait rien attendre de sûr de l'entente fondée sur l'égalité ; une jeune femme de bon sens réussira mieux son bonheur conjugal avec un homme bien portant, et pourtant sensiblement plus âgé. Quant à l'homme qui, par la débauche, a dissipé peut être dès avant son mariage ses *facultés sexuelles,* il deviendra le VII, 309 benêt dans sa propre maison : il ne disposera de son empire domestique que s'il ne reste pas redevable en de légitimes exigences.

Hume[1] note que les femmes (même les vieilles filles) conçoivent plus de dépit des satires sur le *mariage* que des coups d'épingle à l'adresse de leur *sexe ;* c'est qu'il n'y a rien ici de sérieux, alors que là, les choses pourraient prendre une grave tournure à bien mettre en lumière les misères inhérentes à cet état, et dont le célibataire est exempté. Un libertinage en la matière aurait de fâcheuses conséquences pour tout le sexe féminin, celui-là connaissant alors la déchéance de n'être plus qu'un moyen de satisfaire l'inclination de l'autre, laquelle peut se changer en satiété et en humeur volage. La femme devient libre par le mariage ; par lui l'homme perd sa liberté.

Guetter les qualités morales chez un homme, jeune surtout, avant de le prendre en mariage, n'est jamais affaire d'une femme. Elle croit pouvoir l'amender ; une femme raisonnable, dit-elle, est bien capable de ramener au droit chemin un homme égaré dans de vilaines manières ; jugement dans lequel elle se trouve la plupart du temps trompée pitoyablement. Du même ressort est l'opinion de ces âmes candides qui croient pouvoir fermer les yeux sur les débordements d'un tel homme avant son mariage, sous le prétexte qu'il trouverait maintenant en son épouse, à moins d'être déjà épuisé, assez de pâture pour son instinct. Ces bonnes créatures oublient que le dévergondage en ce domaine consiste précisément à varier la jouissance et que la monotonie du mariage ramènera bientôt l'homme à son ancienne façon de vivre*.

Qui doit donc avoir l'autorité supérieure dans la maison? Il ne saurait, en effet, revenir qu'à un seul de conjuguer toutes les affaires en liaison avec les buts qui sont les siens. Je dirais dans le langage de la galanterie (mais non sans vérité) : la femme doit *régner* et l'homme
VII, 310 *gouverner*. La conduite de l'époux doit montrer que le bien de sa femme lui tient à cœur avant tout autre. Mais, le premier à savoir où il en est et jusqu'où il peut aller, il commencera, tel un ministre face à son monarque uniquement préoccupé de plaisir, qui prépare une fête ou entreprend de construire un palais, par proclamer sur ordre sa complaisance au projet, avec toutefois cette réserve que, par exemple, l'argent manque pour le moment dans le trésor, qu'il faut régler auparavant des nécessités plus pressantes, etc., si bien que le maître souverain peut faire tout ce qu'il veut, à condition, cependant, que son ministre lui accorde ces volontés.

Puisque la femme doit être recherchée (ainsi le veut la réserve nécessaire à son sexe), elle essaiera forcément, dans le mariage même, de plaire à tous, afin que des prétendants se présentent pour elle dans le cas où elle se trouverait jeune veuve. L'homme dépouille toutes les prétentions de ce genre dans l'union de mariage. Aussi la jalousie suscitée par ce désir féminin de plaire est-elle injuste.

Cependant, l'amour conjugal n'est pas par nature intolérant; parfois, les femmes s'en moquent, mais comme nous l'avons déjà remarqué plus haut, en plaisantant; car la tolérance et l'indulgence témoignées lors de l'intrusion d'étrangères dans les droits du mariage auraient pour conséquence fatale le mépris pour le partenaire féminin, assorti en retour de la haine envers un époux de cette espèce.

Le fait que les pères, à l'ordinaire, *gâtent* leurs filles,

* Voici ce qui s'ensuit, comme dans le *Voyage de Scarmentado* chez Voltaire : «Je résolus, dit-il, de ne plus voir que mes pénates. Je me mariai chez moi; je fus cocu, et je vis que c'était l'état le plus doux de la vie[1].»

et les mères leurs fils, et que le plus indiscipliné de ces derniers, s'il ajoute l'audace, soit à l'ordinaire le plus gâté par sa mère, semble tenir à la perspective des besoins des deux parents en cas de mort de l'un d'eux ; si le mari perd sa femme, il a dans sa fille aînée un soutien attentif ; si la mère devient veuve, le fils adulte et généreux a sur les épaules le devoir, et en lui-même l'inclination, de la vénérer, de la soutenir et de lui rendre agréable son existence de veuve.

★

Je me suis attardé à ce paragraphe de la caractéristique plus que je n'ai paru le faire en proportion pour les autres sections de *l'Anthropologie;* mais la nature a placé même dans son économie un si riche trésor de dispositions en vue de sa fin, qui n'est rien de moins que la conservation de l'espèce, que longtemps encore, à l'occasion de recherches plus précises, il restera VII, 311
matière à problèmes liés à l'admiration et à l'utilisation pratique de la sagesse qui préside au développement progressif des virtualités naturelles.

C. LE CARACTÈRE DU PEUPLE

Par le mot *peuple (populus),* on entend, pour autant qu'elle forme un tout, la masse d'hommes rassemblée dans une contrée. Cette masse, ou aussi la part de celle-là qui se reconnaît unie pour former un ensemble civique, s'appelle *nation (gens);* la part qui s'exclut de ces lois, (la masse sauvage de ce peuple) s'appelle la *plèbe (vulgus*), dont l'illégale collusion est la *constitution en bandes (agere per turbas),* conduite qui exclut ses éléments de la qualité de citoyens.

Hume[1] est d'avis que si, dans une nation, chaque individu est appliqué à adopter un caractère particulier (comme c'est le cas parmi les Anglais), la nation elle-même n'a point de caractère. Il me semble qu'il se trompe en cela : l'affectation d'un caractère est précisément le caractère général du peuple auquel il appartenait ; elle est mépris de tous les étrangers, puisé à la

* Le nom injurieux de «canaille du peuple» tire probablement son origine de *canalicola,* un ramassis de désœuvrés (*cavillator et ridicularius,* Plaute ; *Curcul.*) qui, dans l'ancienne Rome, allaient et venaient le long du canal en narguant les gens au travail.

velléité de ce peuple d'avoir une constitution alliant la liberté politique au-dedans et la puissance au-dehors. Un tel caractère est orgueilleuse *grossièreté,* à l'opposé de la *courtoisie* encline à se rendre familière ; comportement de défi envers tout autre, au nom d'une prétendue autonomie où l'on croit pouvoir se passer de quiconque, et donc aussi de complaisance à son endroit.

De cette manière, les deux peuples *les plus civilisés* de la terre* qui sont en opposition de caractère et, peut-être principalement pour cette raison, en perpétuelle
VII, 312 querelle, l'Angleterre et la France, seront sans doute, de par leur caractère inné aussi, dont le caractère acquis et artificiel n'est que la conséquence, les deux seuls peuples auxquels on puisse attribuer un caractère déterminé et, aussi longtemps que la force des armes ne les aura pas mêlés, inaltérable. Que la langue française soit devenue la langue universelle de la *conversation,* en particulier du monde féminin distingué alors que la langue anglaise s'est faite la langue commerciale** la plus répandue du monde du négoce, tient sans doute à la différence de situation, continentale pour l'une, insulaire pour l'autre. Quant au naturel de ces peuples et à la manière dont leur langue les a façonnés, ils ne purent dériver que du caractère inné du peuple primitif dont ils descendent ; mais les documents nous manquent à ce sujet. Il nous importe cependant, dans une anthropologie de perspective pragmatique, d'établir en quelques exemples et, autant qu'il est possible de manière systématique, le caractère des deux peuples, tels qu'ils sont de nos jours, d'où l'on puisse juger ce que l'un doit attendre de ses rapports avec l'autre, et la manière dont l'un est susceptible d'user de l'autre à son avantage.

Destinées à exprimer le genre de sensibilité d'un peuple, les maximes héréditaires ou devenues en quelque sorte seconde nature, et greffées sur la nature par un long usage, ne sont qu'autant d'essais hasardeux de classer, plus pour le géographe, de manière empirique, que pour le philosophe, selon les principes de la raison, les *diversités* de penchant naturel entre des peuples pris dans leur entier***.

* Il va de soi que, dans cette classification, abstraction est faite du peuple allemand, parce que l'éloge fait par l'auteur, qui est allemand, serait son propre éloge.

** L'esprit de négoce présente aussi certaines variantes de son orgueil dans la différence de ton de la rodomontade. L'Anglais dit : «Cet homme *vaut* un million» ; le Hollandais : «Il *commandite* un million» ; le Français : «Il *possède* un million».

*** S'ils entreprenaient des voyages pour connaître les hommes et le caractère de leur peuple (ce que ne fait aucun peuple, hormis les

Dire que, pour le caractère que prendra un peuple, tout dépendra de la forme de son gouvernement, est une affirmation infondée qui n'explique rien ; d'où le gouvernement tire-t-il lui-même son *caractère* particulier ? Le climat et le sol ne peuvent pas davantage fournir de clés à ce problème ; les migrations de peuples entiers l'ont en effet prouvé : ces peuples n'ont pas changé de caractère du fait de leurs nouveaux lieux d'établissement ; tout juste s'y sont-ils adaptés selon les circonstances, et encore laissent-ils toujours paraître en ce cas dans le langage, dans leur industrie et même dans leur costume, les traces de leur extraction et, par là aussi, leur caractère. J'ébaucherai leur portrait plus sous l'angle de leurs défauts et de leur écart par rapport à la règle que sous un angle favorable (sans tomber toutefois dans la caricature) ; car, outre que la flatterie *corrompt* et que le blâme, en revanche, *améliore,* le critique heurte moins l'amour-propre des hommes en leur faisant reproche de leurs défauts qu'en suscitant par plus ou moins de louanges la seule jalousie réciproque de ceux qu'il juge. VII, 313

1. La *nation française* se caractérise entre toutes les autres par le goût de la conversation ; elle est sur ce point un modèle pour le reste du monde. Elle est *courtoise,* surtout envers l'étranger qui la visite, encore que les *manières de cour* soient maintenant passées de mode. Le Français est courtois non par intérêt, mais par un besoin immédiat de son goût de s'ouvrir aux autres. Comme ce goût se rapporte surtout au commerce de la part féminine du grand monde, le langage des dames est devenu celui de ce monde tout entier, et une propension de cette sorte ne peut sans conteste que retentir sur l'obligeance, sur une bienveillance attentive à dispenser son aide et, peu à peu, sur une philanthropie universelle étayée de principes, tout comme elle ne peut que rendre somme toute *aimable* un tel peuple.

Européens, preuve d'étroitesse d'esprit chez tous les autres), les Turcs qui appellent l'Europe chrétienne *Frankestan* feraient sans doute le classement suivant, dessiné selon les imperfections de caractère : 1. Le *pays de la mode* (la France). 2. Le *pays des lubies* (l'Angleterre). 3. Le *pays des ancêtres* (l'Espagne). 4. Le *pays du faste* (l'Italie). 5. Le *pays des titres* (l'Allemagne avec le Danemark et la Suède en leur qualité de pays germaniques). 6. Le *pays des seigneurs* (la Pologne, où chaque citoyen est un seigneur, mais où aucun de ces seigneurs, en dehors de celui qui n'est pas citoyen, ne veut être sujet). La Russie et la Turquie d'Europe, toutes deux pour la plus grande part de souche asiatique, se situeraient en dehors du Frankestan : la première d'origine slave, la seconde d'origine arabe, sont issues de deux races qui, dans le passé, ont étendu leur domination sur une grande partie de l'Europe plus que ne l'a fait quelque autre peuple, et qui sont tombées en un état de légalité sans liberté, où personne en conséquence n'est citoyen.

L'envers de la médaille est une *vivacité* insuffisamment bridée par des principes réfléchis, et, à côté d'une lucide raison, une frivolité coupable de ne pas accorder persistance à certaines formes, pour le seul motif qu'elles ont pris de l'âge, ou tout simplement qu'elles
VII, 314 furent prônées à l'excès, et un contagieux *esprit de liberté* qui peut même entraîner la raison dans son manège et provoquer dans les rapports du peuple avec l'État un enthousiasme susceptible de tout ébranler et même de franchir les extrêmes. Sans autre description, par la seule vertu de fragments jetés en vrac comme autant de matériaux destinés à une caractéristique, les particularités de ce peuple, dessinées à la manière noire, mais sur le vif, se laissent ordonner aisément en une image cohérente.

Les mots : *esprit* (en place de bon sens), *frivolité, galanterie, petit maître, coquette, étourderie, point d'honneur, bureau d'esprit, bon mot, lettre de cachet*[1] et autres, ne trouvent pas sans peine leur traduction dans d'autres langues, car ils dénotent le tour d'esprit de la nation qui les emploie plus que l'objet présent au sujet qui les pense.

2. Le *peuple anglais*. La vieille souche des *Bretons* (peuple celtique) semble avoir été une race d'hommes solides, mais les immigrations d'Allemands et de populations d'origine française (la brève présence romaine n'ayant pu laisser de trace perceptible) ont, ainsi que le montre le mélange de leur langue, éteint son originalité ; et comme la situation insulaire de son sol, qui assure à ce peuple une protection relative contre les assauts extérieurs et l'engage bien plutôt à devenir lui-même l'assaillant, a fait de lui un puissant peuple maritime, il a par là un caractère qu'il s'est acquis, bien que la nature ne lui en ait pas précisément donné. Ainsi, le caractère anglais ne signifie sans doute rien d'autre que le principe, appris de bonne heure par l'enseignement et par l'exemple, de la nécessité de s'en faire un, c'est-à-dire d'en affecter la possession ; une obstination à persister dans un principe librement adopté et à ne point s'écarter d'une règle déterminée (quelle que soit sa valeur) donnant à l'homme ce poids qui réside dans la certitude de ce que l'on peut attendre de lui et qu'il peut attendre des autres.

La diamétrale opposition de ce caractère à celui du peuple français plus qu'à tout autre s'éclaire du fait qu'il renonce à l'égard de l'étranger, et jusqu'en lui-même, à toute amabilité, exquise qualité de savoir-vivre de ce même peuple français, et qu'il ne prétend qu'à la considération, chacun entendant d'ailleurs vivre à sa guise. En faveur de ses compatriotes, l'Anglais érige de VII, 315 grandes institutions de bienfaisance, fabuleuses pour tous les autres peuples. Mais l'étranger que le destin a jeté sur son sol et plongé dans une grande détresse peut bien mourir sur un tas de fumier, parce qu'il n'est pas anglais, c'est-à-dire qu'il n'est pas un homme[1].

Cependant, même dans sa propre patrie, l'Anglais s'isole aux lieux où il se restaure en déliant sa bourse. Il aime mieux se restaurer seul dans une pièce à part qu'à la table d'hôtes pour le même débours, car ici on demande tout de même un brin de courtoisie ; à l'étranger, en France par exemple, où les Anglais ne se rendent que pour décrier comme abominables (tel le docteur Sharp) tous chemins et auberges, ils se rassemblent dans celles-là pour n'avoir de compagnie qu'entre eux seuls. Chose bien singulière : alors que le Français, communément, aime la nation anglaise et la célèbre avec égards, l'Anglais (qui n'est pas sorti de son pays), le déteste et le méprise en général ; la faute n'en est sans doute pas à la rivalité de voisinage (en ce domaine, l'Angleterre se voit sans conteste supérieure à l'autre pays), mais à l'esprit de négoce qui, posant la suprême qualité de son état, est fort insociable parmi les marchands de ce peuple*. Du fait que les deux peuples sont proches par leurs rivages respectifs et qu'ils ne sont séparés que par un canal (qui pourrait à vrai dire porter le nom de mer), leur rivalité détermine une différenciation du caractère politique de leur querelle : appréhension d'un côté, haine de l'autre ; deux modes de leur incompatibilité, dont le premier vise à la conservation de soi-même, le second à la domination de l'autre, et, sinon, à son anéantissement.

Nous ne pouvons maintenant ébaucher que brièvement le caractère des autres peuples, dont la particularité nationale, pour la plus grande part, ne se déduirait pas tant, comme chez les précédents, du genre de leur culture respective que de leur disposition naturelle produite par le mélange de leurs diverses souches originelles.

3. L'*Espagnol*, né de l'alliage du sang européen avec VII, 316 du sang arabe (maure), fait montre, dans son compor-

* L'esprit de négoce est par nature insociable comme l'esprit nobiliaire. Une *maison* (c'est le nom donné par le négociant à son comptoir) est séparée de l'autre par ses affaires, comme un château seigneurial de l'autre par un pont-levis ; et des relations amicales dépourvues de cérémonie en sont bannies hormis avec les *protégés* qui, dans cette situation, ne sauraient en être tenus pour membres.

tement public et privé, d'une certaine *solennité,* et même le paysan, face aux grands auxquels il doit aussi obéissance légale, manifeste une conscience de sa *dignité.* La *grandezza* espagnole et la grandiloquence présente jusque dans le langage de la conversation dénotent un noble orgueil national. De là la solide répugnance de l'Espagnol pour la folâtrerie familière des Français. Il est mesuré, sincèrement dévoué aux lois, surtout à celles de sa religion séculaire. Cette gravité ne l'empêche d'ailleurs pas de se divertir dans les jours de réjouissance (en chantant et dansant, par exemple au moment où il rentre sa récolte), et quand, un soir d'été, des violons jouent le *fandango,* il ne manque pas de travailleurs oisifs à cette heure pour danser dans les rues au son de cette musique. C'est là son bon côté.

Voici pour le mauvais : il n'apprend pas de l'étranger* ; il ne voyage pas pour apprendre à connaître d'autres peuples ; il a bien, dans le domaine des sciences, des siècles de retard ; revêche à toute réforme, il est fier d'être dispensé de travailler, d'humeur d'esprit romanesque, cruel à l'image des courses de taureaux (comme le prouvent les autodafés de jadis), et il révèle dans son goût son origine pour une part extérieure à l'Europe.

4. L'*Italien* joint la vivacité française (enjouement) à la gravité espagnole (fermeté), et son caractère dans le domaine esthétique est un goût associé à l'émotion, de même que, du haut de ses Alpes, la vue des charmantes vallées fournit matière au courage d'une part, à la tranquille jouissance de l'autre. Non que son tempérament soit par là mêlé ou incohérent (il n'y aurait alors nul caractère), il consiste en une disposition de la sensibilité à éprouver le sentiment du sublime pour autant qu'il est compatible avec celui du beau. Dans sa mimique se manifeste le jeu vigoureux de ses sensations, et son visage est expressif. La manière de plaider de ses avocats à la barre est si pleine d'émotion qu'on dirait une déclamation sur un théâtre.

À la manière du Français dans le goût de la conversation, l'Italien excelle dans le *goût des arts.* Le premier
VII, 317 préfère les réjouissances privées, le second les *réjouissances publiques :* cortèges pompeux, processions, grands spectacles, carnavals, mascarades, faste d'édifices publics, tableaux au pinceau ou en mosaïque, antiquités romaines

* L'étroitesse d'esprit de tous les peuples que n'atteint pas le désir désintéressé de connaître le monde extérieur et encore moins de s'y transplanter (en citoyen du monde) est chez eux un élément caractéristique qui tourne à l'avantageuse distinction des Français, des Anglais et des Allemands par rapport à d'autres.

de grand style ; afin de *voir* et d'être vu en grande compagnie. Mais en même temps (pour ne pas oublier le profit personnel), il y a l'invention des *effets,* des *banques* et de la *loterie.* C'est son bon côté, au même titre que la *liberté* qu'il est permis aux gondoliers et aux *lazzaroni* de prendre envers les grands.

Côté d'une malignité relative : ils conversent, comme le dit Rousseau, dans des salles d'apparat, et dorment dans des nids à rats[1]. Leurs *conversazioni* ressemblent à une bourse, où la maîtresse de maison fait servir quelque amuse-bouche à une nombreuse compagnie, afin d'échanger, en allant des uns aux autres, les nouvelles du jour sans que l'amitié soit nécessaire à ce manège ; et où l'on soupe de nuit avec un petit choix de ces invités. Côté *inquiétant :* l'usage de tirer le couteau, les bandits, le refuge trouvé par les assassins en des lieux consacrés, le laisser-aller des sbires dans leurs fonctions, et autres maux qui ne sont pas tant imputables au Romain qu'à son gouvernement bicéphale. Ce ne sont à vrai dire que des accusations que je ne désire en rien assumer ; elles sont colportées à l'ordinaire par des Anglais auxquels nulle constitution n'a l'heur de plaire, sinon la leur.

5. Les *Allemands* ont la réputation de bon caractère, c'est-à-dire de loyauté et de vertu domestique : qualités qui ne sont pas spécialement faites pour briller. C'est l'Allemand qui, parmi tous les peuples civilisés, se plie le plus facilement et de la manière la plus durable au gouvernement sous lequel il se trouve, et c'est lui le plus éloigné de la fièvre d'innovation et de l'indocilité à l'ordre établi. Son caractère est un flegme associé à l'entendement ; il s'abstient d'ergoter à propos de l'ordre existant, et tout autant d'en imaginer un autre. Ces dispositions ne l'empêchent pas d'être l'homme de tous les pays et de tous les climats, il émigre facilement et n'a pas d'attachement passionné à sa patrie ; mais vient-il en colon dans des contrées étrangères, il forme bientôt avec ses compatriotes une sorte d'association civique, établie par l'unité de langue et en partie de religion, en une petite communauté qui, sous l'autorité supérieure du pays, dans sa propre organisation empreinte de calme et de moralité, se distingue tout à son avantage des autres colonies par son application, sa propreté et son esprit d'économie. Tels sont les éloges VII, 318
que les Anglais eux-mêmes dispensent aux Allemands en Amérique du Nord.

Le flegme (pris au bon sens du terme) étant le tempérament de froide réflexion et de persévérance dans la poursuite de son but ainsi que d'endurance aux difficultés liées à cette démarche, on peut attendre du talent du juste entendement de l'Allemand et de sa raison profondément méditative autant que de tout autre peuple capable du plus haut degré de civilisation ; sauf au rayon de la vivacité spirituelle et du goût artistique où l'Allemand ne saurait peut-être rivaliser avec les Français, les Anglais et les Italiens. C'est là son bon côté, dans ce qui ne peut s'accomplir qu'au prix d'une application soutenue et qui ne réclame pas non plus précisément du *génie** ; lequel n'a pas, de loin, cette utilité de l'application allemande jointe au valide talent de l'entendement. Le caractère de l'Allemand dans les relations humaines est la modestie. Plus que tout autre peuple, il apprend les langues étrangères, il est (selon l'expression de Robertson[1]) *courtier en gros* de l'érudition et découvre dans le champ des sciences bien des pistes que d'autres ensuite utilisent à grand bruit ; il n'a point d'orgueil national, pas plus que, dans son esprit cosmopolite, il n'est attaché à sa patrie. Il y est en revanche plus hospitalier que toute autre nation (comme l'avoue Boswell) ; par une discipline rigoureuse il dresse ses enfants à l'honnêteté, tout comme lui-même, suivant son penchant pour l'ordre et la règle, acceptera le despotisme plutôt qu'il ne s'engagera dans des innovations (en particulier des réformes arbitraires en matière de gouvernement). Voilà son bon côté.

Son côté désavantageux est son penchant à l'imitation et sa piètre opinion de lui-même quant à sa capacité
VII, 319 d'être original (ce qui est exactement l'opposé de l'arrogant Anglais) ; mais surtout, un certain souci méthodique de son classement par rapport au reste de ses concitoyens, non point d'après un principe d'approche de l'égalité, mais sur un mode pointilleux, selon les échelons du mérite et un ordre de hiérarchie ; dans ce schéma de préséances, il est inépuisable pour ce qui est d'inventer des titres (de Noble et Très Noble,

* Le *génie* est le talent d'*invention* de ce qui ne peut être enseigné ou appris. On peut bien être instruit par d'autres de la manière de faire de bons vers, mais non point de celle de faire une bonne poésie ; car celle-là procède nécessairement de la nature de l'auteur. Aussi est-il impossible de la réaliser sur commande et contre large rémunération comme un produit fabriqué, il faut au contraire l'attendre sous la forme même d'une inspiration dont le poète lui-même ne peut dire comment il en est venu là, c'est-à-dire dans une disposition occasionnelle dont la cause lui est inconnue *(scit genius, natale comes qui temperat astrum)*. C'est pourquoi, apparition qui, par intervalles, se montre et s'efface, le génie brille, non point d'une lumière arbitrairement allumée et faite pour brûler un temps fixé, mais en un jaillissement d'étincelles qu'un heureux élan de l'esprit tire de l'imagination productrice.

Illustre, Très Illustre, ou Insigne) et, de la sorte, servile par pure pédanterie ; défauts que l'on pourrait sans doute attribuer à la forme de constitution de l'Empire germanique, sans parvenir à se dissimuler cette remarque que la naissance d'une telle forme pédantesque procède de l'esprit même de la nation et de l'inclination naturelle de l'Allemand à établir entre celui qui doit commander et celui qui doit obéir une échelle dont chaque marche est désignée par le degré afférent de considération et où l'homme dépourvu de profession et donc aussi de *titre,* comme l'on dit, n'est rien ; en vérité, pour l'État qui concède ces titres, cette situation procure quelque profit ; mais aussi, en dehors de cette considération, elle suscite chez les sujets des prétentions à mettre des limites dans l'opinion à l'importance d'autrui ; pareille préoccupation doit fatalement paraître ridicule à d'autres peuples et, minutie et exigence de classement méthodique destiné à saisir un tout sous un concept, elle trahit l'étroitesse du talent naturel.

★

La R*ussie n'est pas encore* parvenue au stade requis pour que l'on puisse se faire une idée déterminée des dispositions naturelles prêtes à se développer ; la *Pologne,* pour sa part, ne *s'y trouve plus;* quant aux nationaux de la Turquie d'Europe, ils n'*ont jamais été* et ne *seront jamais* au point nécessaire à l'acquisition d'un certain caractère ethnique : aussi peut-on à bon droit négliger d'en dessiner les traits[1].

En tout état de cause, comme il s'agit dans la présente tâche du caractère naturel, inné, pour ainsi dire inscrit dans la combinaison sanguine des humains, et non des traits typiques du caractère acquis, *artificiel* (ou factice) des nations, il faudra, à le dessiner, beaucoup de circonspection. Dans le caractère des *Grecs,* sous l'oppression *turque,* comme sous l'oppression à peine plus amène venue de leurs Caloyers[2], leur genre de sensibilité (vivacité et légèreté) s'est aussi peu perdue que leur conformation physique, silhouette et traits de visage ; bien mieux, cette particularité, selon toute apparence, se VII, 320
rétablirait dans le domaine des actes, si, à la faveur d'événements heureux, les formes de religion et de gouvernement procuraient à ces hommes la liberté de rétablir leur identité. Chez un autre peuple chrétien, les *Arméniens,* règne un certain esprit de négoce de nature particulière : ils vont à pied, des frontières de la Chine jusqu'au Cap Corso, sur les côtes de Guinée, pratiquer

un commerce révélateur d'une origine particulière de ce peuple raisonnable et diligent qui, sur une ligne allant du nord-est au sud-ouest, parcourt presque toute l'étendue de l'ancien continent et s'entend à se ménager un accueil pacifique parmi les peuples rencontrés, témoignant, par rapport au Grec volage et rampant d'aujourd'hui, d'un caractère remarquable dont il ne nous est plus donné d'explorer la forme première. Sans doute est-il permis d'aller avec vraisemblance jusqu'à ce jugement : en effaçant peu à peu les caractères, le mélange des souches (lors des grandes conquêtes), toute prétention philanthropique mise à part, ne profite pas au genre humain.

D. LE CARACTÈRE DE LA RACE

Je peux ici me référer à ce que, dans son ouvrage, M. le Conseiller H. R. Girtanner[1] a (conformément à mes principes) exposé avec bonheur et profondeur sur ce sujet afin de l'éclairer et de l'élargir ; j'y joindrai toutefois quelques remarques touchant au type familial et aux variantes ou nuances qui apparaissent dans une seule et même race.

À la place de l'*assimilation* qu'elle s'est proposée en fondant entre elles les différentes races, la nature s'est ici donné pour loi l'intention tout opposée : au lieu de laisser, dans un peuple de même race (de race blanche par exemple), s'opérer au cours de son développement un rapprochement permanent et continu des caractères — pour aboutir à un seul et même portrait, comme il adviendrait par reproduction d'une gravure —, elle a voulu, dans une même souche et jusque dans une même famille, diversifier ces caractères à l'infini, dans le domaine du corps et de l'esprit. Les nourrices disent bien, pour flatter l'un des parents : « l'enfant tient ceci de son père, il tient cela de sa mère » ; en quoi, si ces dires étaient vrais, toutes les formes d'engendrement
VII, 321 humain seraient depuis longtemps épuisées ; et comme la *fécondité* des copulations se ravive de l'hétérogénéité des individus, la procréation irait à son tarissement. Ainsi, la couleur grise de la chevelure (cendrée[2]) ne vient pas, comme on pourrait le croire, de l'union d'un brun et d'une blonde, elle est le signe d'un certain type familial, et la nature porte en elle assez de ressources pour ne pas mettre au monde, par indigence de formes

en réserve, un être humain qui y a déjà été ; de même que la proche parenté est, de toute notoriété, cause de stérilité.

E. LE CARACTÈRE DE L'ESPÈCE

Pour caractériser l'espèce de certains êtres, il faut les réunir avec d'autres, connus de nous, sous un même concept, mais en désignant et en utilisant ce qui, à titre de propriété *(proprietas)* distinctive, les différencie. Or, si l'on compare une catégorie d'êtres connus (A) avec une autre catégorie d'êtres (B) que nous ne connaissons pas, comment attendre ou exiger que soit désigné chez ceux-là un caractère, alors que le moyen terme de comparaison *(tertium comparationis)* nous échappe ? Que le suprême concept d'espèce soit celui d'un être *terrestre* raisonnable, nous ne pourrons en désigner de caractère, parce que nous n'avons d'êtres raisonnables *extérieurs à cette terre* nulle connaissance qui nous permettrait d'indiquer leur propriété et de caractériser par là ces êtres terrestres dans l'ensemble des êtres raisonnables. Le problème qui consiste à désigner le caractère de l'espèce est donc, semble-t-il, tout simplement insoluble ; car la solution devrait être mise en œuvre en comparant deux *espèces* d'êtres raisonnables au moyen de l'*expérience*, comparaison que celle-là ne nous offre pas.

Pour classer l'homme dans le système de la nature vivante et ainsi le caractériser, il ne nous reste donc que ces repères : il possède un caractère dont il se dote dans son pouvoir de se perfectionner selon des fins qu'il a lui-même choisies ; par là, animal doué de *capacité de raison (animal rationabile)*, il peut faire de lui-même un animal *raisonnable (animal rationale)* ; en conséquence de quoi : premièrement, il se *conserve,* lui-même et son espèce, deuxièmement, il exerce celle-là, il l'instruit, il VII, 322
l'*éduque* pour la société domestique, troisièmement, il la *gouverne* sous la forme d'un ensemble systématique (ordonné selon les principes de la raison) qui réponde à la société ; ce qui, par comparaison avec l'idée de possibles êtres raisonnables sur cette terre, situe ainsi la caractéristique de l'espèce humaine : la nature a déposé en elle le germe de la *discorde* et elle a voulu que sa propre raison en dégageât la *concorde* ou du moins sa constante approche ; si, dans l'*idée,* celle-ci est le *but,* celle-là (la discorde) est selon le *fait,* dans le plan de la

nature, le *moyen* d'une sagesse suprême insondable pour nous : il s'agit de réaliser le perfectionnement de l'homme par le progrès de sa culture, bien que ce soit pour lui contre maint sacrifice des joies de l'existence[1].

Parmi les habitants vivants de cette terre, l'homme se différencie de manière reconnaissable de tous les autres êtres naturels par sa disposition *technique* (mécanique et accompagnée de conscience) au maniement des choses, par sa disposition *pragmatique* (à utiliser habilement les autres hommes à ses propres desseins) et par la disposition *morale* en son être à agir (à l'égard de lui-même et des autres selon le principe de liberté sous l'autorité de lois) ; chacun de ces trois degrés suffit en lui-même à caractériser l'homme à la différence des autres habitants de la terre.

I. La *disposition technique :* l'homme est-il originairement destiné à marcher à quatre pattes (comme l'a proposé Moscati[2], peut-être à simple titre de thèse pour une dissertation) ou sur deux pieds ? Le gibbon, l'orang-outang ou le chimpanzé et autres ont-ils cette destination ? L'homme est-il un animal fructivore ou (de par la texture membraneuse de son estomac) carnivore ? Est-il par nature, du fait qu'il n'a ni griffes, ni crocs, et se trouve par suite (avant l'acquisition de la raison) sans armes, une bête de proie ou un animal pacifique ? La réponse à de telles questions ne doit pas donner à réfléchir. On pourrait à la rigueur soulever encore celle-ci : l'homme est-il un animal *sociable* ou fait pour la vie d'ermite et ombrageux à tout voisinage ? De ces hypothèses la dernière est la plus vraisemblable.

L'idée d'un premier couple humain, achevé dans son développement et placé par la nature au milieu de nourritures, mais à qui n'aurait pas été donné en même temps un instinct naturel absent de notre présent état
VII, 323 de nature, est difficilement conciliable avec la prévoyance de la nature pour la conservation de l'espèce. Le premier homme se noierait dans l'étang qu'il verrait devant lui : la nage est un art qu'il faut apprendre ; ou bien il consommerait des racines et des fruits vénéneux et se trouverait en constant danger de mort. Mais si la *nature* avait *implanté* cet instinct dans le premier couple humain, comment ne l'a-t-il pas légué à ses enfants ? ce qui de nos jours est un fait impossible.

Certes, les oiseaux chanteurs apprennent à leurs petits certaines formes de chant qu'ils perpétuent par la tradition : aussi bien, un oiseau isolé que l'on a, alors qu'il était encore aveugle, pris à son nid et élevé, n'émet point de chant à l'âge adulte, mais simplement un certain son inscrit de naissance dans son organe. Quelle eﬆ alors l'origine du premier chant*, puisqu'il n'eﬆ pas appris? et s'il était jailli inﬆinctivement, pourquoi les petits n'en ont-ils pas reçu l'héritage?

L'indication de la caractériﬆique de l'homme, animal raisonnable, se trouve déjà dans la forme et l'organisation de sa *main,* de ses *doigts* et de leurs *extrémités;* leur ﬆructure d'une part, leur sensibilité déliée de l'autre, ont permis à la nature de le rendre habile non à tel maniement précis des objets, mais dans le sens d'une indétermination universelle, en conséquence, à l'usage de la raison, et de signaler ainsi l'aptitude technique ou le don d'adresse de son espèce comme ceux d'un animal raisonnable.

II. La *diſposition pragmatique* à s'ouvrir à la civilisation par la culture, celle du savoir-vivre en particulier, et le penchant naturel de son espèce à sortir dans les rapports sociaux de la brutalité de la violence égoïﬆe et à devenir un être policé (bien que non encore moral) et deﬆiné à la concorde, représentent un degré plus élevé. L'homme a, dans l'enseignement comme dans le dressage (discipline), la capacité et le besoin de recevoir une éducation. Ici se pose (avec ou contre Rousseau) la queﬆion de VII, 324
savoir si le caractère de son espèce, selon la disposition naturelle de celle-là, se trouve mieux de la *rudesse* de la nature ou des *arts de la culture* dont on ne peut prévoir le terme. Tout d'abord s'impose cette remarque : chez tous les autres animaux livrés à eux-mêmes, chaque *individu* atteint sa deﬆination; chez les hommes, c'eﬆ l'espèce tout au plus : si bien que la race humaine ne peut se hisser à sa deﬆination qu'en *progressant,* en une suite de générations innombrables; le but subsiﬆe néanmoins en perspective; et si la *tendance* qui se porte vers cette fin peut être souvent entravée, elle n'eﬆ jamais tout à fait ramenée en arrière.

III. La *diſposition morale.* La queﬆion eﬆ ici de savoir si l'homme eﬆ, par nature, bon ou mauvais, ou bien s'il

* On peut avec le chevalier *Linné* admettre pour l'archéologie de la nature l'hypothèse suivante : de la mer universelle qui recouvrait toute la terre, une île a émergé la première sous l'équateur en une montagne sur laquelle ont peu à peu pris naissance tous les degrés climatiques de température, de l'ardeur au bas de ses rivages jusqu'au froid de l'Arctique à sa cime, accompagnés de toutes les plantes et de tous les animaux qui leur sont adaptés; pour ce qui eﬆ des oiseaux de toute espèce, les oiseaux chanteurs se mirent à imiter le son inhérent à l'organe de tant de voix diverses et à combiner celles-là dans les possibilités de leur gosier; de la sorte, chaque espèce se fit son chant déterminé que ses représentants se transmirent par l'enseignement (telle une tradition); comme on voit des pinsons et des rossignols introduire dans leur ramage quelque variante selon les pays.

est par nature également réceptif à l'une ou à l'autre de ces sollicitations, selon qu'il tombe entre telles ou telles mains éducatrices *(cereus in vitium flecti*[1] *)*. En ce cas, l'*espèce* elle-même n'aurait pas de caractère. Mais ce cas enferme sa propre contradiction ; car un être doté d'une faculté de raison d'orientation pratique et de la conscience de la liberté de sa volonté (il est alors une personne) se voit dans cette conscience, même parmi les représentations les plus obscures, sous l'autorité d'une loi de devoir et au pouvoir du sentiment (appelé alors sentiment moral) qu'à lui-même ou à d'autres adviennent par lui justice ou injustice. C'est précisément là le caractère *intelligible* de l'humanité en tant que telle ; dans cette mesure, l'homme est *bon* en vertu de sa disposition innée (par nature). En revanche, l'expérience le montre, il porte en lui un penchant à désirer activement l'illicite, bien qu'il le sache illicite, c'est-à-dire un penchant au *mal;* ce penchant s'éveille de manière aussi fatale et précoce que celle dont l'être humain commence à faire usage de sa liberté, et peut être, pour cette raison, considéré comme inné : de la sorte, l'homme, de par son caractère *sensible,* doit être aussi jugé mauvais, sans qu'il y ait là contradiction, si l'on parle du *caractère de l'espèce;* car on peut admettre que la destination naturelle de cette dernière réside dans la progression continue vers le meilleur.

Le résultat de l'anthropologie pragmatique quant à la destination de l'homme et à la caractéristique de son épanouissement est le suivant. L'homme est destiné par sa raison à être en une forme de société avec d'autres hommes et à se *cultiver,* à se *civiliser* et à se
VII, 325 *moraliser* dans cette société par l'art et par les sciences ; si grand que soit son penchant animal à se livrer *passivement* aux incitations du confort et du bien-vivre qu'il appelle félicité, sa raison le destine à l'inverse à se rendre digne de l'humanité de manière *agissante,* en combattant les entraves dont le charge la grossièreté de sa nature.

Il faut donc éduquer l'homme en vue du bien ; or, son éducateur est à son tour un homme enfermé dans la brutalité de la nature et, dans cette situation, on attend de lui qu'il accomplisse ce dont lui-même a besoin. De là le constant déviement de sa destination avec des inflexions toujours répétées dans sa direction. Nous allons indiquer les difficultés de la solution de ce problème et les obstacles qu'elle comporte.

A. La première destination physique de l'homme réside dans son impulsion à conserver sa race à titre de race animale. Mais, ici déjà, les phases naturelles du développement humain ne peuvent cadrer avec les phases civiles. D'après les *unes*, il se trouve, en l'état de nature, du fait de l'*instinct sexuel*, *poussé* et *apte* à la fois, dès la quinzième année au moins, à procréer son espèce. D'après les *autres*, il peut difficilement s'y hasarder (en moyenne) avant la vingtième. En effet, si le jeune homme dispose assez tôt de la capacité de satisfaire, en qualité de citoyen de l'univers, son inclination et celle d'une femme, il s'en faut de beaucoup que, citoyen d'un État, il ait le pouvoir d'entretenir femme et enfant. Il lui faut apprendre une profession, s'informer du nécessaire pour fonder un foyer avec une femme ; ce qui peut bien, dans la classe policée de la population, faire s'écouler la vingt-cinquième année avant qu'il soit mûr pour sa destination. De quoi remplit-il alors cet intervalle d'abstinence forcée et étrangère à la nature ? À peine d'autre chose que de vices.

B. L'instinct du savoir, culture dispensatrice d'ennoblissement pour l'humanité, est pour l'ensemble de l'espèce sans proportion avec la durée de la vie. Lorsque le savant s'est avancé dans la culture jusqu'au point où il en élargit lui-même le champ, la mort le rappelle et sa place est prise par un débutant qui, peu avant le terme de sa vie, après avoir fait de même un pas de plus, s'efface devant un autre. Quelle masse de connais- VII, 326
sances, quelle invention de méthodes nouvelles seraient déjà emmagasinées, si un Archimède, un Newton ou un Lavoisier, avec leur application et leur talent, avaient reçu de la nature, sans que leur force vitale fût diminuée, la faveur d'une longévité plusieurs fois séculaire ? Mais, à la vérité, la progression de l'espèce dans le domaine des sciences n'est jamais que fragmentaire (dans l'échelonnement du temps), et elle n'offre aucune assurance à cause des retours en arrière dont elle est toujours menacée par l'irruption de la barbarie révolutionnaire.

C. C'est tout aussi peu que l'espèce semble atteindre son but dans le domaine de cette *félicité* que la nature incite l'homme à rechercher sans trêve, mais que la raison limite à la condition de mériter le bonheur, c'est-à-dire à la condition de moralité. Le tableau hypocondriaque (grincheux) que *Rousseau* fait du genre humain se risquant à sortir de l'état de nature ne doit pas être pris pour exhortation à retourner en cet état et à revenir dans les forêts, comme s'il s'agissait de sa pensée véritable ; il exprimait par là la difficulté pour notre espèce de prendre la voie qui soit celle de l'approche continue de sa destination ; on ne doit pas en faire simple fantaisie : l'expérience des temps anciens et modernes ne peut qu'inspirer à tout être qui réfléchit l'embarras et le doute quant à l'éventualité future d'un état meilleur de notre espèce.

Les trois écrits de Rousseau sur le dommage qu'ont perpétré 1° le passage de notre espèce de la nature à la *culture,* par l'affaiblissement de nos forces, 2° l'*empire grandissant de la civilisation,* par l'inégalité et l'oppression mutuelle, 3° la prétendue *moralisation,* par une éducation contre nature et une déformation de la façon de penser : ces trois écrits, dis-je, qui représentaient l'état de nature comme un état d'*innocence* (auquel le gardien à l'épée de feu nous interdit le retour) devaient simplement servir à son *Contrat social,* à son *Émile* et à son *Vicaire savoyard* de fil conducteur pour trouver l'issue du labyrinthe de maux dont notre espèce s'est entourée par sa propre faute. Rousseau ne voulait pas foncièrement que l'homme dût revenir à l'état de nature, mais qu'il apprît, du degré où il se trouve de nos jours, à *reporter* vers lui *ses regards.* Il admettait que l'homme est bon par *nature*
VII, 327 (telle que celle-là se transmet par hérédité), mais d'une manière négative, à savoir qu'il n'est pas méchant de lui-même et à dessein, mais que le danger le menace d'être contaminé et corrompu par des guides et des exemples mauvais ou malhabiles. Or comme il faut en retour pour cette tâche des hommes de bon aloi qui doivent avoir été eux-mêmes éduqués à cette fin et parmi lesquels sans doute il n'y en a aucun qui n'ait en lui quelque corruption (innée ou contractée), le problème de l'éducation morale pour notre *espèce* demeure sans solution, la question étant de qualité du principe et pas seulement de degré : car un mauvais penchant inhérent de naissance à l'espèce, la raison humaine universelle peut le blâmer, à la rigueur même le refréner, mais non pour autant l'extirper.

*

Dans une république qui représente le suprême degré d'élévation artificielle des dispositions favorables de l'espèce dans la perspective finale de sa destination, l'*animalité* n'en est pas moins plus précoce et au fond plus puissante dans ses manifestations que la pure *humanité,* et l'animal apprivoisé n'est que par son *affaiblissement* plus utile à l'homme que l'animal sauvage. La volonté de l'individu est toujours prête à éclater en aversion pour son voisin et s'efforce en tout temps de faire valoir sa prétention à une liberté absolue, non seulement pour être indépendante, mais pour commander même à des êtres qui sont ses égaux par nature ; ce que l'on remarque déjà chez l'enfant à son plus jeune âge* ; car la nature en lui, procédant de la culture à la moralité, et non (comme le recommande VII, 328 pourtant la raison) de la moralité et de la loi comme points de départ, cherche à l'orienter vers une culture appropriée établie en fonction de celles-là ; d'où résulte inévitablement une inversion de tendance qui va à l'encontre du but ; ainsi en est-il quand un enseignement religieux qui devait être de toute nécessité une culture *morale* commence par la culture *historique* qui n'est que de mémoire, et cherche à en déduire la moralité.

L'éducation du genre humain pris dans le *tout* de son espèce, c'est-à-dire *collectivement (universorum),* et non dans la somme de ses individus *(singulorum)* où la foule ne constitue pas un système, mais un simple agrégat collecté, l'effort en vue d'une constitution républicaine qui reste à fonder sur un principe de liberté, mais aussi de contrainte légitime, l'homme ne les attend que de la *Providence,* c'est-à-dire d'une sagesse qui n'est pas la *sienne,* mais cependant l'*Idée* (par sa faute) impuissante de sa propre raison, cette éducation venue d'en haut, dis-je, est salutaire, encore que rude et rigoureuse, un façonnement de la nature qui passe par bien des maux

* Les cris que fait entendre un enfant, à peine venu au monde, n'ont pas le ton de la lamentation, mais de l'indignation et du comble de la colère ; la cause n'en est pas une souffrance, mais quelque dépit ; sans doute est-ce qu'il veut bouger et ressent son impuissance comme un enchaînement qui lui ôte la liberté. Quelle intention peut donc avoir eu la nature en faisant naître l'enfant avec de grands cris, alors que dans la forme brute de l'état de nature ils sont d'un extrême danger pour lui et pour sa mère ? Car ils pourraient inviter un loup ou même un sanglier à dévorer l'enfant en l'absence de la mère, ou à la faveur de sa faiblesse causée par l'enfantement. Or aucun animal en dehors de l'homme (tel qu'il est maintenant) ne clamera son existence au moment où il naît, ce que la sagesse de la nature semble avoir arrangé pour la conservation de l'espèce. Force est donc d'admettre qu'aux premiers temps de nature de cette classe animale (à l'ère de barbarie), ces éclats de l'enfant à sa naissance n'existaient pas encore, et qu'une deuxième époque n'est ainsi survenue que plus tard, une fois que le père et la mère eurent atteint le degré de culture nécessaire à la vie *domestique ;* cependant, nous ignorons par quelle voie et avec le concours de quelles forces la nature a organisé une telle évolution. La remarque mène loin, par exemple à l'idée suivante : ne se pourrait-il pas que cette deuxième époque, sous le coup de grandes révolutions naturelles, fût encore suivie d'une troisième ? Où un orang-outang ou un chimpanzé développerait en lui les organes qui servent à marcher, à tâter les objets et à parler, jusqu'à acquérir une structure humaine dont le plus profond contiendrait un organe pour l'usage de l'entendement et se développerait peu à peu par le bienfait d'une culture sociale.

et touche presque à la destruction de toute l'espèce ; il vise à faire sortir du mal, toujours en désaccord avec lui-même au fond de l'être, le bien que l'homme ne s'est pas proposé mais qui, une fois là, se perpétue. La Providence désigne précisément cette sagesse que nous percevons avec admiration dans le maintien de l'espèce d'êtres naturels organisés toujours à l'œuvre pour détruire cette espèce et pourtant toujours occupés à la protéger, sans que nous admettions pour autant dans cette prévoyance la présence d'un principe supérieur à celui dont nous disposons déjà à propos de la conservation des plantes et des animaux. Du reste, l'espèce humaine *doit* et *peut* être la créatrice de son propre
VII, 329 bonheur ; toutefois, la conviction qu'elle le *sera* ne se déduit pas *a priori* des dispositions naturelles que nous lui connaissons, mais seulement de l'expérience et de l'histoire, et cette déduction s'accompagne d'une attente fondée autant qu'il se doit pour ne pas désespérer de sa progression vers le meilleur, et pour favoriser au contraire, de tout le discernement et de toute l'exemplarité morale nécessaires, l'approche de ce but (chacun à la mesure de ce qu'il porte en lui).

On peut donc dire : le caractère premier de l'espèce humaine est la capacité de l'homme, en qualité d'être raisonnable, de se faire pour sa personne aussi bien que pour la société dans laquelle la nature l'a placé, un caractère ; ce qui suppose déjà, il est vrai, la présence en lui d'une disposition favorable de la nature et d'un penchant au bien : le mal (toujours porteur de désaccord avec lui-même et réfractaire en lui-même à tout principe permanent) est à proprement parler sans caractère.

Le caractère d'un être vivant est ce d'où se laisse discerner d'avance sa destination. En ce qui est des buts de la nature, on peut admettre pour principe cette proposition : elle veut que chaque créature atteigne sa destination par le développement approprié à ce dessein de toutes ses dispositions naturelles, afin que, sinon chaque *individu,* du moins l'espèce accomplisse l'intention qui est la sienne. Il en va ainsi réellement chez les animaux privés de raison, et c'est l'œuvre de la sagesse naturelle ; mais chez l'homme n'y parviennent que l'espèce dont nous ne connaissons parmi les êtres raisonnables de cette terre qu'un exemplaire, à savoir l'espèce humaine, et, dans celle-là même, une tendance de la nature tournée vers cette fin, celle qui aspire à réaliser un jour, par sa propre activité, le développement du bien à partir du mal : perspective qui, sauf

brutale interruption par des révolutions naturelles, peut être espérée avec une *certitude* morale (suffisante pour poser le devoir d'agir à cette fin). Car ce sont des hommes, c'est-à-dire des êtres mauvais de nature certes, mais, en même temps aussi, raisonnables et doués d'une disposition morale ; les maux qu'ils se font entre eux par égoïsme, ils ne les éprouvent que d'autant plus fortement avec le progrès de leur culture, et tandis qu'ils n'aperçoivent d'autre moyen de s'en prémunir que de soumettre, encore qu'avec réticence, le sens particulier au sens public (de tous réunis), à une discipline (celle de la contrainte civile) à laquelle ils ne se plient qu'en vertu de lois instituées par eux-mêmes, ils se sentent ennoblis par cette conscience d'appartenir à une espèce à la mesure de la destination de l'homme, telle que la raison lui en propose la représentation VII, 330
idéale.

TRAITS DESCRIPTIFS FONDAMENTAUX DU CARACTÈRE DE L'ESPÈCE HUMAINE

I. Ce ne fut pas la destination de l'homme de faire partie, comme le bétail domestique, d'un troupeau, mais à la manière de l'abeille, d'une ruche. *Nécessité* d'être membre d'une quelconque société civile.

La manière la plus simple, et la moins factice, d'édifier une telle société est celle de la présence d'un guide dans cette ruche (monarchie). Mais en nombreux voisinage, ces ruches se querellent bientôt en abeilles pillardes (c'est la guerre) ; ce n'est pourtant pas, comme le font les hommes, afin de renforcer leur groupe en l'unissant à un autre — l'image en effet s'arrête ici — mais afin d'utiliser à *leur profit,* par la ruse ou par la violence, le labeur *d'autrui.* Tout peuple cherche à devenir plus fort en pliant à son joug les peuples voisins, et, avidité de s'agrandir ou crainte d'être englouti par l'autre en ne le devançant pas, la guerre intérieure ou extérieure, dans notre espèce, si grand soit le mal qu'elle constitue, n'en est pas moins aussi le ressort du passage du brutal état de nature à l'état *civique,* mécanisme de la Providence où les forces antagonistes, si elles se portent atteinte les unes aux autres par friction, sont cependant pour une longue durée maintenues en mouvement régulier par la poussée ou la traction d'autres ressorts.

II. *Liberté* et *loi* (celle-ci limitant celle-là) sont les deux pivots autour desquels tourne la législation civile. Mais afin que cette dernière soit agissante et non point creuse exhortation, un terme intermédiaire* doit s'ajouter, l'*autorité* qui, associée aux deux autres, assure le succès à ces principes. Or on peut se représenter de multiples combinaisons de ce terme avec les deux premiers :

A. Loi et liberté, sans autorité (anarchie).

B. Loi et autorité, sans liberté (despotisme).

VII, 331 C. Autorité, sans liberté ni loi (barbarie).

D. Autorité, avec liberté et loi (république).

On voit que seule cette dernière figure mérite le nom de véritable constitution civile ; cependant, loin d'avoir en vue par là l'une des trois formes de gouvernement (démocratie), on n'entend par *république* qu'un État dans son acception générale ; et le vieux brocard juridique : *Salus civitatis* (et non pas *civium*) *suprema lex esto*[1], ne signifie pas que le bien-être sensible (la *félicité* des citoyens) doive servir de principe suprême à la constitution politique ; car cette prospérité que chacun se dépeint de telle manière selon son inclination particulière, n'a pas la moindre valeur de principe objectif tel que le réclame l'acception générale ; cette sentence, en revanche, ne dit rien de plus que ceci : le *bien intelligible*, le maintien de la *constitution politique* une fois établie, sont la loi suprême de toute société civile ; celle-ci en effet ne persiste que par celle-là.

Voici le caractère de l'espèce tel qu'il ressort de l'expérience de tous les temps et parmi tous les peuples : prise collectivement (sous la forme d'une totalité du genre humain), c'est, dans la succession ou la coexistence, une multitude de personnes qui, incapables de *se passer* de vivre paisiblement côte à côte, ne peuvent cependant *éviter* de se causer du désagrément ; et qui, par conséquent, du fait de la contrainte réciproque, se sentent, sous l'autorité de lois procédant d'elles, appelées par la nature à se coaliser, parmi les constantes menaces de désunion, mais dans un mouvement général de progrès, en une société *cosmopolitique* (cosmopolitisme) : idée inaccessible en elle-même, qui n'est cependant pas un principe constitutif (de l'attente d'une paix stable au milieu de l'affrontement le plus vif d'actions et de réactions humaines), mais seulement un principe

* Analogue au *medius terminus* d'un syllogisme, qui, lié au sujet et au prédicat, donne les quatre figures du syllogisme.

régulateur : incitation à la suivre assidûment en tant que destination du genre humain, non sans être fondé à présumer l'existence d'une tendance naturelle orientée vers cette fin.

Demande-t-on maintenant si l'espèce humaine (que l'on peut aussi qualifier de race, dans la représentation d'une espèce d'*êtres terrestres* raisonnables, par référence à ceux d'autres planètes, d'une multitude de créatures issues d'un seul et même démiurge) — si, dis-je, elle doit être tenue pour race bonne ou mauvaise : je dois avouer qu'il n'y a guère lieu de se vanter. Pourtant, nul observateur du comportement humain dans l'histoire des temps passés et aussi d'aujourd'hui ne sera VII, 332 tenté, en jugeant, de jouer les Timon misanthropes, mais il le sera de manière bien plus fréquente et pertinente, de jouer les Momus, et la folie, plus que la méchanceté, lui paraîtra le trait saillant de notre espèce. Mais comme on ne peut, dans la physionomie morale de notre espèce, méconnaître l'association de la folie à quelque linéament de méchanceté (auquel cas elle prend le nom de fatuité), la seule dissimulation partielle que tout homme prudent juge nécessaire pour ses propres pensées suffit à faire clairement ressortir que chacun trouve à propos d'être sur ses gardes et de ne pas se laisser voir tout entier tel qu'il est ; attitude qui trahit déjà le penchant de notre espèce à une malveillance mutuelle.

Il se pourrait qu'il y eût sur quelque autre planète des êtres raisonnables incapables de penser autrement que tout haut, c'est-à-dire d'avoir dans la veille ou dans le rêve, qu'ils fussent en compagnie ou seuls, des pensées qu'ils n'*exprimeraient* pas au même instant. Quel comportement réciproque différent de celui de notre espèce humaine, quelle conséquence n'en résulterait-il pas ? S'ils n'étaient pas tous d'une *pureté angélique*, on ne voit pas comment ils pourraient parvenir à coexister, à avoir de l'un à l'autre quelque estime et à s'accorder entre eux. Il est donc de la constitution originelle d'une créature humaine et du concept attaché à son espèce d'explorer d'une part les pensées d'autrui, mais de garder de l'autre les siennes pour soi ; jolie qualité qui ne manque pas de passer peu à peu du *déguisement* à la *mystification* intentionnelle et de là, enfin, au *mensonge*. Voilà qui fournirait de notre espèce une image caricaturale ; elle justifierait à son propos non seulement la moquerie débonnaire, mais encore le *mépris* pour ce qui constitue son caractère, et l'aveu que cette race d'êtres de raison ne mérite point de place honorable parmi les autres (qui nous sont inconnus*) — si précisément cette réprobation même ne trahissait pas la présence en nous d'une disposition morale, d'une invite innée à lutter contre ce penchant et, par là, à figurer le genre humain non comme mauvais, mais comme un genre d'êtres raisonnables tout à l'effort de se hisser du mal vers le bien en un progrès continu, au milieu des obstacles ; aussi bien sa volonté est bonne, mais l'accomplissement est rendu difficile par le fait qu'on ne peut fonder son attente de parvenir au but sur un libre unisson des *individus,* mais sur l'effet d'une organisation progressive des citoyens de cette terre, dans la forme et dans l'intention, en une espèce qui soit un système lié par l'esprit cosmopolitique.

* Frédéric II demandait un jour à l'excellent Sulzer, qu'il appréciait à la mesure de ses mérites et qu'il avait chargé de la direction des établissements scolaires de Silésie, ce qu'il en était de ces institutions. Sulzer répondit : «Depuis que l'on œuvre en s'appuyant sur le principe (de Rousseau), selon lequel l'homme est bon par nature, les choses commencent à aller mieux. — Ah (dit le roi), mon cher Sulzer, vous ne connaissez pas cette maudite race à laquelle nous appartenons.» Il est également du caractère de notre espèce que, dans son aspiration à une constitution civile, elle ait aussi besoin d'une discipline venue de la religion, afin que ce qui ne peut être obtenu par la contrainte *extérieure* soit provoquée par la contrainte *intérieure* (celle de la conscience), grâce à l'utilisation politique par les législateurs de la disposition morale de l'homme, tendance inscrite dans le caractère du genre humain. Mais si, dans cette discipline du peuple, la morale ne précède pas la religion, celle-ci se rend maîtresse de celle-là, et la religion statutaire devient un instrument du pouvoir public (politique) entre les mains de *despotes de la foi :* un mal qui ne manque pas d'altérer le caractère et qui induit à gouverner dans l'imposture (dite prudence politique) ; d'où ce grand monarque, tout en faisant profession *publique* d'être le premier serviteur de l'État, ne pouvait se cacher en soupirant, dans sa confession intérieure, qu'il en allait à l'inverse, avec toutefois cette excuse pour sa personne d'attribuer cette perversion à la *race* mauvaise qui se nomme genre humain.

PROPOS DE PÉDAGOGIE

Traduction de Pierre Jalabert.

PRÉFACE DE L'ÉDITEUR IX, 439

Aux termes d'une ordonnance déjà ancienne, dans les années passées, la pédagogie devait, à l'université de Königsberg, être exposée aux étudiants, sans discontinuer et à tour de rôle, par un professeur de philosophie. L'alternance de ces cours désigna ainsi par intervalles le professeur Kant qui se fonda dans cette tâche sur le Manuel d'art de l'éducation *publié par son collègue d'alors, le conseiller de consistoire D. Bock*[1]*, sans toutefois s'y tenir de manière rigoureuse, dans la démarche de l'investigation aussi bien que dans les principes.*

C'est à cette circonstance que les remarques suivantes sur la pédagogie doivent leur origine. Elles seraient vraisemblablement plus intéressantes encore et, à maints égards, plus détaillées, si le temps n'avait pas été aussi étroitement mesuré à ces cours, et si Kant avait trouvé en l'espèce propos à s'étendre davantage sur le sujet et à se montrer plus circonstancié dans la rédaction.

La pédagogie a pris dans une époque récente, grâce aux efforts de plusieurs hommes de mérite, d'un Pestalozzi et d'un Olivier notamment, une orientation nouvelle et intéressante dont nous devons nous féliciter pour la génération montante à un non moindre titre que de la vaccine, malgré la diversité d'objections que les deux hommes sont encore forcés de subir et qui se donnent en vérité tantôt pour très doctes, tantôt pour très distinguées, sans être pour autant d'une solidité particulière. Que Kant ait connu, à cet égard aussi, les idées nouvelles de ce temps-là, qu'il les ait méditées et qu'il ait dépassé de plus d'un regard l'horizon de ses contemporains, voilà qui se conçoit sans aucun doute et qui résulte aussi de ces remarques jetées sur le papier, encore qu'elles ne l'aient pas été dans un libre choix.

De mes notes annexes je n'ai rien à dire; elles parlent d'elles-mêmes.

IX, 440 *Après les basses attaques que le libraire Vollmer s'est permises quant à mon édition de la Géographie physique de Kant, la publication de tels manuscrits ne peut plus être pour moi une tâche agréable. Puisque je peux mener une existence tranquille, satisfaite et tout à l'ouvrage dans mon champ d'activité exempt d'étroitesse, même sans ce genre de travail, pourquoi m'exposer à des prétentions mal venues et me livrer en proie à des jugements intempestifs? Mieux vaut consacrer mes instants de loisir aux études dans lesquelles il m'est permis de croire, avec l'assentiment des connaisseurs, que j'ai acquis quelques mérites et que je peux en acquérir encore.*

Les lettres de notre patrie, à l'exception de leurs rameaux proprement savants, n'offrent pas précisément un spectacle stimulant, et la manie partisane qui jaillit de toute part, jointe aux querelles désagréables et aux passes d'armes dans lesquelles se commettent nos meilleurs esprits, n'a rien qui engage à y prendre part. Je ne laisse que trop volontiers à d'autres le plaisir de chercher plaies et bosses pour les rendre avec intérêts à leurs adversaires, et d'acquérir ainsi un certain droit de trépied[1] *dont les coups de force, s'imaginent-ils, les élèveront à la dictature des lettres. Malheur à cette majesté de papier! Mais quand les temps changeront-ils? quand deviendront-ils meilleurs?*

Pour la foire de Jubilate 1803 RINK

INTRODUCTION

L'homme eſt l'unique créature qui doive être éduquée[1]. Par éducation, nous entendons les soins (subsistance, entretien), la discipline et l'inſtruction doublée de la formation. L'homme eſt en conséquence nourrisson, écolier, et apprenti[2]. IX, 441

À peine les animaux ont-ils quelques forces qu'ils se mettent à en user dans la normalité, c'eſt-à-dire en sorte qu'elles ne puissent leur porter dommage. C'eſt merveille, en effet, de voir par exemple les jeunes hirondelles, tout juſte sorties de l'œuf et encore aveugles, n'en être pas moins habiles à faire tomber leurs excréments hors du nid. Les animaux n'ont ainsi nul besoin d'être soignés, tout au plus leur faut-il être nourris, réchauffés, guidés et, dans une certaine mesure, protégés. La plupart d'entre eux réclament sans doute la nourriture, mais non les soins. On entend par soins l'attention des parents à ce que leurs enfants ne fassent nul usage funeſte de leurs forces. Un animal, par *exemple*, devrait-il, sitôt venu au monde, crier à la manière des enfants qu'il deviendrait à coup sûr la proie des loups et des bêtes sauvages attirés par ses cris.

La discipline change l'animalité en humanité[3]. Un animal eſt déjà tout par son inſtinct ; une raison extérieure a, sans attendre, tout arrangé pour lui. L'homme, quant à lui, a besoin de sa propre raison. Dépourvu d'inſtinct, il doit façonner à son usage le plan de sa conduite. Mais parce qu'il n'eſt pas à même de réaliser d'emblée cette tâche et que, tout au contraire, il naît à l'état brut, d'autres doivent y pourvoir à sa place[4].

C'est le devoir du genre humain que de dégager peu à peu de lui-même, par son propre effort, l'ensemble des dispositions naturelles de l'humanité[1]. Une génération éduque l'autre. Il est loisible à ce propos de chercher l'origine première dans un état de barbarie ou, tout aussi bien, dans un état de perfection et d'accomplissement. Poser l'antériorité et la primauté de celui-ci
IX, 442 exige que l'homme, en retour, ait versé plus tard dans l'état sauvage et se soit enfoncé dans la barbarie.

La discipline garde l'homme de s'écarter, par la faute de ses impulsions animales, de sa destination, l'humanité. Ainsi, elle doit le brider pour l'empêcher de se livrer aux dangers dans le désordre et l'irréflexion. La discipline n'est donc qu'instance négative, l'action par laquelle on défait l'être humain de sa sauvagerie ; l'instruction, au contraire, est la part positive de l'éducation.

L'état sauvage est indépendance en regard des lois. La discipline soumet l'homme aux lois de l'humanité et lui fait sentir, la première, la contrainte des lois. Il faut cependant qu'il en soit ainsi de bonne heure[2]. De même, dans les débuts, on envoie les enfants à l'école, dans l'idée non qu'ils doivent y acquérir quelque savoir, mais qu'ils aient des chances de s'habituer à rester tranquilles, à observer à la lettre ce qui leur est prescrit et qu'ils n'aillent pas, plus tard, mettre à exécution, et à l'instant, chacun de leurs caprices.

L'homme a par nature un tel penchant pour la liberté qu'une fois accoutumé à elle un certain temps, il lui sacrifie toute chose[3]. Voilà donc pourquoi il importe, comme nous venons de le dire, d'appliquer très tôt la discipline ; s'il n'en va pas ainsi, l'être humain se laisse difficilement changer après coup. Il suit alors ses moindres lubies. On en fait l'observation chez les nations sauvages : jamais une longue période au service des Européens ne les habitue à leur manière de vivre. Il ne s'agit pas dans leur cas, comme R*ousseau* et d'autres le pensent, d'un noble penchant pour la liberté, mais d'un certain degré de barbarie, l'animal, ici, n'ayant pas encore en quelque sorte développé l'humanité en lui-même[4]. Aussi faut-il de bonne heure accoutumer l'homme à se plier aux prescriptions de la raison. Qu'on lui ait, dans sa jeunesse, passé ses volontés et que rien, en ce temps-là, ne lui ait résisté, il gardera tout au long de sa vie une sorte de sauvagerie. Et ils ne seront pas plus avancés ceux dont une trop grande tendresse maternelle aura ménagé les jeunes années : ils n'en trouveront par la suite que plus d'opposition de toute part, et partout ils recevront des coups, sitôt qu'ils se mêleront aux affaires du monde.

C'est erreur courante dans l'éducation des grands que de ne jamais leur offrir, même dans leur jeunesse, de réelle résistance sous le prétexte qu'ils sont destinés à commander. Il faut polir chez l'homme la brutalité, du IX, 443 fait de son penchant pour la liberté ; il n'en est rien, en revanche, chez l'animal, du fait de son instinct.

L'homme demande soins et formation. La formation comprend la discipline et l'instruction. De celle-là, autant qu'on le sache, l'animal n'a nul besoin. Aucun animal, en effet, n'apprend quoi que ce soit de ses parents, hormis les oiseaux, dans le domaine du chant. L'instruction, ici, vient des parents, et il est touchant de voir la mère, comme dans une école, s'égosiller devant ses petits, et ceux-là s'évertuer à tirer les mêmes sons de leur petite gorge. Pour se convaincre que les oiseaux ne chantent pas d'instinct, mais qu'ils l'apprennent bel et bien, il vaut la peine de se livrer à l'épreuve, d'enlever par exemple à des canaris la moitié de leurs œufs et de leur donner à couver des œufs de moineaux, ou bien aussi de substituer à leurs petits les tout jeunes moineaux. Si l'on place ces derniers dans une pièce d'où ils ne peuvent entendre les moineaux au dehors, ils apprendront le chant des canaris, et l'on aura des moineaux chanteurs. Il est, au demeurant, hautement admirable que chaque famille d'oiseaux conserve à travers toutes les générations un certain chant dominant ; la tradition du chant est sans doute la plus fidèle du monde[1].

L'homme ne peut devenir homme que par l'éducation. Il n'est rien que ce que l'éducation fait de lui. L'homme, il convient de le remarquer, ne reçoit son éducation que d'autres hommes, éduqués par les mêmes voies[2]. Aussi un défaut de discipline et d'instruction chez quelques-uns en fait-il à leur tour de piètres éducateurs de leurs élèves. Si d'aventure un être d'un genre plus haut prenait en charge notre éducation, on verrait ce qui peut advenir de l'homme[3]. Mais comme l'éducation, pour partie, donne à l'homme quelques enseignements et, pour partie, se borne à développer quelques virtualités en lui, on ne peut connaître l'étendue des dispositions naturelles qu'il recèle. Si, du moins, une expérience était faite par le moyen de l'appui des grands et des forces réunies de beaucoup d'hommes, elle nous éclairerait déjà sur les capacités de l'être humain. Or, c'est une remarque aussi importante pour la tête spéculative que triste pour l'ami de l'humanité de voir les grands, pour la plupart, ne jamais se préoccuper que d'eux-mêmes, et refuser à l'expérience considérable de l'éducation un intérêt qui permettrait à la nature d'approcher, d'un pas de plus, de la perfection.

Il n'est personne qui, laissé à l'abandon dans sa jeunesse, ne doive voir clairement par lui-même, à l'âge mûr, en quoi, discipline ou culture (on peut de ce terme désigner l'instruction), il a été négligé. L'être inculte est grossier, l'indiscipliné est violent. La négligence de la discipline est un mal plus grand que la négligence de la culture : on peut encore rattraper celle-ci par la suite. La violence, elle, ne se laisse pas enlever ; une inadvertance dans la discipline ne se répare jamais. Peut-être l'éducation se fera-t-elle sans cesse meilleure, et chaque génération qui suivra avancera-t-elle d'un pas sur la voie du perfectionnement de l'humanité ; derrière l'éducation se cache en effet le grand mystère de la perfection de la nature humaine. D'aujourd'hui même peut s'accomplir le départ. Car ce n'est que de nos jours que l'on commence à juger avec justesse et à se faire une idée claire de ce qui ressortit à une bonne éducation. C'est ravissement que de se représenter la possibilité de toujours mieux développer la nature humaine par l'éducation, et de la porter à une forme adéquate à l'humanité. Voilà qui nous ouvre pour le futur la perspective d'un genre humain plus riche de bonheur.

Le projet d'une théorie de l'éducation est un idéal magnifique, et il n'y a point de mal à ne pouvoir le réaliser tout de suite. Il importe seulement de ne pas le tenir dès l'abord pour chimérique, et de ne pas le décrier comme une belle illusion, même s'il survient des obstacles à sa réalisation.

Une Idée n'est rien d'autre que le concept d'une perfection encore absente de l'expérience. Ainsi de l'Idée d'une république parfaite régie selon les lois de la justice[1]. Est-elle impossible pour autant? Il suffit, pour condition première, que notre Idée soit juste ; elle n'est dès lors, en dépit des obstacles susceptibles d'entraver encore son exécution, nullement impossible.
IX, 445 Si chacun de nous, par exemple, mentait, la véracité serait-elle pour autant simple chimère? L'Idée d'une éducation développant toutes les dispositions naturelles contenues dans l'homme est assurément véridique.

Dans l'état présent de l'éducation, l'homme n'atteint pas pleinement le but final de son existence. Quelle diversité, en effet, dans la vie des humains ! Il ne peut y avoir entre eux d'uniformité que s'ils agissent selon des principes de même espèce, et encore faudrait-il que ces principes devinssent pour eux une seconde nature. Nous pouvons œuvrer au plan d'une éducation plus adaptée à ses fins et transmettre quant à elle aux générations futures des directives qu'elles pourront réaliser peu à peu. On observe par exemple, dans le cas des «oreilles d'ours», que l'on obtient sans exception, avec des plants, des fleurs d'une seule et même couleur; si, en revanche, on en sème les graines, on a des fleurs de couleurs tout autres, et des plus variées. La nature y a donc bien déposé des germes, et seule importe la manière convenable de semer ou de transplanter pour provoquer en elles le développement de ces germes. De même chez l'homme!

Nombre de germes reposent en l'humanité; à nous de développer, en les dosant, les dispositions naturelles, de déployer l'humanité à partir de ces germes, et de faire en sorte que l'homme atteigne à sa destination[1]. Les animaux réalisent d'eux-mêmes la leur, et sans la connaître. L'homme doit tout d'abord chercher à atteindre la sienne, mais la chose ne peut advenir s'il n'a pas la moindre représentation de sa destination. De plus, il est totalement impossible à l'individu d'y parvenir. Supposons un premier couple humain, parvenu à un réel degré de culture, et voyons comment il élèvera ses enfants. Déjà, les premiers parents fournissent un exemple à leurs enfants, les enfants imitent cet exemple, et c'est ainsi que se développent quelques dispositions naturelles. Toutes ne peuvent se façonner de la sorte, car les exemples offerts aux enfants ne sont en somme la plupart du temps que le fruit de conditions occasionnelles. Les hommes n'avaient dans le passé nul concept de la perfection à laquelle la nature humaine peut parvenir. Pour notre part, nous ne sommes même pas encore au clair de ce concept. Il est toutefois une certitude : des individus, en dépit de toute la culture prodiguée à leurs disciples, ne réussiront pas à leur faire atteindre leur destination. Cet accomplissement n'appartient pas aux individus, mais à l'espèce humaine[2].

L'éducation est un art dont la pratique doit se IX, 446
parfaire à travers de multiples générations. Chacune d'elles, munie des connaissances de la précédente, est en mesure de réaliser toujours davantage une éducation qui développe dans la gradation et dans la conformité avec la fin toutes les dispositions naturelles, conduisant ainsi tout le genre humain à sa destination. La Providence a voulu que l'homme dégageât le bien de lui-même, et elle déclare en quelque sorte à l'homme : «Engage-toi dans le monde!» — ainsi pourrait à peu près lui parler

le Créateur, « Je t'ai pourvu de toutes les dispositions au bien. C'est à toi qu'il revient de les développer ; ainsi, tout ton bonheur et tout ton malheur dépendent de toi-même ».

L'homme doit tout d'abord pourvoir au développement de ses dispositions au bien ; la Providence ne les a point déposées en lui sous une forme déjà achevée ; ce ne sont que dispositions sans la marque distinctive de la moralité. Se rendre meilleur, se cultiver soi-même et, si sa nature est mauvaise, faire naître en soi-même la moralité : tel est le devoir de l'homme. Une mûre réflexion en découvre toute la difficulté. Aussi l'éducation est-elle le problème le plus grand, et le plus ardu, qui puisse se poser à l'homme. Car la clarté de vue dépend de l'éducation, et l'éducation, à son tour, de la clarté de vue. Aussi bien l'éducation ne peut avancer que pas à pas ; qu'une génération transmette à l'autre ses expériences et ses connaissances, que celle-là, à son tour, les augmente de son apport et les remette en cet état à la suivante : c'est bien la seule source possible d'un juste concept de la façon d'éduquer. Quelle ampleur de culture et d'expérience ne suppose donc pas ce concept ? Son apparition, dès lors, n'a pu être que tardive, et nous-mêmes ne l'avons pas encore pleinement clarifié. Reste à savoir si l'éducation de l'individu doit reproduire l'épanouissement de l'humanité en général à travers ses différentes générations.

Il est deux inventions humaines que l'on peut tenir sans doute pour les plus chargées de difficultés : celles de l'art de gouverner et de l'art d'éduquer ; pourtant, nous en sommes encore à controverser à propos de leur Idée.

Et maintenant, d'où faire partir le développement des dispositions humaines ? Prendrons-nous pour début
IX, 447 l'état de barbarie, ou un état déjà élaboré ? Il est difficile de se représenter un développement à partir de la barbarie (ce qui rend déjà le concept du premier homme si ardu) ; nous observons, d'autre part, qu'un développement depuis un tel état implique des retombées répétées dans la barbarie, suivies chaque fois d'un nouveau redressement. Même chez les peuples très policés, les plus anciens documents écrits qu'ils nous ont laissés — quel degré de culture ne faut-il pas déjà pour écrire ? au point que l'on pourrait, en considération de l'humanité policée, appeler débuts du monde les débuts de l'écriture — nous révèlent une contiguïté prononcée de la barbarie.

Le développement des dispositions naturelles chez

l'homme ne s'opérant pas de lui-même, toute éducation est un art[1]. La nature n'a placé en lui nul instinct à cette fin. L'origine aussi bien que le progrès de cet art sont ou bien *mécaniques,* dépourvus de plan, réglés selon des circonstances données, ou bien *affaire de jugement.* L'art de l'éducation n'a d'origine mécanique qu'en des occasions de rencontre d'où nous apprenons l'utilité d'une chose pour l'homme, ou sa nocivité. Tout art de l'éducation d'origine purement mécanique comporte forcément une multitude d'erreurs et d'insuffisances parce qu'il ne repose sur aucun plan. L'art de l'éducation, ou pédagogie, doit donc procéder du jugement s'il vise à développer la nature humaine en sorte qu'elle atteigne à sa destination. Des parents déjà éduqués sont des exemples à valeur de normes d'après lesquels se forment les enfants. Mais pour que ces derniers progressent dans le bien, il faut que la pédagogie devienne un art, sinon il n'y aura rien à attendre d'elle, et ce sera un être vicié dans son éducation qui éduquera son prochain. Il faut que se change en science le mécanisme contenu dans l'art de l'éducation, sinon cet art ne deviendra jamais effort cohérent ; il se pourrait même qu'une génération jetât bas ce que l'autre aura édifié avant elle.

Voici un principe de l'art d'éduquer que les auteurs de projets pédagogiques, en particulier, devraient avoir toujours présent à leurs yeux : que jamais l'éducation des enfants ne se fasse en fonction du seul état présent, mais aussi du possible meilleur état à venir de l'humanité, c'est-à-dire de l'Idée de l'humanité et de l'ensemble de sa destination. C'est là un principe de grande importance. Les parents élèvent communément leurs enfants dans le seul dessein qu'ils s'adaptent au monde présent, fût-il corrompu. Or, ils devraient les éduquer pour que naisse un meilleur état futur. Cependant, deux obstacles se présentent ici :

1° Les parents n'ont à l'ordinaire d'autre objet de soins que la réussite de leurs enfants dans le monde et 2° les princes ne tiennent leurs sujets que pour instruments de leurs intentions. IX, 448

Les parents se préoccupent de leur maison, les princes de leur État. Les uns et les autres n'ont pas pour fin dernière le plus grand bien universel, ni la perfection à laquelle l'humanité est destinée, et pour laquelle elle est en effet disposée. Or l'économie d'un plan d'éducation devrait être conçue dans un esprit cosmopolitique. Le plus grand bien universel est-il donc une Idée susceptible de nuire à notre plus grand bien particulier? En aucun cas ! Consentir à cette Idée quelque apparence de sacrifice ne nous empêche pas de servir par elle le plus grand bien de notre propre état présent. Et puis, de quelles magnifiques conséquences s'accompagne-t-elle ! C'est d'une bonne éducation que naît tout le bien dans le monde. Il importe seulement de toujours développer davantage les germes disposés en l'homme. Car les fondements du mal sont absents de ses dispositions naturelles. La non-soumission de la nature à des règles est l'unique source du mal. Il n'est en l'homme d'autres germes que du bien[1].

Cela étant, d'où viendra ce meilleur état universel ? Des princes ou des sujets ? De ce que ceux-ci commencent par s'amender eux-mêmes et accomplissent à la rencontre d'un bon gouvernement la moitié du chemin ? Si les princes doivent être les fondateurs de cet État, il faut pour condition première que devienne meilleure leur éducation, durablement viciée de ce grand défaut qu'on ne leur a pas résisté dans leur jeunesse. Or, un arbre isolé dans la campagne pousse de travers, il étend largement ses branches ; en revanche, un arbre qui se dresse en pleine forêt pousse droit parce que les arbres voisins lui résistent, il cherche l'air et le soleil au-dessus de lui. Il en est ainsi des princes. Mieux vaut encore qu'ils aient pour éducateur un homme tiré du nombre de leurs sujets qu'un personnage de leur rang : nous ne sommes donc en droit d'attendre le bien venu d'en haut que dans le cas où l'éducation y est la meilleure ! Aussi les efforts des particuliers importent-ils avant tout, plutôt que la participation des princes,
IX, 449 comme le crurent *Basedow* et d'autres[2] ; car, l'expérience l'enseigne, les princes visent d'abord, pour atteindre leurs buts, non tant le meilleur bien universel que le seul avantage de leur État. Mais s'ils fournissent l'argent nécessaire à cet usage, il faut bien aussi s'en remettre à eux pour en tracer le plan. Ainsi en va-t-il de tout ce qui touche l'épanouissement humain, l'élargissement des connaissances humaines. La puissance et l'argent ne réaliseront pas cette tâche, tout au plus la faciliteront-ils. Mais ils pourraient l'accomplir, si l'économie étatique ne se bornait pas à évaluer par avance les redevances à la caisse de l'État. Les Académies n'ont pas fait mieux jusqu'ici ; l'apparence qu'elles réussissent un jour n'a jamais été plus mince qu'aujourd'hui.

En conséquence, l'organisation des écoles ne devrait, elle aussi, dépendre que du jugement des connaisseurs les plus éclairés. Toute culture a son commencement dans l'individu et s'étend depuis ce point de départ.

Seul l'effort des personnes aux inclinations généreuses, intéressées au meilleur bien universel et capables de concevoir l'idée d'un meilleur état à venir, pourra rapprocher peu à peu l'humanité de son but. Plus d'un grand, çà et là, ne tient-il pas son peuple en quelque sorte pour simple partie du règne de la nature, et ne vise-t-il pas aussi de la sorte à sa seule reproduction? Tout au plus recherche-t-on de surcroît l'habileté, mais dans le seul propos de pouvoir d'autant mieux user des sujets comme d'instruments de desseins personnels. Certes, les particuliers ont, eux aussi, à considérer en premier lieu la finalité de la nature, mais ils doivent porter un soin précis à ce que se développe l'humanité, à ce qu'elle acquière, en plus de l'habileté, le poli, et, tâche la plus difficile, ils doivent chercher à mener la postérité plus loin qu'eux-mêmes ne sont parvenus.

Dans l'éducation, il faut donc :

1° *Discipliner* l'homme. Discipliner, c'est chercher à empêcher l'animalité de porter préjudice à l'humanité, dans l'individu comme dans l'homme social. La discipline n'est donc que l'apprivoisement de la sauvagerie.

2° Il faut *cultiver* l'homme. La culture comprend l'enseignement par la règle et par l'exemple. Elle consiste à procurer l'habileté. L'habileté est possession d'une capacité suffisant à toute fin. Elle ne détermine donc nulle fin, elle en laisse le soin aux circonstances qui se présentent.

Quelques formes de l'habileté sont bonnes en tous les cas, par exemple la lecture et l'écriture ; d'autres ne servent qu'à un petit nombre de fins, par exemple la musique à celle de nous rendre aimables. La multitude des fins étend en quelque sorte jusqu'à l'illimité le domaine de l'habileté. IX, 450

3° Il faut veiller à ce que l'homme devienne également *prudent,* qu'il soit à sa place dans la société humaine, qu'il ait faveur et influence[1]. Cela implique une certaine forme de culture que l'on nomme *civilisation.* Elle réclame manières, gentillesse et une certaine prudence à utiliser les humains à ses propres fins. Elle se règle sur le goût changeant de chaque époque. Ainsi l'on aimait, voici quelques décennies à peine, le cérémonial dans les relations.

4° Il faut veiller à sa *moralisation.* L'homme ne doit pas être habile à toutes sortes de fins, il doit aussi acquérir la disposition d'esprit qui ne lui fasse choisir que de bonnes fins. Bonnes sont les fins qui reçoivent nécessairement l'approbation de chacun et qui peuvent être en même temps les fins de chacun.

*

On peut ou bien se borner à dresser l'homme, à l'entraîner, à l'instruire mécaniquement, ou l'éclairer réellement. On dresse les chiens, les chevaux, on peut aussi dresser les hommes. (Le mot[1] vient de l'anglais *to dress, habiller*. De là aussi *Dresskammer,* le lieu où les prêtres changent d'habits, et non *Trostkammer*[2]).

Mais le dressage ne pourvoit pas à tout, il importe en priorité que les enfants apprennent à penser. Il s'agit là des principes d'où procèdent toutes nos actions. On le voit dès lors, une éducation véritable comporte une multitude de tâches. À l'ordinaire, une éducation privée ne met guère à exécution le quatrième moment, le plus important ; l'éducation des enfants est en substance ainsi arrangée que l'on s'en remet au pasteur pour l'acquisition de la moralité. Or, de quelle importance sans bornes n'est-il pas d'apprendre aux enfants, dès leur jeune âge, à détester le vice, non point précisément pour cette seule raison qu'il est sous l'interdit de Dieu, mais parce qu'il est en lui-même exécrable ! Dans l'éventualité contraire, les enfants en viennent à penser qu'ils pourraient après tout le pratiquer, que, d'ailleurs, sauf l'interdit de Dieu, il serait sans doute licite et que Dieu, en conséquence, ferait bien d'aventure une exception.
IX, 451 Dieu est l'être de toute sainteté, il ne veut que ce qui relève du bien, et exige de nous d'exercer la vertu pour sa valeur intrinsèque, et non parce qu'il l'exige.

Nous vivons au temps de la soumission à la discipline, de la culture, de la civilisation, mais nous sommes loin encore de celui de la moralisation. On peut dire, dans la situation présente de l'humanité[3], que le bonheur des États croît de concert avec la misère des hommes. Et encore s'agit-il de savoir si, dans la situation de barbarie où nous n'aurions pas toute cette culture, nous ne serions pas plus heureux que dans notre état actuel. Comment, en effet, rendre les hommes heureux si on ne les rend ni moraux ni sages? La quantité de mal n'en sera pas réduite.

Il s'impose d'instituer des écoles expérimentales avant de pouvoir instituer des écoles normales. Il ne faut pas qu'éducation et instruction soient simples mécaniques, mais qu'elles reposent sur des principes. Elles ne doivent cependant pas participer du seul raisonnement, mais être en même temps, d'une certaine manière, mécanisme. En Autriche, il n'existait pour la plus grande part que des écoles normales instaurées selon un plan qui a suscité à bon droit nombre d'objections, et qui encourait en particulier le reproche d'être mécanisme aveugle[1]. Sur ces écoles normales, toutes les autres devaient s'aligner, et l'on allait jusqu'à refuser l'avancement à ceux qui n'étaient pas passés par elles. De telles prescriptions montrent à quel point le gouvernement se mêle de ce domaine ; par une telle contrainte, rien de bon sans doute ne peut s'épanouir.

On s'imagine communément que des expériences ne seraient pas nécessaires en matière d'éducation, que, déjà, l'on peut juger de par la raison si une chose se révèlera bonne ou non. On commet ici une grande erreur et, la pratique l'enseigne, il apparaît souvent dans nos essais des conséquences opposées à ce que l'on attendait. On le voit, nulle génération ne peut, puisqu'il s'agit d'expériences, présenter de plan complet d'éducation. La seule école expérimentale qui, sous ce rapport, commença d'une certaine manière à ouvrir la voie est l'Institut de Dessau. Il faut lui laisser cette gloire en dépit des erreurs qu'on pourrait lui reprocher ; des erreurs attachées à toutes les conclusions tirées d'expériences au point d'en appeler encore et toujours de nouvelles. Ce fut en quelque sorte la seule école où les maîtres eurent la liberté de travailler selon leurs propres méthodes et leurs propres plans, et où ils furent en relation entre eux aussi bien qu'avec tous les savants d'Allemagne[2].

*

L'éducation comprend l'*assistance* et la *formation.* Cette dernière est 1° Dans un sens *négatif*, discipline se bornant à parer aux défauts. 2° Dans un sens *positif*, instruction et conduite, elle relève, dans cette mesure, de la culture. La *conduite* est la tâche de guider dans la mise en pratique de ce qui a été enseigné. De là la différence entre le *précepteur,* simple professeur, et le *gouverneur,* qui est un guide. Le premier n'éduque que dans la perspective de l'école, l'autre dans celle de la vie[3]. IX, 452

La première période, chez le disciple, est celle où il doit faire preuve de soumission et d'obéissance passive ; dans la suivante, on lui laisse déjà, encore que soumis à des règles, un certain usage de la réflexion et de sa liberté. La première contient une contrainte mécanique, la seconde une contrainte morale.

L'éducation est éducation soit *privée* soit *publique*. Cette dernière ne concerne que l'enseignement et celui-là peut toujours rester public. La mise en pratique des préceptes est laissée à la première. Une éducation publique complète est celle qui unit tout à la fois l'instruction et la formation morale. Son but : aider à l'avancement d'une bonne éducation privée. Une école où se réalise ce propos porte le nom d'institut d'éducation. Il ne peut y avoir beaucoup de ces instituts et le nombre de leurs élèves ne peut être important, car ces établissements coûtent très cher et leur seul aménagement demande déjà un argent très considérable. Il en est d'eux comme des asiles et des hospices. Les bâtiments qu'ils requièrent, les appointements des directeurs, des surveillants, des domestiques prennent déjà la moitié de l'argent imparti, et c'est cause entendue que, si l'on envoyait cet argent aux pauvres dans leurs propres foyers, ils seraient bien mieux assistés. De là aussi la difficulté d'associer au bénéfice de tels instituts des enfants autres que ceux de gens riches.

La raison d'être de ces instituts publics est de parfaire l'éducation domestique. Il suffirait que les parents ou d'autres personnes qui les assistent dans l'éducation fussent bien éduqués pour que les frais des instituts publics puissent disparaître. Ces instituts doivent servir de cadre à la conduite d'expériences et à la formation de sujets : ils seront alors à l'origine d'une bonne éducation domestique.

Les parents pourvoient à l'éducation privée, ou bien, comme ils n'ont parfois ni le temps, ni l'aptitude, ni même sans doute le goût nécessaires, ce rôle échoit à
IX, 453 d'autres personnes, à des aides appointés[1]. Mais l'éducation donnée par ces aides présente cette très grande difficulté que l'autorité se trouve partagée entre les parents et ces gouverneurs. L'enfant doit se conformer aux prescriptions du gouverneur et suivre, d'autre part, les fantaisies de ses parents. Il est nécessaire, dans une telle éducation, que les parents cèdent toute leur autorité aux gouverneurs.

Dans quelle mesure, maintenant, l'éducation privée aurait-elle des avantages sur l'éducation publique, ou celle-ci sur celle-là[2]? Il apparaît bien en général que, du point de vue de l'habileté, mais aussi du civisme, l'éducation publique présente plus d'avantages que l'éducation domestique. Bien souvent, cette dernière ne se borne pas à engendrer des défauts de famille, elle les perpétue de génération en génération.

Combien durera donc l'éducation? jusqu'au temps où

la nature elle-même a fixé à l'homme d'être son propre guide, où l'instinct du sexe se développe en lui, où, à son tour, il peut devenir père et doit se faire éducateur, aux environs de la seizième année. Passé ce temps, on peut bien encore recourir aux moyens de la culture, exercer une discipline cachée, mais non plus une véritable éducation.

La docilité de l'élève est ou bien *positive,* dans son obligation d'accomplir tout ce qui lui est prescrit du fait qu'il ne peut juger par lui-même et que la simple faculté d'imitation se maintient encore en lui, ou bien *négative,* dans son obligation d'accomplir la volonté des autres s'il veut qu'ils se rendent en quelque manière agréables à lui. Dans le premier cas, c'est la punition qui survient ; dans le second, on ne fait pas ce qu'il désire ; bien qu'il soit déjà en état de penser, il n'en reste pas moins dépendant des autres dans son plaisir.

L'un des grands problèmes de l'éducation est de savoir comment allier la soumission à la contrainte de la règle et la capacité d'user de sa liberté[1]. Car la contrainte est nécessaire ! Comment cultiverai-je la liberté dans la simultanéité de la contrainte ? Je dois accoutumer mon élève à endurer une contrainte imposée à sa liberté et le conduire en même temps à bien user de celle-là. Sans cela, tout ne sera que mécanisme, et il ne saura pas, au sortir de ses années d'éducation, se servir de sa liberté. Il lui faut sentir de bonne heure l'inéluctable résistance de la société, apprendre à connaître la difficulté de subsister, de se priver et d'acquérir afin d'être indépendant.

Ici s'imposent les observations suivantes : 1° Il IX, 454
convient de laisser l'enfant libre en toutes choses (hormis celles où il se nuit à lui-même, en portant par exemple la main sur la lame nue d'un couteau), à condition qu'il n'entrave pas par là la liberté des autres : ainsi ses cris ou son exubérance suffisent à les importuner. 2° Il faut lui montrer qu'il ne peut arriver à ses fins qu'en laissant les autres atteindre les leurs, par exemple, qu'on ne lui fera aucun plaisir s'il ne fait pas ce que l'on veut, qu'il a le devoir de s'instruire, etc. 3° Il faut lui prouver qu'on lui impose une contrainte propre à le mener à l'usage de sa propre liberté, qu'on veille à sa culture pour qu'il puisse un jour être libre, c'est-à-dire qu'il n'ait pas à dépendre de la sollicitude d'autrui. Cette dernière considération est la plus tardive. Les enfants, en effet, sont lents à concevoir qu'il faille par exemple s'inquiéter plus tard de sa propre subsistance. Ils croient qu'il en sera toujours comme au foyer

des parents, qu'ils auront le boire et le manger sans avoir à s'en préoccuper. À défaut de cette méthode que nous venons d'évoquer, les enfants, en particulier ceux de gens fortunés et les fils de princes, resteront leur vie entière, à la façon des habitants de Tahiti, des enfants. C'est ici que l'éducation publique a ses avantages les plus manifestes, car on apprend par elle à évaluer ses forces, on apprend à se limiter du fait du droit des autres. Ici, nul ne jouit de privilèges parce que, de toute part, la résistance se fait sentir et que l'on ne se met en évidence qu'en se distinguant par le mérite. Cette éducation fournit le meilleur modèle du futur citoyen.

Il faut toutefois évoquer ici une autre difficulté, celle d'anticiper la connaissance du sexe afin de prévenir le vice avant l'apparition même de la puberté. Nous traiterons plus loin de ce sujet.

IX, 455

DÉVELOPPEMENT

La pédagogie ou théorie de l'éducation est soit *physique*, soit *pratique*. L'éducation *physique* est celle que l'homme a en commun avec les animaux, en d'autres termes, le soin matériel. L'éducation *pratique* ou morale est celle qui doit former l'homme pour une existence d'être libre de ses actes. (On qualifie de *pratique* tout ce qui a trait à la liberté.) Elle est éducation en vue de la personnalité[1], éducation d'un être libre de ses actes, capable de subsister par lui-même, de constituer un membre de la société tout en ayant une valeur intrinsèque.

Elle se compose en conséquence 1° de la formation *scolastique et mécanique* dans la perspective de l'habileté : elle est donc *didactique* (précepteur) ; 2° de la formation *pragmatique* dans la perspective de la prudence (gouverneur) ; 3° de la formation *morale*, dans la perspective de la moralité.

L'homme a besoin de la formation *scolastique* ou enseignement pour acquérir l'habileté à atteindre toutes ses fins. Elle lui donne une valeur dans son individualité. Mais la formation en vue de la *prudence* fait de lui le citoyen, il acquiert alors une valeur publique. Il apprend aussi bien à fléchir la société civile à son propre dessein qu'à s'adapter à cette même société civile. Par la formation *morale* enfin, il acquiert une valeur en regard du genre humain tout entier.

La formation *scolastique* est la plus précoce et la première. Toute prudence, en effet, suppose l'habileté.

La prudence eſt la capacité de placer à propos son habileté. La formation morale, pour autant qu'elle repose sur des principes que l'homme doit voir lui-même dans la clarté, eſt la plus tardive ; mais pour autant qu'elle repose sur le seul entendement commun, elle doit être prise en compte dès l'abord, et dans le temps même de l'éducation physique[1] : dans l'éventualité contraire, des défauts s'enracinent aisément, contre lesquels, par la suite, toute pédagogie déploie en vain ses efforts. Pour l'habileté et la prudence, tout eſt affaire d'années. Être dans l'âge enfantin habile, prudent et accommodant, dépourvu de ruse à la manière de l'homme fait, ne vaut guère mieux qu'une disposition d'esprit enfantine chez l'adulte[2].

DE L'ÉDUCATION PHYSIQUE IX, 456

Encore que l'homme qui prend en charge une éducation en qualité de gouverneur ne se voie pas confier les enfants assez tôt pour veiller à leur éducation physique, il sert de savoir toutes les règles à observer dans cette éducation, de ses débuts jusqu'à sa fin. Bien que, gouverneur, on n'ait affaire qu'à des enfants assez grands, il peut arriver que d'autres enfants naissent dans la maison ; un bon comportement vous donne toujours des droits à être le familier des parents, à être consulté par eux jusque dans le domaine de l'éducation physique, du fait que l'on eſt souvent le seul savant de la maison. Aussi le gouverneur doit-il avoir également des connaissances en cette matière.

L'éducation physique n'eſt au sens propre du terme que soin matériel dispensé ou par les parents ou par les nourrices ou par les gardiennes. La nourriture fixée à l'enfant par la nature eſt le lait maternel. Que l'enfant s'imprègne par lui de dispositions d'esprit — comme on entend souvent dire : tu t'en es imprégné avec le lait maternel ! — n'eſt que préjugé[3]. Il eſt des plus salutaires pour la mère et pour l'enfant que la mère allaite elle-même. Cependant, ici aussi, à l'extrême, pour cause de maladie, il y a place pour des exceptions. On croyait jadis que le premier lait présent dans la mère après la naissance, analogue à du petit lait, était préjudiciable à l'enfant, et qu'elle devait l'expulser avant de pouvoir donner le sein. Ce fut R*ousseau* qui, le premier, attira l'attention des médecins sur le point de savoir si ce premier lait ne profitait pas tout autant à l'enfant, la nature n'ayant rien arrangé en vain. Et il s'est bien avéré que ce lait était le meilleur moyen de chasser les déchets observables chez les nouveau-nés et désignés par les médecins du nom de *meconium,* qu'il était donc éminemment salutaire aux enfants[1].

On s'est demandé si l'on ne pourrait pas aussi bien nourrir l'enfant de lait animal. Le lait humain est très différent du lait animal. Le lait de tous les animaux
IX, 457 herbivores, vivant de produits végétaux, se caille très vite en présence de quelque acide, par exemple acide tartrique, acide citrique ou, en particulier, de l'acide contenu dans la panse des veaux, nommé *caillette.* Le lait humain, lui, ne se caille nullement. Mais si mères ou nourrices ne consomment quelques jours durant qu'une nourriture végétale, leur lait se fige aussi bien que celui de vache : il suffit en revanche qu'elles reprennent de la viande un certain temps pour que le lait retrouve sa qualité. Le mieux, en a-t-on conclu, et le plus profitable à l'enfant est que mères et nourrices consomment de la viande au long de la période d'allaitement. Car, lorsque les enfants rejettent du lait, on s'aperçoit qu'il est caillé. L'acide produit dans l'estomac de l'enfant doit donc, plus que tous les autres encore, faire coaguler le lait, le lait humain ne pouvant se cailler d'aucune autre manière. Combien serait-il plus néfaste de donner à l'enfant du lait qui se fige de lui-même ! L'exemple d'autres nations montre toutefois que ce n'est pas là le seul élément décisif. Les Tongouses, par exemple, n'ont presque d'autre nourriture que de viande, et ce sont des gens vigoureux et sains. Pourtant, la durée de la vie chez ces peuples n'est pas longue, et l'on soulèverait à peu d'efforts un jeune homme de grande taille à la croissance accomplie, dont l'aspect serait loin de dénoter le faible poids. Les Suédois, à l'inverse, mais surtout les nations de l'Inde, ne consomment guère de viande, et pourtant les hommes de là-bas ont une fort bonne stature. À l'apparence, tout dépend donc de la seule prospérité de la nourrice, et la meilleure nourriture est celle dont elle se trouve le mieux.

Il faut se demander maintenant ce dont on dispose par la suite pour l'alimentation de l'enfant, lorsque le lait maternel vient à s'épuiser. On a fait l'essai depuis quelque temps de toutes sortes de bouillies à base de farine. Mais il n'est pas bon de nourrir dès le début l'enfant de ce genre d'aliments. Il faut veiller particulièrement à ne rien donner aux enfants de piquant pour le goût, tel que vin, épices, sel, etc. Or, chose singulière, ils en sont très avides ! La cause en est que leurs sensations encore peu déliées y trouvent une excitation et une stimulation qui leur sont agréables. En Russie, les mères, qui font elles-mêmes un usage assidu d'eau-de-vie, en donnent aussi à leurs enfants, et l'on note que les Russes sont des êtres sains et forts. Certes, ceux qui supportent ce régime sont nécessairement de bonne constitution ; mais beaucoup d'autres en meurent qui auraient pu être gardés à la vie[1]. Cette sorte d'excitation précoce des nerfs produit bien des désordres. Et même il importe dès ce temps-là de préserver avec soin les enfants de nourritures et de boissons trop chaudes, car elles sont, elles aussi, génératrices de faiblesse.

Il convient en outre de remarquer qu'il ne faut pas maintenir les enfants dans une trop grande chaleur, leur sang étant déjà par lui-même beaucoup plus chaud que celui des adultes. La température du sang chez les enfants est de 110° Fahrenheit, le sang des adultes n'est qu'à 96°. L'enfant étouffe dans la chaleur où ses aînés trouvent bien-être. L'accoutumance à la fraîcheur fortifie l'être humain en tout état de cause. Et même pour les adultes, il n'est pas bon de s'habiller, de se couvrir trop chaudement, ni de s'habituer à des boissons trop chaudes. Que l'on donne donc à l'enfant une couche fraîche et dure ! Les bains froids sont également bienfaisants[2]. Que nul excitant ne vienne aiguiser la faim chez l'enfant, celle-là ne doit être bien plutôt que la conséquence de l'activité et de l'occupation. Il faut garder l'enfant de toute accoutumance qui lui deviendrait un besoin. Même dans le cas des bonnes choses, il ne faut pas lui faire de toute chose l'objet d'une habitude artificielle[3].

L'usage des *langes* n'existe pas chez les peuples barbares. Les nations sauvages d'Amérique, par exemple, creusent des fosses dans la terre pour leurs jeunes enfants, elles y répandent la poussière d'arbres en décomposition, destinée à absorber l'urine et les souillures des enfants et à les maintenir ainsi au sec ; ensuite, elles leur font une couverture de feuilles tout en leur laissant le libre usage de leurs membres. C'est en effet pure commodité de notre part que d'emmailloter les enfants à la manière de momies pour n'avoir pas à veiller au risque de déformations, alors que telle est souvent la conséquence de l'usage des langes. C'est en outre source d'angoisse pour les enfants, et à ne pas pouvoir se servir de leurs membres, ils versent dans une sorte de désespoir. On croit pouvoir calmer leurs cris de quelques paroles lancées à leur adresse. Que l'on emmaillote un adulte, et l'on verra bien si lui aussi ne se mettra pas à crier et ne sera pas pris d'angoisse et de désespoir.

Il faut en règle générale tenir compte du caractère purement négatif de la première éducation, c'est-à-dire du fait que l'on n'a pas à surajouter une autre prévoyance à celle de la nature, qu'il est au contraire primordial de ne pas contrarier la nature[1]. S'il est un artifice licite dans le domaine de l'éducation, ce ne peut être que celui de l'endurcissement. Autre raison de rejeter les langes. Veut-on cependant observer quelques précautions, le moyen le plus approprié à cet égard est une sorte de boîte garnie de courroies dans sa partie supérieure. Les Italiens en font usage et lui donnent le nom d'*arcuccio*. L'enfant n'en sort pas, fût-ce pour recevoir le sein. Ainsi empêche-t-on même que la mère, si elle devait s'endormir la nuit en allaitant, n'étouffe son enfant[2]. Or, chez nous, nombre d'enfants périssent de la sorte. Cette prévoyance vaut donc mieux que les langes, puisqu'elle laisse bien aux enfants plus de liberté et qu'elle les préserve des déformations, tandis qu'ils sont souvent contrefaits par l'emploi des langes.

Une autre habitude dans l'éducation première consiste à *bercer* les enfants. Sa forme la plus commode est celle que pratiquent certains paysans. Ils accrochent par une corde le berceau à la poutre, il leur suffit de donner le branle pour que le berceau aille de lui-même de-ci de-là. Mais le bercement n'a pas la moindre utilité. Il nuit à l'enfant d'être balancé d'un bord à l'autre. Même chez les grandes personnes, on le constate, le balancement provoque envie de vomir et vertige. On cherche par là à assoupir l'enfant pour prévenir ses cris. Or crier profite à la santé des enfants. Au sortir du corps maternel où ils étaient privés d'air, ils respirent le premier air. Le changement qui s'ensuit dans le cours du sang produit une sensation douloureuse. C'est par ses cris toutefois que l'enfant n'en développe que mieux les éléments et les canaux internes de son corps. Accourir à l'aide de l'enfant qui crie, lui chanter quelque chanson ou semblables initiatives, selon l'habitude des nourrices, est grandement pernicieux. C'est là d'ordinaire la première perversion de l'enfant : s'il voit tout le monde se précipiter à son premier appel, il se remettra souvent à crier[3].

On peut dire avec bien des chances de vérité que les
IX, 460 enfants du vulgaire sont bien plus mal élevés que les enfants de personnes de qualité. Les gens du commun jouent avec leurs enfants à la manière des singes. Ils

leur chantent des chansons, les cajolent, les embrassent, dansent avec eux. À accourir à ses premiers cris, à jouer avec lui etc., ils pensent être agréables à l'enfant. Mais les enfants n'en crient que plus souvent. Si, en revanche, on ne prête pas attention à leurs cris, ils finissent par s'arrêter. Nulle créature n'aime à se donner de peine inutile. Qu'on les habitue à voir tous leurs caprices satisfaits, il sera ensuite trop tard pour briser leur volonté. Mais si on les laisse crier, ils s'en lasseront d'eux-mêmes. Satisfaire tous leurs caprices dans leur première jeunesse, en revanche, aboutit à corrompre leur cœur et leurs mœurs.

L'enfant n'a en vérité nulle idée des mœurs ; mais, par cette méthode, on gâte son naturel au point que de très dures punitions s'imposent plus tard pour réparer ce qui a été vicié. Les enfants manifestent ensuite dans leurs cris, si l'on veut leur ôter l'habitude de vous voir accourir en toute occasion à leur exigence, une fureur dont seuls sont capables les adultes, à cette différence que les forces leur manquent pour la traduire en actes. Ils n'ont eu pendant un si long temps qu'à crier pour faire venir tout le monde, régnant en véritables despotes. Que cet empire prenne fin, ils en sont tout naturellement dépités. De même que des adultes, investis pour un temps d'une autorité, ont grand mal à s'en déshabituer promptement.

Dans les débuts, les trois premiers mois environ, les enfants ont une vue incertaine. Ils éprouvent certes la sensation de la lumière, mais sont incapables de distinguer les objets les uns des autres. On peut s'en convaincre en leur présentant un objet brillant : ils ne peuvent le suivre du regard[1]. En même temps que la vue vient la capacité de rire et de pleurer. Une fois parvenu à cet état, l'enfant crie avec réflexion, si obscure soit-elle. Il pense alors en toute circonstance qu'on lui veut quelque mal. R*ousseau* dit : si l'on frappe IX, 461
sur la main un enfant à peine âgé de six mois environ, il se met à crier comme si un tison ardent lui était tombé sur la main[2]. L'enfant ne manque d'y adjoindre, dès cet instant, l'idée d'une offense. Les parents parlent communément avec force propos de briser la volonté de leurs enfants. Il n'est pas permis de briser leur volonté, si on ne l'a pas, au préalable, corrompue. Or c'est bien la première corruption que de céder à la volonté despotique des enfants, faisant ainsi qu'ils peuvent tout extorquer par leurs cris. Il est, le moment venu, d'une difficulté extrême de réparer le dommage, et maigre sera jamais la réussite[3]. On peut bien imposer le calme à

l'enfant, mais alors il dévore son amertume et n'en nourrit que davantage sa fureur intérieure. On l'habitue de la sorte à la dissimulation et à des mouvements cachés de l'âme. Il eſt par exemple très singulier que des parents exigent des enfants, après leur avoir donné le bâton, qu'ils leur baisent les mains. On les habitue ainsi à la dissimulation et à la fausseté. Car le bâton n'eſt précisément pas un si beau cadeau qu'il autorise de surcroît la gratitude, et l'on imagine sans peine de quel cœur, alors, l'enfant baise la main qu'on lui présente.

On utilise, pour apprendre aux enfants à marcher, la *lisière* et le *chariot*. Il eſt bien surprenant de vouloir enseigner la marche aux enfants, comme si l'absence de cet enseignement en avait rendu quelqu'un incapable. Les lisières en particulier sont très néfaſtes. Un écrivain se plaignait un jour de la gêne de sa poitrine et ne l'attribuait qu'à la lisière. Voulant se saisir de tout et ramassant tout ce qui se trouve par terre, l'enfant force de sa poitrine sur la lisière. Or, comme la poitrine eſt encore malléable, elle se trouve aplatie et garde par la suite cette conformation. De surcroît, munis de tels auxiliaires, les enfants n'apprennent pas à marcher avec autant de sûreté que par leurs propres moyens. Le mieux eſt de les laisser se traîner par terre jusqu'au moment où, peu à peu, ils se mettent à aller tout seuls. Il eſt possible, par précaution, de tendre la pièce de couvertures de laine pour qu'ils ne s'enfoncent pas quelque écharde et qu'ils ne tombent pas, non plus, avec autant de rudesse.

On a coutume de dire que les enfants font de très lourdes chutes. Outre l'impossibilité de ces lourdes chutes, il ne leur fait pas de mal de tomber. Ils n'en apprennent qu'à se doter d'un meilleur équilibre et à manœuvrer de manière à éviter une mauvaise chute. On les affuble à l'ordinaire de coiffures appelées bourrelets, IX, 462 assez proéminentes pour que l'enfant ne tombe jamais sur le visage. C'eſt bien une éducation négative que d'utiliser des inſtruments artificiels là où l'enfant en possède de naturels. Les inſtruments naturels sont en l'occurrence les mains qu'en tombant il portera en avant. Plus on use d'inſtruments artificiels, plus l'être humain devient dépendant d'inſtruments.

En règle générale, mieux vaudrait dans les débuts employer moins d'inſtruments et laisser les enfants apprendre davantage par eux-mêmes, ils auraient alors des chances de faire des acquis bien plus solides. Ainsi se pourrait-il sans doute que l'enfant apprît à écrire tout seul. Quelqu'un, après tout, a bien inventé un jour l'écriture, et l'invention n'est pas d'une telle taille. Il suffirait de dire par exemple à l'enfant qui veut du pain : serais-tu capable de le représenter en peinture? Il peindrait alors une figure ovale. Il suffirait à ce moment de lui dire qu'on ne sait pas si son dessin représente en fait du pain ou une pierre : de la même manière, il essaierait plus tard de figurer un P, etc., et il inventerait ainsi avec le temps son propre alphabet, qu'il n'aurait qu'à échanger plus tard contre d'autres signes[1].

Il est des malformations avec lesquelles certains enfants viennent au monde. N'a-t-on donc pas les moyens de redresser ces silhouettes défectueuses et pour ainsi dire massacrées? Les efforts de nombreux auteurs riches de connaissances ont permis de l'établir, les corsets ne sont ici d'aucun secours, ils ne font au contraire qu'aggraver le mal en entravant la circulation du sang et des humeurs ainsi que l'extension hautement nécessaire des parties externes et internes du corps. Lorsque toute liberté est laissée à l'enfant, il y gagne d'exercer *son corps;* un être qui porte un corset se trouvera, au moment de s'en défaire, plus fragile qu'un autre qui n'en aura jamais eu. Peut-être rendrait-on service à ceux qui sont contrefaits de naissance en leur IX, 463
faisant porter plus de poids de leur côté le plus musclé. Mais le procédé comporte aussi de grands risques : qui donc sera en mesure de déterminer cet équilibre? Il est préférable à tout que l'enfant s'exerce lui-même et qu'il adopte une position — lui fût-elle pénible — car en de tels cas tous les appareils sont inopérants.

Ces dispositifs artificiels sont tous d'autant plus préjudiciables qu'ils vont à l'encontre de la finalité naturelle inscrite dans un être organisé et raisonnable, en vertu de laquelle liberté doit lui être laissée d'apprendre l'usage de ses forces. Dans l'éducation, il importe seulement d'empêcher que l'enfant ne s'amollisse. Quant à l'endurcissement, il est à l'opposé de la mollesse. On risque trop en voulant entraîner les enfants à tout. L'éducation des Russes va très loin en ce sens. Aussi bien, un nombre incroyable d'enfants meurt de ce traitement. L'habitude est jouissance ou action changées en nécessité par la répétition de la même jouissance ou de la même action. Il n'est rien dont les enfants ne contractent plus facilement l'habitude et dont on ne doive en conséquence moins les pourvoir que de choses piquantes au goût, par exemple tabac, eau-de-vie, boissons chaudes. La désaccoutumance en est plus tard très difficile et s'accompagne de misères dans les débuts, la fréquence de la jouissance ayant modifié les fonctions de notre corps.

Plus l'homme a contracté d'habitudes, moins il est libre et indépendant. Il en est de lui comme de tous les animaux : l'accoutumance précoce ne manque pas de laisser en lui quelque penchant. Il faut donc empêcher que l'enfant ne s'accoutume à quoi que ce soit ; il ne faut pas laisser se former chez lui d'habitude.

Bien des parents veulent entraîner leurs enfants à tout. Voilà qui est sans valeur. Car la nature humaine dans sa généralité, et, en partie aussi, la nature des individus, ne se laisse pas habituer à toutes choses ; beaucoup d'enfants en restent au stade de l'apprentissage. Les parents entendent par exemple que leurs enfants puissent se coucher et se lever à toute heure, ou qu'ils prennent leur repas à l'instant exigé. Il faut, pour endurer un tel régime, un genre de vie particulier, genre de vie qui fortifie le corps et répare donc les dégâts produits par ces méthodes. Ne trouvons-nous pas dans la nature elle-même un rythme périodique ? Les animaux ont bien leur temps imparti au sommeil. L'homme devrait s'habituer de même à un temps déterminé pour
IX, 464 que le corps ne soit pas troublé dans ses fonctions[1]. Pour l'autre exigence, à savoir que les enfants puissent accepter leur nourriture à toute heure, il est certes impossible d'alléguer ici l'exemple des animaux. Du fait de leur pâture peu substantielle, brouter est pour tous les herbivores une forme normale d'activité. Il est au contraire d'un grand profit pour l'homme de prendre ses repas à heure déterminée[2]. De nombreux parents veulent que leurs enfants soient à même d'endurer le froid, la puanteur, tous les bruits imaginables et autres inconvénients. Il n'y a pas là la moindre nécessité, à condition d'exclure toute accoutumance. Et à cette fin, il est très utile de placer l'enfant dans des situations différentes.

Un lit dur est bien plus sain qu'une couche molle. En règle générale, une éducation à la dure sert amplement à fortifier le corps. Par éducation à la dure, nous entendons seulement la prévention du confort. Les exemples remarquables ne manquent pas à l'appui de cette affirmation, mais on n'en tient pas compte, ou, plus exactement, on ne veut pas en tenir compte.

Pour la formation de l'âme, que l'on peut bien à certains égards qualifier de physique, il importe avant tout de veiller à ce qu'elle ne soit pas marquée de servilité[3], mais, au contraire, à ce que l'enfant ressente forcément en toute circonstance sa liberté, sauf à entraver la liberté d'autrui ; il lui faut donc rencontrer de la résistance. Nombreux sont les parents qui refusent tout à leurs enfants afin d'exercer leur patience et qui, de ce fait, exigent de leurs enfants plus de patience qu'ils n'en ont eux-mêmes. Cruelle manière en vérité ! Qu'on donne à l'enfant autant qu'il lui est utile et qu'on lui dise ensuite : « Tu en as assez ! » Ces mots, de toute nécessité, doivent être irrévocables. Que l'on se garde de prêter attention aux cris des enfants et de leur céder s'ils veulent par leur colère arracher quelque avantage ; en revanche, ce qu'ils demandent avec gentillesse, qu'on le leur accorde s'il y a utilité pour eux. De la sorte, on habituera aussi l'enfant à la franchise et, puisqu'il ne tracassera personne de ses cris, chacun, en retour, lui témoignera sa faveur. La Providence paraît en vérité avoir doté les enfants d'une aimable mimique afin qu'ils captent par là les bonnes grâces d'autrui. Rien n'est plus IX, 465 funeste pour briser l'entêtement qu'une discipline versant dans la tracasserie et l'esclavage.

On a coutume de lancer aux enfants l'invective : « Fi ! tu n'as pas honte ! quelle inconvenance ! » Des sorties de ce genre ne devraient pas se produire dans la première éducation. L'enfant n'a encore nulle idée de la honte, ni du bienséant, il n'a pas à avoir honte, il ne doit pas avoir honte, elle ne lui donne que timidité. L'embarras s'empare de lui à la vue d'autrui, il cherche à se cacher des autres. Ainsi naissent en lui la réticence et un néfaste penchant à dissimuler. Il n'ose plus rien demander alors qu'il devrait pouvoir tout demander ; il dissimule son sentiment et paraît toujours autre qu'il n'est, alors qu'il devrait avoir la permission de tout dire avec franchise. Au lieu de rester dans l'entourage de ses parents, il les évite et se jette dans les bras d'une domesticité plus complaisante[1].

Badinages et perpétuelles cajoleries ne valent pas une once de plus que cette éducation faite de tracasserie. Ils fortifient l'enfant dans son entêtement, le rendent faux, et, en lui révélant de la faiblesse chez ses parents, les dépouillent à ses yeux de la considération nécessaire. Mais que l'on donne à l'enfant une éducation telle qu'il ne puisse rien obtenir par ses cris, il sera libre sans sotte effronterie et modeste sans timidité. *Dreist*, (effronté) devrait s'écrire en réalité *dräust*, car le mot vient de *dräuen, drohen*. Un homme effronté est déplaisant. Bien des humains ont des visages si effrontés qu'on a toujours à redouter quelque propos grossier de leur part, de même qu'on peut reconnaître au premier coup d'œil sur d'autres visages l'incapacité à proférer une grossièreté envers autrui. On peut toujours être d'un abord franc à condition d'y joindre une certaine bonté. D'hommes de qualité, il est souvent dit qu'ils ont un air vraiment royal. Ce n'est en fait chez eux rien de plus qu'un air d'effronterie contractée dès leur jeunesse, parce qu'on ne leur a pas résisté en ce temps-là.

Toutes ces imperfections peuvent encore être rangées dans l'éducation négative. Mainte faiblesse de l'homme provient souvent, en effet, non de ce que rien ne lui a été enseigné, mais de ce qu'on lui a inculqué au surplus des impressions fausses. Les nourrices, par exemple, communiquent aux enfants une peur des araignées, des crapauds, etc. Les enfants auraient certes la tentation d'attraper des araignées, ainsi qu'ils le font d'autres choses. Mais comme les nourrices, à la vue d'une araignée, manifestent par leur mimique leur horreur, l'enfant en subit l'effet par le pouvoir d'une certaine
IX, 466 sympathie. Nombreux sont ceux qui gardent cette peur tout au long de leur vie, et demeurent sur ce point puérils. Car si les araignées sont dangereuses pour les mouches, si leur morsure est à celles-là un poison, à l'homme elles ne sauraient nuire. Et un crapaud est un animal tout aussi inoffensif qu'une belle rainette ou tout autre animal.

*

La partie positive de l'éducation est la *culture*. Sous ce rapport, l'homme se distingue de l'animal. La culture consiste surtout à exercer les facultés de l'âme. Aussi les parents doivent-ils fournir à l'enfant l'occasion de cet exercice. La règle d'or en la matière est de se passer, autant qu'il se peut, de tout instrument. De la sorte, on se passe, au début, de lisière et de chariot, on laisse l'enfant se traîner par terre jusqu'à ce qu'il apprenne à marcher tout seul, ses pas en seront plus assurés. Les instruments ne font que ruiner la dextérité naturelle. Ainsi, on se sert d'une ficelle pour mesurer une distance, on peut tout aussi bien le faire au coup d'œil ; d'une montre pour préciser l'heure, on le peut par la position du soleil ; d'une boussole pour se repérer dans la forêt, on le peut également d'après la position du soleil, le jour, et celle des étoiles, la nuit[1]. Il est même permis de le dire, au lieu d'utiliser un canot pour avancer sur l'eau, possibilité nous est donnée de nager. L'illustre *Franklin* s'étonne que tout un chacun n'apprenne pas cette pratique, pourtant si agréable et si utile. Et il indique une manière aisée de l'acquérir tout seul. Que dans un ruisseau où, les pieds reposant sur le fond, la tête reste néanmoins hors de l'eau, on laisse glisser un œuf. Que l'on cherche alors à attraper l'œuf. Tandis qu'on se penche, les pieds se soulèvent, on rejettera dès cet instant la tête en arrière afin de ne pas recevoir l'eau dans la bouche et l'on se trouvera dans la position que réclame la nage. Il suffira alors de faire travailler les mains et l'on nagera[1]. Tout revient seulement à cultiver l'habileté naturelle. Souvent l'enseignement est nécessaire, souvent l'enfant est assez ingénieux par lui-même, ou bien il invente tout seul des instruments à son usage.

Les règles à observer dans l'éducation physique, et donc à l'intention du corps, se rapportent à l'utilisation du mouvement volontaire ou des organes des sens. Dans le premier cas, il s'agit pour l'enfant de se tirer toujours d'affaire sans aucune aide. Il y faut de la force, IX, 467
de l'habileté, de la prestesse, de la sûreté : ainsi pour s'avancer sur des sentiers étroits, sur des cimes escarpées où l'on a le précipice devant soi, sur un support chancelant. Un homme dans l'incapacité de le faire n'est pas pleinement ce qu'il pourrait être. Depuis que le *Philanthropinum* de Dessau a donné l'exemple en la matière, on s'est mis à procéder dans d'autres instituts aussi à de nombreuses expériences de cette sorte avec les enfants. On éprouve un grand émerveillement à lire la façon dont les Suisses s'habituent dès leur jeune âge à parcourir les montagnes, et l'agilité à laquelle ils atteignent en ce domaine au point de marcher en totale assurance sur les sentiers les plus étroits et de sauter par-dessus les crevasses que, d'avance, au coup d'œil, ils sont certains de franchir sans encombre. La plupart des hommes, cependant, redoutent une chute imaginaire, cette peur paralyse en quelque sorte leurs membres au point que les marches évoquées s'assortissent toujours de danger. La peur croît d'habitude avec l'âge, et l'on observe qu'elle est surtout coutumière chez ceux qui se livrent à un travail cérébral.

Ces expériences menées avec des enfants ne comportent réellement pas de très grands dangers. Car les enfants ont par rapport à leurs forces un poids bien moindre que celui d'autres êtres humains, ils tombent donc moins lourdement. En outre, leurs os ne sont pas non plus aussi rigides, ni aussi cassants qu'ils le deviennent avec l'âge. Il s'y ajoute que les enfants font l'épreuve spontanée de leurs forces. On les voit, par exemple, souvent grimper aux arbres sans qu'ils poursuivent là quelque intention. Courir est un exercice salutaire et donne vigueur au corps. Sauter, soulever et porter des poids, manier la fronde, lancer au but, pratiquer la lutte, la course, et tous autres exercices analogues sont d'un grand bien. La danse, pour autant qu'elle relève de l'art, semble encore prématurée pour l'enfance proprement dite[1].

L'entraînement au lancer, soit à distance, soit au but, vise aussi l'entraînement des sens, du coup d'œil en particulier. Le jeu de ballon est l'un des meilleurs jeux d'enfants, car il s'y joint le bienfait de courir. En règle générale, les meilleurs jeux sont ceux qui comportent, outre les exercices d'adresse, l'entraînement des sens, du coup d'œil par exemple, en vue d'apprécier correctement distances, grandeurs, proportions, de repérer la position des lieux d'après les régions du ciel, avec l'aide nécessaire du soleil, etc. : autant de bons exercices. De même, l'imagination locale, par laquelle on entend la facilité à se représenter toutes choses aux endroits où on les a réellement vues, comporte de grands avantages, ainsi le plaisir de trouver l'issue d'une forêt, en remarquant les arbres devant lesquels on est passé auparavant. De même aussi la *memoria localis*[2] qui permet de savoir,
IX, 468 outre en quel livre on a lu telle chose, à quel endroit de ce livre elle se trouve. Ainsi le musicien a les touches dans sa tête et n'a plus tout d'abord à les chercher des yeux. Tout autant s'impose la culture de l'ouïe pour savoir si un objet est proche ou éloigné et de quel côté il se situe[3].

Le jeu enfantin de colin-maillard était déjà connu des Grecs, sous le nom de μυῖνδα. Une grande universalité est inhérente aux jeux d'enfants. Les nôtres, d'Allemagne, se retrouvent en Angleterre, en France, etc. Ils reposent sur un certain instinct de la nature enfantine ; ainsi, dans le colin-maillard, celui de voir comment les enfants se tireraient d'affaire si l'un des sens venait à leur manquer. Le jeu de la toupie est à part ; pourtant, de tels jeux d'enfants donnent aux adultes matière à greffer des réflexions et parfois aussi motif à réaliser d'importantes découvertes. Ainsi Segner a écrit un débat sur la toupie[4], et c'est elle encore qui donna à un capitaine de vaisseau anglais l'occasion d'inventer un miroir permettant de mesurer d'un navire la hauteur des astres.

Les enfants aiment les instruments bruyants, comme petits tambours, petites trompettes et autres. De tels objets ne valent rien parce qu'ils leur sont un moyen d'importuner les autres. Cela vaudrait déjà mieux cependant, si les enfants apprenaient à tailler un roseau de manière à pouvoir en jouer[5].

La balançoire est, elle aussi, une bonne source de mouvement ; elle est nécessaire à la santé des adultes eux-mêmes ; il importe toutefois de surveiller les enfants, le mouvement pouvant se précipiter. Le cerf-volant est de même un jeu irréprochable. Il cultive l'habileté, car son essor dépend d'une certaine position en considération du vent.

Pour ces jeux, l'enfant renonce à d'autres besoins, et il apprend par là, peu à peu, à accepter telle privation et d'autres encore. De plus, il prend ainsi l'habitude de s'occuper en permanence, raison pour laquelle il ne doit pas s'agir d'un simple jeu, mais d'un jeu pourvu d'intention, de finalité. Plus son corps se fortifie et s'endurcit de cette façon, plus il est à l'abri des conséquences funestes de l'amollissement. La gymnastique, elle aussi, doit se borner à guider la nature, elle ne doit pas entraîner une grâce empruntée. C'est à la discipline, et non à l'enseignement, qu'il appartient de survenir en premier lieu. Il convient cependant ici de veiller, dans la culture de leur corps, à former aussi les enfants en vue de la société. R*ousseau* dit : « Vous ne parviendrez jamais à faire des sages, si vous ne faites d'abord des polissons[1] ! » D'un garçon plein de vie sortira un homme de bien plutôt que d'un blanc-bec jouant l'entendu. Que l'enfant ne se montre surtout pas un tracas en société, mais qu'il ne soit pas non plus insinuant dans ses manières ! Il doit se montrer à l'invite des autres familier sans indiscrétion, plein de franchise sans sotte effronterie. Le moyen d'y parvenir : avant tout ne rien gâcher, ne pas lui inculquer de notions de bienséance qui ne le rendent que timide et sauvage, ou, à l'opposé, lui mettent en tête de se faire valoir. Rien n'est plus ridicule qu'une honnêteté vieillotte ou une fatuité marquée du sceau de l'immaturité chez l'enfant. Il faut, en ce dernier cas, lui faire d'autant plus sentir ses faiblesses, sans insister toutefois sur notre supériorité et notre autorité, afin qu'il accomplisse certes de lui-même sa formation, mais dans la seule perspective de la société où le monde doit être certes assez grand pour lui, mais aussi pour les autres.

IX, 469

À une mouche qui l'avait longtemps importunée, *Toby* dit dans *Tristram Shandy*, en la lâchant par la fenêtre : « Va, méchant animal, le monde est assez grand pour toi et pour moi ! » De ces mots, chacun de nous pourrait faire sa devise. Nous ne devons pas nous tracasser les uns les autres ; le monde est assez grand pour nous tous[2].

★

Nous en venons maintenant à la culture de l'âme que l'on peut dans une certaine mesure qualifier de physique. Mais il importe ici de distinguer nature et liberté. C'est tout autre chose de donner des lois à la liberté que de former la nature. La nature du corps et celle de l'âme concordent cependant en ce que, dans leur formation respective, nos efforts tendent à parer à un risque de corruption, et que l'art vient ajouter pour tous deux son apport. On peut donc dans une certaine mesure qualifier de physique la formation de l'âme au même titre que la formation du corps.

Cette formation physique de l'esprit se distingue cependant de la formation morale en ce que celle-ci n'a en vue que la liberté et l'autre la nature. Un homme
IX, 470 peut avoir une solide culture du corps, il peut avoir un esprit bien formé, mais ne témoigner que d'une piètre formation morale et composer en fin de compte une mauvaise créature.

Il faut distinguer la culture *physique* de la culture *pratique,* celle-ci étant *pragmatique* et *morale.* En ce dernier cas, il s'agit d'un *perfectionnement moral* et non du *développement d'une culture.*

Nous divisons la culture physique de l'esprit en *libre* culture et culture *scolastique.* La *libre* culture se réduit pour ainsi dire à un jeu ; la culture *scolastique,* en revanche, constitue un ouvrage ; la *libre* culture est celle qu'il faut toujours observer chez l'élève ; dans la culture *scolastique,* l'élève est toujours considéré en quelque sorte dans sa soumission à la contrainte. On peut avoir de l'occupation dans le jeu, c'est ce que l'on appelle avoir des loisirs occupés ; mais on peut aussi avoir à faire sous la contrainte, c'est ce que l'on appelle alors le travail. La formation scolastique doit, pour l'enfant, être travail, la libre formation doit être jeu.

On a dessiné à grands traits divers plans d'éducation, afin de trouver à l'expérience, entreprise très louable, la meilleure méthode d'éducation. On s'est même, entre autres, mis en tête de tout faire apprendre aux enfants comme par jeu. *Lichtenberg* s'élève, dans un numéro du *Magazine de Göttingen*[1], contre l'illusion en vertu de laquelle on cherche à tout tirer des jeunes garçons par le jeu, alors qu'on devrait les habituer de bonne heure à des activités réelles, car ils devront un jour entrer dans une vie active. L'effet produit est tout à contresens. S'il est dans l'ordre des choses que l'enfant joue, qu'il ait ses heures de détente, il lui faut aussi apprendre à travailler. Il est certes bon de cultiver l'habileté au même titre que son esprit, mais ces deux sortes de culture doivent être pratiquées à des moments différents. C'est déjà bien pour l'homme un malheur particulier que sa propension à l'inactivité. Plus un homme s'est traîné dans la paresse, plus il a de mal à se décider au travail.

Dans le travail, l'occupation n'est pas agréable en elle-même. On l'aborde bien plutôt avec une autre intention. L'occupation procurée par le jeu est, en revanche, agréable en elle-même, et ne recherche au-delà nulle autre fin. Lorsqu'on va se promener, c'est la promenade qui constitue le but, et plus longue est la marche, plus grand en est pour nous l'agrément. Mais si nous nous rendons en un lieu fixé, la société qui s'y trouve, ou toute autre considération, constitue l'intention de notre marche ; nous choisissons alors de bon gré le chemin le plus court. Ainsi en va-t-il du jeu de cartes. Il est vraiment singulier de voir des hommes IX, 471
sensés se montrer capables de rester assis là, souvent des heures entières, à battre des cartes. D'où il s'avère que les humains ne cessent pas si aisément d'être des enfants. En quoi ce jeu-là vaut-il mieux, en effet, que le jeu de ballon des enfants ? Non que les adultes aillent prendre un bâton pour monture, ils n'en enfourchent pas moins d'autres dadas.

Il est de la plus haute importance que les enfants apprennent à travailler. L'homme est le seul animal pour qui le travail soit obligation. De multiples préparatifs précèdent nécessairement pour lui le moment de pouvoir prendre quelque nourriture pour sa subsistance. Le ciel n'aurait-il pas eu pour nous plus de sollicitude en nous laissant découvrir, en attente, toutes nourritures déjà préparées, de sorte que nous n'aurions pas à travailler ? À cette question il faut répondre à coup sûr par la négative, car l'homme réclame des activités, y compris celles qui impliquent une certaine contrainte[1]. Tout aussi fausse est l'idée que si Adam et Ève étaient restés au paradis, ils n'auraient rien fait d'autre, installés côte à côte, que chanter des chants arcadiens et contempler la beauté de la nature. Ils auraient, à n'en pas douter, subi les tourments de l'ennui tout autant que d'autres humains dans une situation analogue[2].

L'occupation de l'homme doit à ce point l'emplir de la fin présente à ses yeux que tout sentiment de lui-même lui soit ôté ; le meilleur repos se place pour lui après le travail. Il faut donc habituer l'enfant à travailler. Et en quel lieu cultiver le goût du travail, sinon à l'école ? L'école est une culture par la contrainte. Il est IX, 472
des plus dommageable d'accoutumer l'enfant à faire un

jeu de toute chose. Le temps doit lui être donné de se récréer, mais il doit y avoir aussi un temps pour le travail. Bien que l'enfant ne voie pas dès l'abord l'utilité de cette contrainte, il en percevra dans l'avenir le grand avantage. Ce ne serait de toute façon que choyer grandement l'indiscrétion des enfants que de vouloir toujours faire réponse à leurs questions : à quoi bon ceci? et à quoi bon cela[1]. L'éducation doit comporter la contrainte, mais non pour autant l'esclavage.

Quant à la libre culture des facultés de l'âme, il convient de remarquer qu'elle se poursuit sans trêve. Elle doit en fait concerner les facultés supérieures. On cultivera toujours de manière accessoire les facultés inférieures, mais dans la seule perspective des facultés supérieures : la combinaison spirituelle par exemple en fonction de l'entendement. La règle primordiale en ce domaine est de ne cultiver aucune faculté prise en particulier, mais chacune en seule fonction de l'autre, par exemple l'imagination au seul profit de l'entendement[2].

En elles-mêmes, les facultés inférieures sont dénuées de valeur ; pour exemple, un homme doué d'une grosse mémoire, mais dépourvu de toute faculté de juger. Un tel homme est dans ces conditions un lexique vivant. Il faut bien de ces mulets du Parnasse qui, à défaut de rien pouvoir accomplir de judicieux, charrient les matériaux, permettant ainsi à d'autres de faire œuvre bonne. Sans l'appoint du jugement, la combinaison spirituelle ne produit que sornettes. L'entendement est connaissance du général. Le jugement est l'application du général au particulier. La raison est la faculté de voir clairement la liaison du général avec le particulier. Cette libre culture prend son cours de l'enfance jusqu'au sortir, pour le jeune homme, de son temps d'éducation. Qu'un jeune homme, par exemple, énonce une règle générale, on peut l'amener à produire des cas tirés de l'histoire, des fables dans lesquelles se drape cette règle, des passages d'œuvres poétiques où elle se trouve déjà exprimée, et lui fournir ainsi l'occasion d'exercer sa faculté de combinaison spirituelle, sa mémoire, etc.

Le dicton « *Tantum scimus quantum memoria tenemus*[3] » a certes son bien-fondé ; d'où résulte la nécessité marquée de cultiver la mémoire[4]. Tout est ainsi fait que l'entendement ne survient qu'après les impressions des sens, et qu'il incombe à la mémoire de les garder en dépôt. Ainsi en est-il par exemple dans le domaine des langues. On peut les apprendre soit par une mémorisa-
IX, 473 tion formelle, soit par la pratique, la meilleure des

méthodes en langues vivantes[1]. L'acquisition du vocabulaire est bien nécessaire, mais la meilleure voie consiste sans doute à faire apprendre les mots figurant chez l'auteur dont on fait justement la lecture avec les enfants. La jeunesse doit avoir son pensum établi et précisé. Un certain mécanisme se révèle, de même, être le meilleur auxiliaire pour l'étude de la géographie. La mémoire, par excellence, a le goût de ce mécanisme, de fait très utile en une foule de cas. Pour l'histoire, on n'a pas jusqu'ici trouvé de mécanisme très adapté ; on a certes fait l'essai de tables[2] ; elles ne semblent pas non plus donner de résultats bien appréciables. Mais l'histoire est un remarquable moyen d'exercer l'entendement en matière de juger. La mémorisation est d'un grand besoin ; cependant, pratiquée pour le simple exercice, elle n'a aucune valeur, ainsi lorsqu'on fait apprendre par cœur des discours. Tout au plus sert-elle à encourager l'effronterie, outre que la déclamation n'est qu'affaire masculine[3]. Du même genre relève aussi tout ce que l'on n'apprend qu'en vue d'un examen futur ou eu égard à la *futura oblivio*[4]. On ne doit donner d'autre ouvrage à la mémoire que de ce qu'il nous est opportun de retenir et qui a rapport à la vie réelle. La lecture de romans par les enfants est pernicieuse au plus haut point, car ils ne peuvent en faire d'autre usage que d'en tirer divertissement au moment où ils les lisent. Lire des romans affaiblit la mémoire : il serait ridicule de vouloir retenir des romans et, en retour, les raconter aux autres. Il faut donc ôter tous les romans des mains des enfants. Ceux-là, à leur lecture, y greffent un autre roman en forgeant aux circonstances une autre tournure, dans le vagabondage de leur imagination et une oisiveté vide de pensée[5].

Les distractions ne sont jamais tolérables, surtout pas à l'école, car elles finissent par engendrer un certain goût pour elles, une certaine habitude. Même les plus beaux talents périssent chez un être adonné à la distraction. S'il arrive aux enfants de céder à la distraction lors de réjouissances, ils ne tardent pas à se reprendre ; leur distraction, en revanche, est surtout flagrante quand ils trament de mauvais tours, car ils sont tout à l'idée du moyen de les cacher ou de les réparer. Ils n'écoutent alors rien qu'à demi, répondent de travers, ne savent pas ce qu'ils lisent, etc. IX, 474

Il faut cultiver de bonne heure la mémoire, mais aussi, en parallèle et sans attendre, l'entendement.

On cultive la mémoire : 1° par l'enregistrement des noms contenus dans les récits ; 2° par la lecture et par l'écriture, celle-là devant se faire de tête et non par épellation ; 3° à l'aide des langues qu'il importe d'enseigner aux enfants avant même toute lecture. D'autre part, un de ces ouvrages du nom d'*Orbis pictus*[1], aménagé de façon adéquate, rend de bons services, et l'on peut commencer par l'initiation à la botanique, par la minéralogie et l'histoire naturelle en général. Faire un croquis de leurs objets donne l'occasion du dessin et du modelage, ce qui appelle les mathématiques. Le premier enseignement scientifique le plus riche d'avantages a trait à la géographie, mathématique aussi bien que physique. Des récits de voyage, éclairés de gravures et de cartes, mènent de là à la géographie politique. De l'état actuel de la surface du globe, on remonte ensuite à celui de jadis, on en vient à la géographie du passé, à l'histoire ancienne[2], etc.

Cependant, il faut chercher à relier peu à peu dans l'enseignement de l'enfant savoir et capacités. Parmi toutes les sciences, les mathématiques semblent être la seule capable de satisfaire au mieux à cette fin. Il faut, de plus, unir savoir et langage (facilité d'élocution, art de bien dire, éloquence). Mais l'enfant doit apprendre aussi à distinguer en toute netteté le savoir de la simple opinion ou de la simple croyance. On préparera de la sorte un entendement *juste*, un goût *juste*, sans *recherche* ni *mièvrerie*. Il faut que ce goût soit, en un premier temps, goût des sens, des yeux notamment, mais, pour finir, goût des Idées.

Des règles doivent figurer en toutes choses destinées
IX, 475 à cultiver l'entendement. Il est d'une très grande utilité de procéder aussi à l'abstraction des règles ; de manière que l'intelligence n'accomplisse pas sa démarche sur un mode simplement mécanique, mais avec la conscience d'une règle.

Il est également fort bon de mettre les règles en forme et de les confier en cet état à la mémoire. Les règles une fois en mémoire, à supposer que nous en oubliions l'usage, nous ne tarderons pas à retrouver notre chemin. La question se pose ici de savoir si les règles doivent précéder, *in abstracto,* ou n'être apprises qu'ensuite, quand on a fait le tour de leur usage ? Ou bien règle et usage doivent-ils aller de pair ? Cette dernière méthode est la seule à propos. Dans l'autre cas, tant qu'on n'en est pas venu aux règles, l'usage est empli d'incertitudes. Il faut, d'autre part, à l'occasion, classer les règles : sans liaison entre elles, on ne les retient pas. Ainsi, la grammaire doit toujours précéder quelque peu dans l'étude des langues[3].

*

Reste maintenant à fournir un concept systématique de la fin globale de l'éducation et de la manière de l'atteindre.

1° La *culture générale des facultés de l'âme,* à distinguer de la culture particulière. Elle recherche l'habileté et le perfectionnement, dans l'intention non point de donner à l'élève tel enseignement particulier, mais de fortifier ses facultés. Elle est :

a) Soit *physique.* Tout ici repose sur l'exercice et la discipline sans qu'il soit donné aux enfants de connaître les maximes. Elle est passive pour le disciple : il doit être docile à la conduite d'un autre. D'autres pensent pour lui.

b) Soit *morale.* Elle ne repose pas alors sur la discipline, mais sur des maximes. Tout est gâché si on entend la fonder sur l'exemple, les menaces, les punitions, etc. Elle ne serait alors que discipline. Il faut s'appliquer à ce que l'élève agisse bien par ses propres maximes, et non par habitude, que non seulement il accomplisse le bien, mais qu'il l'accomplisse parce qu'il est tel. Toute la valeur morale des actions réside en effet dans les maximes du bien. L'éducation physique se distingue de l'éducation morale par son caractère passif pour l'élève, alors que cette dernière est active. Il faut en toute circonstance saisir le principe de l'action et l'enchaînement par lequel elle dérive des concepts du devoir.

2° *La culture particulière des facultés de l'âme.* Ici se place la culture de la faculté de connaître, des sens, de l'imagination, de la mémoire, de la force d'attention, de la faculté de combinaison spirituelle, ce qui concerne donc *les facultés inférieures* de l'entendement. Nous avons IX, 476 parlé plus haut de la culture des sens, ainsi du coup d'œil. À propos de la culture de l'imagination, il convient de faire cette remarque. Les enfants ont une imagination d'une vigueur peu commune, et point n'est besoin que des contes viennent la tendre et élargir son champ. Bien au contraire, il faut la refréner, la soumettre à des règles, mais il ne faut pas non plus la laisser totalement inoccupée.

Les cartes de géographie ont un élément stimulant pour tous les enfants, même les plus petits. Lassés de tout le reste, ils sont encore capables d'apprendre quelques bribes là où entre en jeu l'usage de cartes. Et c'est pour les enfants un bon divertissement où l'imagination, dans l'impossibilité de vagabonder, est en quelque sorte forcée de se tenir à une figure précise. L'initiation des enfants pourrait bien commencer par la géographie. On peut y associer en même temps des figures d'animaux, de végétaux etc., elles rendent la géographie forcément vivante. Quant à l'histoire, elle ne devrait sans doute survenir que plus tard.

Pour l'affermissement de l'attention, il convient d'observer qu'il doit être d'une portée générale. Un attachement rigide de nos pensées à un objet est moins un talent qu'une faiblesse de notre sens interne, à cause de sa rigidité en l'occurrence, et de l'impossibilité de l'appliquer à notre gré. La distraction est l'ennemie de toute éducation[1]. La mémoire repose sur l'attention.

Au chapitre des *facultés supérieures* de l'âme figure la culture de l'entendement, du jugement et de la raison. La formation initiale de l'entendement peut, dans une certaine mesure, procéder aussi d'une méthode passive : en donnant des exemples relatifs à la règle ou, à l'inverse, en découvrant la règle relative aux cas isolés. Le jugement montre l'usage à faire de l'entendement. Il est indispensable pour comprendre ce que l'on apprend ou exprime, et pour ne rien répéter après les autres qu'on ne comprenne pas. Combien d'hommes lisent ou entendent tel propos sans le comprendre, quoi qu'ils en croient. Cette éducation réclame images et objets.

La raison procure une vue claire des principes. Force est de tenir compte que la raison dont il s'agit ici est encore dirigée. Elle n'a donc pas à prétendre toujours raisonner, mais on ne doit pas non plus lui débiter de raisonnements sur ce qui dépasse les concepts. Il ne s'agit pas encore de raison spéculative, mais de réflexion sur ce qui s'accomplit en vertu de ses causes et de ses effets. Il s'agit d'une raison pratique dans son économie et dans sa disposition.

IX, 477 La meilleure culture des facultés de l'âme est de faire soi-même tout ce qu'on veut accomplir, par exemple en appliquant aussitôt la règle que l'on vient d'apprendre. C'est en faisant de sa main une carte de géographie qu'on la comprend le mieux[2]. La réalisation est l'auxiliaire éminent de la compréhension. Il n'est pas d'étude plus solide ni de meilleure mémoire que du savoir que l'on tire en quelque sorte de soi-même. Peu d'humains toutefois ont cette capacité. On leur donne le nom d'autodidactes (αὐτοδίδακτοι).

Dans la formation de la raison, il faut user de la méthode socratique. Socrate, qui se nommait l'accoucheur des connaissances de son auditoire, donne dans ses dialogues que Platon, dans une certaine mesure, nous a gardés, des exemples de la manière d'extraire, même chez des personnes âgées, maintes choses de leur propre raison. Les enfants, en bien des points, n'ont pas à exercer leur raison. Ils n'ont pas à discuter de tout. De ce qui doit assurer leur bonne éducation, ils n'ont pas à savoir les fondements, mais il importe de les leur apprendre, dès qu'il s'agit de devoir. On doit toutefois par une règle absolue veiller à ne pas leur inculquer de connaissances rationnelles, mais au contraire à les tirer d'eux-mêmes. La méthode socratique devrait constituer la règle, de pair avec la méthode catéchétique. Elle a certes quelque lenteur, et il est difficile de s'y prendre en sorte que, dans le temps d'extraire des connaissances d'un esprit, les autres apprennent aussi à cette occasion. Dans certaines sciences, la méthode mécanique et catéchétique a également son avantage ; par exemple, dans l'exposé de la religion révélée. En revanche, dans la religion générale, il faut utiliser la méthode socratique. Pour les études d'exigence historique, la méthode mécanique et catéchétique se recommande particulièrement.

Ici se place encore la formation du sentiment du plaisir et du déplaisir. Elle doit être négative, et le sentiment lui-même ne doit pas connaître l'amollissement[1]. Le goût des aises est pour l'homme pire que tous les maux de la vie. Aussi est-il d'extrême importance que les enfants apprennent, dès l'abord, à travailler. À moins d'être déjà amollis, les enfants aiment réellement les réjouissances associées à des fatigues, les occupations qui réclament de l'énergie. Pour les objets de leur jouissance, il ne faut pas les rendre difficiles, ni leur laisser le choix. Les mères gâtent en cela leurs enfants, elles ne font que les amollir. Et pourtant on observe que les enfants, les fils surtout, aiment plus leur IX, 478
père que leur mère. L'origine en est sans doute que les mères, de crainte qu'ils n'aillent se faire du mal, ne les laissent pas courir, sauter de tous côtés et autres jeux de ce genre. Le père, qui les gronde et sans doute même les corrige quand ils n'ont pas été sages, les mène en revanche parfois aussi aux champs et leur permet alors de courir en tous sens, de jouer et de se livrer à la joie, comme il convient à de jeunes êtres[2].

On croit exercer la patience des enfants en leur faisant longtemps attendre un bienfait. Il ne semble pas qu'il y ait bien là nécessité. Sans doute les enfants ont-ils besoin de patience dans les maladies ou dans les circonstances analogues. La patience a une double nature. Elle consiste ou bien à abandonner tout espoir, ou bien à reprendre courage. La première attitude est sans objet à condition de ne demander jamais que le possible, la seconde est toujours permise si l'on ne désire que l'équitable. Or, dans les maladies, la désespérance aggrave l'état autant que l'optimisme est de nature à l'améliorer. L'être capable d'optimisme quant à son état physique et moral ne saurait abandonner l'espoir[1].

Il ne faut pas davantage inculquer la timidité aux enfants. C'est là surtout le fait des gronderies et des humiliations répétées. Parmi elles, en particulier, l'invective de nombreux parents : «Fi ! tu n'as pas honte ?» On ne voit nullement d'où les enfants pourraient en vérité concevoir de la honte lorsque, par exemple, ils fourrent le doigt dans la bouche et autres gestes de cette sorte. «Cela ne se fait pas ! Ce n'est pas convenable !» — voilà ce qu'on peut leur dire, mais jamais on ne doit leur lancer au visage : «Fi ! tu n'as pas honte ?» hormis dans le cas du mensonge. La nature a donné à l'homme la pudeur pour qu'il se trahisse dès qu'il ment. Si donc les parents s'abstiennent de parler de honte à leurs enfants, sinon lorsqu'ils mentent, ces derniers conserveront tout au long de leur vie cette rougeur de la honte à propos du mensonge. Mais si on ne cesse de susciter leur honte, on instaurera une timidité qui collera irrévocablement à leur être[2].

La volonté des enfants, ainsi qu'il a été dit plus haut, ne doit pas être brisée, mais dirigée en sorte qu'elle se
IX, 479 plie aux obstacles naturels. Dans les débuts certes, l'enfant doit témoigner une obéissance aveugle. Il n'est pas naturel qu'il commande par ses cris, ni que le fort obéisse au faible. Aussi ne doit-on jamais céder à la colère des enfants, même dans leur premier âge, ni leur permettre de rien obtenir par ce moyen. Les parents commettent à l'ordinaire cette erreur, et ils entendent la rattraper ensuite en se mettant plus tard à refuser aux enfants ce qu'ils leur demandent. Or il est d'une grande absurdité de leur refuser sans raison ce qu'ils attendent de la bonté de leurs parents, et cela dans la seule intention de leur résister et de leur faire sentir, à eux, les plus faibles, toute la puissance de leurs aînés.

On élève les enfants de manière pernicieuse en accomplissant leurs volontés, on les élève de manière erronée en allant à l'encontre de leurs volontés et de leurs désirs. La première erreur dure aussi longtemps que les enfants sont un jouet pour leurs parents, en particulier à l'époque où ils commencent à parler. Ce défaut d'éducation est source d'un bien grand préjudice pour la vie entière. En agissant contre la volonté des enfants, on les empêche dans le même temps de manifester leur dépit, fatal en vérité ; d'autant plus grande est alors leur rage intérieure. Ils n'ont pas encore appris la manière de se comporter dans ces moments. La règle à observer avec les enfants dès leur jeune âge est la suivante : s'ils crient et si l'on croit qu'ils ont quelque mal, leur venir en aide ; mais si ce n'est que colère, les laisser en l'état. Et cette méthode doit se répéter sans relâche par la suite. La résistance rencontrée en ce cas par l'enfant est toute naturelle, elle est, à la vérité, négative, du fait qu'on se borne à ne pas lui céder. Bien des enfants, à l'opposé, obtiennent de leurs parents tout ce qu'ils réclament quand ils choisissent le mode de la prière. Si l'on permet aux enfants de tout obtenir en criant, ils deviennent méchants ; s'ils obtiennent tout par la prière, ils versent dans la sensiblerie. Aussi doit-on, à défaut de raison contraire d'importance, exaucer la requête de l'enfant. Mais si l'on se trouve quelque raison de ne point l'exaucer, que l'on ne se laisse pas attendrir par des flots de prières. Tout refus doit être irrévocable. Son premier effet est de nous dispenser de refus renouvelés[1].

Dans l'hypothèse où l'enfant présenterait — ce qu'on IX, 480
ne saurait concevoir que dans des cas d'une rareté extrême — une propension naturelle à l'entêtement, le meilleur moyen, s'il ne fait rien pour nous être agréable, est de ne rien accomplir en retour pour lui faire plaisir. Briser la volonté prépare les voies d'une mentalité servile, une résistance conforme à l'ordre naturel prépare celles de la docilité[2].

La culture morale doit se fonder sur des maximes, non sur la discipline. Celle-ci prévient les mauvaises manières, celle-là forme la façon de penser. Il faut donc veiller à ce que l'enfant s'habitue à agir d'après des maximes, et non par le jeu de certains ressorts. La discipline ne laisse subsister qu'une habitude qui finit même par s'effacer avec les années. C'est d'après des maximes dont il reconnaît lui-même l'équité que l'enfant doit apprendre à agir. Que ce résultat soit difficile à réaliser chez de jeunes enfants, et que la formation morale réclame de la part des parents et des maîtres la plus grande somme de lumières, se conçoit aisément[3].

S'il arrive, par exemple, à l'enfant de mentir[4], il ne faut pas le punir, mais lui opposer le mépris, lui dire qu'on ne le croira plus à l'avenir, et autres mots de ce genre. Mais si l'on punit l'enfant pour une mauvaise

action et si on le récompense pour une bonne, il agira bien, pour l'agrément de son sort. Quand, plus tard, il entrera dans le monde où les choses ne vont pas de la sorte, où il pourra bien agir sans avoir de récompense et mal agir sans être puni, il deviendra un homme n'ayant d'yeux que pour les moyens d'avancer dans le
IX, 481 monde, et un homme bon ou mauvais selon qu'il y trouvera son plus grand avantage.

Il faut que les maximes procèdent de l'homme lui-même. Dans la culture morale, c'est un devoir de chercher à donner aux enfants dès leur jeune âge des concepts de ce qui est bon ou mauvais. La moralité est chose si sainte et si sublime qu'on n'a pas le droit de la ravaler de la sorte ni de la mettre au rang de la discipline. Le premier effort dans l'éducation morale est de jeter les fondements d'un caractère. Le caractère réside dans la promptitude à agir en fonction de maximes[1]. Ce sont, au début, des maximes de l'école, et plus tard, des maximes de l'humanité. Tout d'abord, l'enfant obéit à des lois. Les maximes sont, elles aussi, des lois, mais d'essence subjective ; elles ont leur origine dans le propre entendement de l'homme. Or il n'est de transgression de la loi de l'école qui ne doive rester impunie, bien que la punition doive toujours être adaptée à la transgression.

Pour former un caractère chez les enfants, il est très important de leur faire percevoir en toutes choses l'existence d'un certain plan, de certaines lois à suivre avec la plus grande exactitude. Ainsi on leur fixe un temps pour le sommeil, pour le travail, pour le divertissement, il faut se garder, une fois établi, de l'allonger ou de le raccourcir. En des domaines indifférents, le choix peut être laissé aux enfants ; encore faut-il qu'ils suivent toujours plus tard ce qu'ils se sont donné une fois pour loi. Il s'agit de former chez les enfants, non un caractère de citoyen, mais un caractère d'enfant.

Sur des hommes qui ne se sont pas posé certaines règles, on ne peut faire fond, souvent ils déconcertent et l'on ne sait jamais bien à quoi s'en tenir avec eux. Certes, il arrive souvent de blâmer les gens qui agissent en toute circonstance selon des règles, ainsi celui qui a minuté le temps de chacun de ses actes ; mais souvent le blâme est injuste, et cette attention à la mesure, en dépit de son apparence tatillonne, est une disposition au caractère.

Un caractère d'enfant, d'élève en particulier, comporte avant tout l'obéissance. Celle-là est double, en premier lieu : obéissance envers la *volonté absolue* du guide, en

second lieu : obéissance aussi envers cette même *volonté reconnue pour bonne et raisonnable.* L'obéissance peut être dérivée de la contrainte, elle est alors *absolue;* ou bien de la confiance, elle est alors d'une autre espèce. Cette obéissance *volontaire* revêt une très grande importance ; IX, 482
mais l'autre aussi est au plus haut point nécessaire en préparant l'enfant à s'acquitter de ces lois auxquelles, citoyen, il devra plus tard satisfaire, même si elles ne lui agréent pas.

Les enfants doivent donc être soumis à une certaine loi de nécessité. Mais il faut que cette loi soit générale, on y veillera particulièrement à l'école. Le maître ne doit, entre plusieurs enfants, témoigner ni prédilection ni faveur à l'un d'eux. Sinon, la loi cesse d'être générale. Dès que l'enfant s'aperçoit que la même loi ne s'applique pas à tous les autres, sa nature se fait rebelle.

On tient sans cesse de nombreux discours sur la nécessité de présenter toutes choses aux enfants en sorte qu'ils les accomplissent par inclination. Bonne méthode, certes, dans bien des cas, mais il faut leur en prescrire beaucoup aussi sous l'aspect du devoir. C'est par la suite d'une grande utilité pour toute la vie. Car, dans l'acquittement des impôts, dans les tâches de la profession et une foule d'autres cas, c'est le devoir seul, et non l'inclination qui peut nous guider. Même si l'enfant ne voit pas clairement son devoir, c'est, à tout prendre, mieux ainsi ; que tel est son devoir d'enfant, il le voit ; mais que tel est son devoir d'homme, plus difficilement. S'il lui était aussi donné de le voir en toute clarté, ce qui n'est possible qu'avec les ans, son obéissance serait alors plus parfaite encore.

Toute transgression d'un commandement chez l'enfant est défaut d'obéissance, qui entraîne la punition. Même dans une transgression du commandement commise par inadvertance, la punition n'est pas inutile. Cette punition est soit *physique,* soit *morale.*

Morale est la sanction lorsqu'il est porté atteinte au goût d'être respecté et à celui d'être aimé, tous deux auxiliaires de la moralité, lorsque, par exemple, on provoque la honte de l'enfant ou qu'on lui manifeste une froideur glaciale. Ces penchants doivent être maintenus autant que possible. Aussi cette manière de punir est-elle la meilleure, car elle vient à l'aide de la moralité : qu'un enfant commette un mensonge, un regard de mépris sera une sanction suffisante, et la plus appropriée.

Les punitions *physiques* consistent ou à refuser à l'enfant ce qu'il désire, ou à lui infliger des châtiments.

La première manière s'apparente à la sanction morale, elle est négative. Les autres punitions, il faut les exercer avec prudence afin qu'elles n'engendrent pas une *indoles servilis.* Dispenser aux enfants des récompenses est sans valeur, ils sont rendus intéressés et il en résulte une *indoles mercennaria*[1].

IX, 483 L'obéissance est d'autre part : ou celle de l'*enfant* ou celle de l'*adolescent.* Sa transgression entraîne la sanction. Celle-là est ou bien sanction toute *naturelle* que l'être humain attire sur lui par sa conduite, tel l'enfant qui tombe malade de trop manger, ces sanctions étant les meilleures, puisque l'homme les subit toute sa vie et pas seulement dans l'enfance ; ou bien la punition est *artificielle.* Le penchant à être considéré et aimé est un sûr moyen d'aménager les châtiments de manière à leur donner un effet durable. Les punitions physiques ne doivent servir que de compléments à l'insuffisance des sanctions morales. Lorsque les sanctions morales n'ont plus d'effet, ouvrant ainsi le passage aux punitions physiques, celles-ci n'ont plus aucune chance de former un bon caractère. Mais, dans les débuts, la contrainte physique doit suppléer à l'absence de réflexion chez les enfants.

Des punitions exercées avec la marque de la colère tombent à faux. Les enfants ne voient alors en elles que la conséquence de l'emportement d'autrui, tandis qu'ils se prennent eux-mêmes pour l'objet de cet emportement. C'est une règle absolue que celle de procéder avec précaution pour infliger des punitions aux enfants ; ils verront ainsi qu'elles n'ont d'autre fin que de les amender. Faire que les enfants, une fois punis, vous en sachent gré, vous baisent la main, et autres prétentions, relève de l'extravagance, et les rend serviles. Les sanctions physiques, par leur répétition, produisent des entêtés, et si des parents punissent les enfants pour leur obstination, ils ne les rendent que plus obstinés encore. Les têtus ne sont pas toujours les plus mauvais des humains, il leur arrive plus d'une fois de se rendre sans peine à des représentations bienveillantes.

L'obéissance de l'adolescent diffère de celle de l'enfant. Elle consiste en la soumission aux règles du devoir. Accomplir un acte par devoir signifie obéir à la raison. C'est peine perdue que d'aborder le devoir avec les enfants. Ils le tiennent en dernier ressort pour une chose dont la transgression est suivie du bâton. L'enfant pourrait être guidé par ses seuls instincts, mais dès qu'il grandit, le concept de devoir doit s'ajouter. Il ne faut
IX, 484 pas non plus recourir à la honte avec les enfants, mais

attendre l'adolescence. La honte ne peut en effet trouver place que lorsque le concept d'honneur a pris racine.

Un second trait capital dans l'établissement du caractère chez les enfants est la véracité. Elle est le trait fondamental et l'essentiel d'un caractère. Un homme qui ment n'a pas de caractère, et s'il lui arrive de présenter quelque bon côté, l'origine s'en trouve dans son seul tempérament. Bien des enfants ont une propension au mensonge que l'on doit très souvent déduire d'une vive imagination. C'est l'affaire du père de veiller à ce que les enfants s'en défassent, car les mères y voient communément chose dénuée de la moindre importance ou, du moins, sans conséquence ; qui plus est, elles y trouvent une preuve, flatteuse pour elles-mêmes, des dispositions et des capacités remarquables de leurs enfants. Or c'est ici le lieu de faire usage de la honte, car l'enfant comprend bien dans ce cas. La rougeur nous trahit lorsque nous mentons, mais ce n'est pas toujours la preuve de notre mensonge. Souvent nous rougissons de l'impudence d'un autre à nous accuser d'une faute. En aucune condition, il ne faut chercher à arracher la vérité aux enfants par le biais de la punition, à moins que le mensonge ne doive être aussitôt suivi de dommage ; on les punira alors à cause de ce dommage. Le retrait de l'estime est la seule punition adéquate au mensonge.

On peut aussi classer les punitions en *négatives* et *positives :* les premières survenant pour la paresse et les manquements à la moralité, par exemple le mensonge, l'indocilité, l'humeur inconciliante. Les punitions positives, d'autre part, valent pour la colère maligne. Avant toute chose, il faut se garder de la moindre rancune, surtout envers les enfants.

Un troisième trait du caractère enfantin doit être la *sociabilité.* L'enfant doit aussi entretenir avec les autres des rapports d'amitié et ne point s'enfermer dans l'isolement. Certes, bien des maîtres s'opposent à cette idée dans les écoles, ils ont grand tort. Les enfants ont le devoir de se préparer au plus doux plaisir de la vie. Que la préférence des maîtres, cependant, n'aille à IX, 485 aucun d'eux pour ses talents, mais pour son seul caractère, sinon il en résultera une envie contraire à l'amitié.

Les enfants doivent avoir aussi un cœur ouvert et un regard rayonnant à l'image du soleil. Seul le cœur joyeux est capable de se complaire au bien. Une religion qui assombrit l'homme est erronée ; car il doit servir Dieu dans la joie du cœur, et non dans la contrainte.

Le cœur joyeux ne doit pas être toujours maintenu avec rigueur dans la contrainte scolaire ; il y connaîtra bien vite l'accablement. Avec la liberté, il se rétablira. C'est là l'utilité de certains jeux où il dispose de sa liberté et où l'enfant s'efforce de toujours l'emporter sur l'autre par quelque avantage. Son âme, alors, recouvre sa gaieté.

Bien des gens pensent que les années d'enfance ont été les meilleures et les plus agréables de leur vie. La réalité est sans doute différente. Ce sont les années les plus pesantes[1]. On subit alors lourdement la discipline, on a rarement un ami véritable et, plus rarement encore, la liberté. Horace dit déjà : « *Multa tulit, fecitque puer, sudavit et alsit*[2] ».

★

Il ne faut instruire les enfants que de choses adaptées à leurs années. Maints parents se réjouissent de voir leurs enfants tenir précocement des discours d'une sagesse d'un autre âge. Ces enfants, à l'ordinaire, n'arrivent à rien de bon. Un enfant doit se contenter d'une sagesse d'enfant. Il ne doit pas singer aveuglément. Un enfant nanti de maximes morales inspirées par les ans est tout en dehors de la destination de son âge, il se livre à la singerie. Il suffit qu'il ait un entendement d'enfant et qu'il ne se mette pas trop tôt en vue. Un enfant comme nous venons de le présenter ne sera jamais un homme aux vues claires, ni à l'entendement gagné à la sérénité. Tout aussi insupportable est l'enfant qui veut déjà participer à toutes les modes, par exemple être frisé, porter manchettes ou même tabatière. Il prend de la sorte un genre affecté, malséant à un enfant. Une société policée lui est un fardeau ; la vaillance de l'homme, à la fin, lui manque du tout au tout. C'est la raison pour laquelle il importe aussi de contrecarrer en lui de bonne heure la vanité ou, plus exactement, de ne point lui fournir l'occasion d'être gagné par la vanité[3]. Ainsi en va-t-il lorsque, dès leur jeune âge, on débite aux enfants des bavardages sur leur beauté, le seyant de telle ou telle toilette, ou qu'on la leur promet ou la leur donne en récompense. La toilette est hors de propos pour les enfants. Propret et
IX, 486 simple, leur costume ne doit répondre qu'à la nécessité. Mais il faut aussi que les parents n'accordent pas pour eux-mêmes d'importance à ce chapitre, qu'ils ne se regardent pas dans la glace car, ici comme partout, l'exemple est tout-puissant et affermit ou ruine le bon précepte.

DE L'ÉDUCATION PRATIQUE

L'éducation pratique comprend 1° l'habileté, 2° la prudence mondaine, 3° la moralité. Pour l'habileté, il faut veiller à ce qu'elle soit ancrée et non fugitive. Il ne faut pas se donner l'air d'avoir des connaissances de choses que l'on est ensuite incapable de réaliser. La solidité doit accompagner l'habileté et devenir peu à peu habitude dans la manière de penser. Elle est l'essentiel pour le caractère d'un homme. L'habileté concerne le talent.

Pour ce qui est de la *prudence mondaine,* elle consiste en l'art d'appliquer au partenaire son habileté, c'est-à-dire d'utiliser les humains à ses propres fins. Elle appelle beaucoup de conditions. C'est à vrai dire la dernière acquisition de l'homme, mais sous l'angle de la valeur, elle prend le second rang.

Si un enfant doit être confié à la prudence mondaine, il lui faut dissimuler et se rendre impénétrable, mais savoir pénétrer autrui. Il lui faut surtout pratiquer la dissimulation pour son caractère. L'art de l'apparence est la convenance. Cet art, il importe de le posséder. Pénétrer les autres est difficile, mais on doit de toute nécessité entendre cet art pour se rendre soi-même en revanche impénétrable. Il demande la dissimulation, c'est-à-dire la retenue de ses propres défauts, et cette apparence. La dissimulation n'est pas toujours déguisement, elle peut être parfois permise, elle touche pourtant de très près à la déloyauté[1]. Le déguisement est un moyen désolant. Il fait partie de la prudence mondaine de ne pas céder aussitôt à l'emportement ; mais il ne faut pas non plus trop d'indolence. Il ne faut donc pas être violent, mais de nature vaillante. La vaillance diffère de la violence. Un *vaillant (strenuus)* est celui qui a le goût de vouloir. Cette qualité modère l'emportement. La prudence mondaine concerne le tempérament[2].

La *moralité* concerne le caractère. *Sustine et abstine*[3] est la préparation à une sage modération. Si l'on veut former un bon caractère, il faut d'abord écarter les passions. L'homme doit envers ses inclinations façonner IX, 487
son habitude en sorte qu'elles ne se changent pas en passions ; qu'il apprenne au contraire à se passer d'une chose quand elle lui est refusée. *Sustine :* supporte, et accoutume-toi à subir !

Apprendre à se passer d'une chose réclame courage et inclination. On doit se faire aux refus, à l'opposition, etc.

Du tempérament relève la sympathie. On doit prévenir chez les enfants une compassion chargée de nostalgie et de langueur. La compassion est de fait sentimentalité ; elle ne s'accorde qu'à un caractère sentimental. Distincte encore de la pitié[1], c'est un mal qui se réduit à se lamenter d'une chose. On devrait donner aux enfants de l'argent de poche dont ils feraient le bien à des nécessiteux et l'on verrait alors s'ils ont, ou non, de la pitié. Mais si, en toutes circonstances, ils ne sont prodigues que de l'argent de leurs parents, il ne peut en être question.

La sentence : *Festina lente*[2] suggère une activité sans relâche, dans laquelle il faut mettre grande hâte afin d'apprendre beaucoup, c'est-à-dire *festina*. Mais il faut apprendre aussi avec profondeur et prendre donc le temps en toute tâche, c'est-à-dire *lente*. La question se pose de savoir s'il est préférable d'avoir une vaste étendue de connaissances ou une étendue plus réduite, mais solide. Mieux vaut savoir peu, mais savoir ce peu solidement, que beaucoup et en surface : on finit bien par percevoir ici l'absence de profondeur. Quant à l'enfant, il ignore dans quelle situation il pourra être placé ; le mieux est donc sans doute qu'il sache un peu de tout solidement ; autrement, il trompera et aveuglera les autres de ses connaissances acquises à la légère.

La suprême étape est l'établissement du caractère. Ce dernier réside dans le ferme propos d'accomplir une chose ainsi que dans sa réalisation effective. *Vir propositi tenax,* dit Horace[3], tel est un bon caractère ! Si, par exemple, j'ai fait une promesse à quelqu'un, il faut que je la tienne, dût-elle me valoir dommage. Quiconque, en effet, forme un projet sans l'exécuter ne peut plus se fier à lui-même : ainsi un homme qui, toujours, se promet de se lever tôt pour se livrer à l'étude, ou accomplir telle ou telle chose, ou se promener, et qui prend pour excuse, au printemps, qu'il fait encore trop
IX, 488 froid le matin et qu'il peut en pâtir, mais en été, qu'il fait si bon de dormir et que le sommeil lui est si agréable, remettant ainsi son projet toujours au lendemain : un tel homme finit par ne plus avoir foi en lui-même.

Ce qui va en l'encontre de la morale se situe hors de ce genre de résolutions. Chez un homme méchant, le caractère est d'essence mauvaise ; ici, on parle déjà d'obstination malgré le plaisir à le voir accomplir ses résolutions et faire preuve de persévérance, encore qu'il valût mieux qu'il se montrât tel dans le bien.

D'un homme qui renvoie toujours la mise à exécution de ses projets on ne fait guère de cas. La prétendue conversion future relève de cette sorte. L'homme qui, ayant toujours vécu dans le vice, entend être converti en un instant, ne peut en aucune manière y parvenir, dans l'impossibilité du miracle immédiat qui le rendrait soudain tel que celui qui a bien usé de sa vie entière et qui a toujours eu des pensées intègres. Voilà pourquoi il ne faut rien attendre non plus de pèlerinages, de macérations et de jeûnes[1]; on ne peut en effet cerner en quoi pèlerinages et autres usages contribueraient à faire sur-le-champ d'un être vicieux un noble humain.

Que vaut pour la probité et le progrès moral de jeûner le jour, quitte à s'octroyer la nuit d'autant plus de jouissances, ou bien d'imposer à son corps une pénitence inopérante pour la transformation de son âme?

Pour fonder chez l'enfant un caractère moral, les observations suivantes s'imposent.

Il faut leur enseigner, autant qu'il se peut, par des exemples et des directives les devoirs qui leur incombent. Les devoirs de l'enfant ne sont en fin de compte que les devoirs envers lui-même, et envers les autres. Ces devoirs doivent se déduire de la nature de leur cas d'application. Nous avons donc à examiner de plus près :

a) Les devoirs envers soi-même. Ils ne consistent pas à se procurer des vêtements magnifiques, à faire des repas fastueux, etc., encore qu'il faille dans l'un comme dans l'autre la netteté ; ils ne consistent pas à chercher la satisfaction des désirs et des inclinations, car il faut au contraire pratiquer modération et tempérance ; il s'agit en revanche de faire en sorte que l'homme ait à l'intérieur de lui-même un degré de dignité qui distingue sa noblesse de toutes les autres créatures, et c'est son devoir de ne point renier cette dignité de l'humanité en sa propre personne.

Or, nous renions la dignité de l'humanité en nous IX, 489
adonnant, par exemple, à la boisson, en commettant des péchés contre nature, en exerçant toutes sortes d'intempérances, etc., autant de choses qui rabaissent l'homme bien au-dessous des animaux. De même, qu'un homme ait envers les autres une conduite rampante, qu'il leur fasse sans cesse des compliments afin de s'insinuer, à ce qu'il croit, dans leurs bonnes grâces par une conduite

aussi indigne, ce comportement va à l'encontre de la dignité de l'humanité.

La dignité de l'homme pourrait être rendue perceptible à l'enfant dans sa personne même, par exemple à l'occasion de la malpropreté, pour le moins malséante à l'humanité. Mais l'enfant peut aussi, à la vérité, se ravaler au-dessous de la dignité humaine par le mensonge, alors qu'il est déjà à même de penser et de communiquer aux autres ses pensées. Le mensonge fait de l'homme l'objet du mépris général, il est un moyen de le dépouiller auprès de lui-même de la considération et de la crédibilité que chacun devrait nourrir pour sa propre personne.

b) Les devoirs envers les autres. Il faut de très bonne heure enseigner à l'enfant le respect et la considération du droit des hommes, et veiller à ce qu'il les mette tous deux en pratique ; par exemple, si un enfant, en rencontrant un autre, marqué par la pauvreté, l'écarte de son chemin, le repousse ou lui porte un coup, on ne doit pas lui dire : « Ne le fais pas, cela lui fait du mal, aie donc pitié, tu vois bien, c'est un petit malheureux, etc. » ; mais qu'on lui marque à son tour la même arrogance parce que son comportement fut contraire au droit de l'humanité. Les enfants, il est vrai, n'ont pas encore la moindre trace de grandeur d'âme. L'exemple suivant permettra de le voir : que des parents ordonnent à leur enfant de donner à un autre la moitié de son pain beurré sans qu'il ait eu en retour un dédommagement d'autant plus grand, ou bien il ne s'exécutera pas le moins du monde, ou bien il le fera en de très rares cas et de mauvais gré. On ne saurait de toute manière prêcher à l'enfant la grandeur d'âme, pour cette raison qu'elle n'est pas encore en son pouvoir.

Le paragraphe de la morale qui traite des devoirs envers soi-même, bien des gens l'ont totalement négligé, ou faussement exposé, tel *Crugott*[1]. Le devoir envers soi-même consiste pour l'homme, ainsi que nous l'avons dit, à conserver dans sa propre personne la dignité de l'humanité. Il se blâme quand il a devant les yeux l'idée de l'humanité. Il a dans son idée un original avec lequel il se compare. Lorsque grandit le nombre de ses années,
IX, 490 que s'éveille l'instinct du sexe, c'est le moment critique où seule la dignité de l'homme peut brider l'adolescent. Mais il importe de lui suggérer de bonne heure la manière de se garder de tel ou tel excès[2].

À nos écoles il manque en quelque sorte dans presque tous les cas ce qui pourtant servirait dans une ample mesure la formation de l'enfant à la probité, un catéchisme du droit. Il devrait contenir des cas de notoriété commune, qui se produisent dans la vie quotidienne et ne manqueraient jamais de susciter spontanément la question : cela est-il juste ou non? Ainsi d'un homme qui, tenu ce même jour de rembourser son créancier, est ému à la vue d'un malheureux et lui fait don de la somme dont il est redevable et qu'il devrait alors acquitter : est-ce juste ou non? Non c'est injuste, car je dois être libre si je veux accomplir des bienfaits. Et si je donne l'argent à un pauvre, je fais œuvre méritoire, mais si j'acquitte ma dette, je fais œuvre due. Autre exemple : un mensonge par nécessité est-il permis? Non, il n'est pas un seul cas pensable où il mériterait grâce, et surtout pas devant des enfants qui tiendraient alors toute bagatelle pour nécessité et se permettraient de fréquents mensonges. Si un tel livre existait, on pourrait avec grand profit destiner une heure quotitienne à cette tâche : amener les enfants à connaître le droit des hommes, cette prunelle de l'œil divin sur terre, et à le prendre à cœur[1].

Quant à l'obligation de faire le bien, ce n'est qu'obligation imparfaite. Il n'importe pas tant d'attendrir le cœur des enfants en sorte qu'il soit affecté du sort d'autrui que de former au contraire sa vaillance. Qu'il ne soit pas empli de sentiment, mais de l'idée du devoir ! Nombreux sont ceux qui ont pris un cœur dur pour s'être vu duper au temps de leur pitié. Il est vain de vouloir rendre intelligible à un enfant l'aspect méritoire des actions. Les prêtres commettent souvent IX, 491
l'erreur de présenter comme méritoires les œuvres de charité[2]. Sans penser au fait qu'envers Dieu nous ne pouvons jamais rien accomplir de plus que notre obligation, ce n'est que notre devoir de faire le bien au pauvre[3]. Car l'inégalité dans le bien-être des hommes ne vient que de circonstances occasionnelles. Si donc j'ai quelque fortune, je ne la dois qu'au bonheur avec lequel *mon prédécesseur* ou moi-même avons saisi les circonstances ; l'égard au tout n'en reste pas moins le même.

On excite l'envie en appelant l'attention de l'enfant à s'estimer à la valeur d'autrui. Il doit bien plutôt se juger selon les concepts de sa raison. Aussi l'humilité n'est-elle à vrai dire rien d'autre qu'une confrontation de sa valeur personnelle à la perfection morale. C'est ainsi par exemple que la religion chrétienne enseigne moins l'humilité qu'elle ne rend l'homme humble, parce qu'il trouve en elle l'obligation de se comparer avec le suprême modèle de perfection. C'est donc une grande erreur que de mettre son humilité à se juger inférieur aux autres. « Vois comment se conduit tel et tel enfant » et propos analogues... cette sorte d'adresse n'engendre qu'une grande vulgarité de pensée. Lorsqu'un homme juge sa valeur à celle d'autrui, il cherche ou à s'élever au-dessus de l'autre, ou à en rabaisser la valeur. Ce qui est, dans ce dernier cas, l'envie. On ne cherche alors en toute circonstance qu'à prêter à l'autre quelque faute ; car, s'il n'existait pas, il n'y aurait pas de comparaison avec lui, et l'on serait le meilleur. Le cas où l'émulation pourrait avoir encore quelque utilité serait celui où il s'agirait de persuader qu'une chose est faisable : ainsi quand exigeant d'un enfant qu'il apprenne un certain pensum, je lui montre que d'autres en sont capables.

On ne doit d'aucune manière faire d'un enfant le moyen d'en humilier un autre. Il faut chercher à éviter tout orgueil reposant sur les avantages de la bonne fortune. Mais il faut en même temps chercher à jeter les fondements de la franchise chez les enfants. C'est une confiance en soi-même empreinte de modestie. Elle met l'enfant en état de montrer dans la convenance tous ses
IX, 492 talents. Il importe de bien la distinguer de la sotte effronterie, qui consiste dans l'indifférence envers le jugement d'autrui.

Tous les désirs des hommes sont ou formels (liberté et pouvoir) ou matériels (rapportés à un objet), désirs de l'illusion ou de la jouissance, ou enfin ils s'appliquent à la seule prolongation de l'une et de l'autre en ce qu'elles sont éléments du bonheur.

Les désirs de la première sorte sont l'ambition, la soif de domination et la cupidité[1]. Ceux de la deuxième sorte : le plaisir sexuel (luxure), matériel (bien-vivre), social (goût de la conversation). Les désirs de la troisième sorte, enfin, sont : l'amour de la vie, de la santé, de la commodité (dans la perspective de l'avenir : l'absence de souci).

Les vices, de leur côté, sont : ceux de la méchanceté, de la bassesse ou de l'étroitesse. Au nombre des premiers : l'envie, l'ingratitude, la joie prise au malheur d'autrui ; des deuxièmes : l'injustice, la déloyauté (fausseté), l'inconduite, aussi bien dans la dissipation des biens que dans celle de la santé (intempérance), et de l'honneur. Les vices du troisième genre sont : la dureté, la ladrerie, la paresse (mollesse).

Les vertus sont ou bien vertus de *mérite,* ou bien simplement d'*obligation,* ou bien d'*innocence.* Parmi les premières : la grandeur d'âme (dans le surpassement de soi-même, de la vengeance, aussi bien que de la commodité et de la cupidité), la bienfaisance, la maîtrise de soi ; parmi les deuxièmes : la loyauté, la bienséance et la disposition conciliante ; parmi les troisièmes, l'honnêteté, la pudeur, la modération des désirs.

Et maintenant, l'homme est-il par nature moralement bon ou mauvais ? Il n'est ni l'un ni l'autre, car il n'est pas du tout par nature un être moral ; il ne le devient que si sa raison s'élève aux concepts du devoir et de la loi. On peut dire cependant qu'il porte en lui, à l'origine, les incitations à tous les vices, car il a des penchants et des instincts qui le stimulent, bien que la raison le pousse en sens contraire. Il ne peut donc devenir moralement bon que par la vertu, c'est-à-dire par la contrainte qu'il exerce sur lui-même, encore qu'il puisse être innocent en l'absence d'incitations[1].

Les vices naissent le plus souvent de la violence faite à la nature par l'état civilisé, et pourtant notre destination d'homme est de sortir de l'état naturel de barbarie inhérent à notre animalité. L'art parfait redevient nature[2].

Tout s'appuie dans l'éducation sur la nécessité de poser en tout domaine les justes fondements et de les rendre intelligibles et acceptables aux enfants. Il faut IX, 493
qu'ils apprennent à substituer l'exécration du dégoût et du rejet suscités par l'ineptie à celle de la haine, l'aversion intérieure à l'aversion extérieure pour des humains et à la crainte des punitions divines, l'estime de soi-même et la dignité intérieure à l'opinion des hommes, la valeur intrinsèque de l'acte et de la manière d'agir aux mots et au mouvement de l'âme, l'entendement au sentiment, la gaieté et la piété dans la bonne humeur à la dévotion chagrine, craintive et ténébreuse.

Mais il faut avant tout les préserver de priser trop haut les *merita fortunae*[3].

⋆

Pour l'éducation religieuse des enfants, la première question est de savoir s'il est praticable d'enseigner de bonne heure aux enfants des concepts en matière de religion. Elle a provoqué force discussions pédagogiques. Des concepts en matière de religion supposent toujours quelque théologie. Devrait-on alors envisager d'enseigner une théologie au jeune âge qui ne connaît pas encore le monde, ni lui-même ? Le jeune âge qui ne connaît pas encore le devoir serait-il en état de concevoir un devoir immédiat envers Dieu ? Il est une certitude : s'il pouvait se faire que les enfants ne fussent témoins d'aucun acte de vénération envers l'Être

suprême, qu'ils n'entendissent même pas prononcer le nom de Dieu, il serait néanmoins dans l'ordre des choses de conduire tout d'abord leur esprit vers les fins, et vers ce qui sied à l'homme, d'aiguiser leur faculté de juger, de les instruire de l'ordonnance et de la beauté des œuvres de la nature, d'y ajouter encore une connaissance de l'édifice de l'univers et, alors seulement, de leur ouvrir le concept d'un Être suprême, d'un législateur. Notre situation présente excluant cette éventualité, leur parler tardivement de Dieu alors qu'ils l'entendraient nommer et assisteraient à nos prétendus témoignages de service à son égard produirait en eux ou bien l'indifférence, ou bien des idées erronées, telle une peur de sa puissance. Mais comme il est à craindre que cette peur n'aille se nicher dans l'imagination des enfants, il faut, pour l'éviter, chercher à leur communiquer de bonne heure des concepts de religion. Que ce ne soit pas cependant œuvre de mémoire, simple imitation et pure singerie ; la voie choisie doit au contraire s'accorder toujours à la nature. Même sans concepts abstraits de devoir, d'obligations, de bonne ou de mauvaise
IX, 494 conduite, les enfants verront bien qu'il existe une loi du devoir, qu'ils n'ont pas à se laisser déterminer par la commodité, par l'intérêt et autres mobiles, mais par une réalité d'ordre universel qui ne se règle pas sur les caprices humains. Le maître lui-même doit, pour sa part, se forger ce concept.

Il faut attribuer en un premier temps toutes choses à la nature, puis celle-là même à Dieu, en enseignant par exemple comment tout, pour commencer, a été disposé en vue de la conservation des espèces et de leur équilibre, mais, de loin aussi, en vue de l'homme, pour qu'il fasse lui-même son bonheur.

La meilleure manière d'élucider le concept de Dieu serait de partir de l'analogie avec le père qui nous a en garde, occasion d'allusions d'un grand profit à la similitude de l'union des humains avec celle d'une famille.

Qu'est donc, au demeurant, la religion? La religion est la loi présente en nous pour autant qu'elle reçoit son poids d'un législateur et juge au-dessus de nous ; elle est une morale appliquée à la connaissance de Dieu. Si l'on n'unit pas la religion à la moralité, la religion tourne à la simple recherche de faveurs. Chants de louange, prières, fréquentation de l'église ne sont destinés qu'à donner à l'homme des forces nouvelles, un courage neuf pour s'amender, ou à servir d'expression à un cœur animé de la représentation du devoir. Elles ne sont que préparations à des œuvres de bien, mais non œuvres de bien elles-mêmes, et l'on ne saurait se rendre agréable à l'Être suprême qu'en devenant meilleur.

Il faut commencer auprès de l'enfant par la loi qu'il porte en lui. L'homme perdu de vices est méprisable à ses propres yeux. Ce mépris a son fondement en l'homme même, et il n'en est nullement ainsi parce que Dieu a interdit le mal. Point n'est besoin en effet que le législateur soit en même temps l'auteur de la loi. Ainsi un prince peut dans son pays interdire le vol sans qu'on puisse parler de lui comme de l'auteur de l'interdit de voler. L'homme puise à cette source la claire vision que sa bonne conduite seule le rend digne du bonheur. La loi divine doit apparaître en même temps loi naturelle, car elle n'est pas arbitraire. De là vient que la religion entre dans la moralité.

Mais il ne faut pas prendre la théologie pour point de départ. La religion bâtie sur la seule théologie ne saurait avoir quelque contenu moral. On n'y récoltera que la peur, d'une part, et de l'autre, des desseins et des sentiments tout à la recherche de la récompense ; le seul IX, 495
résultat en sera un culte taré de superstition. La moralité doit donc précéder, et la théologie venir à sa suite, c'est là ce que l'on appelle la religion.

La loi en nous se nomme conscience[1]. La conscience est en vérité l'application de nos actes à cette loi. Ses reproches seront sans effet si l'on ne se conçoit pas comme le représentant de Dieu qui a dressé son trône sublime au-dessus de nous, mais aussi un tribunal en nous. Si la religion ne s'adjoint pas au scrupule moral, elle est sans effet. Une religion coupée de scrupule moral est service superstitieux. On entend servir Dieu par exemple en faisant sa louange, en célébrant sa puissance, sa sagesse, sans se préoccuper de l'exécution des lois divines, bien plus, sans même connaître sa puissance, sa sagesse, etc., ni rechercher leur trace. Ces louanges sont un opiat pour la conscience de ces gens, et un oreiller où dormir d'un tranquille sommeil.

Les enfants ne peuvent pas saisir tous les concepts de religion ; il importe néanmoins de leur en enseigner, à condition qu'ils soient plus négatifs que positifs. Faire réciter aux enfants des formules toutes faites en guise de prière ne sert à rien et ne donne lieu qu'à un concept perverti de la piété. La véritable vénération de Dieu consiste à agir selon la volonté de Dieu, c'est là l'enseignement à donner aux enfants. On doit veiller chez eux comme pour soi-même à ne pas mésuser si souvent du nom de Dieu. En user à l'occasion de compliments, et même dans une pieuse intention, est déjà une profanation. Le concept de Dieu devrait, chaque fois que son nom est prononcé, pénétrer l'homme de respect ; aussi ne devrait-il en faire que rarement usage, et jamais à la légère. L'enfant doit apprendre à ressentir envers Dieu le respect dû au maître de la vie et de l'univers, en outre au protecteur des humains, et en troisième lieu enfin à leur juge. On rapporte que *Newton,* lorsqu'il avait prononcé le nom de Dieu, faisait toujours une pause et méditait.

Par une élucidation conjointe du concept de Dieu et de celui de devoir, l'enfant apprend d'autant mieux à respecter la sollicitude divine pour les créatures ; on le préserve ainsi du goût de la destruction et de la cruauté qui se manifeste de tant de manières dans le supplice de petits animaux. On devrait en même temps inciter la jeunesse à découvrir le bien dans le mal ; les bêtes de proie par exemple, les insectes sont des modèles de
IX, 496 propreté et d'application. Les hommes méchants sont un encouragement à la loi. Les oiseaux qui chassent les vers sont protecteurs du jardin, etc.

Il faut donner aux enfants quelques concepts de l'Être suprême pour qu'ils puissent savoir, en voyant d'autres prier etc., à l'adresse de qui et pourquoi ils le font. Mais ces concepts ne doivent être qu'en petit nombre et, comme nous l'avons dit, seulement négatifs. Il faut cependant commencer à les enseigner dès le jeune âge, en veillant à ce que les hommes ne s'estiment pas en fonction de leur observance, car, en dépit de la diversité des religions, la religion est une en tous lieux.

*

Nous ajouterons ici en conclusion quelques remarques à l'usage plus particulier de la jeunesse pour son entrée dans l'adolescence. Le garçon commence alors à faire des distinctions qu'il ne faisait pas. Tout d'abord, la distinction du sexe. La nature a jeté par-dessus une certaine couverture de mystère, comme s'il y avait là quelque inconvenance pour l'homme et simple besoin de l'*animalité présente* en lui. Mais la nature a cherché à lier ce problème à toute forme de moralité possible[1]. Même les nations sauvages se comportent sur ce point avec une sorte de pudeur et de retenue. Les enfants posent ici aux adultes de sottes questions : par exemple, d'où viennent les enfants? Or il est facile de les satisfaire, soit en leur fournissant des réponses où la raison n'a point de part et qui ne signifient rien, soit en les éconduisant au moyen de cette réplique qu'il s'agit là d'une question puérile[1].

Le développement de ces penchants chez l'adolescent est mécanique, et il en est ici comme de tous les instincts, ils se développent sans même avoir connaissance de leur objet. Il est donc impossible de garder l'adolescent dans l'ignorance et dans l'innocence qui va IX, 497
de pair avec elle. Le silence ne fait qu'aggraver le mal. L'éducation de nos prédécesseurs nous en fournit la remarque. Dans l'éducation des temps nouveaux, on admet à juste titre qu'il faut en parler sans déguisement avec l'adolescent, dans la clarté et la netteté. C'est bien un point délicat, car on répugne à le tenir pour matière dont on s'entretient en public. Tout sera mené à bien si l'on choisit d'en traiter avec un sérieux empreint de dignité et d'entrer dans le jeu de ses penchants.

La treizième ou la quatorzième année sont d'ordinaire le moment où se développe chez l'adolescent le penchant du sexe (à moins d'égarement des enfants et de leur perversion par de mauvais exemples, dans une éventualité plus précoce). Leur jugement est alors déjà pleinement formé et la nature les a dès ce moment préparés en sorte qu'on puisse parler avec eux de ce sujet.

Rien n'affaiblit plus l'esprit et le corps de l'homme que la forme de volupté tournée sur elle-même ; elle est en totale opposition avec la nature humaine. D'elle non plus il ne faut faire mystère au jeune homme. Il faut la lui représenter dans toute son abomination, lui dire que par elle il se rend inapte à la procréation de l'espèce, que par elle il provoque la plus grande ruine de ses forces physiques, qu'il attire sur lui une vieillesse précoce et que son esprit en subit de graves atteintes, etc.[2].

On peut échapper à ces incitations par une occupation soutenue, par le refus de consacrer au lit et au sommeil plus de temps qu'il n'est nécessaire. De sa tête il faut chasser ces pensées par des occupations : même si l'objet ne se fixe qu'en imagination, il n'en ronge pas moins, en effet, la force vitale. Si l'on dirige son penchant vers l'autre sexe, on trouve toujours quelque résistance ; si on le dirige sur soi-même, on peut le satisfaire à tout instant. L'effet sur le corps est d'une nocivité extrême, mais les conséquences quant à la moralité sont bien pires encore. On transgresse ici les lois de la nature et, en l'absence de toute satisfaction IX, 498
véritable, le penchant n'a de cesse à son déchaînement. Des maîtres ont, à propos de jeunes gens au seuil de

l'âge adulte, posé cette question : Est-il permis qu'un jeune homme ait des relations avec l'autre sexe ? À choisir entre les deux éventualités, cette dernière est assurément préférable. Dans la première, le jeune homme agit contre la nature, non dans la seconde. La nature l'a appelé à être homme dès sa majorité, et donc aussi à perpétuer sa race ; or, de par les besoins qui s'imposent à l'homme dans un État cultivé, il ne peut pas toujours se charger de surcroît de l'éducation de ses enfants. De la sorte, il commet ici un manquement à l'ordre civil. Pour le jeune homme, le mieux est donc, et c'est même un devoir, d'attendre le temps de pouvoir contracter un mariage raisonnable. Alors il n'agira pas seulement en homme de bien, mais aussi en bon citoyen[1].

Que le jeune homme apprenne de bonne heure à nourrir envers l'autre sexe une considération bienséante, à gagner en retour son estime par une activité intacte de vices, et à tendre ainsi son effort vers la haute récompense d'un mariage heureux !

Une deuxième distinction que le jeune homme se met à faire au temps de son entrée dans la société réside en la connaissance des différences de condition et de l'inégalité des hommes. Il ne faut nullement les lui faire remarquer dans son enfance. On ne doit même pas lui permettre de donner des ordres aux domestiques. S'il voit les parents commander les domestiques, on peut toujours lui dire : nous leur donnons du pain ; en échange, ils nous obéissent ; tu ne le fais pas, ils n'ont donc pas non plus à t'obéir. Les enfants ne savent rien en la matière, si les parents ne leur communiquent pas eux-mêmes cette illusion. Il faut montrer au jeune homme que l'inégalité des hommes est une institution née du moment où un homme a tenté d'obtenir des avantages sur l'autre. La conscience de l'égalité des hommes, dans le contexte de l'inégalité civile, peut lui être enseignée peu à peu.

On doit veiller chez l'adolescent à ce qu'il se juge dans l'absolu et non point d'après les autres. La haute estime des autres en ce qui ne constitue en rien la valeur de l'être humain est la vanité. Ensuite, il faut orienter
IX, 499 aussi l'adolescent vers le scrupule en toutes choses, en ajoutant qu'il ne s'efforce pas seulement de paraître, mais d'être en tout point. Il faut le rendre attentif à ne laisser en aucune circonstance un projet mûrement réfléchi se changer en un projet creux ; mieux vaut ne pas former de projet et laisser l'affaire dans le doute ; il faut orienter le jeune homme vers l'acceptation satisfaite des circonstances extérieures, vers l'endurance dans les

tâches : *Sustine et abstine*[1] ; vers la modération dans les plaisirs. En ne désirant pas seulement les plaisirs, mais en étant aussi patient dans le travail, on devient un membre utile de la communauté, et l'on se préserve de l'ennui.

On doit en outre orienter le jeune homme vers la joie et la bonne humeur. La joie naît de ce que l'on n'a rien à se reprocher à soi-même ; on doit l'orienter vers l'égalité d'humeur. Il est possible, par la pratique, de toujours se donner la disposition de compagnon enjoué.

On doit l'orienter vers la considération permanente de bien des choses comme un devoir. Une action doit tirer sa valeur à mes yeux non de ce qu'elle s'accorde à mon inclination, mais de ce que par elle j'accomplis mon devoir.

On doit l'orienter vers l'humanité à l'égard des autres et, au-delà, vers des sentiments cosmopolitiques. Dans notre âme, il est un facteur qui nous fait prendre intérêt 1° à notre propre personne, 2° aux autres avec qui nous avons grandi, 3° il doit figurer aussi un intérêt pour le plus grand bien universel. Il faut faire connaître cet intérêt aux enfants, afin qu'ils puissent y réchauffer leur âme. Ils doivent se réjouir du plus grand bien universel, même s'il n'est pas l'avantage de leur patrie ou leur propre bénéfice.

On doit orienter l'enfant en sorte qu'il n'attache que peu de valeur à jouir des divertissements de la vie. Alors tombera la crainte puérile de la mort. Il faut montrer à l'enfant que la jouissance ne fournit pas ce que promettait sa perspective.

On doit l'orienter enfin vers la nécessité de tenir le compte quotidien avec soi-même, afin de pouvoir faire, au terme de ses jours, une estimation de la valeur de sa vie.

V.
Œuvres inachevées

INTRODUCTION

La présente édition a pour titre : Emmanuel Kant, Œuvres philosophiques. *Et, dans les deux premiers volumes, ainsi que dans les pages qui précèdent en celui-là, le lecteur a pu trouver, en effet, la totalité de ses œuvres.*

Mais nous précisons bien : œuvres. Car il va sans dire que tout ce que Kant a écrit n'a pas trouvé place en cette édition. Nos Introductions ont signalé, à leur date, les textes, au reste fort rares, qui n'ont pas été retenus. Pour les compléter sur ce point, rappelons la publication, en 1798, de deux lettres de Kant à Nicolaï : Sur l'industrie du livre, *celle, en 1800, d'une* Préface à l'ouvrage de Jachmann : Examen de la philosophie religieuse de Kant, *celle enfin, également en 1800, du* Post-Scriptum d'un ami à la préface de Heilsberg au dictionnaire lithuanien de Mielke. *Nous en aurons alors fini avec les textes publiés par Kant lui-même.*

Il est encore deux autres ouvrages publiés du vivant de Kant, mais dont Kant avait confié l'édition à d'autres. En 1800 parut en effet une Logique, *dite de Kant, et éditée par Jaesche. En 1802-1803 parut, éditée par* Rink, *une* Géographie physique. *Nous ne dirons rien de ce dernier ouvrage, qui n'a rien de philosophique. La* Logique *devrait nous intéresser davantage. Mais, à l'examen, il est difficile de tenir la* Logique *publiée par Jaesche pour un ouvrage de Kant. On sait que, pour ses cours de logique, Kant faisait usage du manuel de Meier. En marge de son exemplaire de ce manuel, il avait noté diverses observations personnelles. C'est de cet exemplaire annoté que Jaesche, à la prière de Kant, a tiré ce que l'on nomme la* Logique *de Kant, texte où ce qui est vraiment de Kant ne peut être discerné que par une comparaison minutieuse avec le texte de Meier. Ne voulant pas, cependant, laisser le lecteur ignorant de la question, nous avons demandé à Alexandre J.-L. Delamarre de rédiger la* « Note sur la Logique » *que l'on trouvera plus loin.*

En 1804 fut publié par Rink *l'ensemble des textes dans lesquels Kant s'était préparé à répondre à la question que l'Académie des sciences de Berlin avait mise au concours en 1791 :* Quels sont les progrès réels de la métaphysique en Allemagne depuis le temps de Leibniz et de Wolff? *Après la rédaction partielle de plusieurs projets de réponse, Kant avait renoncé à concourir. Mais les textes publiés par* Rink *sont assurément de sa main.* Nous *les publions donc ici, dans une traduction due à Jacques* Rivelaygue. Nous *avons fait précéder cette traduction de celle de la* Déclaration *de Kant* à l'égard de la doctrine de Fichte, *sorte de lettre ouverte parue en 1799.*

Après la mort de Kant, maint autre texte fut publié. De 1817 à 1831 parurent divers cours de Kant, reconstitués d'après des notes prises par ses élèves : en 1817 les Leçons sur la doctrine philosophique de la religion, *éditées par Pölitz ; en 1821 les* Leçons sur la métaphysique, *également éditées par Pölitz ; en 1831 des* Leçons sur l'anthropologie, *publiées par Starke; en 1882-1884 des* Réflexions de Kant au sujet de la philosophie critique, *publiées par Benno Erdmann; en 1894 de nouvelles* Leçons de Kant sur la métaphysique, de trois trimestres, *éditées par Heinze. Ajoutons les* Feuilles détachées, *publiées par* Reicke *de 1889 à 1899, et son édition, en trois volumes de 1900-1902, de textes kantiens intitulés :* Correspondance *et* Déclarations.

Reste *à parler de ce que l'on a nommé l'*Opus postumum. *On sait que cet ensemble de notes, à l'apparence confuse et contradictoire, a inspiré de nombreux travaux. Pour nous en tenir aux auteurs français qui ont cru pouvoir y découvrir le dernier état de la pensée kantienne, citons :* L'Idéalisme kantien *de Lachièze-Rey et* La Métaphysique de Kant *de Daval*[1]. Nous *n'avons pas cru devoir laisser le lecteur dans l'ignorance de cet écrit.* Nous *avons donc demandé à François Marty de rédiger une «* Note *sur l'Opus postumum». On trouvera cette note dans les pages qui suivent. Ainsi sera tenue la promesse que, dans la Préface du premier tome de cette édition, je faisais au lecteur. J'annonçais en effet que, si tous les écrits de Kant ne pouvaient être publiés, du moins aucun ne serait passé sous silence. J'espère que l'on voudra bien convenir que j'ai, sur ce point, tenu parole.* Et, *puisque c'est ici la dernière de mes «Introductions», qu'il me soit permis de remercier encore une fois tous mes collaborateurs. Cette édition est essentiellement leur œuvre.*

FERDINAND ALQUIÉ.

1. Voir bibliographie t. I, p. 1767 et 1771.

DÉCLARATION
À L'ÉGARD DE LA DOCTRINE
DE LA SCIENCE DE FICHTE

SUR LA QUESTION
MISE AU CONCOURS
PAR L'ACADÉMIE ROYALE DES SCIENCES
POUR L'ANNÉE 1791 :
QUELS SONT LES PROGRÈS RÉELS
DE LA MÉTAPHYSIQUE
EN ALLEMAGNE
DEPUIS LE TEMPS
DE LEIBNIZ ET DE WOLFF ?

Textes traduits par Jacques Rivelaygue.

DÉCLARATION A L'ÉGARD XII,
DE LA DOCTRINE DE LA SCIENCE 3, 396
DE FICHTE[1]

Répondant à la mise en demeure solennelle que m'a adressée au nom du public le recenseur de l' « Esquisse de philosophie transcendantale » de *Buhle*[2] dans le numéro 8 du *Journal littéraire d'Erlangen* du 11 janvier 1799, je déclare : que je tiens la *Doctrine de la science* de *Fichte* pour un système tout à fait insoutenable. En effet une pure doctrine de la science[3] n'est ni plus ni moins qu'une simple *logique* qui, avec ses principes, ne va pas jusqu'aux matériaux de la connaissance, mais s'abstrait de leur contenu en tant que *logique pure* à partir de laquelle il est vain de chercher un objet réel, ce qui fait aussi que ce travail n'a jamais été tenté ; au contraire sur ce point, quand il s'agit de philosophie transcendantale, il faut tout d'abord opérer un dépassement vers la métaphysique. Or en ce qui concerne la métaphysique suivant les principes de *Fichte*[4], je suis si peu d'accord pour la partager que, dans une lettre de réponse, je lui conseillai de cultiver, au lieu de subtilités stériles *(apices)*, son beau don d'exposition de façon à l'appliquer avec profit à la *C.R.P.*, mais je fus éconduit courtoisement avec la déclaration « qu'il ne perdrait cependant pas de vue l'aspect scolastique ». Ainsi la question de savoir si je tiens l'esprit de la philosophie fichtéenne pour un criticisme authentique trouve sa réponse par là même, sans que j'aie besoin de me prononcer sur sa valeur ou sa non-valeur ; puisqu'il ne s'agit pas ici de l'objet dont on juge mais du sujet qui juge, et qu'en ce cas il suffit que je me désolidarise de cette philosophie.

Avec cela je dois cependant remarquer que la prétention
de me prêter le dessein d'avoir simplement voulu produire XII,
une *propédeutique* à la philosophie transcendantale, et non le 3, 397
système même de cette philosophie, m'est incompréhensible[5]. Un tel dessein n'a jamais pu me venir à l'esprit

puisque j'ai moi-même prôné la totalité accomplie de la philosophie pure, dans la *C.R.P.*, comme la meilleure marque de sa vérité. Comme enfin le recenseur affirme que la *Critique* n'est pas à prendre *à la lettre* quant à ce qu'elle enseigne textuellement sur la sensibilité, mais que tout lecteur qui veut comprendre la *Critique* doit d'abord prendre le *point de vue* convenable (celui de Beck[1] ou celui de Fichte), parce que la lettre *kantienne,* tout comme la lettre aristotélicienne, a tué l'esprit[2], je déclare donc ici encore une fois que la *Critique* est à comprendre bien entendu à la lettre, et à considérer uniquement du point de vue de l'entendement commun, pourvu qu'il soit suffisamment cultivé pour ce genre de recherches abstraites.

Un proverbe italien dit : « Que Dieu nous protège seulement de nos amis, pour nos ennemis nous y veillerons bien nous-mêmes[3]. » C'est qu'il y a de soi-disant bons amis, bien intentionnés à notre égard, mais qui dans le choix des moyens propres à favoriser nos desseins, se comportent de travers (maladroitement), et même par moment malhonnêtement et perfidement, méditant notre perte tout en tenant des propos bienveillants *(aliud lingua promptum, aliud pectore inclusum gerere*[4]), et vis-à-vis desquels, et des pièges qu'ils tendent, l'on ne peut être assez sur ses gardes. Mais nonobstant, la philosophie critique, par sa tendance irrésistible à satisfaire la raison au point de vue théorique aussi bien que pratique, doit se sentir convaincue qu'aucun changement des opinions, aucune amélioration postérieure ou édifice doctrinal autrement façonné ne la menace, et qu'au contraire le système de la *Critique,* reposant sur une base pleinement assurée, est ferme pour toujours et même indispensable, pour toute époque future, aux fins suprêmes de l'humanité[5].

Le 7 août 1799 I. KANT.

QUELS SONT LES PROGRÈS DE LA MÉTAPHYSIQUE EN ALLEMAGNE DEPUIS LE TEMPS DE LEIBNIZ ET DE WOLFF?

NOTICE

Le 24 janvier 1788 l'Académie de Berlin mit au concours pour l'année 1791 la question suivante, formulée en français : « Quels sont les progrès réels de la métaphysique en Allemagne depuis le temps de Leibniz *et de Wolff ? » Comme à cette date n'était parvenu que le mémoire de Schwab, collaborateur d'Eberhard, la date limite fut repoussée jusqu'au 1er juin 1795 : parmi la trentaine de mémoires reçus, l'Académie couronna ceux de Schwab,* Reinhold *et Abitch.*

Kant entreprit de donner sa réponse à la question posée, mais, après avoir rédigé trois manuscrits successifs et inachevés, il renonça à concourir. Le *texte traduit ici est celui que publia* Rink *à la mort de Kant en 1804 : il contient, tirée du premier manuscrit, la première partie du mémoire, jusqu'à la fin du premier stade de la métaphysique ; la seconde moitié est tirée du deuxième manuscrit (depuis le début du deuxième stade jusqu'à la fin).* Le *troisième manuscrit, le plus achevé selon* Rink, *ne développait que le tout début de l'ensemble : il est publié dans une rubrique de « suppléments » qui contient également le début du deuxième stade dans le texte du premier manuscrit et quelques remarques de Kant en marge de ses feuilles.* Les *manuscrits originaux demeurant introuvables, l'édition de l'Académie s'est bornée à reprendre les textes publiés par* Rink *en y ajoutant toutefois quelques* Feuilles détachées, *dont on présume que Kant se proposait de les incorporer à son article.*

Le projet de Kant se place dans le contexte polémique qui caractérise à cette période l'oppositon des philosophes critiques et des dogmatiques à l'ancienne mode, regroupés autour d'Eberhard : c'est pourquoi sa rédaction s'efforce d'éviter le vocabulaire technique propre à la Critique de la raison pure *et d'affronter l'ontologie traditionnelle sur son propre terrain.*

JACQUES RIVELAYGUE.

PRÉFACE XX, 7, 259

L'Académie royale des sciences demande qu'on énumère les progrès d'une partie de la philosophie dans une partie de l'Europe savante et ce pour une partie du siècle en cours.

Il semble que ce soit un problème aisé à résoudre, car il est uniquement d'ordre historique ; et de même que les progrès de ces sciences empiriques que sont l'astronomie et la chimie ont déjà trouvé leurs historiens et que d'autre part ceux de l'analyse mathématique ou de la mécanique pure, accomplis dans le même pays à la même époque, trouveront bientôt aussi les leurs, si on le veut, de même il paraît y avoir aussi peu de difficultés pour la science dont il est ici question.

Mais cette science est la métaphysique, ce qui est une tout autre affaire. Celle-là est une mer sans rivage sur laquelle la progression ne laisse aucune trace et dont l'horizon ne contient aucun objectif visible permettant de prendre en compte la distance parcourue pour s'en approcher. À l'égard de cette science qui n'a presque jamais existé qu'en *idée*[1], le problème posé est très difficile, au point de tout simplement faire douter de la possibilité de le résoudre ; et quand bien même on y parviendrait, la condition prescrite, qui est de mettre sous les yeux dans un bref exposé les progrès qu'elle a accomplis, accroît encore cette difficulté. En effet la métaphysique est selon son essence et son dessein ultime un tout achevé : c'est tout ou rien[2] ; ce qu'exige sa fin ultime ne peut donc pas être traité de façon fragmentaire, comme c'est le cas par exemple en mathématique ou dans les sciences de la nature qui progressent toujours à l'infini. Nous allons néanmoins essayer.

La première question et la plus nécessaire est bien :

qu'attend donc au juste la raison de la métaphysique? Quelle fin ultime[1] a-t-elle en vue en l'élaborant? Car c'est la grande, peut-être la plus grande et même l'unique fin ultime que la raison puisse envisager dans sa spéculation, puisque tous les hommes y prennent plus ou moins part et qu'on ne peut concevoir pourquoi, malgré la stérilité constamment manifeste de leurs efforts en ce domaine, il fut pourtant inutile de leur crier qu'ils devraient bien un jour cesser enfin de rouler ce rocher de Sisyphe, si l'intérêt[2]
XX, qu'y prend la raison n'était pas le plus profond que l'on
7, 260 puisse avoir.

Cette fin ultime à laquelle s'ordonne la métaphysique tout entière est facile à découvrir et peut à cet égard en fonder la définition : «C'est la science qui consiste à progresser grâce à la raison de la connaissance du sensible à celle du suprasensible».

Mais par sensible nous n'entendons pas simplement ce dont la représentation est considérée comme rapportée aux sens, mais encore ce qui est rapporté à l'entendement, pourvu que les concepts purs de ce dernier soient pensés dans leur application à des objets des sens et par conséquent en vue d'une *expérience* possible ; ainsi le non-sensible, par exemple le concept de cause qui a son siège et son origine dans l'entendement, peut cependant, en tant qu'il est le moyen de la connaissance d'un objet, être dit appartenir encore au champ du sensible, c'est-à-dire à celui des objets des sens.

L'ontologie[3] est cette science (formant une partie de la métaphysique) qui constitue un système de tous les concepts et principes de l'entendement, mais seulement dans la mesure où ils portent sur des objets qui peuvent être donnés aux sens et donc être justifiés par l'expérience. Elle ne touche pas au suprasensible, qui est cependant la fin ultime de la métaphysique, et n'appartient donc à cette dernière que comme propédeutique, comme entrée ou vestibule de la métaphysique proprement dite, et elle est nommée philosophie transcendantale parce qu'elle renferme les conditions et les premiers éléments de toute notre *connaissance a priori*.

Il ne s'y est pas accompli beaucoup de progrès depuis l'époque d'Aristote. En effet, de même qu'une grammaire est la résolution d'une forme linguistique en ses règles élémentaires, ou la logique quelque chose de semblable pour la forme de la pensée, elle est une résolution de la connaissance en concepts qui résident *a priori* dans l'entendement et qui ont leur usage dans l'expérience, système dont on peut fort bien s'épargner la pénible élaboration, si l'on envisage seulement les règles de l'usage légitime de ces concepts et principes en vue de la connaissance d'expérience, parce que l'expérience confirme ou rectifie toujours cet usage, ce qui ne se produit pas lorsqu'on se propose de progresser du sensible au suprasensible : aussi est-ce bien entendu pour ce projet qu'on doit prendre de façon détaillée et minutieuse la mesure du pouvoir de l'entendement et de ses principes, afin de savoir à partir de quel point et avec quel bâton et quelle perche la raison peut se risquer à franchir l'espace qui sépare les objets d'expérience de ceux qui ne le sont pas. XX,

Or en ce qui concerne l'ontologie, le célèbre Wolff s'est 7, 261 acquis un mérite incontestable par la clarté et la précision dans l'analyse de ce pouvoir, mais non pour avoir étendu la connaissance qu'elle comporte car la matière était épuisée.

Mais la définition donnée ci-dessus, qui indique seulement ce que l'on *attend de* la métaphysique, ne montre point ce qu'il faut *y* faire ; elle ne ferait que la distinguer des autres disciplines comme un enseignement appartenant à la philosophie prise dans son sens spécifique de doctrine de la sagesse[1], et prescrire ses principes à l'usage pratique absolument nécessaire de la raison, ce qui n'a qu'un rapport indirect à la métaphysique entendue comme science scolastique et système de certaines connaissances théoriques *a priori* dont on fait immédiatement son objet. Par suite la définition de la métaphysique selon la notion[2] scolastique sera la suivante : elle est le système de tous les principes de la connaissance par concepts de la raison pure théorique, ou pour abréger, elle est le système de la philosophie pure théorique.

Elle ne renferme donc aucune doctrine pratique de la raison pure, mais bien les doctrines théoriques qui sont au fondement de leur possibilité. Elle ne renferme pas de propositions mathématiques, c'est-à-dire telles qu'elles produisent la connaissance rationnelle par la construction des concepts, mais les principes de la possibilité d'une mathématique en général[3]. Mais par raison, dans cette définition, on entend seulement la faculté de la connaissance *a priori,* c'est-à-dire qui n'est pas empirique.

Or, afin d'avoir une unité de mesure pour évaluer ce qui s'est produit *récemment* en métaphysique, il faut comparer d'une part ce qui y a été fait *depuis toujours* et d'autre part *les deux choses avec ce qui aurait dû y être fait.* Mais nous pourrons faire entrer en ligne de compte à titre de progrès, c'est-à-dire en tant qu'avancée négative, le retour réfléchi et prémédité aux maximes de la manière de penser[4] car même s'il s'est borné à surmonter une erreur enracinée s'étendant au loin par ses conséquences, il peut cependant avoir eu pour effet le bien de la métaphysique, de même que celui qui s'est écarté de la bonne route et qui revient au point dont il était parti afin de reprendre sa boussole est du moins loué de n'avoir ni continué sur la mauvaise route, ni stationné sur place, et de s'être replacé à son point de départ pour s'orienter[5].

Les premiers et les plus anciens pas dans la métaphysique

XX, 7, 262 ne furent pas simplement hasardés à la manière de tentatives hésitantes, ils ont été faits au contraire avec une entière assurance, sans procéder auparavant à des enquêtes soigneuses sur la possibilité des connaissances *a priori.* Quelle fut la cause de cette confiance de la raison en elle-même? La croyance au *succès.* Car dans la mathématique la raison réussit à connaître *a priori* la constitution des choses bien au-delà de toute attente de philosophes : pourquoi ne pourrait-on rencontrer autant de succès en philosophie? Que la mathématique évolue sur le terrain du sensible où la raison peut elle-même construire ses concepts, c'est-à-dire les présenter *a priori* dans l'intuition et ainsi connaître des objets *a priori,* que la philosophie au contraire entreprenne d'étendre la connaissance de la raison par de simples concepts, là où l'on ne peut, à la différence du domaine précédent, placer son objet devant soi, mais où il flotte devant nous comme dans l'air, voilà la différence immense, touchant la possibilité de la connaissance *a priori,* dont il ne vint pas à l'esprit des métaphysiciens de faire un problème important[1]. L'extension de la connaissance *a priori,* même en dehors de la mathématique, au moyen de simples concepts, et le fait qu'elle comporte de la vérité sont suffisamment démontrés par l'accord de tels jugements et principes *avec l'expérience.*

Or quoique le suprasensible, sur lequel porte cependant la fin ultime de la raison dans la métaphysique, n'offre proprement aucun sol pour la connaissance théorique, les métaphysiciens n'en poursuivirent pas moins sans crainte leur chemin le long du fil conducteur de leurs principes ontologiques, qui ont bien certes une origine *a priori,* mais ne valent que pour les objets de l'expérience ; et bien que dans cette voie la prétendue acquisition de vues transcendantes ne pût être confirmée par aucune expérience, elle ne pouvait non plus, précisément parce qu'il s'agit du suprasensible, être contredite par aucune expérience : l'on devait seulement prendre bien garde à ne laisser s'introduire dans ses jugements aucune contradiction interne, ce à quoi l'on peut d'ailleurs bien parvenir quoique ces jugements, et les concepts qui sont à leur base, puissent être au reste tout à fait vides.

Cette démarche des dogmatiques, qui part d'une époque plus ancienne encore que celle de Platon et d'Aristote et va même jusqu'à celle d'un Leibniz et d'un Wolff inclusivement, bien qu'elle ne soit pas la bonne, n'en est pas moins la plus naturellement conforme au but de la raison et à sa conviction illusoire que tout ce qu'elle entreprend par analogie avec le procédé qui lui a réussi doit lui réussir tout aussi bien.

Le second pas, presque aussi ancien, de la métaphysique
XX, 7, 263 fut au contraire un retour en arrière qui aurait été sage et
profitable à la métaphysique s'il n'avait fait que la porter à

son point de départ, non pas cependant pour y demeurer avec la résolution de ne tenter aucune progression ultérieure, mais bien plutôt pour l'effectuer dans une nouvelle direction.

Ce retour en arrière, réduisant à néant toutes les visées ultérieures, se fondait sur l'*insuccès* complet de toutes les tentatives faites en métaphysique. Mais à quoi pouvait-on reconnaître cet insuccès et le naufrage de ses grandes visées? Est-ce par hasard l'expérience qui les réfutait? Nullement! Car ce que la raison affirme être une extension *a priori* de sa connaissance des objets de l'expérience possible, dans la mathématique aussi bien que dans l'ontologie, ce sont là des pas effectifs, qui vont de l'avant et par lesquels elle est sûre de gagner du terrain.

Non, ce sont les projets et présomptions de conquête dans le champ du suprasensible, où il est question de la totalité absolue de la nature, qu'aucun sens ne saisit, ainsi que de Dieu, de la liberté et de l'immortalité : or, en ce qui concerne ces objets et principalement les trois derniers, auxquels la raison prend un intérêt pratique, toute tentative d'extension échoue, mais on ne s'en aperçoit pas par l'effet d'une connaissance plus profonde du suprasensible, une métaphysique supérieure qui nous enseignerait en quelque sorte le contraire de ces opinions : en effet nous ne pouvons les lui comparer, puisque nous n'avons pas cette connaissance qui nous dépasse ; mais c'est parce que dans notre raison résident des principes qui opposent à chaque proposition extensive touchant ces objets une proposition contraire qui a l'air tout aussi bien fondée et que la raison elle-même annule ses propres tentatives[1].

Cette démarche des sceptiques est naturellement un fait d'origine plus tardive, quoique assez ancienne, mais elle persiste toujours en tous lieux chez de fort bons esprits, encore qu'un intérêt tout autre que celui de la raison pure en contraigne plusieurs à dissimuler sur ce point l'impuissance de la raison. L'extension de la doctrine du doute jusqu'aux principes de la connaissance du sensible et à l'expérience elle-même ne peut être tenue décemment pour une opinion sérieuse qui aurait trouvé place à une époque quelconque de la philosophie, mais elle a peut-être consisté à mettre en demeure les dogmatiques de démontrer les principes *a priori* sur lesquels repose la possibilité même de l'expérience et, puisqu'ils n'y parvenaient pas, à leur représenter cette dernière aussi comme douteuse.

Le troisième pas, le plus récent que la métaphysique ait fait et qui doit décider de son destin, c'est la critique de la XX,
raison pure elle-même touchant son pouvoir d'étendre 7, 264
a priori la connaissance humaine en général, qu'elle concerne le sensible ou le suprasensible. Si elle avait accompli ce qu'elle promet, c'est-à-dire déterminer l'ampleur, le contenu et les limites de ce pouvoir, — et si elle l'avait

accompli en Allemagne depuis l'époque de Leibniz et de Wolff, alors le problème de l'Académie royale des sciences serait résolu.

Il y a donc trois stades que la philosophie eut à parcourir en vue de la métaphysique. Le premier fut le stade du dogmatisme, le second celui du scepticisme, le troisième celui du criticisme de la raison pure.

Cet ordre chronologique est fondé dans la nature de la faculté de connaître propre à l'homme. Passés les deux premiers stades, l'état de la métaphysique peut rester flottant pendant des siècles, sautant d'une confiance illimitée de la raison en elle-même à une défiance sans limite et vice versa. Mais grâce à une critique de son pouvoir même, elle aurait été placée dans un état stable tant au dehors qu'au dedans, soit qu'elle n'ait plus besoin d'accroissement
XX, ou de réduction, soit même qu'elle ne s'y prête plus[1].
7, 265

TRAITÉ

On peut apporter la solution au problème proposé en deux sections dont l'une donne l'aspect *formel* de ce procédé de la raison qui consiste à la réaliser en tant que science théorique, tandis que l'autre dérive de ce procédé *l'aspect matériel,* la fin ultime que la raison se propose en métaphysique, que celle-là soit atteinte ou non.

La *première partie* présentera seulement les pas récemment accomplis vers la métaphysique, la *seconde* les progrès de la métaphysique elle-même dans le champ de la raison pure. La première contient l'état récent de la philosophie transcendantale, la seconde celui de la métaphysique proprement dite.

Première section

HISTOIRE DE LA PHILOSOPHIE TRANSCENDANTALE PARMI NOUS À L'ÉPOQUE CONTEMPORAINE

Le *premier pas* accompli dans cette recherche rationnelle est la distinction entre les jugements analytiques et les jugements synthétiques en général[2]. Si elle avait été clairement reconnue du temps de Leibniz ou de Wolff, nous trouverions cette différence non seulement effleurée dans quelque logique ou métaphysique parue depuis, mais même soulignée comme importante. Car un jugement du premier type est toujours *a priori* et lié à la conscience de sa nécessité. Celui du second type peut être empirique et la logique ne peut mentionner la condition sous laquelle XX, pourrait se faire un jugement synthétique *a priori.* 7, 266

Le *second pas,* c'est d'avoir ne serait-ce que soulevé la question : Comment des jugements synthétiques *a priori* sont-ils possibles ? Car, qu'il en existe, c'est ce que prouvent de nombreux exemples de la science générale de la nature, mais surtout de la mathématique pure. *Hume* eut déjà le mérite de citer un cas, celui de la loi de causalité[1], ce qui lui permit de mettre dans l'embarras tous les métaphysiciens. Que serait-il arrivé si lui, ou quelque autre, avait présenté le problème dans sa généralité ! Il aurait fallu laisser de côté la métaphysique tout entière jusqu'à ce qu'il eût été résolu.

Le *troisième pas* est le problème suivant : comment une connaissance *a priori* est-elle possible par jugements synthétiques ? La connaissance est un jugement d'où procède un concept qui a une réalité objective, c'est-à-dire auquel un objet correspondant peut être donné dans l'expérience. Mais toute expérience consiste en l'intuition d'un objet, c'est-à-dire une représentation immédiate et singulière par laquelle l'objet est donné en tant qu'il est à connaître, et en un concept, c'est-à-dire une représentation médiate au moyen d'une caractéristique commune à plusieurs objets et qui permet ainsi de le penser. Aucune de ces deux espèces de représentations, prise en elle-même isolément, ne constitue une connaissance, et, s'il doit y avoir des connaissances synthétiques *a priori,* il doit y avoir aussi des intuitions, comme des concepts, *a priori,* dont la possibilité doit tout d'abord être expliquée, puis la réalité objective démontrée par leur usage nécessaire en vue de la possibilité de l'expérience[2].

Une intuition qui doit être possible *a priori* ne peut concerner que la forme sous laquelle l'objet est intuitionné, car se représenter quelque chose *a priori* signifie s'en faire une représentation avant la perception, c'est-à-dire avant la conscience empirique et indépendamment d'elle. Mais l'empirique dans la perception, la sensation ou l'impression *(impressio)* est la matière de l'intuition, qui ne ferait donc pas de l'intuition une représentation *a priori.* Or une telle intuition, qui concerne simplement la forme, s'appelle une intuition pure qui, si elle doit être possible, doit être indépendante de l'expérience.

Ce n'est pas pourtant la forme de l'objet tel qu'il est constitué en soi, mais celle du sujet, je veux dire du sens, de quelque représentation qu'il soit susceptible, qui rend possible l'intuition *a priori.* Car si cette forme devait être tirée des objets eux-mêmes, nous devrions les percevoir auparavant, et c'est uniquement dans cette perception que nous prendrions conscience de leur constitution[3]. Mais XX, alors ce serait une intuition empirique *a priori*[4]. Si elle est 7, 267 *a priori* ou non, nous pouvons d'ailleurs nous en assurer aussitôt en prenant garde si le jugement qui attribue cette forme à l'objet entraîne avec soi une nécessité ou non, car en ce dernier cas il est simplement empirique.

La forme de l'objet tel qu'il peut être représenté uniquement dans une intuition *a priori* ne se fonde donc pas sur la constitution de cet objet en lui-même, mais sur la constitution naturelle du sujet qui est susceptible d'une représentation intuitive de l'objet, et cet élément subjectif dans la constitution formelle du sens, en tant que réceptivité pour l'intuition d'un objet, est uniquement ce qui rend possible *a priori,* c'est-à-dire antérieurement à toute perception, l'intuition *a priori ;* et alors cette dernière, ainsi que la possibilité de jugements synthétiques *a priori* se laisse fort bien concevoir du côté de l'intuition.

En effet on peut savoir *a priori* comment et sous quelle forme les objets des sens seront intuitionnés : c'est conformément à ce qu'entraîne la forme subjective de la sensibilité, c'est-à-dire la réceptivité du sujet pour l'intuition de cet objet et, à strictement parler, l'on ne devrait pas dire en vérité que c'est la forme de l'objet que nous nous représentons dans l'intuition pure, mais que c'est simplement la condition formelle et subjective de la sensibilité, sous laquelle nous intuitionnons *a priori* les objets donnés.

Il s'agit donc de la constitution propre de notre intuition (humaine) dans la mesure où c'est seulement en tant qu'êtres sensibles qu'il nous est possible de nous représenter des objets. Nous pourrions bien former l'idée d'une espèce de représentation immédiate (directe) d'un objet, qui n'intuitionnât pas ses objets selon les conditions de la sensibilité, mais par l'entendement. Mais nous n'avons aucun concept solide d'une telle possibilité ; il est cependant nécessaire de la penser, afin de ne pas soumettre à notre forme d'intuition tous les êtres qui sont doués de la faculté de connaître. En effet il peut se faire que certaines créatures soient capables d'intuitionner les mêmes objets sous une autre forme ; il peut aussi se faire que ces formes soient les mêmes chez toutes les créatures, et ce nécessairement : nous n'en pénétrons pas pour autant cette nécessité, pas plus que la possibilité d'un entendement suprême qui, affranchi dans sa connaissance tant de la sensibilité que de l'exigence de connaître par concepts, connaît parfaitement les objets dans l'intuition simple (intellectuelle[1]).

Or la Critique de la raison pure démontre, à propos des
XX, représentations d'espace et de temps, qu'elles sont des intui-
7, 268 tions pures telles que précisément nous exigions qu'elles fussent pour servir *a priori* de base à toute notre connaissance des choses, et je puis m'en remettre avec confiance à cette démonstration sans m'inquiéter des objections.

Je tiens seulement à remarquer qu'à l'égard du sens

interne le double moi dans la conscience de soi, celui de l'intuition sensible interne et celui du sujet pensant, paraît à beaucoup supposer deux sujets dans une seule personne[1].

*

Telle est donc la théorie : l'espace et le temps ne sont rien d'autre que des formes subjectives de notre intuition sensible et pas du tout des déterminations relevant des objets en soi, mais c'est uniquement pour cette raison justement que nous pouvons déterminer *a priori* ces intuitions qui sont les nôtres en ayant conscience de la nécessité des jugements qui les déterminent, comme par exemple en géométrie. Or déterminer, c'est juger synthétiquement.

Cette théorie peut s'appeler doctrine de l'idéalité de l'espace et du temps, puisque ces derniers sont représentés comme quelque chose qui n'est pas du tout inhérent aux choses en soi ; c'est une doctrine qui n'est pas une simple hypothèse[2] permettant d'expliquer la possiblité de la connaissance synthétique *a priori,* mais c'est une vérité démontrée, puisqu'il est absolument impossible d'étendre sa connaissance au-delà du concept donné sans mettre sous lui quelque intuition qui, si cette extension doit se faire *a priori,* doit être une intuition *a priori ;* et une intuition *a priori* est également impossible, à moins de la chercher dans la constitution formelle du sujet, et non dans celle de l'objet puisque, dans la première supposition, tous les objets des sens sont représentés dans l'intuition, conformément à cette constitution et doivent donc être connus *a priori,* et conformément à cette constitution, comme nécessaires, au lieu que, si l'on admet l'autre supposition, les jugements synthétiques *a priori* seraient empiriques et contingents, ce qui est contradictoire.

Cette idéalité de l'espace et du temps est toutefois en même temps une doctrine de leur parfaite réalité à l'égard des objets des sens (externe et interne) *en tant que phénomènes*[3], c'est-à-dire en tant qu'intuitions, dans la mesure où leur *forme* est inhérente à la constitution subjective des sens dont la connaissance, puisqu'elle est fondée sur des principes *a priori* de l'intuition pure, permet une science certaine et démontrable ; par suite ce qu'il y a de subjectif[4] dans la constitution sensible au point de vue de son élément matériel, c'est-à-dire de la sensation, comme par exemple un corps que la lumière fait paraître coloré, le son éclatant, XX,
le sel acide, etc., tout cela reste purement subjectif, ne 7, 269
propose dans l'intuition empirique aucune connaissance de l'objet et par suite aucune représentation valable pour tout un chacun, et n'en peut donner aucun exemple, faute de renfermer, comme l'espace et le temps, des données pour des connaissances *a priori,* ou de pouvoir jamais, de manière générale, être mis au rang d'une connaissance des objets.

Il faut remarquer en outre que le phénomène, pris au sens transcendantal, quand on dit des choses : ce *sont* des phénomènes, est un concept qui a une tout autre signification que lorsque je dis : cette chose m'apparaît telle ou telle, ce qui doit désigner son mode physique d'apparition et peut être nommé *apparence* ou aspect. En effet, dans le langage de l'expérience, ces objets des sens sont pensés comme choses en soi puisque je ne puis les comparer qu'à d'autres objets des sens : par exemple le ciel avec toutes ses étoiles, bien qu'il ne soit à vrai dire qu'un simple phénomène ; et si l'on dit de ce dernier qu'il a l'apparence d'une voûte, cette apparence signifie ici ce qu'il y a de subjectif dans la représentation d'une chose, qui peut donner matière à le tenir faussement pour objectif dans un jugement[1].

Et ainsi la proposition : Toutes les représentations des sens ne nous donnent à connaître les objets que comme phénomènes n'a absolument rien de commun avec le jugement suivant lequel elles ne contiendraient que l'apparence des objets, comme le prétendrait l'idéaliste[2].

Mais dans la théorie qui présente tous les objets des sens comme de simples phénomènes, rien de plus étrange ne frappe davantage l'esprit que l'affirmation suivant laquelle je ne puis me connaître moi-même en tant qu'objet du sens interne, c'est-à-dire considéré comme âme, que comme simple phénomène et non selon ce que je suis comme chose en soi ; et cependant la représentation de temps comme simple intuition interne et formelle *a priori* qui est au fondement de toute connaissance de moi-même ne fournit aucun autre moyen d'expliquer la possibilité de reconnaître cette forme comme condition de la conscience de soi.

Ce qu'il y a de *subjectif* dans la forme de la sensibilité et qui sert de fondement *a priori* à toute intuition des objets rend possible pour nous une connaissance *a priori* des objets tels qu'ils nous *apparaissent*. Nous allons maintenant déterminer plus précisément encore cette expression, en interprétant cet élément subjectif comme le mode de représentation suivant lequel notre sens est affecté par des objets, qu'ils soient externes ou internes (c'est-à-dire nous-mêmes), afin de pouvoir dire que nous ne les connaissons
XX, 7, 270 que comme phénomènes.

Je suis conscient de moi-même constitue une pensée qui contient déjà un double moi, le moi comme sujet et le moi comme objet. Comment il peut se faire que moi qui pense *puisse être* pour moi-même un objet (de l'intuition) et qu'ainsi je puisse me distinguer de moi-même, voilà ce qu'il est tout à fait impossible d'expliquer, bien que ce soit un fait indubitable ; mais cela indique une faculté à ce point élevée au-dessus de toute intuition sensible qu'elle a pour conséquence, en tant que fondement de la possibilité d'un entendement, la complète séparation d'avec l'animal, auquel nous n'avons aucun motif d'attribuer la faculté de se dire je à soi-même, et qu'elle s'extériorise en une infinité de représentations et de concepts formés spontanément. Mais on ne veut pas dire par là que la personnalité est double : au contraire seul le moi qui pense et intuitionne est la personne, tandis que le moi de l'objet qui est intuitionné par moi est, comme les autres objets hors de moi, la chose[1].

Du moi pris au premier sens (le sujet de l'aperception), du moi logique comme représentation *a priori* l'on ne peut connaître absolument rien de plus touchant l'être qu'il est et la nature qui le constitue ; il est comme le substantiel[2], ce qui reste quand j'ai éliminé tous les accidents qui lui sont inhérents, mais qu'il est tout à fait impossible de connaître plus avant, puisque les accidents étaient justement ce à quoi je pouvais reconnaître sa nature.

Mais le moi pris au second sens (comme sujet de la perception), le moi psychologique comme conscience empirique, peut faire l'objet de connaissances diverses, parmi lesquelles la forme de l'intuition interne, le temps, est celle qui sert de fondement *a priori* à toutes les perceptions et à leur liaison dont l'appréhension *(apprehensio)* est conforme à la manière dont le sujet est affecté par elles, c'est-à-dire à la condition du temps, dans la mesure où le moi sensible est déterminé par le moi intellectuel à recevoir cette dernière dans la conscience[3].

Qu'il en soit ainsi, toute observation psychologique interne à laquelle nous procéderions peut servir à le prouver et à l'illustrer ; car elle exige qu'au moyen de l'attention nous affections le sens interne, ce qui va même partiellement jusqu'au degré de la fatigue (car les pensées, en tant que déterminations factuelles de la faculté de représentation, appartiennent aussi à la représentation empirique de notre état), pour avoir d'abord dans l'intuition de nous-mêmes une connaissance de ce que nous présente le sens interne, connaissance qui ne nous représente alors nous-mêmes que tels que nous nous apparaissons[4] cependant que XX,
le moi logique désigne le sujet à vrai dire tel qu'il est en 7, 271
soi, dans une conscience pure, non comme réceptivité, mais comme spontanéité pure, sans que sa nature soit pour autant susceptible d'être davantage connue.

DES CONCEPTS « A PRIORI »

La forme subjective de la sensibilité, si elle est appliquée, comme cela doit se produire selon la théorie qui présente ses objets comme des phénomènes, à des objets comme étant leur forme entraîne dans leur détermination une représentation qui est inséparable de cette forme, à savoir la représentation du composé. Car nous ne pouvons nous représenter un espace déterminé autrement qu'en le traçant, c'est-à-dire en ajoutant un espace à un autre, et il en va de même pour le temps[1].

Or la représentation d'un composé en tant que tel n'est pas une simple intuition, mais requiert le concept d'une composition, pour autant qu'il s'applique à l'intution dans l'espace et le temps. Donc ce concept (avec son contraire le simple) est un concept qui n'est pas tiré des intuitions comme une représentation partielle qui y serait contenue, mais c'est un concept fondamental et à vrai dire *a priori*, finalement l'unique concept fondamental *a priori* qui est originairement dans l'entendement au fondement de tous les concepts des objets des sens[2].

Il y aura donc dans l'entendement autant de concepts *a priori* sous lesquels doivent se tenir les objets donnés aux sens, qu'il y a de modes de composition (synthèse) accompagnés de conscience, c'est-à-dire de modes de l'unité synthétique de l'aperception du divers donné dans l'intuition.

Or ces concepts sont les purs concepts intellectuels de tous les objets qui peuvent se présenter à nos sens ; représentés sous le nom de catégories par Aristote, quoique mêlés à des concepts d'une autre espèce, et sous le nom de prédicaments par les scolastiques avec le même défaut, ils auraient bien pu être mis en un tableau systématiquement ordonné, si ce que la logique enseigne de la multiplicité dans la forme des jugements avait commencé par être mené à bien dans l'enchaînement d'un système[3].

L'entendement ne manifeste son pouvoir que dans les jugements, qui ne sont rien d'autre que l'unité de la conscience dans la relation des concepts en général, sans qu'on détermine si cette unité est analytique ou synthé-
XX, tique. Or les purs concepts intellectuels d'objets en général
7, 272 donnés dans l'intuition sont justement les mêmes fonctions logiques, mais seulement en tant qu'elles représentent *a priori* l'unité synthétique de l'aperception du divers donné dans une intuition en général ; ainsi la table des catégories pouvait être complètement tracée de façon parallèle à cette table logique, mais cela ne se fit pas avant la parution de la *Critique de la raison pure*[4].

Mais il faut bien remarquer que ces catégories ou, comme on les appelle par ailleurs, prédicaments ne supposent aucune espèce déterminée d'intuition (du genre de la seule qui soit possible pour nous autres hommes), telle que l'espace et le temps, qui sont des intuitions sensibles, *mais qu'elles ne* sont que des formes de pensée pour le concept d'un objet de l'intuition en général, de quelque espèce qu'elle soit, et même si c'était une intuition suprasensible dont nous ne pouvons nous former aucun concept de manière spécifique. En effet nous devons toujours nous former par l'entendement pur un concept d'un objet dont nous voulons juger quelque chose *a priori*, quand bien même nous trouvons par la suite qu'il nous dépasse et qu'aucune réalité objective ne peut lui être accordée ; en conséquence la catégorie ne dépend pas en elle-même des formes de la sensibilité, espace et temps, mais elle peut également prendre pour appui d'autres formes qui ne sont pas du tout pensables pour nous, dès lors qu'elles concernent seulement l'élément subjectif qui précède *a priori* toute expérience et rend possible des jugements synthétiques *a priori*[1].

Relèvent encore des catégories, en tant que concepts originaires de l'entendement, les prédicables[2] qui résultent de leur composition et sont donc des concepts *a priori* dérivés, soit purement intellectuels, soit conditionnés par le sensible : on pourrait donner comme exemple des premiers l'existence représentée comme grandeur, c'est-à-dire la durée, ou bien le changement, comme existence soumise à des déterminations opposées ; comme exemple des seconds, le concept de mouvement comme changement de lieu dans l'espace, et on pourrait de la même façon en faire une énumération complète et les représenter systématiquement en une table.

★

La philosophie transcendantale, c'est-à-dire la théorie de la possibilité de toute connaissance *a priori* en général qui est la critique de la raison pure dont les éléments ont été à présent exposés de façon complète, a pour but la fondation d'une métaphysique dont le but à son tour, en tant que fin ultime de la raison, vise à l'extension de cette dernière depuis les limites du sensible jusqu'au champ du suprasensible, ce qui constitue un dépassement[3] qui, de XX,
peur qu'il ne devienne un saut périlleux, ne réalisant certes 7, 273
pas un progrès continu dans l'ordre des principes, rend nécessaire une réflexion ralentissant la progression aux limites des deux domaines.

De là suit la division des stades de la raison pure en trois : la doctrine de la science[4], comme progrès assuré, la doctrine du doute, comme suspension, et la doctrine de la sagesse, comme dépassement vers la fin ultime de la métaphysique ; de sorte que la première contiendra une doctrine théoriquement dogmatique, la seconde une discipline sceptique et la troisième une discipline pratiquement dogmatique.

DE L'ÉTENDUE DE L'USAGE THÉORIQUEMENT DOGMATIQUE DE LA RAISON PURE

Le contenu de cette section est la proposition suivante :

L'étendue de la connaissance théorique de la raison pure ne va pas au-delà des objets des sens.

Cette proposition, si on l'explicite, contient les deux propositions suivantes :

1° La raison comme faculté de connaître les choses *a priori* s'applique aux objets des sens ;

2° Dans son usage théorique elle eſt certes capable de concevoir, mais non de connaître théoriquement ce qui ne peut être un objet des sens.

La preuve de la première proposition implique qu'on examine comment une connaissance *a priori* d'objets des sens eſt possible, faute de quoi nous ne serions pas bien certains que les jugements sur ces objets sont aussi, dans le fait, des connaissances ; quant à ce qui concerne leur qualité de jugements *a priori,* elle s'annonce d'elle-même par la conscience de leur nécessité.

Pour qu'une représentation soit une connaissance (j'entends toujours ici une connaissance théorique), il faut que le concept et l'intuition d'un objet soient liés dans la même représentation, en sorte que le premier soit représenté de la façon dont il contient sous lui la seconde. Si donc un concept eſt emprunté à la représentation sensible, c'eſt-à-
XX, dire s'il eſt empirique, alors il contient à titre de caractéris-
7, 274 tique, c'eſt-à-dire de représentation partielle, ce qui était déjà saisi dans l'intuition sensible et il ne se diſtingue de l'intuition des sens que selon la forme logique, c'eſt-à-dire la valeur de généralité, comme par exemple le concept d'un animal quadrupède dans la représentation d'un cheval.

Mais si le concept eſt une catégorie, un concept pur de l'entendement, il se trouve hors de toute intuition et pourtant une intuition doit être placée sous lui s'il doit être utilisé pour connaître ; et si cette connaissance doit être *a priori,* ce doit être une intuition pure, et ce de manière conforme à l'unité synthétique de l'aperception du divers de l'intuition qui eſt pensée au moyen de la catégorie ; c'eſt-à-dire que la faculté de représentation doit mettre un schème *a priori* sous le concept pur de l'entendement, faute de quoi il ne pourrait avoir le moindre objet, ni par suite servir à aucune connaissance[1].

Or, puisque toute connaissance dont l'homme eſt capable eſt sensible et que son intuition *a priori* eſt l'espace et le temps, qui tous deux ne représentent les objets que comme objets des sens et non comme choses en général, ainsi notre connaissance théorique en général, bien qu'elle puisse être *connaissance a priori,* eſt cependant reſtreinte aux objets des sens, et peut procéder certes de manière dogmatique à l'intérieur de ce périmètre au moyen de lois qu'elle prescrit *a priori* à la nature en tant qu'ensemble des objets des sens, mais elle ne peut jamais sortir hors de ce cercle pour s'étendre de façon également théorique avec ses concepts.

La connaissance des objets des sens comme tels, c'eſt-à-

dire par représentations empiriques dont on est conscient (au moyen de perceptions liées), est l'expérience. Par conséquent notre connaissance théorique ne s'élève jamais au-dessus du champ de l'expérience. Or, puisque toute connaissance théorique doit s'accorder avec l'expérience, ce ne sera possible que de l'une ou l'autre de ces manières : ou bien l'expérience est le fondement de notre connaissance, ou bien la connaissance le fondement de l'expérience[1]. S'il y a donc une connaissance synthétique *a priori*, il n'y a pas d'autre issue que d'admettre qu'elle doit contenir aussi les conditions *a priori* de la possibilité de l'expérience en général. Mais alors elle contient aussi les conditions de possibilité des objets de l'expérience en général, car ce n'est qu'au moyen de l'expérience qu'ils sont pour nous des objets connaissables[2]. D'autre part, les principes *a priori* suivant lesquels seuls l'expérience est possible sont les formes des objets, l'espace et le temps, et les catégories qui renferment l'unité synthétique *a priori* de la conscience, en tant que des représentations empiriques XX,
peuvent être subsumées sous elle. 7, 275

Le problème suprême de la philosophie transcendantale est donc : Comment l'expérience est-elle possible ?

Le principe posant que toute connaissance commence à partir de l'expérience concerne une *quaestio facti* qui ne relève donc pas de notre sujet, et le fait est admis sans hésitation. Mais quant à savoir si elle doit être aussi dérivée uniquement de l'expérience comme fondement suprême de la connaissance, c'est une *quaestio juris* telle qu'une réponse affirmative introduirait l'empirisme de la philosophie transcendantale, une réponse négative son rationalisme[3].

La première réponse est une contradiction interne : car si toute connaissance est d'origine empirique, alors, malgré la réflexion et son principe logique qui peut être fondé *a priori* dans l'entendement et qu'on peut toujours admettre, l'élément synthétique de la connaissance, qui exprime l'essentiel de l'expérience, sera purement empirique et possible seulement comme connaissance *a posteriori*, et la philosophie transcendantale elle-même sera un non-sens[4].

Comme on ne peut cependant contester l'existence de propositions qui prescrivent *a priori* des règles à l'expérience possible, comme par exemple : *Tout changement a sa cause*, ni contester leur universalité et leur nécessité strictes, ni le fait qu'elles sont malgré tout synthétiques, l'empirisme, qui fait passer toute cette unité synthétique de nos représentations dans la connaissance pour une simple affaire d'habitude[5], est tout à fait insoutenable, et il y a une philosophie transcendantale solidement fondée dans notre raison comme le manifeste aussi le fait que, si on voulait se la représenter comme se niant elle-même, on entrerait dans un autre problème absolument insoluble. D'où les objets des sens reçoivent-ils l'enchaînement et la régularité de leur coexistence? D'où vient qu'il est possible à l'entendement de les appréhender sous des lois universelles et d'en découvrir l'unité selon des principes, unité à laquelle le seul principe de contradiction ne suffit point, puisqu'on doit alors inévitablement faire appel au rationalisme[1]?

Si donc nous nous trouvons contraints de rechercher un principe *a priori* de la possibilité de l'expérience, la question se pose ainsi : Quel est-il? Toutes les représentations qui constituent l'expérience peuvent être mises au compte de la sensibilité, à l'exception d'une seule, celle du composé comme tel.

Puisque la composition ne peut tomber sous les sens,
XX, mais que nous devons la faire nous-mêmes, elle n'appar-
7, 276 tient pas à la réceptivité de la sensibilité, mais à la spontanéité de l'entendement, comme concept *a priori*[2].

Espace et temps, considérés subjectivement, sont des formes de la sensibilité, mais pour s'en faire un concept, comme objets de l'intuition pure (concept sans lequel nous ne pourrions absolument rien en dire), il faut nécessairement le concept *a priori* d'un composé, donc de la composition (synthèse) du divers, et par conséquent l'unité synthétique de l'aperception dans la liaison de ce divers[3]; cette unité de la conscience exige, conformément à la diversité des représentations intuitives des objets dans l'espace et le temps, diverses fonctions pour les lier ; celles-là se nomment catégories et sont des concepts *a priori* de l'entendement qui sans doute, prises en elles-mêmes, ne fondent encore aucune *connaissance* d'un objet en général, mais bien celle de l'objet donné dans l'intuition empirique, ce qui serait alors l'expérience. Mais l'empirique, c'est-à-dire ce par quoi un objet est représenté comme donné quant à son existence, se nomme sensation *(sensatio, impressio)*; celle-là constitue la matière de l'expérience et se nomme perception quand elle est accompagnée de conscience, et il doit s'y ajouter la forme, c'est-à-dire l'unité synthétique de son aperception dans l'entendement, laquelle est donc pensée *a priori*, pour produire l'expérience comme connaissance empirique ; à cet effet, puisque nous ne percevons pas immédiatement l'espace et le temps eux-mêmes comme ce en quoi nous devons assigner par concept sa place à chaque objet de la perception, il est nécessaire qu'il y ait des principes *a priori* d'après de simples concepts de l'entendement qui démontrent leur réalité grâce à l'intuition sensible et, en liaison avec celle-là *d'après sa forme donnée a priori*, rendent possible l'expérience qui est une connaissance *a posteriori* tout à fait certaine[4].

★

Mais contre cette certitude s'élève, pour ce qui concerne

l'expérience externe, un doute grave : l'on ne se demande pas si la connaissance de l'objet par l'expérience contient quelque incertitude, mais si l'objet que nous plaçons hors de nous ne peut pas par hasard être toujours en nous, et s'il n'est pas tout à fait impossible de reconnaître avec certitude quelque chose hors de nous comme tel[1]. Si on laissait cette question totalement en suspens, la métaphysique ne perdrait rien de ses progrès, puisque les perceptions et, en elles, la forme de l'intuition à partir desquelles nous constituons l'expérience au moyen des catégories selon des principes peuvent fort bien être toujours en nous : que quelque chose y corresponde aussi hors de nous XX,
ou non, cela ne fait aucun changement dans l'extension de 7, 277
la connaissance, dans la mesure où, à cet effet, faute d'atteindre les objets, nous pouvons nous en tenir à notre seule perception, qui est toujours en nous[2].

★

De là suit le principe de la division de la métaphysique entière : du suprasensible il n'y a, pour ce qui concerne la faculté spéculative de la raison, aucune connaissance possible *(noumenorum non datur scientia)*.

Voilà ce qui, à l'époque moderne, s'est produit dans la philosophie transcendantale et a dû s'y produire avant que la raison ait pu faire un pas dans la métaphysique proprement dite, voire un seul pas dans sa direction, cependant que la philosophie de Leibniz et de Wolff poursuivait tranquillement d'un autre côté son chemin en Allemagne, en croyant avoir mis entre les mains des philosophes, en plus du vieux principe aristotélicien de contradiction, une nouvelle boussole pour se diriger, à savoir le principe de raison suffisante[3] pour l'existence des choses, distincte de leur simple possibilité par concepts, et le principe de la différence entre les représentations obscures, claires mais confuses, et les distinctes, pour différencier l'intuition de la connaissance par concepts[4]. Cependant, malgré tout ce travail, elle demeurait toujours sans le savoir dans le champ *de la logique*[5], ne faisait aucun pas vers la métaphysique, encore moins quelque acquisition en ce domaine, et démontrait ainsi qu'elle n'avait pas la moindre connaissance distincte de la différence entre les jugements synthétiques et les analytiques.

La proposition : « Tout a sa raison » qui se rattache à cette autre : « Tout est une conséquence » ne peut relever que de la logique, et elle n'établit de différence qu'entre les jugements qui sont pensés de façon problématique et ceux qui doivent valoir de façon assertorique ; cette proposition est purement analytique, puisque, si elle devait valoir pour les choses, c'est-à-dire si toutes les choses ne devaient être envisagées que comme conséquences de l'existence d'autres

choses, la raison suffisante, qu'on envisageait pourtant, ne serait trouvée nulle part ; contre cette absurdité on chercherait alors refuge dans la proposition énonçant qu'une chose *(ens a se)* a bien toujours une raison de son existence, mais en elle-même, c'est-à-dire existe comme conséquence d'elle-même ; l'on voit ici que, si l'absurdité ne doit pas être manifeste[1], la proposition ne peut valoir pour les choses,
XX, 7, 278 mais seulement pour les jugements et à vrai dire simplement pour les jugements analytiques. Par exemple la proposition : « Tout corps est divisible » a certes une raison et en vérité en elle-même, c'est-à-dire qu'elle peut être envisagée comme la conclusion du prédicat à partir du concept du sujet selon le principe de contradiction, donc selon le principe des jugements analytiques ; par conséquent elle est fondée simplement sur un principe *a priori* de la logique et ne fait pas le moindre pas dans le champ de la métaphysique, où il importe d'étendre la connaissance *a priori,* ce à quoi les jugements analytiques ne contribuent en rien. Mais si le prétendu métaphysicien voulait introduire, en plus du principe de contradiction, le principe également logique de raison suffisante, il n'aurait pas encore fait un dénombrement complet de la modalité des jugements, car il devrait aussi ajouter le principe d'exclusion d'un tiers entre deux jugements opposés entre eux contradictoirement : alors il aurait en effet établi les principes logiques de la possibilité, de la vérité ou réalité logique et de la nécessité des jugements dans les jugements problématiques, assertoriques et apodictiques en tant qu'ils sont soumis à un unique principe, celui des jugements analytiques. Cette omission prouve que le métaphysicien lui-même n'était même pas au clair avec la logique en ce qui concerne la complétude de la division.

Quant au principe leibnizien de la différence logique entre l'indistinction et la distinction des représentations, il affirme que la première espèce de représentations, que nous avons appelée simple intuition, n'est à proprement parler que le concept confus de leur objet, et par suite que l'intuition ne diffère du concept des choses que selon le degré de conscience et non de façon spécifique, en sorte par exemple que l'intuition d'un corps, accompagnée de la conscience complète de toutes les représentations contenues en elle, donnerait le concept de ce corps comme agrégat de monades ; à l'encontre de cela, le philosophe critique remarquera qu'à ce compte la proposition : « Les corps sont *constitués de monades* » pourrait résulter de l'expérience simplement par décomposition de la perception, pourvu que nous puissions avoir une vue assez perçante (avec une conscience convenable des représentations partielles). Mais, puisque la coexistence de ces monades est représentée comme possible seulement dans l'espace, ce métaphysicien de la vieille souche doit nous faire prendre l'espace pour une représentation simplement empirique et confuse de la juxtaposition d'éléments divers extérieurs les uns aux autres[1].

Mais alors comment eſt-il en état d'affirmer comme apodiƈtique *a priori* la proposition énonçant que l'espace a trois dimensions ? Car même de la conscience la plus claire de toutes les représentations partielles d'un corps, il n'aurait pu tirer qu'il doive en être ainsi, mais tout au plus qu'il en eſt ainsi, comme le lui enseigne la perception. Mais s'il admet l'espace avec sa propriété d'avoir trois dimensions comme quelque chose de nécessaire et qui sert de fondement *a priori* à toute représentation des corps, comment va-t'il s'expliquer cette nécessité qu'il ne peut pourtant éliminer par des arguties, puisque, selon ses propres affirmations, cette sorte de représentation a une origine simplement empirique, laquelle ne procure aucune nécessité[2] ? Or s'il veut se dérober aussi devant cette exigence et admettre l'espace avec cette propriété, quelle que puisse être la nature de cette représentation prétendument confuse, alors la géométrie et par conséquent la raison lui démontrent non par des concepts qui flottent en l'air, mais par la conſtruƈtion des concepts, que l'espace et par suite aussi ce qui l'emplit, le corps, ne sont absolument pas composés de parties simples ; quoique par ailleurs, si nous voulions nous rendre compréhensibles par simples concepts la possibilité de ce dernier, nous dussions assurément, en commençant par les parties et en passant de là au composé, prendre le simple pour fondement ; et ainsi on eſt donc contraint d'avouer que l'intuition (l'espace eſt une représentation de ce type) et le concept sont des genres de représentation tout à fait spécifiquement différents, et qu'on ne peut transformer l'un en l'autre en dissipant simplement la confusion de la représentation[3]. La même remarque vaut aussi pour la représentation du temps ! XX, 7, 279

DE LA FAÇON DE PROCURER UNE RÉALITÉ OBJECTIVE AUX CONCEPTS DE L'ENTENDEMENT ET DE LA RAISON

Représenter un concept pur de l'entendement comme pensable dans un objet d'expérience possible, c'eſt lui procurer une réalité objeƈtive et, de manière générale, le présenter. Là où on ne peut y parvenir, le concept eſt vide, c'eſt-à-dire qu'il ne parvient à aucune connaissance. Quand cette opération attribue direƈtement *(direƈte)* la réalité objeƈtive au concept au moyen de l'intuition qui lui correspond, c'eſt-à-dire quand elle le présente immédiatement, elle se nomme schématisme ; quand au contraire le concept ne peut être présenté immédiatement, mais seu-

lement dans ses conséquences *(indirecte)*, elle peut être appelée symbolisation du concept[1]. La première opération a lieu pour les concepts du sensible, on a recours à la seconde pour les concepts du suprasensible qui ne peuvent donc être présentés à proprement parler ni donnés dans
XX, aucune expérience possible, mais relèvent pourtant néces-
7, 280 sairement d'une connaissance, ne serait-elle possible qu'à titre pratique.

Le symbole d'une idée (ou d'un concept de la raison) est une représentation de l'objet suivant l'analogie[2], c'est-à-dire un rapport à certaines conséquences identique à celui qui rattache l'objet en lui-même à ses propres conséquences, quoique les objets eux-mêmes soient d'une espèce toute différente : par exemple, quand je me représente certains produits de la nature, comme les êtres organisés, les animaux ou les plantes, dans leur rapport à leur cause de la même façon qu'une horloge dans son rapport à l'homme qui l'a créée, je me représente bien le rapport de causalité en général en tant que catégorie, comme identique dans les deux cas, mais le sujet de ce rapport me demeure inconnu quant à sa constitution et donc lui seul peut être présenté, mais nullement cette dernière.

De cette manière je puis donc, sans avoir certes une connaissance théorique proprement dite du suprasensible, par exemple de Dieu, avoir du moins une connnaissance par analogie et à vrai dire celle que la raison doit nécessairement penser ; les catégories en sont le fondement, puisqu'elles appartiennent nécessairement à la forme de la pensée, que cette dernière soit orientée vers le sensible ou vers le suprasensible, en dépit du fait et même justement à cause du fait qu'elles ne déterminent encore par elles-mêmes aucun objet et ne constituent aucune connaissance.

DU CARACTÈRE ILLUSOIRE DE LA TENTATIVE D'ACCORDER UNE RÉALITÉ OBJECTIVE AUX CONCEPTS DE L'ENTENDEMENT MÊME EN DEHORS DE LA SENSIBILITÉ

Suivant les simples concepts de l'entendement, c'est une contradiction que de penser deux choses extérieures l'une à l'autre et qui seraient pourtant tout à fait identiques du point de vue de toutes leurs déterminations internes (de la quantité et de la qualité) ; ce n'est jamais qu'une seule et même chose pensée deux fois (numériquement une).

Tel est le principe des indiscernables[3] de Leibniz, auquel il n'attache pas la moindre importance, mais qui choque néanmoins fortement la raison, car on ne peut concevoir pourquoi une goutte d'eau en un lieu devrait empêcher qu'une goutte d'eau en tous points semblable ne se trouvât en un autre lieu. Mais le fait d'être choqué prouve aussitôt que les choses dans l'espace, pour être connues, ne doivent pas être représentées simplement par des concepts de l'entendement comme choses en soi, mais aussi selon leur intuition sensible comme phénomènes ; et cela prouve que l'espace n'est pas une constitution ou un rapport des choses en soi, comme Leibniz l'admettait, et que les concepts purs de l'entendement ne procurent par eux-mêmes aucune connaissance.

Deuxième section XX, 7, 281

DE CE QUI A ÉTÉ OBTENU DEPUIS L'ÉPOQUE DE LEIBNIZ ET DE WOLFF TOUCHANT L'OBJET DE LA MÉTAPHYSIQUE, C'EST-À-DIRE SA FIN ULTIME

On peut diviser les progrès de la métaphysique durant cette période en *trois stades :* le *premier* est celui du *progrès* théoriquement dogmatique, le *deuxième* celui de la *suspension* sceptique, le *troisième* celui où la métaphysique donne à son trajet un *accomplissement* pratiquement dogmatique et où elle parvient à sa fin ultime*. Le premier suit son cours uniquement à l'intérieur des limites de l'ontologie, le deuxième dans celles de la cosmologie transcendantale ou pure qui, comme doctrine de la nature, c'est-à-dire cosmologie appliquée, concerne aussi la métaphysique de la nature matérielle et pensante, l'une comme objet du sens externe, l'autre comme objet du sens interne *(physica et psychologia rationalis)* selon ce qui en est connaissable *a priori.* Le troisième stade est celui de la théologie, avec toutes les connaissances *a priori* qui y conduisent et la rendent nécessaire. On omettra ici à bon droit une psychologie empirique qui s'est insérée épisodiquement dans la métaphysique suivant l'usage universitaire[1].

PREMIER STADE DE LA MÉTAPHYSIQUE DANS LE TEMPS ET LE PAYS DÉSIGNÉS

En ce qui concerne la décomposition des concepts purs de l'entendement et des principes *a priori* utilisés pour la connaissance d'expérience, ce qui est l'objet de l'ontologie, on ne peut contester aux deux philosophes cités, et surtout à l'illustre Wolff, le grand mérite d'avoir mis en œuvre

* Voir ci-dessus[2].

davantage de distinction, de précision et d'efforts pour approfondir les démonstrations qu'on ne l'avait fait en quelque époque précédente ou hors d'Allemagne dans le domaine de la métaphysique. Mais sans même relever le manque d'intégralité, dû à ce qu'aucune critique n'avait encore dressé une table des catégories suivant un principe ferme, l'on notait l'absence de toute intuition *a priori*, car
XX, cette dernière n'était pas du tout reconnue comme prin-
7, 282 cipe ; bien plus Leibniz l'intellectualisait, c'est-à-dire la transformait en simple concept confus, et il y trouvait donc motif à tenir pour impossible ce qu'il ne pouvait se rendre représentable par simples concepts d'entendement, et ainsi à établir des principes qui font violence au bon sens et n'ont aucune solidité. On trouvera ci-dessous les exemples de l'aberration où conduisent de tels principes.

1° Le principe de l'identité des indiscernables *(principium identitatis indiscernabilium*[1]*)* pose que, si de A et de B qui sont entièrement identiques du point de vue de leurs déterminations internes (de la qualité et de la quantité) nous formons un concept tel qu'il désigne deux choses, nous nous trompons et que nous devons les prendre pour une seule et même chose *(numero eadem)*. Qu'il soit pourtant possible de les distinguer par leurs places dans l'espace, puisque des espaces tout à fait semblables et égaux peuvent être représentés comme extérieurs l'un à l'autre, sans qu'on puisse dire pour autant qu'ils forment un seul et même espace, car à ce compte nous pourrions ramener tout l'espace infini à un pouce cube et moins encore, voilà ce qu'il ne pouvait concéder : en effet il n'admettait qu'une distinction par concepts, et ne voulait pas reconnaître un genre de représentation spécifiquement distinct du concept, à savoir l'intuition et bien sûr l'intuition *a priori*. Il croyait plutôt qu'il fallait dissoudre celle-là en purs concepts de coexistence et de succession, et il heurtait ainsi le bon sens, qui ne se laissera jamais persuader que, lorsqu'une goutte d'eau est en un lieu, elle empêche une goutte d'eau tout à fait semblable et égale d'exister en un autre lieu.

2° Son principe de raison suffisante[2], puisqu'il ne croyait pas pouvoir lui soumettre une intuition *a priori*, mais qu'il en ramenait la représentation à de simples concepts *a priori*, engendrait les conséquences suivantes : toutes choses, considérées métaphysiquement, devaient être composées de réalité et de négation, d'être et de non-être, comme chez Démocrite toutes les choses de l'univers l'étaient d'atomes et de vide, et le fondement d'une négation ne pouvait être autre chose que l'absence de fondement par quoi quelque chose soit posé, c'est-à-dire l'absence de réalité ; et c'est ainsi qu'il fit surgir à partir de tout ce qu'on appelle les maux métaphysiques, en les unissant aux biens de même espèce, un monde fait seulement de lumière et d'ombre, sans prendre en considération que, pour placer un espace

dans l'ombre, il faut qu'existe un corps et donc quelque chose de réel qui fasse obstacle à la pénétration de la lumière dans l'espace. Selon lui, la douleur n'aurait comme XX,
fondement que le manque de plaisir, le vice le manque de 7, 283
tendances vertueuses et le passage au repos d'un corps en mouvement que le manque de force motrice, puisque d'après de simples concepts une réalité = *a* ne peut être opposée à la réalité = *b*, mais seulement au manque = o. Il ne prenait pas en considération le fait que dans l'intuition, par exemple dans l'intuition externe *a priori*, c'est-à-dire l'espace, il peut se produire une opposition entre un terme réel (la force motrice) et un autre terme réel, à savoir une force motrice de direction opposée, qu'ainsi également, par analogie, dans l'intuition interne, des mobiles réels opposés l'un à l'autre peuvent être réunis dans un même sujet, et que la conséquence, connaissable *a priori*, de ce conflit entre réalités peut être une négation ; mais bien sûr il aurait dû pour cela admettre des directions opposées l'une à l'autre qui ne se laissent représenter que dans l'intuition et non en de simples concepts ; c'est alors que prit naissance ce principe qui heurte le bon sens et même la morale suivant lequel tout mal est en tant que fondement = o, c'est-à-dire simple limitation ou, comme disent les métaphysiciens, le formel[1] des choses. Ainsi donc son principe de raison suffisante, comme il le posait dans de simples concepts, ne lui fut pas du moindre secours pour aller au-delà du principe des jugements analytiques, qui est le principe de contradiction, ni pour s'étendre synthétiquement *a priori* au moyen de la raison.

3° Son système de l'harmonie préétablie[2], bien qu'il eût au fond pour but d'expliquer la communauté de l'âme et du corps, devait préalablement viser à expliquer de manière générale la possibilité d'une communauté de substances différentes qui leur permet de constituer un tout, et il était bien sûr inévitable d'en venir là puisque les substances, en vertu de leur seul concept et si rien d'autre ne s'y ajoute, doivent être représentées comme complètement isolées ; en effet, puisque chacune, en vertu de sa subsistance, s'oppose à l'inhérence d'un accident fondé sur une autre substance, et qu'au contraire, quoiqu'il en existe plusieurs de différentes, l'une ne peut en rien dépendre de l'autre, même si elles dépendent toutes d'une troisième (l'être originaire) comme des effets de leur cause, il n'y a pas la moindre raison pour que les accidents d'une substance doivent se fonder, quant à leur état, sur une substance extérieure de même espèce. Si donc elles doivent pourtant, en tant que substances du monde, se trouver en communauté, celle-là doit être seulement idéale et ne peut être une influence réelle (physique), parce que cette dernière implique la XX,
possibilité de l'action réciproque comme se comprenant à 7, 284
partir de leur simple existence (ce qui n'est pas le cas) ;

c'est-à-dire que l'on doit tenir l'auteur de leur existence pour un artiste qui, soit selon l'occasion, soit dès le commencement du monde, modifie[1] ou a déjà disposé ces substances, complètement isolées en elles-mêmes, en sorte qu'elles s'harmonisent entre elles d'une façon équivalente à l'enchaînement de cause à effet, comme si elles influaient effectivement l'une sur l'autre. C'est donc ainsi que devait naître, le système des causes occasionnelles ne paraissant pas si apte que lui à expliquer à partir d'un unique principe, le *systema harmoniae praestabilitae*, la plus admirable fiction que la philosophie ait forgée, simplement parce que tout devait être expliqué et rendu compréhensible par concepts.

Si l'on admet au contraire l'intuition pure de l'espace telle qu'elle serve *a priori* de fondement à toutes les relations extérieures et ne forme qu'un seul espace, alors toutes les substances se trouvent par là liées par des rapports qui rendent possible l'influence physique et elles constituent un tout, de sorte que tous les êtres en tant que choses dans l'espace, ne constituent ensemble qu'un seul monde et ne peuvent être plusieurs mondes extérieurs l'un à l'autre, alors que la thèse de l'unité du monde, si elle doit être soutenue au moyen de simples concepts, sans se fonder sur cette intuition, ne peut absolument pas être démontrée.

4° Sa monadologie. Selon de simples concepts, toutes les substances du monde sont ou bien simples ou bien composées de simples. Car la composition n'est qu'une relation sans laquelle elles devraient tout de même conserver leur existence comme substances ; or ce qui reste, si je supprime toute composition, c'est le simple. Donc tous les corps, si on les pense simplement au moyen de l'entendement comme agrégats de substances, sont constitués de substances simples. Mais toutes les substances, outre leurs relations entre elles et en dehors des forces grâce auxquelles elles peuvent avoir une influence l'une sur l'autre, doivent bien avoir certaines déterminations réelles qui leur soient intrinsèquement inhérentes ; autrement dit, il ne suffit pas de leur attribuer des accidents qui consistent seulement en relations extérieures, mais il faut encore leur en accorder qui se rapportent simplement au sujet, c'est-à-dire qui soient internes. Or nous ne connaissons pas de déterminations réelles internes qui puissent être attribuées à un être simple, si ce n'est les représentations et ce qui en dépend ; mais, comme on ne peut les attribuer aux corps, on doit
XX, les attribuer à leurs parties simples, si on ne veut pas les
7, 285 tenir, en tant que substances, pour intrinsèquement tout à fait vides. Or des substances simples qui ont en elles-mêmes la faculté de représentation, c'est ce que Leibniz a nommé monades. Ainsi les corps sont constitués de monades qui sont des miroirs de l'univers, autrement dit qui sont dotées de pouvoirs de représentation ne se distinguant de ceux des substances pensantes que par le manque de conscience, ce

qui les fait nommer monades sommeillantes ; nous ne savons pas si la destinée ne va pas les éveiller un jour, si elle n'en a pas peut-être déjà fait passer peu à peu une infinité à l'état de veille et ne les a pas fait retomber à nouveau dans le sommeil pour les réveiller encore un jour et les élever peu à peu, alors qu'elles sont des âmes animales, à l'état d'âme humaine, et ainsi de suite jusqu'à des degrés supérieurs[1] ; c'est une sorte de monde enchanté que cet homme illustre n'a pu être conduit à admettre que pour avoir pris les représentations des sens, comme phénomènes, non pas, ainsi qu'il aurait dû, pour un genre de représentation tout à fait différent de tout concept, à savoir une intuition, mais pour une connaissance semblable, à la confusion près, à celle que procurent les concepts qui ont leur siège dans l'entendement et non dans la sensibilité.

Le principe *de l'identité des indiscernables,* le principe *de raison suffisante,* le système de *l'harmonie préétablie,* enfin la *monadologie* constituent ensemble la nouveauté que *Leibniz* et après lui *Wolff,* dont le mérite de métaphysicien fut beaucoup plus grand en philosophie pratique, ont tenté d'apporter à la métaphysique de la philosophie théorique. Quant à savoir si ces tentatives méritent d'être nommées des progrès de cette science, lors même qu'on ne conteste pas qu'elles ont bien pu y préparer, c'est une question où l'on peut, à la fin de ce stade, continuer à s'en remettre au jugement de ceux qui ne se laissent pas égarer là-dessus par de grands noms.

*

À la partie théoriquement dogmatique de la métaphysique appartient aussi la théorie rationnelle générale de la nature, c'est-à-dire la philosophie pure portant sur les objets des sens, ceux des sens externes, ou théorie rationnelle des corps, et ceux du sens interne, ou théorie rationnelle de l'âme, qui applique les principes de la possibilité d'une expérience en général à une double espèce de perceptions, sans prendre pour fondement quelque donnée empirique autre que le fait qu'il y a deux objets de ce genre. Dans les deux cas, il ne peut y avoir de science XX,
qu'autant que la mathématique, c'est-à-dire la construction 7, 286
des concepts, peut y être appliquée ; par suite la spatialité des objets de la physique est susceptible de plus de connaissances *a priori* que la forme temporelle qui est au fondement de l'intuition effectuée au moyen du sens interne et n'a qu'une dimension[2].

Les concepts d'espace plein et vide, de mouvement et de forces motrices peuvent et doivent, dans la physique rationnelle, être ramenés à leurs principes *a priori,* tandis que, dans la psychologie rationnelle, l'on ne peut se représenter davantage de principes *a priori* que le concept de l'immatérialité d'une substance pensante, le concept de son changement et de l'identité de la personne au sein de tous les changements ; tout le reste est psychologie empirique ou plutôt n'est qu'anthropologie, car on peut démontrer qu'il nous est impossible de savoir si, sans le corps, le principe de vie en l'homme *(l'âme)* a quelque pouvoir dans le domaine de la pensée, et quel est ce pouvoir[1] ; et ici tout se ramène à une connaissance empirique, c'est-à-dire à celle que nous pouvons acquérir dans la vie, par conséquent au sein de l'union de l'âme et du corps, et qui n'est pas appropriée à la fin ultime de la métaphysique, qui est de tenter un passage du sensible au suprasensible. Ce dernier doit être trouvé dans la deuxième époque de la tentative de la raison pure en philosophie, que nous allons présenter maintenant.

« DEUXIÈME STADE » DE LA MÉTAPHYSIQUE

Le premier stade de la métaphysique peut être appelé celui de l'ontologie, parce qu'il enseigne non pas à rechercher ce qu'il y a d'essentiel dans nos concepts des choses en les décomposant en leurs caractéristiques, tâche qui est l'affaire de la logique, mais à déterminer quels concepts des choses nous nous formons *a priori* et de quelle manière nous y parvenons, afin de subsumer sous eux ce qui peut nous être donné dans l'intuition en général, opération qui à son tour ne peut avoir lieu qu'autant que la forme de l'intuition *a priori* nous rend connaissables ces objets dans l'espace et le temps simplement comme phénomènes et non comme choses en soi. Dans ce stade, la raison se voit mise en demeure de faire des progrès incessants vers l'inconditionné dans une série de conditions subordonnées les unes aux autres et toujours à nouveau conditionnées sans fin, et cela parce que chaque espace et chaque temps ne peuvent XX, jamais être représentés autrement que comme une partie 7, 287 d'un espace ou d'un temps donnés encore plus grands dans lesquels il faut bien chercher les conditions de ce qui nous est donné dans chaque intuition, afin de parvenir à l'inconditionné.

Le second grand progrès qu'on exige maintenant de la métaphysique, c'est de parvenir à l'inconditionné[2] à partir de ce qui est conditionné dans les objets de l'expérience possible et d'étendre sa connaissance jusqu'à l'achèvement de *cette série par la raison* (car ce qui s'était fait jusque-là était l'œuvre de l'entendement et de la faculté de juger) ; par conséquent le stade qu'elle doit maintenant parcourir pourra être nommé celui de la cosmologie transcendantale[3], parce que l'espace et le temps doivent être considérés dans leur grandeur totale, comme ensemble de toutes les conditions et comme les contenants de toutes les choses réelles dans leur connexion, et qu'ainsi la totalité de ces choses, en tant qu'elles les remplissent, doit être rendue représentable sous le concept de monde.

Les conditions synthétiques *(principia)* de la possibilité des choses, c'est-à-dire les fondements de leur détermination *(principia essendi)* sont ici cherchées pour le conditionné *(principiatum)*, et bien entendu dans la totalité de la série ascendante où elles se trouvent subordonnées les unes aux autres, afin de parvenir à l'inconditionné *(principium, quod non est principiatum)*. C'est ce qu'exige la raison pour sa propre satisfaction. Un tel besoin ne se fait pas sentir pour la série descendante, de la condition au conditionné, car elle ne requiert pour elle-même aucune totalité absolue, et elle peut bien demeurer sous forme de séquence toujours inachevée, puisque les conséquences se donnent d'elles-mêmes, pourvu que soit donné le fondement suprême dont elles dépendent[1].

Or il se trouve que dans l'espace et le temps tout est conditionné, et que l'inconditionné dans la série ascendante des conditions est absolument inaccessible. Se représenter comme inconditionné le concept d'un tout absolu de pur conditionné contient une contradiction ; l'inconditionné ne peut donc être considéré que comme un membre de la série qu'il limite comme fondement sans être lui-même la conséquence d'un autre fondement, et l'impossibilité d'atteindre un fondement, qui est le trait commun à toutes les classes de catégories, dans la mesure où elles sont appliquées à la relation des conséquences à leur fondement, est ce qui brouille la raison avec elle-même dans un conflit interminable tant que les objets dans l'espace et le temps sont pris pour des choses en soi et non pour de simples phénomènes, ce qui était inévitable avant l'époque de la critique de la raison pure[2]. Aussi thèse et antithèse ne cessaient-elles point de s'anéantir l'une l'autre à tour de rôle et devaient-elles précipiter la raison dans le scepticisme le plus désespéré, triste situation pour la métaphysique qui, XX,
sans pouvoir jamais trouver dans les objets des sens de quoi 7, 288
satisfaire son exigence concernant l'inconditionné, ne devait *plus du tout songer* au passage dans le suprasensible qui constitue pourtant sa fin ultime*.

Si maintenant nous progressons dans la série ascendante du conditionné aux conditions dans un univers pour parvenir à l'inconditionné, alors se trouvent engendrées les

* La proposition : l'ensemble complet de toutes les conditions dans l'espace et le temps est inconditionné est fausse. Car si tout est conditionné dans l'espace et le temps (à l'intérieur), aucun ensemble complet n'est possible. Donc ceux qui admettent un ensemble absolu de conditions purement conditionnées se contredisent eux-mêmes, qu'ils le tiennent pour limité (fini) ou illimité (infini), et cependant l'espace doit être considéré comme un tel ensemble complet, de même que le temps écoulé.

contradictions, vraies ou seulement apparentes, de la raison avec elle-même dans la connaissance théoriquement dogmatique d'un univers donné. *Premièrement,* selon les idées mathématiques de la composition ou de la division de l'homogène ; *en second lieu,* selon les idées dynamiques de la fondation de l'existence du conditionné sur l'existence inconditionnée[1].

[I. À l'égard de la *grandeur extensive*[2] du monde dans la mensuration de celui-là, c'est-à-dire de l'addition de l'unité homogène et égale, prise comme mesure pour obtenir un concept déterminé de celui-là, et plus précisément *a*) de sa grandeur dans l'espace et *b*) de sa grandeur dans le temps, en tant que toutes les deux sont données et donc que la dernière doit mesurer le temps écoulé de sa durée, la raison affirme de l'une et de l'autre de façon également fondée qu'elles sont infinies et qu'elles ne sont pas infinies, mais finies. Cependant la preuve de ces deux affirmations, chose remarquable, ne peut être menée directement, mais seulement apagogiquement, c'est-à-dire par une réfutation du contraire. On a donc :

a) *La thèse :* le monde est infini quant à sa grandeur dans l'espace, car s'il était fini, il serait limité par l'espace vide, lui-même infini sans être rien d'existant en soi, mais supposant pourtant l'existence de quelque chose en tant qu'objet de perception possible ; celle-là devrait être la perception d'un espace ne contenant rien de réel, mais qui contiendrait pourtant quelque chose en tant que limite du réel, c'est-à-dire en tant que dernière condition observable de ce qui se limite réciproquement dans l'espace, ce qui est une contradiction : car l'espace vide ne peut être perçu ni comporter en lui une existence (constatable).

b) *L'antithèse*[3] *:* le monde est également infini quant au
XX, temps écoulé. Car s'il avait un commencement, un temps
7, 289 vide se serait écoulé auparavant qui ferait néanmoins de la naissance du monde et par conséquent du néant qui la précède un objet d'expérience possible, ce qui se contredit.

II. À l'égard de la *grandeur intensive*[4], c'est-à-dire du degré suivant lequel celle-là remplit l'espace ou le temps, se manifeste l'antinomie suivante. a) *Thèse :* les choses corporelles dans l'espace sont constituées de parties simples ; car si l'on suppose le contraire, les parties seraient certes des substances, mais si toute leur composition était supprimée, en tant que simple relation, il ne resterait plus rien, sinon simplement l'espace comme simple sujet de toutes les relations. Les corps ne seraient donc pas constitués de substances, ce qui contredit l'hypothèse. b) *Antithèse :* les corps ne sont pas constitués de parties simples[5].]

Dans le premier cas, une antinomie se trouve produite du fait que dans le concept de la grandeur des choses du monde, tant dans l'espace que dans le temps, nous pouvons remonter dans la composition, en partant des parties données, de façon complètement conditionnée, au tout inconditionné, ou bien descendre par division, en partant du tout donné, aux parties pensées comme inconditionnées. Qu'on admette donc, en ce qui concerne ce premier point de vue, que le monde est infini selon l'espace et le temps écoulé, ou bien qu'il est fini, l'on s'embrouille inévitablement dans une contradiction avec soi-même. Car si le monde, de même que l'espace et le temps écoulé qu'il occupe, est donné comme grandeur infinie, il est alors une grandeur donnée qui ne peut jamais être entièrement donnée, ce qui se contredit. Si chaque corps ou chaque temps, dans le changement d'état d'une chose, est constitué de parties simples, il faut alors, puisque l'espace aussi bien que le temps sont divisibles à l'infini (comme le prouve la mathématique), que soit donnée une multitude infinie qui cependant, en vertu de son concept, ne peut jamais être donnée, ce qui se contredit pareillement.

Il en va de même avec la seconde classe des idées, celles de l'inconditionné dynamique. En effet on dit d'une part : Il n'y a pas de liberté, mais tout arrive dans le monde selon une nécessité naturelle. Car dans la série des effets envisagés par rapport à leur cause, le mécanisme naturel règne d'un bout à l'autre, c'est-à-dire que tout changement est prédéterminé par l'état précédent. D'un autre côté, à cette affirmation universelle s'oppose l'antithèse : Certains événements doivent pouvoir être pensés comme possibles par liberté, et ils ne peuvent tous être soumis à la loi de la nécessité naturelle, car autrement tout n'arriverait que de manière conditionnée, et ainsi dans la série des causes on XX,
ne pourrait rien rencontrer d'inconditionné ; mais admettre 7, 290
une totalité de conditions dans une série de pur conditionné est une contradiction[1].

Enfin la thèse, du reste assez claire, appartenant à la classe dynamique et énonçant que dans la série des causes tout ne peut être contingent, mais qu'il doit bien y avoir quelque être existant de manière absolument nécessaire, cette thèse subit cependant l'antithèse suivant laquelle aucun être que nous puissions jamais concevoir ne peut être *pensé comme cause absolument nécessaire* des autres êtres du monde ; cette proposition contraire est fondée, puisque cet être appartiendrait alors aux choses du monde comme membre de la série ascendante des effets et des causes, dans laquelle il n'y a pas de causalité inconditionnée, mais qu'il faudrait pourtant ici l'admettre comme inconditionnée, ce qui se contredit[2].

R*emarque*. Si la thèse : Le monde est infini en soi doit aller jusqu'à signifier qu'il est plus grand que tout nombre (en comparaison avec une mesure donnée[3]), alors la proposition est fausse, car un nombre infini est une contradiction. Si l'on veut dire qu'il n'est pas infini, c'est bien vrai, mais on ne sait pas alors ce qu'il est. Si je dis : Il est fini, c'est également faux, car sa limite n'est pas un objet d'expérience possible. Je dis donc, à propos d'un espace donné aussi bien que d'un temps écoulé donné qu'ils ne sont exigés que pour l'opposition. Les deux propositions sont alors fausses, parce que l'expérience possible n'a pas de limite et ne peut non plus être infinie, et que le monde comme phénomène n'est que l'objet d'une expérience possible[1].

*

À ce sujet, les remarques suivantes s'imposent maintenant :

Premièrement, la proposition énonçant que pour tout conditionné un absolument inconditionné doit être donné vaut comme principe de toutes choses dès lors que leur liaison est pensée par la raison pure, c'est-à-dire comme liaison de choses en soi. Or il se trouve que, dans son emploi, il ne peut être appliqué sans contradiction aux objets dans l'espace et le temps : il n'y a donc aucune échappatoire possible à cette contradiction, si ce n'est d'admettre que les objets dans l'espace et le temps, comme objets d'expérience possible, ne sont pas des choses en soi, mais sont à considérer comme de simples phénomènes dont la forme repose sur la constitution subjective de notre
XX, manière de les intuitionner.
7, 291 L'antinomie de la raison pure reconduit donc inévitablement à cette restriction de notre connaissance, et ce qui avait été précédemment démontré *a priori* de façon dogmatique dans l'«Analytique» se trouve ici indéniablement confirmé dans la «Dialectique» par une sorte d'expérimentation[2] à laquelle la raison procède sur son propre pouvoir. Dans l'espace et le temps, on ne peut rencontrer l'inconditionné dont la raison a besoin, et il ne reste à cette dernière qu'à progresser continuellement dans les conditions sans espérer l'achèvement de cette démarche.

Deuxièmement : le conflit de ces propositions n'est pas simplement logique, ce n'est pas celui de l'opposition analytique *(contradictorie oppositorum)*, c'est-à-dire une simple contradiction[3], car alors il devrait arriver que, si l'une est vraie, l'autre est fausse et réciproquement, comme par exemple : *Le monde est infini quant à l'espace,* comparé à la proposition opposée : *Il n'est pas infini quant à l'espace ;* mais c'est un conflit transcendantal de l'opposition synthétique *(contrarie oppositorum)*, par exemple *le monde est fini quant à l'espace,* proposition qui en dit plus que ce qui est exigé pour une opposition logique, car elle ne dit pas simplement que l'inconditionné ne se rencontre pas dans la progression vers les conditions, mais encore que cette série de conditions subordonnées entre elles constitue cependant dans son ensemble un tout absolu ; ce sont donc deux propositions qui peuvent par suite être toutes les deux fausses

— comme en logique deux jugements opposés entre eux comme contraires *(contrarie opposita)* — et qui le sont aussi en fait parce qu'on parle des phénomènes comme s'il s'agissait de choses en soi.

Troisièmement, thèse et antithèse peuvent aussi contenir moins que n'en exige l'opposition logique et être ainsi toutes deux vraies, de même qu'en logique deux jugements qui sont opposés entre eux simplement par la différence des sujets *(judicia subcontraria)*, comme c'est en fait le cas dans l'antinomie des principes dynamiques, où en effet le sujet des deux jugements opposés est pris dans des significations différentes[1] : par exemple le concept de cause, comme *causa phaenomenon,* dans la thèse : *Toute causalité des phénomènes dans le monde sensible est soumise au mécanisme de la nature,* paraît se trouver en contradiction avec l'antithèse : *Quelque causalité de ces phénomènes n'est pas soumise à cette loi,* mais l'on ne doit pas pourtant y trouver nécessairement une contradiction, car dans l'antithèse le sujet peut être pris en un autre sens que dans la thèse, c'est-à-dire qu'il est possible de penser le même sujet comme *causa noumenon,* auquel cas les deux propositions peuvent être vraies et le même sujet, en tant que chose en soi, peut être libre de toute détermination selon la nécessité naturelle, tandis que, comme phénomène, XX,
à l'égard de la même action, il n'est pourtant pas libre. Et 7, 292
il en est de même pour le concept d'un être nécessaire.

Quatrièmement : cette antinomie de la raison pure, qui paraît provoquer nécessairement la suspension sceptique de la raison pure, conduit finalement, grâce à la critique, à des progrès dogmatiques de sa part, précisément lorsqu'on remarque qu'un tel noumène, en tant que chose en soi, est connaissable effectivement et même quant à ses lois, du moins dans un dessein pratique, bien qu'il soit suprasensible[2].

La liberté de l'arbitre est ce suprasensible qui, grâce aux lois morales, est non seulement donné comme effectif dans le sujet, mais est même déterminant, au point de vue pratique, à l'égard de l'objet ; or il ne serait[3] pas du tout connaissable du point de vue théorique, alors qu'il est proprement la fin ultime de la métaphysique.

La possibilité d'un tel progrès de la raison avec les idées dynamiques se fonde sur le fait qu'en celles-là la composition de l'enchaînement propre de l'effet et de la cause, ou du contingent et du nécessaire, ne peut être une liaison de l'homogène, comme dans la synthèse mathématique, mais que fondement et conséquence, condition et conditionné, peuvent être d'espèce différente et qu'ainsi, dans le progrès du conditionné à la condition, un passage du sensible au suprasensible en tant que condition suprême peut s'effectuer selon des principes.

*

Les deux antinomies dynamiques disent moins que ne l'exige l'opposition, comme par exemple deux propositions particulières. Par suite elles peuvent être vraies toutes deux.

Dans les antinomies dynamiques, quelque chose de non homogène peut être admis comme condition. On a là également quelque chose qui permet de connaître le suprasensible (Dieu, qui en est la fin propre), parce qu'une loi de la liberté comme suprasensible est donnée.

C'est au suprasensible dans le monde (la nature spirituelle de l'*âme*) et hors du monde (Dieu), donc à l'immortalité et à la théologie que la fin ultime est ordonnée.

XX, 7, 293

« TROISIÈME STADE » DE LA MÉTAPHYSIQUE

Passage pratiquement dogmatique au suprasensible

Avant tout, on doit bien prendre en vue le fait que, dans tout ce traité, conformément au problème posé par l'Académie, la métaphysique est entendue simplement comme science théorique ou, selon une autre dénomination possible, comme *métaphysique de la nature;* par suite le passage au suprasensible qu'elle effectue ne doit pas être compris comme un pas aboutissant à une science rationnelle toute différente, moralement pratique, qui peut être nommée *métaphysique des mœurs;* ce serait en effet s'égarer dans un champ tout différent (μετάβασις εις αλλο γένος), bien que cette science ait aussi pour objet quelque chose de suprasensible, à savoir la liberté, considérée toutefois non selon ce qu'elle est dans sa nature, mais selon ce qu'elle fonde pour des principes pratiques concernant la conduite.

Or l'inconditionné, d'après toutes les recherches menées dans le second stade, ne peut absolument pas se rencontrer dans la nature, c'est-à-dire dans le monde sensible, bien qu'il doive nécessairement être admis. Mais du suprasensible il n'y a aucune connaissance théoriquement dogmatique *(noumenorum non datur scientia)*. Il semble donc qu'un dépassement pratiquement dogmatique de la métaphysique de la nature soit contradictoire et que son troisième stade soit impossible[1].

Cependant, parmi les concepts relevant de la connaissance de la nature, de quelque espèce qu'elle soit, nous en trouvons encore un qui présente la particularité de nous rendre compréhensible non ce qui est dans l'objet, mais ce que nous y mettons, simplement par le fait de l'y mettre ; il n'est donc certes pas, à proprement parler, une partie constitutive de la connaissance de l'objet, mais il est toutefois un moyen ou un fondement de connaissance donné par la raison, connaissance théorique certes, mais dans la mesure pourtant où elle n'est pas dogmatique : il

s'agit du concept d'une *finalité* de la nature, qui peut constituer aussi un objet d'expérience[1]. C'est donc un concept immanent, non transcendant[2] comme celui de la structure des yeux[3] et des oreilles, mais dont, en ce qui concerne l'expérience, il n'y a pas de connaissance plus étendue que celle qu'Épicure lui concédait, à savoir que, puisque la nature a façonné des yeux et des oreilles, nous nous en servons pour voir et entendre, sans que cela prouve que la cause productrice ait eu elle-même l'intention de façonner cette structure conformément au but mentionné, car celui-là ne peut être perçu, mais seulement XX,
introduit au moyen de raisonnements, à seule fin de 7, 294
reconnaître une finalité en de tels objets.

Nous avons donc un concept d'une téléologie de la nature, et bien sûr *a priori,* car sinon nous ne pourrions l'introduire dans notre représentation des objets naturels, mais seulement la tirer de celle-là en tant qu'intuition empirique, et la possibilité *a priori* d'une telle espèce de représentation, qui n'est pas toutefois une connaissance, se fonde sur le fait que nous percevons en nous-mêmes un pouvoir d'enchaîner selon des fins *(nexus finalis*[4] *).*

Ainsi, quoique les doctrines physico-téléologiques (des fins de la nature) ne puissent jamais être dogmatiques, et encore moins fournir le concept d'une fin ultime, c'est-à-dire de l'inconditionné dans la série des fins[5], il reste cependant le concept de liberté, tel qu'il se présente, comme causalité non conditionnée de façon sensible, même dans la cosmologie, où les sceptiques peuvent bien le contester, mais non le réfuter, et avec lui subsiste aussi le concept d'une fin ultime ; ce dernier prend même une valeur indispensable au point de vue moralement pratique[6] bien que sa réalité objective, comme de manière générale celle de toute finalité d'objets donnés ou pensés, ne puisse pas être assurée de façon théoriquement dogmatique.

Cette fin ultime de la raison pratique est le souverain bien, pour autant qu'il est possible dans le monde[7] ; il ne faut pas toutefois le chercher simplement dans ce que la nature peut procurer, à savoir le bonheur (la plus grande *somme de plaisirs), mais conjointement* dans ce qui est l'exigence suprême, à savoir la condition qui seule permet à la raison d'attribuer ce bonheur aux êtres raisonnables du monde et qui est la conduite la plus conforme à la moralité[8].

Cet objet de la raison est suprasensible ; progresser vers lui comme fin ultime est le devoir ; qu'il doive donc y avoir un stade de la métaphysique pour ce passage et pour le progrès dans ce passage, voilà qui est indubitable. Mais c'est ce qui est impossible sans une théorie, car la fin ultime n'est pas entièrement en notre pouvoir et nous devons par suite nous former un concept théorique de la source d'où elle peut naître. Toutefois une telle théorie ne peut se faire d'après ce que nous discernons dans les objets, mais éventuellement d'après ce que nous y mettons, parce que l'objet est suprasensible. Donc cette théorie ne se fera que du point de vue pratiquement dogmatique, et c'est aussi uniquement de ce point de vue qu'elle pourra assurer à l'idée de fin ultime une réalité objective suffisante.

Quant au concept de fin, il est toujours formé par nous-
XX, mêmes, et celui de fin ultime doit être formé *a priori* par
7, 295 la raison.

Ces concepts factices[1] ou plutôt, au point de vue théorique, ces idées transcendantes sont, si on les expose selon une méthode analytique, au nombre de trois : le suprasensible *en* nous, *au-dessus* de nous et *après* nous[2] :

1° La *liberté,* par quoi il faut commencer, parce que de ce suprasensible présent dans les êtres du monde seules les lois, sous le nom de lois morales, sont connues de nous *a priori* et donc dogmatiquement, mais uniquement dans un dessein pratique qui seul rend possible la fin ultime. C'est donc d'après ces lois que l'*autonomie* de la raison pure pratique doit être en même temps considérée comme *autocratie*[3], c'est-à-dire pouvoir d'atteindre dès maintenant, dans la vie terrestre, ce qui a trait à la conditon formelle de ce pouvoir, la moralité, malgré tous les empêchements que peuvent exercer sur nous, en tant qu'êtres sensibles, les influences de la nature, et parce que nous sommes en même temps des êtres intelligibles : ce pouvoir, c'est la *foi en la vertu,* comme étant *en nous* le principe nous permettant de parvenir au souverain bien.

2° *Dieu,* principe suffisant du souverain bien *au-dessus de nous,* et qui, en tant qu'auteur moral du monde[4], supplée à notre impuissance à l'égard aussi de la condition matérielle de cette fin ultime d'un bonheur dans le monde proportionné à la moralité.

3° *L'immortalité,* c'est-à-dire la continuation *après nous* de l'existence que nous avons en tant que fils de la terre, avec la poursuite à l'infini des conséquences morales et physiques proportionnées à la conduite morale.

Tels sont précisément les moments de la connaissance pratiquement dogmatique du suprasensible exposés selon une méthode synthétique, qui ont leur point de départ dans le possesseur illimité du souverain bien originaire, progressent vers ce qui en dérive (par liberté) dans le monde sensible, et s'achèvent par les conséquences de cette fin ultime objective des hommes dans un monde intelligible ; ils se tiennent donc systématiquement enchaînés dans cet ordre : Dieu, la liberté et l'immortalité.

Quant à la préoccupation qu'a la raison humaine de déterminer ces concepts dans le sens d'une connaissance effective, elle n'a pas besoin d'être prouvée, et la métaphysique, qui est devenue une enquête nécessaire dans le seul but justement de répondre à cette préoccupation, n'a pas

besoin de se justifier d'avoir œuvré inlassablement à cette
fin[1]. Mais à l'égard de ce suprasensible dont la connaissance XX,
est sa fin ultime, a-t-elle obtenu quelques résultats depuis 7, 296
l'époque de Leibniz et de Wolff, combien, et peut-elle de manière générale en obtenir? Telle est la question à laquelle il doit être répondu si elle vise à réaliser la fin ultime en vue de laquelle il doit y avoir une métaphysique en général.

SOLUTION DU PROBLÈME ACADÉMIQUE

I. QUELS PROGRÈS LA MÉTAPHYSIQUE PEUT-ELLE FAIRE CONCERNANT LE SUPRASENSIBLE?

La *Critique de la raison pure* a suffisamment démontré qu'au-delà des objets des sens il ne peut y avoir absolument aucune connaissance théorique et, puisque dans ce cas tout devrait être connu *a priori* par concepts, aucune connaissance théoriquement dogmatique ; il en est ainsi à vrai dire par la simple raison que quelque intuition doit pouvoir être placée sous tout concept pour lui procurer une réalité objective, et que toute notre intuition est sensible. En d'autres termes, nous ne pouvons rien connaître du tout de la nature des objets suprasensibles, de Dieu, de notre propre pouvoir de liberté et de notre âme (séparée du corps), rien de ce qui concerne le principe interne de tout ce qui appartient à l'existence de ces choses, rien de ses conséquences et de ses effets qui puisse nous rendre si peu que ce soit explicables leurs phénomènes et connaissable le principe, l'objet lui-même.

Dès lors, il importe seulement de savoir si malgré tout il ne pourrait pas y avoir, de ces objets suprasensibles, une connaissance pratiquement dogmatique[2] qui serait alors le troisième stade de la métaphysique, celui qui en réaliserait complètement la fin.

En ce cas nous aurions à examiner non ce qu'est la chose suprasensible en elle-même, mais seulement comment nous *devons la penser et admettre sa nature* afin qu'elle soit appropriée pour nous à l'objet pratiquement dogmatique du pur principe moral, c'est-à-dire à la fin ultime qui est le souverain bien. Alors nous n'engagerions pas des recherches sur la nature des choses dont nous formons l'idée, à
vrai dire simplement dans un but pratique nécessaire, et qui XX,
n'existent peut-être pas en dehors de notre idée, qui peut- 7, 297
être ne peuvent exister (bien qu'elles ne renferment du reste aucune contradiction), parce que sur cette voie nous ne pourrions que nous égarer dans ce qui nous dépasse. Mais nous voulons seulement savoir quel principe moral conforme à cette idée que notre raison forme de façon absolument nécessaire nous devons appliquer à nos actions :

ainsi entrerait en jeu une connaissance pratiquement dogmatique et un savoir de la nature de l'objet, malgré le renoncement total à une connaissance théorique *(suspensio judicii)*, et à propos de la première il ne se pose guère qu'une seule question, celle du nom à donner à cette modalité de notre assentiment afin qu'il ne contienne pour un tel dessein ni trop peu (comme dans la simple opinion), ni trop (comme dans le fait de tenir pour probable), et qu'il ne donne pas ainsi gain de cause au sceptique.

Or la persuasion, qui est un assentiment à propos duquel on ne peut décider par soi-même s'il repose sur des fondements objectifs ou simplement subjectifs, et à l'inverse la conviction simplement sentie, en laquelle le sujet croit avoir conscience de raisons objectives et de leur caractère suffisant, sans pouvoir nommer ce dernier ni par suite s'en former une idée distincte d'après sa connexion avec l'objet, ces deux états d'esprit ne peuvent ni l'un ni l'autre être mis au nombre des modalités de l'assentiment dans la connaissance dogmatique, qu'elle soit théorique ou pratique, parce que cette dernière doit être une connaissance par principes et doit par conséquent être susceptible d'une représentation distincte, intelligible et communicable.

Mais la signification de cet assentiment différent de l'opinion et du savoir, en tant que fondé sur un jugement au point de vue théorique, peut être attribuée au terme de *foi*[1], par lequel on entend une adhésion, une supposition (hypothèse) qui n'est nécessaire que parce qu'elle sert de fondement à une règle de conduite objectivement pratique posée comme nécessaire ; sans doute ne permet-elle pas de prendre en vue sur le mode théorique la possibilité de l'exécution et de l'objet en soi qui en résulte, mais nous y reconnaissons cependant subjectivement la seule manière de les accorder à la fin ultime.

Une telle foi est l'assentiment à une proposition théorique, par exemple : *Il y a un Dieu,* par la raison pratique considérée comme raison pure pratique dans le cas suivant : étant donné que la fin ultime place l'accord de notre effort vers le souverain bien sous une règle pratique absolument nécessaire, c'est-à-dire morale, mais dont nous ne pouvons penser l'effet comme possible autrement que sous la
XX, supposition de l'existence d'un souverain bien originaire,
7, 298 nous sommes contraints *a priori* d'admettre ce dernier au point de vue pratique.

Ainsi, pour la partie du public qui n'a rien à faire avec le commerce des grains, la prévision d'une mauvaise récolte est une simple *opinion;* lorsque la sécheresse a été continuelle tout le printemps, c'est un *savoir* qui en résulte, mais pour le commerçant dont le but et l'affaire consistent à réaliser des gains par ce commerce, c'est une *foi* que la récolte sera mauvaise et qu'il lui faut donc épargner ses réserves, parce qu'il doit décider d'y faire quelque chose dans la mesure où cela retombe sur son affaire et son négoce. La comparaison eſt valable à ceci près que la nécessité de cette décision prise en vertu de règles de prudence eſt conditionnée au lieu que celle qui suppose une maxime morale repose sur un principe qui eſt absolument nécessaire.

Par suite la foi, du point de vue moralement pratique, a aussi en elle-même une valeur morale du fait qu'elle eſt une adhésion libre[1]. Le *credo* en trois articles de la profession de foi de la raison pure pratique : je crois en un seul Dieu, source originaire de tout bien dans le monde en tant que fin ultime de ce dernier ; je crois à la possibilité de s'accorder à cette fin ultime, le souverain bien dans le monde, autant qu'il eſt au pouvoir de l'homme ; je crois à une vie future éternelle comme à la condition permettant au monde de se rapprocher sans cesse du souverain bien possible en son sein ; ce *credo,* dis-je, eſt un assentiment *libre,* sinon il n'aurait même pas de valeur morale. Il ne fournit donc aucun impératif (aucun *crede*) et la raison démonſtrative de sa juſtesse ne consiſte pas à démontrer la vérité de ces propositions considérées comme théoriques, ni donc par suite à enseigner objectivement la réalité effective de leurs objets, ce qui eſt impossible à l'égard du suprasensible ; mais elle consiſte à enseigner subjectivement, d'une façon valable pour la pratique, et donc suffisante à ce point de vue, à agir comme si nous savions que ces objets exiſtaient effectivement ; ce mode de représentation ne doit pas non plus être considéré comme nécessaire au point de vue techniquement pratique[2] (mieux vaut admettre trop que pas assez) en tant que doctrine de la prudence, car alors la foi ne serait pas sincère, mais elle n'eſt nécessaire qu'au point de vue moral, pour qu'à l'obligation par laquelle nous sommes déjà liés par nous-mêmes et qui consiſte à nous efforcer de promouvoir le souverain bien dans le monde, nous ajoutions un élément qui complète la théorie de sa possibilité, en recourant tout au plus aux seules idées de la raison, dans la mesure où nous ne formons nous-mêmes ces objets, Dieu, la liberté *dans sa qualité pratique et l'immortalité,* qu'en conséquence XX,
de l'exigence des lois morales en nous et où nous leur 7, 299
accordons librement une réalité objective : comme en effet nous sommes assurés que dans ces idées l'on ne saurait trouver de contradiction, le fait de les admettre produit en retour sur les principes subjectifs de la moralité et sur leur confirmation, par suite sur la conduite elle-même, un effet qui eſt à son tour moral dans l'intention.

Mais ne devrait-il pas y avoir également des preuves théoriques de la vérité de ce corps de croyances, telles qu'on puisse dire que d'après elles il eſt *probable* qu'il y a un Dieu, qu'on peut trouver dans le monde une relation morale conforme à sa volonté et accordée à l'idée du souverain bien, et qu'il y a une vie future pour chaque homme? La réponse est que l'expression de probabilité, appliquée à ce cas, est tout à fait absurde[1], Car le probable *(probabile)* est ce qui comporte une raison d'assentiment supérieure à la moitié de la raison suffisante, c'est donc une détermination mathématique de la modalité de l'assentiment où ses moments doivent être considérés comme homogènes et où par suite une approximation de la certitude est possible, tandis que la raison du plus ou moins vraisemblable *(verosimile)* peut consister aussi en raisons hétérogènes, ce qui fait justement que son rapport à la raison suffisante ne peut du tout être connu.

Or le suprasensible est distingué du connaissable sensible selon l'espèce elle-même *(toto genere)*, parce qu'il se tient au-delà de toute connaissance possible pour nous. Il n'y a donc aucune voie qui permette d'espérer parvenir à progresser vers lui de la manière dont nous atteignons à la certitude dans le champ du sensible : il n'y a donc non plus aucune approche de cette dernière et par suite aucun assentiment dont la valeur logique puisse être nommée probabilité.

Au point de vue théorique, les plus grands efforts de la raison ne nous rapprochent pas le moins du monde de la conviction de l'existence de Dieu, de celle du souverain bien et de la perspective d'une vie future, car il n'y a pour nous aucune pénétration de la nature des objets suprasensibles. Mais, au point de vue pratique, nous formons nous-mêmes ces objets dès lors que nous jugeons leurs idées favorables à la fin ultime de notre raison pure ; et cette fin ultime, parce qu'elle est moralement nécessaire, peut bien sans doute alors provoquer une illusion qui consiste à nous faire prendre ce qui a une réalité au point de vue subjectif, à savoir pour l'usage de la liberté humaine, parce qu'il est présenté dans des actions de l'expérience qui sont
XX, conformes aux lois de cette liberté, pour la connaissance de
7, 300 l'existence de l'objet correspondant à cette forme.

*

Maintenant il est possible d'esquisser le troisième stade de la métaphysique dans les progrès de la raison pure vers sa fin ultime. Il constitue un cercle dont la circonférence revient sur elle-même, renfermant ainsi un tout de la connaissance du suprasensible, hors duquel il ne reste rien de tel et qui traite cependant de tout ce qui peut satisfaire aux besoins de cette raison. C'est-à-dire qu'après s'être détachée de tout l'empirique, au sein duquel elle était encore empêtrée dans les deux premiers stades, et des conditions de l'intuition sensible qui ne lui représentaient les objets que dans le phénomène, et après s'être placée au point de vue des idées[2] d'où elle considère ses objets selon ce qu'ils sont en soi, la raison décrit son horizon qui, partant de la liberté en tant qu'elle relève d'un pouvoir suprasensible mais connaissable de façon théoriquement dogmatique grâce au canon de la morale, revient précisément à une intention pratiquement dogmatique, c'est-à-dire dirigée vers la fin ultime, le souverain bien à promouvoir dans le monde, dont la possibilité est complétée par les idées de Dieu, de l'immortalité et de la confiance, dictée par la moralité même, dans la réussite de cette intention ; et ainsi ce concept acquiert une réalité objective, mais pratique.

Les propositions : Il y a un Dieu, il y a dans la nature du monde une disposition originaire, quoique inconcevable, pour l'accord avec la finalité morale, il y a dans l'âme humaine une disposition qui la rend capable d'une progression incessante vers cet accord, — ces propositions, vouloir les prouver de manière théoriquement dogmatique reviendrait à se lancer dans ce qui nous dépasse, bien que l'éclaircissement donné de la seconde proposition par la finalité physique qu'on peut rencontrer dans le monde puisse beaucoup contribuer à faire admettre cette finalité morale. Il en va de même pour la modalité de l'assentiment, de la connaissance et du devoir qu'on prétend en avoir en oubliant que ces idées sont formées librement par nous et non pas dérivées des objets, et n'autorisent donc rien de plus que le *fait de les accepter* du point de vue théorique, mais en affirmant cependant la conformité à la raison, du point de vue pratique, de cette acceptation[1].

Or il en découle aussi cette conséquence remarquable que le progrès de la métaphysique dans son troisième stade est XX,
le plus facile de tous dans le champ de la théologie, parce 7, 301
qu'il tend à la fin ultime, et que la métaphysique, quoique ayant affaire ici au suprasensible, n'est pas cependant hors de notre portée, mais est aussi compréhensible pour la raison commune que pour les philosophes, et cela au point que ces derniers sont contraints de s'orienter au moyen de la première afin de ne pas s'égarer dans ce qui nous dépasse. La philosophie comme doctrine de la sagesse a cet avantage sur la philosophie comme science spéculative de n'être dérivée de rien d'autre que du pouvoir pur pratique de la raison, c'est-à-dire de la morale dans la mesure où elle découle du concept de liberté comme principe suprasensible sans doute, mais pratique, connaissable *a priori*.

La stérilité de toutes les tentatives de la métaphysique pour s'accroître de façon théoriquement dogmatique en ce qui concerne sa fin ultime, le suprasensible, *premièrement* à l'égard de la connaissance de la nature divine, comme souverain bien originaire, *deuxièmement* à l'égard de la connaissance de la nature d'un monde dans lequel et par lequel le souverain bien dérivé doit être possible, *troisièmement* à l'égard de la connaissance de la nature humaine pour autant qu'elle est faite, avec la constitution naturelle requise, pour le progrès approprié à cette fin ultime ; la stérilité, dis-je, de toutes les tentatives faites en ce domaine jusqu'à la fin de l'époque de Leibniz et de Wolff, et en même temps l'échec nécessaire de toutes celles qu'on pourra encore faire à l'avenir doivent maintenant démontrer que, sur la voie théoriquement dogmatique, il n'y a aucune chance pour la métaphysique de parvenir à sa fin ultime, et que toute la prétendue connaissance dans ce champ est transcendante et donc entièrement vide[1].

Théologie transcendante[2]

La raison dans la métaphysique veut former un concept de l'origine de toutes choses, de l'être originaire *(ens originarium)*, et de sa constitution intrinsèque, et elle commence subjectivement par le concept originaire *(conceptus originarius)* de la choséité en général *(realitas)*, c'est-à-dire de ce dont le concept représente en lui-même un être, à la différence de ce dont le concept représente un non-être ; seulement, pour penser aussi objectivement l'inconditionné dans cet être originaire, elle le représente comme contenant le tout *(omnitudo)* de la réalité *(ens realissimum)*, et ainsi elle détermine complètement le concept de cet être
XX, comme étant celui de l'être suprême, ce que ne peut faire
7, 302 aucun autre concept ; et, pour ce qui concerne la possibilité d'un tel être, ajoute Leibniz, elle ne trouve aucune difficulté à la démontrer, puisque des réalités, en tant que pures affirmations, ne peuvent se contredire entre elles, et que tout ce qui est pensable du fait que son concept ne se contredit pas, c'est-à-dire tout ce dont le concept est possible, est également une chose possible[3]. Et pourtant sur ce point la raison guidée par la critique pourrait bien hocher la tête[4].

Bonne chance néanmoins à la métaphysique, si seulement d'aventure elle ne prend pas des concepts pour des choses, ou plutôt leurs noms pour des concepts et si elle ne ratiocine pas ainsi complètement à vide !

La vérité, c'est que si nous voulons former *a priori* un concept d'une chose en général, donc de manière ontologique, nous prenons toujours pour base dans notre pensée, comme concept originaire, le concept de l'être le plus réel de tous, car une négation, en tant que détermination d'une chose, n'est jamais qu'une représentation dérivée puisqu'on ne peut la penser comme suppression (remotio) sans avoir préalablement pensé la réalité qui lui est opposée comme quelque chose qui est posé *(positio seu reale)* ; et ainsi, quand nous faisons de cette condition subjective de la pensée une condition objective de la possibilité des choses mêmes, toutes les négations doivent être considérées comme de simples restrictions à l'ensemble intégral de toutes les réalités et par conséquent toutes choses, hors de cet ensemble qui les rend possibles, comme seulement dérivées de ce dernier.

Or cette totalité unique dont la métaphysique s'est ensorcelée, on se demande bien comment, c'est le souverain bien métaphysique[1]. Il renferme la matière première pour la production de toutes les autres choses possibles, tel le bloc de marbre dont on tire des statues d'une diversité infinie qui, toutes ensemble, ne sont possibles que par restriction (séparation d'une certaine partie du tout par rapport au reste, et donc seulement par négation) ; et ainsi le mal se distingue du bien dans le monde simplement comme le formel des choses, semblable aux ombres dans la lumière du soleil qui se répand à travers l'espace universel, et de ce fait les êtres du monde ne sont mauvais que parce qu'ils constituent des parties seulement et non le tout, qu'ils sont partiellement réels, partiellement négatifs[2] et dans cet agencement du monde, ce *Dieu métaphysique* (le *realissimum*) peut fort bien être soupçonné d'être identique au monde (en dépit de toutes les protestations contre le spinozisme) en tant que totalité des êtres existants[3].

Mais, passant outre à toutes ces objections, soumettons à l'examen les prétendues preuves de l'existence d'un tel être, preuves qui par suite peuvent être nommées ontologiques.

Il n'y a ici que deux arguments et il ne peut non plus y en avoir davantage. Ou bien l'on conclut du concept de l'être suprêmement réel à son existence, ou bien de l'existence nécessaire de quelque chose à un concept déterminé que nous devons nous en faire[4]. XX, 7, 303

Le premier argument conclut ainsi : Un être métaphysiquement parfait au suprême degré doit nécessairement exister, car, s'il n'existait pas, il lui manquerait une perfection, à savoir l'existence.

Le second conclut à l'inverse : Un être qui existe en tant que nécessaire doit avoir toute perfection, car s'il n'avait pas en lui toute perfection, il ne serait pas complètement déterminé *a priori* par son concept et ne pourrait donc être pensé comme être nécessaire[5].

Le manque de fondement de la première preuve, dans laquelle l'existence est pensée comme une détermination particulière dépassant le concept d'une chose et s'y ajoutant, alors qu'elle est simplement la position de la chose avec toutes ses déterminations et par suite n'accroît absolument pas son concept[6], ce manque de fondement, dis-je, est si évident qu'on ne peut s'en tenir à cette preuve qui d'ailleurs semble avoir déjà été abandonnée par les métaphysiciens comme insoutenable.

La conclusion de la seconde est plus spécieuse, en ce qu'elle ne tente pas d'étendre la connaissance au moyen de simples concepts, mais qu'elle prend pour fondement l'expérience, encore qu'il s'agisse seulement de l'expérience en général : il existe quelque chose, et en ce qu'elle conclut à partir de là : puisque toute existence doit être soit nécessaire soit contingente, et que cette dernière suppose toujours une cause qui ne saurait avoir son fondement complet que dans un être non contingent et donc nécessaire, il existe par conséquent un être de cette nature.

Or comme nous ne pouvons connaître la nécessité de l'existence d'une chose, de même que toute nécessité en général, que pour autant que nous en dérivons l'existence à partir de concepts *a priori*, mais que le concept de quelque chose d'existant est un concept d'une chose complètement déterminée, le concept d'un être nécessaire sera donc celui qui contient la détermination complète de cette chose. Mais nous n'avons qu'un seul concept de ce genre, à savoir celui de l'être suprêmement réel. Ainsi l'être nécessaire est un être qui contient toute réalité, que ce soit à titre de fondement ou à titre d'ensemble.

C'est là un progrès de la métaphysique par la porte dérobée. Elle veut démontrer *a priori* et prend pourtant pour fondement un donné empirique que, comme Archi-
XX, mède son point fixe extérieur à la Terre (mais ici il est sur
7, 304 la terre), elle utilise pour y appliquer son levier et pour élever la connaissance jusqu'au suprasensible.

Mais, une fois accordée la proposition suivant laquelle il existe quelque chose d'absolument nécessaire[1], il n'en est pas moins certain justement que nous ne formons pas le moindre concept d'une chose qui existe de cette façon et qu'ainsi nous ne pouvons pas du tout déterminer une telle chose selon sa nature constitutive (car les prédicats analytiques, c'est-à-dire ceux qui ne font qu'un avec le concept de nécessité, par exemple l'immutabilité, l'éternité et même l'unité de la substance ne sont pas des déterminations et de ce fait même l'unité d'un tel être ne peut nullement être démontrée) — et si, dis-je, l'on échoue dans la tentative de s'en former un concept, alors le concept de ce Dieu métaphysique demeure toujours un concept vide.

Or il est absolument impossible d'indiquer de façon déterminée le concept d'un être qui soit d'une nature telle qu'une contradiction surgisse si je le supprime en pensée, même en supposant que je l'admette comme constituant le tout de la réalité. Car une contradiction n'a lieu dans un jugement que si je supprime un prédicat dans ce jugement tout en maintenant dans le concept du sujet une détermination qui lui est identique, mais jamais si je supprime la chose en même temps que tous ses prédicats, et si je dis, par exemple : Il n'y a pas d'être suprêmement réel[2].

Ainsi nous ne pouvons former le moindre concept d'une chose absolument nécessaire en tant que telle (la raison en est que c'est un simple concept de modalité[3] qui ne contient pas le rapport à l'objet en tant que constitution de la chose, mais uniquement au moyen de la liaison de la représentation qu'on en a avec la faculté de connaître). Nous ne pouvons donc de son existence supposée conclure le moins du monde à des déterminations qui pourraient étendre la connaissance que nous en avons au-delà de son existence nécessaire, et fonder ainsi un genre de théologie.

C'est ainsi que retombe dans son néant la preuve que certains nomment cosmologique, mais qui est bien transcendantale (puisqu'elle admet un monde existant) ; néanmoins, puisqu'elle veut conclure non à partir de la constitution d'un monde, mais seulement à partir de la supposition d'un être nécessaire, donc d'un pur concept *a priori* de la raison, elle peut être comme la précédente mise au compte de l'ontologie[1].

Passage de la métaphysique au suprasensible depuis l'époque de Leibniz et de Wolff[2] XX, 7, 305

La première étape du passage de la métaphysique au suprasensible qui réside au fondement de la nature en tant que condition suprême pour tout conditionné en elle et qui est donc pris comme fondement dans la théorie, c'est celle qui mène à la théologie, c'est-à-dire à la connaissance de Dieu, bien que ce soit seulement par analogie du concept de Dieu avec celui d'un être intelligent, fondement originaire de toute chose et essentiellement distinct du monde. Cette théorie elle-même procède de la raison d'un point de vue non pas théoriquement mais simplement pratiquement dogmatique et par conséquent subjectivement moral, c'est-à-dire qu'elle vise non à fonder la moralité selon ses lois ni même sa fin ultime, car, se soutenant par elle-même, c'est bien plutôt la moralité qui sert ici de fondement, mais à procurer la réalité à cette idée du plus grand bien possible dans un monde ; comme ce dernier, envisagé objectivement et théoriquement, se trouve en dehors de notre pouvoir, la théorie le considère par rapport à ce pouvoir et donc d'un point de vue pratique, ce à quoi suffit la simple possibilité de se faire une idée d'un tel être, laquelle rend du même coup possible un passage à ce suprasensible, une *connaissance de ce dernier,* mais seulement au point de vue pratiquement dogmatique.

Or c'est là un argument qui suffit à prouver l'existence de Dieu comme être moral pour la raison de l'homme, dans la mesure où elle est moralement pratique, c'est-à-dire qu'il suffit à la lui faire admettre et à fonder une théorie du suprasensible, mais seulement comme passage pratiquement dogmatique à ce dernier : il ne s'agit donc pas à proprement parler d'une preuve de son existence purement et simplement *(simpliciter)*, mais seulement à un certain point de vue *(secundum quid)*, à savoir relativement à la fin ultime que l'homme moral a et doit avoir, et donc parce qu'il est simplement conforme à la raison de l'*admettre* dès lors que l'homme est autorisé à accorder une influence sur ses décisions à une idée qu'il s'est formée lui-même conformément à des principes moraux tout comme s'il l'avait tirée d'un objet donné[1].

Assurément un tel genre de théologie n'a rien d'une *théosophie*[2], c'est-à-dire d'une connaissance de la nature divine, laquelle nous est inaccessible, mais c'est bien une connaissance de l'insondable fondement de la détermination de notre vouloir, qu'en nous seuls nous ne trouvons pas suffisant à sa fin ultime et que nous admettons par suite, au-dessus de nous, dans un autre être, l'Être suprême, afin de procurer à notre vouloir, par l'idée d'une nature suprasensible et pour l'exécution de ce que lui prescrit la raison pratique, le complément qui manque encore à la théorie.

XX, 7, 306 L'argument moral pourrait donc s'appeler *argumentum* κατ'ἄνθρωπον, valable pour les hommes en tant qu'êtres raisonnables en général et non pas à titre de simple façon de penser admise de manière contingente par tel ou tel homme, et il devrait être distingué de l'argument théoriquement dogmatique κατ' ἀλήθειαν qui affirme comme certain plus que l'homme ne peut savoir.

II. PRÉTENDUS PROGRÈS DOGMATIQUES DANS LA THÉOLOGIE MORALE DURANT L'ÉPOQUE DE LEIBNIZ ET DE WOLFF

À vrai dire, on n'a pas fait de division particulière pour cette étape du progrès de la métaphysique dans la philosophie dont il est question, mais elle a été plutôt rattachée à la théologie, au chapitre de la fin ultime de la création, car elle est bien contenue dans l'explication donnée sur ce point et qui donne pour fin ultime la *gloire de Dieu*[3], ce qui ne peut être compris autrement qu'ainsi : il y a dans le monde réel une liaison finale telle que, prise en totalité, elle renferme le plus grand bien possible dans un monde, donc la condition *téléologique* suprême de son existence, et qu'elle soit digne d'une divinité considérée comme créateur moral.

Mais la condition suprême, sinon totale, de la perfection du monde, c'est la moralité des êtres raisonnables de ce monde, qui repose à son tour sur le concept de liberté. Ils doivent en retour devenir conscients de cette dernière, comme spontanéité inconditionnée, afin de pouvoir être *moralement* bons. Or, cela étant admis, il est absolument impossible de les connaître théoriquement selon leur finalité comme des êtres provenant d'une création et donc de la volonté d'un autre, à la façon dont on peut attribuer la finalité des êtres dépourvus de raison à une cause distincte du monde et donc se représenter celle-là comme pourvue d'une perfection physico-téléologique infiniment diverse ;

au contraire, la perfection moralement téléologique qui doit être fondée originairement dans l'homme même ne peut être l'effet, ni par conséquent non plus la fin, qu'un autre pourrait se proposer de réaliser[1].

Sans doute l'homme ne peut-il du tout se rendre compréhensible au point de vue théoriquement dogmatique la possibilité d'une fin ultime à laquelle il doive aspirer sans l'avoir entièrement en son pouvoir puisque, s'il prend sa XX,
réalisation au point de vue physique comme fondement 7, 307
d'une telle téléologie, il supprime la moralité qui est pourtant l'élément le plus important de cette fin ultime, et que d'autre part, s'il fonde sur l'élément moral tout ce qu'il pose dans la fin ultime, il souffre de ne pouvoir pallier l'impuissance où il se trouve de l'exposer dans sa liaison avec le physique qui cependant ne peut être séparé du concept de souverain bien, sa fin ultime ; mais il lui reste cependant un principe pratiquement dogmatique du passage à cet idéal de perfection du monde : c'est d'admettre, malgré l'objection que le cours du monde comme phénomène fait obstacle à ce progrès, que dans le monde considéré comme objet en soi il y a une telle connexion moralement téléologique qui tend à cette fin ultime comme au but suprasensible de sa raison pratique, le souverain bien, selon un ordre de la nature incompréhensible pour lui.

Que le monde dans son ensemble progresse sans cesse vers le mieux, c'est ce qu'aucune théorie n'autorise l'homme à admettre, mais bien la raison pure pratique qui lui demande dogmatiquement d'agir selon une telle hypothèse, et il se forme ainsi d'après ce principe une théorie à laquelle il ne peut sans doute à ce point de vue accorder rien de plus que la concevabilité, ce qui ne suffit pas, tant s'en faut, à prouver la réalité objective de cet idéal au point de vue théorique, mais donne pleine satisfaction à la raison au point de vue moralement pratique.

Ainsi ce qui est impossible au point de vue théorique, à savoir le progrès de la raison vers le principe suprasensible du monde où nous vivons *(mundus noumenon)*, j'entends *vers le souverain bien dérivé*, cela est effectivement réel au point de vue pratique, c'est-à-dire pour exposer la conduite de l'homme ici sur terre comme s'il s'agissait de sa conduite dans le ciel : on peut et doit donc considérer le monde selon l'analogie avec la téleologie physique qui nous fait percevoir la nature (et même indépendamment de cette perception[2]) *a priori* comme destinée à se trouver en accord avec l'objet de la téléologie morale, c'est-à-dire avec la fin ultime de toute chose selon les lois de la liberté, pour tendre à l'idée du souverain bien. Ce dernier, en tant que produit moral, exige d'avoir l'homme lui-même pour auteur (dans la mesure où cela est en son pouvoir) et sa possibilité ne constitue pas un concept défendable d'un

point de vue théorique, comme le prétend la philosophie de Leibniz et de Wolff, ni par le biais de la création, qui a pour fondement un auteur extérieur, ni par l'inspection du pouvoir qu'a la nature humaine d'être appropriée à une
XX, telle fin, car c'est un concept qui nous dépasse, tandis que
7, 308 du point de vue pratiquement dogmatique c'est un concept réel et sanctionné par la raison pratique pour notre devoir.

III. PRÉTENDU PROGRÈS THÉORIQUEMENT DOGMATIQUE DE LA MÉTAPHYSIQUE EN PSYCHOLOGIE, DURANT L'ÉPOQUE DE LEIBNIZ ET DE WOLFF

Pour l'intelligence humaine la psychologie n'est et ne peut être rien de plus qu'une anthropologie[1], c'est-à-dire qu'en tant que connaissance de l'homme elle est restreinte à la condition qu'il se connaisse comme objet du sens interne. Mais il est aussi conscient de lui-même comme objet du sens externe, c'est-à-dire qu'il a un corps uni à l'objet du sens interne qu'on nomme âme humaine.

Qu'il ne soit pas purement et simplement un corps, c'est ce qu'on peut prouver rigoureusement si ce phénomène est considéré comme chose en soi, puisque l'unité de la conscience qui doit se rencontrer nécessairement dans chaque connaissance (et donc aussi dans la connaissance de soi-même) rend impossible que des représentations, réparties en plusieurs sujets, puissent constituer l'unité de la pensée ; par suite le matérialisme ne peut jamais servir de principe pour expliquer la nature de notre âme[2].

Mais si nous considérons le corps aussi bien que l'âme comme des phénomènes seulement, ce qui n'est pas impossible puisqu'ils sont tous deux des objets des sens, et si nous tenons compte du fait que le noumène qui est au fondement de ce phénomène, à savoir de l'objet extérieur, pourrait bien être, en tant que chose en soi, un être simple[3]...

Mais, en fermant les yeux sur cette difficulté, c'est-à-dire même si âme et corps sont tenus pour deux substances spécifiquement distinctes dont la communauté constitue l'homme, il demeure impossible pour toute philosophie, et surtout pour la métaphysique, de repérer en quoi et dans quelle mesure l'âme, en quoi et dans quelle mesure le corps *lui-même* contribuent aux représentations du sens interne, et même si par hasard, au cas où l'une de ces substances serait
XX, séparée de l'autre, l'âme ne perdrait pas absolument toute
7, 309 espèce de représentation (intuition, sensation et pensée).

Il est donc absolument impossible de savoir si, après la mort de l'homme, lorsque sa matière est dispersée, l'âme peut, quand bien même sa substance demeurerait, continuer à vivre, c'est-à-dire à penser et à vouloir, autrement dit si oui ou non elle est un esprit (car par ce mot on entend un être qui, même sans corps, peut être conscient de soi et de ses représentations).

La métaphysique de Leibniz et de Wolff nous a sans doute démontré de façon théoriquement dogmatique bien des choses sur ce sujet, à savoir non seulement la vie future de l'âme, mais aussi l'impossibilité de sa disparition du fait de la mort de l'homme, c'est-à-dire qu'elle a prétendu prouver son immortalité, mais sans pouvoir convaincre personne[1] ; on peut plutôt voir *a priori* qu'une telle preuve est tout à fait impossible puisque l'expérience interne est notre seul moyen de nous connaître nous-mêmes et que toute expérience ne peut avoir lieu que dans la vie, c'est-à-dire quand le corps et l'âme sont encore unis : par suite nous ne pouvons absolument pas savoir quels seront notre être et nos facultés après la mort, ni donc connaître du tout la nature séparée de l'âme. On devrait en effet se faire fort de tenter en quelque sorte de transporter, de son vivant même, l'âme hors du corps, ce qui reviendrait à peu près à la tentative de quelqu'un qui avait eu l'idée de se mettre devant un miroir les yeux fermés et qui, interrogé sur ce qu'il voulait faire par là, répondit : je voulais seulement savoir de quoi j'ai l'air quand je dors.

Mais au point de vue moral nous avons une raison suffisante d'admettre une vie de l'homme après la mort (la fin de sa vie terrestre), même pour l'éternité, et par suite l'immortalité de l'âme, et cette doctrine est un passage pratiquement dogmatique au suprasensible, c'est-à-dire à ce qui est une simple idée et ne peut devenir objet de l'expérience, tout en ayant cependant une réalité objective mais valable seulement au point de vue pratique[2]. L'aspiration continue au souverain bien comme fin ultime nous pousse à admettre une durée proportionnée à cette infinité qu'il possède et comble sans qu'on le remarque la carence de la preuve théorique, de sorte que la métaphysique ne sent pas l'insuffisance de sa théorie, parce que secrètement l'influence morale ne lui laisse pas percevoir la carence de la connaissance prétendument tirée de la nature des choses, et qui est dans ce cas impossible.

★

Telles sont les trois étapes de la progression de la métaphysique vers le suprasensible qui constitue proprement sa fin ultime. C'était une peine perdue que celle XX,
qu'on a prise jusqu'à présent de vouloir l'atteindre par la 7, 310
voie de la spéculation et de la connaissance théorique, et cette science devenait alors le tonneau percé des Danaïdes. C'est seulement après que les lois morales ont dévoilé le suprasensible en l'homme, la liberté, dont aucune raison ne

peut expliquer la possibilité mais dont ces doctrines pratiquement dogmatiques peuvent démontrer la réalité, c'est seulement alors que la raison a émis la prétention justifiée à une connaissance du suprasensible, mais en en restreignant l'usage à ce dernier point de vue, car c'est là que se manifeste une certaine organisation de la raison pure pratique où *premièrement* le sujet de la législation universelle, comme auteur du monde, *deuxièmement* l'objet de la volonté des êtres créés comme fin ultime conforme à celle-là, *troisièmement* l'état de ces êtres qui seul les rend capables de l'atteindre, sont des idées spontanément formées dans un but pratique, mais qui ne doivent pas être avancées dans un but théorique, sous peine de faire de la théologie une théosophie, de la téléologie morale une mystique et de la psychologie une pneumatologie[1], et de transporter les choses qui pourraient avoir quelque utilité pour notre connaissance dans un but pratique dans une région transcendante où elles sont et demeurent tout à fait inaccessibles à notre raison.

Par là la métaphysique n'est elle-même que l'idée d'une science comme système qui peut et doit être construite après l'achèvement de la critique de la raison pure et dont on possède désormais les matériaux ainsi que le plan : c'est un tout qui, comme la logique pure, ne requiert ni ne tolère aucun accroissement[2] et qui doit être aussi constamment habité et maintenu en bon état, si l'on ne veut pas que des araignées et des faunes, qui ne manqueront pas de chercher à s'y faire place, s'y nichent et le rendent inhabitable à la raison.

Cet édifice n'est pas non plus spacieux, mais pour lui procurer l'élégance qui consiste justement dans la précision qui ne fait pas tort à la clarté[3], on pourrait avoir besoin de la réunion des efforts et du jugement de divers artistes afin de l'ériger sous une forme éternelle et immuable ; et ainsi serait pleinement résolu le problème de l'Académie royale : non seulement énumérer les progrès de la métaphysique, mais aussi mesurer le stade parcouru dans l'époque critique moderne.

XX, 7, 311

Appendice pour une vue synoptique de l'ensemble

Si un système est constitué de telle façon que *premièrement* chacun des principes qu'il contient soit démontrable pour lui-même, que *deuxièmement,* même si l'on est inquiet au sujet de sa justesse, chacun conduise pourtant inévitablement, pris comme simple hypothèse, à tous les autres principes dudit système en tant que conséquences, alors on ne peut rien demander de plus pour reconnaître sa vérité.

Or il en est effectivement ainsi de la métaphysique si la critique de la raison surveille scrupuleusement tous ses pas et prend en considération le lieu où ils conduisent finalement. Il y a plus précisément deux pivots sur lesquels elle tourne : *premièrement* la doctrine de l'idéalité de l'espace et du temps qui, au point de vue des principes théoriques, indique simplement le suprasensible, pour nous l'inconnaissable, en ce qu'elle est théoriquement dogmatique en faisant route vers ce but où elle a affaire à la connaissance *a priori* des objets des sens ; *deuxièmement* la doctrine de la réalité du concept de liberté comme concept d'un suprasensible connaissable mais par quoi la métaphysique n'est que pratiquement dogmatique. Mais ces deux pivots sont comme enfoncés dans le pilier du concept rationnel de l'inconditionné dans la totalité de toutes les conditions subordonnées les unes aux autres, où doit être dissipée l'apparence qui produit une antinomie de la raison pure par la confusion des phénomènes avec les choses en soi, et qui renferme dans cette dialectique même un enseignement permettant de passer du sensible au suprasensible.

SUPPLÉMENTS XX, 7, 313

Nº I. DÉBUT DE CET ÉCRIT SUIVANT LE TROISIÈME MANUSCRIT

Introduction

Le problème de l'Académie royale des sciences contient implicitement deux questions :

I. Si la métaphysique a jamais fait en somme, jusqu'à la période immédiatement postérieure à Leibniz et à Wolff, un seul pas dans ce qui constitue sa fin proprement dite et la raison de son existence ; car c'est seulement si cela s'est produit que l'on peut s'enquérir des progrès ultérieurs qu'elle pourrait avoir faits depuis un certain temps. La deuxième question est : Si ces prétendus progrès sont *réels*.

Ce qu'on nomme métaphysique (car je me refuse pour le moment à en donner une définition déterminée) a sans doute dû à n'importe quelle époque, après qu'on lui eut trouvé un nom, avoir été en possession de quelque chose. Mais c'est seulement la possession qu'on *envisageait* en y travaillant et qui constitue aussi sa fin, et non la possession des moyens pour y parvenir, dont on demande maintenant de rendre compte lorsque l'Académie pose la question de savoir si cette science a fait des progrès réels.

La métaphysique contient dans l'une de ses parties (l'ontologie) des éléments de la connaissance humaine *a priori*, tant dans les concepts que dans les principes et elle doit, conformément à son but, en contenir de tels ; mais sa

partie de loin la plus importante trouve son application dans les objets de l'expérience possible, par exemple le
XX, concept d'une cause et le principe du rapport de tout
7, 316 changement à celle-là[1]. Mais ce n'est jamais en vue de la connaissance de tels objets d'expérience qu'on a entrepris une métaphysique où ces principes ont été péniblement expliqués et souvent démontrés si malencontreusement à partir de fondements *a priori* que, si le procédé de l'entendement, inéluctablement conforme à ces principes aussi souvent que nous effectuons l'expérience, et leur confirmation continuelle par celle-là ne tournaient pas au mieux, on n'aurait qu'une piètre estime pour la conviction que les preuves rationnelles en donnent. On s'est toujours servi de ces principes en physique (si l'on entend par là, prise dans sa signification la plus générale, la science de la connaissance de tous les objets de l'expérience possible) comme s'ils appartenaient à son domaine (celui de la physique), sans les en séparer du fait que ce sont des principes *a priori,* et sans construire pour eux une science particulière ; et cela parce que la fin qu'on leur donnait ne portait que sur les objets d'expérience, les seuls aussi par rapport auxquels ils pouvaient nous être rendus intelligibles, et que ce n'était pas là le but propre de la métaphysique. On n'aurait donc jamais songé, en envisageant cet usage de la raison, à une métaphysique comme science séparée, si la raison n'y avait trouvé par elle-même un intérêt supérieur pour lequel la recherche et la liaison systématique de tous les concepts et principes élémentaires qui servent de fondement *a priori* à notre connaissance des objets de l'expérience n'étaient qu'une préparation.

Le nom ancien de cette science μετά τά φυσικά donne déjà une indication sur le genre de connaissance auquel tendait son dessein. On veut grâce à elle s'élever au-dessus de tous les objets de l'expérience possible *(trans physicam)* pour connaître si possible ce qui ne peut absolument pas être un objet d'expérience, et la définition de la métaphysique, selon le dessein qui contient la raison pour laquelle on se porte candidat à une telle science serait donc celle-ci : C'est une science qui fait progresser de la connaissance du sensible jusqu'à celle du suprasensible (par sensible je n'entends rien de plus que ce qui peut être objet d'expérience. Que tout sensible soit simplement phénomène et non l'objet de la représentation en lui-même, c'est ce qu'on prouvera plus tard). Or puisque cela ne peut se faire au moyen des fondements empiriques de la connaissance, la métaphysique contiendra des principes *a priori;* bien que la mathématique en possède aussi, mais toujours uniquement tels qu'ils portent sur des objets de l'intuition *sensible*
XX, possible à l'aide desquels on ne peut s'élever au suprasen-
7, 317 sible, la métaphysique s'en distinguera néanmoins en ce qu'elle est désignée comme une science philosophique qui

constitue l'ensemble de la connaissance rationnelle par *concepts a priori* (sans construction de ceux-là). Puisque enfin, pour étendre la connaissance *au-delà* des limites du sensible, est requise au préalable une connnaissance complète de tous les principes *a priori* qui sont aussi appliqués au sensible, alors si on veut caractériser la métaphysique non pas tant d'après sa fin que plutôt d'après les moyens de parvenir à une connaissance en général par des principes *a priori,* c'est-à-dire d'après la simple forme de son procédé, il faut la définir comme le système de toute pure connaissance rationnelle des choses par concepts.

Or on peut démontrer avec la plus grande certitude que, jusqu'à l'époque de Leibniz et de Wolff, celle-là inclue, la métaphysique n'a pas fait la moindre acquisition par rapport à cette fin essentielle qui est la sienne, pas même celle du simple *concept* d'un quelconque objet suprasensible établi de manière à pouvoir du même coup démontrer théoriquement la réalité de ce concept, ce qui eût été le plus petit progrès possible vers le suprasensible ; dès lors qu'aurait toujours manqué la *connaissance* de cet objet placé au-delà de toute expérience possible et puisque, même si la philosophie transcendantale avait gagné quelque extension ici ou là eu égard à ses concepts *a priori* qui valent pour les objets d'expérience, celle-là n'aurait pas été celle qu'a en vue la métaphysique, l'on peut à bon droit affirmer que cette science n'a encore fait jusqu'à cette époque aucun progrès en direction de sa destination propre.

Nous savons donc sur quels progrès de la métaphysique porte la question posée, à quels progrès elle a proprement affaire et nous pouvons distnguer la connaissance *a priori* dont l'examen ne sert que de moyen et ne constitue pas la fin de cette science, je veux dire cette connaissance qui, quoique fondée *a priori,* peut néanmoins trouver pour ses concepts leurs objets dans l'expérience, de celle qui constitue sa fin, à savoir celle dont l'objet est situé au-delà de toute limite de l'expérience : c'est vers elle que la métaphysique, partant de la première, veut non point tant *progresser* que *transgresser,* puisqu'elle en est séparée par un abîme immense[1]. *Aristote* s'en tenait avec ses catégories presque uniquement à la première connaissance, *Platon* avec ses Idées aspirait à la seconde. Mais après cet examen préliminaire de la matière dont s'occupe la métaphysique, il faut encore prendre en considération la forme d'après laquelle elle doit procéder. XX,

Justement la seconde exigence que contient le problème 7, 318
posé par l'Académie royale, c'est qu'on prouve que les progrès que la métaphysique peut se vanter d'avoir faits sont *réels.* C'est une dure exigence, qui ne peut que mettre dans l'embarras les nombreux conquérants présumés de ce champ, s'ils veulent la comprendre et la prendre à cœur.

En ce qui concerne la réalité des concepts élémentaires

de toute connaissance *a priori* qui peuvent trouver leurs objets dans l'expérience, de même que les principes grâce auxquels ces derniers sont subsumés sous ces concepts, c'est l'expérience elle-même qui peut servir à prouver leur réalité, bien qu'on n'aperçoive pas comment il leur est possible d'avoir leur origine dans l'entendement pur sans être dérivés de l'expérience, et donc d'être *a priori* : par exemple le concept d'une substance et la proposition que dans tous les changements la substance demeure et que seuls les accidents surgissent ou disparaissent. Que ce pas de la métaphysique soit *réel* et non simplement fictif, c'est ce que le physicien admet sans hésitation, car il use de ces principes avec le meilleur succès dans toute investigation de la nature poursuivie au moyen de l'expérience, assuré de n'être jamais contredit par l'une d'elles ; non pas parce que aucune expérience ne l'a jamais encore contredit, quoiqu'il ne puisse non plus démontrer ce principe à la façon dont il doit être trouvé *a priori* dans l'entendement, mais parce qu'il est pour lui un fil conducteur indispensable pour établir cette expérience.

Mais ce à quoi la métaphysique a proprement affaire, à savoir la découverte d'une pierre de touche pour le concept de ce qui est situé au-delà du champ de l'expérience possible et pour savoir si l'extension de la connaissance grâce à un tel concept est bien réelle, voilà ce qui pourrait presque désespérer le métaphysicien hasardeux, si seulement il comprenait l'exigence qui lui a été présentée. Car s'il progresse au-delà de son concept, par lequel il peut simplement penser l'objet sans pouvoir le garantir par une expérience possible, et si cette pensée est seulement possible, ce à quoi il parvient en la formulant de façon à ne pas se contredire lui-même, alors il peut bien se figurer des objets en pensée comme il veut, il est sûr de ne pouvoir buter sur une expérience qui le contredirait, puisqu'il s'est formé l'idée d'un objet, celle d'un esprit par exemple, justement en le déterminant de telle façon qu'il ne puisse absolument pas être un objet de l'expérience. En effet le fait qu'aucune expérience ne confirme son idée ne peut lui porter le moindre préjudice, puisqu'il voulait penser une chose selon des déterminations qui la situent au-delà des limites de l'expérience. Ainsi de tels concepts peuvent être
XX, tout à fait vides et par suite les propositions qui en
7, 319 admettent les objets comme réels être tout à fait erronées, sans qu'il y ait pourtant là aucune pierre de touche permettant de découvrir cette erreur.

Le concept même de suprasensible auquel la raison prend un intérêt si grand que c'est en somme la raison d'être de la métaphysique, au moins comme tentative, a toujours existé et existera toujours ; quant à savoir si ce concept a une réalité objective ou est une simple fiction, c'est ce qu'aucune pierre de touche, en vertu des mêmes causes, ne peut trancher directement par la voie théorique. Car l'on ne peut, il est vrai, y rencontrer de contradiction, mais si tout ce qui est et peut être n'est pas aussi objet d'expérience possible, par suite si le concept du suprasensible en général n'est pas tout à fait vide et si le progrès présumé du sensible au suprasensible n'est pas ainsi très loin de pouvoir être tenu pour réel, c'est ce qui ne se laisse démontrer ni contredire directement par aucune preuve que nous pourrions établir avec ce concept.

Mais avant même que la métaphysique n'en soit venue à faire cette distinction, elle a mélangé les idées, qui ne peuvent avoir pour objets que le suprasensible, avec les concepts *a priori* auxquels conviennent cependant les objets d'expérience, parce qu'il ne lui vint pas à l'esprit que l'origine des premières pouvait être distincte de celle des autres concepts purs *a priori;* en conséquence il s'est produit, ce qui est particulièrement remarquable dans l'histoire des erreurs de la raison humaine, que, se sentant le pouvoir d'acquérir un grand domaine de connaissances *a priori* concernant les choses de la nature et en général ce qui peut être objet d'expérience possible (non seulement dans la science de la nature, mais aussi en mathématique) et ayant démontré par le fait la réalité de ces progrès, cette raison n'a pu prévoir pour quel motif elle ne pouvait parvenir encore plus loin avec ses concepts *a priori,* c'est-à-dire pénétrer avec succès jusqu'aux choses ou aux propriétés des choses qui ne font pas partie des objets de l'expérience. Elle devait nécessairement tenir les concepts relevant des deux domaines pour des concepts de même genre, puisque par leur origine ils sont effectivement de même genre dans la mesure où ils sont les uns et les autres fondés *a priori* dans notre faculté de connaître et non tirés de l'expérience, et ainsi semble autorisée la même espérance d'une réelle possession et extension[1].

Mais un autre phénomène particulier devait finalement faire sursauter la raison assoupie sur l'oreiller de son prétendu savoir, qu'elle étendait grâce aux idées au-delà de
toutes les limites de l'expérience possible : c'est la décou- XX,
verte que bien entendu les propositions *a priori* qui se 7, 320
tiennent à l'intérieur de ces bornes non seulement s'accordent bien ensemble mais même constituent *a priori* un système de la connaissance de la nature, tandis qu'au contraire celles qui transgressent les limites de l'expérience, bien qu'elles paraissent certes avoir une origine semblable, entrent en contradiction les unes entre elles, les autres avec celles qui portent sur la connaissance de la nature, et se détruisent mutuellement en paraissant ainsi priver la raison de toute confiance dans le champ théorique et ouvrir la voie à un scepticisme sans bornes.

Contre ce mal il n'y a aucun remède si ce n'est de soumettre la raison pure elle-même, c'est-à-dire la faculté de connaître de manière générale quelque chose *a priori*, à une critique précise et détaillée, et en vérité de façon à apercevoir la possibilité d'une réelle extension de nos connaissances par cette faculté relativement au sensible, et cette même possibilité ou encore, si elle ne devait pas se rencontrer ici, sa limitation relativement au suprasensible, de façon aussi à garantir à cette dernière connaissance, prise comme fin de la métaphysique, la possession dont elle est capable, non par ces preuves directes qui se sont si souvent révélées trompeuses, mais par une déduction du droit de la raison à des déterminations *a priori*. La mathématique et la science de la nature, dans la mesure où elles renferment une pure connaissance de la raison, n'ont besoin d'aucune critique de la raison humaine en général. En effet la pierre de touche de la vérité de leurs propositions réside en elles-mêmes, parce que leurs concepts ne vont pas plus loin que le domaine où des objets d'expérience peuvent leur être donnés, au lieu qu'en métaphysique ils sont destinés à un usage qui doit transgresser ces limites et s'étendre à des objets qui ne peuvent être donnés du tout, ou du moins pas dans la mesure exigée par l'usage que l'on entend faire du concept, c'est-à-dire de façon à lui être conformes.

XX, 7, 321

TRAITÉ

La métaphysique se distingue de toutes les sciences de façon tout à fait particulière en ce qu'elle est la seule à pouvoir être exposée dans toute son intégralité, de sorte que pour la postérité il ne reste rien à ajouter, aucune extension à donner à son contenu, et même que, si son idée ne donne pas du même coup la totalité absolue de manière systématique, on peut considérer que son concept n'a pas été correctement saisi. La cause en est que sa possibilité suppose une critique de la pure faculté de la raison en son entier où l'on peut étudier de façon tout à fait exhaustive ce qu'elle est capable d'accomplir *a priori* relativement aux objets de l'expérience possible ou, ce qui revient au même (comme on le montrera par la suite), relativement aux principes *a priori* de la possibilité d'une expérience en général et par conséquent pour la connaissance du sensible ; mais à l'égard du suprasensible, ce que la métaphysique, sous la seule contrainte de la nature de la raison pure, se contente peut-être de demander, mais est peut-être aussi capable de connaître, c'est ce que la constitution et l'unité de cette pure faculté de connaissance peut et doit indiquer avec précision. À partir de là et du fait que l'idée d'une métaphysique permet de déterminer du même coup *a priori* tout ce qu'on peut et doit y trouver et ce qui constitue la totalité de son contenu possible, il est possible de porter un jugement sur le rapport existant entre la connaissance acquise par elle et la totalité, entre la possession réelle en une époque donnée ou dans une nation et celle qu'on trouve en toutes les autres, et du même coup entre cette connaissance acquise et le manque de la connaissance qu'on y cherche ; et comme relativement au besoin de la raison pure il ne peut y avoir de différence nationale, il est possible sur l'exemple de ce qui s'est passé chez un peuple, de ce qui y a échoué ou réussi, d'évaluer d'après un étalon sûr la carence ou le progrès de la science en général en chaque époque et en chaque peuple ; et ainsi le problème peut être résolu au titre de question portant sur la raison humaine en général.

C'est donc à vrai dire simplement la pauvreté et l'étroitesse des bornes entre lesquelles cette science est renfermée qui rend possible de l'exposer tout entière en une brève esquisse, mais qui suffit pourtant à évaluer tout ce qu'elle possède véritablement. Mais en revanche la diversité des XX,
conséquences, importante si on la compare au petit nombre 7, 322
de principes auquel conduit la critique de la raison pure, rend très difficile la tentative de l'exposer intégralement en si peu de place, comme le demande l'Académie royale ; car en métaphysique une recherche faite partiellement ne mène à rien, mais c'est l'accord de chaque proposition avec la totalité de l'usage pur de la raison qui peut seul fournir la garantie de la réalité de ses progrès. Une concision féconde mais qui ne dégénère pas en obscurité exigera, dans le traité qui va suivre, un soin presque plus attentif que la difficulté de satisfaire au problème qui doit être maintenant résolu.

Première section

DU PROBLÈME GÉNÉRAL DE LA RAISON SE SOUMETTANT ELLE-MÊME À UNE CRITIQUE

Il est contenu dans cette question : Comment des jugements synthétiques *a priori* sont-ils possibles[1].

Des jugements sont *analytiques* quand leur prédicat représente clairement *(explicite)* uniquement ce qui était pensé dans le concept du sujet, quoique obscurément *(implicite)* : par exemple tout corps est étendu. Si on voulait appeler identiques de tels jugements, on ne provoquerait que confusion : car de tels jugements ne contribuent en rien à la distinction du concept à quoi doit cependant viser tout jugement, et par suite on les nomme vides ; par exemple tout corps est un être corporel (autrement dit matériel). Les jugements analytiques *se fondent* il est vrai sur l'identité et peuvent y être réduits, mais ils ne *sont* pas identiques car ils ont besoin de la décomposition du concept et servent ainsi à son explication, tandis qu'au contraire par les jugements identiques *idem* serait expliqué par *idem* et donc pas du tout.

Des jugements synthétiques sont ceux qui par leur prédicat sortent du concept du sujet du fait que celui-là contient quelque chose qui n'est pas du tout pensé dans le concept de ce dernier : par exemple tous les corps sont pesants. Or ici on ne demande pas du tout si le prédicat est ou non toujours *lié* au concept du sujet, mais on dit
XX, seulement qu'il n'est pas pensé *dans* ce concept, bien qu'il
7, 323 doive nécessairement s'y adjoindre. Ainsi par exemple la proposition : Toute figure à trois côtés est triangulaire *(figura trilatera est triangula)* est une proposition synthétique. En effet quand je pense trois lignes droites comme enfermant un espace, il est impossible que ne soient pas ainsi formés en même temps trois angles, mais cependant je ne pense pas du tout dans ce concept de figure à trois côtés l'inclinaison de ces côtés les uns sur les autres, c'est-à-dire que le concept d'angle n'est pas effectivement pensé *en lui.*

Tous les jugements analytiques sont des jugements *a priori,* et valent donc avec une universalité rigoureuse et une nécessité absolue parce qu'ils se fondent entièrement sur le principe de contradiction. Mais les jugements synthétiques peuvent être aussi des jugements d'expérience qui nous apprennent certes comment sont constituées certaines choses, mais jamais qu'elles doivent nécessairement être ainsi et ne peuvent être constituées autrement : par exemple tous les corps sont pesants ; alors leur universalité n'est que comparative : tous les corps, autant que nous en connaissons, sont pesants, universalité que nous pourrions nommer empirique, à la différence de l'universalité rationnelle qui, en tant que connue *a priori,* est rigoureuse. Or, s'il y avait des propositions synthétiques *a priori,* elles ne reposeraient pas sur le principe de contradiction et, à leur égard se poserait donc la question mentionnée plus haut mais jamais encore soulevée et encore moins résolue : comment des propositions synthétiques *a priori* sont-elles possibles? Or qu'il y en ait effectivement de telles et que la raison ne serve pas simplement à élucider analytiquement des concepts déjà acquis (tâche fort nécessaire pour se comprendre d'abord bien soi-même), mais qu'elle ait aussi le pouvoir d'étendre synthétiquement *a priori* sa possession et que, si la métaphysique, pour les moyens qu'elle utilise, repose sur le premier type de jugement, elle repose en revanche, en ce qui concerne sa fin, entièrement sur le dernier, c'est ce que le présent traité montrera abondamment par la suite. Mais puisque les progrès que la

métaphysique prétend avoir faits pourraient encore être mis en doute quant à la question de savoir s'ils sont réels ou non, la mathématique pure se dresse comme un colosse pour démontrer la réalité d'une connnaissance qui s'étend par la seule raison pure, en dépit des attaques du douteur le plus téméraire ; et quoiqu'elle n'ait pas du tout besoin elle-même, pour garantir la légitimité de ses prétentions, d'une critique de la pure faculté de la raison, et qu'au contraire elle se justifie par son propre fait, il y a cependant en elle un exemple sûr pour démontrer au moins la réalité du problème le plus nécessaire à la métaphysique : Comment des propositions synthétiques *a priori* sont-elles XX,
possibles ? 7, 324

Ce qui prouve mieux que tout l'esprit philosophique de Platon[1], mathématicien éprouvé, c'est qu'à propos de la grande raison pure qui dans la géométrie entre en contact avec l'entendement par tant de principes excellents et imprévus, il put être transporté dans cette admiration qui l'entraîna vers la pensée exaltée qui tient toutes ces connaissances non pour des acquisitions récentes faites dans notre vie terrestre, mais pour de simples reviviscences d'idées bien antérieures ne pouvant avoir pour fondement rien de moins élevé que la parenté avec l'entendement divin. Chez un simple mathématicien ces produits de la raison auraient peut-être bien suscité une joie capable de lui faire sacrifier une hécatombe, mais leur possibilité ne l'aurait pas plongé dans l'admiration, parce qu'il ne faisait porter sa méditation que sur son objet et n'y trouvait pas l'occasion de considérer et d'admirer le sujet en tant qu'il se montre capable d'une connaissance si profonde. Un simple philosophe au contraire, comme Aristote, n'aurait pas suffisamment remarqué la différence immense existant entre la *pure* faculté de raison, laquelle s'étend à partir d'elle-même, et celle qui, guidée par des principes empiriques, progresse vers l'universel par des raisonnements ; et par suite il n'aurait pas non plus éprouvé une telle admiration, mais, en ne regardant la métaphysique que comme une physique s'élevant à des niveaux supérieurs, il *n'aurait rien trouvé de surprenant ni* d'incompréhensible dans sa prétention qui va jusqu'au suprasensible dont il devait justement être si difficile de trouver la clef, comme c'est en effet le cas.

Deuxième section

DÉTERMINATION DU PROBLÈME POSÉ À PROPOS DES FACULTÉS DE CONNAÎTRE QUI CONSTITUENT EN NOUS LA RAISON PURE

Le problème mentionné ci-dessus ne se laisse pas résoudre autrement que de la façon suivante : il nous faut le considérer d'abord dans son rapport aux facultés qui permettent à l'homme d'étendre sa connaissance *a priori* et qui constituent en *lui* ce qui peut spécifiquement être nommé *sa* raison pure. Car si par raison pure d'un être en général on entend la faculté de connaître des choses
XX, 7, 325 indépendamment de l'expérience et donc des représentations des sens, on ne déterminera pas du tout par là de quelle manière en général chez cet être (par exemple en Dieu ou en un esprit supérieur) une telle connaissance est possible, et le problème est alors indéterminé.

Pour ce qui concerne l'homme en revanche, toute sa connaissance repose sur le concept et l'intuition. Chacun des deux est certes une représentation, mais pas encore une connaissance. Se représenter quelque chose par concept, c'est-à-dire en général, s'appelle *penser,* et la faculté de penser l'entendement. La représentation immédiate du singulier est l'intuition. La connaissance par *concepts* se nomme *discursive,* celle qui se fait dans l'intuition *intuitive ;* en fait la conjonction des deux est requise pour qu'il y ait une connaissance, mais celle-là reçoit son nom du terme que je prends à chaque fois comme objet d'attention principal en tant que fondement de sa détermination. Que l'un et l'autre puissent être des modes de représentation empiriques ou bien purs, cela relève de la constitution spécifique de la faculté de connaissance humaine qui sera bientôt considérée de plus près. Par l'intuition qui est conforme à un concept, l'objet est *donné,* sans elle il est simplement *pensé.* Par cette simple intution sans concept, l'objet est certes donné mais non pensé, par le concept sans intuition correspondante il est pensé mais non donné et dans les deux cas il n'est donc pas connu. Quant à un concept l'intuition correspondante peut être conjointe *a priori,* on dit que ce concept est *construit ;* si ce n'est qu'une intuition empirique, on dit qu'elle est un simple exemple du concept ; l'action d'adjoindre l'intuition au concept s'appelle dans les deux cas une présentation *(exhibitio)* de l'objet, sans laquelle (qu'elle ait lieu médiatement ou immédiatement) il ne peut y avoir aucune connaissance.

La possibilité d'une pensée ou d'un concept repose sur le principe de contradiction, par exemple le concept d'un être pensant incorporel (d'un esprit). La chose dont même la simple pensée est impossible (c'est-à-dire dont le concept se contredit) est elle-même impossible. Mais la chose dont le concept est possible n'est pas pour autant une chose possible. On peut appeler logique la première possibilité, réelle la seconde ; la preuve de cette dernière est la preuve de la réalité objective du concept qu'on est toujours autorisé à exiger. Mais elle ne peut jamais être produite autrement que par la présentation de l'objet correspondant au concept, car sinon il ne reste jamais qu'une pensée qui XX, laisse toujours dans l'incertitude la question de savoir si 7, 326 quelque objet lui correspond ou si elle est vide, autrement dit si elle peut en somme servir à connaître, jusqu'à ce que cet objet soit montré dans un exemple*.

N° II. DEUXIÈME STADE DE LA MÉTAPHYSIQUE

Son repos dans le scepticisme de la raison pure

Bien que le repos ne puisse être dit un progrès, ni par conséquent non plus à proprement parler un stade parcouru, pourtant, si la progression dans une certaine direction a pour suite inévitable une régression aussi importante, la conséquence en est exactement la même que si l'on n'avait pas bougé de place.

L'espace et le temps contiennent des rapports du conditionné à ses conditions, par exemple la grandeur déterminée d'un espace n'est possible que conditionnée, du fait même qu'un autre espace la renferme ; de même un temps déterminé n'est possible que parce qu'il est représenté comme une partie d'un temps encore plus grand, et il en va de même pour toutes les choses données comme phénomènes. Mais la raison aspire à connaître l'inconditionné et avec lui la totalité de toutes les conditions, car autrement elle ne cesse de questionner exactement comme si aucune réponse ne lui avait été encore donnée.

* Un auteur[1] veut mettre cette exigence en échec par un cas qui est de fait unique en son genre, à savoir le concept d'un être nécessaire, de l'existence duquel nous pourrions être certains parce que la cause dernière tout au moins doit bien être un être absolument nécessaire, et qu'ainsi la réalité objective de ce concept peut être prouvée sans qu'on puisse lui donner une intuition correspondante dans quelque exemple. Mais le concept d'un être nécessaire n'est pas du tout encore le concept d'une chose déterminée de façon quelconque. Car l'existence n'est pas une détermination d'une chose et l'on ne peut absolument pas, à partir de sa simple existence, qu'on l'admette comme nécessaire ou non, connaître quels prédicats internes reviennent à une chose pour la raison qu'on l'admet comme une chose indépendante quant à l'existence[2].

Or à soi seul cela ne suffirait pas à égarer la raison ; car XX, 7, 327 combien de fois n'interroge-t-on pas en vain sur le pourquoi dans les sciences de la nature, et ne trouve-t-on pas valable pourtant l'excuse de l'ignorance, parce qu'elle vaut du moins mieux que l'erreur. Mais la raison s'égare elle-même parce que, guidée par les principes les plus sûrs, elle croit avoir trouvé l'inconditionné d'un côté tandis que, par d'autres principes aussi certains, elle est amenée à croire en même temps qu'il faudrait le chercher du côté opposé.

Cette antinomie de la raison ne la place pas seulement dans un doute qui suspecte aussi bien l'une que l'autre de ces affirmations, ce qui laisserait encore l'espoir d'un jugement tranchant dans un sens ou dans l'autre mais elle la met dans le désespoir à l'égard d'elle-même, lui fait renoncer à toute prétention à la certitude et c'est ce qu'on peut appeler l'état du scepticisme dogmatique[1].

Mais ce conflit de la raison avec elle-même a en soi ceci de particulier qu'elle le pense comme un duel où elle est sûre d'abattre l'adversaire si elle passe à l'attaque, mais où elle est aussi certaine d'être battue pour peu qu'elle doive se défendre. En d'autres termes : elle peut moins compter prouver son assertion que plutôt réfuter celle de l'adversaire, ce qui n'offre rien de certain puisque tous deux peuvent bien juger faux ou même avoir raison l'un et l'autre si seulement ils s'entendaient d'abord sur le sens de la question[2].

Cette antinomie partage les combattants en deux classes[3] : l'une cherche l'inconditionné dans la composition de l'homogène, l'autre dans celle de ce divers qui peut aussi être hétérogène. La première est mathématique et va des parties d'une grandeur homogène au tout absolu par addition, ou bien du tout aux parties dont aucune n'est à son tour un tout. La seconde est dynamique et va des conséquences au principe synthétique suprême qui est ainsi quelque chose de réellement distinct de la conséquence, soit comme principe suprême de la détermination de la causalité d'une chose, soit comme principe de l'existence même de cette chose.

Or les oppositions de la première classe sont, comme on l'a dit, de deux sortes. Dans celle qui va des parties au tout les propositions : *Le monde a un commencement* et *Le monde n'a pas de commencement* sont toutes deux également fausses ; et dans celle qui va des conséquences aux principes et régresse donc synthétiquement, les deux propositions, quoique opposées entre elles, peuvent cependant être vraies parce qu'une conséquence peut avoir plusieurs principes dont la différence est à vrai dire transcendantale, c'est-à-dire que le principe est soit un objet de la sensibilité, soit
XX, 7, 328 un objet de la raison pure dont la représentation ne peut être donnée dans la représentation empirique ; par exemple : Tout est nécessité naturelle, et donc il n'y a pas de liberté,

à quoi s'oppose l'antithèse : Il y a de la liberté et tout n'est pas nécessité naturelle, ce qui suscite un état sceptique d'où résulte l'immobilisation de la raison.

En effet, en ce qui concerne les oppositions de la première classe, il se produit en métaphysique la même chose qu'en logique où deux jugements opposés entre eux comme contraires peuvent être tous deux faux parce que l'un en dit plus qu'il n'est requis pour l'opposition. Ainsi la proposition : le monde n'a pas de commencement contient la proposition : le monde a un commencement, ni plus ni moins qu'il n'est requis pour l'opposition, et l'une des deux doit être vraie, l'autre fausse. Mais si je dis qu'il n'a pas de commencement mais existe de toute éternité, j'en dis plus qu'on ne peut exiger pour l'opposition. Car, outre ce que le monde n'est pas, je dis encore ce qu'il est. Or le monde, considéré comme un tout absolu, est pensé comme noumène et cependant, selon le commencement ou le temps infini, comme phénomène. Si j'énonce cette totalité intellectuelle du monde ou lui attribue des limites en tant que noumène, les deux propositions sont fausses. Car avec la totalité absolue des conditions dans un monde sensible, c'est-à-dire dans le temps, je me contredis moi-même, que je me le représente donné comme infini ou comme limité dans une intuition possible.

Au contraire, de même qu'en logique deux jugements opposés entre eux comme subcontraires peuvent être tous les deux vrais, parce que chacun dit moins qu'il n'est requis pour l'opposition, de même en métaphysique deux jugements synthétiques qui portent sur des objets des sens, mais concernent seulement la relation des conséquences à leur principe, peuvent être tous deux vrais parce que la série des conditions est considérée de deux façons différentes, à savoir comme objet de la sensibilité ou comme objet de la simple raison. En effet les conséquences conditionnées sont données dans le temps, mais leurs principes ou conditions sont ajoutés par la pensée et peuvent être divers. Ainsi si je dis : Tous les événements dans le monde sensible se produisent par des causes naturelles, je pose comme principe des conditions à titre de phénomènes. Si l'adversaire dit : Tout ne se produit pas par des causes naturelles *(causa phaenomenon)*, alors la première proposition devrait être fausse. Mais si je dis : Tout ne se produit pas par simples causes naturelles, mais peut se produire aussi en même temps par des principes suprasensibles *(causa noumenon)*, alors je dis moins qu'il n'est requis pour l'opposition à la totalité des conditions dans le monde sensible, car j'admets une cause qui est restreinte non à ce genre de conditions, mais à celles de la représentation sensible et je XX,
ne contredis donc pas aux conditions de ce genre ; en effet 7, 329
je me borne à me représenter la condition intelligible dont la pensée réside déjà dans le concept d'un *mundus phaenome-*

non où tout est conditionné, et la raison ne contredit pas ici la totalité des conditions.

Cette immobilisation sceptique qui ne renferme aucun scepticisme, c'est-à-dire aucun renoncement à la certitude dans l'élargissement de notre connaissance rationnelle au-delà des limites de l'expérience possible, est donc très bienfaisante, car sans elle ou bien nous aurions dû abandonner la plus grande affaire de l'homme, que la métaphysique s'assigne comme fin ultime, et restreindre l'usage de la raison simplement au sensible, ou bien nous aurions du lanterner le chercheur avec d'inconsistantes illusions de savoir, comme cela s'est fait pendant si longtemps, si entre-temps n'était intervenue la critique de la raison pure qui, en divisant en deux chambres la métaphysique législatrice, a remédié aussi bien au despotisme de l'empirisme qu'au désordre anarchique de la philodoxie sans limite.

N° III. NOTES MARGINALES

La possibilité comme l'impossibilité inconditionnées de la non-existence d'une chose sont des représentations transcendantales qui ne se laissent pas du tout penser, parce que nous n'avons aucun fondement pour poser ou exclure quelque chose sans condition. Aussi la proposition affirmant qu'une chose existe de façon absolument contingente ou qu'elle est absolument nécessaire est dans les deux cas sans aucun fondement. La proposition disjonctive n'a donc pas d'objet. C'est exactement comme si je disais : Chaque chose est x ou non-x sans connaître du tout cet x[1].

★

Tout le monde a quelque métaphysique pour fin de la raison et, jointe à la morale, elle constitue la philosophie proprement dite.

★

Les concepts de nécessité et de contingence ne paraissent pas porter sur la substance. Aussi ne s'interroge-t-on pas sur la cause de l'existence d'une substance parce qu'elle est ce qui a toujours été et doit demeurer et ce sur quoi, en XX, 7, 330 tant que substrat, le changeant fonde ses rapports. Au concept d'une substance s'arrête le concept de cause. Elle *est elle-même* cause mais non effet. Comment quelque chose pourrait-il même être cause d'une substance hors de soi de façon à faire durer cette substance grâce à sa propre force? Car les conséquences de cette dernière seraient les effets de la première, et ainsi celle-là ne serait pas un sujet ultime.

★

La proposition : Tout ce qui est contingent a une cause, devrait s'énoncer ainsi : Tout ce qui ne peut exister que de manière conditionnée a une cause.

De même la nécessité de *l'ens originarium* n'est rien d'autre que la représentation de son existence inconditionnée. Mais la nécessité signifie davantage, à savoir qu'on pourrait aussi connaître, et à vrai dire à partir de son seul concept, qu'il existe.

*

Le besoin qu'a la raison de s'élever du conditionné à l'inconditionné concerne aussi les concepts eux-mêmes. Car toutes les choses contiennent de la réalité et même un degré de réalité. Celui-là n'est jamais considéré comme possible que de façon conditionnée, à savoir pour autant que je suppose un concept du *realissimum,* dont ce degré ne contient que la limitation[1].

Tout conditionné est contingent et vice versa.

*

L'être originaire, en tant qu'être suprême *(realissimum),* peut ou bien être pensé tel qu'il contienne en lui toute réalité comme détermination. Cet être n'est pas effectivement réel pour nous car nous ne connaissons pas toute la réalité purement et simplement, ou du moins nous ne pouvons pas comprendre que, malgré sa grande diversité, elle puisse se trouver uniquement dans un seul être. Nous admettrons donc qu'il y a un *ens realissimum* en tant que fondement, et de ce fait il peut être représenté comme un être qui nous est totalement inconnaissable quant à son contenu[2].

*

C'est ici que réside une illusion fondamentale : comme dans la théologie transcendantale on aspire à connaître *l'*objet existant de manière inconditionnée, puisque seul il peut être nécessaire, on pose d'abord comme fondement le concept inconditionné d'un objet, qui consiste en ce que tous les concepts d'objets limités sont dérivés en tant que tels, c'est-à-dire par négations inhérentes ou *defectus,* et que XX,
seul le concept du *realissimum,* c'est-à-dire de l'être en qui 7, 331
tous les prédicats sont réels, est un *conceptus logice originarius* (inconditionné). On tient cela pour une preuve que seul un *ens realissimum* peut être nécessaire ou réciproquement que l'absolument nécessaire est *ens realissimum.*

On veut éluder la preuve que l'*ens realissimum* existe nécessairement et l'on préfère prouver que, si un être nécessaire existe, il doit être un *realissimum.* (Or l'on devrait ainsi prouver qu'un seul être parmi tous les existants existe de manière absolument nécessaire, et l'on peut bien y parvenir aussi). Mais la preuve ne dit rien de plus que ceci : nous n'avons pas le moindre concept de ce qui peut revenir comme propriété à un être nécessaire en tant que tel, si ce n'est que, quant à son existence, il existe de manière inconditionnée. Mais ce qui lui appartient, nous n'en savons rien. Parmi nos concepts des choses, il y a celui du *realissimum,* logiquement inconditionné, mais cependant complètement déterminé. Si donc nous pouvions admettre aussi un objet comme correspondant à ce concept, ce serait l'*ens realissimum.* Mais nous ne sommes pas autorisés non plus à admettre un tel objet pour notre simple concept.

De l'hypothèse que quelque chose existe, il suit que quelque chose existe aussi nécessairement ; mais l'on ne peut non plus savoir purement et simplement et sans condition que quelque chose existe nécessairement ; le concept d'une chose, selon ses prédicats internes, peut bien être admis comme on veut et l'on peut démontrer que celle-là est absolument impossible. J'ai donc conclu au concept d'un être de la possibilité duquel personne ne peut se former un concept[1].

Mais pourquoi est-ce que je conclus à l'inconditionné? Parce qu'il doit contenir le fondement suprême du conditionné. Le raisonnement est donc : 1° Si quelque chose existe, il y a aussi quelque chose d'inconditionné. 2° Ce qui existe de manière inconditionnée existe comme être absolument nécessaire. Cette dernière proposition n'est pas une conséquence nécessaire car l'inconditionné peut être nécessaire pour une série, tout en demeurant lui-même, ainsi que la série, toujours contingent. Il ne s'agit pas dans ce dernier cas d'un prédicat des choses (déterminant par exemple si elles sont conditionnées ou inconditionnées), mais de l'existence des choses avec tous leurs prédicats, c'est-à-dire que la question est de savoir si elle est en soi nécessaire ou non. C'est donc un simple rapport de l'objet à notre concept[2].

Toute proposition portant sur l'existence est synthétique et donc également la proposition : Dieu existe. Si elle devait être analytique, alors l'existence devrait pouvoir être dégagée du simple concept d'un tel être possible. Or on a
XX, tenté de le faire de deux manières : 1) Dans le concept de
7, 332 l'être suprêmement réel se trouve comprise son existence,
car elle est une réalité. 2) Dans le concept d'un être existant nécessairement se trouve compris le concept de la réalité suprême comme unique manière permettant de penser l'absolue nécessité d'une chose (nécessité qui doit être admise si quelque chose existe). Or, si un être nécessaire devait déjà contenir dans son concept la réalité suprême, mais que cette réalité (comme le dit le n° 1) ne dut pas renfermer le concept d'une absolue nécessité, et que par

suite les concepts ne fussent pas réciprocables, alors le concept du *realissimum* serait un *conceptus latior* que celui du *necessarium*, c'est-à-dire que des choses autres que le *realissimum* pourraient être des *entia necessaria*. Or cette preuve a été menée en posant précisément que l'*ens necessarium* ne peut être pensé que d'une seule façon, etc.[1].

Voici où se trouve au juste le πρῶτον ψεῦδος : le *necessarium* contient dans son concept l'existence, par suite celle d'une chose, comme *omnimoda determinatio*, et par conséquent cette *omnimoda determinatio* se laisse tirer (et non pas simplement conclure) de son concept, ce qui est faux, car on a seulement prouvé que, si elle devait se laisser tirer d'un concept, ce devrait être de celui de *realissimum* (car c'est le seul concept qui renferme en même temps la détermination complète[2]).

Cela veut donc dire : si nous devions pouvoir comprendre l'existence d'un *necessarium* en tant que tel, nous devrions pouvoir tirer l'existence d'une chose, c'est-à-dire l'*omnimoda determinatio* d'un concept quelconque. Mais c'est là le concept d'un *realissimum*. Nous devrions donc pouvoir tirer l'existence d'un *necessarium* du concept du *realissimum*, ce qui est faux. Nous ne pouvons pas dire qu'un être a les propriétés sans lesquelles je ne connaîtrais pas son existence comme nécessaire à partir de concepts, bien que ces propriétés ne soient pas admises comme des produits constitutifs du premier concept, mais seulement comme *conditio sine qua non*[3].

★

Le principe de la connaissance qui est synthétique *a priori* implique que la composition soit le seul *a priori* qui doive être constitué par nous, si elle a lieu en général selon l'espace et le temps[4]. Mais la connaissance contient, pour l'expérience, le schématisme, soit le schématisme réel (transcendantal), soit le schématisme par analogie (symbolique[5]). La réalité objective de la catégorie est théorique, celle de l'idée est seulement pratique. Nature et liberté.

XX, 7, 333

★

FEUILLES DÉTACHÉES SE RAPPORTANT AUX PROGRÈS DE LA MÉTAPHYSIQUE

XX, 7, 335

Question du concours

1. Qu'est-ce que les Anciens attendaient de la métaphysique? De connaître le suprasensible. 2. Cette distinction est aussi ancienne que la philosophie. 3. Par *noumena*, ils

entendaient tous les objets en tant qu'ils peuvent être connus *a priori*, et Platon y comptait les propriétés des figures ; et ils en vinrent à la querelle des concepts innés. 4. Dieu, liberté et immortalité. 5. Sur le premier et la troisième ils étaient facilement d'accord, mais non sur la deuxième. 6. La source de la philosophie critique, c'est la morale au point de vue de l'imputabilité des actions. 7. Là-dessus querelle incessante. 8. Toutes les philosophies ne se distinguent pas pour l'essentiel, jusqu'à la philosophie critique. 9. Quel est l'essentiel de la philosophie pure dans la manière de traiter ses objets.

À l'égard des problèmes théoriques de toute sorte il n'est nullement besoin d'analytique et de métaphysique, dès lors qu'on transforme le concept de liberté en celui de nécessité mécanique. Si les objets du sens externe ou même du sens interne se présentent à nous comme ils sont en soi ou seulement comme ils apparaissent ; si les concepts permettant d'amener ce divers à une connexion universelle pour l'expérience sont donnés *a priori* ou bien *a posteriori* dans l'expérience, voilà qui est équivalent pour le chercheur
XX, théorique *(Ici se trouvent dix lignes remplies de lacunes, et*
7, 336 *incompréhensibles)*.

Toute conséquence en soi contingente (par suite synthétique) des événements dans le monde doit avoir une cause. La contingence est pensée dans la finalité.

Or l'harmonie du bonheur dans le monde et du fait de mériter d'être heureux (si une telle harmonie doit avoir lieu constamment) est une conséquence contingente des événements dans le monde.

Donc cette harmonie, si elle existe ou est postulée, doit aussi avoir une cause (et à vrai dire différente de toutes les causes dans le monde).

Cette cause doit résider dans le monde et les êtres qui s'y trouvent, car la loi de la causalité ne porte que sur les êtres sensibles. Mais puisque cette harmonie en comparaison avec son principe de perfection ne peut être connue de nous comme appropriée à lui pour toute l'éternité ou même pour le monde entier, elle est affaire de croyance. Ou plutôt la connaissance de sa possibilité relève d'un fondement intelligible, à savoir aussi bien celui de l'existence d'êtres raisonnables autant que libres dont les causes d'existence selon la catégo... *[la fin de la phrase manque]*.

La bonne volonté doit naître d'elle-même, mais elle n'est pas phénomène parce qu'elle porte sur les maximes et non sur les actions qui arrivent dans le monde. L'ordonnance de celui-là est un événement. On peut en dire que Dieu est l'auteur de la somme la plus élevée de la moralité et, dans la mesure où elle n'est pas parfaite, de la plus grande harmonie avec le bonheur.

L'harmonie peut être possible du fait que Dieu est la cause de la moralité et aussi du bonheur en proportion, mais cela ne se laisse pas penser parce que ce serait du mécanisme, non de la liberté. L'homme est lui-même envisagé comme cause de ses actions qui ont lieu dans le monde, mais la raison pour laquelle il a agi ainsi plutôt qu'autrement, et à vrai dire par liberté, demeure incompréhensible à lui-même parce que c'est la liberté. De la bonne ou de la mauvaise volonté en tant que constituant le monde des maximes on dit seulement *secundum analogiam* que Dieu la donne et qu'il amende ou endurcit le cœur. Nous ne connaissons que les actions et aussi le phénomène de leur admission dans nos maximes ; nous ne pouvons pas sonder le caractère intelligible sur lequel elles sont fondées. XX,

La réalité du concept de cette harmonie a son fondement 7, 337
dans la raison pratique pour tendre au bien suprême, donc aussi pour le penser comme possible par nos propres forces.

Le subjectif de l'intuition doit déterminer cette constitution qui est la sienne, car autrement elle ne pourrait être *a priori* et nécessaire. De même le subjectif des concepts, c'est-à-dire la méthode pour s'en faire un concept en général. Sans quoi il n'y aurait non plus aucune nécessité.

Pour construire des concepts, c'est-à-dire les donner *a priori* dans l'intuition, espace et temps sont requis ; pour l'expérience, outre les concepts *a priori,* est exigé celui d'existence *(realitas)* pour la perception (l'empirique). Mais construire requiert toujours pour le temps le tracé d'une ligne dont les parties sont simultanées et pour la ligne un temps dont les parties sont successives.

Pas plus qu'il n'est possible de conclure du concept d'un être à sa nécessité, il est impossible de conclure à partir de sa nécessité le concept que l'on doit s'en faire ; car modalité et contenu d'une chose n'ont rien de commun entre eux.

Le premier de ces trois stades contient les progrès de la métaphysique en deux sections, la théorie de l'être et la théorie générale de la nature. Ontologie et physique rationnelle. Dans cette dernière les objets sont considérés comme donnés dans l'expérience, à ceci près que ce qui, en eux comme objets soit du sens externe soit du sens interne, doit être pensé *a priori* représente la théorie du corps et de l'âme ensemble comme théorie générale de la nature, *physica rationalis et psychologia rationalis.* La physique générale appartient à l'ontologie comme ensemble des conditions *a priori* sous lesquelles une réalité objective peut être donnée à ses XX,
concepts en sorte cependant que ne doit s'y rencontrer 7, 338
aucune doctrine empirique de la nature matérielle et pensante, *physica* et *psychologia empirica.*

À cette théorie formelle de la nature appartient encore la discussion pour savoir : 1° si le principe de l'idéalité de l'espace va si loin qu'on puisse aussi se passer complètement de l'existence d'objets extérieurs des sens, 2° si celui de l'idéalité du temps va si loin qu'on puisse supprimer le sens interne distingué de la conscience et par suite le moi empirique. Le moi rationnel ne donne aucune connaissance, mais seulement la synthèse du divers de l'intuition en général pour la possibilité d'une connaissance.

S'il y a un sens externe qui est distinct de la conscience de nos représentations. S'il y a un sens interne qui est distinct de la conscience de nos représentations internes.

Si le premier n'existait pas, l'objet (ma simple représentation) ne serait qu'en moi. Or comme je dois pouvoir prendre conscience de tout mon état, je placerais tout l'extérieur simplement dans le temps[1]. L'espace comme quelque chose dont les parties sont l'une après l'autre. Si je me connaissais comme je suis et non comme je m'apparais, mon changement ferait une contradiction en moi. Je ne serais jamais le même homme. L'identité du moi serait supprimée[2].

Le moi logique n'est pas pour lui-même un objet de connaissance, mais bien le moi physique *lui-même,* et ce au moyen des catégories comme modes de la composition du divers de l'intuition interne (empirique) dans la mesure où elle (la composition) est possible *a priori*[3].

Hoc est vivere bis, vita posse priori frui.

Martial[4]

Le point décisif du premier stade, c'est que la faculté théorique de connaître de l'homme ne peut aller au-delà des objets des sens et des limites de l'expérience possible
XX, et que ces objets ne sont pas les choses en soi, mais
7, 339 simplement leurs phénomènes.

1. Différence entre les jugements analytiques et synthétiques.

2. Entre jugements synthétiques *a priori* et synthétiques empiriques.

3. Comment les uns et les autres sont possibles — grâce à des intuitions *a priori* ou empiriques placées sous les concepts.

4. Comment l'intuition *a priori* est possible.

5. Comment l'est le concept *a priori.*

6. Comment la logique générale est possible et ce qu'elle contient.

7. Comment la logique transcendantale est possible.

8. Ce qu'est la logique des jugements immanents et des jugements transcendants qui ne procurent pas de connaissance, — et de la logique en entier.

Que tous les concepts que je n'emprunte pas à la forme subjective de l'intuition doivent être empiriques et ne peuvent comporter de nécessité, puisqu'ils sont tirés de la perception de l'objet.

Intuition, représentation immédiate

1° Comment sont possibles les jugements synthétiques en général ? Du fait qu'au-delà de mon concept je retire de l'intuition qui réside à son fondement quelque chose à titre de caractéristique et que je le relie à ce concept. Les jugements empiriques/synthétiques sont ceux dans lesquels le sujet est un concept auquel correspond une intuition empirique ; les jugements *a priori*/synthétiques ceux au sujet desquels correspond une intuition *a priori*. Ainsi il n'y a pas de proposition synthétique (dont pourtant la métaphysique est pleine) sans qu'il y ait des intuitions pures *a priori*.

2° Que sont les intuitions pures ? Des formes de la sensibilité, du sens externe et du sens interne, l'espace et le temps qui précèdent toutes les intuitions empiriques.

3° Comment est-il possible que nous puissions connaître synthétiquement *a priori* les propriétés des choses dans l'espace et le temps ? Pas autrement que parce que nous pensons cette forme non pas comme appartenant aux objets, mais comme relevant subjectivement de l'être qui se représente ; car alors peut être déterminé *a priori* non pas XX,
ce qui relève en soi des objets qui dépendent des conditions 7, 340
de l'espace et du temps, mais la façon dont ils doivent apparaître nécessairement au sujet.

4° Par simples concepts nous ne pouvons produire aucune proposition synthétique *a priori*. Car, supposé qu'espace et temps fussent des éléments constitutifs, confusément représentés, des choses, la perception de leurs propriétés, puisqu'elle serait alors synthétique et pourtant *a posteriori*, c'est-à-dire empiriquement tirée des objets par la perception, n'aurait qu'une validité empirique et la nécessité leur ferait défaut.

5° De simples intuitions, pures ou empiriques, sans concept *a priori*, sont-elles suffisantes pour une connaissance synthétique ? Non, sans synthèse *a priori* et concept du composé à partir du divers de cette intuition, aucun jugement *a priori* ne serait possible. Car l'unité de la conscience qui est exigible pour chaque jugement et même l'unité de la conscience dans une synthèse *a priori* est exigée pour un tel jugement, et ces concepts sont les catégories qui, au premier chef, avant les intuitions et non pas sans elles, par suite non pas en tant que simples catégories, procurent une connaissance.

6° Jusqu'où peuvent aller ces propositions *a priori ?* Elles portent simplement sur les objets dans le phénomène et donc seulement sur les objets des sens et à vrai dire uniquement comme ils nous apparaissent.

7° Comment est-il possible qu'un sujet soit conscient de lui-même comme simple phénomène et immédiatement, et en même temps comme chose en soi? Dans le premier cas grâce à l'aperception empirique, dans le second grâce à l'aperception pure.

D'une histoire philosophante de la philosophie

Toute connaissance historique est empirique et donc connaissance des choses telles qu'elles sont; non pas connaissance qu'elles doivent être nécessairement ainsi. Le savoir rationnel les représente selon leur nécessité. Une représentation historique de la philosophie raconte donc comment on a philosophé jusqu'à présent et dans quel ordre. Mais l'activité philosophique est un développement progressif de la raison humaine et celle-là ne peut avoir avancé sur la voie empirique ni même s'y être engagée et ce au moyen de simples concepts. Il doit y avoir eu un besoin (théorique ou pratique) de la raison qui l'a contrainte à s'élever de ses jugements sur les choses en
XX, direction des fondements jusqu'au premier de ceux-là, au
7, 341 début grâce à la raison commune, comme par exemple en partant des corps célestes et de leur mouvement. Mais on en vint aussi aux fins : en dernier lieu, remarquant que, sur toute chose, on peut chercher des fondements rationnels, on se mit à recenser les concepts de la raison (ou de l'entendement), non sans avoir auparavant décomposé la pensée en général sans objet. Cela se fit grâce à Aristote, ceci encore plus tôt grâce aux logiciens.

Une histoire philosophique de la philosophie n'est pas elle-même historique ou empirique, mais rationnelle, c'est-à-dire possible *a priori*. En effet, bien qu'elle établisse des faits de la raison, elle ne les emprunte pas au récit historique, mais elle les tire de la nature de la raison humaine à titre d'archéologie philosophique. Qu'est-ce qui a permis aux penseurs, parmi les hommes, de raisonner sur l'origine, le but et la fin des choses dans le monde? Fut-ce ce qu'il y a de final dans le monde ou seulement la chaîne des effets et des causes, ou fut-ce la fin de l'humanité elle-même qui constitua leur point de départ?

Sur l'incapacité des hommes à communiquer entre eux totalement

Dans les choses qui se laissent exposer, cela va bien, beaucoup moins dans les sentiments, encore moins dans ces *sensations* qui résultent des idées, Aristippe comptait seulement sur ces dernières en tant que réel absolu; mais la communication est douteuse — défaut du langage — la morale contient la plus haute communicabilité des sentiments, mais elle triomphe le plus quand elle est la plus abstraite et n'a en fin de compte pour principe déterminant que le simple sentiment de notre réceptivité à la morale.

Les idées de Dieu et de la vie future acquièrent grâce aux fondements moraux une réalité non pas objectivement théorique, mais simplement pratique incitant à agir comme s'il y avait un autre monde.

Idéalisme : on ne peut penser le temps de manière déterminée que dans l'appréhension de l'espace (et dans la saisie unifiante pour la simultanéité). Or si rien, en tant que donnée extérieure, ne devait se trouver au fondement de XX, 7, 342
l'intuition de l'espace, la représentation de quelque chose d'extérieur ne serait qu'une pensée et donc n'aurait été effectivement donnée par rien d'extérieur à l'esprit. Ainsi il serait à tout le moins possible de penser ses propres représentations internes comme situées dans l'espace, ce qui se contredit[1].

Si une *histoire* de la philosophie peut être composée mathématiquement. Comment le dogmatisme a dû prendre naissance, à partir de lui le scepticisme et à partir des deux ensemble le criticisme. Mais comment est-il possible de conduire une histoire à une systématicité rationnelle, laquelle exige une dérivation du contingent à partir d'un principe et une division en parties?

De la première notion intellectuelle qui a pourtant une réalité objectivement pratique dans la moralité, à savoir la liberté.

De la détermination du concept de Dieu non comme ensemble, mais comme fondement de toute réalité, faute de quoi c'est l'anthropomorphisme[2].

Qu'il n'y a pas de probabilité à l'égard du suprasensible, mais un passage à un tout autre genre d'assentiment par la raison, lequel est à vrai dire valable universellement et cependant pensé par rapport au sujet, c'est-à-dire qu'il consiste à accepter quelque chose pour vrai par rapport aux maximes de la volonté qui sont nécessaires et qui sinon serait une volonté *vide* sans objet[3].

Si on peut esquisser *a priori*, pour l'histoire de la philosophie, un schéma avec lequel les époques, les opinions des philosophes, tirées des informations existantes, coïncident comme s'ils avaient eu eux-mêmes ce schéma sous les yeux et avaient progressé d'après lui dans leur connaissance.

Oui ! à condition bien sûr que l'idée d'une métaphysique se propose inévitablement à la raison humaine et que celle-là ressente un besoin de la développer, mais que cette science réside tout entière dans l'âme, encore qu'esquissée seulement sous forme embryonnaire.

On ne peut écrire une histoire de la chose qui n'est pas XX, 7, 343
arrivée et pour laquelle jamais rien n'a été fourni en fait de préparation et de matériaux.

Si l'histoire de la philosophie peut être elle-même une partie de la philosophie ou si elle doit appartenir à l'histoire de l'érudition.

Quelques progrès que la philosophie ait pu faire, son histoire n'en est pas moins distincte de la philosophie elle-même, ou bien alors celle-là doit-être un simple idéal d'une source, résidant dans la raison humaine, de la philosophie de la raison pure dont le développement a aussi ses règles dans la nature humaine. Fülleborn[1].

Une histoire de la philosophie est d'une espèce si particulière que rien de ce qui a eu lieu ne peut être raconté sans qu'on sache auparavant ce qui aurait dû avoir lieu, par suite aussi ce qui peut avoir lieu. Si cela a été préalablement recherché ou si on a raisonné à l'aventure. Car ce n'est pas l'histoire des opinions qui surgissent ici ou là, mais celle de la raison se développant à partir de concepts. On ne veut pas savoir ce dont on raisonne, mais ce que l'on a obtenu par raisonnements au moyen de simples concepts. La philosophie est ici à envisager comme le génie de la raison dont on demande à connaître ce qu'il a dû enseigner et s'il y est parvenu. Pour tirer au clair cette affaire, on doit rechercher en quoi et pourquoi on a pris jusqu'ici un intérêt, et un intérêt si grand à la métaphysique. On trouvera que ce n'est pas l'analyse des concepts et des jugements qui peuvent s'appliquer aux objets des sens, mais que c'est le suprasensible, surtout dans la mesure où se fondent sur lui les idées pratiques.

Problème de l'Académie

A. Prolégomènes.

1. Quelle sorte de savoir a dû être, depuis les temps les plus anciens, la chose qu'on a nommée par la suite métaphysique : une science des objets de la raison ou la science de la raison elle-même et de son pouvoir de
XX, parvenir à leur connaissance?
7, 344 2. Qu'a été la métaphysique depuis les temps les plus anciens jusqu'à Leibniz et Wolff inclus, principalement en Allemagne?

B. 3. Qu'est-elle maintenant : a-t-elle fait récemment des progrès en Allemagne?

4. Si tel est le cas : quel sera son destin futur, un nouveau progrès ou une régression ou l'état d'un dépôt qui, sans pouvoir être accru ni diminué, doit être conservé pour l'usage (négatif) de la raison.

Les réponses aux deux premières questions servent à l'introduction en tant que prolégomènes, seule la réponse *à la troisième forme le* traité visant à la solution du problème ; la réponse à la quatrième est un additif au traité ou une scholie.

1. Concept de la métaphysique : ce qu'on veut dire par là sans définir encore complètement ce qu'elle doit être.

Pour toute science tirée de concepts *a priori* on a une

métaphysique. Celle-là ne s'occupe pas de toute connaissance des choses par raison, par exemple de la mathématique, mais elle juge pourtant de la possibilité de cette dernière.

1. Critique. 2. Système. 3. Comparaison avec ceux de l'époque de Leibniz et de Wolff en Allemagne.

Il importe de savoir si nous avons des connaissances *a priori* et bien sûr qui ne se bornent pas à élucider le concept donné, mais étendent notre savoir au-delà. Ces connaissances contiennent des concepts *a priori* d'objets.

a) Si un concept quelconque du suprasensible devait être admis, on se demande sur quoi nous devrions fonder sa réalité. Pas sur une connaissance donnée par lui, car il n'est pas possible d'en avoir, et donc uniquement par la pratique et bien sûr comme son fondement qui doit être déterminant non selon les lois naturelles, mais bien contre elles.

Il semble difficile d'exposer dans un volume restreint, et pourtant complètement et d'après ses sources, une diversité si grande que celle que la métaphysique prend en charge, XX,
mais en fait cela est rendu facile par la liaison organique 7, 345
de toutes les facultés de connaissance sous la direction suprême de la raison, parce que, tout en partant de points multiples, on peut accomplir le cercle entier selon un principe, en sorte que la seule difficulté est de choisir le point dont on veut partir. Il me semble que le plus indiqué est de commencer par ce que l'intérêt a d'abord conduit la métaphysique à fonder (la liberté en tant que manifestée par des lois morales), car la solution de la difficulté liée à cette question engage à faire une anatomie complète de notre faculté de connaître et l'on peut ainsi parcourir le cercle entier, c'est ici qu'un concept de suprasensible est donné avec sa réalité (mais elle est seulement pratique).

Tous les auteurs se sont efforcés de donner de la réalité aux trois êtres suprasensibles, en partie parce que la moralité les y poussait, en partie parce qu'elle pouvait seule en fournir un concept déterminé.

Que l'homme prenne le dessus (ait l'αὐτεξουσίαν[1]) sur tous les obstacles à sa bonne volonté, c'est ce qui ne se laisse pas affirmer immédiatement avec certitude. La loi morale lui ordonne de les surmonter, il faut donc que ce soit possible. Prédéterminisme. Puisque la nécessité physique dépend ici du temps, la causalité du vouloir libre ne doit donc pas être liée à la condition du temps, bien que l'homme, comme chose naturelle, y soit lié. De là suit que l'homme se distingue lui-même en tant que phénomène de lui-même en tant que noumène.

Dans toute notre connaissance, c'est ce que nous nommons une connaissance *a priori* qui est la plus précieuse, non seulement parce que, indépendamment des conditions restrictives de l'expérience, elle s'étend à davantage d'objets que cette dernière, mais encore à titre de connaissance elle-

même nécessaire aux jugements d'expérience dont elle fonde la possibilité et auxquels elle confère cette validité qui est indépendante des conditions subjectives, ce par quoi ces jugements valent proprement pour l'objet et sont des connaissances. Mais ces connaissances *a priori* renferment en même temps un mystère qu'une critique de la raison pure a pour tâche nécessaire préalable de rendre compréhensible : la possibilité même de la connaissance *a priori*.
XX, Si ce sont des concepts *a priori*, leur déduction et celle de
7, 346 leur validité (non de leur production) et, si ce sont des propositions *a priori*...

La connaissance *a priori* est indépendante de l'expérience, et cependant les représentations peuvent y être empiriques, mais alors le jugement est analytique. S'il est au contraire synthétique, le concept sous lequel est subsumé quelque chose d'empirique, par exemple un événement, doit être un concept *a priori*; car des concepts empiriques et divers ne peuvent être reliés synthétiquement autrement que par l'expérience. La connaissance *a priori* est même le fondement de la possibilité de l'expérience ou du moins de ce qui en constitue l'unité objective dans les jugements. Pour des connaissances sont requis comme éléments ces concepts et l'intuition, cette dernière pouvant être également soit empirique, soit pure. Penser et intuitionner : sans cette dernière opération, il n'y a pas d'objet, sans la première nous ne pensons pas et ne connaissons pas l'objet.

Cette opposition, examinée selon les purs concepts rationnels, c'est-à-dire selon les principes de la liberté, est un conflit des fondements internes déterminants de l'arbitre de l'homme : admettre dans sa maxime ou bien les mobiles moraux ou bien les mobiles pathologiques des actions, conflit que l'on peut représenter (s'il est permis de personnifier allégoriquement de simples facultés humaines) comme le combat de l'esprit bon avec un esprit mauvais. Car les penchants naturels sont en eux-mêmes innocents et entre eux et la loi morale il n'y a pas à proprement parler de combat : mais se faire une maxime d'observer cette dernière indépendamment d'eux et même contre eux est un acte de la liberté qui les combat et dont l'expérience prouve la réalité dans
XX, les actions des hommes, bien que sa possibilité ne puisse
7, 347 être comprise, d'où vient que le phénomène est présenté de façon allégorique selon l'analogie avec deux principes indépendants résidant en l'homme et menant un combat l'un contre l'autre. Mais pour les distinguer chacun a le *critère sous la main :* si la représentation de la loi précède le sentiment de plaisir ou de déplaisir dans une action, celui-là est moral, si c'est l'inverse, il est pathologique. Or admettre ce dernier de manière inconditionnée dans sa maxime est un principe du mal.

Si dans la maxime la représentation de la loi précède et, avant tout, si le sentiment (de plaisir ou de déplaisir pris à l'objet de l'action) s'ensuit, alors ce sentiment est moral et intellectuel, et le bon principe règne dans l'homme. Si c'est l'inverse et que le sentiment de plaisir ou de déplaisir pris à l'objet précède la loi, le sentiment est pathologique (sensible) et le mauvais principe règne dans l'homme, car il est dans tous les cas mauvais que la maxime obéisse inconditionnellement (à l'égard de la loi) aux mobiles de la sensibilité (de la chair). La sensibilité (de la chair) n'est pas à proprement parler ce qui est à combattre par le bon principe, car elle est innocente, mais la propension à prendre sa maxime selon ces impulsions des sens, voilà ce qui est le mauvais principe en nous. Cependant la chair est traitée d'ennemie qui lutte contre l'esprit parce que de façon médiate, quand et du fait que l'homme l'admet dans sa maxime, elle produit des actions contraires à la loi. Mais expliquer la possibilité d'une telle maxime, de même qu'en général la manière dont les actions naissent du libre arbitre, cela fait partie des problèmes qui dépassent totalement la pénétration humaine.

Si on compare à cela la métaphysique de Leibniz et de Wolff, comme elle était entièrement théorique — dogma- XX,
tique et sans critique de la raison pure, elle n'a pour ce 7, 348
stade aucun mérite, à moins qu'il ne doive consister en ceci : comme elle sut de façon beaucoup plus méthodique qu'il n'était arrivé jusqu'alors donner un air de pénétration spéculative à ce que les principes moraux de la raison humaine commune avaient depuis longtemps déjà recommandé de croire et d'admettre, et le faire bien accueillir grâce à l'apparente cohésion en un tout scientitfique selon la forme (système), par ce moyen du moins ceux qui travaillent dans ce champ furent invités à approfondir les explications, les preuves et la disposition.

Un être nécessaire est celui dont l'existence peut être dérivée de son concept (ce qui n'est pas permis d'après le n° 1). Si donc je n'ai encore aucun concept d'un tel être, je ne puis non plus connaître *a priori* son existence : car l'existence, même si elle est pensée comme absolument nécessaire, est une simple modalité et ne donne aucun *concept de la chose* qui existe. En effet, de quelque manière que je veuille me former quelque concept que ce soit d'une chose, je puis cependant la supprimer sans contradiction[1]. C'est la...

De la contingence du monde, qui est conclue du changement, conclure à une *cause distincte du monde* qui est nécessaire, cela ne se peut parce que la contingence du monde n'est pas démontrée par là. C'est seulement la finalité qui convient, car elle est contingente ; cependant elle n'est pas une propriété des choses, mais nous la mettons dans notre concept des choses afin de nous en expliquer la possibilité[2].

Argument physico-théologique.

De l'unité de Dieu et qu'il est sans nom, car sa qualité et sa quantité sont seulement l'unique.

XX, 7, 349 De l'agrégat des réalités, d'où l'anthropomorphisme[1].

De la représentation de Dieu selon l'analogie

Dans les concepts transcendantaux de la réalité on prend, par un *vitium subreptionis* de la pensée, un concept pour une chose, le subjectif de l'acte de penser pour l'objectif de ce qui est pensé, lequel ne peut se rencontrer dans la pensée, mais seulement dans l'intuition, et ici dans une intuition empirique, puisque c'est l'objet de la sensation en général qui doit être donné comme exemple du concept, c'est-à-dire comme objet de l'intuition empirique, ce qui, touchant le suprasensible, est impossible. Que ce dont le concept contient un être en opposition avec ce dont le concept contient un non-être sont des modalités du poser et du supprimer auxquelles nous ne pouvons donner aucune signification objective parce qu'elles contiennent simplement le subjectif de l'acte de penser, à savoir la copule du prédicat par rapport au sujet, c'est-à-dire à la faculté de représentation en général[2]. Le *vitium subreptionis* transcendantal. Complément leibnizien de l'argument d'Anselme[3].

1. L'être le plus réel de tous doit exister (c'est un être nécessaire). Car s'il n'existait pas, il lui manquerait une réalité, à savoir l'existence.

2. Inversement (par la porte de derrière) un être nécessaire, c'est-à-dire complètement déterminé par son concept, doit contenir toute réalité. Car s'il ne la contenait pas, il ne serait pas complètement déterminé par son concept, par suite il ne serait pas nécessaire[4].

Or il existe un être nécessaire, etc. Cette dernière proposition est tautologique, elle n'étend pas notre savoir. Si le concept d'un être nécessaire selon sa réalité objective, c'est-à-dire selon la détermination de l'objet de celle-là, était possible, ce serait tout comme si l'on disait : Un être nécessaire existe nécessairement. La nécessité de supposer quelque chose pour se rendre compréhensible un objet, par exemple la matière parce que sans elle l'espace ne serait pas même objet de perception, est tenue pour la nécessité objective et elle est ici *realitas phaenomenon*[5].

XX, 7, 350 Prendre le concept pour la chose et le nom d'une chose pour le concept.

Le concept d'une chose dont le non-être se contredit lui-même est faux, car le non-être ne se contredit jamais lui-même (ainsi si je qualifie une chose en soi de nécessaire, je veux seulement dire : je n'ai aucun concept de son non-être[6]).

Quand je dis : Si quelque chose existe, il existe aussi quelque chose d'absolument nécessaire — puisque si rien n'existait nécessairement, tout serait contingent et aurait donc une autre chose pour cause — alors la première question est de savoir si cette proposition est analytique ou synthétique. Dans le premier cas, l'existence est contenue dans le concept, dans le second elle s'ajoute au concept comme sa détermination. Mais les deux sont fausses, aussi bien la proposition suivant laquelle une existence est contenue dans le concept que celle suivant laquelle l'existence est quelque chose qui s'ajoute comme détermination d'une chose au concept de cette dernière. Car le concept *de la chose* n'est pas étendu par là, mais la chose elle-même est simplement posée. Cette question ne renferme donc qu'une relation de la chose à la pensée, mais non des choses entre elles : si ma pensée (poser ou supprimer) est nécessaire ou contingente. Ainsi le concept est pris ici pour la chose ou plutôt le phénomène de ce qui...

Une preuve bien fondée ne vaut que pour le jugement théoriquement dogmatique, mais un argument peut aussi valoir pour le jugement pratiquement dogmatique. Il fonde alors une libre approbation qui ne peut être atteinte par des démonstrations, mais qui n'en est pas moins assurée dans la mesure où celui qui la considère ainsi est sûr de ne pas lui être infidèle au point de vue pratique. Une telle approbation a lieu à l'égard de ces trois sortes de suprasensible. À l'égard de ces idées, celui qui les considère théoriquement peut bien être dans le doute, mais il ne peut s'en passer, comme si elles éclairaient son chemin.

De l'anthropomorphisme dans la représentation du *realissimum* comme agrégat. Je n'ai pas besoin alors de lui
accorder un entendement (mais pas comme le nôtre) ni une XX,
volonté, mais il est le fondement de tout ce que nous ne 7, 351
pouvons penser comme possible autrement que par l'entendement, et ainsi également de la volonté[1].

Si le sentiment de plaisir précède la loi, il est sensible, si c'est l'inverse, c'est un sentiment intellectuel, c'est-à-dire moral.

Du sentiment qui précède la loi par comparaison avec celui qui suit la représentation de cette dernière.

Ce n'est pas la raison pratique qui s'oppose à la sensibilité, ce sont ses phénomènes[2].

De la représentation du sensible selon l'analogie avec la raison pratique.

NOTES SUR LA LOGIQUE ET L'OPUS POSTUMUM

Par Alexandre J.-L. Delamarre et François Marty.

NOTE SUR LA LOGIQUE

La Logique *de Kant paraît en 1800 à Königsberg, chez Friedrich Nicolovius, avec ce sous-titre:* Un manuel pour les leçons. *Elle est précédée d'une préface de son éditeur, Gottlob Benjamin Jäsche (1762-1842), docteur en philosophie et privatdocent à l'université de Königsberg. Jäsche, étudiant à Königsberg à partir de l'année 1791, avait eu Kant successivement comme professeur et comme ami, ce qui explique que ce dernier lui ait confié en 1799 la tâche d'élaborer la logique qu'il avait professée dans ses cours afin d'en faire un ouvrage destiné au public et qui prît la forme d'un manuel abrégé. Depuis 1755 Kant enseignait régulièrement chaque année la logique à l'aide d'une lecture commentée et parfois critique de la logique de Meier, et plus particulièrement du* Précis de logique *de cet auteur, abrégé d'une* Logique *plus détaillée édité à Halle en 1752. C'est son propre exemplaire, largement annoté dans les marges et enrichi de remarques interfoliées, que Kant remit à Jäsche en guise de matériau. La* Logique *de Kant, telle qu'elle figure au tome* IX *de l'édition de l'Académie, n'est donc que le résultat de l'élaboration par un tiers des notes personnelles dont Kant se servait pour faire cours. Ajoutons cependant que ce tiers pouvait vraisemblablement consulter, à titre d'ancien étudiant et d'auditeur probable des cours de Kant, des notes qu'il avait prises lui-même à cette occasion. Peut-être des cahiers d'autres étudiants lui furent-ils aussi communiqués. Mais ce ne sont là qu'hypothèses : Jäsche lui-même ne donne dans sa préface aucune indication à propos d'autres sources que l'exemplaire de Kant à lui confié. Cela étant, Jäsche fut-il un bon éditeur, c'est-à-dire un éditeur fidèle à la fois au manuscrit qu'il possédait et à la pensée de son auteur? Nous ne manquons pas de sources pour tenter de répondre à cette question. D'abord le manuscrit même de Kant fut édité par Adickes au tome XVI de l'Académie, le texte de Meier figurant en bas de page. De plus, on trouve depuis 1966 dans les deux volumes du tome XXIV l'édition des notes de cours prises par divers élèves de Kant tout au long de son enseignement et donc le reflet d'une manière de traiter le sujet antérieure à l'époque à laquelle Jäsche devint lui-même l'étudiant de Kant (voir les explications données par l'éditeur G. Lehmann, XXIV,*

2, 955-988). La comparaison du manuscrit avec la Logique *publiée par Jäsche permet pour le moins de déterminer un certain arbitraire dans l'utilisation qu'en fait ce dernier. Assurément il devait supprimer de nombreuses répétitions, choisir d'expliciter ou d'écarter des notes trop courtes ou sibyllines, dont on ne sait pas toujours si Kant y exprime sa propre pensée ou y fait allusion à celle d'un autre. Le travail était considérable, et Kant lui-même l'exigeait. Il reste que Jäsche a souvent omis sans raison apparente des développements qui auraient eu leur place dans le manuel. Heinze, l'éditeur du texte au tome IX de l'Académie, en cite quelques exemples (AK, IX, 504), tel le détail des soixante-quatre modes possibles du syllogisme (AK, XVI, 740). De plus, il arrive que Jäsche fasse figurer dans la* Logique *des distinctions et des expressions propres à Meier, comme si Kant les reprenait sans plus à son compte alors qu'il les relève dans le manuscrit pour les critiquer au moins en partie: ainsi la distinction entre ce qui est* au-dessus, en dehors *et* en dessous *de l'horizon de la connaissance, prise chez Meier (§ 45-47, AK, XVI, 174-177), et que Kant commente tout en remarquant l'incorrection de l'expression* «au-dessus *de l'horizon» (AK, XVI, 174) alors que Jäsche omet cette réserve. Assurément, il n'est pas question de faire ici le procès de Jäsche ou même de diminuer ses mérites. La difficulté principale ne tient d'ailleurs pas tant au travail propre de Jäsche qu'à la nature même de l'entreprise : il s'agissait de transformer en un ouvrage autonome d'où toute citation de Meier est absente, des matériaux originellement destinés à la lecture suivie et commentée du* Précis de logique *de cet auteur. D'où la confusion inévitable en un même discours dogmatique d'éléments propres à l'ouvrage commenté, de passages exprimant la pensée authentique de Kant et de considérations qui résultent du rapport obligé de la pensée de Kant à celle qu'explicite le texte qu'il lisait.* Ré*pétons-le : il s'agissait à la fois de transformer des notes de cours en un ouvrage, et de faire disparaître en cet ouvrage le caractère de lecture commentée à laquelle ces notes étaient originellement destinées.*

Nous donnons ci-après deux citations de la Logique *de Kant (AK, IX, 25 et AK, IX, 94).*

*

Mais en ce qui concerne la philosophie d'après le concept cosmique *(in sensu cosmico)*, on peut aussi l'appeler *une science des maximes suprêmes de l'usage de notre raison,* dans la mesure où l'on entend par maxime le principe interne du choix entre différentes fins.

Car la philosophie en ce dernier sens est même la science du rapport de toute connaissance et de tout usage de la raison à la fin ultime de la raison humaine, fin à laquelle, à titre de fin la plus élevée, toutes les autres fins sont subordonnées, et dans laquelle elles doivent être toutes réunies dans l'unité.

Le champ de la philosophie, en cette signification

cosmopolitique, se laisse donc ramener aux questions suivantes :

1° Que puis-je savoir?
2° Que dois-je faire?
3° Que m'est-il permis d'espérer?
4° Qu'est-ce que l'homme?

À la première question répond la *métaphysique,* à la seconde la *morale,* à la troisième la *religion* et à la quatrième l'*anthropologie.* Mais, au fond, on pourrait mettre tout cela au compte de l'anthropologie, parce que les trois premières questions se rapportent à la dernière.

Le philosophe doit donc pouvoir déterminer
1° Les sources du savoir humain,
2° L'étendue de l'usage possible et utile de tout savoir, et enfin
3° Les limites de la raison.

*

§ 5 ORIGINE LOGIQUE DES CONCEPTS

L'origine des concepts quant à la *simple forme* repose sur la réflexion et sur l'abstraction de la différence des choses qui sont indiquées par une certaine représentation. Et c'est ici que s'élève donc la question de savoir *quelles actions de l'entendement constituent un concept* ou, ce qui revient au même, *sont requises pour produire un concept à partir de représentations données.*

Remarque 1

Du fait que la logique générale fait abstraction de tout contenu de la connaissance par concepts, ou de toute matière du penser, elle ne peut envisager le concept qu'au point de vue de sa *forme* c'est-à-dire que d'une manière *subjective;* elle n'examine pas comment il détermine un objet au moyen d'un caractère, mais uniquement comment il peut être rapporté à plusieurs objets. La logique générale n'a donc pas à rechercher la *source* des concepts, ni comment *naissent* les concepts *à titre de représentations,* mais simplement *comment des représentations données deviennent des concepts dans la pensée.* Au demeurant, les concepts peuvent bien par ailleurs contenir quelque chose qui est tiré de l'expérience, ou aussi quelque chose de fictif ou encore quelque chose qui est emprunté à la nature de l'entendement. Cette origine *logique* des concepts — l'origine quant à leur simple forme — consiste dans la réflexion par laquelle naît une représentation commune à plusieurs objets *(conceptus communis),* à titre de forme qui est requise pour la faculté de juger. Donc, ce que l'on considère dans la logique, c'est *simplement la différence de la réflexion* dans les concepts.

Remarque 2

L'origine des concepts du point de vue de leur *matière*, selon laquelle un concept est soit *empirique*, soit *arbitraire*, soit *intellectuel*, est examinée dans la métaphysique.

§6 ACTES LOGIQUES DE LA COMPARAISON, DE LA RÉFLEXION ET DE L'ABSTRACTION

Les actes logiques de l'entendement grâce auxquels des concepts sont produits quant à leur forme sont :

1° La *comparaison*, c'est-à-dire la comparaison des représentations entre elles par rapport à l'unité de la conscience ;

2° La *réflexion*, c'est-à-dire la réflexion sur la manière dont diverses représentations peuvent être comprises dans une conscience ; et enfin

3° L'*abstraction*, ou la séparation de tout le reste, en quoi les représentations données se distinguent.

Remarque 1

Pour faire des concepts à partir de représentations, on doit donc pouvoir comparer, réfléchir et abstraire, car ces trois opérations logiques de l'entendement sont les conditions essentielles et universelles pour la production de tout concept en général. Par exemple, je vois un pin, un saule et un tilleul. En comparant tout d'abord ces objets entre eux, je remarque qu'ils sont différents les uns des autres au point de vue du tronc, des branches, des feuilles, etc. ; mais ensuite je réfléchis seulement à ce qu'ils ont de commun entre eux, le tronc, les branches, les feuilles elles-mêmes, et je fais abstraction de leur grandeur et de leur figure, etc. ; ainsi, j'obtiens un concept de l'arbre.

Remarque 2

En logique, on n'emploie pas toujours correctement le terme d'*abstraction*. Nous ne devons pas dire abstraire *quelque chose (abstrahere aliquid)*, mais abstraire (faire abstraction) *de quelque chose (abstrahere ab aliquo)*. Quand par exemple dans une étoffe écarlate, je pense uniquement la couleur rouge, je fais abstraction de l'étoffe ; mais si je fais également abstraction de l'étoffe et que je pense l'écarlate comme substance matérielle en général, je fais abstraction d'encore davantage de déterminations, et mon concept est devenu, par conséquent, encore plus abstrait. Car plus de différences des choses sont écartées d'un concept ou plus il est fait abstraction de déterminations dans ce concept, plus le concept est abstrait. Par conséquent, les concepts abstraits devraient être nommés proprement concepts *abstrayants (conceptus abstrahentes)*, c'est-à-dire concepts dans lesquels se rencontrent davantage d'abstractions. Ainsi par exemple, le concept de corps n'est pas à proprement parler un concept abstrait, car je ne peux assurément pas faire abstraction du corps lui-même, puisque autrement, je n'aurais pas le concept du corps. Mais je dois bien faire abstraction de la grandeur, de la couleur, de la solidité ou de la fluidité, en bref, de toutes les déterminations spéciales des corps particuliers. Le concept *le plus abstrait* est celui qui n'a rien de commun avec aucun de ceux qui diffèrent de lui. C'est le concept de *quelque chose,* car le concept qui s'en distingue est *rien,* et il n'a donc rien de commun avec le quelque chose.

R*emarque 3*

L'abstraction n'est que la condition *négative* qui permet de produire des représentations d'une valeur universelle. La condition *positive,* c'est la comparaison et la réflexion. Car aucun concept ne *naît* au moyen de l'abstraction, l'abstraction ne fait que l'achever et l'enclore dans ses limites déterminées.

Les textes que nous venons de traduire, et de donner à titre de « citations », sont parmi les plus célèbres et nous semblent le mieux exprimer la pensée de Kant.

ALEXANDRE J.-L. DELAMARRE.

NOTE SUR L'OPUS POSTUMUM

*Ce que l'on désigne sous le nom d'*Opus postumum, *œuvre posthume et par là ultime, est cette partie des notes de travail laissées par Kant, qui est consacrée à l'élaboration de l'œuvre qui était à l'horizon des dernières années de sa vie. Il faut dire quelle était cette œuvre, comment se présente le manuscrit qui nous est parvenu, quels sont les traits principaux de la pensée qui s'y formait.*

L'œuvre des dernières années.

Deux lettres de Kant font allusion à cette œuvre, et en disent l'importance. En écrivant à Garve, en 1798, Kant parle de la souffrance de Tantale qui est la sienne, devant un travail dont il sent l'achèvement réalisable, et qui pourtant demeure toujours inachevé. Il concerne « le tout de la philosophie (en sa fin aussi bien qu'en ses moyens) ». *Il s'agit du* « passage des principes métaphysiques de la science de la nature à la physique », *sans lequel* « il y aurait une lacune dans la philosophie critique[1] ». *Il s'exprimait peu après de la même façon en écrivant à Kiesewetter, vers la fin de la même année[2].*

Le témoignage des amis de Kant, en ses dernières années, confirme l'importance qu'il attachait à l'œuvre en chantier. Il s'agissait, selon Borowski, de la « clef de voûte » de ses travaux philosophiques. Jachmann a aussi entendu l'expression, dite avec « enthousiasme ». Kant pensait par là montrer la solidité et l'applicabilité de sa doctrine. Hasse se souvient que Kant y voyait une « œuvre maîtresse », un « chef-d'œuvre », employant même, pour souligner l'enjeu, le terme français[3].

Mais ces mêmes amis n'étaient pas sans douter de l'issue heureuse du projet, témoins qu'ils étaient de l'affaiblissement de la santé de Kant. Lui-même d'ailleurs notait et décrivait cette perte de force. Maux de tête, insomnies, suivies de somnolence, tout cela rendait difficile la concentration exigée par le travail, surtout un travail systématique, avec l'aller et retour constant des éléments à l'unité recherchée, à travers des médiations qui charpentent l'ensemble[4]. Alors que dans les textes composés en premier, à partir de 1798, on trouve un certain nombre d'ensembles assez vastes et bien élaborés, les textes des dernières années, surtout à partir de 1802, mettent en série des réflexions fragmentaires, parfois très répétitives. Il était clair pour les familiers de Kant, comme il l'est aujourd'hui pour qui lit ces notes, qu'il n'avait plus la force nécessaire pour reprendre les matériaux préparés, les rebrasser, et opérer les choix qui auraient conduit à la ferme proposition d'une œuvre.

Le manuscrit et son histoire.

Kant a cependant continué à travailler jusqu'au bout, même si l'ensemble des pages rédigées après 1800 est sept ou huit fois moindre que celui qui date, en gros, des deux années précédentes. Le *manuscrit se présente sous forme de liasses, treize, aux longueurs inégales, réunissant de grands feuillets, de quatre pages, auxquels s'adjoignent des « feuilles détachées ». Chaque liasse est dans une enveloppe, du temps de Kant ; deux enveloppes lui ont servi pour écrire son texte.* L'*ensemble contient cinq cent vingt-sept pages.*

Ce manuscrit resta d'abord en possession de membres de sa famille. Les *hésitations furent nombreuses sur l'opportunité de sa publication. Vers le milieu du* XIXe *siècle, il est même donné pour perdu. Il faut attendre la fin du siècle, 1882-1884, pour qu'une première publication paraisse, due à* R. Reicke, *sous forme d'articles dans une modeste revue, l'*Altpreussische Monatschrift. *Cette publication est partielle, et la distance par rapport au manuscrit, très « arrangé », est grande. Entre-temps, cependant, à partir des propos mêmes de Kant, concernant son projet, connu par ses lettres et ses premiers biographes, une controverse s'était élevée, controverse qui n'est d'ailleurs pas close, celle de la valeur à accorder à ce travail inachevé. Un important historien de la philosophie allemande,* K. Fischer, *lui dénie, en 1860, tout intérêt ; la sénilité de son auteur interdirait de le prendre au sérieux. Là contre, vers la dernière décade du siècle, le pasteur A. Krause,* de Hambourg, *propose une preuve par les faits, en publiant deux volumes d'extraits, regroupés autour de deux thèmes, la physique, la philosophie transcendantale.*

Il faut d'abord écarter l'obstacle que représenterait la « sénilité » de Kant. *Outre que les effets de l'âge et de la maladie ne sont vraiment sensibles que dans une part minime du manuscrit, ils affectent seulement la capacité de composer de grands ensembles.* La *pensée demeure ferme jusqu'au bout. L'obstacle le plus sérieux est l'état du manuscrit. Il devient vite clair que l'ordre des liasses n'a ni valeur chronologique, ni valeur logique.* Les *feuillets sont généralement pleins, marges et même parfois interlignes étant remplis d'annotations. On doit à* E. *Adickes, grand connaisseur des manuscrits de Kant, d'avoir, en un labeur de quatre semaines, réussi à dater les feuillets allant même jusqu'à indiquer la datation des surcharges. Ainsi était établie la base indispensable* à l'utilisation de ce témoin du devenir d'une pensée. *L'autre condition était la publication intégrale du manuscrit, tel qu'il nous est parvenu, avec l'exacte description de ses particularités. C'est ce que* G. *Lehmann nous a donné, en 1936-1938, avec les tomes* XXI *et* XXII des Œuvres de Kant, *publiées par l'Académie de Berlin.*

Le Passage des principes métaphysiques de la science de la nature à la physique.

*Même alors, cependant, le lecteur de l'*Opus postumum *demeure dans un grand embarras. Le manuscrit occupe mille deux cent soixante-trois pages de l'édition de l'Académie, et il est raisonnable de penser que l'ouvrage définitif n'aurait pas beaucoup excédé cent pages. Les répétitions très nombreuses semblent liées à la manière de procéder de Kant à cette époque, cherchant à remédier à une possibilité trop limitée de concentration, en réécrivant des thèmes déjà traités, pour progresser à nouveau à partir de là. À quoi s'ajoutent les difficultés dues aux surcharges, aux phrases commencées et non finies, aux propositions qui, au temps de l'élaboration, peuvent être notées, alors même qu'elles ne satisfont pas. Au niveau de l'écriture, la ponctuation n'est habituellement pas mise; on trouve des phrases extrêmement longues, émaillées de pronoms personnels ou démonstratifs, dont l'interprétation est fort hasardeuse. Pour qui accepte d'entrer dans ce chantier — et on se doute que cela ne peut se faire par quelques choix, aboutissant à un texte uni —, des lignes fermes finissent cependant par se dégager, celles des sillons infatigablement suivis par le vieux Kant. C'est ce que nous voudrions brièvement évoquer.*

Le titre.

Il est parfaitement assuré, nous le rencontrions dans les lettres de Kant, et il revient à maintes reprises dans le manuscrit: Passage des principes métaphysiques de la science de la nature à la physique[1]. *Il faut toujours le garder comme repère dans tout travail sur l'*Opus postumum. *Le terme de « passage »* (Übergang) *est décisif, et il est légitime de l'employer, comme on le fait parfois, pour désigner d'un mot l'ouvrage entier. Il reprend en effet une problématique familière aux* Critiques, *particulièrement bien formulée dans la troisième. Pour expliquer ce « passage », Kant présente en effet les deux disciplines qu'il doit joindre comme deux « territoires », dont chacun est délimité par les principes mêmes qui y sont mis en œuvre. La notion de « territoire » appartient à l'introduction de la* Critique de la faculté de juger, *et signifie le champ où l'esprit humain peut user d'une législation[2]. La métaphore qui suit aussitôt, celle de l'abîme, est prise au même contexte :* « Or entre ces deux territoires, il y a un abîme, qui empêche de pouvoir réunir les deux territoires en un seul *(philosophia naturalis)*, comme cela devrait pourtant être, car la visée de la métaphysique de la nature ne peut être autre que de donner elle-même un accès au domaine de la physique, pour pouvoir en prendre possession. » *On ne peut donc se contenter ici d'un « saut », pour aller d'un territoire à l'autre,* « il faut tracer entre eux deux un territoire en quelque sorte neutre (un pont) et le préparer pour passer[3] ».

La parenté des problématiques fait aussi ressortir les différences. Il ne s'agit plus, comme dans la troisième Critique, *de l'abîme séparant nature et liberté, mais de celui qui est entre les principes métaphysiques et la physique, qui procède* « à partir d'éléments empiriques rassemblés appartenant à l'étude de la nature ». *Le pont, jeté au-dessus de l'abîme, permettra de faire de la physique non un simple «agrégat», «produit de façon fragmentaire», mais un «système*[1] *».*

Or le premier territoire correspond à l'œuvre publiée en 1786, les Principes métaphysiques de la science de la nature. *Un essai de «préface» y fait expressément allusion*[2]*. Il serait erroné, cependant, de penser qu'elle vient au premier plan de la préoccupation de Kant. L'œuvre de 1786 peut être considérée, en effet, comme la première mise en œuvre du système de tous les principes de l'entendement pur, dès lors que l'on ajoute au problème du changement une notion, universelle en physique, et donc de rang «métaphysique», en ce sens, celle de «matière*[3] *». Mais de ce fait, ces* Principes métaphysiques de la science de la nature *se mettaient en position de «passage» par rapport à la physique. Va-t-on vers la multiplication indéfinie de «passages», incapables dès lors de «faire passer»? Une telle question reflue sur l'œuvre qui est au fondement de l'écrit de 1786, la* Critique de la raison pure. *C'est elle qui, plus encore finalement que la* Critique de la faculté de juger, *est le premier interlocuteur de l'*Opus postumum. *On va s'en rendre compte en suivant l'élaboration du manuscrit.*

Nous ne nous arrêterons pas longuement à la division projetée pour l'œuvre. On peut en relever une, au hasard d'annotations marginales : «1re partie: du système élémentaire de la matière (par analyse); 2e partie: du système du monde[4].» *On peut sentir ici le souvenir de la division principale de la* Critique de la raison pure, Doctrine des éléments, Méthodologie, *s'achevant par l'*Architectonique. *Deux ou trois ans plus tard, une division quadripartite apparaît, toujours en réflexion marginale :* «1° Passage des principes métaphysiques de la science de la nature à la physique. 2° Passage de la physique à la philosophie transcendantale. 3° Passage de la philosophie transcendantale au système entre nature et liberté. 4° Conclusion de la liaison universelle des forces vives de toutes les choses dans le rapport réciproque Dieu et le monde[5].»

*Le rapprochement de ces deux divisions, séparées par un long temps de travail, fait toucher du doigt une des difficultés de l'*Opus postumum. *Comme toute œuvre en élaboration, des variations peuvent se produire, au niveau même de son projet, la question étant alors de savoir dans quelle mesure la cohérence demeure par rapport au projet initial. À cela s'ajoute le caractère de notation marginale de ces deux indications. Elles permettent cependant deux remarques importantes. La division quadripartite introduit une notion qui semble étrangère au «passage» annoncé par le titre d'ensemble, qui devient d'ailleurs celui d'une des parties seulement, la notion de «philosophie transcendantale». La nouveauté est soulignée, par la présence de la «liberté» dans la troisième partie. Mais il faut relever aussi que la quatrième partie implique dans son projet une jonction entre le domaine physique et celui qui va jusqu'aux questions, métaphysiques, de Dieu et du monde. L'ensemble du manuscrit vient vérifier ces remarques. La suite chronologique, établie par Adickes, correspond à une suite logique, où le problème du passage à la physique comme système va prendre une telle forme, qu'un passage se fera vers une «philosophie transcendantale», explicitant les questions de Dieu, du monde, de la liberté. C'est selon ces deux temps que nous articulons notre brève présentation.*

Le système de la physique.

La reprise de la Critique de la raison pure *est ici très nette. Au centre est la valeur de système que doit revêtir la physique. Pour y « passer », Kant va en quelque sorte reprendre la réflexion par les deux bouts, du côté de l'expérience, autour de la notion de matière, ce qui conduira à des considérations sur les forces motrices, les corps organiques, l'éther ; du côté du sujet, avec les notions de phénomène du phénomène, et un déplacement considérable dans les notions d'espace et de temps.*

Un premier ensemble se laisse regrouper autour de la recherche d'une division, premier pas dans l'établissement d'un système. On n'est pas étonné de voir Kant faire appel pour cela au modèle de la table des catégories de la première Critique. *L'objet à diviser est pris des* Principes métaphysiques de la science de la nature, *puisque c'est la matière, définie par les forces motrices.* « La quantité de la matière ne peut donc être mesurée arithmétiquement par le nombre des particules, ni géométriquement par le contenu spatial, mais seulement mécaniquement par la grandeur de la force motrice, qu'un volume de matière exerce dans une et même direction et avec une même vitesse du mouvement sur un objet mobile. » *La réflexion qui suit immédiatement donne la clef de cette façon de poser le problème :* « En cela toute matière est prise en compte comme homogène, c'est-à-dire seulement comme matière en général[1]. » *Si on avait pris la matière en son contenu spatial, mesurable arithmétiquement ou géométriquement, la mesure de la quantité de matière, à la base des mesures physiques, aurait dû prendre en compte la diversité des densités, rendant impossible la physique générale ici visée. Seule la considération dynamique, comme Kant le remarque dans le même contexte, permet une physique générale, puisqu'on a trouvé une réalité physique, la matière, mais « générale », puisqu'on a su la considérer comme homogène[2].*

*La division pourra alors être celle d'un système. Les essais sont nombreux. Nous en donnons un, apte à faire toucher encore du doigt la forme de l'*Opus postumum *:* « Les forces motrices de la matière sont 1° selon leur *direction, attractives* ou répulsives. Toutes deux peuvent être ou une force superficielle (comme par exemple l'air) ou une force pénétrant intimement les autres corps (comme celle de l'attraction gravitationnelle et la chaleur). 2° Selon *leur degré, moment* du mouvement, ou celui-là avec une *vitesse finie*. 3° Selon leur *relation, force superficielle* interne ou externe, ou force *pénétrant* intimement une autre matière. 4° *(Selon la modalité)* force motrice *de façon originaire* ou de façon dérivée *(vis originaria vel derivative movens)*. Elle est ou produite par un mouvement, *vis centripeta*, ou bien elle le produit elle-même comme *nisus* à cela. » *Le lecteur habitué de Kant aura reconnu une interférence des principes de l'entendement pur, souvent repris d'ailleurs dans cette période de l'*Opus postumum, *dans la table des catégories, la division suivant le* degré, *renvoyant aux « grandeurs intensives », qui correspondent à la deuxième section de la table des catégories, la* qualité. *Cela invite à compléter la table, en reconnaissant dans la première division la* quantité, *et c'est bien ainsi que s'évalue la force gravitationnelle dans l'univers de* Newton, *force « attractive », à* *coupler, pour structurer un univers, à une force « répulsive », ce qui amène à parler de « direction ». La réflexion qui suit immédiatement donne le sens de cette table des forces motrices :* « Dans leur ensemble, elles sont constituées de façon à être pensées *a priori* et dans l'exhaustivité de la division d'une force motrice propre à toute matière, à devoir être applicables aux objets de l'expérience. » *En cette formule ramassée, c'est toute la problématique du « passage » qui s'énonce. Il s'agit d'un* système, *puisqu'il y a priorité de la division et exhaustivité. Mais c'est à* l'expérience *qu'il doit convenir. De quatre remarques qui suivent ce que nous venons de lire, retenons celle-ci, référée à la troisième division :* « 3° Des forces motrices de la matière se forment selon la finalité, en partie organiques, en partie vivificatrices. Appartient à la physique, pas au passage[1]. » *En leur obscurité, ces notations posent un problème, mais ne le résolvent pas, celui des vivants. Qu'il suffise de suggérer ainsi comment une physique, articulée sur le « passage » qui y donne accès, n'évite pas la question de la vie.*

*La division précédemment donnée était fort attentive à un type de forces, celles qui « pénètrent intimement » un corps, puisque ce qui s'énonçait ainsi en 1° est repris en 3°. Pareillement, on voit venir en 4° la considération d'une force motrice agissant « de façon originaire », ce qui est paraître oublier l'enseignement de la première antinomie, sur l'illusion qu'il y a à proposer un point de départ absolu. Ce qui s'annonce là, c'est une question que répètent de nombreuses page de l'*Opus postumum, *celle de l'*éther, *appelé aussi, avec une équivalence plusieurs fois assurée, le* calorique. *Alors qu'il traite* « d'une matière pénétrant tout, remplissant tout l'espace cosmique, comme un élément non hypothétique, mais donné *a priori* pour le système du monde », *Kant se sent assez sûr pour énoncer un « théorème » :* « Les matières originairement motrices présupposent un élément remplissant, en le pénétrant, tout l'espace cosmique, comme condition de la possibilité de l'expérience des forces motrices dans cet espace ; cet élément originaire, pensé non comme hypothétique pour l'explication des phénomènes, mais comme élément catégoriquement démontrable *a priori* pour la raison, est contenu dans le passage des principes métaphysiques de la science de la nature à la physique[2]. » *La « preuve », fournissant la démonstration annoncée, vient aussitôt après et est prise de l'impossibilité d'un espace vide. Le calorique ou éther supprime ce vide, sans faire nombre avec les corps exerçant les uns sur les autres des jeux de forces, puisqu'il les pénètre tous.*

Le « théorème » que nous avons cité fournit un point d'appui pour comprendre comment l'éther appartient au « passage » et a valeur de « passage ». C'est une réalité physique, puisque c'est une matière. Et pourtant, son existence est démontrée a priori[3]. *On voit la direction de la pensée : l'*a priori, *dès la* Critique de la raison pure, *n'a de sens que par rapport à un donné, comme son appellation même le rappelle. L'effort va à resserrer le rapport ; c'est ici le donné par excellence, la matière, qui reçoit la pleine qualification d'*a priori. *Son caractère « originaire » se comprend sans peine dans cette problématique.*

Un même mouvement se constate, si on passe du côté du sujet. Il s'agit des pages où se redouble la notion de phénomène, pour venir à parler de « phénomène du phénomène » *(ce dernier terme se trouvant parfois au pluriel). La notion s'élabore à partir du phénomène, comme le comprend la première* Critique : « Mais le phénomène des choses dans l'espace et le temps est de double espèce : 1° celui des objets que nous plaçons nous-mêmes en lui *(a priori)* et il est métaphysique, 2° celui qui nous est donné empiriquement *(a posteriori)* et est physique. Le second est phénomène direct, le premier indirect, c'est-à-dire le phénomène du phénomène[1]. » *La nouveauté est ici celle du phénomène indirect, métaphysique. Il reprend cependant fort clairement la problématique célèbre de la deuxième préface de la* Critique de la raison pure, « nous ne connaissons *a priori* des choses que ce que nous y mettons nous-mêmes[2] ». *Aussi bien la réflexion qui suit immédiatement insiste-t-elle sur cette reprise, en la renforçant d'une expression qui se retrouve dans la pensée hégélienne, « la chose même » :* « L'objet d'un phénomène indirect est la chose même, c'est-à-dire un objet tel que nous ne le prenions de l'intuition que dans la mesure où nous l'y avons mis nous-mêmes, c'est-à-dire dans la mesure où il est notre propre produit de connaissance[3]. » *À qui serait tenté, comme ce fut plus d'une fois le cas, de voir là un aveu d'idéalisme, il faut demander de ne point oublier l'appellation, surprenante, de « phénomène du phénomène » pour rendre compte de cette constitution de l'objet. Elle demeure, tout d'abord, indexée sur ce qui est « donné empiriquement », le phénomène physique, direct. Dans la ligne de la réflexion évoquée sur les forces motrices, Kant interprète cette saisie du donné, par le sujet, du* « rapport des forces motrices vis-à-vis de lui ». *Cette perception ne se fait pas de façon accumulatrice, en « agrégat », mais selon une « composition » :* « Par cet acte de composition *(synthetice)*, il se fait lui-même objet, selon un principe, comme il s'apparaît à lui-même et ne retire pas plus de l'intuition (empirique) qu'il n'y a apporté[4]. » *Parce que l'intuition empirique n'est reçue que selon une « composition », le sujet, dans le phénomène empirique, qu'il saisit, « s'apparaît à lui-même », indirectement donc, dans ces sensations qui sont l'« apparaître » (le « phénomène ») direct. L'objet sensible est tellement marqué par le sujet, que celui-ci devient « objet pour lui-même ». On ne s'étonnera pas de retrouver ici le thème de l'« auto-affection », que la deuxième édition de la* Critique de la raison pure *formulait dans l'*Esthétique transcendantale : « Le phénomène du phénomène, quand le sujet est affecté par l'objet et s'affecte lui-même, et que ce phénomène est pour lui-même un mouvement, dans le phénomène[5]. » *Ou encore, sous une forme plus ramassée, il y a phénomène du phénomène quand le sujet est* « conscient de lui-même comme déterminable dans l'intuition[6] ».

Au total, on a affaire ici à cette sorte de resserrement sans confusion, dans le couple spontanéité et passivité, caractéristique du sujet humain comme raisonnable et fini, que l'on observait du côté de l'objet, où donné sensible et division a priori *s'interpénétraient. Aussi bien est-il clair qu'il n'y a, des deux côtés, qu'un seul et même mouvement. Le sujet est tellement présent, par son acte de composition systématique des sensations, dans l'objet, que celui-ci n'est « la chose même » qu'en faisant « apparaître » le sujet. Mais la sensation demeure l'irréductible donné aux sens. On voit Kant, dans ce contexte, retrouver la vieille doctrine des cinq sens[7], et expliquer la tridimensionnalité de notre espace par les propriétés de notre corps[8].*

*Cette reprise du cœur de l'*Analytique transcendantale *se traduit, au niveau du système qu'est la physique, par d'heureuses formules sur l'articulation de la physique et de la mathématique, appuyées sur d'assez remarquables vues historiques. La « progression » dans le champ des sciences semblait terminée, « le vaisseau était à l'ancre », quand, avec les trois analogies de Képler, un changement s'annonçait*[1]. *Mais il fallait qu'elles conduisent* « au coup de force de Newton, d'invoquer l'attraction universelle pour la physique, par une hypothèse hardie, mais inévitable[2] ». *Le coup de force et l'hypothèse étaient de passer des mathématiques, en continuant à les employer, à la physique, c'est-à-dire à ce que seule l'expérience peut enseigner, les forces gravitationnelles, cause des mouvements dans notre univers. Kant continue à appeler cette prise en compte de la réalité « philosophie », et c'est pourquoi il conclut :* « On ne peut sans doute pas philosopher au moyen de la mathématique, mais cependant sur elle et la liaison avec elle. Par la philosophie, donc, non par la mathématique, Newton a fait la conquête la plus importante[3]. » *Le « passage » au système de la physique est donc réussi. Dans une sorte d'appendice, Kant manifeste une conséquence pour l'espace et le temps. Ils demeurent la forme de toute intuition sensible ; mais désormais, l'unité qu'ils constituent est à porter à l'absolu*[4].

La philosophie transcendantale.

*Un tournant se marque quand, parmi les thèmes qui se répètent au long des essais de l'*Opus postumum, *paraît le* cogito, *le « je pense ». Ce tournant n'est pas une rupture, la méditation sur le sujet appartenant au* Passage de la métaphysique de la science de la nature à la physique *y conduisait :* « La conscience de moi-même *(apperceptio)* est l'acte du sujet de se faire soi-même objet et est purement logique *(sum)* sans détermination de l'objet *(apprehensio simplex)*. La pensée, la représentation de moi-même avec conscience précède tout jugement. Je ne peux pas dire : je *pense,* donc je suis *(cogito, ergo sum)*, et je ne progresse pas par cette représentation dans la connaissance ; mais si elle doit fournir un jugement (je suis pensant), c'est un jugement identique, qui ne fait pas progresser[5]. » *Ce premier abord du* cogito, *avec l'allusion évidente à Descartes qu'il contient, le situe sur le plan où le sujet pensant aurait une connaissance intellectuelle de lui-même. La dénonciation du propos comme jugement analytique, qui n'augmente en rien la connaissance, ne fait que reprendre le thème de fond des paralogismes de la* Critique de la raison pure.

La voie propre à Kant, encore une fois en parfaite cohérence avec tout le mouvement que nous avons tenté de présenter, consiste à méditer sur le couple « cogitabile-dabile ». *C'est passer aux jugements synthétiques* a priori, *et donc à la philosophie transcendantale :* « C'est la philosophie *transcendantale,* qui fournit des propositions synthétiques *a priori,* dont le principe peut être complètement détaillé. » *Kant expose alors un autre « passage », qui va joindre sans les réduire le pensable et ce qui est du donné :* « Par là se produit le franchissement du simplement pensable *(intelligibile)* à ce qui se sent *(sensibile)*, et non inversement : que justement ce qui était pensé *(cogitabile)* soit représenté aussi comme donné *(dabile)*, mais seulement dans le phénomène *(phaenomena)*, auquel correspond son pendant *(noumenon)*, non comme une chose particulière, mais comme acte de l'entendement = *x*, qui hors de l'entendement n'est rien qu'un simple objet en général et n'est que dans le sujet même. Le *repraesentabile* est 1° *cogitabile*, 2° *dabile*[1]. » *Dans ce texte, peut-être trop serré, on aura reconnu l'écho des réflexions autour de la constitution de l'objet phénoménal. S'y ajoute le soulignement de l'acte du sujet connaissant, « x », ce que l'on peut comprendre du caractère impénétrable qui lui vient de la conjonction en lui de la pensée et du sensible, inscrite dans la pensée, même si elle n'est pas pareillement dans le sensible.*

Nous n'avons pas quitté le terrain de l'objet physique, pour accéder à cette sorte de souveraineté de l'esprit, en son assujettissement même au donné sensible : « Je suis. Cet acte de la conscience *(apperceptio)* ne surgit pas comme conséquence d'un acte précédent, comme, en quelque sorte, si je me dis : "je pense, c'est pourquoi je suis" ; autrement, je présupposerais mon existence pour présenter cette existence, ce qui serait simple tautologie. » *La reprise de la critique de Descartes va maintenant aller plus loin ; Kant va faire paraître dans le* cogito *la raison qui fait, la raison pratique, à prendre en toute son étendue :* « Il y a cependant, outre la représentation sensible, encore une faculté de connaître, qui ne comporte pas simplement réceptivité, mais encore spontanéité (comme faculté supérieure de connaître), à savoir l'entendement, la faculté de juger et la raison, et celle-ci peut être pratique technique, construisant l'intuition, ou morale : toutes deux *a priori*, liant le multiple des représentations en une connaissance, sous un principe. La seconde, si elle contient un rapport de règles, référé aux lois du devoir, conduit au concept de Dieu[2]. » *Ainsi se fait un nouveau « passage », achevant le tournant amorcé par le* « cogito ». *Avec la question de la moralité, la question de Dieu va prendre place, ainsi que celle de la liberté. Avec elles, la philosophie transcendantale prend toutes ses dimensions.*

C'est sur l'impératif catégorique que s'articule une reprise de la théologie des Critiques, *avec de considérables déplacements. Le point de départ est le propos, familier au lecteur des* Critiques, *qui fait des commandements de l'impératif catégorique autant de commandements divins.* « Le sujet de l'impératif catégorique en moi est un objet qui mérite obéissance, un objet d'adoration. C'est une proposition identique. La propriété d'un être moral, qui peut ordonner catégoriquement sur la nature de l'homme, est la divinité de cet être. Ses lois doivent être suivies tout comme des commandements divins. Si la religion sans la présupposition de l'existence de Dieu est possible. *Est Deus in nobis*[3]. » *La dernière interrogation, avec la citation latine, met en garde contre une trop grande hâte à faire d'une exigence d'une loi de liberté une preuve théorique de Dieu. L'*Opus postumum *ne manque pas un seul moment à la réserve critique, liant la validité de toute démarche théologique « au point de vue pratique ». Aussi bien, ramener l'impératif catégorique à une prémisse d'argument spéculatif serait déformer sa réalité propre. Aussi l'avertissement critique final ne prive-t-il pas de sa force la brève remarque qui suit la reprise de l'impératif catégorique comme commandement divin : « C'est une proposition identique. » Cela veut dire que la notion même de l'impératif catégorique est une affirmation de Dieu.*

Et c'est pourquoi il ne faut pas hésiter à dire que désormais l'argument ontologique prend validité. Il y a un impératif catégorique et il y a un Dieu, sont deux propositions à tenir ensemble. Les formules sont diverses ; ainsi : « Donc l'idée de la raison éthico-pratique dans l'impératif catégorique est l'idéal de Dieu[1]. » *Et encore, plus largement développé, à propos de l'idée de Dieu, telle que la raison éthico-pratique la contient :* « Que cette idée ait une réalité objective, c'est-à-dire que pour la raison de tout homme qui n'est pas réduit à l'animalité, elle ait force conformément à la loi morale, et que l'homme doive inévitablement confesser à soi-même : il y a un Dieu, et assurément un seul ; il n'a besoin d'aucune démonstration de son existence à la façon d'un être de la nature, mais cela se trouve déjà dans le concept développé de cette idée selon le principe d'identité : la seule forme constitue ici l'être de la chose[2]. » *Autre conséquence de cette inscription de l'idée de Dieu, il ne peut s'agir que d'un Dieu personnel :* « Sous le concept de Dieu, on pense une substance adaptée à toutes les fins, avec conscience, c'est-à-dire une personne ; en cela, l'expression renforcée tautologiquement du « Dieu vivant » ne sert qu'à désigner la personnalité de cet être, comme être tout-puissant *(ens summum)*, comme suprêmement sage *(summa intelligentia)* et suprêmement bon *(summum bonum)*. Son activité est selon l'analogie de la raison technico-pratique[3]. »

La dernière remarque peut être comprise comme une référence à la preuve morale de la Critique de la faculté de juger, *elle-même en jeu de rupture et de continuité avec l'argument physico-théologique de la* Critique de la raison pure. *Pourtant, la transformation opérée par la prise en compte de l'impératif catégorique, en sa pure exigence de commandement, est plus radicale. Et cela paraît lorsque Kant, dans des essais pourtant bien tardifs, parvient à donner toute son ampleur à la philosophie transcendantale, en l'insérant dans le projet complet du « passage » :* « Passage à la limite de tout savoir. Dieu et le monde. La totalité des êtres, Dieu et le monde, dans un système synthétique des idées de la philosophie transcendantale, établies dans un rapport entre elles, etc. » *Sous un numéro « I », Kant continue :* « Dans l'ordre du système de la connaissance synthétique à partir de concepts *a priori*, c'est-à-dire dans la philosophie transcendantale, le principe qui fait le passage à l'achèvement du système est celui de la théologie transcendantale en deux questions : 1° Qui est Dieu ? 2° Y a-t-il un Dieu ? » *La philosophie transcendantale est donc présentée ici en toute clarté. Connaissance synthétique, qui n'oubliera pas le donné aux* concepts a priori, *elle passe à la limite de tout savoir, celui où s'achève le système. Et ce passage est constitué par la « théologie transcendantale ». Or la première réponse aux questions posées est celle d'un Dieu compris comme* personne[4]. *C'est donc le « Dieu vivant », précédemment rencontré. Mais cela revient à modifier le système des preuves exposé par la* Critique de la raison pure. *Le Dieu personnel appartenait au* théisme, *représenté par l'argument physico-théologique, et opposé au « déisme », celui de preuves à dire « transcendantales », car la théologie y procédait à partir de concepts, celui de Dieu, celui d'être en général, avec sa marque de contingence. Le Dieu personnel remonte donc dans les démarches théologiques qualifiées de « transcendantales », y entraînant le monde de l'expérience. Est-il besoin de souligner comment, une nouvelle fois, se resserre le rapport* a priori *et « donné »? La force de l'argument ontologique est en quelque sorte le noyau dur de cette articulation de l'idée la plus haute et de ce qui se donne à entendre dans la contingence de l'histoire, un impératif, dont l'absoluité témoigne de la liberté de l'homme*[1]. *À partir de ce point d'achèvement, la philosophie transcendantale déploie sa triplicité :* « Trois principes, Dieu, le monde et le concept du sujet qui les unit[2]. »

★

L'Opus postumum *est à la fois en deçà et au-delà de l'œuvre de Kant. Il est en deçà, son caractère inachevé, que les pages précédentes ont souvent permis de mesurer, fait qu'il lui manque à tout jamais ce lien qui, de matériaux assemblés, fait une œuvre. Mais il est aussi au-delà. En lui, l'œuvre de Kant commence sa vie. On a pu pressentir, dans le bref exposé précédent, comment tel ou tel texte allait au-devant de questions que l'idéalisme allemand, peu d'années après, allait se poser, ainsi la question de la chose même. Et les références aux controverses contemporaines ne manquent pas dans l'*Opus postumum. *Mais c'est beaucoup plus radicalement que s'amorce en lui* l'interprétation, *où vit une œuvre du passé. Nous avons suffisamment montré quelle place y tient la confrontation avec les* Critiques, *et d'abord la première, si bien que Kant s'y fait, en quelque sorte, leur interprète. Une mauvaise méthode est alors celle qui consiste à en appeler de l'*Opus postumum *contre les* Critiques, *pour y voir la « vraie pensée kantienne », sa pensée « définitive ». La méthode est mauvaise, parce que c'est donner à ces pages un statut qui n'est pas le leur, celui d'une œuvre, dont l'auteur a pris la responsabilité. Mais nous espérons avoir aussi montré que c'est faire un contresens sur ce qui nous est resté d'un labeur obstinément patient, et qui est considérable. L'*Opus postumum *est une étonnante illustration d'une pensée en travail jusqu'à l'ultime bout de ses forces. Le chemin ainsi ouvert pénètre des domaines nouveaux, marque des bifurcations à explorer. Mais c'est la même quête qui l'anime, celle qui, dans la décade précédant la* Critique de la raison pure, *trouvait dans le schématisme la voie pour ne sacrifier ni l'unité, ni l'irréductibilité de l'intelligible et du sensible. L'énigme de* « cet art caché dans les profondeurs de l'âme humaine[3] » *habite le « passage »; ce vers quoi il conduit n'est pas seulement le pont, finalement étranger aux deux voies qu'il joint. Dans la décision concrète du sujet historique, cherchant à se conformer à l'impératif catégorique, tant de raison est présente, que l'idée du Dieu personnel, régulatrice à hauteur de la première* Critique, *trouve désormais de l'« effectivité*[4] ».

FRANÇOIS MARTY.

NOTES

I. Les écrits de 1792-1793

Page 15.

LA RELIGION DANS LES LIMITES DE LA SIMPLE RAISON

1. Kant, dès le commencement, insiste sur une idée maîtresse de sa philosophie morale. La doctrine de la morale, l'éthique, fondée sur « le fait unique de la raison » (AK, V, 31), qui est celui de la *liberté,* n'a nul besoin d'un fondement plus relevé qui, supérieur à la liberté, la nierait précisément par là. D'où l'idée d'une radicale autonomie de la philosophie morale. Cette autonomie implique que la religion ne soit jamais que le complément de l'éthique — complément dont on pourrait à la vérité se dispenser, s'il ne permettait, au moins au point de vue psychologique (Kant parlera de « l'enquête anthropologique », VI, 25), d'élucider l'*intérêt* que nous portons aux Idées morales, et en définitive à nous-mêmes comme êtres libres. Il va de soi qu'une telle position, expliquant que la raison se puisse suffire objectivement aussi bien que subjectivement, ne pouvait qu'attirer les foudres du trône et de l'autel. Et enfin, puisqu'on ne doit pas juger de la moralité par la religion, mais tout inversement, Kant écrivant ces lignes se rattache profondément à la philosophie des lumières ; sa doctrine religieuse devait servir de machine de guerre contre la superstition, puissant recours du despotisme.

Page 16.

1. Si la morale n'exige aucune fin pour expliquer le devoir

et n'a besoin d'aucun motif pour que le devoir soit appliqué, c'est que son principe (ἀρχή) est en même temps sa fin (τέλος), à savoir la liberté rationnelle qui se suffit à elle-même. La nécessité de la morale lui est tout intérieure et, dans un sens vulgaire, absolue (de préférence : inconditionnée). C'est un pur principe thétique, sur lequel Fichte élaborera sa philosophie ; voir Philonenko, *La Liberté humaine dans la philosophie de Fichte,* 2e éd. p. 305. Voir aussi R. Kroner, *Von Kant bis Hegel,* Bd. I.

Page 17.

1. C'est une faute (fréquente) que de confondre les expressions *freie Willkür* et *Willkür,* libre arbitre et arbitre. Kant les distingue avec soin, voir *Doctrine du droit* (AK, VI, 213). On ne cédera donc jamais à l'élégance en écrivant *libre arbitre,* là où Kant dit seulement arbitre. L'élégance serait contresens et même non-sens.

2. L'arbitre suppose une relation finale, par exemple la réalisation d'un objet, car l'homme ne saurait agir en faisant abstraction de toutes les fins. En revanche le libre arbitre, qui est l'arbitre déterminé par la raison pure, sans rien ajouter par la réflexion à l'action, sait *comment* il faut agir, non ce en vue de quoi il faut agir. Bien agir éthiquement ne suppose pas une fin, ou encore une relation finale, qui peut être indéterminable *a priori,* mais une loi dont l'essence rend possible le juste usage de la liberté. L'existence selon la loi est donc seule la libre existence. Voir AK, V, 146-147 et Hermann Cohen, *Kants Begründung der Ethik,* 2e éd., p. 271.

3. Bien agir est un devoir. Mais pourquoi, se demande l'homme simplement honnête, faut-il bien agir? Puisque le principe (ἀρχή) et le résultat (τέλος) de la morale ne consistent qu'en la liberté, pourquoi être libre? Mais Kant n'a jamais admis que le Bien d'une part et le bonheur d'autre part fussent, comme l'a voulu Fichte, une seule et même chose et que dans la rigueur métaphysique la vertu soit *pretium sui.* De là l'idée d'un Bien suprême, communément appelé *Souverain bien,* dont la possibilité ne se laisse entrevoir qu'en supposant, à partir de la morale, un Être suprême assurant la liberté selon la loi et garantissant le bonheur. La morale ne peut être indifférente à la conséquence qui suit de ce raisonnement, qui est un pilier dans la fondation philosophique de la religion. Voir J. Bohatec, *Die Religionsphilosophie Kants in der Religion innerhalb der Grenzen der blossen Vernunft,* p. 33 et suiv. ; Kuno Fischer, *Geschichte der neuern Philosophie,* IV, p. 384 et suiv. ; Victor Delbos, *La Philosophie pratique de Kant,* 3e éd., p. 480 et suiv ; E. Cassirer, *Kants Leben und Lehre,* p. 402, p. 407 ; J. L. Bruch, *La Philosophie religieuse de Kant,* p. 33 et suiv. Cette prise de position fondamentale explique pour tous les interprètes sérieux de

Kant *d'une part* la constitution de la doctrine de la religion à l'intérieur des limites de la raison morale (s'il est vrai que la morale conduit à la religion et non l'inverse) et *d'autre part* les pénibles démêlés de Kant avec la censure (voir bibliographie les ouvrages de Dilthey, Fromm et Arnoldt).

Page 18.

1. Dès lors que la liberté ne se donne pas comme *pretium sui,* c'est-à-dire comme étant sa propre récompense, mais suppose une synthèse avec l'élément du bonheur, qui ne dépend pas de l'homme, mais de Dieu ou de la nature, il faut rapporter la finalité par liberté à la finalité selon la nature. D'une manière générale, refusant l'enthousiasme, de la pure liberté, au point qu'on a pu lui reprocher de compléter l'unité de l'homme par une idée du bonheur plus que prosaïque, Kant s'incline devant la finitude de l'homme et respecte la majesté de Dieu. C'est ce que j'ai désigné dans mon édition de *Qu'est-ce que s'orienter dans la pensée?* une philosophie de la *modestie.*

2. Cette dialectique est étrangement leibnizienne. La morale n'est pas seulement un principe de devoir-être, mais enveloppe une *tendance à créer* le bien, c'est-à-dire le meilleur des mondes possibles, quand bien même l'individu moral s'en saurait exclu sous le complexe rapport de la félicité. Si donc j'imagine pouvoir créer le (un) monde, ce sera en vue de l'existence du Bien. Suivant le jugement de notre raison (le *dictamen*) le Bien tend nécessairement à l'existence. Aussi Kant n'est-il pas un pessimiste de salon. Cette imagination maintenant n'est pas issue d'une source quelconque ; elle provient du besoin d'origine morale (*Bedürfnis,* voir AK, VI, 6). Aussi, en fin de compte, ne s'agit-il pas d'un besoin que l'on *possède,* mais que l'on *est;* non pas un besoin *d'avoir,* mais *d'être* qui, en tant que tel, nous constitue comme existants. Voir *Qu'est-ce que s'orienter dans la pensée? Commentaire* de Philonenko, VI, p. 72-73.

Page 19.

1. Si la morale conduit à la religion, il faut reconnaître que, bien qu'elle puisse dans la rigueur métaphysique s'en dispenser, toutefois la religion l'élargit en lui procurant l'Idée d'un Législateur moral tout-puissant, mais extérieur à l'homme (ce qui fait dire ironiquement à Kierkegaard que dans la philosophie critique Dieu n'est pas regardé autrement que comme un agent de police !).

Page 20.

1. Il faut ici se souvenir de la critique hégélienne de la

position de Kant. La vertu peut-elle faire abstraction du cours du monde? Voir Hegel, *Phänomenologie des Geistes,* p. 274 et suiv.

2. Comparer ici, IIIe partie, 1er chap. § 4 (AK, VI, 100).

3. Philosophiquement la *censure* est opposée à la *critique.* La censure consiste à imposer des *bornes* à l'entendement en ne considérant que ses échecs, et c'est pourquoi le scepticisme est une opération de censure, voir R. Eisler, *Kant-Lexikon,* p. 619. En revanche la critique consiste à définir des *limites* à l'intérieur desquelles l'usage de la raison est *légitime;* ces limites sont le résultat de l'auto-limitation de l'entendement, voir Philonenko, *L'Œuvre de Kant,* I, p. 130.

Page 21.

1. Si Kant s'est donné tant de peine pour publier ouvertement *La Religion* c'est qu'à ses yeux le principe «Toute autorité vient de Dieu» est fondé (voir *Doctrine du droit,* AK, VI, 319). Il lui faut donc obéir et se justifier.

2. Kant vise évidemment Hermes et Hillmer.

3. Il est naturel que contre les prétentions dogmatiques aveugles le père de la révolution copernicienne en philosophie évoque Galilée, suggérant par là que la censure a bien l'effet destructeur du scepticisme.

Page 22.

1. L'expression *à l'intérieur des limites de la simple raison* a été bien commentée par J. Bohatec, *Kants Religionsphilosophie,* p. 36. Le titre naturel et normal du livre de Kant aurait dû être : «La Religion selon la simple raison». Mais la polémique avec les censeurs oblige Kant à préciser : à l'*intérieur.* Cette précision a une signification stratégique. Elle implique, en effet, que, sans renoncer à faire usage du savoir religieux commun de l'humanité déposé dans l'histoire, les langues, les livres, mais sans prétendre non plus le modifier, la raison se réserve de porter, à partir de ses lignes intérieures, un jugement apodictique. Il faut remarquer de plus que cette expression peut tromper. Ce serait une erreur de croire (d'après le titre) que la raison étudie de manière *analytique* une religion donnée dans ses limites. La raison n'envisage pas une «religion donnée dans ses limites». Elle opère suivant une démarche *synthétique,* lui permettant de reconnaître en elle-même un concept, pourtant réputé issu d'une source transcendante (voir W. Dilthey, *Schriften,* IV, p. 306). La déduction conduira Kant à identifier raison et religion (voir J. Bohatec, ouvr. cité, p. 39; Reicke, *Lose Blätter,* III, 90). L'entière liberté philosophique exigée par Kant dans

l'élaboration de la théologie spéculative n'a de mesure qu'en la sagesse de l'auteur. Kant s'en est expliqué (AK, VII, 39).

2. Kant vient de distinguer deux modalités de la censure, l'une immédiate (qui regarde le salut des âmes) et que doit exercer le théologien biblique comme chargé d'un ministère, l'autre « supérieure » que le théologien doit exercer « comme universitaire et savant ». À partir de là s'engage la polémique formelle avec la censure. Sa légitimité ne serait cohérente que si la doctrine philosophique de la religion sortant de ses limites, qui ne lui interdisent pas d'utiliser le matériau de la théologie biblique, introduisait en cette dernière de nouveaux contenus. Il n'y aurait plus alors espérance de conformité de la foi et de la raison, mais volonté dictatoriale de la raison, dont l'effet est déterminable, selon Kant, comme *désordre.* C'est à quoi se refuse la doctrine de la religion puisqu'elle prétend ne jamais dépasser les limites de la raison. En revanche, si la théologie biblique interdisait à la raison d'utiliser les contenus religieux (par exemple la doctrine du Nouveau Testament), un *autre désordre,* plus grave parce que portant, dans l'esprit de Kant, sur la liberté et l'autonomie spirituelle de la raison, se manifesterait. La théologie biblique entreprendrait tout simplement de nier l'autorité de la raison et du même coup ouvrirait la voie au despotisme en prétendant plier la pensée devant le fait. Voir *Was ist Aufklärung?* (AK, VIII, 33). La solution *raisonnable* consiste à éviter ces deux désordres et à reconnaître à la théologie biblique et à la raison leurs droits respectifs. C'est cette solution que les censeurs n'ont pas su saisir.

Page 23.

1. Qu'arrivera-t-il si, poussée par le théologien biblique, la « religion [...] déclare la guerre à la raison de manière irréfléchie » ? « Je crois, écrit Kant, du fond de mon âme et après la plus mûre réflexion, que la doctrine du Christ, nettoyée des barbouillages cléricaux et comprise selon notre manière de nous exprimer, constitue le système le plus parfait que je puisse penser [...] » (AK, XVIII, 693). De nombreux textes, notamment les lettres à Jacobi et Lavater, vont dans le même sens. Autant dire que l'issue de la guerre n'est pas douteuse, car la théologie biblique (c'est l'intime pensée de Kant) ne consiste précisément qu'en barbouillages cléricaux, qui ne sauraient longtemps résister à l'assaut conduit par la raison. Cela dit, sûr de la victoire, Kant a assez d'indulgence pour ne pas vouloir déclarer la guerre. Voir AK, X, 69 (Lettre à Mendelssohn du 8 avril 1766, où Kant explique son attitude, qui n'est pas sans évoquer celle de Voltaire).

Page 24.

1. La guerre larvée — pure apparence de solution raisonnable — où le théologien biblique finit par mélanger les points de vue pour discréditer la raison est condamnable (dans la forme et le fond), parce que en fin de compte personne ne s'y retrouve ; les données sont brouillées en un syncrétisme que Kant déplore (VI, 22) et, pressée injustement dans ses retranchements, la raison ne peut trouver que des avantages à déclarer les hostilités.

Page 25.

1. L'image des deux cercles concentriques au début du paragraphe illustre l'idée d'une religion à l'intérieur des limites de la simple raison. La fin du paragraphe utilise des concepts qui seront amplement développés plus tard (par exemple celui de culte, IVe partie) et affirme la supériorité de la raison qui, fin en soi, ne se laisse jamais réduire à autre chose qu'à elle-même, bien qu'elle se prête à un mélange instable. Il s'ensuit que ce qui est subalterne est ce qui est en dehors des limites de la simple raison.

Page 26.

1. Joh. Dav. Michaelis (1717-1791), professeur de théologie à Tübingen. Sa *Morale* a paru en 1792. Cette indication pose un problème redoutable : celui des sources de Kant. Borowski dans sa biographie de Kant (*Darstellung des Lebens und Charakters Immanuel Kants,* p. 79) indique qu'avant d'écrire *La Religion* Kant relut « attentivement » un catéchisme prussien d'inspiration piétiste, qui datait de son enfance, la *Grundlegung der Kirchlichen Lehre* publiée à Königsberg (sans date comme beaucoup d'ouvrages alors). Deux exemplaires de ce catéchisme subsistaient à la bibliothèque de Königsberg ; ils ne sont plus accessibles. Il est certain que quelques citations données par Kant proviennent de ce texte perdu. Mais la difficulté s'aggrave. G. Hollmann dans ses *Prolegomena zur Genesis der Religionsphilosophie Kants* (I, p. 1-73) en fait l'analyse et conclut au piétisme de Kant. J. Bohatec (*Kants Religionsphilosophie,* p. 23) sans nier une certaine influence rejette toutefois la thèse de Hollmann. Le document sur lequel s'était appuyé ce dernier étant inaccessible, on ne peut prendre aucune décision. En fait la difficulté vient de ce que Kant, dans *La Religion,* a utilisé de nombreuses sources, beaucoup plus que pour ses autres ouvrages, et que les sous-entendus sont nombreux. S'il a ainsi agi, c'est sans doute en fonction du problème de la censure.

Page 27.

1. Voir Vorländer-Noack (*Philosophische Bibliothek,* Bd., 45 — désormais indiqué par *Noack*), p. 15, LIII et suiv. Le propos de Kant est, semble-t-il, ironique. Il doit s'agir d'un «inconnu célèbre», car la correspondance de Kant, intégralement consultée (AK, X-XIII), ne livre pas son nom. G. Chr. Storr est né en 1746 et décédé en 1795.

2. Aveu important et significatif. Déjà dans la *Critique de la faculté de juger* (AK, V, 170) Kant n'avait pas fait mystère du poids de l'âge s'abattant sur ses facultés intellectuelles. *La Religion* souffre de cette perte, qui se manifeste surtout dans le style lourd et pénible. Mais la pensée reste toujours aussi forte.

3. Ce critique n'a visiblement intéressé personne. Bohatec lui-même s'est abstenu de l'identifier. On peut citer Reicke, *Lose Blätter,* II, 253 pour définir la position de Kant vis-à-vis de ce critique : «Mon livre n'est pas un discours destiné au peuple, car pour cela il est beaucoup trop savant et incompréhensible, mais il s'adresse aux facultés [...]» C'est la contradiction de *La Religion* d'être à la fois savante et populaire, érudite pour combattre la censure, populaire pour être quand même entendue.

4. Le texte depuis : «Voici ma réponse», soulève de graves difficultés. En premier lieu Kant détache *La Religion* du noyau fondamental de l'œuvre critique (essentiellement des deux premières *Critiques*). Dès lors l'intégration de *La Religion* dans le corpus transcendantal pose un problème sérieux. La solution proposée par Bruch (ouvr. cité, p. 21 et suiv.) est intelligente et peut satisfaire le lecteur. En second lieu il est parfaitement clair que, détachée, au moins en principe, du corpus transcendantal, *La Religion* — définie comme un «livre inintelligible et fermé qui ne représente qu'un débat entre savants de Faculté, débat dont le peuple ne se soucie pas» (AK, VII, 8) — rejoint *volens nolens* la théorie transcendantale. La réponse au critique inconnu s'explique donc mal par la seule difficulté du problème : il y a aussi une question de niveau. Voici donc un livre qui n'appartient pas à la théorie transcendantale et qui, pourtant, n'est pas destiné à la philosophie populaire. En troisième lieu cette situation plus que délicate est aggravée par l'esprit de la composition. L'ouvrage devait paraître dans une série d'articles en une grande revue. L'usage de la terminologie scientifique n'était donc pas nécessaire, mais seulement *commode,* puisqu'il ne s'agissait que d'exposer ce que renferme par exemple «l'instruction populaire réservée aux enfants». La terminologie scientifique n'a donc ici qu'une valeur relative. Le lecteur devra faire la part des choses. Il résulte de ces remarques que *La Religion* semble occuper un terrain en quelque sorte hybride, et c'est toute la difficulté de la lecture,

comme de la traduction, tantôt obligée de respecter le vocabulaire de l'École, tantôt contrainte de prendre les termes en un sens plus reçu. Ainsi *denken* pourra sans faute être traduit par *concevoir*, ce qui serait impossible dans la *Critique de la raison pure.*

Page 29.

1. Horace, *Odes*, Lib. III, VI, *ad finem* : «La génération de nos pères qui valaient moins que nos aïeux, a fait naître en nous des fils plus méchants, qui vont donner le jour à une postérité plus mauvaise encore.» Voir Platon, *Philèbe*, 16C.

Page 30.

1. J'ai expliqué ailleurs que les relations de Kant et de Rousseau étaient moins claires qu'on ne le suppose (*L'œuvre de Kant*, II, § 28). Il veut toutefois l'inscrire ici dans une lignée de philosophes *optimistes* contrebalançant la plainte aussi ancienne que le monde.

2. Voici la traduction du texte attribué à Sénèque : «Nous souffrons de maux guérissables, mais puisque notre nature est bien disposée, si nous voulons guérir, elle peut nous aider.» Noack dans son édition critique de *La Religion* ne donne pas la référence. Et de fait, très peu originale, la sentence ne se laisse pas facilement repérer. Elle se trouve en réalité dans le *De ira*, II, 13, 1. Il faut la compléter par deux sentences des *Lettres à Lucilius*. D'une part «Pour subvenir à la nature, la nature suffit.» (XIV, 90, 18). D'autre part : «Supposons que la nature nous dise : Ces choses dont tu te plains existent pour les autres comme pour toi. Je n'ai rien de plus facile à offrir à personne ; cependant quiconque le voudra saura se les rendre faciles.» (XIV, 91, 18). Bohatec relève que cette citation de Sénèque par Kant a été interprétée comme l'indice d'un optimisme moral, justement fondé dans le pouvoir de la volonté, dès lors qu'elle respecte la nature.

Page 31.

1. Kant veut dire qu'on ne peut juger l'homme d'après ses seules actions. Le jugement doit se fonder sur l'intention qui a présidé à la conception des maximes de l'action, afin de savoir si elle était (ou non) opposée à la loi morale. Cette thèse constante dans la philosophie pratique de Kant (voir *Critique de la raison pratique*, AK, V, 155) entraînera les pires difficultés.

2. Kant donne à l'expression *nature de l'homme* un sens psychologique.

Page 32.

1. Ce qui eſt obscur en ce texte n'eſt pas tant la progression à l'infini mais plutôt l'idée exprimée dans la parenthèse : je ne suis pas toujours clair à moi-même. Je ne peux m'appuyer vraiment sur l'expérience externe, mais je ne le peux pas davantage sur l'observation interne de moi-même. C'eſt pourquoi dans les *Fondements de la métaphysique des mœurs* Kant a commenté à sa manière le propos du Chriſt refusant d'être appelé bon maître (Mc, 10, 17, Lc, 18, 18) (AK, IV, 408-409). Seul Dieu voit clair et ne connaît pas de progression à l'infini, puisqu'il voit tout. La morale nous arrache toutefois à ces incertitudes. Non qu'elle permette d'assurer un jugement d'essence psychologique. Mais elle exprime dans sa rigueur formelle et rationnelle les fins et le but de l'homme, qui dès lors possède un fil conducteur, même si dans la rigueur métaphysique il eſt incapable de se juger. Karl Jaspers dans sa belle dissertation, *Das radikal Böse bei Kant,* a retrouvé par un chemin original la difficulté ; voir Kark Jaspers, *Rechenschaft und Ausblick,* p. 94. La dissertation de Jaspers a été rédigée en 1935.

2. Cette réflexion peut s'expliquer à partir de Rousseau : l'homme eſt bon par nature, mais tout se passe *comme si* par nature il était mauvais. Voir Rousseau, *Œuvres complètes* (Pléiade), t. III, p. 164. Il eſt probable que Kant a pris connaissance du *Discours sur l'origine de l'inégalité parmi les hommes* dans l'élégante traduction de Moïse Mendelssohn (voir M. Mendelssohn, *Gesammelte Schriften, Jubiläusausgabe,* VI, 2, p. 223). Quant au principe insondable il s'agit de la liberté. Schopenhauer, qui se veut disciple de Kant, préférera citer Malebranche affirmant : « La liberté eſt un myſtère » ; voir Philonenko, *Schopenhauer,* p. 77.

3. L'*inné* relève de la psychologie et se diſtingue de l'*a priori* qui dépend de la réflexion transcendantale.

Page 33.

1. Voir J. v. Arnim, *Stoicorum veterum fragmenta,* vol. IV, p. 5, col. A. Herillus (H. I, 91, 32) donne la définition la plus brève de l'*adiaphoron :* « À égale diſtance des biens et des maux. » Dans la doctrine ſtoïcienne l'*adiaphoron* eſt le mot employé pour désigner des actions qu'on peut ou non faire, et sont indifférentes.

2. Les *latitudinaires* par neutralité sont des *indifférentiſtes ;* par coalition, ce sont des *syncrétiſtes.* L'influence de Stapfer (1708-1775, paſteur à Diesbach, Suisse, voir E. Wernle, *Le proteſtantisme suisse au XVIIIe siècle,* I, p. 552-554) n'eſt pas douteuse (voir Stapfer, *Theologia polemica,* 2, 84 et 4, 599). Mais il serait injuſte de ne pas mentionner Baumgarten (*Ethica,* § 4) qui parle

d'une *ethica rigida* avec ce jugement : *« quo severior ethica est, hoc perfectior »*. Dans *Eine Vorlesung ueber Ethik* (Paul Menzer Herausgeber, 1924) Kant dénonce (p. 93) le *latitudinarius* qui ne voit pas que « l'éthique doit être précise et sainte ». Dans sa *Logique* il déclare que le latitudinaire est celui qui « ne détermine pas strictement » (AK, IX, 55). L'idée du latitudinaire par *coalition* renvoie à un texte célèbre de Kant, compris dans la *Critique de la raison pratique* : « Le premier devoir d'un philosophe est d'être conséquent, etc. » (AK, V, 24), par où tout syncrétisme en philosophie est dénoncé.

Page 34.

1. Cette note servira de support à la suivante consacrée à Schiller. Kant utilise ici une des pièces principales de sa philosophie : le concept de grandeur négative (voir t. I, p. 261 et suiv., et les précieuses notes de Ferrari, p. 1503-1508). Dans l'*Essai pour introduire en philosophie le concept de grandeur négative* Kant avait soutenu que le négatif, si souvent désigné par l'absence et par conséquent par le rien, n'était pas du néant. C'est ainsi que la haine, absence d'amour, n'est pas pour autant du néant. Kant a fait un usage fréquent de ce concept. R. Eisler dans son *Kant-Lexikon* (p. 383-384) le repère dans la *Critique de la raison pure*, dans la *Doctrine de la vertu*, dans l'opuscule intitulé *Sur les progrès de la métaphysique depuis Leibniz et Wolff*. Dans la présente note l'intention de Kant est très claire. Il n'y a pas d'action indifférente (*adiaphoron*). On désignera par le signe A la loi morale comme *positivité ;* elle ne peut être écartée que par une force contraire indiquée par le signe — A. Il peut se faire maintenant que A et — A s'équilibrent. Le signe o indiquera ce point d'équilibre. o est le résultat des forces opposées et caractérise l'*indifférence* dérivant d'un affrontement de deux principes *antérieurs* (ici le bien et le mal). N'existant jamais par elle-même l'indifférence ne peut être un principe éthique originaire. Aussi toute morale de l'indifférence (comme on en compte tant d'exemples et surtout chez les Anciens) ou du *désengagement* (comme on dit maintenant) n'est qu'une illusion qui retirant à la raison pratique le droit de se prononcer est dans le fait *immorale.* Il suit enfin que si l'éthique doit être adéquate, elle ne le pourra qu'en étant *rigoureuse* et bien sûr dans le bon sens indiqué par la loi morale. Voir Delbos, ouvr. cité, p. 492, n. 1.

2. Voir Schiller, *Ueber Anmut und Würde* (in Schillers *Sämmtliche Werke,* IV, p. 454). Les objections de Schiller ont vivement préoccupé Kant. Celui-ci a apporté beaucoup de soins à rédiger cette note insérée dans la deuxième édition de *La Religion.* On possède des brouillons édités par Reicke (*Lose Blätter aus Kants-Nachlass; Altpreuss. Monatshefte,* XXV, 3/4,

p. 268 et suiv., 274) et dans l'édition des *Lose Blätter* de 1889, p. 122, 124-128, brouillons reproduits in *Noack,* p. CIV-CVII. On observa que la référence donnée par Kant n'est pas correcte. Il cite le texte de Schiller in *Thalia 1793 numéro 3.* Mais *a*) Biester lui avait indiqué le texte dans *Thalia deuxième numéro, 1793* (AK, XI, 456, lettre du 5 octobre 1793) ; *b*) Goedeke dans les SW. Bd. IV, p. 454 donne la même référence que Biester. Il y a donc une erreur manifeste chez Kant qui peut s'expliquer par la note copiée dans ses brouillons : *Thalia herausgegeben von Schiller dritter Teil, zweytes Stück.* Il semble avoir confondu la troisième partie et le second fascicule. Sur le fond philosophique de cette note on observera (avec Kant) que la position de Schiller était très nuancée (SW. Bd. IV, p. 478-479). Le grand poète se veut *rigoriste;* mais il n'apprécie pas pour autant «la dureté» avec laquelle Kant expose l'idée du devoir ; le philosophe peut conduire à un ascétisme «monacal» outré. Kant, en effet, avait parlé d'ascétique (AK, VI, 50). Ce qu'il faudrait consisterait à trouver une règle stricte, mais joyeuse. Plus piqué qu'on ne le pense généralement par l'ascétisme monacal qu'on lui attribuait, Kant est revenu plus tard avec précision sur le problème (*Doctrine de la vertu,* II, 2, § 53). V. Delbos, ouvr. cité, p. 264 et suiv., donne une lecture satisfaisante, mais ne voit pas que le problème traversera l'idéalisme allemand jusqu'à Schelling et Hegel.

Page 35.

1. Il y a deux couches dans cette affirmation. En premier lieu adhérer à la loi morale comme motif déterminant, c'est être bon, puisque c'est agir par pur respect pour la loi. Cette doctrine est classique dans la philosophie morale allemande et a été énoncée dans toute sa rigueur par S. Pufendorf. Voir *Le Droit de la nature et des gens,* livre I, chap. VII, § 4 (traduction Barbeyrac, 2e éd., vol. I, p. 115-116). En second lieu cette définition pose un problème, et c'est sa couche profonde. Comment la loi qui ne m'apporte rien peut-elle être un motif de l'action? Il n'y a ici qu'une réponse : c'est que, prenant *intérêt* à la loi morale, je prenne aussi intérêt à moi-même. Mais cela ne se peut que si d'une certaine manière mon moi est identique à la loi morale. Or, regardé comme *pure liberté,* mon moi ne s'en distingue pas.

2. Cette formule explicite le rigorisme. Pour la bien comprendre il faut savoir que Kant considère l'homme comme un tout, et ne sépare pas l'âme comme élément moral du corps comme principe de la sensibilité. Totalité, l'homme doit être jugé en totalité. Aussi la pratique de l'ascétique morale (opposée à l'ascétisme monacal) sera une *diététique* générale de

l'homme tant sur le plan de l'esprit que sur celui du corps (*Doctrine de la vertu*, § 53).

Page 36.

1. Kant fait allusion aux trois dialogues de Platon, le *Protagoras*, le *Gorgias* et le *Ménon*. Le sens de la note est le suivant. S'il s'agit de la vertu en soi, on n'est pas vertueux à moitié et on ne possède pas une seule vertu. En revanche la jurisprudence empirique doit faire la part des choses et le juge humain agir selon sa conscience en trouvant les justes nuances.

Page 37.

1. Il faut souligner l'expresssion d'*enquête anthropologique* que nous évoquerons plus loin en commentant la lettre à Stäudlin du 4 mai 1793.

2. Fichte s'est souvenu de ce passage en rédigeant sa *Bestimmung des Menschen*.

3. Kant distingue, fort classiquement, des ordres dans le réel. D'abord les choses (dont s'occupe la théorie de l'expérience comme la *Critique de la raison pure*). Ensuite les êtres organisés (*Critique de la faculté de juger*). Puis les êtres vivants ou l'individualité (*Critique de la faculté de juger*). Enfin le règne de la moralité ou de la responsabilité (*Critique de la raison pratique*). Il est inutile de considérer le sujet moral comme une chose. On le regardera comme être organisé (animalité), puis vivant ou comme un individu (humanité), enfin comme soumis à la loi morale (responsabilité). Voir Philonenko, *Kant und die Ordnungen des Reellen*, repris dans les *Études kantiennes*.

Page 38.

1. J. Bohatec dans sa *Kants Religionsphilosophie*, p. 228, rapproche Kant d'Iselin (dont la *Sittenlehre der Vernunft* contient une classification identique à peu de choses près). D'une manière générale tant d'auteurs ont disserté sur l'intempérance et la lascivité que vouloir donner une référence précise est inutile. En revanche il faut souligner encore une fois que la sensibilité ou l'animalité n'est pas par elle-même mauvaise selon Kant.

2. C'est la classique dialectique de la loi morale comme *ratio cognoscendi* de la liberté, qui est sa *ratio essendi*.

Page 39.

1. Tout le paragraphe est rédigé sous l'angle d'une évidente référence à Rousseau. Voir *Discours sur l'origine de l'inégalité*

parmi les hommes (Pléiade, t. III, n. 15, p. 219 , venant en annexe de la p. 154).

2. On s'est élevé de l'animalité à l'humanité. Aux vices bestiaux s'ajoutent ceux de la culture. Kant n'a jamais nié que la dialectique sociale des passions (soif de domination, soif d'honneur, cupidité) ne puisse, jusqu'à un certain point, *redresser* l'homme (AK, VIII, 20-21). C'est comme en une forêt où les arbres, trop concentrés pour étendre leurs branches, doivent pousser droit. Si bien qu'on assiste à une régénération naturelle et spontanée des courbures égoïstes (voir AK, VIII, 20-21). En ceci Kant se distingue doublement de Rousseau. D'une part cette régénération des courbures égoïstes s'accomplit dans la société. Selon une heureuse formule de Vlachos, nature et morale pouvaient de ce point de vue (social) s'appuyer l'une sur l'autre. Mais on peut penser que cette dialectique ira trop loin : la culture contredira la nature, et les vices de la culture deviendront *diaboliques* par-delà la nature et au-delà de la nature. J. Bohatec (*Kants Religionsphilosophie,* p. 231) compare avec acuité les vues de Kant et de Shaftesbury.

3. Pour la joie prise au mal d'autrui, voir Schopenhauer, *Sämmtliche Werke* (Deussen, X, p. 511).

4. Schopenhauer semble avoir maîtrisé le difficile concept du caractère acquis. Voir Philonenko, *Schopenhauer,* p. 226.

5. *« [...] worauf schlechterdings nichts Böses gepfropft werden kann ».* Le traducteur des œuvres de Kant en langue latine, F. G. Born, écrit : *« [...] in quibus nullo modo potest quidquam mali implantari »* (vol. II, p. 373). Il faut retenir avec soin l'idée de greffe (végétale ou organique) qui joue un rôle capital chez Kant. Voir Philonenko, *Études kantiennes.* Il y a des greffes concevables (un rameau de poirier sur un pommier *Critique de la faculté de juger,* § 64), des greffes métaphoriques (le contrat social qui greffe ma volonté sur celle de l'autre, *Ibid.,* § 65, note) et des greffes inconcevables, par exemple une disposition au bien sur laquelle absolument rien de mauvais ne peut être greffé.

Page 40.

1. Kant use du mot *Wurzel* qui signifie *racine.* Il faut prendre ce terme en un sens végétal et moral, comme lorsqu'on parle des *racines du mal.* Le vocabulaire de Kant va s'organiser à partir de là (le mal doit être *extirpé jusqu'en sa racine*). On notera que l'adjectif *radical* qui va désigner le mal possède la même racine que *racine.*

2. Voir Baumgarten (AK, XVII, 139) définit ainsi le penchant : « *[...]* habitualiter *dominans inferioribus (facultatibus) quarum maxima* passio *dominans vocatur* ». Bohatec a expliqué la curieuse traduction de *« passio dominans »* par « Hang ». *Kants*

Religionsphilosophie*, p. 244. Mais que Kant ait pris ce sens s'explique non seulement par la cohérence interne de la terminologie de Baumgarten, mais encore par une lecture bien ancrée de l'auteur de la *Metaphysica* en ce sens.

Page 41.

1. Évidente allusion aux récits concernant les Indiens d'Amérique du Nord.

2. Kant, *Reflexionen zur Religionsphilosophie* (AK, XIX, 639), n° 8096 (Reicke, II, 115 et suiv.) : « *Was von einem* factum *anfangt ist nicht* originarium *sondern* malum contractum » (Ce qui commence à partir d'un *fait* n'est pas *originaire*, c'est un *mal contracté*).

3. Le *mauvais cœur* est une expression biblique, (Jér., 17, 1). J. Bohatec, *Kants Religions philosophie*, p. 248, cite un passage de Stapfer éclairant parfaitement la transposition de l'expression *mauvais cœur* dans la littérature de théologie dogmatique : « [...] *alle Sünde aus dem Herzen, dem bösen Herzen des Menschen entspringen* » *(Grundlegung zur wahren Religion)*.

4. La question des degrés a toujours préoccupé Kant. Dans *Eine Vorlesung ueber Ethik*, p. 75 *(Grade der Imputation)*, il définissait ces degrés suivant la liberté. Baumgarten, Heilmann (*Compedium theol. dogmaticae* — sans date) usaient du terme de degré *(gradus)*. On en trouve chez Heilmann trois (1. *peccata omittendi et commitendi*, 2. *involuntaria*, 3. *externa et interna*). Kant a suivi les théologiens. Vouloir dans cette *triplicité* du mal retrouver un écho de la triplicité catégoriale sur laquelle le philosophe insiste si fort (AK, III, p. 88 et suiv.) serait une interprétation plus qu'audacieuse.

Page 42.

1. Kant va distinguer les degrés du penchant au mal. Précisons qu'un penchant n'est jamais qu'un fondement *subjectif* et non un principe *idéal* ou objectif comme le sont les catégories. Il faut toujours distinguer *subjectivité* et *idéalité* (voir Philonenko, *L'Œuvre de Kant*, I ; Van Biéma, *L'Espace et le temps chez Leibniz et Kant*, et Cassirer, *Substanzbegriff und Funktionsbregriff*). En théorie on peut extirper le penchant au mal, puisqu'il n'est pas *a priori*, mais *inné* (manière de dire qu'il a été *contracté* et dépend d'un fait, non d'une raison) ; en revanche, parce qu'elle est *a priori* (et *idéale* ou *objective*) il est inconcevable qu'une catégorie puisse être extirpée de l'entendement. C'est précisément parce qu'il a confondu la subjectivité et l'idéalité que Schelling a pu avoir en vue l'idée d'une liberté pour le mal, subjective et objective, donc originaire et essentielle. Voir Schelling, *Sämmtliche Werke*, IV, p. 223 et suiv. La

confusion de Schelling a entraîné des ravages dans la philosophie post-kantienne d'orientation existentiale.

2. La plainte de l'apôtre. Voir Rom., 7, 15-16. D'un point de vue métaphysique l'homme ne peut qu'être fragile, dès lors que, fini, il est cependant libre.

3. L'impureté est définie selon les principes de la morale kantienne et ne correspond pas tout à fait au sens que lui confèrent les théologiens dogmatiques, tel Heilmann. Kant a déjà évoqué cette impureté dans un passage célèbre de la *Critique de la raison pure,* AK, III, 489. L'impureté ne doit pas être entendue d'abord comme dissimulation. Ce qui est éclairant ici, c'est la métaphore chimique. Dire que l'intention est impure, c'est dire qu'elle admet dans sa maxime des éléments différents : la loi morale d'une part et une foule de raisons subjectives d'autre part. De là deux conséquences. En premier lieu il nous est très difficile de discerner dans le mélange alchimique de l'intention les éléments, et nous ne savons pas toujours exactement ce qui a été déterminant. D'autre part il s'ensuit la différence entre l'action faite par devoir (pure) et l'action faite conformément au devoir (impure). Cette impureté caractérise véritablement l'homme.

4. Bruch note avec raison qu'il « n'est pas possible d'obtenir sur ce point une traduction tout à fait satisfaisante, car en allemand la racine *böse* se retrouve comme élément fondamental de tous les termes qui en dérivent *(Böse,* substantif, *böse,* adjectif, *Bösartigkeit, Bosheit)* tandis que les vocables français sont beaucoup plus disparates (le mal, mauvais, méchant, méchanceté, malignité). » (*La philosophie religieuse de Kant,* n. 78, p. 69). La traduction dépend ici de l'interprétation. Nous avons réservé les vocables *méchants* et *méchanceté* pour le dernier degré du mal, dont Kant ne croit pas l'homme capable, car le diabolique, pureté dans le mal, est excessif pour le cœur humain.

Page 43.

1. Bruch commente ce passage dans *La Philosophie religieuse de Kant* (n. 61, p. 62). Nous ne pensons pas comme lui qu'il y ait contradiction entre une démarche d'ordre transcendantal et une approche psychologique ou anthropologique. Ces deux démarches sont liées, si bien que *La Religion* se rattache sous l'angle de l'*a priori* à l'éthique et sous l'angle de l'*a posteriori* à l'anthropologie. Telle est sa situation dans le contexte kantien des années 1790. C'est en ce sens qu'il faut lire l'importante lettre à Stäudlin du 4 mai 1793 (AK, XI, 429). Voici comment Kant y énonce les questions de la philosophie transcendantale. A) Que puis-je savoir ? (Métaphysique). B) Que dois-je faire ? (Morale). C) Que puis-je espérer ? (Religion). Ces trois ques-

tions se résument en celle-ci : Qu'est-ce que l'homme? Dans cette lettre Kant poursuit en indiquant qu'il a étudié l'anthropologie et, cette précision donnée, affirme que *La Religion dans les limites de la simple raison* est la troisième partie de son plan. L'entrecroisement, jusque-là inédit, de l'approche transcendantale et de «l'enquête anthropologique» (AK, VI, 25) crée un troisième espace qu'occupe, sans contradiction, mais non sans difficultés, *La Religion dans les limites de la simple raison.*

2. C'est moins avec l'intention de renvoyer directement à l'opposition de la lettre et de l'esprit que dans le souci de souligner l'importance de la sincérité absolue que Kant cite ce texte qui renvoie à I Cor., 10, 25-28.

Page 44.

1. Le lecteur peut ici être embarrassé. La suite des idées est pourtant claire. Dans un premier temps Kant écarte de la problématique le penchant physique; car la sensibilité en général n'est jamais mauvaise par elle-même. Reste le penchant moral *(propensio)*. La théologie dogmatique entend par là quelque chose d'antérieur à l'action et qu'explique le péché originel. Mais si l'on ne peut admettre le péché originel en son sens biblique (et Kant ne l'admet pas) comment justifier le penchant? La notion de liberté apporte la solution. D'une part (point de vue de la métaphysique qui reconnaît un *caractère intelligible* comme règle de mes actions), il faut admettre que la liberté n'a pas fait de la loi morale et du bien son unique motif. C'est cet acte qui constitue le penchant qui se manifeste dans mes actions temporelles. Kant appelle cet acte : *Tat in der ersten Bedeutung,* et il le précise entre parenthèses par l'expression *peccatum originarium.* Ce serait une faute d'y voir une allusion stricte à la doctrine biblique. Car il ne s'agit pas à vrai dire de l'analogue du péché originel. Ce serait le cas si Kant admettait que l'humanité tout entière a été souillée par la faute du premier homme, mais il refuse précisément cela (AK, VI, 72). Mon péché originaire personnel n'est d'aucune conséquence pour l'éventuelle sainteté des autres hommes. Mais d'autre part, point de vue de l'anthropologie, les actes *(factum phaenomenon)* autorisent une légitime induction : il y a en l'homme un penchant au mal. Cette déduction ne soulève qu'un problème, mais de taille. Rien ne pourra être régénéré sans une *conversion,* une nouvelle naissance *(Wiedergeburt)*. Mais comment concevoir une régénération de la liberté dans un monde intelligible, qui ignore non seulement l'*ici* et le *là,* mais encore l'*avant* et l'*après,* que paraît supposer le concept de conversion?

Page 45.

1. L'affirmation est nette : l'homme n'est pas mauvais parce qu'il a un corps et des besoins. L'animalité de l'homme ne le condamne pas. Ce qui le condamne c'est l'usage qu'il en fait.

2. Horace, *Satires*, I, 3, v. 68 : « Personne ne naît sans défauts. »

Page 46.

1. Le mal radical est un concept toujours mal compris. 1° Kant n'en est pas l'inventeur (voir Baumgarten, *Praectiones theol. dogmaticae*, p. 205). 2° Le mal radical est dit « enraciné » *(gewurzelt)*. Résultat du penchant, il n'est pas *a priori*, mais inné. 3° Si profondes que soient ses racines la religion morale cherchera à les extirper ; le mal a été contracté, et n'est pas essentiel (AK, I, XIX, p. 639, Refl. 8096). 4° L'adjectif *radical* ne doit pas nous conduire à voir dans le mal une simple limite *(limitatio radicalis)*, mais une grandeur négative *(peccatum radicale)*. 5° La conclusion de ces remarques est que le mal radical n'est pas pour cela *définitif*. Bohatec, *Kants Religionsphilosophie*, p. 269-271.

2. Kant vise Rousseau. Voir dans la bibliographie Cassirer, Gurvitch et Rousseau.

3. Samuel Hearne (1745-1792) participa au troisième voyage exploratoire du célèbre capitaine Cook.

4. J'ai commenté cette expression dans mes *Essais sur la philosophie de la guerre*, p. 32-35. Il faut seulement ici relever l'expression de « guerre perpétuelle », qui répond au vœu kantien de la paix perpétuelle. Citons cependant Hassner.

5. Noack pense que Kant fait allusion aux *Lettres de Chesterfields à son fils* (PHB, Bd. 45, n. *b*, p. 34). Si cette référence est juste, il faut renvoyer à la traduction de l'ouvrage en langue allemande par Schöndörffer, II, 148.

Page 48.

1. Cette note, ajoutée dans la deuxième édition, est difficile. On ne peut manquer d'évoquer l'idée de la « ruse de la raison ». Mais Kant parle « d'une certaine marche mécanique de la Nature ». Mécanisme, machine, machination (μηχανή) peuvent renvoyer à l'idée de ruse. Mais alors la ruse de la Nature serait différente de celle de la raison (elle serait cyclique et on en reviendrait toujours au même point). La devise de la marche de la Nature serait : *Eadem, sed aliter*.

2. Chiliasme : nom grec du millenium, doctrine de ceux qui pensaient qu'après le jugement dernier les prédestinés demeureraient mille ans sur la terre et y jouiraient de toutes sortes de

plaisirs. Voir Moreri, bibliographie. Sur le millénarisme en général, voir N. Cohn, *Les Fanatiques de l'Apocalypse,* J. Delumeau, *La Peur en Occident,* p. 208. La philosophie est à cet égard dans la même situation que la théologie. Pour autant qu'elle espère en un chiliasme, qui serait l'avènement de la paix perpétuelle, elle est l'objet d'une critique caricaturale qui la ramène à un songe creux.

Page 49.

1. Texte essentiel. En dépit de son rigorisme Kant ne se voit pas obligé d'admettre un mal non seulement radical, mais absolu. Ce dernier ne pourrait trouver véritablement sa source en notre sensibilité cette hypothèse a déjà été écartée sous d'autres rapports (AK, VI, 25). Elle donne «trop peu». Mais on ne peut pas non plus le dériver d'une complète perversion de notre raison, choisissant le mal en sa pureté comme unique fondement subjectif des maximes de nos actions, et faisant de nous des êtres diaboliques. Voir H. Cohen, *Kants Begründung der Ethik,* p. 253, 335.

2. Kant n'ayant cessé de déclarer que le penchant au mal est *inné* et non *a priori* le texte peut paraître obscur. Mais il faut distinguer le penchant au mal dont l'existence ne peut se déduire *a priori* du concept du mal qui, lui, peut être conçu *a priori* par la simple raison.

3. Le thème du scélérat endurci qui ne peut être tout à fait indifférent à la voix de la loi morale est constant chez Kant. Voir *Fondements de la métaphysique des mœurs* (AK, IV, 451), *Critique de la raison pratique* (AK, V, 88). Dans une philosophie où le remords ne s'éteint jamais vraiment, il y a place pour la tristesse, non pour un pessimisme catégorique et apodictique.

Page 50.

1. Le mal est quelque chose de plus que l'impureté et quelque chose de moins que le diabolique. Quelque chose de plus que l'impureté : celle-ci n'est que le mélange des maximes ; tandis que le mal est une subordination ou encore une *« Umkehrung der Triebfedern ».* Mais c'est moins que le diabolique qui, pureté dans l'intention, n'admet d'autre motif que le mal.

Page 51.

1. Cette définition du mal, précisément parce qu'elle voit en lui quelque chose qui n'est pas encore le diabolique, peut dicter des conduites empiriquement bonnes (par exemple s'abstenir de mentir par prudence), alors que le caractère intelligible dont elles procèdent est mauvais.

2. Ce passage pose le problème de la conversion. (Voir J. Bohatec, ouvr. cité, p. 337.)

3. Ce texte est la croix des traducteurs. La version latine est la suivante : « *Itaque vitiositas naturae humanae non tam* malitia *est, hoc verbo sensu stricto sumto nimirum ut mens consiliumque (principium normarum subjectivum), mali* qua mali *pro elatere in normam recipiendi (haec enim diabolica est) sed potius* perversitas *animi dicenda est, qui nunc, ob consequentiam,* animas malus *vocatur* » (*Kantii Opera*, 2e vol., p. 383).

Page 53.

1. L'honorable parlementaire anglais auquel on doit cette sentence est Robert Walpole (1676-1745).

2. Kant prend quelque liberté avec le texte sacré. Dans l'Épître aux Romains (3, 23) on peut lire : «Car il n'y a pas de distinction ; tous, en effet, ont péché et se sont privés de la gloire de Dieu.» Dans la traduction de Luther (Kant possédait l'édition de 1751, AK, XIX, 651-654) le texte est le suivant : « *Denn es ist hier kein Unterschied; sie sind allzumal Sünder und mangeln des Ruhmes, den sie bei Gott haben sollten.* » Dans la citation de Kant on observera : 1° une reproduction très approximative (la gloire de Dieu est écartée) ; 2° l'introduction d'une parenthèse («d'après l'esprit de la loi»). En général, Kant est très libre par rapport à l'Écriture ; certains textes (à moins qu'ils ne viennent du fameux catéchisme dont parle Borowski) ne sont pas repérables.

Page 54.

1. Bohatec, ouvr. cité, p. 316 et suiv. En vertu de ces définitions l'origine du mal ne peut être recherchée dans la seule temporalité, puisqu'elle dépend de la liberté, dont l'acte originaire n'est pas temporel, mais intelligible. Fittbogen (voir bibliographie) croit à tort que Kant ne s'interroge sur l'origine du mal que dans cette quatrième section. À la fin de la deuxième section (AK, VI, 31 et suiv.) il a déjà examiné le problème.

Page 55.

1. Kant n'admettait pas la doctrine théologique de la dérivation du mal par le péché originel. La très nette déclaration faite ici a été un des motifs du conflit avec la censure.

2. Le ver solitaire *(Bandwurm)* n'est pas une image quelconque chez Kant. Dans la *Critique de la faculté de juger*, § 67, Kant pose l'étonnante question de savoir si les rêves ne seraient pas des parasites comme le tænia.

3. Cette note annonce *Le Conflit des facultés.*

4. Ovide, *Métamorphoses,* XIII, 140 : « Quant au genre humain et à nos ancêtres et ce que nous n'avons pu faire nous-mêmes, c'est à peine si on peut le regarder comme nôtre. »

Page 56.

1. L'innocence dont parle Kant ne doit pas être entendue au sens de Rousseau, voir Reicke, *Lose Blätter,* III, 7 : « Le premier livre de Moïse nous représente la situation de nos premiers parents comme le développement des hommes à partir de la nature dans sa grossièreté, mais sans mauvais principe. » Voir J. Bohatec, ouvr. cité, nº 26, p. 321, intéressante citation de Stapfer.

Page 58.

1. Voir aussi Ps. 116, 11. Pour une juste appréciation de ces références, il faut toujours se reporter à la *Doctrine de la vertu.* Voir plus loin, *Doctrine de la vertu,* 2e section, 1, Remarque.

2. Horace, *Satires,* I, 1, v. 69-70 : « Tu ris? change le nom, cette fable est ton histoire. » Cela correspond à la devise que Schopenhauer impose à l'histoire : *Eadem, sed aliter,* SW Frauenstät. Bd. III, p. 508. L'histoire est la même ; il n'y a que les noms qui changent.

3. Encore une fois la citation de la Bible est très libre. Le texte de l'Écriture (I Cor, 15, 22) est le suivant : « De même en effet que tous meurent en Adam [...] » ; dans la traduction de Luther : *« Denn gleichwie sie in Adam alle sterben [...] ».* Dans la pensée kantienne la faute (le péché comme transgression de la loi) est la mort de la conscience ; pour la lecture religieuse dogmatique c'est plutôt la conscience de la mort qui trouve sa racine dans la faute. Bohatec donne référence à Stapfer (*Sittenlehre,* I, 479). Cela pose à nouveau le problème du péché originel. Nous savons que Kant a lu avec soin J. J. Plitt (*Rettung der Ehre Gottes bey der Zurechnung des Sündenfalles unserer Stammeltern,* p. 79), Kant était parfaitement au courant de la question. Plitt donnait d'importantes références, notamment à Reinbeck, § 28 des *Betrachtungen über die Augburgische Confession.*

Page 59.

1. On rentre ici dans le labyrinthe du mal. Le problème est posé par notre désaccord (tristement confirmé par l'expérience) avec la maxime du bien. Ce désaccord s'explicite non seulement par le mélange des motifs (impureté), mais par l'inversion de ceux-là. Par exemple nous donnons aux motifs issus de l'animalité la priorité sur les exigences de la personnalité et de

la loi morale. Quelle est la condition de possibilité de cette inversion? Ce ne peut être que la liberté. Mais comment se fait-il que disposés *a priori* pour le bien comme le prouve la voix de la raison pratique nous contractions le penchant au mal? Voilà ce qui est inexplicable. Et c'est d'autant plus inexplicable qu'il faut concevoir ce penchant, non comme une simple limite de notre être, comme le veut Leibniz, mais comme une grandeur négative. Sur Leibniz, voir C. Axelos, *Die ontologischen Grundlagen der Freiheitstheorie von Leibniz*, p. 335 et suiv.

Page 60.

1. Bohatec (ouvr. cité, n° 48, p. 326), donne une référence à Stapfer au sujet de cet esprit supérieur. Mais j'ai tendance à croire qu'il y a ici une allusion précise au *Paradis perdu* de Milton : « Les premiers coupables tombèrent par leur propre suggestion, tentés par eux-mêmes, par eux-mêmes dépravés ; l'homme tombe déçu par les premiers coupables. L'homme à cause de cela, trouvera grâce ; les autres n'en trouveront point. » chap. III, trad. Chateaubriand.

2. Kant distingue soigneusement la nature et la disposition, même si quelques passages sont ambigus. La nature est ce dont les effets sont nécessaires. Si je dis : *l'homme a été créé bon* et si je veux entendre par là sa nature, je dois tirer toutes les conséquences de cette nature, qui fournit une image de la liberté comparable à celle du « tourne-broche », voir AK, V, 97. Il faut s'en tenir à la *disposition* qui seule exprime la liberté comme pouvoir-faire et pouvoir-être. Kant s'oppose non seulement à Leibniz, mais à Wolff. Il accorde qu'il se trouve quelque malignité dans les actions humaines. Mais il considère comme une faute de soutenir que cela résulte de la nature de l'homme et des choses.

Page 61.

1. La métaphore de l'arbre est constamment avancée dans la Bible.

Page 62.

1. Il existe un amour moral de soi, en tant que l'on est conscient de faire du respect pour la loi l'unique motif déterminant dans la maxime. Mais, comme pour le vice diabolique, cet amour passe l'homme.

2. Manifeste allusion à Rousseau. Mais de très nombreuses sources peuvent être indiquées. Voir Nygren, *Erôs et Agapè*.

Page 64.

1. Le raisonnement est le suivant. Puisque l'homme n'est pas par lui-même absolument coupable, mais qu'il est séduit (AK, VI, 44), il ne l'est que radicalement, il reste sensible à la voix du devoir. Sous ce rapport l'idée d'une conversion n'est pas inconcevable, même chez le scélérat le plus endurci que tourmente le remords. Dans un premier temps l'enquête anthropologique montre l'homme acquérir un caractère vertueux. Kant écrit que «la vertu s'acquiert *peu à peu*». On ne change pas son cœur, mais on transforme ses mœurs. La vertu s'insinue comme une longue habitude. Il va de soi que cela n'est pas vraiment moral. Mais il en va comme de la dialectique des passions, dont Kant montre dans l'*Idée pour une histoire universelle au point de vue cosmopolitique* (AK, VIII, 21) qu'elle débouche sur un résultat positif, même s'il s'agit d'une «totalité morale extorquée». L'hommage du vice à la vertu se dépasse dans une bonne habitude à la vertu. Kant n'est nullement le «maximaliste» qu'on croit, et il attache du *prix* à ces progrès. Il désigne ces progrès accomplis *volens nolens* ici comme *réforme*. Mais dans un deuxième temps l'enquête anthropologique doit se plier à la règle éthique. Pour dissiper entièrement le penchant au mal, il faut non plus une réforme, mais une *révolution* qui change le cœur. Par le terme de *révolution* Kant désigne la conversion *stricto sensu,* comme régénération ou *Wiedergeburt*. La *Wiedergeburt* ou la nouvelle naissance (II Cor., 5, 17 ; I Pre, 1. 3 ; Rom. 8, 7) est un «miracle» encore plus surprenant que la création du corps, puisqu'il s'agit d'une re-création de l'âme. Sa possibilité n'est pas plus explicable par la raison que ne l'est la déviation originaire de la liberté qui nous fait contracter le penchant au mal. Il est à noter que sur le plan politique, même s'il ne s'agit que de politique religieuse, plus précisément cultuelle, (AK, VI, 122) Kant écarte toujours la révolution au profit de la réforme, voir Philonenko, *Théorie et praxis dans la pensée morale et politique de Kant et de Fichte en 1793*, § 28 et surtout § 31. M. Gueroult, *Études sur Fichte,* p. 167.

Page 65.

1. Kant explique la possibilité de *penser (denken)* la conversion, non celle de la connaître *(erkennen)* ou de la définir *(erklären)*. Pour Dieu, qui dépasse le temps, qui n'a besoin ni des notions temporelles (avant et après) ni des notions spatiales (ici et là) la conversion, comme *Wiedergeburt,* est une création absolue. La révolution dans l'intention est un acte absolu, purement thétique, que rien ne saurait limiter. Pour l'homme, être fini, cette conversion ne peut se traduire dans l'instant, mais seulement dans la durée, par la progressive amélioration

de ses mœurs. Mais dans quelle mesure peut-on concilier l'inconscience du mal en nous et la conscience de la grâce? C'est l'aspect le plus obscur de la doctrine de la conversion. Ni Bruch, ni Bohatec n'ont mesuré cette difficulté. Elle a pourtant sa solution.

2. Kant a toujours insisté sur la perspicacité des enfants dans les problèmes moraux, voir *Critique de la raison pratique,* AK, V, 155.

3. La meilleure définition de l'admiration est donnée dans la *Critique de la faculté de juger,* § 62, «L'admiration est un étonnement toujours renaissant.» Dans le contexte de *La Religion,* l'admiration est surtout entendue en un sens esthétique, qui ne saurait se substituer à la rigueur du devoir.

Page 66.

1. Tout ce paragraphe s'appuie sur des pages célèbres de Kant. D'une part sur l'immortel passage de la *Critique de la raison pratique* (qu'on prétend inspiré de la «Profession de foi du vicaire savoyard», Rousseau, *Œuvres complètes,* (Pléiade), t. IV, p. 600) — «*Devoir!* nom sublime et grand [...] etc.» (AK, V, 86). D'autre part sur la merveilleuse «Analytique du sublime», voir *Critique de la faculté de juger.*

2. Juvénal, *Satires,* 8, v. 80-81 : «Phalaris peut ordonner que tu mentes et te commander ton parjure en approchant le taureau.» Phalaris, tyran d'Agrigente (vers 571 av. J.-C.), commanda à Pérille un taureau de bronze, creux à l'intérieur, sous lequel on pouvait allumer un feu. On imaginait qu'un homme introduit dans ce four dirait ce qu'on voudrait lui faire dire. Pérille, importunant Phalaris pour recevoir son salaire, fut le premier introduit en ce four. Ainsi le constructeur se trouva être le premier à faire l'essai de son œuvre. Quant à Phalaris, l'inventeur de l'idée, le «concepteur», il finit par y goûter à son tour, lorsque après seize années d'un règne cruel, le peuple se révolta et le fit périr dans le taureau. Kant a pu lire ces détails dans le *Grand Dictionnaire* de Moreri, t. VII, p. 160 B. La citation de Juvénal est comiquement liée à l'idée que par là sont illustrées d'une part notre faiblesse et d'autre part notre destination morale, puisque même là le devoir commande, ce qui signifie que l'on peut et qu'on est libre. «Fais ce que dois, advienne que pourra!»

Page 67.

1. Kant dans la suite de la note dirigée maintenant contre Leibniz écarte la dialectique du déterminisme et de la liberté, résolue dans la *Critique de la raison pure,* AK, III, 308 et suiv.

et s'interroge seulement sur le prédéterminisme. C'est la doctrine leibnizienne de la monade qui est visée.

Page 68.

1. L'idée d'un progrès à l'infini (dont Hegel se moquera disant que chez Fichte et Kant : «on progresse [...]») devait révéler assez vite son obscurité.

Page 69.

1. Dans une note précédente nous avons évoqué le problème de la conscience de la grâce et de l'impuissance à avoir clairement et totalement conscience du mal en nous. Kant apporte sa réponse. D'une part il maintient que l'homme ne peut d'aucune manière avoir une conscience absolue de la grâce. D'autre part il soutient que les profondeurs de son cœur lui sont insondables. On ne sortira de la difficulté qu'en se fondant sur la vertu (théologale, il est vrai) d'*espérance*. Si le respect pour la loi morale, comme on l'a vu, ne peut s'éteindre — auquel cas l'homme deviendrait diabolique —, de même l'espérance ne peut être chassée du cœur de l'homme. Aussi faut-il dire que le respect et l'espoir sont des concepts réciproques, l'un ne va pas sans l'autre. Leurs opposés extrêmes, le diabolique et le désespoir, sont de même des concepts réciproques.

Page 70.

1. Nous ne pensons pas que ce texte soit issu de l'Écriture sainte.

2. Le terme allemand *Schwärmerei* est à peu près intraduisible : dans toutes mes traductions j'ai, pour des raisons philosophiques — au point de départ il fallait traduire ce terme employé par Kant au sujet de Jacobi — choisi de le rendre par le mot enthousiasme. Je me suis appuyé sur les *Nouveaux Essais,* IVe partie, ch. XIX de Leibniz. Voir Gerhardt, *Die philosophischen Schriften von Gottfried Wilhelm Leibniz,* Bd. V, p. 487.

Page 71.

1. Sur Kant et le stoïcisme, voir Michael Albrecht, *Kants Antinomie der praktischen Vernunft,* p. 65, 89, 91 et suiv., 103, 106, 133-135. La généralité du texte de Kant ne favorise pas des références précises. Il faut cependant renvoyer à la *Critique de la raison pratique,* AK, V, 127, note et à Cicéron *Acad.* X,

10, 38-39, *Tusc.*, IV, 7, 14; Sénéque *De vita beata*, III, *De Clementia*, I, 6, 3, *Epist.*, 28, 9; 96, 5.

Page 72.

1. Il est remarquable que dès le début de cette seconde partie Kant à travers une critique nuancée du stoïcisme réaffirme le principe de l'opacité intérieure de la conscience morale empirique. Il n'admet nullement ce que Sartre voudra appeler la *translucidité* de la conscience. Plus exactement Kant soutient d'une part la translucidité de la conscience transcendantale pure *a priori* dans l'aperception originaire sur laquelle se fonde la logique, mais d'autre part, et surtout dans l'horizon de l'éthique, il affirme l'opacité intérieure de la conscience morale empirique et il ne serait pas déplacé de dire que l'*ennemi invisible* est précisément la conscience elle-même comme moment crépusculaire. Le problème éthique consiste bien moins à opposer la sagesse à la sottise, ce qui en somme n'est affaire que d'intelligence, qu'à retrouver l'intention morale.

Page 73.

1. Wobbermin pense que le père de l'Église auquel Kant fait allusion est saint Augustin; Noack, après Vorländer se range à cet avis.

2. Kant s'est certainement souvenu de Descartes disant des passions qu'elles «sont toutes bonnes de leur nature» (Descartes, *Œuvres philosophiques,* édition F. Alquié, Garnier, t. III, p. 1100). La note rédigée par F. Alquié est intégralement susceptible d'être reprise pour expliquer la pensée kantienne. Métaphysiquement l'homme est sans défaut; aussi les inclinations considérées en elles-mêmes sont bonnes; mais parce qu'il a contracté le mal radical, l'homme a dénaturé les inclinations. Le «véritable ennemi» n'est pas dans les inclinations qui ne sont mauvaises que par voie de conséquence, mais dans la perversion de la maxime. C'est d'ailleurs ce qu'explique la note 21.

3. Nous savons que la prudence n'est pas une catégorie morale chez Kant. On remarquera comment la définition de la prudence correspond à l'œuvre de Descartes en cette matière.

4. Voilà pourquoi Sénèque s'opposant à la négligence écrit : *Vivere est militare,* lettre 96.5. Kant s'appuie sur l'idée de négligence pour réfuter le stoïcisme. Transgression du devoir, la négligence n'a pas sa source dans les inclinations, mais dans la maxime de l'arbitre.

Page 74.

1. Kant détourne le sens du passage (Éph. 6, 12) : «Car notre lutte n'est pas contre la chair et le sang, mais contre les principautés, contre les pouvoirs, contre les souverains de ce monde de ténèbres, contre les esprits pervers qui sont dans les régions célestes.» «Contre la chair et le sang» signifie non seulement la sensibilité, mais surtout les puissances humaines, toujours fragiles et vulnérables. «Les Esprits pervers» sont les mauvais anges, les démons qui, selon une croyance juive, habitaient dans les airs.

2. Que le mal soit en nous ou que nous soyons disposés à céder à la séduction du démon tentateur, le mal, est un mystère total, comme la liberté elle-même. Le fond du mystère est que rien ne dispose la liberté à s'incliner vers le mal.

Page 75.

1. A. Schweitzer dans son livre *Die Religionsphilosophie Kants*, p. 106 et remarque, a très justement commenté ici le refus de Kant d'une conception éthique néo-platonicienne en laquelle on irait «par degré petit à petit» du bien au mal. Cette conception avait pu plonger quelques racines dans l'Église chrétienne, surtout avant la Réforme.

Page 76.

1. Les citations de Kant sont éloquentes. Elles convergent toutes vers et dans une assimilation du *logos* de l'Évangile selon saint Jean avec le principe moral. J. Bohatec, ouvr. cité, p. 352, va plus loin en parlant d'identification. Nous préférons parler d'assimilation.

2. Nous traduisons *Urbild* par *archétype* comme il est usuel. Le Christ sera aussi désigné comme l'Idéal de l'humanité. Il est à remarquer que l'archétype n'est pas spontanément défini par Kant suivant l'esprit de charité, mais de clarté.

3. C'est l'incapacité morale de l'humanité, bien plus que sa nature charnelle, qui pour expliquer ou plutôt désigner l'union de Dieu avec l'homme dans la personne du Christ, nous oblige à nous représenter le Christ comme descendu du ciel et à s'être abaissé à nous.

4. La terminologie de Kant n'est pas toujours rigoureuse. Il faut distinguer l'Idée de l'humanité agréable à Dieu, l'Idéal de l'humanité et l'archétype. L'Idée de l'humanité est le pur concept général que la raison développe c'est, si l'on veut, une Idée platonicienne, mais immanente ; elle caractérise l'être raisonnable vertueux en général. L'Idéal de l'humanité est l'Idée de l'humanité représentée *in concreto*. Ainsi le bon

principe se personnifie dans le Christ. Dans l'Idéal, l'Idée se donne comme concrète. Enfin l'archétype désigne l'Idéal comme objet d'intuition suscitant l'imitation. C'est bien entendu la disjonction entre l'Idée et l'Idéal qui explicite la relation à l'histoire.

Page 77.

1. La conséquence directe d'une part de la compréhension ou de la transposition morale des dogmes fondamentaux, d'autre part de l'indispensable référence à l'histoire, fonde une vision du Christ qui ne sera pas sans difficultés. Kant ne veut voir en la personne du Christ qu'un exemple. Pour que cet exemple soit significatif il faut que personnification du bon principe, le Christ ait vécu une vie humaine difficile. Descendu du ciel, comme on le pense naïvement, il ne peut servir d'exemple n'étant pas homme en quoi que ce soit ; on ne peut imiter un exemple transcendant métaphysiquement. Aussi Kant prend-t-il bien soin d'éviter le mot : «sauveur». Il appelle le Christ le plus souvent le Saint de l'Évangile. Voir aussi *Fondements de la métaphysique des mœurs*. AK, IV, 408. Il va de soi pour tout lecteur de Kant que la réalité historique et divine du Christ, de l'Absolu dans le temps, rendrait impossible le projet de *La Religion*. Un des thèmes de Hegel a été au contraire de restaurer l'unité du temps et de l'Absolu, rendant possible une christologie toute différente.

2. Qu'un *autre* homme puisse me décharger de ma dette morale et prendre sur lui les péchés du monde, c'est sans doute ce qui pour la pensée d'allure si souvent juridique de Kant est inintelligible.

Page 78.

1. Quand bien même le Christ n'aurait pas existé, l'Idée de l'humanité qu'il personnifie dans l'Idéal est immanente à la raison. La morale exposée par Kant aurait un sens quand bien même il n'existerait pas d'hommes.

2. À l'époque de Kant l'orthodoxie protestante et catholique s'accrochait aux miracles comme à une ligne de défense ultime, et les choses en étaient venues à ce point que la croyance aux miracles était réputée comme un critère de foi. Le mouvement philosophique tendait au contraire à rejeter les miracles. C'est ici le lieu de proposer une remarque philologique. Kant use du terme *Glaube* en deux sens opposés. Ou il s'agit de la *foi* religieuse dans son intuition pure. Ou il s'agit de la *croyance* superstitieuse. Entre ces extrêmes il y a quelques moments intermédiaires. J'ai choisi d'écrire *foi* aussi souvent que Kant n'élevait pas de critique et *croyance* aussi souvent que le discours

du philosophe était proche de la réfutation. Dans certains cas la structure de la phrase a interdit l'application de cette règle de traduction.

Page 79.

1. Le terme allemand est R*evolution.* Kant admet que le Christ a institué une révolution en dépassant la théocratie juive, en détachant la pensée religieuse de la pensée politique. Mais après le Christ il ne peut plus y avoir que des *réformes* qui conduiront à la religion de la raison pure.

Page 80.

1. Le texte est difficile en raison de la fonction attribuée à l'archétype. Mais de manière générale il se décompose en deux affirmations. Premièrement il est inutile de s'attacher à une génération transcendante du Christ ; car qu'il soit naturellement ou surnaturellement engendré ne change en rien son enseignement et de ce point de vue on peut admettre que le Christ a été engendré de manière surnaturelle. Deuxièmement Kant semble suggérer avec insistance que le problème véritable n'est pas là. Mystère pour mystère, ce qu'il y a de plus mystérieux est la présence dans l'âme humaine de l'Idée ou de l'archétype de la perfection morale.

2. Le rédempteur doit être un homme. J. Bohatec (ouvr. cité, p. 355) montre que Kant était tout à fait de l'avis de Stapfer, et cite ce passage des *Leçons sur la métaphysique* (Schmidt) : « Jésus de Nazareth avait la première qualité réclamée d'un sauveur ; il était en effet un homme véritable. » Un homme est susceptible d'être imité, même si moralement parlant on doit voir en lui le Fils de Dieu. Mais en revanche on ne peut imiter, un demi-dieu. Il s'ensuit que la perversion ne consiste pas à humaniser le Christ, mais à le diviniser de telle sorte qu'on puisse se refuser à l'imiter en déplorant (ce qui ne coûte pas cher) notre impuissance.

Page 81.

1. Albrecht von Haller (1708-1777).

2. Le texte de Kant, paraît difficile. Schématiser signifie : *procurer une image à son concept*, AK, III, 135. Ici Kant use très librement du principe du schématisme ; je peux en schématisant me procurer à partir du sensible une représentation de ce qui dépasse mon entendement. C'est user en somme de l'analogie. Mais puisqu'on s'élève vers l'infini (et non vers le sensible fini) le schématisme ne sera jamais déterminant. Si je dis que Dieu est intelligence, je lui attribue par une analogie

schématique, une qualité. Mais l'opération s'effectue dans l'horizon du jugement réfléchissant qui ne dit jamais *parce que,* mais toujours *comme si.* Vouloir dire non plus comme si *(als ob)* mais parce que *(darum)* (voir *Critique de la faculté de juger,* § 63) est anthropomorphisme. Dans la *Critique de la raison pure* à la fin de la «Dialectique transcendantale», Kant parlait d'un «anthropomorphisme plus subtil». C'est précisément celui du schématisme de l'analogie.

3. Voir Philonenko, *Études kantiennes,* «Kant et la philosophie biologique».

Page 82.

1. Kant situe l'exemple du Christ en marge des vertus théologales et substitue la justice à la charité (qui d'ailleurs ne joue aucun rôle ou peu s'en faut dans sa systématique religieuse). On peut expliquer par là les réticences manifestées par Kant envers une théologie de la Grâce.

Page 83.

1. On ne peut pas donner une référence précise à cette célèbre sentence dans l'Écriture sainte.

Page 84.

1. Voir n° 1, p. 68. La solution de la première difficulté est trouvée dans l'idée de progrès à l'infini. De toute manière il faut toujours se souvenir qu'entre la pensée temporelle de l'homme et l'instantanéité du regard divin, qui embrasse l'éternité, il y a non seulement place pour une théologie de l'espérance, mais aussi d'un côté nécessité d'une théologie de la loi pour l'homme et de l'autre possibilité d'une théologie de la grâce au point de vue de Dieu auquel ne peut se placer une raison consciente de ses limites. Kant soucieux de ne pas confondre et sachant qu'il parle un langage d'homme s'appuie sur le progrès à l'infini et sur la théologie de la loi.

Page 85.

1. La première difficulté concernait la distorsion entre l'exemple inaccessible et l'effort de l'homme. Kant la résout par un thème connu : celui du progrès à l'infini. La seconde difficulté concerne le *bonheur moral,* qui n'est pas apparenté au bonheur physique. Le bonheur moral est l'assurance de la permanence de l'intention pure. Le thème peut étonner, Kant ayant toujours exclu le bonheur de la moralité. Mais il faut bien voir ce qui est visé : c'est le problème de la grâce, Kant disant

qu'un homme assuré de son intention pure se saurait déjà «en possession de ce Royaume», indique clairement que l'homme nouveau en ce cas serait advenu.

2. La parole qu'évoque Kant a pour effet d'une part de rendre l'homme justement méfiant envers lui-même d'autre part d'éviter les mouvements enthousiastes du cœur qui se croit définitivement appuyé par la Grâce. La philosophie de l'espérance n'exclut pas la conscience de la fragilité *(Gebrechlichkeit)* et même l'appelle. Ainsi la lecture kantienne est opposée à tout mysticisme.

Page 86.

1. Le traducteur latin de Kant a rendu ainsi ce passage difficile : *« [...] prudenter non potest spem concipere, se, si diutius vita hic suppeteret, vel etiam alia futura sibi vita instaret, meliorem se gesturum fore, quoniam in ejusmodi indiciis corruptio, ut in animo radicibus, infixa, ipsi spectanda foret».* Voir *Immanuelis Kantii, Opera,* vol. II, p. 415).

2. Il y a peut-être, dans cette évocation d'un avenir à perte de vue souhaité heureux et d'une misère à perte de vue, un souvenir du *pari* pascalien.

3. Il est difficile d'identifier avec certitude ce personnage. Steiner suggère qu'il peut s'agir de Francis Moore, Trotignon, qu'il pourrait s'agir de John Moore (1719-1802).

Page 87.

1. Kant repousse le dogme de l'éternité de la destinée future comme répondant à la conduite ici-bas. Le point le plus important concerne le repentir de la conscience *in articulo mortis.* Deux aspects sont à considérer. Le premier est philosophique. Dans la *Comédie* de Dante, il se trouve des pécheurs endurcis sauvés *in extremis* par une seule pensée pieuse, *Purgatoire,* ch. v, v. 100 (in Dante, *Œuvres complètes,* Pléiade, voir p. 1148). Le second est psychologique : dans les sacrements délivrés à la fin de la vie, on ne peut sérieusement «transformer en vitesse» *(in der Geschwindigkeit)* un homme, bien que l'on ne puisse refuser l'absolution à qui la demande. Dans quelle mesure l'aspect philosophique, qui se fonde sur la toute-puissance de Dieu, a-t-il influencé l'aspect psychologique, c'est ce que Kant ne cherche pas à éclairer. Mais il est évident que l'aspect philosophique, pour cohérent qu'il soit, dépasse les limites de notre raison, et qu'inversement l'aspect psychologique est humain, trop humain. Pour échapper à ce dilemme il faut dans l'espérance «créer sa félicité avec crainte et tremblement». C'est ce qu'explique Kant dans la suite en traitant du jugement de la conscience.

Page 88.

1. Ce texte qui annonce la troisième difficulté, abstraction faite de toute l'armature philosophique du criticisme, énonce une conception de la vie remarquable. La vie n'est pas une série discontinue de séquences temporelles, mais une totalité que seule l'intelligence fragmente. Tolstoï avant Bergson insistera sur cette carence de l'intelligence, *Guerre et paix,* livre III, III, chap. 1. Du point de vue de l'entendement on peut dire chez Kant : un homme a fait ceci, et puis encore cela. Mais du point de vue moral il est dans sa corruption ou sa bonté tout entier dans chacun de ses actes.

2. Le Paraclet, nom qui signifie consolateur et affecté du Saint-Esprit. Voir Renan, *Vie de Jésus,* I, 18 et *Œuvres complètes,* t. V, p. 875 et 1062.

Page 89.

1. Désolation : *Trostlosigkeit;* à ne pas confondre avec le désespoir : *Verzweilflung.* Kant n'accepte pas, dans l'éthique religieuse, le désespoir.

Page 90.

1. Ce texte est un des plus délicats de l'ouvrage. Avec son habituelle clarté, Delbos a exposé son sens immédiat (ouvr. cité p. 508). Dans sa réflexion sur la remise de la dette originaire, dont il est ici question et qui n'est autre que la conversion, Bruch a voulu y voir « la principale difficulté d'ordre métaphysique » (ouvr. cité, p. 87). Il s'est appuyé sur Brunschvicg (*Le Progrès de la conscience dans la philosophie occidentale,* t. I, p. 329-331, les *Écrits philosophiques,* t. I, p. 204 et enfin sur le traité : *La Raison et la Religion*), mais aussi sur Jules Lachelier, *Œuvres,* t. II, p. 131-134. L'appui recherché chez J. Havet, *Kant et le problème du temps,* p. 205 paraît moins pertinent. *Théoriquement* la difficulté s'exprime ainsi : l'expiation ne peut être comprise *avant* la conversion parce que le pécheur, dans la malice de son cœur, ne peut reconnaître le caractère juste de la peine ; mais l'expiation n'est pas non plus concevable *après* la conversion, parce que l'homme est devenu un homme nouveau. Il faut donc admettre un moment incompréhensible, qu'exprime la perspective théologique du *simul peccator et justus.* Kant représente dans la conversion ce moment où s'enracinent les qualités de pécheur et de juste : « Dans la conversion [...] on ne rencontre pas deux actes moraux séparés par un intervalle de temps, mais elle est une, puisque l'abandon du mal n'est possible que par la bonne intention qui réalise l'entrée dans le bien. » À ce titre l'expression : *Simul peccator et justus* trouve

son sens. En revanche la formule : *Olim peccator, nunc justus* ne peut convenir ; elle implique deux moments. Seule convient la première, et le terme essentiel est *simul* (*zugleich,* en même temps). Précisons qu'au point de vue de la morale appliquée l'homme doit chez Kant non pas se savoir racheté, mais l'espérer. En outre, toute interprétation fondée sur le concept du temps intelligible *(duratio noumenon)* dépasse les limites de la raison et doit être écartée comme une aberration spéculative. Enfin, au point de vue pratique-empirique, puisque la vie est une totalité, le penchant au mal (dont nul ne peut se croire exempté) demeure dans la balance divine et c'est une dette personnelle, qui à la différence des autres (par exemple une dette d'argent) ne peut être réglée que par le coupable. Si Kant ne considère pas le péché originel comme une dette se répandant mécaniquement sur le genre humain en revanche il voit dans la faute morale — dans la simple velléité — une faute fondamentalement individuelle. Alors se pose le problème de la conversion dont on vient d'exposer l'aspect théorique. Quel homme, scrutant, s'il le peut, sa vie comme totalité pourra se présenter devant la Justice divine. Disons que, théoriquement concevable, la conversion apparaît pratiquement inconcevable. De manière générale la difficulté de la conversion ne se trouve pas tant dans la métaphysique que dans l'existence morale. Ajoutons enfin ceci : le Christ, dans ces conditions, ne peut pas vraiment être un Sauveur, au sens évangélique, mais un exemple, et ce n'est pas à lui, parce que c'est impossible, de se charger de mes péchés — ce qui est contraire à toute justice —, mais à moi de travailler avec «crainte et tremblement» dans l'espérance à mon salut.

2. L'opposition entre le jugement divin et le jugement humain est fondée sur les limites de l'intelligence humaine qui ne conçoit que des séquences temporelles — telle action, tel crime, telle intention — et sur la capacité divine à saisir la totalité.

3. On a exposé le problème judiciaire de la conversion (n. 1, p. 90). Le développement de Kant, pas un seul instant, n'évoque l'idée d'une temporalité non pas seulement pratique, mais encore nouménale. On remarquera combien peu intervient la théologie de la grâce ; il n'est question que de justice.

Page 92.

1. La référence de Kant à Malebranche est tout à fait pertinente. F. Alquié dans son livre *Le Cartésianisme de Malebranche* traite avec autorité cette question. Dès lors qu'un être est privé de raison, il ne peut être considéré comme coupable.

2. La crucifixion de la chair est un symbole qui désigne la

renaissance de l'âme *(Wiedergeburt)*; il ne s'agit absolument pas de mortifications charnelles.

Page 93.

1. Ce passage est à relever, car il est unique. Bien que Kant prenne entre parenthèses la précaution de souligner qu'il personnifie l'Idée — de telle sorte que nous allons de l'Idée à l'Idéal — il caractérise la personne du Christ (dont il s'agit sans aucun doute) en trois manières. Il le considère 1° Comme *Stellvertreter* (remplaçant) 2° comme *Erlöser* (sauveur) 3° comme *Sachverwalter* (avocat). La première et la troisième caractéristiques ne posent pas de problèmes particuliers. En revanche la deuxième par laquelle le Christ est désigné comme *Erlöser* donne à penser. C'est le seul texte où Kant dit du Christ qu'il est le Sauveur. Il est vrai qu'on pourrait atténuer la difficulté en traduisant par le mot *libérateur* (comme il faut le faire en AK, VI, 172). Deux hypothèses se présentent. En premier lieu, Kant aurait vu dans le Christ non seulement un libérateur, mais aussi un Sauveur. Mais les implications avaient été si désastreuses pour sa doctrine que ce point de vue ne peut être envisagé. La seconde hypothèse, plus judicieuse, est que Kant, ayant souligné dans ses «Préfaces» la dimension «populaire» de *La Religion,* n'a pas voulu tout transformer, mais au contraire permettre à son lecteur de ne pas se heurter à des difficultés qui replacées dans l'ensemble sont mineures.

Page 94.

1. Le sens du texte est clair en dépit de sa forme un peu embarrassée. La Grâce qui comble notre déficience se fonde dans la mort du Christ. Mais Kant formule plusieurs réserves. Légalement la chose est inconcevable : «Un autre qui assurerait la réparation pour nous devrait l'exiger de nouveau, nous devrions lui faire réparation afin qu'il se charge de la satisfaction» (AK, XXIII, 56). Ensuite la doctrine doit être cohérente ; elle n'a pas admis la transmission du péché par hérédité elle ne peut donc admettre que mon mal moral propre puisse être racheté par un autre. L'utilité de la justification, comme résultant de la conversion en fonction de la grâce va donc tendre vers le degré zéro au point de vue moral. Enfin, comme Kant l'expose dans la longue note, p. 93, l'homme est un être en *devenir,* qui doit toujours éprouver la distance qui sépare son intention du modèle. Sur ces problèmes, voir M. Schulze, *Kants Religion innerhalb der Grenzen der blossen Vernunft;* Bruch, ouvr. cité, p. 102 et suiv. ; J. Bohatec, ouvr. cité p. 381. De toute manière il est évident que Kant répugne à traiter spéculativement de la grâce, et Bruch a raison de dire que «Kant refuse

d'entrer dans le problème proprement théologique de la grâce» (ouvr. cité, p. 105).

Page 95.

1. Si l'utilité positive de l'Idée de justification tend vers zéro, en revanche son utilité négative est très utile, puisqu'elle permet d'apercevoir que seul le changement de cœur peut nous rendre dignes d'un secours qui passe nos mérites. L'élément théologique est ici ramené à l'élément moral. Sur le plan dogmatique, cette position n'est pas neutre : c'est en fait un rejet de la doctrine de la prédestination, tombée en désuétude dans les Églises protestantes au profit du moralisme et de la philosophie (protestante) de la liberté éthique. Ainsi Kant s'insère dans le courant volontariste qui va culminer dans la doctrine fichtéenne de 1794-1795. Voir Philonenko, *La Liberté humaine dans la philosophie de Fichte.*

2. Bohatec (ouvr. cité, p. 383) explique que le développement qui va suivre aurait pu faire l'objet d'une note. Si Kant revient à la question de la fin de la vie (AK, VI, 69), c'est essentiellement pour réfuter Stapfer sur la doctrine de la justification. Mais de part et d'autre on voulait écarter tout opium pour la conscience *(Opium fürs Gewissen)*. L'essentiel du propos de Kant sera moral et psychologique : on ne doit pas seulement prendre en considération les intentions, mais aussi les actes, et juger les premières par les derniers.

Page 97.

1. Cette note reflète, toute philosophie écartée, l'aspect cruel que peut revêtir la pensée kantienne.

2. Kant représente la raison comme incorruptible. La raison ne peut pas être fausse ou faussée dans son jugement. Dans sa *Logique* Kant explique qu'il est facile de répondre à la question de savoir ce qu'est la vérité, puisqu'il n'y a qu'à suivre les lois et la nature de l'entendement. En revanche, l'erreur «dans la signification formelle du terme, est très difficile à comprendre : c'est comme si l'on voulait comprendre l'action d'une force étrangère à l'essence de cette force.» (AK, IX, 52). Aussi bien Kant ne doute-t-il pas un moment de la rectitude de la raison *morale. En second lieu, si l'homme* est confronté à un autre juge que celui qu'il porte en lui-même, Kant estime qu'il mettra en œuvre toutes ses ressources pour «clore les comptes à son avantage». Il y a là un trait de misanthropie indéniable. On pourrait réunir ces deux remarques en disant que l'opération divine consiste à mettre l'homme sans ambiguïtés en face de sa conscience.

Page 98.

1. L'interprétation de I, Moïse, 28, n'est pas quelconque. Kant lit en termes de contrat et de possession régulière le rapport initial entre Dieu et l'homme. Ce rapport de droit est explicité dans la *Doctrine du droit :* voir plus loin, AK, VI, 270. J.D. Michaelis avait déjà explicité en termes juridiques la relation de l'homme à Dieu (*Gedonken über die Lehre der Heiligen Schrift von Sünde und Genugtuung,* 1779). Il s'ensuit que si cette section est possible — même en son titre — c'est que le mauvais principe devrait avoir acquis un droit sur nous. Parallélement sur les tentatives pour définir les relations entre Dieu et l'homme selon le droit romain, voir Diestel, *Studien zur Förderaltheologie in den Jahrbüchern für die Theologie,* p. 209 et 276. Voir Achenwall, *Jus naturale,* sec. III, *Jus Gentium universale hypotheticum, Titulus I* (in AK, XIX, 423 et suiv.).

2. Le Père de Charlevoix, missionnaire jésuite au Canada, a composé une *Histoire de la Nouvelle-France,* dont Chateaubriand (qui en faisait sa nourriture) possédait deux éditions.

Page 99.

1. Sur la théocratie juive, voir la troisième partie, 2e section (AK, VI, 124 et suiv.).

2. Kant est persuadé de l'influence de la pensée grecque sur l'évolution du judaïsme. Anaxagore, Socrate, Platon et les romains qui soutiennent un « théisme moralement déterminé », qui sont de « bons chrétiens *in potentia* » (Reicke, III, 37, 38) définissent le courant qui a pu influencer la pensée juive. Mais dans le fait ces indications sont très vagues et comme le dit E. Troeltsch pour Kant le christianisme est très isolé (*Das Historische in Kants Religionsphilosophie,* p. 109). L'insistance de Kant s'explique par le souci de ne pas présenter le Christ et sa doctrine comme issus du sein du seul judaïsme.

Page 100.

1. Il est difficile d'apprécier la portée de cette note. Dans l'hypothèse de l'épigénèse, la mère, descendant de ses parents par génération naturelle, transmettrait sa part de vice à l'enfant (qui par le principe paternel surnaturel serait pur, mais impur par le principe maternel). Pour éviter cette conséquence il faudrait admettre la préexistence des germes chez les parents. Préexistant, le germe pourrait être antérieur à la faute et pur. Kant pense qu'il devrait se trouver dans l'élément mâle et non dans l'élément femelle. Mais son explication est trop brève, et il est le premier à préciser que la raison pratique peut se passer de telles spéculations. Ajoutons que le système de la préexis-

tence (si cher à Malebranche) n'est pas pris au sérieux par Kant dans sa période critique.

2. On relèvera le terme *contrat (Vertrag)*. Le Christ, Idée personnifiée du bon principe, est avant tout l'homme qui n'ayant aucun contrat avec le mauvais principe est apte à le combattre.

Page 101.

1. On aura reconnu à travers le récit de Kant que l'élément essentiel est la tentation du Christ au désert. Mtt. 4, 1-10. Le Christ refuse tout contrat avec le mauvais principe.

2. Il s'agit de Karl Friedrich Bahrdt. Voir bibliographie.

3. Le fragmentiste était H. S. Reimarus (1694-1768). Il mourut à Hambourg après avoir retiré de la publication une de ses œuvres les plus importantes : *Apologie [...] für die vernünftigen Verehrer Gottes.* G. E. Lessing souleva une violente polémique qui le mit aux prises notamment avec le théologien Goeze, lorsqu'il fit imprimer des fragments de cette œuvre (sous le titre *Wolfenbüteler Fragmente*) dans son ouvrage intitulé *Zur Geschichte und Litteratur* Sur Kant et Lessing, voir E. Arnoldt, *Kritischen Exkursen* p. 193-268. Le fragment visé par Kant était le septième.

Page 102.

1. Si le Christ est antérieur à la Création, ce n'est pas en raison d'une théologie dogmatique, comme celle d'un Malebranche. Kant assimilant dans le Christ l'Idée de l'humanité et l'Idéal de l'humanité peut dire que son origine coïncide avec celle du genre humain dans la mesure où la raison morale est essentielle à l'homme. Le bon principe appartient au ciel des Idées toujours déjà existantes. C'est pourquoi l'apparition historique du Christ ne peut revêtir la signification dramatique d'un événement. Kant ne cède pas à la mystique de l'apparition, comme semble le faire Herder, *Ideen zur Philosophie der Geschichte der Menschheit,* liv. XVII, chap. 1, *Sämtliche Werke,* Ed. B. Suphan, XIV, p. 293). Le Christ sera donc essentiellement dépeint comme un « professeur de morale ».

2. Les deux citations de l'Évangile sont bien choisies dans le contexte d'un développement juridique. La version luthérienne de la Bible emploie le mot *Eigentum,* qui signifie propriété ; et qui parle de propriété parle de contrat.

Page 103.

1. Kant rejoint ici un courant protestant : le salut est fondé en la foi (l'adhésion au bon principe) que les actes complètent.

Page 104.

1. Voir *Doctrine de la vertu*, 2e section, 1.

2. Cette remarque est consacrée à la théorie du miracle. La conception *critique* stricte a été formulée dans *Qu'est-ce que s'orienter dans la pensée?* Kant a exposé les conditions d'impossibilité de tout miracle, (voir mon commentaire, p. 47). Sans me réfuter, Bruch, dans sa *Philosophie religieuse de Kant*, tout en reconnaissant que *La Religion* est en retrait par rapport au texte de 1786 puisque Kant évite «une réfutation pure et simple de la possibilité de tout miracle» (p. 146), croit néanmoins que la pensée kantienne est plus raffinée dans l'exposé de 1793. Il donne une lecture brillante et intéressante (p. 145-146). Mais, à dire la vérité, Kant est demeuré très réservé sur le sens et la valeur du miracle, et sa pensée rejoint celle de Hume, comme l'ont vu tous les commentateurs. Troeltsch affirme que «dans la critique des miracles Kant rejoint tout à fait Hume» (*Das Historische in Kants Religionsphilosophie*, p. 105), et mentionne avec opportunité une réflexion de Kant qui met un point final à toute discussion : «Les miracles ne sont pas des faits *(facta)* mais l'interprétation suprarationaliste des faits» (Reicke I, 97).

Page 106.

1. Kant ne met pas en doute la valeur morale de la doctrine chrétienne. En revanche, il doute du contenu historique de la religion. Par exemple dans Reicke, III, 64, il met en doute non le sens de la Bible, mais la personnalité de son rédacteur (un Juif imprégné des idées chrétiennes). Bergson affirmant que peu importe le nom et la personne qui a délivré le message évangélique, l'essentiel étant le message, rejoint Kant. Voir H. Bergson, *Œuvres*, éd. du centenaire, Paris, p. 1178.

2. J.C. Pfenninger (1747-1792) est selon J. Bohatec cité par Kant en raison de son écrit : *Appellation an den Menschenverstand [...]* (voir bibliographie). Nr. VIII. Dans sa correspondance (AK, XIII, 663), Kant a évoqué ses *Fünf Vorlesungen*.

3. J.C. Lavater (1741-1801) était un penseur très connu, ami de Fichte. Ses recherches s'orientèrent sur la physiognomonie.

Page 108.

1. Kierkegaard a, dans l'examen de ce problème, voulu montrer au contraire la transcendance du religieux sur la simple sphère éthique rationnelle : «Mais Abraham crut et ne douta point ; il crut l'absurde» *(Crainte et tremblement)*.

Page 109.

1. Kant fait allusion à l'ouvrage intitulé : «Der höllische Proteus *oder tausendkünstige Versteller (nebenst vorberichtlichem Grundbeweis der Gewissheit, dass es wirklich Gespenter gebe), abgebildet durch Eramum* Francisci. *Hochgräfl. Hohenl. Langenburg.* Rat. *Nürnberg, 1708*» voir C.W.V. Kügelgen, *Kantstudien* I, p. 295.

Page 112.

1. Ce premier paragraphe, comme le titre de la troisième partie, est un peu trompeur comme l'ont reconnu les interprètes de *La Religion* depuis Albert Schweitzer. En effet les deux premières parties étaient rédigées dans la perspective de l'*individu* et c'est à ce point de vue que le processus de la conversion était envisagée. Nous passons maintenant au point de vue de la *communauté*. Voir E. Troeltsch, *Das Historische in Kants* R*eligionsphilosophie,* p. 29-31 ; L. Goldmann, *La Communauté humaine et l'univers chez Kant,* p. 199-201 ; Bruch, *La Philosophie religieuse de Kant,* p. 157 ; J. Bohatec, *Kants* R*eligionsphilosophie,* p. 397 et suiv. ; A. Schweitzer, *Die* R*eligionsphilosophie Kants von der Kritik der reinen Vernunft bis zur* Religion innerhalb der Grezen der blossen Vernunft, p. 185 et suiv.

Page 113.

1. On reconnaîtra ici sans peine les grands éléments de la doctrine de Rousseau. La nature brute de l'homme, c'est-à-dire ses besoins, ne dépasse pas ses forces. Il en va tout autrement avec les passions qui n'ont pas de limites. Elles substituent à l'amour de soi l'amour propre, la comparaison qui fait qu'on se trouve pauvre par rapport à autrui, alors que selon la nature on se suffit. Les trois grandes passions citées par Kant sont bien connues (ambition, soif de domination, cupidité, voir AK, VIII, 21). Mais s'il est vrai que les hommes se rendent «mauvais les uns les autres», le problème est de trouver une formule d'association qui les rende bons. Nous ne pouvons évidemment pas résoudre ici le problème de l'éventuel dépassement de l'*individualisme* moral de la pensée éthique kantienne vers une philosophie de la totalité.

2. Sur ce texte, voir Bruch (ouvr. cité, n. 4, p. 159). Peut-on vraiment en dépouillant de sa pompe comme le dit le commentateur voir ici un sûr indice du dépassement de l'individualisme ? Tout nous porte à penser que l'individualisme moral de Kant a été trop souvent mal compris. Voir Philonenko, *L'Œuvre de Kant,* II, § 53 ; *Études kantiennes,* et *Introduction à la doctrine du droit.*

Page 114.

1. Il y a là le germe d'une dialectique complexe que j'ai exposée dans un long article sur l'idée de progrès chez Kant, repris dans *Études kantiennes.* Kant, ce qui est rare, a cherché à concilier le progrès positif avec l'utopie. Cette dernière est le problème d'une société, dont, sans ignorer les défauts, Kant estime la valeur relative. L'élaboration de la cité religieuse est le problème intérieur final (utopique) de la société. Mais deux points sont à relever. On a vu comment le bon principe pouvait être antérieur à l'enracinement du mal. Dans l'image du Christ, personnification du bon principe, refusant le contrat, Kant voit la rupture *(Brechung)* de la puissance du mauvais principe. Non pas son anéantissement, mais son affaiblissement dramatique. Aussi la condition de possibilité d'un redressement moral est-elle fondée dès lors que le mal n'est plus tout-puissant. Cette séquence chronologique doit être pensée dans l'éternité si l'on tient compte de la présence éternelle du bon principe (voir ici AK, VI, 82 et n. 1 p. 102). En second lieu la *Brechung* (qu'il faut aussi penser comme éternelle) explique que l'homme soit mauvais, mais non diabolique, et que sa régénération *(Wiedergeburt)* soit concevable. Donc, compte tenu de ces éléments à l'intérieur de la communauté politique, le problème de la constitution d'une communauté éthique peut se formuler légitimement, même s'il est en partie utopique. Voir, Philonenko, *La Théorie kantienne de l'histoire,* chap. III.

2. Comparer avec cette affirmation célèbre de Kant : « L'homme veut la concorde ; mais la nature sait mieux ce qui est bien pour son espèce : elle veut la discorde. » AK, VIII, 21.

Page 115.

1. Kant, par l'expression : *loi de contrainte,* entend une loi fondée sur une obligation extérieure, par exemple l'ordre du gouvernement, et qui est susceptible d'être sanctionnée par une contrainte *(Zwang)* qui ne dérive pas de la conscience de l'homme, mais de l'autorité publique.

2. Kant distingue deux états de nature : l'un juridique (et sur ce point il est proche de Hobbes), l'autre éthique. Il peut se faire qu'au sein de l'état civil juridique persiste l'état de nature éthique. Kant s'oppose donc à Rousseau qui, ne concevant qu'un seul état de nature et qu'un seul état civil, confond le juridique et l'éthique et se voit conduit à incorporer la religion naturelle dans son contrat social et à y promouvoir l'idée d'une religion civile *imposée* par la volonté générale à tous les membres de l'État. Plus loin dans notre texte Kant s'éloigne de Rousseau en écrivant : « Mais malheur au législateur qui voudrait par la contrainte réaliser une constitution visant des fins éthiques ! »

Page 116.

1. Très ferme position de Kant contre Rousseau. Le pouvoir civil peut bien favoriser la religion, mais il ne peut obliger en ces matières à rien. C'est pourquoi l'homme parvenu à l'état civil juridique est totalement libre de demeurer à l'état de nature éthique. Fichte reprendra dans sa *Doctrine du droit* le problème, montrant que l'institution de l'état civil prépare, sans la forcer, la moralité, à travers la mise en œuvre de la volonté générale. *Gesamtausgabe,* Werkeband 3, p. 400.

2. La traduction peut surprendre. Kant écrit : « *[...] so ist der Begriff eines ethischen gemeinen Wesens [...]* » Pourtant nous ne sommes pas résolu à user du mot *communauté* pour deux raisons : ce mot est trop vaguement employé dans certains passages de *la Religion,* et des confusions pourraient naître, d'autre part, la pensée de Kant, toujours juridique, déterminera avec précision la constitution du corps éthique en obéissant à des concepts stricts, qui ne correspondent pas à l'idée souvent floue qu'on se fait de la communauté.

3. Kant parlant des hommes et aussi de tous les êtres raisonnables ne songe pas en ce qui regarde ces derniers « aux bons petits anges », comme le croyait Schopenhauer. Les êtres raisonnables sont les hommes, les défunts (conformément au postulat de l'immortalité de l'âme) et enfin les êtres habitant d'autres planètes. AK, I, 358 et suiv.

Page 117.

1. En raison de la rupture *(Brechung)* du mauvais principe, l'homme n'est pas sous la toute-puissance du mal, mais, le bon principe n'ayant pas encore vaincu, il est soumis à ses incessantes attaques.

Page 118.

1. À la fin de sa vie, dans un entretien, Kant devait infléchir à sa manière la formule popularisée par Hobbes, en lui donnant un tour résolument pessimiste : « Il n'y a pas grand-chose de bon en l'homme. Chacun hait presque son prochain, cherche à s'élever au-dessus de ses voisins, est plein d'envie, de malveillance et d'autres vices diaboliques. *Homo homici* nicht *deus,* sondern *diabolus.* » Voir J. G. Hasse, *Letzte Aüsserungen Kants von einem seiner Tischgenossen.*

2. Affirmation décisive aux yeux de certains. La constitution du corps religieux éthique n'est pas un devoir « de l'homme envers l'homme », mais « du genre humain envers lui-même ». Il y a donc passage de la réflexion sur l'individu (dont toutes les données fondamentales ont été formulées dans les deux

premières parties) à la réflexion sur la *totalité*. Lorsque Kant dit après Hobbes que l'homme doit « sortir de l'état de nature », il envisage, au sein de la société civile l'édification d'un corps éthique religieux, s'opposant à ladite société comme le bien au mal. Kant a pu s'inspirer de Stapfer distinguant une société civile et mondaine et une société sainte et spirituelle.

Page 119.

1. Ce texte définit le niveau auquel peut prétendre la philosophie politique de Rousseau ; dans le meilleur des cas à l'autonomie législative concrète, la définition du droit proposée par Kant se retrouve dans la *Doctrine du droit.*

Page 120.

1. L'argumentation de Kant ne semble pas satisfaisante. Il avance deux arguments pour justifier la spécificité du devoir que doit s'imposer le genre humain. Dans un premier temps il explique que, le Bien suprême éthique ne pouvant être réalisé par un individu, l'union dans un corps éthique est nécessaire. Mais chaque homme comme représentant du genre humain ne peut-il atteindre par la rigueur morale ce bien éthique suprême, qu'exprime déjà en ses formules l'impératif catégorique ? Dans un deuxième temps, Kant sépare le droit (qui implique extériorité et contrainte) et la législation morale fondée dans l'intériorité de l'intention pure. Une loi des intentions n'a, selon lui, de sens que si un Législateur transcendant peut être indiqué, et celui-ci est Dieu.

2. Kant vise ici le peuple juif, dont il croit qu'il n'a jamais eu une religion au sens propre, mais seulement une constitution politique, dont le respect extérieur, sans égard à la qualité de l'intention, suffisait.

Page 122.

1. Le terme « krumm » qui signifie *courbe* a toujours été mal compris par les traducteurs français de Kant. « Quand Luther, écrit Nygren, veut indiquer [...] en quoi consiste, à proprement parler, la corruption *(perversitas)* de l'homme, il recourt à l'expression d'Augustin : l'homme est "courbé". Mais en cela même la distance d'Augustin apparaît plus nettement encore. Il est manifeste qu'il utilise cette expression dans un sens tout différent. Quand Augustin déclare que l'homme est "courbé", "*curvus*", "*curvatus*", il veut dire qu'il est penché vers la terre, qu'il ne connaît que les [...] biens temporels. En revanche, pour Luther, cela signifie que l'homme est tourné par nature vers l'égoïsme, qu'il n'agit pas avec "droiture" [...] La volonté n'est

pas droite, mais *courbée;* elle retourne en définitive à elle-même.» (Nygren, *Éros et Agapè,* t. III, p. 285-286). On peut reprendre pour caractériser la pensée kantienne les équivalences qui caractérisent celle de Luther : *curvus=curvus in se=versus in sui amorem.*

2. J. Bohatec (p. 409-410) reproduit une intéressante citation de Stapfer (10, 221). Mais le problème est plus ancien. Il s'agit du rapport de l'individu à la totalité sous l'angle de l'effort. Kant, comme Leibniz, condamne la résignation ou plus simplement la paresse qui consiste à s'en remettre à l'œuvre de la Sagesse suprême. Il le peut en vertu de la troisième formule de l'impératif catégorique qui fait de moi un membre et un Législateur du règne des fins. La condamnation kantienne n'est pas originale, mais son fondement l'est, puisque les lois morales qui gouvernent l'homme comme individu l'obligent à se dépasser vers la totalité.

Page 123.

1. Bruch estime avec raison que la démarche de Kant est analytique et non synthétique : «le philosophe part de ce qui existe effectivement.» De là un cercle : «La détermination de l'Église invisible commande l'appréciation de l'Église visible, qui devra se rapprocher indéfiniment de l'idéal défini par la première ; mais dans la réalité des faits l'Église est l'Église visible, et celle-ci débute normalement par les formes les plus opposées à l'Église invisible.» (Ouvr. cité, p. 171).

2. Selon Bohatec (ouvr. cité, p. 412) Kant, en définissant selon l'ordre des catégories les qualités ou structures de l'Église véritable, applique une grille dont la rigidité n'a d'égale que l'archaïsme. L'essentiel est le contenu des définitions qui correspond exactement aux idées exprimées par Stapfer.

Page 124.

1. Affirmation décisive : la constitution de l'Église véritable n'est pas politique. Cette thèse est empruntée, comme beaucoup d'autres, à Stapfer : «Nous voulons dire que ce gouvernement est totalement différent de la structure de gouvernement des royaumes terrestres» (10, 271). Cela, en théorie, ne l'empêche pas d'être *républicaine.* En effet sous la plume de Kant le terme républicain ne désigne pas une structure constitution-*nelle, mais l'*exercice politique et moral du gouvernement. Une monarchie républicaine n'est donc pas chose absurde (voir la *Doctrine du droit*). Toutefois dans le domaine de la théologie, où le chef suprême n'est pas un homme comme les autres, l'application de ce concept suppose mille nuances.

2. Kant avait déjà indiqué cette orientation au début de la

première section de la seconde partie en évoquant le passage de l'Évangile nous appelant à « devenir des enfants de Dieu » (Jn, 3, 1 ; Rom., 8, 14-16 — 16, 16 ; Éph., 5, 1). Le modèle religieux est donc la famille.

Page 125.

1. La religion cultuelle — les Églises existantes — n'a de raison d'être qu'en vertu de la faiblesse morale de l'homme qui croit que Dieu exige plus que son seul devoir.

Page 126.

1. Sur le concept d'un besoin de la raison, voir *Qu'est-ce que s'orienter dans la pensée? Commentaire,* chap. VI, 3.

Page 127.

1. Pour Stapfer, Heilmann et le courant général de la dogmatique théologique chrétienne, la moralité n'a pas de cohérence si elle ne s'enracine dans l'élément religieux. Pour Kant, au contraire, le religieux n'est qu'un décor de l'éthique, et la seule véritable intention morale fonde l'authentique rapport à Dieu. Cette prise de position est aussi claire qu'embarrassante. À suivre Kant, il faut dire que la religion ou bien se confond avec la pure morale — et alors on ne comprend plus l'entreprise de Kant qui ajoute quelque chose à la morale qu'il a rédigée et formulée — ou bien la religion est autre que la morale : elle appartient au champ de l'activité humaine empirique, et alors ce qu'on doit attendre n'est pas, comme le veut Kant, une dogmatique morale s'annexant à la sphère transcendantale stricte, mais une simple phénoménologie de la religion.

2. En posant la question de savoir comment Dieu « veut être honoré dans une Église », Kant relance en fait son développement par un paralogisme. En effet cette question phénoménologiquement (et non seulement empiriquement) capitale ne peut absolument pas être posée par la raison morale, qui, dans ses pures catégories, ignore tout d'une Église visible. Un glissement important va s'opérer. Au lieu de poursuivre le développement de la religion à l'intérieur des limites de la simple raison, on va s'orienter de plus en plus vers une critique (au sens de Bayle) des formes religieuses historiques. Évidemment ce point rejaillit sur la dialectique individu-société. Tout se passe comme si s'élevant de l'individu (Ire et IIe parties) à la totalité (IIIe et IVe parties) Kant tombait dans l'empirisme. Si l'on veut bien relier le contenu de cette note à la précédente, on verra que tous les éléments fondamentaux

pour la genèse des premières réflexions hégéliennes sont donnés, voir H. Nohl, *Hegels theologische Jugendschriften.*

Page 128.

1. Évidente allusion et évidente contradiction. Allusion : Kant pense au surgissement du Christ. Contradiction : Kant a insinué que la philosophie grecque avait aéré la pensée juive, et ici il parle d'absence de «progrès en matière de concepts religieux».

2. Kant emploie le terme *Hang* (penchant). Le penchant de l'homme en vue d'une religion cultuelle s'explique par son impureté, mère de toutes les superstitions.

Page 129.

1. La phrase est difficile. On peut la décomposer ainsi. 1° La religion cultuelle repose sur des lois statutaires et des prescriptions contingentes. 2° Elle accueille la bonne conduite (et d'ailleurs ne pourrait faire autrement). 3° Elle présuppose que, par-delà la bonne conduite, une révélation positive est possible, et cette présupposition est un hommage à Dieu.

2. Kant rejette toute la pompe de l'Église, et tous les rites et croyances qui s'y attachent. Cette position est plus calviniste que luthérienne. Bien entendu, cette volonté de dépouillement caractérise la tendance déiste. Rousseau qui y appartient a aperçu le danger : l'homme est-il psychologiquement assez fort pour se passer du tremplin offert par les «solennités»?

3. «Les temples précédèrent les Églises.» La phrase n'est pas innocente. D'une part à l'époque de Kant l'expression *«Tempel»* désignait symboliquement la croyance d'Église positive statutaire. D'autre part on visait par là le judaïsme qui selon certains devait être dépassé, ou même détruit. Stapfer, 10, 443. Voir J. Bohatec, ouvr. cité, p. 426. Il existe un anti-sémitisme *religieux* chez Kant. Mais il ne faut pas majorer cet aspect au demeurant peu original de sa pensée.

Page 130.

1. Le texte est visiblement sarcastique. On respecte d'autant plus le livre qu'on ne le lit pas! Mais il y a un problème plus profond : Est-ce que les livres sont l'unique voie pour éclairer les hommes et les améliorer? La tradition orale n'est-elle rien? (Lessing).

2. Kant ne vise pas seulement ici les Juifs qui ont survécu dans leur identité religieuse à la diaspora grâce à l'Ancien Testament qui leur permettait de se reconnaître. Il pense aussi

aux Parsis, adeptes de Zoroastre et possesseurs d'un livre sacré : le *Zend-Avesta.*

Page 131.

1. On doit évidemment se référer à Lessing, *Nathan le Sage* (éd. R. Pitrou) : «Laissez-lui du moins, tout en souriant, une illusion où se rencontrent juifs, chrétiens et musulmans [...] Une si douce illusion» (v. 151 et suiv.).

2. Kant est un fidèle adepte du *Traité sur la tolérance* de Voltaire. Il est totalement sorti de la sphère en laquelle Bossuet pouvait définir la tolérance comme un péché, puisque, consistant à respecter une opinion que je juge fausse, je prouve par là même l'inconsistance de ma foi. Bossuet, *Œuvres complètes,* Lachat, 1863, t. XVI, p. 124, 280 et suiv., 233.

Page 133.

1. Le texte est étrange. Kant assimile le besoin qu'a l'entendement des données de la sensibilité — comme on le voit dans la doctrine du schématisme transcendantal — et l'exigence d'une foi d'Église «que l'on trouve communément à portée de main» par l'instauration d'une foi universelle. Serait-ce avouer que la foi universelle sans la foi historique est vide et que la foi historique sans la foi universelle est aveugle? Il en va *de facto* ainsi. Mais dans la dimension de la problématique du *quid juris?* cela n'est pas du tout évident, puisque, reposant sur la seule raison, la foi universelle en sa nécessité n'a besoin que de sa clarté propre. Théoriquement la position kantienne est insoutenable ; elle n'a qu'un sens pragmatique inessentiel. Ici se trahit le malaise de l'ouvrage entier. Si la religion est édifiée à l'intérieur des limites de la simple raison, elle se confond avec la morale ; en revanche si elle est plus et autre chose, les limites de la simple raison sont dépassées.

Page 134.

1. Stäudlin, *Ideen zur Kritik des Systems der christlichen* Religion (livre adressé à Kant le 9 nov. 1791, AK, XI, 309), p. 297, 301. L'auteur souligne que les Juifs manquaient trop «de culture philosophique» pour préciser leurs pensées, et qu'ils aimaient les allégories, la symbolique «et la comparaison d'objets qui n'avaient entre eux qu'une lointaine parenté». La thèse n'est pas nouvelle, mais Kant s'appuie sur elle pour adapter les textes en apparence contradictoires de l'Évangile.

Page 135.

1. Kant donne lui-même l'indication de la source de son interprétation. Le texte sur lequel il s'appuie se trouve dans l'ouvrage de Reland : *De religione mohammedanica libri duo* (lib. II, § 17).

2. On notera la réserve de Kant. L'interprétation des textes, non littérale, mais symbolique ne se donne pas comme absolue. On doit toujours respecter la possibilité d'un autre sens visé par les auteurs des textes sacrés.

Page 136.

1. Lorsque Kant dit que la foi historique est morte, il veut dire d'une part que son fondement est déposé en des livres (par exemple l'*Ezour-Vedam,* voir Ith, *Übersetzung [...],* p. 10, et Sonnerat, v. bibliographie). La lettre par elle-même est morte et de même la foi historique. Mais d'autre part Kant est persuadé que la relation authentique religieuse s'épuise, par-delà la lettre, dans la vivante relation de l'intention morale pure qui devrait unir l'homme et Dieu. Aussi rabaisse-t-il le texte sacré à un simple moyen en s'appuyant au début du paragraphe suivant par une citation de l'Évangile, II Tim., 3, 16.

2. La fonction de la raison est nettement définie : elle est la première interprète selon l'esprit qui vivifie du texte sacré. Kant utilise le terme assez fort d'esprit *(Geist).* C'est donc la foi historique qui doit recevoir la leçon de la foi rationnelle.

Page 137.

1. Après la raison pure morale et pratique, pour des raisons plus sociologiques que politiques (v. note suivante), il faut faire intervenir l'exégèse. Le docteur de la loi se tournera vers les données humaines. Il devra posséder une connaissance de la langue originelle ou fondamentale *(Grundsprache),* des mœurs, des opinions de l'époque où la foi historique s'est constituée. La question de la langue fait problème. Kant parle de « langues actuellement mortes ». Ce pluriel signifie qu'il envisage diverses religions, possédant chacune leur langue fondamentale ou originelle. S'il avait eu seulement en vue la Bible, il n'aurait pas employé un pluriel. La recherche exégétique *à son époque* avait en effet déjà établi, compte tenu des modifications relevées par un Bossuet, que l'hébreu (à part quelques pages d'araméen) était la langue unique de la Bible.

Page 138.

1. La légitimité reconnue à la science exégétique peut surprendre. Mais plus essentielle est la remarque suivante. Le seul devoir de l'État est de se soucier qu'il ne manque pas d'hommes savants et appréciés pour leur moralité. En ce sens l'État, dans la pensée de Kant et dans cette perspective, est semi-laïque. L'État, dès lors qu'il a fourni à la religion des hommes savants et compétents en même temps qu'intègres, a jugé de ce qui se passera par la suite. Là se borne sa compétence. Il n'a pas à porter de jugements sur les dogmes que l'Église professe, ni le droit de lui imposer son organisation. *Doctrine du droit,* voir plus loin ; II, 1re section, fin de la Remarque C.

2. Dans une longue note, Delbos (ouvr. cité, p. 117-118) a tenté une mise au point sur Kant et le mysticisme (qui revêt, ici, la forme du sentiment intérieur). Kant a résolument affirmé son opposition à la mystique. Jachmann «rapporte une déclaration expresse de Kant, selon laquelle il faudrait ne jamais prendre aucune de ses paroles dans un sens mystique et tenir toute sa pensée pour étrangère au mysticisme», *Immanuel Kant in Briefen an einen Freund,* p. 118. On peut consulter aussi Leisegang et Bruch (v. bibliographie).

Page 140.

1. Le texte est philosophiquement peu satisfaisant. Kant veut évidemment déterminer la véritable Église — comme Idée de la raison — en tant qu'*a priori.* Mais l'universalité et la nécessité selon la *Critique de la raison pure* ne sont que les critères externes de l'*a priori.* Or Kant, dans ce texte, semble faire apparaître l'universalité comme le critère externe, et la nécessité comme le critère interne.

2. Phrase délicate quand on connaît le rôle du *Leitfaden* chez Kant.

Page 142.

1. Il faudra beaucoup d'indulgence pour admettre que Kant expose effectivement une remarquable antinomie de la raison humaine. La dialectique de l'intellectualisation du sensible dans les thèses et de la sensualisation des concepts dans les antithèses, structure essentielle de l'antinomie, ne peut se développer ici.

2. «Comme disent les juristes» ; voir Achenwall, *Prolegomena iuris naturalis,* § 85.

Page 143.

1. Selon Bohatec (ouvr. cité, p. 442) la rédaction de la première supposition est dirigée contre Stapfer. C'est alors le lieu de rappeler que la documentation théologique de Kant est très mince. Borowski dans sa biographie de Kant dit que Kant «ne touchait jamais aux recherches théologiques de quelque espèce qu'elles soient, et notamment pas à celles qui concernaient l'exégèse et la dogmatique». H. Rust a montré que l'affirmation de Borowski était excessive, voir bibliographie. Il demeure que Stapfer est avec Michaelis l'interlocuteur de Kant qui ne semble pas bien connaître Luther.

Page 144.

1. L'énoncé de la seconde supposition est clair. L'homme ne peut croire, puisqu'il est corrompu par nature, que de lui-même il pourrait se rendre un homme agréable à Dieu. Le salut par les œuvres est impossible. Au moins théoriquement comme en la première supposition où le salut par la simple foi apparaissait déraisonnable. Il faut donc, dans la première supposition comme en la seconde (thèse et antithèse), lier les œuvres et la foi. À partir de là le raisonnement de Kant paraît obscur. Il considère que la seconde supposition est morale et pratique puisqu'elle commence par s'interroger sur les actes et leur valeur éthique. Dès lors il la dispense de toute réflexion théorique, et fait jouer, un peu abusivement, le primat de la raison pratique.

2. Le raisonnement de Kant peut, en cela, sembler étonnant.

3. Kant a commencé à parler de *réquisit,* puis de *principe.* Pour éviter toute confusion j'ai conservé entre parenthèses le terme *réquisit.*

4. La phrase est compliquée. Kant veut dire ceci : *a*) la croyance historique est le véhicule de la foi religieuse morale ; *b*) cette dernière contient le but : la vraie religion ; *c*) il faut que l'élément pratique (moral) devienne déterminant, dans la mesure où il contient la maxime de l'acte ; *d*) le moment théorique n'est là que pour confirmer.

Page 145.

1. Dans le problème de la relation du salut et des actes, la première supposition, dans la mesure où elle implique une raison minimale, déterminant la foi et détruisant l'incrédulité de l'homme réfléchi (qui se refuse à croire que la foi efface les fautes), et dans la mesure aussi où elle s'incorpore dans la foi historique, peut être accusée de superstition cultuelle. En revanche la seconde supposition, qui commence par les œuvres,

peut dans la mesure où elle ne vise qu'une vie éthique paraître indifférente. Kant reconnaît que la solution a été tranchée à la manière dont l'a été le nœud gordien.

Page 146.

1. Kant a toujours soutenu que les antinomies étaient des contradictions apparentes de la raison. Il faut donc montrer que le conflit est, du point de vue philosophique, apparent. Kant tente d'y parvenir en exposant le facteur rationnel de la première supposition et de la seconde. Dès lors que le principe de la grâce repose non plus sur une donnée empirique (l'existence du Christ conçue comme historique et phénoménale), mais sur l'archétype, Idée immanente de la raison pratique, le conflit s'évanouit.

Page 147.

1. Kant ouvre ici toute grande la porte à Hegel.

2. Le texte semble obscur à partir de «Et de ce fait [...]». Son sens paraît être le suivant : aussi longtemps qu'existeront des pratiques, comme celles des indulgences, avec lesquelles la conscience pouvait indéfiniment se consoler en donnant une petite rente au bon Dieu, le sujet pourra indéfiniment ajourner la seule décision importante : celle de suivre une bonne conduite.

Page 148.

1. Dans cette note Kant trouve un sens symbolique à Rom., 9, 18. Aucun homme ne peut dire avec certitude psychologiquement pourquoi tel homme est bon ou mauvais, la différence se manifestant dès la naissance. Lorsque Kant dans sa compréhension de la doctrine de la prédestination dépasse la différence biblique de la *praescientia* et de la *praeordinatio*, tandis qu'il assimile prévision et conclusion, il est manifestement dépendant d'un courant authentiquement calviniste.

2. Si l'on ne peut corriger cette assertion de l'Évangile, toute la précédente dialectique et avec elle les notions d'œuvre, de foi, de grâce s'effondrent. Car c'est la doctrine de la prédestination qui selon la lettre de Rom., 9, 18 est la plus logique. Kant ne s'y trompe pas : c'est, dit-il, le saut mortel *(salto mortale)* de la raison humaine. Autrement dit, si cette parole doit être admise, la raison doit abdiquer toute prétention et s'abîmer dans le néant.

Page 149.

1. La remarque de Kant serait sans originalité — n'était la Révolution française. Leibniz, Rousseau et bien d'autres penseurs ont souligné avant lui les dangers d'une révolution. Toutefois préconiser la *réforme* graduelle à l'époque où se développe la Révolution française, c'est bien évidemment prendre une position modératrice, non seulement au point de vue religieux, mais encore politique.

Page 150.

1. La métaphore (ou l'analogie) avec la biologie est reprise sous l'angle végétal.
2. La croyance avilissante, fondée sur la contrainte, repose en définitive sur la séparation des clercs et des laïques que Kant voudrait voir dépassée.

Page 151.

1. Comme on l'a souligné, bien qu'il les distingue, Kant rapproche sans cesse politique et religion, dans la mesure surtout où cette dernière se fonde sur une foi historique.
2. Progressant par réforme et selon une analogie biologique lente — car il faut du temps pour sortir de l'adolescence et devenir homme — le travail du bon principe est sûr, mais invisible à l'œil humain.

Page 152.

1. L'histoire de la religion n'a de sens qu'au point de vue de la religion historique. En effet la pure foi religieuse est unique et invariable, comme chacun peut s'en convaincre dans la vie éthique. Il s'ensuit deux choses : *a*) la religion historique sera jugée selon le critérium de la pure foi religieuse ; *b*) l'histoire *in concreto* ne sera que le récit du conflit entre la foi historique et la foi religieuse.

Page 153.

1. Il va être maintenant question du judaïsme, que Kant tient, non pour une religion, mais pour une simple constitution politique.

Page 154.

1. Cette première remarque a un double sens. D'une part l'éthique judaïque ne tient nullement compte de l'intention,

mais de l'acte. D'autre part Kant est convaincu que le judaïsme en son essence était non pas une Église, mais une constitution politique. D'où l'on peut déduire que toute Église doit, si elle veut respecter son orientation, se distinguer de toute forme politique.

2. Kant juge correcte la détermination du judaïsme comme constitution politique, puisque celui-là dans la distribution des récompenses et des châtiments se prononce pour l'extension à la postérité. C'est dit Kant un sûr *moyen de prudence* (*ein Klugheitsmittel,* AK, VI, 126). Mais s'il vaut pour la politique, il ne vaut pas pour la foi religieuse morale.

3. La question est délicate. Premièrement les Juifs n'ont pu résigner le postulat de l'immortalité de l'âme. Il y a donc eu des courants juifs tendant à l'instauration d'une telle croyance. Deuxièmement, le législateur juif s'est opposé à ces aspirations. C'est *intentionnellement* qu'il n'a pas *voulu* «prendre en considération la vie future». Dès lors le judaïsme ne peut se présenter comme un corps éthique, mais seulement comme un corps politique.

4. Il semble qu'ici Kant dit une chose juste. Les courants d'idées étaient trop intenses pour que les Juifs n'aient point conçu une croyance religieuse plus ou moins pure, et il est naturel qu'ils l'aient mêlée aux articles de la foi statutaire.

Page 155.

1. Il y a donc rupture entre le judaïsme et le christianisme.

2. Qu'avec le Christ «commence une nouvelle histoire» on l'accordera sans peine à Semler (*Letztes Glaubensbekenntnis,* p. 342), mais on peut douter que l'histoire sainte ancienne soit totalement abandonnée *(eine völlige Veranlassung).* Le Christ n'est pas venu pour supprimer la Loi, mais pour l'accomplir.

Page 156.

1. Marc Philonenko, professeur d'histoire des religions à l'université de Strasbourg, pense que Kant ne se trompe pas en affirmant une influence hellénistique sur le judaïsme. Mais il précise que le judaïsme n'était pas aussi uni que Kant semble donner à le penser, et que l'appréciation de cette influence est fort délicate à déterminer avec une exactitude achevée, dans la mesure où des tendances divergentes au sein du judaïsme se manifestaient.

Page 157.

1. Pour Kant la résurrection du Christ et son ascension au Ciel, ne peuvent — sauf une interprétation symbolique outrée —

être utiles dans une religion à l'intérieur des limites de la simple raison. Ce sont de telles pensées qui conduisent le professeur R. Lauth à souligner que Kant n'avait absolument pas le sens du sacré : « *Kant hat keinen Sinn für das Heilige* » (lettre au traducteur du 22 janvier 1982).

2. Dans l'*Histoire de la nature et théorie du ciel* (AK, I, 351 et suiv.) Kant imaginait une transmigration des âmes et des corps, évoluant de planète en planète et changeant pour les corps de densité, pour les âmes d'agilité intellectuelle dans la mesure où varie la force d'attraction.

Page 158.

1. Cette interprétation est suivant la lettre de l'Évangile proprement insoutenable. Selon l'Évangile le Christ sera présent jusqu'à la fin du monde, non comme un glorieux souvenir, mais comme une présence transcendante.

2. La phrase est compliquée. Mais elle est dans la droite ligne de l'*Aufklärung*.

Page 159.

1. On ne peut pas savoir si le christianisme en son origine parvint à améliorer les hommes, puisque en l'absence d'un public savant, son histoire est obscure. Kant s'appuie sur Schröckh (Bohatec, ouvr. cité, p. 473) et sur Semler, *Versuch eines fruchtbaren Auszugs der Kirkengeschichte*, I, p. 22 ; *Ueber historische, gesellschaftliche und moralische* Religion *der Christen*, p. 183. Semler s'inscrit en faux contre l'idée suivant laquelle la première Église aurait été la plus pure et la plus parfaite. Il faudra s'en souvenir très vite.

2. Une longue « tirade » va suivre. Elle n'est pas à expliquer mot à mot ; c'est son sens qui doit être retenu. Dans les premiers temps de l'Église nous ne pouvons porter un jugement, car son histoire est obscure. Mais à partir du moment où un public savant existe que voyons-nous ? Une amélioration de l'homme ? Non pas ! Nous assistons à de grands désordres, certains sanglants. Le point d'orgue semble être le rejet de la papauté du Moyen Âge, qui, par la menace de l'excommunication, gouvernait (si l'on peut dire !) les peuples et les rois par l'effet de la superstition. Si Kant parle d'un « prétendu vicaire de Dieu », c'est que personne ne peut, au nom de quelque intérêt que ce soit, exclure un être raisonnable de la communauté religieuse.

Page 160.

1. Lucrèce, *De Natura rerum*, I, 101. « Tant la religion a pu conseiller de crimes. »

Page 161.

1. L'affirmation triomphante de Kant, en un temps où régnait la censure, a pu paraître paradoxale. Mais il faut tenir compte de différents éléments. D'une part la théorie générale du progrès chez Kant (voir Philonenko, *Études kantiennes*), d'autre part le fait que le développement de l'Église s'est accompli en sorte qu'après d'innombrables souffrances (et sottises), les consciences se trouvent plus libres et de ce fait plus orientées vers la moralité. Enfin le mouvement philosophique unanime tend alors vers un pur déisme. Donc, de toutes les époques de l'Église, celle en laquelle réfléchit Kant lui paraît la meilleure. Délivrée de l'arbitraire de l'interprète dogmatique, la raison peut maintenant raisonnablement extraire le vrai sens de l'Écriture, qui n'est que moral. En même temps, elle fonde la tolérance sensée dans une «équitable modération».

Page 162.

1. Le second principe ne diffère pas sensiblement du premier, mais insiste plus fortement sur l'aspect moral. Mais on peut, selon nous, justifier sa présence. Au règne de la raison pratique doit s'ajouter — puisque nous sommes hommes et finis — un élément de psychologie. C'est ce qu'explique la note, qui nous invite à réfléchir sur la croyance passive. L'homme a un penchant à se dire non responsable de son éducation, et c'est une bonne raison pour persévérer dans une profession de foi, les fautes retombant sur les éducateurs. Il y a là un préjugé que partage la société. La psychologie interviendra donc dans l'enseignement pour libérer l'individu des chaînes de la croyance passive. Il n'est pas honteux de changer de profession de foi. Mais, en l'absence d'une religion sainte de la raison représentant la foi morale, l'homme sera embarrassé quant à la question de savoir quelle foi historique est vraie.

Page 163.

1. La note est un remarquable précis de psychologie de l'endoctrinement.

2. On peut voir en ce texte le principe de la séparation de l'Église et de l'État.

Page 164.

1. Comme Kant l'a dit expressément, c'est un devoir des souverains de ne pas interdire le progrès déterminé par les principes cités. Mais transgresser ces principes ne serait pas

seulement immoral de la part du gouvernant ou souverain, mais encore imprudent. Qui voudrait, ayant pris le conseil de sa conscience morale et pragmatique, risquer tout le mal résultant d'une brutale intervention pour empêcher le développement religieux et moral?

2. J. Bohatec signale (ouvr. cité, p. 479, n. 73) un texte de Schröckh qui soutient la même thèse que Kant. P. 480 il indique un autre texte (de Reinhard). L'idée était répandue dans la dogmatique allemande.

Page 165.

1. Kant, toujours conscient du bien qui peut résulter des affrontements, ne juge pas que la séparation des bons et des mauvais doive s'effectuer avant la sentence rendue par le Jugement dernier.

2. La phrase peut paraître curieuse : «Le Lieutenant divin sur la terre entre dans la même classe que les hommes élevés jusqu'à lui comme citoyens du Ciel [...]». Il faut l'entendre ainsi : dans le règne des fins, il n'y a pas des êtres plus raisonnables que les autres. Chacun est membre et législateur de ce règne. Ce refus cohérent, mais discutable, de la hiérarchie spirituelle implique une humanisation rationnelle des contenus religieux. Jamais le sacré se constitue une sphère de sens débordant la morale.

Page 166.

1. J. Bohatec observe que Kant retient deux idées étrangères à la dogmatique qu'il utilise (Stapfer, Heilmann, Michaelis, Baumgarten). La première est celle du chiliasme qu'il associe à l'Apocalypse et à la victoire du Christ sur l'Antéchrist. La seconde est celle de la liaison de l'histoire et de la prophétie. F. Delitzsch croit en une influence de Crusius sur Kant.

2. Kant n'a pas hésité à poser le problème de l'étonnante persistance du judaïsme à travers tant de massacres, d'oppressions et finalement la *diaspora*. Sa solution est nuancée. L'existence du peuple juif est suspendue à celle de l'Ancien Testament en lequel le Juif peut redécouvrir son identité. Le fait n'a pour Kant rien de miraculeux ; d'autres peuples se sont soutenus par leurs écritures saintes, comme les Parsis.

Page 167.

1. Rappelons que les Destours étaient des prêtres perses appartenant au rang le plus élevé de la hiérarchie.

2. J. Bohatec considère justement que cette «Remarque générale» appartient aux *parerga* de l'ouvrage de Kant.

Page 168.

1. Le mystère se caractérise par les éléments suivants. 1° Il est *saint (heilig)*. 2° Il est possible que chaque individu en prenne conscience. 3° Il n'est pas susceptible d'être communicable universellement. La sainteté du mystère commande qu'on le respecte, comme on doit respecter la sainteté de la loi morale.

Page 169.

1. La persistance de la liberté comme mystère (Malebranche) s'explique par le fait que c'est moins sa législation que sa décision transcendante, voilée à nos yeux comme à notre intelligence, qui obscurcit nos réflexions. Kant reconnaît donc une incertitude capitale sur nous-mêmes qu'attestait déjà la psychologie morale, à titre de discipline procurant à la loi un «accès aux âmes».

2. La pesanteur, si présente dans l'œuvre de Kant, n'est pas un mystère mais un problème. Problème, car nous ne connaissons pas l'ultime principe, mais nous pouvons en dicter les lois, problème aussi parce que sa notion est au fondement de la physique. Voir E. Adickes, *Kant als Naturforscher,* Bd. I-II, et du même *Kants Opus postumum,* 1920. Dans la suite de la note Kant distingue les secrets *(arcana)* de la nature et les choses tenues secrètes en politique *(secreta)* des mystères.

Page 170.

1. Puisque la liberté en l'homme se confond avec la raison, deux remarques doivent être présentées. D'une part nous allons constater que la démarche ne sera plus analytique, mais synthétique et la Trinité sera entièrement ramenée aux exigences de la raison pratique. D'autre part le vrai mystère va se définir en un premier temps comme abîme sur les actions et les voies de Dieu, thème classique (Leibniz, Malebranche). Dans tous les cas nous ne pouvons rien savoir d'autre si ce n'est que Dieu est partie prenante dans la tâche morale.

2. Le plus grand mystère est écarté. Après avoir vu notre impuissance à sonder les voies du Seigneur, nous cesserons de nous interroger sur sa nature.

3. Dieu est donc : 1° Créateur, c'est-à-dire saint législateur ; 2° Conservateur du genre humain, son gouverneur bienveillant et son protecteur moral ; 3° Administrateur des propres lois saintes, c'est-à-dire juge équitable.

Page 171.

1. Assez curieusement la fonction de justice est déléguée au Fils (mais Kant se rattrapera plus loin). Le texte rapproche néanmoins le Christ de l'humanité, et c'est une nouvelle déviation par rapport à la doctrine classique de la Trinité, voir Bruch, ouvr. cité, p. 138.

2. La Trinité kantienne amalgame trois fonctions : la législation (le Père), la bonté (le Fils), la justice (le Saint-Esprit). Kant a pu s'appuyer sur Eberhard, voir *Vorbereitung zur natürlichen Theologie,* Halle, 1781. Mais il faut évidemment penser à Montesquieu et à la théorie des trois pouvoirs et de leur séparation. J'ai utilisé le terme *triplicité* pour marquer la différence avec la Trinité.

Page 172.

1. On doit retenir le commentaire très judicieux de Bruch à propos de cette note. Voir ouvr. cité, p. 137.

Page 173.

1. Voir AK, XVIII, Réflexion 6092, où Kant conclut que les trois pouvoirs doivent, si l'on veut éviter le despotisme, être attribués à des personnes distinctes tandis que Dieu est une personnalité triple *(eine dreyfache Personlichkeit)*. Dans la Réflexion 6093, Kant parle du monogramme de l'être mystérieux de Dieu.

2. Il paraît évident qu'en dépit de ses efforts pour atténuer le contraste Kant ait dû se résoudre à un évident abîme entre la raison morale et la raison théorique.

Page 174.

1. Ce premier mystère n'appartient que d'une manière très détournée à *La Religion.* Il est en effet répandu dans toute la doctrine kantienne dans la mesure où, comme le voulait E. Weil, il faut l'interpréter comme une philosophie de la création. Kant reviendra d'ailleurs sur ce mystère dans une note de la *Métaphysique des mœurs, Doctrine du droit,* § 38, n. 1. Il estime insoluble le mystère de la création de la liberté.

2. Comme l'observe justement J. Bohatec (ouvr. cité, p. 563) les mystères de la satisfaction et de l'élection évoquent des difficultés déjà rencontrées. Dieu crée l'homme libre : comment concevoir que la volonté de Dieu, d'abord dans le problème de la satisfaction où un mérite se substitue au mien, puis en l'élection où la grâce soutient ma volonté, ne supprime pas la spontanéité de ma liberté? En ce sens les deux mystères

indiqués s'opposent au premier. Dans le premier, celui de la vocation, on ne comprend pas que Dieu me crée libre, dans les deux autres on ne comprend pas qu'il ne nie pas notre liberté.

Page 175.

1. En quittant un instant la perspective transcendantale, il convient de dire que le dernier mystère est le plus poignant. Le premier mystère énonce une interrogation qui concerne tous les hommes. Après tout, tout le monde est libre et ce n'est chose vertigineuse que pour le philosophe. Le mystère de la satisfaction est déjà plus inquiétant pour l'homme simple. Réduit à l'essentiel *(Agnus Dei qui tollit peccata mundi)* il lui montre qu'il est pécheur et coupable, et que par lui-même il ne peut faire son salut. Mais le mystère de l'élection me concerne infiniment plus directement : pourquoi suis-je ou non sauvé et pas lui? À la différence des deux premiers ce mystère divise les hommes.

2. C'est un thème courant dans l'*Aufklärung* philosophique que Dieu ne pourrait se rendre intelligible à l'homme qu'en lui parlant un langage compréhensible à la raison humaine finie, de telle sorte que ce ne serait plus la voix de Dieu en sa mystérieuse transcendance qui parlerait. Voir AK, VII, 63.

Page 177.

1. Kant dépasse le judaïsme tel qu'il le pouvait concevoir en déterminant le but suprême des hommes non comme amour de la loi statutaire, mais comme amour de la loi morale. Mais il est significatif qu'il ne parle pas d'amour de Dieu.

Page 178.

1. Dans la *Métaphysique des mœurs* (AK, VI, 489) Kant dit qu'une *justice rémunératrice (iustitia brabeutica)* est dans la relation de Dieu aux hommes une contradiction. Baumgarten avait parlé d'une *prudentia brabeutica; Initiation philosophique*, § 122. Le terme, emprunté du grec, signifie chez Platon (*Protagoras*, 338 B) «juge», «arbitre». Je ne pense pas qu'utilisant le terme βραβεύς Kant ait eu en vue une subtilité toute particulière.

2. Kant cherche à réunir, ou plutôt à adapter la doctrine ecclésiastique de la foi historique concernant la Trinité à sa philosophie morale. Mais c'est à notre sens peu satisfaisant. Se fondant sur le principe «Dieu est amour» Kant ne précise pas s'il l'est dans le sens de l'*eros* ou de l'*agapè*. Dans le premier cas l'amour essentiel est celui que Dieu se porte à lui-même

(comme l'enseignait Leibniz). Dans le second cas l'amour est charité incompréhensible, parce que élevée au-dessus de toute justice, elle désigne le sacrifice suprême que consent l'Être infini pour des êtres finis dans la folie de la Croix. Le texte kantien semble amalgamer les deux orientations (en mentionnant le Christ), mais son refus d'abandonner une perspective juridique ne lui permet pas de donner sa place entière à la Charité. Dès lors l'ambiguïté ne peut être levée.

Page 180.

1. La plupart des grands ouvrages de Kant s'achèvent sur une méthodologie. Il semble que cette quatrième partie en fait office. Certes des notions nouvelles apparaîtront, mais par exemple l'idée de faux culte se superpose, sans rien y ajouter, hors la dimension sociale, à la doctrine du mal radical. Souvent Kant rejoint ses contemporains dans l'élaboration d'une critique de la vie religieuse et on ne peut dire avec précision quand il se sépare de la cohorte des pourfendeurs de la superstition. L'essentiel de la doctrine a été exposé dans les trois premières parties.

Page 184.

1. Le rationalisme conscient de ses limites est la position concrète de Kant. Ce n'est que poussé dans ses retranchements qu'il se montre pur rationaliste.

Page 185.

1. Kant n'a jamais nié le lien de l'histoire et de la religion. Si l'on admet — l'espace d'un moment — qu'un *enseignement* comme celui du Christ, enseignement qui imprima au progrès des âmes une accélération formidable, est en tant que tel une *révélation,* alors on peut s'en tenir à la position du rationaliste et voir se superposer la religion naturelle et la religion révélée. C'est le point de vue exposé dans une lettre à Lavater (AK, X, 177).

Page 186.

1. Le sens du texte est clair. Dans le christianisme nous relevons d'une part le récit de miracles, d'autre part un enseignement moral lumineux. Kant écrit : «Il se peut qu'au temps du Christ des miracles et des mystères révélés aient été nécessaires [...] pour répandre [...] une religion aussi pure. Mais puisque la doctrine d'une bonne conduite dans la vie et de la pureté de l'intention en la croyance [...] est répandue dans le

monde comme l'unique religion [...] l'échafaudage peut tomber, le bâtiment étant achevé» (AK, X, 177).

Page 187.

1. Évidemment, il ne peut s'agir que de la Bible et presque exclusivement du *Nouveau Testament.*

2. Kant indique donc le Nouveau Testament comme objet de sa réflexion ; mais comme le concept qu'il se fait de Dieu est souvent proche de Jéhovah, il convient d'être prudent et de dire qu'il va faire un usage presque exclusif du Nouveau Testament. Toutes les citations de Kant vont s'y référer.

Page 189.

1. La phrase depuis AK, VI, 158 est difficile. On peut la décomposer ainsi. A. Une association des hommes est requise, mais, en raison de notre imperfection, elle doit s'appuyer sur une Église visible. B. L'unanimité ne suffirait pas et les hommes ne pourraient établir dans un état permanent une telle communauté des croyants ; en effet chacun ne peut penser que ses intentions religieuses impliquent la participation des autres. C. Il faut donc qu'aux lois naturelles morales connues par la seule raison s'ajoutent des dispositions statutaires. D. Supposées ces dispositions statutaires, on peut définir le devoir particulier de l'homme : former une Église universelle visible. Deux conclusions se dégagent. D'une part, être historique, l'homme a le devoir de former une Église. Mais ce devoir, pour se fixer dans une forme concrète, a besoin du fait. Le Christ a révélé le devoir dans son enseignement, établi le fait par des dispositions statutaires en lesquelles Kant croit découvrir de l'arbitraire et de la contingence.

2. L'Église visée par Kant est la religion juive. Je formule quelques réserves sur les capacités de Kant en matière d'histoire des religions. Il distingue : d'un côté le christianisme, de l'autre le judaïsme qui sert d'archétype pour tout ce qui n'est pas chrétien. Il y a là une simplification abusive.

3. Cette simplification autorise Kant à voir dans le Christ la «personne» fondatrice de la première *Église* vraie.

Page 191.

1. Kant a médité le verset de Matthieu, VII, 13 : «Entrez par la porte étroite, car large est la porte et spacieux le chemin qui mènent à la perdition.» En soulignant dans sa Bible la formule «large est la porte», il l'a commentée par ce mot : l'Église. Cette exégèse lui tenait à cœur : il l'a reprise dans *La Religion dans les limites de la simple raison.* Kant accuse une pratique et

une manière de penser sans doute constantes dans l'Église ; mais il ne met pas en question l'institution de l'Église.

Page 192.

1. Le premier commandement est évidemment la charnière entre l'Ancien et le Nouveau Testament. Dans la rigueur philosophique, Kant ne s'est donc pas limité à l'Évangile.

Page 195.

1. Dans les pages qui suivent la pensée de Kant sera claire. Remarquons que la liaison de la foi *(Glaube)* et du savoir *(Wissen)* n'a aucune dimension spéculative. Kant veut par là simplement désigner la relation du christianisme à son histoire. Comme religion savante, il n'est pas encore mauvais. C'est lorsque la religion savante, au lieu de conduire vers la religion naturelle chrétienne, veut la supplanter qu'apparaît le faux culte. Dans cette subordination consiste le péché originel de l'Église. Observons que les distinctions que Kant va proposer ne sont pas susceptibles d'être qualifiées philosophiquement de synthétiques ou d'analytiques, c'est une simple mise en ordre des problèmes et des choses.

Page 196.

1. Kant distingue : *a*) la foi sacrée *(fides sacra)* comme pure foi religieuse, *b*) la *fides statutaria,* ou foi reposant sur une révélation en général, *c*) la *fides sacra* libre *(fides elicita), d*) la foi statutaire, dans la mesure où une révélation et ce qui s'y rattache l'impose, est une foi commandée ou ordonnée *(fides imperata), e*) la foi aveugle est la foi servile *(fides servilis).* L'ordre des définitions donne à penser que toute foi statutaire n'est pas forcément servile.

Page 197.

1. Si la foi dans la religion chrétienne savante ne doit pas être servile, il faut que l'exégèse ne vienne pas en arrière-garde, *mais à l'*avant-garde. Mais cette avant-garde n'aura d'effet que si le lien avec la religion chrétienne naturelle n'est pas rompu.
2. Ici est décrite la faute originelle de l'Église qui la fait basculer dans le faux culte. Le mal radical consistait en une inversion des motifs dans l'intention. Ici, il y a inversion du rapport entre la pure religion et la foi révélée.

Page 198.

1. Toute faute se paie. L'Église (inversée) n'a plus d'abord des serviteurs (dans l'Église invisible tous sont des serviteurs), mais des fonctionnaires, qui doivent protéger leur situation en accumulant une érudition sous laquelle ils se trouvent écrasés, au point de perdre le sens de la foi. La pratique de la science exégétique et de l'histoire des religions ne va pas de soi, le résultat peut être le même qu'une cécité volontaire.

2. Kant fait allusion au remarquable essai de Mendelssohn, *Jerusalem oder über religiöse Macht und Judenthum.* J'ai souligné ailleurs que Kant tenait cet écrit en très haute estime. Il n'était pas le seul. Mirabeau écrivit : « Le *Jérusalem* de Mendelssohn mérite d'être traduit dans toutes les langues de l'Europe. » De fait l'ouvrage fut traduit en neuf langues, et en hébreu par Gottlober.

Page 199.

1. On voit mal le sens exact de la remarque de Kant. Il est curieux qu'il puisse envisager que la langue hébraïque (qui, à son époque, n'est pas tombée au rang des langues mortes, comme en un sens le latin) puisse disparaître. Sans compter qu'une langue perdue (celle des Égyptiens par exemple) peut être retrouvée.

Page 201.

1. Le mot *Wahn* est difficile à traduire : *illusion* est trop faible, *folie* trop fort. J'ai opté pour *illusion.*

Page 202.

1. À partir d'ici la pensée de Kant pourra souvent rejoindre la critique de Voltaire ou de Hume. Mais Kant se distingue d'eux en ce sens que s'il combat la superstition, il n'est pas convaincu, loin de là, que la religion s'y réduise.

Page 203.

1. Les réflexions consacrées au fondement subjectif de l'illusion religieuse ont un double aspect. Dans la mesure où elles se fondent sur la compréhension de l'inversion religieuse (péché originel de l'Église), elles peuvent être réputées transcendantales. Mais, dans l'application concrète, il ne s'agit plus que d'une méditation psychologique. On relève les actes philosophiquement dénués de sens. Ce n'est pas, pour une fois, par un simple souci de compléter sa phrase que Kant rédige

une parenthèse (pénitences, mortifications, pèlerinages et ainsi de suite). Le «ainsi de suite» montre que nous pénétrons dans le champ indéfini de la psychologie de la religion positive. À ce point de vue le faux culte n'a pas de limites.

2. Kant ne désigne pas à proprement parler la *Critique de la raison pure*. C'est à l'ensemble de son système qu'il fait allusion. Quant aux contradictions qu'on y croit trouver, elles tiennent simplement au fait qu'on ne sait pas appliquer convenablement la distinction de la chose en soi et des phénomènes.

Page 205.

1. Développement typique. La foi, comme foi de la raison *(Vernunftglaube)*, n'a pas besoin d'un savoir transcendant. L'assurance de la raison pratique suffit. Mais une Église s'appuyant sur un dogme artificiel, qu'elle ne peut fonder rationnellement, pour édicter telle ou telle conduite, est dans sa présomption incroyante. Car elle n'a pas la simplicité de la foi libre qui s'en remet naïvement et sagement à la sagesse de Dieu et n'ordonne rien d'autre à l'homme que de faire son devoir.

Page 206.

1. Le texte ne laisse planer aucune équivoque. Tout ce qui est étranger à la religion morale est sans valeur et, dès lors que la limite morale est franchie, on pénètre dans l'indéfini de la superstition, qui contrairement à la raison ne doit pas être représentée comme une sphère, mais comme un plaine.

Page 207.

1. «Un peuple s'épuisant gratuitement en paroles, et qui, faisant beaucoup de choses, ne fait rien.»

2. Voir Lepechin, *Tagebuch der Reise durch verschiedene Provinzen des Russischen Reiches*, I, p. 280; P.S. Pallas, *Reise durch verschiedene Provinzen des russischen Reiches*, I, 354. Il y a là une attaque contre la religion officielle, défendue par la censure, puisque la pratique du dévot est mise sur le même pied que celle du Tibétain dont il n'y a pas lieu de se moquer, puisque en dehors de la foi religieuse pure et de la bonne conduite nous ne pouvons savoir *ce qui est* agréable à Dieu. Kant récidivera comme on le verra.

Page 208.

1. Cette observation psychologique ne peut vraiment être comprise par qui n'a vécu dans le protestantisme. Le sentiment

de supériorité envers les catholiques, que l'on estime enchaînés à des croyances et à des pratiques confinant à la superstition (évocation des saints, ex-voto, etc.), est monnaie courante chez les protestants, qui comme le souligne Rousseau, présument de leurs forces.

2. J'ai expliqué (n. 2, p. 70 du présent texte) mes raisons pour traduire *Schwärmerei* par enthousiasme.

Page 211.

1. Notre traduction du mot *Pfaffentum* par *sacerdoce* est assurément mauvaise. Il faudrait plutôt employer le terme *cléricalisme.* Mais deux observations doivent être présentées. D'une part certaines phrases seraient difficiles à construire. D'autre part, s'il est vrai que le sacerdoce évoque l'aspect moral et spirituel du ministère ecclésiastique, les fortes réserves exprimées par Kant font du sacerdoce en tant qu'opération intégrée à la structure d'une Église visible un objet de critique.

2. Kant récidive. Il a comparé plus haut le dévot et le Tibétain avec son moulin à prières, il reprend le thème en comparant au sommet de la hiérarchie de l'Église le chaman toungouse et le prélat européen, et au bas de la hiérarchie le wogul et le puritain du Connecticut. Kant doit sa connaissance du chamanisme à l'ouvrage de J.G. Georgi et J.G. Gmelin, *Ueber die tungunsischen Schamanen, in Bemerkung einer Reise im Russischen Reich.* Les woguls sont réputés sensuels dans Georgi, *Beschreibung aller Nationen des Russischen Reiches*, p. 68. Le culte de l'ours est décrit par Isbrand, *Voyage de Moscou à la Chine*, p. 13.

Page 213.

1. La pensée est ici un peu difficile. Kant veut dire que si le culte intéressé pouvait suffire pour être agréable à Dieu, le culte moral perdant toute importance, on ne saurait plus quoi faire, adhérer à la religion du wogul, du Tibétain ou à celle que nous connaissons. Il en résulte que toute pratique religieuse positive doit être regardée comme un moyen dont la fin est de disposer l'esprit au culte moral de Dieu.

Page 215.

1. Kant indique lui-même avec précision le péché originel de l'Église : c'est, en subordonnant la foi religieuse pure à la foi historique, d'inverser l'ordre des motifs. C'est le thème même du mal radical.

2. Échanger le devoir moral contre de pieuses vexations, c'est ce qu'au fond fait l'homme sous la pression du clérica-

lisme, et par suite il renouvelle son contrat avec le mauvais principe.

Page 216.

1. Kant ne confond pas la monarchie avec le despotisme, ni le républicanisme avec la démocratie, voir *Doctrine du droit*, § 52. Monarchie, aristocratie, démocratie sont trois formes constitutionnelles qui peuvent être orientées soit despotiquement, soit républicainement.

2. On se reportera à la *Logique de Blomberg* pour apprécier jusqu'à quel point Kant redoutait l'emprise du clergé sur l'État (AK, XXIV, 1re partie, 23). Comme Satan, la puissance ecclésiastique veut moins posséder des biens terrestres qu'avoir de l'influence sur les âmes. Il n'y a donc pas là un simple vœu de séparation de l'Église et de l'État, mais la claire dénonciation de la tentative de l'Église de régner sur les âmes. Voilà pourquoi Kant parle en conclusion de l'hypocrisie qui creuse «la tombe de la droiture».

Page 217.

1. «L'homme croyant moralement est ouvert à la foi historique.» Cette déclaration définit le plus clairement l'anthropomorphisme (plus subtil!) de Kant. Ce n'est au point de vue empirique que la traduction de la suprématie de la pure foi religieuse dans l'interprétation de l'Écriture sainte et de l'assertion (note de Kant, p. 122, VI, 169) précédente : Tout homme doit se faire un Dieu, mais bien entendu selon les directives que lui impose sa raison morale et non son caprice, car alors la religion révélée prendrait le pas sur la pure foi religieuse et le résultat serait idolâtrie.

Page 219.

1. L'idée de menace suffit à tout gâcher. Kant se veut tolérant : suscitant l'insincérité, toute menace se trouve être une offense à Dieu.

2. Nous ne pouvons traiter à fond les concepts de *peur* et d'*amour* de Dieu, car comme l'écrit justement Bruch dans sa *Philosophie religieuse de Kant* : «la position de Kant vis-à-vis de la crainte et de l'amour de Dieu est soumise à des exigences divergentes» (p. 198). Il est clair d'après la IXe section de la «Dialectique» de la *Critique de la raison pratique* (chap. IX, p. 787) que Kant justifie la crainte devant Dieu, non en raison de son despotisme, mais en raison de sa Majesté. La crainte vise le Dieu de Justice. En second lieu, il distingue la crainte de la peur (*Critique de la faculté de juger*, § 28). Le Dieu de Kant

(en dépit de son anti-judaïsme) est plus proche de celui de Moïse que de celui du Christ, et la parole évangélique *Dieu est amour* ne trouve pas un sens parfait pour le philosophe. Il peut seulement définir l'*amour* de Dieu par un contentement pris à la loi, par devoir filial. Au demeurant, Kant se méfie de la notion d'amour. L'amour crée toujours des injustices et peut se confondre facilement avec un trouble mouvement de la sensibilité. Dieu serait plutôt un objet *aimable* qu'un objet d'*amour* (AK, VIII, 337-339). Quoi qu'il en soit, les deux éléments seront retenus et fondus dans le concept de la vertu, entièrement intelligible, parce que rationnel et pur, et qui interdira à l'homme de glisser dans la déréliction de la peur et dans la superstition qu'engendre trop facilement l'amour de Dieu mal entendu.

Page 222.

1. On relèvera avec intérêt ce que Kant dit du piétisme. Kant n'était pas, comme on le dit à tort et à travers, un piétiste fervent.

2. Kant a voulu ajouter dans la seconde édition une note à sa note. Il y a là une esquisse de sociologie philosophique de l'histoire des religions. Mais nous ne croyons pas que l'on puisse aller plus loin en cette voie.

3. Je traduis *das Erste* par le *Prius,* et laisse ainsi au texte de Kant sa tonalité.

Page 223.

1. La phrase est extraite de ce passage de Pline, *Epist.*, I, 18 : *« si tutius putas illud cautissimi cuisque praeceptum ; quod dubitas non feceris. »*

Page 224.

1. Kant désigne comme une sentence ou proverbe le «Contrains-les d'entrer», extrait de Lc 14, 23 (dans la version luthérienne : voir bibliographie). «Et le Seigneur dit à l'esclave : Sors dans les chemins et le long des clôtures et force les gens à entrer, pour que ma maison se remplisse.» Kant a suivi l'important commentaire de P. Bayle qui pose en principe que si le passage de saint Luc contient «un ordre de forcer les gens à entrer dans le giron de l'Église» on peut supposer qu'il renferme «la loi de persécuter à toute outrance». D'une part il s'oppose à la tradition d'intolérance remontant à saint Augustin, d'autre part il place le dictamen de la conscience au-dessus des toutes les exigences de l'Église (ou des Églises) fondée sur des lois statutaires. C'est en somme ce que fait Kant

dans ce texte consacré à la conscience considérée comme fil conducteur en matière de foi.

Page 225.

1. Kant repousse une nouvelle fois le dépassement du moral par le religieux, comme le découvre explicitement Kierkegaard dans *Crainte et Tremblement.*

Page 226.

1. La doctrine est ici celle de Bayle : une religion de la conscience ne se conçoit pas sans une conscience de la religion. Mais le propos de Kant est ici assez banal et rejoint le courant de l' *Aufklärung.*

2. Kant s'est exprimé maladroitement à notre sens. Il aurait dû dire tout d'abord que ces chaînes sont l'État, la famille et l'Église. La philosophie de la liberté qui inspire cette note est celle du manifeste : *Qu'est-ce que s'orienter dans la pensée?* (voir Philonenko, commentaire, éd. Vrin p. 73).

Page 227.

1. L'*argumemtum a tuto (maxime de garantie)* a été développé par Shaftesbury dans sa *Lettre sur l'enthousiasme.* La maxime de garantie porte d'abord et surtout sur les pratiques religieuses où l'homme croit se sauver par des actes qui lui sont indifférents (par exemple suivre une procession). Kant va plus loin dans le petit écrit *Sur la prière* (Réflexion n° 8092, AK, XIX, 637-638), il étend la maxime de garantie à l'existence de Dieu lui-même : « Si je prie Dieu, cela ne peut me nuire en aucun cas ; car s'il n'existe pas, c'est bon, j'en ai trop fait, mais s'il existe, cela peut m'être utile. » *La Religion* a une formule plus nuancée. Comme l'a clairement vu Bruch, la maxime de garantie est ramenée à une sorte dégradée de pari à la Pascal, qui la vide de son efficacité puisqu'elle efface un risque terrible : celui de l'offense à la conscience devant Dieu.

2. Il existe chez Pascal une dialectique ontologique de l'imagination qui arrive à gonfler le rien de l'instant en sa prétendue plénitude, en une totalité métaphysique. Mais inversement, par la distraction, elle ramène le Tout à un rien. La dialectique de l'hypocrisie est comparable.

Page 228.

1. Il est impossible de retrouver la trace de cette image. J. Bohatec (ouvr. cité, p. 519) avoue que toutes ses recherches ont échoué. Il est à remarquer que le terme *Hadgi* est de forme

française (les auteurs allemands écrivent : *Hadschi*). On peut donc supposer que Kant l'a lu dans un livre ou plutôt une gazette de langue française.

2. Voir Ovide, *Métamorphoses*, I, 150.

Page 229.

1. Kant va traiter des moyens de grâce ou de salut. Il a choisi ce moment qui est la vraie conclusion de *La Religion* parce que le terme même de *moyen* attire les plus fortes réserves. Si l'homme est un être qui pour obtenir une chose a ou propose des moyens, il est raisonnable de dire que le *moyen* est *entre* la chose et l'homme. Mais que devient ce concept appliqué à Dieu, qui n'a pas besosin de moyens ? La relation définie philosophiquement est celle de l'entendement humain ou entendement ectype et l'entendement divin archétype, *intellectus originarius*. Sous l'angle de cette relation, la doctrine kantienne invite à une philosophie de la modestie.

2. Lavater avait émis le vœu qu'on s'exprimât sur la force de la croyance, de la prière et de l'Esprit saint. Kant répondit dans une longue lettre du 28 avril 1775 (AK, X, 175 et suiv.). Elle renferme en substance la fin de *La Religion*. Ajoutons qu'en 1775 la position de Kant distinguant la doctrine du Christ et la religion chrétienne est influencée par Lessing.

Page 230.

1. Il s'agit de l'Idée de la Grâce. Le paragraphe très embarrassé au début nous explique que le sens précis de cette Idée est inconcevable. On sait l'opposition kantienne à la notion de Grâce, qui, quoi qu'on en fasse, est le *salto mortale* non seulement de la raison, mais encore de l'existence.

Page 231.

1. J. Bohatec rapproche ici Kant et Stapfer (ouvr. cité, p. 571). Mais que l'invisible doive pour l'homme être représenté de manière sensible et que cela expose à des malentendus est une idée si commune qu'une référence semble inutile. On peut seulement observer qu'ici Kant insère cette idée dans sa théorie des facultés de l'esprit, où les concepts et les Idées exigent au moins par analogie un support dans l'intuition.

2. On ne saurait se défaire du sentiment que la division en quatre devoirs (comme il y a quatre titres pour les catégories, quatre antinomies et ainsi de suite) est ici artificielle.

Page 233.

1. Kant décrit ici l'illusion et le malentendu que peut engendrer le recours à un élément intuitionnable. Ses observations sur la religion islamique sont trop générales pour être discutées.

Page 234.

1. Il ne serait pas judicieux de formuler, en une brève note, la réflexion de Kant sur la prière. En préface on observera 1° que la prière n'est pas un devoir envers Dieu. Voir *Doctrine de la vertu,* § 18 ; 2° la vraie prière par opposition à ses formes rituelles n'est que le vœu cordial d'être agréable à Dieu. Ce vœu, qui précisément répond au devoir de l'homme d'avoir une religion, ou plutôt une bonne conduite, n'engage pas l'homme dans l'entreprise insensée (selon Kant) de percer les desseins de Dieu ou d'infléchir sa Volonté. Aussi à la différence de l'idée généralement reçue ce vœu n'a pas besoin de se traduire en mots et en formules. Il s'agit alors de l'*esprit de la prière.* Prier est donc, dans le bon sens, agir sur soi. Il en résulte la définition de la vraie prière ; elle ne peut avoir que des conséquences naturelles : l'homme qui prie et médite peut avoir la chance d'éclairer ses motifs. Mais là même Kant énumère les écueils (Réflexion n° 8092, AK, XIX, 637-638) ; voir Bruch, p. 215. De toute manière la conception juridique que Kant se fait de la Divinité n'autorise pas logiquement la prière. On ne doit pas prier un juge, ni rechercher une intimité personnelle avec lui. Si cela est, le *Gottesdienst* sombre dans l'*Afterdienst.* Voir Bohatec, ouvr. cité, p. 575 et suiv.. Kant dans la très longue note annexée à ce sujet va plus loin, limite même le Notre Père «comme une formule qui rend la prière superflue et se rend donc elle-même superflue. La demande du pain pour le lendemain est exclue». Le texte de Kant a été jugé embarrassé à juste titre. S'il écarte la prière pour le pain du lendemain, il veut quand même écarter la prière pour le pain quotidien en écrivant que «le vœu de conserver notre existence (celui du pain) pour un jour» surgit plutôt de ce que veut la Nature en nous que de la volonté de l'homme. La fin de l'importante note visant l'édification apporte deux éléments nouveaux. Kant reconnaît que la prière en commun fortifie le devoir de l'homme envers lui-même comme par une bonne contagion (qui n'est cependant pas un moyen de grâce). Mais il souligne aussi que la prière personnelle perd de sa vigueur psychologique par la force de la répétition et de l'habitude. En résumé : l'esprit de prière n'est rien d'autre que la décision éthique de se conformer à l'essence de la loi morale. Et jamais il ne doit conduire à *demander* quelque chose à Dieu, envers

lequel nous n'avons un devoir que parce que celui-ci est dérivé du devoir que nous pouvons reconnaître apodictiquement comme se trouvant dans la raison pure, morale, pratique et qui est un devoir envers nous.

Page 237.

1. Peut-on, dans la prière, ne rien demander, mais adorer? Kant s'inspire manifestement de Rousseau. Voir *Œuvres complètes* de Rousseau, t. IV, Pléiade, p. 605.

Page 238.

1. Si l'exercice de la prière se verbalise, on sombre dans une grave illusion religieuse. Si en revanche domine l'esprit de la prière, on peut considérer cet exercice comme l'auto-affection de la croyance morale et de la raison pratique.

2. Il y a des murailles qui s'effondrent au son des trompettes, celles de Jéricho, mais il en est qui s'élèvent par l'effet de la musique des soupirs et des vœux nostalgiques : ce sont celles de Thèbes. Voir Horace, *De Arte poetica,* v. 394 et suiv. :

> *« [...] et Amphion, Thebanae conditor urbis,*
> *Saxa movere sono testudinis et prece blanca*
> *ducere quo vellet. »*

On trouvera dans le *Dictionnaire* de Moreri une indication curieuse. C'est en raison de l'adresse de ses discours, civilisateurs par leur aménité, qu'Amphion à la fin fut réputé par les anciens auteurs l'inventeur de la musique. L'allusion de Kant n'est pas très heureuse en ce sens que le soupir et la nostalgie ne sont pas directement rattachés à la légende d'Amphion (Moreri, t. I, de la 18e et dernière édition, p. 382 B).

Page 240.

1. J. Bohatec (ouvr. cité, p. 582) observe que Kant se sépare de la dogmatique ecclésiastique en proposant que le baptême, puis la communion soient regardés comme des moyens de Grâce.

Page 241.

1. L'unité de la personne divine triple est un gage de sûreté pour la raison contre l'anthropomorphisme qui voudrait isoler une des déterminations de Dieu, en particulier la Grâce, ce qui conduirait à une religion du favoritisme immérité.

Page 242.

1. On pourrait penser à Madame Guyon (qui a si fort scandalisé Bossuet, au moins dans le récit de ses visions et de ses doctrines ; Bossuet, *Œuvres complètes,* t. XX, p. 92-99 et surtout t. XXIX-XXX) ou bien entendu à Schwedenberg (voir notre tome I, p. 577 et suiv.), Kant se défie, nous l'avons vu, de tout mysticisme. Ces réflexions ne sont produites que pour conduire à la conclusion que le seul bon chemin est celui de la vertu lucide.

Page 245.

LETTRES À FICHTE
(1792-1793)

1. À l'avènement de Frédéric-Guillaume III, le ministre Wöllner entreprit une lutte vigoureuse contre les lumières et instaura une censure sévère. Fichte, qui résidait en Prusse comme précepteur à Danzig chez le comte von Krockow, prit d'abord le parti du gouvernement dans deux écrits inédits (déposés à la Bibliothèque royale de Berlin, *Nachlass,* paquet XXIII, 11, 4e ms.) avant d'être lui-même victime de la censure qui n'autorisa pas la publication de sa *Critique de toute révélation :* on lui reprochait essentiellement de prétendre qu'on ne pouvait tirer la preuve de la divinité de la révélation des miracles eux-mêmes, mais seulement du contenu de la révélation. Soutenu par le pasteur Schulz, Fichte décida alors de demander l'arbitrage philosophique de Kant en promettant à ce dernier toute sa discrétion. L'affaire finit par avoir un dénouement heureux, grâce à la nomination d'un nouveau doyen de la faculté de théologie qui donna enfin l'*imprimatur*. Sur les rapports entre Fichte et Kant durant cette période, voir X. Léon, *Fichte et son temps* (Paris, A. Colin, 1954), I, p. 96-160.

2. Fichte avait envoyé son manuscrit à Kant le 18 août 1791 ; ce dernier n'y a donc sans doute jeté qu'un coup d'œil pour pouvoir lui en parler et l'engager à le publier tel quel lors de leurs deux entrevues du 26 août et du 6 septembre dont nous avons le témoignage par Fichte (Noack, *J. G. Fichte nach seinem Leben, Lehren und Wirken,* I, 1, 5, p. 129 et 136).

Page 246.

1. Citation de l'Évangile : Mc, 9, 24.

Page 247.

1. Fichte devait déjà sa place de précepteur à Danzig à une recommandation de Kant auprès de Schulze, prédicateur à la cour.

2. Fichte, grâce au pécule gagné à Danzig comme précepteur, se rendait à Zürich auprès de sa fiancée Jeanne Rahn. Dans une lettre du 2 avril expédiée de Berlin, il avait fait part à Kant de ses ambitions philosophiques : «résoudre le problème posé dans la *Critique de la raison pure* p. 372-74» (AK, III, 247-8), c'est-à-dire définir «une constitution ayant pour but la plus grande liberté humaine d'après des lois qui permettraient à la liberté de chacun de pouvoir subsister de concert avec celles des autres».

3. Cet ouvrage avait paru chez Hartung à Königsberg pour la foire de Pâques de 1792, mais anonymement par suite d'une omission de l'éditeur, et avait d'abord été attribué à Kant par Hufeland dans le *Journal littéraire universel d'Iéna.* Lorsque Kant eut rétabli la vérité, la critique se fit beaucoup plus sévère, notamment dans la *Bibliothèque allemande universelle,* le *Journal scientifique de Gotha* et les *Annonces scientifiques de Göttingen,* ce qui entraîna une polémique entre les détracteurs de l'ouvrage et ses défenseurs, Hufeland, Reinhold et Niethammer, qui écrivit même un traité pour le soutenir. Kant, comme Fichte, se maintint hors de cette polémique.

Page 248.

1. Voir n. 2, p. 247.
2. Il s'agit de la deuxième partie de la *Doctrine du droit.*

Page 251.

SUR LE LIEU COMMUN : IL SE PEUT QUE CE SOIT JUSTE EN THÉORIE, MAIS EN PRATIQUE, CELA NE VAUT POINT

1. Sur la distinction de la théorie et de la pratique, voir notamment la première introduction à la *Critique de la faculté de juger,* § 1. Voir également, A. Philonenko, *Théorie et pratique dans la pensée politique et morale de Kant et de Fichte en 1793,* Paris, Vrin, 1968, p. 19-24. Pour simplifier, l'on peut dire que les termes théorie et pratique possèdent chacun deux significations principales : la théorie peut désigner tout d'abord un ensemble systématique de principes (peu importe en l'occurrence que ces principes portent sur des objets particuliers ou soient des

principes transcendantaux portant sur l'expérience en général) ; la pratique est alors *vérification* ou *réalisation* de la théorie. Mais en un sens à la fois plus restreint et plus philosophique, la théorie ne désigne que des ensembles systématiques de principes relevant en dernière instance des catégories de l'entendement (des catégories de la *nature*) ; tandis que la pratique renvoie aux seuls principes qui relèvent des catégories de la *liberté* (voir *Critique de la faculté de juger,* 2e introduction, § 1). Le rapport de la théorie et de la pratique (au premier sens) n'est en vérité problématique que dans le cas des théories qui sont pratiques au second sens, comme la morale et la politique qui, bien que de façon différente, relèvent toutes deux des catégories de la liberté : en effet, l'objet de la morale et de la politique, à la différence de celui des théories scientifiques, ne peut aucunement être présenté dans l'intuition de sorte que c'est exclusivement à leur propos que se pose véritablement la question de savoir si elles n'illustrent pas le lieu commun. C'est essentiellement à développer cette argumentation que sont consacrées les quelques pages introductives de cet essai, de sorte que l'examen du lieu commun soit clairement limité à la morale et à la politique, l'exemple de l'artilleur servant de paradigme pour évacuer la question au sujet des théories scientifiques (des théories « théoriques » au second sens du terme).

Page 252.

1. Voir sur ce point, *Critique de la raison pure,* « Analytique des principes », introduction (t. I, p. 880-881). Le jugement (le bon sens) est à proprement parler un don naturel qui peut certes être exercé et affiné, mais non appris, pour la simple raison que l'idée d'une règle indiquant la façon d'appliquer les règles est à l'évidence un cercle logique, puisqu'elle supposerait elle-même une autre règle indiquant comment on doit appliquer la règle d'application des règles, etc.

Page 253.

1. Sur la différence entre mathématique et philosophie, voir *Critique de la raison pure,* « Méthodologie », chap. 1, première section.

Page 254.

1. Il s'agirait dès lors d'une confusion de la pratique au second sens du terme (la théorie morale et politique) avec la pratique au premier qui, en réalité, ne relève que de la

philosophie théorique (voir n. 1, p. 253). On retrouve, sous une forme adaptée au propos de cet essai, le thème fondamental de la philosophie pratique de Kant : la réduction de la loi morale à un ensemble de préceptes empiriques est une pure et simple négation de la morale puisqu'elle conduit à la dissocier de l'Idée de liberté. (Les préceptes empiriques ne relevant que de la philosophie théorique, des catégories de la nature et non de celles de la liberté.)

2. *Geschäftsmann,* littéralement, « homme d'affaires ». Sous cette expression Kant désigne, comme le suggère la progression vers l'homme qui fait partie d'un État, puis du monde, l'individu qui, non seulement est un praticien, mais exerce aussi une activité proprement sociale, c'est-à-dire située au sein de la *société.* Néanmoins, l'expression « homme d'affaires » ayant aujourd'hui une signification trop restreinte, nous avons préféré traduire par « homme de terrain » bien que cette traduction ait assurément le défaut de ne pas faire suffisamment ressortir l'aspect social de l'activité qu'exerce cet individu. Il est par ailleurs fort possible que dans « l'homme de bien qui critique si hardiment théories et systèmes » Kant ait visé E. Burke dont il avait pu lire les *Réflexions sur la Révolution française* (1790) dans la traduction de Gentz (1792) ; voir sur ce point Wittichen, *Kant und Burke, Historische Zeitschrift,* t. 93. Mais Kant pouvait aussi songer aux *Recherches sur la Révolution française de Rehberg* (1793), et, plus généralement, aux diverses critiques empiristes du rationalisme moral et politique. (Voir ci-dessous, les notes portant sur la seconde partie de l'essai.)

3. Virgile, *Énéide,* I, 140 « Dans ce domaine, il s'y entend fort bien ! »

Page 255.

1. La question de l'application de la théorie ayant été disqualifiée lorsqu'elle portait sur les doctrines relevant de la philosophie théorique (dont les concepts sont présentables dans l'intuition), il reste à examiner ce qu'il en est pour la philosophie pratique. Le propos de Kant va donc s'orienter essentiellement vers « la *morale* en général » et vers le *droit public* qui se divise lui-même en *droit politique* et *droit des gens* (voir « Doctrine du droit », 2e partie, § 43), le problème de l'application du droit privé (auquel il semblerait qu'on ait pu aussi songer) n'étant en réalité qu'un cas particulier de celui posé par l'application du droit public (voir sur ce point l'introduction d'A. Philonenko à sa traduction, chez Vrin, de la « Doctrine du droit »).

2. Sur Garve, voir t. II, n. 2, p. 160.

Page 256.

1. *« Das höchste in der Welt mögliche Gut » :* il s'agit évidemment du souverain bien dont Kant avait déjà traité dans la « Dialectique » de la *Critique de la raison pratique.*

Page 257.

1. Il est possible d'agir moralement, ou tout au moins de s'y efforcer, mais il n'est pas en notre pouvoir d'acquérir le bonheur en proportion de notre vertu. De là la nécessité pratique d'admettre, à titre de postulats, comme le montre la « Dialectique » de la *Critique de la raison pratique,* l'existence de Dieu et l'immortalité de l'âme.

2. L'expression est entre guillemets puisqu'il s'agit d'une citation de Garve.

Page 260.

1. Tout ce passage reprend l'argumentation développée par Kant sous la forme d'un paradoxe dans le chapitre de la seconde *Critique* qui porte sur *le concept d'un objet de la raison pure pratique.* Il *semble* que pour pouvoir déterminer sa volonté à agir il faille qu'une fin, dans ces conditions nécessairement empirique, précède la détermination de la volonté. Mais dans ce cas, cette détermination s'effectuerait toujours selon le principe du bonheur, donc, selon une simple causalité naturelle, et elle ne relèverait en rien de la moralité (des catégories de la liberté). Il faut par conséquent admettre, et tel est le paradoxe de la raison pratique, que le mobile moral est le respect de la simple forme de la conformité à la loi.

2. Sur la distinction du bien (ou du mal) en soi et du bien (ou du mal) « comparatif », voir *Critique de la raison pratique,* t. II, p. 678 et suiv.

Page 261.

1. « Le fait d'une faculté pure (sans mélange). »

2. Un tout autre domaine que celui du bonheur.

Page 262.

1. Après avoir rétabli ses propres thèses contre les déformations qu'elles ont subies dans la formulation qu'en donne Garve, Kant en vient à réfuter les deux objections principales sur lesquelles se fonde, selon Garve, le divorce entre théorie et pratique en morale. À la première objection, Kant ne répondra qu'en second lieu en reprenant le célèbre exemple du

dépôt (voir *Critique de la raison pratique*, I, § 4, théorème III, remarque). Sur la critique hégélienne de cet exemple et ses limites, voir A. Philonenko, ouvr. cité, n. 4, p. 26.

Page 267.

1. Ce thème est longuement développé au cours des paragraphes consacrés au sublime dynamique dans la *Critique de la faculté de juger*.

Page 269.

1. La critique de Hobbes portera principalement sur deux points : la finalité de l'ordre politique (qui ne doit pas être le bonheur, comme dans le despotisme, mais la liberté), et les limites de l'autorité de l'État (bien qu'on ne doive pas opposer de résistance à cette autorité, il convient néanmoins d'admettre, selon Kant, que les sujets possèdent à son égard certains droits, lors même que ces derniers ne peuvent sans contradiction prétendre au statut de *droits de contrainte*). Contrairement à une opinion courante, cette critique de Hobbes rapproche davantage Kant de Pufendorf que de Rousseau, puisqu'elle s'appuie sur l'*Idée* d'un pacte d'union civile qui s'effectuerait entre le chef de l'État et ses sujets. Les difficultés habituellement relevées dans la théorie du contrat chez Pufendorf (voir par exemple, R. Derathé, *Rousseau et la science politique de son temps*, Vrin, 1979, p. 209 et suiv.) seront levées chez Kant par l'interdiction du droit de résistance à l'État. Cette interdiction, cependant, n'implique nullement de la part de Kant un quelconque «positivisme juridique», une identification du droit positif au droit naturel. Le contrat d'union civile reste une *Idée* au nom de laquelle il est permis de juger les constitutions existantes ; de ce fait, les droits des sujets, même s'ils sont lésés en fait, n'en continuent pas moins d'exister en droit aux yeux de la raison. Leur manifestation ne peut seulement pas s'opérer sur le mode d'une contrainte à l'égard du souverain (seul détenteur du droit de contrainte, sauf à retomber dans les contradictions qui semblent être celles du contrat de Pufendorf), mais uniquement dans la forme de la liberté d'écrire (publicité) lorsque cette liberté admet par principe la bienveillance du souverain et ne vise ainsi qu'à «l'éclairer». À vrai dire, il s'agit d'ailleurs dans cette seconde partie, bien davantage d'une défense de la philosophie des lumières que d'une simple critique de Hobbes. Comme l'a montré A. Philonenko (ouvr. cité, Ire partie) Kant tente ici de défendre l'idée d'une politique rationnelle contre les critiques réactionnaires de la Révolution française. Mais il convient encore de préciser que cette «démonstration» ne vise pas

seulement les pamphlets que Burke ou Rehberg consacrent en 1790 et 1793 à la Révolution, mais, plus généralement, toute critique *irrationaliste* de l'*Aufklärung*. À cet égard, le texte de Kant s'inscrit donc lui aussi dans la célèbre «querelle du panthéisme» (sur cette querelle, voir l'introduction d'A. Philonenko à Kant, *Qu'est-ce que s'orienter dans la pensée*, Vrin, 1959) comme on pourra aisément s'en convaincre en lisant par exemple la lettre que Jacobi, principal protagoniste de cette querelle, adresse à l'académicien Laharpe, le 5 mai 1790 (voir *Werke*, II, p. 513 et suiv.) pour dénoncer la prétention révolutionnaire à avoir trouvé «une manière fixe d'être gouverné par la seule raison». Et c'est seulement en 1795, avec le *Projet de paix perpétuelle*, que la réponse de Kant aux empiristes et aux irrationalistes trouvera son véritable achèvement dans une philosophie de l'histoire qui permet de penser la réalisation progressive des lumières (le passage de la théorie à la pratique) sans recourir pour ce faire à l'idée précaire d'une bonne volonté des hommes (ce pour quoi le problème politique pourra être déclaré soluble, «même pour un peuple de démons» et distingué ainsi nettement du problème éthique).

2. La définition du contrat social comme devoir (fin en soi) suscite immédiatement la question de la distinction de la politique (ou du droit) et de la morale : Kant, qui vise ici à opposer clairement le droit et le bonheur, ne manque cependant pas de souligner que le concept de liberté, sur lequel repose le droit, n'est que le concept de liberté «dans les *rapports extérieurs*», et c'est cette notion d'extériorité qui servira essentiellement, dans la *Doctrine du droit*, à distinguer le droit de la morale (qui prend en compte, non seulement la liberté extérieure, mais aussi les mobiles de l'action). Notons que dans les *Considérations sur la* Révolution *française*, parues également en 1793, Fichte s'opposera doublement à Kant en affirmant 1° que le pacte social est un pacte comme les autres, 2° qu'il n'est pas une fin mais uniquement un moyen.

Page 270.

1. Le droit privé, ou droit naturel *(natürliche* Recht*)*, ne sera véritablement garanti (assorti de contrainte) qu'au sein du droit public, ou droit civil *(Bürgerliche* Recht*)*, l'accord des deux dans une constitution parfaite étant l'objet du droit rationnel ou naturel *(Naturrecht)*. (Voir sur ce point, «Doctrine du droit», introduction, dernier alinéa.)

2. *Untertan :* le sujet est entendu ici au sens étymologique puisqu'il désigne l'individu en tant qu'il est soumis à la loi.

3. Sur la signification de ces principes et sur leur triplicité (conditionné, condition, synthèse) voir A. Philonenko, ouvr. cité, Ire partie.

Page 271.

1. C'est bien évidemment Hobbes qui est ici visé. En cela Kant rejoint Rousseau.

Page 272.

1. Sur la situation exceptionnelle du chef et la difficulté métaphysique qu'elle soulève : voir les Réflexions 7719, et 7953 (AK, XIX, 449 et 563) où Kant compare la question de l'autorité supérieure à celle de «l'absolument nécessaire».

Page 275.

1. *«Gnädig»,* à entendre évidemment au sens fort.
2. «L'auto-suffisance». Sur ce critère, qui va permettre à Kant de réintroduire dans sa théorie politique la célèbre distinction de Sieyès entre «citoyens passifs» et «citoyens actifs», voir A. Philonenko, ouvr. cité, chap. VII, qui montre les apories qu'elle suscite eu égard au problème posé : celui de l'union de la théorie et de la praxis. Remarquons que Kant avouera lui-même (comme en témoigne par exemple la note qui suit) éprouver «quelque difficulté» à fonder en raison cette distinction qui, pourtant, lui semble juste.

Page 276.

1. *«Ein Bürger (citoyen, d. i. Staatsbürger, nicht Stadtbürger, bourgeois)» :* nous donnons ici le texte de Kant, puisqu'il est, à vrai dire, intraduisible.

Page 277.

1. «Prestation de service».
2. *«operarii» :* travailleurs qui vendent leur force de travail *(opera),* par opposition aux artisans : *«artifices»* qui vendent le produit de leur travail *(opus).*
3. Voir n. 2, p. 277.

Page 279.

1. Comme la plupart des «jusnaturalistes», Kant considère l'état de nature et, par là même, le contrat social comme une simple idée et non comme un fait. Il est donc absurde de faire du jusnaturalisme une critique «sociologique» en tentant de montrer, comme Durkheim par exemple, que l'état de nature n'a jamais existé ! (Sur la signification véritable des notions

d'état de nature et de contrat social dans l'ensemble de la tradition jusnaturaliste, voir R. Derathé, ouvr. cité, chap. 1.)

Page 280.

1. «*Le salut public est la loi suprême de l'État.*»

Page 282.

1. Sur le droit de nécessité, comme frontière entre droit et morale, voir *Doctrine du droit,* «Appendice à l'introduction».

Page 284.

1. *Droit naturel,* cinquième édition, dernière partie, § 203-206. Rappelons que Kant a donné un commentaire de l'ouvrage du célèbre juriste Achenwall.
2. «Joyeuse entrée», en français dans le texte.

Page 285.

1. Kant songe aux «excès» de la Terreur jacobine.

Page 286.

1. Comme le remarquent à juste titre les éditeurs, on ne voit guère par quels cheminements Kant, sans doute trahi par sa mémoire, en vient à attribuer une telle idée à Danton.
2. Ce qui ne signifie évidemment pas que le droit de faire connaître publiquement (par écrit) les critiques que l'on pense devoir adresser au souverain n'existe pas, mais seulement qu'il ne saurait sans contradiction être assorti de *contrainte.* (Voir, sur ce point, *Qu'est-ce que les lumières?*)
3. Rappelons que Kant a toujours jugé sévèrement la «constitution» de la Grande-Bretagne qu'il ne tient nullement pour un modèle de monarchie limitée (voir sur ce point la Réflexion 8077, ainsi que la seconde partie du *Conflit des facultés*).
4. Kant vise ici sans nul doute les constitutions issues de la Révolution française (celles de 1791 et 1793) qui reconnaissent le droit d'insurrection «lorsque le gouvernement viole les droits du peuple».

Page 290.

1. «Le jugement est incertain, l'expérimentation dangereuse.»

Page 291.

1. «Mais alors, si par hasard ils rencontrent un homme vénérable par sa piété et ses mérites, ils se taisent, immobiles, et dressent l'oreille.» (Énéide, I, 151-152).

Page 297.

1. Dans l'*Idée d'une histoire universelle au point de vue cosmopolitique* (1784) Kant avait esquissé le projet d'une société des nations, et l'on a bien souvent depuis opposé «l'idéalisme moral» de Kant au «réalisme» de Hegel. Ce jugement doit être sérieusement nuancé puisque, d'une part il n'est plus question ici (ni dans le *Projet de paix perpétuelle*) d'une telle société et que, d'autre part, Kant ne fonde nullement ses espérances pacifistes sur l'hypothèse douteuse d'une bonne volonté des hommes, mais au contraire, comme le montre la suite du texte, sur les conflits *naturels* qui les opposent, annonçant ainsi l'idée hégélienne de «ruse de la raison». Sur l'idée de fédération (dans sa différence avec celle de société des nations), voir *Doctrine du droit,* § 60, et *Paix perpétuelle,* II, 2e article.

Page 298.

1. L'idée selon laquelle la constitution républicaine — dans laquelle le peuple a son mot à dire sur la guerre — est en fait à l'intérieur le principal facteur de disparition de la guerre, sera longuement reprise et développée en 1795 dans le *Projet de paix perpétuelle.* Notons qu'ici encore, la supposition apparemment «idéaliste» d'une paix qui s'instaurerait par la république repose en vérité sur la considération de la méchanceté (égoïsme) de l'homme, et non sur celle de sa bonne volonté.

2. C'est dans le statut purement hypothétique accordé à la philosophie de l'histoire que réside la véritable différence avec la théorie hégélienne de la «ruse de la raison»; la philosophie de l'histoire de Kant restera de l'ordre du «comme si...», du «jugement réfléchissant». Voir sur ce point, *Critique de la faculté de juger,* § 83.

Page 300.

1. Kant songe ici au *Projet de paix perpétuelle* de l'abbé de Saint-Pierre (Utrecht, 1713) ainsi qu'au texte de Rousseau intitulé : *Extrait du projet de paix perpétuelle de M. l'abbé de Saint-Pierre* paru en 1760 (précisons que, contrairement à ce que pourrait laisser supposer ici Kant, l'essai de Rousseau est une vigoureuse critique de l'idéalisme pacifiste).

2. «Le destin guide ceux qui consentent, mais il emporte ceux qui résistent.»

II. Des réflexions sur la fin de toutes choses à l'examen d'un prétendu droit de mentir par humanité

Page 309.

LA FIN DE TOUTES CHOSES

1. Albrecht von Haller (1708-1777), médecin et poète suisse d'expression allemande, auteur du célèbre poème *Les Alpes*, que Lessing attaqua dans son *Laokoon* comme «modèle néfaste de poésie descriptive». Les vers cités par Kant sont tirés d'un poème composé en 1736 sous le titre : *Poème imparfait sur l'éternité (Unvollkommenes Gedicht über die Ewigkeit)*.

2. L'adverbe *darauf* ne permet pas de décider s'il se rapporte à «pensée» ou à «abîme». Le fait que les termes de *Gedanke* et de *Abgrund* soient tous deux du masculin facilite le glissement insensible vers la notion de «pensée-abîme», que développe la métaphore de la phrase suivante.

3. *Énéide*, VIII, 265 : «Ils ne peuvent se rassasier du spectacle [...]» Il est question dans le texte cité du spectacle offert par le monstre Cacus, qu'Hercule vient de tuer.

Page 310.

1. *Der jüngste Tag.*

2. *Das jüngste Gericht.* Pour le jeu de mots, voir la note précédente.

Page 311.

1. L'image est tirée de l'Apocalypse (VI, 14). Elle s'explique par le fait que les livres anciens (dont la Thora) formaient des rouleaux.

2. Voir n. 1, p. 310.

3. Voir n. 1, p. 310.

4. Le royaume d'Ava tient son nom de l'ancienne capitale de la Birmanie. Il a existé jusqu'en 1783.

5. L'ouvrage du savant français Sonnerat (1749-1814) relate le voyage que ce dernier fit de 1774 à 1781 en Inde et en Chine.

À la page 38 s. du second volume de l'édition allemande, parue à Zurich en 1783 sous le titre : *Reise nach Ostindien und China auf Befehl des Königs unternommen v. Jahr 1774 bis 1781,* on lit que l'un des dieux des Papous *(Papuaner)* et des Birmans *(Barmanen;* Kant écrit *Burachmanen)* se nomme Godeman. Le rapprochement implicite de «Godeman» (ainsi que du surnom du roi des Perses vaincu par Alexandre, Darius III Codoman, qui prend ici la place de la divinité zoroastrienne Ormuzd) avec l'allemand *gute Mann* (homme bon), suivi de l'interprétation explicite de «Ahriman» par *arge Mann* (homme méchant), conduit Kant à envisager en passant l'hypothèse constitutive de la linguistique comparée, qui deviendra celle de la parenté des langues dites indo-européennes (*indogermanischen* en allemand). La conclusion fait apparaître les préoccupations qui ont guidé les premiers pas de la nouvelle science, en particulier la question de l'origine historique des conceptions religieuses rencontrées chez les différents peuples. Il est d'ailleurs intéressant de noter que pour Kant la «linguistique», en tant que «connaissance critique des langues», forme avec la «littérature», en tant que «connaissance critique des livres», la «philologie», définie comme «science des instruments de l'érudition» (*Logique,* AK, IX, 45).

Page 313.

1. En conservant l'anacoluthe qui scinde en deux cette longue période : «quel homme se connaît lui-même, qui connaît les autres suffisamment pour décider si, en faisant la part de [...] ; en défalquant tout cela [...], qui, dis-je, voudra décider si [...]?», la traduction respecte le mouvement de la réflexion kantienne, caractérisé par la fréquence des ruptures indiquant un changement du point de vue.

Page 314.

1. Selon les canons esthétiques de l'époque, l'intention de l'auteur, qui est en même temps le metteur en scène, est censée se refléter dans le dénouement qu'il propose. C'est la fin du monde qui révèle le sens de la création.

Page 315.

1. *Odes,* III, 2, 32 : «La punition au pied boiteux», qui finit presque toujours par rattraper le criminel en fuite.

Page 316.

1. *Nachgrübeln.* Le verbe *grübeln,* tiré de *Grube* (fossé),

constitue l'équivalent métaphorique de *graben* (creuser) et signifie «se creuser la tête».

Page 317.

1. *Verkehrte,* c'est-à-dire «fausse», selon l'usage courant du mot.
2. Dans l'Apocalypse.

Page 319.

1. *Fassungskraft.*
2. *Schwärmen.*

Page 320.

1. Philipp., III, 12-14.

Page 321.

1. À savoir les «sages» dont il est question un peu plus haut.

Page 324.

1. Tite-Live, II, 3, 4 : «La loi est sourde et inexorable.»
2. Mtt., 5, 12.

Page 333.

PROJET DE PAIX PERPÉTUELLE

1. Voir Leibniz, lettre à Jean-Léonor le Gallois : «J'ai vu quelque chose du projet de M. de Saint-Pierre pour maintenir une paix perpétuelle en Europe. Je me souviens de la devise d'un cimetière avec ces mots : *pax perpetua ;* car les morts ne se battent point, mais les vivants sont d'une autre humeur, et les plus puissants ne respectent guère les tribunaux.» C'est d'Alembert qui, dans son *Éloge de l'abbé de Saint-Pierre,* attribue cette idée à un marchand hollandais.

2. Littéralement : «à qui l'on peut toujours permettre de tirer ses onze quilles à la fois, sans que l'homme d'État expérimenté *(weltkundige)* ait à s'en soucier». La métaphore vise l'approche globale des problèmes qu'affectionne le théoricien.

Page 334.

1. Litt. : «d'une paix perpétuelle entre États».
2. Plus exactement : «l'honneur».
3. Litt. : «Aucun État indépendant».
4. Litt. : «ni par héritage, ni par échange, ni [...]».

Page 335.

1. Le texte français porte «trône», mis par erreur pour «tronc» *(Stamm)*. Pour la signification théorique de la greffe, voir *Critique de la faculté de juger,* § 64.
2. Il s'agit du «droit de gouverner» *(Recht zu regieren)*.
3. Plutôt : «alliances entre familles» *(Familienbündnisse)*.
4. «Jusqu'à leur destruction» *(gebraucht und verbraucht)*.

Page 336.

1. Plus exactement : «avec les droits de l'humanité dans notre propre personne» *(mit dem* Rechte *der Menschheit in unserer eigenen Person)*. Les droits de l'humanité, ou droits naturels, sont ceux de l'homme en tant que personne, et non ceux qu'il aurait sur sa propre personne.
2. Litt. : «en vue des conflits extérieurs de l'État».
3. Il ne s'agit pas de colonies au sens moderne, mais de la création de nouvelles agglomérations *(Ansiedlungen)* à l'intérieur des frontières de l'État.
4. Kant songe évidemment à l'Angleterre.
5. Litt. : «comme machine au service de l'antagonisme des puissances» *(als entgegenwirkende Maschine der Mächte gegen einander)*.
6. C'est-à-dire : «la diminution radicale» *(Ausfall)*.
7. Plus exactement : «les hommes au pouvoir» *(die Machthabenden)*.

Page 337.

1. Le terme, utilisé par Kant lui-même, a ici le sens actif qu'on rencontre dans les Évangiles : provocation, incitation à la faute.
2. Litt. : «l'exemple des grands maux qu'un peuple s'est attirés par son anarchie» *(Gesetzlosigkeit)*.
3. Entre hommes libres, le mauvais exemple n'a d'effet que lorsqu'il y a consentement. Le «scandale pris» (Kant : *scandalum acceptum)* ne constitue pas une violation de la personne.
4. Au sens de *intestins.*
5. Plus exactement : «guerre d'extermination» *(Ausrottungskrieg)*.

Page 338.

1. Voir note précédente.
2. Plus exactement : «des détenteurs du pouvoir» *(Machthabenden)*.
3. Litt. : «de l'espèce rigoureuse, s'imposant sans distinction des circonstances *(leges strictae)*».
4. Voir Suétone, *Vie d'Auguste*, 87.
5. Litt. : «par exemple la restitution de la liberté arrachée à certains États suivant n° II».
6. Plus exactement : «ne concerne que le mode d'acquisition proscrit dans l'avenir».

Page 339.

1. Litt. : «il peut y avoir encore des lois permissives *(leges permissivae)* de la raison pure».
2. Le comte Joseph Niklas von Windisch-Graetz (1744-1802), auteur de divers ouvrages de philosophie morale et politique, avait mis au prix la question suivante : «Comment concevoir des formules de contrat qui ne se prêteraient à aucune double interprétation, et en vertu desquelles tout litige concernant un changement de propriété deviendrait impossible, si bien qu'un document juridique rédigé avec ces formules ne pourrait plus faire l'objet d'un procès?»

Page 340.

1. C'est-à-dire : «ne doit agir». L'anonyme rend les auxiliaires de mode *(können — dürfen, müssen — sollen)*, surtout lorsqu'ils sont niés, par le verbe «oser», pris au sens de «se permettre de».
2. Litt. : «droit des citoyens» *(Staatsbürgerrecht)*. Dans la *Doctrine du droit*, § 43 et suiv., Kant divise le droit public *(öffentliches Recht)*, défini comme «l'ensemble des lois qui nécessitent une proclamation publique», en droit des citoyens ou, selon le point de vue que l'on adopte, droit de l'État *(Staatsrecht)*, droit des gens *(Völkerrecht)* et droit des citoyens du monde *(Weltbürgerrecht)*. La traduction ne distingue pas toujours les deux premiers sous-ensembles, le droit public national et le droit public international.
3. Kant : «des États».

Page 341.

1. Plus exactement : «qu'un seul de ces hommes ou États puisse exercer une influence physique sur un autre, tout en étant resté à l'état de nature».

2. Kant ajoute ici la remarque : «On ne nuit à personne (quoi qu'on fasse), si seulement on ne nuit à personne ; c'est donc une pure tautologie.»

3. Litt. : «que pour autant que j'ai pu leur donner mon assentiment».

4. Le dernier membre de phrase a été ajouté par l'anonyme.

Page 342.

1. Kant précise entre parenthèses : «l'habileté et la fidélité dans l'exercice de la fonction» *(Amtsgeschicklichkeit und Amtstreue).*

Page 343.

1. Litt. : «c'est la manière, fondée sur la constitution (l'acte de la volonté générale par lequel la foule devient un peuple), dont l'État use de son pouvoir souverain».

Page 344.

1. Litt. : «ce qui met la volonté en contradiction avec elle-même et avec la liberté».

2. Plus exactement : «que dans un syllogisme l'universel de la majeure peut être en même temps la subsomption du particulier sous elle dans la mineure».

3. Litt. : «administrer» *(verwalten).*

4. *Augapfel,* soit «la prunelle de ses yeux».

5. Jacques Mallet du Pan (1749-1800), publiciste d'origine suisse et adversaire acharné de la Révolution française. L'écrit que Kant vise dans cette note porte le titre *Considérations sur la nature de la* Révolution *de France et sur les causes qui en prolongent la durée,* Londres, 1793 (trad. allemande de Friedrich Gentz, Berlin, 1794). La citation de Pope (*Essay on Man,* III, v. 303-304) y figure en guise de conclusion.

Page 345.

1. Plus exactement : «droit des gens» *(Völkerrecht).*

2. Litt. : «une constitution semblable à la constitution civile».

Page 346.

1. Cette note, imprimée au mauvais endroit dans l'édition de 1795, puis supprimée dans la liste des corrections, a été réinsérée ici (avec quelques modifications mineures) dans l'édition de 1796.

2. Litt. : «alors que dans l'état civil et légal elle se voile beaucoup sous la contrainte du gouvernement».

Page 347.

1. Hugo Grotius (1583-1645), *De jure belli et pacis,* Paris, 1625 ; Samuel von Pufendorf (1632-1694), *De jure naturae et gentium,* Lund, 1672 ; Emer de Vattel (1714-1767), *Le Droit des gens,* Leyde.
2. Kant ajoute : «et à espérer que d'autres le feront également».
3. Plus exactement : «dont il ne peut pas nier l'existence».
4. Litt. : «l'état de guerre (qui consiste à trouver toujours un nouveau prétexte de se battre)».
5. En fait, c'est l'état de guerre qu'on ne peut pas «déclarer injuste *(für ungerecht erklären),* puisque dans cet état chacun est juge dans sa propre cause *(in seiner eigenen Sache Richter)* ».

Page 348.

1. Litt. : «La possibilité de réaliser (réalité objective) de cette idée d'une fédération [...], peut être présentée *(lässt sich darstellen).*» La terminologie employée par Kant prend son sens à la lumière de la problématique du schématisme.
2. Litt. : «d'après l'idée du droit des gens».
3. Litt. : «de pouvoir législatif suprême, qui me garantisse mon droit, comme je lui garantis le sien».
4. «Droit des gens».
5. «Droit des gens».

Page 349.

1. Plus exactement : «partiales» *(einseitigen).*
2. «Droit des gens».
3. Kant ajoute : «pour une victoire remportée».
4. Énéide, I, 294-296 : «Au-dedans, l'esprit de fureur, l'impie [assis sur les armes cruelles et lié derrière le dos par cent nœuds d'airain] frémit, hérissé, et la gueule sanglante.» Les mots entre crochets ont été omis par Kant.

Page 350.

1. Plus exactement : «indifférence pour la manière dont les peuples poursuivent leur droit réciproque (et qui est déjà assez triste)».
2. Le qualificatif a été ajouté par l'anonyme.
3. Kant précise : «pour quelque temps» *(auf eine gewisse Zeit).*

4. Litt. : «du droit qu'ont tous les hommes de proposer leur société» *(sich zur Gesellschaft anzubieten)*. Kant distingue ici le droit de visite *(Besuchsrecht)* du droit de séjour *(Gastrecht)*.

5. Plus exactement : «divisent cette communauté» *(Gemeinschaft)*, imposée par la forme même de la terre.

Page 352.

1. Le titre complet de l'ouvrage est *Alphabetum Tibetanum missionum apostolicarum commodo editum. Praemissa est disquisitio qua de vario literarum ac regionis nomine, gentis origine, moribus, Beausobrii calumniae in S. Augustinum aliosque ecclesiae patres refutantur. Studio et labore* Fr. *Augustini Georgii eremitae Augustini,* Romae, 1762.

2. Johann Eberhard Fischer (1697-1771), professeur d'histoire et membre de l'Académie de Saint-Pétersbourg. Il est connu surtout pour avoir participé à la seconde expédition au Kamtchatka (1733-1743). Kant se réfère à ses *Questiones petroplitanae,* Göttingen et Gotha, 1770, III, *De variis nominibus imperii Sinarum,* § 2, p. 81.

3. Lexicographe du ve siècle de notre ère.

4. Reconstitution de la vie publique et privée des Grecs du IVe siècle par l'abbé Barthélemy, parue en 1779.

5. Mathurin Veyssière de Lacroze (1661-1739), bénédictin mort à Berlin comme membre de la Société royale prussienne des sciences. Il est cité par Georgii, tout comme le missionnaire Horatius.

6. Les «initiés aux mystères».

7. Note omise par le traducteur anonyme.

8. Litt. : «et à une fin peu louable».

Page 353.

1. Litt. : «ainsi l'idée du droit cosmopolitique n'est pas une manière chimérique et exaltée de se représenter le droit, mais constitue un complément indispensable du code non écrit, qui comprend le droit civil *(Staatsrecht)* aussi bien que le droit des gens, en vue de réaliser le droit public de l'humanité en général et conduire par là à la paix perpétuelle».

2. Litt. : «fait clairement apparaître sa finalité» *(Zweckmässigkeit,* litt. : conformité à un but).

3. *Zweckmässigkeit,* voir notre précédente.

Page 354.

1. «Elle ordonne une fois, ils obéissent toujours.» La citation n'a pu être localisée dans l'œuvre d'Augustin. Elle

ressemble à la formule de Sénèque, *De providentia,* 5 : *« semper paret, semel iussit »,* que Leibniz a reprise dans sa *Théodicée* (*Abrégé de la controverse,* Erdmann, p. 628 b).

2. Litt. : « agencement » *(Fügung).*

3. Litt. : « cette marche du monde », *Weltlauf* reprend *Lauf der Welt,* qui figure dans la même phrase.

4. Plutôt : « ouvrages d'art » *(Kunstanstalten).*

5. Litt. : « ajouter en pensée » *(hinzudenken).* Tout ce passage doit être lu à la lumière de la « Critique de la faculté de juger téléologique », *Critique de la faculté de juger,* § 61 et suiv., en particulier, § 90.

6. À son habitude, l'anonyme ne tient pas compte de la distinction terminologique entre idée et concept. D'où le manque de relief de sa traduction. Si nous devons faire appel à la notion de Providence pour concevoir *(uns [...] einen Begriff zu machen)* la possibilité d'ouvrages d'art de la nature d'après l'analogie des opérations de l'art humain, « la représentation de leur rapport et de leur concordance avec le but (le but moral) que la raison nous prescrit immédiatement est une idée, qui, du point de vue théorique, est certes transcendante, mais du point de vue pratique (par exemple en ce qui concerne le concept, dicté par le devoir — *Pflichtbegriff* — de la paix perpétuelle et l'utilisation du mécanisme de la nature à cette fin), dogmatique et bien fondée quant à sa réalité ».

Page 355.

1. « Accoupler des griffons et des juments », voir Virgile, *Églogues,* VIII, 27 : *« jugentur iam gryphes equis ».*

2. « Une cause isolée ne plaît pas. »

3. Note omise par l'anonyme.

Page 356.

1. Litt. : « de préciser d'abord les conditions que la nature a aménagées pour les personnages qui agissent sur son vaste théâtre, conditions qui rendent cette garantie finalement indispensable [...] ».

2. Litt. : « régions de la terre » *(Erdgegenden).*

3. Litt. : « les déserts froids » *(kalten Wüsten).*

4. le texte de l'original est ici incertain. La conjecture la plus probable est due à H. Maier : « que les déserts de sable salin offrent tout de même de la nourriture au chameau ».

5. Kant ajoute : « afin qu'ils ne restent pas inutilisés ».

6. Au sens de « s'émerveiller ».

7. Litt. : « de la nature ».

8. Litt. : « à ces contrées » ; il s'agit des rives de la mer glaciale.

9. Kant dit « véhicules » *(Fahrzeuge)*, terme qui semble inclure les traîneaux.

Page 357.

1. Litt. : « des États déjà constitués ».
2. Litt. : « eurent passé de la vie de chasseur, de pêcheur et de berger, à la vie agricole ». Sur les différents stades de l'évolution de la civilisation et l'opposition entre le dernier stade et les précédents, voir *Conjectures sur le commencement de l'histoire humaine.*

Page 359.

1. Litt. : « conformément aux trois aspects du droit public : le droit civil, le droit des gens, le droit cosmopolitique ». Voir n. 2, p. 340.
2. Sénèque, *Lettres à Luculius,* 107, 11. Sénèque traduit un groupe de cinq vers du philosophe stoïcien Cléanthe, dont Kant reprend le dernier : « Les destins conduisent une volonté docile ; ils entraînent celle qui résiste. »
3. Litt. : « des lois publiques » *(öffentlicher Gesetze)*.
4. Litt. : « pour venir en aide à la volonté générale, fondée en raison, mais qui, si respectée soit-elle, se trouve impuissante dans la pratique ».

Page 360.

1. Litt. : « établissement de l'État » *(Staatserrichtung)*.
2. Litt. : « et pour favoriser et assurer ainsi, autant qu'il dépend de l'État, la paix intérieure aussi bien que la paix extérieure ».

Page 361.

1. Friedrich Bouterweck (1766-1828), philosophe, poète et critique allemand. Avant de se rallier à Jacobi, il s'était fait l'interprète de la philosophie kantienne ; voir ses *Aphorismen nach Kants Lehre vorgelegt,* Göttingen, 1793, et la lettre que Kant lui adresse le 7 mai 1793. Les vers cités ici n'ont pu être identifiés.

Page 362.

1. Litt. : « Comme de tous les pouvoirs (moyens) dont dispose l'État, le pouvoir d'argent est sans doute le plus sûr [...] ».
2. Litt. : « mécanisme ».

3. Litt. : «elle n'en est pas moins suffisante au point de vue pratique, et elle nous fait un devoir de travailler à ce but (qui n'est pas purement chimérique)».

Page 363.

1. Litt. : «La conduite de la guerre et la conclusion de la paix» *(Kriegsführung und Friedensstiftung)*.
2. Litt. : «car celle-ci se trouve déjà comprise dans l'obligation imposée par la raison humaine universelle (moralement législative)».

Page 364.

1. Plus exactement : «Mais on ne voit pas très bien.»
2. La même citation se trouve dans le *Conflit des facultés,* AK, VII, 28.
3. Litt. : «incapable, de par sa nature, de se réunir en bandes et en clubs».
4. Litt. : «La morale est déjà par elle-même une pratique au sens objectif.»
5. «Concept du devoir» *(Pflichtbegriff)*.
6. «Concept» *(Begriff)*.

Page 365.

1. Plutôt : «est lui-même soumis».
2. Litt. : «le praticien».

Page 366.

1. Litt. : «pour réaliser cette fin qui conduit à la paix perpétuelle».
2. Ajout du traducteur : «pour [...] école».
3. Kant ajoute : «cette solution d'un problème difficile».
4. Litt. : «pour qu'il y ait un tout, qui est celui de la société civile» *(damit ein Ganzes der bürgerlichen Gesellschaft werde)*. Le génitif a une fonction explicative.
5. Kant ajoute : «qui ne lui fait d'ailleurs pas forcément obstacle».
6. Litt. : «en spoliant ou même en se soumettant» *(durch Beraubung oder gar Beherrschung)*.
7. Voir n. 2, p. 340.

Page 367.

1. Kant ajoute : «qu'on n'a pas su prévenir».
2. Litt. : «tel que l'idée de la raison nous le présente comme modèle».

3. Litt. : « de la simple idée de l'autorité de la loi » *(der blossen Idee der Autorität des Gesetzes)*.
4. Plus exactement : « constitution » *(Verfassung)*.
5. Litt. : « une constitution plus conforme à la loi ».

Page 368.

1. Litt. : « l'expérience doit cependant, quand ils violent la nature, les ramener peu à peu dans une voie meilleure ».
2. Litt. : « au bien d'après l'idée que prescrit la raison ».
3. Plus exactement : « enjolivent des principes politiques contraires au droit ».
4. Kant ajoute : « quand ils se mêlent de la politique ».

Page 369.

1. Litt. : « toute constitution juridique actuellement en vigueur et la suivante, si l'on s'avise en haut lieu de la modifier ».
2. Litt. : « des principes d'une constitution politique en général d'après des concepts de droit (donc *a priori,* et non empiriquement) ».
3. C'est-à-dire : « droit des gens », voir n. 2, p. 340.
4. Litt. : « où les concepts de la raison exigent que la contrainte légale soit fondée uniquement sur des principes de liberté ».
5. Plutôt : « d'une constitution légitimement durable » *(eine zu Recht beständige Staatsverfassung)*.
6. Litt. : « Le prétendu praticien croit pouvoir résoudre ce problème empiriquement, en négligeant cette idée, par l'expérience de ce qu'ont été jusqu'ici les constitutions les plus solides, même si elles étaient pour la plupart contraires au droit. »
7. « Agis d'abord, et excuse-toi ensuite. »

Page 370.

1. « Si tu l'as fait, nie-le. »
2. Litt. : « qui, s'il ne devance son prochain par la violence, peut être certain que celui-ci le devancera et s'emparera de lui ».
3. « Divise pour régner. »
4. Litt. : « les manifestations illégales de leur mentalité ».

Page 371.

1. Litt. : « doctrine de la prudence » *(Klugheitslehre)*.
2. Kant ajoute : « publiquement ».

3. Litt. : «de refuser toute obéissance au concept du droit public (ce qui se voit surtout dans le cas du concept du droit des gens)».

4. Plutôt : «qui lui sont dus» *(gebührende)*.

5. Ce membre de phrase a été déplacé ; il correspond à la parenthèse qui figure dans la note 3, ci-dessus.

6. Litt. : «le lien» *(der Verband)*.

7. Litt. : «les perfides représentants des puissants de la terre». Il s'agit, bien entendu, des juristes qui se mêlent de la politique, dont il a été question plus haut.

8. L'anonyme a ajouté «à la vérité» pour équilibrer sa phrase. Le sens serait plutôt : «comme s'ils avaient à commander en la matière».

Page 372.

1. Litt. : «d'où dérive le dessein de la paix perpétuelle».

2. Plutôt : «de l'arbitre» *(der Willkür)*. Les exemples qui figurent dans la parenthèse ont été ajoutés par le traducteur anonyme.

3. Voir n. 2, p. 340.

4. Litt. : «résultant de la reconnaissance du devoir».

Page 373.

1. Entendre : «droit des gens» *(Völkerrecht)*.

2. Litt. : «du problème de la sagesse politique» *(des Staatsweisheitsproblems)*.

3. Kant ajoute : «en fonction des circonstances favorables».

4. Litt. : «qui, seule, détermine ce qui est de droit parmi les hommes».

Page 374.

1. Plus exactement : «sur le mécanisme naturel d'une multitude d'hommes se réunissant en société, lequel enlèverait toute force à ces principes et déjouerait leur intention».

2. Cela est un des rares contresens commis par l'anonyme. En réalité, Kant a écrit : «auxquelles il ne manque que la conscience de n'être pas libre pour devenir, dans leur propre jugement, les êtres les plus misérables du monde».

3. Plutôt : «fanfaronne» *(renommistisch klingende)*.

4. Litt. : «sur de purs principes de droit».

5. Kant ajoute : «voisins ou lointains».

Page 375.

1. Plus exactement : « du concept pur du devoir juridique (du devoir, dont le principe est donné *a priori* par la raison pure) ». Devoir juridique = *Rechtspflicht ;* devoir = *Sollen.*

2. Virgile, *Énéide,* VI, 95 : « Toi ne cède pas au malheur ; au contraire, va de l'avant plus hardiment [...] ».

3. Kant ajoute : « et les sacrifices ».

4. Kant ajoute : « bien plus dangereux ».

5. Plus exactement : « de telle façon, cependant, qu'il reste [...] ».

Page 376.

1. Litt. : « on ne peut ici se contenter d'une demi-mesure *(halbieren)* et imaginer le moyen terme d'un droit conditionné pragmatiquement (tenant le milieu entre le droit et l'utilité) ».

Page 377.

1. Litt. : « le concept transcendantal ».

2. Plus exactement : « suivant les différents rapports, empiriquement donnés, des hommes dans l'État ou même des États entre eux ».

3. Litt. : « qui se rencontre *a priori* dans la raison ».

4. Litt. : « par une sorte d'expérience de la raison pure ».

5. « transcendantale ».

Page 378.

1. Litt. : « et, par conséquent, intelligible *a priori* ».

2. « transcendantal ».

3. Plutôt : « tranche sans aucun mal ».

4. « transcendantal ».

Page 379.

1. Litt. : « ce qu'il faut bien admettre dans toute constitution civile, puisqu'il [...] ».

2. Kant ajoute entre parenthèses : « c'est-à-dire cette condition extérieure qui permet à l'homme de jouir réellement d'un droit ».

3. C'est-à-dire un « droit privé ».

4. Plus exactement : « considérée comme doctrine du droit ».

5. Kant ajoute : « entre eux ainsi que entre leur fédération et les autres États ».

6. Litt. : « Voici les cas où il y a antinomie entre la politique et la morale. »

Page 380.

1. «Puissance voisine».

Page 381.

1. Litt. : «du fait que des maximes supportent la publicité».
2. Ici manque la phrase : «car sans cela, il n'y a pas de droit public ; en fait, tout droit qu'on peut concevoir en dehors de cet état (dans l'état de nature) n'est qu'un droit privé».
3. Litt. : «dans le seul but d'écarter la guerre».
4. Litt. : «principes *a priori*».
5. Litt. : «sagesse politique» *(Staatsklugheit)*.
6. Kant ajoute : «dans son extension la plus large».

Page 382.

1. L'ouvrage de Christian Garve (1742-1798), qui fut l'un des auteurs philosophiques les plus lus de l'époque (le «Hume allemand»), s'intitule : *Abhandlung über die Verbindung der Moral mit der Politik oder einige Betrachtungen über die Frage, inwiefern es möglich sei, die Moral des Privatlebens bei der Regierung der Staaten zu beobachten*, Breslau, 1788.
2. Litt. : «de ne pas traiter avec elle».
3. Plutôt : «déjoué».
4. «Transcendantal».

Page 383.

1. Litt. : «car rechercher cet accord (rendre le public content de son sort) est la véritable tâche de la politique».
2. «Transcendantal».
3. Litt. : «idée creuse» *(leere Idee)*.
4. Litt. : «mais un problème qui, résolu peu à peu (parce qu'on peut espérer que les périodes durant lesquelles se feront les mêmes progrès seront de plus en plus courtes), approchera continûment de son but».

Page 387.

À PROPOS DE L'OUVRAGE DE SÖMMERING SUR L'ORGANE DE L'ÂME

1. Ce texte fut initialement adressé par Kant à Sömmering avec une lettre en date du 10 août 1795 ; à la demande de ce dernier, il fut publié en 1796 comme appendice à son ouvrage intitulé *Über das Organ der Seele*. Sur Sömmering, voir *Œuvres*

philosophiques, t. II, p. 1482. Sur la question de l'union de l'âme et du corps, voir la *Critique de la raison pure,* t. I, p. 1452 et suiv.

2. Ce type de conflit est plus longuement analysé dans le *Conflit des facultés.*

Page 390.

1. Il s'agit du grand mathématicien suisse L. Euler (1707-1783).

Page 391.

1. Albrecht von Haller (1708-1777), physiologue et écrivain suisse, professeur à Berne, puis à partir de 1736 à Göttingen, où il enseigna les sciences naturelles pendant dix-sept années.

Page 392.

1. Voir *Critique de la raison pure,* t. I de la présente édition, p. 1461.

2. « Tu n'obtiendras rien de plus que si tu t'efforçais de déraisonner à l'aide de la raison. »

Page 397.

SUR UN TON SUPÉRIEUR NOUVELLEMENT PRIS EN PHILOSOPHIE

1. L'apparition de Platon, là où il s'agit, après la brève introduction qu'on vient de lire, d'en venir à la question du « ton » adopté par certains philosophes contemporains, s'explique par le contexte précis dans lequel s'inscrit l'essai de Kant : il est dirigé contre J. G. Schlosser, qui venait de publier à Königsberg, en 1795, une traduction des *Lettres* de Platon : *Lettres de Platon sur la révolution syracusaine, avec une introduction historique et des remarques.* Schlosser s'y appuie sur certains passages de Platon, notamment sur la *Lettre VII,* qui sera citée plus loin, pour justifier ses propres thèses en faveur d'une orientation mystique en philosophie. En répondant à Schlosser sur le terrain même de l'interprétation du platonisme, Kant vise aussi non seulement d'autres partisans du mysticisme, comme F. L. Solberg, qui sera mentionné ci-dessous, mais surtout celui dont le nom n'apparaît pas, mais qui est le véritable objet de cette critique de l'*irrationalisme* ou, dans la terminologie kantienne, de la *Schwärmerei,* à savoir : Jacobi. Sur le débat entre Kant et Jacobi, voir l'« Introduction » d'A. Philonenko à sa

traduction de *Qu'est-ce que s'orienter dans la pensée?* On comparera notamment la critique ici menée de la *philosophie de l'intuition* et la dénonciation, pratiquée, en 1786, contre Jacobi, des illusions de l'«intuition immédiate».

2. Sur la finalité mathématique comme finalité objective formelle, voir *Critique de la faculté de juger*, paragraphe 62.

Page 400.

1. «L'âme est un nombre se mouvant lui-même.»
2. M. Montucla, *Histoire des mathématiques*, Paris, 1758.
3. H. Maïer, AK, VIII, 512, indique que l'auteur de ce vers est un moine du Moyen Âge (?).
4. Ce passage fut critiqué par Reimarus, fils du célèbre *Aufklärer*, professeur de physique à Hambourg, qui en août 1796 publia dans la *Revue mensuelle de Berlin* un article contestant que le rapport rationnel des trois côtés d'un triangle rectangle ne puisse effectivement être que celui des nombres 3, 4, 5; Kant répondit, dans le numéro d'octobre 1796, par une brève mise au point intitulée : «Aplanissement d'un différend mathématique reposant sur un malentendu» (AK, VIII, 409-410).

Page 402.

1. Citations empruntées à l'ouvrage du comte F. L. de Stolberg, *Reise in Deutschland, der Schweiz, Italien und Sizilien*, 1794, p. 238-240.
2. *Ibid.*, p. 240.
3. Kant cite librement Stolberg, *Auserlesene Gespräche des Platon*, I. Theil, Einleitung.

Page 403.

1. Schlosser, ouvr. cité, p. 194.
2. *Ibid.*, p. 182.

Page 404.

1. Voir *Critique de la raison pure*, t. I de la présente édition, p. 1376 (et n. 2, p. 1735).

Page 406.

1. La traduction, extraite évidemment de l'ouvrage de Schlosser sur les *Lettres de Platon*, correspond à *Lettre VII*, 342 a7-342 b3.

Page 407.

1. Schlosser, ouvr. cité, note, p. 191.

Page 408.

1. *Ibid.*, p. 184.

Page 409.

1. *Ibid.*, p. 182 et suiv., note.

Page 410.

1. Toute cette longue note s'inscrit dans la ligne de la *Critique de la faculté de juger* et de la façon dont les attributs de Dieu y sont pensés de façon analogique (voir notamment § 86-88) ; sur cette question, on consultera l'étude de F. Marty, *La Naissance de la métaphysique chez Kant, une étude sur la notion kantienne d'analogie*, Beauchesne, 1980.

2. C'est évidemment à sa propre philosophie que songe ici Kant.

Page 411.

1. Schlosser, ouvr. cité, p. 184, note.

Page 413.

1. Schlosser, ouvr. cité, p. 183, note.

2. *De Natura Rerum*, I, v. 78 : « Quand elle est à son tour foulée aux pieds, la victoire nous élève jusqu'au ciel. »

Page 416.

1. La citation est sans doute une réminiscence de *La Vie et les Sentiments de Lucilio Vanini*, 1717, p. 172, où l'auteur, un certain Durand, rapportait la remarque de Fontenelle (à propos du P. Baltus).

Page 419.

ANNONCE DE LA PROCHAINE CONCLUSION D'UN TRAITÉ DE PAIX PERPÉTUELLE EN PHILOSOPHIE

1. Cicéron, *De Natura Deorum*, II, 63, 160 : « *Sus vero quid habet praeter escam? cui quidem, ne putesceret, animam ipsam pro sale datam dicit esse Chrysippus.* » Voir *Les Stoïciens*, bibl. de la

Pléiade, 1962, p. 466 : «Et le porc, que nous fournit-il en dehors de sa chair? C'est pour qu'elle ne pourrît pas, dit Chrysippe, que l'âme lui a été donnée en guise de sel.»

Page 421.

1. Sur la terminologie du bien et du mal, voir *Critique de la raison pratique,* livre I, chap. II : Kant y développe la distinction, qu'ici il se borne à rappeler, entre *Gute* et *Wohl* (bien moral, bien physique), d'une part, et entre *Böse* et *Uebel* (ou *Weh*) (mal moral, mal physique), d'autre part.

2. L'anecdote provient des *Tusculanes,* II, 25, 61 : *«Nihil agis, dolor! quamvis sis molestus, nunquam te esse confitebor malum»;* (Tu es sans importance, douleur! Bien que tu me tourmentes, jamais je ne te reconnaîtrai comme un mal). Ce texte est déjà cité par Kant dans la *Critique de la raison pratique,* livre I, chap. II (AK, V, 60).

Page 422.

1. *Pétasites (Pesttropfen) :* les traductions antérieures mentionnent ici bizarrement *teinture* ou *goutte pour la peste;* il s'agit en fait des *pétasites,* famille de plantes vivaces à grandes feuilles auxquelles on attribua successivement toutes les vertus thérapeutiques.

Page 424.

1. Kant cite un poème intitulé *De la paix perpétuelle,* composé par A. G. Kästner, alors encore inédit, qui paraîtra en recueil en 1800.

Page 428.

1. J. G. Schlosser : voir l'opuscule *Sur un ton supérieur nouvellement pris en philosophie* auquel Schlosser a répondu par son *Écrit à un jeune homme qui voulait étudier la philosophie critique,* Lübeck et Leipzig, décembre 1796 ; le présent texte de Kant est une réplique à cette réponse ; on sait que Schlosser répondit à nouveau par un *Second écrit à un jeune homme qui voulait étudier la philosophie critique, suscité par l'essai, joint en annexe, de M. le professeur Kant sur la paix des philosophes.* Kant ne poursuivit pas la polémique.

Page 429.

1. Sur la distinction entre apparence de vérité *(verisimilitudo)* et vraisemblance *(probabilitas),* se reporter à la *Logique,* Intro-

duction, X (*Scheinbarkeit,* que reprend ici *Wahrheitsschein,* et *Wahrscheinlichkeit* y sont opposées comme une «simple force de persuasion» et une «approximation de la certitude»).

2. *Philosophie élémentaire (Elementarphilosophie)* : au sens de la «Théorie transcendantale des éléments» dans la *Critique de la raison pure.* Kant reprend la terminologie utilisée par Reinhold dès 1789 *(Versuch einer neuen Theorie des menschlischen Vorstellungsvermögen).*

3. *Doctrine du savoir* (*Wissenslehre,* et plus loin : *Lehre des Wissens*) : cette dénomination de la philosophie théorique évoque singulièrement Fichte et l'idée de *doctrine de la science (Wissenschaftslehre)* que celui-ci a popularisée depuis 1794; l'évolution du vocabulaire kantien, à cet égard, est intéressante : on sait comment l'expression même de «Wissenschaftslehre» parut suffisante pour condamner Fichte sans même l'avoir lu (*Erklärung in Beziehung auf Fichtes Wissenschaftslehre,* AK, XII, 370), ce dernier étant soupçonné de réduire la philosophie à une pure logique faisant abstraction du contenu de la connaissance (voir A. Philonenko, *La liberté humaine dans la philosophie de Fichte,* p. 105-106). Anathème contre un simple terme qui a été repris par Kant jusque dans ses derniers travaux (voir par exemple dans le matériel pour l'*Übergang,* éd. Reicke, «Altpreussische Monatsschrift», XX, 94, Remarque). Or paradoxalement, ici et dans la conclusion de sa réponse à Schlosser, Kant fait une utilisation positive de l'expression de *doctrine du savoir* pour désigner la philosophie théorique comme *critique de la raison pure,* ce qui correspond au fond à la fonction fichtéenne de l'expression de *doctrine de la science.*

4. *Ce dont nous avons la faculté : Befugnis.* Le terme renvoie au *Projet de paix perpétuelle* (AK, VI, 126) : «On ne peut définir, comme de coutume, la liberté juridique (par conséquent extérieure) : la faculté *(Befugnis)* de faire tout ce que l'on veut, pourvu qu'on ne lèse pas le droit d'autrui. Car que veut dire *faculté* (Befugnis)? La possibilité d'agir pour autant que l'on ne fait ainsi de tort à personne.»

Page 431.

1. Jn, 8, 44, où celui qui profère le mensonge est dit *père du mensonge,* mêlé à Rom., 5, 12, où est évoqué l'homme par qui le péché *est venu dans le monde.* Sur l'importance de la loyauté et de la déloyauté dans la philosophie spéculative, voir «Discipline de la raison pure par rapport à son usage polémique», t. I, p. 1323 et suiv. de la présente édition où Kant explique que seule l'hypocrisie et la dissimulation de ce que l'on pense vraiment peuvent retarder l'issue du combat philosophique, et où la méthode critique est déjà décrite comme devant apporter la paix.

Page 435.

SUR UN PRÉTENDU DROIT DE MENTIR PAR HUMANITÉ

1. I. D. Michaelis, professeur de théologie à Göttingen, mort en 1791, dont la *Morale* parut en 1792. C'est à ce dernier ouvrage que Cramer fait allusion.

2. K. Fr. Cramer (1752-1807), professeur de grec et de langues orientales à l'Université de Kiel, fut démis de ses fonctions en 1794 en raison de ses sympathies pour la Révolution française, et s'installa à Paris comme libraire.

3. Kant avance bien un exemple analogue dans la *Doctrine de la vertu* (chap. 1, article 1), mais cette œuvre paraît seulement en 1797 alors que le texte de Constant date de 1796.

4. Le texte de Benjamin Constant, publié pour la première fois en 1796, parut en traduction allemande dans la revue de K. Fr. Cramer, «La France en l'an 1797. D'après les lettres d'Allemands résidant à Paris». Nous citons ici le texte original de Constant.

Page 436.

1. «Le vice premier».

2. Sur la différence des points de vue éthique et juridique à l'égard du mensonge, voir *Doctrine du droit,* «Division de la doctrine du droit», B, note.

Page 437.

1. «Le mensonge est un discours faux qui porte préjudice à autrui.»

2. Le mensonge nuit à l'humanité en tant qu'il ruine l'essence même de la communication (en termes fichtéens, de «l'intersubjectivité») sans laquelle la notion d'humanité perd sa signification. Voir *Doctrine de la vertu,* § 9.

3. Nous retrouvons ici le thème, longuement développé dans la première partie de *Théorie et praxis,* selon lequel les calculs auxquels nous conduit la considération du bonheur sont toujours *hypothétiques,* tandis que la connaissance du devoir est toujours fort simple et fort certaine.

Page 439.

1. Sur la signification non péjorative du terme de métaphysique chez Kant, voir B. Rousset, *La Doctrine kantienne de l'objectivité,* Vrin, 1967, p. 499 et suiv.

Page 440.

1. « *Formellement* sinon *matériellement* ».

Page 441.

1. « *En puissance* ».

Page 449.

MÉTAPHYSIQUE DES MŒURS

1. Le projet d'une métaphysique des mœurs se trouve en effet annoncé dans la préface à la *Critique de la raison pratique*. Voir t. II de la présente édition.

2. Sur le statut de la métaphysique de la nature, voir *Premiers principes métaphysiques de la science de la nature*. Voir t. II de la présente édition.

3. La métaphysique est ici légitime et utile, elle doit constituer le système de la raison pure dont la critique n'est que la propédeutique. Voir *Critique de la raison pure*, t. I de la présente édition, p. 1391 et 1398. La métaphysique des mœurs se situe entre l'ontologie pratique (constituée par les catégories de la liberté répondant à la question de savoir à quelles conditions les maximes sont universalisables). Pour combler le vide des maximes, la métaphysique du droit adjoindra un minimum de donné sensible aux catégories : l'idée d'une existence empirique externe en général (en tant que chose ce sera le droit privé, en tant que personne, le droit public). Précisons déjà que le problème consiste à déterminer la condition formelle de la liberté définie dans sa relation à l'extériorité, à savoir comment poursuivre une fin, quelle qu'elle soit, sans entraver la liberté d'autrui. La détermination des fins objectivement nécessaires, demandant un nouvel ajout minimum : la raison incarnée dans une nature humaine empirique sera l'objet de la métaphysique de la vertu. Sur la place de la métaphysique des mœurs dans le système, voir Rousset : *La Doctrine kantienne de l'objectivité*, p. 508 à 512.

Page 450.

1. Christian Garve (1742-1798) enseigna la philosophie à Francfort, à Halle et à Leipzig. Outre ses traités philosophiques, il est l'auteur d'une œuvre littéraire et aussi de traductions d'auteurs grecs, latins et anglais. Sa philosophie se veut « populaire » ; dans les *Vermischte Aufsätze* (Mélanges) publiés en 1796 que cite Kant, c'est au texte intitulé « *Von der*

Popularität des Vortrages» (Du caractère populaire de l'exposé) qu'il fait allusion. Garve y déplore que : «divers écrivains de l'école kantienne aient assorti d'une nuance méprisante la dénomination de philosophe populaire».

Page 452.

1. Antoine-Laurent de Lavoisier (1743-1794) trouva la véritable explication de la combustion en y déterminant le rôle de l'oxygène — découvert par Priestley en 1774 — et ruina la théorie du phlogistique de Stahl, fondant ainsi la chimie moderne.

2. John Brown (1735-1788), médecin écossais célèbre par son système médical fondé sur l'excitabilité.

3. Il s'agit vraisemblablement, comme le pense Natorp, de J. Fr. Flatt contre lequel Kant s'était déjà élevé dans la préface à la *Critique de la raison pratique* (voir t. II, note de Kant p. 615). Il est l'auteur de nombreuses recensions des œuvres de Kant pour le *Tübinger Gelehrte Anzeigen,* recensions dans lesquelles il ne cesse de répéter qu'il n'y a rien de nouveau dans les doctrines de Kant. Par exemple on trouve déjà selon lui chez Samuel Werenfels, puis chez Lambert la distinction entre jugement analytique et synthétique. Il va même jusqu'à accréditer la thèse du professeur Schwab qui fait remonter cette distinction aux Anciens.

Page 453.

1. «Il n'y a pas à s'interroger plus avant sur une construction effective puisqu'on ne peut pas se représenter des figures sensibles d'après la rigueur des définitions ; mais est requise la connaissance de ce par quoi est réalisée leur mise en forme, laquelle est une certaine construction de l'intellect.» Christian August Hausen (1693-1745) fut professeur de mathématiques à Leipzig à partir de 1714.

2. Une certaine construction de l'intellect ; voir n. 1, p. 453.

3. Christian Wolff — philosophe et mathématicien (1679-1754) — construisit à partir de la doctrine de Leibniz un système rationaliste de forme scolastique qui s'imposa en Allemagne, ses disciples possédant les chaires de philosophie dans presque toutes les universités allemandes. Kant le tient pour «le représentant le plus considérable du dogmatisme rationaliste». Dans sa *Philosophia prima sive ontologia,* § 588, il définit ainsi la notion d'espace : «Si, considérant la coexistence des points A, B, C, D, etc. situés dans un même plan, nous distinguons la position de A par rapport à B de sa position par rapport aux autres points C et D, et en même temps la position

de B par rapport à C de sa position par rapport aux points A et D, etc., dans la mesure où ils sont placés les uns par rapport aux autres (réciproquement) selon un ordre tel que la distance entre A et C soit différente de la distance entre le même point A et D, nous obtenons une notion de l'espace. La vérité d'une proposition se découvre à travers l'*expérimentation,* si nous considérons des objets proches de nous [...] »

4. Friedrich Nicolaï (1733-1811), libraire allemand, auteur de *Lettres sur la situation actuelle des belles-lettres,* de *Lettres sur la littérature nouvelle* et de pamphlets contre ses contemporains. Il fut nommé membre de l'Académie de Berlin. Dans ses ouvrages philosophiques, il visait à la popularité. Il s'agit ici de *Geschichte eines dicken Mannes* (Histoire d'un gros homme, 1794) où il tourne en dérision l'abus du langage philosophique, notamment de la terminologie kantienne pour exprimer les choses les plus simples.

Page 454.

1. Shaftesbury (1671-1713) — Antony Ashley Cooper, comte de Shaftesbury, philosophe moraliste anglais ; *Characteristics of Men, Manners, Opinions, Times.* Voir *Treatise II. Sensus Communis : an Essay on the Freedom of Wit and Humour* (1709) ; sect. I ; § 3 : « *Truth [...] may bear all Lights : and* one *of those principal Lights [...] is* Ridicule *itself [...] So much, at least, is allow'd by All, who at any time appeal to this* Criterion *[...] »* (La vérité peut tolérer tous les aspects, dont l'un des principaux est le ridicule lui-même. C'est du moins ce qu'accordent tous ceux qui, à un moment donné, en appellent à ce critère (c'est-à-dire le ridicule).)

2. Kant supprime dans la deuxième édition cette phrase qui concluait la préface de la première : « J'espère pouvoir faire paraître d'ici peu les premiers principes métaphysiques de la doctrine de la vertu. »

Page 455.

1. Pour l'élucidation de cette définition, se reporter à l'éclaircissement donné par l'auteur tout au début de l'Appendice. (Voir également le tome II de la présente édition : « Préface » à la *Critique de la raison pratique.*)

Page 457.

1. Kant emploie le même terme que deux phrases plus haut : *Belieben.* Dans le premier cas, il désigne le fait que l'arbitre humain — ce qui le différencie déjà de l'arbitre animal — n'est

pas déterminé par des mobiles sensibles mais détermine lui-même par un choix quel mobile sera le plus influent et sera admis dans sa maxime subjective. Voir à ce sujet *Critique de la raison pratique,* § 8. Dans le deuxième cas, appliqué à la volonté législatrice, il souligne le fait que si cette volonté n'a pas à choisir sa loi, ce n'est pas qu'elle y soit contrainte mais elle la pose nécessairement en vertu de sa nature rationnelle. D'où l'identification sur laquelle se termine le paragraphe.

2. Dans la *Métaphysique des mœurs,* plus nettement qu'auparavant, Kant distingue quatre termes : *Willkür, freie Willkür, Wille, Freiheit,* que nous traduisons respectivement par arbitre, libre arbitre, volonté, liberté (suivant en ceci l'exemple de A. Philonenko dans son édition de cet ouvrage. L'*arbitre* désigne la faculté de désirer en tant qu'elle est déterminable. Le *libre arbitre* est cet arbitre en tant qu'il peut être déterminé par la raison, ce en quoi l'arbitre humain manifeste toujours un choix au niveau empirique. Sous l'aspect de cette indépendance révélée par la possibilité d'un principe de détermination rationnel, le libre arbitre est *volonté.* Cette volonté comme pouvoir de déterminer l'arbitre définit d'une part, du point de vue de ce qui est déterminé, la liberté de l'arbitre comme indépendance, d'autre part, du point de vue de ce qui est déterminant, la liberté (ainsi identifiée à la volonté) comme «faculté de la raison pure d'être par elle-même pratique».

Page 459.

1. C'est-à-dire dans les *Premiers fondements métaphysiques d'une science de la nature.*

2. *Newton* Isaac (1642-1727). Le célèbre physicien n'en appelle en fait pour sa troisième loi qu'à «une expérience réitérée» dans l'introduction aux *Principia : Axiomata seu leges motus,* Lex III.

Page 460.

1. S'il existe un parallélisme entre métaphysique de la nature et métaphysique des mœurs, il existe aussi une différence remarquable, c'est que si la physique peut établir à partir de l'expérience des lois universelles qu'il appartiendra à la métaphysique de la nature de dériver de principes *a priori,* les lois morales manifestent toutes et exclusivement la faculté pratique de la raison. Kant repousse donc tout projet de fonder la philosophie morale pure sur la psychologie ou l'anthropologie. Une métaphysique des mœurs ne pourra que s'appliquer à l'anthropologie.

2. «D'après des principes généraux, non universels.»

Page 462.

1. Kant parle dans la préface des *Fondements de la métaphysique des mœurs* d'une anthropologie pratique comme partie empirique de la métaphysique des mœurs. Le texte de 1798 s'intitulera *Anthropologie au point de vue pragmatique* et traite « de ce que l'homme, en tant qu'être de libre activité, fait ou peut et doit faire de lui-même » (préface). Dans une anthropologie morale ou pratique, il s'agirait seulement de ce que l'homme « doit faire de lui-même » mais en le prenant comme matière empirique, c'est-à-dire d'examiner ses conduites, ses mœurs, ses institutions pour en dégager les maximes (ce qu'elles prétendent avoir comme fins) afin de se demander si elles peuvent être universalisables. Il s'agirait du problème de la moralité concrète, de la subsomption des actes particuliers sous des critères objectifs, relevant de la typique du jugement pur pratique. (Voir R*ousset,* ouvr. cité, p. 512-513.)

Page 463.

1. Dans les paragraphes 1 et 2 de l'introduction à cet ouvrage.

2. Il s'agit du législateur d'où émane le droit positif. La législation émanant de la simple raison correspond au droit naturel.

Page 464.

1. Divisions par saut.

2. Ou bien permis ou bien interdit.

3. On peut avoir une représentation purement théorique du devoir. Dans cette représentation, la législation présente l'action comme nécessaire, non comme subjective et arbitraire mais comme une fin objective. On se situe dans la sphère pratique lorsqu'on pose la question du principe déterminant. Le devoir est ici l'action à faire soit par contrainte ou inclination *(Neigung)*, soit par respect : il n'est pas forcément moral.

Page 465.

1. Il faut observer les contrats.

Page 466.

1. La législation juridique admet une double contrainte, celle de la loi morale (éventuellement) et celle de la loi positive, alors que la législation éthique n'admet que la libre contrainte intérieure. C'est pourquoi, dès 1775, dans *Eine Vorlesung über Ethik,* Kant appelle « imparfaites » les obligations éthiques et

«parfaites» les obligations juridiques. (Voir l'introduction d'A. Philonenko, p. 34 et 35 à sa traduction de la *Doctrine du droit,* et l'ouvrage de S. Goyard-Fabre, *Kant et le problème du droit,* p. 57.)

Page 467.

1. Philosophie pratique universelle.
2. Il s'agit de la liberté comme indépendance à l'égard des mobiles sensibles. Au niveau empirique, une liberté définie comme pouvoir d'agir ou non conformément à la loi donc sans motif déterminant ne pourrait produire aucune action, mais seulement des mouvements anarchiques, sans aucune objectivité pratique. Voir *Opus postumum,* trad. Gibelin, Vrin, 1930, p. 88.

Page 469.

1. Faculté morale.

Page 470.

1. Indifférente, égale, chose qui relève de la simple faculté.
2. Kant veut dire que s'il est besoin d'une autorisation, c'est que l'action concernée pourrait ne pas être permise dans tous les cas et qu'une loi permissive ne peut se penser autrement que comme une restriction de la liberté. Une action simplement licite n'est donc susceptible de recevoir aucune législation. Cette précision est donnée à l'adresse de G. Hufeland. Kant avait fait la recension de son ouvrage : *Versuch über den Grundsatz des Naturrechts* (*Recherche sur le fondement du droit naturel*), paru en 1785. Il est l'un des plus remarquables représentants de l'école juridique kantienne. C'est dans l'introduction à l'ouvrage de 1790 : *Lehrsätze des Naturrechts* (*Les Principes du droit naturel*), que Hufeland, cherchant dans la loi morale le fondement du droit — ce que Kant ne fait plus en 1797 —, distingue parmi les actions volontaires celles qui sont permises (licites) et celles qui sont défendues (illicites) par cette loi. Les actions permises que celle-ci ordonne sont les devoirs auxquels on est tenu par les obligations. Les actions permises qu'autrui est tenu par ses devoirs de ne pas empêcher sont les actions autorisées. C'est cette deuxième classe d'actions permises qui définit pour Hufeland la sphère du droit.

Page 471.

1. Chose corporelle.
2. Droit ou moins droit.

3. Acte licite ou illicite.
4. *Reatus* signifie plutôt prévention, état d'accusation. Kant suit l'usage d'Achenwall (*Jus naturae,* § 17).
5. Conflit de devoirs ou d'obligations.
6. Les obligations ne sont pas en conflit.
7. Principes d'obligation non obligatoires.
8. La plus forte obligation l'emporte.
9. Le plus fort principe d'obligation l'emporte.

Page 473.

1. Si on donne à la liberté le sens de liberté de choix, qui définit le libre arbitre, la liberté ne peut plus qualifier la volonté mais il faudrait un autre terme, tel que autonomie.

Page 474.

1. Liberté d'indifférence.
2. Par rapport à l'arbitre brut ou servile.
3. Il y a donc des degrés de liberté. Le libre arbitre, comme possibilité de résister à la loi morale, manifeste sa finitude (voir *Critique de la raison pratique,* p. 705 de la présente édition, t. II), le choix recèle une négativité.

Page 475.

1. Concernant le rejet de la liberté d'indifférence, voir plus haut *La Religion dans les limites de la simple raison.* Concernant l'ensemble du développement de cette remarque, voir *Opus postumum.*
2. Cause libre.
3. Imputation judiciaire ou prenant effet.

Page 476.

1. Rémunération ou compensation bienfaisante.
2. Acte d'imputation acquittant.
3. Acte d'imputation inculpant.

Page 477.

1. Kant songe ici aux jusnaturalistes du XVIIe siècle tels que Pufendorf, Wolff et Achenwall.
2. La doctrine du droit, en partant des lois comme faits, comme matière juridique, opère une réflexion transcendantale sur ce donné pour établir les conditions de la juridicité alors que la science des jurisconsultes ne peut conduire qu'à l'application empirique des règles juridiques.

Page 478.

1. Lorsque mon arbitre se laisse déterminer par le besoin d'autrui, il s'agit d'une action éthique. Kant sépare ici le domaine du droit et celui de l'éthique : nul ne peut m'obliger à être vertueux. Ce deuxième point précise le niveau de la relation intersubjective auquel opère le droit : le droit est exclusivement une relation entre deux pouvoirs de décider.

2. Le troisième point précise encore la relation juridique : même si mon arbitre n'est pas libre mais cède à un penchant, la relation à autrui sera libre si cet autre n'est pas contraint par la nécessité dans sa relation avec moi. Il suffit que les deux arbitres *puissent* être libres. Le cas où j'ai une relation à autrui commandée par la nécessité sera examiné dans l'appendice à cette introduction au paragraphe II.

Page 479.

1. Tout ce paragraphe indique clairement que le droit est ce qui rend possible la liberté des arbitres. Il fait que mon arbitre s'inscrit dans une action où l'autre ait la possibilité de reconnaître la loi et d'agir par respect. Le droit est ici séparé de l'éthique comme sa condition de possibilité et la relation entre ces deux domaines est analytique (voir introduction d'A. Philonenko à sa traduction de la *Doctrine du droit,* p. 37).

Page 480.

1. Il n'y aura pas de déduction réelle du droit chez Kant, c'est-à-dire qu'il ne se demandera pas pourquoi le droit existe nécessairement. Pour que le droit devienne une représentation nécessaire, il faut que je me représente l'autre liberté, or chez Kant, autrui est seulement postulé. Les postkantiens tels que Fichte et Schelling, pour lesquels la prise de conscience de soi comme liberté n'est possible que dans l'intersubjectivité, verront là une insuffisance. Le sujet éthique kantien peut vouloir le droit, mais sans nécessité, il ne peut que le renforcer, non pas le fonder.

2. La contrainte s'accorde *(ist [...] zusammenstimmend)* avec la liberté, ce qui ne signifie pas qu'elle en dérive. La contrainte ne se trouve pas légitimée par là. Kant dit seulement qu'il existe une contrainte qui n'est pas contraire à la liberté. Il serait impossible de fonder sur la liberté transcendantale, qui est autonomie, la contrainte externe qui est hétéronomie.

Page 482.

1. Sur ce rapprochement, qui date de Leibniz, entre la méthode juridique et la méthode mathématique, consulter A. Philonenko, *Théorie et praxis,* p. 33-35.

2. Épicure, philosophe grec (341-270), parle des *intermundia*, espaces intercalaires entre les mondes, dans la « Lettre à Pythoclès » que nous a conservée Diogène Laërce (X, 89).

Page 484.

1. Tribunal céleste.

2. Tribunal terrestre. Le problème de l'équité comme correctif d'un droit apparaissant injuste est déjà évoqué par Aristote : *Éthique à Nicomaque,* V, 14. Pour Kant, le droit est ici impuissant à éliminer l'obstacle à la moralité puisque ce qu'une contrainte réclamerait ici relèverait du rapport éthique à soi-même.

Page 485.

1. Droit à une défense qui serait incriminée.

2. Nécessité n'a point de loi.

Page 486.

1. On trouve un développement analogue dans l'essai : *Sur le lieu commun il se peut que ce soit juste en théorie, mais en pratique cela ne vaut point,* dans le corollaire du chapitre II. Déclarant juridiquement impunissable l'acte de conservation de soi, Kant va ici contre Pufendorf. Concernant l'opinion des jurisconsultes à ce sujet, voir S. Goyard-Fabre, ouvr. cité, p. 79. L'examen fait ici du droit équivoque montre les limites de la dépendance de la morale par rapport au droit ; celui-ci étant une condition nécessaire mais non suffisante de la moralité, il ne peut pas la fonder.

2. Ulpien, jurisconsulte romain (170-228). Les préceptes d'Ulpien que cite Kant sont tirés du *Corpus Juris Civilis.* Le premier précepte cité est également commenté dans l'*Opus Postumum.*

3. Vis honnêtement.

4. Loi de l'homme juste.

5. Loi juridique.

Page 487.

1. Loi judiciaire.

2. Titre.

3. Dans cette deuxième division du droit, ainsi que dans le troisième point du paragraphe A, il appert que le droit civil est fondé sur le droit naturel puisque c'est en s'appuyant sur le droit naturel qu'on peut contraindre autrui à entrer dans un état civil. La division entre droit naturel et droit civil ne saurait recouvrir la division entre droit naturel et droit positif.

4. Nous traduirons toujours l'expression *« Mein und Dein »* par « mien et tien ». Il s'agit en effet d'un seul et même concept indiquant que la définition d'une chose comme propriété implique une relation entre arbitres.

Page 488.

1. Propos trompeur et fourbe.
2. À propos de cet exemple d'un mensonge qui peut être juridiquement neutre, on aperçoit qu'entre droit et morale il existe une autre distinction que subjective (c'est-à-dire autre que celle du mobile, qui est établie au § III de l'Introduction générale). Les législations juridiques et morales peuvent différer au niveau de leur objectivité elle-même.

Page 489.

1. Il n'y a qu'un seul droit au niveau purement formel de la liberté transcendantale définie dans sa relation à l'extériorité. D'un point de vue analogue, il n'y aura qu'un seul devoir de vertu (Introduction à la *Doctrine de la vertu,* § II).
2. Devoirs de vertu ou éthiques.
3. Kant fait allusion au *De Officiis* de l'écrivain latin.

Page 490.

1. Kant parle ici de la morale, dont le principe d'autonomie concerne uniquement la forme des maximes et non pas de l'éthique qui, elle, donne des fins à la liberté.

Page 492.

1. Nous traduisons l'expression *« das* natürliche R*echt »* par « le droit *de l'homme naturel* » pour le distinguer du droit naturel *(Naturrecht)*. Le droit de l'homme naturel est le droit qui existe dans les sociétés naturelles (Kant admettant dans l'état de nature des sociétés légales, est en accord avec Achenwall), le droit public est celui des sociétés civiles. Kant n'établit pas ces différences pour répondre au problème du XVIIIe siècle, celui du passage à l'état social, mais, plus profondément, pour distinguer la société et l'État. Le droit civil dérive de la fondation de l'état de nature dans lequel il existe déjà du droit. Ainsi, le droit de l'homme naturel et le droit civil sont tous deux dans la dépendance du droit naturel qui n'est autre que le pur concept de droit.

Page 495.

1. Kant se sépare ici de la plupart des jusnaturalistes et

notamment d'Achenwall. La difficulté que rencontre celui-ci, en partant du concept de *res nullius* (c'est-à-dire d'une chose n'appartenant à personne), à fonder la possession sur le droit naturel (voir A. Philonenko *Théorie et praxis,* p. 179-180), à faire de l'occupation empirique le principe suffisant de la propriété, peut conduire à en appeler à l'intervention nécessaire de l'État, comme le fait Rehberg dans ses R*echerches sur la* R*évolution française,* de 1793 (voir Xavier Léon, F*ichte et son temps,* p. 176 à 180).

Page 497.

1. Prestation.

Page 498.

1. Contrat qui prend sa source dans la chose. Dans la division romaine des contrats, il s'agit de ceux dans lesquels l'obligation naîtra de la tradition d'une chose.
2. Obligation active.

Page 502.

1. Titre de possession.

Page 509.

1. Kant distingue donc deux contraintes. Outre la contrainte juridique qui dérive du pacte civil, il faut admettre ici une première contrainte légitime comme maxime du droit privé. Cette contrainte apparaît dans l'état de nature pour se nier aussitôt dans l'état civil : elle est légitimée par ce qu'elle réalise.

Page 511.

1. Une communauté originaire du mien et tien.
2. Communauté dérivée.

Page 512.

1. Qui est premier dans le temps l'emporte en droit.

Page 513.

1. L'acquisition originaire est avec la première acquisition dans le même rapport que la communauté originaire avec la communauté primitive. La propriété privée n'est pas un postulat de la raison pratique «originairement, rien d'extérieur

n'est mien». Cependant l'acquisition originaire n'est que «la conséquence d'un arbitre individuel». Il ne s'agit pas là d'un subjectivisme juridique, comme l'affirme Michel Villey dans «Kant et l'histoire du droit» (in *Leçons d'histoire de la philosophie du droit*, p. 261 à 269) et dans sa préface à la traduction de la *Doctrine du droit* par A. Philonenko (ouvr. cité, p. 17 à 20), car il faut encore, pour que cet arbitre soit légitime, qu'il se conforme à «l'Idée d'une volonté unifiée possible», c'est-à-dire à l'Idée d'un contrat civil. Cet arbitre implique donc, bien qu'unilatéralement — ce qui rend son acquisition provisoire —, le renoncement de tous les autres à la chose, dans la communauté originaire. En toute acquisition, l'arbitre, en se rapportant à la chose, se rapporte originairement à tous les autres, toute thèse qui affirmerait l'existence d'un droit immédiat de l'individu sur la chose serait réifiante, comme l'indiquera Kant dans la remarque du § 17.

2. De par un acte, de par un contrat, de par une loi.

Page 514.

1. Droit réel, droit sur une chose.

2. En droit romain, le terme *vindicatio* désigne le premier moment de la procédure judiciaire, à savoir l'affirmation d'une maîtrise sur une chose par le plaignant.

Page 515.

1. Droit envers tout possesseur de cette même chose.

Page 517.

1. [Détention] d'une possession physique.

Page 518.

1. Volonté unilatérale ou propre.

Page 519.

1. Le droit privé ne serait pas du droit si en lui n'était pas fondée la contrainte à entrer dans un état de droit civil qui ne s'oppose au droit privé qu'en tant qu'il dérive également du droit naturel. Kant admet bien l'existence d'un droit avant l'état civil, et en cela, il s'accorde avec les jusnaturalistes. Le droit, en tant qu'il implique analytiquement la contrainte, ne repose pas seulement sur la force publique et Kant ne conduit pas au positivisme juridique, comme le pense Michel Villey dans «Kant dans l'histoire du droit» (in *Leçons d'histoire de la*

philosophie du droit) et dans sa préface à la traduction de la *Doctrine du droit* par A. Philonenko (ouvr. cité, p. 13). Il faut en outre remarquer ici qu'à la légitimation de la contrainte à entrer dans un état civil se superpose un fondement éthique : l'état civil apparaît comme devoir. C'est dans la réalisation de l'État que semblent se réunir éthique et droit. Ces deux sphères ayant pour condition formelle la présence en nous de la loi morale, on pourrait alors demander ce qui différencie le droit naturel, en tant qu'Idée pure du droit, de la morale.

Page 521.

1. Chose qui relève de la simple faculté.

Page 522.

1. Si une première contrainte issue du droit privé est légitimée dans la mesure où elle a entraîné les autres volontés à entrer dans des rapports juridiques, elle est illégitime si elle demeure violence, c'est-à-dire si ceux auxquels elle s'applique refusent l'Idée d'un contrat civil. Dans le monde du droit privé, on ne peut pas forcer quelqu'un à être juste. Une telle condamnation de la colonisation est courante à la fin du XVIIIe siècle. On la trouve chez Voltaire dans *Candide* (chap. 19), chez Montesquieu dans l'*Esprit des lois* (livre V, chap. 13, livre XV, chap. 5).

Page 523.

1. Voir n. 4, p. 486.
2. Voir n. 5, p. 486.
3. Loi de justice distributive.
4. Loi permissive.

Page 525.

1. L'accessoire suit son principal.
2. Kant, déduisant la propriété de la liberté et non du travail, s'oppose au Fichte des *Contributions destinées à rectifier le jugement du public sur la* Révolution *française* (1793) et revient à Achenwall. Il s'accorde avec Fichte pour définir la propriété par l'usage, mais c'est précisément pour cela que sa condition de possibilité subjective ne peut pas être l'usage.

Page 526.

1. Non pas selon un acte mais selon la loi.
2. Selon un droit inhérent à ma chose.

Page 527.

1. Droit de disposer de sa chose.
2. Le *dominus directus* est celui qui a la nue-propriété d'une chose, le *dominus utilis* est celui qui en a l'usufruit (voir Achenwall, *Jus naturae,* § 162).

Page 530.

1. Voir n. 1, p. 498.
2. Les actes subjectifs des contractants, dans leur insuffisance à garantir l'établissement du droit, sont les signes négatifs de son essence, la volonté unifiée *a priori* qui ne peut pas être exposée dans l'intuition et demeure atemporelle. Les actes juridiques impliquent une négation du temps dans la mesure où ils sont effectifs.
3. Chose promise.
4. Moses Mendelssohn (1729-1786). Son ouvrage : *Jérusalem ou du pouvoir religieux et du judaïsme* (1783), où se trouve traité le problème de l'origine du droit de contrainte et celui de la validité du contrat, est déjà cité dans la troisième section de l'essai : *Sur le lieu commun : il se peut que ce soit juste en théorie, mais en pratique, cela ne vaut point.*
5. Si Kant accorde bien, contre Pufendorf, que deux volontés humaines suffisent à conclure un contrat, il n'admet pas (contre le Fichte des *Contributions destinées à rectifier le jugement du public sur la* Révolution *française*) qu'un contrat puisse être dénoncé unilatéralement, ce qui l'amènera ultérieurement à refuser le droit de résistance comme l'avait fait Pufendorf.

Page 532.

1. Chose vacante.
2. La *traditio* désigne en droit romain le transfert de propriété par lequel le contrat s'exécute, c'est la remise de la main à la main pour les meubles, le tour du propriétaire que fait faire l'aliénateur à l'acquéreur pour les immeubles.

Page 533.

1. En vertu du contrat qui prend sa source dans la chose.
2. [Droit de] demander la tradition.

Page 534.

1. Cette remarque vise à montrer que la conclusion du contrat n'entraîne qu'un droit personnel et une obligation, ce qu'il ne faut pas confondre avec l'effectivité juridique du

contrat : il ne peut prendre effet que *a posteriori* dans une *traditio,* par laquelle seule le droit s'affirme comme réel.

Page 535.

1. Kant a besoin ici d'une nouvelle catégorie juridique (voir l'appendice 2). Il ne s'agit pas d'un droit réel puisqu'il porte sur une personne, qui est donc susceptible d'imputation, ni d'un droit personnel car je n'y oblige pas autrui à une prestation envers moi (j'en use comme chose).

Page 536.

1. Crime charnel contre nature.
2. Désir errant, amour vulgaire, fornication.
3. Hegel se moquera de la définition du mariage comme contrat (*Principes de la philosophie du droit,* § 75). Il soutiendra (ouvr. cité, addition au § 161) que le mariage est une relation éthique qui ouvre au monde objectif et qu'il se trouve par Kant « rabaissé au niveau d'un contrat pour usage réciproque ».

Page 537.

1. Il faut remarquer ici que le mariage est un contrat entre deux personnes, non un contrat de l'une avec toutes les autres, et que c'est sans intervention de l'État que l'un des époux peut ramener l'autre au logis. Ainsi, le mariage est un contrat juridique totalement indépendant du droit civil. C'est un droit de l'homme naturel qui dérive seulement du concept pur du droit.
2. Contrat de fornication.

Page 538.

1. Contrat honteux.
2. L'expression *locatio-conductio* qui désigne le louage indique les obligations différentes des deux parties engagées dans ce contrat. La *locatio,* louage, implique une contre-prestation, la *conductio,* qui peut être par exemple un loyer.
3. Liaison charnelle.

Page 541.

1. Le droit le plus personnel.

Page 542.

1. Il faut ici faire la même remarque que précédemment : l'obligation faite aux parents de prendre en charge l'enfant ainsi

que l'obligation réciproque faite à celui-ci de se soumettre se passent de toute sanction juridique civile. Le droit civil ne fonde pas toujours le droit privé.

Page 543.

1. Maître d'un esclave.

Page 544.

1. Division logique.
2. Triage, action de rassembler un donné en plusieurs parts.

Page 546.

1. Permutation au sens large.
2. Permutation au sens strict.
3. Voir n. 2, p. 538.
4. Louage de travail.
5. Gestion de négoce.
6. Le contrat de garantie.
7. Les matériaux de cette division sont tous empruntés à Achenwall.

Page 547.

1. Godfried Achenwall (1719-1772) enseigna l'histoire et la statistique dont il fut le créateur. Il fut un grand juriste et définit le droit comme ce qui peut raisonnablement s'exiger par voie de contrainte extérieure. Kant se réfère au § 207 du *Jus naturae* où il est dit : «l'usage principal et ordinaire de la monnaie consiste en l'aliénation». Il ne s'agit pas, chez l'auteur, d'une définition.
2. Par un pacte onéreux.

Page 550.

1. Échange public.
2. Smith : économiste écossais (1723-1790), auteur des *Recherches sur la nature et les causes de la richesse des nations.* Là aussi, Kant a donné à la pensée de l'auteur la forme d'une définition. Dans l'ouvrage cité (Liv. I, chap. 4), il est dit : «C'est de cette manière que la monnaie est devenue chez tous les peuples civilisés l'instrument universel du commerce, et que les marchandises de toute espèce se vendent et s'achètent, ou bien s'échangent l'une contre l'autre par son intervention.» L'auteur expose au chapitre 5 que l'ultime et véritable mesure d'après laquelle la valeur de tous les biens en tout temps et en tous lieux peut être estimée et comparée est le travail.

Page 551.

1. Voir l'essai : *De l'illégitimité de la contrefaçon des livres* (1785).

Page 552.

1. Il se conduit en mandataire bien que sans mandat.
2. Usage frauduleux.
3. Droit de disposer d'un travail.
4. Droit d'habitation.

Page 553.

1. Kant s'oppose à Achenwall (*Jus naturae,* § 217) en reprenant les arguments du droit romain.

Page 554.

1. Ils appartiennent au droit naturel.
2. Par l'usucapion ou prescription acquisitive, le droit romain transforme une possession de fait en situation juridique. Le droit archaïque ne posait que deux conditions à la régularité de l'usucapion : l'écoulement d'un délai allant jusqu'à deux ans et le fait que la chose usucapée n'ait pas été volée.
3. En vertu d'un consentement présumé.

Page 555.

1. Possession de bonne foi.
2. Possession irréfragable.
3. Présomption de droit et de par le droit.
4. Présupposition légale.
5. Rendre incertaine la maîtrise sur les choses.

Page 556.

1. Institué héritier.
2. Disposition de la dernière volonté.
3. L'exigence d'une institution d'héritier constitue le trait caractéristique du testament romain.

Page 557.

1. Droit gisant dans la chose.
2. Hérédité gisante.
3. Le droit romain distingue une *res nullius* — dont Kant refuse le concept — qui est une chose non encore appropriée (comme le gibier par exemple), d'une *res vacua :* il s'agit d'une

succession pour laquelle aucun héritier ne s'est présenté et que toute personne (à l'époque républicaine) pouvait recueillir par usucapion d'un an, sans juste titre ni bonne foi.

4. Kant s'oppose à Achenwall : « Les testaments n'appartiennent pas au droit naturel », *Jus naturae*, § 240.

Page 558.

1. Des morts, ne rien [dire] que du bien.

Page 562.

1. Le don.
2. Personne n'est présumé abandonner ce qui est sien.
3. Le droit civil a pour fonction de garantir le contrat, non de le fonder, car on ne peut forcer personne à renoncer à sa liberté naturelle (c'est-à-dire à accepter de ne pas revenir sur sa promesse).

Page 564.

1. La charge incombe à l'emprunteur. Le droit romain affirme que la charge du dommage incombe à l'emprunteur, mais en tant qu'« élément naturel » car elle n'est pas un élément constitutif du prêt (voir S. Goyard-Fabre, ouvr. cité, n. 138, p. 178).

Page 565.

1. [Acte] d'abandon ou d'aliénation.

Page 566.

1. Quelqu'un est présumé honnête, aussi longtemps que, etc.
2. Au titre de marchandise à vendre.

Page 567.

1. Justice commutative.

Page 568.

1. En faveur de la justice distributive.

Page 569.

1. Kant ne méconnaît pas complètement le rôle du juge. Il faut nuancer l'opinion de Michel Villey, dans sa préface citée plus haut, p. 23.

2. Marsden (1754-1836), explorateur de la Malaisie et auteur d'études sur le langage malais et en particulier sur celui de Sumatra. Il est déjà cité dans la *Critique de la faculté de juger* (première partie, « Remarque générale sur la première section de l'Analytique »).

Page 570.

1. En cas de nécessité.

Page 571.

1. Il s'agit de deux types de serments de l'ancienne jurisprudence : le serment promissoire garantissant qu'une promesse sera honorée ; le serment assertoire assurant la réalité d'une prestation présente ou passée.

Page 573.

1. C'est contre Achenwall que Kant affirmait sa division du droit naturel, au dernier alinéa de la « Division de la doctrine du droit ». Les quatre contrats qu'il vient d'analyser le conduisent à nouveau à insister sur la séparation entre société et État.

Page 574.

1. Quelqu'un sera présumé méchant aussi longtemps qu'il n'offrira pas de sécurité au partenaire.

2. Que les parties conviennent d'en user selon leur arbitre, c'est aussi un droit. Le droit naturel ne contenant le contrat qu'en Idée, cette Idée ne peut contraindre réellement. L'état civil peut bien rester un pur Idéal si les hommes refusent d'y entrer. Chez Kant, à la différence de Rousseau chez qui l'homme, s'il ne peut pas vouloir s'aliéner, le veut néanmoins lorsqu'il se retrouve par là comme volonté générale (*Du contrat social*, chap. VI), on peut ne pas consentir à une telle aliénation parce qu'au départ on n'a pas la possibilité de vouloir la contrainte qui n'est pas encore légitime. L'histoire répond à cette difficulté par la réalisation effective de l'État, fondée sur l'intérêt et non sur la contrainte. La théorie d'une contrainte se légitimant par ce qu'elle réalise apparaît comme superflue, et c'est l'histoire qui a à jouer le rôle d'une déduction transcendantale de l'état civil. Schelling, dans la *Nouvelle déduction du droit naturel* (1795), creusera ce problème. Il contestera que le droit soit issu d'une bonne volonté (il n'y aurait pas de problème du droit si toute volonté était bonne), il n'est issu que d'une volonté qui veut le droit, c'est-à-dire la coexistence des volontés. Une volonté particulière peut tou-

jours choisir l'hétéronomie et la volonté universelle n'a aucun droit à la contraindre car ce serait en faire une chose. On ne peut déduire aucun droit de contrainte de l'universalité morale et forcer à la liberté est supprimer la liberté. Ainsi reste-t-on dans l'état de nature car toute force qui s'oppose à la contrainte (même si celle-là se réclame de la morale) est justifiée. On ne pourra donc fonder le droit civil existant que sur un jeu mécanique des forces. Dans le *Fondement du droit naturel* (1796), Fichte abandonnera également comme moment inutile cette théorie de la contrainte pour fonder le droit sur un pur mécanisme. Dans l'introduction à cet ouvrage, il réfutera l'idée selon laquelle le contrat civil est un impératif catégorique — un concept de droit n'a de sens que dans une communauté et sous des lois positives — et fera du droit un impératif hypothétique selon lequel je dois restreindre ma liberté en vue d'une loi universelle aussi longtemps qu'autrui en fait de même. Ainsi le droit ne fera plus partie de la métaphysique des mœurs (seul un être moral peut avoir chez Kant le concept de droit) mais sera renvoyé au domaine technico-pratique. L'État deviendra donc un pur moyen établissant une norme qui rend possible une intersubjectivité réelle par limitation des libertés.

3. Nous rejetons à la fin de l'ouvrage l'appendice à la *Doctrine du Droit,* que Kant avait placé à la fin de la première partie dans la deuxième édition de 1798, car il y est aussi traité de problèmes qui se rattachent au droit public.

Page 575.

1. Chose publique au sens strict.

Page 576.

1. Concernant la thèse que l'entrée dans l'état civil est nécessaire et ne repose pas sur des prémisses empiriques, voir l'essai déjà cité, *Sur le lieu commun : il se peut que ce soit juste en théorie mais, en pratique, cela ne vaut point,* section II, corollaire. La différence essentielle entre les contrats privés et le contrat civil est que ce dernier n'est pas commutatif, c'est-à-dire une union des volontés en vue d'une fin technico-pratique. Ici, l'union des volontés a pour fin cette union elle-même, c'est pourquoi le contrat civil ne peut pas être fondé sur l'expérience.

Page 578.

1. Pouvoir législatif, exécutif et judiciaire.
2. Il n'y a pas d'injure envers celui qui y agrée.

Page 579.

1. Le contrat social n'étant pas un fait n'a chez Kant que le statut d'un critère. Il ne peut en être déduit que la maxime, pour le souverain, de légiférer comme si les lois pouvaient procéder de la volonté unifiée du peuple. Le peuple a en retour le devoir de considérer les lois comme s'il leur avait donné son consentement.

2. Au point de vue de la nature ou au point de vue civil.

Page 580.

1. Dans une note de l'essai déjà cité, *Sur le lieu commun : il se peut que ce soit juste en théorie mais en pratique cela ne vaut point,* Kant reconnaît explicitement la difficulté qu'il éprouve à fonder *a priori* la distinction entre citoyen actif et citoyen passif. Il existe en effet deux objections graves à la thèse kantienne consistant à fonder l'indépendance civile sur la propriété, et plus précisément sur la possibilité de ne pas livrer son travail avant d'être payé. D'abord, la possession n'étant fondée qu'après l'institution de l'état civil, on ne comprend pas comment cette possession peut conditionner la qualité de citoyen. En second lieu, si la situation de dépendance et de protection est un argument contre la capacité de voter, cela signifie que la possibilité d'être influencé par autrui constitue une objection. Que devient alors la liberté de penser et d'exprimer publiquement ses pensées, que Kant considérera toujours comme fondamentale, et qui est bien envisagée comme l'exercice d'une influence?

Page 582.

1. À la différence de Rousseau pour lequel «l'autorité souveraine est simple et une», telle qu'«on ne peut la diviser sans la détruire» (*Du contrat social,* Livre III, chap. 13), Kant admet un partage des pouvoirs et chacun d'eux a une autorité propre. Chez Rousseau, si le souverain se fait représenter dans l'exercice du pouvoir exécutif, la subordination de l'exécutif n'apparaît que comme un moindre mal (comme il ressort du chapitre 11 du livre III du *Contrat social*) car le peuple souverain ne peut exercer sur lui qu'un contrôle imparfait. Si Kant sépare les pouvoirs, il tend néanmoins en même temps à les rassembler dans la personne du souverain puisqu'ils sont «la volonté universellement unifiée résidant en trois personnes». Le problème sera pour lui ensuite de limiter le souverain, ce que l'on verra à propos du statut de propriétaire qui lui est accordé, du droit qu'il exerce vis-à-vis des serviteurs de l'État et du droit de gracier.

2. Gouvernement de la cité et de la patrie.

Page 583.

1. De justice distributive.
2. Il s'agit du pouvoir exécutif et du pouvoir judiciaire.

Page 584.

1. D'un roi mal informé faire un roi mieux informé.
2. Le salut de la chose publique est la loi suprême.
3. Par exemple au chapitre 4 du livre I du *Contrat social.*

Page 585.

1. Pacte de soumission civile.
2. Formule inspirée de la parole de l'apôtre saint Paul : *« non est potesta nisi a Deo »* (il n'est pas de puissance si ce n'est par Dieu), que l'on retrouve avec un autre usage chez Rousseau (*Du contrat social,* livre I, chap. 3). Dans la tradition chrétienne, cette formule sert à exprimer la thèse de l'origine divine du pouvoir civil.
3. Le souverain ne peut pas être limité de l'extérieur, la légitimité de son autorité ne peut venir que de son respect intérieur pour la loi. L'Idée du contrat civil joue pour lui le rôle d'un impératif catégorique, ce n'est que pour le peuple que les lois peuvent posséder une valeur juridique.

Page 587.

1. Opposition au monarque en l'espèce du tyrannicide. Dans cette remarque, Kant se rapproche de Pufendorf et se sépare de Achenwall (voir l'essai *Sur le lieu commun [...],* corollaire à la section II, p. 279 et suiv.). En un sens il suit les conceptions de Rousseau qui déclare dans les *Lettres écrites de la montagne :* « il est de l'essence de la puissance souveraine de ne pouvoir être limitée : elle peut tout, ou elle n'est rien » (Pléiade, t. III, p. 826). Or chez Rousseau, cette thèse ne vaut que dans la mesure où la souveraineté ne peut être distinguée du peuple. Kant distingue le souverain — qui n'est soumis à aucun devoir envers ses sujets — du peuple ; admettre un droit de résistance serait admettre que la souveraineté n'est pas une (en trois personnes toutefois). Fichte rejoindra Rousseau en admettant que le contrat civil peut être dénoncé unilatéralement. Rousseau en effet (chap. 4 du livre I du *Contrat social*) déclare qu'un contrat au terme duquel on se retrouve voué à une obéissance sans bornes est nul dans la mesure où l'on n'est pas le même avant et après le contrat : celui qui s'est aliéné ne peut plus avoir passé le contrat, il a perdu sa personnalité morale. (Il faut remarquer qu'au paragraphe 30 de la *Doctrine du droit,* Kant s'est servi de cet argument pour limiter le droit domestique et

qu'il le reproduira au paragraphe D de la remarque générale au droit public.) Ici, Kant et Rousseau parviennent à des conclusions diamétralement opposées : pour le second, si un «peuple promet simplement d'obéir, il se dissout par cet acte» (*Du contrat social,* livre II, chap. 1), et «l'émeute qui finit par étrangler ou détrôner un sultan est un acte aussi juridique que ceux par lesquels il disposait la veille des vies et des biens de ses sujets» (*Discours sur l'origine de l'inégalité parmi les hommes,* Pléiade, t. III, p. 191) ; pour le premier, c'est l'État qui se dissout si la soumission populaire est limitée.

Page 588.

1. Charles Ier, roi d'Angleterre (1600-1649). Poussé au despotisme par ses ministres, il souleva une violente opposition au Parlement. Une guerre civile s'ensuivit et il se réfugia en Écosse. Il fut livré aux parlementaires et les partisans de Cromwell l'enlevèrent, puis le firent condamner à mort. Il fut décapité devant le palais de Whitehall. Louis XVI (1754-1793), roi de France en 1774. Le déficit économique que le financier Necker ne réussit pas à combler, le mouvement d'opinion et la résistance des notables qui l'accompagnaient, décidèrent le roi à réunir les États généraux en 1789. C'est là qu'il perdit sa popularité, par ses hésitations, par l'appui secret qu'il donna aux émigrés et par ses négociations avec l'étranger. Décidé à quitter Paris avec sa famille (1791), il fut arrêté à Varennes et ramené dans la capitale où il prêta serment de fidélité à la Constitution. Il fit appel aux souverains étrangers et la guerre éclata en 1792. Suspendu de ses fonctions après le 10 août, il fut accusé de trahison, parut devant la Convention, et fut condamné à mort comme «coupable de conspiration contre la liberté de la nation et d'attentat contre la sûreté générale de l'État». Il fut décapité le 21 janvier 1793.

2. Crime immortel, inexpiable. Ce crime ne peut être appelé, dans la suite de la note, un «suicide de l'État», que dans la mesure où Kant place finalement dans la seule personne représentant le pouvoir législatif, la totalité des pouvoirs civils.

Page 592.

1. Voir n. 1, p. 584.

Page 593.

1. Taxes sur les objets de consommation, notamment sur les boissons, en usage surtout en Angleterre et en Hollande.

Page 597.

1. La terminologie kantienne pour désigner le souverain est

très variable. On trouve les termes de *oberster Befehlshaber* comme ici, de *Staatsoberhaupt* (chef d'État), *Souverän* (souverain), *Staatsherrscher* (souverain de l'État), *Befehlshaber* (chef), *Beherrscher* et *Herrscher* (souverain).

2. Le souverain kantien, malgré sa compétence constitutionnelle infaillible, n'est pas un dictateur puisque les corps de l'État sont inviolables et qu'il n'a donc pouvoir que sur le régent, qu'il ne peut néanmoins pas punir.

Page 599.

1. Esclave au sens strict.

Page 600.

1. Le bail emphytéotique de biens immeubles est un bail à très long terme qui confère au preneur un droit réel susceptible d'hypothèque. Le preneur est tenu de toutes les contributions et charges. Le bail ne peut pas être prolongé par tacite reconduction.

Page 604.

1. Kant fait allusion à la tentative malheureuse de Charles Edouard Stuart, petit-fils de Jacob II, pour recouvrer le trône d'Écosse, durant l'année 1745-1746, pendant la guerre de la succession d'Autriche. Lord Balmerino, parmi ceux qui furent accusés de haute trahison pour leur participation à la sédition, se distingua par sa fermeté héroïque en marchant à l'échafaud.

2. «Préférer l'existence à l'honneur.» Vers du poète latin Juvénal (Satire VIII, vers 83). Mot volontiers cité par Kant.

Page 605.

1. Le celèbre traité *Dei delitti e delle pene* (Des délits et des peines) paru en 1754, du marquis de Beccaria (1738-1794), juriste et philosophe, eut un immense retentissement. Kant partage avec lui l'opinion de Rousseau que toutes les lois doivent être envisagées comme émanant de la volonté unifiée du peuple. C'est pourquoi la conclusion qu'en tire le marquis à propos de la peine de mort mérite particulièrement d'être mentionnée ici.

Page 606.

1. C'est à l'article XVI de son traité que le marquis de Beccaria expose l'argument selon lequel un contrat aux termes duquel autrui peut disposer de ma vie est un non-sens. Kant vise ici à montrer que si l'on ne distingue pas la volonté

particulière du coupable et la volonté unifiée *a priori* dans le contrat, non seulement la peine de mort mais toute peine devient impossible. Cependant, Fichte réaffirmera la thèse du marquis. Par son crime, le coupable s'exclut de la société civile et une peine n'aurait de sens que dans la mesure où elle rétablirait la relation entre l'État et l'individu avec le consentement de ce dernier, ce qui n'est pas le cas de la peine de mort. On ne peut donc faire expier un homme malgré lui, on ne fait que se venger, et Fichte rejoint alors Rousseau qui déclare, dans *Du contrat social* (liv. II, chap. 7), qu'un malfaiteur cesse d'être membre de la patrie en violant ses lois et que «quand on fait mourir le coupable, c'est moins comme citoyen que comme ennemi».

Page 608.

1. Crime de lèse-majesté.

Page 610.

1. Ce mot qui signifie couramment misère, désigne d'abord la mise au ban dans le vieil haut allemand.
2. Chose publique au sens large.
3. Thèse diamétralement opposée à celle de Rousseau selon lequel toute délégation de souveraineté dissout le peuple qui devient alors «une agrégation mais non pas une association» *Du contrat social* (liv. I, chap. 5).

Page 611.

1. Gouvernement de la foule. C'est une dégénérescence de la démocratie.

Page 613.

1. Il apparaît clairement ici que le droit civil ne saurait se confondre avec le droit positif. Les sociétés réelles se forment par les seules tendances, sans qu'il soit besoin d'un Idéal régulateur (comme il était affirmé dans le *Projet de paix perpétuelle*, dans le premier supplément de la section II, lorsque Kant présuppose «un peuple de démons»). L'État reste une Idée selon laquelle le souverain, au-dessus des lois particulières, peut les transformer en raisonnant moralement.

Page 614.

1. Kant fait allusion à la politique de Louis XVI. Le 10 juin 1789, les députés du Tiers rassemblés aux États

Généraux se proclamèrent Chambre des communes, puis, ayant obtenu par des ralliements la majorité absolue, se proclamèrent le 17 juin Assemblée nationale. Celle-ci prit aussitôt un pouvoir autonome et des décisions financières. Le 20 juin, décidant de rédiger une constitution, elle prétend au titre d'Assemblée constituante. Le roi céda et consacra son titre d'Assemblée nationale. Désormais, les États Généraux qui n'avaient de pouvoir consultatif, que par le roi, sont devenus une assemblée mandatée par le peuple, représentant une souveraineté résidant dans la nation.

Page 615.

1. *Völkerrecht* signifie mot à mot : droit des peuples. *Jus publicum civitatum :* droit public des cités.

Page 617.

1. Fédération amphictyonique. L'amphictyonie est une sorte de conseil général des cités dans la Grèce antique.

Page 619.

1. Puissance qui fait trembler.

Page 620.

1. Au milieu des armes, les lois se taisent.

Page 622.

1. Cité hybride.

Page 623.

1. Hegel s'opposera à Kant et aux théoriciens scolastiques de la guerre juste. Chaque État conservant sa souveraineté, un désaccord dans une fédération des États ne peut se solder que par une rupture et la fédération reste impuissante. La guerre est un conflit de droits, déclare-t-il dans *La Constitution de l'Allemagne* (*Hegels Schriften zur Politik und Rechtsphilosophie,* éd. Lasson, Leipzig, 1923, p. 100-101), et aucun principe moral ne peut être placé au-dessus du devoir pour un État de se conserver.

Page 624.

1. Il est étonnant que Kant ne donne que des arguments

empiriques et techniques en faveur de l'impossibilité d'un État des États. Peut-être veut-il signifier par là que la réalité objective pratique de l'Idée de paix perpétuelle est en elle-même un fondement suffisant de l'action politique.

2. Au paragraphe 333 des *Principes de la philosophie du droit,* Hegel rejette explicitement comme utopique le cosmopolitisme kantien, condamné à rester éternellement de l'ordre du devoir être puisqu'«il n'y a pas de préteur pour trancher les différends entre les États». L'idée d'une fédération des États suppose de la part des États une adhésion dont les prémisses sont morales donc toujours conditionnées par les volontés particulières des membres. Cette critique montre que se répète ici chez Kant le problème du passage au droit civil, c'est-à-dire de la légitimité d'une contrainte à entrer dans un état juridique.

Page 626.

1. Globe de terre et d'eau.

Page 627.

1. Anton Friedrich Büsching (1724-1793). Géographe et historien célèbre, il fut également théologien.

Page 628.

1. Supposition.

Page 630.

1. Le recenseur est le professeur Friedrich Bouterweck de Göttingen. Les citations que fait Kant de cette recension ne sont pas toujours littéralement exactes.

Page 633.

1. Étoile filante.

Page 635.

1. Chose fongible. Kant devrait dire plutôt : *res consumptibilis,* chose consommable, la *res fungibilis* se caractérisant par sa disparition et son remplacement par une chose analogue dans l'usage qu'on en fait.

2. Contrat honteux. La syntaxe de cet alinéa est très difficile.

3. Droit sur une chose.

4. Droit envers la chose.

Page 636.

1. Louage d'un travail.
2. Louage d'une personne.
3. Locataire.
4. Par voie de fait.

Page 637.

1. Charge.

Page 638.

1. La loi du talion.
2. Parce qu'il y a eu faute.

Page 639.

1. Pour qu'il ne soit pas commis de faute.
2. Lieu de ce qui est juste.
3. Pratiquable.
4. Honnête.
5. Par où quelqu'un a fauté, c'est par là-même qu'il est lui-même puni.
6. On trouve le même argument chez Hegel, dans l'addition au paragraphe 100 des *Principes de la philosophie du droit.*

Page 640.

1. La charge de fournir la preuve.
2. La conservation est une création continuée.
3. Acquérir par usucapion.

Page 641.

1. La conservation de ma possession par prescription.
2. Par prescription.

Page 642.

1. Droit gisant dans la chose.
2. Légalement.

Page 643.

1. Institution d'héritier.
2. Les testaments appartiennent au droit naturel.
3. Déclaration testamentaire d'un bénéfice perpétuel.
4. Corps mystique.

Page 645.

1. Nous adoptons la correction de Natorp concernant l'ordre de la phrase.

Page 651.

1. La doctrine du droit part du principe qu'un individu se donne une fin, quelle qu'elle soit, qui peut être empirique, le problème étant uniquement de savoir comment la poursuivre sans entraver la liberté d'autrui. Elle est formelle car il ne s'agit là que de déterminer l'accord de la liberté avec elle-même dans son usage externe.

2. Parallèle à la métaphysique de la nature, la «Doctrine du droit» est analogue à une théorie du choc : elle présuppose les actions humaines comme mouvements, la contrainte externe rétablissant l'accord entre les arbitres lorsqu'ils s'entrechoquent. La «Doctrine de la vertu» réalisera pour la philosophie pratique quelque chose d'analogue au passage *[Übergang]* dont il est parlé dans l'*Opus postumum* entre la métaphysique de la nature et la physique. Dans ce passage, par un emprunt minimal à l'expérience, on ajoute *a priori* le substrat du mouvement, la matière comme force motrice, pour déterminer *a priori* ce qui est mesurable dans la nature. De la même façon, la «Doctrine de la vertu» sera une dynamique : la vertu sera définie comme la force humaine (ajoutée *a priori*) d'incarner la moralité.

Page 652.

1. Nous choisissons le texte de la seconde édition.

Page 653.

1. Kant a toujours affirmé que les vérités pratiques sont toutes accessibles au bon sens et que sur ce point, la philosophie n'a rien à apprendre à personne — ainsi dans une note de la préface de la *Critique de la raison pratique*, p. 615 du tome 2 de la présente édition. La métaphysique a pour seul rôle de renforcer la conscience morale en amenant ses concepts à la clarté. Cette intention, qui est morale, est à opposer au jugement de Hegel taxant l'impératif catégorique de formalisme vide (le critère selon lequel il ne doit pas y avoir de contradiction ne donne rien, car, où il n'y a rien, il ne peut y avoir contradiction), § 135 des *Principes de la philosophie du droit.*

2. «Nécessairement» : ajouté dans la deuxième édition.

Page 655.

1. Il pourrait s'agir de l'essai de 1796 : *Sur un ton supérieur*

nouvellement pris au philosophie figurant dans le présent ouvrage, notamment de la note où Kant combat l'eudémonisme. Il peut s'agir également de l'essai de 1793 : *Sur le lieu commun : il se peut que ce soit vrai en théorie mais, en pratique, cela ne vaut point.*

2. Nous choisissons le texte de la première édition.

3. Ici prend place dans la seconde édition une table des matières.

Page 656.

1. Philosophie morale.

2. Droit. *Jurisprudentia* (jurisprudence) dans la deuxième édition.

3. Éthique.

Page 658.

1. Vertu, courage moral.

2. La matière que détermine la «Doctrine de la vertu» est la nature humaine empirique en tant que la raison pratique s'y trouve incarnée. Il s'agira de déterminer quelles fins sont objectives, c'est-à-dire universalisables et non contradictoires (selon la première formule de l'impératif catégorique), et pratiques, c'est-à-dire relevant des catégories de la liberté, posées *a priori* par la volonté.

Page 659.

1. Doctrine des devoirs de vertu qui agirait par devoir (car à ce compte, il n'y aurait pas de volonté mauvaise qui soit libre), mais obéir à la loi morale est devenir libre en supprimant peu à peu la contingence de l'obéissance. Il y a pour Kant des degrés de liberté.

Page 661.

1. Faculté morale en général.

2. Faculté juridique.

3. Nous suivons le texte de la première édition. Il convient de distinguer le niveau de la morale, (celui de la *Critique de la raison pratique,* où il est seulement question de déterminer l'action faite par devoir) du niveau de l'éthique, qui au mobile purement formel ajoute des fins à réaliser.

Page 662.

1. Leonhard Cochius (1717-1779), prédicateur de la cour, membre de l'Académie des sciences de Berlin, obtint le prix

décerné par celle-ci pour son essai : *Über die Neigungen* (Des penchants), imprimé en 1769.

2. Opposé contradictoirement.

3. Opposé en tant que contraire ou réellement. On trouve un développement analogue dans *La Religion dans les limites de la simple raison.* Voir également *Essai pour introduire en philosophie le concept de grandeur négative,* t. I, p. 265 et suiv.

Page 666.

1. Action orientée.

Page 667.

1. Il est question du génie qui inspire Socrate dans l' *Apologie de Socrate* de Platon.

2. Que l'on ne puisse se proposer comme devoir la perfection d'autrui n'empêche pas Kant de proposer une « didactique éthique » au paragraphe 49 du présent ouvrage. La vertu n'est pas innée.

Page 668.

1. Si Kant s'accorde avec Aristote pour reconnaître que le bonheur est une fin universelle de l'homme, la recherche du bonheur est contradictoire et la raison y est inapte, comme l'expose la première section des *Fondements de la métaphysique des mœurs* (p. 253 du tome II de la présente édition). Le bonheur ne peut donc rester qu'une fin subjective.

Page 669.

1. À la place de ces termes, on trouve dans la première édition le mot *« jus »* (droit).

Page 671.

1. La division entre devoirs parfaits et imparfaits est annoncée dans les *Fondements de la métaphysique des mœurs* (dans une note de l'auteur, p. 285, t. II de la présente édition). Les devoirs éthiques ne portant que sur les maximes subjectives des actions, la quantité des actions ne peut être déterminée *a priori* (ce qui laisse la place à une casuistique). Il y aura cependant des devoirs éthiques parfaits, qui sont les devoirs restrictifs ou négatifs envers soi-même, interdisant à l'homme de porter atteinte à l'humanité en sa personne (au nombre desquels il faut compter l'interdit du mensonge, qui envers autrui ne peut pas être plus que la violation d'un droit). Ils donneront toutefois également lieu à une casuistique.

Page 675.

1. Santé morale. La deuxième édition dit *salus moralis,* salut moral.

Page 676.

1. Nous choisissons le texte de la deuxième édition. Le mot scandale eﬅ ici à prendre au sens religieux : occasion de pécher créée par une personne qui incite les autres à se détourner de leurs devoirs.

Page 678.

1. La « Doctrine du droit » part des fins naturelles contingentes pour remonter à leurs maximes qui doivent simplement contenir l'accord avec la liberté d'autrui selon des lois universelles. La « Doctrine de la vertu » suit le mouvement inverse : à partir de la loi morale, il s'agit de trouver ses orientations pratiques dans la nature humaine empirique.

Page 679.

1. Albrecht von Haller (1708-1777), anatomiste et botaniste suisse, fut aussi poète. Les vers que Kant modifie sont tirés d'un poème datant de 1734 : *« Über den Ursprung des Übels »* (de l'origine du mal), et sont en réalité les suivants : *« Denn Gott liebt keinen Zwang, die Welt mit ihren Mängeln / Ist besser als ein Reich von Willenlosen Engeln. »* (Car Dieu n'aime aucune contrainte, le monde avec ses défauts / Est meilleur qu'un royaume d'anges privés de volonté.)

Page 681.

1. Prédisposition.

Page 687.

1. Aristote définit la vertu comme un juste milieu entre deux vices dans l'*Éthique à Nicomaque,* II, 2 et 8.

2. *« Medio tutissimus ibis » :* Le milieu est [pour toi] le chemin le plus sûr. Ovide, *Métamorphoses,* II, 137. *« Omne nimium vertitur in vitium »* (tout excès se change en vice) ; formule introuvable, celle qui s'en rapproche le plus se trouve chez Sénèque, dans le traité *De tranquillitate animi* (De la tranquillité de l'âme), IX, 6 : *« vitiosum est ubique quod nimium est »* (il y a vice dès qu'il y a excès).

3. *« Est modus in rebus, sunt certi denique fines, quos ultra citraque*

nequit consistere rectum » (il est en toutes choses un milieu, des limites déterminées enfin, au-delà et en deçà desquelles ne peut se trouver le bien). Horace, Satire I, livre I, vers 106-107, « *Medium tenuere beati* » (les gens heureux gardent le milieu) ; formule introuvable. « *Virtus est medium vitiorum et utrinque reductum* » (la vertu est le milieu entre deux vices, à égale distance de l'un et de l'autre). Horace, Épîtres, livre I, XVIII, vers 9. À la place de cette formule, on lisait dans la première édition : « *insani sapiens nomen habeat* », (le sage recevrait le nom d'insensé), formule dans laquelle Kant se souvient des vers d'Horace, Épîtres I, livre VI, vers 15 et 16, voir n. 1, p. 694.

Page 688.

1. La prodigalité est un excès dans la consommation des richesses.
2. L'avarice est une insuffisance [dans la consommation des richesses].

Page 689.

1. Courage moral.
2. Le texte porte « *Kriegsehre* », littéralement : honneur guerrier.

Page 690.

1. De même que dans la note de Kant au paragraphe II de l'« Introduction », la vertu apparaît ici comme un acte spontané de renonciation à la liberté de choix.

Page 692.

1. Caractère bas, servile.

Page 694.

1. Le sage mériterait le nom d'insensé, le juste celui d'injuste, s'ils poursuivaient la vertu elle-même en delà de ce qu'il suffit. Voir n. 2, p. 687.

Page 696.

1. Devoir éthique ou de vertu.

Page 697.

1. La première édition porte : catéchétique.

Page 699.

1. Première édition : catéchétique.

Page 702.

1. Kant établit ici la prééminence du devoir envers soi-même, que suppose déjà la simple Idée du devoir. On trouve ce primat affirmé dès 1775 dans *Eine Vorlesung über Ethik,* où il déclare que : « sur ce point, toutes les morales philosophiques sont fausses » et que « celui qui rejette le devoir envers soi rejette aussi l'humanité ». Il critique en outre Wolff d'avoir pensé que le devoir envers soi consiste à assurer notre bonheur propre.

Page 703.

1. Supporte et abstiens-toi. C'est un adage stoïcien.
2. Exerce les forces dont tu disposes.
3. Devenir meilleur, richesse morale.
4. Perfectionne-toi comme fin, perfectionne-toi comme moyen.

Page 704.

1. Nous choisissons le texte de la première édition.
2. Honnêteté interne, juste estime de soi.

Page 706.

1. Kant fait ici allusion à la discussion sur le suicide dans le *Phédon* de Platon (62b-62c).

Page 707.

1. Il n'y a pas d'injure envers celui qui y agrée.

Page 708.

1. Personnage romain légendaire. Un tremblement de terre ayant ouvert un gouffre sur le Forum, les augures annoncèrent qu'il ne se refermerait qu'au prix de ce que Rome avait de plus précieux. Le patricien Curtius ayant jugé qu'il ne pouvait s'agir là que des armes et de la valeur guerrière se précipita à cheval et en armes dans le gouffre qui se referma.
2. Le philosophe stoïcien Sénèque, précepteur de l'empereur Néron, encourut sa disgrâce pour avoir participé à une conspiration. Néron lui donna l'ordre de s'ouvrir les veines, ce qu'il fit.
3. Allusion à Frédéric II le Grand, roi de Prusse.

Page 709.

1. Nous choisissons la première édition.

Page 714.

1. Il réchauffait sa vertu de vin pur. Kant songe aux vers d'Horace (Ode III, 21, vers 11 et 12) : *« narratur et prisci Catonis | saepe mero caluisse virtus ».* (On raconte que souvent l'antique Caton lui-même réchauffait de vin pur sa vertu.)

2. Chesterfield (1694-1773), homme d'État et écrivain anglais. La formule est introuvable chez lui. On la rencontre chez Aulu-Gelle, *Nuits attiques,* XIII, 11.

Page 715.

1. S'exprimer ouvertement d'une façon, penser en son for intérieur d'une autre. La citation exacte : *« aliud clausum in pectore, aliud in lingua promptum habere »* (penser secrètement d'une façon, s'exprimer ouvertement d'une autre), se trouve dans le *De conjuratione Catilinae,* X, de Salluste.

Page 716.

1. Texte de la première édition. Dans la seconde édition, la phrase se termine comme suit : « renoncement à sa personnalité où le menteur se révèle comme une simple apparence trompeuse d'homme, non comme homme véritable ».

Page 717.

1. Deuxième édition : *« Unlauterkeit »* (impureté).

Page 718.

1. En français dans le texte.

Page 719.

1. Nous choisissons la seconde édition.

2. Voir n. 1, p. 687.

Page 720.

1. Dans l'*Éthique à Nicomaque* (II, 5).

2. La vertu réside dans le milieu. Cette formule s'inspire du vers d'Horace : *« virtus est medium vitiorum et utrinque reductum »,* cité dans la note de Kant au paragraphe XIII de l'Introduction. Les deux autres formules qui suivent s'y retrouvent également. Voir n. 2, p. 687.

3. *« Contradictorie oppositis »* : opposés contradictoirement. *« Contrarie oppositis »* : opposés contraires. Voir n. 2, p. 662.

Page 721.

1. Vers d'Horace déjà cité par Kant. Voir n. 2, p. 687 et n. 1, p. 694.
2. Libéralité dans la dépense.

Page 722.

1. Homme phénoménal, animal rationnel.

Page 723.

1. Présomption morale.
2. Nous choisissons la deuxième édition.
3. En explicitation du terme, la deuxième édition ajoute : « en tant que mépris de soi-même ».

Page 724.

1. Dignité interne.

Page 726.

1. Oh, n'est-ce pas encore assez !
2. Ces bagatelles mènent aux choses sérieuses.
3. En tant que mérite ou que démérite.
4. Saint Paul, Rom. (II, 15).

Page 727.

1. Kant emploie d'abord le mot *« Respekt »* dont il explicite le sens en songeant à son étymologie latine. Le texte de la parenthèse est : *« mit Furcht verbundener Achtung »*.

Page 729.

1. Le préteur ne s'occupe pas des vétilles.

Page 730.

1. La seconde édition ajoute ici : « et la connaissance de soi que l'on peut obtenir par là ».
2. Cette phrase est inspirée de Hamann (1730-1788), dit le « mage du Nord », adversaire de l'*Aufklärung* et penseur mystique. La même phrase se trouve citée dans la section I du *Conflit des facultés*.

Page 731.

1. Nous choisissons le texte de la première édition.

Page 732.

1. La deuxième édition modifie ainsi le titre après les deux points : «tenir pour un devoir envers d'autres êtres ce qui est un devoir de l'homme envers soi-même ou envers d'autres hommes».

Page 733.

1. Le texte dit bien : *Mineralien, Pflanzen, Tiere.*
2. Il faut noter le privilège qu'accorde Kant à la contemplation de la nature comme signe de la disposition morale en l'homme, parce que cet intérêt est immédiat. Le goût pour les œuvres de l'art peut toujours être lié à un intérêt relatif à la société, qui n'est pas nécessairement moral. L'intérêt pour la beauté naturelle est celui de la raison remarquant que la nature permet l'accord de ses produits avec une satisfaction désintéressée en se donnant à voir comme finalité sans fin. C'est l'intérêt de la raison pour le bien moral qui commande l'intérêt immédiat pour le beau naturel (voir sur ce point le paragraphe 42 de la *Critique de la faculté de juger*).

Page 738.

1. Ex., XXII, 31. I Pre, 1, 16.
2. Mtt., V, 48.
3. Philipp., IV, 8.

Page 741.

1. Les vers de Haller auxquels songe Kant proviennent du poème *Über die Ewigkeit* (De l'éternité) : *Ô Dieu! tu es à toi seul le fond du tout!... / Et si seulement tes forces inébranlables pouvaient décliner, / Alors bientôt, en gouffre béant, / Un néant universel du règne entier de l'être / Absorberait le temps et l'éternité ensemble, / Comme l'océan une gouttelette d'eau.*

Page 742.

1. Respect à témoigner aux autres.

Page 743.

1. Procédant de l'égoïsme.

Page 749.

1. L'action des marques de reconnaissance est invitation à donner plus.
2. Variante de la seconde édition : «la simple et cordiale bienveillance envers le bienfaiteur est déjà une manière de reconnaissance».

Page 751.

1. Humanité pratique.
2. Humanité esthétique.
3. Communauté de sentiments libérale. Deuxième édition : *communio sentiendi libera* (communauté de sentiments libre).
4. Communauté de sentiments non libérale, servile. Variante de la seconde édition : *communio sentiendi necessaria* (communauté de sentiments inévitable).

Page 753.

1. Le terme *adiaphora* (indifférents) est emprunté au vocabulaire doctrinal des stoïciens. Pour Zénon de Cittium, la sagesse est la science des choses bonnes, des choses mauvaises et des choses indifférentes. Doivent être choses indifférentes les résultats de nos actions volontaires ainsi que les événements extérieurs. Une «querelle des indifférents» apparaît au XVIe siècle en Allemagne, opposant les partisans de Melanchton aux luthériens orthodoxes.
2. Dans *Eine Vorlesung über Ethik,* Kant souhaite que les maîtres de morale songent à «présenter les actions dépendant de la bonté comme des actions obligatoires et à les réduire au droit». Le devoir de bienveillance étant fondé en l'Idée de l'humanité en général, il est difficile de la distinguer du devoir de respect. Il est donc justifié ici d'une façon esthétique : dans l'amour des hommes, la raison pratique peut trouver un intérêt immédiat (c'est-à-dire indépendant du bonheur qui pourrait en résulter), à la réalité objective de l'Idée de souverain Bien.

Page 756.

1. Le célèbre vers de Térence : «*Homo sum : humani nihil a me alienum puto*» (Je suis homme : j'estime que rien d'humain ne m'est étranger), se trouve dans la comédie : L'homme qui se punit lui-même (*Heautontimoroumenos,* I, 1, 25).
2. Deut., XXXII, 35. Parole citée également par Kant dans *La Religion dans les limites de la simple raison* (troisième partie, note de Kant au chapitre 6 de la première section).

Page 757.

2. Vers tiré du poème : *Vom Ursprung des Übels,* (De l'origine du mal, II, 107).

Page 758.

1. Voir n. 1, p. 742.

Page 761.

1. Opposé à la vertu en tant que contraire.

Page 762.

1. Sentiment élevé.

Page 764.

1. Réplique ironique.

Page 765.

1. Révérer la loi.
2. Révérence pour l'homme.
3. Respect dû.

Page 767.

1. Nous choisissons le texte de la seconde édition.
2. Kant emploie le mot *« Porismen »,* transcription du mot grec qui signifie « corollaire ».
3. Il n'y a pas de schématisation dans la philosophie pratique, car la loi de la liberté ne peut pas être présentée dans l'intuition sensible. Il ne peut y avoir qu'une typique de la faculté de juger pure pratique, dans laquelle la loi morale se représente comme constitutrice de l'objectivité d'une nature sensible. Le jugement pratique qui fonctionne dans la casuistique (laquelle est au même niveau que la schématisation dans le domaine théorique), est celui qui demande si une action projetée serait encore possible à vouloir si sa maxime était constituée en loi de la nature. Il s'agit là d'un acte de l'entendement qui va de la maxime subjective au type de la loi morale. Cette comparaison ne peut fournir qu'une orientation pratique mais nullement un principe déterminant pour la volonté.

Page 768.

1. Nous choisissons la deuxième édition.
2. Héros de la mythologie grecque.
3. Sentence attribuée à Aristote par Favorinus, selon Diogène Laërce (V, 1, 21). On trouve au livre VII de l'*Éthique à Eudème* (12, 1245 b, 20) une sentence analogue : «l'homme qui a plusieurs amis n'en a aucun».

Page 769.

1. Tendresse de l'amitié.

Page 771.

1. Nous choisissons la deuxième édition.
2. Nous choisissons la deuxième édition.
3. Sous-entendu : celles opposées aux défauts qui viennent d'être évoqués.
4. Juvénal, Satire VI, vers 165 : «oiseau rare en ce monde et qu'on pourrait comparer à un cygne noir».

Page 772.

1. Devoir de relation, sociabilité.
2. Mener sa vie séparément.

Page 773.

1. Humanité esthétique et de convenance.
2. Le sens de cette phrase est énigmatique. Celui qui est «assez riche» semble être l'homme vertueux qui ne craint pas de poursuivre des relations avec le vicieux. Ce faisant, il met la vertu à prix : il en «coûte à la vertu son honneur». Le vertueux flatte le vicieux en le fréquentant, il corrompt par là «le parasite», c'est-à-dire le vicieux qui recherche la fréquentation du vertueux, «les délices de l'opulence», par intérêt. C'est donc ici la vertu déshonorée qui corrompt le vice.

Page 774.

1. La parénétique est chez les stoïciens une partie de la morale qui consiste en des règles particulières que donne un maître de morale pour les actions. Il s'agit de conseils et d'exhortations (comme l'indique le mot grec παραινετική).

Page 775.

1. Apprenons en enseignant.

Page 777.

1. Kant emploie ici dans la première édition le mot *«Beispiel»* alors qu'il emploie *«Exempel»* dans tout le reste du paragraphe. Voir la note de l'auteur. Dans la deuxième édition, il remplace *«Beispiel»* par *«Exempel»* tout en conservant sa note.

Page 778.

1. Dans la «Méthodologie de la raison pure pratique» (p. 793, t. II de la présente édition), Kant regrette l'absence d'un catéchisme moral. Dans les *Réflexions sur l'éducation* il regrette l'existence d'un catéchisme de droit.

Page 784.

1. «Accoutume-toi aux désavantages et détourne-toi des avantages de la vie, supporte et abstiens-toi.»

2. La séparation rigoureuse qu'opère Kant entre la vertu et le bonheur ne conduit pas fatalement à faire de l'existence éthique une conscience malheureuse. La doctrine des postulats de la raison pratique (notamment l'existence de Dieu par lequel sera réalisé l'accord de la vertu et du bonheur) n'est pas la seule réconciliation que propose Kant. Il existe un contentement moral, qui n'a rien d'empirique, provenant de l'indépendance à l'égard des penchants, qui est la conséquence de l'action morale.

3. Horace, Épîtres I, 1, 60. Le texte est le suivant : *«hic murus aheneüs esto / conscire sibi, nulla pallescere culpa»* (que ce soit pour toi un mur d'airain de n'avoir rien à te reprocher, de n'avoir pas à pâlir d'une seule faute).

Page 785.

1. En réalité, la source n'est pas l'*Institution oratoire* de Quintilien, mais Cicéron : *De natura deorum*, I, 23, 63. Protagoras fut *«urbe atque agro exterminatus»* (chassé de la cité et du pays), mais il n'était pas propriétaire résident à Athènes.

2. En français dans le texte.

Page 788.

1. Récompense, rémunération gracieuse.

Page 789.

1. Horace, Ode III, 2 (31, 32) : *«raro antecedentem scelestum / deseruit pede Poena claudo»*. (Le scélérat peut prendre de l'avance : rarement la Peine, avec son pied boiteux, l'a laissé échapper.)

Page 795.

LETTRES À TIEFTRUNK

1. Johann Heinrich Tieftrunk (1760-1837), professeur de philosophie à Halle en 1792, auteur d'un *Essai d'une critique de la religion* (1790), de *Recherches philosophiques sur le droit privé et public* (1797) et éditeur d'un recueil d'écrits de Kant (1799) auquel il est fait allusion à la fin de cette lettre.

2. La lettre de Tieftrunk du 5 novembre (AK. XII, 3, 210-217) nous est parvenue incomplète, mais peut être reconstituée grâce à un passage de sa *Denklehre* (p. VI) où il expose qu'il a interrogé Kant dans cette lettre pour savoir comment, dans la *C.R.P.*, la catégorie peut bien s'appliquer aux phénomènes, puisque, selon la philosophie critique, ils découlent de deux sources totalement hétérogènes, l'entendement et l'intuition, et que toute subsumption exige une homogénéité des deux termes.

3. Cette phrase est la suivante : « Or il est clair qu'il doit y avoir un troisième terme qui doit être homogène d'un côté à la catégorie, de l'autre au phénomène et qui rend possible l'application de la première au second. Cette représentation médiatrice doit être pure (sans rien d'empirique) et cependant d'un côté intellectuelle, de l'autre sensible. » (*C.R.P.*, « Du schématisme des concepts purs de l'entendement », AK. III, 134, t. I, p. 885).

4. En effet cette phrase établit qu'il y a une médiation entre la catégorie et le phénomène.

5. Tieftrunk propose une solution qu'il présente comme intermédiaire entre celle de Fichte, qui croit pouvoir déduire intégralement la sensation, et celle de Beck, qui la tient pour totalement empirique, quoique conditionnée par l'unité originairement synthétique de l'aperception : c'est d'admettre qu'il y a, dans le contenu de la sensation quelque chose de purement empirique certes, mais aussi quelque chose de constitué par l'aperception et donc homogène aux catégories, et qui serait ce par quoi ce contenu est un *quale* en général ; il y aurait donc une synthèse antérieure à l'application des catégories aux phénomènes, ce qui pourrait s'autoriser du texte des deux premières synthèses dans la première édition de la *C.R.P.* (AK. IV, 77-79, t. I, p. 1406-1409), mais Tieftrunk préfère naturellement tirer à lui le texte des « Anticipations de la perception » (AK. III, 152-158, t. I, p. 906-914). Les remarques que cette analyse a suscitées chez Kant se trouvent dans des annotations portées en marge de la lettre de Tieftrunk ; ici, il se borne à rappeler sa doctrine du schématisme en la perfectionnant (voir n. 1, p. 798).

Page 796.

1. Voir *C.R.P.*, « Axiomes de l'intuition » et « Anticipations de la perception » (AK. III, 149-158, t. I, p. 902-914).

2. Voir *C.R.P.*, « Analogies de l'expérience et Postulats de la pensée empirique » (AK. III, 158-191, t. I, p. 914-954).

3. Jacob Sigismund Beck (1761-1819) fit ses études à Königsberg, puis enseigna au gymnasium de Halle. En 1799, il fut nommé professeur de métaphysique à Rostock. Il contribua puissamment à répandre la pensée de Kant par son *Abrégé explicatif des écrits critiques du professeur Kant* (1793-1796), ses *Esquisses de la philosophie critique* (1795) et son *Commentaire de la Métaphysique des mœurs* (1798).

4. Rappel du titre du volume III de l'*Abrégé,* qui est : L'*Unique Point de vue à partir duquel la philosophie critique doit être jugée.* Beck part de l'analyse des catégories pour en tirer les conditions sous lesquelles seules elles peuvent trouver un objet à savoir leur application à l'intuition pure de l'espace et du temps : c'est cette démarche que Kant rappelle dans la phrase qui suit. Dans le brouillon préparatoire à cette lettre, il explique que la démarche de Beck ne change rien au contenu de la *Critique,* mais seulement sa méthode d'exposition ; cependant cette méthode (le *« changement de point de vue »* mentionné plus loin), puisqu'elle ne commence pas par une esthétique transcendantale qui établit les conditions de la donation d'objet à un entendement fini, présente l'inconvénient de laisser longtemps le lecteur dans l'incertitude sur la nature des objets que peuvent désigner les catégories. C'est pourquoi cette méthode n'a pas la même clarté que celle, synthétique de la *C.R.P.* (voir AK. III, 4, 471).

5. Voir note précédente.

6. Nous corrigeons *aber* (mais) donné par l'édition de l'Académie, en *oder* (ou bien) que donne d'ailleurs le brouillon de la lettre (AK. XIII, 4, 468).

Page 798.

1. Dans la *C.R.P.*, le pouvoir médiateur du schème est dû à ce qu'il est une détermination transcendantale du temps, homogène d'un côté à la catégorie, en tant que cette détermination est une règle universelle, et de l'autre au phénomène en tant qu'elle est temporelle comme eux (AK. III, 134-135, t. I, p. 885). Ici, pour répondre aux objections de Tieftrunk, Kant établit une homogénéité plus étroite : il y a homogénéité entre le composé (le concept empirique) et le concept de composition, qui est présent en chaque catégorie ; mais cette homogénéité ne relève pas de la logique formelle, elle n'est pas analytique, puisqu'elle est établie synthétiquement par l'acte de

composer (selon une règle) ; cet acte de composer lui-même, qui constitue le composé comme tel en le rendant homogène au concept de composition présent en toute catégorie, n'est à son tour possible que par le schématisme en tant que cette détermination transcendantale de temps est homogène au divers représenté dans le sens interne.

Page 799.

1. Voir n. 1 de la p. 795.
2. Voir n. 1, p. 795 (AK. XII, 3, 220).
3. Kant n'écrivit pas cette préface à l'édition de ses écrits par Tieftrunk.
4. Hermann Daniel Hermes (1737-1807), pasteur à Breslau, membre de la commission de censure à Berlin depuis 1791.
5. Gottlieb Friedrich Hillmer (1756-1835), membre du consistoire suprême, membre de la commission de censure. Sur les vicissitudes des écrits de Kant et leurs démêlés avec la censure, voir Delbos, *La Philosophie pratique de Kant,* p. 488, n. 1 et Menzer, *« Zur Kants Zensurstreitigkeiten »* (*Kantstudien* XXIII, 1918).

Page 800.

1. Johann Erich Biester (1749-1816) secrétaire du ministre von Zedlitz en 1775, puis bibliothécaire à la Bibliothèque royale de Berlin en 1784, éditeur du *Berliner Monatsschrift.*
2. Frédéric-Guillaume II, mort en 1797. C'est sous son règne que la censure avait été renforcée avec le remplacement du libéral Zedlitz par le pasteur Wöllner. L'avènement de Frédéric-Guillaume III amena un assouplissement.
3. En effet l'université de Halle autorisa le livre dont les diverses parties furent publiées comme un tout sous le titre *Le Conflit des facultés.*
4. Ce compte rendu, assez étendu, parut dans les numéros 5 et 9 de l'*Allgemeine Literaturzeitung* des 4 et 8 janvier 1798. Il concernait plusieurs ouvrages de Fichte : *Sur le concept de la doctrine de la science* (Weimar 1794), *Fondements de la doctrine de la science dans son ensemble* (Leipzig, Iéna 1794), *Traits fondamentaux de ce qu'on appelle à proprement parler doctrine de la science* (ibid. 1795), article du *Philosophisches Journal* (vol. 5, art. 1, 6). Mais en fait ce compte rendu limitait son analyse au premier et au dernier de ces écrits ; en particulier il renonce à analyser les *Fondements,* si bien que Kant ne peut avoir par cette recension une idée très précise de l'entreprise de Fichte. Le compte rendu peut être attribué à B. Erhard, qui avait déjà fait celui de la « Contribution pour juger la Révolution française » dans le *Philosophisches Journal* de Niethammer en 1795.

Page 801.

1. C'est pourtant un terme que Kant a employé lui-même dans un sens qui ne l'identifie pas à la logique formelle : voir AK. XX, 7, 273 ; t. III, p. 1228.

Page 805.

LE CONFLIT DES FACULTÉS

1. Carl Friedrich Stäudlin (1761-1826) ; professeur de théologie à Göttingen à partir de 1790 ; ses relations avec Kant datent de l'envoi par Stäudlin d'un écrit composé par lui et accompagné d'une lettre datée du 9 novembre 1791 (AK. XI, 296) ; Kant répond le 4 mai 1793 en envoyant sa *Religion dans les limites de la simple raison* et une longue lettre sur l'histoire de la censure de son ouvrage (AK. XI, 414-416). Le 14 juin 1794, Stäudlin lui envoie son *Histoire du scepticisme* et lui demande une contribution au *Journal de science religieuse* qu'il veut fonder (AK. XI, 488 et suiv.) ; le 4 décembre 1794, Kant répond qu'il dispose d'un traité intitulé *Le Conflit des facultés,* achevé depuis quelque temps déjà, et qu'il a l'intention de le lui adresser : la suite de la lettre montre qu'il s'agissait de l'actuelle « Première Section ».

2. Sur le récit qui va suivre des démêlés de Kant avec la censure, voir V. Delbos, *La Philosophie pratique de Kant,* Paris, P.U.F., 1926, p. 488, n. 1, et p. 540 et suiv.

3. Il s'agit de Jean Christophe Wöllner, ministre de Frédéric Guillaume II, chargé d'organiser la réaction contre les pratiques libérales du règne de Frédéric II.

Page 806.

1. Kant s'applique à justifier son titre de 1793, en partie responsable à ses yeux de ses problèmes avec la censure ; une première mise au point avait été effectuée dans la préface de la deuxième édition (1794) de la *Religion dans les limites de la simple raison* (AK. VI, 12) (voir aussi les *Vorarbeiten zur Religion,* AK. XXIII, 91-93, qui contiennent le matériel dont s'est servi Kant dans ses explications publiées). Pour l'essentiel, la défense de l'ouvrage de 1793 consiste à opposer religion « à l'intérieur des limites de la raison » et religion « déduite de la raison » selon une déduction *a priori* qui ferait abstraction de l'expérience : voir sur ce point la pénétrante analyse de J.-L. Bruch, *La Philosophie religieuse de Kant,* Paris, Aubier, 1968, p. 29 et suiv.

2. Selon A. Wardas (*Altpreussische Monatsschrift,* XXXVII, p. 90, n. 1), il s'agit de Wasianski, que Kant rencontra en 1790, avec qui il entretint des relations d'amitié à partir de 1794, et qui fut plus tard son biographe.

Page 807.

1. Une première rédaction de la réponse de Kant, retrouvée dans ses papiers, a été publiée par Schubert (éd. de Rosenkranz et Schubert, XI, 1, p. 272).

Page 808.

1. A. G. Baumgarten (1714-1762) : ce disciple de Wolff, fondateur de l'« esthétique » comme théorie du beau, avait publié des manuels philosophiques que Kant utilisait dans ses cours, notamment une *Metaphysica* en mille paragraphes, parue en 1739 ; voir *Nouvelles remarques pour l'éclaircissement de la théorie des vents* (AK, I, 502), et *Annonce du programme des leçons pour le semestre d'hiver 1765-1766* (AK. I, tr. M. Fichant, Vrin, 1973), ce dernier texte notamment justifiant le choix de la *Metaphysica* comme « fondement de l'exposé » pour la psychologie empirique, la cosmologie, l'ontologie, la psychologie rationnelle et enfin — terme de la série — « la science de Dieu et du monde ». Sur l'influence exercée par Baumgarten sur la théorie kantienne du mal radical, voir J. Bohatec, *Die Religionsphilosophie Kants in die « Religion innerhalb der Grenzen der blossen Vernunft »*, Hamburg, 1938, p. 269 et suiv. (Kant a travaillé aussi sur les *Praelectiones theologiae dogmaticae* de 1773).

Page 809.

1. Johann Davis Michaelis (1711-1791), professeur de théologie à Göttingen à partir de 1745, fondateur de la critique vétéro-testamentaire, directeur de 1753 à 1770 des *Göttinger Gelehrten Anzeigen*. Sa *Morale* fut publiée en 1792, après sa mort, par Stäudlin. Voir Bohatec, ouvr. cité, p. 247 : Michaelis voyait dans le péché originel un paradoxal penchant au mal moral qui pousse l'homme à faire ce que pourtant il trouve déraisonnable, thèse que Kant fera sienne dans la *Religion*. Michaelis représente aussi pour Kant (c'est le cas ici) l'un des théologiens contemporains qui avaient remis en question le dogmatisme orthodoxe en alimentant leur pensée autant à l'*Aufklärung* qu'à Luther.

2. Le manuscrit porte : *« nicht nach ihren Vermögen, nach dem, was sie als zu thun vorschreibt »*, dont le sens n'est pas évident. Vorländer (AK. VII, 349) conjecture qu'il faut entendre : *« nicht nach ihrem* theoretischen *Vermögen,* sondern *nach dem* [...] ». Nous le suivons.

Page 812.

1. L'homme d'État éclairé est Eberhard Julius Wilhelm Erust von Massow (mort en 1816), qui devint en 1798 ministre

de la Justice, tout en étant directeur du département des cultes et des écoles, et curateur des universités.

Page 813.

1. *République* s'entend ici au sens propre *(das gemeine Wesen)*.
2. *Claudius Salmasius* (*Claude de Saumaise*, 1588-1655), historien et juriste français, professeur à Leyde jusqu'en 1650 ; le *De annis climacteriis et de antiqua astrologia* parut à Leyde en 1648.

Page 816.

1. D'après A. Oncken (*Die Maxime « laissez-faire et laissez passer »*, Bern, 1886), le récit rapporté par Kant est l'origine de ladite maxime ; le ministre français était Colbert et le marchand un certain Legendre.
2. *Aurait à donner :* addition de Vorländer.

Page 825.

1. En français dans le texte.

Page 831.

1. En français dans le texte.

Page 838.

1. Cette définition de la religion comme « connaissance de tous nos devoirs comme des ordres divins » (*Critique de la faculté de juger*, « Remarque générale sur la téléologie ») est constante chez Kant : voir par exemple *Critique de la raison pure*, t. I, p. 1374-1376 (pour une analyse de cette définition, voir O. Reboul, *Kant et le problème du mal*, Montréal, 1971, p. 169). De là, plus bas (AK, VII, 49), la définition du paganisme comme une religion qui ne contiendrait rien de moral, et donc ne serait pas en fait une religion.
2. Sur la dimension « véhiculaire » du christianisme, voir dans les mêmes termes *La Religion dans les limites de la simple raison*, tr. Gibelin, Paris, Vrin, sixième éd., 1969, p. 143, 153, 174, 178, 199. Est par là impliquée une critique du dogmatisme orthodoxe, l'un des adversaires privilégiés (avec un certain piétisme) de la religion de la raison : cette critique, développée dans les pages qui suivent, définit ce qu'on a pu appeler un « protestantisme libéral » (O. Reboul note d'ailleurs, ouvr. cité, p. 181, que *La Fin de toutes choses* applique explicitement au christianisme le terme « libéral »).
3. Jn, 5, 39.

Page 840.

1. Le passage est intraduisible ; nous reproduisons une conjecture de Vorländer.

2. Sur cette section, voir Delbos, ouvr. cité, p. 518 et suiv., et surtout Bruch, ouvr. cité, ch. V et VI.

Page 841.

1. Guillaume Postel, né en 1505 ou en 1510, mort à Paris en 1581. La «logique délirante» que rapporte ici Kant se trouve dans son livre de 1553 : *Les Très Merveilleuses Victoires des femmes du Nouveau Monde, et comment elles doivent à tout le monde par raison commander, et même à ceux qui auront la monarchie du monde vieil.*

2. La référence donnée par Kant est à la deuxième édition, «améliorée», de *La Religion dans les limites de la simple raison,* parue à Königsberg ; chez Nicolovius, en 1794 (AK, VI, 60) (c'est le début de la première section : «Idée personnifiée du bon principe»).

Page 842.

1. En substance, 1. Cor., 15, 14-17.

Page 843.

1. Lc, 24, 21.

2. Pour une analyse critique de ces lectures kantiennes, voir Bruch, ouvr. cité, p. 140.

3. Comme l'a souligné A. Philonenko, *L'Œuvre de Kant,* Paris, Vrin, 1972, II, p. 236-237, ce passage est important dans l'histoire de la réflexion kantienne sur la figure du Christ, puisque aussi bien pour la première fois il ne répugne pas à écrire *Christ,* même si les expressions anciennes (et qui peuvent paraître étranges au lecteur) d'«homme agréable à Dieu» ou de «fils de Dieu» subsistent encore. On sait que ce n'est pas là une simple pudeur, mais le signe que Kant considère comme difficilement acceptable le dogme de l'incarnation historique. Sur cette question et l'histoire des interprétations (H. Cohen, Bohatec, K. Barth, etc.), voir aussi Reboul, ouvr. cité, p. 177 et suiv.

Page 844.

1. Dans tout ce développement, il est clair que Kant définit le christianisme non par un savoir, mais par un agir : qu'une telle définition ait une portée considérable et soit difficilement assimilable par un christianisme plus orthodoxe, on en aura un

indice en lisant la discussion qu'en opère, non sans humeur, O. Reboul, ouvr. cité, p. 176 et suiv.

Page 846.

1. Sur la conception kantienne de la grâce, voir Bruch, ouvr. cité, p. 99 et suiv.

Page 849.

1. Nous suivons la correction de Vorländer, toutes les autres éditions plaçant la parenthèse après «ce par quoi en conséquence le Nouveau Testament», le texte paraissant ainsi vide de sens.

Page 850.

1. Une fois de plus, comme c'était le cas dès les *Rêves d'un visionnaire* et comme ce le sera encore dans l'*Anthropologie du point de vue pragmatique,* Kant fait de Swedenborg le prototype du *«Schwärmer»* (ce qu'il ne sera d'ailleurs pas loin de penser aussi de Pascal); il reste que, comme on sait (voir lettre à Mlle von Knobloch, 10 août 1763), Kant s'intéressait aux expériences de télépathie et souhaitait pouvoir rencontrer Swedenborg. Sur l'influence du penseur suédois, voir H. Delacroix, «Kant et Swedenborg», *Revue de métaphysique et de morale,* 1904, p. 559-578.

Page 853.

1. Titre d'un ouvrage de Wieland (1791).

Page 854.

1. Nous suivons Vorländer et Hartenstein, toutes les autres éditions (dont Cassirer) suivant une leçon : «ou bien *religion,* ou bien *superstition,* ou bien *paganisme*», qui fait difficulté avec la suite du texte, où l'on a une dualité (et non une triplicité). Le manuscrit de Kant portait seulement la division des façons de penser en religion et paganisme, l'ajout de la superstition apparaissant dans le texte imprimé, sans doute comme synonyme de paganisme : dans la mesure où cet ajout obscurcit le mouvement de la phrase, il paraît préférable de revenir à la leçon du manuscrit.

Page 855.

1. *Paganisme* traduit *Heidentum,* où Kant entend *Heide,* le bois, la lande.

Page 858.

1. Moses Mendelssohn (1729-1780) (voir Kant, *Œuvres philosophiques,* t. I, p. 1560) : l'ouvrage évoqué est *Jerusalem oder über religiöse Macht und Judentum,* 1781.

Page 859.

1. Lazarus Ben David (1762-1832), de Berlin, qui se fit le propagateur du kantisme à Vienne de 1794 à 1797.
2. Jn, X, 16 (texte souligné dans la Bible de Kant).

Page 860.

1. Ici commence (après la critique du dogmatisme orthodoxe) la mise en question du second grand courant que Kant dénonce, du moins à travers certains de ses aspects, dans le protestantisme de son temps : le piétisme, qui va être critiqué comme ennemi, lui aussi, de la religion de la raison, en tant qu'il n'est qu'un cas particulier de *Schwärmerei.*
2. Pierre Jacques Spener (1635-1705), auteur des *Pia desideria,* véritable « bible » du piétisme.

Page 862.

1. A. H. Francke (1663-1727), pasteur et professeur à Halle, l'un des chefs de file du piétisme.
2. N. L. de Zinzendorf (1700-1760), fondateur de la secte des Frères Moraves.

Page 864.

1. C. F. Nicolaï (1733-1811), le défenseur de l'*Aufklärung.*

Page 866.

1. La liberté comme autonomie se confond avec la raison pratique, mais, précisément comme liberté, ce pouvoir échappe à l'entendement qui pense son objet (la nature) dans la perspective de la causalité (deuxième analogie) : le piétisme qui se représente alors ce pouvoir comme « surnaturel » commet donc une erreur « excusable », puisque la liberté est effectivement inexplicable en termes de *nature.*

Page 869.

1. Pierre La Coste, prédicateur de la communauté française de Leipzig, auteur de *Sermons* traduits en allemand par M. Johann Traugott Schulze et publiés, avec une préface de J. F. W. Jerusalem, en 1755-1756 à Leipzig.

Page 870.

1. Denis Petau (1583-1652), théologien français (jésuite) et chronologiste, auteur notamment de l'*Opus de doctrina temporum.*

2. J. A. Bengel (1687-1752), théologien du Würtemberg, auteur de l'*Ordo temporum a principio per periodos oeconomiae divinae historicus atque propheticus,* Tübingen, 1741, qui situait le début du règne millénaire du Christ en 1836.

Page 871.

1. Johann Georg Frank (1705-1784), auteur d'une chronologie mystique : *Praeclusion chronologiae fundamentalis, qua omnes anni ad solis et lunae cursum accurate describi et novilunia a primordio mundi ad nostra usque tempora et amplius ope espactarum designari possunt in cycle Jobeleo biblico detectae et ad chronologiam tam sacram quam profanam applicatae,* Göttingen, 1774.

Page 879.

1. C. A. Wilmans est un disciple de Kant, avec lequel celui-ci entretint une correspondance (AK, XII). Il développe dans sa *Dissertation* une interprétation mystique du kantisme, analysée notamment par H. Leisegang dans son article *« Kant und die Mystik »* (*Philosophische Studien,* Berlin, 1949, p. 4-28). Sur ce qui a pu susciter cette curieuse lecture du kantisme, voir aussi Bruch, ouvr. cité, p. 166.

Page 885.

1. J. Christian Reil (1759-1813), professeur de médecine à Halle, nommé à Berlin en 1810, fondateur en 1796 des *Archiv für Physiologie.*

Page 890.

1. Sur cette définition des trois conceptions « doctrinaires » de l'histoire, voir A. Philonenko, *L'Œuvre de Kant,* II, p. 247 et suiv. L'abdéritisme vise à la fois Rousseau et surtout Mendelssohn, dont Kant, dans une lettre du 16 mars 1783, tout en louant « la pénétration, l'intelligence et la subtilité », critiquait la thèse, développée dans la *Jerusalem,* selon laquelle l'idée d'un progrès *collectif* de l'espèce humaine est contestable. L'eudémonisme est réfuté parce que, s'il y a dans le sujet à la fois du bien et du mal, on ne voit pas où s'alimentera la liberté pour trouver le supplément de bien nécessaire au progrès vers le Bien. C'est contre ces conceptions doctrinaires (au sens où elles ne s'appuient pas sur des faits) que Kant fait valoir ce que révèle le *fait* de la Révolution française.

Page 892.

1. Gabriel-François Coyer (1707-1782), jésuite français, membre de l'Académie de Nancy et de la *Royal Society* de Londres. Le passage cité par Kant provient sans doute des *Moralische Kleinigkeiten* publiées en 1761 à Berlin en traduction allemande.

Page 893.

1. Il s'agit bien sûr des hypothèses astronomiques de Tycho Brahé (1546-1601).

2. Texte capital : il montre pourquoi il n'y a pas selon Kant de révolution copernicienne possible au niveau de l'histoire. Il est permis de penser que c'est pour cette raison que Kant n'a jamais unifié sa représentation du progrès historique (voir A. Philonenko, «L'idée de progrès chez Kant», *Revue de métaphysique et de morale,* 1975), la conviction développée, par exemple, dans les propositions I à V de l'*Idée d'une histoire universelle* (1784) et reprise dans le *Projet de paix perpétuelle* (1795), selon laquelle le jeu de l'insociable sociabilité réalise nécessairement le progrès vers le droit, demeurant nécessairement un *point de vue,* tout au plus une hypothèse, ne pouvant jamais se transformer en thèse, puisque cela supposerait précisément que l'homme puisse lire l'histoire du point de vue de la Providence ; en conséquence, l'espoir en un tel progrès coexistera toujours, chez Kant, avec une autre représentation, selon laquelle le progrès est à vrai dire impossible qui conduirait vers la société juste (proposition VI de l'opuscule de 1784, et ici même, plus bas : la réalisation de la société juste est un «doux rêve»). On sait par ailleurs que Fichte, dès les *Contributions* de 1793, a repris le projet d'une révolution copernicienne appliquée à l'histoire, en montrant toutefois comment c'est l'histoire elle-même qui, à travers le phénomène de la Révolution française, manifeste qu'elle est produite par la liberté agissante.

Page 894.

1. Sur ce passage, voir A. Philonenko, ouvr. cité, II, p. 249 et suiv. Au fond, par delà ses horreurs et ses échecs, la Révolution accomplit un progrès du droit qui est perçu par les spectateurs de cet épisode historique *comme si* la liberté venait inscrire dans la nature ses fins propres (la soumission des penchants à la loi) ; en ce sens la Révolution opère comme une présentation sensible de l'Idée de liberté, et c'est pourquoi elle va être décrite dans tout ce passage comme suscitant un plaisir *esthétique.* Il va de soi que le soubassement théorique de ces

pages est à chercher dans l'articulation subtile qu'opèrent, entre nature et liberté, les paragraphes 83-84 de la *Critique de la faculté de juger.*

Page 896.

1. Cette dénonciation de la guerre comme lieu de l'immoralité est courante chez Kant : voir A. Philonenko, *Essais sur la philosophie de la guerre,* Vrin, 1976, p. 32 et suiv. Il ne faut toutefois jamais omettre, en lisant de tels textes, que si la simple idée de la guerre suscite chez Kant une répugnance *éthique* (voir *Doctrine du droit,* Conclusion : « La raison moralement pratique énonce en nous son veto irrésistible : *il ne doit y avoir aucune guerre* »), on trouve aussi chez lui, *sur le plan de la philosophie de l'histoire,* une justification de la guerre comme facteur de progrès culturel (voir *Idée d'une histoire universelle,* proposition IV) ; et, même dans le *Projet de paix perpétuelle,* la guerre est le moyen dont se sert la nature pour contraindre l'homme à la légalité et à la paix. Voir enfin et surtout, dans le même sens, le paragraphe 83 de la *Critique de la faculté de juger.*

2. « Mais quand on en vint aux armes de Vulcain, le coup fit voler en éclats cette épée faite de main d'homme, comme de la glace fragile. » Virgile, *Énéide,* XII, 739-740.

Page 898.

1. Phrase à peu près inintelligible tant par sa structure que par son contenu, selon Vorländer, qui évoque diverses corrections possibles, mais conclut à une altération irréparable du texte. Nous avons suivi ici une suggestion de Cassirer (*Kants Werke,* 7, 461).

2. Johann Benjamin Erhard (1766-1827), disciple célèbre de Kant, salué ensuite par Fichte dans la *Grundlage des Naturrechts* de 1796 comme ayant produit une réflexion décisive sur les rapports du droit et de la morale, médecin à Nuremberg, puis à Berlin ; le texte visé s'intitule *Über das Recht des Volks zu einer Revolution,* Iéna et Leipzig, 1795, p. 189.

Page 899.

1. Petrus Camper (1722-1789), anatomiste hollandais, auteur notamment des *Demonstrationes anatomico-pathologicae,* Amsterdam, 1760-1762, et de l'*Uber den natürlichen Unterschied der Gesichtszüge,* Berlin, 1792. Johann Friedrich Blumenbach (1752-1840), professeur d'anatomie et de physiologie à Göttingen, auteur de l'*Handbuch der Naturgeschichte,* Berlin, 1779, dont on perçoit l'influence dans le paragraphe 64 de la *Critique de la faculté de juger.*

Page 902.

1. Au sens technique de la *Darstellung.*

Page 903.

1. La proposition VI de l'*Idée d'une histoire universelle* avait déjà montré que si l'on attend le progrès d'une disposition morale de l'homme, cela suppose une éducation régénératrice qui n'est pas concevable sans recourir à l'idée d'un maître moral, lequel, en toute logique, ne devrait plus pouvoir être un homme. Le passage que l'on vient de lire fait donc l'économie de cette aporie en décrivant le progrès du droit d'un *point de vue* qui n'a pas besoin de l'idée d'une moralité des sujets de l'histoire.

2. L'*Oceana* de l'anglais Harrington (1611-1677) parut en 1656 à Londres. L'*Histoire de Sévérambe,* d'un certain Vairasse d'Allais, parut d'abord en anglais en 1675, puis en français en 1677 et 1679 à Paris.

Page 904.

1. Kant dénonce comme par avance un projet qui sera très exactement celui de Fichte : voir notamment le *Plan déductif* écrit par Fichte en 1807 pour la fondation de l'université de Berlin (tr. A. Renaut, in *Philosophies de l'université,* Payot, 1978).

2. A. F. Busching (1724-1793), directeur de gymnase à Berlin.

Page 906.

1. Ce texte a été identifié par M. Malherbe comme tiré de l'essai *« Of Public Credit »,* publié dans le recueil des *Political Discourses* (1752) et incorporé ensuite dans les *Essays Moral, Political and Literary;* la traduction de Kant (probablement empruntée à l'édition incomplète des œuvres de Hume, en traduction allemande, publiée en 1754-1756, en quatre volumes, à Hambourg et Leipzig) déforme notablement le texte de Hume, la seconde des deux phrases citées n'apparaissant même pas dans l'original.

2. C. W. Hufeland (1762-1836), célèbre médecin et professeur, auteur notamment de la *Makrobiotik oder die Kunst das menschliche Leben zu verlängern* (Iéna, 1796), à laquelle Kant répond ici en une lettre qui a fourni la « Troisième Section » de l'ouvrage.

Page 907.

1. Se met ici en place le projet d'un passage de l'usage *pratique pur* de la raison à son usage *pragmatique :* mettre sous

l'empire de la raison et de la volonté ce que les hommes laissent d'ordinaire à l'habitude ou au destin. L'*Anthropologie* se situe aussi dans ce mouvement. Sur la relation entre les deux ouvrages, voir la notice de M. Foucault à sa traduction de l'*Anthropologie du point de vue pragmatique,* Vrin.

Page 918.

1. *Hypomochlium :* point d'appui d'un levier.

Page 922.

1. *L'élucubration : das Lucubrieren,* élucubrer, au sens étymologique de travailler à la lumière de la lampe.

Page 923.

1. *De façon saccadée :* nous suivons Vorländer, qui déplace l'expression, là où Cassirer revient à Hartenstein et la replace dans la parenthèse qui suit, obscurcissant ainsi le sens.

Page 929.

1. Johann G. Immanuel Breitkopf, imprimeur à Leipzig, 1719-1794, en concurrence avec la firme parisienne Didot pour la définition de l'élégance en matière de caractères d'imprimerie.
2. Étymologie hasardeuse : *Stabe,* bâton, et *Buche,* hêtre.
3. Autrement dit, en *italique.*

Page 945.

ANTHROPOLOGIE DU POINT DE VUE PRAGMATIQUE

1. Sur la distinction, dans la traduction, entre le *Je* et le *Moi,* voir t. I, n. 6, p. 1047.

Page 946.

1. Plusieurs développements des *Propos de pédagogie* insistent sur le possible despotisme de l'enfant en bas âge.

Page 947.

1. «Si tous nos pères ont fait ainsi, moi je ne fais pas ainsi.»

Page 950.

1. «Un esprit en possession de lui-même.»
2. Le piétisme a provoqué le foisonnement de toute une littérature de confession. Après sa «conversion» *(Bekehrung)*, le croyant, pour sa propre certitude et pour l'édification de son prochain, se penche à intervalles réguliers sur l'état de son âme. Les voies mystérieuses de la «conduite divine» *(göttliche Führung)* sont un élément essentiel des documents auxquels cette investigation donne naissance. L'acuité psychologique s'en trouve accrue, et l'avènement du «roman de l'âme», dans la deuxième moitié du XVIIIe siècle, préparé.
3. *L'air dégagé,* en français dans le texte.
4. L'hostilité au simple «paraître» se retrouve dans les *Propos de pédagogie.* Elle prend notamment place dans les ultimes recommandations du recueil.

Page 951.

1. La formule de Perse est en fait : *«Virtutem videant, intabescant que relicta.»* (Qu'ils voient la vertu et que de l'avoir abandonnée ils se décomposent; Perse, III, 38, Belles-Lettres 1966, trad. A. Cartault, p. 31).
2. Albrecht von Haller (1708-1777), voir t. I, n. 1, p. 1225. Kant fait ici allusion au *Tagebuch meiner Beobachtungen über Schriftsteller und über mich selbst, 2ter Teile,* 1787. On trouve le reflet de ces dispositions dans la prolixité de ses poèmes didactiques et religieux : en particulier, *Über den Ursprung des Übels — Unvollkommenes Gedicht über die Ewigkeit.*

Page 952.

1. Anticyre, ville grecque de Phocide, célèbre par la culture de l'ellébore et visitée par de nombreux malades.
2. La confusion dérive de la double signification du mot *Sinn.*

Page 953.

1. Locke, *Essay concerning Human Understanding,* Every man's Library 1965, t. I, p. 88 et suiv.

Page 957.

1. Nous rendons ainsi le mot *Popularität* du texte allemand.
2. Josef Addison (1672-1719), homme d'État et écrivain anglais. Ses articles du *Spectator* ont, par leurs peintures de milieu et de caractères, ouvert la voie au roman bourgeois. La citation est empruntée au numéro 132.
3. *Bon sens,* en français dans le texte.

Page 960.

1. Sur l'ambiguïté du mot *Erscheinung*, voir t. I, n. 4, p. 782.

Page 961.

1. « Insensé ! Qui l'a jamais critiquée ? »

Page 965.

1. En allemand, les termes sont *leicht* et *schwer*.

Page 966.

1. I Jn, 5, 4 : « et ses commandements ne sont pas pesants, puisque tout ce qui est né de Dieu est vainqueur du monde ». Jean, éducateur moral, est alors l'objet d'un attachement particulier. À Herder, auteur d'une étude *Von Gottes Sohn; nach Johannes Evangelium,* 1797, Jean Paul écrit qu'il y reconnaît le schéma épuré du christianisme, moins préoccupé de religion que de l'histoire — c'est-à-dire du progrès moral — de l'humanité.

2. « Haleter sans raison, faire beaucoup en ne faisant rien. »

3. Kant développera plus loin sa théorie des tempéraments. Voir p. 1099.

Page 967.

1. La défiance à l'égard de l'habitude prend une place importante dans les *Propos de pédagogie.*

Page 968.

1. Raphaël Mengs (1728-1779), d'abord peintre de la cour de Dresde, devint directeur de l'*Academia di San Lucca* à Rome ; son amitié pour Winckelmann orienta son goût vers le culte de l'Antiquité ; Raphaël et le Corrège furent ses modèles ; la fresque du *Parnasse* à la villa Albani de Rome, marque la fin de la peinture baroque ; il a publié en 1774 des *Gedanken über die Schönheit und den Geschmack in der Malerei.*

Page 969.

1. Helvétius, *De l'esprit,* 1er discours, chap. 3.

2. « Les gassnériens, les mesmériens [...] » Johann Josef Gassner (1727-1779), prêtre catholique de Ratisbonne, guérissait par des exorcismes du mal qu'il attribuait au démon ; ses pratiques furent interdites sur ordre de Pie VI. Friedrich

Mesmer (1733-1815), médecin allemand, fut le fondateur de la théorie du magnétisme animal. Son séjour parisien fut marqué par l'engouement pour ses cures, et par la publication d'ouvrages où sa doctrine prenait corps. Cette doctrine avait cependant trouvé son point de départ dans le premier écrit de Mesmer *De influxu planetarum in corpus humanum,* sa thèse de doctorat soutenue à Vienne en 1766. Le *Mémoire* de 1769 affirme l'existence d'un « fluide universellement répandu et continué de manière à ne souffrir aucun vide, dont la subtilité ne permet aucune comparaison et qui, de sa nature, est susceptible de recevoir, propager et communiquer toutes les impressions du mouvement ». La maladie est provoquée par un arrêt ou par un trouble dans la circulation de ce fluide. Rétablir cette circulation est la tâche du médecin. (Voir Roger Ayrault, *Genèse du romantisme allemand,* Aubier 1961, t. I, p. 309-312.)

3. L'étymologie proposée par Kant se trouve, une fois de plus, prise en défaut ; la composante initiale est le mot *hag* (la haie) auquel s'est adjointe, affaiblie, la désignation d'un être démoniaque (dont les haies seraient donc le séjour). Quant à l'expression *Hokuspokus machen* (ou *treiben*), elle signifie : se livrer à des tours de bateleur.

Page 970.

1. Jonathan Swift, *Conte du tonneau,* (Œuvres, Pléiade 1965, trad. E. Pons, p. 420).
2. *Politesse,* en français dans le texte.

Page 971.

1. Aristote, *Éthique,* V, 12.
2. Swift, *Conte du tonneau,* p. 445.
3. H. Hofstede, prédicateur de l'église réformée à Amsterdam.

Page 980.

1. Kant abandonne le principe de numérotation qu'il venait à peine d'annoncer. Il en sera de même aux pages 1098 et 1110.

Page 981.

1. Henry Fielding (1707-1754), *Jonathan Wild le Grand,* trad. Francis Ledoux, Pléiade, 1964. Aloys Blumauer (1755-1798), ancien jésuite, surnommé le Scarron autrichien, auteur d'un *Virgile travesti* qui dut une part de son succès à des allusions hostiles à la curie et aux jésuites.

Page 982.

1. Cette suite prit le titre de *The History of Tom Jones the Foundling in his Marriate State.*

Page 985.

1. La pensée ne se trouve pas de manière précise dans les chapitres 20, «Que philosopher, c'est apprendre à mourir» et 21 «De la force de l'imagination» du premier livre des *Essais,* Pléiade 1962, p. 79 et suiv.
2. Sur l'imagination, voir t. I, n. 1, p. 1409.

Page 988.

1. «Pour que le convive soit rassasié.»

Page 989.

1. L'édition de l'Académie note la confusion entre la phrase d'Horace (*Odes,* III, 21/12) qui s'applique à Caton l'Ancien, et une autre de Sénèque, assez proche et relative à Caton le Jeune.
2. Hume, *Essays,* «Of Political Society», Longmans Green, London 1907, t. II, p. 200.

Page 993.

1. *Palagonia,* villa des environs de Palerme, célèbre par ses sculptures caricaturales, revanche d'un homme disgracié sur la malignité de son entourage.
2. «Ces formes vaines sont forgées comme les songes d'un malade.»

Page 994.

1. À ces lignes parues au moment où les romantiques allemands se mettent à explorer l'immensité du rêve, on ne peut qu'opposer les propos significatifs prêtés par Novalis à son Henri d'Ofterdingen : «Chaque rêve, fût-il le plus confus, n'est-il pas un phénomène extraordinaire qui, même si l'on n'y voit pas un message divin, n'en est pas moins une déchirure révélatrice dans le voile mystérieux qui tombe, avec ses mille plis, sur notre vie profonde?» (*Henri d'Ofterdingen,* Aubier bilingue, p. 75).

Page 996.

1. «La patrie est là où l'on se trouve bien.»

Page 997.

1. Helvétius, *De l'esprit,* 1er Discours, chap. 2.
2. C.F. Michaelis, professeur de médecine à Cassel, auteur d'une *Medizinisch-praktische Bibliothek.*
3. «Le semblable se réjouit de son semblable.»

Page 998.

1. Shakespeare, *Henri IV,* 1re partie, II, 4 (Pléiade 1959, t. I, p. 631).
2. Léopold Ier, prince de Dessau (1676-1747), maréchal de l'armée prussienne, dit *der alte Dessauer,* notamment vainqueur des Autrichiens à Kesselsdorf (1745). Allusion est faite ici à son mariage, en 1698, avec Anna Luise Fröbe, fille d'un pharmacien de Dessau.
3. Lucrèce, *De la nature,* III, 58 : «Le masque tombe, le visage réel apparaît.» Classiques Garnier, 1954, trad. Clouard, p. 141.

Page 999.

1. «Le monde veut être tompé.»

Page 1000.

1. Le verbe *entsinnen* (couramment *sich entsinnen* suivi d'un génitif : se souvenir) apparaît ici dans un emploi doublement insolite ; accompagné de l'accusatif, il équivaut dans ce texte à : «tirer de son esprit», cependant que le réfléchi *sich entsinnen,* sans complément, est tout proche de «perdre l'esprit».

Page 1002.

1. «La mémoire d'un homme ingénieux n'est pas entièrement fidèle.»
2. Alexandre Polyhistor, compilateur grec du 1er siècle après J.-C., amené prisonnier à Rome, acheté par Cornelius Lentulus qui lui confia l'éducation de ses enfants et l'affranchit ; il avait composé quarante-deux traités de grammaire, d'histoire et de philosophie, dont il ne reste que des fragments peu importants. Kant joint à son nom ceux de Pic de la Mirandole (1463-1494), de Jules César Scaliger (1484-1558), philologue et médecin de la Renaissance, d'Ange Politien (1454-1494) poète et historien italien, précepteur des fils de Laurent de Médicis, d'Antonio Magliabecchi (1633-1714), bibliothécaire de Cosme III de Médicis, qui légua à Florence sa propre bibliothèque, la Magliabecchiana.

3. « Nous ne savons que ce que nous tenons en mémoire. »
4. Platon, *Phèdre* : « Car cette invention, en dispensant les hommes d'exercer leur mémoire, produira l'oubli dans l'âme de ceux qui en auront acquis la connaissance. » (Pléiade 1950, t. II, p. 75).

Page 1004.

1. Kant emprunte le terme de *Procrastinatio* à Cicéron, 6e *Philippique*, III, Belles-Lettres 1964, p. 57.

Page 1005.

1. L'époptie représentait le troisième des six degrés de l'initiation éleusinienne (voir V. Magnien, *Les Mystères d'Éleusis*, Payot 1929, p. 153 et suiv.).

Page 1006.

1. Sorcier de l'Asie septentrionale. Il opérait au son du tambour, en état d'extase, pour chasser ou appeler la maladie ; son pouvoir s'étendait sur les vivants et les morts.
2. Les *sorts virgiliens*, sorte de divination pratiquée à partir de tablettes tirées au hasard d'une œuvre de Virgile.
3. Recueils d'oracles de la sibylle de Cumes ; une vieille femme les proposa contre une somme élevée à Tarquin l'Ancien ou à Tarquin le Superbe ; devant son refus, elle en brûla six. Le roi, ébranlé, acheta les trois derniers qui furent confiés à un collège de prêtres.

Page 1007.

1. « Ô soucis des hommes ! »
2. Hérodote ; *Fragments*, 89, dans l'édition Diels et Kranz.

Page 1009.

1. Sur Swedenborg, voir t. I, p. 569 et 599 ainsi que la note afférente à la page 599.

Page 1012.

1. Années climatériques ; années de la vie dont le chiffre est multiple de 7 et 9. Les plus remarquables sont 49, 81, et surtout 63 (7×9). Sept ans ou neuf ans étaient dits nécessaires pour renouveler totalement les cellules du corps, de là leur caractère critique. Semaines d'années ; périodes septennaires dont l'importance tient, en particulier dans la Bible, à l'analogie avec les

jours de la Création. L'exemple le plus marquant est sans doute la *Prophétie des soixante-dix semaines,* Dan. 9, 24-27.

Page 1015.

1. Citation qui, en fait, est de Perse, III, 78, Belles-Lettres, p. 33 : «Ce que j'ai de sagesse me suffit, je ne me soucie pas d'être ce qu'ont été Arcésilas et les Solons tourmentés.»

Page 1016.

1. Voltaire, *Henriade,* chant 1, 31, Garnier 1926, p. 2.

Page 1019.

1. Des développements plus importants sur le *Witz* suivront. Voir p. 1038.

Page 1021.

1. «Aussi longtemps qu'un homme chevauche sa chimère paisiblement sur les grandes routes du roi et ne contraint ni vous ni moi à sauter en croupe, je vous en prie, monsieur qu'avons-nous, vous et moi, à nous en occuper?» Sterne, *Tristram Shandy,* trad. C. Mauron, R. Laffont 1946, p. 15. Connu par les traductions de Bode (*Voyage sentimental* en 1768, *Shandy* en 1774), Sterne suscite alors en Allemagne un grand engouement d'où naissent une manière nouvelle de penser et de sentir, mais aussi un grand nombre d'imitations où la subjectivité se donne libre cours. Il devient ainsi le maître de toute une génération d'humoristes dont Hippel et Jean Paul sont les plus marquants (voir Peter Michelsen, *Laurence Sterne und der deutsche* Roman *des 18. Jahrhunderts,* Göttingen, Vandenhœck 1962).

Page 1022.

1. Christophe Clavius (1537-1612), jésuite allemand, mathématicien et astronome, professa à l'université grégorienne et prit part à la réforme du calendrier en 1582. On lui doit une édition d'Euclide qui fit autorité pendant deux siècles.

Page 1027.

1. Adam Smith, *Considérations sur la richesse des nations,* Gallimard, Idées, 1976, trad. Mainet, p. 180.

Page 1028.

1. Sur la rencontre de l'art et de la nature, encore que subsiste la conscience de leur distinction, voir *Critique de la faculté de juger,* t. II, p. 1088.

Page 1029.

1. Les mots *fat, sot* et *fou* sont en français dans le texte.
2. A. G. Kästner, voir t. I, n. 1, p. 264.
3. Kant fonde son propos sur le double sens du mot *Grille* : *grillon* et *lubie.*

Page 1031.

1. C. A. Hausen (1693-1745), professeur de mathématiques à Leipzig.

Page 1034.

1. Jean-Baptiste van Helmont (1578-1664), médecin né à Bruxelles, réhabilité après avoir été condamné pour pratique de la magie. Sa philosophie de la nature est dans le prolongement de celle de Paracelse, elle alimentera pour une part «l'intermède sentimental» de Gœthe à Francfort (1768-1770). Sa physiologie repose sur l'existence d'*archées* ou âmes secondaires. Plus concrètement, il a découvert le suc gastrique.

Page 1037.

1. James Harrington (1611-1677) ami et protégé de Cromwell, auteur d'une utopie politique, la R*épublique d'Oceana.*
2. «L'esprit, au sens strict ou dans son acception matérielle.»
3. Proche du *wit* anglais, le *Witz* séduit par l'inattendu de ses rapprochements et bouscule les schémas de l'habitude. Plus que simple jeu d'esprit, il devient pour l'époque un mode de pensée et de représentation : on parle même alors de *Witzkultur.* Du *Witz* sans image *(unbildlich),* c'est-à-dire de l'antithèse, au *Witz* imagé *(bildlich),* Jean Paul lui accorde une grande place dans son *Vorschule der Ästhetik* (1804). Dislocation intellectuelle du monde, recomposition poétique, il résumait ainsi sa propre démarche.

Page 1038.

1. «Nous accordons et demandons grâce alternativement.»

Page 1039.

1. *Bons mots,* en français dans le texte.
2. Nicolas-Charles-Josef Trublet (1697-1770), abbé et écrivain français, auteur d'*Essais de morale et de littérature* (1735-1768). Critique pour *De l'esprit* d'Helvétius et pour la *Henriade* de Voltaire, il fut ridiculisé par ce dernier dans la satire du *Pauvre diable.*
3. Samuel Butler (1612-1680), poète satirique anglais, auteur d'un *Hudibras,* poème héroïque imité de *Don Quichotte.* Edward Young (1684-1765) écrivit en 1725 *The Universal Passion,* un recueil de sept satires.

Page 1040.

1. Samuel Johnson (1709-1784), connu pour son *Dictionnaire de la langue anglaise* (1745-1747). Sa biographie a été écrite par James Boswell (1740-1795).

Page 1041.

1. Sur Bacon de Verulam, voir t. I, n. 2, p. 737.
2. Sur le génie, voir *Critique de la faculté de juger,* AK, V, 305. On consultera aussi Pierre Grappin, *La Théorie du génie dans le préclassicisme allemand,* P.U.F. 1952.
3. Hennig Brand, mort en 1692, alchimiste qui, à la recherche de la *prima materia,* découvrit le phosphore dans l'urine en 1669. L'intérêt pour cette découverte se développa rapidement dans les années qui suivirent.

Page 1042.

1. *Eigentümlicher Geist.*

Page 1044.

1. En français dans le texte.
2. Christian Henrich Heinecke (1721-1725), dit *der Knabe von Lübeck* — Johann Philipp Baratier, (1721-1740).

Page 1046.

1. Horace, *Épîtres,* I, 1, 14, Belles-Lettres 1964, trad. Fr. Villeneuve, p. 37 : « Aucune astreinte ne m'a contraint de jurer sur les paroles d'un maître. »
2. Kant reprend ici les premiers mots de l'écrit *Was ist Aufklärung?* (*Réponse à la question : qu'est-ce que les lumières?* t. II. p. 209).

3. *Vergnügen :* en relation avec le sens fondamental du verbe, nous proposons réjouissance. Kant désigne par ce terme le plaisir procuré par les sens, à la différence de *Lust* (plaisir au sens le plus général) et de *Genuss* (jouissance sensible ou intellectuelle, ou simple usage) utilisé surtout dans les paragraphes relatifs au goût et à l'odorat.

Page 1048.

1. Comte Veri. Voir t. II, n. 1, p. 1399.

Page 1049.

1. Voir plus haut, n. 1, p. 982.
2. Avec quelques variantes dans le titre, le *Journal des Luxus und der Moden*, de F. J. Bertuch et J. M. Kraus parut de 1787 à 1812.

Page 1050.

1. Sur le suicide, voir *Métaphysique des mœurs*, II, AK, VI, 422.

Page 1051.

1. « Étendre sa vie par les choses que l'on a faites. »

Page 1055.

1. « Les choses opposées placées côte à côte luisent davantage. »
2. « Il est doux, quand la vaste mer est soulevée par les vents, d'assister du rivage à la détresse d'autrui ; non qu'on trouve si grand plaisir à regarder souffrir ; mais on se plaît à voir quels maux vous épargnent. » Lucrèce, *De la nature*, II, 1-4, trad. H. Clouard, Garnier.

Page 1056.

1. Kant emploie des termes de *Unterscheidungsgeschmack* et *Wohlgeschmack*.

Page 1057.

1. Ce passage est à rapprocher de la *Critique de la faculté de juger*. Voir t. II, p. 967-993.

Page 1058.

1. Sur les rapports du beau et du sublime, voir *Critique de la faculté de juger,* t. II, p. 1009.
2. Milton, *Le Paradis perdu,* Aubier, 1966, t. I, p. 144 et suiv.
3. La «belle âme» : si l'expression remonte à l'Antiquité grecque, elle connaît un développement particulier dans la deuxième moitié du XVIIIe siècle en Allemagne. *Die Bekenntnisse einer schönen Seele* (Les Confessions d'une belle âme) forment le sixième livre des *Années d'apprentissage de Wilhelm Meister,* lecture qui, après l'échec théâtral, permet au héros de faire un retour sur lui-même et une sorte de bilan de ses erreurs, avant d'affronter de nouveau la vie. Ce document piétiste doit beaucoup à Mlle de Klettenberg, une amie de Gœthe à Francfort. Après les épreuves, une vie contemplative, toute de paix et d'harmonie, est donnée à la «belle âme» : «Je me souviens à peine d'un ordre ; rien ne m'apparaît sous la forme d'une loi [...] C'est un élan intérieur qui me conduit et toujours me guide [...]» C'est dans cet état de beauté morale, ignorant de la contrainte et du repentir, que Schiller, par son traité *Über Anmut und Würde* (1793), entend fondre la «dureté» kantienne. «[La belle âme] n'a d'autre mérite que d'exister [...] Elle ne sait jamais rien de la beauté de ses actions et n'imagine pas qu'on puisse vivre et agir autrement».

Page 1062.

1. En français dans le texte.

Page 1063.

1. Horace, *Art poétique,* 3, Belles-Lettres 1964, trad. Fr. Villeneuve : «dont l'assemblage terminerait en hideux poisson noir ce qui était par en haut une belle femme».

Page 1065.

1. Hugh Blair (1718-1800), prédicateur et écrivain écossais, a écrit un *Cours de rhétorique et de belles lettres* (1783), traduit en Allemagne en 1785-1789.

Page 1072.

1. John Brown (1735-1788), médecin d'origine écossaise, dont la théorie de l'excitabilité a exercé une profonde influence sur la médecine romantique allemande. L'excitabilité est une propriété une et indivisible dans tout l'organisme. Son siège dans le corps vivant est la moelle nerveuse et le tissu

musculaire. La santé réside dans une excitation moyenne, un rapport équilibré entre l'excitabilité et les forces excitantes. Le déséquilibre est sthénie par excès, ou asthénie par défaut. L'asthénie l'emporte dans l'immense majorité des cas ; de là l'importance des traitements stimulants dans la médecine de Brown (voir Ayrault, *Genèse* [...], t. I, p. 304-309).

2. Kant se réfère à une étymologie établie au XVIIe siècle par Salmusius, et maintenant abandonnée de longue date.

Page 1075.

1. Il s'agit de Frédéric II de Prusse. Il a connu la tentation du suicide, en particulier lors de ses revers dans la guerre de Sept Ans. L'édition de l'Académie signale des témoignages de l'époque : C. D. Küster, *Die Lebensrettungen Friedrichs II* (1792) ; AF. Büsching, *Character Friedrichs II.*

2. Jean-Marie Roland de la Platière (1734-1793), ministre de l'Intérieur en 1792, réfugié en Normandie, se jeta sur son épée après l'exécution de sa femme.

Page 1076.

1. En français dans le texte.

2. Hume, *Essays* (*of impudence and modesty* [...]), II, p. 381.

Page 1078.

1. «La mort me l'a enlevée.»

Page 1080.

1. Jean Terrasson (1670-1758), abbé et écrivain français, professeur de philosophie grecque et latine au Collège de France, membre de l'Académie française, prit le parti des Modernes dans la célèbre querelle. Voir aussi t. I, n. 1, p. 732.

Page 1083.

1. Helvétius, *De l'esprit,* IIIe discours, chap. 6-8.

2. Pope, *Essay on Man,* II, 108, Twickenham Edition, 1950, p. 68.

Page 1085.

1. Lucrèce, *De la nature,* V, 227-228 : «Il remplit l'espace de ses vagissements plaintifs, comme il est naturel à l'être qui a encore tant de maux à traverser.» Trad. H. Clouard, Garnier.

Page 1088.

1. C'est du simple affaiblissement du sens primitif (caresser, enduire) que le mot *schmeicheln* tire son sens actuel.

Page 1092.

1. Les *Propos de pédagogie* résolvent dans le travail l'opposition de l'obéissance et de la liberté, de la soumission à la réalité du monde et du pur projet.

Page 1094.

1. Philip Dormer Stanhope, lord Chesterfield (1694-1773), homme d'État et écrivain anglais, ami de Montesquieu, connu pour les *Lettres à son fils,* destinées à l'éclairer sur la manière de se conduire en France.

Page 1100.

1. La théorie des tempéraments : Kant donne ainsi une nouvelle assise à la théorie des quatre tempéraments fondamentaux, héritée d'Hippocrate, par analogie avec les quatre éléments de la création (bile-feu ; atrabile-terre ; sang-air ; pituite-eau).

2. Pathologie humorale et pathologie nerveuse. La première remonte à Galien qui, au IIe siècle après Jésus-Christ, voit dans la prédominance d'une des humeurs dans l'organisme la cause de toutes les maladies. Il faudra attendre le XVIe siècle pour que Paracelse, à Bâle, Fernel, en France, en soulignent les insuffisances. Elle subit dès lors une certaine défaveur au profit de la pathologie nerveuse.

Page 1105.

1. C'est ici que se trouve la définition la plus nette du caractère. Elle est susceptible d'éclairer notamment *Les Fondements de la métaphysique des mœurs,* AK, IV, 393 et *La Religion dans les limites de la simple raison,* AK, VI, 48.

Page 1107.

1. Dépouillée de toute emphase sentimentale, l'évocation de ce «renouveau» n'en rappelle pas moins la «conversion» piétiste (voir *Deutsche Selbstzeugnisse. Pietismus und Rationalismus,* Reclam, Leipzig, 1933 — en particulier les témoignages de Francke et de Zinzendorf).

Page 1109.

1. Horace, *Satires,* I, 4-85, Belles-Lettres, 1969, trad. Villeneuve, p. 64 : «C'est une âme noire, et de cet homme tu te garderas, Romain.»

2. Giambattista della Porta (1541-1615), auteur d'un traité *De humana physiognomonia* où les particularités du visage humain sont expliquées par l'analogie avec des traits animaux.

3. Johann Caspar Lavater (1741-1801), pasteur à Zurich en 1775, le nom le plus important de la physiognomonie, a écrit des *Physiognomische Fragmente* (1775-1778). Olivier Guinaudeau a publié en 1924 une *Étude sur sa vie et sa pensée.* De la participation de Goethe aux travaux de Lavater — les deux hommes devaient se brouiller par la suite — on connaît surtout l'étonnante esquisse psychologique qu'il fit de Mme de Stein, avant même de la connaître, à partir d'une «silhouette» (voir Charles du Bos, *Goethe,* Corréa, 1949, p. 304).

4. L'édition de l'Académie situe cette opposition à la physiognomonie dans von Archenholz, *Literatur und Völkerkunde,* IV, 1784, p. 857, *«Ein Scherflein zur Physionomik».*

Page 1111.

1. Paul Pelisson-Fontanier (1624-1693); défiguré par la petite vérole, il quitta le barreau; compagnon de disgrâce de Fouquet, il devint plus tard historiographe du roi. Écrits : *Histoire de l'Académie française, Histoire de Louis XIV jusqu'à la paix de Nimègue.*

Page 1112.

1. Pierre Camper (1722-1789), médecin hollandais, a tenté de déterminer le degré d'intelligence d'après l'ouverture de l'angle facial. Johann Friedrich Blumenbach (1752-1840), professeur de médecine à Göttingen, l'un des créateurs de l'anthropologie. C'est lui qui divisa l'espèce humaine en cinq races. Voir t. II, n. 2, p. 587.

Page 1115.

1. Friedrich Nicolai (1733-1811), *Beschreibung einer* Reise *durch Deutschland und die Schweiz im Jahre 1781.*

2. James Quin (1693-1763), acteur anglais qui tint des rôles importants à *Inn Fields* et à *Covent Garden.*

Page 1117.

1. Pope, *Moral Essays,* Twickenham [...], t. III, II, v. 209-210, p. 67.

Page 1119.

1. «Il y avait même là trois cents prostituées de condition, que l'on appelle courtisanes.» Pietro Sarpi, dit Fra Paolo (1552-1626), religieux vénitien, a écrit sous le pseudonyme de Pietro Soave Polino une *Histoire du Concile de Trente,* remarquable par sa liberté d'esprit envers la papauté.

Page 1121.

1. Hume, *Essays [...],* «Of Love and Marriage», I, p. 383.

Page 1122.

1. Voltaire, *Contes,* «Histoire des voyages de Scarmentado», Pléiade, 1974, p. 104.

Page 1123.

1. Hume, *Essays [...],* «Of National Characters», I, p. 252.

Page 1126.

1. En français dans le texte.

Page 1127.

1. Ces jugements sommaires sur le peuple anglais rappelleraient les impressions passagères de Montesquieu à son arrivée à Londres. Dès l'abord, Herder avait considéré — avec quelque pessimisme — l'avenir de ce peuple en fonction des grands problèmes liés à son histoire : empire colonial, commerce.

Page 1129.

1. En fait, cette phrase de Rousseau s'applique aux Espagnols : «À Madrid, on a des salons superbes, mais point de fenêtres qui ferment, et l'on couche dans des nids à rats.» *Du contrat social,* Pléiade, 1964, t. III, p. 418.

Page 1130.

1. William Robertson (1721-1793), historien écossais, a écrit une *Histoire d'Écosse jusqu'à la fin du* XVIe *siècle* (1759) et une *Histoire de Charles Quint* (1769).

Page 1131.

1. C'est précisément de ce passé obscur que Herder, dès son

Journal de voyage en 1769, conclut au rôle futur des Slaves, et des Russes en particulier. Sa sévérité relative d'alors s'estompe au livre XVI des *Idées :* des défauts il ne retient plus que la servilité ; mais la douceur du caractère prépare ces peuples à l'*humanité* (Herder : *Idées pour la philosophie de l'histoire de l'humanité,* trad. Rouché, Aubier, 1962, p. 299).

2. Caloyer : étymologiquement « beau vieillard », religieux grec de l'ordre de saint Basile.

Page 1132.

1. Christian Girtanner (1760-1800), *Über das kantische Prinzip für die Naturgeschichte,* Göttingen, 1796.
2. *Cendrée,* en français dans le texte.

Page 1134.

1. À cet enchaînement de la discorde et de la concorde s'applique la remarque de V. Delbos : « La Nature oriente vers la paix en dépit d'elles les volontés discordantes et rebelles ; elle nous assure donc que nos efforts pour réaliser l'union juridique universelle des hommes trouveront dans l'ordre des choses une aide efficace, non une hostilité irréductible. » (*La Philosophie pratique de Kant,* p. 576-577).

2. Pietro Moscati, professeur d'anatomie à Padoue. Dans son essai sur *La Distinction corporelle essentielle entre la structure des animaux et celle des hommes,* il dénonçait les inconvénients nés pour l'homme de la station debout. En 1771, Kant avait fait de cet écrit, avec la distance nécessaire, un compte rendu (voir t. I, p. 1763 et 1773, ainsi que AK, II, p. 421-425). À ce qui pouvait paraître une caricature du retour rousseauiste à la nature, il ne déniait pas la perspicacité de l'analyse, et il conciliait ironiquement les progrès de l'homme par rapport à l'animal et les incommodités issues de l'avantage « d'élever fièrement sa tête au-dessus des anciens camarades ». De la station debout Herder ne retiendra, dix ans plus tard, que l'affinement de la constitution humaine et ses implications spirituelles (*Idées pour la philosophie de l'histoire et de l'humanité,* livre IV, 2).

Page 1136.

1. « Celui qui est de cire (peut) être infléchi vers le vice. »

Page 1142.

1. « Que le salut de la cité soit la loi suprême. »

Page 1147.

PROPOS DE PÉDAGOGIE

1. Bock, *Lehrbuch der Erziehungskunst zum Gebrauch für christliche Erzieher und künftige Jugendlehrer* (Königsberg, 1780). Comme l'indique l'éditeur, Kant a gardé sa liberté envers le canevas qui lui était imposé *« praecepto regio »*.

Page 1148.

1. Dans l'Antiquité, un trépied était donné en récompense aux vainqueurs de jeu public. Peut-être aussi allusion à la dispute d'Apollon et de Bacchus pour le trépied du temple : Bacchus céda le trépied à son frère et se retira sur le Parnasse, faisant du savoir orphique le privilège des initiés, alors que les oracles d'Apollon ne valent que pour le profane. Sans doute la bonne foi de Rink ne fut-elle pas à la mesure du désenchantement exprimé ici.

Page 1149.

1. La formulation du titre, l'origine et la teneur de l'ouvrage nous paraissent justifier une traduction aux contours assez imprécis ; le texte traite moins de la pédagogie elle-même, hors de tout système, que de vues et de préceptes d'éducation sous-tendus par une conception très déterminée de l'homme et du but auquel il doit se vouer.

2. Le mot *Lehrling* a chez les contemporains de Kant une résonance maçonnique. Les œuvres littéraires de l'époque évoquent volontiers les sociétés secrètes, par goût de leur appareil mystérieux, mais aussi dans une intention plus profonde. Elles illustrent l'apprentissage d'une sagesse (Goethe, *Wilhelm Meisters Lehrjahre*) ou, chez les romantiques, le prélude à une éclosion poétique (Novalis, *die Lehrlinge zu Saïs*).

3. *« Disziplin oder Zucht » :* sur son caractère négatif — qui transparaît tout au long du texte — voir t. I, n. 1 et 2, p. 1295.

4. La distinction entre la condition achevée des animaux, et l'ouverture de la destination humaine sur des formes supérieures d'existence, conjuguée avec la nécessité de l'effort pour tout tirer de soi-même, se retrouve, avec des orientations diverses, dans la pensée de l'époque. Philonenko fait ici référence à Fichte, *Grundlage des Naturrechts* (E. Kant, *Réflexions sur l'éducation,* traduction, introduction et notes, Paris, Vrin, 1980, p. 70). On pourrait citer de Herder les *Ideen zur Philosophie der Geschichte der Menschheit.* Le premier livre, traité par Kant avec une ironique condescendance, voyait l'homme

destiné tour à tour à la pratique de la raison, de l'art, du langage, de la liberté, de l'humanité et de la religion ; de cette succession de certitudes se dessinait pour Herder l'évidence d'un avenir supraterrestre.

Page 1150.

1. *Die ganze Naturanlage der Menschheit :* le mot *Humanität* ne vient pas sous la plume de Kant. Dans les *Briefe zur Beförderung der Menschheit,* au chapitre *Über das Wort und den Begriff der Humanität,* Herder le définit ainsi : *« Humanität ist der Charakter unseres Geschlechtes ; er ist aber nur in den Anlagen, und muss eigentlich ausgebildet werden [...] Das Göttliche in unserem Geschlecht ist also Bildung zur Humanität [...] »* (éd. Hanser, 1953, II, p. 470). Traduction : « L'humanité est le caractère de notre genre humain, mais il n'est que dans les dispositions, et il faut en vérité qu'il soit porté à son plein épanouissement [...] L'élément divin dans notre genre humain est donc la formation en vue de l'humanité [...] »

2. Kant rejoint Locke dans l'affirmation de la nécessité d'une discipline précoce. Voir Locke, *Quelques pensées sur l'éducation,* en particulier les paragraphes 38-42, intitulés « Les fantaisies de l'enfant » : « C'est par la crainte et le respect que vous devez d'abord prendre de l'empire sur leurs esprits ; c'est par l'amour et l'amitié que plus tard vous devez le conserver. » (Traduction de G. Compayré, Paris, Vrin, 1966, p. 62). La difficulté fondamentale est de concilier cette discipline avec la liberté inhérente à l'homme. Plus précisément : si le rôle de la discipline est de brider les débordements de la liberté, elle doit conduire non à la servilité, mais, par une progression sagement dosée, à la liberté idéale, celle de l'autonomie de l'être raisonnable.

3. Jean-Jacques dit à Émile : « La liberté n'est dans aucune forme de gouvernement ; elle est dans le cœur de l'homme libre ; il la porte partout avec lui » (Rousseau, *Émile,* Pléiade, IV, p. 857). Cette liberté donnée à l'origine sous une forme brute a un caractère imprévisible qui empêche la pédagogie de devenir une science.

4. Les ombres ne manquent pas — la cruauté en particulier — au portrait du bon sauvage dans l'*Émile ;* sur la possibilité du retour à l'état de nature, voir *Anthropologie,* AK, VII, 325-327.

Page 1151.

1. Rink croit pouvoir étendre la remarque de Kant aux lions capturés dans leur jeune âge ; leur rugissement est différent, mais le phénomène reste en partie inexpliqué. D'autre part, se

référant à Girtanner, il ne pense pas que le chant de moineaux apprivoisés puisse jamais se confondre avec celui des canaris.

2. Ce paradoxe de l'éducation est développé dans l'*Anthropologie,* AK, VII, 325.

3. Une éducation ou une conduite des humains par des êtres supérieurs est suggérée au premier livre des *Ideen* de Herder ; elle trouvera sa suprême figuration dans le premier roman de Jean Paul, *Die unsichtbare Loge* (1793), avec la silhouette idéale du génie, éducateur de Gustave.

Page 1152.

1. Comme dans la *Critique de la raison pure,* Herder associe l'Idée et la république platonicienne. Voir t. I, p. 245-247.

Page 1153.

1. Philonenko rappelle à ce propos le caractère partiel du mot «germe» *(Keim)* par rapport à «disposition» *(Anlage).* Voir *Réflexions sur l'éducation,* p. 77. Ce dernier mot donne matière à d'amples développements dans l'*Anthropologie,* avec la triple articulation, d'ailleurs sous-jacente à toute la pédagogie kantienne : *technique, pragmatique, morale.* Il ne s'agit pas d'un échelonnement rigide dans le temps. Malgré son caractère d'aboutissement suprême, la préoccupation morale est présente dès l'abord, adaptée à l'âge du disciple.

2. Ici s'affirme, une fois de plus, la primauté de l'espèce sur l'individu dans le devenir humain. L'éducation de l'individu reste inachevée, elle se fond dans le progrès universel. Ainsi se trouvent liées pédagogie et histoire. L'optimisme de Rink se fait jour dans une note à ce propos : les insuffisances de l'individu ne comptent guère, et les plaintes quant à une dégradation de la nature humaine prouveraient plutôt un affermissement des principes moraux.

Page 1155.

1. Sur la délimitation de l'art par rapport à la nature *(Tun / Handeln, Wirken),* à la science *(Können / Wissen),* au métier, voir *Critique de la faculté de juger,* t. II, p. 1084-1086. De même que l'art représente un domaine intermédiaire entre le pratique et le théorique, l'éducation selon Kant est mécanique et jugement.

Page 1156.

1. Rink renvoie le lecteur aux écrits de Kant sur le mal.

2. Basedow, Johann Bernhard (1724-1790), surtout célèbre

par la fondation du *Philanthropinum* de Dessau en 1774. À son zèle pédagogique, jailli pour une grande part du succès de l'*Émile,* on doit d'importants ouvrages : *Vorstellung an Menschenfreunde* (1768), *Methodenbuch* (1770), *Elementarwerk* (1774). Un choix en a été publié en 1965 sous le titre *Ausgewählte Schriften* (Rebler). L'*Elementarwerk* est une encyclopédie des connaissances nécessaires au maître ; Kant, dans son premier cours de pédagogie, se réfère au *Methodenbuch.* De manière générale, chez lui, l'adhésion fait place à la réserve. Basedow est le fondateur en Allemagne d'une pédagogie attractive, ouverte à la connaissance pratique, soucieuse de la santé physique, étrangère à toute contrainte confessionnelle en matière religieuse. À l'occasion d'un voyage sur le Rhin, en 1774, Goethe a laissé de ce personnage de faux prophète un portrait peu flatteur (*Dichtung und Wahrheit,* IIIe partie, livre 13). Sur le *Philanthropinum,* voir A. Pinloche, *La Réforme de l'éducation en Allemagne au* XVIIIe *siècle. Basedow et le philanthropisme,* Paris, 1914. La fondation du *Philanthropinum* confirme la plainte de Kant sur le désintérêt des grands pour les établissements d'éducation : Basedow ne put longtemps compter que sur un appui moral du prince d'Anhalt-Dessau.

Page 1157.

1. À propos du terme *klug* (prudent), Philonenko rappelle le double sens de la «prudence» *(Klugheit)* tel qu'il est précisé dans les *Fondements de la métaphysique des mœurs :* prudence par rapport au monde, aptitude d'un homme à employer ses semblables à ses fins — prudence privée, aptitude à lier toutes ses fins en vue de son avantage durable (*Réflexions sur l'éducation,* Vrin, p. 82).

Page 1158.

1. Il s'agit du mot *dressieren* utilisé dans la phrase précédente.
2. Ici, comme plus loin pour le mot *dreist,* Kant ne semble pas très pointilleux sur les étymologies ; il s'agit, dans cette ambiguïté, d'opposer *Dresskammer* à *Trostkammer,* littéralement chambre de consolation.
3. Avec Lessing, l'histoire du genre humain s'articule selon un schéma ternaire : Ancien Testament, christianisme et troisième âge à venir d'une éternité terrestre qui confondra révélation et raison. Voir *L'Éducation du genre humain — Dialogues maçonniques,* traduits et présentés par P. Grappin (Paris, Aubier, 1968). Le progrès linéaire ne deviendra dialectique qu'avec Fichte et la pensée romantique.

Page 1159.

1. La première de ces écoles normales fut fondée à Vienne. Kant leur oppose, même entachées d'erreurs, les initiatives de Basedow.

2. C'est l'un des grands mérites du *Philanthropinum.* Au nombre des reproches formulés contre l'institution, la trop grande part faite à une éducation récréative, et un éparpillement du savoir (cette dernière critique, Goethe l'adresse à l'*Elementarbuch*, en son livre déjà cité de *Dichtung und Wahrheit*). Le *Philanthropinum* avait fermé ses portes en 1793.

3. La concordance entre la pensée de Kant et celle de Rousseau nous fait reprendre la distinction de l'*Émile* entre précepteur et gouverneur : «Au reste, j'appelle plutôt gouverneur que précepteur le maître de cette science, parce qu'il s'agit moins pour lui d'instruire que de conduire. Il ne doit point donner de préceptes, il doit les faire trouver.» (P. 266). Kant utilise les termes *Information* et *Hofmeister.* De celui qui sera chez Rousseau «âme sublime», «rare mortel», Locke ébauche déjà un noble portrait (*Quelques pensées sur l'éducation,* p. 113-128).

Page 1160.

1. La condition de ces êtres appointés n'appellera pas chez Kant l'indignation de Rousseau : «C'est un valet. Il en formera bientôt un second !» (*Émile,* p. 263).

2. Éducation privée, éducation publique : Émile est éduqué par un gouverneur, mais il est «orphelin». Chez Locke : «Ce dont je suis sûr, c'est que quiconque pourra faire la dépense d'un précepteur, et élever son fils à la maison, lui assurera, mieux que toute école ne pourrait le faire, des pensées viriles, le sentiment de ce qui est digne et convenable ; sans compter qu'il lui fera faire de plus grands progrès dans ses études, et aussi qu'il fera plus vite mûrir l'homme dans l'enfant» (*Quelques pensées sur l'éducation,* p. 90, Vrin). Balancée, la pensée de Kant attribue sur certains points — l'habileté, le civisme — de sérieux avantages à l'éducation publique. Le citoyen de Kant diffère du gentleman de Locke. Tout autre encore est Émile à quinze ans : «Pour avoir aussi les vertus sociales, il lui manque uniquement de connaître les relations qui les exigent [...] Il se considère sans égard aux autres, et trouve bon que les autres *ne pensent point* à lui. Il n'exige rien de personne, et ne croit rien devoir à personne. Il est seul dans la société humaine, il ne compte que sur lui seul» (p. 488).

Page 1161.

1. L'éducateur retrouve le problème liberté-nécessité déjà

cerné de manière abstraite dans les *Fondements de la métaphysique des mœurs* (voir t. II, p. 315).

Page 1162.

1. *Persönlichkeit* : la formation de la personnalité est la pierre angulaire de la pédagogie de Kant, du moment que «l'homme seul et, avec lui, toute créature raisonnable, est fin en soi» (*Critique de la raison pratique,* voir t. II, p. 715).

Page 1163.

1. Sur ce point, Rousseau est sans concession : «Tout ce qui tient à l'ordre moral et à l'usage de la société ne doit point leur être présenté, parce qu'ils ne sont pas en état de l'entendre» (*Émile,* p. 444).

2. Après Rousseau, Basedow recommande, dans son opuscule de 1768, d'adapter l'enseignement aux diverses étapes de l'enfance et de l'adolescence. L'époque découvre à tous les égards — jusqu'à celui de l'imagination poétique, avec Jean Paul — la spécificité de cet âge.

3. Rink n'incline pas à accepter le caractère héréditaire de certaines maladies ou de certains vices. Toutefois, une plus grande réceptivité à ces tares, du fait de l'hérédité et de la première nourriture, ne lui semble pas devoir heurter la raison.

Page 1164.

1. «Le nouveau lait est tout à fait sérieux, il doit être presque apéritif pour purger le reste du *meconium* épaissi dans les intestins de l'enfant qui vient de naître.» (*Émile,* p. 273). Kant ignore la valeur affective de l'allaitement maternel, mais ces pages sont emplies d'échos du traité de Rousseau : allaitement maternel (p. 256-258), alimentation des nourrices (p. 274-276), usage malfaisant des bouillies (p. 292), inconvénients des langes (p. 278), avantages des bains froids *(ibid.),* nocivité des instruments («Émile n'aura ni bourrelets, ni paniers roulants, ni chariots, ni lisières [...]», p. 300).

Page 1165.

1. Schlözer, note Rink, a souligné les conséquences néfastes de l'abus d'alcool chez les Russes.

2. Cette théorie est confirmée, selon Rink, par les observations des médecins.

3. Ici encore, en soulignant les effets pernicieux de l'habitude, Kant rejoint Rousseau : «la seule habitude qu'on doit

laisser prendre à l'enfant eſt de n'en contracter aucune [...]» (p. 282).

Page 1166.

1. Sur le caractère négatif de l'éducation, voir *Émile :* «La première éducation doit être purement négative. Elle consiſte, non point à enseigner la vertu, ni la vérité, mais à garantir le cœur du vice et l'esprit de l'erreur [...]» (p. 323). Les lignes qui suivent montrent que Rousseau poursuivait jusqu'à l'âge de douze ans cette éducation négative.

2. Rink croit pouvoir rappeler qu'une image de cet objet se trouve dans les éditions les plus anciennes du *Gesundheitskatechism* de Fauſt, un ouvrage que tout foyer, ajoute-t-il, devrait posséder.

3. Même attitude chez Rousseau (p. 261) et chez Locke (*Quelques pensées sur l'éducation,* p. 148-149).

Page 1167.

1. Rink juge vraisemblable la supériorité de l'ouïe sur la vue chez l'enfant. L'insuffisance des sens chez l'adulte résulte de l'inattention et, en dernier ressort, d'une culture étriquée. L'action réciproque de l'attention et de la culture devrait être étudiée.

2. «Je suis sûr qu'un tison ardent tombé par hasard sur la main de cet enfant lui eût été moins sensible que ce coup assez léger, mais donné dans l'intention manifeſte de l'offense.» (*Émile,* p. 286-287).

3. Rink renvoie à l'ouvrage de Horſtig, *Soll man die Kinder schreien lassen* (Gotha, 1798).

Page 1169.

1. La pratique de cette éducation par le jeu et par l'appétit était importante au *Philanthropinum.* Rousseau cite un exemple analogue pour l'acquisition de la géométrie (*ibid,* p. 401). Il n'insiſte pas sur l'écriture, «niaiserie dans un traité d'éducation»; l'aversion pour les livres, «fléau de l'enfance», ne lui fait accepter que le déchiffrage de billets invitant Émile à «aller [...] manger de la crème» (*ibid.,* p. 358). Kant n'entend pas, selon Rink, que chaque enfant invente son alphabet. Il veut simplement indiquer par là que les enfants procèdent dans la lecture et l'écriture de manière analytique, bien qu'ils n'en soient plus conscients en grandissant.

Page 1170.

1. Rink évoque la nécessité d'exceptions à cette règle. Hufeland, ajoute-t-il, a montré qu'une trop grande rigidité de l'habitude débouche sur une vie végétative.

2. Conforme au personnage de Kant, la recommandation de ponctualité contraste avec le laisser-faire de Rousseau et, plus encore, de Locke. Celui-ci conseille de changer le temps des repas presque tous les jours (*Quelques pensées sur l'éducation,* p. 16).

3. Locke et Rousseau opposent un refus analogue à une discipline servile. « Une discipline servile fait des caractères serviles » (*ibid,* p. 50).

Page 1171.

1. Comme Locke et Rousseau, Kant se méfie de la domesticité.

Page 1172.

1. Ces lignes font écho au livre III de l'*Émile,* p. 442-443.

Page 1173.

1. Franklin, *Essais de morale et d'économie politique,* Paris, 1867, p. 112.

Page 1174.

1. On retrouve ici les jeux préconisés par Rousseau (*Émile,* p. 401). Mais celui-ci laisse danser la jeune fille « autant qu'il lui plaît ». De même Locke, dans une autre perspective : « Comme la danse me paraît le meilleur moyen de donner aux enfants une honnête assurance, une bonne tenue, et de les encourager à rechercher la société des personnes au-dessus de leur âge, je crois qu'il faut leur apprendre à danser dès qu'on peut » (*Quelques pensées sur l'éducation,* p. 81).

2. « Mémoire locale ».

3. *Émile,* p. 404.

4. Göttingen, 1735.

5. Une fois encore, Kant juge la musique importune. Pour Locke, la disproportion entre l'effort demandé et les résultats obtenus, le peu de cas fait de ce talent par la société doivent engager à « employer son temps à autre chose » (*Quelques pensées sur l'éducation,* p. 261-262). Rousseau limite au chant la pratique de la musique : « De même dans le chant, rendez sa voix juste,

égale, flexible, sonore ; son oreille sensible à l'harmonie, mais rien de plus » (*Émile,* p. 405).

Page 1175.

1. *Émile,* p. 362.
2. Sterne, *Vie et opinions de Tristram Shandy,* trad. C. Mauron, R. Laffont, 1946, p. 98.

Page 1176.

1. Lichtenberg, Georg Christoph (1742-1799). Parus après sa mort, ses *Aphorismen,* marqués à la fois de spirituel scepticisme et de profondeur, sont une riche contribution aux découvertes psychologiques de l'époque. Kant fait allusion au texte intitulé *Antwort auf das Sendschreiben eines Ungenannten* (Lichtenberg, Werke, Hanser, 1972, t. III, p. 414-426).

Page 1177.

1. À l'appui de ces lignes de Kant, Rink note que le repos n'entraîne pas la satisfaction. Le travail, en apportant la variété, rend l'homme alerte et heureux. L'oisif peut certes tout faire, mais le choix est difficile, et le jour passe dans l'indécision.
2. Sur l'ennui, voir *Anthropologie,* AK, VII, 233.

Page 1178.

1. À l'opposé, on trouve dans *Quelques pensées sur l'éducation* de Locke un paragraphe, « Il faut raisonner avec les enfants : on s'étonnera peut-être que je recommande de raisonner avec les enfants, et cependant je ne puis m'empêcher de penser que c'est la vraie manière de se comporter avec eux. Ils entendent raison dès qu'ils savent parler et, si je ne me trompe, ils aiment à être traités en créatures raisonnables plus tôt qu'on ne se l'imagine. » (p. 105-107). Il est vrai que le pragmatisme de Locke tempère l'abord étonnant de ces propos.
2. Sur les facultés de l'âme, voir *Anthropologie ;* sur le *Witz* en particulier, AK, VII, 220-223.
3. « Nous ne savons que ce que nous tenons en notre mémoire. »
4. Le sensualisme de Locke met des limites à la valeur et à la pratique de la mémoire : « En faisant apprendre par cœur des pages de latin, on ne dispose pas plus la mémoire à retenir autre chose que, en gravant une pensée sur une lame de plomb, on ne rendrait ce métal capable de retenir solidement d'autres empreintes » (*Quelques pensées sur l'éducation,* p. 234). Pour Rousseau, mémoire et raisonnement, « deux facultés essentiel-

lement différentes», se développent dans leur association réciproque (*Émile,* p. 344).

Page 1179.

1. Locke distingue entre «les hommes qui étudient les langues pour le commerce de la société» et ceux qui, en plus petit nombre, «ont pour principale affaire en ce monde de se servir de leur langue et de leur plume». Pour les premiers, la pratique courante suffit; aussi bien Locke recommande-t-il l'étude du français, langue de conversation par excellence; il réserve aux autres l'étude théorique (*Quelques pensées sur l'éducation,* p. 215). Rangeant l'étude des langues «au nombre des inutilités de l'éducation», du moins dans le premier âge, Rousseau la repousse, sauf pour les prodiges, à la douzième ou à la quinzième année. L'inutilité vient de l'incapacité de l'enfant à comparer les formes diverses de l'esprit inhérent à chaque langue, et d'une importance si considérable dans le façonnement des idées et des mœurs (*Émile,* p. 346).

2. Rink cite ici Schlözer (A. L. von), *Vorstellung einer Universalhistorie* (Göttingen et Gotha, 1772) avec l'appendice *Geschichte der Hauptvölker der Welt, summarisch in leichte Perioden verteilt,* ainsi que Schlözer (C. von), *Deux tables chronologiques sur l'histoire universelle d'après la méthode d'A. L. von Schlözer,* Dorpat, 1810. Il s'agit ici de méthode et, plus précisément, d'entraînement de la mémoire en vue du jugement. Pour son élève, destiné à devenir gentleman ou homme d'affaires, Locke fait de cette discipline une étude privilégiée; elle sert aussi à l'agrément de l'enfant (*Quelques pensées sur l'éducation,* p. 241). Rousseau dénonce l'insuffisance des faits réduits à eux-mêmes; or telle est l'histoire pour l'enfance, dans l'incapacité de cette dernière à saisir les rapports des événements (*Émile,* p. 348).

3. En se référant aux ouvrages d'Olivier, Rink rappelle les avantages de la déclamation dans l'exercice de la mémoire et même dans l'apprentissage de la lecture.

4. «L'oubli futur».

5. Grief habituel chez Kant contre la littérature romanesque, lecture favorite des femmes.

Page 1180.

1. *Orbis pictus (Le Monde en images),* voir t. I, n. 1, p. 536.

2. Francke, August Hermann (1663-1727), le piétiste de Halle, créateur des *Realschulen,* avait ajouté à l'étude de l'orthographe celle de la géographie, de l'histoire, de la musique. On juge de l'importance de la géographie pour Kant d'après l'*Annonce sur le programme* de ses leçons pour le semestre d'hiver 1765-66 (t. I, p. 521-523 et n. 5, p. 522), ainsi que la

Géographie physique : l'introduction à ce dernier ouvrage lui assigne un vaste domaine (mathématique, moral, politique, mercantile, théologique), AK, VII, 164-165.

3. De ces pages et de celles qui suivent, on retiendra, outre l'élévation progressive du domaine des sens à celui des idées, le souci permanent d'un équilibre des facultés de l'âme, d'une association harmonieuse de la nécessité et de la liberté, de la théorie et de la pratique, de la contrainte (discipline) et de l'épanouissement de la personnalité (maximes, dont la *Critique de la raison pratique* disait qu'elles ne devenaient moralement authentiques que si elles reposaient sur le pur intérêt pris à obéir à la loi) (voir t. II, p. 701-702).

Page 1182.

1. Sur la distraction, voir *Anthropologie du point de vue pragmatique,* AK, VII, 206-208.

2. Opinion somme toute assez proche de celle de Rousseau, qui se montre à l'occasion ennemi des cartes réduites à des signes et des noms sur le papier. Émile, il est vrai, part de l'objet sous la forme la plus élémentaire (p. 434).

Page 1183.

1. Ce caractère négatif figure dans l'*Anthropologie du point de vue pragmatique,* AK, VII, 236-237.

2. Selon Rink, les pères folâtrent moins avec leurs enfants, aussi les témoignages de leur affection en ont-ils plus de valeur. Leur sévérité relative inspire le respect qui est le fondement le plus solide de la confiance et de l'inclination. Dans les premières années, la prépondérance de l'attachement des enfants, des fils surtout, à leur mère s'explique par leur immaturité.

Page 1184.

1. *Émile* contient des affirmations analogues, mais elles s'inscrivent dans la méfiance à l'égard de la médecine et des médecins (p. 271).

2. Ces remarques rappellent le portrait d'Émile à la fin du livre II (p. 487-488).

Page 1185.

1. Peu d'hommes, ajoute Rink, sont mauvais par principe mais beaucoup le sont par perte ou absence de caractère. Il importe de former un caractère à l'aide des concepts du droit, et non de l'honneur (qui exclut le caractère). L'exemple des

parents revêt une importance primordiale : leur faiblesse a pour conséquence l'absence de caractère chez les enfants.

2. *Lenksamkeit.*

3. Dans la ligne de la note précédente (n. 1), Rink substituerait à la gronderie la question : « Est-ce bien ? »

4. Sur le mensonge, voir t. I, p. 1184 et la note afférente. Parmi les pages les plus marquantes à ce sujet, voir *Métaphysique des mœurs*, AK, VI, 429.

Page 1186.

1. Du caractère, l'*Anthropologie* propose cette définition : « propriété selon laquelle le sujet se lie lui-même à des principes pratiques déterminés qu'il s'est prescrits de manière irrévocable par sa propre raison ». Les principes peuvent être entachés d'erreur. Mais le principe formel du vouloir a pour Kant « quelque chose d'estimable et d'admirable » (AK, VII, 291-295). Pour « fonder » un caractère, la pédagogie kantienne recourt à trois exigences : obéissance, véracité, sociabilité. Couvrant les devoirs de l'homme à l'égard de lui-même et des autres, elles dépouillent de proche en proche leur aspect contraignant et ménagent ainsi la conversion intérieure.

Page 1188.

1. « Un naturel servile », « un naturel mercenaire ». Locke avoue bien l'utilité des récompenses et des punitions si l'on veut agir sur les enfants. Il est très circonspect sur leur emploi dans la formation d'un homme sage, vertueux et libre (*Quelques pensées sur l'éducation*, p. 66-69). Il conseille la sévérité des châtiments corporels surtout avec les entêtés, jusqu'à ce que se manifestent « les marques d'un vrai chagrin, de la honte, et du désir d'obéir » (*ibid.*, p. 103). Kant est très réservé sur les récompenses ; elles mènent à l'égoïsme. Mais pour Locke, « les enfants en viendront facilement à comprendre que tous ceux qui ont mérité d'être loués et estimés, pour leur application à bien faire, sont nécessairement aimés et choyés par tout le monde, et qu'ils obtiennent tous les avantages qui sont les conséquences de leur bonne conduite » (*ibid.*, p. 71). La punition perd toutefois dans la pédagogie kantienne quelque peu de sa pureté ; elle doit servir une fin : montrer aux enfants qu'il s'agit de leur amendement. Il est vrai qu'ils ne comprennent pas encore le devoir.

Page 1190.

1. Kant apparaît plein de réserve face au bonheur de l'enfance, tant vanté depuis Rousseau.

2. « [L'homme ambitieux d'atteindre, à la course, la borne souhaitée] a beaucoup supporté, a fait beaucoup dès l'enfance, il a sué, il a eu froid. » Horace, *Art poétique,* V, p. 412-413, trad. F. Villeneuve, Les Belles Lettres.

3. Cette condamnation de la vanité de la toilette se trouvait déjà chez Locke (p. 57) et chez Rousseau (p. 372).

Page 1191.

1. *Unlauterkeit.* Elle eſt, comme le rappelle Philonenko à partir de la *Religion dans les limites de la simple raison,* le deuxième degré du penchant au mal, le mélange de motifs immoraux, le dernier consiſtant à adopter de méchantes maximes. Voir t. I, n. 1, p. 1324.

2. Sur le tempérament, voir *Anthropologie,* AK, VII, 286-287. Du point de vue psychologique, il ne concerne que la faculté de sentir et de désirer, par analogie avec les causes du mouvement dans le corps, le sang en particulier.

3. « Supporte et abſtiens-toi. »

Page 1192

1. Voir *Sur le sentiment du sublime et du beau,* t. I de cette édition, p. 461.

2. « Hâte-toi lentement. »

3. « L'homme ferme dans ses résolutions ». Horace, *Odes,* III, 31.

Page 1193.

1. Voir dans la *Métaphysique des mœurs,* AK, VI, p. 484, l'opposition ascèse ſtoïcienne — ascèse monacale ; cette dernière ne recherche pas l'amendement moral, mais l'exaltation du repentir.

Page 1194.

1. Crugott, Martin (1725-1790), théologien et prédicateur à Carolath. Kant se réfère ici aux *Predigten,* 1790 (3. Predigt, p. 94).

2. Le sentiment le plus précoce de la dignité eſt la pudeur, ajoute Rink en se référant à Horace, *Satires,* I. 6. 82. *« Pudor primus virtutis honos. »*

Page 1195.

1. Rink note l'amorce de l'usage de tels catéchismes dans les écoles.

2. Pratique d'autant plus grave, ajoute Rink, que les enfants en attendent alors la récompense.

3. La référence religieuse eſt évidemment absente de la présentation de la bienfaisance *(Wohltun)* de la *Métaphysique des mœurs,* 2e partie, AK, VI, 452. La bienfaisance eſt un devoir qui exclut tout espoir égoïſte ; mais, pour l'homme riche, le danger eſt grand de s'enivrer de «sentiments moraux».

Page 1196.

1. Sur ces désirs, voir *Anthropologie,* AK, VII, 272-274.

Page 1197.

1. On rapprochera le passage d'une formule énoncée plus haut : «Il n'eſt en l'homme de germes que du bien» — ou d'un développement de l'*Anthropologie,* AK, VII, 324 : la contradiction eſt entre le caractère *intelligible* de l'humanité et le caractère *sensible* de l'espèce, tel qu'il se révèle à l'expérience dans un «actif désir de l'illicite».

2. Transposition au plan moral des rapports de la nature et de l'art. Voir *Critique de la faculté de juger,* t. II, p. 1088.

3. Les mérites de la fortune.

Page 1199.

1. La phrase, dont le dernier terme évoque le dithyrambe de l'*Émile,* scelle en quelque sorte, dans sa densité, ces pages fortement marquées par la convergence avec la pensée de Rousseau : refus d'imposer à l'enfant une éducation religieuse précoce et inadaptée, mais aussi de l'abandonner à la crainte et à l'erreur, assimilation de la première image de Dieu à celle du père, épanouissement progressif, dans la primauté du tribunal intérieur.

Page 1200.

1. Rink transcrit à ce propos un passage de «beau» développement de Cicéron, *De officiis* I, c. 35.

Page 1201.

1. Même queſtion chez Rousseau : *Émile,* p. 499.

2. Kant aborde franchement cette queſtion à propos de laquelle Rink cite des titres contemporains : Salzmann, *Über die heimlichen Sünden der Jugend;* Tissot, *L'Onanisme,* Campe, *Revision des gesammten Schul- und Erziehungswesens.* Le passage eſt dominé par l'opposition entre la pulsion de la nature et les impossibilités inhérentes à l'ordre civil.

Page 1202.

1. Des difficultés analogues, note Rink, apparaissent chez la jeune fille. Il importe de préserver dans le cœur la pureté du sentiment de l'amour.

Page 1203.

1. Voir n. 3, p. 1191.

V. Œuvres inachevées

Page 1211.

DÉCLARATION À L'ÉGARD DE LA DOCTRINE DE LA SCIENCE DE FICHTE

1. Cette déclaration n'est pas une lettre, mais elle est publiée dans l'édition de l'Académie avec le reste de la correspondance, ce qui se justifie dans la mesure où il s'agit d'une sorte de lettre ouverte au public. Elle fut publiée dans la feuille d'annonces de l'*Allgemeine Literaturzeitung* du 28 août 1799. Ce n'est que l'une des pièces à verser au dossier de la controverse entre kantiens et fichtéens ; elle ne peut à elle seule établir dans quelle mesure Fichte est fidèle ou non au criticisme, dans quelle mesure aussi Kant a compris ou non la *Doctrine de la science* de Fichte, puisqu'il semble n'être pas allé plus loin dans sa lecture que les quelques lignes du début des *Fondements de la doctrine de la science* de 1794, où Fichte semble en effet partir du principe d'identité. (Voir la lettre à Tieftrunk du 5 avril 1798, AK. XII, 279).

2. Johann Gottlieb Buhle (1763-1821) professeur de philosophie à Göttingen. Le compte rendu affirme que «Fichte a *réalisé* le plan exposé dans la *Critique* et mené systématiquement à terme l'idéalisme transcendantal indiqué par Kant». Au nom du public, il somme Kant de trancher entre son disciple Fichte et les kantiens orthodoxes qui attaquent ce dernier (par exemple dans les *Annales* de Jacob).

3. Kant n'a pas toujours pris ce terme en ce sens : voir n. 4, p. 1228 du présent volume. Il est probable qu'il a lu quelques lignes des *Fondements de la doctrine de la science* de 1794, plus un compte rendu assez vague (voir la lettre à Tieftrunk du 5 avril 1798, AK. XII, 3, 279) ; Fichte assure qu'il aurait lu

également la *Deuxième introduction* de 1797, qui est un exposé populaire compréhensible pour tous. C'est sur ce seul témoignage que repose la thèse suivant laquelle Kant aurait condamné Fichte en connaissance de cause.

4. Dans cette lettre de décembre 1797 (AK. XII, 3, 219-220), Kant conseille à Fichte d'abandonner les spéculations scolastiques pour consacrer ses talents d'exposition à la vulgarisation de la philosophie critique. Fichte, dans sa réponse du 1er janvier (AK. XII, 3, 228) explique les raisons pour lesquelles l'exposé de sa pensée ne lui permet pas de donner congé à la scolastique.

5. Si l'on se réfère au tableau des diverses parties de la philosophie exposé dans l'« Architectonique de la raison pure » (AK. III, 546-47), il est clair que Kant a largement dépassé ce qu'il appelle la propédeutique ou critique ; il rappelle également souvent que la philosophie transcendantale qu'il est en train de constituer ne peut exister que sous forme complète et achevée (voir *C.R.P.* AK. IV, 10 et AK. III, 15, 42 ; t. I, p. 729, 744, 775). Mais l'équivoque est entretenue sur ce point par des formules comme celles-ci : « Comme je n'ai pas ici à m'occuper du caractère complet du système, mais seulement des principes en vue d'un système, je réserve ce complément pour un autre travail » (AK. III, 94 ; t. I, p. 836). Mais ce complément désigne ici pour Kant la mise au net de la liste des prédicables qui suivent des catégories ou prédicaments, et non pas une autre méthode d'exposé que celle de la *C.R.P.*

Page 1212.

1. Jusque alors Kant a pourtant distingué entre les entreprises qui veulent donner une fondation nouvelle à la philosophie critique et celles qui, comme l'ouvrage de Beck, tentent simplement de la ramener à l'unité d'un seul point de vue : voir sur ce point la lettre à Tieftrunk du 11 décembre 1797, (AK. XII, 3, 221) et aussi la lettre de L.H. Jacob du 22 juin 1795 (AK. XII, 3, 26) qui met en garde Kant contre l'entreprise de Reinhold qui, en cherchant un fondement suprême à nos facultés de connaître, est fatalement conduit à dépasser les limites fixées par la *Critique ;* au contraire, ajoute-t-il, Beck ne vise pas « à procurer un appui à la *Critique* par quelque nouveau point de vue plus élevé, mais seulement à promouvoir sa compréhension véritable par une exposition de son contenu tout à fait simple mais modifiée ». Sur cette présentation de Beck, voir la lettre à Tieftrunk du 11 décembre 1797 (AK. XII, 3, 220 ; t. III, p. 796).

2. Le recenseur reproche en effet à Buhl sa fidélité à la lettre kantienne qui l'empêcherait de voir que la chose en soi n'est pas un substrat extérieur à l'esprit, mais « une activité, un agir

en tant que principe originaire ». Selon lui, Kant aurait employé un vocabulaire dogmatique inadéquat au véritable contenu de l'idéalisme transcendantal.

3. *« Dagli amici mi guardi Dio, che dai nemici mi guardero io »* (*Recueil des proverbes toscans* édités par G. Giusti et G. Capponi, Florence, quatrième édition 1893, p. 130).

4. Salluste, *La Conjuration de Catilina* (C, 10, 5) ; la phrase exacte est *« aliud clausum in pectore, aliud in lingua promptum habere »* (avoir une pensée cachée au fond du cœur, une autre sur les lèvres). Kant utilise aussi cette citation en AK. VI, 429.

5. Malgré la violence de l'attaque et la pression de Schelling qui voulait une réponse insolente, Fichte se justifia sur un ton modéré dans une lettre à Schelling que ce dernier fit paraître dans la feuille d'annonces de l'*Allgemeine Literaturzeitung* du 28 septembre 1799 ; il y rappelle le contenu de la correspondance mentionnée par Kant, expose que la doctrine de la science, loin d'être une pure logique, est la philosophie transcendantale elle-même, qu'il a suivi les conseils de Kant en l'exposant de façon plus claire et plus rigoureuse et il interprète la déclaration de Kant non comme une condamnation sur le fond, mais comme un désir de ne plus participer, vu son âge, aux recherches nouvelles en philosophie ; il termine en demandant qu'on s'efforce de réfuter la doctrine de la science au lieu de l'écarter sans l'examiner.

Page 1215.

QUELS SONT LES PROGRÈS DE LA MÉTAPHYSIQUE EN ALLEMAGNE DEPUIS LE TEMPS DE LEIBNIZ ET DE WOLFF?

1. Voir *C.R.P.* (AK. III, 542) : « La philosophie est la simple idée d'une science possible qui n'est donnée nulle part *in concreto.* »

2. Kant a exposé à plusieurs reprises les raisons pour lesquelles la métaphysique ne peut exister que sous une forme achevée (*C.R.P.*, AK, IV, 10 ; AK, III, 15 ; AK, III, 42).

Page 1216.

1. Le concept de fin ultime est précisé au paragraphe 84 de la *Critique de la faculté de juger* (AK, V, 434-436) : c'est une fin qui ne peut jamais elle-même devenir moyen pour autre chose.

2. L'intérêt de la raison est à la fois celui de la raison pratique, évidemment concernée par l'affirmation de ce qui rend possible ses maximes (à savoir Dieu, la liberté et l'immortalité), et celui de la raison théorique qui ne peut être

satisfaite que par la découverte de l'inconditionné qui est sa fin (*C.R.P.* AK, III, 324-325). Mais l'intérêt de cette dernière ne peut trouver sa satisfaction par la voie théorique, puisque les antinomies empêchent l'affirmation de l'inconditionné (c'est-à-dire des thèses) ; il ne la trouvera que par la médiation de la raison pratique.

3. Kant emploie ici le terme d'ontologie dans son sens critique et non dans son sens traditionnel : il désigne alors simplement une analytique des concepts de l'entendement pur (*C.R.P.* AK, III, 207 et 546).

Page 1217.

1. À la fin de la *Critique de la raison pratique,* Kant expose que la doctrine de la sagesse est « non seulement ce que l'on doit faire, mais ce qui doit servir de règles aux maîtres pour leur préparer le chemin de la sagesse que chacun doit suivre » (AK, IV, 163) . La distinction entre la philosophie comme science et comme doctrine de la sagesse recoupe la différence entre le concept scolastique et le concept cosmique de la philosophie (AK, III, 542). Le premier désigne un système de connaissance désintéressée qui n'a en vue que sa perfection logique, le second est la science du rapport de toute connaissance aux fins et intérêts de la raison (voir n. 5, p. 1218) : c'est sous cette dernière forme que la philosophie sert de modèle idéal au penseur dans la mesure où il n'est pas seulement « un artiste, mais un législateur de la raison humaine ». La philosophie comme science au contraire n'est pas seulement un idéal dont nous pouvons nous rapprocher à l'infini, mais une connaissance que nous pouvons prétendre posséder bientôt et même en totalité (voir n. 3, p. 1218). Seule cette distinction permet de comprendre que la philosophie soit chez Kant tantôt un idéal que nous pouvons seulement approcher peu à peu, tantôt une science dont l'achèvement est à notre portée.

2. Voir note précédente.

3. Pour la différence entre les propositions philosophiques et les propositions mathématiques, voir *C.R.P.* (AK, III, 469-483). Cette distinction n'empêche pas les mathématiques de relever de la philosophie, dans la mesure où leur validité doit, comme celle de toute connaissance, être fondée transcendantalement.

4. Ces maximes de la manière de penser sont énoncées et analysées au paragraphe 40 de la *Critique de la faculté de juger* (AK, V, 294-295). Elles visent à procurer à ce qui est intellectuel (concepts et idées) la domination sur la sensibilité.

5. La notion d'orientation de la pensée donne lieu chez Kant à des développements précis dans l'opuscule *Qu'est-ce que s'orienter dans la pensée?* (AK, VIII, 131-147).

Page 1218.

1. La thèse de l'égarement de la raison dû au succès des mathématiques est avancée dans la *C.R.P.* (AK, III, 469).

Page 1219.

1. Allusion à l'antithétique de la raison pure (AK, III, 290-321).

Page 1220.

1. Cette histoire philosophique de la philosophie est développée à la fin de ce texte dans la *Feuille détachée* (AK, XX, 340-341), et dans la *C.R.P.* (AK, IV, 8 ; AK, III, 550). Comme l'indique bien ce passage, il faut remarquer que, si l'avènement du dogmatisme et du scepticisme ainsi que leur conflit sont nécessaires et inévitables, il n'en est pas de même du criticisme qui suppose un changement total d'orientation et par suite une décision : cette démarche de la raison s'érigeant en tribunal critique est sans cesse à réeffectuer dans la mesure où l'apparence dialectique qui donne naissance au dogmatisme et au scepticisme est fondée dans la nature de la raison, et est donc « aussi attrayante que naturelle et demeurera telle pour tout temps à venir » (AK, III, 461). Il faut donc éviter de rapprocher abusivement cette conception de l'histoire de la philosophie de celle de Hegel : ici, le dépassement des deux premiers termes et de leur opposition dans un troisième n'obéit pas à une nécessité dialectique, et ce troisième terme ne supprime pas les deux premiers ni leur conflit qui doit se perpétuer à l'infini.

2. La distinction des jugements analytiques et synthétiques est développée plus loin dans le *Supplément* n° I, Ire section (AK, XX, 7, 322-323). On trouvera un exposé plus technique dans la *Réponse à Eberhard,* section II (AK, VIII, 226-246) et dans la *C.R.P.*, (AK, III, 33-36, 143-145). Cette distinction, qui concerne le contenu des concepts du jugement, ne relève pas de la logique formelle, comme le rappelle Kant dans une remarque du paragraphe 3 des *Prolégomènes,* mais seulement de la logique transcendantale : il est donc normal que les philosophes dogmatiques l'aient méconnue, puisqu'ils ne prennent en considération que la logique formelle.

Page 1221.

1. Sur le traitement de la causalité par Hume, voir *Prolégomènes [...]* § 27 (AK, IV, 310-311) et *C.R.P.* (AK, III, 499-501).

2. La différence entre le deuxième et le troisième pas correspond à la différence entre le moment métaphysique et le

moment transcendantal de la déduction ou de l'exposition dans la *C.R.P.* L'un établit les conditions de possibilité des jugements synthétiques *a priori,* à savoir l'existence d'intuitions pures et de catégories, l'autre prouve leur valeur objective pour l'expérience. Ces deux moments sont distingués nettement dans la dernière phrase de ce paragraphe.

3. Expression bizarre et volontairement contradictoire : il faut comprendre que ce serait quelque chose d'inconcevable et d'absurde.

4. Ce mouvement qui identifie intuition *a priori* à intuition pure, puis à forme de l'intuition est repris du paragraphe 9 des *Prolégomènes [...].*

Page 1222.

1. Kant distingue ici trois cas concevables : 1° l'intuition propre à la finitude humaine (l'espace et le temps comme formes *a priori* de la sensibilité) ; 2° l'intuition sensible que pourraient avoir d'autres êtres connaissants finis (d'autres créatures) et qui pourrait prendre une autre forme ; 3° l'intuition propre à un être infini, et qui serait purement intellectuelle, puisqu'un tel être ne saurait se trouver affecté de façon sensible.

Page 1223.

1. Voir la *Feuille détachée* (AK, XVIII, 623) : «par là je suis contraint de penser mon propre sujet comme objet des sens et en même temps de la raison comme deux objets existant de manière différente». L'idée est développée dans le présent écrit (AK, XX, 269-271 et 338) ainsi que dans la *C.R.P.* (AK, III, 120-124).

2. Les propositions de l'«Esthétique transcendantale» ne sont pas des hypothèses commodes, mais elles ont une certitude théorique absolue : voir *C.R.P.,* (AK, III, 67-70).

3. L'idéalité transcendantale de l'espace et du temps comme condition de la réalité empirique des objets : voir *Prolégomènes* I, remarque 3 (AK, IV, 292).

4. Du point de vue transcendantal, tout dans notre connaissance est subjectif, puisque celle-ci se limite aux phénomènes et donc à nos représentations. Mais, à l'intérieur de celles-ci, on distingue un élément doté d'une objectivité empirique (c'est-à-dire d'une universalité et d'une nécessité conférées par les intuitions et les concepts *a priori*) et un élément purement subjectif (particulier et contingent) qui est la matière de la sensation.

Page 1224.

1. La distinction entre phénomène *(Erscheinung)* et apparence *(Schein)* est souvent reprise par Kant : en particulier *C.R.P.*, « Dialectique transcendantale, Introduction » (AK, III, 234-235) : « la vérité ou l'apparence ne sont pas dans l'objet en tant qu'intuitionné, mais dans le jugement sur ce même objet en tant qu'il est pensé ». Mais Kant introduit aussi une distinction plus subtile entre les termes *Erscheinung* et *Phänomen* que l'on traduit indifféremment en français par *phénomène* : le premier désigne la simple apparition de l'objet de l'intuition, le second sa « pensée comme objet selon l'unité des catégories » (*C.R.P.*, AK, IV, 162) ; ainsi, l'*Erscheinung*, comme « objet indéterminé d'une intuition empirique » (*C.R.P.*, AK, III, 50) peut être donné sans les fonctions de l'entendement (*C.R.P.* AK, III, 102).

2. L'erreur de l'idéaliste est analysée dans les *Prolégomènes* I, Remarques 2 et 3, et § 49 (AK, IV, 289, 293 et 337), ainsi que dans la *C.R.P.* (AK, III, 71-72).

Page 1225.

1. Un commentaire détaillé de ce passage sur le double moi est donné par Heimsœth (voir bibliographie).

2. Cette expression pourrait prêter à contresens et laisser croire que, par abstraction de ses accidents, nous pourrions conclure au moins à la substantialité du moi, ce qui serait contraire à la thèse de Kant dans les paralogismes de la raison pure (AK, III, 262-278). En fait le moi logique est *comme* le substantiel en ce qu'il est ce qui reste lorsqu'on fait abstraction par la pensée de l'ensemble des représentations, mais il ne peut être posé comme une substance, puisque ce qui donne son contenu au concept de substance (la permanence dans le temps) ne peut lui être attribué (pas plus qu'aucune autre propriété, comme le rappelle Kant) dans la mesure où le moi logique, à la différence du moi empirique, ne peut être situé dans le temps.

3. Le moi psychologique peut être connu dans son contenu, mais aussi dans sa forme, le sens interne, qui est aussi la forme de tous les phénomènes en général (*C.R.P.*, AK, III, 60). La fin de cet alinéa précise que la conscience interne du temps ne peut avoir lieu du seul fait du moi empirique, mais seulement dans la mesure où l'entendement (le moi intellectuel), en effectuant la synthèse du divers, exerce une activité qui affecte le sens interne et produit la conscience du temps : le temps lui-même, c'est-à-dire pur ou vide, n'est jamais perçu, mais seulement à l'occasion de la liaison du divers dont il est la forme (*C.R.P.*, AK, III, 159). Ainsi « l'entendement exerce,

sous le nom de *synthèse transcendantale de l'imagination,* sur le sujet *passif* dont il est la *faculté,* une action telle que nous avons raison de dire que le sens interne est affecté par elle». (*C.R.P.* AK, III, 121).

4. Kant reprend ici l'analyse de la note du paragraphe 24 de la *C.R.P.* (AK, III, 123) qui précise sa thèse (voir note précédente) en montrant que la conscience du contenu du moi empirique (ici de nos pensées) n'est possible que par une activité synthétique du moi intellectuel (ici l'attention) déterminant le sens interne en y effectuant une appréhension du divers. L'appel à l'attention comme condition exigée établit la nécessité d'une activité du moi pur comme condition de possibilité de la conscience du moi empirique. En fondant ainsi la conscience empirique sur la conscience pure, Kant ferme la voie à toute théorie de la connaissance qui n'aurait qu'une base psychologique.

Page 1226.

1. Les formes de l'intuition, espace et temps, ne donnent pas encore une connaissance déterminée, mais un simple divers; pour en faire une connaissance, il faut effectuer la synthèse de ce dernier. D'où, dans la *C.R.P.*, l'exemple de la ligne tracée (AK, III, 111-112) et la note du paragraphe 26 (AK, III, 125), qui tente de distinguer l'unité qui appartient en propre aux formes de l'intuition (le tout comme condition des parties) de celle qui apporte l'entendement en effectuant la synthèse du divers de l'espace et du temps, ce qui permet de les penser comme objets.

2. Voir la lettre à Tieftrunk du 11 décembre 1797 (AK, XII, 3, 221) : «Le concept du *composé* en général n'est pas une catégorie particulière, mais est contenu dans toutes les catégories (comme unité *synthétique* de l'aperception). En effet le composé en tant que tel ne peut être *intuitionné;* mais le concept de la conscience de *l'acte de composer* (fonction qui réside au fondement de toutes les catégories comme unité synthétique de l'aperception) doit précéder, afin de penser le donné divers de l'intuition comme lié en une seule conscience, c'est-à-dire de penser l'objet comme quelque chose de composé.»

3. Sur les défauts de la table des catégories d'Aristote, voir *C.R.P.* (AK, III, 93-94).

4. Sur l'établissement de la table des catégories à partir de la table des jugements, voir *C.R.P.* § 10 (AK, III, 92), Kant y indique aussi la différence entre l'unité analytique des représentations multiples sous un même concept (objet de la logique générale) et la synthèse pure des représentations sous un concept (objet de la logique transcendantale).

Page 1227.

1. Sur le fait que le sens de la catégorie n'est pas limité aux formes de notre intuition, mais qu'elles pourraient s'appliquer à des objets donnés sous d'autres formes d'intuition que les nôtres, ou même à des objets purement intellectuels, voir *C*.R.*P*., « Analytique transcendantale, III » (AK, III, 211).

2. Kant distingue prédicaments et prédicables d'une manière très différente de la tradition aristotélicienne : les premiers sont les concepts fondamentaux ou catégories, les seconds des concepts que l'esprit dérive des précédents lorsqu'il les applique au multiple de l'expérience : voir *C*.R.*P*. § 10 (AK, III, 94). La *C*.R.*P*. qui se limite à une enquête transcendantale et ne prétend pas donner le système entier de la raison, se dispense de donner la liste des prédicables.

3. On trouve une formulation analogue dans la « Seconde Introduction » à la *Critique de la faculté de juger* (AK, V, 175, 195, 196) ainsi que dans la « Première Introduction » à cette même œuvre (AK, XX, 241-244). Il ne faut pas confondre ce dépassement comme passage du sensible au suprasensible, avec ce que recherche *l'Opus postumum*, et qui est le passage de la métaphysique de la nature à la physique.

4. Le terme n'a pas encore ici le sens qu'il prendra chez Fichte, ni le sens péjoratif que Kant lui donnera plus tard dans son opposition à ce dernier (voir AK, XII, 3, 239 et 396-397), et qui l'assimile à une simple logique formelle. Ici au contraire il désigne plutôt la logique transcendantale, puisqu'il recouvre le dernier stade de la métaphysique, celui de l'ontologie, qui n'est pas une simple analyse de concepts, mais une prise en considération de leur origine (voir n. 3, p. 1216). La doctrine de la science s'oppose ainsi à la doctrine de la sagesse, qui envisage le rapport de toutes les connaissances aux fins ultimes de la raison (voir n. 1, p. 1217).

Page 1228.

1. Sur le schème comme moyen de subsumer l'intuition sous un concept de l'entendement, voir *C*.R.*P*. (AK, III, 134-139).

Page 1229.

1. Kant reprend ici l'alternative exposée dans la *C*.R.*P*. § 27 (AK, III, 128).

2. La démonstration établissant que les conditions de possibilité de l'expérience en général sont aussi les conditions de possibilité des objets de l'expérience est un des points essentiels de la déduction transcendantale (*C*.R.*P*., AK, IV, 84) puisqu'elle permet d'expliquer que les principes de l'entendement soient aussi des lois objectives de la nature.

3. Pour la différence entre commencement et dérivation, voir *C.R.P.*, Introduction (AK, III, 27). Sur la différence entre la *quaestio juris* et la *quaestio facti*, voir *C.R.P.*, § 13 (AK, III, 99).

4. Si l'expérience est le seul fondement de notre connaissance, la philosophie transcendantale disparaît non seulement parce que son problème, qui est la *quaestio juris*, s'évanouit, mais surtout parce qu'on ne peut plus le poser qu'en termes de *quaestio facti*, même si l'on accorde à l'entendement, comme faculté *a priori*, le pouvoir d'analyser les représentations données (la réflexion et son principe logique). D'ailleurs toutes les tentatives faites pour restaurer l'empirisme contre Kant depuis l'*Enésidème* de Schulze jusqu'à Strawson entreprennent de montrer que la *quaestio juris* ne peut être formulée sans contradiction, et que nous sommes donc contraints de nous en tenir à la *questio facti*.

5. Sur la transformation par Hume de la nécessité objective en nécessité subjective engendrée par l'habitude, voir *C.R.P.*, (AK, III, 105).

Page 1230.

1. Sur l'insuffisance du principe de contradiction, voir *C.R.P.*, (AK, III, 141-144) : tout jugement de connaissance enrichissant le concept donné, il est synthétique, ce qui suppose, une fois réfutée la solution empiriste, qu'on fasse appel pour le fonder à d'autres principes rationnels que celui de contradiction qui est analytique, c'est-à-dire à ce que Kant appelle le rationalisme de la philosophie transcendantale.

2. Voir n. 1, p. 1227.

3. Voir n. 2, p. 1227.

4. La définition de la sensation est donnée dans la *C.R.P.*, (AK, III, 50) celle de la perception dans *C.R.P.*, « Anticipations de la perception » (AK, III, 152). Ni l'une ni l'autre ne suffisent à produire une connaissance empirique, car celle-ci ne se borne pas à enregistrer l'ordre subjectif des perceptions, mais doit situer les choses perçues selon un ordre spatio-temporel objectif : comme le temps et l'espace eux-mêmes ne sont jamais perçus (AK, III, 159) — voir t. I, n. 1, p. 926 —, ils ne peuvent servir de référence pour cette opération et cette objectivation doit reposer sur des principes *a priori*.

Page 1231.

1. C'est la thèse que Kant nomme idéalisme : voir *C.R.P.*, « Postulats de la pensée empirique en général » (AK, III, 190-191) et quatrième paralogisme (AK, IV, 232).

2. L'hypothèse que présente ici Kant s'apparente à la théorie

de Malebranche pour qui la connaissance, portant sur des idées, resterait tout aussi vraie quand bien même il n'existerait aucun objet matériel correspondant à ces idées (à la différence que, chez Malebranche, ces idées sont perçues en Dieu et non pas simplement en nous-mêmes). *Recherche de la vérité,* (VI, 2, 6).

3. Le principe de raison suffisante ne peut être démontré dogmatiquement (*C.R.P.*, AK, III, 185) et par suite ne peut valoir pour tous les objets en général ; la seule démonstration de sa validité est transcendantale (*C.R.P.*, AK, III, 174) et donc limite son application aux objets de l'expérience.

4. Sur l'erreur des leibniziens qui méconnaissent la différence de nature entre l'intuition et l'entendement et la ramènent à une différence de degré de clarté, voir *Dissertation de 1770* (AK, II, 394-395), et *C.R.P.* (AK, III, 66) ; sur les causes de cette erreur, voir *C.R.P.* (AK, III, 220-221).

5. En effet la différence de clarté entre représentations est purement logique et ne porte ni sur leur contenu ni sur l'origine de ce contenu. Quant au principe de raison suffisante, ou bien il est fondé sur le principe purement logique de contradiction, et alors il n'a qu'une signification logique, c'est-à-dire qu'il ne concerne que les jugements assertoriques dont il énonce qu'ils doivent être fondés ou bien il porte sur les choses réelles, et alors il est synthétique et ne peut se fonder ni sur le principe de contradiction ni sur quelque démonstration directe par simples concepts. Cela est expliqué dans les paragraphes suivants.

Page 1232.

1. Le raisonnement est elliptique : Kant vient de montrer que le principe de raison suffisante pris dogmatiquement, en un sens réel et non logique, suppose la validité de l'argument ontologique, puisqu'il exige un fondement ultime qui ait sa cause en lui-même ; quant on sait que cet argument n'a aux yeux de Kant aucune validité (voir plus loin, AK, XX, 331-332 et 350) on comprend pourquoi l'on rencontre une absurdité.

Page 1233.

1. Pour cet exposé et cette réfutation des thèses de Leibniz, voir *C.R.P.* (AK, III, 221-223). Le «métaphysicien de la vieille souche», comme le «prétendu métaphysicien» mentionnés à la page précédente désignent Eberhard.

2. Voir *C.R.P.* (AK, III, 68).

3. Sur les deux manières possibles de considérer les substances, comme objets soumis aux conditions de notre intuition ou comme objets en général considérés de façon purement intellectuelle, voir la seconde antinomie et sa solution.

Page 1234.

1. Sur la différence entre schème et symbole, voir ci-dessous AK, XX, 7, 332 et surtout le paragraphe 59 de la *Critique de la faculté de juger* (AK, V, 352-353). Le schème est « un procédé général de l'imagination pour procurer à un concept son image » (*C.R.P.*, AK, III, 135) ; l'analogie est une identité de rapports entre des termes différents selon la formule mathématique a/b=c/x, bien qu'en philosophie on ne puisse pas comme en mathématiques déterminer le quatrième terme, mais seulement son rapport au troisième ; le symbole est l'analogue d'un schème, c'est-à-dire qu'il établit entre l'idée et son contenu le même type de rapport qu'établit le schème entre le concept et son image. Les idées visant le suprasensible, elles ne peuvent être présentées *in concreto* dans une image sensible et ne peuvent donc trouver de contenu que par symbolisation, ce qui leur fait correspondre non un objet, mais une règle fixant une fin à l'usage de l'entendement (AK, III, 427-428).

2. Sur l'analogie, voir la note précédente et le paragraphe 90 de la *Critique de la faculté de juger* (AK, V, 464) et aussi les *Prolégomènes* § 58 (AK, IV, 357-358).

3. Ce principe est énoncé et réfuté par Kant dans la *C.R.P.* (AK, III, 217 et 226-227). Sa critique est reprise plus loin (AK, XX, 7, 282).

Page 1235.

1. Cette note renvoie au passage qui expose la division de la démarche de la raison en trois stades (AK, XX, 7, 273).

2. Voir *C.R.P.*, « Architectonique » (AK, III, 546-547) : la philosophie se divise en une propédeutique (la critique) et une métaphysique ou système de la raison. Celle-ci se divise à son tour en deux selon que l'usage de la raison est spéculatif ou pratique ; la métaphysique spéculative, pour nous en tenir à elle seule, comprend une ontologie ou philosophie transcendantale (voir n. 3, p. 1216) et une physiologie rationnelle qui considère soit les objets de l'expérience dans ce qu'ils comportent d'*a priori* (la métaphysique de la nature), soit la liaison de ces objets en tant qu'elle dépasse l'expérience, donnant ainsi naissance à une cosmologie et à une théologie rationnelle. La métaphysique de la nature devrait comprendre une physique rationnelle et une psychologie rationnelle, mais cette dernière étant condamnée à rester vide, pour les raisons qu'expose Kant dans la préface aux *Premiers principes métaphysiques d'une science de la nature* (AK, IV, 471), il est fatal, quoique illégitime, que dans l'usage universitaire elle soit remplacée par des généralités de psychologie empirique.

Page 1236.

1. Sur le principe des indiscernables, voir n. 3, p. 1235 et *Feuille détachée* 6 (AK, XVIII, 649-650).

2. Sur le principe de raison suffisante appliqué à des objets en général, voir n. 3, p. 1231 et n. 1, p. 1232. Kant ajoute ici à sa critique précédente la mise en évidence d'une autre conséquence absurde de ce principe : il aboutit à faire de toute opposition une opposition simplement logique et à escamoter les oppositions réelles. Sur la différence entre ces deux types d'opposition, voir l'*Essai pour introduire en philosophie le concept de grandeur négative*, (AK, II, 171-178) et *C.R.P.* (AK, III, 222). La logique ne connaît en effet que l'opposition de l'affirmation et de la négation, non celle de deux réalités, qui sont deux affirmations : une conception purement logique du réel aboutit donc à ne voir dans le monde qu'une opposition entre réalité (ce qui a une raison suffisante d'exister) et néant (ce qui n'en a pas), conception contraire à l'expérience externe et interne comme à l'évidence morale.

Page 1237.

1. Terme de philosophie universitaire : en tant que déterminant l'essence d'une chose, le formel est aussi ce qui la limite en excluant les autres déterminations. C'est sur cette considération que se fonde la thèse leibnizienne selon laquelle le mal n'a ni réalité ni fondement réel, mais n'est que l'absence de la totalité des déterminations, inévitablement liée à la limitation des choses finies.

2. Rejeté dès la *Nova Dilucidatio* (AK, I, 411-412), le système de l'harmonie préétablie est critiqué dans la *C.R.P.* « Déduction transcendantale » § 27 (AK, III, 129) et surtout dans la *Réponse à Eberhard* (AK, VIII, 249-251).

Page 1238.

1. La modification selon l'occasion définit le système des causes occasionnelles, doctrine malebranchiste nommée plus loin et que Kant ne s'arrête jamais à réfuter, puisque plus complexe et présentant les mêmes défauts que le système de l'harmonie préétablie.

Page 1239.

1. Kant résume ici les principales thèses de la *Monadologie* : la définition de la monade (§ 1), le simple et l'agrégat (§ 2-3), les déterminations comme purement internes (§ 7, 8, 11), la

représentation (§ 14), la monade comme miroir de l'univers (§ 63-77), le passage continu d'un degré à un autre (§ 82).

2. Voir n. 1, p. 1236, fin.

Page 1240.

1. Ce thème est développé plus loin (AK, XX, 7, 308-309). Sur l'impossibilité d'étendre nos connaissances en psychologie rationnelle, notamment en ce qui concerne l'immortalité de l'âme et la nature de son union avec le corps, voir *C.R.P.* (AK, IV, 239-247).

2. Sur le fait que la raison, à la différence de l'entendement, exige l'inconditionné, voir *C.R.P.*, (AK, III, 250-257).

3. Voir n. 1, p. 1236.

Page 1241.

1. Voir *C.R.P.* (AK, III, 256).

2. En effet il ne s'agit pas d'une erreur banale qui pourrait se dissiper en prêtant attention à la forme logique de la démonstration, mais d'une illusion fondée dans la nature de la raison et à laquelle seule la distinction des phénomènes et des noumènes, propre à la philosophie transcendantale, peut porter remède ; voir *C.R.P.* (AK, III, 236-237).

Page 1242.

1. Pour la distinction entre le mathématique, qui a pour domaine ce qu'il y a d'homogène dans l'intuition, et le dynamique qui traite des relations entre réalités hétérogènes, voir *C.R.P.*, (AK, III, 147-148).

2. La grandeur extensive est «celle dans laquelle la représentation des parties rend possible la représentation du tout (et par conséquent la précède nécessairement)» (*C.R.P.*, AK, III, 149). Pour cet exposé, se référer à la *C.R.P.*, «Première antinomie» (AK, III, 294-301).

3. Il y a ici manifestement une erreur dans le manuscrit : d'abord en ce que Kant expose en b) non pas l'antithèse de la proposition précédente, mais la même proposition appliquée cette fois au temps et non plus à l'espace ; ensuite parce que tout cet alinéa expose non la thèse, mais l'antithèse de l'antinomie.

4. La grandeur intensive est celle «qui n'est appréhendée que comme unité et dans laquelle la pluralité ne peut être représentée que par l'approche de la négation=0» (AK, III, 153). Il s'agit donc d'un degré dont la croissance ou la décroissance se font non par addition ou soustraction de parties, mais par variations infinitésimales.

5. Pour la démonstration de cette antithèse, voir *C.R.P.*, «Deuxième antinomie» (AK, III, 301-303).

Page 1243.

1. Voir *C.R.P.*, exposé de la troisième antinomie.
2. Voir *C.R.P.*, exposé de la quatrième antinomie.
3. C'est là selon Kant le véritable concept mathématique de l'infini, auquel il faut s'attacher à l'exclusion du concept erroné utilisé par les dogmatiques qui le définissent comme un maximum de grandeur : voir *C.R.P.*, «Première antinomie».

Page 1244.

1. Voir la solution de la première antinomie.
2. Sur la dialectique transcendantale comme l'analogue d'une expérimentation en physique, voir les notes de la Préface à la deuxième édition de la *C.R.P.* (AK, III, 13-14).
3. Sur la différence entre l'opposition analytique et l'opposition dialectique, voir *C.R.P.*, «Dialectique transcendantale» (AK, III, 346).

Page 1245.

1. C'est parce que ces antinomies relèvent des concepts dynamiques qui contiennent la synthèse de l'hétérogène que le sujet peut être pris en deux sens différents, comme fondement de la série homogène à celle-ci (et donc comme phénomène) et comme fondement hétérogène à la série (et donc comme noumène). Voir *C.R.P.* (AK, III, 361-362).
2. Alors que les deux premières antinomies conduisent au scepticisme de la raison pure, en interdisant toute progression de sa connaissance, les deux dernières préparent le passage pratiquement dogmatique au suprasensible en rendant concevable l'existence d'une cause libre et d'une nécessité intelligible. Il s'agit en effet pour Kant d'éliminer la représentation d'un monde en soi, qui sert de base aux doctrines pernicieuses du panthéisme, du naturalisme, du matérialisme, etc., et au contraire d'accréditer le caractère concevable d'une cause libre et d'une nécessité purement intelligible, qui sont l'une et l'autre des concepts indispensables à la morale.
3. Sous-entendu : si les thèses de la troisième antinomie étaient toutes les deux fausses comme celles des deux premières ; en effet la liberté de l'arbitre serait alors inconcevable (impensable sans contradiction), et donc *a fortiori* incapable de faire l'objet d'une connaissance dogmatique.

Page 1246.

1. La causalité et la nécessité intelligibles sont en effet des concepts nécessaires du suprasensible, mais qui désignent une région inconnaissable et totalement étrangère au sensible : ils ne peuvent donc servir d'intermédiaire pour passer du sensible au suprasensible et donc ne répondent pas au problème posé. Il faut trouver dans le sensible même quelque chose qui conduise au suprasensible.

Page 1247.

1. Ce concept est en effet le principe du jugement réfléchissant, qui tente d'expliquer la possibilité de l'objet donné, et non du jugement déterminant qui constitue l'objet comme objet de connaissance. Voir la première introduction à la *Critique de la faculté de juger* (AK, XX, 7, 219-220).

2. Voir la première remarque du paragraphe 57 de la *Critique de la faculté de juger* où sont définis les concepts immanents et les concepts transcendants.

3. Cet exemple de la structure de l'œil est développé dans la première introduction à la *Critique de la faculté de juger* (AK, XX, 7, 236).

4. Le jugement téléologique ne construit aucune détermination du phénomène, mais ne se fonde que sur une réflexion, c'est-à-dire une comparaison entre la constitution propre à certains phénomènes et notre propre pouvoir d'agir selon des fins, lequel est connu *a priori*. S'il est vrai qu'un tel jugement réfléchissant ne peut valoir pour une explication du phénomène par une finalité réelle, le fondement de sa possibilité, qui est le terme permettant cette comparaison, à savoir le *nexus finalis* et donc la liberté, doit être du moins d'une validité indubitable. C'est pourquoi Kant explique dans la suite de ce paragraphe la validité de ce concept pour la philosophie pratique, et son irréfutable possibilité pour la philosophie théorique (en vertu de la solution de la troisième antinomie de la cosmologie rationnelle).

5. C'est au contraire la détermination du concept de fin ultime établie par la philosophie pratique, qui rend possible une téléologie de la nature : voir *Critique de la faculté de juger* § 83-84 (AK, V, 429-436).

6. Le terme seul de *pratique* pouvant prêter à équivoque, Kant distingue le *techniquement pratique,* domaine où la causalité de l'action humaine est déterminée par un concept de la nature (la représentation d'un objet ou la satisfaction d'un désir), et qu'il faut donc rattacher à la philosophie théorique (métaphysique de la nature), et le *moralement pratique,* domaine où l'action est déterminée par un concept de la liberté (un

impératif catégorique). *Critique de la faculté de juger,* «Deuxième Introduction» (AK, V, 171-172).

7. Voir *Critique de la faculté de juger* § 87 (AK, V, 447-453).

8. Voir *Critique de la faculté de juger* § 83 et 87 (AK, V, 429-434 et 447-453).

Page 1248.

1. Concept formé par la raison sans qu'aucune connaissance d'objet puisse lui correspondre.

2. Sur ces trois objets de la métaphysique, voir *Critique de la faculté de juger* § 91 fin (AK, V, 473-474).

3. L'autonomie de la raison pratique définit la moralité, tandis que l'autocratie définit la vertu comme conscience du pouvoir de maîtriser les inclinations qui résistent à la loi. Cette conscience s'ajoute certes à l'impératif catégorique et ne lui est pas identique, mais elle peut en être légitimement déduite. Voir *Métaphysique des mœurs,* «Doctrine de la Vertu», Introduction (AK, VII, 383).

4. C'est seulement en pensant Dieu comme proportionnant le bonheur à la moralité qu'on le pense comme auteur moral du monde et non pas seulement comme artiste créateur : voir *Critique de la faculté de juger* § 87 fin, § 88 et 91 (AK, V, 452-459 et 467-474).

Page 1249.

1. C'est la métaphysique comme disposition naturelle (de la raison en quête de sa fin ultime) qui n'a pas besoin de justification. Mais les procédés mis en œuvre dans cette démarche, c'est-à-dire la métaphysique comme science, ont besoin d'un examen critique. Sur la différence entre la métaphysique comme science et comme disposition naturelle, voir *C.R.P.,* Introduction (AK, III, 41).

2. Une connaissance théoriquement dogmatique est celle qui apporte une certitude touchant les objets, une connaissance pratiquement dogmatique n'apporte de certitudes que sur les principes déterminants de la volonté et leurs conséquences. Il peut donc sembler contradictoire de rechercher une connaissance pratiquement dogmatique des *objets* suprasensibles, mais cette difficulté disparaît plus loin lorsqu'il est montré qu'une telle connaissance ne nous apprend rien de la nature en soi de ces objets, mais seulement la façon dont tout être raisonnable et libre doit nécessairement les penser.

Page 1250.

1. Voir *C.R.P.,* (AK, III, 532-533).

Page 1251.

1. Sur la foi comme adhésion libre, voir la *Critique de la faculté de juger* § 91 note (AK, V, 469).

2. Voir n. 6, p. 1248.

Page 1252.

1. Sur la probabilité distinguée de la vraisemblance, voir *Prolégomènes,* (AK, IV, 278 et 369).

2. C'est le point de vue le plus élevé de la philosophie transcendantale, que Kant désigne comme la clef qui ouvre « tous les secrets du système du monde » (AK, XXI, 38).

Page 1253.

1. L'acceptation caractérise la proposition problématique qui a une possibilité seulement logique : son admission par l'entendement est libre. Voir *C.R.P.* : « Analytique transcendantale » § 9 (AK, III), et aussi « Dialectique transcendantale », Appendice (AK, III, 44-46).

Page 1254.

1. Toute cette première partie de la « Solution » reprend le chapitre II, « Canon de la raison pure », de la « Théorie transcendantale de la méthode » (*C.*R.*P.*, AK, III, 517-538).

2. Pour cette section, voir *C.*R.*P.*, « De l'idéal transcendantal » (AK, III, 385-426).

3. Selon Leibniz, l'argument ontologique sous sa forme cartésienne doit être complété : il conclut à juste titre de la possibilité de l'être suprême à son existence nécessaire, mais il faudrait d'abord démontrer sa possibilité. Pour cette démonstration, Leibniz établit que la nature de Dieu renferme toutes les formes simples prises absolument ; puisqu'il ne peut y avoir de contradiction entre les formes simples, puisque seule une forme enveloppant une négation, et qui de ce fait ne serait pas simple, peut entrer en contradiction avec une autre ; ainsi la nature de Dieu ne peut contenir aucune contradiction et est de ce fait possible. Voir la *Lettre à Elizabeth* de 1678 (Gerhardt IV, 296) et *Quod ens perfectum existit* (Gerhardt VII, 261 et suiv.).

4. Pour la philosophie critique en effet, on ne peut conclure de la possibilité de l'*ens realissimum* à son existence nécessaire (voir plus loin AK, XX, 7, 303-304) et d'autre part on ne peut établir sa possibilité à la façon de Leibniz : en effet si Kant accorde dans l'alinéa suivant que tout ce qui renferme une négation est dérivé, il refuse le nerf de l'argument leibnizien

qui fait de toute opposition une opposition logique entre affirmation et négation et qui refuse donc l'opposition réelle, dont rien n'empêche qu'elle ait lieu entre formes simples (voir n. 2, p. 1237).

Page 1255.

1. À ne pas confondre avec le véritable concept du souverain bien, dont il a été traité précédemment (AK, XX, 7, 294) et qui est, en tant que fin ultime de la raison pratique, l'union du bonheur et de la moralité.

2. Voir n. 2, p. 1237 et n. 1, p. 1238.

3. Ce concept de Dieu ne permet pas en effet de décider s'il doit être pensé comme fondement distinct ou comme ensemble de toute réalité : il peut donc fort bien servir de base à un panthéisme.

4. À supposer en effet qu'elle puisse démontrer qu'il faut penser Dieu comme fondement et non comme ensemble (voir *C.R.P.*, AK, III, 390), cette théologie transcendantale ne permet pas de trancher si Dieu agit par nécessité de sa nature ou par liberté : voir *C.R.P.*, « Dialectique transcendantale » (AK, III, 420) et *Critique de la faculté de juger* § 79 et 85 (AK, V, 416, 436-442). Seule la pensée de Dieu comme auteur moral du monde permet d'éviter le spinozisme.

5. Le premier argument est nommé par Kant ontologique, le second cosmologique : voir *C.R.P.* (AK, III, 396) et la « Feuille détachée » (AK, XVIII, 648). Dans ce texte Kant s'attache essentiellement à réfuter le second, considérant que le premier est actuellement suffisamment discrédité.

6. Sur le fait que l'existence n'est pas une détermination, c'est-à-dire un prédicat réel qui s'ajoute au concept du sujet et l'augmente, mais la position de la chose avec toutes ses déterminations, voir *C.R.P.* (AK, III, 400-401).

Page 1256.

1. Cela ne peut être accordé par la philosophie critique, puisqu'il faudrait pour cela que la thèse de la quatrième antinomie puisse être démontrée comme certaine, alors qu'elle n'est que la pensée possible d'un objet complètement indéterminé, comme le rappellent les lignes suivantes.

2. La contradiction ne peut s'établir qu'entre un sujet et un prédicat ou entre deux prédicats du même sujet ; mais il n'y a pas de sujet dont la non-position soit contradictoire : on en revient à la critique de l'argument ontologique qui prétend établir une telle contradiction. Voir *C.R.P.*, « Dialectique transcendantale » (AK, III, 398-399).

3. Les catégories de modalité ne déterminent pas le contenu

du jugement, mais uniquement le rapport de celui-ci à notre faculté de connaître, c'est-à-dire à notre façon de le poser. Elles ne peuvent donc servir à accroître notre connaissance en ajoutant des déterminations constitutives au concept mis en œuvre dans le jugement, ni par suite établir des propriétés intrinsèques de l'objet. Voir *C.R.P.*, « Analytique des concepts » (AK, III, 89-90).

Page 1257.

1. Cette preuve part de l'expérience (l'existence du contingent) pour établir l'existence d'un être nécessaire : en ce sens elle est transcendantale, puisque s'efforçant de remonter de l'expérience à des concepts *a priori.* Mais le nerf de la preuve, identifiant l'être nécessaire à l'être suprêmement réel, se fait entièrement *a priori* par simples concepts : elle est donc ontologique au sens que Kant donne à ce terme : *C.R.P.*, « Dialectique transcendantale » (AK, III, 405-406).

2. Pour toute cette section, voir *Feuille détachée* (AK, XVIII, 623 et suiv.), et en particulier les chapitres « De la critique du point de vue de la théologie », « De l'occasion de la critique », et aussi la deuxième partie des remarques portées sur la lettre de Borowski (AK, XVIII, 630 et suiv.).

Page 1258.

1. Pour les deux alinéas qui précèdent, voir n. 2, p. 1250, n. 1, p. 1254, n. 4, p. 1256, n. 1, p. 1257.

2. Par ce terme Kant désigne une science théorique inaccessible, celle de la nature divine et de son existence : voir *Critique de la faculté de juger,* § 89 (AK, V, 459).

3. En faisant du but de la création la gloire de Dieu, Kant reprend une formule de Malebranche, mais lui donne un sens différent : cette gloire est ce qui rend le monde digne de Dieu, qui est le souverain bien primitif, et consiste donc dans le souverain bien dérivé ou l'union du bonheur et de la vertu.

Page 1259.

1. La moralité étant une des composantes du souverain bien, fin ultime de la création, et se trouvant définie par l'autonomie, il devient impossible de penser le sujet libre de cette moralité, l'homme, comme ayant une fin hors de lui-même, par exemple comme moyen de quelque plan divin : la fin ultime de la création ne peut être réalisée que par le pouvoir humain de poser des fins. La volonté humaine doit donc être l'agent de cette réalisation du souverain bien, qui par ailleurs est hors de son pouvoir puisque l'un des éléments de ce bien, le bonheur,

ne résulte pas d'elle. C'est cette contradiction que s'attachent à résoudre les paragraphes suivants.

2. Dans la *Critique de la faculté de juger,* la téléologie physique trouve le fondement de sa légitimité dans l'expérience de certains êtres organisés qui ne s'expliquent que par le concept de fin naturelle. Cependant la morale n'a pas besoin de cette perception pour nous contraindre à penser que les lois de la nature doivent se soumettre aux lois de la moralité, et qu'il y a donc nécessairement une téléologie de la nature qui la fait se subordonner aux fins de la liberté.

Page 1260.

1. Voir *Critique de la faculté de juger,* § 89 (AK, V, 459-461).

2. La psychologie rationnelle ne peut valoir comme doctrine, puisqu'elle ne peut rien enseigner touchant la nature de l'âme, mais elle a valeur de discipline en montrant l'impossibilité du matérialisme qui ne saurait rendre raison de l'unité de la conscience : voir *C.R.P.*, «Des paralogismes de la raison pure» (AK, III, 274-275).

3. Le manuscrit comporte ici une lacume, mais on peut reconstituer la pensée de Kant à partir de son exposé du problème dans la *C.R.P.* (AK, III, 278). Ou bien on considère le moi et la matière comme des phénomènes, et alors le problème de leur rapport est résolu par l'unité de la conscience qui est le sujet du sens interne comme du sens externe ; ou bien on veut considérer le fondement de ces phénomènes et la difficulté du problème tel que le posait la philosophie classique s'évanouit : en effet cette dernière prenait les objets du sens interne et du sens externe pour des réalités en soi, et ne parvenait pas à rendre compréhensible le rapport de deux substances incommensurables, l'une étendue et divisible, l'autre inétendue et simple. Dès lors que la philosophie critique, en établissant l'idéalité de l'espace, fait de la matière un simple phénomène, il est clair que le fondement de ce phénomène nous est inconnu et qu'il n'y a donc aucune raison de le penser comme divisible plutôt que comme identique et de même nature que le fondement inconnu des phénomènes du sens interne ; la difficulté posée par l'incommensurabilité disparaît. On peut à la rigueur s'interroger sur le rapport de ces deux fondements inconnus, mais, outre qu'ils peuvent fort bien ne faire qu'un, il s'agit d'une question qui se trouve hors du champ de notre connaissance limitée aux seuls phénomènes.

Page 1261.

1. Voir en particulier dans la *C.R.P.* la réfutation de l'argument de Mendelssohn (AK, III, 270-271).

2. Sur l'immortalité comme postulat de la raison pratique, voir la *Critique de la raison pratique,* liv. II, chap. II, section IV (AK, V, 122-124).

Page 1262.

1. C'est-à-dire une science de l'âme en tant qu'esprit séparé du corps.
2. Voir n. 2, p. 1216.
3. Sur la métaphysique et ses subdivisions, voir n. 2, p. 1236, et n. 1, p. 1250.

Page 1265.

1. Voir n. 3, p. 1228.

Page 1267.

1. Sur la différence entre les idées qui servent à comprendre et les concepts qui servent à entendre, voir *C.R.P.*, « Dialectique transcendantale » (AK, III, 244-245).

Page 1269.

1. Voir n. 1, p. 1270.

Page 1271.

1. Sur Platon, voir *C.R.P.*, « Dialectique transcendantale » (AK, III, 246-248).

Page 1273.

1. Il s'agit sans doute de Kant lui-même dans l'*Unique Fondement d'une démonstration de l'existence de Dieu* (AK, II, 63). Pour comparer l'argumentation de Kant dans cet ouvrage avec le traitement de la question dans la C.R.P., voir K. Reich, *Kants einzige möglicher Beweisgrund zu einer Demonstration des Daseins Gottes* (1937).
2. Voir n. 3, p. 1257.

Page 1274.

1. Il faut distinguer le scepticisme dogmatique de la méthode sceptique qui, loin de renoncer à toute prétention à la certitude, ne creuse l'antinomie que pour y découvrir le malentendu qui est à sa racine : voir *C.R.P.*, « Dialectique transcendantale » (AK, III, 292).

2. Voir *C.R.P.*, «Dialectique transcendantale» (AK, III, 291).

3. Pour tout ce passage, se reporter aux notes afférentes au deuxième stade de la métaphysique selon le deuxième manuscrit (AK, XX, 7, 287-292).

Page 1276.

1. En effet contingence et nécessité, en tant que catégories de modalité, ne renferment aucune connaissance des déterminations intrinsèques de l'objet : voir n. 3, p. 1257.

Page 1277.

1. Sur le fait que la raison forme nécessairement le concept de l'être suprêmement réel, voir *C.R.P.*, «De l'idéal transcendantal» (AK, III, 385-388).

2. Sur les motifs qui nous poussent à penser l'être suprêmement réel plutôt comme fondement de toute réalité que comme ensemble de toute réalité, voir *C.R.P.*, «De l'idéal transcendantal» (AK, III, 390).

Page 1278.

1. Cette argumentation de Kant revient en fait à poser un dilemme. La preuve cosmologique croit éviter les difficultés de l'argument ontologique en ne déduisant pas une existence d'un concept, mais en partant de l'existence du contingent d'où l'on passe à celle du nécessaire ; il ne s'agit plus ensuite que d'identifier cet être nécessaire à l'être suprêmement réel, c'est-à-dire à Dieu. Or l'on se trouve devant deux possibilités : ou bien on démontre qu'au concept d'être nécessaire correspond celui d'*ens realissimum,* puisque ce dernier existe nécessairement (qu'un objet correspond nécessairement à ce concept), mais alors on réintroduit subrepticement l'argument ontologique que l'on prétendait éviter, ou bien le concept d'être nécessaire reste indéterminé, puisqu'une catégorie de modalité ne peut déterminer le contenu d'un concept, et alors on peut bien lui donner un contenu arbitraire quelconque, fût-ce celui de *l'ens realissimum,* sans avoir par là démontré la possibilité d'un tel contenu.

2. En outre le point de départ de la preuve cosmologique *est contestable*, puisque la quatrième antinomie montre qu'on ne peut prouver l'existence d'un être nécessaire. Cette prétendue preuve consiste à faire un saut de la série empirique du conditionné et des conditions à la catégorie de nécessité prise en un sens purement intelligible et absolu : or un tel usage est illégitime, une catégorie de modalité ne peut indiquer que le

rapport de l'objet donné à nos facultés de connaître et non pas ajouter une détermination réelle à l'objet. Voir *C.R.P.*, « Remarque sur la quatrième antinomie » (AK, III, 316-321).

Page 1281.

1. Le raisonnement est plus clair dans la *C.R.P.* (AK, III, 406-407), et surtout dans la « Feuille détachée » (AK, XVIII, 640-644) : « Si on accorde qu'on ne peut conclure du concept d'un être de la réalité suprême que pour cette raison (à partir de concepts) il existe, mais que néanmoins, si on admet un être nécessaire (ce qui est déjà une espèce de contradiction), il se laisse conclure de la réalité suprême, alors le concept d'un *realissimum* doit être un concept *plus large*, qui ne contient pas simplement le concept de *necessarium* sous lui, mais encore davantage de choses. Mais alors par le concept de nécessité l'être n'est pas complètement déterminé au point de vue de sa nature (quant à la réalité), ce qui pourtant a dû être le cas dans le concept de réalité. » Cette feuille, écrite sur une lettre de Motherby à Kant du 6 avril 1793, permet à Vorländer de conclure que Kant a commencé à travailler la question de l'Académie dès cette date.

2. Nous adoptons ici la correction proposée par Vorländer : *si elle* (la détermination complète) au lieu de : *s'il*. La fausseté originaire (πρῶτον ψεῦδος) consiste à vouloir tirer analytiquement du concept d'être nécessaire l'existence comme détermination complète *(omnimoda determinatio)* pour pouvoir ainsi identifier l'être nécessaire à l'être suprêmement réel (dont le concept est précisément celui de la détermination complète). Mais on ne le peut, car la notion de détermination complète ne se laisse tirer que du concept de *realissimum* : donc l'argument ne fonctionne que si l'on a déjà subrepticement admis que le *realissimum* existe nécessairement, c'est-à-dire si l'on a réintroduit l'argument ontologique dont on prétendait se passer.

3. Pour la différence entre des propriétés admises comme produits constitutifs du concept et comme conditions *sine qua non*, voir *C.R.P.*, « Dialectique transcendantale » (AK, III, 408).

4. Voir n. 2, p. 1227.

5. Voir n. 4, p. 1228.

Page 1282.

1. Cet argument ne se trouve pas tel quel dans le texte de la réfutation de l'idéalisme de la *C.R.P.* (AK, III, 191-193), mais il se rattache néanmoins au raisonnement qui y est développé : en effet si la perception nécessaire du permanent n'est possible que par quelque chose hors de moi et non par la simple

représentation de quelque chose hors de moi, c'est parce que dans le cas contraire nous n'aurions pas de sens externe, comme l'indique la note précisant cette démonstration (AK, III, 192).

2. Cet argument ne se trouve pas dans la *C.R.P.* sous cette forme, bien que cette possibilité soit envisagée dans le texte du troisième paralogisme de la première édition (AK, IV, 229).

3. Voir n. 3 et 4, p. 1226.

4. *Épigrammes,* livre X, n° 23 : «C'est vivre deux fois que de pouvoir jouir d'une vie supérieure.»

Page 1285.

1. Kant reprend ici son argumentation de la réfutation de l'idéalisme, mais en y ajoutant un raisonnement qui semble contradictoire avec celui qu'il a fait plus haut (AK, XX, 7, 338 ; voir n. 1, p. 1282), mais il n'en est rien : en effet si l'idéalisme était vrai, nous pourrions aussi bien placer les sensations internes dans l'espace que les sensations externes dans le temps, puisque le sens externe aurait disparu en tant que tel.

2. Voir *C.R.P.*, «Dialectique transcendantale» (AK, III, 390) : si Dieu est pensé comme l'ensemble de toute réalité, rien n'interdit de placer entre l'entendement humain et l'entendement divin une simple différence de degré (un rapport de partie à tout), comme le fait d'ailleurs Spinoza, et par suite de prêter à Dieu les structures mêmes de notre entendement. Cette idée est reprise plus loin (AK, XX, 7, 350-351).

3. Voir n. 1, p. 1253.

Page 1286.

1. Georg Gustav Fülleborn (1769-1803), professeur de grec et d'hébreu à l'Elisabethanum de Breslau, avait publié en 1792 un *Essai sur les découvertes modernes en philosophie* (voir AK, XI, 321-335). Il avait également publié en 1791 des *Contributions à l'histoire de la philosophie* et une *Brève comparaison entre la Critique de la raison pure et la Théorie du pouvoir de représentation* (c'est-à-dire l'ouvrage de Reinhold).

Page 1287.

1. Terme employé par les stoïciens et notamment Épictète pour désigner le pouvoir absolu que l'on a sur soi-même.

Page 1289.

1. Voir n. 2 et 3, p. 1257.

2. On ne peut conclure la contingence de l'expérience du

changement, puisque ce dernier obéit au contraire toujours à des lois nécessaires. Elle ne peut donc être conclue que de la finalité que le jugement réfléchissant constate dans l'objet sans qu'elle doive s'y trouver nécessairement en vertu des catégories de l'entendement : c'est pourquoi c'est à partir de la finalité que se constitue la partie la plus riche de la théologie de Kant.

Page 1290.

1. Voir n. 2, p. 1286.
2. Voir n. 3, p. 1257.
3. Voir n. 3, p. 1255.
4. Voir n. 5, p. 1256.
5. L'établissement d'une existence nécessaire dans la réalité phénoménale est légitime, puisque le raisonnement part de l'existence d'un phénomène pour conclure à une existence de même type, c'est-à-dire empirique ; il n'en va pas de même si l'on veut établir une nécessité purement intelligible à partir de la seule catégorie prise absolument. Voir n. 2, p. 1279.
6. Voir n. 2, p. 1257.

Page 1291.

1. Voir n. 2, p. 1286.
2. Voir ci-dessus AK, XX, 7, 346-347.

Notes sur la logique et l'Opus postumum

Page 1301.

NOTE SUR L'OPUS POSTUMUM

1. AK, XII, 257.
2. AK, XII, 258.
3. Sur cela et sur l'histoire du manuscrit, voir l'introduction de G. Lehmann, AK, XXII, 751 et suiv.
4. AK, XXI, 3.

Page 1303.

1. AK, XII, 257.
2. AK, V, 174 (t. II, p. 927).
3. AK, XXI, 360.

Page 1304.

1. AK, XXII, 244.
2. AK, XXI, 408.
3. AK, IV, 472.
4. AK, XXI, 359.
5. AK, XXI, 17.

Page 1305.

1. AK, XXII, 207.
2. AK, XXI, 206.

Page 1306.

1. AK, XXI, 356-357.
2. AK, XXI, 222-223.
3. AK, XXI, 224.

Page 1307.

1. AK, XXII, 340.
2. AK, III, 13 (t. I, p. 74).
3. AK, XXII, 340-341.
4. AK, XXII, 358.
5. AK, XXII, 321.
6. AK, XXII, 326.
7. AK, XXII, 343.
8. AK, XXII, 25.

Page 1308.

1. AK, XXII, 521.
2. AK, XXII, 513.
3. AK, XXII, 513.
4. AK, XXII, 518.
5. AK, XXII, 89.

Page 1309.

1. AK, XXII, 94.
2. AK, XXII, 116.
3. AK, XXII, 129-130.

Page 1310.

1. AK, XXI, 54.
2. AK, XXI, 92.

3. AK, XXII, 48.
4. AK, XXI, 9.

Page 1311.

1. AK, XXI, 16.
2. AK, XXI, 230.
3. AK, III, 136 (t. I, p. 887).
4. AK, XXI, 91.

BIBLIOGRAPHIE

A. PUBLICATIONS DE KANT
POSTÉRIEURES À 1792
(selon l'ordre de l'édition de l'Académie de Berlin, t. VI, VII et VIII, et d'après les indications de la table des matières de cette édition)

AK VI 1793

Die Religion innerhalb der Grenzen der blossen Vernunft 1-202

1797

Die Metaphysik der Sitten 203-493

AK VII 1798

Der Streit der Facultäten 1-116
Anthropologie in pragmatischer Hinsicht 117-333
AK VIII (pour le début de la table, voir tome précédent)

1793

Über den Gemeinspruch : Das mag in der Theorie richtig sein, taugt aber nicht für die Praxis 273-313

1794

Etwas über den Einflusz des Mondes auf die Witterung 315-324
Das Ende aller Dinge 325-339

1795

Zum ewigen Frieden 341-386

1796

Von einem neuerdings erhobenen vornehmen Ton in der Philosophie 387-406

Ausgleichung eines auf Miszverstand beruhenden mathematischen Streits 407-410
Verkündigung des nahen Abschlusses eines Tractats zum ewigen Frieden in der Philosophie 411-422

1797

Über ein vermeintes Recht aus Menschenliebe zu lügen 423-430

1798

Über die Buchmacherei 431-438

1800

Vorrede zu Reinhold Bernhard Jachmanns *Prüfung der kantischen* Religionsphilosophie 439-441
*N*achschrift zu Christian Gottlieb Mielckes Littauisch-deutschem und *Deutsch-littauischem Wörterbuch* 443-445

B. OUVRAGES ET NOMS PROPRES CITÉS DANS LE TEXTE OU DANS LES NOTES

(Les dates sont celles des éditions citées, et non toujours celles des originales)

ABÉLARD. Théologien et philosophe (1079-1142).
ABRAHAM, personnage biblique.
ACHENWALL : *Jus naturae*, 1767 (voir aussi : *Prolegomena juris naturalis*).
ADDISON (J), 1672-1719, homme d'État et écrivain anglais, auteur d'articles dans le *Spectator*. Il fut traduit en allemand par Gottsched.
ADICKES (E) : *Kant als Naturforscher, Berlin*, 1924. Voir tomes précédents.
ALBRECHT (M) : *Kants Antinomie der praktischen Vernunft*, Hildensheim, 1978.
ALEMBERT (Jean le Rond d') : *Éloge de l'abbé de Saint-Pierre*. Voir t. I, p. 1764.
ALQUIÉ (F) : *Le cartésianisme de Malebranche*, Vrin, 1974.
— *Une lecture cartésienne de Kant est-elle possible?* Article paru dans la *Revue de métaphysique et de morale*, (1975) et repris dans : *Études cartésiennes*, Vrin, 1982.
ANAXAGORE, philosophe grec.
Annonces scientifiques de Göttingen.
ARCHAMBAULT (P) : *The Ages of the Man and the Ages of the*

World, a Storg of two Traditions, in : *Revue des études augustiniennes,* XII, 1966.
ARCHENHOLZ : *Literatur und Völkerkunde,* 1784.
ARCHIMÈDE, mathématicien et physicien grec.
ARIOSTE (1474-1533) : *Roland furieux.*
ARISTIPPE, philosophe grec.
ARISTOTE : *Éthique à Nicomaque. Œuvres,* éd. Becker, et traductions aux Belles Lettres, (voir t. I).
ARNIM : *Stoïcorum veterum fragmenta,* traductions aux Belles Lettres et à la Bibliothèque de la Pléiade.
ARNOLDT (E) : *Kritischen Exkursen,* Königsberg, 1894.
— *Beiträge zu dem Material der Geschichte von Kants Leben und Schriftsellerthätigkeit im Bezug auf seine Religionslehre,* 1898.
AROUET, père de Voltaire.
AXELOS : *Die ontologischen Grundlegen der Freiheitstheorie von Leibniz,* Berlin, 1913.
AYRAULT : *Genèse du romantisme allemand,* Aubier, 1961.
BACON (F) : *Novum Organon,* 1620.
BAGGEREN (J) : Correspondance.
BAHRDT (F), 1741-1797 : *System der moralischen Religion.*
BALMERINO, lord anglais.
BARATIER (Johan Philipp), 1721-1740, enfant prodige de Halle.
BARTH (Karl), 1886-1968, théologien protestant.
BARTHÉLEMY (abbé) : *Reconstitution de la vie publique et privée des grecs du quatrième siècle,* 1779.
BASEDOW (J. R.) : *Vorstellung an Menschenfreude,* 1768.
— *Das Methodenbuch für Väter und Mütter der Familien und Völker,* Altona, Brème, 1770.
— *Das zu Dessen errichtete Philanthropinum,* Leipzig, 1774.
— *Elementarwerk,* 1774.
BAUMGARTEN (A. G.) : *Ethica philosophica,* 1740.
— *Metaphysica,* 1739 et 1757.
— *Praelectiones theologiae dogmaticae,* 1779. Voir tomes I et II.
BAYARD (le chevalier).
BAYLE : *Œuvres diverses,* La Haye, 1727. Voir t. I.
BECCARIA (Marquis de) : *Dei delitti e delle pene,* 1754.
BECK (J. S.) : *Extraits explicatifs des écrits critiques de Kant, 1793, 1796.*
BENGEL (J. A.) : *Ordo temporum [...],* Tubingen, 1741.
BERGSON (H) : *Œuvres,* Édition du centenaire, P.U.F., Paris, 1970.
Berlinische Monatsschrift.
BERTUCH (F et K) : *Journal des Luxus und der Moden,* de 1787 à 1812.
Bibliothèque allemande universelle.
BIELEFELS (von), a donné des leçons sur la philosophie critique.
BIESTER, directeur de la *Berlinische Monatsschrift.*

BLAIR (Hugo), prédicateur et écrivain écossais, 1718-1800 : *Cours de rhétorique et de belles lettres,* 1783.
BLUMENBACH (J.F.), professeur de médecine à Göttingen : *Handbuch der Naturgeschichte,* Berlin, 1779.
BLUMEUER (Aloys), 1755-1798 : *Virgile travesti.*
BOCK (D) : *Lehrbuch der Erziehungskunst zum Gebrauch für christliche Erzieher und künftige Jugendlehrer,* Königsberg, 1780.
BODE : *Voyage sentimental.*
BOÈCE : *Consolation philosophique,* (Trad. Colesse, le Pot cassé, Paris, 1929).
BOHATEC : *Die Religionsphilosophie Kants in der Religion innerhalb der Grenzen der blossen Vernunft,* Hambourg, 1938.
BONNET (Charles de), naturaliste et philosophe genevois, 1720-1793.
BORN, traducteur de Kant en latin : *Immannueli Kantii opera ad philosophiam criticam latine vertit Fredericus Gottleb Born.*
BOROWSKI : *Darstellung des Leben und Charakters Immannuel Kants,* (in : *Altpreussische Monatsschrift*).
BOS (Charles du) : *Goethe,* Corria, 1949.
BOSSUET : *Œuvres complètes,* éd. Lechat, 1866.
BOSWELL (J), 1740-1795 : *Vie de Samuel Johnson.*
BOUTERWECK (F), professeur à Göttingen : *Aphorismen nach Kants Lehre vergelegt,* Göttingen, 1793.
BRAND (Hennig), alchimiste du XVIIe siècle.
BREITKOPF (G.I.), imprimeur allemand.
BROWN (J), 1735-1788, médecin écossais.
BRUCH (J.-L.) : *La philosophie religieuse de Kant,* Aubier, 1968.
BRUN (J) : *Le Stoïcisme,* P.U.F., Paris, 1958.
BRUNSCHVICG (Léon) : *Écrits philosophiques,* P.U.F., 1951 (voir aussi : *Le progrès de la conscience dans la philosophie occidentale*).
BRUSCH, éditeur de Mendelssohn.
BÜCHNER (G) : *Biblische Real und Verbal-Handkonkordanz oder Exegetische Homiletisches Lexicon,* Bâle, 1899.
BUFFON, *Œuvres complètes,* Paris, 1794.
BURKE : *Réflexions sur la Révolution française,* 1790, traduites par Gentz en 1792.
BUSCHING (A.F.), géographe et historien, 1724-1793 : *Character Friedrichs II.*
BUTLER (Samuel), 1612-1680 : *Hudibras,* 1663.
CALVIN, 1509-1564 : *Institution de la religion chrétienne,* 1536.
CAMPE : *Revision des gesammten Schul und Erziehungswesens.*
CAMPER (Pierre), 1722-1789, médecin hollandais : *Demonstrationes anatomico-pathologicae,* Amsterdam, 1760-1762.
— *Über den natürlichen Unterschied der Gesichtszüge,* Berlin, 1792.
CASSIRER (F) : *Substanzbegriff und Funktionsbegriff,* Berlin, 1923.
— *Kants Leben und Lehre,* Darmstadt, 1975.
CATON L'ANCIEN, 234-149 av. J.-C.
CATON D'UTIQUE, 95-46 av. J.-C.

CHARLES Ier, roi d'Angleterre.
CHARLES II, roi d'Angleterre.
CHARLES XII, roi de Suède.
CHARLEVOIX (le P.), missionnaire jésuite au Canada, 1682-1761.
CHATEAUBRIAND, écrivain français.
CHESTERFIELD (Lord). Ses *Lettres* à son fils ont été traduites en allemand par Schöndörffer.
CHRISTINE, reine de Suède.
CHRYSIPPE, philosophe stoïcien.
CICERON, *De natura deorum.*
— *De officiis*
— *Tusculanes* (voir t. précédents).
CLAVIUS (Christophe), 1537-1612, mathématicien jésuite allemand.
CLÉANTHE, philosophe stoïcien.
COCHIUS (L) : *Über die Neigungen*, 1769.
COHEN (H) : *Kants Begründung der Ethik nebst ihren Anwendungen auf Recht, Religion und Geschichte*, Dummler, Berlin, 1877.
COLBERT (J.-B.), 1619-1683, homme d'État français.
COMMODE, empereur romain.
COHN : *Les Fanatiques de l'Apocalypse*, Paris, 1955.
CONSTANT (Benjamin) : *Des réactions politiques*, 1796.
COOK (J), 1728-1779, navigateur anglais.
COPERNIC, 1473-1543, astronome polonais.
CORRÈGE (Le), 1489-1534, peintre italien.
COYER (G.-F.), 1707-1782, jésuite français : *Moralische Kleinigkeiten*, Berlin, 1761.
CRAMER (K. F.), 1752-1807, professeur à l'université de Kiel, directeur du recueil : *La France en 1797*.
CROMWELL (Thomas), 1485-1540, chancelier d'Angleterre sous Henri VIII.
CUMES (La Sibylle de).
CURTIUS, patricien romain.
DALUMEAU (J) : *La Peur en Occident*, Paris, 1978.
DANTE, 1265-1321 : *La Divine Comédie.*
DANTON, 1759-1794, homme politique français.
DAVAL (R) : *La Métaphysique de Kant*, P.U.F., Paris, 1950.
DAVID (Le roi).
DELACROIX (H) : « Kant et Swedenborg », *Revue de métaphysique et de morale*, 1904.
DELBOS (V) : *La Philosophie pratique de Kant*, 3e édition, P.U.F., Paris, 1965.
DELITZSCH (F) : *Die biblisch-prophetische Theologie, ihre Fortbildung durch Chr. A. Crusius und ihre neueste Entwickelung seit der Christologie Hestenbergs*, 1845.
DÉMÉTRIOS, roi de Macédoine.
DÉMOCRITE, philosophe grec.
DERATHÉ : *Rousseau et la science politique de son temps*, Vrin, 1979.

DESCARTES, *Œuvres,* éd. Adam-Tannery, et éd. Alquié-Garnier, voir t. I.
DIDOT, imprimeur français.
DIESTEL : *Studien zur Förderaltheologie in den Jahrbüchern für die Theologie,* 1815.
DILTHEY : « *Der Streit Kants mit der Censur über des* Recht *freier* Religionsforschung », *Archiv für Geschichte der Philosophie,* III, Berlin, 1890.
DIOGÈNE, philosophe grec.
DIOGÈNE LAËRCE, écrivain grec du troisième siècle.
DOMITIEN, empereur romain.
DURAND : *La Vie et les Sentiments de Lucilio Vanini,* 1717.
DURKHEIM (E), 1858-1917, sociologue français.
EBERHARD : *Vorbereitung zur natürlichen Theologie,* Halle, 1781.
EISLER (R) : *Kant-Lexicon,* Berlin, 1930.
ÉPICURE, philosophe grec : *Lettre à Pythoclès.*
ERDMANN (Benno) : éditeur de textes kantiens.
ERHARD (J. B.) : *Über der* Recht *des Volks zu einer* Revolution, Iéna et Leipzig, 1795.
ESTE (Le cardinal d').
EULER (L), 1707-1783, mathématicien suisse.
FERNEL, médecin du XVIe siècle.
FERRARI (J) : *Les Sources françaises de la philosophie de Kant,* Klincksieck, Paris, 1979.
FICHANT, traducteur de Kant.
FICHTE (J. G.) : *Kritik aller Offenbarung,* Hartung, 1792.
— *Considérations sur la* Révolution *française,* 1793.
— *Plan déductif,* 1807, traduit par A. Renaut in *Philosophies de l'Université,* Payot. (Voir t. 1.)
FIELDING (H) : *Jonathan Wild le Grand,* L'*Orphelin,* in *Œuvres,* La Pléiade, 1964, trad. F. Ledoux.
FISCHER (J. E.) : *Questiones patroplitanae,* Göttingen et Gotha, 1770.
FISCHER (Kuno) : *Geschichte der neuern Philosophie,* Mannheim, 1860.
FITTBAGEN : *Kants Lehre vom radikalen Bösen,* in *Kantstudien,* XII.
FLATT, auteur de recensions hostiles à Kant.
FONTENELLE (B. Le Bovier de) : *Entretiens sur la pluralité des mondes,* 1686.
FRANCKE (August Hermann), 1663-1727, pasteur et professeur à Halle.
FRANK (J. G.) : *Praeclusion chronologiae fundamentalis,* Göttingen, 1774.
FRANKLIN : *Essais de morale et d'économie politique,* Paris, 1867.
FRÉDÉRIC. Rappelons les dates des règnes des rois de Prusse portant ce nom. Frédéric-Guillaume Ier : 1688-1740 ; Frédé-

ric II : 1740-1786 ; Frédéric-Guillaume II : 1786-1797 ; Frédéric-Guillaume III : 1787-1840.
FRÖBE (Anna Luise), femme de Léopold Ier (voir ce nom).
FROMM : *Kant und die preussische Censur*, 1894.
FÜLLEBORN (G. G.) : *Essai sur les découvertes modernes en philosophie*, 1752. (Voir aussi : *Contributions à l'histoire de la philosophie* et *Brève comparaison entre la Critique de la raison pure et la théorie du pouvoir de représentation.*
GALIEN, médecin grec.
GALILÉE, 1564-1642, physicien et astronome italien.
GALLOIS (Jean Léonor le), correspondant de Leibniz.
GARDE (F. T. de la), éditeur berlinois.
GARVE : *Abhandlung über die Verbindung der Moral mit der Politik*, Breslau, 1788. Voir aussi ses *Essais sur divers objets de morale et de littérature* et ses *Mélanges (Vermischte Aufsätze).*
GASSNER, 1724-1779, prêtre exorciste.
GEHLER (J. S.) : *Physikalisches Wörterbuch*, Leipzig, 1787-1791.
GENTZ (F), traducteur allemand. Voir Burke.
GEORGI : *Von die Tungunsichen Schamanen in Bemerkung einer* Reise *im* Russichen Reiches, 1775.
— *Beschreibung aller* Nationen *des* Russichen Reiches, 1776.
GERHARDT (C) : *Die philosophischen Schriften von Gottfried Wilhelm Leibniz* (voir « Leibniz » dans le tome I, p. 1772).
GIBELIN, traducteur de Kant.
GIRTANNER (Le conseiller Christian) : *Über das kantische Prinzipe für die Naturgeschichte*, Göttingen, 1796.
GOETHE : *Wilhem Meisters Lehrjahre*, 1796-1821.
— *Dichtung und Warheit*, 1811-1833.
GOLDMANN (L) : *La Communauté humaine et l'Univers chez Kant*, P.U.F., Paris, 1948.
GOTTSCHED. Voir Addison.
GOYARD-FABRE (S) : *Kant et le problème du droit*, Vrin, 1975.
GRAPPIN (P) : *La Théorie du génie dans le préclassicisme allemand*, P.U.F., Paris, 1957.
GROTIUS (Hugo) : *De jure belli et pacis*, Paris, 1625.
GRUGOTT (Martin) : *Predigten*, 1790.
GUÉROULT (M) : *Études sur Fichte*, Paris, 1974.
— « Nature humaine et état de nature chez Rousseau, Kant et Fichte », in (*Études de philosophie allemande*, Hildesheim, 1977).
GUISSANDEAU (O) : *Étude sur la vie et la pensée de Lavater*, 1924.
GURVITCH (G) : *« Kant und Fichte als* Rousseau*'s Interpreter »*, *Kantstudien*, XXVII, 1922.
— *Fichtes System der konkreter Ethik*, Tubingen, 1924.
GUYON (Mme), 1643-1717, mystique et quiétiste.
HALLER (Albrecht von), 1706-1777 : *Unvollkommenes Gedicht über die Ewigkeit.*
— *Tagebuch meiner Beobachtung über Schriftsteller über mich selbst.*
— *Über den Ursprung des Übels.*

HAMANN, 1730-1788, écrivain et philosophe allemand.
HANG, auteur d'études sur la conception kantienne de la religion.
HARRINGTON (J) : *La République d'Oceana*, Londres, 1656.
HARTENSTEIN, éditeur de Kant.
HASSE (J. G.) : *Letzte Aüsserungen Kants von einen seiner Tischgenossen*, Königsberg, 1804.
HASSNER : « Les concepts de guerre et de paix chez Kant », in *Revue française de science politique*, XI, 1961.
HAUSEN, 1693-1746, professeur de mathématiques à Leipzig.
HAVET : *Kant et le problème du temps*, Paris, 1946.
HEARNE (S), capitaine, compagnon de Cook.
HEGEL : *Phänomenologie des Geistes*, Lasson, Hambourg, 1807. Voir t. I.
— *Hegels Schriften zur Politik und Rechtsphilosophie*, Lasson, Leipzig, 1923.
— *Principes de la philosophie du droit*, traduction de Derathé, Vrin, 1975.
HEIDEGGER, musicien allemand.
HEIDEGGER, philosophe allemand, voir t. I.
HEILSBERG : voir Mielke.
HEIMSOETH : *Persönlichkeit bewusstsein und Ding an sich in der kantischen Philosophie*, Festschrift des Abbetes Universität, 1924.
HEINECKE, enfant prodige de Lubeck.
HEINZE, éditeur de Kant.
HELMONT (J. B. van), 1578-1664, médecin et physiologiste.
HELVÉTIUS : *De l'esprit*, 1758.
HERDER (A) : *Sämtliche Werke*, éd. Suphan, Berlin, 1887 (voir en particulier : *Briefe zur Beförderung der Menscheit* et *le Journal de voyage*).
— *Von Gottes Sohn nach Johannes Evangelium*, 1797.
— *Ideen zur Philosophie der Geschichte der Menscheit*, traduction par Rouche, Aubier, 1962.
HERMES, chargé de la censure en Allemagne.
HILLMER, chargé de la censure en Allemagne.
HIPPOCRATE, médecin grec.
HOBBES (Thomas), 1588-1679 : *De Cive*. (Trad. Sorbière, présentée par R. Polin, Sirey, 1981.)
HOFSTEDE, prédicateur protestant d'Amsterdam.
HOLLMANN (G) : *Prolegomena zur Genesis der Religionsphilosophie Kants*, in *Altpreussische Monatsschrift*.
HOMÈRE, poète grec.
HORACE, poète latin : *Odes, Satires, Art poétique*.
HUFELAND, collaborateur du *Journal littéraire universel d'Iéna*, défenseur de l'œuvre de Fichte : *Makrobiotik oder die Kunst das menschliche Leben zu verlängern*, Iéna, 1796. (Voir aussi :

Lehrsätze des Naturrechts et *Versuch über den Grundsatz der Naturrechts*, 1785.)
HUME (D) : *Political Discourses*, 1752. (Voir aussi : *Essays Moral, Political and Literary, Essays of Political Society*, réédité par Longman Green, Londres, 1907, et t. I, p. 1770.)
HUYGENS (Christian) : *Kosmotheoros*, 1698.
HYPPOLITE (J) : *Genèse et structure de la Phénoménologie de l'esprit de Hegel*, Aubier, Paris, 1946.
ISBRAND : *Voyage de Moscou à la Chine*, 1692.
ITH, auteur d'études sur la religion et la philosophie des Indiens.
JACHMANN : *Examen de la philosophie religieuse de Kant*, 1800.
JACOB II, roi d'Écosse.
JACOBI (J. F.) : *Werke*, éd. Roth, Leipzig, 1812-1825.
JACQUES Ier, roi d'Angleterre.
JAESCHE, éditeur de la *Logique* de Kant.
JANKÉLÉVITCH (V) : *Traité des vertus.*
JANSEN, éditeur prussien.
JASPERS (K) : *Das radikal Böse bei Kant. Rechenschaft und Ausblick*, Munich, 1951.
JEAN (saint) : *Première épître.*
JEAN PAUL : *Die unsichtbare Loge*, 1793.
— *Vorschule der Aesthetik*, 1804.
JÉSUS-CHRIST.
JOB, personnage biblique.
JOHNSON (Samuel) : *Dictionnaire de langue anglaise*, 1745-1747.
Journal littéraire universel d'Iéna.
Journal scientifique de Gotha.
JULIEN L'APOSTAT, empereur romain.
JUVENAL : *Satires.*
KASTNER (A. G.) : *De la paix perpétuelle.* Voir t. I.
KEPLER, 1571-1630, astronome, voir t. II.
KIERKEGAARD, 1813-1855, philosophe danois : *Le Concept d'angoisse.*
KIESEWETTER (J. G. K.), correspondant de Kant.
KLETTENBERG (Mlle de), amie de Goethe.
KNOBLOCH (Mlle de), correspondante de Kant.
KRAUS, collaborateur de Bertuch (voir ce nom).
KRAUSE (A), pasteur, éditeur de Kant.
KROCKOW (comte von), Fichte fut précepteur chez lui.
KRONER : *Von Kant bis Hegel*, Tubingen, 1921-1924.
KRÜGER : *Critique et morale chez Kant*, trad. Regner, Beauchesne, Paris, 1961.
KUGELGEN : *Kants Auffassung von der Bibel*, 1896.
KÜSTER : *Die Lebensrettungen Friedrich II*, 1792.
LACHELIER (Jules) : *Œuvres*, P.U.F.
LACHIÈZE-REY (P) : *L'Idéalisme kantien*, Alcan, Paris, 1931.
LA COSTE (Pierre), auteur de sermons.

LACROZE (M.-V.), 1661-1739, bénédictin.
LAHARPE (J.-F.) : *Cours de littérature*, 1759.
LAMBERT (J.-H.) : *Photometria, sive de mensura et gradibus lucis, colorum et umbrae*, 1761. (Pour ses autres ouvrages, voir t. I, p. 1771 et 1772.)
LAPLACE (P.-S. marquis de), 1749-1827, mathématicien, physicien et astronome français.
LAO-TSEU, philosophe chinois du VIe siècle avant Jésus-Christ.
LAUTH, philosophe allemand, éditeur de Fichte.
LAVATER (J.C.) : *Physiognomische Fragmente*, 1775-1778.
LAVOISIER, 1743-1794, chimiste.
LAZARUS (ben David), propagateur du kantisme.
LEGENDRE, marchand.
LEHMANN, éditeur de Kant.
LEIBNIZ : *Œuvres*, voir t. I, p. 1772.
LEISEGANG (H) : *« Kant und die Mystik »*, *Philosophische Studien*, Berlin, 1949.
LENTULUS (Cornelius), romain qui affranchit Polyhistor. Voir ce nom.
LÉON (Xavier) : *Fichte et son temps*, réédition Colin, 1954.
LÉOPOLD Ier, prince de Dessau, maréchal prussien, 1676-1747.
LEPECHIN : *Tagebuch der Reise durch verschiedene Provinzen des Russichen Reiches*, 1776.
LESSING (G.E.) : *Die Erziehung des Menschengeschlechtes* (*L'éducation du genre humain*), Dialogues maçonniques, traduits et présentés par P. Grappin, Aubier, 1957.
— *Zur Geschichte und Literatur*, 1774-1777.
(Voir aussi : *Laocoon* et *Nathan le sage*, trad. Pitrou, Aubier.)
LICHTENBERG (Georg Christoph), 1742-1799 : *Werke*, Hanser, 1972. (Voir particulièrement : *Aphorismen Licht*. Lichtenberg a écrit dans le *Magazin* de Göttingen.)
LINNÉ (C. von), naturaliste suédois.
LOCKE (John) : *An Essay Concerning Human Understanding*, 1690.
— *Quelques pensées sur l'éducation*, présentées par Château, Vrin, 1966.
LOUIS XVI, roi de France.
LUC (saint), évangéliste.
LUCRÈCE : *De natura rerum*, trad. Ernout, Les Belles Lettres.
LUTHER (Martin), théologien et réformateur allemand.
MAGLIABEC (Antonio), 1633-1714, bibliothécaire de Cosme III de Médicis.
MAGNIEN (V) : *Les Mystères d'Éleusis*, Payot, 1929.
MALEBRANCHE : *Œuvres complètes*, coédition Vrin-C.N.R.S. sous la direction d'A. Robinet.
MALLET DU PAN : *Considérations sur la nature de la Révolution de France*, Londres, 1793.
MARC (saint), évangéliste.
MARC AURÈLE, empereur romain.

MARMONTEL (J.-F.), 1725-1799, écrivain français.
MARNESIS (Adrien de Lesay), vulgarisateur des idées de Kant.
MARSDEN, 1754-1836, explorateur.
MARTIAL, poète latin.
MARTIN : *Immanuel Kant,* Cologne, 1951.
MARTY (F) : *La Naissance de la métaphysique chez Kant, une étude sur la notion kantienne d'analogie,* Beauchesne, Paris, 1980.
MASSOW (Eberhard Julius Wilhelm E. von), homme d'État.
MATHIEU (Vittorio) : *Kant, Opus postumum a cura di Vittorio Mathieu,* Zanichelli, Bologne, 1963.
MATTHIEU (saint), évangéliste.
MÉDICIS (Cosme de), chef de Florence à partir de 1434.
MÉDICIS (Laurent de), 1445-1492.
MEIER : *Logique,* Halle 1752.
— Précis de logique, manuel dont Kant se servait en ses cours.
MELANCHTON, 1497-1560, théologien allemand.
MENDELSSOHN (Moses) : *Jerusalem oder über religiose Macht und Judenthum,* 1781. (Traduction par Dominique Bourel, les Presses d'aujourd'hui, 1982.)
— *Schriften zur Philosophie, Aesthetik und Apologetik,* Leipzig, 1880.
— *Gesammelte Schriften,* Stuttgart, 1981.
MENGS (Raphael) : *Gedanken über die Schönheit und den Geschmack in der Malerei,* 1774.
MESMER (F), 1728-1815 : *De influxu planetarum in corpus humanum,* 1766.
MICHAELIS (C.F.), professeur de médecine : *Medizinisch-praktische Bibliothek.*
MICHAELIS, professeur de théologie : *Gedanken über die Lehre der heiligen Schrift von Sünde und Genugtuun,* 1779.
— *Morale,* 1792.
MICHELSEN (P.) : *Laurence Sterne und der deutsche Roman des 18. Jahrhunderts,* Vanderhorck, Göttingen, 1962.
MIELKE, auteur d'un *Dictionnaire lithuanien,* la préface est de Heilsberg.
MILTON : *Le Paradis perdu.*
MOLIÈRE : *Le Misanthrope.*
MONTAIGNE : *Essais.*
MONTESQUIEU : *L'Esprit des lois,* 1748.
MONTUCLA : *Histoire des mathématiques,* Paris, 1758.
MORE (Thomas), 1478-1535 : *L'Utopie.*
MORERI : *Le Grand Dictionnaire historique,* 18e et dernière édition, 1740.
MOSCATI, auteur d'un essai paru en 1771 dans *Königsbergischen gelehrten und politischen Zeitungen.*
MOSCATI (P), professeur d'anatomie à Padoue : *La Distinction corporelle essentielle entre les structures des animaux et celles des hommes.*

MOTHERBY, correspondant de Kant.
NATORP : *Kant über Krieg und Frieden,* Erlanger, 1924.
NÉRON, empereur romain.
NEWTON (Isaac) : *Œuvres,* Londres, 1779-1785, 5 vol.
NIATHAMMER : *Geschichte eines dickes Mannes,* 1794.
NICOLAÏ (F), 1733-1811 : *Beschreibung einer durch Deutschland und die Schweiz im Jahre 1781.*
— *Lettres sur la situation actuelle des belles lettres.*
— *Lettres sur la littérature nouvelle.*
NICOLOVIUS, éditeur à Nuremberg.
NOACK : *Fichte nach seinem Leben, Lehren und Wirken,* Wigand, Leipzig, 1862.
NOHL (H) : *Hegels theologische Jugenschriften,* Tubingen, 1907.
NOVALIS, 1772-1801 : *Die Lehrlinge zu Saïs.*
— *Henri d'Ofterdingen,* édition bilingue, Aubier.
NYGREN : *Éros et Agapé,* Paris, 1952, 3 vol.
OLIVIER, héros légendaire de *La Chanson de Roland.*
OLIVIER (François), chancelier de France, 1487-1560.
OLIVIER (Juste), écrivain suisse, 1807-1876.
ONCKEN (A) : *Die Maxime : Laissez faire, laissez passer,* Berne, 1886.
OSSIAN, barde écossais légendaire.
OVIDE : *Les Métamorphoses.*
PALAGONIA (Le prince).
PALLAS (P. S.) : *Reise durch verschiedene Provinzen des Russichen Reiches,* 1771.
PAOLO, voir Sarpi.
PARACELSE, alchimiste et médecin suisse, 1493-1541.
PASCAL (Blaise), 1623-1669 : *Pensées.*
PAUL (saint) : *Épître aux Romains.*
— *Épître aux Philippins.*
PAULSEN (F) : *Immanuel Kant, sein Leben und seine Lehre.*
PELISSON-FONTANIER (P), 1624-1693 : *Histoire de l'Académie française.*
— *Histoire de Louis XIV jusqu'à la paix de Nimègue.*
PERILLE, constructeur du taureau de Phalaris.
PERRONNEAU, éditeur parisien.
PERSE, poète satirique latin : *Œuvres,* trad. Cartault, Belles Lettres.
PESTALLOZI : *Sämtliche Werke,* Seyffarth, Liegnitz, 1899.
PETAU (Denis) : *Opus de doctrina temporum.*
PEZARD (André), commentateur de Dante.
PFENNINGER (J. C.) : *Appellation an den Menschenverstand, gewisse Vorfälle, Schriften und Personen betreffend,* Hambourg, 1776.
— *Fünf Vorlesungen,* 1775.
PHALARIS, tyran d'Agrigente.
PHÈDRE, fabuliste grec.

PHILONENKO (A) : *L'Œuvre de Kant,* Vrin, 2 vol.
— *Études kantiennes,* Vrin, 1982.
— *Schopenhauer, un philosophe de la tragédie,* Vrin, 1980.
— *La Liberté humaine dans la philosophie de Fichte,* Vrin, 2e éd., 1980.
— *Théorie et Praxis dans la pensée morale et politique de Kant et de Fichte en 1793,* Vrin, 1968.
— *Essai sur la philosophie de la guerre,* Vrin, 1976.
— «L'Idée de progrès chez Kant», in : *Revue de métaphysique et de morale,* 1975.
Introduction, traduction et notes de la pédagogie de Kant sous le titre de : *Kant, Réflexions sur l'éducation,* Vrin, 1980.
Traduction de Kant, *Métaphysique des mœurs,* Vrin, 2 vol. (Voir tomes précédents.)
PHILONENKO (Marc), professeur à l'université de Strasbourg.
PIC DE LA MIRANDOLE (1463-1494).
PIE VI, pape.
PIET (J. S.) : *Rettung der Ehre Gottes bei der Zurechnung des Sudenfalles unserer Stammeltein,* Hambourg 1759.
PIERRE (saint Pierre), apôtre, le premier des papes.
PINLOCHE : *La Réforme de l'éducation en Allemagne au* XVIIIe *siècle; Basedow et le philanthropisme,* Paris, 1914.
PIOBETTA, traducteur de Kant.
PITT (W), 1759-1806, homme d'État anglais.
PLATIÈRE (J.-M.-R. de la), 1734-1793.
PLATON, philosophe grec (ouvrages cités : *Phèdre, Protagoras, La République*).
PLAUTE : *Miles gloriosus* (trad. A. Ernout aux Belles Lettres).
PLESSING, correspondant de Kant.
PLINE LE JEUNE : *Lettres.*
POLIN (R) : *Politique et philosophie chez Hobbes,* Paris, 1963.
— *Hobbes, Dieu et les hommes,* Paris, 1981.
POLINO (P. S.), voir Sarpi.
POLITIEN (Ange), 1454-1494, poète et historien italien.
PÖLITZ, éditeur de Kant : *Kants Vorlesungen über die Metaphysik,* 1817 et 1821.
POLYHISTOR (Alexandre), compilateur grec du premier siècle, auteur de traités de grammaire, d'histoire et de philosophie, presque entièrement perdus.
POPE, 1688-1744 : *Essay of Man. Moral Essays.* Voir tomes précédents.
PORTA (Giambattista della), 1541-1615 : *De humana physiognomonia.*
POSIDONIUS, historien et philosophe grec.
POSTEL (G) : *La très merveilleuse victoire des femmes du Nouveau Monde,* 1553.
PRIESTLEY (J), 1733-1804, chimiste et théologien anglais.
PROTAGORAS, philosophe et sophiste grec.

PUFFENDORF (Samuel von) : *De jure naturae et gentium*, Lund, 1672, trad. Barbeyrac *(Du droit de la nature et des gens)*, Amsterdam, 1712.
PYTHAGORE, philosophe et mathématicien grec.
QUIN (James), 1693-1763, acteur anglais.
RAHN (Jeanne), fiancée de Fichte.
RAPHAËL, 1483-1520, peintre italien.
REBOUL (O) : *Kant et le problème du mal*, Montréal, 1971.
REHBERG : *Recherches sur la Révolution française*, 1791.
REICH (K) : *Kants einzige möglicher Bewesgrund zu einer Demonstration des Dasein Gottes*, 1937.
REICKE, éditeur de textes kantiens.
REIL (J. C.), 1759-1819, professeur de médecine à Halle.
REIMARUS (H. S.), 1694-1768 : *Apologie für die vernünftigen Verehrer Gottes.* Voir aussi t. I.
REINHARD (A. F.) : *Dissertation sur l'optimisme*, 1755.
REINHOLD : *Versuch einer neuen Theorie des menschlischen Vorstellungsvermögen*, 1789.
RELAND : *De religione mohammadanica libri duo*, 1717.
RENAN (E) : *Vie de Jésus*, 1863.
— *Saint Paul*, 1869.
RICHARDSON : *The History of Sir Grandison*, 1753-1754.
RINK, éditeur de textes de Kant.
RITTER (K), 1779-1859, géographe allemand.
ROBERTSON (W) : *Histoire d'Écosse jusqu'à la fin du XVIe siècle*, 1759.
— *Histoire de Charles Quint*, 1769.
ROLAND, héros du cycle légendaire de Charlemagne.
ROSENKRANZ, éditeur de Kant.
ROUSSEAU (J.-J.) *Œuvres complètes*, (Bibliothèque de la Pléiade). (Voir en particulier *Émile*, *Du contrat social*, *Lettres écrites de la montagne*).
ROUSSET : *La Doctrine kantienne de l'objectivité*, Vrin, 1963.
RUST (H) : *Kant und das Erbe des Protestantismus*, Gotha, 1928.
SAINT-PIERRE (abbé de) : *Projet de paix perpétuelle*, Utrecht, 1713.
SALLUSTE : *De conjuratione Catilinae*, trad. Ernout, Les Belles Lettres.
SALMASIUS (Claude Saumaise, érudit français, 1588-1655) : *De annis climacteriis et de antiqua astrologia*, Leyde, 1648.
SARPI (Pietro), dit Fra Paolo, 1552-1626, religieux vénitien qui, sous le nom de Pietro Scave Polino, a écrit une *Histoire du concile de Trente.*
SCALIZER (J. C.), 1484-1558, philologue et médecin.
SCHEELE (C. W.) : *Chemische Abhandlungen von Luft und Feuer*, Leipzig, 1777.
SCHELLING : *Nouvelle déduction du droit naturel*, 1795.

Schiller : *Über Armut und Würde*, 1793, in : *Sämtliche Werke*, Stuttgart.
Schlosser (J. G.), éditeur des lettres de Platon : *Écrit à un jeune homme qui voulait étudier la philosophie critique*, Lubeck et leipzig, 1796. (Il existe un «second écrit» de même titre.)
Schlözer (A. L. von) : *Vorstellung einer Universalhistorie*, Göttingen et Gotha, 1772.
Schlüzer (C. von) : *Deux tables chronologiques sur l'histoire universelle d'après la méthode d'A. L. von Schlözer*, Dorpat, 1810.
Schmidt : *Ætates mundi. Die Weltalter als Gliederungsprinzip der Geschichte, Zeitschrift für Kirchengeschichte*, 1955-1956, (voir aussi ses *Leçons sur la métaphysique*).
Schoen (K. L.), a contribué à l'édition de l'*Opus postumum.*
Schöndörffer, voir Chesterfield.
Schopenhauer : *Sämtliche Werke*, Deussen, Munich, 1913.
Schubert, éditeur de Kant.
Schulze (M) : *Kants* Religion *innerhalb der Grenzen der blossen Vernunft*, Königsberg, 1927.
Schwab, professeur allemand.
Schwartz, moine qui passe pour l'inventeur de la poudre à canon.
Schweitzer : *Die religionsphilosophie Kants*, Fribourg, 1889.
Segner (J. A. de) : *Anfangsgründe der Mathematik*, voir t. I.
Semler, auteur de divers ouvrages sur la religion chrétienne.
Sénèque, philosophe latin *(De ira, De vita beata, De clementia, De tranquillitate animi, De providentia, Lettres à Lucilius).*
Shaftesbury (Cooper Antony Asley, comte de) : *Characteristics of Men, Manners, Opinions and Times*, 1711-1713.
— *Lettre sur l'enthousiasme*, trad. Diderot, Genève, 1769.
Shakespeare : *Henri IV.*
Shandy (Tristram), voir Sterne.
Siéyès, 1748-1836, homme politique français.
Smith (Adam) : *Considérations sur la richesse des nations*, trad. Mainet, Gallimard, 1976.
Socrate, philosophe grec.
Sommering : *Über des Organ der Seele* (voir en ce volume l'étude de Kant à ce sujet).
Sonnerat : *Reise nach Ostindien und China*, 1783.
Stahl, 1660-1734, médecin et chimiste allemand.
Stanhope, voir Chesterfield.
Stapfer, 1708-1775, pasteur ; *Institutiones theologiae polemicae.*
— *Grundlegung zur wahren* Religion.
— *Kants* Religionsphilosophie.
Starke, a publié des textes de Kant *(Anthropologie du point de vue pragmatique).*
Staudlin (C. F.) *Ideen zur Kritik des Systems der Christliches* Religion, 1791. (Il a également écrit une *Histoire du scepticisme.*)
Stein (K. baron von), 1757-1831, homme politique allemand.

STERNE : *Vie et opinions de Tristram Shandy*, trad. C. Mauron, R. Laffont, 1944.
STOLBERG (F.L. de) : *Reise in Deutschland, der Schweiz, Italien und Sizilien*, 1794, (voir aussi : *Auserlesens des Platons*).
STRAWSON, critique de Kant.
SUÉTONE : *Vie d'Auguste.*
SULZER (J.G.) : *Vermischte philosophische Schriften*, 1773-1781. (Voir t. I.)
SULZMANN : *Uber die heimlichen Sünden der Jugend.*
SWEDENBORG, voir t. I.
SWEITZER : *Die Religionsphilosophie Kants von der Kritik des reinen Vernunft zur Religion innerhalb der Grenzen der blossen Vernunft*, Tubingen, 1899.
SWIFT (Jonathan) : *Conte du tonneau*, in : *Œuvres*, Bibliothèque de la Pléiade, trad. E. Pons, 1965.
SYLLA, homme politique romain.
TARQUIN L'ANCIEN, cinquième roi de Rome.
TARQUIN LE SUPERBE, septième roi de Rome.
TÉRENCE : *Héautontimoroumenos.*
TERRASSON (J) : *La philosophie applicable à tous les objets de l'esprit et de la raison*, 1754.
THEREMIN, pasteur à Memel.
TISSOT, traducteur de Kant.
TITE LIVE, historien latin.
TITUS, empereur romain.
TOLSTOÏ : *Guerre et paix*, 1865-1869.
TROELISCH : *« Das Historische in Kants Religionsphilosophie »*, *Kantstudien*, 1904.
TROTIGNON : « Les Antinomies de la raison pure et le Problème de la réflexion », in *Revue de l'enseignement philosophique*, 1964.
TRUBLET (abbé N.-C.-J.) : *Essais de morale et de littérature*, 1735-1768.
TRULLARD, traducteur de Kant.
TYCHO BRAHÉ, astronome danois, 1546-1601.
ULPIEN, jurisconsulte romain : *Corpus juris civilis.*
VAIRASSE D'ALLAIS : *Histoire de Sévérambe*, 1675.
VAN BIEMA : *L'Espace et le Temps chez Leibniz et chez Kant*, Paris, 1908.
VERI (Le comte) : *Meditazioni sulle felicita*, ouvrage traduit en allemand en 1777 sous le titre : *Gedanken über die Natur des Vergnügens.*
VILLEY (M) : *Kant et l'histoire du droit*, in Leçons *d'histoire de la philosophie du droit*, Dalloz, 1962.
— *Préface* à la traduction de la *Doctrine du droit* de Kant par Alexis Philonenko.
VINCI (Léonard de), 1452-1519, peintre, sculpteur et ingénieur italien.

VIRGILE : *L'Énéide.*
VLACHOS : *La Pensée politique de Kant,* Paris, 1962.
VOLTAIRE : *Traité sur la tolérance.*
— *Éléments de la philosophie de Newton.*
— *La Henriade.*
— *Contes.* Voir t. I.
VORLÄNDER, éditeur de Kant.
WAHL (J) : *Le Malheur de la conscience dans la philosophie de Hegel,* Paris, 1929.
WALPOLE, 1676-1745, homme politique anglais.
WASIANSKI, biographe de Kant.
WATTEL (Emer de) : *Le Droit des gens,* Leyde, 1758.
WEIL (Éric) : *Problèmes kantiens,* Vrin, 1963.
WEISCHEDEL, éditeur de Kant.
WENTSCHER : *« Nur Kant Pessimist »,* in *Kantstudien,* IV.
WERNLE (E), auteur d'études sur le protestantisme suisse au XVIIIe siècle.
WIELAND (E. M.), écrivain allemand, 1733-1813.
WILMANS (C. A.), disciple de Kant.
WINCKELMANN (J. J.), archéologue allemand, 1717-1768.
WINDISCH-GRAETZ (comte J. N. de), 1744-1802, auteur d'ouvrages de philosophie morale.
WITTICHEN, commentateur de Kant.
WOLFF (C.) : *Opera latina,* Francfort, 1728 et suiv. Voir t. I. (Voir en particulier : *Philosophia prima sive ontologia, Philosophia practica universalis, methodo scientifice pertracta.*)
WÖLLNER, chargé de la censure à l'époque de Kant.
YOUNG (Edward) : *The Universal Passion,* 1725.
ZAC (S) : « Essence du judaïsme et liberté de pensée », *Les Nouveaux Cahiers,* Paris, 1973.
— *La Philosophie religieuse de Hermann Cohen,* Vrin 1984.
ZEND : *Avesta, livre sacré des adeptes de Zoroastre.*
ZÉNON DE CITIUM, philosophe grec.
ZÉNON D'ÉLÉE, philosophe grec.
ZINZENDORF (N. L. de), fondateur de secte.
ZOROASTRE, réformateur de la religion iranienne antique.

TABLE

N. B. — *En ce qui concerne les ouvrages de Kant, cette table renvoie à leur titre et à celui de leurs divisions principales avec indication de la page. Les subdivisions sont indiquées à la suite : mais, leur désignation par Kant étant faite selon un vocabulaire très variable, leur titre étant parfois omis, et parfois remplacé par un commentaire, nous avons souvent fait suivre leur indication d'un titre remplaçant ou résumant celui de Kant. Pour éviter au lecteur toute confusion, ce qui, dans cette table, n'est pas de Kant est imprimé en italique.*

II. Des réflexions sur la fin de toutes choses à l'examen d'un prétendu droit de mentir par humanité

III. La Métaphysique des mœurs et le Conflit des facultés

IV. Anthropologie et pédagogie

V. Œuvres inachevées

Ce volume, portant le numéro
trois cent trente-deux
de la « Bibliothèque de la Pléiade »
publiée aux Éditions Gallimard,
a été achevé d'imprimer
sur bible des Papeteries Braunstein
le 17 juillet 1986
sur les presses
de l'Imprimerie Mame
à Tours
et relié en pleine peau,
dorée à l'or fin 23 carats,
par Babouot à Lagny.

ISBN : 2-07-011106-7.

N° d'édition : 38304. Dépôt légal : octobre 1986.
Imprimé en France.